国家出版基金项目
NATIONAL PUBLICATION FOUNDATION

国家出版基金项目

广西少数民族古籍·苗族古籍系列

DABMUB XIK LAOLGHAOT

苗族古歌

融水卷

主编　广西少数民族古籍保护研究中心

项目主编／韦秀明　贺明辉

项目副主编／韦明岱　杨庆林　杜　鸿

上卷

广西民族出版社

图书在版编目(CIP)数据

苗族古歌．融水卷：全2册：苗汉对照/广西少数民族古籍保护研究中心主编；韦秀明，贺明辉项目主编．—南宁：广西民族出版社，2016.12
（广西少数民族古籍·苗族古籍系列）
ISBN 978-7-5363-7070-8

Ⅰ．①苗… Ⅱ．①广… ②韦… ③贺… Ⅲ．①苗族-民歌-作品集-融水苗族自治县-古代-苗、汉 Ⅳ．①I276.291.6

中国版本图书馆CIP数据核字（2016）第240551号

国家出版基金项目

广西少数民族古籍·苗族古籍系列

MIAOZU GUGE RONGSHUI JUAN

苗族古歌·融水卷

（上卷）

主编　广西少数民族古籍保护研究中心
项目主编/韦秀明　贺明辉
项目副主编/韦明岱　杨庆林　杜　鸿

出版发行　广西民族出版社
（地址：广西南宁市青秀区桂春路3号　邮编：530028）
电话：0771-5523216　传真：0771-5523225
出 版 人　朱俊杰
策　　划　张丹竹　韦秀美
责任编辑　韦秀美　卢芳芳　吴柏强
装帧设计　TWSD　陈　卓
摄　　影　余亚万
责任校对　黄一清　郑季銮
责任印制　蓝　锋
制版印刷　深圳市国际彩印有限公司
规　　格　890毫米×1240毫米　1/32
印　　张　48.125
字　　数　1000千
版　　次　2016年12月第1版
印　　次　2016年12月第1次印刷
印　　数　1～3000册
书　　号　ISBN 978-7-5363-7070-8
定　　价　198.00元（上、下卷）

《苗族古歌·融水卷》编委会

苗歌合唱（贺明辉摄）

唱敬酒歌（贺明辉摄）

吹苗笛，唱苗歌（贺明辉摄）

苗族果哈演奏（贺明辉摄）

唱苗歌活动现场（贺明辉摄）

吹苗笛为苗歌伴奏（蒙玉祝摄）

苗族“打同年”进寨拦路仪式之一——唱开路歌（融水民族和宗教事务局提供）

主人唱拦路歌，客人唱开路歌（贺明辉摄）

吹木叶（贺明辉摄）

苗笛演奏示范（贺明辉摄）

吹苗笛，唱苗歌（贺明辉摄）

苗歌比赛现场（贺明辉摄）

苗族群众欣赏苗歌（贺明辉摄）

苗族群众聆听苗歌（融水民族和宗教事务局提供）

目　录

上　卷

下 卷

序

《苗族古歌·融水卷》出版意义及价值

广西库区移民开发局　达汉吉

一

由广西少数民族古籍保护研究中心组织、协调、指导和资助的《苗族古歌·融水卷》一书，经过十几个春秋的艰苦努力，将由广西民族出版社出版发行，这是广西苗族文化建设事业上的一件大事，可喜可贺。

少数民族古籍整理，是保护少数民族历史文化，增进各民族相互了解，促进各民族文化交流，增强各民族团结意识，推动各民族共同繁荣的基础性工程，更是党和政府在民族地区实施的一项惠及民众的民心工程。广西少数民族古籍整理出版规划领导小组办公室（简称广西古籍办）自20世纪80年代中期成立以来，一直致力于苗族古籍的整理、出版和宣传工作，但由于苗族有本民族语言而无文字，古歌古规全靠口说歌传，不仅传承与发扬相当困难，而且翻译整理也非常艰巨。融水全自治县20多万苗族同胞只有200人左右能够演唱苗族古歌。随着老一辈歌者的相继谢世，许多珍贵的古歌古规已经失传。20世纪90年代初期，广西古籍办抢救性地整理了《融水苗族埋岩古规》，由广西民族出版社于1994年12月出版。著作出版不到两年，该书主要作者之一乔朝新就不幸病逝。21世纪初抢救整理的《苗族古歌·融水卷》，刚刚进入审稿阶段，杨庆林、杜鸿两位项目副主编也相继去世。因此，广西苗族古歌古规整理出版工作刻不容缓。

二

《苗族古歌·融水卷》由苗族群众世代相传的十一首古歌组成，约6万行14万字，用汉字记音，并由苗语专家贺明辉用苗语直译，非常形象生动，便于阅读理解。通过全面深入系统地研读，我们发现《苗族古歌·融水卷》一书具有以下四个显著的特点：

（一）传承了苗族先人创世的思想

苗族古歌《顶劳顶六》《根省兑、根忍纳、中忍纳》，是集中反映苗族创世传说与思想的古歌。这些歌描述的是：蛮荒时代，地球尚未坚固，处在摇晃之中，光秃秃，黑压压，没有万物。天帝派下来一对男女，男的叫王力，女的叫航赌，他俩下到凡间结为夫妻，生育一子，取名顶劳顶六。顶劳顶六一落地，就能翻滚站立，会说话做事；长大成人后，力大无穷。他脚跺地三下，地上就出现山岭沟壑、溪水河流、草木花卉、飞禽走兽和鱼虾虫蛇；他双手一伸，就能把天顶上天空且天空坚牢稳固。从此，天地分明。在苗族先民的原始意识中，顶劳顶六就是万物的创始人。

苗族古歌《英能》反映远古时候，地球频繁发生各种自然灾害的情景。自古以来，苗族先祖先后经历了四次大的自然灾害：第一次是英能之（苗语，即风灾）。当时狂风席卷大地，草木被连根拔起，悬崖岩石崩裂，大小石块铺天盖地飞滚而下。第二次是英能闷（苗语，即水灾）。当时天下倾盆大雨，地上山洪暴发，洪水淹没了山岭河流，万物无法生存。第三次是英能巴（苗语，即雪灾）。那时天上连续下雪，地上大雪封山，万物被雪掩埋。第四次是英能刚（苗语，即旱灾）。那时连年干旱无雨，十二个烈日当空，晒得地球炙热，河水滚烫，万物干枯，人类难活。后来有个叫杠生的后生，上天去射掉了十一个太阳，只留下一个，天下才能安宁，直到现在。

这次整理的《顶劳顶六》《根省兑、根忍纳、中忍纳》《英能》三首苗族古歌，只是现存下来的人们还能够传唱的融水苗族创世思想的一部分，并不完整。之所以这样说，是因为1978年融水苗族自治县人大常委会曾经组织发起了广西苗族民间文学文化普查和搜集活动，并编印了《广西苗族民间故事选》[①]，整理和记录了关于融水苗族创世传说的完整思想。

在长期的历史发展过程中，苗族民间流传着本民族的创世史诗，其内容包括开天辟地、日月形成、造人造物、洪水泛滥及兄妹成婚、族群起源、迁徙定居、农耕稻作等方面，形成了一个完整的创世纪序列。苗族人民依照历史演变、人类进化的发展序列，把史诗的各个篇

①梁彬、王天若：《广西苗族民间故事选》上、下册，广西民族出版社，1982。

章、各个情节连贯起来，构成一个自然而完整的创世程序、一组众多历史画面交替的镜头，向人们展示了宇宙天地、古往今来纷披繁复的内容，反映了苗族先民在特定历史时期所特有的历史观。

（二）记述了苗族先民的悲惨生活

苗族古歌《海八》，反映远古时候苗族祖先生活的整海地区社会动乱，灾难频繁，百姓受苦，民不聊生，民众被迫扶老携幼背井离乡、逃荒避难的悲惨情景。传说中的整海，位于沿海平原地区，古时是中国有名的富饶之地。当时整海聚居着多个民族，开始时各民族团结协作，互助友爱，共同发展，群众生活十分富裕安宁。后来因人口增多，头领管理不力，民众思想渐渐不统一，社会治安混乱，各种灾害频繁发生。这些灾难分为七种：一是坏人为非作歹，百姓深受其害；二是火灾时常发生，民众房屋财产被烧；三是民众相互抢夺生意，互相残杀；四是瘟疫流行，人畜死亡增多；五是个人私心相当严重，人们相互争夺土地；六是财产分配不公，民众贫富悬殊；七是民族歧视严重，民众难以团结。

《海八》是苗族先民悲惨生活的缩影，与史料记载基本一致。苗族学者董玉衍认为，历史上，蚩尤所属部落与炎、黄部落联盟发生了利益冲突，进而演变成为涿鹿大战，蚩尤部落被炎黄部落联合打败，举族向长江撤退，在洞庭湖一带建立了三苗国。进入尧、舜、禹时代以后，他们再次联合向三苗发动了驱逐战争，最终导致三苗国的灭亡。西汉末年，绿林军、赤眉军起义，声势浩大，居住在武陵蛮地区的苗族先民在酉阳起义，与绿林军、赤眉军遥相呼应，形成一股新兴力量，并逐渐进入阶级社会。唐宋之后，明清时期，苗族被分为“生苗”和“熟苗”。由于“生苗”不服统治，不纳税赋，不服丁役，因而被历代统治者频繁以武力征伐，最终导致雍乾苗民大起义、乾嘉苗民大起义、咸丰苗民大起义的爆发。但三大起义最终被统治者镇压，苗族先民被迫向西南地区和东南亚地区迁徙，并从西南地区和东南亚地区迁往世界各国，成为一个世界性民族。①

人们不禁要问：为什么在苗族古歌中，关于反剥削、反压迫、反镇压的内容比较少呢？对于这个问题，可以用一个准确的词来回答，那就是民族禁忌。自古以来，苗族一直处在被剥削、被压迫、被镇压的不利地位，而每次反抗又均以失败告终，导致妻离子散、背井离乡，所以，悲惨的往事不堪回首，悲痛的故事不愿传唱。这是苗族民族共同心理的一种深刻反映。

（三）细说了苗族先祖历次迁徙的线路

苗族古歌《海八》细说了苗族先祖迁徙的过程及具体线路。历史上，居住在融水苗族自治县境内的苗族先祖，先是从上海南下到广东，再沿江逆流而上，由广西梧州到融水、融安、三江和贵州从江、榕江定居。后来由于人口繁多，大约在600年前再从贵州迁徙到桂北地区，形成现在苗族分布的基本格局。

---

①董玉衍：《苗族史略》，载韦宏主编《广西苗族新观察》，广西人民出版社，2013。

关于苗族历史上的迁徙线路，各地苗族古歌均有记载。比如云南苗族的《盘古开天辟地歌》《跋山涉水歌》《龙与苗族迁徙歌》，就记述了战国以来苗族远距离、大规模的迁徙过程，历时1700多年，忍辱负重，艰难跋涉，不断向西。贵州苗族的《苗族迁徙古歌》，细说了苗族历史上的五次大迁徙：第一次大迁徙发生在原始初民社会，苗族先民从其发源地——今四川的雅砻江、岷江、巴江、嘉陵江的中上游流域地带，沿长江向东迁徙到长江中游的南北两岸。南岸的到达洞庭湖、彭蠡湖（鄱阳湖的古称）之间定居下来，北岸的到达江汉平原。第二次大迁徙发生在九黎部落时代，4600—4300年以前（远古到黄帝时期），因发生涿鹿大战，蚩尤战败被杀，苗族先民被迫迁徙。第三次大迁徙发生在4200—4100年以前（黄帝到尧时期）的三苗部落联盟时期，方向是由北向南。第四次大迁徙发生在约4100年以前的舜到夏禹时期。第五次大迁徙发生在北宋时期，这次迁徙是分途回归。被逐到三危的一支从三危山突围，经过大雪山，渡过浑水河（黄河），朝着南风吹来的方向一步步迁移，过甘肃、青海，沿金沙江到川南、滇东北进入贵州。[1] 被逐到崇山的一支，往东曾达今湖南常德一带，沿水到洞庭、彭蠡之间，后被迫逃进武陵山区，最后到达今湘西、黔东北、川东南和鄂西南一带。往东逃迁的一支逐渐往西归迁，逐步回到原三苗部落联盟的住地，后迁移到五溪地区，再进入“南岭走廊”，经过越城

①杨亚东、杨华献：《苗族迁徙史歌》，贵州民族出版社，2013。

岭到大苗山，再往北到达今黔东南地区。

历史地看待融水苗族古歌《海八》，它应该是贵州苗族《苗族迁徙古歌》的延伸，即苗族第五次迁徙到达洞庭湖以后的事情。苗族学者戴民强经过对融水苗族迁徙史进行认真考证之后认为，苗族祖先是5000年前居住在五溪地区的“五溪蛮”，与瑶、畲两族同源，因阶级分化及人口膨胀，大约在唐末宋初时开始迁徙。其中沿江而下进入闽浙山区的分部，在与当地居民同化、融合后，逐步发展成为后来的畲族；沿溪而上直接进入岭南地区居住的分部，由于长期居山住岭，相互往来少，以后便逐步发展成为瑶族的各个支系；而沿溪而下进入长江以后又沿长江干流逆流而上进入四川盆地的分部，由于无法找到族群聚居的土地，被迫南迁进入云贵高原西南端，最后聚居在榕江流域，逐步发展成为苗族族群。宋初，居住在榕江流域的苗族先民的一小部分，沿榕江而下进入广西境内，分布在融水、隆林、西林、三江、龙胜、南丹等地。[①]

（四）讴歌了苗族传统的爱情观

自古以来，苗族一直是一个农耕民族，自给自足、男耕女织的思想观念比较浓厚，因而形成本民族独特的爱情观。苗族传统的爱情观分为四个方面的内容：一是崇尚自由恋爱。苗族古歌《配烈亨兄》就记述了1000多年前一对苗族男女青年经历悲欢离合，冲破重重阻

①戴民强主编《融水苗族》，广西民族出版社，2009。

碍，生死相恋，终成伴侣的动人故事。二是反对舅权婚姻。苗族古歌《哈梅》记叙苗族女青年哈梅反抗舅权婚姻、宁死不屈的惨烈故事，发人深省。三是提倡吃苦耐劳、勤劳节俭。苗族古歌《友荣配衣》讲述的是2000多年前整些抗良，即今贵州省榕江一对苗族青年男女不畏艰辛，用智慧和汗水创造幸福生活的感人故事。四是颂扬忠孝两全。苗族古歌《能丈》讲述苗族两姊妹不同的爱情观及其不同的生活结局：妹妹心地善良，忠于爱情，孝敬老人，过上幸福的生活；姐姐爱慕虚荣，欲图谋不轨，最终阴谋被识破，无法得到幸福。

苗族传统的爱情观与中华民族传统的爱情观在本质上是一致的。苗族人民崇尚忠贞，像牛郎跟织女那样每年农历七月七日才能相见一次，却不离不弃的爱情，是受到苗族的尊崇的；推崇内敛含蓄，如所谓的非礼勿视、非礼勿言、非礼勿听、非礼勿动；推崇淡泊隽永，认为“两情若是长久时，又岂在朝朝暮暮”。此外，他们崇尚自由恋爱，反对父母之命、媒妁之言。之所以出现这种现象，是因为自古以来，共同的地域、共同的经济生活和共同的文化背景，使中华各民族逐渐形成了共同的心理素质、共同的理想和愿望，趋向于多元一体发展，这是中华民族繁荣发展的动力和方向。

三

广西少数民族古籍保护研究中心组织整理并出版《苗族古歌·融水卷》一书，具有独特的意义和价值，表现在：

（一）《苗族古歌·融水卷》的出版，是对发展融水苗族优秀传统文化事业的积极贡献

抢救、搜集、保护、整理、翻译、出版、研究苗族古歌古规，是深入贯彻落实《国务院办公厅关于进一步加强古籍保护工作的意见》（国办发〔2007〕6号）精神，进一步继承和弘扬苗族优秀文化传统，充分发挥苗族古歌古规对发展苗族地区优秀传统文化、推进社会主义精神文明建设的积极作用的重要举措。广西少数民族古籍保护研究中心深刻认识到新时期苗族古歌古规保护工作的重要性和紧迫性，明确了新时期、新阶段苗族古歌古规保护工作的指导思想、基本方针和总体目标，扎实推进苗族古歌古规保护与抢救工作的开展，努力培养整理苗族古歌古规文献人才队伍，全面加快苗族优秀民间口传文化传承人的保护工作，并取得显著成绩，做出了积极贡献。对此，全体苗族同胞应予以充分肯定并致以衷心感谢。

（二）整理出版《苗族古歌·融水卷》，是继承与保护苗族优秀传统文化的最好方式

苗族古歌是苗族民间文化的宝库、活化石，是活着的历史，对于民族学、历史学、语言学等学科研究具有很大的历史和现实价值，是一笔珍贵的非物质文化遗产。一旦传承人故去，他们所掌握的口传文化也将随之消失。所以，广西少数民族古籍保护研究中心按照“救人、救书、救学科”的原则，组织力量，及时对苗族地区的古歌古规进行搜集整理和出版，使苗族民间具有较高价值的古歌古规得到传承。针对《苗族古歌·融水卷》整理出版过程中面临的突出问题，广西少数民族古籍保护研究中心明确要求融水及其他苗族地区，要着眼于建立健全工作机制，加大对苗族古歌古规整理出版工作的投入，切实加强苗族古籍人才队伍的培养，进一步规范苗族古歌古规的管理和有关苗族古歌古规保护、抢救、整理的宣传工作，这是做好新时期广西苗族地区古歌古规整理工作的指导性意见。

（三）整理出版《苗族古歌·融水卷》，是用口述史方法对苗族传统文化进行的深度研究

苗族古歌是研究苗族历史变迁和社会发展问题的基础和依据，不懂苗族古歌，就很难揭开苗族深重的历史和艰难的历程。苗族学者贾桢，自 2010 年以来，先后三次进入融水苗族村寨，采用口述史的方法，搜集整理苗族古歌古规，对各地苗族村寨民族同化问题进行了深入的研究，最后得出“融水的苗族不是纯粹的自在民族，而是经过长期同化逐步形成的、具有多民族元素并为其他民族共同认同的一个自觉民族”① 的科学结论并得到学术界的认同。这次整理出版的《苗族古歌·融水卷》，涉及苗族的创世、迁徙、族际关系、爱情等方面的口述史资料，内容丰富，材料翔实，很多观点和思想能够追根溯源，与中华民族优秀传统文化联系在一起，因而对弘扬和发展苗族优秀传统文化具有重大而深远的意义。

①贾桢：《从口述史角度看边疆多民族村庄的历史演变——以广西融水县安太乡培地村为个案》，《广西民族研究》2011 年第 4 期。

前　言

苗族是中华民族大家庭中56个成员之一，她和其他兄弟民族一起，共同创造了祖国光辉灿烂的文化。苗族是一个人口众多、分布广的世界性民族，据2000年全国人口普查统计，当时苗族人口已有800多万，其中贵州429万，湖南192万，云南104万，广西46万，重庆40万，湖北20万，四川17万，海南5万。到了2010年，国内外苗族人口已逾千万。其中，国外有近200万，分布在越南、老挝、泰国、美国、法国、加拿大、澳大利亚、阿根廷等地；国内有942万，在全国55个少数民族人口中居第四位。广西苗族主要分布在融水、隆林、三江、西林、资源、龙胜、都安、南丹等县（自治县）。其中，分布最集中的是融水苗族自治县，苗族人口约21.2万（2012年底统计），占融水苗族自治县总人口的42.4%。

苗族有自己的语言，苗语是苗族人民的主要交际工具和思维工具。苗语属于汉藏语系苗瑶语族苗语支，苗语分苗语黔东方言、湘西方言、川黔滇方言。融水苗族自治县的苗语属于苗语黔东方言南部土语。苗族过去只有语言没有本民族文字，这给苗族人民的政治、经济、文化方面的发展带来很大的困难。新中国成立后，国务院决定帮助没有本民族文字的民族创立自己的民族文字。从20世纪50年代开始，在中央各部门的配合下，大批的民族语言专家和专业人员组成苗语调查工作队，对苗族语言进行了普查和研究，根据苗族人民的意愿，在对苗语进行全面深入调查的基础上，于1956年10月在贵阳召开了“苗族语言文字科学讨论会”，为苗族人民制定了黔东方言、湘西方言、川黔滇方言等三套苗族文字方案（草案）。

一、融水苗族古歌的搜集整理现状

苗族是我国最古老的少数民族之一。苗族至少有5000年的悠久历史，苗族人民经历了由北向南、由东到西的长时间、远距离、大幅度的迁徙，在漫漫的历史长河中饱经征战，历尽艰辛，顽强拼搏，艰苦创业，使本民族在极端恶劣的环境中得以生存和发展，同时创造了本民族多姿多彩且具有独特风格的民族文化，充分显示了苗族人民艰苦卓绝的斗争精神、顽强不屈的革命意志和浪漫主义情怀。

苗族古歌内容极其丰富，价值极高，但会唱苗族古歌的人已屈指可数，苗族古歌濒临消亡。20世纪50年代初，壮族作家肖甘牛、覃桂清曾搜集整理过苗族古歌，其中最有影响的有八首，被称为“八大苗歌”，但也未得到应有的保护和传承。

2005年融水苗族自治县文化部门组织专家学者经过多年的努力，完成了“中国民间文学三套集成”《融水民间故事》《融水民间歌谣》《融水民间谚语》三本书的编写任务。其中民间歌谣部分，在整理过程中，按汉语“信、达、雅”的翻译要求，整理出很优美的歌谣，但是已经没有一点苗族歌谣的韵味了，不能准确表现苗族歌谣的艺术特色，不能按照歌谣内容翻唱苗歌，这是整理苗族歌谣的一大遗憾。

苗族知识分子也尝试整理古歌，已退休的贾文质老师就是其中一位，他曾经于1957年参加贵州民族学院黔东苗语师资培训班，学习新创制的拼音苗文。退休后，他深入苗寨搜集苗族古歌，并利用苗文整理了《配烈亨兄》《哈梅》等古歌，后因一场大火，辛苦十年整理出来的古歌书稿全部被烧毁，非常遗憾。

为了抢救苗族古歌这一宝贵的文学遗产，2005年上半年，在融水苗族自治县党委、政府的关心下，《苗族古歌·融水卷》由自治县民族和宗教事务局组织收集整理，由韦秀明、杨庆林、韦明岱、杜鸿等人组成苗族古歌搜集整理小组，由杨庆林（苗族歌手）主唱，其他人记录、翻译、整理。经过多年的艰苦努力，终于整理出十一首苗族古歌，即《根省兑、根忍纳、中忍纳》、《顶劳顶六》、《英能》、《海八》（即《谷忍纳》）、《哈梅》、《能丈》、《侬直》、《友荣配衣》、《五劳五六》、《配烈亨兄》、《古波麻分了》。

为了完成《苗族古歌·融水卷》的采集工作，韦秀明等同志按照歌手演唱内容，逐句用桂柳话的汉字谐音记录苗音。在采集过程中，遇到很多难题。因汉字只有四个声调，而苗语有八个声调，虽然他们采用接近苗音的桂柳话汉字谐音来记录，但汉字无法准确记录苗音，整理出来的古歌，很多融水苗族知识分子也很难根据汉字谐音来准确演唱古歌，给古歌传承带来很大障碍。为了把原生态演唱的苗族古歌保存下来，2013 年 7 月，广西少数民族古籍保护研究中心特别邀请苗语专家贺明辉同志参与《苗族古歌·融水卷》的整理工作，按照少数民族古籍整理的规范和“汉字记苗音—国际音标—拼音苗文—汉直译—汉意译”的要求完善整理内容，在原来搜集整理的基础上，用国际音标和新创制的拼音苗文标注苗音。这样就准确地把以原生态形式演唱的苗族古歌记录了下来，既保留原生态苗音，又给研究苗歌文化的专家学者提供了翔实的资料。经过半年的努力工作，终于完成全书的翻译和整理工作。

二、苗族古歌的分类及其艺术特色

（一）苗族古歌的分类

苗族有丰富多彩的民间口头文学。因苗族过去只有语言而没有自己通用的民族文字，许多经典的长篇叙事歌只能靠苗族歌手用演唱形式传承下来的。苗族民间文学，按其内容分为神话、传说、歌谣和俗语等，其中，歌谣内容丰富多彩，形式多样，曲调悠扬。它不仅反映了苗族处于不同时代的社会生活、民族风情，而且还勾画出苗族的形象、心理和性格特征。歌谣是伴随着劳动而产生的，随着社会的发展而发展；而社会生产的纷繁复杂变化，又使民间歌谣具有包罗万象的内容。按歌唱的内容分，歌谣可分为古歌（包括创世歌、祭祀歌、迁徙歌、神话传说歌等）、传统民歌（包括劳动歌、苦情歌、酒歌、婚姻歌、爱情歌、儿歌等）。现搜集到的古歌中，属于创世歌的是《根省兑、根忍纳、中忍纳》《英能》等，属于祭祀歌的是《依直》《五劳五六》，属于迁徙歌的是《海八》，属于神话传说歌的是《能丈》《顶劳顶六》《哈梅》《友荣配衣》《配烈亨兄》《古波麻分了》等。

本书收录的苗族古歌主要流传在融水苗族自治县和三江侗族自治县的苗族聚居区，也流传于与广西交界的贵州省从江县苗族聚居区。

（二）苗族古歌有其独特的艺术特色

古歌是苗族口头创作和流传的古代叙事歌。在苗族古歌中，保存内容特别丰富的叙事歌，既有长篇的创世史诗古歌，也有短篇形式的古歌。这些古歌明显具有神话性质。它们的产生和流传经过一个漫长的历史时期，形成一种独特的古歌体系，它们是苗族的创世史诗歌。古歌一般叙述苗族先民对人类的起源、万事万物的产生和演变的认识以及苗族的来历、苗族迁徙的过程等。从形式上看，它以长篇叙事歌为主，以优美的旋律和含蓄的格调赢得人们的喜爱。苗族古歌不但有较高的审美价值，而且对苗族的来源及迁徙、古代社会组织和风俗习惯都有涉及，具有较高的史学研究价值。

苗族古歌是苗族民间创作流传的一种具有独特韵律的韵文作品，在苗族文学史上具有十分重要的地位和作用，具有如下艺术特色：

其一，苗族古歌押调不一定押韵。苗族古歌的语言形式一般是五言、七言或九言体，句与句之间是押调而不一定押韵，每句最后两字必须押调，否则就不好唱。所谓押调，严格来说，就是要求每首诗歌各句之间相对的音节都是同样高低的声调。一般来说，只要求每句诗的最后一个音节的声调相同就可以了。在苗族古歌里，尽管有的相对的音节内容相反，末句的声调还是相同的。这样能协调音调，使人易于朗读和对唱，使苗歌节奏分明，朗朗上口，从而增强了艺术感染力。例如《友荣配衣》：

拼音苗文	汉意译
Jid yongl yis dix mangl	友荣配衣最漂亮
Dlaob liuk nzengx las bail	皮肤白嫩像棉花
Xingt liuk xiangx dab diul	皮肤透亮像白银
Yux yongl dangt ghas ties	友荣出生在哪里
Yux yongl dangt khangk liangs	友荣在抗良出生
Zengx xieb vangl gib niangs	在那整些寨里面
……	
Max xingd mib lies xiat	未熟放进甑子蒸
Qik nax laol nos at	等待老人再来蒸
Zaok dax mul dies xiet	匆匆忙忙跑出门

以上节选的苗族古歌最后一个音节的调值是一样的，不同的段落运用不同的调值，歌手演唱抑扬顿挫，精彩纷呈，同时也显示歌手演唱风格的多样性。

其二，大胆夸张。在对事物进行渲染、强化描述时，故意言过其实，以增强感染力。这种夸张的修辞方法，在苗族古歌中得到普遍运用。例如创世歌：

拼音苗文	汉意译
Dlaob yos nax fengb bail	四个人是天庭人
……	
Dliof yos haob dax diel	把天庭拉近地球
Xib yos daib dax bail	把地球拉近天庭
Laol ghas diongb dax dongl	他们在中间相遇
Oub jik yous jingx wengl	河水转圈成池塘
Dlaob yos dangx tongb yal	他们四人很凶恶
Jiel xais ghaid maex bail	他们训话又拍手
Laob deif ghas dax wangl	他们一脚蹬大地
Liongs daos oub max mul	大地凹坑水不流
Oub jik yous jingx wengl	河水入坑成池塘

宇宙间“天”与“地”分隔是由于天庭人把“天”往地球上“拉”，又把地球往天庭“拉”，他们在“中间”相遇，才形成的。这是人们对宇宙形成的认识。这种以现实生活为基础，不是真实胜似真实的夸张，能鲜明突出地描述物象和传达情感，以启发听众的联想，手法奇异，艺术效果突出。

其三，风趣、生动的比喻。比喻可以把事物说得更通俗、逼真、生动、风趣，给人以丰富的想象。如《友荣配衣》中这样描述：

拼音苗文	汉意译
Jios wut jid yux yongl	最美就是友荣妹
Jid yongl yis dix mangl	友荣配衣最漂亮
Dlaob liuk nzengx las bail	皮肤白嫩像棉花
Xingt liuk xiangx dab diul	皮肤透亮像白银
……	
Deix ghaol dab hengt dlas	告哥家里很富裕
……	
Deix ghaol max wut nios	告哥天生不英俊
Deix ghaol daob but baes	告哥脸庞有凹坑
Daob nziux nzingb mul niangs	额头往里面凹陷
Jiangs lab loux jias xis	像小簸箕来装米
Jiangs lab wox jias nous	像一个鸟笼装鸟
……	
Deix ghongl dab hengt xios	工哥家庭很贫穷
Deix ghongl diangd wut nios	工哥天生长英俊
Nziangf taob mangl xingt lings	脸蛋白嫩又透红
Nix zaid sal tingt dongs	房子倾斜用柱顶
Mib gob laol tit bangs	木皮来代替木板
Mib ghab nzol caot nongs	茅草盖房来遮雨
Paet giux buf saos niangs	房外看见房里面

歌中将“友荣”“告哥”和“工哥”三个主人公进行生动比喻，让听众展开丰富的联想。风趣、生动的比喻在古歌中随处可见，只要你用心去欣赏，就能体会其

中的含义。

三、苗族古歌的演唱和传承

苗族聚居区普遍流传着一种以创世为主体内容的诗体神话，俗称“古歌”。苗族古歌是我国流传下来的唯一的非宗教典籍的传世记史诗，也是集苗族历史、伦理、民俗、服饰、建筑、地理等内容为一体的百科全书。苗族古歌是中国非物质文化遗产之一。

苗族古歌是苗族先民在长期的生产劳动中创造出来的史诗。它的内容包罗万象，从宇宙的诞生、人类和物种的起源、开天辟地、初民时期的滔天洪水，到苗族的大迁徙、苗族的古代社会制度和日常生产生活等，无所不包，成为苗族古代神话的总汇。苗族古歌是一个民族的心灵记忆，是苗族古代社会的百科全书和经典，具有史学、民族学、哲学、人类学等多方面的研究价值。

由于苗族历史上没有自己的文字，苗族古歌的创作与传承只能靠历代人口口相传。古歌大多在民俗活动如“鼓社祭”、婚丧仪式、亲友聚会、民间节日中演唱。演唱者多为老年人、巫师、歌手等，通常以比赛的形式进行，可以几天几夜连续表演。

古歌保存着完整的苗族活形态文化体系，表现了万物有灵、生命神圣、众生平等、人与自然共存共荣和谐发展的哲学思想，与广大苗族群众的生产、生活和思想感情密切相关。演唱时，分客、主两方对坐，采用盘歌形式问答，一唱就是几天几夜甚至十天半个月，调子雄壮而苍凉。

古歌是在婚庆及重大节庆节日等活动时，邀请苗族歌师或歌手来演唱的。古歌在演唱过程中，经常有乐器伴奏，主要有“嘎伶”（又称“果林”）和“嘎哈”（又称“果哈”）两种。

“嘎伶”，汉语称“苗笛”，是苗族民间的吹管乐器，发音原理与芦笙一样，均靠吹气使簧片振动发音，实际上就相当于芦笙的单根音管。不同之处是“嘎伶”管身开四个音孔，操作时直接用口对簧片吹奏，音域为大六度，音色低沉醇厚，音量亦比芦笙微弱。演奏上常用手指盖半孔，造成滑音或变化音，与唱腔颇为吻合。由于音域窄，演奏上有一定局限性，一般只用于苗族古歌伴奏。“嘎伶”主要用于唱歌前的引子和唱歌时伴奏。歌手唱歌前，先由吹笛者吹奏“嘎伶”（一般是女唱男吹笛或男唱女吹笛），用“嘎伶”语言催促歌手唱歌。歌手一唱，“嘎伶”随即伴奏，每唱完一首，吹笛者就用“嘎伶”语言赞扬。

“嘎哈”是苗族唯一的民间弓弦乐器，因其形状似瓢，故苗语称为“嘎哈”（意即瓢琴）。民间“嘎哈”的制作工艺较为粗糙，先选一段长约60厘米、直径为15厘米的鸭脚木或泡桐木为琴坯，将其二分之一的一端挖成瓢状，封上薄板作为共鸣箱，另一端修成把柄状作为琴柄，在琴柄顶端钻孔，安上弦钮，用细麻线（牛筋线更佳）作为琴弦，以棕丝、竹片为弓制作而成。民间艺人演奏“嘎哈”，一般自拉自唱。听众围坐在火塘边或木楼上，欣赏演唱者唱苗族古歌。

苗族古歌的传承方式主要有家族传承、师徒传承、自学和现代的录音或录像传承以及培训班传承。

家族传承。这种方式是苗族古歌最原始最普遍的传承方式，它是指在同一血亲范围内的传承，包括直系血亲和旁系血亲。以这种方式传承的家族都有一个或几个长辈歌师，在这种家族里有一种特定的文化心理意识，歌师们都将继承本民族的古歌史诗视为自身的职责。

师徒传承。这种方式使古歌的传播范围得到扩大，但拜师的仪式严格，且充满神秘的色彩。

自学。这种传承方式是那些没有正式拜师学习，且家族内又无歌师的人凭借记忆习得的。一是他们听到歌师唱古歌时记下来；二是在别人拜师学歌时，他们在一边偷偷学。

现代的录音或录像传承。由于科技的发展、推广，苗族人民在近现代社会生活当中，运用现代设备将古歌进行录音传唱，这很普遍。研究者出于保护、传承的目的，将苗族古歌进行录音、录像，以收集整理，例如已出版的《融水苗族埋岩古规》。

培训班传承。政府或者协会把一定区域的苗族古歌爱好者集中进行培训，让民间艺人或者老歌手教他们演唱古歌。截至 2013 年底，融水苗歌协会先后举办了 5 期融水苗族歌手培训班，采取老师课堂传授苗族古歌、祝酒歌、迎宾歌、拦路歌、喜庆歌、成就歌、情歌、笛子歌的创作方法、演唱方式和演唱注意事项，老师现场解答，学员相互交流，学员见习演唱等形式进行培训。

凡　例

一、本书所收录的古歌均搜集自融水苗族民间，依据少数民族古籍整理的要求，每行古歌按“汉字记苗音—国际音标—拼音苗文—汉直译—汉意译”五行对照制的体例编排。

二、苗族古歌主要以口耳相传，本书第一行即汉字记苗音是编者为方便搜集整理所加的，非原来固有。在苗族地区，汉字记苗音的方式为群众，包括苗族歌手、文化爱好者等所广泛接受，成为苗族古歌得以传承的主要辅助手段，故在整理出版中予以保留，以满足不同读者所需。

三、本书各章节将苗语译为规范汉文题名，但以括号保留其汉字记苗音的形式即苗族民间传统习惯的名称。

四、本书每章正文前设有题解，是对本章古歌的简要说明。正文后附有古歌流传地区、演唱者、采录者、翻译者等基本信息。

五、苗文与国际音标对应表：

（一）声母表

国际音标	p	ph	m	f	v	t	th	n
拼音苗文	b	p	m	f	w	d	t	n
国际音标	l	ɬ	ts	tsh	s	tɕ	tɕh	ȵ
拼音苗文	l	dl	z	c	s	j	q	nz

续表

国际音标	ɕ	ʑ	k	kh	ŋ	χ	ɣ	q
拼音苗文	x	y	g	k	ng	hv	v	gh
国际音标	qh	h						
拼音苗文	kh	h						

（二）韵母表

国际音标	i	e	ɛ	a	o	u	ai	əi
拼音苗文	i	e	ae	a	o	u	ai	ei
国际音标	ui	ie	ia	ua	uai	io	iu	au
拼音苗文	ui	ie	ia	ua	uai	io	iu	ao
国际音标	əu	iau	iaŋ	uaŋ	ioŋ	iun	im	om
拼音苗文	ou	iao	iang	uang	iong	iun	im	om
国际音标	am	in	an	ən	un	iŋ	aŋ	əŋ
拼音苗文	am	in	an	en	un	ing	ang	eng
国际音标	oŋ							
拼音苗文	ong							

（三）声调调值、调类、调号对应表

调值	33	55	35	21	44	22	13	213
调类	1	2	3	4	5	6	7	8
调号	b	x	d	l	t	s	k	f

创世歌

（根省兑、根忍纳、中忍纳）

题解：《创世歌》，苗语即《根省兑、根忍纳、中忍纳》。它是黔、桂苗族祖先流传下来的内容丰富、精彩动人的苗族古歌，分“根省兑”“根忍纳”“中忍纳”三个部分。“根省兑”主要描述了地球从混沌到开天辟地造万物的情景；“根忍纳”主要叙述万物繁衍和洪水泛滥的故事；“中忍纳”主要叙述从兄妹结婚到众人溯河西迁的自然世界与苗族社会产生和发展的过程。古歌表现了苗族祖先对地球的认识过程，充满了丰富的想象，反映苗族祖先不断改造自然、战胜自然的伟大气魄。古歌《根省兑、根忍纳、中忍纳》主要流传在广西融水、三江等自治县，以及贵州从江县的苗族聚居区。

西	接	瓜	桑	劳
ɕi^{1}	tɕie^{8}	qa^{6}	saŋ^{2}	lau^{4}
Xib	jief	ghas	sangx	laol
谁	告诉	那	古	老

哪个来讲远古时

败	接	瓜	桑	劳
pai^{1}	tɕic^{8}	qa^{6}	saŋ^{2}	lau^{4}
Baib	jief	ghas	sangx	laol
我们	告诉	那	古	老

我们述说古老时

瓜	高	牛	阿	劳
qa^{6}	qau^{5}	ȵiu^{6}	a^{2}	lau^{4}
Ghas	ghaot	nzius	ax	laol
那	古	老	那	来

述说在远古时候

瓜	共	牛	阿	劳
qa^{6}	qoŋ^{7}	ȵiu^{6}	a^{2}	lau^{4}
Ghas	ghongk	nzius	ax	laol
那	古	老	那	来

述说在古老时候

接	瓜	根	省	兑
tɕie^{8}	qa^{6}	qəŋ^{1}	səŋ^{2}	təi^{4}
Jief	ghas	ghengb	sengx	deil
告诉	那	根	省	兑

述说古时根省兑①

根	省	兑	阿	劳
qəŋ^{1}	səŋ^{2}	təi^{4}	a^{2}	lau^{4}
Ghengb	sengx	deil	ax	laol
根	省	兑	那	来

根省兑怎样形成

罗	刀	金	果	立
lo^{6}	tau^{6}	kiŋ^{1}	ko^{2}	li^{4}
Los	daos	gingb	gox	lil
才	符合	历	史	故事

述说符合历史事

---

①根省兑：苗语“ghengb sengx deil”的音译，描述地球形成初期的过程和现象。

羊	卖	收	贾	足
ʑaŋ^{4}	mai^{6}	χu^{1}	tɕia^{2}	tɕiu^{4}
Yangl	mais	hvub	jiax	jiul
羊	麦	话	清	楚

远古话说很清楚

足	凹	着	几	工
tɕiu^{8}	au^{1}	tɕio^{2}	ki^{6}	koŋ^{4}
Jiuf	aob	jiox	gis	gongl
十	二	条	大	路

从前十二条大路

西	觉	挪	松	羊
ɕi^{5}	tɕhio^{7}	nio^{2}	ɬoŋ^{6}	ɣaŋ^{4}
Xit	qiok	niox	dlongs	vangl
交	叉	留	坳	寨

大路在村头交叉

列	呆	粉	兴	林
lie^{8}	tai^{1}	fəŋ^{2}	ɕiŋ^{6}	liŋ^{4}
Lief	daib	fengx	xings	lingl
亮	泥	黄	闪	亮

大路泥土黄又亮

足	凹	着	些	雷
tɕiu^{8}	au^{1}	tɕio^{2}	ɕai^{6}	ləi^{4}
Jiuf	aob	jiox	xais	leil
十	二	条	歌	古

述说十二首古歌

西	觉	挪	娘	肚
ɕi^{5}	tɕhio^{7}	nio^{2}	niaŋ^{6}	təu^{4}
Xit	qiok	niox	niangs	doul
交	织	留	内	肚

古歌收藏在肚子

西	觉	准	吗	别
ɕi^{5}	tɕhio^{7}	tɕiŋ^{2}	ma^{6}	pɛ^{4}
Xit	qiok	jingx	mas	bael
交	织	成	眼	网

古歌交织像渔网

列	芒	肚	兴	林
lie^{8}	maŋ^{1}	təu^{2}	ɕiŋ^{6}	liŋ^{4}
Lief	mangb	doux	xings	lingl
亮	油	动物	闪	亮

古歌像网油闪亮

败	社	着	爹	列
pai^{1}	ɕi^{3}	tɕio^{2}	tɛ^{6}	lie^{4}
Baib	xid	jiox	daes	liel
我们	看	条	哪	好

我们细选哪首好

败	之	着	阿	木
pai^{1}	tɕi^{5}	tɕio^{2}	a^{2}	mu^{4}
Baib	jit	jiox	ax	mul
我们	上	条	那	去

我们选择那首歌

号	接	根	省	兑
hau^{5}	tɕie^{8}	qəŋ^{1}	səŋ^{2}	təi^{4}
Haot	jief	ghengb	sengx	deil
要	唱	根	省	兑

要唱那首根省兑

根	省	兑	几	跌
qəŋ^{1}	səŋ^{2}	təi^{4}	ki^{6}	tie^{4}
Ghengb	sengx	deil	gis	diel
根	省	兑	面	下

唱那凡间根省兑

败	接	根	省	兑
pai^{1}	tɕie^{8}	qəŋ^{1}	səŋ^{2}	təi^{4}
Baib	jief	ghengb	sengx	deil
我们	讲	根	省	兑

我们叙述根省兑

根	省	兑	阿	劳
qəŋ^{1}	səŋ^{2}	təi^{4}	a^{2}	lau^{4}
Ghengb	sengx	deil	ax	laol
根	省	兑	那	来

叙述根省兑那来

罗	刀	金	果	立
lo^{6}	tau^{6}	kiŋ^{1}	ko^{2}	li^{4}
Los	daos	gingb	gox	lil
才	符合	历	史	故事

述说符合历史事

羊	卖	收	贾	足
ʑaŋ^{4}	mai^{6}	χu^{1}	tɕia^{2}	tɕiu^{4}
Yangl	mais	hvub	jiax	jiul
羊	麦	话	清	楚

远古话说很清楚

末	糯	刀	引	农
mo^{8}	ȵau^{6}	tau^{6}	ɣiŋ^{2}	ȵoŋ^{4}
Mof	nzaos	daos	vingx	nzongl
按	墨线	对	边角	仓

按照墨线成方圆

糯	哪	先	哪	尼
ȵau^{6}	nia^{2}	ɕiŋ^{1}	nia^{2}	ni^{4}
Nzaos	niax	xingb	niax	nil
墨线	拉	线	拉	直

墨线拉直墨线直

扫	东	空	改	东
sau^{6}	toŋ^{6}	qhoŋ^{1}	kai^{2}	toŋ^{4}
Saos	dongs	khongb	gaix	dongl
凿	柱子	莫	改	洞

凿洞莫改原线路

枪	东	披	马	木
tɕhiaŋ^{1}	toŋ^{6}	phi^{1}	ma^{2}	mu^{4}
Qiangb	dongs	pib	max	mul
串	柱子	进	不	去

不然横梁打不畅

接	示	裸	阶	劳
tɕie⁸	ɕi⁷	lo²	qai¹	lau⁴
Jief	xik	lox	ghaib	laol
唱	歌	从	源头	来

唱歌要从源头唱

刀	斗	拉	阶	杀
tau³	təu⁵	la¹	qai¹	sa⁴
Daod	dout	lab	ghaib	sal
砍	树	从	蔸	砍

砍树要从树蔸砍

空	迷	瓜	东	仁
qhoŋ¹	mi⁸	qa⁶	tioŋ¹	ʑiŋ⁴
Khongb	mif	ghas	diongb	yingl
莫	砍	那	中间	节

不能在中间乱砍

空	扑	本	东	直
qhoŋ¹	phu³	pəŋ²	tioŋ¹	tɕi⁴
Khongb	pud	bengx	diongb	jil
莫	砍	那	中间	杈

不能砍中间树杈

瓜	各	罗	布	杀
qa⁶	ko⁸	lo⁶	pu¹	sa⁴
Ghas	gof	los	bub	sal
那	末梢	才	好	砍

这样唱歌好收尾

乌	乌	江	乃	瓦
vu^5	vu^5	tɕiaŋ^6	ȵai^2	va^4
Wut	wut	jiangs	nzaix	wal
好	好	聆	听	我

大家好好听我唱

加	吗	败	比	劳
tɕia^6	ma^6	pai^1	pi^2	lau^4
Jias	mas	baib	bix	laol
关	注	我们	唱	来

聆听我来唱古歌

比	当	败	贾	劳
pi^3	taŋ^5	pai^1	tɕia^2	lau^4
Bid	dangt	baib	jiax	laol
就	是	我们	讲	来

我来唱一唱古歌

许	阿	嗒	瓦	扭
ɕi^2	a^1	ta^1	va^2	niu^4
Xix	ab	dab	wax	niul
时	那	地	球	暗

以前地球很混沌

扭	爹	芒	着	跌
niu^4	tɛ^6	maŋ^5	tɕio^2	tie^4
Niul	daes	mangt	jiox	diel
暗	整	夜	凡	间

地球就像那黑夜

许	阿	败	党	吓
ɕi^2	a^1	pai^4	taŋ^2	ɬia^4
Xix	ab	bail	dangx	dlial
时	那	山	地	走

以前大地会移动

败	拉	月	守	无
pai^4	la^6	vɛ^6	su^2	vu^4
Bail	las	waes	sux	wul
山	地	转	转	动

群山峻岭会转动

依	脑	代	依	立
ɣi^1	ȵau^2	tai^7	ɣi^1	li^4
Vib	nzaox	daik	vib	lil
石	绿色	和	石	褐色

石头绿色和褐色

呆	粉	代	凹	扭
tai^1	fəŋ^2	tai^7	əu^1	niu^4
Daib	fengx	daik	oub	niul
泥	黄	与	水	混

黄泥土和浑浊水

嗒	你	西	花	纳
ta^1	ni^2	ɕi^5	fa^1	na^4
Dab	nix	xit	fab	nal
它	们	相	交	缠

它们混淆在一起

败	党	吗	融	融
pai^{4}	taŋ^{2}	ma^{6}	ʑom^{1}	ʑom^{4}
Bail	dangx	mas	yomb	yoml
山	地	软	绵	绵

大地山川软绵绵

吗	融	江	凹	熟
ma^{6}	ʑom^{4}	tɕiaŋ^{6}	əu^{1}	səu^{4}
Mas	yoml	jiangs	oub	soul
软	绵	似	水	粥

软绵绵像那稀饭

准	冻	蚁	根	王
tɕiŋ^{2}	toŋ^{7}	ȵi^{2}	qəŋ^{1}	vaŋ^{4}
Jingx	dongk	nzix	ghengb	wangl
成	冻	牛	底	锅

就像冻油结锅底

许	阿	败	党	由	答	英
ɕi^{2}	a^{1}	pai^{4}	taŋ^{2}	ʑəu^{4}	ta^{6}	ʑiŋ^{5}
Xix	ab	bail	dangx	youl	das	yingt
时	那	山	地	漂	摇	曳

那时大地在漂荡

败	党	阿	配	亨
pai^{4}	taŋ^{2}	a^{5}	phɛ^{7}	həŋ^{5}
Bail	dangx	at	paek	hengt
山	地	做	女	男

大地像男女一样

败	党	吗	年	年
pai^{4}	taŋ^{2}	ma^{6}	ȵiŋ^{4}	ȵiŋ^{5}
Bail	dangx	mas	nzingl	nzingt
山	地	软	绵	绵

大地山川软绵绵

吗	议	江	王	别
ma^{6}	ȵi^{7}	tɕiaŋ^{6}	vaŋ^{4}	pɛ^{5}
Mas	nzik	jiangs	wangl	baet
软	绵	似	锅	猪潲

软绵绵像锅猪潲①

准	冻	蚁	冻	阿
tɕiŋ^{2}	toŋ^{7}	ȵi^{2}	toŋ^{6}	a^{5}
Jingx	dongk	nzix	dongs	at
成	冻	牛	冻	做

就像刚结那冻油②

许	阿	根	省	兑
ɕi^{2}	a^{1}	qəŋ^{1}	səŋ^{2}	təi^{4}
Xix	ab	ghengb	sengx	deil
时	那	根	省	兑

从前那个根省兑

①叙述地球形成初期，地球表面好像那刚煮熟的一锅猪潲，表层软软的。
②叙述地球形成初期，地球表面好像冬天凝结的动物油，表层软软的。

根	省	兑	几	跌
qəŋ^{1}	səŋ^{2}	təi^{4}	ki^{6}	tie^{4}
Ghengb	sengx	deil	gis	diel
根	省	兑	面	下

那个凡间根省兑

瓜	沛	瓦	嗦	答
qa^{6}	phɛ^{5}	va^{2}	ɬau^{1}	ta^{4}
Ghas	paet	wax	dlaob	dal
那	天	庭	四	个

天庭①派来四个人

嗦	约	哪	分	败
ɬau^{1}	ʑo^{6}	na^{2}	fəŋ^{1}	pai^{4}
Dlaob	yos	nax	fengb	bail
四	个	人	天	庭

四个人是天庭人

王	共	代	王	工
vaŋ^{2}	qoŋ^{6}	tai^{7}	vaŋ^{2}	qoŋ^{4}
Wangx	ghongs	daik	wangx	ghongl
王	共	和	王	工

天庭王共和王工②

---

①天庭：苗语“paet wax”或“fengb wax”的意译。天庭，天帝的皇宫。苗族认为，除凡间外，在天上同样生活着与凡间一样的人，他们通过爬“天梯”相互往来。

②王共：苗语“wangx ghongs”的音译，人名；王工：苗语“wangx ghongl”的音译，人名。他们是天庭派下凡间的大王。

王	古	代	王	杰
vaŋ^{2}	ku^{5}	tai^{7}	vaŋ^{2}	kie^{4}
Wangx	gut	daik	wangx	giel
王	古	和	王	杰

天庭王古和王杰①

唆	约	号	打	跌
ɬio^{8}	ʑo^{6}	hau^{1}	ta^{2}	tie^{4}
Dliof	yos	haob	dax	diel
扯	那	天	往	下

把天庭拉近地球

西	约	呆	打	败
ɕi^{1}	ʑo^{6}	tai^{1}	ta^{2}	pai^{4}
Xib	yos	daib	dax	bail
拉	面	地	往	上

把地球拉近天庭

劳	瓜	东	打	东
lau^{4}	qa^{6}	tioŋ^{1}	ta^{2}	toŋ^{4}
Laol	ghas	diongb	dax	dongl
来	那	中间	对	顶

他们在中间相遇

---

①王古：苗语“wangx gut”的音译，人名；王杰：苗语“wangx giel”的音译，人名。他们是天庭派下凡间的大王。

凹	志	优	准	文
əu^{1}	tɕi^{7}	ʑəu^{6}	tɕiŋ^{2}	vəŋ^{4}
Oub	jik	yous	jingx	wengl
水	旋	转	成	坑

河水转圈成池塘

嗦	约	党	通	压
ɬau^{1}	ʑo^{6}	taŋ^{2}	thoŋ^{1}	ʑa^{4}
Dlaob	yos	dangx	tongb	yal
四	人	很	凶	恶

他们四人很凶恶

接	些	改	买	败
tɕie^{8}	ɕai^{6}	qai^{3}	mɛ^{2}	pai^{4}
Jief	xais	ghaid	maex	bail
讲	话	又	拍	手

他们训话又拍手

劳	对	瓜	打	王
lau^{1}	təi^{8}	qa^{6}	ta^{2}	vaŋ^{4}
Laob	deif	ghas	dax	wangl
脚	蹬	那	坪	坡

他们一脚蹬大地

龙	刀	凹	马	木
lioŋ^{6}	tau^{6}	əu^{1}	ma^{2}	mu^{4}
Liongs	daos	oub	max	mul
缝	裂	水	不	去

大地凹坑水不流

凹	志	优	准	文
əu^{1}	tɕi^{7}	ʑəu^{6}	tɕiŋ^{2}	vəŋ^{4}
Oub	jik	yous	jingx	wengl
水	旋	转	成	坑

河水入坑成池塘

能	马	到	哪	吓
nəŋ^{4}	ma^{2}	tau^{5}	na^{2}	ɬia^{4}
Nengl	max	daot	nax	dlial
下游	没	有	人	走

河流下游无人走

周	马	到	颇	列
tɕiu^{6}	ma^{2}	tau^{5}	po^{2}	lie^{4}
Jius	max	daot	box	liel
上游	没	有	浮萍	流

上游没有浮萍流①

马	到	金	古	各
ma^{2}	tau^{5}	kiŋ^{1}	kiu^{2}	ko^{4}
Max	daot	gingb	giux	gol
没	有	昆	虫	叫

大地没有昆虫叫

①叙述地球形成初期，大地到处是沟壑和湖泊，渺无人烟。

纠　斗　党　盘　林
tɕiu^{1} təu^{5} taŋ^{2} phan^{1} ɬin^{4}
Jiub dout dangx panb dlinl
丛　林　淹　浮　完
树木浮满那河流

仁　你　根　省　兑
ʑiŋ^{4} ni^{6} qəŋ^{1} səŋ^{2} təi^{4}
Yingl nis ghengb sengx deil
节　这　根　省　兑
这首歌是根省兑

根　省　兑　几　跌
qəŋ^{1} səŋ^{2} təi^{4} ki^{6} tie^{4}
Ghengb sengx deil gis diel
根　省　兑　面　下
这是凡间根省兑

接　足　根　省　兑
tɕie^{8} tɕio^{6} qəŋ^{1} səŋ^{2} təi^{4}
Jief jios ghengb sengx deil
说　完　根　省　兑
唱完根省兑古歌

农　之　根　忍　纳
noŋ^{3} tɕi^{5} qəŋ^{1} ȵiŋ^{2} na^{4}
Nongd jit ghengb nzingx nal
现　上　根　忍　纳
现在要唱根忍纳①

①根忍纳：苗语“ghengb nzingx nal”的音译，描述地球成形后的故事。

接	瓜	根	忍	纳
tɕie^{8}	qa^{6}	qəŋ^{1}	ȵiŋ^{2}	na^{4}
Jief	ghas	ghengb	nzingx	nal
告诉	那	根	忍	纳

叙述根忍纳古歌

根	忍	之	几	跌
qəŋ^{1}	ȵiŋ^{2}	tɕi^{1}	ki^{6}	tie^{4}
Ghengb	nzingx	jib	gis	diel
根	忍	之	面	下

叙述凡间根忍纳

意	无	追	嗓	定
ʑi^{3}	vu^{7}	tsəi^{1}	saŋ^{2}	tiŋ^{4}
Yid	wuk	zeib	sangx	dingl
要	下	五	级	梯子

五级梯子下凡间

兄	开	吞	打	木
ɕioŋ^{6}	qhai^{5}	təŋ^{1}	ta^{2}	mu^{4}
Xiongs	khait	dengb	dax	mul
七	节	梯子	来	去

七节天梯[①]下凡间

---

①天梯：苗族认为，人们要上到天庭，必须有一个楼梯把地球和天庭连接起来，他们把连接天庭和地球的梯子称为“天梯”。

罗	扫	根	忍	纳
lo^{6}	sau^{6}	qəŋ^{1}	ȵ̥iŋ^{2}	na^{4}
Los	saos	ghengb	nzingx	nal
才	到	根	忍	纳

才到凡间根忍纳

布	答	许	嗒	答
pu^{1}	ta^{4}	ɕi^{2}	ta^{1}	ta^{4}
Bub	dal	xix	dab	dal
知	个	哪	孩	子

不知天庭哪个人

你	正	党	溜	行
ni^{2}	tsəŋ^{5}	taŋ^{2}	liu^{1}	ɬiŋ^{4}
Nix	zengt	dangx	liub	dlingl
他	真	非常	大	力气

他那力气真很大

罗	布	根	忍	纳
lo^{6}	pu^{6}	qəŋ^{1}	ȵ̥iŋ^{2}	na^{4}
Los	bus	ghengb	nzingx	nal
才	进	根	忍	纳

他才走进根忍纳

罗	刚	瓦	兴	劳
lo^{6}	kaŋ^{6}	va^{2}	ɕiŋ^{1}	lau^{4}
Los	gangs	wax	xingb	laol
才	现	天	空	来

凡间才重现光芒

马	接	马	布	足
ma^{2}	tɕie^{8}	ma^{2}	pu^{1}	tɕiu^{4}
Max	jief	max	bub	jiul
不	讲	不	知道	完

不讲真是不知道

刀	接	罗	布	足
tau^{6}	tɕie^{8}	lo^{6}	pu^{1}	tɕiu^{4}
Daos	jief	los	bub	jiul
要	讲	才	知道	完

一定告诉才知道

瓜	沛	瓦	追	答
qa^{6}	phɛ^{5}	va^{2}	tsəi^{1}	ta^{4}
Ghas	paet	wax	zeib	dal
那	天	上	五	个

天庭派来五个人

九	约	哪	分	败
tɕiu^{2}	ʑo^{6}	na^{2}	fəŋ^{1}	pai^{4}
Jiux	yos	nax	fengb	bail
九	个	人	天	上

九个人是天庭人

让	瓜	分	党	羊
ȵiaŋ^{1}	qa^{6}	fəŋ^{1}	taŋ^{2}	ɣaŋ^{4}
Nziangb	ghas	fengb	dangx	vangl
住	在	分	党	寨

他们住在分党①寨

①分党：苗语“fengb dangx”的音译，地名，是天庭上的一个寨名。

瓜	惰	号	几	败
qa^{6}	to^{7}	hau^{1}	ki^{6}	pai^{4}
Ghas	dok	haob	gis	bail
那	顶	天	面	上

居住在天庭顶端

布	答	许	嗒	答
pu^{1}	ta^{4}	$ɕi^{2}$	ta^{1}	ta^{4}
Bub	dal	xix	dab	dal
知	个	哪	孩	子

不知他是哪一个

败	接	江	猛	木
pai^{1}	$tɕie^{8}$	$tɕiaŋ^{6}$	$moŋ^{2}$	mu^{4}
Baib	jief	jiangs	mongx	mul
我	告诉	给	你	去

我来讲给你们听

瓜	当	金	果	立
qa^{6}	$taŋ^{5}$	$kiŋ^{1}$	ko^{2}	li^{4}
Ghas	dangt	gingb	gox	lil
那	是	金	果	立

一个名叫金果立①

①金果立：苗语“gingb gox lil”的音译，人名，是天庭上的一个大王。

羊	乡	让	着	败
ʑaŋ⁴	ɕiaŋ⁸	ȵiaŋ¹	tɕio²	pai⁴
Yangl	xiangf	nziangb	jiox	bail
羊	乡	在	上	坡

羊乡①是个天庭人

改	当	金	果	肉
qai³	taŋ⁵	kiŋ¹	ko²	ʑu⁴
Ghaid	dangt	gingb	gox	yul
又	是	金	果	肉

第三名叫金果肉②

工	育	让	着	败
qoŋ¹	ʑu⁶	ȵiaŋ¹	tɕio²	pai⁴
Ghongb	yus	nziangb	jiox	bail
工	育	在	上	坡

工育③是个天庭人

沙	刚	哪	分	败
ɬa⁶	kaŋ⁵	na²	fəŋ¹	pai⁴
Dlas	gangt	nax	fengb	bail
沙	刚	人	天	庭

沙刚④也是天庭人

①羊乡：苗语“yangl xiangf”的音译，人名，是天庭上的一个大王。
②金果肉：苗语“gingb gox yul”的音译，人名，是天庭上的一个大王。
③工育：苗语“ghongb yus”的音译，人名，是天庭上的一个大王。
④沙刚：苗语“dlas gangt”的音译，人名，是天庭上的一个大王。

沙 共 哪 分 败
ɬa^{6} qoŋ^{7} na^{2} fəŋ^{1} pai^{4}
Dlas ghongk nax fengb bail
沙 共 人 天 庭
沙共[①]也是天庭人

勾 爹 哪 分 败
qəu^{5} tie^{5} na^{2} fəŋ^{1} pai^{4}
Ghout diet nax fengb bail
勾 爹 人 天 庭
勾爹[②]也是天庭人

迎 相 哪 分 败
ȵin^{8} ɕiaŋ^{6} na^{2} fəŋ^{1} pai^{4}
Nzinf xiangs nax fengb bail
迎 相 人 天 庭
迎相[③]也是天庭人

改 五 母 分 败
qai^{3} vu^{2} mu^{2} fəŋ^{1} pai^{4}
Ghaid wux mux fengb bail
又 五 母 天 庭
五母[④]也是天庭人

①沙共：苗语“dlas ghongk”的音译，人名，是天庭上的一个大王。
②勾爹：苗语“ghout diet”的音译，人名，是天庭上的一个大王。
③迎相：苗语“nzinf xiangs”的音译，人名，是天庭上的一个大王。
④五母：苗语“wux mux”的音译，人名，是天庭上的一个大王。

共	你	嗒	扫	赌
qoŋ^{4}	ni^{6}	ta^{1}	sau^{2}	təu^{4}
Ghongl	nis	dab	saox	doul
帮	这	人	聪	明

他们都是聪明人

木	代	枉	号	接
mu^{4}	tai^{7}	vaŋ^{2}	hau^{1}	tɕie^{4}
Mul	daik	wangx	haob	jiel
去	和	天	皇	讲

他们去和天皇①讲

木	接	枉	号	劳
mu^{4}	tɕie^{8}	vaŋ^{2}	hau^{1}	lau^{4}
Mul	jief	wangx	haob	laol
去	喊	天	皇	来

去天庭喊天皇来

你	想	先	斗	劳
ni^{2}	ɕiaŋ^{5}	ɕiŋ^{1}	təu^{2}	lau^{4}
Nix	xiangt	xingb	doux	laol
他	放	索	天	来

他们放天索②下来

①天皇：苗语“wangx haob”的意译，人名，是天庭的皇帝。

②天索：苗语“xingb doux”的意译，天庭的绳索。

刚	约	号	枉	败
kaŋ^{8}	ʑo^{6}	hau^{1}	vaŋ^{2}	pai^{4}
Gangf	yos	haob	wangx	bail
拉	天	空	往	上

把天庭往天空拉

马	当	瓦	嗦	羊
ma^{2}	taŋ^{5}	va^{2}	ɬau^{1}	ɣaŋ^{4}
Max	dangt	wax	dlaob	vangl
未	到	天	庭	寨

没有拉到天庭寨

仅	着	瓜	东	仁
kiŋ^{3}	tɕio^{6}	qa^{6}	tioŋ^{1}	ʑiŋ^{4}
Gingd	jios	ghas	diongb	yingl
才	到	那	中间	节

地球拉到半空中

罗	刚	瓦	兴	劳
lo^{6}	kaŋ^{6}	va^{2}	ɕiŋ^{1}	lau^{4}
Los	gangs	wax	xingb	laol
才	亮	天	空	来

天空才明亮起来

仅	不	瓜	劳	吓
kiŋ^{3}	pu^{8}	qa^{6}	lau^{1}	ɬia^{4}
Gingd	buf	ghas	laob	dlial
才	见	那	脚	走

地上勉强照亮路

马	不	别	分	跌
ma²	pu⁸	pɛ⁶	fəŋ¹	tie⁴
Max	buf	baes	fengb	diel
不	见	遍	大	地

没有照亮遍大地

仅	不	引	依	立
kiŋ³	pu⁸	ɣiŋ²	ɣi¹	li⁴
Gingd	buf	vingx	vib	lil
才	见	岭	石	头

光芒照到那石坡

纠	芒	引	工	农
tɕiu⁶	maŋ⁸	ɣiŋ²	qoŋ¹	noŋ⁴
Jius	mangf	vingx	ghongb	nongl
只	条	岭	单调	状

只照亮一座山坡

桑	你	根	忍	纳
saŋ⁴	ni⁶	qəŋ¹	ȵiŋ²	na⁴
Sangl	nis	ghengb	nzingx	nal
节	这	根	忍	纳

这节唱那根忍纳

根	忍	之	几	跌
qəŋ¹	ȵiŋ²	tɕi¹	ki⁶	tie⁴
Ghengb	nzingx	jib	gis	diel
根	忍	之	面	下

天庭下边根忍纳

答	许	刚	瓦	号
ta^{4}	ɕi^{2}	kaŋ^{4}	va^{2}	hau^{1}
Dal	xix	gangl	wax	haob
个	哪	来自	天	空

哪个从天庭下来

劳	着	跌	呀	嗒
lau^{4}	tɕio^{2}	tie^{4}	ʑa^{6}	ta^{1}
Laol	jiox	diel	yas	dab
来	凡	间	生	人

来到凡间繁衍人

呀	候	无	候	生
ʑa^{6}	həu^{3}	vu^{4}	həu^{3}	səŋ^{1}
Yas	houd	wul	houd	sengb
养	上	万	上	千

繁衍凡间那万物

窝	航	赌	毕	刚	瓜	号
vo^{7}	haŋ^{1}	təu^{2}	pi^{5}	kaŋ^{4}	qa^{6}	hau^{1}
Wok	hangb	doux	bit	gangl	ghas	haob
婆	航	赌	就	来自	天	庭

航赌①婆从天庭来

①航赌：苗语“hangb doux”的音译，人名，天庭上的一个女人。

王	力	刚	瓜	号
vaŋ^{2}	li^{4}	kaŋ^{4}	qa^{6}	hau^{1}
Wangx	lil	gangl	ghas	haob
王	力	来自	天	庭

王力①也从天庭来

凹	你	刚	瓜	号
au^{1}	ni^{2}	kaŋ^{4}	qa^{6}	hau^{1}
Aob	nix	gangl	ghas	haob
两	他	来自	天	庭

他们都从天庭来

劳	着	跌	呀	嗒
lau^{4}	tɕio^{2}	tie^{4}	ʑa^{6}	ta^{1}
Laol	jiox	diel	yas	dab
来	凡	间	生	小孩

来到那凡间繁衍

嗒	你	劳	呀	哪
ta^{1}	ni^{2}	lau^{4}	ʑa^{6}	na^{1}
Dab	nix	laol	yas	nab
们	他	来	生	太阳

他们生下那太阳

①王力：苗语“wangx lil”的音译，人名，天庭上的一个大王。

哪	给	时	布	号
na^{1}	kie^{2}	ɬi^{4}	pu^{6}	hau^{1}
Nab	giex	dlil	bus	haob
太阳	升	行	进	天空

太阳每天升天空

瓜	瓦	羊	阿	让
qa^{6}	va^{2}	ɣaŋ^{4}	a^{6}	ȵiaŋ^{1}
Ghas	wax	vangl	as	nziangb
那	天	空	那	住

太阳居住在天空

窝	改	劳	呀	生
vo^{7}	qai^{3}	lau^{4}	ʑa^{6}	səŋ^{1}
Wok	ghaid	laol	yas	sengb
婆	又	来	养	星星

航赌婆又生星星

木	党	败	松	让
mu^{4}	taŋ^{2}	pai^{4}	ɬoŋ^{6}	ȵiaŋ^{1}
Mul	dangx	bail	dlongs	nziangb
去	坪	坡	坳	住

星星居住高坡上

你	努	行	呀	乡
ni^{2}	nəu^{2}	ɬiŋ^{4}	ʑa^{6}	χaŋ^{1}
Nix	noux	dlingl	yas	hvangb
它	吃	空气	养	命

它靠吸空气养身

窝	改	劳	呀	几
vo^{7}	qai^{3}	lau^{4}	ʑa^{6}	ki^{1}
Wok	ghaid	laol	yas	gib
婆	又	来	养	螺蛳

航赌婆又生螺蛳

几	给	时	布	凹
ki^{1}	kie^{2}	ɬi^{4}	pu^{6}	əu^{1}
Gib	giex	dlil	bus	oub
螺蛳	滑	行	下	水

螺蛳滑行溜下水

木	努	芒	呀	乡
mu^{4}	nəu^{2}	maŋ^{4}	ʑa^{6}	χaŋ^{1}
Mul	noux	mangl	yas	hvangb
去	吸	泥	养	命

经常吸烂泥养身

窝	改	劳	呀	兴
vo^{7}	qai^{3}	lau^{4}	ʑa^{6}	ɬiŋ^{1}
Wok	ghaid	laol	yas	dlingb
婆	又	来	生	鬼

航赌婆又生鬼魂

兴	给	时	布	纠
ɬiŋ^{1}	kie^{2}	ɬi^{4}	pu^{6}	tɕiu^{1}
Dlingb	giex	dlil	bus	jiub
鬼	窜	溜	进	丛林

鬼魂窜进那丛林

根	两	木	逗	金
qəŋ^{1}	liaŋ^{2}	mu^{4}	təu^{6}	kiŋ^{1}
Ghengb	liangx	mul	dous	gingb
底	田野	去	找	虫

经常在田野找虫

逗	古	劳	呀	乡
təu^{6}	kiu^{2}	lau^{4}	ʑa^{6}	χaŋ^{1}
Dous	giux	laol	yas	hvangb
捉	蚂蚱	来	养	命

捉那蚂蚱来养命

木	你	答	许	到
mu^{1}	ni^{2}	ta^{4}	ɕi^{2}	tau^{5}
Mub	nix	dal	xix	daot
些	这	个	哪	生

这些生物哪个生

窝	航	赌	呀	敲
vo^{7}	haŋ^{1}	təu^{2}	ʑa^{6}	qhau^{5}
Wok	hangb	doux	yas	khaot
婆	航	赌	养	育

都是航赌婆来生

来	哪	木	呀	累
lai^{2}	na^{1}	mu^{4}	ʑa^{6}	ləi^{5}
Laix	nab	mul	yas	leit
久	日	去	生	月亮

日久她又生月亮

累	约	昌	你	木	几	之
ləi^{5}	ʑo^{6}	tshaŋ^{1}	ni^{2}	mu^{4}	ki^{6}	tɕi^{5}
Leit	yos	cangb	nix	mul	gis	jit
月亮	飘	然	他	去	爬	上

月亮经常挂天空

瓦	号	羊	着	敲
va^{2}	hau^{1}	ɣaŋ^{4}	tɕio^{6}	qhau^{5}
Wax	haob	vangl	jios	khaot
天	庭	寨	尽	头

月亮也住在天空

农	你	吓	东	芒
noŋ^{3}	ni^{2}	ɬia^{4}	tioŋ^{1}	maŋ^{5}
Nongd	nix	dlial	diongb	mangt
现	她	走	夜	晚

月亮晚上才出来

兄	底	答	咪	到
ɕioŋ^{7}	ti^{2}	ta^{4}	mi^{6}	tau^{5}
Xiongk	dix	dal	mis	daot
同	一	个	妈	生

同是妈妈来生养

你	改	劳	呀	之
ni^{2}	qai^{3}	lau^{4}	ʑa^{6}	tɕi^{5}
Nix	ghaid	laol	yas	jit
她	又	来	生	风

航赌婆又来生风

之	超	能	几	之
tɕi^{5}	tshau^{1}	nəŋ^{4}	ki^{6}	tɕi^{5}
Jit	caob	nengl	gis	jit
风	吹	下游	往	上

风从河下游吹起

乃	能	龙	答	号
nai^{2}	nəŋ^{1}	loŋ^{4}	ta^{6}	hau^{5}
Naix	nengb	longl	das	haot
禾	苗	长	得	壮

禾苗生长绿油油

来	哪	改	呀	巴
lai^{2}	na^{1}	qai^{3}	ʑa^{6}	pa^{5}
Laix	nab	ghaid	yas	bat
久	日	又	生	雪

日久她又生下雪

巴	刚	败	松	之
pa^{5}	kaŋ^{1}	pai^{4}	ɬoŋ^{6}	tɕi^{5}
Bat	gangb	bail	dlongs	jit
雪	盖	坡	坳	上

大雪把坳坡覆盖

弱	依	木	到	闷
ȵiu^{2}	ɣi^{1}	mu^{4}	tau^{5}	man^{5}
Nziux	vib	mul	daot	mant
缝	石	去	得	泉

石缝涌出泉水来

准 凹 劳 呀 正
tɕiŋ^{2} əu^{1} lau^{4} ʑa^{6} tsəŋ^{5}
Jingx oub laol yas zengt
成 水 来 灌溉 田
山泉涌来灌良田

两 根 羊 马 刚
liaŋ^{2} qəŋ^{1} ɣaŋ^{4} ma^{2} kaŋ^{5}
Liangx ghengb vangl max gangt
田 底 寨 不 干枯
寨脚良田不干枯

乃 能 龙 聂 乌
nai^{2} nəŋ^{1} loŋ^{4} nie^{8} vu^{5}
Naix nengb longl nief wut
禾 苗 长 分蘖 好
禾苗分蘖长得好

改 呀 窝 羊 瓜
qai^{3} ʑa^{6} vo^{7} ɣaŋ^{4} qau^{5}
Ghaid yas wok vangl ghaot
又 生 婆 羊 瓜
后来又生羊瓜①婆

①羊瓜：苗语“vangl ghaot”的音译，人名，一个妇女，尊称“羊瓜婆”。

来	哪	改	呀	咪
lai^{2}	na^{1}	qai^{3}	ʑa^{6}	mi^{5}
Laix	nab	ghaid	yas	mit
久	日	又	生	咪

日久又来生下咪①

改	工	劳	呀	麦
qai^{3}	qoŋ^{1}	lau^{4}	ʑa^{6}	mai^{5}
Ghaid	ghongb	laol	yas	mait
又	接着	来	生	麦

接着又生下麦②妹

准	凹	答	着	乌
tɕiŋ^{2}	au^{1}	ta^{4}	tɕio^{6}	vu^{5}
Jingx	aob	dal	jios	wut
成	两	人	最	好

两个天生长得美

你	嗦	芒	爹	傲
ni^{2}	ɬau^{1}	maŋ^{4}	tɛ^{6}	au^{5}
Nix	dlaob	mangl	daes	aot
她	白嫩	脸蛋	了	得

脸蛋白白又嫩嫩

①咪：苗语“mit”的音译，人名，一个名叫“咪”的姑娘。
②麦：苗语“mait”的音译，人名，一个名叫“麦”的姑娘。

当	本	威	松	当
taŋ^{7}	pəŋ^{2}	vəi^{1}	ɬoŋ^{6}	taŋ^{5}
Dangk	bengx	weib	dlongs	dangt
像	花	樱桃	坳	山

像山坡上樱桃花

当	本	敲	松	之
taŋ^{7}	pəŋ^{2}	qhau^{1}	ɬoŋ^{6}	tɕi^{5}
Dangk	bengx	khaob	dlongs	jit
像	花	杜鹃	坳	上

就像山坳杜鹃花

凹	你	败	爹	英
au^{1}	ni^{2}	pai^{4}	tɛ^{6}	ʑiŋ^{5}
Aob	nix	bail	daes	yingt
两	她	未	成	婚

她们两个还单身

马	学	答	许	高
ma^{2}	ɕio^{1}	ta^{4}	ɕi^{2}	qau^{5}
Max	xiob	dal	xix	ghaot
没	有	个	哪	娶

还未有人来娶亲

窝	航	赌	改	劳	呀	勾
vo^{7}	haŋ^{1}	təu^{2}	qai^{3}	lau^{4}	ʑa^{6}	qəu^{5}
Wok	hangb	doux	ghaid	laol	yas	ghout
婆	航	赌	又	来	生	公

航赌婆又生顶劳①

①顶劳：苗语“dingx laol”的音译，人名，全名为顶劳顶六，是苗族神话故事中的机智人物之一。他机智，有神力，是地球万事万物的创始人。

九	哪	当	马	到
tɕiu^{2}	na^{1}	taŋ^{4}	ma^{2}	tau^{5}
Jiux	nab	dangl	max	daot
九	天	半	未	生

九天半了未生出

马	爹	芒	吗	列
ma^{2}	tɛ^{1}	maŋ^{4}	ma^{6}	lie^{5}
Max	daeb	mangl	mas	liet
不	见	脸	蛋	呀

还未生出那娘胎

窝	木	肚	答	号
vo^{7}	mu^{1}	təu^{4}	ta^{6}	hau^{5}
Wok	mub	doul	das	haot
婆	痛	肚	阵	阵

航赌婆肚子阵痛

花	些	木	号	勾
fa^{1}	ɕai^{6}	mu^{4}	hau^{6}	qəu^{5}
Fab	xais	mul	haos	ghout
说	话	去	叫	公

她对阿公把话说

接	勾	夏	花	木	逗	沙
tɕie^{8}	qəu^{5}	ɕia^{1}	fa^{5}	mu^{4}	təu^{6}	sɛ^{5}
Jief	ghout	xiab	fat	mul	dous	saet
喊	公	夏	花	去	找	柴刀

喊夏花①公找柴刀

①夏花：苗语“xiab fat”的音译，人名，名叫“夏花”的老人。

显	丁	灯	呀	丢
ɬiŋ^{2}	tiŋ^{1}	təŋ^{4}	ʑa^{6}	tiu^{5}
Dlingx	dingb	dengl	yas	diut
递	把	剑	利	给

阿公递一把利剑

劳	爬	拉	肚	列
lau^{4}	pha^{5}	la^{1}	təu^{4}	lie^{5}
Laol	pat	lab	doul	liet
来	破	个	肚	呀

来剖妈妈那肚子

七	猛	嗒	罗	劳	答	些
tɕhi^{7}	moŋ^{2}	ta^{1}	lo^{6}	lau^{4}	ta^{6}	χi^{5}
Qik	mongx	dab	los	laol	das	hvit
一会	你	小孩	才	来	快	速

这样孩子快出来

农	勾	顶	呆	些
noŋ^{3}	qəu^{5}	tiŋ^{2}	tai^{1}	ɕai^{6}
Nongd	ghout	dingx	daib	xais
现	公	顶	答	话

现在顶劳把话答

农	忍	各	瓜	娘
noŋ^{8}	ȵəŋ^{2}	ko^{4}	qa^{6}	ȵiaŋ^{6}
Nongf	nzengx	gol	ghas	nziangs
自己	叫	喊	那	内

自己在娘胎里叫

显	收	劳	号	咪
ɬiŋ^{2}	χu^{1}	lau^{4}	hau^{5}	mi^{6}
Dlingx	hvub	laol	haot	mis
传递	话	来	给	妈

顶劳把话对妈说

猛	空	恒	罗	咪
moŋ^{2}	qhoŋ^{1}	həŋ^{4}	lo^{6}	mi^{6}
Mongx	khongb	hengl	los	mis
你	莫	着急	呀	妈

妈妈请你不要急

九	哪	当	罗	嗦
tɕiu^{2}	na^{1}	taŋ^{4}	lo^{6}	ɬau^{6}
Jiux	nab	dangl	los	dlaos
九	天	半	才	生

我九天半才出生

瓦	收	候	林	之
va^{4}	ɬiu^{1}	həu^{3}	liŋ^{6}	tɕi^{6}
Wal	dliub	houd	lings	jis
我	头	发	长	了

我那头发已长出

打	书	乙	扫	吗
ta^{2}	ɬiu^{1}	ʑi^{4}	sau^{6}	ma^{6}
Dax	dliub	yil	saos	mas
长	胡	子	到	脸

胡须已经长满脸

败	芒	杀	林	之
pai^{1}	maŋ^{3}	sa^{4}	liŋ^{6}	tɕi^{6}
Baib	mangd	sal	lings	jis
我们	牙齿	都	长	了

嘴里牙齿也长齐

嗒	对	败	昌	羊
ta^{1}	təi^{3}	pai^{4}	tshaŋ^{1}	ʑaŋ^{6}
Dab	deid	bail	cangb	yangs
手	指	手	齐	全

十个手指都长全

九	哪	当	罗	呀
tɕiu^{2}	na^{1}	taŋ^{4}	lo^{6}	ʑa^{6}
Jiux	nab	dangl	los	yas
九	天	半	才	生

九天半后就出世

罗	爹	芒	刚	吗
lo^{6}	tɛ^{1}	maŋ^{4}	kaŋ^{6}	ma^{6}
Los	daeb	mangl	gangs	mas
才	出	脸	露	眼

出生以后才见面

顶	兄	肚	咪	呀
tiŋ^{2}	ɕioŋ^{7}	təu^{4}	mi^{6}	ʑa^{6}
Dingx	xiongk	doul	mis	yas
顶	同	肚	妈	生

顶劳同是妈妈生

毕	溜	答	答	虽
pi^{5}	liu^{1}	ta^{4}	ta^{6}	səi^{6}
Bit	liub	dal	das	seis
就	大	个	个	粗

身体长得很粗壮

马	些	答	兴	许
ma^{2}	ɕie^{1}	ta^{4}	ɬiŋ^{1}	ɕi^{2}
Max	xieb	dal	dlingb	xix
不	怕	个	鬼	什么

不管哪个都不怕

显	劳	木	对	松
ɬiŋ^{2}	lau^{1}	mu^{4}	təi^{8}	ɬoŋ^{6}
Dlingx	laob	mul	deif	dlongs
踏	脚	去	踩	坳

踏步踩在山坳上

准	根	东	今	今
tɕiŋ^{2}	qəŋ^{1}	tioŋ^{4}	kiŋ^{6}	kiŋ^{6}
Jingx	ghengb	diongl	gings	gings
成	底	山谷	片	片

山坳被踩成山谷

凹	斗	木	答	雍
əu^{1}	təu^{2}	mu^{4}	ta^{6}	ʑoŋ^{6}
Oub	doux	mul	das	yongs
水	流	去	顺	畅

小溪沿着山谷流

整	海	羊	阿	着
tsəŋ^{2}	hai^{1}	ɤaŋ^{4}	a^{1}	tɕio^{6}
Zengx	haib	vangl	ab	jios
整	海	寨	那	止

小溪流进整海①寨

败	党	败	松	着
pai^{4}	taŋ^{2}	pai^{4}	ɬoŋ^{6}	tɕio^{6}
Bail	dangx	bail	dlongs	jios
山	地	山	坳	止

大地山间和山坳

败	党	滔	兴	林
pai^{4}	taŋ^{2}	thau^{1}	ɕiŋ^{5}	liŋ^{6}
Bail	dangx	taob	xingt	lings
山	地	亮	闪	亮

大地丛林都照亮

顶	劳	顶	当	乌
tiŋ^{2}	lau^{4}	tiŋ^{2}	taŋ^{5}	vu^{6}
Dingx	laol	dingx	dangt	wus
顶	出	顶	有	力气

顶劳出生有神力

①整海：苗语“zengx haib”的音译，地名，今址不详。传说是苗族的一个世外桃源。

让	呆	毕	公	工
ȵiaŋ^{1}	tai^{1}	pi^{5}	qoŋ^{4}	qoŋ^{6}
Nziangb	daib	bit	ghongl	ghongs
坐	下	就	驼	背

顶劳坐着也驼背

学	瓦	正	布	呀
ɕio^{3}	va^{2}	tsəŋ^{4}	pu^{7}	ɣa^{6}
Xiod	wax	zengl	buk	vas
站立	向上	齐	山顶	尖

顶劳站立齐高山

正	瓦	嗦	西	耶
tsəŋ^{4}	va^{2}	ɬau^{1}	ɕi^{5}	ʑie^{6}
Zengl	wax	dlaob	xit	yies
齐	天	空	一	样

站立高到那云霄

凹	只	泵	厅	扎
au^{1}	tɕi^{4}	poŋ^{1}	thiŋ^{5}	tsa^{6}
Aob	jil	bongb	tingt	zas
两	只	臂	顶	立

两只手臂去顶天

厅	瓦	号	之	周
thiŋ^{5}	va^{2}	hau^{1}	tɕi^{5}	tɕiu^{6}
Tingt	wax	haob	jit	jius
顶	天	空	上	升

把天顶上云霄去

木	瓦	嗦	毕	几
mu^{4}	va^{2}	ɬau^{1}	pi^{5}	tɕi^{6}
Mul	wax	dlaob	bit	jis
去	天	空	睡	觉

上到天庭里睡觉

许	阿	号	败	翁
ɕi^{2}	a^{1}	hau^{1}	pai^{4}	voŋ^{6}
Xix	ab	haob	bail	wongs
时	那	天空	未	鸣

从前天空未打雷

败	双	分	跌	泵
pai^{4}	ɬaŋ^{6}	fəŋ^{1}	tie^{4}	poŋ^{6}
Bail	dlangs	fengb	diel	bongs
未	捶	凡	间	响声

雷公未响震天地

阿	爹	号	劳	双
a^{5}	tɛ^{6}	hau^{1}	lau^{4}	ɬaŋ^{6}
At	daes	haob	laol	dlangs
为	何	天空	来	捶

为何天空要打雷

顶	劳	嗒	乌	乌
tiŋ^{2}	lau^{4}	ta^{1}	vu^{5}	vu^{6}
Dingx	laol	dab	wut	wus
顶	劳	人	好	力气

顶劳天生力气大

显	败	跌	勾	泵
ɬiŋ^{2}	pai^{4}	tie^{1}	qəu^{5}	poŋ^{6}
Dlingx	bail	dieb	ghout	bongs
伸	手	拍	雷公	响声

伸手拍打雷公肚

往	号	各	兴	林
vaŋ^{2}	hau^{1}	ko^{4}	ɕiŋ^{5}	liŋ^{6}
Wangx	haob	gol	xingt	lings
公	雷	叫	哎	哟

雷公疼痛嗷嗷叫

瓜	你	号	罗	翁
qa^{6}	ni^{2}	hau^{1}	lo^{6}	voŋ^{6}
Ghas	nix	haob	los	wongs
那	样	雷公	才	叫

那样天空才雷鸣

往	号	木	之	周
vaŋ^{2}	hau^{1}	mu^{4}	tɕi^{5}	tɕiu^{6}
Wangx	haob	mul	jit	jius
公	雷	去	上	天空

雷公才往天上走

瓜	东	良	西	乙
qa^{6}	tioŋ^{1}	liaŋ^{4}	ɕi^{5}	ʑi^{6}
Ghas	diongb	liangl	xit	yis
那	中间	断	开	状

这样中间才隔断

往 哪 劳 当 周
vaŋ^{2} na^{1} lau^{4} taŋ^{5} tɕiu^{6}
Wangx nab laol dangt jius
太 阳 来 到 天空
太阳每天升天空

那 分 跌 兴 林
nia^{6} fəŋ^{1} tie^{4} ɕiŋ^{5} liŋ^{6}
Nias fengb diel xingt lings
照亮 天 下 闪 亮
普照天下亮堂堂

许 阿 当 顶 勾
ɕi^{2} a^{1} taŋ^{5} tiŋ^{2} qəu^{5}
Xix ab dangt dingx ghout
时 那 出 顶 公
那时顶劳已长成

顶 劳 败 温 弱
tiŋ^{2} lau^{4} pai^{1} vəŋ^{6} ɳiu^{5}
Dingx laol baib wengs nziut
顶 劳 三 万 年
顶劳长寿三万年

马 学 答 许 高
ma^{2} ɕio^{1} ta^{4} ɕi^{2} qau^{5}
Max xiob dal xix ghaot
没 有 个 哪 嫁
没有哪个嫁给他

夸	五	劳	孖	亨
qha^{1}	vu^{2}	lau^{4}	ȵia^{6}	həŋ^{5}
Khab	wux	laol	nzias	hengt
要	结	婚	与	哥

与他结伴成连理

爹	月	分	跌	列
tɛ^{6}	vɛ^{6}	fəŋ^{1}	tie^{4}	lie^{5}
Daes	waes	fengb	diel	liet
游	荡	凡	间	过

顶劳游荡天下走

布	乙	跌	答	里
pu^{1}	ʑi^{4}	tie^{6}	ta^{4}	li^{5}
Bub	yil	dies	dal	lit
知	几	多	条	河

不知走过几条江

布	乙	跌	荣	炸
pu^{1}	ʑi^{4}	tie^{6}	voŋ^{4}	tsɛ^{5}
Bub	yil	dies	wongl	zaet
知	几	多	悬	崖

不知跨越几座山

马	到	忍	劳	高
ma^{2}	tau^{5}	ȵiŋ^{1}	lau^{4}	qau^{5}
Max	daot	nzingb	laol	ghaot
没	有	新娘	来	嫁

没有姑娘来嫁他

顶 当 劳 扫 觉

tiŋ^{2} tiaŋ^{3} lau^{4} sau^{6} tɕhio^{5}

Dingx diangd laol saos qiot

顶 返程 来 到 家

顶劳漫游回到家

载 溜 杀 刀 斗

tsai^{3} liu^{1} sa^{4} tau^{6} təu^{5}

Zaid liub sal daos dout

屋 大 都 长 树

院子已有树长大

傲 娃 阿 乙 丢

au^{7} va^{8} a^{5} ɣi^{4} tiu^{5}

Aok waf at vil diut

乌 鸦 做 窝 给

乌鸦进房子做窝

娃 江 胜 劳 毕

va^{6} tɕiaŋ^{6} ɬəŋ^{3} lau^{4} pi^{5}

Was jiangs dlengd laol bit

留 给 鹰 老 住

老鹰进屋来居住

秀 溜 答 松 替

ɕiu^{3} liu^{1} tia^{4} ɬoŋ^{6} thi^{5}

Xiud liub dial dlongs tit

虎 大 横 坳 口

老虎匍匐在寨门

矮 呆 劳 娘 毕

ŋie^{2} tai^{1} lau^{4} niaŋ^{6} pi^{5}

Ngiex daib laol niangs bit

野 猪 来 里 睡

野猪也进屋做窝

农 嗦 劳 布 几

nioŋ^{2} ɬau^{1} lau^{4} pu^{6} ki^{5}

Niongx dlaob laol bus git

寒 鸡 来 孵 蛋

寒鸡进屋来孵蛋

勾 顶 劳 月 些

qəu^{5} tiŋ^{2} lau^{4} vɛ^{6} ɕai^{5}

Ghout dingx laol waes xait

公 顶 劳 说 话

顶劳这样把话说

花 些 劳 号 咪

fa^{1} ɕai^{6} lau^{4} hau^{6} mi^{5}

Fab xais laol haos mit

把 话 来 说 咪

顶劳把话对咪说

花 些 劳 号 麦

fa^{1} ɕai^{6} lau^{4} hau^{6} mai^{5}

Fab xais laol haos mait

把 话 来 说 麦

顶劳把话对麦说

败	送	五	劳	高
pai^{1}	ɬoŋ^{7}	vu^{2}	lau^{4}	qau^{5}
Baib	dlongk	wux	laol	ghaot
我们	真	结	婚	吧

我们应该结连理

五	劳	准	兄	弱
vu^{2}	lau^{4}	tɕiŋ^{2}	ɕioŋ^{6}	ȵiu^{5}
Wux	laol	jingx	xiongs	nziut
结	婚	成	七	年

他们结婚有七年

马	学	答	约	羊
ma^{2}	ɕio^{1}	ta^{4}	ʑo^{6}	ɣaŋ^{5}
Max	xiob	dal	yos	vangt
未	生	个	小	孩

未生养一个孩子

意	足	扭	答	铁
ʑi^{3}	tɕiu^{4}	niu^{1}	ta^{6}	thie^{5}
Yid	jiul	niub	das	tiet
将	绝	种	差	不多

凡间将要绝种了

布	咪	答	许	替
pu^{1}	mi^{1}	ta^{4}	ɕi^{2}	thi^{5}
Bub	mib	dal	xix	tit
知	要	个	哪	替

不知哪个来接班

替　分　跌　罗　乌
thi^{5}　fəŋ^{1}　tie^{4}　lo^{6}　vu^{5}
Tit　fengb　diel　los　wut
替　凡　间　才　好
繁衍后代才是好

许　阿　当　顶　劳
ɕi^{2}　a^{1}　taŋ^{5}　tiŋ^{2}　lau^{4}
Xix　ab　dangt　dingx　laol
时　那　出　顶　劳
从前顶劳已长成

顶　劳　丢　着　跌
tiŋ^{2}　lau^{4}　tiu^{5}　tɕio^{2}　tie^{4}
Dingx　laol　diut　jiox　diel
顶　劳　在　凡　间
顶劳在凡间成长

揭　雍　丢　泵　业
qhəi^{1}　ʑoŋ^{6}　tiu^{5}　poŋ^{2}　nie^{4}
Kheib　yongs　diut　bongx　niel
开　田　在　泵　业
在泵业①地方造田

①泵业：苗语“bongx niel”的音译，地名，今址不详。

兄	温	两	雍	纳
ɕioŋ^{6}	vəŋ^{6}	liaŋ^{2}	ʑoŋ^{1}	na^{4}
Xiongs	wengs	liangx	yongb	nal
七	万	田	雍	纳

万亩良田在雍纳①

让	兄	配	分	败
ȵiaŋ^{1}	ɕioŋ^{6}	phɛ^{7}	fəŋ^{1}	pai^{4}
Nziangb	xiongs	paek	fengb	bail
有	七	姑娘	天	庭

天庭有七个仙女

兄	约	兄	丁	灯
ɕioŋ^{6}	ʑo^{6}	ɕioŋ^{6}	tiŋ^{1}	təŋ^{4}
Xiongs	yos	xiongs	dingb	dengl
七	人	七	把	剑

七人身佩七把剑

兄	丁	聂	凹	略
ɕioŋ^{6}	tiŋ^{1}	ȵəi^{8}	əu^{1}	lio^{4}
Xiongs	dingb	nzeif	oub	liol
七	把	扇	水	花

七人手拿七把扇

①雍纳：苗语“yongb nal”的音译，地名，今地址不详。

英	答	瓦	呆	无
ʑiŋ⁵	ta⁶	va⁶	tai¹	vu⁴
Yingt	das	was	daib	wul
飞	飘	曳	飘	然

翩翩从天上飞来

木	丢	两	雍	纳
mu⁴	tiu⁵	liaŋ²	ʑoŋ¹	na⁴
Mul	diut	liangx	yongb	nal
去	到	田	雍	纳

齐降雍纳田嬉戏

咪	劳	对	搞	列
mi¹	lau¹	təi⁶	qau²	lie⁴
Mib	laob	deis	ghaox	liel
要	脚	踩	蔸	秧

她们用脚踏禾苗

咪	败	囊	聂	本
mi¹	pai⁴	naŋ⁸	ȵai⁴	pəŋ⁴
Mib	bail	nangf	nzail	bengl
要	手	捏	鱼	鲫

她们用手捏鲫鱼

答	扫	几	扫	说
ta⁶	sau⁶	ki¹	sau⁶	ɬie⁴
Das	saos	gib	saos	dliel
死	到	螺蛳	到	蚌

蚌和螺蛳都死亡

答 溜 相 两 江
ta^{6} liu^{6} ɕiaŋ^{1} liaŋ^{2} tɕiaŋ^{4}
Das lius xiangb liangx jiangl
死 鳝 埂 田 弯
水田那黄鳝死亡

顶 劳 党 坡 弱
tiŋ^{2} lau^{4} taŋ^{2} pho^{1} ȵiu^{4}
Dingx laol dangx pob nziul
顶 劳 很 生 气
顶劳真是很生气

你 觉 准 旁 别
ni^{2} tɕhio^{7} tɕiŋ^{2} phaŋ^{1} pie^{4}
Nix qiok jingx pangb biel
他 织 成 床 网
他织一床麻线网

旁 别 兄 别 眼 刚 何
phaŋ^{1} pie^{4} ɕioŋ^{6} pɛ^{5} ɣiŋ^{2} kaŋ^{1} ho^{4}
Pangb biel xiongs baet vingx gangb hol
床 网 七 百 眼 合 适
七百网眼一床网

行 业 你 披 木
haŋ^{8} nie^{7} ni^{2} phi^{1} mu^{4}
Hangf niek nix pib mul
的 小 她 漏 出
小的仙女钻出网

哥	配	蚁	都	由
ko^6	phɛ^7	ȵ̥iu^2	təu^1	ʑəu^4
Gos	paek	nziux	doub	youl
卡	姑	娘	都	由

捉住那仙女都由①

顶	劳	党	坡	弱
tiŋ^2	lau^4	taŋ^2	pho^1	ȵ̥iu^4
Dingx	laol	dangx	pob	nziul
顶	劳	很	生	气

顶劳实在很生气

索	社	瓜	松	劳
ɬau^5	sɛ^5	qa^6	ɬoŋ^1	lau^4
Dlaot	saet	ghas	dlongb	laol
拔	刀	那	刀笼	来

拔出刀笼那柴刀

号	迷	瓜	生	杀
hau^5	mi^8	qa^6	ɬəŋ^1	sa^4
Haot	mif	ghas	dlengb	sal
欲	砍	那	颈	脖

想砍仙女那颈脖

①都由：苗语“doub youl”的音译，人名，是七仙女中个子较高的仙女之一。

改	不	九	拉	佛
qai^{3}	pu^{8}	tɕiu^{2}	la^{1}	χu^{4}
Ghaid	buf	jiux	lab	hvul
又	见	九	个	圈

好在九个圈银①护

号	迷	瓜	泵	蒋
hau^{5}	mi^{8}	qa^{6}	poŋ^{1}	tɕiaŋ^{4}
Haot	mif	ghas	bongb	jiangl
想	砍	那	手	臂

想砍仙女那手臂

松	布	改	嗦	正
soŋ^{3}	pu^{6}	qai^{3}	ɬau^{1}	tsəŋ^{4}
Songd	bus	ghaid	dlaob	zengl
手	镯	又	闪	亮

手戴银镯闪闪亮

达	配	蚁	都	由
ta^{1}	phɛ^{7}	ȵiu^{2}	təu^{1}	ʑəu^{4}
Dab	paek	nziux	doub	youl
姑	娘	妹	都	由

此时那仙女都由

①圈银：用银子制成的项圈。苗族姑娘喜欢用银制品装饰，经常佩戴项圈、手镯等。

你	让	贾	收	劳
ni^{2}	ȵiaŋ^{8}	tɕia^{2}	χu^{1}	lau^{4}
Nix	nziangf	jiax	hvub	laol
她	真	讲	话	来

她对顶劳把话说

空	打	瓦	嗒	莫
qhoŋ^{1}	ta^{5}	va^{4}	ta^{1}	mo^{4}
Khongb	dat	wal	dab	mol
别	杀	我	老	表

阿哥不要把我杀

瓦	阿	猛	忍	本
va^{4}	a^{5}	moŋ^{2}	ȵiŋ^{1}	pəŋ^{4}
Wal	at	mongx	nzingb	bengl
我	做	你	媳	妇

让我来做你妻子

社	本	凶	根	年
ɕie^{5}	pəŋ^{6}	ɕioŋ^{2}	qəŋ^{1}	niŋ^{4}
Xiet	bengs	xiongx	ghengb	ningl
相	伴	顺	后	辈

让我陪伴你一生

劳	沛	省	夸	劳
lau^{4}	phɛ^{5}	ɬəŋ^{2}	qhɛ^{1}	lau^{4}
Laol	paet	dlengx	khaeb	laol
来	凡	间	结	婚

让我来凡间结婚

加　　高　　挪　　分　　跌
tɕia^{6}　　qau^{5}　　nio^{2}　　fəŋ^{1}　　tie^{4}
Jias　　ghaot　　niox　　fengb　　diel
给　　嫁　　留　　凡　　间
凡间结婚过日子

顶　　劳　　水　　呆　　何
tiŋ^{2}　　lau^{4}　　səi^{2}　　tai^{1}　　ho^{4}
Dingx　　laol　　seix　　daib　　hol
顶　　劳　　也　　答　　应
顶劳开心答应了

打　　高　　蚁　　溜　　劳
ta^{5}　　qau^{5}　　ȵ̥i^{2}　　liu^{1}　　lau^{4}
Dat　　ghaot　　nzix　　liub　　laol
杀　　牯　　牛　　大　　来
顶劳杀头大牯牛

劳　　夸　　哪　　依　　直
lau^{4}　　qha^{5}　　na^{2}　　ɣi^{1}　　tɕi^{4}
Laol　　khat　　nax　　vib　　jil
来　　叫　　人　　依　　直
召集全村众亲人

生　　配　　蚁　　都　　由
səŋ^{5}　　phɛ^{7}　　ȵ̥iu^{2}　　təu^{1}　　ʑəu^{4}
Sengt　　paek　　nziux　　doub　　youl
迎接　　姑　　娘　　都　　由
迎娶那仙女都由

劳	六	挪	分	跌
lau^{4}	ləu^{6}	nio^{2}	fəŋ^{1}	tie^{4}
Laol	lous	niox	fengb	diel
来	嫁	留	凡	间

他们在凡间结婚

劳	凹	弱	晒	答
lau^{4}	au^{1}	ȵiu^{5}	sai^{2}	ta^{4}
Laol	aob	nziut	saix	dal
来	二	年	生	育

结婚两年生小孩

劳	败	弱	晒	答
lau^{4}	pai^{1}	ȵiu^{5}	sai^{2}	ta^{4}
Laol	baib	nziut	saix	dal
来	三	年	生	育

结婚三年生小孩

布	呀	勾	许	乙
pu^{1}	ʑa^{6}	qəu^{5}	ɕi^{2}	ʑi^{4}
Bub	yas	ghout	xix	yil
知	养	公	什	么

不知生了哪些人

罗	呀	丁	呀	读
lo^{6}	ʑa^{6}	tiŋ^{1}	ʑa^{6}	tu^{4}
Los	yas	dingb	yas	dul
才	养	丁	养	读

生了丁①哥和读②哥

①丁：苗语“dingb”的音译，人名，尊称“丁哥”。
②读：苗语“dul”的音译，人名，尊称“读哥”。

改	呀	响	呀	学
qai^{3}	ʑa^{6}	ɕiaŋ^{2}	ʑa^{6}	ɕio^{4}
Ghaid	yas	xiangx	yas	xiol
又	养	响	养	学

又生响①哥和学②哥

呀	配	蚁	哈	麦
ʑa^{6}	phɛ^{7}	ȵiu^{2}	ha^{1}	mai^{4}
Yas	paek	nziux	hab	mail
养	姑	娘	哈	麦

又生一个哈麦③妹

改	呀	勾	网	无
qai^{3}	ʑa^{6}	qəu^{5}	vaŋ^{2}	vu^{4}
Ghaid	yas	ghout	wangx	wul
又	养	公	网	无

又生一个网无④哥

改	呀	斗	底	答
qai^{3}	ʑa^{6}	təu^{5}	ti^{2}	ta^{4}
Ghaid	yas	dout	dix	dal
又	养	斗	一	个

又生一个叫斗⑤哥

---

①响：苗语“xiangx”的音译，人名，尊称“响哥”。

②学：苗语“xiol”的音译，人名，尊称“学哥”。

③哈麦：苗语“hab mail”的音译，人名，取名“哈麦”的姑娘。

④网无：苗语“wangx wul”的音译，人名，尊称“网无哥”。

⑤斗：苗语“dout”的音译，人名，尊称“斗哥”。

改　呀　地　底　答
qai^{3}　ʑa^{6}　ti^{1}　ti^{2}　ta^{4}
Ghaid　yas　dib　dix　dal
又　养　地　一　个
又生一个名叫地[①]

劳　呀　到　一　答
lau^{4}　ʑa^{6}　tau^{5}　ʑi^{8}　ta^{4}
Laol　yas　daot　yif　dal
来　养　得　八　个
一生共生八个人

一　约　丢　着　跌
ʑi^{8}　ʑo^{6}　tiu^{5}　tɕio^{2}　tie^{4}
Yif　yos　diut　jiox　diel
八　人　在　凡　间
八个小孩在凡间

杀　多　勾　顶　羊
sa^{4}　tio^{6}　qəu^{5}　tiŋ^{2}　ʑaŋ^{4}
Sal　dios　ghout　dingx　yangl
都　是　公　顶　生
都是顶劳来养育

①地：苗语“dib”的音译，人名，尊称“地哥”。

顶	劳	到	你	劳
tiŋ^{2}	lau^{4}	tau^{5}	ni^{2}	lau^{4}
Dingx	laol	daot	nix	laol
顶	劳	生	他们	来

顶劳生养他们来

公	你	劳	着	跌
qoŋ^{4}	ni^{2}	lau^{4}	tɕio^{2}	tie^{4}
Ghongl	nix	laol	jiox	diel
们	他	来	凡	间

他们都是凡间人

桑	你	阿	底	桑
saŋ^{4}	ni^{6}	a^{5}	ti^{2}	saŋ^{4}
Sangl	nis	at	dix	sangl
段	这	做	一	段

这节唱为一段歌

公	你	改	努	文
qoŋ^{4}	ni^{2}	qai^{3}	nəu^{2}	vəŋ^{4}
Ghongl	nix	ghaid	noux	wengl
他	们	又	吃	田

他们八个人种田

杀	厚	雍	泵	业
sa^{4}	həu^{7}	ʐoŋ^{6}	poŋ^{2}	nie^{4}
Sal	houk	yongs	bongx	niel
都	喝	田	泵	业

都是吃米饭长大

顶	劳	顶	当	乌
tiŋ^{2}	lau^{4}	tiŋ^{2}	taŋ^{5}	vu^{6}
Dingx	laol	dingx	dangt	wus
顶	来	顶	有	力气

顶劳天生有力气

呀	生	无	别	扫
ʑa^{6}	səŋ^{1}	vu^{4}	pɛ^{5}	sau^{6}
Yas	sengb	wul	baet	saos
养	千	物	百	人

养育千物和万物

勾	顶	劳	通	孖
qəu^{5}	tiŋ^{2}	lau^{4}	thoŋ^{1}	ŋa^{6}
Ghout	dingx	laol	tongb	ngas
公	顶	劳	很	勤劳

顶劳一生很勤劳

拉	几	木	工	松
la^{7}	ki^{1}	mu^{4}	qoŋ^{5}	ɬoŋ^{6}
Lak	gib	mul	ghongt	dlongs
邀	螺蛳	去	挖	坳

邀请螺蛳去挖坳

枉	改	杀	代	孖
vaŋ^{2}	qɛ^{1}	sa^{4}	tai^{7}	ȵia^{6}
Wangx	ghaeb	sal	daik	nzias
公	鸡	都	同	跟

公鸡被邀请同行

矮	呆	杀	代	孖
ŋie^{2}	tai^{1}	sa^{4}	tai^{7}	ȵia^{6}
Ngiex	daib	sal	daik	nzias
野	猪	也	同	跟

野猪被邀请同行

晒	利	杀	代	孖
ɬai^{3}	li^{3}	sa^{4}	tai^{7}	ȵia^{6}
Dlaid	lid	sal	daik	nzias
狗	羊	也	同	跟

狗和羊也一起去

别	代	眉	果	孖
pɛ^{5}	tai^{7}	mie^{4}	qo^{5}	ȵia^{6}
Baet	daik	miel	ghot	nzias
猪	和	马	同	跟

猪和马也一起去

蚁	略	杀	代	孖
ȵi^{2}	lio^{3}	sa^{4}	tai^{7}	ȵia^{6}
Nzix	liod	sal	daik	nzias
水	牛	也	同	跟

水牛被邀请同行

木	揭	文	久	汪
mu^{4}	qhəi^{1}	vəŋ^{4}	tɕiu^{6}	vaŋ^{6}
Mul	kheib	wengl	jius	wangs
去	开	田	久	汪

它们去久汪①造田

①久汪：苗语“jius wangs”的音译，地名，今地址不详。

许	阿	败	到	兄
ɕi^{2}	a^{1}	pai^{4}	tau^{5}	ɕioŋ^{6}
Xix	ab	bail	daot	xiongs
时	那	没	有	木钎

那时没有那木钎[①]

败	到	许	阿	雍
pai^{4}	tau^{5}	ɕi^{2}	a^{5}	ʑoŋ^{6}
Bail	daot	xix	at	yongs
没	有	什么	开	田

没有工具来挖田

杀	丢	估	败	瓜
sa^{4}	tiu^{5}	kiu^{5}	pai^{4}	kia^{6}
Sal	diut	giut	bail	gias
都	用	指甲	手	扒

都是用指甲来扒

蚁	瓜	江	扫	伦
ȵi^{2}	ka^{1}	tɕiaŋ^{4}	sau^{6}	ləŋ^{6}
Nzix	gab	jiangl	saos	lengs
牛	角	弯	凿	岩

水牛用牛角凿岩

①木钎：苗语“xiongs”的意译，两头或一头尖的扁担，主要用来挑草墩，也用于撬地挖洞。

矮 呆 足 泵 泵
ŋie^{2} tai^{1} tɕiu^{4} poŋ^{6} poŋ^{6}
Ngiex daib jiul bongs bongs
野 猪 拱 嘣 嘣
野猪用嘴拱泥土

弱 溜 劳 阿 兄
ȵiu^{2} liu^{1} lau^{4} a^{5} ɕioŋ^{6}
Nziux liub laol at xiongs
嘴 大 来 做 木钎
用嘴巴来当铲用

掐 呆 木 答 雍
tɕhia^{5} tai^{1} mu^{4} ta^{6} ʑoŋ^{6}
Qiat daib mul das yongs
堆 土 去 不 停
拱土铲土往前推

引 溜 辣 泵 龙
ɣiŋ^{2} liu^{1} la^{4} poŋ^{6} loŋ^{6}
Vingx liub lal bongs longs
岭 大 移 轰 隆
开山劈坡好热闹

补 拉 东 兄 温
pu^{2} la^{1} tioŋ^{4} ɕioŋ^{6} vəŋ^{6}
Bux lab diongl xiongs wengs
填 个 山谷 七 万
推土埋了众条沟

着 乡 改 兄 松
tɕio^{2} ɕiaŋ^{1} qɛ^{4} ɕioŋ^{6} ɬoŋ^{6}
Jiox xiangb ghael xiongs dlongs
田 基 跨 七 坳
填土连接七个坳

两 雍 纳 兄 温
liaŋ^{2} ʑoŋ^{1} na^{4} ɕioŋ^{6} vəŋ^{6}
Liangx yongb nal xiongs wengs
田 雍 纳 七 万
雍纳造田数万亩

九 生 聂 列 娘
tɕiu^{2} səŋ^{1} ȵai^{4} lɛ^{6} niaŋ^{6}
Jiux sengb nzail laes niangs
九 千 鱼 放 内
放了数千尾鱼苗

嗒 聂 努 凹 芒 呀 乌
ta^{1} ȵai^{4} nəu^{2} əu^{1} maŋ^{4} ʑa^{6} vu^{6}
Dab nzail noux oub mangl yas wus
条 鱼 吃 水 田 养 命
鱼儿在田里畅游

灭 溜 答 爹 虽
mɛ^{2} liu^{1} ta^{4} tɛ^{6} səi^{6}
Maex liub dal daes seis
鱼 大 个 肥 壮
鱼儿条条长肥大

桑	阿	凹	五	劳
$saŋ^{6}$	a^{5}	au^{1}	vu^{2}	lau^{4}
Sangs	at	aob	wux	laol
代	第	二	结	婚

第二代人又成婚

布	答	许	五	劳
pu^{1}	ta^{4}	$ɕi^{2}$	vu^{2}	lau^{4}
Bub	dal	xix	wux	laol
知	个	哪	结	婚

不知哪个要成婚

五	劳	丢	着	跌
vu^{2}	lau^{4}	tiu^{5}	$tɕio^{2}$	tie^{4}
Wux	laol	diut	jiox	diel
结	婚	给	凡	间

他们在凡间成婚

答	许	阿	准	中
ta^{4}	$ɕi^{2}$	a^{5}	$tɕiŋ^{2}$	$tɕioŋ^{4}$
Dal	xix	at	jingx	jiongl
个	哪	做	成	事

哪个来促成这事

福	瓜	阿	底	答
fu^{8}	qa^{6}	a^{5}	ti^{2}	ta^{4}
Fuf	ghas	at	dix	dal
福	瓜	是	一	个

凡间福瓜①是一个

①福瓜：苗语“fuf ghas”的音译，人名。

埋	瓜	阿	底	答
mai^{4}	qa^{6}	a^{5}	ti^{2}	ta^{4}
Mail	ghas	at	dix	dal
埋	瓜	是	一	个

埋瓜①也算是一个

凹	你	罗	准	中
au^{1}	ni^{2}	lo^{6}	tɕiŋ^{2}	tɕioŋ^{4}
Aob	nix	los	jingx	jiongl
两	他	才	成	事

他俩做成这件事

麦	地	嗒	麦	让	瓜	海
mai^{4}	ti^{6}	ta^{1}	mai^{4}	ȵiaŋ^{1}	qa^{6}	hai^{5}
Mail	dis	dab	mail	nziangb	ghas	hait
麦	地	人	麦	在	那	河

麦②妹出生在河边

福	斗	嗒	福	让	周	里
fu^{4}	təu^{5}	ta^{1}	fu^{4}	ȵiaŋ^{1}	tɕiu^{6}	li^{5}
Ful	dout	dab	ful	nziangb	jius	lit
福	斗	人	福	在	源	河

福哥长在河源头

①埋瓜：苗语“mail ghas”的音译，人名。
②麦：苗语“mail”的音译，人名。

乌　挪　阿　猛　木
vu^{5}　nio^{6}　a^{5}　moŋ^{2}　mu^{4}
Wut　nios　at　mongx　mul
漂　亮　样　这　去
他们长得很俊俏

阿　爹　罗　五　劳
a^{5}　tɛ^{6}　lo^{6}　vu^{2}　lau^{4}
At　daes　los　wux　laol
怎　样　才　结　婚
怎样才能结连理

五　劳　丢　着　跌
vu^{2}　lau^{4}　tiu^{5}　tɕio^{2}　tie^{4}
Wux　laol　diut　jiox　diel
结　婚　在　凡　间
凡间结婚在一起

福　斗　嗒　福　哪　答　秀　打　吓
fu^{4}　təu^{5}　ta^{1}　fu^{4}　na^{1}　ta^{6}　xu^{7}　ta^{2}　ɬia^{4}
Ful　dout　dab　ful　nab　das　hvuk　dax　dlial
福　斗　人　福　日　休　闲　来　走
福哥天天来走寨

芒　答　秀　打　吓
maŋ^{5}　ta^{6}　xu^{7}　ta^{2}　ɬia^{4}
Mangt　das　hvuk　dax　dlial
夜　休　闲　来　走
福哥夜夜去伴妹①

---

①伴妹是苗族青年男女自由恋爱的方式之一。一般在晚上，一群男青年到某个女青年家，男青年坐在火塘的一边，女青年和她的女伴坐在另一边，互相聊天、对歌，兼有苗笛伴奏，男女一问一答，直至深夜。大家通过对歌物色对象，互诉衷情。

农	达	配	往	麦
noŋ^{3}	ta^{1}	phɛ^{7}	vaŋ^{2}	mai^{4}
Nongd	dab	paek	wangx	mail
现	姑	娘	妹	麦

现在麦妹喜开颜

拉	娘	约	肉	正
la^{1}	niaŋ^{6}	ʑo^{6}	ʑu^{2}	tsəŋ^{4}
Lab	niangs	yos	yux	zengl
个	心里	人	心	仪

麦妹心里很钟情

拉	吗	果	水	何
la^{1}	ma^{6}	qo^{5}	səi^{2}	ho^{4}
Lab	mas	ghot	seix	hol
个	眼	也	中	意

麦妹也一见钟情

西	刀	阿	农	木
ɕi^{5}	tau^{6}	a^{5}	noŋ^{2}	mu^{4}
Xit	daos	at	nongx	mul
中	意	做	这	去

他们两个很中意

阿	爹	阿	五	劳
a^{5}	tɛ^{6}	a^{5}	vu^{2}	lau^{4}
At	daes	at	wux	laol
怎	样	做	结	婚

怎样才能结成婚

五	劳	丢	着	跌
vu2	lau4	tiu5	tɕio2	tie4
Wux	laol	diut	jiox	diel
结	婚	在	凡	间

他们在凡间结婚

达	配	尖	引	今
ta1	phɛ7	tɕiŋ6	ʑiŋ2	kiŋ4
Dab	paek	jings	yingx	gingl
姑	娘	男儿	齐	全

养育男女都齐全

桑	阿	败	改	劳
saŋ6	a5	pai1	qai3	lau4
Sangs	at	baib	ghaid	laol
代	第	三	又	来

接着第三代又来

农	达	亨	枉	福
noŋ3	ta1	həŋ5	vaŋ2	fu4
Nongd	dab	hengt	wangx	ful
现	青	年	哥	福

现有凡间那福哥

代	达	配	枉	麦
tai7	ta1	phɛ7	vaŋ2	mai4
Daik	dab	paek	wangx	mail
与	姑	娘	妹	麦

福哥心仪那麦妹

夸	六	丢	着	跌
qhɛ^{1}	ləu^{6}	tiu^{5}	tɕio^{2}	tie^{4}
Khaeb	lous	diut	jiox	diel
结	婚	在	凡	间

他们在凡间结婚

劳	呀	到	一	答
lau^{4}	ʑa^{6}	tau^{5}	ʑi^{8}	ta^{4}
Laol	yas	daot	yif	dal
来	生	得	八	个

一共生养八个人

一	约	丢	着	跌
ʑi^{8}	ʑo^{6}	tiu^{5}	tɕio^{2}	tie^{4}
Yif	yos	diut	jiox	diel
八	个	在	人	间

八个生活在凡间

布	呀	勾	许	乙
pu^{1}	ʑa^{6}	qəu^{5}	ɕi^{2}	ʑi^{4}
Bub	yas	ghout	xix	yil
知	生	公	什	么

不知生养哪些人

呀	结	阿	底	答
ʑa^{6}	kie^{6}	a^{5}	ti^{2}	ta^{4}
Yas	gies	at	dix	dal
生	雷	第	一	个

生下第一个雷公

改	呀	秀	打	本
qai^{3}	$ʑa^{6}$	$ɕiu^{3}$	ta^{2}	$pəŋ^{4}$
Ghaid	yas	xiud	dax	bengl
又	生	虎	来	陪

第二接着生下虎

改	呀	喵	打	本
qai^{3}	$ʑa^{6}$	$miau^{7}$	ta^{2}	$pəŋ^{4}$
Ghaid	yas	miaok	dax	bengl
又	生	猫	来	陪

第三接着又生猫

改	呀	社	打	本
qai^{3}	$ʑa^{6}$	$ɬie^{7}$	ta^{2}	$pəŋ^{4}$
Ghaid	yas	dliek	dax	bengl
又	生	熊	来	陪

第四接着又生熊

改	呀	奄	打	本
qai^{3}	$ʑa^{6}$	an^{7}	ta^{2}	$pəŋ^{4}$
Ghaid	yas	ank	dax	bengl
又	生	龙	来	陪

第五接着又生龙

改	呀	谁	打	本
qai^{3}	$ʑa^{6}$	$səi^{4}$	ta^{2}	$pəŋ^{4}$
Ghaid	yas	seil	dax	bengl
又	生	蛇	来	陪

第六接着又生蛇

改	呀	英	打	本
qai^{3}	ʑa^{6}	ɣiŋ^{1}	ta^{2}	pəŋ^{4}
Ghaid	yas	vingb	dax	bengl
又	生	英	来	陪

第七接着又生英①

呀	麦	哪	根	乙
ʑa^{6}	mai^{6}	na^{2}	qəŋ^{1}	ʑi^{4}
Yas	mais	nax	ghengb	yil
生	麦	人	后	满

生下麦②妹是满女

工	农	东	忍	纳
qoŋ^{4}	noŋ^{6}	tioŋ^{1}	ȵiŋ^{2}	na^{4}
Ghongl	nongs	diongb	nzingx	nal
这	帮	中	忍	纳

他们生在中忍纳③

东	忍	之	呀	劳
tioŋ^{1}	ȵiŋ^{2}	tɕi^{1}	ʑa^{6}	lau^{4}
Diongb	nzingx	jib	yas	laol
中	忍	之	生	养

中忍纳里来生活

①英：苗语“vingb”的音译，人名。

②麦：苗语“mais”的音译，人名。传说英和麦是亲兄妹，洪水滔天，人间只剩下英、麦两兄妹。他们因乘葫芦漂浮而逃过劫难。为了繁衍人类，兄妹成亲。

③中忍纳：苗语“diongb nzingx nal”的音译，指地球形成中期，万物形成时期。

劳	替	着	分	跌
lau^{4}	thi^{5}	tɕio^{2}	fəŋ^{1}	tie^{4}
Laol	tit	jiox	fengb	diel
来	管	整个	天	下

来管理那中忍纳

布	答	许	嗒	答
pu^{1}	ta^{4}	ɕi^{2}	ta^{1}	ta^{4}
Bub	dal	xix	dab	dal
知	个	哪	小	孩

不知他们哪个人

罗	无	嗓	呆	劳
lo^{6}	vu^{7}	saŋ^{2}	tai^{1}	lau^{4}
Los	wuk	sangx	daib	laol
才	下	人	间	来

他下到那凡间来

劳	呀	生	九	无
lau^{4}	ʑa^{6}	səŋ^{1}	tɕiu^{2}	vu^{4}
Laol	yas	sengb	jiux	wul
来	生	千	九	物

来造自然界万物

一	温	让	着	跌
ʑi^{8}	vəŋ^{6}	ȵiaŋ^{1}	tɕio^{2}	tie^{4}
Yif	wengs	nziangb	jiox	diel
八	万	在	凡	间

万物生长在地球

败	松	汤	乃	正
pai^{4}	ɬoŋ^{6}	thiaŋ^{1}	ȵai^{2}	tsəŋ^{4}
Bail	dlongs	tiangb	nzaix	zengl
坡	坳	吵	闹	响

山场山坳闹喳喳

瓜	沛	瓦	嗦	答
qa^{6}	phɛ^{5}	va^{2}	ɬau^{1}	ta^{4}
Ghas	paet	wax	dlaob	dal
那	天	空	四	人

天庭有那四个人

嗦	约	哪	分	败
ɬau^{1}	ʑo^{6}	na^{2}	fəŋ^{1}	pai^{4}
Dlaob	yos	nax	fengb	bail
四	个	人	天	庭

四个都是天庭人

刚	瓜	瓦	嗦	劳
kaŋ^{4}	qa^{6}	va^{2}	ɬau^{1}	lau^{4}
Gangl	ghas	wax	dlaob	laol
从	那	天	上	来

他们从天庭下来

勾	夏	花	分	败
qəu^{5}	ɕia^{1}	fa^{5}	fəŋ^{1}	pai^{4}
Ghout	xiab	fat	fengb	bail
公	夏	花	天	庭

夏花公是天庭人

窝	夏	非	分	败
vo^{7}	ɬia^{1}	fəi^{6}	fəŋ^{1}	pai^{4}
Wok	dliab	feis	fengb	bail
婆	夏	非	天	庭

夏非①婆是天庭人

窝	航	赌	分	败
vʊ^{7}	haŋ^{1}	təu^{2}	fəŋ^{1}	pai^{4}
Wok	hangb	doux	fengb	bail
婆	航	赌	天	庭

航赌婆是天庭人

改	代	王	之	力
qai^{3}	tai^{7}	vaŋ^{2}	tɕi^{1}	li^{4}
Ghaid	daik	wangx	jib	lil
又	和	王	之	力

之力王②是天庭人

罗	上	吞	九	丈
lo^{6}	ɕiaŋ^{5}	thəŋ^{1}	tɕiu^{2}	tsaŋ^{4}
Los	xiangt	tengb	jiux	zangl
才	放	梯子	九	丈

他们放下那天梯

①夏非：苗语"dliab feis"的音译，人名。传说夏非繁衍地球生物。

②之力王：苗语"wangx jib lil"的音译，人名。

兄	开	吞	往	跌
ɕioŋ^{6}	qhai^{5}	thəŋ^{1}	vaŋ^{2}	tie^{4}
Xiongs	khait	tengb	wangx	diel
七	节	梯子	向	下

七节天梯下凡间

嗒	你	罗	最	给
ta^{1}	ni^{2}	lo^{6}	tsəi^{4}	qəi^{4}
Dab	nix	los	zeil	gheil
他	们	才	屙	屎

他们往凡间屙屎

追	久	根	引	能
tsəi^{6}	tɕiu^{5}	qəŋ^{1}	ɣiŋ^{2}	nəŋ^{4}
Zeis	jiut	ghengb	vingx	nengl
撒	尿	后	岭	下

他们撒尿在山坡

刀	闹	呆	粉	足
tau^{6}	nau^{6}	tai^{1}	fəŋ^{2}	tɕiu^{4}
Daos	naos	daib	fengx	jiul
生	苔	泥	黄	完

山坡遍地长满苔

闹	弱	阶	仰	龙
nau^{5}	ȵiu^{5}	qai^{1}	ȵaŋ^{2}	loŋ^{4}
Naot	nziut	ghaib	nzangx	longl
多	年	棵	草	长

多年嫩草绿油油

东	立	到	脑	谁
toŋ^{1}	li^{6}	tau^{5}	ȵau^{2}	səi^{4}
Dongb	lis	daot	nzaox	seil
芒	草	长	绿	油

满山芒草绿油油

罗	林	刚	林	熟
lo^{6}	liŋ^{6}	kaŋ^{1}	liŋ^{6}	ɬiu^{4}
Los	lings	gangb	lings	dliul
又	生	芒萁	生	芒芯

遍地长满那芒萁

罗	到	着	孟	略
lo^{6}	tau^{5}	tɕio^{2}	moŋ^{1}	lio^{4}
Los	daot	jiox	mongb	liol
又	生	条	藤	血

林中生长红血藤①

到	孟	勇	瓜	伦
tau^{5}	moŋ^{1}	voŋ^{2}	qa^{6}	ɬəŋ^{4}
Daot	mongb	wongx	ghas	dlengl
生长	藤	龙	那	林地

生长那粗壮龙藤

①红血藤：攀援藤本。

到 孟 勇 松 羊
tau^{5} moŋ^{1} voŋ^{2} ɬoŋ^{6} ɣaŋ^{4}
Daot mongb wongx dlongs vangl
长 藤 龙 坳 寨
寨头生长大龙藤

罗 到 斗 送 劳
lo^{6} tau^{5} təu^{5} ɬoŋ^{2} lau^{4}
Los daot dout dlongx laol
才 生 树 泡桐 来
山野又生泡桐树

斗 兴 让 引 能
təu^{5} ɕiŋ^{5} ȵiaŋ^{1} ɣiŋ^{2} nəŋ^{4}
Dout xingt nziangb vingx nengl
树 椎木 在 岭 下
东坡山坳长椎木

斗 扫 让 瓜 东
təu^{5} sau^{4} ȵiaŋ^{1} qa^{6} tioŋ^{4}
Dout saol nziangb ghas diongl
树 粽叶竹 在 那 沟
山沟野生粽叶竹

斗 荣 让 瓜 荣
təu^{5} ɣoŋ^{4} ȵiaŋ^{1} qa^{6} voŋ^{4}
Dout vongl nziangb ghas wongl
树 鸭脚 在 那 悬崖
陡坡长满鸭脚树

改	到	斗	满	工
qai^{3}	tau^{5}	təu^{5}	məŋ^{2}	qoŋ^{4}
Ghaid	daot	dout	mengx	ghongl
又	生	树	枫	弯

村头寨脚长枫树

到	斗	九	斗	佛
tau^{5}	təu^{5}	tɕiu^{2}	təu^{5}	fu^{4}
Daot	dout	jiux	dout	ful
生	树	荷木	树	光木

又生荷木和光木

到	斗	哑	斗	芒
tau^{5}	təu^{5}	ɣa^{2}	təu^{5}	maŋ^{4}
Daot	dout	vax	dout	mangl
生	树	梨	树	柿子

又生梨树和柿树

到	斗	写	斗	立
tau^{5}	təu^{5}	ɬɛ^{2}	təu^{5}	li^{4}
Daot	dout	dlaex	dout	lil
生	树	桃	树	杨梅

生桃树和杨梅树

到	斗	嘎	斗	聂
tau^{5}	təu^{5}	ka^{2}	təu^{5}	ȵɛ^{4}
Daot	dout	gax	dout	nzael
生	竹	芦笙	竹	金

生芦笙竹和金竹

到	斗	九	斗	油
tau^{5}	təu^{5}	tɕiu^{2}	təu^{5}	ʑiu^{4}
Daot	dout	jiux	dout	yiul
生	树	荷木	树	桐油

生荷木和桐油树

罗	到	嗒	本	不
lo^{6}	tau^{5}	ta^{1}	pəŋ^{2}	pu^{4}
Los	daot	dab	bengx	bul
又	长	棵	花	金樱

山间又长金樱花

本	耶	让	松	能
pəŋ^{2}	ɣie^{5}	ȵiaŋ^{1}	ɬoŋ^{6}	nəŋ^{4}
Bengx	viet	nziangb	dlongs	nengl
花	杜鹃	在	坳	下

山坡长满杜鹃花

本	敲	让	候	败
pəŋ^{2}	qhau^{1}	ȵiaŋ^{1}	həu^{3}	pai^{4}
Bengx	khaob	nziangb	houd	bail
花	泡	在	坡	顶

坡顶开满那泡花

到	本	入	周	东
tau^{5}	pəŋ^{2}	vi^{1}	tɕiu^{6}	tioŋ^{4}
Daot	bengx	wib	jius	diongl
生	花	樱桃	顶	山谷

樱桃花长在山槽

本 略 让 瓜 荣
pəŋ^{2} lio^{2} ȵiaŋ^{1} qa^{6} voŋ^{4}
Bengx liox nziangb ghas wongl
花 映山红 在 那 悬崖
映山红生在山崖

行 你 嗒 九 无
haŋ^{8} ni^{6} ta^{1} tɕiu^{2} vu^{4}
Hangf nis dab jiux wul
这 些 物 九 物
这就是大地万物

杀 到 根 忍 纳
sa^{4} tau^{5} qəŋ^{1} ȵiŋ^{2} na^{4}
Sal daot ghengb nzingx nal
都 生 根 忍 纳
都生长在根忍纳

根 忍 之 呀 劳
qəŋ^{1} ȵiŋ^{2} tɕi^{1} ʑa^{6} lau^{4}
Ghengb nzingx jib yas laol
根 忍 之 养 来
都在根忍纳生活

嗒 斗 让 引 能
ta^{1} təu^{5} ȵiaŋ^{1} ɣiŋ^{2} nəŋ^{4}
Dab dout nziangb vingx nengl
棵 树 在 岭 下
树木生长在山场

斗 古 布 贾 雷
təu^{5} qo^{5} pu^{1} tɕia^{2} ləi^{4}
Dout ghot bub jiax leil
树 也 会 说 话
大地树木会说话

布 接 些 引 能
pu^{1} tɕie^{8} ɕai^{6} ɣiŋ^{2} nəŋ^{4}
Bub jief xais vingx nengl
会 谈 话 岭 下
它们在山场会话

斗 古 布 五 劳
təu^{5} qo^{5} pu^{1} vu^{2} lau^{4}
Dout ghot bub wux laol
树 也 会 结 婚
树木也结双结对

布 五 劳 引 能
pu^{1} vu^{2} lau^{4} ɣiŋ^{2} nəŋ^{4}
Bub wux laol vingx nengl
会 结 婚 岭 下
成双成对在丛林

本 敲 告 本 不
pəŋ^{2} qhau^{1} qau^{5} pəŋ^{2} pu^{4}
Bengx khaob ghaot bengx bul
花 泡 跟 花 金樱
泡花金樱花结对

本	入	告	柳	荣
pəŋ^{2}	vi^{1}	qau^{5}	liu^{2}	ʑoŋ^{4}
Bengx	wib	ghaot	liux	yongl
花	樱桃	与	野	杜鹃

樱桃花跟野杜鹃

本	耶	告	本	不
pəŋ^{2}	ɣie^{5}	qau^{5}	pəŋ^{2}	pu^{4}
Bengx	viet	ghaot	bengx	bul
花	杜鹃	与	花	金樱

杜鹃花与金樱花

斗	哑	告	斗	芒
təu^{5}	ɣa^{2}	qau^{5}	təu^{5}	maŋ^{4}
Dout	vax	ghaot	dout	mangl
树	梨	跟	树	柿子

梨树跟那柿子树

斗	写	告	斗	立
təu^{5}	ɬɛ^{2}	qau^{5}	təu^{5}	li^{4}
Dout	dlaex	ghaot	dout	lil
树	桃	跟	树	杨梅

桃树跟那杨梅树

斗	嘎	告	斗	聂
təu^{5}	ka^{2}	qau^{5}	təu^{5}	ȵɛ^{4}
Dout	gax	ghaot	dout	nzael
竹	芦笙	跟	竹	金

芦笙竹跟那金竹

斗 满 告 斗 荣
təu^{5} məŋ^{2} qau^{5} təu^{5} ɣoŋ^{4}
Dout mengx ghaot dout vongl
树 枫 跟 树 鸭脚
枫树跟那鸭脚树

斗 友 告 斗 油
təu^{5} ʑəu^{8} qau^{5} təu^{5} ʑiu^{4}
Dout youf ghaot dout yiul
树 茶子 跟 树 桐油
油茶树跟桐油树

斗 九 告 斗 佛
təu^{5} tɕiu^{2} qau^{5} təu^{5} fu^{4}
Dout jiux ghaot dout ful
树 荷木 跟 树 光木
荷木树跟光木树

兄 周 根 忍 纳
ɕioŋ^{7} tɕiu^{6} qəŋ^{1} ȵiŋ^{2} na^{4}
Xiongk jius ghengb nzingx nal
同 是 根 忍 纳
同是生在根忍纳

根 忍 之 呀 劳
qəŋ^{1} ȵiŋ^{2} tɕi^{1} ʑa^{6} lau^{4}
Ghengb nzingx jib yas laol
根 忍 之 养 来
同在根忍纳生活

桑	阿	凹	改	劳
saŋ^{6}	a^{5}	au^{1}	qai^{3}	lau^{4}
Sangs	at	aob	ghaid	laol
代	第	二	又	来

第二代接着又来

劳	呀	金	古	各
lau^{4}	ʑa^{6}	kiŋ^{1}	kiu^{2}	ko^{4}
Laol	yas	gingb	giux	gol
来	养	昆	虫	叫

来生会鸣叫昆虫

劳	呀	嗒	古	俄
lau^{4}	ʑa^{6}	ta^{1}	kiu^{2}	ŋo^{4}
Laol	yas	dab	giux	ngol
来	养	只	蚂	蚱

生养那长足蚂蚱

呀	古	及	阿	作
ʑa^{6}	kiu^{2}	ki^{4}	a^{5}	tso^{4}
Yas	giux	gil	at	zol
养	螳	螂	长	衣

生养那长衣螳螂

呀	古	芒	号	列
ʑa^{6}	kiu^{2}	maŋ^{1}	hau^{5}	lie^{4}
Yas	giux	mangb	haot	liel
养	禾	虾	长	油

生养那肥油禾虾

呀	古	唱	号	眉
ʑa6	kiu2	tɕhiaŋ7	hau5	mie4
Yas	giux	qiangk	haot	miel
养	蟋	蟀	成	群

生养那成群蟋蟀

改	呀	嗒	牙	无
qai3	ʑa6	ta1	ʑa2	vu4
Ghaid	yas	dab	yax	wul
又	养	人	牙	无

又生养牙无①姑娘

牙	秧	让	着	跌
ʑa6	ʑaŋ1	ȵiaŋ1	tɕio2	tie4
Yas	yangb	nziangb	jiox	diel
牙	秧	在	人	间

生养牙秧②在凡间

改	呀	金	芦	略
qai3	ʑa6	kiŋ1	liu1	lio4
Ghaid	yas	gingb	liub	liol
又	养	虫	黄	蜂

又生养那大黄蜂

①牙无：苗语“yax wul”的音译，人名，名叫“牙无”的姑娘。
②牙秧：苗语“yas yangb”的音译，人名，名叫“牙秧”的姑娘。

改	劳	呀	金	蒙
qai^3	lau^4	ʑa^6	kiŋ^1	moŋ^4
Ghaid	laol	yas	gingb	mongl
又	来	养	虫	蜜蜂

又来生养小蜜蜂

改	呀	金	了	伶
qai^3	ʑa^6	kiŋ^1	lia^2	liŋ^4
Ghaid	yas	gingb	liax	lingl
又	养	虫	知	了

又来生养那知了

耶	让	根	忍	只
ɣie^5	ȵiaŋ^1	qəŋ^1	ȵiŋ^2	tɕi^4
Viet	nziangb	ghengb	nzingx	jil
蝉	在	后	树	杈

小蝉经常驻树杈

改	呀	金	丑	给
qai^3	ʑa^6	kiŋ^1	tɕhiu^3	qəi^4
Ghaid	yas	gingb	qiud	gheil
又	养	虫	推	屎

又生养那屎壳郎

金	龙	归	蚁	答
kiŋ^1	loŋ^2	kui^1	ȵi^2	ta^4
Gingb	longx	guib	nzix	dal
虫	走	螺蛳	一	个

又来生养那螺蛳

金	列	败	打	几
kiŋ^{1}	lɛ^{5}	pai^{4}	ta^{2}	ki^{4}
Gingb	laet	bail	dax	gil
虫	苍蝇	坡	地	沟

又来生养那苍蝇

改	呀	金	本	六
qai^{3}	ʑa^{6}	kiŋ^{1}	pəŋ^{2}	liu^{4}
Ghaid	yas	gingb	bengx	liul
又	养	虫	蝴	蝶

又来生养那蝴蝶

杀	瓜	根	忍	纳
sa^{4}	qa^{6}	qəŋ^{1}	ȵiŋ^{2}	na^{4}
Sal	ghas	ghengb	nzingx	nal
都	是	根	忍	纳

它们生在根忍纳

根	忍	之	呀	劳
qəŋ^{1}	ȵiŋ^{2}	tɕi^{1}	ʑa^{6}	lau^{4}
Ghengb	nzingx	jib	yas	laol
根	忍	之	养	来

它们长在根忍纳

桑	阿	败	改	劳
saŋ^{6}	a^{5}	pai^{1}	qai^{3}	lau^{4}
Sangs	at	baib	ghaid	laol
代	第	三	又	来

第三代接着又来

劳	呀	休	呀	能
lau^{4}	ʑa^{6}	ɕiu^{1}	ʑa^{6}	nəŋ^{4}
Laol	yas	xiub	yas	nengl
来	养	山鼠	养	家鼠

又生山鼠和家鼠

呀	嗒	列	瓜	荣
ʑa^{6}	ta^{1}	lɛ^{1}	qa^{6}	voŋ^{4}
Yas	dab	laeb	ghas	wongl
养	猴	子	那	悬崖

生养猴子在山崖

呀	矮	孟	瓜	伦
ʑa^{6}	ŋie^{2}	moŋ^{1}	qa^{6}	ɬəŋ^{4}
Yas	ngiex	mongb	ghas	dlengl
养	兽	果子狸	那	山间

山间生养果子狸

内	工	龙	凹	当
nəi^{5}	qoŋ^{6}	loŋ^{2}	au^{1}	taŋ^{4}
Neit	ghongs	longx	aob	dangl
黄	猄	走	两	头

黄猄在山间行走

秀	你	忍	根	受
ɕiu^{3}	ni^{4}	ȵiŋ^{2}	qəŋ^{1}	səu^{4}
Xiud	nil	nzingx	ghengb	soul
老	虎	叫	深	山

老虎在深山出没

改	呀	相	肝	各
qai^{3}	ʑa^{6}	ɬiaŋ^{7}	qan^{7}	qo^{4}
Ghaid	yas	dliangk	ghank	ghol
又	养	野	猫	叫

又来生养那野猫

呀	矮	呆	瓜	东
ʑa^{6}	ŋie^{2}	tai^{1}	qa^{6}	tioŋ^{4}
Yas	ngiex	daib	ghas	diongl
养	兽	野猪	在	沟

山谷生养那野猪

别	九	让	瓜	乙
pɛ^{5}	tɕiu^{2}	ȵiaŋ^{1}	qa^{6}	ɣi^{4}
Baet	jiux	nziangb	ghas	vil
猪	家	住	在	栏

又来圈养猪在栏

呀	蚁	扑	答	泵
ʑa^{6}	ȵi^{2}	phu^{1}	ta^{6}	poŋ^{4}
Yas	nzix	pub	das	bongl
养	水牛	灰色	灰	色

又来生养大水牛

改	呀	略	呀	眉
qai^{3}	ʑa^{6}	lio^{3}	ʑa^{6}	mie^{4}
Ghaid	yas	liod	yas	miel
又	养	牛	养	马

又来生养牛和马

矮 把 让 拉 败
ŋie^{2} pa^{2} ȵiaŋ^{1} la^{6} pai^{4}
Ngiex bax nziangb las bail
兽 梅花鹿 在 坡 地
山坡生养梅花鹿

矮 纠 披 布 荣
ŋie^{2} tɕiu^{1} phi^{1} pu^{6} voŋ^{4}
Ngiex jiub pib bus wongl
兽 野鹿 进 入 悬崖
野鹿生活在山谷

呀 利 努 凹 最
ʐa^{6} li^{3} nəu^{2} əu^{1} tsəi^{4}
Yas lid noux oub zeil
养 羊 吃 羊 瘪
养那山羊吃羊瘪①

呀 晒 打 通 给
ʐa^{6} ɬai^{3} ta^{2} thioŋ^{1} qəi^{4}
Yas dlaid dax tiongb gheil
养 狗 来 吃 屎
生养家狗来吃屎

①羊瘪：苗语“oub zeil”的意译，即羊胃里未完全消化的草料。羊吃百草，其中很多草有药用价值，因此有人认为羊瘪汤可治百病。羊瘪汤有清热降火的功效，既是治病的药，又是保健食品。

呀 磨 龙 枪 农
ʑa^{6} mo^{7} loŋ^{2} tɕhiaŋ^{1} ȵoŋ^{4}
Yas mok longx qiangb nzongl
养 猫 走 粮 仓
生养猫来护粮仓

杀 丢 根 忍 纳
sa^{4} tiu^{5} qəŋ^{1} ȵiŋ^{2} na^{4}
Sal diut ghengb nzingx nal
都 是 根 忍 纳
它们生在根忍纳

根 忍 之 呀 劳
qəŋ^{1} ȵiŋ^{2} tɕi^{1} ʑa^{6} lau^{4}
Ghengb nzingx jib yas laol
根 忍 之 养 来
它们长在根忍纳

桑 阿 嗦 改 劳
saŋ^{6} a^{5} ɬau^{1} qai^{3} lau^{4}
Sangs at dlaob ghaid laol
代 第 四 又 来
第四代接着又来

劳 呀 纠 粉 各
lau^{4} ʑa^{6} tɕiu^{1} fəŋ^{2} ko^{4}
Laol yas jiub fengx gol
来 养 黄 鹂 叫
又来生养黄鹂鸟

吓	几	粗	周	东
ɬia^{8}	ki^{8}	tshəu^{3}	tɕiu^{6}	tioŋ^{4}
Dliaf	gif	coud	jius	diongl
红嘴	鸟	飞	山	谷

又来生养红嘴鸟

西	义	沙	松	能
ɕi^{5}	ȵi^{6}	ɬa^{1}	ɬoŋ^{6}	nəŋ^{4}
Xit	nzis	dlab	dlongs	nengl
卷	尾	黑	坳	下

又来生养黑卷尾

凹	娃	让	瓜	伦
au^{7}	va^{8}	ȵiaŋ^{1}	qa^{6}	ɬəŋ^{4}
Aok	waf	nziangb	ghas	dlengl
乌	鸦	在	那	坡

乌鸦生在半山坡

卡	恰	让	松	羊
kia^{5}	tɕhia^{5}	ȵiaŋ^{1}	ɬoŋ^{6}	ɣaŋ^{4}
Giat	qiat	nziangb	dlongs	vangl
喜	鹊	在	坳	寨

生养喜鹊在村头

最	贵	让	引	农
tsəi^{3}	qəi^{8}	ȵiaŋ^{1}	ɣiŋ^{2}	ȵoŋ^{4}
Zeid	gheif	nziangb	vingx	nzongl
燕	子	住	屋	檐

生养燕子住屋檐

奴	谁	让	泵	江
nəu^{6}	səi^{8}	ȵiaŋ^{1}	poŋ^{2}	tɕiaŋ^{4}
Nous	seif	nziangb	bongx	jiangl
鸬	鹚	在	滩	头

生养鸬鹚在滩头

高	吐	让	两	无
qau^{1}	thəu^{7}	ȵiaŋ^{1}	liaŋ^{2}	vu^{4}
Ghaob	touk	nziangb	liangx	wul
白	鹭	在	田	间

生养白鹭在田间

呀	高	脑	松	能
ʑa^{6}	qau^{1}	ȵau^{2}	ɬoŋ^{6}	nəŋ^{4}
Yas	ghaob	nzaox	dlongs	nengl
养	斑	鸠	坳	下

生养斑鸠在山场

奴	正	让	瓦	列
nəu^{6}	tsəŋ^{7}	ȵiaŋ^{1}	va^{2}	lie^{4}
Nous	zengk	nziangb	wax	liel
花	雀	在	丛	林

生养花雀丛林飞

胜	约	让	候	败
ɬəŋ^{3}	ʑo^{8}	ȵiaŋ^{1}	həu^{3}	pai^{4}
Dlengd	yof	nziangb	houd	bail
鹰	鹞	在	顶	坡

生养鹞鹰住山崖

呀	农	嗦	瓜	熟
ʑa^{6}	nioŋ^{2}	ɬau^{1}	qa^{6}	ɬiu^{4}
Yas	niongx	dlaob	ghas	dliul
养	锦	鸡	在	芒草

生养锦鸡住芒草

呀	农	瓜	松	能
ʑa^{6}	nioŋ^{2}	qa^{1}	ɬoŋ^{6}	nəŋ^{4}
Yas	niongx	ghab	dlongs	nengl
养	锦	鸡	坳	下

生养锦鸡在山坳

敌	冬	几	筛	败
ti^{8}	toŋ^{6}	ki^{2}	sai^{1}	pai^{4}
Dif	dongs	gix	saib	bail
鹧	鸪	叫	响	坡

生养鹧鸪呱呱叫

奴	纠	让	瓜	伦
nəu^{6}	tɕiu^{1}	ȵiaŋ^{1}	qa^{6}	ɬəŋ^{4}
Nous	jiub	nziangb	ghas	dlengl
画	眉	在	那	坡地

生养画眉在山坡

者	列	让	周	东
tsɛ^{2}	lɛ^{2}	ȵiaŋ^{1}	tɕiu^{6}	tioŋ^{4}
Zaex	laex	nziangb	jius	diongl
山	雀	在	山	谷

生养山雀在山谷

罗　呀　改　呀　各
lo^{6}　ʑa^{6}　qɛ^{1}　ʑa^{6}　qau^{4}
Los　yas　ghaeb　yas　ghaol
才　养　鸡　养　鹅
又来生养鸡和鹅

敖　脑　嗦　龙　羊
au^{7}　ȵau^{2}　ɬau^{1}　lioŋ^{6}　ɣaŋ^{4}
Aok　nzaox　dlaob　liongs　vangl
鸭　绿　白　巷　寨
公鸭母鸭满巷走

桑　你　根　忍　纳
saŋ^{4}　ni^{6}　qəŋ^{1}　ȵiŋ^{2}　na^{4}
Sangl　nis　ghengb　nzingx　nal
这　节　根　忍　纳
这段演唱根忍纳

根　忍　之　呀　劳
qəŋ^{1}　ȵiŋ^{2}　tɕi^{1}　ʑa^{6}　lau^{4}
Ghengb　nzingx　jib　yas　laol
根　忍　之　养　来
演唱根忍纳生活

桑　阿　追　改　劳
saŋ^{6}　a^{5}　tsəi^{1}　qai^{3}　lau^{4}
Sangs　at　zeib　ghaid　laol
代　第　五　又　来
第五代接着又来

呀　金　中　拉　败
ʑa^6　kiŋ^1　tɕioŋ^1　la^6　pai^4
Yas　gingb　jiongb　las　bail
养　虫　蚯蚓　地　坡
生养蚯蚓住坡地

呀　金　空　号　列
ʑa^6　kiŋ^1　khoŋ^1　hau^6　lɛ^4
Yas　gingb　kongb　haos　lael
养　虾　河　空　旷
江河生养那河虾

呀　金　东　瓜　文
ʑa^6　kiŋ^1　tioŋ^5　qa^6　vəŋ^4
Yas　gingb　diongt　ghas　wengl
养　虫　蝼蛄　那　田
农田生养那蝼蛄

改　呀　金　月　无
qai^3　ʑa^6　kiŋ^1　vɛ^6　vu^4
Ghaid　yas　gingb　waes　wul
又　养　虫　蜉　蝣
又来生养水蜉蝣

根　月　相　两　文
qəŋ^3　vɛ^6　ɕiaŋ^1　liaŋ^2　vəŋ^4
Ghengd　waes　xiangb　liangx　wengl
青　蛙　转　田　埂
生养青蛙住田头

罗 呀 嗒 灭 略
lo^{6} ʑa^{6} ta^{1} mɛ^{2} lio^{4}
Los yas dab maex liol
又 养 蓝 刀 鱼
又来生养蓝刀鱼

呀 刚 飞 瓜 文
ʑa^{6} kaŋ^{2} fəi^{1} qa^{6} vəŋ^{4}
Yas gangx feib ghas wengl
养 金同 鱼 在 潭
又养金同鱼深潭

乡 拉 让 泵 江
ɕiaŋ^{1} la^{6} ȵiaŋ^{1} poŋ^{2} tɕiaŋ^{4}
Xiangb las nziangb bongx jiangl
鲮 鱼 在 滩 河
鲮鱼生活在河滩

桑 你 根 忍 纳
saŋ^{4} ni^{6} qəŋ^{1} ȵiŋ^{2} na^{4}
Sangl nis ghengb nzingx nal
这 节 根 忍 纳
这节是唱根忍纳

根 忍 之 呀 劳
qəŋ^{1} ȵiŋ^{2} tɕi^{1} ʑa^{6} lau^{4}
Ghengb nzingx jib yas laol
根 忍 之 养 来
都是生在根忍纳

工	农	夏	非	羊
qoŋ^{4}	noŋ^{6}	ɬia^{1}	fəi^{6}	ʑaŋ^{4}
Ghongl	nongs	dliab	feis	yangl
这	些	夏	非	养

它们都是夏非养

劳	呀	生	九	无
lau^{4}	ʑa^{6}	səŋ^{1}	tɕiu^{2}	vu^{4}
Laol	yas	sengb	jiux	wul
来	养	千	九	万

夏非生养数万物

一	温	让	着	跌
ʑi^{8}	vəŋ^{6}	ȵiaŋ^{1}	tɕio^{2}	tie^{4}
Yif	wengs	nziangb	jiox	diel
八	万	生	凡	间

繁衍万物在凡间

意	到	追	桑	雷
ʑi^{6}	tau^{5}	tsəi^{1}	saŋ^{2}	ləi^{4}
Yis	daot	zeib	sangx	leil
定	得	五	节	理

制定五方面理规

丢	桑	收	哪	劳
tiu^{5}	saŋ^{2}	xu^{1}	na^{2}	lau^{4}
Diut	sangx	hvub	nax	laol
六	节	话	人	老

制定六方面古规

罗	刀	根	忍	纳
lo^6	tau^6	qəŋ^1	ȵiŋ^2	na^4
Los	daos	ghengb	nzingx	nal
才	符合	根	忍	纳

古规治理根忍纳

根	忍	之	几	跌
qəŋ^1	ȵiŋ^2	tɕi^1	ki^6	tie^4
Ghengb	nzingx	jib	gis	diel
根	忍	之	凡	间

古规管理根忍纳

顶	呀	丢	着	跌
tiŋ^2	ʑa^6	tiu^5	tɕio^2	tie^4
Dingx	yas	diut	jiox	diel
顶	养	给	凡	间

顶劳在凡间长大

顶	六	正	粉	弱
tiŋ^2	lu^6	tsəŋ^5	fəŋ^2	ȵiu^4
Dingx	lus	zengt	fengx	nziul
顶	六	真	聪	明

顶劳顶六很聪明

顶	六	斗	江	只
tiŋ^2	lu^6	təu^5	tɕiaŋ^1	tɕi^4
Dingx	lus	dout	jiangb	jil
顶	六	树	杉木	种

顶劳顶六种杉木

伦	帮	亢	松	荣
ɬəŋ^{4}	paŋ^{6}	qhaŋ^{3}	soŋ^{1}	voŋ^{4}
Dlengl	bangs	khangd	songb	wongl
坡	平	地	坡	陡

陡坡平地种杉木

只	别	引	别	东
tɕi^{4}	pɛ^{6}	ɣiŋ^{2}	pɛ^{6}	tioŋ^{4}
Jil	baes	vingx	baes	diongl
种	满	山岭	满	山谷

杉木种满岭和谷

别	弱	罗	溜	足
pɛ^{5}	ȵiu^{5}	lo^{6}	liu^{1}	tɕiu^{4}
Baet	nziut	los	liub	jiul
百	年	才	大	完

杉木百年长成材

拉	阶	让	当	跌
la^{1}	qai^{1}	ȵiaŋ^{1}	taŋ^{4}	tie^{4}
Lab	ghaib	nziangb	dangl	diel
个	树蔸	在	地	面

树蔸生长在大地

拉	各	让	当	败
la^{1}	ko^{8}	ȵiaŋ^{1}	taŋ^{4}	pai^{4}
Lab	gof	nziangb	dangl	bail
个	树梢	在	天	庭

树梢挺拔到天庭

凄 瓦 嗦 昌 昌
tɕhi^{1} va^{2} ɬau^{1} tshaŋ^{6} tshaŋ^{4}
Qib wax dlaob cangs cangl
触 天 空 飘 扬
树梢飘扬触天庭

分 瓦 列 呀 眉
fəŋ^{1} va^{2} lɛ^{7} ʑa^{6} mie^{4}
Fengb wax laek yas miel
天 庭 割 养 马
天庭割来喂养马

列 呀 骡 分 败
lɛ^{7} ʑa^{6} lo^{4} fəŋ^{1} pai^{4}
Laek yas lol fengb bail
割 养 骡子 天 庭
又割来喂养骡子

分 呆 号 瓦 只
fəŋ^{1} tai^{1} hau^{5} va^{4} tɕi^{4}
Fengb daib haot wal jil
凡 间 讲 我 种
凡间人讲是我种

分 瓦 号 瓦 麻
fəŋ^{1} va^{2} hau^{5} va^{4} ma^{4}
Fengb wax haot wal mal
天 庭 说 我 买
天庭人讲是我买

一 温 响 嗒 丢
ʑi⁸ vəŋ⁶ ɕiaŋ² ta¹ tiu⁴
Yif wengs xiangx dab diul
八 万 银子 汉 人
花了八万两银子

分 呆 送 马 麻
fəŋ¹ tai¹ ɬoŋ⁷ ma² ma⁴
Fengb daib dlongk max mal
凡 间 就 不 卖
凡间人就是不卖

拉 当 古 马 良
la¹ tiaŋ⁶ qo⁵ ma² liaŋ⁴
Lab diangs ghot max liangl
个 官司 就 不 断
双方官司打不完

西 扫 改 扫 各
ɕi⁵ sau⁴ qɛ¹ sau⁴ qau⁴
Xit saol ghaeb saol ghaol
混 杂 鸡 到 鹅
鸡鹅混杂弄不清

西 扫 敖 两 丈
ɕi⁵ sau⁴ au⁷ liaŋ² tɕiaŋ⁴
Xit saol aok liangx jiangl
混 杂 鸭 田 水
鸭子混杂分不清

拉 当 古 马 良
la^{1} tiaŋ^{6} qo^{5} ma^{2} liaŋ^{4}
Lab diangs ghot max liangl
个 官司 就 不 断
双方官司打不完

分 瓦 你 花 雷
fəŋ^{1} va^{2} ni^{2} fa^{1} ləi^{4}
Fengb wax nix fab leil
天 庭 他 发 话
天庭这样把话说

瓦 挪 扭 各 雄
va^{4} no^{8} niu^{1} qau^{4} ɕioŋ^{4}
Wal nof niub ghaol xiongl
我 自 种 鹅 大
我养那鹅是良种

败 足 进 毕 多 瓦 各
pai^{1} tɕiu^{8} tɕiŋ^{7} pi^{5} tio^{6} va^{4} qau^{4}
Baib jiuf jingk bit dios wal ghaol
三 十 斤 就 是 我 鹅
三十斤重是我鹅

分 呆 扭 各 蒙
fəŋ^{1} tai^{1} niu^{1} qau^{4} moŋ^{4}
Fengb daib niub ghaol mongl
凡 间 种 鹅 小
凡间养殖鹅种小

足	进	底	答	各
tɕiu^{8}	tɕiŋ^{7}	ti^{2}	ta^{4}	qau^{4}
Jiuf	jingk	dix	dal	ghaol
十	斤	一	只	鹅

一只鹅有十斤重

阿	当	古	马	良
a^{5}	tiaŋ^{6}	qo^{5}	ma^{2}	liaŋ^{4}
At	diangs	ghot	max	liangl
打	官司	就	不	断

双方官司打不完

桑	阿	凹	英	谁
saŋ^{6}	a^{5}	au^{1}	ʑiŋ^{1}	səi^{4}
Sangs	at	aob	yingb	seil
回	第	二	冤	案

这是第二回悬案

勾	枉	中	拉	败
qəu^{5}	vaŋ^{2}	tɕioŋ^{1}	la^{6}	pai^{4}
Ghout	wangx	jiongb	las	bail
公	王	蚯蚓	地	坡

山地有一条蚯蚓

之	瓦	嘹	西	立
tɕi^{5}	va^{2}	ɬau^{1}	ɕi^{6}	li^{4}
Jit	wax	dlaob	xis	lil
上	天	庭	游	玩

它上天庭去游玩

迎	枉	哪	咪	弱
ȵiŋ^{6}	vaŋ^{2}	na^{1}	mi^{6}	ȵiu^{4}
Nzings	wangx	nab	mis	nziul
戏弄	王	太阳	妻	子

戏弄那太阳妻子

勾	枉	哪	你	压
qəu^{5}	vaŋ^{2}	na^{1}	ni^{2}	ʑa^{4}
Ghout	wangx	nab	nix	yal
公	王	太阳	他	恶

太阳公公心真恶

斗	守	哥	拉	泵
təu^{5}	səu^{2}	ko^{1}	la^{6}	poŋ^{4}
Dout	soux	gob	las	bongl
树	杈	皮	打	嘭

他拿木棍来抽打

答	丢	东	几	吓
ta^{6}	tiu^{5}	tioŋ^{1}	ki^{6}	ɬia^{4}
Das	diut	diongb	gis	dlial
死	在	中	间	路

蚯蚓死在路中间

拉	当	古	马	良
la^{1}	tiaŋ^{6}	qo^{5}	ma^{2}	liaŋ^{4}
Lab	diangs	ghot	max	liangl
个	官司	就	不	断

双方官司打不完

足 乌 之 牙 无
tɕiu^{6} vu^{5} tɕi^{3} ʑa^{2} vu^{4}
Jius wut jid yax wul
最 美 女 牙 无
凡间最美属牙无

牙 秧 罗 底 芒
ʑa^{2} ʑaŋ^{1} lo^{6} ti^{2} maŋ^{4}
Yax yangb los dix mangl
牙 秧 真 漂 亮
牙秧姑娘也漂亮

嗦 江 巴 候 败
ɬau^{1} tɕiaŋ^{6} pa^{5} həu^{3} pai^{4}
Dlaob jiangs bat houd bail
白 似 雪 山 上
脸蛋白嫩似雪山

兴 江 六 丢 到
ɕiŋ^{5} tɕiaŋ^{6} ləu^{5} tiu^{5} tau^{4}
Xingt jiangs lout diut daol
红 似 铁 火 柴
脸蛋透红似烧铁

你 咪 之 瓦 木
ni^{2} mi^{6} tɕi^{3} va^{2} mu^{4}
Nix mis jid wax mul
她 妈 上 天 去
她们妈妈上天庭

你 罢 之 瓦 木
ni^{2} pa^{7} tɕi^{3} va^{2} mu^{4}
Nix bak jid wax mul
她 爸 上 天 去
她们爸爸上天庭

木 沛 瓦 西 扭
mu^{4} phɛ^{5} va^{2} ɕi^{1} niu^{4}
Mul paet wax xib niul
去 天 庭 拉 鼓
上到天庭看拉鼓

木 当 九 哪 当
mu^{4} tiaŋ^{3} tɕiu^{2} na^{1} taŋ^{4}
Mul diangd jiux nab dangl
去 回 九 天 半
滞留天庭九天半

兄 芒 马 布 劳
ɕioŋ^{6} maŋ^{5} ma^{2} pu^{1} lau^{4}
Xiongs mangt max bub laol
七 夜 不 知 返
七个夜晚不返程

娃 达 配 牙 无
va^{6} ta^{1} phɛ^{7} ʑa^{2} vu^{4}
Was dab paek yax wul
留 姑 娘 牙 无
遗留牙无在凡间

牙	秧	丢	着	跌
ʑa^{2}	ʑaŋ^{1}	tiu^{5}	tɕio^{2}	tie^{4}
Yax	yangb	diut	jiox	diel
牙	秧	在	凡	间

遗留牙秧在凡间

凹	你	布	跟	伦
au^{1}	ni^{2}	pu^{6}	qəŋ^{1}	ɬəŋ^{4}
Aob	nix	bus	ghengb	dlengl
两	他	进	后	丛林

她们两个到寨脚

西	着	孟	西	到
ɕi^{1}	tɕio^{2}	moŋ^{1}	ɕi^{1}	tau^{4}
Xib	jiox	mongb	xib	daol
拾	条	藤	拾	柴

寨脚丛林砍柴火

不	答	斗	满	佛
pu^{8}	ta^{4}	təu^{5}	məŋ^{2}	fu^{4}
Buf	dal	dout	mengx	ful
见	那	树	枫	木

看见那挺拔枫木

配	牙	无	贾	劳
phɛ^{7}	ʑa^{2}	vu^{4}	tɕia^{2}	lau^{4}
Paek	yax	wul	jiax	laol
妹	牙	无	讲	来

牙无姑娘把话说

哎	嗒	斗	满	佛
ai^{1}	ta^{1}	təu^{5}	məŋ^{2}	fu^{4}
Aib	dab	dout	mengx	ful
哎	小	树	枫	木

枫木树呀枫木树

乌	着	乌	挪	阿	猛	木
vu^{5}	tɕio^{8}	vu^{5}	nio^{6}	a^{5}	moŋ^{2}	mu^{4}
Wut	jiof	wut	nios	at	mongx	mul
好	装	漂	亮	成	这样	去

你真长得很挺拔

到	猛	阿	达	亨	打	吓
tau^{5}	moŋ^{2}	a^{5}	ta^{1}	həŋ^{5}	ta^{2}	ɬia^{4}
Daot	mongx	at	dab	hengt	dax	dlial
得	你	做	青	年	来	走

若你是青年走寨

扫	东	芒	猛	劳
sau^{6}	tioŋ^{1}	maŋ^{5}	moŋ^{2}	lau^{4}
Saos	diongb	mangt	mongx	laol
到	夜	晚	你	来

到了夜晚你就来

劳	代	奴	贾	雷
lau^{4}	tai^{7}	nəu^{6}	tɕia^{2}	ləi^{4}
Laol	daik	nous	jiax	leil
来	和	妹	谈	话

你来和我谈恋爱

农	嗒	斗	满	佛
noŋ^{3}	ta^{1}	təu^{5}	məŋ^{2}	fu^{4}
Nongd	dab	dout	mengx	ful
现	小	树	枫	木

此刻枫木把话说

花	些	号	牙	无
fa^{1}	ɕai^{6}	hau^{5}	ʑa^{2}	vu^{4}
Fab	xais	haot	yax	wul
把	话	答	牙	无

枫木把话问牙无

瓦	让	马	久	猛	清	农
va^{4}	ȵiaŋ^{8}	ma^{2}	tɕiu^{5}	moŋ^{2}	tɕhiŋ^{1}	ȵoŋ^{4}
Wal	nziangf	max	jiut	mongx	qingb	nzongl
我	真	不	认	你	房	子

我真不识你家门

农	达	配	牙	无
noŋ^{3}	ta^{1}	phɛ^{7}	ʑa^{2}	vu^{4}
Nongd	dab	paek	yax	wul
现	姑	娘	牙	无

此时此刻牙无妹

花	些	号	农	接
fa^{1}	ɕai^{6}	hau^{5}	noŋ^{2}	tɕie^{4}
Fab	xais	haot	nongx	jiel
把	话	这	样	答

牙无这样把话说

瓦	无	苏	龙	工
va^{4}	vu^{7}	səu^{1}	loŋ^{2}	koŋ^{4}
Wal	wuk	soub	longx	gongl
我	摘	树叶	沿	路

我沿路放那树叶

扫	东	芒	猛	劳
sau^{6}	tioŋ^{1}	maŋ^{5}	moŋ^{2}	lau^{4}
Saos	diongb	mangt	mongx	laol
到	夜	晚	你	来

待到夜晚你走寨

孖	苏	罗	晒	瓦
ȵia^{6}	səu^{1}	lo^{6}	sai^{2}	va^{4}
Nzias	soub	los	saix	wal
跟	树叶	才	见	我

沿着树叶找到我

嘎	伶	嘎	哈	闹
ka^{6}	liŋ^{8}	ka^{6}	ha^{1}	ȵau^{4}
Gas	lingf	gas	hab	nzaol
苗	笛	苗	琴	响

夜晚苗笛苗琴声

丢	示	爹	筛	羊
tiu^{5}	ɕi^{7}	tɛ^{6}	sai^{1}	ɣaŋ^{4}
Diut	xik	daes	saib	vangl
唱	歌	响	彻	寨

苗歌对唱响彻寨

丢　示　扫　改　各
tiu5　ɕi7　sau6　qɛ1　ko4
Diut　xik　saos　ghaeb　gol
唱　歌　到　鸡　叫
对歌到半夜鸡叫

改　各　马　拉　木
qɛ1　ko4　ma2　lia1　mu4
Ghaeb　gol　max　liab　mul
鸡　叫　不　舍　去
半夜鸡叫不舍走

扫　各　许　东　木
sau6　ko4　ɕi2　tioŋ1　mu4
Saos　gol　xix　diongb　mul
到　叫　半　夜　去
伴妹到三更半夜

农　达　亨　枉　佛
noŋ3　ta1　həŋ5　vaŋ2　fu4
Nongd　dab　hengt　wangx　ful
现　后　生　王　枫木
此刻枫木后生哥

脱　着　准　秀　劳
thau3　tɕio8　tɕiŋ2　ɕiu3　lau4
Taod　jiof　jingx　xiud　laol
换　装　成　虎　老
换装变成大老虎

槐	意	之	嗒	莫
qhəi^{7}	i^{7}	tɕi^{6}	ta^{1}	mo^{4}
Kheik	ik	jis	dab	mol
饿	肉	了	表	妹

它说饿了想吃肉

上	肚	配	牙	无
ɕiaŋ^{5}	təu^{8}	phɛ^{7}	ʑa^{2}	vu^{4}
Xiangt	douf	paek	yax	wul
想	咬	妹	牙	无

它想生吃牙无妹

配	牙	秧	努	足
phɛ^{7}	ʑa^{2}	ʑaŋ^{1}	nəu^{2}	tɕiu^{4}
Paek	yax	yangb	noux	jiul
妹	牙	秧	吃	完

吃完牙秧妹的肉

拉	之	配	牙	无
lia^{7}	tɕi^{3}	phɛ^{7}	ʑa^{2}	vu^{4}
Liak	jid	paek	yax	wul
剩	小	妹	牙	无

仅剩下那牙无妹

坐	泵	浪	古	木
tsau^{7}	poŋ^{6}	laŋ^{5}	kiu^{2}	mu^{4}
Zaok	bongs	langt	kiux	mul
跑	急	出	门	去

牙无急跑出门外

木	接	斗	九	劳
mu^{4}	$tɕie^{8}$	$təu^{5}$	$tɕiu^{2}$	lau^{4}
Mul	jief	dout	jiux	laol
去	叫	树	荷木	来

去喊荷木树帮忙

斗	丁	社	兄	败
$təu^{7}$	$tiŋ^{1}$	$sɛ^{5}$	$ɕioŋ^{2}$	pai^{4}
Douk	dingb	saet	xiongx	bail
拿	把	刀	在	手

荷木树手拿把刀

迷	哥	高	秀	劳
mi^{8}	ko^{6}	qau^{5}	$ɕiu^{3}$	lau^{4}
Mif	gos	ghaot	xiud	laol
砍	死	公	虎	老

砍死那只公老虎

意	秀	英	爹	羊
i^{7}	$ɕiu^{3}$	$ʑiŋ^{1}$	$tɛ^{6}$	$ɣaŋ^{4}$
Ik	xiud	yingb	daes	yangl
肉	虎	摆	满	地

老虎肉摆满地上

毕	扫	瓦	嗦	劳
pi^{4}	sau^{3}	va^{2}	$ɬau^{1}$	lau^{4}
Bil	saod	wax	dlaob	laol
第	二	天	亮	来

等到第二天大亮

凹 娃 引 纠 夺
au^{7} va^{8} ɣiŋ^{2} tɕiu^{1} tau^{4}
Aok waf vingx jiub daol
乌 鸦 岭 丛 林
住在坡上黑乌鸦

劳 扫 你 清 农
lau^{4} sau^{6} ni^{2} tɕhiŋ^{1} ɳoŋ^{4}
Laol saos nix qingb nzongl
来 到 她 房 子
它们飞到牙无家

凹 娃 你 花 雷
au^{7} va^{8} ni^{2} fa^{1} ləi^{4}
Aok waf nix fab leil
乌 鸦 它 说 话
乌鸦这样把话讲

花 些 丢 牙 无
fa^{1} ɕai^{6} tiu^{5} ʑa^{2} vu^{4}
Fab xais diut yax wul
说 话 给 牙 无
乌鸦把话问牙无

猛 哥 矮 追 只
moŋ^{2} ko^{6} ŋie^{2} tsəi^{1} tɕi^{4}
Mongx gos ngiex zeib jil
你 得 野兽 五 边
你分老虎肉五份

巴	意	江	败	昂
pa^{1}	i^{7}	tɕiaŋ^{6}	pai^{1}	ŋaŋ^{4}
Bab	ik	jiangs	baib	ngangl
给	肉	给	我们	吃

分点肉给我们吃

农	达	配	牙	无
noŋ^{3}	ta^{1}	phɛ^{7}	ʑa^{2}	vu^{4}
Nongd	dab	paek	yax	wul
现	姑	娘	牙	无

此时此刻牙无妹

花	些	号	农	接
fa^{1}	ɕai^{6}	hau^{5}	noŋ^{2}	tɕie^{4}
Fab	xais	haot	nongx	jiel
说	话	这	样	说

牙无这样把话答

空	号	列	底	拉	意	昂
qhoŋ^{1}	hau^{5}	lie^{5}	ti^{2}	la^{1}	i^{7}	ŋaŋ^{4}
Khongb	haot	liet	dix	lab	ik	ngangl
莫	讲	讨	一	个	肉	吃

莫讲乞一份肉吃

些	矿	马	溜	肚
ɕie^{1}	qhaŋ^{3}	ma^{2}	liu^{1}	təu^{4}
Xieb	khangd	max	liub	doul
怕	就	不	大	肚

只怕你肚子不大

牙	无	改	花	雷
ʑa^{2}	vu^{4}	qai^{3}	fa^{1}	ləi^{4}
Yax	wul	ghaid	fab	leil
牙	无	又	讲	话

牙无这样把话说

猛	之	瓦	嗦	羊
moŋ^{2}	tɕi^{5}	va^{2}	ɬau^{1}	ɣaŋ^{4}
Mongx	jit	wax	dlaob	vangl
你	上	天	庭	寨

只要你上天庭去

接	瓦	咪	罢	当	根	劳
tɕie^{8}	va^{4}	mi^{6}	pa^{7}	tiaŋ^{2}	qəŋ^{1}	lau^{4}
Jief	wal	mis	bak	diangx	ghengb	laol
告诉	我	妈	爸	转	回	来

叫我爸妈下凡间

瓦	罗	养	旁	荣
va^{4}	lo^{6}	ɣaŋ^{2}	phaŋ^{1}	ȵoŋ^{4}
Wal	los	vangx	pangb	nzongl
我	又	缝	件	衣

我缝一件新衣服

凹	沙	江	猛	木
au^{3}	ɬa^{1}	tɕiaŋ^{6}	moŋ^{2}	mu^{4}
Aod	dlab	jiangs	mongx	mul
衣	黑	给	你	穿

缝制黑衣给你穿

英	爹	往	爹	无
ʑiŋ^{5}	tɛ^{6}	vaŋ^{2}	tɛ^{6}	vu^{4}
Yingt	daes	wangx	daes	wul
飞	优	哉	游	哉

乌鸦悠然飞上天

英	扫	瓦	嗦	羊
ʑiŋ^{5}	sau^{6}	va^{2}	ɬau^{1}	ɣaŋ^{4}
Yingt	saos	wax	dlaob	vangl
飞	到	天	庭	寨

乌鸦飞到了天庭

木	别	斗	满	劳
mu^{4}	pɛ^{1}	təu^{5}	məŋ^{2}	lau^{4}
Mul	baeb	dout	mengx	laol
去	爬	树	枫	老

乌鸦飞落枫树上

各	嗷	娃	嗷	瓦
ko^{4}	au^{6}	va^{1}	au^{6}	va^{4}
Gol	aos	wab	aos	wal
叫	嗷	哇	嗷	哇

乌鸦嗷哇嗷哇叫

接	接	马	准	中
tɕie^{8}	tɕie^{8}	ma^{2}	tɕiŋ^{2}	tɕioŋ^{4}
Jief	jief	max	jingx	jiongl
喊	叫	不	清	楚

乌鸦喊叫不清楚

分	瓦	冬	嘎	来
fəŋ^{1}	va^{2}	toŋ^{6}	ka^{2}	lai^{4}
Fengb	wax	dongs	gax	lail
天	庭	拿	芦笙	来

人人拿笙竿驱赶

凹	娃	当	根	劳
au^{7}	va^{8}	tiaŋ^{2}	qəŋ^{1}	lau^{4}
Aok	waf	diangx	ghengb	laol
乌	鸦	转	回	来

乌鸦知趣转回来

花	些	号	牙	无
fa^{1}	ɕai^{6}	hau^{5}	ʑa^{2}	vu^{4}
Fab	xais	haot	yax	wul
说	话	给	牙	无

乌鸦把话说牙无

瓦	接	马	准	中
va^{4}	tɕie^{8}	ma^{2}	tɕiŋ^{2}	tɕioŋ^{4}
Wal	jief	max	jingx	jiongl
我	说	不	清	楚

我那叫声不清楚

瓦	夸	古	马	劳
va^{4}	qha^{5}	qo^{5}	ma^{2}	lau^{4}
Wal	khat	ghot	max	laol
我	叫	也	不	来

我叫半天也不回

猛	改	接	答	哪	些	木
moŋ^{2}	qai^{3}	tɕie^{8}	ta^{4}	na^{2}	sɛ^{1}	mu^{4}
Mongx	ghaid	jief	dal	nax	saeb	mul
你	又	请	个	人	别	去

你另外请别人去

接	卡	恰	打	木
tɕie^{8}	kia^{5}	tɕhia^{5}	ta^{2}	mu^{4}
Jief	giat	qiat	dax	mul
叫	喜	鹊	来	去

又叫喜鹊上天庭

瓦	改	养	旁	荣
va^{4}	qai^{3}	ɣaŋ^{2}	phaŋ^{1}	ȵoŋ^{4}
Wal	ghaid	vangx	pangb	nzongl
我	又	缝	件	衣

我又缝一件衣服

凹	干	江	猛	木
au^{3}	qan^{7}	tɕiaŋ^{6}	moŋ^{2}	mu^{4}
Aod	ghank	jiangs	mongx	mul
衣	花色	给	你	去

缝制花衣给你穿

英	爹	往	爹	无
ʑiŋ^{5}	tɛ^{6}	vaŋ^{2}	tɛ^{6}	vu^{4}
Yingt	daes	wangx	daes	wul
飞	优	哉	游	哉

喜鹊悠然飞上天

英 扫 分 瓦 羊
ʑiŋ^{5} sau^{6} fəŋ^{1} va^{2} ɣaŋ^{4}
Yingt saos fengb wax vangl
飞 到 天 庭 寨
喜鹊飞到了天庭

木 别 斗 嘎 劳
mu^{4} pɛ^{1} təu^{5} ka^{2} lau^{4}
Mul baeb dout gax laol
去 爬 芦 笙 竿
喜鹊飞落芦笙竿

各 卡 恰 卡 恰
ko^{4} kia^{5} tɕhia^{1} kia^{6} tɕhia^{4}
Gol giat qiab gias qial
叫 卡 恰 卡 恰
喜鹊叽喳叽喳叫

接 接 马 准 中
tɕie^{8} tɕie^{8} ma^{2} tɕiŋ^{2} tɕioŋ^{4}
Jief jief max jingx jiongl
喊 叫 不 明 白
喊叫半天不明白

接 接 古 马 劳
tɕie^{8} tɕie^{8} qo^{5} ma^{2} lau^{4}
Jief jief ghot max laol
喊 叫 也 不 来
喊叫半天也不回

不	分	花	些	合
pu^{4}	fəŋ^{6}	fa^{1}	ɕai^{6}	ho^{4}
Bul	fengs	fab	xais	hol
别	人	讲	话	讲

人们这样把话讲

芒	猛	哪	分	跌
maŋ^{8}	moŋ^{2}	na^{2}	fəŋ^{1}	tie^{4}
Mangf	mongx	nax	fengb	diel
们	你	人	凡	间

你们这些凡间人

分	瓦	东	嘎	来
fəŋ^{1}	va^{2}	toŋ^{1}	ka^{2}	lai^{4}
Fengb	wax	dongb	gax	lail
天	上	拿	筀	来

人人拿筀竿驱赶

卡	恰	当	根	劳
kia^{5}	tɕhia^{5}	tiaŋ^{2}	qəŋ^{1}	lau^{4}
Giat	qiat	diangx	ghengb	laol
喜	鹊	转	回	来

喜鹊转头飞下来

花	些	号	牙	无
fa^{1}	ɕai^{6}	hau^{5}	ʑa^{2}	vu^{4}
Fab	xais	haot	yax	wul
说	话	给	牙	无

喜鹊转告牙无妹

瓦	接	古	马	劳
va^{4}	tɕie^{8}	qo^{5}	ma^{2}	lau^{4}
Wal	jief	ghot	max	laol
我	喊	也	不	来

我喊他们也不回

猛	改	接	哪	木
moŋ^{2}	qai^{3}	tɕie^{8}	na^{2}	mu^{4}
Mongx	ghaid	jief	nax	mul
你	另	找	人	去

你另找人上天庭

牙	无	改	显	雷
ʑa^{2}	vu^{4}	qai^{3}	ɬiŋ^{2}	ləi^{4}
Yax	wul	ghaid	dlingx	leil
牙	无	又	说	话

牙无这样把话说

猛	接	金	了	伶
moŋ^{2}	tɕie^{8}	kiŋ^{1}	lia^{2}	liŋ^{4}
Mongx	jief	gingb	liax	lingl
你	叫	虫	知	了

又叫知了上天庭

猛	之	分	瓦	木
moŋ^{2}	tɕi^{5}	fəŋ^{1}	va^{2}	mu^{4}
Mongx	jit	fengb	wax	mul
你	上	天	庭	去

你一定上天庭去

接	瓦	咪	罢	当	根	劳
tɕie^{8}	va^{4}	mi^{6}	pa^{7}	tiaŋ^{2}	qəŋ^{1}	lau^{4}
Jief	wal	mis	bak	diangx	ghengb	laol
叫	我	妈	爸	转	回	来

请我爸妈下凡间

瓦	改	养	旁	荣
va^{4}	qai^{3}	ɣaŋ^{2}	phaŋ^{1}	ȵoŋ^{4}
Wal	ghaid	vangx	pangb	nzongl
我	又	缝	件	衣

我又缝制新衣服

凹	雍	江	猛	能
au^{3}	voŋ^{6}	tɕiaŋ^{6}	moŋ^{2}	nəŋ^{4}
Aod	wongs	jiangs	mongx	nengl
衣	网	给	你	穿

网状新衣给你穿

农	到	金	了	伶
noŋ^{3}	tau^{5}	kiŋ^{1}	lia^{2}	liŋ^{4}
Nongd	daot	gingb	liax	lingl
现	有	虫	知	了

现邀请到那知了

英	之	分	瓦	木
ʑiŋ^{5}	tɕi^{5}	fəŋ^{1}	va^{2}	mu^{4}
Yingt	jit	fengb	wax	mul
飞	上	天	庭	去

知了悠然飞上天

马	别	斗	满	劳
ma^{2}	pɛ^{1}	təu^{5}	məŋ^{2}	lau^{4}
Max	baeb	dout	mengx	laol
不	落	树	枫	老

知了不落大枫树

马	别	冬	嘎	劳
ma^{2}	pɛ^{1}	toŋ^{6}	ka^{2}	lau^{4}
Max	baeb	dongs	gax	laol
不	落	芦	笙	竿

知了不落芦笙竿

木	别	咪	娘	由
mu^{4}	pɛ^{1}	mi^{6}	niaŋ^{2}	ʑəu^{4}
Mul	baeb	mis	niangx	youl
去	落	妈	边	裙

知了落在妈裙边

木	别	罢	娘	到
mu^{4}	pɛ^{1}	pa^{7}	niaŋ^{2}	tau^{4}
Mul	baeb	bak	niangx	daol
去	落	爸	筒	裤

知了又落爸裤筒

各	了	伶	了	伶
ko^{4}	lia^{1}	liŋ^{1}	lia^{6}	liŋ^{4}
Gol	liab	lingb	lias	lingl
叫	知	了	知	了

知了知了不停叫

咪	罢	哪	分	跌
mi^{6}	pa^{7}	na^{2}	fəŋ^{1}	tie^{4}
Mis	bak	nax	fengb	diel
妈	爸	人	凡	间

爸妈都是凡间人

久	内	收	分	跌
tɕiu^{5}	nɔi^{7}	χu^{1}	fəŋ^{1}	tie^{4}
Jiut	neik	hvub	fengb	diel
知	点	话	凡	间

晓得凡间那声音

咪	罢	之	木	瓦	嗦	羊
mi^{6}	pa^{7}	tɕi^{5}	mu^{4}	va^{2}	ɬau^{1}	ɣaŋ^{4}
Mis	bak	jit	mul	wax	dlaob	vangl
妈	爸	上	去	天	庭	寨

爸妈上到天庭寨

木	沛	瓦	西	扭
mu^{4}	phɛ^{5}	va^{2}	ɕi^{1}	niu^{4}
Mul	paet	wax	xib	niul
上	天	庭	拉	鼓

上到天庭看拉鼓

娃	达	配	牙	无
va^{6}	ta^{1}	phɛ^{7}	ʑa^{2}	vu^{4}
Was	dab	paek	yax	wul
丢	姑	娘	牙	无

遗留牙无在凡间

牙	秧	丢	着	跌
ʑa^{2}	ʑaŋ^{1}	tiu^{5}	tɕio^{2}	tie^{4}
Yax	yangb	diut	jiox	diel
牙	秧	在	凡	间

遗留牙秧在凡间

咪	志	嗒	内	王
mi^{6}	tɕi^{8}	ta^{1}	nəi^{4}	vaŋ^{4}
Mis	jif	dab	neil	wangl
妈	踩	舅	爷	锅

妈妈踩踏舅爷锅

当	学	嗒	内	王
tiaŋ^{3}	ɕio^{7}	ta^{1}	nəi^{4}	vaŋ^{4}
Diangd	xiok	dab	neil	wangl
反	端	舅	爷	锅

妈妈端起舅爷锅

罢	志	嗒	内	扭
pa^{7}	tɕi^{5}	ta^{1}	nəi^{4}	niu^{4}
Bak	jit	dab	neil	niul
爸	踩	舅	爷	鼓

爸爸踩踏舅爷鼓

当	超	嗒	内	扭
tiaŋ^{3}	tshau^{5}	ta^{1}	nəi^{4}	niu^{4}
Diangd	caot	dab	neil	niul
反	戳	舅	爷	鼓

戳破舅爷一个鼓

农	八	兴	八	扭
noŋ^{3}	pa^{4}	ɬiŋ^{1}	pa^{4}	niu^{4}
Nongd	bal	dlingb	bal	niul
现	犯	鬼	犯	鼓神

现在犯了那天条

农	达	亨	秀	劳
noŋ^{3}	ta^{1}	həŋ^{5}	ɕiu^{3}	lau^{4}
Nongd	dab	hengt	xiud	laol
现	后	生	虎	老

现在老虎后生哥

归	牙	秧	努	足
kie^{7}	ʑa^{2}	ʑaŋ^{1}	nəu^{2}	tɕiu^{4}
Giek	yax	yangb	noux	jiul
吃	牙	秧	吃	完

老虎吃完牙秧妹

拉	达	配	牙	无
lia^{7}	ta^{1}	phɛ^{7}	ʑa^{2}	vu^{4}
Liak	dab	paek	yax	wul
剩	姑	娘	牙	无

只剩一个牙无妹

门	意	无	呆	劳
məŋ^{1}	ʑi^{3}	vu^{7}	tai^{1}	lau^{4}
Mengb	yid	wuk	daib	laol
你们	要	下	凡	间

你们一定下凡间

劳	列	猛	嗒	及
lau^{4}	lɛ^{5}	moŋ^{2}	ta^{1}	ki^{4}
Laol	laet	mongx	dab	gil
来	看	你	小	孩

回来看看你小孩

生	兄	沙	嘎	泵
səŋ^{1}	ɕioŋ^{6}	sa^{5}	ka^{2}	poŋ^{4}
Sengb	xiongs	sat	gax	bongl
千	七	停	芦	笙

万把芦笙戛然停

温	兄	毕	造	足
vəŋ^{6}	ɕioŋ^{6}	pi^{5}	tsau^{2}	tɕiu^{4}
Wengs	xiongs	bit	zaox	jiul
万	七	就	散	完

众人突然分散退

周	凹	太	之	东
tɕiu^{6}	əu^{1}	thai^{7}	tɕi^{5}	tioŋ^{4}
Jius	oub	taik	jit	diongl
沿	河	退	上	沟

众人沿河流返回

周	分	太	之	羊
tɕiu^{6}	fəŋ^{1}	thai^{7}	tɕi^{5}	ɣaŋ^{4}
Jius	fengb	taik	jit	vangl
回	村	退	上	寨

众人各退回村寨

咪	无	桑	呆	劳
mi^{6}	vu^{7}	saŋ^{2}	tai^{1}	lau^{4}
Mis	wuk	sangx	daib	laol
妈	下	凡	间	来

妈妈返回到凡间

罢	无	桑	呆	劳
pa^{7}	vu^{7}	saŋ^{2}	tai^{1}	lau^{4}
Bak	wuk	sangx	daib	laol
爸	下	凡	间	来

爸爸返回到凡间

马	到	你	嗒	及
ma^{2}	tau^{5}	ni^{2}	ta^{1}	ki^{4}
Max	daot	nix	dab	gil
不	见	他	小	孩

爸妈看不见小孩

咪	罢	党	坡	弱
mi^{6}	pa^{7}	taŋ^{2}	pho^{1}	ȵiu^{4}
Mis	bak	dangx	pob	nziul
妈	爸	很	悲	伤

爸妈此刻很悲伤

夸	斗	九	溜	劳
qha^{5}	təu^{5}	tɕiu^{2}	liu^{1}	lau^{4}
Khat	dout	jiux	liub	laol
喊	树	荷木	大	来

叫喊荷木树来问

农	斗	九	花	雷
noŋ^{3}	təu^{5}	tɕiu^{2}	fa^{1}	ləi^{4}
Nongd	dout	jiux	fab	leil
现	树	荷木	讲	话

荷木这样把话说

空	代	秀	溜	接
qhoŋ^{1}	tai^{7}	ɕiu^{3}	liu^{1}	tɕie^{4}
Khongb	daik	xiud	liub	jiel
别	和	虎	大	谈

你们别和老虎谈

答	猛	党	桑	压
ta^{4}	moŋ^{6}	taŋ^{2}	saŋ^{1}	ʑa^{4}
Dal	mongs	dangx	sangb	yal
只	那	狠	心	毒

那只老虎心狠毒

阿	当	马	不	良
a^{5}	tiaŋ^{6}	ma^{2}	pu^{1}	liaŋ^{4}
At	diangs	max	bub	liangl
打	官司	不	结	案

打官司也不结案

杀	阿	杀	英	谁
sa^{4}	a^{5}	sa^{4}	ʑiŋ^{1}	səi^{4}
Sal	at	sal	yingb	seil
越	斗	越	结	仇

你们越斗仇越深

阿　当　马　不　良
a^{5}　tiaŋ^{6}　ma^{2}　pu^{1}　liaŋ^{4}
At　diangs　max　bub　liangl
打　官司　不　结　案
打官司也不结案

行　农　东　忍　纳
haŋ^{8}　noŋ^{6}　tioŋ^{1}　ȵiŋ^{2}　na^{4}
Hangf　nongs　diongb　nzingx　nal
都　是　中　忍　纳
此案发生中忍纳

东　忍　之　些　雷
tioŋ^{1}　ȵiŋ^{2}　tɕi^{1}　ɕai^{6}　ləi^{4}
Diongb　nzingx　jib　xais　leil
中　忍　之　话　语
话说中忍纳冤案

瓜　沛　瓦　西　扭
qa^{6}　phɛ^{5}　va^{2}　ɕi^{1}　niu^{4}
Ghas　paet　wax　xib　niul
那　天　庭　拉　鼓
人们在天庭拉鼓

者　列　挪　兑　志
tsɛ^{2}　lɛ^{2}　no^{5}　təi^{2}　tɕi^{3}
Zaex　laex　not　deix　jid
山　雀　多　兄　弟
山中山雀兄弟多

者	列	丢	底	当
tsɛ^{2}	lɛ^{2}	tiu^{5}	ti^{2}	taŋ^{3}
Zaex	laex	diut	dix	dangd
山	雀	吹	一	堂

山雀吹一堂芦笙

夸	衣	衣	龙	几
qha^{5}	ɤi^{1}	ɤi^{1}	loŋ^{2}	ki^{3}
Khat	vib	vib	longx	gid
喊	呼	呼	上	路

山雀沿路吹呼呼

答	兄	丢	答	捞
ta^{4}	ɬioŋ^{5}	tiu^{5}	ta^{4}	lau^{1}
Dal	dliongt	diut	dal	laob
只	猫头鹰	吹	把	芦笙

猫头鹰吹大芦笙

夸	衣	衣	根	纠
qha^{5}	ɤi^{1}	ɤi^{1}	qəŋ^{1}	tɕiu^{1}
Khat	vib	vib	ghengb	jiub
吹	咕	咕	底	丛林

猫头鹰吹咕咕响

高	沟	丢	芒	兄
qau^{1}	qəu^{4}	tiu^{5}	maŋ^{8}	ɕioŋ^{6}
Ghaob	ghoul	diut	mangf	xiongs
斑	鸠	吹	芦	笙

斑鸠吹一堂芦笙

超	公	公	浪	松
tshau^{1}	qoŋ^{2}	qoŋ^{2}	laŋ^{5}	ɬoŋ^{6}
Caob	ghongx	ghongx	langt	dlongs
吹	嗡	嗡	过	坳

斑鸠吹嗡嗡过坳

古	及	能	凹	代
kiu^{2}	ki^{8}	nəŋ^{4}	au^{3}	tai^{3}
Giux	gif	nengl	aod	daid
螳	螂	穿	长	袍

田间螳螂穿长袍

马	丢	呀	马	囊
ma^{2}	tiu^{5}	ʑa^{6}	ma^{2}	naŋ^{3}
Max	diut	yas	max	nangd
不	吹	呀	不	吃

不吹芦笙不赏吃

杀	丢	杀	斗	工
sa^{4}	tiu^{5}	sa^{4}	təu^{2}	qoŋ^{3}
Sal	diut	sal	doux	ghongd
越	吹	越	伸	脖子

越吹颈脖越伸长

正	扭	吗	脑	素
tsəŋ^{5}	niu^{1}	ma^{6}	ȵau^{2}	səu^{3}
Zengt	niub	mas	nzaox	soud
睁	眼	睛	绿	幽

睁那眼睛绿幽幽

古	唱	丢	答	聂
kiu^{2}	tɕhiaŋ^{7}	tiu^{5}	ta^{4}	nie^{3}
Giux	qiangk	diut	dal	nied
蟋	蟀	吹	芦笙	小

蟋蟀吹那小芦笙

丢	丁	丁	根	几
tiu^{5}	tiŋ^{6}	tiŋ^{6}	qəŋ^{1}	ki^{3}
Diut	dings	dings	ghengb	gid
吹	嘀	嘀	底	路

蟋蟀路底吹嘀嘀

着	乌	蚁	哈	梅
tɕio^{6}	vu^{5}	ȵiu^{2}	ha^{1}	məi^{4}
Jios	wut	nziux	hab	meil
最	漂亮	妹	哈	梅

最漂亮数哈梅妹

乌	挪	准	哪	能
vu^{5}	nio^{6}	tɕiŋ^{2}	na^{1}	nəŋ^{4}
Wut	nios	jingx	nab	nengl
漂	亮	似	太	阳

美貌胜过那太阳①

①每天初升的太阳非常美丽，苗族把美丽的姑娘比作早上的太阳。此句比喻哈梅姑娘非常美丽迷人。

乌　着　农　嗦　泵
vu^{5}　tɕio^{8}　nioŋ^{2}　ɬau^{1}　poŋ^{4}
Wut　jiof　niongx　dlaob　bongl
打　扮　锦　鸡　灰色
盛装胜过那锦鸡

哈　罢　哪　分　跌
ha^{1}　pa^{7}　na^{2}　fəŋ^{1}　tie^{4}
Hab　bak　nax　fengb　diel
哈　爸　人　凡　间
哈梅爸爸凡间人

哈　咪　哪　分　败
ha^{1}　mi^{6}　na^{2}　fən^{1}　pai^{4}
Hab　mis　nax　fengb　bail
哈　妈　人　天　庭
哈梅妈妈天庭人

哈　呀　丢　着　跌
ha^{1}　ʑa^{6}　tiu^{5}　tɕio^{2}　tie^{4}
Hab　yas　diut　jiox　diel
哈　养　在　凡　间
哈梅出生在凡间

许　阿　哈　败　当
ɕi^{2}　a^{1}　ha^{1}　pai^{4}　tiaŋ^{4}
Xix　ab　hab　bail　diangl
时　那　哈　未　长大
那时哈梅还很小

代	咪	之	木	瓦	嗦	羊
tai^{7}	mi^{6}	tɕi^{5}	mu^{4}	va^{2}	ɬau^{1}	ɣaŋ^{4}
Daik	mis	jit	mul	wax	dlaob	vangl
跟	妈	上	去	天	庭	寨

跟随妈妈上天庭

木	吓	你	嗒	内
mu^{4}	ɬia^{4}	ni^{2}	ta^{1}	nəi^{4}
Mul	dlial	nix	dab	neil
去	走	她	舅	爷

跟随妈妈走舅爷

嗒	内	勾	爹	党	卡	弱
ta^{1}	nəi^{4}	qəu^{5}	tie^{5}	taŋ^{2}	kha^{1}	ȵiu^{4}
Dab	neil	ghout	diet	dangx	kab	nziul
舅	爷	勾	爹	很	高	兴

舅爷心里很高兴

勾	爹	贾	拉	劳
qəu^{5}	tie^{5}	tɕia^{2}	la^{1}	lau^{4}
Ghout	diet	jiax	lab	laol
勾	爹	讲	话	来

舅爷这样把话说

挪	瓦	扭	奈	扭
no^{6}	va^{4}	niu^{1}	ȵai^{4}	niu^{4}
Nos	wal	niub	nzail	niul
是	我	种	子	种

都是自家族血统

兄	扭	足	劳	羊
ɕioŋ^{7}	niu^{1}	tɕiu^{6}	lau^{4}	ʑaŋ^{4}
Xiongk	niub	jius	laol	yangl
同	种	子	来	养

我们是同祖同宗

灭	高	瓦	嗒	各
mie^{6}	qau^{5}	va^{1}	ta^{1}	qo^{4}
Mies	ghaot	wal	dab	ghol
让	嫁	我	儿	各

嫁给各①哥当媳妇

劳	阿	瓦	忍	本
lau^{4}	a^{5}	va^{4}	ȵ̥iŋ^{1}	pəŋ^{4}
Laol	at	wal	nzingb	bengl
来	做	我	媳	妇

将来做我家儿媳

农	各	贾	收	劳
noŋ^{3}	qo^{4}	tɕia^{2}	χu^{1}	lau^{4}
Nongd	ghol	jiax	hvub	laol
现	各	说	话	来

现在各哥把话说

①各：苗语“ghol”的音译，人名，是舅爷的儿子，尊称“各哥”。

马	沙	哈	阿	莫
ma^{2}	sa^{7}	ha^{1}	a^{5}	mo^{4}
Max	sak	hab	at	mol
不	认	哈	做	表亲

不认哈梅做表妹

各	阿	久	兄	年
qo^{4}	a^{5}	tɕiu^{5}	ɕioŋ^{2}	niŋ^{4}
Ghol	at	jiut	xiongx	ningl
各	屙	尿	淋	腿

各哥屙尿淋裤脚

约	呆	扑	阿	足
ʑo^{8}	tai^{1}	phu^{5}	a^{5}	tɕiu^{4}
Yof	daib	put	at	jiul
捧	泥	撒	做	完

捧尘土撒哈梅身

败	古	马	夸	劳
pai^{1}	qo^{5}	ma^{2}	qhɛ^{1}	lau^{4}
Baib	ghot	max	khaeb	laol
我们	也	不	结	婚

长大我也不娶她

各	花	雷	阿	农
qo^{4}	fa^{1}	ləi^{4}	a^{5}	noŋ^{2}
Ghol	fab	leil	at	nongx
各	讲	话	样	这

各哥这样把话说

农	哈	败	乌	养
noŋ^{3}	ha^{1}	pai^{4}	vu^{5}	ʑaŋ^{2}
Nongd	hab	bail	wut	yangx
现	哈	未	漂	亮

现在哈梅不漂亮

让	江	只	受	仰
ȵiaŋ^{1}	tɕiaŋ^{6}	tɕi^{4}	səu^{1}	ȵiaŋ^{2}
Nziangb	jiangs	jil	soub	nziangx
坐	像	条	叶	树

坐像一根弯树丫

肚	江	龙	害	颇
təu^{4}	tɕiaŋ^{6}	lioŋ^{4}	hɛ^{7}	po^{2}
Doul	jiangs	liongl	haek	box
肚	像	簸箕	舀	浮萍

肚子像撮箕难看

空	夸	瓦	阿	许
qhoŋ^{1}	qhɛ^{1}	va^{4}	a^{5}	ɕi^{2}
Khongb	khaeb	wal	at	xix
莫	嫁	我	什	么

千万不要嫁给我

足	追	足	丢	哈	东	当
tɕiu^{8}	tsəi^{1}	tɕiu^{8}	tiu^{5}	ha^{1}	tioŋ^{4}	tiaŋ^{4}
Jiuf	zeib	jiuf	diut	hab	diongl	diangl
十	五	十	六	哈	刚	长大

哈梅十六岁长大

乌	挪	准	哪	能
vu^{5}	nio^{6}	tɕiŋ^{2}	na^{1}	nəŋ^{4}
Wut	nios	jingx	nab	nengl
漂	亮	成	太	阳

美貌就像那太阳

乌	着	农	嗦	泵
vu^{5}	tɕio^{8}	nioŋ^{2}	ɬau^{1}	poŋ^{4}
Wut	jiof	niongx	dlaob	bongl
打	扮	锦	鸡	灰色

盛装就像那锦鸡

嗒	不	分	道	底	丁	昂
ta^{1}	pu^{4}	fəŋ^{6}	tau^{7}	ti^{2}	tiŋ^{1}	ŋaŋ^{4}
Dab	bul	fengs	daok	dix	dingb	ngangl
朋	友	人	织布机	一	把	梭

别人织布一把梭

哈	道	兄	丁	昂
ha^{1}	tau^{7}	ɕioŋ^{6}	tiŋ^{1}	ŋaŋ^{4}
Hab	daok	xiongs	dingb	ngangl
哈	织布机	七	把	梭

哈梅织布七把梭

丁	木	改	丁	乙
tiŋ^{1}	mu^{4}	qai^{3}	tiŋ^{1}	ʑi^{4}
Dingb	mul	ghaid	dingb	yil
把	退	又	把	进

梭子一进又一退

丁	刚	改	丁	辣
tiŋ^{1}	kaŋ^{8}	qai^{3}	tiŋ^{1}	la^{4}
Dingb	gangf	ghaid	dingb	lal
把	推	又	把	拉

一把推进一把出

不	丁	丁	着	跌
pu^{5}	tiŋ^{1}	tiŋ^{1}	tɕio^{2}	tie^{4}
But	dingb	dingb	jiox	diel
响	嘣	嘣	凡	间

凡间织布嘣嘣响

不	扫	分	瓦	羊
pu^{5}	sau^{6}	fəŋ^{1}	va^{2}	ɣaŋ^{4}
But	saos	fengb	wax	vangl
响	到	天	庭	寨

响声飘到天庭去

勾	爹	党	坡	给
qəu^{5}	tie^{5}	taŋ^{2}	pho^{1}	qəi^{4}
Ghout	diet	dangx	pob	gheil
勾	爹	很	生	气

天庭舅爷很生气

信	之	党	根	羊
ɕiŋ^{7}	tɕi^{5}	taŋ^{2}	qəŋ^{1}	ɣaŋ^{4}
Xingk	jit	dangx	ghengb	vangl
真	上	坪	底	寨

舅爷坐在寨底听

生	无	温	桑	哪	分	跌
səŋ^{1}	vu^{4}	vəŋ^{6}	saŋ^{6}	na^{2}	fəŋ^{1}	tie^{4}
Sengb	wul	wengs	sangs	nax	fengb	diel
千	年	万	代	人	凡	间

千秋万代凡间人

嗒	不	道	纠	底	丁	昂
ta^{1}	pu^{4}	tau^{7}	tɕiu^{6}	ti^{2}	tiŋ^{1}	ŋaŋ^{4}
Dab	bul	daok	jius	dix	dingb	ngangl
朋	友	织布机	只	一	把	梭

别人织布一把梭

不	马	扫	分	败
pu^{5}	ma^{2}	sau^{6}	fəŋ^{1}	pai^{4}
But	max	saos	fengb	bail
响	不	到	天	庭

响声不到那天庭

答	许	海	道	兄	丁	昂
ta^{4}	ɕi^{2}	hɛ^{1}	tau^{7}	ɕioŋ^{6}	tiŋ^{1}	ŋaŋ^{4}
Dal	xix	haeb	daok	xiongs	dingb	ngangl
个	哪	织	布	七	把	梭

谁织布用七把梭

罗	不	扫	分	败
lo^{6}	pu^{5}	sau^{6}	fəŋ^{1}	pai^{4}
Los	but	saos	fengb	bail
才	响	到	天	庭

响声飘到天庭上

勾 爹 你 嗒 各
qəu^5 tie^5 ni^2 ta^1 qo^4
Ghout diet nix dab ghol
勾 爹 他 孩 各
舅爷小孩叫各哥

罗 上 哪 东 劳
lo^6 ɕiaŋ^5 na^2 tioŋ^8 lau^4
Los xiangt nax diongf laol
又 派 人 同 来
各哥派人下凡间

改 严 响 答 立
qai^3 ȵin^6 ɕiaŋ^2 ta^1 li^4
Ghaid nzins xiangx dab lil
和 严 响 答 立
委派严响①和答立②

答 约 被 努 佛
ta^4 ʐo^6 pi^7 nəu^2 fu^4
Dal yos bik noux ful
个 人 吹 叶 树
一个人吹奏木叶

被 努 本 孖 工
pi^7 nəu^2 pəŋ^5 ȵia^6 koŋ^4
Bik noux bengt nzias gongl
吹 叶 树 沿 路
沿路吹木叶走来

①严响：苗语“nzins xiangx”的音译，人名，天庭人。
②答立：苗语“dab lil”的音译，人名，天庭人。

答	约	超	嘎	六
ta^4	$ʑo^6$	$tshau^1$	ka^2	liu^4
Dal	yos	caob	gax	liul
个	人	吹	芦	笙

一个人吹芦笙来

超	嘎	追	孖	工
$tshau^1$	ka^2	$tsəi^1$	$ȵia^6$	$koŋ^4$
Caob	gax	zeib	nzias	gongl
吹	芦	笙	沿	路

沿路吹芦笙走来

纠	节	无	着	败
$tɕiu^6$	$tɕie^6$	vu^7	$tɕio^2$	pai^4
Jius	jies	wuk	jiox	bail
一	心	下	条	坡

他们一心下坡来

哈	娃	道	马	杀
ha^1	va^6	tau^7	ma^2	sa^4
Hab	was	daok	max	sal
哈	让	织布机	不	停

哈梅织布不停机

当	龙	开	米	莫
$taŋ^5$	$lioŋ^6$	$qhɛ^5$	mi^2	mo^4
Dangt	liongs	khaet	mix	mol
头	巷口	客	要	表

在那巷口等待客

猛	无	桑	呆	劳
moŋ²	vu⁷	saŋ²	tai¹	lau⁴
Mongx	wuk	sangx	daib	laol
你	下	凡	间	来

你们下到凡间来

猛	阿	许	嗒	莫
moŋ²	a⁵	ɕi²	ta¹	mo⁴
Mongx	at	xix	dab	mol
你	做	什么	老	表

你下凡间做什么

勾	爹	你	嗒	各
qəu⁵	tie⁵	ni²	ta¹	qo⁴
Ghout	diet	nix	dab	ghol
勾	爹	他	孩	各

舅爷家那各表哥

你	不	蚁	哈	列
ni²	pu⁸	ȵiu²	ha¹	lɛ⁴
Nix	buf	nziux	hab	lael
他	见	妹	哈	美

他看见哈梅漂亮

各	阿	农	花	雷
qo⁴	a⁵	noŋ²	fa¹	ləi⁴
Ghol	at	nongx	fab	leil
各	样	这	讲	话

表哥这样把话说

农 败 劳 西 着 孟 略
noŋ^{3} pai^{1} lau^{4} ɕi^{1} tɕio^{2} moŋ^{1} lio^{4}
Nongd baib laol xib jiox mongb liol
现 我们 来 寻 条 藤 粗
我们找一根粗藤

木 沛 瓦 西 扭
mu^{4} phɛ^{5} va^{2} ɕi^{1} niu^{4}
Mul paet wax xib niul
去 天 上 拉 鼓
带回天庭去拉鼓

扫 累 九 哪 谁
sau^{6} ləi^{5} tɕiu^{2} na^{1} səi^{4}
Saos leit jiux nab seil
到 月 九 日 巳
等到那九月巳日

猛 拉 猛 根 不
moŋ^{2} la^{7} moŋ^{2} qiŋ^{1} pu^{4}
Mongx lak mongx ghingb bul
你 邀 你 朋 友
你就邀请好朋友

猛 之 瓦 嗦 劳
moŋ^{2} tɕi^{5} va^{2} ɬau^{1} lau^{4}
Mongx jit wax dlaob laol
你 上 天 庭 来
你们上到天庭来

劳	西	哪	西	扭
lau^{4}	ɕi^{3}	na^{2}	ɕi^{1}	niu^{4}
Laol	xid	nax	xib	niul
来	看	人	拉	鼓

来看天庭人拉鼓

生	哪	丢	底	当
səŋ^{1}	na^{2}	tiu^{5}	ti^{2}	taŋ^{4}
Sengb	nax	diut	dix	dangl
千	人	在	一	头

千人在一头拉鼓

温	哪	丢	底	当
vəŋ^{6}	na^{2}	tiu^{5}	ti^{2}	taŋ^{4}
Wengs	nax	diut	dix	dangl
万	人	在	一	头

万人在一头拉鼓

杀	学	着	孟	略
sa^{4}	ɬio^{8}	tɕio^{2}	moŋ^{1}	lio^{4}
Sal	dliof	jiox	mongb	liol
都	拉	条	藤	粗

众人共拉一根藤

乌	瓜	里	嗒	莫
vu^{5}	qa^{7}	li^{6}	ta^{1}	mo^{4}
Wut	ghak	lis	dab	mol
好	看	多	老	表

天庭真是好热闹

扫 累 九 哪 谁
sau^{6} ləi^{5} tɕiu^{2} na^{1} səi^{4}
Saos leit jiux nab seil
到 月 九 日 巳
等到那九月巳日

瓜 沛 瓦 西 扭
qɑ^{6} phɛ^{5} va^{2} ɕi^{1} niu^{4}
Ghas paet wax xib niul
那 天 庭 拉 鼓
天庭举办拉鼓节

哈 拉 你 根 不
ha^{1} la^{7} ni^{2} qiŋ^{1} pu^{4}
Hab lak nix ghingb bul
哈 邀 她 朋 友
哈梅邀请好朋友

哈 之 瓦 嗦 羊
ha^{1} tɕi^{5} va^{2} ɬau^{1} ɣaŋ^{4}
Hab jit wax dlaob vangl
哈 上 天 庭 寨
哈梅上到天庭寨

木 扫 东 打 扭
mu^{4} sau^{6} tioŋ^{1} ta^{2} niu^{4}
Mul saos diongb dax niul
进 到 中 场 鼓
他们来到拉鼓场

生	吗	别	引	芒
səŋ^{1}	ma^{6}	pɛ^{5}	ɣiŋ^{2}	maŋ^{4}
Sengb	mas	baet	vingx	mangl
千	眼	百	张	脸

场上千人和万人

乌	马	书	哈	梅
vu^{5}	ma^{2}	ɕiu^{6}	ha^{1}	məi^{4}
Wut	max	xius	hab	meil
美	不	过	哈	梅

最美只有哈梅妹

马	书	达	配	哪	分	跌
ma^{2}	ɕiu^{6}	ta^{1}	phɛ^{7}	na^{2}	fəŋ^{1}	tie^{4}
Max	xius	dab	paek	nax	fengb	diel
不	如	姑	娘	人	凡	间

不如凡间姑娘美

勾	爹	显	拉	雷
qəu^{5}	tie^{5}	ɬiŋ^{2}	la^{1}	ləi^{4}
Ghout	diet	dlingx	lab	leil
勾	爹	给	个	话

舅爷勾爹把话说

劳	接	你	之	弱
lau^{4}	tɕie^{8}	ni^{2}	tɕi^{1}	ȵiu^{4}
Laol	jief	nix	jib	nziul
来	告诉	他	婶	姨

他邀请那婶姨娘

之　咪　瓜　凹　当
tɕi^{1}　mi^{6}　qa^{6}　au^{1}　taŋ^{4}
Jib　mis　ghas　aob　dangl
婶　姨　那　两　头
隔壁邻舍阿姨们

劳　拉　纠　夸　劳
lau^{4}　la^{7}　tɕiu^{1}　qhɛ^{1}　lau^{4}
Laol　lak　jiub　khaeb　laol
来　策划　办　结　婚
策划办理那婚事

答　约　学　希　聂
ta^{4}　ʑo^{6}　ɕio^{7}　ɬi^{1}　ȵai^{4}
Dal　yos　xiok　dlib　nzail
个　人　端　碟　鱼
一个人端碟酸鱼

答　约　学　敲　告
ta^{4}　ʑo^{6}　ɕio^{7}　qhau^{1}　qau^{4}
Dal　yos　xiok　khaob　ghaol
个　人　端　盘　饭
一个人端一盘饭

答　约　改　咪　之
ta^{4}　ʑo^{6}　qai^{3}　mi^{1}　tɕi^{4}
Dal　yos　ghaid　mib　jil
个　人　又　要　酒
一个人端壶米酒

答	约	改	的	丁
ta^{4}	ʑo^{6}	qai^{3}	ti^{1}	tiŋ^{4}
Dal	yos	ghaid	dib	dingl
个	人	又	摆	凳子

一个人来摆凳子

咪	当	江	哈	梅
mi^{1}	taŋ^{7}	tɕiaŋ^{6}	ha^{1}	məi^{4}
Mib	dangk	jiangs	hab	meil
要	凳	给	哈	梅

摆那凳子给哈梅

答	约	改	花	雷
ta^{4}	ʑo^{6}	qai^{3}	fa^{1}	ləi^{4}
Dal	yos	ghaid	fab	leil
个	人	又	讲	话

一个师公讲祝词

久	咪	江	哈	梅
tɕiu^{5}	mi^{5}	tɕiaŋ^{6}	ha^{1}	məi^{4}
Jiut	mit	jiangs	hab	meil
祈	祷	给	哈	梅

为哈梅新婚祈祷

木	高	你	嗒	各
mu^{4}	qau^{5}	ni^{2}	ta^{1}	qo^{4}
Mul	ghaot	nix	dab	ghol
去	嫁	他	孩	各

嫁给舅爷那各哥

扫	芒	蚁	哈	劳
sau^{6}	maŋ^{5}	ȵiu^{2}	ha^{1}	lau^{4}
Saos	mangt	nziux	hab	laol
到	夜	妹	哈	来

晚上等待哈梅妹

罗	布	赌	嗒	内
lo^{6}	pu^{6}	tiu^{2}	ta^{1}	nəi^{4}
Los	bus	diux	dab	neil
才	进	门	舅	爷

哈梅走进舅爷家

勾	爹	罗	花	雷
qəu^{5}	tie^{5}	lo^{6}	fa^{1}	ləi^{4}
Ghout	diet	los	fab	leil
勾	爹	又	讲	话

舅爷勾爹把话说

花	些	号	哈	梅
fa^{1}	ɕai^{6}	hau^{5}	ha^{1}	məi^{4}
Fab	xais	haot	hab	meil
讲	话	给	哈	梅

舅爷告诉哈梅妹

农	瓦	扭	聂	扭
noŋ^{6}	va^{4}	niu^{1}	ȵai^{4}	niu^{4}
Nongs	wal	niub	nzail	niul
自己	我	种	子	种

都是我们那血统

兄	扭	足	劳	羊
ɕioŋ^{7}	niu^{1}	tɕiu^{6}	lau^{4}	ʑaŋ^{4}
Xiongk	niub	jius	laol	yangl
同	种	子	来	养

同是一个血统生

灭	高	瓦	嗒	各
mie^{6}	qau^{5}	va^{4}	ta^{1}	qo^{4}
Mies	ghaot	wal	dab	ghol
让	嫁	我	孩	各

你就嫁给各表哥

达	配	蚁	哈	梅
ta^{1}	phɛ^{7}	ȵiu^{2}	ha^{1}	məi^{4}
Dab	paek	nziux	hab	meil
姑	娘	妹	哈	梅

此时此刻哈梅妹

罗	布	赌	东	泵
lo^{6}	pu^{6}	tiu^{2}	tioŋ^{1}	poŋ^{4}
Los	bus	diux	diongb	bongl
才	进	门	中	间

推开舅爷那家门

罗	布	瓜	家	到
lo^{6}	pu^{7}	qa^{6}	tɕia^{1}	tau^{4}
Los	buk	ghas	jiab	daol
才	坐	那	火	塘

走到那火塘边坐

拉	立	响	夸	劳
la^{1}	li^{4}	ɕiaŋ^{2}	qhɛ^{1}	lau^{4}
Lab	lil	xiangx	khaeb	laol
个	礼	节	结	婚

那古老订婚仪式

缺	号	学	丁	到
tɕhiu^{5}	hau^{5}	ɬio^{8}	tiŋ^{1}	tau^{4}
Qiut	haot	dliof	dingb	daol
推	想	推	根	柴火

哈梅弯腰推柴火

候	到	引	家	泵
həu^{3}	tau^{3}	ɣiŋ^{2}	tɕia^{1}	poŋ^{4}
Houd	daod	vingx	jiab	bongl
头	碰	边	火	塘

额头碰到那锅头

达	配	蚁	哈	梅
ta^{1}	phɛ^{7}	ȵiu^{2}	ha^{1}	məi^{4}
Dab	paek	nziux	hab	meil
姑	娘	妹	哈	梅

此时此刻哈梅妹

花	些	贾	拉	雷
fa^{1}	ɕai^{6}	tɕia^{2}	la^{1}	ləi^{4}
Fab	xais	jiax	lab	leil
说	话	讲	个	话

哈梅这样把话说

空	阿	你	嗒	内
qhoŋ^{1}	a^{5}	ni^{2}	ta^{1}	nəi^{4}
Khongb	at	nix	dab	neil
不要	这	样	舅	爷

舅爷请不要这样

哪	农	哪	忍	扭
na^{1}	noŋ^{6}	na^{1}	ȵiŋ^{2}	niu^{4}
Nab	nongs	nab	nzingx	niul
日	今	日	节	鼓

今日就是拉鼓节

哪	农	兴	勇	吓
na^{1}	noŋ^{6}	ɬiŋ^{1}	ʑoŋ^{2}	ɬia^{4}
Nab	nongs	dlingb	yongx	dlial
日	今	鬼	神	走

今日是鬼神出游

农	瓦	咪	罢	马	布	瓦
noŋ^{3}	va^{4}	mi^{6}	pa^{7}	ma^{2}	pu^{1}	va^{4}
Nongd	wal	mis	bak	max	bub	wal
今	我	妈	爸	不	知	我

爸妈不知我上来

空	阿	你	嗒	内
qhoŋ^{1}	a^{5}	ni^{2}	ta^{1}	nəi^{4}
Khongb	at	nix	dab	neil
不要	这	样	舅	爷

舅爷请不要这样

哈	阿	答	马	劳
ha^{1}	a^{5}	ta^{6}	ma^{2}	lau^{4}
Hab	at	das	max	laol
哈	做	死	不	嫁

哈梅宁死不嫁人

瓜	沛	瓦	西	扭
qa^{6}	phɛ^{5}	va^{2}	ɕi^{1}	niu^{4}
Ghas	paet	wax	xib	niul
那	天	庭	拉	鼓

天庭举办拉鼓节

分	木	底	哪	当
fəŋ^{6}	mu^{4}	ti^{2}	na^{1}	taŋ^{4}
Fengs	mul	dix	nab	dangl
别人	去	一	天	半

别人只去一天半

底	芒	党	根	劳
ti^{2}	maŋ^{5}	tiaŋ^{2}	qəŋ^{1}	lau^{4}
Dix	mangt	diangx	ghengb	laol
一	夜	返	回	来

一个晚上就返回

哈	木	九	哪	当
ha^{1}	mu^{4}	tɕiu^{2}	na^{1}	taŋ^{4}
Hab	mul	jiux	nab	dangl
哈	去	九	天	半

哈梅去了九天半

兄 芒 党 根 劳
ɕioŋ6 maŋ5 tiaŋ2 qəŋ1 lau4
Xiongs mangt diangx ghengb laol
七 夜 返 回 来
七个晚上才返回

哈 咪 改 花 雷
ha1 mi6 qai3 fa1 ləi4
Hab mis ghaid fab leil
哈 妈 又 讲 话
哈梅妈妈把话说

花 劳 那 哈 梅
fa1 lau5 na6 ha1 məi4
Fab laot nas hab meil
把 话 问 哈 梅
把话询问哈梅妹

分 木 底 哪 当
fəŋ6 mu4 ti2 na1 taŋ4
Fengs mul dix nab dangl
别人 去 一 天 半
别人只去一天半

底 芒 党 根 劳
ti2 maŋ5 tiaŋ2 qəŋ1 lau4
Dix mangt diangx ghengb laol
一 夜 返 回 来
一个晚上就返回

猛	阿	爹	木	九	哪	当
moŋ^{2}	a^{5}	tɛ^{6}	mu^{4}	tɕiu^{2}	na^{1}	taŋ^{4}
Mongx	at	daes	mul	jiux	nab	dangl
你	做	怎么	去	九	天	半

为何你去九天半

兄	芒	党	根	劳
ɕioŋ^{6}	maŋ^{5}	tiaŋ^{2}	qəŋ^{1}	lau^{4}
Xiongs	mangt	diangx	ghengb	laol
七	夜	返	回	来

七个晚上才返回

猛	阿	许	哈	梅
moŋ^{2}	a^{5}	ɕi^{2}	ha^{1}	məi^{4}
Mongx	at	xix	hab	meil
你	做	什么	哈	梅

你在天庭做什么

达	配	蚁	哈	梅
ta^{1}	phɛ^{7}	ȵiu^{2}	ha^{1}	məi^{4}
Dab	paek	nziux	hab	meil
姑	娘	妹	哈	梅

此时此刻哈梅妹

花	劳	号	之	弱
fa^{1}	lau^{5}	hau^{5}	tɕi^{1}	ȵiu^{4}
Fab	laot	haot	jib	nziul
把	话	说	婶	姨

把话告诉给婶姨

败	之	瓦	西	扭
pai^{1}	tɕi^{5}	va^{2}	ɕi^{1}	niu^{4}
Baib	jit	wax	xib	niul
我们	上	天	拉	鼓

我上天庭看拉鼓

答	社	瓦	嗒	内
ta^{6}	χi^{5}	va^{4}	ta^{1}	nəi^{4}
Das	hvit	wal	dab	neil
死	快	我	舅	爷

都是该死那舅爷

罗	刚	瓦	泵	江
lo^{6}	kaŋ^{8}	va^{4}	poŋ^{1}	tɕiaŋ^{4}
Los	gangf	wal	bongb	jiangl
又	抓住	我	手	臂

舅爷抓住我手臂

罗	高	蚁	夸	劳
lo^{6}	qau^{5}	ȵiu^{2}	qhɛ^{1}	lau^{4}
Los	ghaot	nziux	khaeb	laol
又	要	妹	结	婚

一定要娶当儿媳

将	高	你	嗒	各
tɕiaŋ^{6}	qau^{5}	ni^{2}	ta^{1}	qo^{4}
Jiangs	ghaot	nix	dab	ghol
要	嫁	他	孩	各

一定嫁给各表哥

怄	马	书	嗒	内
əu^{7}	ma^{2}	ɕiu^{6}	ta^{1}	nəi^{4}
Ouk	max	xius	dab	neil
争	不	过	舅	爷

实在拗不过舅爷

西	怄	九	哪	当
ɕi^{5}	əu^{7}	tɕiu^{2}	na^{1}	taŋ^{4}
Xit	ouk	jiux	nab	dangl
争	吵	九	天	半

大家争吵九天半

兄	芒	马	布	劳
ɕioŋ^{6}	maŋ^{5}	ma^{2}	pu^{1}	lau^{4}
Xiongs	mangt	max	bub	laol
七	夜	不	知	来

七个夜晚无法返

瓦	接	门	之	劳
va^{4}	tɕie^{8}	məŋ^{2}	tɕi^{1}	lau^{4}
Wal	jief	mengx	jib	laol
我	告诉	你们	长	辈

我告诉你们长辈

之	罢	瓜	凹	当
tɕi^{1}	pa^{7}	qa^{6}	au^{1}	taŋ^{4}
Jib	bak	ghas	aob	dangl
叔	伯	那	两	头

我的叔伯兄弟们

阿 意 准 英 谁
a^{5} ʑi^{3} tɕiŋ^{2} ʑiŋ^{1} səi^{4}
At yid jingx yingb seil
做 要 成 冤 仇
这次恐怕变冤仇

扫 累 九 哪 卯
sau^{6} ləi^{5} tɕiu^{2} na^{1} məu^{4}
Saos leit jiux nab moul
到 月 九 日 卯
等待到九月卯日

瓜 沛 瓦 凄 谷
qa^{6} phɛ^{5} va^{2} tɕhi^{1} ku^{4}
Ghas paet wax qib gul
那 天 上 收 谷
天庭寨要收稻谷

改 泥 乃 东 无
qai^{3} ni^{8} nai^{2} tioŋ^{1} vu^{4}
Ghaid nif naix diongb wul
又 剪 禾 中间 田
又在田里剪稻谷

勾 爹 无 呆 劳
qəu^{5} tie^{5} vu^{7} tai^{1} lau^{4}
Ghout diet wuk daib laol
勾 爹 下 地 来
舅爷勾爹下凡间

劳	接	你	忍	木
lau^{4}	tɕie^{8}	ni^{2}	ȵiŋ^{1}	mu^{4}
Laol	jief	nix	nzingb	mul
来	接	他	儿媳	去

下来接儿媳回家

木	泥	乃	凄	谷
mu^{4}	ni^{8}	nai^{2}	tɕhi^{1}	ku^{4}
Mul	nif	naix	qib	gul
去	剪	禾	收	谷

回家帮剪那稻谷

瓜	沛	省	让	不
qa^{6}	phɛ^{5}	ɬəŋ^{2}	ȵiaŋ^{1}	pu^{4}
Ghas	paet	dlengx	nziangb	bul
那	凡	间	有	朋友

凡间有些好朋友

让	航	西	嗒	聂
ȵiaŋ^{1}	haŋ^{8}	ɕi^{6}	ta^{1}	nie^{4}
Nziangb	hangf	xis	dab	niel
有	航	西	嗒	聂

一个是航西聂①哥

①航西聂：苗语“hangf xis niel”的音译，人名，尊称“航西聂哥”。

改	苏	孔	嗒	立
qai^{3}	su^{1}	khoŋ^{2}	ta^{1}	li^{4}
Ghaid	sub	kongx	dab	lil
又	苏	孔	嗒	立

一个是苏孔立①哥

改	代	网	生	永
qai^{3}	tai^{7}	vaŋ^{2}	səŋ^{1}	ʑoŋ^{4}
Ghaid	daik	wangx	sengb	yongl
又	和	网	生	永

还有一个网生永②

达	配	蚁	哈	梅
ta^{1}	phɛ^{7}	ȵiu^{2}	ha^{1}	məi^{4}
Dab	paek	nziux	hab	meil
姑	娘	妹	哈	梅

此时凡间哈梅妹

丢	戏	跌	筛	羊
tiu^{5}	ɕi^{7}	tie^{6}	sai^{1}	ɣaŋ^{4}
Diut	xik	dies	saib	vangl
唱	歌	真	响	寨

他们对歌彻寨响

①苏孔立：苗语“sub kongx lil”的音译，人名，尊称“苏孔立哥”。

②网生永：苗语“wangx sengb yongl”的音译，人名，尊称“网生永哥”。

嘎	连	嘎	哈	各
ka^{6}	liŋ^{8}	ka^{6}	ha^{1}	ko^{4}
Gas	lingf	gas	hab	gol
苗	笛	苗	琴	叫

苗笛苗琴彻寨响

爹	芒	马	拉	木
tɛ^{6}	maŋ^{5}	ma^{2}	lia^{1}	mu^{4}
Daes	mangt	max	liab	mul
整	夜	不	舍	走

通宵达旦不舍走

达	配	蚁	哈	梅
ta^{1}	phɛ^{7}	ȵiu^{2}	ha^{1}	məi^{4}
Dab	paek	nziux	hab	meil
姑	娘	妹	哈	梅

此时此刻哈梅妹

花	劳	号	嗒	不
fa^{1}	lau^{5}	hau^{5}	ta^{1}	pu^{4}
Fab	laot	haot	dab	bul
把	话	问	朋	友

把话问那些朋友

答	社	瓦	嗒	内
ta^{6}	χi^{5}	va^{4}	ta^{1}	nəi^{4}
Das	hvit	wal	dab	neil
死	快	我	舅	爷

我那该死舅爷老

依 接 蚁 哈 木
ʑi^{3} tɕie^{8} ȵiu^{2} ha^{1} mu^{4}
Yid jief nziux hab mul
要 接 妹 哈 去
一定接我上天庭

木 泥 乃 凄 谷
mu^{4} ni^{8} nai^{2} tɕhi^{1} ku^{4}
Mul nif naix qib gul
去 剪 禾 收 谷
去帮他剪那稻谷

农 航 西 嗒 聂
noŋ^{3} haŋ^{8} ɕi^{6} ta^{1} nie^{4}
Nongd hangf xis dab niel
现 航 西 嗒 聂
现有航西聂兄弟

改 代 网 生 永
qai^{3} tai^{7} vaŋ^{2} səŋ^{1} ʑoŋ^{4}
Ghaid daik wangx sengb yongl
又 和 网 生 永
又和网生永兄弟

改 苏 孔 嗒 立
qai^{3} su^{1} khoŋ^{2} ta^{1} li^{4}
Ghaid sub kongx dab lil
又 苏 孔 嗒 立
一个是苏孔立哥

败	你	阿	底	弱
pai^{1}	ni^{2}	a^{5}	ti^{2}	ȵio^{4}
Baib	nix	at	dix	nziol
三	他	做	一	伙

他们三人来相聚

沙	之	江	哈	木
sa^{7}	tɕi^{5}	tɕiaŋ^{6}	ha^{1}	mu^{4}
Sak	jit	jiangs	hab	mul
算	计	给	哈	去

他们出谋给哈梅

扫	爹	粉	不	回
sau^{6}	tɛ^{5}	fəŋ^{2}	pu^{1}	fəi^{4}
Saos	daet	fengx	bub	feil
到	天	亮	明	天

等待第二天早上

猛	东	猛	嗒	内
moŋ^{2}	toŋ^{8}	moŋ^{2}	ta^{1}	nəi^{4}
Mongx	dongf	mongx	dab	neil
你	跟	你	舅	爷

你要跟随舅爷走

猛	之	引	乡	败
moŋ^{2}	tɕi^{5}	ɣiŋ^{2}	χaŋ^{1}	pai^{4}
Mongx	jit	vingx	hvangb	bail
你	上	岭	高	坡

你们爬上那高坡

败 阿 秀 溜 各
pai^{1} a^{5} ɕiu^{3} liu^{1} ko^{4}
Baib at xiud liub gol
我们 装 虎 大 叫
我们装扮老虎叫

阿 磨 忍 根 熟
a^{5} mo^{7} ɳ̥əŋ^{2} qəŋ^{1} ɬiu^{4}
At mok nzengx ghengb dliul
装 猫 叫 底 芒
装扮猫在芒丛叫

改 阿 农 瓜 东
qai^{3} a^{5} nioŋ^{2} qa^{5} tioŋ^{4}
Ghaid at niongx ghat diongl
又 装 锦鸡 叫 山谷
又装锦鸡山谷叫

括 瓜 雍 拉 伦
qa^{8} qa^{5} ɳ̥oŋ^{2} la^{1} ɬəŋ^{4}
Ghaf ghat nzongx lab dlengl
鹧鸪 叫 响 个 坡
装扮鹧鸪叫满坡

改 阿 约 号 雍
qai^{3} a^{5} ʑo^{6} hau^{1} ɳ̥oŋ^{4}
Ghaid at yos haob nzongl
又 做 雷 公 叫
又学那雷公咆哮

雍	清	瓦	嗦	足
ȵoŋ^{2}	tɕhiŋ^{5}	va^{2}	ɬau^{1}	tɕiu^{4}
Nzongx	qingt	wax	dlaob	jiul
吼声	震	天	空	完

雷公咆哮震天空

罗	农	打	英	羊
lo^{6}	noŋ^{6}	ta^{2}	ʑiŋ^{1}	ʑaŋ^{4}
Los	nongs	dax	yingb	yangl
才	雨	来	不	停

大地翻风落大雨

罗	熟	你	秋	荣
lo^{6}	ɕiu^{8}	ni^{2}	tɕhiu^{1}	ȵoŋ^{4}
Los	xiuf	nix	qiub	nzongl
才	湿	他	衣	服

大雨淋湿他衣服

改	之	底	拉	败
qai^{3}	tɕi^{5}	ti^{2}	la^{1}	pai^{4}
Ghaid	jit	dix	lab	bail
又	上	一	个	山坡

又爬上一个山坡

败	答	你	嗒	不
pai^{1}	ta^{4}	ni^{2}	ta^{1}	pu^{4}
Baib	dal	nix	dab	bul
三	个	她	朋	友

她那三个好朋友

能	内	凹	扑	肚
nəŋ^{4}	nəi^{7}	au^{3}	phu^{1}	təu^{4}
Nengl	neik	aod	pub	doul
穿	件	衣	灰色	肚子

身穿一件花衣服

阿	秀	龙	根	熟
a^{5}	ɕiu^{3}	loŋ^{2}	qəŋ^{1}	ɬiu^{4}
At	xiud	longx	ghengb	dliul
做	虎	走	底	芒

装扮老虎卧芒丛

花	之	芒	兴	各
fa^{3}	tɕi^{5}	maŋ^{8}	ɬiŋ^{1}	ko^{4}
Fad	jit	mangf	dlingb	gol
吹	口哨	个	野鬼	叫

学那野鬼吹口哨

罗	刚	蚁	哈	梅
lo^{6}	qaŋ^{3}	ȵiu^{2}	ha^{1}	məi^{4}
Los	ghangd	nziux	hab	meil
才	喊	妹	哈	梅

不停叫喊哈梅妹

哈	接	你	嗒	内
ha^{1}	tɕie^{8}	ni^{2}	ta^{1}	nəi^{4}
Hab	jief	nix	dab	neil
哈	讲	她	舅	爷

哈梅告诉她舅爷

猛 布 瓜 呆 当
moŋ² pu⁷ qa⁶ tai¹ taŋ⁴
Mongx buk ghas daib dangl
你 坐 那 里 等
你坐那里等候我

瓦 愧 底 凹 桑
va⁴ qhəi⁷ ti² əu¹ saŋ⁴
Wal kheik dix oub sangl
我 饿 点 水 生
我想喝一点泉水

瓦 无 瓜 根 东
va⁴ vu⁷ qa⁶ qəŋ¹ tioŋ⁴
Wal wuk ghas ghengb diongl
我 下 那 底 山谷
我下谷底找泉水

木 厚 底 凹 桑
mu⁴ həu⁷ ti² əu¹ saŋ⁴
Mul houk dix oub sangl
去 喝 点 水 生
喝点泉水来解渴

哈 无 扫 根 东
ha¹ vu⁷ sau⁶ qəŋ¹ tioŋ⁴
Hab wuk saos ghengb diongl
哈 下 到 底 山谷
哈梅下到那谷底

根	东	列	败	答
qəŋ^{1}	tioŋ^{4}	lɛ^{5}	pai^{1}	ta^{4}
Ghengb	diongl	laet	baib	dal
底	山谷	看	三	个

谷底遇见三个人

败	答	你	嗒	不
pai^{1}	ta^{4}	ni^{2}	ta^{1}	pu^{4}
Baib	tal	nix	dab	bul
三	个	她	朋	友

她那三个好朋友

沙	之	江	哈	梅
sa^{7}	tɕi^{5}	tɕiaŋ^{6}	ha^{1}	məi^{4}
Sak	jit	jiangs	hab	meil
出	谋	给	哈	梅

他们出谋给哈梅

达	配	蚁	哈	梅
ta^{1}	phɛ^{7}	ȵiu^{2}	ha^{1}	məi^{4}
Dab	paek	nziux	hab	meil
姑	娘	妹	哈	梅

此时此刻哈梅妹

劳	扫	你	嗒	内
lau^{4}	sau^{6}	ni^{2}	ta^{1}	nəi^{4}
Laol	saos	nix	dab	neil
回	到	她	舅	爷

哈梅返回舅爷边

勾	爹	你	花	雷
qəu^{5}	tie^{5}	ni^{2}	fa^{1}	ləi^{4}
Ghout	diet	nix	fab	leil
勾	爹	他	说	话

舅爷勾爹把话说

劳	那	蚁	哈	梅
lau^{4}	na^{6}	ȵiu^{2}	ha^{1}	məi^{4}
Laol	nas	nziux	hab	meil
来	问	妹	哈	梅

把话来问哈梅妹

猛	无	瓜	根	东
moŋ^{2}	vu^{7}	qa^{6}	qəŋ^{1}	tioŋ^{4}
Mongx	wuk	ghas	ghengb	diongl
你	下	那	底	山谷

你下到那谷底去

阿	爹	马	布	劳
a^{5}	tɛ^{6}	ma^{2}	pu^{1}	lau^{4}
At	daes	max	bub	laol
做	什么	不	知	回

为何久久不返回

达	配	蚁	哈	梅
ta^{1}	phɛ^{7}	ȵiu^{2}	ha^{1}	məi^{4}
Dab	paek	nziux	hab	meil
姑	娘	妹	哈	梅

此时此刻哈梅妹

花	劳	号	嗒	内
fa^{1}	lau^{5}	hau^{5}	ta^{1}	nəi^{4}
Fab	laot	haot	dab	neil
说	话	给	舅	爷

把话告诉那舅爷

瓦	无	扫	根	东
va^{4}	vu^{7}	sau^{6}	qəŋ^{1}	tioŋ^{4}
Wal	wuk	saos	ghengb	diongl
我	下	到	底	山谷

我沿坡下到谷底

瓦	不	底	凹	桑
va^{4}	pu^{8}	ti^{2}	əu^{1}	saŋ^{4}
Wal	buf	dix	oub	sangl
我	见	那	水	生

我看见那口泉水

瓦	阿	让	真	工
va^{4}	a^{5}	ȵiaŋ^{8}	tsəŋ^{1}	qoŋ^{4}
Wal	at	nziangf	zengb	ghongl
我	当	真	高	兴

我那心里很高兴

送	般	底	拉	不
ɬoŋ^{7}	pan^{6}	ti^{2}	la^{1}	pu^{4}
Dlongk	bans	dix	lab	bul
被	钩	一	个	刺

身子被荆棘钩住

拉	不	斗	枪	瓦
la^{1}	pu^{4}	təu^{5}	tɕhiaŋ^{1}	va^{4}
Lab	bul	dout	qiangb	wal
个	刺	木	钩	我

有那荆棘钩住我

瓦	工	来	沛	木
va^{4}	qoŋ^{5}	lai^{2}	phɛ^{5}	mu^{4}
Wal	ghongt	laix	paet	mul
我	挑刺	很	久	去

我在挑刺挑很久

工	工	马	布	劳
qoŋ^{5}	qoŋ^{5}	ma^{2}	pu^{1}	lau^{4}
Ghongt	ghongt	max	bub	laol
挑	刺	不	出	来

挑刺很久不出来

瓦	罗	马	布	劳
va^{4}	lo^{6}	ma^{2}	pu^{1}	lau^{4}
Wal	los	max	bub	laol
我	才	不	知	回

我才不及时回来

农	动	你	嗒	内
noŋ^{3}	toŋ^{8}	ni^{2}	ta^{1}	nəi^{4}
Nongd	dongf	nix	dab	neil
现	同	她	舅	爷

仍陪舅爷回天庭

木	扫	瓦	嗦	羊
mu^{4}	sau^{6}	va^{2}	ɬau^{1}	ɣaŋ^{4}
Mul	saos	wax	dlaob	vangl
去	到	天	庭	寨

他们回到天庭寨

木	扫	载	嗒	内
mu^{4}	sau^{6}	tsai^{3}	ta^{1}	nəi^{4}
Mul	saos	zaid	dab	neil
去	到	家	舅	爷

他们到了舅爷家

达	配	蚁	哈	梅
ta^{1}	phɛ^{7}	ȵiu^{2}	ha^{1}	məi^{4}
Dab	paek	nziux	hab	meil
姑	娘	妹	哈	梅

此时此刻哈梅妹

之	凹	芒	文	跌
tɕi^{5}	əu^{1}	maŋ^{8}	vəŋ^{4}	tie^{4}
Jit	oub	mangf	wengl	diel
挑	水	泉	井	底

她去水井挑泉水

之	芒	凹	牛	受
tɕi^{5}	maŋ^{8}	əu^{1}	niu^{4}	ɬəu^{4}
Jit	mangf	oub	niul	dloul
挑	泉	水	浑	浊

专挑那浑浊泉水

江	丢	嗒	内	昂
tɕiaŋ^{6}	tiu^{5}	ta^{1}	nəi^{4}	ŋaŋ^{4}
Jiangs	diut	dab	neil	ngangl
给	予	舅	爷	喝

专挑给舅爷来喝

罗	答	嗒	内	木
lo^{6}	ta^{6}	ta^{1}	nəi^{4}	mu^{4}
Los	das	dab	neil	mul
才	死	舅	爷	去

这样才气死舅爷

阿	江	嗒	内	压
a^{5}	tɕiaŋ^{6}	ta^{1}	nəi^{4}	ʑa^{4}
At	jiangs	dab	neil	yal
做	给	舅	爷	生气

想让舅爷很生气

嗒	内	古	马	压
ta^{1}	nəi^{4}	qo^{5}	ma^{2}	ʑa^{4}
Dab	neil	ghot	max	yal
舅	爷	也	不	生气

舅爷一点不生气

瓦	根	哪	分	跌
va^{4}	qəŋ^{1}	na^{2}	fəŋ^{1}	tie^{4}
Wal	ghengb	nax	fengb	diel
我	孩子	人	凡	间

外甥女是凡间人

劳 沛 瓦 夸 劳

lau^4 phɛ^5 va^2 qhɛ^1 lau^4

Laol paet wax khaeb laol

来 天 庭 结 婚

嫁到天庭当儿媳

猛 罗 马 布 文

moŋ^2 lo^6 ma^2 pu^1 vəŋ^4

Mongx los max bub wengl

你 又 不 知 井

你不识井水泉水

猛 布 瓜 呆 当

moŋ^2 pu^7 qa^6 tai^1 taŋ^4

Mongx buk ghas daib dangl

你 坐 那 地 等

你坐在这里休息

瓦 接 底 之 弱

va^4 tɕie^8 ti^2 tɕi^1 ȵiu^4

Wal jief dix jib nziul

我 告诉 那 婶 姨

我告诉那婶姨们

之 咪 瓜 凹 当

tɕi^1 mi^6 qa^6 au^1 taŋ^4

Jib mis ghas aob dangl

婶 姨 那 两 头

隔壁那些婶姨们

木	登	底	凹	劳
mu^{4}	təŋ^{5}	ti^{2}	əu^{1}	lau^{4}
Mul	dengt	dix	oub	laol
去	挑	一	水	来

她们去挑水回来

劳	丢	瓦	凹	昂
lau^{4}	tiu^{5}	va^{4}	au^{1}	ŋaŋ^{4}
Laol	diut	wal	aob	ngangl
来	给	我	俩	喝

挑水来给我们喝

勾	爹	贾	拉	雷
qəu^{5}	tie^{5}	tɕia^{2}	la^{1}	ləi^{4}
Ghout	diet	jiax	lab	leil
勾	爹	讲	句	话

舅爷勾爹这样说

哈	让	党	坡	弱
ha^{1}	ȵiaŋ^{8}	taŋ^{2}	pho^{1}	ȵiu^{4}
Hab	nziangf	dangx	pob	nziul
哈	真	很	生	气

哈梅真是很生气

莫	刀	拉	王	丢
mo^{8}	tau^{6}	la^{1}	vaŋ^{4}	tiu^{4}
Mof	daos	lab	wangl	diul
砸	烂	个	锅	铁

哈梅砸烂小锅头

勾	爹	贾	拉	雷
qəu5	tie5	tɕia2	la1	ləi4
Ghout	diet	jiax	lab	leil
勾	爹	讲	句	话

舅爷勾爹这样说

意	刀	罗	搜	丢
ʑi3	tau6	lo6	səu1	tiu4
Yid	daos	los	soub	diul
要	烂	才	买	货

旧锅烂了买新锅

马	刀	马	搜	丢
ma2	tau6	ma2	səu1	tiu4
Max	daos	max	soub	diul
不	烂	不	买	货

不烂没机会买新

读	对	布	根	神
tu8	təi8	pu6	qəŋ1	səŋ4
Duf	deif	bus	ghengb	sengl
乱	踩	进	底	楼

哈梅在楼底乱踩

对	答	敖	答	各
təi8	ta6	au7	ta6	qau4
Deif	das	aok	das	ghaol
踩	死	鸭	死	鹅

故意踩死鸭和鹅

阿	江	嗒	内	压
a^{5}	tɕiaŋ^{6}	ta^{1}	nəi^{4}	ʑa^{4}
At	jiangs	dab	neil	yal
做	给	舅	爷	生气

想给舅爷乱生气

嗒	内	古	马	压
ta^{1}	nəi^{4}	qo^{5}	ma^{2}	ʑa^{4}
Dab	neil	ghot	max	yal
舅	爷	也	不	生气

舅爷就是不生气

意	答	罗	根	熟
i^{7}	ta^{6}	lo^{6}	qəŋ^{1}	səu^{4}
Ik	das	los	ghengb	soul
肉	死	才	甜	粥

粥里有肉才鲜甜

着	之	蚁	哈	梅
tɕio^{6}	tɕi^{5}	ȵiu^{2}	ha^{1}	məi^{4}
Jios	jit	nziux	hab	meil
无	对策	妹	哈	梅

哈梅实在无办法

夫	划	瓜	东	昂
fu^{7}	fa^{7}	qa^{6}	tioŋ^{1}	ŋaŋ^{4}
Fuk	fak	ghas	diongb	ngangl
乱	画	那	中间	腿

哈梅乱画那腿肚

干	告	江	能	劳
qan^{7}	qau^{6}	tɕiaŋ^{6}	nəŋ^{1}	lau^{4}
Ghank	ghaos	jiangs	nengb	laol
花	纹	像	蛇	老

腿部花纹像大蛇

阿	江	嗒	内	压
a^{5}	tɕiaŋ^{6}	ta^{1}	nəi^{4}	ʑa^{4}
At	jiangs	dab	neil	yal
做	给	舅	爷	生气

就想给舅爷生气

嗒	内	古	马	压
ta^{1}	nəi^{4}	qo^{5}	ma^{2}	ʑa^{4}
Dab	neil	ghot	max	yal
舅	爷	也	不	生气

舅爷就是不生气

嗒	内	改	花	雷
ta^{1}	nəi^{4}	qai^{3}	fa^{1}	ləi^{4}
Dab	neil	ghaid	fab	leil
舅	爷	又	讲	话

舅爷这样把话说

瓦	接	瓦	嗒	各
va^{4}	tɕie^{8}	va^{4}	ta^{1}	qo^{4}
Wal	jief	wal	dab	ghol
我	说	我	孩	各

我告诉你各表哥

劳	代	猛	休	昂
lau^{4}	tai^{7}	$mo\eta^{2}$	$\c{c}iu^{1}$	$\eta a\eta^{4}$
Laol	daik	mongx	xiub	ngangl
来	与	你	洗	腿

表哥帮你洗干净

猛	拉	猛	之	劳
$mo\eta^{2}$	lia^{1}	$mo\eta^{2}$	$t\c{c}i^{1}$	lau^{4}
Mongx	liab	mongx	jib	laol
你	想	你	人	老

你已思念你亲人

猛	无	瓜	分	跌
$mo\eta^{2}$	vu^{7}	qa^{6}	$f\partial\eta^{1}$	tie^{4}
Mongx	wuk	ghas	fengb	diel
你	下	那	凡	间

你下凡间看亲人

木	凹	芒	党	劳
mu^{4}	au^{1}	$ma\eta^{5}$	$tia\eta^{2}$	lau^{4}
Mul	aob	mangt	diangx	laol
去	两	夜	返	回

去凡间两夜返回

木	败	芒	党	劳
mu^{4}	pai^{1}	$ma\eta^{5}$	$tia\eta^{2}$	lau^{4}
Mul	baib	mangt	diangx	laol
去	三	夜	返	回

去凡间三夜返回

勾	爹	哪	布	足
qəu^{5}	tie^{5}	na^{2}	pu^{1}	tɕiu^{4}
Ghout	diet	nax	bub	jiul
勾	爹	人	精	明

舅爷勾爹很精明

爹	敖	改	爹	各
tie^{1}	au^{7}	qai^{3}	tie^{1}	qau^{4}
Dieb	aok	ghaid	dieb	ghaol
杀	鸭	又	杀	鹅

杀鸭杀鹅做礼物

拉	到	九	候	答
la^{7}	tau^{5}	tɕiu^{2}	həu^{1}	ta^{4}
Lak	daot	jiux	houb	dal
整	得	九	头	个

准备九只鸭和鹅

拉	孖	准	追	只
la^{7}	ȵia^{8}	tɕiŋ^{2}	tsəi^{1}	tɕi^{4}
Lak	nziaf	jingx	zeib	jil
有	糯饭	成	五	箩

准备糯米饭五箩

罗	送	蚁	哈	劳
lo^{6}	soŋ^{5}	ȵiu^{2}	ha^{1}	lau^{4}
Los	songt	nziux	hab	laol
才	送	妹	哈	来

礼送哈梅回娘家

瓜 沛 省 让 不
qa^{6} phɛ^{5} ɬəŋ^{2} ȵiaŋ^{1} pu^{4}
Ghas paet dlengx nziangb bul
那 凡 间 有 朋友
凡间有那些朋友

让 航 西 嗒 聂
ȵiaŋ^{1} haŋ^{8} ɕi^{6} ta^{1} nie^{4}
Nziangb hangf xis dab niel
有 航 西 孩 聂
一个是航西聂哥

改 苏 孔 嗒 立
qai^{3} su^{1} khoŋ^{2} ta^{1} li^{4}
Ghaid sub kongx dab lil
又 苏 孔 孩 立
一个是苏孔立哥

改 代 网 生 永
qai^{3} tai^{7} vaŋ^{2} səŋ^{1} ʑoŋ^{4}
Ghaid daik wangx sengb yongl
又 与 网 生 永
还有一个网生永

嘎 伶 嘎 哈 闹
ka^{6} liŋ^{8} ka^{6} ha^{1} ȵau^{4}
Gas lingf gas hab nzaol
苗 笛 苗 琴 响
苗笛苗琴声声响

爹　芒　马　拉　木
tɛ^{6} maŋ^{5} ma^{2} lia^{1} mu^{4}
Daes mangt max liab mul
深　夜　不　舍　去
夜深难舍又难分

嗒　你　罗　败　答
ta^{1} ni^{2} lo^{6} pai^{1} ta^{4}
Dab nix los baib dal
们　他　才　三　人
她那三个好朋友

沙　之　江　哈　梅
sa^{7} tɕi^{5} tɕiaŋ^{6} ha^{1} məi^{4}
Sak jit jiangs hab meil
献　计　给　哈　梅
相聚献计给哈梅

改　扫　忍　东　劳
qai^{3} sau^{6} ȵiŋ^{2} tioŋ^{1} lau^{4}
Ghaid saos nzingx diongb laol
又　到　小　年　来
又到每年小年节

改　下　到　打　猛　嗒　内
qai^{3} ɕia^{7} tau^{5} ta^{2} moŋ^{2} ta^{1} nəi^{4}
Ghaid xiak daot dax mongx dab neil
下　次　得　来　你　舅　爷
下次舅爷又来请

改	接	蚁	哈	木
qai^{3}	tɕie^{8}	ȵiu^{2}	ha^{1}	mu^{4}
Ghaid	jief	nziux	hab	mul
又	请	妹	哈	去

又来邀请哈梅去

猛	空	布	瓜	赌	嗒	内
moŋ^{2}	qhoŋ^{1}	pu^{6}	qa^{6}	tiu^{2}	ta^{1}	nəi^{4}
Mongx	khongb	bus	ghas	diux	dab	neil
你	别	进	那	门	舅	爷

你就不进舅爷家

木	布	赌	凹	当
mu^{4}	pu^{6}	tiu^{2}	au^{1}	taŋ^{4}
Mul	bus	diux	aob	dangl
去	进	门	两	旁

你进那隔壁家门

让	扫	忍	东	劳
ȵiaŋ^{8}	sau^{6}	ȵiŋ^{2}	tioŋ^{1}	lau^{4}
Nziangf	saos	nzingx	diongb	laol
真	到	小	年	来

真到每年小年节

答	些	你	嗒	内
ta^{6}	χi^{5}	ni^{2}	ta^{1}	nəi^{4}
Das	hvit	nix	dab	neil
死	快	她	舅	爷

她那该死老舅爷

劳	接	蚁	哈	木
lau^{4}	tɕie^{8}	ȵiu^{2}	ha^{1}	mu^{4}
Laol	jief	nziux	hab	mul
来	请	妹	哈	去

又来邀请哈梅去

嗒	内	无	引	劳
ta^{1}	nəi^{4}	vu^{7}	ɣiŋ^{2}	lau^{4}
Dab	neil	wuk	vingx	laol
舅	爷	下	岭	来

舅爷沿着山岭来

劳	扫	着	分	跌
lau^{4}	sau^{6}	tɕio^{2}	fəŋ^{1}	tie^{4}
Laol	saos	jiox	fengb	diel
来	到	那	凡	间

舅爷下到凡间来

罗	布	赌	哈	梅
lo^{6}	pu^{6}	tiu^{2}	ha^{1}	məi^{4}
Los	bus	diux	hab	meil
才	进	门	哈	梅

舅爷走进哈梅家

达	配	蚁	哈	梅
ta^{1}	phɛ^{7}	ȵiu^{2}	ha^{1}	məi^{4}
Dab	paek	nziux	hab	meil
姑	娘	妹	哈	梅

此时此刻哈梅妹

布	号	你	嗒	内
pu^{1}	hau^{5}	ni^{2}	ta^{1}	nəi^{4}
Bub	haot	nix	dab	neil
知	是	她	舅	爷

知道是舅爷要来

哈	梅	农	布	赌	根	神
ha^{1}	məi^{4}	noŋ^{3}	pu^{6}	tiu^{2}	qəŋ^{1}	səŋ^{4}
Hab	meil	nongd	bus	diux	ghengb	sengl
哈	梅	自己	进	门	后	屋

哈梅先从后门溜

嗒	内	农	布	赌	家	到
ta^{1}	nəi^{4}	noŋ^{3}	pu^{6}	tiu^{2}	tɕia^{1}	tau^{4}
Dab	neil	nongd	bus	diux	jiab	daol
舅	爷	现	进	门	火	塘

舅爷推门进火塘

马	不	蚁	哈	梅
ma^{2}	pu^{8}	ȵiu^{2}	ha^{1}	məi^{4}
Max	buf	nziux	hab	meil
不	见	妹	哈	梅

没有看见哈梅妹

嗒	内	显	拉	雷
ta^{1}	nəi^{4}	ɬiŋ^{2}	la^{1}	ləi^{4}
Dab	neil	dlingx	lab	leil
舅	爷	给	个	话

舅爷这样把话问

越	劳	号	芒	咪
vɛ^{6}	lau^{5}	hau^{5}	maŋ^{1}	mi^{6}
waes	laot	haot	mangb	mis
转	嘴	给	哈梅	妈

舅爷直问哈梅妈

号	接	瓦	忍	木
hau^{5}	tɕie^{8}	va^{4}	ȵiŋ^{1}	mu^{4}
Haot	jief	wal	nzingb	mul
想	请	我	儿媳	去

想请我那儿媳去

木	努	伦	斗	丢
mu^{4}	nəu^{2}	ləŋ^{6}	təu^{1}	tiu^{4}
Mul	noux	lengs	doub	diul
去	吃	节	小	年

去过每年小年节

哈	咪	罗	花	雷
ha^{1}	mi^{6}	lo^{6}	fa^{1}	ləi^{4}
Hab	mis	los	fab	leil
哈	妈	才	说	话

哈梅妈妈把话说

花	劳	号	嗒	内
fa^{1}	lau^{5}	hau^{5}	ta^{1}	nəi^{4}
Fab	laot	haot	dab	neil
说	话	给	舅	爷

哈妈告诉那舅爷

凹	败	芒	候	以	嗒	内
au^{1}	pai^{1}	maŋ^{5}	həu^{3}	ʑi^{5}	ta^{1}	nəi^{4}
Aob	baib	mangt	houd	yit	dab	neil
二	三	夜	前	呀	舅	爷

就在两三夜以前

你	代	你	根	不
ni^{2}	tai^{7}	ni^{2}	qiŋ^{1}	pu^{4}
Nix	daik	nix	ghingb	bul
她	与	她	朋	友

哈梅与她好朋友

列	灯	布	分	羊
lie^{5}	təŋ^{6}	pu^{6}	fəŋ^{1}	ɤaŋ^{4}
Liet	dengs	bus	fengb	vangl
乞	蓝靛	进	村	寨

串村走寨乞蓝靛

纠	芒	你	木	肚
tɕiu^{6}	maŋ^{5}	ni^{2}	mu^{1}	təu^{4}
Jius	mangt	nix	mub	doul
一	夜	她	痛	肚

半夜突然肚子痛

答	丢	许	东	木
ta^{6}	tiu^{5}	ɕi^{2}	tioŋ^{1}	mu^{4}
Das	diut	xix	diongb	mul
死	在	时	半夜	去

半夜因肚痛断气

补　丢　引　乡　败
pu^{2}　tiu^{5}　ɣiŋ^{2}　χaŋ^{1}　pai^{4}
Bux　diut　vingx　hvangb　bail
埋　在　岭　高　坡
埋在山岭高坡上

芒　补　两　乡　俄
maŋ^{8}　pu^{2}　liaŋ^{2}　χaŋ^{1}　ŋo^{4}
Mangf　bux　liangx　hvangb　ngol
那　坟　墓　高　高状
那新坟墓坟头高

嘎　伶　访　凹　弱
ka^{6}　liŋ^{8}　faŋ^{2}　au^{1}　ȵiu^{4}
Gas　lingf　fangx　aob　nziul
苗　笛　挂　两　对
坟头挂两副苗笛

叶　道　访　凹　只
ɣie^{6}　tau^{7}　faŋ^{2}　au^{1}　tɕi^{4}
Vies　daok　fangx　aob　jil
梭子　织布机　挂　两　个
坟头挂一对梭子

阿　帜　约　嗦　正
a^{5}　tɕi^{8}　ʑo^{2}　ɬau^{1}　tsəŋ^{4}
At　jif　yox　dlaob　zengl
做　旗　飘　白色　状
白纸挂满那坟墓

猛	无	引	阿	劳
moŋ^{2}	vu^{7}	ɣiŋ^{2}	a^{1}	lau^{4}
Mongx	wuk	vingx	ab	laol
你	下	岭	那	来

你沿那座山坡来

猛	不	马	嗒	内
moŋ^{2}	pu^{8}	ma^{2}	ta^{1}	nəi^{4}
Mongx	buf	max	dab	neil
你	见	不	舅	爷

舅爷是否看见了

嗒	内	党	木	娘
ta^{1}	nəi^{4}	taŋ^{2}	mu^{1}	niaŋ^{4}
Dab	neil	dangx	mub	niangl
舅	爷	很	伤	心

舅爷心里很悲伤

嗒	内	党	根	木
ta^{1}	nəi^{4}	tiaŋ^{2}	qəŋ^{1}	mu^{4}
Dab	neil	diangx	ghengb	mul
舅	爷	返	回	去

舅爷急忙返回家

木	扫	引	乡	败
mu^{4}	sau^{6}	ɣiŋ^{2}	xaŋ^{1}	pai^{4}
Mul	saos	vingx	hvangb	bail
去	到	岭	高	坡

舅爷上到那高坡

不	补	两	乡	俄
pu^{8}	pu^{2}	liaŋ^{2}	xaŋ^{1}	ŋo^{4}
Buf	bux	liangx	hvangb	ngol
见	坟	墓	高	高状

看见一座新坟墓

嗒	内	党	拉	及
ta^{1}	nəi^{4}	taŋ^{2}	lia^{1}	ki^{4}
Dab	neil	dangx	liab	gil
舅	爷	很	念	孩

舅爷思念外甥女

让	答	瓦	忍	木
ȵiaŋ^{8}	ta^{6}	va^{4}	ȵiŋ^{1}	mu^{4}
Nziangf	das	wal	nzingb	mul
真	死	我	媳妇	去

真是我儿媳死了

嗒	内	毕	花	纳
ta^{1}	nəi^{4}	pi^{5}	fa^{1}	na^{4}
Dab	neil	bit	fab	nal
舅	爷	睡	翻	转

舅爷伤心睡地哭

毕	丢	党	呆	足
pi^{5}	tiu^{5}	taŋ^{2}	tai^{1}	tɕiu^{4}
Bit	diut	dangx	daib	jiul
睡	给	沾	泥	完

卧地沾了一身泥

嗒　内　沙　之　党　根　劳
ta^{1} nəi^{4} sa^{7} tɕi^{5} tiaŋ^{2} qəŋ^{1} lau^{4}
Dab neil sak jit diangx ghengb laol
舅　爷　计　谋　转　回　来
舅爷突然转回来

罗　波　赌　溜　泵
lo^{6} po^{7} tiu^{2} liu^{1} poŋ^{4}
Los bok diux liub bongl
又　进　门　大　嘭
突然推开大门来

送　不　蚁　哈　梅
ɬoŋ^{7} pu^{8} ȵiu^{2} ha^{1} məi^{4}
Dlongk buf nziux hab meil
真　见　妹　哈　梅
突然看见哈梅妹

嗒　内　毕　斗　蚁　泵　江
ta^{1} nəi^{4} pi^{5} təu^{7} ȵiu^{2} poŋ^{1} tɕiaŋ^{4}
Dab neil bit douk nziux bongb jiangl
舅　爷　就　抓　妹　手　臂
舅爷抓住哈梅手

猛　阿　农　虽　瓦
moŋ^{2} a^{5} noŋ^{2} ɬəi^{1} va^{4}
Mongx at nongx dleib wal
你　这　样　骗　我
你这样来戏弄我

改 阿 猛 虽 瓦

qai^3 a^5 moŋ^2 ɬəi^1 va^4

Ghaid at mongx dleib wal

又 那 样 骗 我

又那样来欺骗我

瓦 斗 猛 泵 江

va^4 təu^7 moŋ^2 poŋ^1 tɕiaŋ^4

Wal douk mongx bongb jiangl

我 抓 你 手 臂

我就抓住你那手

罗 学 蚁 哈 木

lo^6 ɬio^8 ȵiu^2 ha^1 mu^4

Los dliof nziux hab mul

又 扯 妹 哈 去

强行拉扯哈梅去

木 扫 着 分 败

mu^4 sau^6 tɕio^2 fəŋ^1 pai^4

Mul saos jiox fengb bail

去 到 那 天 庭

他们上到天庭寨

号 布 丢 嗒 内

hau^5 pu^6 tiu^2 ta^1 nəi^4

Haot bus diux dab neil

想 进 门 舅 爷

原来想进舅爷家

马　布　丢　嗒　内
ma^{2} pu^{6} tiu^{2} ta^{1} nəi^{4}
Max bus diux dab neil
不　进　门　舅　爷
哈梅不进舅爷家

木　布　丢　凹　当
mu^{4} pu^{6} tiu^{2} au^{1} taŋ^{4}
Mul bus diux aob dangl
去　进　门　两　旁
哈梅走进隔壁家

对　衣　亢　内　到
təi^{8} ʑi^{6} qhaŋ^{1} nəi^{3} tau^{4}
Deif yis khangb neid daol
踩　中　杆　枪　鸟
脚踩对别人鸟枪

仁　约　昌　布　羊
ʑiŋ^{8} ʑo^{6} tshaŋ^{1} pu^{6} ɣaŋ^{4}
Yingf yos cangb bus vangl
子弹　射　飞　进　寨
子弹乱飞进村寨

衣　咪　嗒　纠　答
ʑi^{6} mi^{6} ta^{1} tɕiu^{6} ta^{4}
Yis mis dab jius dal
中　妈　孩子　独　子
子弹射中妈独子

几	纠	拉	瓜	乙
ki^{5}	tɕiu^{6}	la^{1}	qa^{6}	ɣi^{4}
Git	jius	lab	ghas	vil
蛋	一	个	那	窝

孵蛋窝里蛋一个

衣	咪	嗒	答	木
ʑi^{6}	mi^{6}	ta^{1}	ta^{6}	mu^{4}
Yis	mis	dab	das	mul
中	妈	孩子	死	去

射死妈妈那独子

阿	当	爹	英	羊
a^{5}	tiaŋ^{6}	tɛ^{6}	ʑiŋ^{1}	ʑaŋ^{4}
At	diangs	daes	yingb	yangl
打	官司	那	不	断

犯了官司打不完

用	候	生	候	无
ʑoŋ^{4}	həu^{3}	səŋ^{1}	həu^{3}	vu^{4}
Yongl	houd	sengb	houd	wul
花	上	千	上	万

官司花了千两银

温	响	嗦	马	良
vəŋ^{6}	ɕiaŋ^{2}	ɬau^{1}	ma^{2}	liaŋ^{4}
Wengs	xiangx	dlaob	max	liangl
万	两	白	不	断

万两白银案难结

当	打	瓜	收	无
tiaŋ^{6}	ta^{2}	qa^{6}	səu^{1}	vu^{4}
Diangs	dax	ghas	soub	wul
官司	来	那	无	数

官司花数万两银

几	瓦	嗦	打	接
ki^{3}	va^{2}	ɬau^{1}	ta^{2}	tɕie^{4}
Gid	wax	dlaob	dax	jiel
边	天	庭	来	说

天庭这样把话说

沛	瓦	号	让	立
phɛ^{5}	va^{2}	hau^{5}	ȵiaŋ^{1}	li^{4}
Paet	wax	haot	nziangb	lil
天	庭	说	有	理

天庭说天庭有理

沛	省	号	让	立
phɛ^{5}	ɬəŋ^{2}	hau^{5}	ȵiaŋ^{1}	li^{4}
Paet	dlengx	haot	nziangb	lil
凡	间	说	有	理

凡间说凡间有理

丁	丢	党	秀	无
tiŋ^{6}	tiu^{5}	taŋ^{2}	ɕiu^{3}	vu^{4}
Dings	diut	dangx	xiud	wul
约	定	坡	纺	车

双方约定纺车坡

松 花 里 几 败
ɬoŋ^{6} fa^{1} li^{2} ki^{3} pai^{4}
Dlongs fab lix gid bail
坳 纺 车 上 坡
约定在纺车坳上

分 瓦 当 兄 答
fəŋ^{1} va^{2} taŋ^{5} ɕioŋ^{6} ta^{4}
Fengb wax dangt xiongs dal
天 庭 派 七 个
天庭派出七个人

兄 答 刀 分 败
ɕioŋ^{6} ta^{4} tau^{8} fəŋ^{1} pai^{4}
Xiongs dal daof fengb bail
七 个 头人 天 庭
七个天庭寨头人

分 呆 当 兄 答
fəŋ^{1} tai^{1} taŋ^{5} ɕioŋ^{6} ta^{4}
Fengb daib dangt xiongs dal
凡 间 派 七 个
凡间派出七个人

兄 答 刀 分 跌
ɕioŋ^{6} ta^{4} tau^{8} fəŋ^{1} tie^{4}
Xiongs dal daof fengb diel
七 个 头人 凡 间
七个凡间寨头人

分	瓦	古	贾	雷
fəŋ^{1}	va^{2}	qo^{5}	tɕia^{2}	ləi^{4}
Fengb	wax	ghot	jiax	leil
天	庭	也	说	道理

天庭人也摆道理

对	泵	东	打	王
təi^{8}	poŋ^{1}	tioŋ^{1}	ta^{2}	vaŋ^{4}
Deif	bongb	diongb	dax	wangl
踩	咚	中	坪	地

愤怒脚踏震坪地

当	农	当	分	跌
tiaŋ^{6}	noŋ^{6}	tiaŋ^{6}	fəŋ^{1}	tie^{4}
Diangs	nongs	diangs	fengb	diel
官司	这	官司	凡	间

这个案是凡间案

马	多	当	分	败
ma^{2}	tio^{6}	tiaŋ^{6}	fəŋ^{1}	pai^{4}
Max	dios	diangs	fengb	bail
不	是	案	天	庭

不是天庭上案件

勾	爹	贾	拉	劳
qəu^{5}	tie^{5}	tɕia^{2}	la^{1}	lau^{4}
Ghout	diet	jiax	lab	laol
勾	爹	讲	个	来

舅爷勾爹把话说

瓜 爹 阿 哈 劳
qa^{6} tɛ^{5} a^{2} ha^{1} lau^{4}
Ghas daet ax hab laol
那 早 那 哈 来
哈梅那早刚启程

让 航 西 嗒 聂
ȵiaŋ^{1} haŋ^{8} ɕi^{6} ta^{1} nie^{4}
Nziangb hangf xis dab niel
有 航 西 孩 聂
因为有航西聂哥

改 苏 孔 嗒 立
qai^{3} su^{1} khoŋ^{2} ta^{1} li^{4}
Ghaid sub kongx dab lil
又 苏 孔 孩 立
又还有苏孔立哥

改 代 网 生 永
qai^{3} tai^{7} vaŋ^{2} səŋ^{1} ʑoŋ^{4}
Ghaid daik wangx sengb yongl
又 和 网 生 永
还有一个网生永

沙 之 江 哈 劳
sa^{7} tɕi^{5} tɕiaŋ^{6} ha^{1} lau^{4}
Sak jit jiangs hab laol
出 谋 给 哈 来
他们出谋给哈梅

农	罗	准	英	谁
noŋ^{3}	lo^{6}	tɕiŋ^{2}	ʑiŋ^{1}	səi^{4}
Nongd	los	jingx	yingb	seil
现	才	成	冤	案

现在酿成了此案

猛	败	昂	英	谁
moŋ^{2}	pai^{8}	ŋaŋ^{6}	ʑiŋ^{1}	səi^{4}
Mongx	baif	ngangs	yingb	seil
你	赔偿	够	冤	案

你赔偿够人命案

猛	毕	败	昂	罗	让	羊
moŋ^{2}	pi^{5}	pai^{8}	ŋaŋ^{6}	lo^{6}	ȵiaŋ^{1}	ɣaŋ^{4}
Mongx	bit	baif	ngangs	los	nziangb	vangl
你	就	赔	够	才	住	寨

赔够命案再住寨

马	昂	空	让	羊
ma^{2}	ŋaŋ^{6}	qhoŋ^{1}	ȵiaŋ^{1}	ɣaŋ^{4}
Max	ngangs	khongb	nziangb	vangl
不	够	莫	住	寨

赔偿不了就离寨

分	呆	改	久	雷
fəŋ^{1}	tai^{1}	qai^{3}	tɕiu^{5}	ləi^{4}
Fengb	daib	ghaid	jiut	leil
凡	间	也	懂	理

凡间人也摆道理

对	泵	东	打	王
təi^{8}	poŋ^{6}	tioŋ^{1}	ta^{2}	vaŋ^{4}
Deif	bongs	diongb	dax	wangl
蹬	嘣	中	坪	地

愤怒脚踏震坪地

丁	六	罗	沛	泵
tiŋ^{1}	ləu^{5}	lo^{6}	phɛ^{1}	poŋ^{4}
Dingb	lout	los	paeb	bongl
棍	铁	又	拍	嘣

愤怒用铁棍拍地

许	阿	哈	败	当
ɕi^{2}	a^{1}	ha^{1}	pai^{4}	tiaŋ^{4}
Xix	ab	hab	bail	diangl
时	那	哈	未	长大

哈梅孩时未长大

立	给	立	久	让	瓦	立
li^{4}	qəi^{4}	li^{4}	tɕiu^{5}	ȵiaŋ^{1}	va^{4}	li^{4}
Lil	gheil	lil	jiut	nziangb	wal	lil
把	屎	把	尿	有	我	把

把屎把尿尽是我

足	追	足	丢	哈	东	当
tɕiu^{8}	tsəi^{1}	tɕiu^{8}	tiu^{5}	ha^{1}	tioŋ^{4}	tiaŋ^{4}
Jiuf	zeib	jiuf	diut	hab	diongl	diangl
十	五	十	六	哈	刚	长大

十五六岁哈长大

哈	猛	忍	分	败
ha^{7}	moŋ^{2}	ȵiŋ^{1}	fəŋ^{1}	pai^{4}
Hak	mongx	nzingb	fengb	bail
若	你	儿媳	天	庭

若是做天庭儿媳

猛	马	布	立	弱
moŋ^{2}	ma^{2}	pu^{1}	li^{4}	ȵiu^{4}
Mongx	max	bub	lil	nziul
你	不	知	管	媳妇

你不管好家儿媳

娃	猛	忍	吓	羊
va^{6}	moŋ^{2}	ȵiŋ^{1}	ɬia^{4}	ɣaŋ^{4}
Was	mongx	nzingb	dlial	vangl
由	你	儿媳	走	寨

任由她到处走寨

对	衣	亢	内	到
təi^{8}	ʑi^{6}	qhaŋ^{1}	nəi^{3}	tau^{4}
Deif	yis	khangb	neid	daol
踩	对	杆	枪	鸟

脚踩对别人鸟枪

仁	约	昌	布	羊
ʑiŋ^{8}	ʑo^{6}	tshaŋ^{5}	pu^{6}	ɣaŋ^{4}
Yingf	yos	cangt	bus	vangl
子弹	射	飞	进	寨

子弹乱飞进村寨

衣	咪	嗒	纠	答
ʑi^{6}	mi^{6}	ta^{1}	tɕiu^{6}	ta^{4}
Yis	mis	dab	jius	dal
中	妈	孩子	独	子

子弹射中妈独子

几	纠	拉	瓜	乙
ki^{5}	tɕiu^{6}	la^{1}	qa^{6}	ɣi^{4}
Git	jius	lab	ghas	vil
蛋	一	个	那	窝

孵蛋窝里蛋一个

衣	咪	嗒	答	木
ʑi^{6}	mi^{6}	ta^{1}	ta^{6}	mu^{4}
Yis	mis	dab	das	mul
中	妈	孩子	死	去

射死妈妈那独子

当	罗	打	英	羊
tiaŋ^{6}	lo^{6}	ta^{2}	ʑiŋ^{1}	ʑaŋ^{4}
Diangs	los	dax	yingb	yangl
官司	才	来	不	断

这样酿成了冤案

足	温	响	嗒	丢
tɕiu^{8}	vəŋ^{6}	ɕiaŋ^{2}	ta^{1}	tiu^{4}
Jiuf	wengs	xiangx	dab	diul
十	万	两	白	银

官司花十万两银

木	败	昂	英	谁
mu^{4}	pai^{8}	ŋaŋ^{6}	ʑiŋ^{1}	səi^{4}
Mul	baif	ngangs	yingb	seil
去	赔	够	冤	案

去赔那桩人命案

败	昂	罗	让	羊
pai^{8}	ŋaŋ^{6}	lo^{6}	ȵiaŋ^{1}	ɣaŋ^{4}
Baif	ngangs	los	nziangb	vangl
赔	够	才	住	寨

赔完债务能住寨

马	昂	马	让	羊
ma^{2}	ŋaŋ^{6}	ma^{2}	ȵiaŋ^{1}	ɣaŋ^{4}
Max	ngangs	max	nziangb	vangl
不	够	不	住	寨

不赔债务就离寨

当	农	当	分	败
tiaŋ^{6}	noŋ^{6}	tiaŋ^{6}	fəŋ^{1}	pai^{4}
Diangs	nongs	diangs	fengb	bail
案	是	案	天	庭

案是天庭上案件

马	多	当	分	跌
ma^{2}	tio^{6}	tiaŋ^{6}	fəŋ^{1}	tie^{4}
Max	dios	diangs	fengb	diel
不	是	案	凡	间

不是凡间人案件

分	瓦	退	木	败
fəŋ^{1}	va^{2}	thəi^{7}	mu^{4}	pai^{4}
Fengb	wax	teik	mul	bail
天	庭	退	去	天庭

天庭人返回天庭

分	呆	退	劳	跌
fəŋ^{1}	tai^{1}	thəi^{7}	lau^{4}	tie^{4}
Fengb	daib	teik	laol	diel
凡	间	退	来	凡间

凡间人退回凡间

分	瓦	当	内	到
fəŋ^{1}	va^{2}	taŋ^{5}	nəi^{3}	tau^{4}
Fengb	wax	dangt	neid	daol
天	庭	造	枪	鸟

天庭人打造鸟枪

当	九	丁	内	到
taŋ^{5}	tɕiu^{2}	tiŋ^{1}	nəi^{3}	tau^{4}
Dangt	jiux	dingb	neid	daol
造	九	杆	枪	鸟

打造了九杆鸟枪

双	加	到	九	农
ɬaŋ^{6}	tɕia^{1}	tau^{5}	tɕiu^{2}	ȵoŋ^{4}
Dlangs	jiab	daot	jiux	nzongl
制	火药	得	九	仓库

制造火药满九仓

哥	仁	到	九	农
ko^{6}	ʑiŋ^{8}	tau^{5}	tɕiu^{2}	ɳoŋ^{4}
Gos	yingf	daot	jiux	nzongl
造	子弹	有	九	仓库

制造子弹积九房

分	呆	当	九	丁	内	到
fəŋ^{1}	tai^{1}	taŋ^{5}	tɕiu^{2}	tiŋ^{1}	nəi^{3}	tau^{4}
Fengb	daib	dangt	jiux	dingb	neid	daol
凡	间	造	九	杆	枪	鸟

凡间打造九杆枪

双	加	到	九	农
ɬaŋ^{6}	tɕia^{1}	tau^{5}	tɕiu^{2}	ɳoŋ^{4}
Dlangs	jiab	daot	jiux	nzongl
制	火药	得	九	仓库

制造火药满九仓

哥	仁	到	九	农
ko^{6}	ʑiŋ^{8}	tau^{5}	tɕiu^{2}	ɳoŋ^{4}
Gos	yingf	daot	jiux	nzongl
造	子弹	得	九	仓库

制造子弹积九房

分	呆	到	内	到
fəŋ^{1}	tai^{1}	tau^{5}	nəi^{3}	tau^{4}
Fengb	daib	daot	neid	daol
凡	间	得	枪	鸟

凡间打造那鸟枪

到	九	丁	内	到
tau^{5}	tɕiu^{2}	tiŋ^{1}	nəi^{3}	tau^{4}
Daot	jiux	dingb	neid	daol
得	九	杆	枪	鸟

打造了九杆鸟枪

清	着	呆	答	略
tɕhiŋ^{5}	tɕio^{2}	tai^{1}	ta^{6}	lio^{4}
Qingt	jiox	daib	das	liol
震动	整	个	地	方

枪声震动那凡间

仁	约	昌	扫	败
ʑiŋ^{8}	ʑo^{6}	tshaŋ^{5}	sau^{6}	pai^{4}
Yingf	yos	cangt	saos	bail
子弹	射	飞	到	天庭

子弹射飞上天庭

分	瓦	答	兄	答
fəŋ^{1}	va^{2}	ta^{6}	ɕioŋ^{6}	ta^{4}
Fengb	wax	das	xiongs	dal
天	庭	死	七	个

射死天庭七个人

兄	答	刀	分	败
ɕioŋ^{6}	ta^{4}	tau^{8}	fəŋ^{1}	pai^{4}
Xiongs	dal	daof	fengb	bail
七	个	头人	天	庭

七个天庭寨头人

勾	爹	答	嗒	各
qəu^{5}	tie^{5}	ta^{6}	ta^{1}	qo^{4}
Ghout	diet	das	dab	ghol
勾	爹	死	孩	各

射死舅爷的儿子

佛	斗	你	嗒	佛
fu^{4}	təu^{2}	ni^{2}	ta^{1}	fu^{4}
Ful	doux	nix	dab	ful
佛	斗	他	孩	佛

射死佛斗的儿子

迎	香	答	枉	立
ȵin^{4}	ɕiaŋ^{1}	ta^{6}	vaŋ^{2}	li^{4}
Nzinl	xiangb	das	wangx	lil
迎	香	死	枉	立

又死迎香的儿子

沙	共	答	枉	乙
ɬa^{6}	qoŋ^{6}	ta^{6}	vaŋ^{2}	ʑi^{4}
Dlas	ghongs	das	wangx	yil
沙	共	死	枉	乙

又死沙共的儿子

分	瓦	邦	内	到
fəŋ^{1}	va^{2}	paŋ^{3}	nəi^{3}	tau^{4}
Fengb	wax	bangd	neid	daol
天	庭	打	枪	鸟

天庭人也在打枪

上 九 丁 内 到
ɕiaŋ^{5} tɕiu^{2} tiŋ^{1} nəi^{3} tau^{4}
Xiangt jiux dingb neid daol
打 九 杆 枪 鸟
试打那九杆鸟枪

清 着 号 铁 略
tɕhiŋ^{5} tɕio^{2} hau^{1} thie^{6} lio^{4}
Qingt jiox haob ties liol
震 天 庭 砰 砰
枪声震动那天庭

仁 约 昌 扫 跌
ʑiŋ^{8} ʑo^{6} tshaŋ^{5} sau^{6} tie^{4}
Yingf yos cangt saos diel
子弹 射 飞 到 凡间
子弹射飞下凡间

分 呆 答 兄 答
fəŋ^{1} tai^{1} ta^{6} ɕioŋ^{6} ta^{4}
Fengb daib das xiongs dal
凡 间 死 七 人
射死凡间七个人

答 航 西 嗒 聂
ta^{6} haŋ^{4} ɕi^{6} ta^{1} nie^{4}
Das hangl xis dab niel
死 航 西 孩 聂
射死航西的儿子

答	苏	孔	嗒	立
ta^{6}	su^{1}	khoŋ^{2}	ta^{1}	li^{4}
Das	sub	kongx	dab	lil
死	苏	孔	孩	立

射死苏孔的儿子

改	答	网	生	永
qai^{3}	ta^{6}	vaŋ^{2}	səŋ^{1}	ʑoŋ^{4}
Ghaid	das	wangx	sengb	yongl
又	死	网	生	永

又死网生永儿子

答	古	记	凹	撮
ta^{6}	kiu^{2}	ki^{8}	au^{1}	tsho^{4}
Das	giux	gif	aob	col
死	螳	螂	一	群

又死一群那螳螂

答	古	芒	号	列
ta^{6}	kiu^{2}	maŋ^{1}	hau^{6}	lie^{4}
Das	giux	mangb	haos	liel
死	禾	虾	一	群

死了一群那禾虾

答	古	唱	号	眉
ta^{6}	kiu^{2}	tɕhiaŋ^{7}	hau^{6}	mie^{4}
Das	giux	qiangk	haos	miel
死	蟋	蟀	一	群

又死一群群蟋蟀

改	答	答	吐	脑
qai^{3}	ta^{6}	ta^{4}	thəu^{7}	ȵau^{2}
Ghaid	das	dal	touk	nzaox
又	死	只	白	鹭

又射死那只白鹭

拉	当	败	无	准
la^{1}	tiaŋ^{6}	pai^{4}	vu^{7}	tɕiŋ^{2}
Lab	diangs	bail	wuk	jingx
个	官司	未	胜	负

打官司未分胜负

哈	咪	麻	拉	麻	着	引
ha^{1}	mi^{6}	ma^{4}	la^{6}	ma^{4}	tɕio^{2}	ɣiŋ^{2}
Hab	mis	mal	las	mal	jiox	vingx
哈	妈	卖	地	卖	条	岭

哈妈卖地卖山场

哈	罢	麻	雍	麻	底	整
ha^{1}	pa^{7}	ma^{4}	ʑoŋ^{6}	ma^{4}	ti^{2}	tsəŋ^{2}
Hab	bak	mal	yongs	mal	dix	zengx
哈	爸	卖	田	卖	一	片

哈爸卖那整片田

到	爹	工	嗓	号
tau^{5}	tɛ^{6}	qoŋ^{4}	saŋ^{2}	hau^{6}
Daot	daes	ghongl	sangx	haos
得	很	多	钱	铜

卖田卖地赚了钱

吓	分	杀	马	拥
ɬia^{1}	fəŋ^{6}	sa^{4}	ma^{2}	ʑoŋ^{6}
Dliab	fengs	sal	max	yongs
别	人	都	不	要

天庭不愿意收钱

嗒	内	花	雷	些
ta^{1}	nəi^{4}	fa^{1}	ləi^{4}	ɕai^{6}
Dab	neil	fab	leil	xais
舅	爷	把	话	讲

舅爷这样把话说

猛	尼	劳	底	丁	瓦	兄
moŋ^{2}	ni^{6}	lau^{3}	ti^{2}	tiŋ^{1}	va^{4}	ɕioŋ^{6}
Mongx	nis	laod	dix	dingb	wal	xiongs
你	拄	磨损	一	根	我	铁棍

你要拄损那铁棍

示	足	偷	瓦	细
χi^{3}	tɕiu^{4}	thəu^{1}	va^{4}	ɕi^{6}
Hvid	jiul	toub	wal	xis
数	完	桶	我	米

数完我一桶白米

他	足	旁	别	闹
tha^{3}	tɕiu^{4}	phaŋ^{1}	pɛ^{4}	nau^{6}
Tad	jiul	pangb	bael	naos
解	完	床	网	麻

解完一床麻制网

猛	衣	木	吓	改	木	分
moŋ^{2}	ʑi^{5}	mu^{4}	ɕia^{1}	qai^{3}	mu^{4}	fəŋ^{6}
Mongx	yit	mul	xiab	ghaid	mul	fengs
你	再	出	嫁	又	走	寨

你再嫁给意中人

猛	马	示	足	偷	瓦	细
moŋ^{2}	ma^{2}	χi^{3}	tɕiu^{4}	thəu^{1}	va^{4}	ɕi^{6}
Mongx	max	hvid	jiul	toub	wal	xis
你	不	数	完	桶	我	米

你不数完那桶米

马	尼	劳	丁	兄
ma^{2}	ni^{6}	lau^{3}	tiŋ^{1}	ɕioŋ^{6}
Max	nis	laod	dingb	xiongs
不	拄	磨损	根	铁棍

不拄损那根铁棍

猛	马	他	劳	旁	别	闹
moŋ^{2}	ma^{2}	tha^{3}	lau^{4}	phaŋ^{1}	pɛ^{4}	nau^{6}
Mongx	max	tad	laol	pangb	bael	naos
你	不	解	完	床	网	麻

你不解完一床网

示	改	劳	底	弱
χi^{3}	qai^{3}	lau^{4}	ti^{2}	ȵiu^{5}
Hvid	ghaid	laol	dix	nziut
数	了	来	一	年

哈梅数完一年米

送 马 木 底 嗦
ɬoŋ^{7} ma^{2} mu^{4} ti^{2} ɬau^{5}
Dlongk max mul dix dlaot
真 不 去 一 拃
数米不去一拃深

尼 兄 足 底 弱
ni^{6} ɕioŋ^{6} tɕiu^{4} ti^{2} ȵiu^{5}
Nis xiongs jiul dix nziut
拄 铁棍 用 一 年
拄了铁棍成一年

送 马 木 底 嗦
ɬoŋ^{7} ma^{2} mu^{4} ti^{2} ɬau^{5}
Dlongk max mul dix dlaot
真 不 去 一 拃
拄铁棍不损一拃

他 别 准 底 弱
tha^{3} pɛ^{4} tɕiŋ^{2} ti^{2} ȵiu^{5}
Tad bael jingx dix nziut
解 网 成 一 年
解了网结已一年

送 马 木 底 嗦
ɬoŋ^{7} ma^{2} mu^{4} ti^{2} ɬau^{5}
Dlongk max mul dix dlaot
真 不 去 一 拃
解不开一拃网眼

意	劳	哈	答	铁
ʑi^{3}	lau^{4}	ha^{1}	ta^{6}	thie^{5}
Yid	laol	hab	das	tiet
要	老	哈	很	多

哈梅日日见苍老

蚁	哈	东	着	之
ȵiu^{2}	ha^{1}	tioŋ^{4}	tɕio^{6}	tɕi^{5}
Nziux	hab	diongl	jios	jit
妹	哈	无	计	谋

哈梅已经无办法

蚁	哈	木	义	沙
ȵiu^{2}	ha^{1}	mu^{4}	ȵi^{6}	ɬa^{5}
Nziux	hab	mul	nzis	dlat
妹	哈	去	搓	绳

哈梅伤心搓绳子

访	工	几	瓜	斗
faŋ^{2}	qoŋ^{3}	ki^{4}	qa^{6}	təu^{5}
Fangx	ghongd	gil	ghas	dout
吊	脖	子	在	树

伤心吊颈在树丫

金	古	能	努	内
kiŋ^{1}	kiu^{2}	nəŋ^{4}	nəu^{6}	nəi^{5}
Gingb	giux	nengl	nous	neit
虫	蚂蚱	鼠	鸟	兽

山中那昆虫野兽

金 古 各 答 号
kiŋ^{1} kiu^{2} ko^{4} ta^{6} hau^{5}
Gingb giux gol das haot
虫 蚂蚱 叫 不 停
昆虫伤心叫连连

访 工 瓜 几 月
faŋ^{2} qoŋ^{3} qa^{6} tɕi^{4} vie^{7}
Fangx ghongd ghas jil wiek
吊 颈 在 树 杈
哈梅吊颈在树丫

金 古 杀 扫 灭
kiŋ^{1} kiu^{2} sa^{4} sau^{6} mie^{7}
Gingb giux sal saos miek
虫 蚂蚱 全 到 唁
山中昆虫来吊唁

金 古 各 答 贵
kiŋ^{1} kiu^{2} ko^{4} ta^{6} kie^{7}
Gingb giux gol das giek
虫 蚂蚱 叫 不 停
昆虫伤心叫不停

接 古 芒 木 学
tɕie^{8} kiu^{2} maŋ^{1} mu^{4} ɬio^{7}
Jief giux mangb mul dliok
喊 禾 虾 去 救
敬请禾虾去营救

古	芒	打	木	学
kiu^{2}	maŋ^{1}	ta^{2}	mu^{4}	ɬio^{7}
Giux	mangb	dax	mul	dliok
禾	虾	来	去	救

禾虾飞快去营救

贵	良	底	沛	沙
kie^{7}	liaŋ^{4}	ti^{2}	phɛ^{5}	ɗa^{5}
Giek	liangl	dix	paet	dlat
咬	断	一	半	绳

禾虾咬断半边绳

蚁	哈	良	泵	敲
ȵiu^{2}	ha^{1}	liaŋ^{4}	poŋ^{5}	qhau^{5}
Nziux	hab	liangl	bongt	khaot
妹	哈	断	气	了

哈梅刚刚才断气

哈	咪	东	花	些
ha^{1}	mi^{6}	tioŋ^{4}	ʃa^{1}	ɕai^{2}
Hab	mis	diongl	fab	xaix
哈	妈	刚	讲	话

哈梅妈妈把话说

列	嗒	内	阿	枉
lie^{5}	ta^{1}	nəi^{4}	a^{5}	vaŋ^{2}
Liet	dab	neil	at	wangx
为	舅	爷	当	王

舅爷冤枉当头人

农	哈	罗	刚	吓
noŋ^{3}	ha^{1}	lo^{6}	kaŋ^{5}	ɕia^{2}
Nongd	hab	los	gangt	xiax
现	哈	才	丢	命

现在害死哈梅妹

之	分	败	沛	瓦
tɕi^{5}	fəŋ^{1}	pai^{4}	phɛ^{5}	va^{2}
Jit	fengb	bail	paet	wax
上	天	庭	上	面

哈梅妈妈上天庭

接	嗒	内	无	打
tɕie^{8}	ta^{1}	nəi^{4}	vu^{7}	ta^{2}
Jief	dab	neil	wuk	dax
喊	舅	爷	下	来

邀请舅爷下凡间

登	凹	只	晒	磨
təŋ^{5}	au^{1}	tɕi^{4}	ɬɛ^{7}	mo^{2}
Dengt	aob	jil	dlaek	mox
挑	两	个	箩	筐

哈妈挑两个箩筐

登	哈	木	沛	瓦
təŋ^{5}	ha^{1}	mu^{4}	phɛ^{5}	va^{2}
Dengt	hab	mul	paet	wax
挑	哈	去	天	庭

挑哈梅上到天庭

丢 嗒 内 号 努
tiu^{5} ta^{1} nəi^{4} hau^{5} nəu^{2}
Diut dab neil haot noux
给 舅 爷 煮 吃
让给舅爷煮来吃

农 嗒 内 号 农
noŋ^{3} ta^{1} nəi^{4} hau^{5} noŋ^{2}
Nongd dab neil haot nongx
现 舅 爷 讲 这样
舅爷这样把话说

让 乌 挪 瓦 哪
ȵiaŋ^{1} vu^{6} no^{6} va^{4} na^{2}
Nziangb wus nos wal nax
有 气 是 我 人
活是我们天庭人

到 答 挪 瓦 学
tau^{5} ta^{6} no^{6} va^{4} ɬio^{2}
Daot das nos wal dliox
已 死 是 我 魂
死是我们天庭鬼

跌 木 沛 败 补
tɛ^{3} mu^{4} phɛ^{5} pai^{4} pu^{2}
Daed mul paet bail bux
带 去 边 坡 埋
舅爷带去山坡葬

哈 答 准 许 乙
ha^{1} ta^{6} tɕiŋ^{2} ɕi^{2} ʑi^{4}
Hab das jingx xix yil
哈 死 变成 什 么
哈梅死后变什么

哈 答 准 英 丢
ha^{1} ta^{6} tɕiŋ^{2} ʑiŋ^{7} tiu^{4}
Hab das jingx yingk diul
哈 死 变成 烟 叶
哈梅死后变烟叶

立 答 准 许 乙
li^{4} ta^{6} tɕiŋ^{2} ɕi^{2} ʑi^{4}
Lil das jingx xix yil
立 死 变成 什 么
立哥死后变什么

立 答 准 乌 到
li^{4} ta^{6} tɕiŋ^{2} vo^{1} tau^{4}
Lil das jingx wob daol
立 死 变 艾 叶
立哥死后变艾叶

嗒 不 分 改 咪 你 昂
ta^{1} pu^{4} fəŋ^{6} qai^{3} mi^{1} ni^{2} ŋaŋ^{4}
Dab bul fengs ghaid mib nix ngangl
众 朋 友 又 要 他 吞
朋友引火来抽烟

不 分 改 拉 瓦
pu^{4} fəŋ^{6} qai^{3} lia^{1} va^{4}
Bul fengs ghaid liab wal
朋 友 又 念 我
朋友赌物又思人

桑 阿 败 英 谁
saŋ^{6} a^{5} pai^{1} ʑiŋ^{1} səi^{4}
Sangs at baib yingb seil
代 第 三 冤 案
这是第三起冤案

答 许 嗒 喇 雷
ta^{4} ɕi^{2} ta^{1} lɛ^{2} ləi^{4}
Dal xix dab laex leil
个 哪 人 坏 蛋
谁是中忍纳恶人

羊 瓜 东 忍 纳
ʑaŋ^{4} qa^{6} tioŋ^{1} ȵiŋ^{2} na^{4}
Yangl ghas diongb nzingx nal
生 在 中 忍 纳
谁出生在中忍纳

答 约 英 列 雷
ta^{4} ʑo^{6} ɣiŋ^{1} lɛ^{2} ləi^{4}
Dal yos vingb laex leil
个 人 英 坏 蛋
英哥就是大恶人

门	周	改	东	能
man^{8}	tɕiu^{6}	qai^{3}	toŋ^{1}	nəŋ^{4}
Manf	jius	ghaid	dongb	nengl
欺	上	又	霸	下

英哥蛮横又欺下

沙	虽	准	八	不
sa^{4}	səi^{6}	tɕiŋ^{2}	pa^{4}	pu^{4}
Sal	seis	jingx	bal	bul
教	唆	成	坏	朋友

教唆朋友成敌人

门	扫	两	雍	纳
man^{8}	sau^{6}	liaŋ^{2}	ʑoŋ^{1}	na^{4}
Manf	saos	liangx	yongb	nal
蛮	到	田	雍	纳

横蛮独吞雍纳田

足	兄	嗓	英	谁
tɕiu^{8}	ɕioŋ^{6}	saŋ^{2}	ʑiŋ^{1}	səi^{4}
Jiuf	xiongs	sangx	yingb	seil
十	七	层	冤	案

制造十七件冤案

罗	扫	着	英	能
lo^{6}	sau^{6}	tɕio^{2}	ɣiŋ^{1}	nəŋ^{4}
Los	saos	jiox	vingb	nengl
才	到	条	水	灾

才到洪水滔天案

拉	周	党	分	跌
la^{1}	tɕiu^{6}	taŋ^{2}	fəŋ^{1}	tie^{4}
Lab	jius	dangx	fengb	diel
个	上游	淹	凡	间

洪水泛滥淹天下

杀	答	哪	纠	足
sa^{4}	ta^{6}	na^{2}	tɕiu^{1}	tɕiu^{4}
Sal	das	nax	jiub	jiul
全	死	人	类	完

凡间人类都死绝

杀	多	英	准	谁
sa^{4}	tio^{6}	ɣiŋ^{1}	tɕiŋ^{2}	səi^{4}
Sal	dios	vingb	jingx	seil
都	是	英	酿成	灾难

都是那英哥酿成

聂	呆	代	聂	本
ȵai^{4}	tai^{1}	tai^{7}	ȵai^{4}	pəŋ^{4}
Nzail	daib	daik	nzail	bengl
泥	鳅	与	鲫	鱼

田间泥鳅与鲫鱼

西	劳	两	根	羊
ɕi^{5}	lau^{8}	liaŋ^{2}	qəŋ^{1}	ɣaŋ^{4}
Xit	laof	liangx	ghengb	vangl
相	争抢	田	底	寨

它们争抢寨底田

西	劳	努	凹	扭
ɕi^{5}	lau^{8}	nəu^{2}	əu^{1}	niu^{4}
Xit	laof	noux	oub	niul
相	争	吃	水	浑

它们相争吃浑水

金	空	代	聂	劳
kiŋ^{1}	khoŋ^{1}	tai^{7}	ȵai^{4}	lau^{4}
Gingb	kongb	daik	nzail	laol
河	虾	和	鲤	鱼

田间河虾和鲤鱼

西	劳	两	东	无
ɕi^{5}	lau^{8}	liaŋ^{2}	tioŋ^{1}	vu^{4}
Xit	laof	liangx	diongb	wul
相	争抢	田	中	间

它们争抢田中央

西	劳	努	凹	扭
ɕi^{5}	lau^{8}	nəu^{2}	əu^{1}	niu^{4}
Xit	laof	noux	oub	niul
相	争	吃	水	浑

它们相争吃浑水

金	多	代	金	雄
kiŋ^{1}	tio^{1}	tai^{7}	kiŋ^{1}	ɕim^{4}
Gingb	diob	daik	gingb	ximl
螃	蟹	和	水	蜈蚣

河里螃蟹水蜈蚣

西	劳	拉	文	跌
ɕi^{5}	lau^{8}	la^{1}	vəŋ^{4}	tie^{4}
Xit	laof	lab	wengl	diel
相	争	个	水池	底

它们相争小鱼塘

者	列	代	切	烈
tsɛ^{2}	lɛ^{2}	tai^{7}	tɕhie^{4}	lie^{4}
Zaex	laex	daik	qiel	liel
山	雀	和	柳	莺

林中山雀和柳莺

西	劳	拉	伦	熟
ɕi^{5}	lau^{8}	la^{1}	ɬəŋ^{4}	ɬiu^{4}
Xit	laof	lab	dlengl	dliul
相	争抢	那	丛	芒

它们相争小丛林

者	列	喝	切	烈
tsɛ^{2}	lɛ^{2}	həu^{1}	tɕhie^{4}	lie^{4}
Zaex	laex	houb	qiel	liel
山	雀	追	柳	莺

林中山雀追柳莺

努	足	代	努	作
nəu^{6}	tɕiu^{1}	tai^{7}	nəu^{6}	tsau^{4}
Nous	jiub	daik	nous	zaol
画	眉	和	白	头翁

画眉鸟与白头翁

西 劳 拉 荣 吓
ɕi^{5} lau^{8} la^{1} voŋ^{4} ɬia^{4}
Xit laof lab wongl dlial
相 争 个 崖边 走
它们相争走树林

中 刚 代 中 熟
tɕioŋ^{2} kaŋ^{1} tai^{7} tɕioŋ^{2} ɬiu^{4}
Jiongx gangb daik jiongx dliul
根 芒萁 和 根 芒
芒萁根和芒芯根

西 劳 努 呆 弱
ɕi^{5} lau^{8} nəu^{2} tai^{1} ȵiu^{4}
Xit laof noux daib nziul
相 争 吃 泥 生
它们相争吃泥土

中 瓜 代 中 不
tɕioŋ^{2} qa^{1} tai^{7} tɕioŋ^{2} pu^{4}
Jiongx ghab daik jiongx bul
根 茅草 与 根 金樱
茅草根与金樱根

西 劳 呆 粉 昂
ɕi^{5} lau^{8} tai^{1} fəŋ^{2} ŋaŋ^{4}
Xit laof daib fengx ngangl
相 争 泥 黄 吃
它们相争吃黄泥

古	芒	代	古	俄
kiu²	maŋ¹	tai⁷	kiu²	ŋo⁴
Giux	mangb	daik	giux	ngol
禾	虾	与	尖	蜢

禾虾与那尖头蜢

西	劳	东	仰	蒙
ɕi⁵	lau⁸	tioŋ¹	ȵaŋ²	moŋ⁴
Xit	laof	diongb	nzangx	mongl
相	争	茅	草	嫩

它们相争嫩茅草

答	收	代	答	能
ta⁴	ɕiu¹	tai⁷	ta⁴	nəŋ⁴
Dal	xiub	daik	dal	nengl
山	鼠	和	家	鼠

山中山鼠和家鼠

凹	你	阿	不	到
au¹	ni²	a⁵	pu⁴	tau⁴
Aob	nix	at	bul	daol
他	们	做	朋友	柴火

它们做玩伴朋友

阿	不	造	吓	羊
a⁵	pu⁴	tsau⁵	ɬia⁴	ɣaŋ⁴
At	bul	zaot	dlial	vangl
做	朋友	火把	走	寨

它们共火把走寨

阿	来	送	八	不
a^{5}	lai^{2}	ɬoŋ^{7}	pa^{4}	pu^{4}
At	laix	dlongk	bal	bul
日	久	闹	坏	朋友

它们处久闹不合

别	芒	代	晒	劳
pɛ^{5}	maŋ^{8}	tai^{7}	ɬai^{3}	lau^{4}
Baet	mangf	daik	dlaid	laol
猪	母	和	狗	老

家中母猪和老狗

西	劳	陇	龙	农
ɕi^{5}	lau^{8}	loŋ^{2}	lioŋ^{6}	ɳʑoŋ^{4}
Xit	laof	longx	liongs	nzongl
争	抢	走	巷	仓库

它们争抢过村巷

西	劳	努	分	给
ɕi^{5}	lau^{8}	nəu^{2}	fəŋ^{6}	qəi^{4}
Xit	laof	noux	fengs	gheil
相	争	吃	人	屎

它们相争吃人屎

约	马	巴	约	昂
ʑo^{6}	ma^{2}	pa^{1}	ʑo^{6}	ŋaŋ^{4}
Yos	max	bab	yos	ngangl
个	不	给	个	吃

一个不让一个吃

西	贵	晒	吗	足
ɕi^{5}	kie^{7}	ɬai^{2}	ma^{6}	tɕiu^{4}
Xit	giek	dlaix	mas	jiul
相	咬	烂	脸	完

它们相咬脸挂彩

木	阿	准	当	给
mu^{4}	a^{5}	tɕiŋ^{2}	tiaŋ^{6}	qəi^{4}
Mul	at	jingx	diangs	gheil
去	做	成	官司	屎

它们酿成抢屎案

兑	英	代	工	劳
təi^{2}	ɣiŋ^{1}	tai^{7}	qoŋ^{4}	lau^{4}
Deix	vingb	daik	ghongl	laol
哥	英	和	群	老

英哥和同族兄弟

西	劳	两	雍	纳
ɕi^{5}	lau^{8}	liaŋ^{2}	ʑoŋ^{1}	na^{4}
Xit	laof	liangx	yongb	nal
相	抢	田	雍	纳

他们争抢雍纳田

信	凹	江	农	吓
ɕiŋ^{7}	əu^{1}	tɕiaŋ^{6}	nioŋ^{2}	ɬia^{4}
Xingk	oub	jiangs	niongx	dlial
渠	水	给	锦鸡	走

水渠让锦鸡走路

根	不	江	矮	吓
qəŋ^{1}	pu^{5}	tɕiaŋ^{6}	ŋie^{2}	ɬia^{4}
Ghengb	but	jiangs	ngiex	dlial
田	边	给	野兽	走

山间让野兽出没

航	油	巴	丢	江	门	木
haŋ^{8}	ʑiu^{5}	pa^{1}	tiu^{5}	tɕiaŋ^{6}	məŋ^{2}	mu^{4}
Hangf	yiut	bab	diut	jiangs	mengx	mul
那	小	给	予	给	你们	去

小田边地给你们

瓜	东	丢	郎	瓦
qa^{6}	tioŋ^{1}	tiu^{5}	laŋ^{2}	va^{4}
Ghas	diongb	diut	langx	wal
那	中间	给	自己	我

中间良田留给我

约	英	芒	哪	昂
ʑo^{6}	ɣiŋ^{1}	maŋ^{8}	na^{2}	ŋa^{4}
Yos	vingb	mangf	nax	ngal
哥	英	个	人	懒汉

英哥真是大懒汉

兑	英	昂	衣	答
təi^{2}	ɣiŋ^{1}	ŋa^{4}	ʑi^{3}	ta^{6}
Deix	vingb	ngal	yid	das
哥	英	懒	要	死

英哥偷懒不劳动

咪 古 木 衣 拉
mi^{1} kiu^{2} mu^{4} ʑi^{6} la^{6}
Mib giux mul yis las
叫 蚂蚱 去 拔草 地
要蚂蚱去帮拔草

夸 利 木 去 雍
qha^{5} li^{3} mu^{4} khi^{7} ʑoŋ^{6}
Khat lid mul kik yongs
喊 羊 去 耙 田
喊山羊去帮犁田

虽 列 劳 进 结
ɬəi^{1} lɛ^{1} lau^{4} tɕiŋ^{8} kie^{6}
Dleib laeb laol jingf gies
哄 猴 来 抓 耙
哄骗猴子帮扶耙

虽 金 木 阿 让
ɬəi^{1} kiŋ^{1} mu^{4} a^{5} ȵiaŋ^{6}
Dleib gingb mul at nziangs
骗 虫 去 扯 草
哄骗虫子帮铲草

结 示 结 丢 答
kie^{6} ɕi^{3} kie^{6} tiu^{7} ta^{6}
Gies xid gies diuk das
雷公 看 雷公 笑 死
雷公看了笑死人

英	罗	马	到	候
ɣiŋ^{1}	lo^{6}	ma^{2}	tau^{5}	həu^{6}
Vingb	los	max	daot	hous
英	又	没	得	牛

英哥家中没有牛

捞	略	木	去	雍
lau^{6}	lio^{3}	mu^{4}	khi^{7}	ʑoŋ^{6}
Laos	liod	mul	kik	yongs
借	牛	去	犁	田

想借黄牛去犁田

之	瓦	木	列	结
tɕi^{5}	va^{2}	mu^{4}	lie^{5}	kie^{6}
Jit	wax	mul	liet	gies
上	天	去	借	雷公

他上天庭问雷公

猛	巴	答	高	候
moŋ^{2}	pa^{1}	ta^{4}	qau^{5}	həu^{6}
Mongx	bab	dal	ghaot	hous
你	给	头	公	牛

你借一头大牯牛

略	溜	木	去	雍
lio^{3}	liu^{1}	mu^{4}	khi^{7}	ʑoŋ^{6}
Liod	liub	mul	kik	yongs
牛	大	去	耙	田

牯牛帮我去犁田

兑	英	压	义	答
təi^{2}	ɣiŋ^{1}	ʑa^{4}	ȵi^{3}	ta^{6}
Deix	vingb	yal	nzid	das
哥	英	毒	心	死

英哥心里真歹毒

你	爹	答	高	候
ni^{2}	tie^{1}	ta^{4}	qau^{5}	həu^{6}
Nix	dieb	dal	ghaot	hous
他	杀	个	牯	牛

他把那牯牛杀死

阿	熟	囊	兄	刚
a^{5}	ɕiu^{4}	naŋ^{3}	ɕioŋ^{6}	kiaŋ^{6}
At	xiul	nangd	xiongs	giangs
做	腌肉	有	七	坛

腌制七大缸牛肉

九	偷	熟	几	娘
tɕiu^{2}	thəu^{1}	ɕiu^{4}	ki^{1}	niaŋ^{6}
Jiux	toub	xiul	gib	niangs
九	桶	腌肉	里	面

九桶腌肉存房间

候	跌	木	爹	仑
həu^{3}	tie^{3}	mu^{4}	tɛ^{7}	ləŋ^{6}
Houd	died	mul	daek	lengs
头	尾	去	夹	岩

牛头牛尾夹岩缝

兑	英	木	之	周
təi^{2}	ɣiŋ^{1}	mu^{4}	tɕi^{5}	tɕiu^{6}
Deix	vingb	mul	jit	jius
哥	英	去	天	庭

英哥上到天庭寨

木	分	败	接	结
mu^{4}	fəŋ^{1}	pai^{4}	tɕie^{8}	kie^{6}
Mul	fengb	bail	jief	gies
去	天	庭	告诉	雷

上天庭告诉雷公

爹	略	木	去	雍
tɛ^{3}	lio^{3}	mu^{4}	khi^{7}	ʑoŋ^{6}
Daed	liod	mul	kik	yongs
牵	牛	去	耙	田

牵那牯牛去犁田

瓦	去	准	足	之
va^{4}	khi^{7}	tɕiŋ^{2}	tɕiu^{4}	tɕi^{6}
Wal	kik	jingx	jiul	jis
我	耙	完	成	了

我已犁田完工了

上	之	引	败	猛
ɕiaŋ^{5}	tɕi^{5}	ɣiŋ^{2}	pai^{4}	moŋ^{6}
Xiangt	jit	vingx	bail	mongs
放	上	岭	坡	那

放牛到山坡吃草

芒　依　猛　压　答
maŋ^{8}　ɣi^{1}　moŋ^{2}　ʑa^{4}　ta^{6}
Mangf　vib　mongx　yal　das
那　岩　真　毒　死
那岩石真很凶残

昂　猛　略　木　之
ŋaŋ^{4}　moŋ^{2}　lio^{3}　mu^{4}　tɕi^{6}
Ngangl　mongx　liod　mul　jis
吞　你　牛　去　了
岩石吞你牯牛了

拉　芒　跌　芒　吗
lia^{7}　maŋ^{8}　tie^{3}　maŋ^{8}　ma^{6}
Liak　mangf　died　mangf　mas
剩　那　尾　那　眼睛
只剩下那尾和头

猛　打　列　乙　结
moŋ^{2}　ta^{2}　lie^{5}　ʑi^{6}　kie^{6}
Mongx　dax　liet　yis　gies
你　来　看　呀　雷公
雷公下凡间看看

猛　打　空　丢　乌
moŋ^{2}　ta^{2}　qhoŋ^{1}　tiu^{5}　vu^{6}
Mongx　dax　khongb　diut　wus
你　来　莫　用　力
你不要用大力拉

猛 打 到 丢 乌
moŋ^{2} ta^{2} tau^{5} tiu^{5} vu^{6}
Mongx dax daot diut wus
你 来 要 用 力
如果你用大力拉

七 良 着 跌 泵
tɕhi^{7} liaŋ^{4} tɕio^{2} tie^{3} poŋ^{6}
Qik liangl jiox died bongs
一会 断 条 尾巴 掉
恐怕扯断牛尾巴

凹 兑 志 正 吗
au^{1} təi^{2} tɕi^{3} tsəŋ^{5} ma^{6}
Aob deix jid zengt mas
两 兄 弟 睁 眼睛
恐怕我俩成冤家

结 嗦 结 写 呀
kie^{6} ɬau^{5} kie^{6} sɛ^{5} ɣa^{6}
Gies dlaot gies saet vas
雷公 拔 雷公 刀 利
雷公拔出一把刀

送 撇 依 灾 刀
ɬoŋ^{7} phɛ^{1} ɣi^{1} tsɛ^{5} tau^{6}
Dlongk paeb vib zaet daos
要 劈 石 岩 破
劈那石头破半边

依	灾	马	到	龙
ɣi^{1}	tsɛ^{5}	ma^{2}	tau^{5}	loŋ^{6}
Vib	zaet	max	daot	longs
石	岩	没	有	石缝

岩石中间无石缝

马	学	候	瓜	爹
ma^{2}	ɬio^{8}	həu^{3}	qa^{6}	tɛ^{6}
Max	dliof	houd	ghas	daes
不	扯	头	那	里

不见岩石吞牛头

兑	结	婆	泵	哩
təi^{2}	kie^{6}	pho^{1}	poŋ^{5}	li^{6}
Deix	gies	pob	bongt	lis
公	雷	生	气	了

雷公真是很愤怒

结	月	英	沛	娘
tɕie^{6}	vie^{6}	ɣiŋ^{1}	phɛ^{5}	niaŋ^{6}
Jies	wies	vingb	paet	niangs
辗	转	英	房	内

雷公查看英房间

沛	娘	追	丢	刚
phɛ^{5}	niaŋ^{6}	tsəi^{1}	tiu^{5}	kaŋ^{6}
Paet	niangs	zeib	diut	gangs
房	内	五	六	坛

房内有五六大坛

九 偷 熟 几 娘
tɕiu^{2} thəu^{1} ɕiu^{4} ki^{1} niaŋ^{6}
Jiux toub xiul gib niangs
九 桶 腌肉 里 面
九桶牛肉来腌制

英 咪 吓 之 松
ɤiŋ^{1} mi^{6} ɬia^{4} tɕi^{5} ɬoŋ^{6}
Vingb mis dlial jit dlongs
英 妈 走 上 坳
英哥妈妈上山坳

根 荣 松 阿 拉
qəŋ^{1} voŋ^{4} soŋ^{1} a^{5} la^{6}
Ghengb wongl songb at las
底 悬 崖 开 荒地
在那山崖底种地

你 的 丁 罗 扫
ni^{2} ti^{1} tiŋ^{6} lo^{6} sau^{6}
Nix dib dings los saos
她 架 桥 才 到
要架桥才到那地

兑 英 接 花 分
təi^{2} ɤiŋ^{1} tɕie^{8} fa^{1} fəŋ^{6}
Deix vingb jief fab fengs
哥 英 告诉 猴 子
英哥告诉那群猴

你　列　木　约　丁
ni^{2} lɛ^{5} mu^{4} ʑo^{7} tiŋ^{6}
Nix laet mul yok dings
她　过　去　拆　桥
猴群过桥拆桥架

咪　劳　咪　末　泵
mi^{6} lau^{4} mi^{6} mo^{8} poŋ^{6}
Mis laol mis mof bongs
妈　来　妈　摔　跤
英妈过桥被摔伤

邦　泵　布　几　义
paŋ^{1} poŋ^{6} pu^{6} ki^{4} ȵi^{6}
Bangb bongs bus gil nzis
摔　跤　进　底　沟
滚下桥底那深沟

兑　英　罗　贾　劳
təi^{2} ɣiŋ^{1} lo^{6} tɕia^{2} lau^{4}
Deix vingb los jiax laol
哥　英　才　讲　来
英哥这样把话说

答　爹　阿　兑　劳
ta^{4} tɛ^{6} a^{5} təi^{2} lau^{4}
Dal daes at deix laol
个　哪　做　哥　大
谁是排行当大哥

答	阿	罗	打	木
ta^{4}	a^{1}	lo^{6}	ta^{2}	mu^{4}
Dal	ab	los	dax	mul
个	那	就	走	去

那个就应该前往

木	哎	咪	往	羊
mu^{4}	ai^{7}	mi^{6}	vaŋ^{2}	ɣaŋ^{4}
Mul	aik	mis	wangx	vangl
去	背	妈	回	寨

去把妈妈背回家

约	结	阿	兑	劳
ʑo^{6}	kie^{6}	a^{5}	təi^{2}	lau^{4}
Yos	gies	at	deix	laol
个	雷公	排	哥	大

雷公排行是大哥

木	哎	咪	往	羊
mu^{4}	ai^{7}	mi^{6}	vaŋ^{2}	ɣaŋ^{4}
Mul	aik	mis	wangx	vangl
去	背	妈	回	寨

雷公背妈妈回家

咪	木	丢	送	丢
mi^{6}	mu^{1}	tiu^{5}	soŋ^{2}	tiu^{4}
Mis	mub	diut	songx	diul
妈	病	躺	床	铺

妈妈病重卧床上

约	英	改	贾	劳
ʑo^{6}	ɣiŋ^{1}	qai^{3}	tɕia^{2}	lau^{4}
Yos	vingb	ghaid	jiax	laol
哥	英	又	讲	来

英哥这样把话说

约	约	意	无	咪	九	木
ʑo^{6}	ʑo^{6}	ʑi^{3}	vu^{3}	mi^{6}	tɕiu^{2}	mu^{4}
Yos	yos	yid	wud	mis	jiux	mul
人	人	要	守	妈	九	夜

每人要守妈九夜

咪	答	丢	答	勾	许	败
mi^{6}	ta^{6}	tiu^{5}	ta^{4}	qəu^{5}	ɕi^{2}	pai^{4}
Mis	das	diut	dal	ghout	xix	bail
妈	死	给	哪	个	人	手

哪个服侍妈老去

答	阿	毕	到	咪	泵	业
ta^{4}	a^{1}	pi^{5}	tau^{5}	mi^{6}	poŋ^{2}	nie^{4}
Dal	ab	bit	daot	mis	bongx	niel
个	哪	就	得	妈	泵	业

哪个拥有泵业田

文	久	秧	九	无
vəŋ^{4}	tɕiu^{6}	ɣaŋ^{6}	tɕiu^{2}	vu^{4}
Wengl	jius	vangs	jiux	wul
田	久	秧	九	万

拥有久秧①数万田

约	麦	改	贾	劳
ʑo^{6}	mai^{4}	qai^{3}	tɕia^{2}	lau^{4}
Yos	mail	ghaid	jiax	laol
妹	麦	又	讲	来

麦妹也讲公道话

门	兄	哪	败	灯
məŋ^{1}	ɕioŋ^{6}	na^{2}	pai^{1}	təŋ^{4}
Mengb	xiongs	nax	baib	dengl
你们	七	人	男	人

你们七个大男人

别	吊	兄	根	年
pɛ^{1}	tio^{7}	ɕioŋ^{2}	qəŋ^{1}	niŋ^{4}
Baeb	diok	xiongx	ghengb	ningl
背	刀	顺	后	背

每人腰间佩宝剑

---

①久秧：苗语“jius vangs”的音译，地名，今址不详。此句意思是拥有宽阔、平坦的整片良田。九万是虚数，泛指很多。

西 劳 两 雍 纳
ɕi^{5} lau^{8} liaŋ^{2} ʑoŋ^{1} na^{4}
Xit laof liangx yongb nal
相 抢 田 雍 纳
大家争抢雍纳田

瓦 芒 哪 别 由
va^{4} maŋ^{8} na^{2} pɛ^{1} ʑəu^{4}
Wal mangf nax baeb youl
我 个 人 女 孩
我是一个温柔女

芒 靠 兄 根 年
maŋ^{8} qhau^{7} ɕioŋ^{2} qəŋ^{1} niŋ^{4}
Mangf khaok xiongx ghengb ningl
那 裙子 穿 半 身
经常穿裙子在身

瓦 古 马 拉 文
va^{4} qo^{5} ma^{2} lia^{1} vəŋ^{4}
Wal ghot max liab wengl
我 也 不 想 田
我不想要那良田

马 用 两 雍 纳
ma^{2} ʑoŋ^{4} liaŋ^{2} ʑoŋ^{1} na^{4}
Max yongl liangx yongb nal
不 要 田 雍 纳
不争雍纳那良田

英	无	咪	底	木
ɣiŋ1	vu3	mi6	ti2	mu4
Vingb	wud	mis	dix	mul
英	守	妈	一	夜

英哥守妈妈一夜

英	号	纠	冬	熟
ɣiŋ1	hau5	tɕiu6	tioŋ2	səu4
Vingb	haot	jius	diongx	soul
英	煮	一	筒	米

英哥只煮一筒米

弱	多	斗	哑	本
ȵio8	tio6	təu5	ʑa6	pəŋ4
Nziof	dios	dout	yas	bengl
双	筷	竹	子	放

又放一双竹筷子

咪	厚	乌	马	劳
mi6	həu7	vu6	ma2	lau4
Mis	houk	wus	max	laol
妈	喝	力气	不	来

妈妈喝粥气微弱

号	答	古	马	良
hau5	ta6	qo5	ma2	liaŋ4
Haot	das	ghot	max	liangl
要	死	也	不	断气

妈妈将死未断气

号	乌	古	马	劳
hau^{5}	vu^{6}	qo^{5}	ma^{2}	lau^{4}
Haot	wus	ghot	max	laol
要	活	也	不	来

妈妈没苏醒过来

英	上	号	雍	纳	泵	业
ɣiŋ^{1}	ɕiaŋ^{5}	hau^{7}	ʑoŋ^{1}	na^{4}	poŋ^{2}	nie^{4}
Vingb	xiangt	haok	yongb	nal	bongx	niel
英	想	占	雍	纳	良	田

英哥想霸雍纳田

英	沃	呀	显	败
ɣiŋ^{1}	vo^{8}	ʑa^{6}	ɬiŋ^{2}	pai^{4}
Vingb	wof	yas	dlingx	bail
英	忍	心	伸	手

英哥忍心伸出手

木	囊	咪	工	几
mu^{4}	naŋ^{8}	mi^{6}	qoŋ^{2}	ki^{4}
Mul	nangf	mis	ghongx	gil
去	掐	妈	脖	子

伸手掐妈妈脖子

咪	约	乌	哪	劳
mi^{6}	ʑo^{7}	vu^{6}	na^{2}	lau^{4}
Mis	yok	wus	nax	laol
妈	断	气	人	老

妈妈挣扎断了气

累	兄	努	桑	压
ləi^{5}	ɕioŋ^{6}	nəu^{2}	saŋ^{1}	ʑa^{4}
Leit	xiongs	noux	sangb	yal
月	七	吃	粗	粮

七月青黄吃粗粮

孖	拉	打	汤	肚
ȵ̊ia^{8}	la^{6}	ta^{2}	thioŋ^{1}	dəu^{4}
Nziaf	las	dax	tiongb	doul
粮	杂	来	填	肚

旱粮杂粮来充饥

丢	约	木	西	到
tiu^{5}	ʑo^{6}	mu^{4}	ɕi^{1}	tau^{4}
Diut	yos	mul	xib	daol
六	人	去	找	柴火

六个人上山砍柴

木	喇	拉	东	荣
mu^{4}	la^{2}	la^{6}	tioŋ^{1}	voŋ^{4}
Mul	lax	las	diongb	wongl
去	砍	地	中间	陡坡

在那陡坡开荒地

兑	英	阿	夜	凶	根	劳
təi^{2}	ɣiŋ^{1}	a^{5}	ɣie^{7}	ɕioŋ^{2}	qəŋ^{1}	lau^{4}
Deix	vingb	at	viek	xiongx	ghengb	laol
哥	英	偷	偷	跟随	后	来

英哥偷偷跟随来

英	偷	准	扭	到
ɣiŋ^{1}	təu^{7}	tɕiŋ^{2}	niu^{1}	tau^{4}
Vingb	douk	jingx	niub	daol
英	制	成	种	火

英哥制成小火种

夜	沛	等	雍	到
ɣie^{7}	phɛ^{5}	ɬəŋ^{2}	ʑoŋ^{1}	tau^{4}
Viek	paet	dlengx	yongb	daol
偷	坡	底	放	火

英哥坡底偷放火

到	足	布	凹	当
tau^{4}	tɕiu^{3}	pu^{6}	au^{1}	taŋ^{4}
Daol	jiud	bus	aob	dangl
火	燃	进	两	边

火苗蹿到坡两头

拉	业	江	江	答
la^{1}	nie^{4}	tɕiaŋ^{6}	tɕiaŋ^{1}	ta^{4}
Lab	niel	jiangs	jiangb	dal
个	火焰	像	杉	木

火苗像杉木般高

拉	弱	江	号	由
la^{1}	ȵiu^{5}	tɕiaŋ^{6}	hau^{1}	ʑəu^{4}
Lab	nziut	jiangs	haob	youl
个	烟雾	像	乌	云

烟雾像天空乌云

之	约	改	花	纳
tɕi^{5}	ʑo^{2}	qai^{3}	fa^{1}	na^{4}
Jit	yox	ghaid	fab	nal
风	飘	又	翻	滚

大风助燃火更猛

丢	约	刀	夸	到
tiu^{5}	ʑo^{6}	tau^{6}	kha^{1}	tau^{4}
Diut	yos	daos	kab	daol
六	人	挨	烧	火

六个人却被火烧

嗒	你	罗	珍	合
ta^{1}	ni^{2}	lo^{6}	tsɛ^{3}	ho^{4}
Dab	nix	los	zaed	hol
们	他	才	逃	跑

六个人各自逃命

结	之	瓦	嗦	羊
kie^{6}	tɕi^{5}	va^{2}	ɬau^{1}	ɣaŋ^{4}
Gies	jit	wax	dlaob	vangl
雷公	上	天	空	寨

雷公逃命跑上天

社	造	引	纠	到
ɬie^{7}	tsau^{7}	ɣiŋ^{2}	tɕiu^{1}	tau^{4}
Dliek	zaok	vingx	jiub	daol
熊	跑	岭	山	林

狗熊逃命进森林

俺	布	泵	凹	能
an^{7}	pu^{6}	poŋ^{2}	əu^{1}	nəŋ^{4}
Ank	bus	bongx	oub	nengl
龙	进	滩	河	下游

龙逃命进大河滩

虽	布	引	依	荣
səi^{4}	pu^{6}	ɣiŋ^{2}	ɣi^{1}	voŋ^{4}
Seil	bus	vingx	vib	wongl
蛇	进	岭	岩	崖

蛇逃命钻进岩洞

秀	布	引	分	败
ɕiu^{3}	pu^{6}	ɣiŋ^{2}	fəŋ^{1}	pai^{4}
Xiud	bus	vingx	fengb	bail
虎	进	岭	深	山

老虎逃命进深山

秀	水	刀	夸	到
ɕiu^{3}	səi^{2}	tau^{6}	kha^{1}	tau^{4}
Xiud	seix	daos	kab	daol
虎	也	被	烧	火

老虎也被火烧身

挪	干	九	拉	佛
nio^{6}	qan^{7}	tɕiu^{2}	la^{1}	χu^{4}
Nios	ghank	jiux	lab	hvul
花	纹	九	个	圈

身纹就像九个圈

兄	铁	五	东	肚
ɕioŋ^{6}	thɛ^{5}	vu^{2}	tioŋ^{1}	təu^{4}
Xiongs	taet	wux	diongb	doul
七	圈	箍	中间	肚

就像七圈套肚皮

磨	布	归	枪	农
mo^{7}	pu^{6}	kiu^{3}	tɕhiaŋ^{1}	ȵoŋ^{4}
Mok	bus	giud	qiangb	nzongl
猫	进	角	粮	仓

猫逃命进粮仓角

磨	古	马	奈	足
mo^{7}	qo^{5}	ma^{2}	nai^{7}	tɕiu^{4}
Mok	ghot	max	naik	jiul
猫	也	不	动	完

猫身也被烧一半

农	磨	罗	沙	桑
noŋ^{3}	mo^{7}	lo^{6}	ɬa^{1}	saŋ^{4}
Nongd	mok	los	dlab	sangl
现	猫	才	黑	色

猫现在才变花黑

英	阿	载	平	越
ɤiŋ^{1}	a^{5}	tsai^{3}	phiŋ^{6}	vie^{4}
Vingb	at	zaid	pings	wiel
英	建	房	泡	桐

英哥用泡桐做屋

结 打 仑 跌 社
kie^{6} ta^{2} ləŋ^{4} tie^{6} ɕie^{4}
Gies dax lengl dies xiel
雷公 来 拆 散 完
雷公又来拆掉它

英 显 收 那 敖
ɣiŋ^{1} ɬiŋ^{2} χu^{1} na^{6} au^{7}
Vingb dlingx hvub nas aok
英 给 话 问 鸭
英哥烦恼问鸭子

猛 努 足 社 定
moŋ^{2} nəu^{2} tɕiu^{4} ɕie^{6} tiŋ^{7}
Mongx noux jiul xies dingk
你 吃 尽 所 有
你啥东西都吃到

磨 许 罗 吗 内
mo^{1} ɕi^{2} lo^{6} ma^{6} nəi^{7}
Mob xix los mas neik
什 么 才 软 些
什么事物软又滑

敖 显 雷 江 昂
au^{7} ɬiŋ^{2} ləi^{4} tɕiaŋ^{6} ŋa^{7}
Aok dlingx leil jiangs ngak
鸭 给 话 给 小孩
鸭子给英这样说

乌	到	罗	吗	义
vo^{1}	tau^{5}	lo^{6}	ma^{6}	ȵi^{7}
Wob	daot	los	mas	nzik
青	苔	才	软	绵

山里青苔最软滑

兑	英	吓	纠	松
təi^{2}	ɣiŋ^{1}	ɬia^{4}	tɕiu^{6}	ɬoŋ^{6}
Deix	vingb	dlial	jius	dlongs
哥	英	走	山	坳

英哥步行到山坳

斗	秀	溜	阿	东
təu^{5}	ɕiu^{3}	liu^{4}	a^{5}	toŋ^{6}
Dout	xiud	liul	at	dongs
萗	艾	秆	做	柱子

砍那艾秆做柱子

仰	瓜	劳	阿	无
ȵaŋ^{2}	qa^{1}	lau^{4}	a^{5}	vo^{6}
Nzangx	ghab	laol	at	wos
茅	草	来	做	桁条

割茅草来做桁条

乌	到	劳	操	载
vo^{1}	tau^{5}	lau^{4}	tshau^{5}	tsai^{3}
Wob	daot	laol	caot	zaid
青	苔	来	盖	屋

要那青苔当瓦盖

结　打　结　楼　泵
kie6　ta2　kie6　ləu4　poŋ6
Gies　dax　gies　loul　bongs
雷公　来　雷公　滑　倒
雷公踩滑摔倒地

帮　泵　列　根　义
paŋ1　poŋ4　lɛ6　qəŋ1　ȵi6
Bangb　bongl　laes　ghengb　nzis
滑　倒　进　底　沟
雷公跌进屋檐沟

英　韦　结　罗　哥
ɣiŋ1　vai4　kie6　lo6　ko6
Vingb　wail　gies　los　gos
英　捉　雷公　才　捉住
英哥才活捉雷公

党　结　列　农　兴
tam3　kie6　lɛ6　ȵoŋ4　ɕiŋ6
Damd　gies　laes　nzongl　xings
关　雷公　进　仓　铁线
雷公被关进铁笼

党　结　列　农　拉
tam3　kie6　lɛ6　ȵoŋ4　la4
Damd　gies　laes　nzongl　lal
关　雷公　进　仓　移动
雷公关在铁笼里

咪	斗	劳	凹	当
mi^{1}	təu^{5}	lau^{8}	au^{1}	taŋ^{4}
Mib	dout	laof	aob	dangl
要	木	插	两	头

用木条固定两头

到	浪	聂	号	足
tau^{5}	ɬaŋ^{6}	ȵai^{2}	hau^{1}	tɕiu^{4}
Daot	dlangs	nzaix	haob	jiul
要	震	耳	头	完

雷公被震耳欲聋

结	各	跌	筛	羊
kie^{6}	ko^{4}	tie^{6}	sai^{1}	ɣaŋ^{4}
Gies	gol	dies	saib	vangl
雷公	叫	很	响	寨

雷公叫喊响村寨

英	样	结	底	到
ɣiŋ^{1}	ʑaŋ^{7}	kie^{6}	ti^{2}	tau^{4}
Vingb	yangk	gies	dix	daol
英	让	雷公	一	次

英哥得意问雷公

吗	内	马	根	不
ma^{6}	nəi^{7}	ma^{2}	qiŋ^{1}	pu^{4}
Mas	neik	max	ghingb	bul
软	些	不	朋	友

雷公舒服不舒服

党	结	九	哪	当
tam^{3}	kie^{6}	tɕiu^{2}	na^{1}	taŋ^{4}
Damd	gies	jiux	nab	dangl
关	雷公	九	天	半

禁闭雷公九天半

兄	芒	马	巴	熟
ɕioŋ^{6}	maŋ^{5}	ma^{2}	pa^{1}	səu^{4}
Xiongs	mangt	max	bab	soul
七	夜	不	给	饭

七天七夜不给吃

内	乌	仅	根	肚
nəi^{7}	vu^{6}	kiŋ^{3}	qəŋ^{1}	təu^{4}
Neik	wus	gingd	ghengb	doul
一点	气力	仅	底	肚子

身体仅有一点气

结	岗	江	能	乡
kie^{6}	kiaŋ^{5}	tɕiaŋ^{6}	nəŋ^{1}	ɕiaŋ^{4}
Gies	giangt	jiangs	nengb	xiangl
雷公	干	像	蛇	腊

雷公瘦干如腊蛇

改	让	达	配	麦
qai^{3}	ȵiaŋ^{1}	ta^{1}	phɛ^{7}	mai^{4}
Ghaid	nziangb	dab	paek	mail
又	有	姑	娘	麦

现在有个麦姑娘

社	候	凹	接	弱
sɛ^{3}	həu^{3}	əu^{1}	tsɛ^{6}	ȵiu^{4}
Saed	houd	oub	zaes	nziul
洗	头	水	米	醋

麦妹用醋水洗头

瓜	拉	拉	打	木
qa^{6}	la^{5}	la^{1}	ta^{2}	mu^{4}
Ghas	lat	lab	dax	mul
又	溅	滴	出	去

醋水溅出一滴水

木	衣	结	英	芒
mu^{4}	ʑi^{6}	kie^{6}	ɣiŋ^{2}	maŋ^{4}
Mul	yis	gies	vingx	mangl
去	对	雷公	角	脸

溅水到雷公脸庞

结	列	兄	引	农
kie^{6}	lɛ^{5}	ɕioŋ^{6}	ɣiŋ^{2}	ȵoŋ^{4}
Gies	laet	xiongs	vingx	nzongl
雷公	过	七	角	笼

雷公苏醒躲笼角

结	显	雷	号	麦
kie^{6}	ɬiŋ^{2}	ləi^{4}	hau^{5}	mai^{4}
Gies	dlingx	leil	haot	mail
雷公	给	话	给	麦

雷公把话问麦妹

让	闹	马	乙	麦
ȵiaŋ^{1}	nau^{5}	ma^{2}	ʑi^{4}	mai^{4}
Nziangb	naot	max	yil	mail
有	多	不	耶	麦

酸醋米水有多吗

巴	丢	郎	瓦	雍
pa^{1}	tiu^{5}	laŋ^{2}	va^{4}	ȵoŋ^{6}
Bab	diut	langx	wal	nzongs
送	来	自己	我	喝

送醋水来给我喝

社	六	来	瓦	答
ɕie^{1}	ləu^{5}	lai^{2}	va^{4}	ta^{6}
Xieb	lout	laix	wal	das
怕	饿	久	我	死

恐怕久饿我会死

麦	学	九	号	当
mai^{4}	ɕio^{7}	tɕiu^{2}	hau^{6}	taŋ^{4}
Mail	xiok	jiux	haos	dangl
麦	舀	九	瓢	半

麦妹端来九碗水

兄	凶	凹	打	木
ɕioŋ^{6}	ɕioŋ^{1}	əu^{1}	ta^{2}	mu^{4}
Xiongs	xiongb	oub	dax	mul
七	碗	水	来	去

端七碗水给雷公

结	厚	结	到	乌
kie^{6}	həu^{7}	kie^{6}	tau^{5}	vu^{6}
Gies	houk	gies	daot	wus
雷公	喝	雷公	有	力

雷公喝水有力气

结	花	雷	丢	麦
kie^{6}	fa^{1}	ləi^{4}	tiu^{5}	mai^{4}
Gies	fab	leil	diut	mail
雷	讲	话	给	麦

雷公对麦妹说话

猛	木	飞	内	麦
moŋ^{2}	mu^{4}	fai^{1}	nəi^{7}	mai^{4}
Mongx	mul	faib	neik	mail
你	去	远	点	麦

麦妹站远一点点

瓦	撇	农	六	泵
va^{4}	phɛ^{1}	ȵoŋ^{4}	ləu^{5}	poŋ^{6}
Wal	paeb	nzongl	lout	bongs
我	劈	仓	铁	了

我用力劈开铁笼

着	溜	良	阿	兄
tɕio^{2}	liu^{1}	liaŋ^{4}	a^{5}	ɕioŋ^{6}
Jiox	liub	liangl	at	xiongs
条	大	断	做	七

粗大铁条断七节

约 木 蒙 桑 晒
ʑo^{2} mu^{4} moŋ^{1} saŋ^{5} sai^{6}
Yox mul mongb sangt sais
瓢 去 乱 纷 飞
铁条弹出满天飞

瓦 木 瓦 之 周
va^{4} mu^{4} va^{4} tɕi^{5} tɕiu^{6}
Wal mul wal jit jius
我 去 我 上 天
我出来要上天庭

瓦 嗦 木 阿 载
va^{2} ɬau^{1} mu^{4} a^{5} tsai^{6}
Wax dlaob mul at zais
天 庭 去 做 屋
在天庭上建房子

瓦 木 瓦 列 周
va^{4} mu^{4} va^{4} lɛ^{5} tɕiu^{6}
Wal mul wal laet jius
我 去 我 看 上游
回去我拜访水神

分 瓦 劳 农 劳
fəŋ^{1} va^{2} lau^{4} noŋ^{6} lau^{6}
Fengb wax laol nongs laos
天 上 来 雨 大
天庭将要下暴雨

打	敲	略	觉	刀
ta^{2}	qhau^{1}	lio^{4}	tɕio^{7}	tau^{6}
Dax	khaob	liol	jiok	daos
下	冰	雹	下	来

天空将要下冰雹

些	英	能	哈	麦
ɕie^{1}	ɣiŋ^{1}	nəŋ^{4}	ha^{7}	mai^{4}
Xieb	vingb	nengl	hak	mail
怕	洪	水	了	麦

哈麦恐怕遇洪灾

罗	答	兑	英	木
lo^{6}	ta^{6}	təi^{2}	ɣiŋ^{1}	mu^{4}
Los	das	deix	vingb	mul
才	死	哥	英	去

洪水将淹死英哥

瓦	江	最	都	丢
va^{4}	tɕiaŋ^{6}	tsəi^{3}	təu^{1}	tiu^{4}
Wal	jiangs	zeid	doub	diul
我	给	葫	芦	瓜

我送一粒葫芦种

最	都	江	猛	直
tsəi^{3}	təu^{1}	tɕiaŋ^{6}	moŋ^{2}	tɕi^{4}
Zeid	doub	jiangs	mongx	jil
葫	芦	给	你	种

葫芦种子给你种

败	爹	你	溜	劳
pai^{1}	tie^{5}	ni^{2}	liu^{1}	lau^{4}
Baib	diet	nix	liub	laol
三	早	它	大	来

葫芦三天就长大

别	固	九	拉	东
pɛ^{6}	qu^{7}	tɕiu^{2}	la^{1}	tioŋ^{4}
Baes	ghuk	jiux	lab	diongl
藤	攀	九	条	山谷

瓜藤攀爬九条沟

婆	本	江	拉	羊
phu^{3}	pəŋ^{2}	tɕiaŋ^{6}	la^{1}	ɣaŋ^{4}
Pud	bengx	jiangs	lab	vangl
开	花	似	个	寨

葫芦花有村寨大

准	最	江	拉	农
tɕiŋ^{2}	tsəi^{3}	tɕiaŋ^{6}	la^{1}	ȵoŋ^{4}
Jingx	zeid	jiangs	lab	nzongl
结	果	像	个	粮仓

结果大像个粮仓

累	九	打	敲	略
ləi^{5}	tɕiu^{2}	ta^{2}	qhau^{1}	lio^{4}
Leit	jiux	dax	khaob	liol
月	九	下	冰	雹

九月天空下冰雹

累	足	到	英	能
ləi^{5}	tɕiu^{8}	tau^{5}	ɣiŋ^{1}	nəŋ^{4}
Leit	jiuf	daot	vingb	nengl
月	十	发	洪	灾

十月就发洪水灾

猛	布	最	都	丢
moŋ^{2}	pu^{6}	tsəi^{3}	təu^{1}	tiu^{4}
Mongx	bus	zeid	doub	diul
你	进	葫	芦	瓜

你就钻进葫芦内

甭	扫	瓦	嗦	羊
phoŋ^{8}	sau^{6}	va^{2}	ɬau^{1}	ɣaŋ^{4}
Pongf	saos	wax	dlaob	vangl
浮	上	天	庭	寨

葫芦漂浮上天庭

阿	罗	马	答	猛	根	乙
a^{5}	lo^{6}	ma^{2}	ta^{6}	moŋ^{2}	qəŋ^{1}	ʑi^{4}
At	los	max	das	mongx	ghengb	yil
这	样	不	死	你	小	辈

姑娘麦妹才不死

足	兄	桑	英	谁
tɕiu^{8}	ɕioŋ^{6}	saŋ^{2}	ʑiŋ^{1}	səi^{4}
Jiuf	xiongs	sangx	yingb	seil
十	七	层	冤	案

酿成十七件冤案

罗　阿　准　英　能
lo^{6}　a^{5}　tɕiŋ^{2}　ɣiŋ^{1}　nəŋ^{4}
Los　at　jingx　vingb　nengl
才　酿　成　洪　水
才酿成那洪水灾

拉　周　党　分　跌
la^{7}　tɕiu^{6}　taŋ^{2}　fəŋ^{1}　tie^{4}
Lak　jius　dangx　fengb　diel
个　上游　淹没　天　下
凡间被洪水淹没

略　扫　党　昭　羊
lio^{8}　sau^{6}　taŋ^{2}　tsau^{1}　ɣaŋ^{4}
Liof　saos　dangx　zaob　vangl
淹　到　党　昭　寨
党昭①寨子被淹没

一　东　党　潘　林
ʑi^{1}　toŋ^{6}　taŋ^{2}　phan^{1}　lin^{4}
Yib　dongs　dangx　panb　linl
一　东　淹　全　部
一东②寨子被淹没

①党昭：苗语“dangx zaob”的音译，地名，今址不详。
②一东：苗语“yib dongs”的音译，地名，今址不详。

温 兴 罗 甭 足
vəŋ^{6} ɕiŋ^{6} lo^{6} phoŋ^{1} tɕiu^{4}
Wengs xings los pongb jiul
万 物 都 漂 完
大地万物都漂浮

甭 扫 瓦 嗦 羊
phoŋ^{8} sau^{6} va^{2} ɬau^{1} ɣaŋ^{4}
Pongf saos wax dlaob vangl
浮 到 天 庭 寨
万物浮到天庭寨

罗 答 哪 纠 足
lo^{6} ta^{6} na^{2} tɕiu^{1} tɕiu^{4}
Los das nax jiub jiul
都 死 人 类 完
凡间人类都死绝

孖 布 重 夫 羊
ȵia^{6} pu^{6} tɕioŋ^{2} χu^{1} ɣaŋ^{4}
Nzias bus jiongx hvub vangl
跟 进 蕨 根 寨
葫芦漂进蕨根寨

意 布 矮 呆 乙
ʑi^{3} pu^{6} ŋie^{2} tai^{1} ɣi^{4}
Yid bus ngiex daib vil
差点 进 野 猪 窝
差点漂进野猪窝

到	布	依	嗦	羊
tau^{4}	pu^{6}	ɣi^{1}	ɬau^{1}	ɣaŋ^{4}
Daol	bus	vib	dlaob	vangl
火	进	石	白	寨

火星飘进白石寨

英	能	几	周	无
ɣiŋ^{1}	nəŋ^{4}	ki^{1}	tɕiu^{6}	vu^{7}
Vingb	nengl	gib	jius	wuk
洪	水	上	游	来

洪水洪灾从天降

敲	略	花	江	宋
qhau^{1}	lio^{4}	fa^{1}	tɕiaŋ^{6}	soŋ^{7}
Khaob	liol	fab	jiangs	songk
冰	雹	下	像	罐

冰雹大像那罐子

爹	农	载	吗	共
tie^{1}	ȵoŋ^{4}	tsai^{3}	ma^{6}	kom^{7}
Dieb	nzongl	zaid	mas	gomk
砸	房	屋	软	完

房屋被冰雹砸烂

嗒	业	哪	劳	古	马	当
ta^{1}	nie^{7}	na^{2}	lau^{4}	qo^{5}	ma^{2}	taŋ^{7}
Dab	niek	nax	laol	ghot	max	dangk
小	孩	人	老	都	不	受

老人小孩顶不住

着	分	跌	答	共
tɕio^{2}	fəŋ^{1}	tie^{4}	ta^{6}	kom^{7}
Jiox	fengb	diel	das	gomk
整个	凡	间	死	绝

整个凡间人死绝

拉	许	杀	马	拉
la^{1}	ɕi^{2}	sa^{4}	ma^{2}	lia^{7}
Lab	xix	sal	max	liak
个	什么	都	不	剩

大地万物都死绝

足	兄	桑	英	谁
tɕiu^{8}	ɕioŋ^{6}	saŋ^{2}	ʑiŋ^{1}	səi^{4}
Jiuf	xiongs	sangx	yingb	seil
十	七	层	冤	案

这是十七件冤案

杀	多	兑	英	谁
sa^{4}	tio^{6}	təi^{2}	ɣiŋ^{1}	səi^{4}
Sal	dios	deix	vingb	seil
都	是	哥	英	案

都是英哥酿成案

斗	当	马	布	良
təu^{3}	tiaŋ^{6}	ma^{2}	pu^{1}	liaŋ^{4}
Doud	diangs	max	bub	liangl
判	案	不	知	断

判案永远不结案

桑	农	东	忍	纳
$saŋ^{4}$	$noŋ^{6}$	$tioŋ^{1}$	$ȵiŋ^{2}$	na^{4}
Sangl	nongs	diongb	nzingx	nal
段	这	中	忍	纳

这段演唱中忍纳

汉意译：

哪个来讲远古时？
我们述说古老时，
述说在远古时候，
述说在古老时候。
述说古时根省兑，
根省兑怎样形成，
述说符合历史事，
远古话说很清楚。
从前十二条大路，
大路在村头交叉，
大路泥土黄又亮，
述说十二首古歌。
古歌收藏在肚子，
古歌交织像渔网，
古歌像网油闪亮，
我们细选哪首好，
我们选择那首歌。
要唱那首根省兑，
唱那凡间根省兑，
我们叙述根省兑，
叙述根省兑那来。
述说符合历史事，
远古话说很清楚，
按照墨线成方圆，
墨线拉直墨线直，
凿洞莫改原线路，
不然横梁打不畅。
唱歌要从源头唱，
砍树要从树蔸砍，
不能在中间乱砍，
不能砍中间树杈，
这样唱歌好收尾。
大家好好听我唱，
聆听我来唱古歌，
我来唱一唱古歌。
以前地球很混沌，
地球就像那黑夜，
以前大地会移动，
群山峻岭会转动。
石头绿色和褐色，

黄泥土和浑浊水，
它们混淆在一起。
大地山川软绵绵，
软绵绵像那稀饭，
就像冻油结锅底。
那时大地在漂荡，
大地像男女一样，
大地山川软绵绵，
软绵绵像锅猪潲，
就像刚结那冻油。
从前那个根省兑，
那个凡间根省兑，
天庭派来四个人，
四个人是天庭人。
天庭王共和王工，
天庭王古和王杰，
把天庭拉近地球，
把地球拉近天庭，
他们在中间相遇，
河水转圈成池塘。
他们四人很凶恶，
他们训话又拍手，
他们一脚蹬大地，
大地凹坑水不流。
河水入坑成池塘，
河流下游无人走，
上游没有浮萍流，
大地没有昆虫叫，
树木浮满那河流。
这首歌是根省兑，
这是凡间根省兑。
唱完根省兑古歌，
现在要唱根忍纳，
叙述根忍纳古歌。
叙述凡间根忍纳，
五级梯子下凡间，
七节天梯下凡间，
才到凡间根忍纳。
不知天庭哪个人，
他那力气真很大，
他才走进根忍纳，
凡间才重现光芒。
不讲真是不知道，
一定告诉才知道，
天庭派来五个人，
九个人是天庭人，
他们住在分党寨，
居住在天庭顶端，
不知他是哪一个，
我来讲给你们听。
一个名叫金果立，
羊乡是个天庭人，
第三名叫金果肉，
工育是个天庭人，
沙刚也是天庭人，
沙共也是天庭人，
勾爹也是天庭人，
迎相也是天庭人，

五母也是天庭人，
他们都是聪明人。
他们去和天皇讲，
去天庭喊天皇来，
他们放天索下来，
把天庭往天空拉，
没有拉到天庭寨，
地球拉到半空中，
天空才明亮起来。
地上勉强照亮路，
没有照亮遍大地，
光芒照到那石坡，
只照亮一座山坡，
这节唱那根忍纳，
天庭下边根忍纳。
哪个从天庭下来，
来到凡间繁衍人，
繁衍凡间那万物？
航赌婆从天庭来，
王力也从天庭来，
他们都从天庭来，
来到那凡间繁衍。
他们生下那太阳，
太阳每天升天空，
太阳居住在天空。
航赌婆又生星星，
星星居住高坡上，
它靠吸空气养身。
航赌婆又生螺蛳，
螺蛳滑行溜下水，
经常吸烂泥养身。
航赌婆又生鬼魂，
鬼魂窜进那丛林，
经常在田野找虫，
捉那蚂蚱来养命。
这些生物哪个生？
都是航赌婆来生。
日久她又生月亮，
月亮经常挂天空，
月亮也住在天空，
月亮晚上才出来，
同是妈妈来生养。
航赌婆又来生风，
风从河下游吹起，
禾苗生长绿油油。
日久她又生下雪，
大雪把坳坡覆盖，
石缝涌出泉水来，
山泉涌来灌良田，
寨脚良田不干枯，
禾苗分蘖长得好。
后来又生羊瓜婆，
日久又来生下咪，
接着又生下麦妹。
两个天生长得美，
脸蛋白白又嫩嫩，
像山坡上樱桃花，
就像山坳杜鹃花，

她们两个还单身，
还未有人来娶亲。
航赌婆又生顶劳，
九天半了未生出，
还未生出那娘胎。
航赌婆肚子阵痛，
她对阿公把话说，
喊夏花公找柴刀。
阿公递一把利剑，
来剖妈妈那肚子，
这样孩子快出来。
现在顶劳把话答，
自己在娘胎里叫，
顶劳把话对妈说：
妈妈请你不要急，
我九天半才出生，
我那头发已长出，
胡须已经长满脸，
嘴里牙齿也长齐，
十个手指都长全，
九天半后就出世，
出生以后才见面。
顶劳同是妈妈生，
身体长得很粗壮，
不管哪个都不怕，
踏步踩在山坳上，
山坳被踩成山谷，
小溪沿着山谷流，
小溪流进整海寨，
大地山间和山坳，
大地丛林都照亮。
顶劳出生有神力，
顶劳坐着也驼背，
顶劳站立齐高山，
站立高到那云霄，
两只手臂去顶天，
把天顶上云霄去，
上到天庭里睡觉。
从前天空未打雷，
雷公未响震天地，
为何天空要打雷？
顶劳天生力气大，
伸手拍打雷公肚，
雷公疼痛嗷嗷叫，
那样天空才雷鸣，
雷公才往天上走，
这样中间才隔断。
太阳每天升天空，
普照天下亮堂堂。
那时顶劳已长成，
顶劳长寿三万年，
没有哪个嫁给他，
与他结伴成连理。
顶劳游荡天下走，
不知走过几条江，
不知跨越几座山，
没有姑娘来嫁他。
顶劳漫游回到家，

院子已有树长大，
乌鸦进房子做窝，
老鹰进屋来居住，
老虎匍匐在寨门，
野猪也进屋做窝，
寒鸡进屋来孵蛋。
顶劳这样把话说，
顶劳把话对咪说，
顶劳把话对麦说：
我们应该结连理。
他们结婚有七年，
未生养一个孩子，
凡间将要绝种了，
不知哪个来接班，
繁衍后代才是好。
从前顶劳已长成，
顶劳在凡间成长，
在泵业地方造田，
万亩良田在雍纳。
天庭有七个仙女，
七人身佩七把剑，
七人手拿七把扇，
翩翩从天上飞来，
齐降雍纳田嬉戏。
她们用脚踏禾苗，
她们用手捏鲫鱼，
蚌和螺蛳都死亡，
水田那黄鳝死亡。
顶劳真是很生气，
他织一床麻线网，
七百网眼一床网，
小的仙女钻出网，
捉住那仙女都由。
顶劳实在很生气，
拔出刀笼那柴刀，
想砍仙女那颈脖，
好在九个圈银护，
想砍仙女那手臂，
手戴银镯闪闪亮。
此时那仙女都由，
她对顶劳把话说：
阿哥不要把我杀，
让我来做你妻子，
让我陪伴你一生，
让我来凡间结婚，
凡间结婚过日子，
顶劳开心答应了。
顶劳杀头大牯牛，
召集全村众亲人，
迎娶那仙女都由。
他们在凡间结婚，
结婚两年生小孩，
结婚三年生小孩，
不知生了哪些人，
生了丁哥和读哥，
又生响哥和学哥，
又生一个哈麦妹，
又生一个网无哥，

又生一个叫斗哥，
又生一个名叫地，
一生共生八个人。
八个小孩在凡间，
都是顶劳来养育，
顶劳生养他们来，
他们都是凡间人，
这节唱为一段歌，
他们八个人种田，
都是吃米饭长大。
顶劳天生有力气，
养育千物和万物，
顶劳一生很勤劳。
邀请螺蛳去挖坳，
公鸡被邀请同行，
野猪被邀请同行，
狗和羊也一起去，
猪和马也一起去，
水牛被邀请同行，
它们去久汪造田。
那时没有那木钎，
没有工具来挖田，
都是用指甲来扒。
水牛用牛角凿岩，
野猪用嘴拱泥土，
用嘴巴来当铲用，
拱土铲土往前推，
开山劈坡好热闹，
推土埋了众条沟，
填土连接七个坳，
雍纳造田数万亩，
放了数千尾鱼苗。
鱼儿在田里畅游，
鱼儿条条长肥大。
第二代人又成婚，
不知哪个要成婚，
他们在凡间成婚，
哪个来促成这事？
凡间福瓜是一个，
埋瓜也算是一个，
他俩做成这件事。
麦妹出生在河边，
福哥长在河源头，
他们长得很俊俏，
怎样才能结连理，
凡间结婚在一起。
福哥天天来走寨，
福哥夜夜去伴妹。
现在麦妹喜开颜，
麦妹心里很钟情，
麦妹也一见钟情，
他们两个很中意，
怎样才能结成婚？
他们在凡间结婚，
养育男女都齐全。
接着第三代又来，
现有凡间那福哥，
福哥心仪那麦妹，

他们在凡间结婚，
一共生养八个人。
八个生活在凡间，
不知生养哪些人。
生下第一个雷公，
第二接着生下虎，
第三接着又生猫，
第四接着又生熊，
第五接着又生龙，
第六接着又生蛇，
第七接着又生英，
生下麦妹是满女。
他们生在中忍纳，
中忍纳里来生活，
来管理那中忍纳。
不知他们哪个人，
他下到那凡间来，
来造自然界万物，
万物生长在地球，
山场山坳闹喳喳。
天庭有那四个人，
四个都是天庭人，
他们从天庭下来，
夏花公是天庭人，
夏非婆是天庭人，
航赌婆是天庭人，
之力王是天庭人。
他们放下那天梯，
七节天梯下凡间，
他们往凡间屙屎，
他们撒尿在山坡。
山坡遍地长满苔，
多年嫩草绿油油，
满山芒草绿油油，
遍地长满那芒萁，
林中生长红血藤，
生长那粗壮龙藤，
寨头生长大龙藤，
山野又生泡桐树，
东坡山坳长椎木，
山沟野生粽叶竹，
陡坡长满鸭脚树，
村头寨脚长枫树，
又生荷木和光木，
又生梨树和柿树，
生桃树和杨梅树，
生芦笙竹和金竹，
生荷木和桐油树。
山间又长金樱花，
山坡长满杜鹃花，
坡顶开满那泡花，
樱桃花长在山槽，
映山红生在山崖。
这就是大地万物，
都生长在根忍纳，
都在根忍纳生活。
树木生长在山场，
大地树木会说话，

它们在山场会话，
树木也结双结对，
成双成对在丛林。
泡花金樱花结对，
樱桃花跟野杜鹃，
杜鹃花与金樱花，
梨树跟那柿子树，
桃树跟那杨梅树，
芦笙竹跟那金竹，
枫树跟那鸭脚树，
油茶树跟桐油树，
荷木树跟光木树，
同是生在根忍纳，
同在根忍纳生活。
第二代接着又来，
来生会鸣叫昆虫，
生养那长足蚂蚱，
生养那长衣螳螂，
生养那肥油禾虾，
生养那成群蟋蟀，
又生养牙无姑娘，
生养牙秧在凡间，
又生养那大黄蜂，
又来生养小蜜蜂，
又来生养那知了，
小蝉经常驻树杈，
又生养那屎壳郎，
又来生养那螺蛳，
又来生养那苍蝇，
又来生养那蝴蝶，
它们生在根忍纳，
它们长在根忍纳。
第三代接着又来，
又生山鼠和家鼠，
生养猴子在山崖，
山间生养果子狸，
黄猄在山间行走，
老虎在深山出没，
又来生养那野猫，
山谷生养那野猪，
又来圈养猪在栏，
又来生养大水牛，
又来生养牛和马，
山坡生养梅花鹿，
野鹿生活在山谷，
养那山羊吃羊瘪，
生养家狗来吃屎，
生养猫来护粮仓，
它们生在根忍纳，
它们长在根忍纳。
第四代接着又来，
又来生养黄鹂鸟，
又来生养红嘴鸟，
又来生养黑卷尾，
乌鸦生在半山坡，
生养喜鹊在村头，
生养燕子住屋檐，
生养鸬鹚在滩头，

生养白鹭在田间，
生养斑鸠在山场，
生养花雀丛林飞，
生养鹞鹰住山崖，
生养锦鸡住芒草，
生养锦鸡在山坳，
生养鹧鸪呱呱叫，
生养画眉在山坡，
生养山雀在山谷，
又来生养鸡和鹅，
公鸭母鸭满巷走，
这段演唱根忍纳，
演唱根忍纳生活。
第五代接着又来，
生养蚯蚓住坡地，
江河生养那河虾，
农田生养那蝼蛄，
又来生养水蜉蝣，
生养青蛙住田头，
又来生养蓝刀鱼，
又养金同鱼深潭，
鲮鱼生活在河滩。
这节是唱根忍纳，
都是生在根忍纳，
它们都是夏非养，
夏非生养数万物，
繁衍万物在凡间，
制定五方面理规，
制定六方面古规，
古规治理根忍纳，
古规管理根忍纳。
顶劳在凡间长大，
顶劳顶六很聪明，
顶劳顶六种杉木，
陡坡平地种杉木，
杉木种满岭和谷。
杉木百年长成材，
树蔸生长在大地，
树梢挺拔到天庭，
树梢飘扬触天庭，
天庭割来喂养马，
又割来喂养骡子。
凡间人讲是我种，
天庭人讲是我买，
花了八万两银子，
凡间人就是不卖，
双方官司打不完。
鸡鹅混杂弄不清，
鸭子混杂分不清，
双方官司打不完。
天庭这样把话说，
我养那鹅是良种，
三十斤重是我鹅，
凡间养殖鹅种小，
一只鹅有十斤重，
双方官司打不完，
这是第二回悬案。
山地有一条蚯蚓，

它上天庭去游玩，
戏弄那太阳妻子。
太阳公公心真恶，
他拿木棍来抽打，
蚯蚓死在路中间，
双方官司打不完。
凡间最美属牙无，
牙秧姑娘也漂亮，
脸蛋白嫩似雪山，
脸蛋透红似烧铁，
她们妈妈上天庭，
她们爸爸上天庭，
上到天庭看拉鼓，
滞留天庭九天半，
七个夜晚不返程，
遗留牙无在凡间，
遗留牙秧在凡间。
她们两个到寨脚，
寨脚丛林砍柴火，
看见那挺拔枫木，
牙无姑娘把话说：
枫木树呀枫木树，
你真长得很挺拔，
若你是青年走寨，
到了夜晚你就来，
你来和我谈恋爱。
此刻枫木把话说，
枫木把话问牙无：
我真不识你家门。
此时此刻牙无妹，
牙无这样把话说：
我沿路放那树叶，
待到夜晚你走寨，
沿着树叶找到我。
夜晚苗笛苗琴声，
苗歌对唱响彻寨，
对歌到半夜鸡叫，
半夜鸡叫不舍走，
伴妹到三更半夜。
此刻枫木后生哥，
换装变成大老虎，
它说饿了想吃肉，
它想生吃牙无妹，
吃完牙秧妹的肉，
仅剩下那牙无妹，
牙无急跑出门外，
去喊荷木树帮忙。
荷木树手拿把刀，
砍死那只公老虎，
老虎肉摆满地上。
等到第二天大亮，
住在坡上黑乌鸦，
它们飞到牙无家。
乌鸦这样把话讲，
乌鸦把话问牙无：
你分老虎肉五份，
分点肉给我们吃。
此时此刻牙无妹，

牙无这样把话答：
莫讲乞一份肉吃，
只怕你肚子不大。
牙无这样把话说：
只要你上天庭去，
叫我爸妈下凡间，
我缝一件新衣服，
缝制黑衣给你穿。
乌鸦悠然飞上天，
乌鸦飞到了天庭，
乌鸦飞落枫树上，
乌鸦嗷哇嗷哇叫，
乌鸦喊叫不清楚，
人人拿筀竿驱赶。
乌鸦知趣转回来，
乌鸦把话说牙无：
我那叫声不清楚，
我叫半天也不回，
你另外请别人去。
又叫喜鹊上天庭：
我又缝一件衣服，
缝制花衣给你穿。
喜鹊悠然飞上天，
喜鹊飞到了天庭，
喜鹊飞落芦筀竿，
喜鹊叽喳叽喳叫，
喊叫半天不明白，
喊叫半天也不回。
人们这样把话讲：
你们这些凡间人，
人人拿筀竿驱赶。
喜鹊转头飞下来，
喜鹊转告牙无妹：
我喊他们也不回，
你另找人上天庭。
牙无这样把话说，
又叫知了上天庭：
你一定上天庭去，
请我爸妈下凡间，
我又缝制新衣服，
网状新衣给你穿。
现邀请到那知了，
知了悠然飞上天，
知了不落大枫树，
知了不落芦筀竿，
知了落在妈裙边，
知了又落爸裤筒，
知了知了不停叫。
爸妈都是凡间人，
晓得凡间那声音，
爸妈上到天庭寨，
上到天庭看拉鼓，
遗留牙无在凡间，
遗留牙秧在凡间。
妈妈踩踏舅爷锅，
妈妈端起舅爷锅，
爸爸踩踏舅爷鼓，
戳破舅爷一个鼓，

现在犯了那天条。
现在老虎后生哥，
老虎吃完牙秧妹，
只剩一个牙无妹，
你们一定下凡间，
回来看看你小孩。
万把芦笙戛然停，
众人突然分散退，
众人沿河流返回，
众人各退回村寨。
妈妈返回到凡间，
爸爸返回到凡间，
爸妈看不见小孩，
爸妈此刻很悲伤，
叫喊荷木树来问。
荷木这样把话说：
你们别和老虎谈，
那只老虎心狠毒，
打官司也不结案，
你们越斗仇越深，
打官司也不结案，
此案发生中忍纳。
话说中忍纳冤案，
人们在天庭拉鼓，
山中山雀兄弟多，
山雀吹一堂芦笙，
山雀沿路吹呼呼。
猫头鹰吹大芦笙，
猫头鹰吹咕咕响。
斑鸠吹一堂芦笙，
斑鸠吹嗡嗡过坳。
田间螳螂穿长袍，
不吹芦笙不赏吃，
越吹颈脖越伸长，
睁那眼睛绿幽幽。
蟋蟀吹那小芦笙，
蟋蟀路底吹嘀嘀。
最漂亮数哈梅妹，
美貌胜过那太阳，
盛装胜过那锦鸡。
哈梅爸爸凡间人，
哈梅妈妈天庭人，
哈梅出生在凡间。
那时哈梅还很小，
跟随妈妈上天庭，
跟随妈妈走舅爷。
舅爷心里很高兴，
舅爷这样把话说：
都是自家族血统，
我们是同祖同宗，
嫁给各哥当媳妇，
将来做我家儿媳。
现在各哥把话说，
不认哈梅做表妹，
表哥屙尿淋裤脚，
捧尘土撒哈梅身，
长大我也不娶她。
各哥这样把话说：

现在哈梅不漂亮，
坐像一根弯树丫，
肚子像撮箕难看，
千万不要嫁给我。
哈梅十六岁长大，
美貌就像那太阳，
盛装就像那锦鸡，
别人织布一把梭，
哈梅织布七把梭，
梭子一进又一退，
一把推进一把出，
凡间织布嘣嘣响，
响声飘到天庭去。
天庭舅爷很生气，
舅爷坐在寨底听，
千秋万代凡间人，
别人织布一把梭，
响声不到那天庭，
谁织布用七把梭，
响声飘到天庭上。
舅爷小孩叫各哥，
各哥派人下凡间，
委派严响和答立，
一个人吹奏木叶，
沿路吹木叶走来，
一个人吹芦笙来，
沿路吹芦笙走来，
他们一心下坡来。
哈梅织布不停机，
在那巷口等待客：
你们下到凡间来，
你下凡间做什么？
舅爷家那各表哥，
他看见哈梅漂亮，
表哥这样把话说：
我们找一根粗藤，
带回天庭去拉鼓，
等到那九月巳日，
你就邀请好朋友，
你们上到天庭来，
来看天庭人拉鼓，
千人在一头拉鼓，
万人在一头拉鼓，
众人共拉一根藤，
天庭真是好热闹。
等到那九月巳日，
天庭举办拉鼓节，
哈梅邀请好朋友，
哈梅上到天庭寨，
他们来到拉鼓场，
场上千人和万人，
最美只有哈梅妹，
不如凡间姑娘美。
舅爷勾爹把话说，
他邀请那婶姨娘，
隔壁邻舍阿姨们，
策划办理那婚事。
一个人端碟酸鱼，

一个人端一盘饭，
一个人端壶米酒，
一个人来摆凳子，
摆那凳子给哈梅。
一个师公讲祝词，
为哈梅新婚祈祷，
嫁给舅爷那各哥，
晚上等待哈梅妹，
哈梅走进舅爷家。
舅爷勾爹把话说，
舅爷告诉哈梅妹：
都是我们那血统，
同是一个血统生，
你就嫁给各表哥。
此时此刻哈梅妹，
推开舅爷那家门，
走进那火塘边坐，
那古老订婚仪式，
哈梅弯腰推柴火，
额头碰到那锅头。
此时此刻哈梅妹，
哈梅这样把话说：
舅爷请不要这样，
今日就是拉鼓节，
今日是鬼神出游，
爸妈不知我上来，
舅爷请不要这样，
哈梅宁死不嫁人。
天庭举办拉鼓节，
别人只去一天半，
一个晚上就返回，
哈梅去了九天半，
七个晚上才返回。
哈梅妈妈把话说，
把话询问哈梅妹：
别人只去一天半，
一个晚上就返回，
为何你去九天半，
七个晚上才返回？
你在天庭做什么？
此时此刻哈梅妹，
把话告诉给婶姨：
我上天庭看拉鼓，
都是该死那舅爷，
舅爷抓住我手臂，
一定要娶当儿媳，
一定嫁给各表哥，
实在拗不过舅爷，
大家争吵九天半，
七个夜晚无法返。
我告诉你们长辈，
我的叔伯兄弟们，
这次恐怕变冤仇。
等待到九月卯日，
天庭寨要收稻谷，
又在田里剪稻谷，
舅爷勾爹下凡间，
下来接儿媳回家，

回家帮剪那稻谷。
凡间有些好朋友，
一个是航西聂哥，
一个是苏孔立哥，
还有一个网生永。
此时凡间哈梅妹，
他们对歌彻寨响，
苗笛苗琴彻寨响，
通宵达旦不舍走。
此时此刻哈梅妹，
把话问那些朋友：
我那该死舅爷老，
一定接我上天庭，
去帮他剪那稻谷。
现有航西聂兄弟，
又和网生永兄弟，
一个是苏孔立哥，
他们三人来相聚，
他们出谋给哈梅：
等待第二天早上，
你要跟随舅爷走，
你们爬上那高坡，
我们装扮老虎叫，
装扮猫在芒丛叫，
又装锦鸡山谷叫，
装扮鹧鸪叫满坡，
又学那雷公咆哮，
雷公咆哮震天空，
大地翻风落大雨，
大雨淋湿他衣服，
又爬上一个山坡。
她那三个好朋友，
身穿一件花衣服，
装扮老虎卧芒丛，
学那野鬼吹口哨，
不停叫喊哈梅妹。
哈梅告诉她舅爷：
你坐那里等候我，
我想喝一点泉水，
我下谷底找泉水，
喝点泉水来解渴。
哈梅下到那谷底，
谷底遇见三个人，
她那三个好朋友，
他们出谋给哈梅。
此时此刻哈梅妹，
哈梅返回舅爷边。
舅爷勾爹把话说，
把话来问哈梅妹：
你下到那谷底去，
为何久久不返回？
此时此刻哈梅妹，
把话告诉那舅爷：
我沿坡下到谷底，
我看见那口泉水，
我那心里很高兴，
身子被荆棘钩住，
有那荆棘钩住我，

我在挑刺挑很久，
挑刺很久不出来，
我才不及时回来，
仍陪舅爷回天庭。
他们回到天庭寨，
他们到了舅爷家，
此时此刻哈梅妹，
她去水井挑泉水，
专挑那浑浊泉水，
专挑给舅爷来喝，
这样才气死舅爷，
想让舅爷很生气。
舅爷一点不生气：
外甥女是凡间人，
嫁到天庭当儿媳，
你不识井水泉水，
你坐在这里休息，
我告诉那婶姨们，
隔壁那些婶姨们，
她们去挑水回来，
挑水来给我们喝，
舅爷勾爹这样说。
哈梅真是很生气，
哈梅砸烂小锅头。
舅爷勾爹这样说：
旧锅烂了买新锅，
不烂没机会买新。
哈梅在楼底乱踩，
故意踩死鸭和鹅，
想给舅爷乱生气。
舅爷就是不生气，
粥里有肉才鲜甜。
哈梅实在无办法，
哈梅乱画那腿肚，
腿部花纹像大蛇，
就想给舅爷生气。
舅爷就是不生气，
舅爷这样把话说：
我告诉你各表哥，
表哥帮你洗干净，
你已思念你亲人，
你下凡间看亲人，
去凡间两夜返回，
去凡间三夜返回。
舅爷勾爹很精明，
杀鸭杀鹅做礼物，
准备九只鸭和鹅，
准备糯米饭五箩，
礼送哈梅回娘家。
凡间有那些朋友，
一个是航西聂哥，
一个是苏孔立哥，
还有一个网生永，
苗笛苗琴声声响，
夜深难舍又难分。
她那三个好朋友，
相聚献计给哈梅：
又到每年小年节，

下次舅爷又来请，
又来邀请哈梅去，
你就不进舅爷家，
你进那隔壁家门。
真到每年小年节，
她那该死老舅爷，
又来邀请哈梅去。
舅爷沿着山岭来，
舅爷下到凡间来，
舅爷走进哈梅家。
此时此刻哈梅妹，
知道是舅爷要来，
哈梅先从后门溜。
舅爷推门进火塘，
没有看见哈梅妹，
舅爷这样把话问，
舅爷直问哈梅妈：
想请我那儿媳去，
去过每年小年节。
哈梅妈妈把话说，
哈妈告诉那舅爷：
就在两三夜以前，
哈梅与她好朋友，
串村走寨乞蓝靛，
半夜突然肚子痛，
半夜因肚痛断气，
埋在山岭高坡上，
那新坟墓坟头高，
坟头挂两副苗笛，
坟头挂一对梭子，
白纸挂满那坟墓，
你沿那座山坡来，
舅爷是否看见了？
舅爷心里很悲伤，
舅爷急忙返回家，
舅爷上到那高坡，
看见一座新坟墓，
舅爷思念外甥女，
真是我儿媳死了，
舅爷伤心睡地哭，
卧地沾了一身泥。
舅爷突然转回来，
突然推开大门来，
突然看见哈梅妹，
舅爷抓住哈梅手：
你这样来戏弄我，
又那样来欺骗我，
我就抓住你那手，
强行拉扯哈梅去。
他们上到天庭寨，
原来想进舅爷家。
哈梅不进舅爷家，
哈梅走进隔壁家，
脚踩对别人鸟枪，
子弹乱飞进村寨，
子弹射中妈独子，
孵蛋窝里蛋一个，
射死妈妈那独子，

犯了官司打不完。
官司花了千两银，
万两白银案难结，
官司花数万两银。
天庭这样把话说，
天庭说天庭有理，
凡间说凡间有理，
双方约定纺车坡，
约定在纺车坳上。
天庭派出七个人，
七个天庭寨头人。
凡间派出七个人，
七个凡间寨头人。
天庭人也摆道理，
愤怒脚踏震坪地，
这个案是凡间案，
不是天庭上案件。
舅爷勾爹把话说：
哈梅那早刚启程，
因为有航西聂哥，
又还有苏孔立哥，
还有一个网生永，
他们出谋给哈梅，
现在酿成了此案，
你赔偿够人命案，
赔够命案再住寨，
赔偿不了就离寨。
凡间人也摆道理，
愤怒脚踏震坪地，
愤怒用铁棍拍地。
哈梅孩时未长大，
把屎把尿尽是我，
十五六岁哈长大，
若是做天庭儿媳，
你不管好家儿媳，
任由她到处走寨，
脚踩对别人鸟枪，
子弹乱飞进村寨，
子弹射中妈独子，
孵蛋窝里蛋一个，
射死妈妈那独子，
这样酿成了冤案。
官司花十万两银，
去赔那桩人命案，
赔完债务能住寨，
不赔债务就离寨。
案是天庭上案件，
不是凡间人案件，
天庭人返回天庭，
凡间人退回凡间。
天庭人打造鸟枪，
打造了九杆鸟枪，
制造火药满九仓，
制造子弹积九房。
凡间打造九杆枪，
制造火药满九仓，
制造子弹积九房，
凡间打造那鸟枪，

打造了九杆鸟枪。
枪声震动那凡间，
子弹射飞上天庭，
射死天庭七个人，
七个天庭寨头人，
射死舅爷的儿子，
射死佛斗的儿子，
又死迎香的儿子，
又死沙共的儿子。
天庭人也在打枪，
试打那九杆鸟枪，
枪声震动那天庭，
子弹射飞下凡间，
射死凡间七个人，
射死航西的儿子，
射死苏孔的儿子，
又死网生永儿子，
又死一群那螳螂，
死了一群那禾虾，
又死一群群蟋蟀，
又射死那只白鹭，
打官司未分胜负。
哈妈卖地卖山场，
哈爸卖那整片田，
卖田卖地赚了钱。
天庭不愿意收钱，
舅爷这样把话说：
你要拄损那铁棍，
数完我一桶白米，
解完一床麻制网，
你再嫁给意中人，
你不数完那桶米，
不拄损那根铁棍，
你不解完一床网。
哈梅数完一年米，
数米不去一拃深。
拄了铁棍成一年，
拄铁棍不损一拃。
解了网结已一年，
解不开一拃网眼。
哈梅日日见苍老，
哈梅已经无办法，
哈梅伤心搓绳子，
伤心吊颈在树丫。
山中那昆虫野兽，
昆虫伤心叫连连。
哈梅吊颈在树丫，
山中昆虫来吊唁，
昆虫伤心叫不停，
敬请禾虾去营救，
禾虾飞快去营救。
蚂蚱咬断半边绳，
哈梅刚刚才断气。
哈梅妈妈把话说：
舅爷冤枉当头人，
现在害死哈梅妹。
哈梅妈妈上天庭，
邀请舅爷下凡间。

哈妈挑两个箩筐，
挑哈梅上到天庭，
让给舅爷煮来吃。
舅爷这样把话说：
活是我们天庭人，
死是我们天庭鬼，
舅爷带去山坡葬。
哈梅死后变什么？
哈梅死后变烟叶，
立哥死后变什么？
立哥死后变艾叶，
朋友引火来抽烟，
朋友睹物又思人，
这是第三起冤案。
谁是中忍纳恶人？
谁出生在中忍纳？
英哥就是大恶人，
英哥蛮横又欺下，
教唆朋友成敌人，
横蛮独吞雍纳田，
制造十七件冤案，
才到洪水滔天案，
洪水泛滥淹天下，
凡间人类都死绝，
都是那英哥酿成。
田间泥鳅与鲫鱼，
它们争抢寨底田，
它们相争吃浑水。
田间河虾和鲤鱼，
它们争抢田中央，
它们相争吃浑水。
河里螃蟹水蜈蚣，
它们相争小鱼塘。
林中山雀和柳莺，
它们相争小丛林，
林中山雀追柳莺。
画眉鸟与白头翁，
它们相争走树林。
芒萁根和芒芯根，
它们相争吃泥土。
茅草根与金樱根，
它们相争吃黄泥。
禾虾与那尖头蜢，
它们相争嫩茅草。
山中山鼠和家鼠，
它们做玩伴朋友，
它们共火把走寨，
它们处久闹不合。
家中母猪和老狗，
它们争抢过村巷，
它们相争吃人屎，
一个不让一个吃，
它们相咬脸挂彩，
它们酿成抢屎案。
英哥和同族兄弟，
他们争抢雍纳田，
水渠让锦鸡走路，
山间让野兽出没，

小田边地给你们，
中间良田留给我。
英哥真是大懒汉，
英哥偷懒不劳动，
要蚂蚱去帮拔草，
喊山羊去帮犁田，
哄骗猴子帮扶耙，
哄骗虫子帮铲草，
雷公看了笑死人。
英哥家中没有牛，
想借黄牛去犁田，
他上天庭问雷公：
你借一头大牯牛，
牯牛帮我去犁田。
英哥心里真歹毒，
他把那牯牛杀死，
腌制七大缸牛肉，
九桶腌肉存房间，
牛头牛尾夹岩缝。
英哥上到天庭寨，
上天庭告诉雷公：
牵那牯牛去犁田，
我已犁田完工了，
放牛到山坡吃草，
那岩石真很凶残，
岩石吞你牯牛了，
只剩下那尾和头。
雷公下凡间看看，
你不要用大力拉，
如果你用大力拉，
恐怕扯断牛尾巴，
恐怕我俩成冤家。
雷公拔出一把刀，
劈那石头破半边，
岩石中间无石缝，
不见岩石吞牛头，
雷公真是很愤怒。
雷公查看英房间，
房内有五六大坛，
九桶牛肉来腌制。
英哥妈妈上山坳，
在那山崖底种地，
要架桥才到那地。
英哥告诉那群猴，
猴群过桥拆桥架，
英妈过桥被摔伤，
滚下桥底那深沟。
英哥这样把话说：
谁是排行当大哥，
那个就应该前往，
去把妈妈背回家。
雷公排行是大哥，
雷公背妈妈回家，
妈妈病重卧床上。
英哥这样把话说：
每人要守妈九夜，
哪个服侍妈老去，
哪个拥有泵业田，

拥有久秧数万田。
麦妹也讲公道话：
你们七个大男人，
每人腰间佩宝剑，
大家争抢雍纳田。
我是一个温柔女，
经常穿裙子在身，
我不想要那良田，
不争雍纳那良田。
英哥守妈妈一夜，
英哥只煮一筒米，
又放一双竹筷子。
妈妈喝粥气微弱，
妈妈将死未断气，
妈妈没苏醒过来。
英哥想霸雍纳田，
英哥忍心伸出手，
伸手掐妈妈脖子，
妈妈挣扎断了气。
七月青黄吃粗粮，
旱粮杂粮来充饥，
六个人上山砍柴，
在那陡坡开荒地。
英哥偷偷跟随来，
英哥制成小火种，
英哥坡底偷放火，
火苗蹿到坡两头，
火苗像杉木般高，
烟雾像天空乌云，
大风助燃火更猛。
六个人却被火烧，
六个人各自逃命，
雷公逃命跑上天，
狗熊逃命进森林，
龙逃命进大河滩，
蛇逃命钻进岩洞，
老虎逃命进深山。
老虎也被火烧身，
身纹就像九个圈，
就像七圈套肚皮。
猫逃命进粮仓角，
猫身也被烧一半，
猫现在才变花黑。
英哥用泡桐做屋，
雷公又来拆掉它。
英哥烦恼问鸭子：
你啥东西都吃到，
什么事物软又滑？
鸭子给英这样说：
山里青苔最软滑。
英哥步行到山坳，
砍那艾秆做柱子，
割茅草来做桁条，
要那青苔当瓦盖。
雷公踩滑摔倒地，
雷公跌进屋檐沟，
英哥才活捉雷公。
雷公被关进铁笼，

雷公关在铁笼里，
用木条固定两头，
雷公被震耳欲聋，
雷公叫喊响村寨。
英哥得意问雷公：
雷公舒服不舒服？
禁闭雷公九天半，
七天七夜不给吃，
身体仅有一点气，
雷公瘦干如腊蛇。
现在有个麦姑娘，
麦妹用醋水洗头，
醋水溅出一滴水，
溅水到雷公脸庞，
雷公苏醒躲笼角。
雷公把话问麦妹：
酸醋米水有多吗？
送醋水来给我喝，
恐怕久饿我会死。
麦妹端来九碗水，
端七碗水给雷公。
雷公喝水有力气，
雷公对麦妹说话：
麦妹站远一点点，
我用力劈开铁笼。
粗大铁条断七节，
铁条弹出满天飞，
我出来要上天庭，
在天庭上建房子，
回去我拜访水神，
天庭将要下暴雨，
天空将要下冰雹，
哈麦恐怕遇洪灾，
洪水将淹死英哥。
我送一粒葫芦种，
葫芦种子给你种，
葫芦三天就长大，
瓜藤攀爬九条沟，
葫芦花有村寨大，
结果大像个粮仓，
九月天空下冰雹，
十月就发洪水灾，
你就钻进葫芦内。
葫芦漂浮上天庭，
姑娘麦妹才不死，
酿成十七件冤案，
才酿成那洪水灾。
凡间被洪水淹没，
党昭寨子被淹没，
一东寨子被淹没，
大地万物都漂浮，
万物浮到天庭寨，
凡间人类都死绝。
葫芦漂进蕨根寨，
差点漂进野猪窝，
火星飘进白石寨，
洪水洪灾从天降，
冰雹大像那罐子，

房屋被冰雹砸烂，
老人小孩顶不住，
整个凡间人死绝，
大地万物都死绝。

这是十七件冤案，
都是英哥酿成案，
判案永远不结案，
这段演唱中忍纳。

流传地区：广西融水苗族自治县、三江侗族自治县及贵州从江县的苗族聚居区。

演唱者：杨庆林，融水苗族自治县拱洞乡人。

采录者：韦秀明、韦明岱、杜鸿。

翻译者：贺明辉。

（英能）

天灾歌

题解：“英能”，意译“天灾”。苗族古歌《英能》反映了远古时候，地球在发展过程中，自然灾害频繁发生的历史。主要发生四大自然灾害：一是风灾（苗语“英能之”）。狂风席卷大地，草木被连根拔起，悬崖岩石崩裂，地球猛然分裂。二是水灾（苗语“英能闷”）。天降暴雨，山洪暴发，万物灭绝。三是雪灾（苗语“英能巴”）。天下暴雪，大雪封山，万物僵冻。四是旱灾（苗语“英能刚”）。天上有十二个太阳，连年干旱无雨，大地被烤干，河流干涸，万物枯绝，人类难以生存。枉生上天去射掉了十一个太阳，只留下一个太阳，天下才安宁。故事表现了苗族人民认识并改造自然的英勇气魄，对研究苗族神话故事有参考价值。古歌《英能》主要流传在广西融水、三江等自治县及贵州从江县的苗族聚居区。

号	贾	之	纳	告
hau^5	$tɕia^2$	$tɕi^1$	na^4	qau^5
Haot	jiax	jib	nal	ghaot
要	讲	古	老	古

要叙说古老故事

登	贾	之	纳	告
$təŋ^6$	$tɕia^2$	$tɕi^1$	na^4	qau^5
Dengs	jiax	jib	nal	ghaot
就	讲	古	老	古

就叙说古老故事

让	生	英	能	之
$ȵiaŋ^1$	$ɬəŋ^6$	$ɣiŋ^1$	$nəŋ^4$	$tɕi^5$
Nziangb	dlengs	vingb	nengl	jit
有	回	天	灾	风

一次灾难是风灾

之	越	分	跌	昌
tɕi^{5}	vie^{6}	fəŋ^{1}	tie^{4}	tshaŋ^{5}
Jit	wies	fengb	diel	cangt
风	吹	大	地	空荡

狂风席卷那大地

超	搞	江	杀	扫
tshau^{1}	qau^{2}	tɕiaŋ^{1}	sa^{4}	ɬau^{5}
Caob	ghaox	jiangb	sal	dlaot
吹	树	蔸	都	拔

风吹树蔸连根拔

超	果	溜	杀	瓜
tshau^{1}	ko^{2}	liu^{1}	sa^{4}	qɛ^{5}
Caob	gox	liub	sal	ghaet
吹	岩	大	都	裂开

狂风把岩石吹裂

依	虽	依	蒙	英
ɣi^{1}	səi^{1}	ɣi^{1}	moŋ^{4}	ʑiŋ^{5}
Vib	seib	vib	mongl	yingt
石	大	石	小	飞

大小石块满天飞

答	哪	分	跌	闹
ta^{6}	na^{2}	fəŋ^{1}	tie^{4}	nau^{5}
Das	nax	fengb	diel	naot
死	人	凡	间	多

人间死了很多人

拉 你 英 能 之

la^{1} ni^{2} ɣiŋ^{1} nəŋ^{4} tɕi^{5}

Lab nix vingb nengl jit

个 那 天 灾 风

那个灾难是风灾

让 生 英 能 闷

ȵiaŋ^{1} ɬəŋ^{6} ɣiŋ^{1} nəŋ^{4} man^{5}

Nziangb dlengs vingb nengl mant

有 次 天 灾 水

有一次是大水灾

分 瓦 劳 炸 拉

fəŋ^{1} va^{2} lau^{4} tsa^{6} la^{5}

Fengb wax laol zas lat

天 上 来 大 雨

天空下倾盆大雨

分 呆 杀 布 之

fəŋ^{1} tai^{1} sa^{4} pu^{6} tɕi^{5}

Fengb daib sal bus jit

大 地 都 冒 出来

大地到处冒泉眼

当 拉 王 别 布

taŋ^{6} la^{1} vaŋ^{4} pɛ^{5} pu^{5}

Dangs lab wangl baet but

像 个 锅 猪 滚

像一锅煮开猪潲

哪	纠	各	工	工
na^{2}	tɕiu^{1}	ko^{4}	qoŋ^{6}	qoŋ^{5}
Nax	jiub	gol	ghongs	ghongt
人	间	哭	不	停

人间凄惨哭不停

答	哪	分	跌	闹
ta^{6}	na^{2}	fəŋ^{1}	tie^{4}	nau^{5}
Das	nax	fengb	diel	naot
死	人	凡	间	多

人间死了很多人

生	你	英	能	闷
ɬəŋ^{6}	ni^{6}	ɣiŋ^{1}	nəŋ^{4}	man^{5}
Dlengs	nis	vingb	nengl	mant
次	那	天	灾	水

那一次是大洪灾

让	生	英	能	巴
ȵ̥iaŋ^{1}	ɬəŋ^{6}	ɣiŋ^{1}	nəŋ^{4}	pa^{5}
Nziangb	dlengs	vingb	nengl	bat
有	次	天	灾	雪

有一次是暴雪灾

木	足	分	跌	吓
mu^{6}	tɕiu^{4}	fəŋ^{1}	tie^{4}	ɬia^{5}
Mus	jiul	fengb	diel	dliat
盖	完	大	地	完

暴雪覆盖那大地

阿 归 准 荣 灾
a^{5} kiu^{7} tɕiŋ^{2} voŋ^{4} tsɛ^{5}
At giuk jingx wongl zaet
凝 固 成 悬 崖
暴雪凝固成悬崖

答 哪 分 跌 闹
ta^{6} na^{2} fəŋ^{1} tie^{4} nau^{5}
Das nax fengb diel naot
死 人 凡 间 多
人间死了很多人

生 你 英 能 巴
ɬəŋ^{6} ni^{6} ɣiŋ^{1} nəŋ^{4} pa^{5}
Dlengs nis vingb nengl bat
次 那 天 灾 雪
这次凡间暴雪灾

让 生 英 能 刚
ȵiaŋ^{1} ɬəŋ^{6} ɣiŋ^{1} nəŋ^{4} kaŋ^{5}
Nziangb dlengs vingb nengl gangt
有 次 天 灾 旱
有一次是大旱灾

许 阿 哪 本 累
ɕi^{2} a^{1} na^{1} pəŋ^{4} ləi^{5}
Xix ab nab bengl leit
时 那 日 排 月
从前太阳排月亮

累	打	东	木	芒
ləi^{5}	ta^{2}	tioŋ^{1}	mu^{4}	maŋ^{5}
Leit	dax	diongb	mul	mangt
月亮	来	半	去	晚

月亮半夜才出来

代	枉	哪	木	毕
tai^{7}	vaŋ^{2}	na^{1}	mu^{4}	pi^{5}
Daik	wangx	nab	mul	bit
和	太	阳	去	睡

月亮与太阳睡觉

闹	忍	索	公	羊
nau^{5}	ȵiŋ^{2}	ɬau^{6}	qoŋ^{4}	ɣaŋ^{5}
Naot	nzingx	dlaos	ghongl	vangt
多	年	生	群	小孩

多年生很多小孩

足	凹	哪	劳	坤
tɕiu^{8}	au^{1}	na^{1}	lau^{4}	qhəŋ^{5}
Jiuf	aob	nab	laol	khengt
十	二	太阳	来	烤

十二个太阳普照

夸	答	友	答	英
kha^{1}	ta^{6}	ʑu^{2}	ta^{6}	ʑiŋ^{5}
Kab	das	yux	das	yingt
热	死	闷	死	干

大地被晒热烘烘

凹 瓜 两 杀 布
$ə u^{1}$ qa^{6} $lia\eta^{2}$ sa^{4} pu^{5}
Oub ghas liangx sal but
水 在 田 都 热
水田那水都晒热

生 奔 仰 杀 刚
$sə\eta^{1}$ $pə\eta^{1}$ $ȵa\eta^{2}$ sa^{4} $ka\eta^{5}$
Sengb bengb nzangx sal gangt
万 物 草 都 枯
大地万物都干枯

夸 扫 聂 挪 觉
kha^{1} sau^{6} $ȵai^{4}$ nio^{4} $tɕhio^{5}$
Kab saos nzail niol qiot
热 到 鱼 花 窝
热水流到花鱼窝

聂 挪 作 之 敲
$ȵai^{4}$ nio^{4} $tsau^{7}$ $tɕi^{5}$ $qhau^{5}$
Nzail niol zaok jit khaot
鱼 花 窜 进 洞
花鱼窜进那深洞

木 代 能 奇 毕
mu^{4} tai^{7} $nə\eta^{1}$ khi^{3} pi^{5}
Mul daik nengb kid bit
去 和 蛇 四脚 睡
花鱼和四脚蛇睡

呆 古 准 给 六

tai^{1} ku^{7} tɕiŋ^{2} qəi^{4} ləu^{5}

Daib guk jingx gheil lout

土 硬 成 渣 铁

大地土硬成铁渣

江 瓜 引 杀 刚

tɕiaŋ^{1} qa^{6} ɣiŋ^{2} sa^{4} kaŋ^{5}

Jiangb ghas vingx sal gangt

杉木 那 岭 都 枯

山岭杉木都枯死

引 足 依 足 灾

ʑiŋ^{2} tɕiu^{4} ɣi^{1} tɕiu^{4} tsɛ^{5}

Yingx jiul vib jiul zaet

熔 完 石 完 崖

山崖岩石都熔完

引 足 蒙 足 斗

ʑiŋ^{2} tɕiu^{4} moŋ^{1} tɕiu^{4} təu^{5}

Yingx jiul mongb jiul dout

熔 完 藤 完 树

熔化森林树和藤

答 哪 分 跌 闹

ta^{6} na^{2} fəŋ^{1} tie^{4} nau^{5}

Das nax fengb diel naot

死 人 凡 间 多

人间死了很多人

生 你 英 能 刚
ɬəŋ^{6} ni^{6} ɣiŋ^{1} nəŋ^{4} kaŋ^{5}
Dlengs nis vingb nengl gangt
回 那 天 灾 旱
那回就是大旱灾

许 阿 英 能 刚
ɕi^{2} a^{1} ɣiŋ^{1} nəŋ^{4} kaŋ^{5}
Xix ab vingb nengl gangt
回 那 天 灾 旱
叙说那次大旱灾

足 凹 哪 劳 坤
tɕiu^{8} au^{1} na^{1} lau^{4} qhəŋ^{5}
Jiuf aob nab laol khengt
十 二 太阳 来 烤
十二个太阳普照

哪 纠 杀 着 之
na^{2} tɕiu^{1} sa^{4} tɕio^{6} tɕi^{5}
Nax jiub sal jios jit
人 们 都 无 谋
人们无计谋对待

让 周 俄 答 额
ȵiaŋ^{1} tɕiu^{6} ŋo^{4} ta^{6} ŋo^{5}
Nziangb jius ngol das ngot
在 傻 呆 死 等
人们无奈傻等死

枉 生 杀 着 之
vaŋ^{2} səŋ^{1} sa^{4} tɕio^{6} tɕi^{5}
Wangx sengb sal jios jit
枉 生 都 无 谋
枉生①聪明都无法

显 收 木 那 勾
ɬiŋ^{2} χu^{1} mu^{4} na^{6} qəu^{5}
Dlingx hvub mul nas ghout
把 话 去 问 公
枉生去请教阿公

勾 顶 劳 越 劳
qəu^{5} tiŋ^{2} lau^{4} vie^{6} lau^{5}
Ghout dingx laol wies laot
公 顶 劳 回 话
顶劳这样来回答

猛 让 败 松 之
moŋ^{2} ȵ̥iaŋ^{1} pai^{4} ɬoŋ^{6} tɕi^{5}
Mongx nziangb bail dlongs jit
你 在 山 坳 上
你站立在山坳上

①枉生：苗语“wangx sengb”的音译，人名，苗族神话故事中的机智人物之一。他天生有神力，机智勇敢，射落十一个太阳，是苗族的英雄人物，因错杀亲生儿子，最后在黎明时分割喉自杀。

不 哪 劳 跌 英

pu^8 na^1 lau^4 tie^6 $ʑiŋ^5$

Buf nab laol dies yingt

见 太阳 来 升 起

看见太阳升起来

猛 刀 木 之 亨

$moŋ^2$ tau^6 mu^4 $tɕi^6$ $həŋ^5$

Mongx daos mul jis hengt

你 该 去 了 男孩

你应该启程去了

木 打 哪 打 累

mu^4 ta^5 na^1 ta^5 $ləi^5$

Mul dat nab dat leit

去 杀 日 杀 月

去杀太阳和月亮

空 打 足 罗 亨

$qhoŋ^1$ ta^5 $tɕiu^4$ lo^6 $həŋ^5$

Khongb dat jiul los hengt

莫 杀 完 呀 男孩

不要全杀死它们

挪 拉 劳 纳 奄

nio^2 la^1 lau^4 nia^6 $əŋ^5$

Niox lab laol nias engt

留 个 来 照 亮

留一个太阳照亮

着	分	跌	纳	吓
tɕio^{2}	fəŋ^{1}	tie^{4}	nia^{6}	ɬia^{5}
Jiox	fengb	diel	nias	dliat
条	大	地	亮	开

照亮普天下大地

哪	纠	木	备	正
na^{2}	tɕiu^{1}	mu^{4}	pəi^{6}	tsəŋ^{5}
Nax	jiub	mul	beis	zengt
人	们	去	干	活

照亮人们去干活

枉	生	东	越	劳
vaŋ^{2}	səŋ^{1}	tioŋ^{4}	vie^{6}	lau^{5}
Wangx	sengb	diongl	wies	laot
枉	生	把	话	讲

枉生这样把话说

布	咪	答	许	打
pu^{1}	mi^{1}	ta^{4}	ɕi^{2}	ta^{5}
Bub	mib	dal	xix	dat
知	拿	个	什么	杀

要什么武器来杀

勾	顶	劳	越	劳
qəu^{5}	tiŋ^{2}	lau^{4}	vie^{6}	lau^{5}
Ghout	dingx	laol	wies	laot
公	顶	劳	说	话

顶劳这样把话说

空 夸 肚 之 亨
qhoŋ^{1} kha^{1} təu^{4} tɕi^{6} həŋ^{5}
Khongb kab doul jis hengt
不用 操 心 了 男孩
你不用太操心了

阿 内 科 丢 亨
a^{5} nəi^{3} qhau^{1} tiu^{5} həŋ^{5}
At neid khaob diut hengt
造 弯 弓 给 男孩
制造弯弓献给你

拉 仁 足 丢 扫
la^{1} ʑiŋ^{8} tɕiu^{8} tiu^{5} ɬau^{5}
Lab yingf jiuf diut dlaot
个 箭 十 六 拃
制造箭长十六拃

枉 生 东 越 劳
vaŋ^{2} səŋ^{1} tioŋ^{4} vie^{6} lau^{5}
Wangx sengb diongl wies laot
枉 生 把 话 讲
枉生这样把话说

瓦 木 拥 一 弱
va^{4} mu^{4} ʑoŋ^{2} ʑi^{8} ȵiu^{5}
Wal mul yongx yif nziut
我 去 用 八 年
我将去八年时间

党　劳　改　一　弱
tiaŋ^{3}　lau^{4}　qai^{3}　ʑi^{8}　ȵiu^{5}
Diangd　laol　ghaid　yif　nziut
返　回　又　八　年
返程也需要八年

凹　一　凹　足　丢
au^{1}　ʑi^{8}　au^{1}　tɕiu^{8}　tiu^{5}
Aob　yif　aob　jiuf　diut
二　八　二　十　六
二八总共十六年

顶　劳　改　越　劳
tiŋ^{2}　lau^{4}　qai^{3}　vie^{6}　lau^{5}
Dingx　laol　ghaid　wies　laot
顶　劳　又　答　话
顶劳这样把话答

约　约　意　连　给
ʑo^{6}　ʑo^{6}　ʑi^{3}　liŋ^{4}　qəi^{5}
Yos　yos　yid　lingl　gheit
人　人　要　捐　钱
人人都要捐钱财

意　连　桑　打　累
ʑi^{3}　liŋ^{4}　saŋ^{2}　ta^{5}　ləi^{5}
Yid　lingl　sangx　dat　leit
要　捐　钱　杀　月亮
要捐钱去杀月亮

连 着 分 跌 吓
liŋ^{4} tɕio^{2} fəŋ^{1} tie^{4} ɕia^{5}
Lingl jiox fengb diel xiat
捐 个 世 间 穷
世间人人都变穷

枉 改 答 约 吓
vaŋ^{2} qɛ^{1} ta^{4} ʑo^{6} ɕia^{5}
Wangx ghaeb dal yos xiat
王 鸡 个 人 穷
鸡王是一个穷人

枉 改 麻 追 个
vaŋ^{2} qɛ^{1} ma^{4} tɕəi^{3} ko^{5}
Wangx ghaeb mal zeid got
王 鸡 卖 睾 丸
公鸡只能卖睾丸

麻 取 木 丢 别
ma^{4} tɕhi^{2} mu^{4} diu^{5} pɛ^{5}
Mal qix mul diut baet
卖 阴茎 去 给 猪
卖掉阴茎给公猪

农 改 杀 丢 泵
noŋ^{3} qɛ^{1} sa^{4} tiu^{5} poŋ^{5}
Nongd ghaeb sal diut bongt
现在 鸡 都 给 气
现在鸡配种吹气

桑	桑	足	丢	儿
saŋ^{6}	saŋ^{6}	tɕiu^{8}	tiu^{5}	ki^{5}
Sangs	sangs	jiuf	diut	git
代	代	十	六	蛋

每轮孵蛋十六个

古	水	行	改	嗒	孖	孖
ko^{4}	səi^{2}	haŋ^{8}	qɛ^{1}	ta^{1}	ȵia^{6}	ȵia^{5}
Gol	seix	hangf	ghaeb	dab	nzias	nziat
叫	也	群	鸡	仔	跟	随

鸡叫鸡仔成群跟

勾	枉	生	让	肮
qəu^{5}	vaŋ^{2}	səŋ^{1}	ȵiaŋ^{8}	aŋ^{3}
Ghout	wangx	sengb	nziangf	angd
公	枉	生	真	厉害

枉生天生有神力

之	引	乡	木	棒
tɕi^{5}	ɣiŋ^{2}	xiaŋ^{1}	mu^{4}	paŋ^{3}
Jit	vingx	hviangb	mul	bangd
上	山	高	去	射

他上山顶射太阳

棒	衣	哪	芒	候
paŋ^{3}	ʑi^{6}	na^{1}	maŋ^{8}	həu^{3}
Bangd	yis	nab	mangf	houd
射	对	日	顶	头

射对太阳那头顶

足	改	拉	杀	上
tɕiu^{8}	qai^{3}	la^{1}	sa^{4}	ɬiaŋ^{3}
Jiuf	ghaid	lab	sal	dliangd
十	一	个	都	落

射落十一个太阳

拉	底	拉	木	灭
lia^{7}	ti^{2}	la^{1}	mu^{4}	mie^{3}
Liak	dix	lab	mul	mied
剩	一	个	去	躲

有一个太阳躲避

略	布	根	省	兑
lio^{8}	pu^{6}	qəŋ^{1}	səŋ^{2}	təi^{4}
Liof	bus	ghengb	sengx	deil
沉	进	根	省	兑

太阳沉下根省兑

根	省	兑	几	跌
qəŋ^{1}	səŋ^{2}	təi^{4}	ki^{6}	tie^{4}
Ghengb	sengx	deil	gis	diel
根	省	兑	底	层

太阳躲进根省兑

分	呆	做	泥	泥
fəŋ^{1}	tai^{1}	tsəu^{7}	ni^{4}	ni^{4}
Fengb	daib	zouk	nil	nil
凡	间	黑	幽	幽

整个凡间变黑暗

达	配	马	不	吗	养	荣
ta^{1}	phɛ^{7}	ma^{2}	pu^{8}	ma^{6}	ɤaŋ^{2}	n̥oŋ^{4}
Dab	paek	max	buf	mas	vangx	nzongl
姑	娘	不	看	见	缝	衣

姑娘摸黑缝衣服

达	亨	马	不	吗	比	文
ta^{1}	həŋ^{5}	ma^{2}	pu^{8}	ma^{6}	pi^{2}	vəŋ^{4}
Dab	hengt	max	buf	mas	bix	wengl
后	生	不	看	见	干	活

男人摸黑去种田

咪	罢	马	不	吗	努	告
mi^{6}	pa^{7}	ma^{2}	pu^{8}	ma^{6}	nəu^{2}	qau^{4}
Mis	bak	max	buf	mas	noux	ghaol
妈	爸	不	看	见	吃	饭

爸妈摸黑来吃饭

嗒	业	马	不	吗	五	候
ta^{1}	nie^{7}	ma^{2}	pu^{8}	ma^{6}	vu^{2}	həu^{4}
Dab	niek	max	buf	mas	wux	houl
小	孩	不	看	见	放	牛

小孩摸黑去放牛

着	呆	各	爹	英
tɕio^{2}	tai^{1}	ko^{4}	tɛ^{6}	ʑiŋ^{5}
Jiox	daib	gol	daes	yingt
凡	间	叫	哄	哄

凡间人们哭哄哄

马 布 乙 爹 阿
ma^{2} pu^{1} ʑi^{4} tɛ^{6} a^{5}
Max bub yil daes at
不 知 怎 么 办
人们不知怎么办

枉 生 劳 马 到
vaŋ^{2} səŋ^{1} lau^{4} ma^{2} tau^{5}
Wangx sengb laol max daot
枉 生 来 不 到
枉生还没有回来

顶 劳 花 些 号
tiŋ^{2} lau^{4} fa^{1} ɕai^{6} hau^{5}
Dingx laol fab xais haot
顶 劳 把 话 讲
顶劳这样把话说

枉 改 答 弱 夸
vaŋ^{2} qɛ^{1} ta^{6} ȵiu^{5} qha^{5}
Wangx ghaeb das nziut khat
公 鸡 整 年 叫
公鸡年年在鸣叫

猛 刀 木 之 亨
moŋ^{2} tau^{6} mu^{4} tɕi^{6} həŋ^{5}
Mongx daos mul jis hengt
你 该 去 了 男孩
你该带公鸡去了

引	乡	败	猛	夸
ɣiŋ^{2}	χaŋ^{1}	pai^{4}	moŋ^{6}	qha^{5}
Vingx	hvangb	bail	mongs	khat
山	高	坡	那	喊

公鸡上高山那叫

夸	哪	劳	罗	乌
qha^{5}	na^{1}	lau^{4}	lo^{6}	vu^{5}
Khat	nab	laol	los	wut
喊	太阳	来	才	好

呼叫太阳来才好

着	分	跌	纳	吓
tɕio^{2}	fəŋ^{1}	tie^{4}	nia^{6}	ɬia^{5}
Jiox	fengb	diel	nias	dliat
整	凡	间	照	亮

整个凡间才照亮

枉	改	劳	着	劳
vaŋ^{2}	qɛ^{1}	lau^{4}	tɕio^{6}	lau^{5}
Wangx	ghaeb	laol	jios	laot
公	鸡	来	讲	话

公鸡这样把话说

显	沙	劳	江	亨
ɬiŋ^{2}	sa^{1}	lau^{4}	tɕiaŋ^{6}	həŋ^{5}
Dlingx	sab	laol	jiangs	hengt
递	矛	来	给	男孩

把那长矛给后生

五	根	年	农	丢
vu^{2}	qəŋ^{1}	niŋ^{4}	noŋ^{6}	tiu^{5}
Wux	ghengb	ningl	nongs	diut
绑	腿	肚	这	里

长矛绑在那小腿

改	显	瓦	耶	兴
qai^{3}	ɬiŋ^{2}	va^{4}	ɣie^{6}	ɕiŋ^{5}
Ghaid	dlingx	wal	vies	xingt
又	递	我	梳子	红

又递红梳子给我

着	孖	直	答	英
tɕio^{2}	ȵia^{1}	tɕi^{4}	ta^{6}	ʑiŋ^{5}
Jiox	nziab	jil	das	yingt
个	鸡冠	竖	立	起

鸡冠竖立在头顶

引	乡	败	猛	夸
ɣiŋ^{2}	χaŋ^{1}	pai^{4}	moŋ^{6}	qha^{5}
Vingx	hvangb	bail	mongs	khat
山	高	坡	那	喊

爬上高山那边叫

枉	哪	劳	答	英
vaŋ^{2}	na^{1}	lau^{4}	ta^{6}	ʑiŋ^{5}
Wangx	nab	laol	das	yingt
太	阳	来	升	起

太阳冉冉升起来

枉	哪	劳	着	劳
vaŋ^{2}	na^{1}	lau^{4}	tɕio^{6}	lau^{5}
Wangx	nab	laol	jios	laot
太	阳	来	讲	话

太阳出来把话说

猛	夸	瓦	罗	当
moŋ^{2}	qha^{5}	va^{4}	lo^{6}	taŋ^{5}
Mongx	khat	wal	los	dangt
你	喊	我	才	出

每天你叫我才出

枉	哪	辣	跌	英
vaŋ^{2}	na^{1}	la^{4}	tie^{6}	ʑiŋ^{5}
Wangx	nab	lal	dies	yingt
太	阳	升	冉	冉

太阳冉冉升起来

枉	哪	木	布	觉
vaŋ^{2}	na^{1}	mu^{4}	pu^{6}	tɕhio^{5}
Wangx	nab	mul	bus	qiot
太	阳	去	回	家

太阳傍晚才回家

枉	改	囊	乌	送
vaŋ^{2}	qɛ^{1}	naŋ^{3}	vu^{6}	soŋ^{5}
Wangx	ghaeb	nangd	wus	songt
公	鸡	有	力	送

公鸡傍晚才回家

枉	生	劳	扫	觉
vaŋ^{2}	səŋ^{1}	lau^{4}	sau^{6}	tɕhio^{5}
Wangx	sengb	laol	saos	qiot
枉	生	来	到	家

枉生返回到家里

劳	扫	根	不	梯
lau^{4}	sau^{6}	qəŋ^{1}	pu^{5}	thi^{5}
Laol	saos	ghengb	but	tit
来	到	脚	寨	门

枉生来到寨大门

不	答	嗒	育	羊
pu^{8}	ta^{4}	ta^{1}	ʑu^{5}	ɣaŋ^{5}
Buf	dal	dab	yut	vangt
见	个	小	孩	年轻

看见一个小伙子

棒	尖	根	龙	斗
paŋ^{3}	tɕiŋ^{3}	qəŋ^{1}	lioŋ^{6}	təu^{5}
Bangd	jingd	ghengb	liongs	dout
打	松鼠	底	丛	林

他在丛林打松鼠

纠	内	纠	哥	凶
tɕiu^{6}	nəi^{3}	tɕiu^{6}	ko^{6}	ɬioŋ^{5}
Jius	neid	jius	gos	dliongt
一	枪	一	射中	猫头鹰

一枪打落猫头鹰

猛	木	跌	劳	勾
moŋ^{2}	mu^{4}	tie^{6}	lau^{4}	qəu^{5}
Mongx	mul	dies	laol	ghout
你	去	哪	来	公

公公你从哪里来

瓦	之	瓦	嗦	乌
va^{4}	tɕi^{5}	va^{2}	ɬau^{1}	vu^{5}
Wal	jit	wax	dlaob	wut
我	上	天	庭	上

我上到那天空上

木	打	哪	打	累
mu^{4}	ta^{5}	na^{1}	ta^{5}	ləi^{5}
Mul	dat	nab	dat	leit
去	杀	日	杀	月

去射太阳和月亮

羊	显	收	号	勾
ɣaŋ^{5}	ɬiŋ^{2}	χu^{1}	hau^{5}	qəu^{5}
Vangt	dlingx	hvub	haot	ghout
后生	把	话	问	公

后生把话问阿公

凹	棒	撇	列	勾
au^{1}	paŋ^{3}	phie^{1}	lie^{6}	qəu^{5}
Aob	bangd	pieb	lies	ghout
我们	打	靶	呀	公

我们来打靶比赛

勾 棒 当 浪 吓

qəu^{5} paŋ^{3} taŋ^{2} laŋ^{5} ɬia^{5}

Ghout bangd dangx langt dliat

公 打 中 过 了

阿公打靶打脱靶

嗒 棒 当 一 敲

ta^{1} paŋ^{3} taŋ^{2} ʑi^{6} qhau^{5}

Dab bangd dangx yis khaot

小孩 打 准 打中 了

小孩一枪射中靶

勾 枉 生 之 泵

qəu^{5} vaŋ^{2} səŋ^{1} tɕi^{5} poŋ^{5}

Ghout wangx sengb jit bongt

公 枉 生 生 气

枉生此时很生气

丁 登 溜 索 吓

tiŋ^{1} təŋ^{3} liu^{1} ɬau^{5} ɬia^{5}

Dingb dengd liub dlaot dliat

把 剑 大 拔 了

拔出一把锋利剑

迷 你 嗒 育 羊

mi^{8} ni^{2} ta^{1} ʑu^{5} ɣaŋ^{5}

Mif nix dab yut vangt

砍 他 小 孩 年轻

砍死那个小伙子

迷	阿	追	丢	开
mi^{8}	a^{5}	tsəi^{1}	tiu^{5}	qhai^{5}
Mif	at	zeib	diut	khait
砍	成	五	六	截

把他砍成五六截

答	丢	根	归	梯
ta^{6}	tiu^{5}	qəŋ^{1}	kiu^{2}	thi^{5}
Das	diut	ghengb	giux	tit
死	在	外	寨	门

砍死小孩寨门外

枉	生	劳	扫	觉
vaŋ^{2}	səŋ^{1}	lau^{4}	sau^{6}	tɕhio^{5}
Wangx	sengb	laol	saos	qiot
枉	生	来	到	家

枉生返回到家里

农	迎	罗	那	勾
noŋ^{3}	ȵiŋ^{1}	lo^{6}	na^{6}	qəu^{5}
Nongd	nzingb	los	nas	ghout
现在	老婆	又	问	公

现在老婆问老公

猛	晒	嗒	吗	勾
moŋ^{2}	sai^{2}	ta^{1}	ma^{6}	qəu^{5}
Mongx	saix	dab	mas	ghout
你	见	小孩	吗	公

老公遇见孩子吗

劳	扫	根	不	梯
lau^{4}	sau^{6}	qəŋ^{1}	pu^{5}	thi^{5}
Laol	saos	ghengb	but	tit
来	到	脚	寨	门

枉生来到寨大门

晒	答	嗒	丢	凶
sai^{2}	ta^{4}	ta^{1}	tiu^{5}	ɬioŋ^{5}
Saix	dal	dab	diut	dliongt
见	个	小孩	打	猫头鹰

遇见小孩在打鸟

棒	尖	根	龙	斗
paŋ^{3}	tɕiŋ^{3}	qəŋ^{1}	lioŋ^{6}	təu^{5}
Bangd	jingd	ghengb	liongs	dout
打	松鼠	底	丛	林

他在丛林打松鼠

凹	西	撇	列	勾
au^{1}	ɕi^{5}	phie^{1}	lie^{6}	qəu^{5}
Aob	xit	pieb	lies	ghout
我们	打	靶	呀	公

我们来比赛打靶

勾	棒	当	浪	吓
qəu^{5}	paŋ^{3}	taŋ^{2}	laŋ^{5}	ɬia^{5}
Ghout	bangd	dangx	langt	dliat
公	打	中	过	了

阿公打靶打脱靶

嗒 棒 当 一 敲

ta^{1} $paŋ^{3}$ $taŋ^{2}$ $ʑi^{6}$ $qhau^{5}$

Dab bangd dangx yis khaot

小孩 打 准 打中 了

小孩一枪打中靶

阿 来 些 打 勾

a^{5} lai^{2} $ɕie^{1}$ ta^{5} $qəu^{5}$

At laix xieb dat ghout

日 久 怕 杀 公

日久怕他杀阿公

些 劳 瓦 阿 壮

$ɕie^{1}$ lau^{8} va^{4} a^{5} $tsaŋ^{5}$

Xieb laof wal at zangt

怕 抢 我 当 官

害怕抢占我官位

斗 登 呀 丢 它

$təu^{7}$ $təŋ^{3}$ $ɣa^{6}$ tiu^{5} tha^{5}

Douk dengd vas diut tat

拔 剑 利 来 砍

拔出宝剑来砍他

良 阿 追 丢 开

$liaŋ^{4}$ a^{5} $tsəi^{1}$ tiu^{5} $qhai^{5}$

Liangl at zeib diut khait

断 成 五 六 截

把他砍成五六截

棒	信	弱	马	归
paŋ^3	ɕiŋ^3	ȵiu^4	ma^2	kiu^5
Bangd	xingd	nziul	max	giut
流	血	生	不	停

他那鲜血流不停

窝	显	雷	号	勾
vo^7	ɬiŋ^2	ləi^4	hau^5	qəu^5
Wok	dlingx	leil	haot	ghout
婆	话	说	给	公

老婆告诉老公说

答	你	凹	育	羊
ta^4	ni^6	au^1	ʑu^5	ɣaŋ^5
Dal	nis	aob	yut	vangt
个	那	咱	小	孩

那个是我们小孩

猛	木	瓦	到	敲
moŋ^2	mu^4	va^4	tau^5	qhau^5
Mongx	mul	wal	daot	khaot
你	去	我	生	了

你启程后才生他

敲	敲	足	丢	弱
qhau^5	qhau^5	tɕiu^8	tiu^5	ȵiu^5
Khaot	khaot	jiuf	diut	nziut
刚	刚	十	六	岁

他今年刚十六岁

败	育	溜	当	亨
pai^{4}	ʑu^{2}	liu^{1}	taŋ^{5}	həŋ^{5}
Bail	yux	liub	dangt	hengt
未	长	大	成	后生

还没有长大成人

猛	劳	当	冬	敲
moŋ^{2}	lau^{4}	tiaŋ^{3}	tom^{7}	qhau^{5}
Mongx	laol	diangd	domk	khaot
你	来	正	碰	了

你来正好遇见他

着	娘	咪	之	泵
tɕio^{6}	niaŋ^{4}	mi^{6}	tɕi^{5}	poŋ^{5}
Jios	niangl	mis	jit	bongt
伤	心	妈	发	火

妈妈伤心又发火

打	答	比	改	兴
ta^{5}	ta^{4}	pi^{3}	qɛ^{1}	ɕiŋ^{5}
Dat	dal	bid	ghaeb	xingt
杀	只	公	鸡	红

杀掉那只红公鸡

努	之	孖	芒	敲
nəu^{2}	tɕi^{6}	ȵia^{8}	maŋ^{5}	qhau^{5}
Noux	jis	nziaf	mangt	khaot
吃	过	饭	夜	了

刚刚吃完那晚餐

答	孖	嗒	之	累
ta^{6}	ȵia^{6}	ta^{1}	tɕi^{5}	ləi^{5}
Das	nzias	dab	jit	leit
死	跟	孩子	上	月亮

她死上月亮伴儿

着	娘	勾	之	泵
tɕio^{6}	niaŋ^{4}	qəu^{5}	tɕi^{5}	poŋ^{5}
Jios	niangl	ghout	jit	bongt
伤	心	公	生	气

枉生伤心又生气

爹	略	改	跌	别
tie^{1}	lio^{3}	qai^{3}	tie^{1}	pɛ^{5}
Dieb	liod	ghaid	dieb	baet
杀	牛	又	杀	猪

枉生杀牛又杀猪

改	刚	书	刚	缺
qai^{3}	qaŋ^{3}	ɕiu^{1}	qaŋ^{3}	qhɛ^{5}
Ghaid	ghangd	xiub	ghangd	khaet
又	喊	亲戚	喊	朋友

邀请亲戚和朋友

努	瓜	许	东	芒
nəu^{2}	qa^{6}	ɕi^{2}	tioŋ^{1}	maŋ^{5}
Noux	ghas	xix	diongb	mangt
吃	那	时	半	夜

在那半夜三更吃

扫	抗	许	改	瓜
sau^{6}	qhaŋ^{3}	ɕi^{2}	qɛ^{1}	qa^{5}
Saos	khangd	xix	ghaeb	ghat
到	那	时	鸡	叫

待到公鸡打鸣时

败	意	粉	兴	乌
pai^{4}	ʑi^{3}	fəŋ^{2}	ɕiŋ^{1}	vu^{5}
Bail	yid	fengx	xingb	wut
尚	未	亮	明	好

天空还在蒙蒙亮

及	工	及	打	泵
ki^{8}	qoŋ^{3}	ki^{4}	ta^{5}	poŋ^{5}
Gif	ghongd	gil	dat	bongt
割	喉	咙	杀	气

拔剑割喉咙自杀

孖	咪	嗒	之	累
ȵia^{6}	mi^{6}	ta^{1}	tɕi^{5}	ləi^{5}
Nzias	mis	dab	jit	leit
跟	娘	仔	上	月亮

跟着娘仔上月亮

吓	瓦	嗦	斗	凹
ɬia^{4}	va^{2}	ɬau^{1}	təu^{5}	əu^{5}
Dlial	wax	dlaob	dout	out
走	天	空	漫	游

周游那浩瀚天空

汉意译：

要叙说古老故事，
就叙说古老故事。
一次灾难是风灾，
狂风席卷那大地，
风吹树蔸连根拔，
狂风把岩石吹裂，
大小石块满天飞，
人间死了很多人，
那个灾难是风灾。
有一次是大水灾，
天空下倾盆大雨，
大地到处冒泉眼，
像一锅煮开猪潲，
人间凄惨哭不停，
人间死了很多人，
那一次是大洪灾。
有一次是暴雪灾，
暴雪覆盖那大地，
暴雪凝固成悬崖，
人间死了很多人，
这次凡间暴雪灾。
有一次是大旱灾，
从前太阳排月亮，
月亮半夜才出来，
月亮与太阳睡觉，
多年生很多小孩，
十二个太阳普照，
大地被晒热烘烘，
水田那水都晒热，
大地万物都干枯，
热水流到花鱼窝，
花鱼窜进那深洞，
花鱼和四脚蛇睡，
大地土硬成铁渣，
山岭杉木都枯死，
山崖岩石都熔完，
熔化森林树和藤，
人间死了很多人，
那回就是大旱灾。
叙说那次大旱灾，
十二个太阳普照，
人们无计谋对待，
人们无奈傻等死。
枉生聪明都无法，
枉生去请教阿公。
顶劳这样来回答：
你站立在山坳上，
看见太阳升起来，
你应该启程去了，
去杀太阳和月亮，
不要全杀死它们，
留一个太阳照亮，
照亮普天下大地，
照亮人们去干活。
枉生这样把话说：
要什么武器来杀？

顶劳这样把话说：
你不用太操心了，
制造弯弓献给你，
制造箭长十六拃。
枉生这样把话说：
我将去八年时间，
返程也需要八年，
二八总共十六年。
顶劳这样把话答：
人人都要捐钱财，
要捐钱去杀月亮，
世间人人都变穷。
鸡王是一个穷人，
公鸡只能卖睾丸，
卖掉阴茎给公猪，
现在鸡配种吹气，
每轮孵蛋十六个，
鸡叫鸡仔成群跟。
枉生天生有神力，
他上山顶射太阳，
射对太阳那头顶，
射落十一个太阳，
有一个太阳躲避。
太阳沉下根省兑，
太阳躲进根省兑，
整个凡间变黑暗。
姑娘摸黑缝衣服，
男人摸黑去种田，
爸妈摸黑来吃饭，
小孩摸黑去放牛。
凡间人们哭哄哄，
人们不知怎么办，
枉生还没有回来。
顶劳这样把话说：
公鸡年年在鸣叫，
你该带公鸡去了，
公鸡上高山那叫，
呼叫太阳来才好，
整个凡间才照亮。
公鸡这样把话说：
把那长矛给后生，
长矛绑在那小腿，
又递红梳子给我，
鸡冠竖立在头顶，
爬上高山那边叫，
太阳冉冉升起来。
太阳出来把话说：
每天你叫我才出。
太阳冉冉升起来，
太阳傍晚才回家，
公鸡傍晚才回家。
枉生返回到家里，
枉生来到寨大门，
看见一个小伙子，
他在丛林打松鼠，
一枪打落猫头鹰，
公公你从哪里来？
我上到那天空上，
去射太阳和月亮。
后生把话问阿公：

我们来比赛打靶。
阿公打靶打脱靶，
小孩一枪射中靶。
枉生此时很生气，
拔出一把锋利剑，
砍死那个小伙子，
把他砍成五六截，
砍死小孩寨门外。
枉生返回到家里，
现在老婆问老公：
老公遇见孩子吗？
枉生来到寨大门，
遇见小孩在打鸟，
他在丛林打松鼠，
我们来比赛打靶。
阿公打靶打脱靶，
小孩一枪打中靶，
日久怕他杀阿公，
害怕抢占我官位，
拔出宝剑来砍他，
把他砍成五六截，
他那鲜血流不停。
老婆告诉老公说：
那个是我们小孩，
你启程后才生他，
他今年刚十六岁，
还没有长大成人，
你来正好遇见他。
妈妈伤心又发火，
杀掉那只红公鸡，
刚刚吃完那晚餐，
她死上月亮伴儿。
枉生伤心又生气，
枉生杀牛又杀猪，
邀请亲戚和朋友，
在那半夜三更吃，
待到公鸡打鸣时，
天空还在蒙蒙亮，
拔剑割喉咙自杀，
跟着娘仔上月亮，
周游那浩瀚天空。

流传地区：广西融水苗族自治县、三江侗族自治县及贵州从江县的苗族聚居区。
演唱者：杨庆林，融水苗族自治县拱洞乡人。
采录者：韦秀明、韦明岱、杜鸿。
翻译者：贺明辉。

（海八）

迁徙歌

题解：《迁徙歌》，苗语即《海八》，讲述远古时候，整海寨由盛而衰的演变过程。传说整海寨位于沿海平原，古时是有名的富饶之地。当时整海寨聚居着多个民族。开始，各民族团结协作，互助友爱，共同发展，群众生活十分富裕。后来因人口增多，头领管理不力，民众思想不统一，社会治安混乱，各种灾害频发，整海寨逐渐衰微。整海寨大致有七种灾难：一是坏人为非作歹，百姓深受其害；二是火灾时常发生，民众房屋财产被烧光；三是相互抢夺生意，民众互相残杀；四是瘟疫流行，人畜死亡增多；五是民众私心相当严重，相互争夺土地；六是财产分配不公，民众生活困苦；七是民族歧视严重，民众难以团结。七种原因引起社会动乱，灾难频发，百姓受苦，民不聊生，民众被迫扶老携幼背井离乡，逃荒避难，引发迁徙悲剧。故事对研究苗族社会迁徙有参考价值。古歌主要流传在广西融水、三江等自治县。

着 乌 整 海 羊
$tɕio^{6}$ vu^{5} $tsəŋ^{2}$ hai^{1} $ɣaŋ^{4}$
Jios wut zengx haib vangl
最 好 整 海 寨
最好就是整海①寨

帮 流 两 嗒 聂
$paŋ^{6}$ liu^{7} $liaŋ^{2}$ ta^{1} $ɳai^{4}$
Bangs liuk liangx dab nzail
平 像 田 苗 鱼
平坦就像养鱼田②

---

①整海：苗语“zengx haib”的音译，地名，今址不详。传说整海寨是苗族的最佳居住地。

②养鱼田：苗族善于在稻田里饲养禾花鱼，养禾花鱼的稻田就被称为养鱼田。禾花鱼是一种体色乌黑透亮的鲤鱼品种，主要在南部山区一带稻田中养殖，因采食落水禾花，鱼肉具有禾花香味而得名禾花鱼。此指面积大的良田。

改	乌	稳	乌	直
qai^{3}	vu^{5}	vəŋ^{2}	vo^{1}	tɕi^{4}
Ghaid	wut	wengx	wob	jil
又	好	园	菜	种

又有肥沃好菜地

布	答	许	嗒	答
pu^{1}	ta^{4}	ɕi^{2}	ta^{1}	ta^{4}
Bub	dal	xix	dab	dal
知	个	哪	小	孩

不知是哪一个人

木	布	整	海	羊
mu^{4}	pu^{6}	tsəŋ^{2}	hai^{1}	ɣaŋ^{4}
Mul	bus	zengx	haib	vangl
去	进	整	海	寨

进驻平坦整海寨

罗	呀	追	冬	着
lo^{6}	ʑa^{6}	tsəi^{1}	toŋ^{6}	tɕio^{4}
Los	yas	zeib	dongs	jiol
才	竖	五	柱	子

竖立五根大柱子

一	冬	花	瓜	能
ʑi^{8}	toŋ^{6}	fa^{1}	qa^{6}	nəŋ^{4}
Yif	dongs	fab	ghas	nengl
八	柱	在	那	下游

八根柱子立下游

罗	呀	卡	呀	桑
lo^{6}	ʑa^{6}	kha^{1}	ʑa^{6}	saŋ^{4}
Los	yas	kab	yas	sangl
才	养	卡	养	桑

又养卡公和桑公①

罗	呀	坡	呀	读
lo^{6}	ʑa^{6}	pho^{1}	ʑa^{6}	tu^{4}
Los	yas	pob	yas	dul
又	养	坡	养	读

又养坡公和读公②

之	麦	之	英	羊
tɕi^{3}	mai^{6}	tɕi^{3}	ɤiŋ^{1}	ɤaŋ^{4}
Jid	mais	jid	vingb	vangl
小	麦	小	英	养

又养麦妹和英哥③

英	麦	呀	分	跌
ɤiŋ^{1}	mai^{6}	ʑa^{6}	fəŋ^{1}	tie^{4}
Vingb	mais	yas	fengb	diel
英	麦	养	凡	间

英麦兄妹繁衍人

①卡公和桑公：“卡”和“桑”分别是苗语“kab”和“sangl”的音译，人名，苗族的两个头人，尊称“卡公”和“桑公”。

②坡公和读公：“坡”和“读”分别是苗语“pob”和“dul”的音译，人名，苗族的两个头人，尊称“坡公”和“读公”。

③麦妹和英哥：“英”和“麦”分别是苗语“vingb ”和“mais”的音译，人名。传说英和麦原来是一对亲兄妹，自从洪水滔天后，凡间人都死绝，只因英和麦躲在大葫芦里而躲过灭顶之灾。为了繁衍人类，兄妹只能结婚，即“兄妹开亲”。

罗	呀	哪	追	无
lo^{6}	ʑa^{6}	na^{2}	tsəi^{1}	vu^{4}
Los	yas	nax	zeib	wul
又	养	人	五	万

来养育五万人①家

一	温	瓜	海	羊
ʑi^{8}	vəŋ^{6}	qa^{6}	hai^{1}	ɣaŋ^{4}
Yif	wengs	ghas	haib	vangl
八	万	那	海	寨

八万人②在整海寨

布	答	许	嗒	答
pu^{1}	ta^{4}	ɕi^{2}	ta^{1}	ta^{4}
Bub	dal	xix	dab	dal
知	个	哪	小	孩

不知是哪一个人

劳	秋	整	海	羊
lau^{4}	tɕhiu^{5}	tseŋ^{2}	hai^{1}	ɣaŋ^{4}
Laol	qiut	zengx	haib	vangl
来	治理	整	海	寨

他来治理整海寨

---

①五万人：此数据是虚数，泛指众人。苗歌在演唱过程中，为了押调和顺口而采取的一种叙述方法。

②八万人：此数据是虚数，泛指众人。

之	瓜	两	溜	雷
tɕi^{3}	qa^{6}	liaŋ^{2}	liu^{1}	ləi^{4}
Jid	ghas	liangx	liub	leil
小	瓜	两	大	家产

瓜两①田多家产大

阿	刀	整	海	羊
a^{5}	tau^{8}	tsəŋ^{2}	hai^{1}	ɣaŋ^{4}
At	daof	zengx	haib	vangl
当	头人	整	海	寨

他当整海寨头人

你	拉	哪	分	羊
ni^{2}	la^{7}	na^{2}	fəŋ^{1}	ɣaŋ^{4}
Nix	lak	nax	fengb	vangl
他	召	人	村	寨

他召集全村寨人

许	阿	刚	索	休
ɕi^{2}	a^{1}	kaŋ^{1}	sau^{4}	ɬiu^{4}
Xix	ab	gangb	saol	dliul
时	那	芒萁	杂	芒芯

那时芒萁杂芒芯

---

①瓜两：苗语“ghas liangx”的音译，人名，是整海寨的头人，治理整海寨有方，使人们和谐相处，地方平安。

许　阿　改　索　各

ɕi^{2}　a^{1}　qɛ^{1}　sau^{4}　qau^{4}

Xix　ab　ghaeb　saol　ghaol

时　那　鸡　杂　鹅

那时鸡和鹅混放

许　阿　木　索　丢

ɕi^{2}　a^{1}　mu^{1}　sau^{4}　tiu^{4}

Xix　ab　mub　saol　diul

时　那　苗　杂　汉

那时苗汉住一起

丢　孖　木　五　劳

tiu^{4}　ȵia^{6}　mu^{1}　vu^{2}　lau^{4}

Diul　nzias　mub　wux　laol

汉　与　苗　通　婚

汉族和苗族通婚

木　孖　丢　五　劳

mu^{1}　ȵia^{6}　tiu^{4}　vu^{2}　lau^{4}

Mub　nzias　diul　wux　laol

苗　与　汉　通　婚

苗族汉族也通婚

劳	劳	底	拉	着
lau^{4}	lau^{8}	ti^{2}	la^{1}	tɕio^{4}
Laol	laof	dix	lab	jiol
来	立	一	个	岩

苗汉一起做埋岩①

罗	秋	整	海	羊
lo^{6}	tɕhiu^{5}	tsəŋ^{2}	hai^{1}	ɣaŋ^{4}
Los	qiut	zengb	haib	vangl
来	治理	整	海	寨

岩规治理整海寨

丢	让	底	仁	羊
tiu^{4}	ȵiaŋ^{1}	ti^{2}	ʑiŋ^{4}	ɣaŋ^{4}
Diul	nziangb	dix	yingl	vangl
汉	住	一	半	寨

汉族住一半村寨

木	让	底	仁	羊
mu^{1}	ȵiaŋ^{1}	ti^{2}	ʑiŋ^{4}	ɣaŋ^{4}
Mub	nziangb	dix	yingl	vangl
苗	住	一	半	寨

苗族住一半村寨

---

①埋岩：源于苗族古代的鼓社组织。埋岩定法，指在一定的时间、一定的地点召开全鼓社或联鼓社（后发展为村寨或联村寨）的社员大会或代表大会，对某方面的规约内容进行讨论、协商，取得一致意见后立即将一块长条石头的下半截埋入土内（露出上半截），即表示商定的法规内容已如石入土，万年不变。石头一经埋下即产生法律效力，人人都得遵守，谁违反就要受到处罚。

木	答	丢	水	各
mu^1	ta^6	tiu^4	səi^2	ko^4
Mub	das	diul	seix	gol
苗	死	汉	也	哭

苗族丧事汉族帮

丢	答	木	水	各
tiu^4	ta^6	mu^1	səi^2	ko^4
Diul	das	mub	seix	gol
汉	死	苗	也	哭

汉族丧事苗族帮

丢	答	超	哈	哈
tiu^4	ta^6	tshau^1	ha^1	ha^4
Diul	das	caob	hab	hal
汉	死	吹	唢	呐

汉族丧事吹唢呐

超	哈	哈	陇	工
tshau^1	ha^1	ha^4	loŋ^2	koŋ^4
Caob	hab	hal	longx	gongl
吹	唢	呐	沿	路

沿着大路吹唢呐

木	答	爹	蚁	答
mu^1	ta^6	tie^1	n̥i^2	ta^4
Mub	das	dieb	nzix	dal
苗	死	杀	水牛	头

苗族丧事杀水牛

超	嘎	追	孖	工
tshau^{1}	ka^{2}	tsəi^{1}	ȵia^{6}	koŋ^{4}
Caob	gax	zeib	nzias	gongl
吹	芦	笙	沿	路

沿着大路吹芦笙

上	内	溜	松	羊
ɕiaŋ^{5}	nəi^{3}	liu^{1}	ɬoŋ^{6}	ɣaŋ^{4}
Xiangt	neid	liub	dlongs	vangl
放	枪	大	坳	寨

村头放鸟枪送葬

能	乌	整	海	羊
nəŋ^{4}	vu^{5}	tsəŋ^{2}	hai^{1}	ɣaŋ^{4}
Nengl	wut	zengx	haib	vangl
穿	好	整	海	寨

整海寨人人穿好

羊	乌	整	海	羊
ɣaŋ^{4}	vu^{5}	tsəŋ^{2}	hai^{1}	ɣaŋ^{4}
Vangl	wut	zengx	haib	vangl
寨	好	整	海	寨

整海寨真是太平

芒	哩	着	根	羊
maŋ^{8}	li^{5}	tɕio^{6}	qəŋ^{1}	ɣaŋ^{4}
Mangf	lit	jios	ghengb	vangl
河	流	绕	底	寨

一条河流绕寨脚

登 古 鲁 古 鲁
təŋ^{8} qu^{6} lu^{1} qu^{6} lu^{4}
Dengf ghus lub ghus lul
圆 圆 状 圆 状
村寨方圆又平坦

登 江 拉 王 丢
təŋ^{8} tɕiaŋ^{6} la^{1} vaŋ^{4} tiu^{4}
Dengf jiangs lab wangl diul
圆 像 个 锅 头
四周圆圆像锅头

弱 江 拉 乙 各
ȵiu^{8} tɕiaŋ^{6} la^{1} ɤi^{4} qau^{4}
Nziuf jiangs lab vil ghaol
结实 像 个 窝 鹅
村寨布局像鹅窝

着 乌 整 无 各
tɕio^{6} vu^{5} tsəŋ^{2} vu^{3} qau^{4}
Jios wut zengx wud ghaol
最 好 坪 放 鹅
大坪平坦好放鹅

改 衣 党 无 眉
qai^{3} ɤi^{5} taŋ^{2} vu^{3} mie^{4}
Ghaid vit dangx wud miel
又 近 坪 放 马
又靠近那跑马坪

超 足 拉 各 劳
tshau^{1} tɕiu^{8} la^{1} qau^{4} lau^{4}
Caob jiuf lab ghaol laol
吹 十 个 乐 器
吹奏那民族乐器

清 瓜 海 敌 敌
tɕhiŋ^{5} qa^{6} hai^{1} ti^{4} ti^{4}
Qingt ghas haib dil dil
震动 那 海 滴 滴
声音震动整海寨

顿 顿 努 芒 直
təŋ^{7} təŋ^{7} nəu^{2} maŋ^{1} tɕi^{4}
Dengk dengk noux mangb jil
餐 餐 吃 肉 根
餐餐吃猪肉送饭

下 下 学 西 聂
ɕia^{7} ɕia^{7} ɕio^{7} ɬi^{1} ȵai^{4}
Xiak xiak xiok dlib nzail
次 次 提 碟 鱼
每次吃大碟河鱼

宵 夜 许 东 木
ɕiau^{1} ʑe^{7} ɕi^{2} tioŋ^{1} mu^{4}
Xiaob yek xix diongb mul
宵 夜 时 半 夜
深夜还有夜宵吃

兄	楼	瓜	东	羊
ɕioŋ^{5}	ləu^{8}	qa^{6}	tioŋ^{1}	ɣaŋ^{4}
Xiongt	louf	ghas	diongb	vangl
起	楼	那	中间	寨

寨中并排吊脚楼

邓	温	江	奄	眉
təŋ^{6}	vəŋ^{6}	tɕiaŋ^{6}	ən^{1}	mie^{4}
Dengs	wengs	jiangs	enb	miel
雕	龙	像	鞍	马

楼阁雕刻那蛟龙

答	哇	江	生	各
ta^{6}	va^{6}	tɕiaŋ^{6}	ɬəŋ^{1}	qau^{4}
Das	was	jiangs	dlengb	ghaol
轮	廓	像	脖子	鹅

楼廓雕刻那凤凰

阿	劳	刀	劳	吓
a^{5}	lau^{4}	tau^{6}	lau^{1}	ɬia^{4}
At	laol	daos	laob	dlial
做	楼	合	脚	走

木楼楼板很平坦

造	嘎	了	劳	扭
tsau^{7}	ka^{2}	lia^{2}	lau^{1}	niu^{4}
Zaok	gax	liax	laob	niul
跳	芦笙	踩	堂	鼓

人们在大坪踩堂

兄　冲　加　虽　谷

ɕioŋ^{6} tɕhioŋ^{3} tɕia^{6} səi^{1} kiu^{4}

Xiongs qiongd jias seib giul

七　个　装　谷　满

七个粮仓装谷子

罢　不　两　嗒　聂

pa^{7} pu^{8} liaŋ^{2} ta^{1} ȵai^{4}

Bak buf liangx dab nzail

爸　见　田　苗　鱼

爸爸看见养鱼田

罢　丁　两　根　羊

pa^{7} tiŋ^{6} liaŋ^{2} qəŋ^{1} ɣaŋ^{4}

Bak dings liangx ghengb vangl

爸　订　田　底　寨

爸爸订寨底良田

咪　不　稳　乌　列

mi^{6} pu^{8} vəŋ^{2} vo^{1} lie^{4}

Mis buf wengx wob liel

妈　见　地　菜　好

妈妈看见好菜地

咪　丁　稳　乌　直

mi^{6} tiŋ^{6} vəŋ^{2} vo^{1} tɕi^{4}

Mis dings wengx wob jil

妈　订　园　菜　种

妈妈订菜园种菜

着 乌 整 海 羊
tɕio^{6} vu^{5} tsəŋ^{2} hai^{1} ɣaŋ^{4}
Jios wut zengx haib vangl
最 好 整 海 寨
最好就属整海寨

布 阿 爹 海 八
pu^{1} a^{5} tɛ^{6} hai^{1} pa^{4}
Bub at daes haib bal
知 怎 样 海 衰
为何整海寨衰落

瓜 海 罗 邦 泵
qa^{6} hai^{1} lo^{6} paŋ^{1} poŋ^{4}
Ghas haib los bangb bongl
那 海 才 倒 了
整海寨从此萧条

吹 泵 列 分 跌
tshəi^{5} poŋ^{6} lie^{6} fəŋ^{1} tie^{4}
Ceit bongs lies fengb diel
分 了 给 地 方
人们迁徙到各地

吹 泵 准 追 伦
tshəi^{5} poŋ^{6} tɕiŋ^{2} tsəi^{1} ɬəŋ^{4}
Ceit bongs jingx zeib dlengl
分 了 成 五 处
分成五处来定居

别	生	哪	分	跌
pɛ^5	səŋ^5	na^2	fəŋ^1	tie^4
Baet	sengt	nax	fengb	diel
百	姓	人	凡	间

形成如今百家姓

勾	奘	丢	加	八
qəu^5	tsaŋ^7	tiu^5	tɕia^1	pa^4
Ghout	zangk	diut	jiab	bal
公	奘	投	药	衰

奘①公投毒整海衰

勾	坐	勾	索	秋	着	立
qəu^5	tso^7	qəu^5	so^2	tɕhiu^5	tɕio^2	li^4
Ghout	zok	ghout	sox	qiut	jiox	lil
公	坐	公	索	治	条	理

坐公索公②来治理

之	凹	沛	党	木
tɕi^5	au^1	phɛ^5	taŋ^2	mu^4
Jit	aob	paet	dangx	mul
爬	两	边	山	去

他们爬上两边山

①奘：苗语“zangk”的音译，人名，尊称“奘公”。

②坐公索公：苗语“ghout zok ghout sox”的音译，人名。

夸	哪	累	打	吓
qha^{5}	na^{1}	ləi^{5}	ta^{2}	ɬia^{4}
Khat	nab	leit	dax	dlial
叫	日	月	来	走

邀日神月神来走

夸	哪	累	马	劳
qha^{5}	na^{1}	ləi^{5}	ma^{2}	lau^{4}
Khat	nab	leit	max	laol
叫	日	月	不	来

请日神月神不来

凹	你	斗	丁	斗	育	大
au^{1}	ni^{2}	təu^{7}	tiŋ^{1}	təu^{5}	ʑu^{2}	ta^{4}
Aob	nix	douk	dingb	dout	yux	dal
两	他	砍	根	树	木	棍

他们砍一根木棍

派	拉	晒	猛	杀
phai^{1}	la^{1}	sai^{5}	moŋ^{2}	sa^{4}
Paib	lab	sait	mongx	sal
打	个	脸庞	那	对

打对樊公太阳穴

盆	列	之	瓦	木
phan^{5}	lie^{1}	tɕi^{5}	va^{2}	mu^{4}
Pant	lieb	jit	wax	mul
喷	脑浆	上	来	去

打得脑浆喷上来

准 兴 无 着 跌

tɕiŋ^{2} ɬiŋ^{1} vu^{7} tɕio^{2} tie^{4}

Jingx dlingb wuk jiox diel

变 鬼 下 凡 间

变成鬼魂下凡间

介 嗒 育 瓜 羊

qai^{5} ta^{1} ʑu^{5} qa^{6} ɣaŋ^{4}

Ghait dab yut ghas vangl

勾 小 孩 那 寨

勾村寨小孩魂魄

底 哪 介 九 答

ti^{2} na^{1} qai^{5} tɕiu^{2} ta^{4}

Dix nab ghait jiux dal

一 天 勾 九 人

一天死了九个人

兄 生 之 整 尤

ɕioŋ^{6} səŋ^{1} tɕi^{5} tsəŋ^{2} ʑəu^{4}

Xiongs sengb jit zengx youl

七 千 上 阴 间

七千人死上阴间

阿 你 海 罗 八

a^{5} ni^{6} hai^{1} lo^{6} pa^{4}

At nis haib los bal

这 样 海 才 衰

这样整海寨衰落

改	列	底	嗒	及
qai^{3}	lie^{5}	ti^{2}	ta^{1}	ki^{4}
Ghaid	liet	dix	dab	gil
又	因	一	小	孩

又因为那群孩子

嗒	你	你	结	直
ta^{1}	ni^{2}	ni^{2}	kie^{1}	tɕi^{4}
Dab	nix	nix	gieb	jil
他	们	他们	炒	茶

他们爆米煮油茶

扑	浪	引	加	劳
phu^{5}	laŋ^{7}	ɣiŋ^{2}	tɕia^{1}	lau^{4}
Put	langk	vingx	jiab	laol
漫	过	边	火塘	来

爆米油漫过火塘

改	拉	底	扭	到
qai^{3}	la^{5}	ti^{2}	niu^{1}	tau^{4}
Ghaid	lat	dix	niub	daol
又	弹	一	星	火

又因一火星弹出

瓜	告	猛	夸	到
qa^{6}	qau^{5}	moŋ^{2}	kha^{1}	tau^{4}
Ghas	ghaot	mongx	kab	daol
那	角落	那	着	火

弹到屋角那燃烧

罗　夸　整　海　羊
lo^{6}　kha^{1}　tsəŋ^{2}　hai^{1}　ɣaŋ^{4}
Los　kab　zengx　haib　vangl
才　烧　整　海　寨
大火烧毁整海寨

阿　凹　生　海　八
a^{5}　au^{1}　ɬəŋ^{6}　hai^{1}　pa^{4}
At　aob　dlengs　haib　bal
为　二　次　海　衰
这是第二次衰落

让　勾　枉　之　立
ȵiaŋ^{1}　qəu^{5}　vaŋ^{2}　tɕi^{1}　li^{4}
Nziangb　ghout　wangx　jib　lil
有　公　枉　之　立
有一个叫之立①公

改　代　也　后　龙
qai^{3}　tai^{7}　ʑe^{2}　həu^{1}　loŋ^{4}
Ghaid　daik　yex　houb　longl
又　和　也　后　龙
又和一个也后龙②

①之立：苗语“jib lil”的音译，人名，尊称“之立公”。
②也后龙：苗语“yex houb longl”的音译，人名。

西	劳	斗	秋	扭
ɕi^{5}	lau^{8}	təu^{2}	tɕhiu^{3}	niu^{4}
Xit	laof	doux	qiud	niul
相	抢	铜	修	鼓

争抢铜来修铜鼓

西	劳	筛	秋	王
ɕi^{5}	lau^{8}	sai^{1}	tɕhiu^{3}	vaŋ^{4}
Xit	laof	saib	qiud	wangl
争	抢	钢	修	锅

争抢钢来修补锅

凹	你	马	刀	不
au^{1}	ni^{2}	ma^{2}	tau^{6}	pu^{4}
Aob	nix	max	daos	bul
两	他	不	和	朋友

他们两个闹不合

越	些	无	根	败
ɣie^{7}	sɛ^{5}	vu^{7}	qəŋ^{1}	pai^{4}
Viek	saet	wuk	ghengb	bail
藏	刀	在	后	手

衣袖暗藏那柴刀

娃	些	挪	根	肚
vɛ^{6}	sɛ^{5}	nio^{2}	qəŋ^{1}	təu^{4}
Waes	saet	niox	ghengb	doul
留	刀	放	后	肚

胸前也藏一把刀

让	答	嗒	让	学
ȵiaŋ^{1}	ta^{4}	ta^{1}	ȵiaŋ^{8}	ɬio^{3}
Nziangb	dal	dab	nziangf	dliod
有	个	人	真	聪明

有一个人真聪明

当	准	丁	到	内
taŋ^{5}	tɕiŋ^{2}	tiŋ^{1}	tau^{4}	nəi^{3}
Dangt	jingx	dingb	daol	neid
铸	成	把	鸟	枪

他制成一把鸟枪

匡	江	拉	年	略
qhaŋ^{1}	tɕiaŋ^{6}	la^{1}	niŋ^{4}	lio^{3}
Khangb	jiangs	lab	ningl	liod
枪托	像	只	腿	牛

枪托像一只牛腿

仁	江	扭	尤	告
ʑiŋ^{8}	tɕiaŋ^{6}	niu^{1}	ʑəu^{4}	qau^{3}
Yingf	jiangs	niub	youl	ghaod
子弹	像	果	米	椎

子弹像一粒米椎

棒	答	枉	立	志
paŋ^{3}	ta^{6}	vaŋ^{2}	li^{4}	tɕi^{3}
Bangd	das	wangx	lil	jid
打	死	枉	立	志

子弹打死枉立志

当 分 呆 纠 义
taŋ^{4} fəŋ^{1} tai^{1} tɕiu^{4} ȵi^{3}
Dangl fengb daib jiul nzid
半 凡 间 悲 伤
凡间人都很悲伤

阿 败 生 海 八
a^{5} pai^{1} ɬəŋ^{6} hai^{1} pa^{4}
At baib dlengs haib bal
为 三 次 海 衰
这是第三次衰落

瓜 海 罗 帮 泵
qa^{6} hai^{1} lo^{6} paŋ^{1} poŋ^{4}
Ghas haib los bangb bongl
那 海 才 倒 塌
整海寨从此衰落

让 阶 不 荣 江
ȵiaŋ^{1} qai^{1} pu^{4} ʑoŋ^{8} tɕiaŋ^{6}
Nziangb ghaib bul yongf jiangs
有 蔸 荆棘 榕 江
榕江有一蔸荆棘

党 阶 党 角 呀
taŋ^{4} qai^{1} taŋ^{4} ko^{8} ɣa^{6}
Dangl ghaib dangl gof vas
头 刺 刺 尾 利
刺头刺尾都锋利

八	拉	羊	一	温
pa^{8}	la^{1}	ɣaŋ^{4}	ʑi^{8}	vəŋ^{6}
Baf	lab	vangl	yif	wengs
护	个	寨	八	万

刺棘保护整海寨

马	巴	答	兴	扫
ma^{2}	pa^{1}	ta^{4}	ɬiŋ^{1}	sau^{6}
Max	bab	dal	dlingb	saos
不	给	个	鬼	到

不给冤鬼进村寨

答	溜	答	育	乌
ta^{4}	liu^{1}	ta^{4}	ʑu^{5}	vu^{6}
Dal	liub	dal	yut	wus
个	大	个	小	活

大人小孩都健康

整	海	羊	罗	丁
tsəŋ^{2}	hai^{1}	ɣaŋ^{4}	lo^{6}	tiŋ^{6}
Zengx	haib	vangl	los	dings
整	海	寨	才	安定

整海寨和谐安定

枉	号	答	阿	正
vaŋ^{2}	hau^{1}	ta^{4}	a^{5}	tsəŋ^{6}
Wangx	haob	dal	at	zengs
王	天	个	做	坏

天公是一个坏人

斗	丁	灯	些	呀
təu^{7}	tiŋ^{1}	təŋ^{4}	sɛ^{5}	ɣa^{6}
Douk	dingb	dengl	saet	vas
执	把	剑	刀	利

手执一把利刃剑

喇	阶	不	荣	江
la^{2}	qai^{1}	pu^{4}	ʑoŋ^{8}	tɕiaŋ^{6}
Lax	ghaib	bul	yongf	jiangs
砍	蔸	荆棘	榕	江

砍掉那一蔸刺棘

挪	兴	劳	扫	娘
nio^{2}	ɬiŋ^{1}	lau^{4}	sau^{6}	niaŋ^{6}
Niox	dlingb	laol	saos	niangs
让	鬼	来	到	内

让冤鬼进村寨来

八	拉	羊	一	温
pa^{4}	la^{1}	ɣaŋ^{4}	ʑi^{8}	vəŋ^{6}
Bal	lab	vangl	yif	wengs
坏	个	寨	八	万

破坏整海寨安宁

答	溜	答	育	答
ta^{4}	liu^{1}	ta^{4}	ʑu^{5}	ta^{6}
Dal	liub	dal	yut	das
个	大	个	小	死

大人小孩都病死

底	哪	木	丢	约
ti^{2}	na^{1}	mu^{4}	tiu^{5}	ʑo^{6}
Dix	nab	mul	diut	yos
一	天	去	六	人

一天死了六个人

九	根	木	毕	松
tɕiu^{2}	qəŋ^{1}	mu^{4}	pi^{5}	ɬoŋ^{6}
Jiux	ghengb	mul	bit	dlongs
九	抬	去	睡	坳

每天抬死人埋葬

唠	生	整	海	八
ɬau^{1}	ɬəŋ^{6}	tsəŋ^{2}	hai^{1}	pa^{4}
Dlaob	dlengs	zengx	haib	bal
四	次	整	海	衰

这是第四次衰落

瓜	海	罗	帮	泵
qa^{6}	hai^{1}	lo^{6}	paŋ^{1}	poŋ^{4}
Ghas	haib	los	bangb	bongl
那	海	才	倒	塌

整海寨从此衰落

立	进	整	海	羊
li^{4}	tɕiŋ^{6}	tsəŋ^{2}	hai^{1}	ɣaŋ^{4}
Lil	jings	zengx	haib	vangl
立	进	整	海	寨

立进①是整海寨人

①立进：苗语“lil jings”的音译，人名。

都 囊 哪 分 败
tu^{1} naŋ^{6} na^{2} fəŋ^{1} pai^{4}
Dub nangs nax fengb bail
都 囊 人 天 庭
都囊公是天庭①人

西 劳 五 拉 扭
ɕi^{5} lau^{8} vu^{2} la^{1} niu^{4}
Xit laof wux lab niul
争 抢 箍 个 鼓
他们争抢箍木鼓

西 劳 两 根 羊
ɕi^{5} lau^{8} liaŋ^{2} qəŋ^{1} ɣaŋ^{4}
Xit laof liangx ghengb vangl
争 抢 田 底 寨
他们相争寨底田

西 劳 引 纠 到
ɕi^{5} lau^{8} ɣiŋ^{2} tɕiu^{1} tau^{4}
Xit laof vingx jiub daol
争 抢 岭 山 柴
他们争夺那山场

---

①天庭：天帝的皇宫。苗族认为，除凡间外，在天空上同样生活着与凡间一样的人，他们通过爬“天梯”相互往来，苗语叫“nax fengb bail”或“nax fengb wax”，即“天上人”。

阿	当	爹	英	羊
a^{5}	tiaŋ^{6}	tɛ^{6}	ʑiŋ^{1}	ʑaŋ^{4}
At	diangs	daes	yingb	yangl
打	官司	在	连	续

官司连年打不断

阿	你	准	英	谁
a^{5}	ni^{6}	tɕiŋ^{2}	ʑiŋ^{1}	səi^{4}
At	nis	jingx	yingb	seil
这	样	成	冤	家

这样酿成那冤案

阿	追	生	海	八
a^{5}	tsəi^{1}	ɬəŋ^{6}	hai^{1}	pa^{4}
At	zeib	dlengs	haib	bal
做	五	次	海	衰

这是第五次衰落

阿	爹	整	海	八
a^{5}	tɛ^{6}	tsəŋ^{2}	hai^{1}	pa^{4}
At	daes	zengx	haib	bal
怎	样	整	海	衰

为何整海寨衰落

丢	农	让	仁	羊
tiu^{4}	noŋ^{8}	ȵiaŋ^{1}	ʑiŋ^{4}	ɣaŋ^{4}
Diul	nongf	nziangb	yingl	vangl
汉	自己	住	半	寨

汉人住在一边寨

木 农 让 仁 羊
mu^{1} noŋ^{8} ȵiaŋ^{1} ʑiŋ^{4} ɣaŋ^{4}
Mub nongf nziangb yingl vangl
苗 自己 住 半 寨
苗人住在一边寨

丢 努 芒 努 直
tiu^{4} nəu^{2} maŋ^{1} nəu^{2} tɕi^{4}
Diul noux mangb noux jil
汉 吃 肉 吃 火腿
汉人吃肉吃火腿

厚 毕 许 东 木
həu^{7} pi^{6} ɕi^{2} tioŋ^{1} mu^{4}
Houk bis xix diongb mul
喝 酒 时 半 夜
夜夜喝酒到深夜

木 记 马 学 昂
mu^{1} ki^{8} ma^{2} ɕio^{1} ŋaŋ^{4}
Mub gif max xiob ngangl
苗 人 不 有 吃
苗人无饭菜充饥

木 记 努 最 立
mu^{1} ki^{8} nəu^{2} tsəi^{3} li^{4}
Mub gif noux zeid lil
苗 人 吃 杨 梅
苗人摘杨梅充饥

努 最 芒 呀 行

nəu^{2} tsəi^{3} maŋ^{4} ʑa^{6} ɬiŋ^{4}

Noux zeid mangl yas dlingl

吃 柿 子 养 命

天天吃柿子充饥

西 劳 两 根 羊

ɕi^{5} lau^{8} liaŋ^{2} qəŋ^{1} ɣaŋ^{4}

Xit laof liangx ghengb vangl

相 争 田 底 寨

苗人汉人争良田

阿 当 准 英 谁

a^{5} tiaŋ^{6} tɕiŋ^{2} ʑiŋ^{1} səi^{4}

At diangs jingx yingb seil

打 官司 成 冤 家

官司缠身成冤家

农 卡 两 溜 雷

noŋ^{3} qa^{6} liaŋ^{2} liu^{1} ləi^{4}

Nongd ghas liangx liub leil

现在 卡 两 大 家产

现在卡两①家产大

①卡两：苗语“ghas liangx”的音译，人名，苗族头人。

罗	吹	准	追	眉
lo^{6}	tshəi^{5}	tɕiŋ^{2}	tsəi^{1}	mie^{4}
Los	ceit	jingx	zeib	miel
才	分	成	五	宗族

把人分成五族群

追	生	哪	分	跌
tsəi^{1}	səŋ^{5}	na^{2}	fəŋ^{1}	tie^{4}
Zeib	sengt	nax	fengb	diel
五	姓	人	凡	间

凡间分成五族群

班	阿	哪	嗒	丢
pan^{6}	a^{5}	na^{2}	ta^{1}	tiu^{4}
Bans	at	nax	dab	diul
群	是	人	族	汉

一个族群是汉族

神	帮	你	让	木
ɬəŋ^{4}	paŋ^{6}	ni^{2}	ȵiaŋ^{1}	mu^{4}
Dlengl	bangs	nix	nziangb	mul
平	地	他	居	住

汉族居住在平地

班	阿	嗒	木	劳
pan^{6}	a^{5}	ta^{1}	mu^{1}	lau^{4}
Bans	at	dab	mub	laol
群	是	族	苗	老

一个族群是苗族

瓜	不	引	让	今
qa^{6}	pu^{5}	ɣiŋ^{2}	ȵiaŋ^{1}	kiŋ^{4}
Ghas	but	vingx	nziangb	gingl
那	边	岭	居	住

苗族住在山岭上

丢	兄	布	东	伦
tiu^{4}	ɕioŋ^{6}	pu^{6}	tioŋ^{1}	ɬəŋ^{4}
Diul	xiongs	bus	diongb	dlengl
族	壮	进	中	山梁

壮族住在山梁间

丢	瑶	布	东	败
tiu^{4}	ʑau^{8}	pu^{6}	tioŋ^{1}	pai^{4}
Diul	yaof	bus	diongb	bail
族	瑶	进	中	坡

瑶族住在半山坡

木	候	引	让	今
mu^{4}	həu^{3}	ɣiŋ^{2}	ȵiaŋ^{1}	kiŋ^{4}
Mul	houd	vingx	nziangb	gingl
去	顶	岭	居	住

如今安居山顶上

古	木	兄	根	东
kiu^{3}	mu^{4}	ɕioŋ^{2}	qəŋ^{1}	tioŋ^{4}
Giud	mul	xiongx	ghengb	diongl
侗族	去	沿	底	山谷

侗族住在山谷里

及 着 准 拉 羊
ki^{8} tɕio^{6} tɕiŋ^{2} la^{1} ɣaŋ^{4}
Gif jios jingx lab vangl
谷 头 成 个 寨
谷边安营又扎寨

纠 约 纠 拉 伦
tɕiu^{6} ʑo^{6} tɕiu^{6} la^{1} ɬəŋ^{4}
Jius yos jius lab dlengl
一 人 一 个 山梁
一人一家分散住

阿 丢 生 海 八
a^{5} tiu^{5} ɬəŋ^{6} hai^{1} pa^{4}
At diut dlengs haib bal
做 六 次 海 衰
这是第六次衰落

瓜 海 罗 帮 泵
qa^{6} hai^{1} lo^{6} paŋ^{1} poŋ^{4}
Ghas haib los bangb bongl
那 海 才 倒 塌
整海寨从此衰落

许 阿 整 海 羊
ɕi^{2} a^{1} tsəŋ^{2} hai^{1} ɣaŋ^{4}
Xix ab zengx haib vangl
时 那 整 海 寨
那个时候整海寨

许	阿	木	索	丢
ɕi^{2}	a^{1}	mu^{1}	sau^{4}	tiu^{4}
Xix	ab	mub	saol	diul
时	那	苗	杂	汉

苗族汉族杂居住

丢	扫	木	吓	羊
tiu^{4}	sau^{6}	mu^{1}	ɬia^{4}	ɣaŋ^{4}
Diul	saos	mub	dlial	vangl
汉	到	苗	走	寨

汉人到苗寨走寨①

木	扫	丢	吓	羊
mu^{1}	sau^{6}	tiu^{4}	ɬia^{4}	ɣaŋ^{4}
Mub	saos	diul	dlial	vangl
苗	到	汉	走	寨

苗人到汉寨走寨

丢	仑	木	外	弱
tiu^{4}	ləŋ^{6}	mu^{1}	vai^{3}	ȵiu^{4}
Diul	lengs	mub	waid	nziul
汉	乱	苗	媳	妇

汉人骚扰苗媳妇

①走寨：苗族青年男女自由恋爱的方式之一。具体释义同创世歌“伴妹”的脚注。

木 仑 丢 外 弱
mu^{1} ləŋ^{6} tiu^{4} vai^{3} ȵiu^{4}
Mub lengs diul waid nziul
苗 乱 汉 媳 妇
苗人骚扰汉媳妇

西 索 改 索 各
ɕi^{5} sau^{4} qɛ^{1} sau^{4} qau^{4}
Xit saol ghaeb saol ghaol
相 杂 鸡 杂 鹅
鸡鹅放养相混杂

西 劳 敖 两 无
ɕi^{5} lau^{8} au^{7} liaŋ^{2} vu^{4}
Xit laof aok liangx wul
相 争 鸭 田 里
争抢良田放养鸭

阿 你 准 英 谁
a^{5} ni^{6} tɕiŋ^{2} ʑiŋ^{1} səi^{4}
At nis jingx yingb seil
这 样 成 冤 家
苗汉相争成冤家

阿 兄 生 英 谁
a^{5} ɕioŋ^{6} ɬəŋ^{6} ʑiŋ^{1} səi^{4}
At xiongs dlengs yingb seil
做 七 次 冤 家
这是第七次衰落

瓜	海	罗	帮	泵
qa^{6}	hai^{1}	lo^{6}	paŋ^{1}	poŋ^{4}
Ghas	haib	los	bangb	bongl
那	海	才	倒	塌

整海寨村落衰落

杀	列	整	海	八
sa^{4}	lie^{5}	tsəŋ^{2}	hai^{1}	pa^{4}
Sal	liet	zengx	haib	bal
全	因	整	海	衰

全因整海寨衰落

答	沙	你	让	羊
ta^{4}	ɬa^{6}	ni^{2}	ȵiaŋ^{1}	ɣaŋ^{4}
Dal	dlas	nix	nziangb	vangl
人	富	他	住	寨

富人留在整海寨

吓	学	陇	分	跌
ɕia^{5}	ɕio^{6}	loŋ^{2}	fəŋ^{1}	tie^{4}
Xiat	xios	longx	fengb	diel
穷	少	走	他	乡

穷人迁徙到四方

木	之	仰	花	拉
mu^{4}	tɕi^{5}	ȵiaŋ^{2}	fa^{1}	la^{4}
Mul	jit	nziangx	fab	lal
去	上	船	迁	徙

撑木船沿河迁徙

罗	浪	广	东	劳
lo^{6}	laŋ^{5}	kuaŋ^{2}	toŋ^{1}	lau^{4}
Los	langt	guangx	dongb	laol
又	过	广	东	来

苗族从广东迁来

罗	扫	柳	州	羊
lo^{6}	sau^{6}	liu^{2}	tsəu^{1}	ɣaŋ^{4}
Los	saos	liux	zoub	vangl
才	到	柳	州	寨

沿河来到柳州①城

改	之	着	分	行
qai^{3}	tɕi^{5}	tɕio^{2}	fəŋ^{1}	haŋ^{4}
Ghaid	jit	jiox	fengb	hangl
又	上	条	分	行

又沿融江到分行②

木	扫	拉	泵	行
mu^{4}	sau^{6}	la^{1}	poŋ^{2}	ɕun^{4}
Mul	saos	lab	bongx	xunl
去	到	个	滩	险

木船沿河上险滩

①柳州：地名，今广西柳州市。

②分行：苗语“fengb hangl”的音译，地名，今广西柳州市融安县长安镇所在地。

罢 丢 丁 育 约
pa^{7} tiu^{5} tiŋ^{1} ʑu^{2} ʑo^{4}
Bak diut dingb yux yol
爸 用 把 竹篙 撑
爸爸用竹篙撑船

罗 娃 丁 育 木
lo^{6} va^{6} tiŋ^{1} ʑu^{2} mu^{4}
Los was dingb yux mul
才 丢 把 竹篙 去
爸爸丢失那竹篙

罗 阿 拉 泵 行
lo^{6} a^{5} la^{1} poŋ^{2} ɕun^{4}
Los at lab bongx xunl
才 叫 个 滩 丢失
此地取名落篙滩①

改 之 凹 打 木
qai^{3} tɕi^{5} əu^{1} ta^{2} mu^{4}
Ghaid jit oub dax mul
又 上 河 行走 去
他们又沿河迁徙

①落篙滩：苗语“bongx xunl”的意译，地名，今址不详。传说因爸爸的竹篙在此遗失而得名。

罗	扫	分	古	良
lo^{6}	sau^{6}	fəŋ^{1}	ku^{2}	liaŋ^{4}
Los	saos	fengb	gux	liangl
才	到	地方	古	良

来到古良那地方

良	周	改	量	能
liaŋ^{8}	tɕiu^{6}	qai^{3}	liaŋ^{8}	nəŋ^{4}
Liangf	jius	ghaid	liangf	nengl
丈量	上游	又	丈量	下游

他们量上又量下

罗	阿	分	古	良
lo^{6}	a^{5}	fəŋ^{1}	ku^{2}	liaŋ^{4}
Los	at	fengb	gux	liangl
才	叫	地方	古	良

此地取名叫古良①

改	之	凹	打	木
qai^{3}	tɕi^{5}	əu^{1}	ta^{2}	mu^{4}
Ghaid	jit	oub	dax	mul
又	上	河	行走	去

他们又沿河迁徙

①古良：苗语“gux liangl”的音译，地名，今广西柳州市三江侗族自治县良口乡所在地。

木	扫	仰	妻	羊
mu^{4}	sau^{6}	ȵiaŋ^{2}	tɕhi^{1}	ɣaŋ^{4}
Mul	saos	nziangx	qib	vangl
去	到	仰	妻	寨

来到仰妻①安营寨

妻	周	改	妻	能
tɕhi^{1}	tɕiu^{6}	qai^{3}	tɕhi^{1}	nəŋ^{4}
Qib	jius	ghaid	qib	nengl
扫	上游	又	扫	下游

扫地扫上又扫下

罗	阿	仰	妻	羊
lo^{6}	a^{5}	ȵiaŋ^{2}	tɕhi^{1}	ɣaŋ^{4}
Los	at	nziangx	qib	vangl
又	叫	仰	妻	寨

取名叫作仰妻寨

门	之	凹	打	木
məŋ^{6}	tɕi^{5}	əu^{1}	ta^{2}	mu^{4}
Mengs	jit	oub	dax	mul
仍	上	河	行走	去

他们又沿河迁徙

---

①仰妻：苗语“nziangx qib”的音译，地名，今音译为“洋溪”，今广西柳州市三江侗族自治县洋溪乡所在地。

木	扫	分	古	荣
mu^4	sau^6	fəŋ^1	ku^2	ʑoŋ^4
Mul	saos	fengb	gux	yongl
去	到	地	古	荣

来到古荣①安营寨

咪	号	咪	马	荣
mi^6	hau^5	mi^6	ma^2	ʑoŋ^4
Mis	haot	mis	max	yongl
妈	说	妈	不	用

妈妈讲妈妈不用

罢	号	罢	马	荣
pa^7	hau^5	pa^7	ma^2	ʑoŋ^4
Bak	haot	bak	max	yongl
爸	讲	爸	不	用

爸爸讲爸爸不用

罗	阿	分	古	荣
lo^6	a^5	fəŋ^1	ku^2	ʑoŋ^4
Los	at	fengb	gux	yongl
才	叫	地方	古	荣

取名叫作古荣寨

①古荣：苗语“gux yongl”的音译，地名，因爸妈嫌弃该地方而得名。在今广西柳州市三江侗族自治县境内，具体地址不详。

门　之　凹　打　木
məŋ[6]　tɕi[5]　əu[1]　ta[2]　mu[4]
Mengs　jit　oub　dax　mul
仍　上　河　行走　去
他们又沿河迁徙

木　扫　古　科　羊
mu[4]　sau[6]　ku[2]　kho[1]　ɣaŋ[4]
Mul　saos　gux　kob　vangl
去　到　古　科　寨
来到古科①安营寨

科　周　改　科　能
kho[1]　tɕiu[6]　qai[3]　kho[1]　nəŋ[4]
Kob　jius　ghaid　kob　nengl
勘察　上游　和　勘察　下游
勘察上游和下游

罗　阿　古　科　羊
lo[6]　a[5]　ku[2]　kho[1]　ɣaŋ[4]
Los　at　gux　kob　vangl
才　叫　古　科　寨
取名叫作古科寨

---

①古科：苗语“gux kob”的音译，地名，因人们在该地方上下游勘察而得名。在今广西柳州市三江侗族自治县境内，具体地址不详。

门	之	凹	打	木
məŋ^{6}	tɕi^{5}	əu^{1}	ta^{2}	mu^{4}
Mengs	jit	oub	dax	mul
仍	上	河	行走	去

他们又沿河迁徙

木	扫	雇	雍	羊
mu^{4}	sau^{6}	ku^{3}	ȵ̥ioŋ^{1}	ɣaŋ^{4}
Mul	saos	gud	nziongb	vangl
去	到	雇	雍	寨

来到雇雍①安营寨

罗	作	瓦	哪	劳
lo^{6}	tsəu^{7}	va^{2}	na^{1}	lau^{4}
Los	zouk	wax	nab	laol
才	黑	天	日	来

日落天黑了下来

马	不	吗	劳	吓
ma^{2}	pu^{8}	ma^{6}	lau^{1}	ɬia^{4}
Max	buf	mas	laob	dlial
不	见	眼	脚	走

天黑步行不见路

①雇雍：苗语“gud nziongb”的音译，地名，今广西柳州市三江侗族自治县富禄乡富禄村。

咪	惰	手	雍	吓
mi^{6}	təu^{7}	ɬiu^{2}	ȵioŋ^{1}	ɬia^{4}
Mis	douk	dliux	nziongb	dlial
妈	拿	扎	稻草	走

妈拿稻草火把走

罗	阿	雇	雍	羊
lo^{6}	a^{5}	ku^{3}	ȵioŋ^{1}	ɣaŋ^{4}
Los	at	gud	nziongb	vangl
才	叫	雇	雍	寨

取名叫作雇雍寨

门	之	凹	打	木
məŋ^{6}	tɕi^{5}	əu^{1}	ta^{2}	mu^{4}
Mengs	jit	oub	dax	mul
仍	上	河	行走	去

他们又沿河迁徙

木	扫	能	鲁	羊
mu^{4}	sau^{6}	nəŋ^{4}	lu^{2}	ɣaŋ^{4}
Mul	saos	nengl	lux	vangl
去	到	能	鲁	寨

来到能鲁①安营寨

①能鲁：苗语“nengl lux”的音译，地名，在今广西柳州市三江侗族自治县境内，具体地址不详。

咪 号 咪 鲁 文
mi^{6} hau^{5} mi^{6} lu^{2} vəŋ^{4}
Mis haot mis lux wengl
妈 说 妈 糊 涂
妈妈稀里又糊涂

罢 号 罢 鲁 文
pa^{7} hau^{5} pa^{7} lu^{2} vəŋ^{4}
Bak haot bak lux wengl
爸 说 爸 糊 涂
爸爸稀里又糊涂

罗 阿 能 鲁 羊
lo^{6} a^{5} nəŋ^{4} lu^{2} ɣaŋ^{4}
Los at nengl lux vangl
才 叫 能 鲁 寨
取名叫作能鲁寨

门 之 凹 打 木
məŋ^{6} tɕi^{5} əu^{1} ta^{2} mu^{4}
Mengs jit oub dax mul
仍 上 河 行走 去
他们又沿河迁徙

劳 扫 分 整 埋
lau^{4} sau^{6} fəŋ^{1} tsəŋ^{2} mai^{4}
Laol saos fengb zengx mail
来 到 地方 整 埋
来到整埋①安营寨

①整埋：苗语“zengx mail”的音译，地名，今贵州省从江县炳妹镇所在地。

许	阿	英	掐	之	底	败
ɕi^{2}	a^{1}	ɣiŋ^{1}	tɕhia^{5}	tɕi^{5}	ti^{2}	pai^{4}
Xix	ab	vingb	qiat	jit	dix	bail
以	前	英	拍	上	一	手

以前英①王拍一手

罗	乌	之	整	埋
lo^{6}	vu^{5}	tɕi^{5}	tsəŋ^{2}	mai^{4}
Los	wut	jit	zengx	mail
才	好	上	整	埋

路平好进整埋寨

丢	之	木	九	无
tiu^{4}	tɕi^{5}	mu^{4}	tɕiu^{2}	vu^{4}
Diul	jit	mul	jiux	wul
汉人	上	去	九	万

汉人迁徙数千人

木	荣	东	准	羊
mu^{4}	ʑoŋ^{4}	toŋ^{6}	tɕiŋ^{2}	ɣaŋ^{4}
Mul	yongl	dongs	jingx	vangl
去	荣	东	成	寨

去荣东②安营扎寨

①英：苗语“vingb”的音译，人名，尊称“英王”。传说英、麦兄妹结婚繁衍人类。

②荣东：苗语“yongl dongs”的音译，地名，在今贵州省从江县境内，具体地址不详。

门	之	凹	打	木
məŋ^{6}	tɕi^{5}	əu^{1}	ta^{2}	mu^{4}
Mengs	jit	oub	dax	mul
仍	上	河	行走	去

他们又沿河迁徙

罗	扫	分	整	高
lo^{6}	sau^{6}	fəŋ^{1}	tsəŋ^{2}	qau^{4}
Los	saos	fengb	zengx	ghaol
又	到	地方	整	高

来到整高①安营寨

英	堆	纠	底	劳
ɣiŋ^{1}	təi^{8}	tɕiu^{6}	ti^{2}	lau^{1}
Vingb	deif	jius	dix	laob
英	踩	只	一	脚

以前英王踩一脚

罗	乌	分	党	租
lo^{6}	vu^{5}	fəŋ^{1}	taŋ^{2}	tɕiu^{1}
Los	wut	fengb	dangx	jiub
才	好	地方	党	租

党租②宽敞又平坦

①整高：苗语“zengx ghaol”的音译，地名，今贵州省从江县境内，具体地址不详。
②党租：苗语“dangx jiub”的音译，地名，今贵州省从江县境内，具体地址不详。

改	乌	分	整	些
qai^{3}	vu^{5}	fəŋ^{1}	tsəŋ^{2}	ɕie^{1}
Ghaid	wut	fengb	zengx	xieb
又	好	地方	整	些

整些①宽敞又平坦

丢	之	木	九	生
tiu^{4}	tɕi^{5}	mu^{4}	tɕiu^{2}	səŋ^{1}
Diul	jit	mul	jiux	sengb
汉人	上	去	九	千

汉人又进驻数千

木	榕	垌	准	分
mu^{4}	ʑoŋ^{8}	toŋ^{6}	tɕiŋ^{2}	fəŋ^{1}
Mul	yongf	dongs	jingx	fengb
去	榕	垌	成	地方

迁到榕垌②去定居

囊	记	分	贾	劳
naŋ^{3}	ki^{3}	fəŋ^{6}	tɕia^{2}	lau^{4}
Nangd	gid	fengs	jiax	laol
听	说	别人	讲	来

听人这样把话说

①整些：苗语“zengx xieb”的音译，地名，今贵州省榕江县县城所在地。

②榕垌：苗语“yongf dongs”的音译，地名，今贵州省榕江县境内，具体地址不详。

杀	号	九	有	列
sa^{4}	hau^{5}	tɕiu^{6}	ʑu^{2}	lie^{4}
Sal	haot	jius	yux	liel
都	讲	九	有	好

都讲九有①好地方

九	朝	呆	瓦	桑
tɕiu^{6}	tso^{4}	tai^{1}	va^{2}	saŋ^{4}
Jius	zol	daib	wax	sangl
九	朝	地方	天气	冷

九朝②地方天气冷

丢	下	哥	农	泵
tiu^{5}	ɬa^{5}	ko^{6}	nioŋ^{2}	poŋ^{4}
Diut	dlat	gos	niongx	bongl
装	套	得	寒	鸡

装套经常套寒鸡

到	意	努	打	昂
tau^{5}	i^{7}	nəu^{6}	ta^{2}	ŋaŋ^{4}
Daot	ik	nous	dax	ngangl
得到	肉	鸟	来	吃

得到鸟肉当佳肴

①九有：苗语“jius yux”的音译，地名，今贵州省凯里市所在地。
②九朝：苗语“jius zol”的音译，地名，今贵州省凯里市所在地。

到	对	努	了	扭
tau^{5}	təi^{7}	nəu^{6}	lia^{2}	niu^{4}
Daot	deik	nous	liax	niul
得	翎	鸟	踩	堂

拔那翎羽来踩堂①

丢	下	哥	矮	答
tiu^{5}	ɬia^{7}	ko^{6}	ŋie^{2}	ta^{4}
Diut	dliak	gos	ngiex	dal
装	铁夹	得	野	兽

装那铁夹夹野兽

到	意	江	哪	昂
tau^{5}	i^{7}	tɕiaŋ^{6}	na^{2}	ŋaŋ^{4}
Daot	ik	jiangs	nax	ngangl
得	肉	给	人	吃

夹到野兽来加菜

九	朝	呆	瓦	桑
tɕiu^{6}	tso^{4}	tai^{1}	va^{2}	saŋ^{4}
Jius	zol	daib	wax	sangl
九	朝	地方	天气	冷

九朝地方天气冷

①踩堂：芦笙舞，是苗族传统的民间舞蹈，因用芦笙为舞蹈伴奏而得名。

嗒	兄	弱	马	吓
ta^{1}	ɕioŋ^{6}	ȵiu^{5}	ma^{2}	ɬia^{4}
Dab	xiongs	nziut	max	dlial
孩	七	岁	不	走

孩子七岁不会走

让	答	俄	打	到
ȵiaŋ^{1}	ta^{6}	ŋo^{4}	ta^{2}	tau^{4}
Nziangb	das	ngol	dax	daol
坐	傻	呆	火	塘

天天呆坐火塘边

改	布	几	马	当
qɛ^{1}	pu^{6}	ki^{5}	ma^{2}	tiaŋ^{4}
Ghaeb	bus	git	max	diangl
鸡	孵	蛋	不	出壳

母鸡孵蛋不出崽

答	蚁	败	去	马	浪	桑
ta^{4}	ȵi^{2}	pai^{4}	khi^{7}	ma^{2}	laŋ^{5}	saŋ^{4}
Dal	nzix	bail	kik	max	langt	sangl
头	水牛	未	犁	不	过	冷

耕牛在冬季冻死

阿	阿	爹	信	告
a^{5}	a^{5}	tɛ^{6}	ɕiŋ^{3}	qau^{4}
At	at	daes	xingd	ghaol
做	怎	么	成熟	粮食

如何种植那五谷

信 西 丢 哪 昂

ɕiŋ^{3} ɕi^{6} tiu^{5} na^{2} ŋaŋ^{4}

Xingd xis diut nax ngangl

熟 米 给 人 吃

生产粮食养活人

阿 阿 爹 信 荣

a^{5} a^{5} tɛ^{6} ɕiŋ^{3} ȵoŋ^{4}

At at daes xingd nzongl

做 怎 么 熟 棉

如何种植那棉花

信 闹 丢 哪 能

ɕiŋ^{3} nau^{6} tiu^{5} na^{2} nəŋ^{4}

Xingd naos diut nax nengl

织 布 给 人 穿

产棉织布给人穿

咪 造 呆 瓦 桑

mi^{6} tsau^{7} tai^{1} va^{2} saŋ^{4}

Mis zaok daib wax sangl

妈 跑 地方 天气 冷

妈妈嫌弃地方冷

罢 造 呆 瓦 桑

pa^{7} tsau^{7} tai^{1} va^{2} saŋ^{4}

Bak zaok daib wax sangl

爸 跑 地方 天气 冷

爸爸嫌弃地方冷

咪	罢	当	根	劳
mi^{6}	pa^{7}	tiaŋ^{2}	qəŋ^{1}	lau^{4}
Mis	bak	diangx	ghengb	laol
妈	爸	转	回	来

爸妈沿原路迁徙

罗	浪	整	些	羊
lo^{6}	laŋ^{5}	tsəŋ^{2}	ɕie^{1}	ɣaŋ^{4}
Los	langt	zengx	xieb	vangl
才	过	整	些	寨

迁徙路过整些寨

劳	扫	分	整	埋
lau^{4}	sau^{6}	fəŋ^{1}	tsəŋ^{2}	mai^{4}
Laol	saos	fengb	zengx	mail
来	到	地方	整	埋

迁徙来到整埋寨

罗	无	引	纠	劳
lo^{6}	vu^{7}	ɣiŋ^{2}	tɕiu^{1}	lau^{4}
Los	wuk	vingx	jiub	laol
又	沿	岭	丛林	来

又沿山岭丛林来

瓜	罗	猛	让	今
qa^{6}	lau^{6}	moŋ^{2}	ȵiaŋ^{1}	kiŋ^{4}
Ghas	laos	mongx	nziangb	gingl
瓜	罗	那	居	住

迁到瓜罗①来居住

①瓜罗：苗语“ghas laos”的音译，地名，今址不详。

东 觉 抵 呆 文
toŋ^{6} tɕhio^{5} ti^{2} tai^{1} vəŋ^{4}
Dongs qiot dix daib wengl
柱 子 稳 地 基
建新房子很稳固

呀 哪 哪 纠 劳
ʑa^{6} na^{2} na^{2} tɕiu^{1} lau^{4}
Yas nax nax jiub laol
养育 人 人 类 来
繁衍人类代代传

改 阿 嘎 追 各
qai^{3} a^{5} ka^{2} tsəi^{1} ko^{4}
Ghaid at gax zeib gol
又 造 芦 笙 叫
人们制作那芦笙

嘎 追 雍 拉 羊
ka^{2} tsəi^{1} ȵioŋ^{2} la^{1} ɣaŋ^{4}
Gax zeib nziongx lab vangl
芦 笙 震动 个 寨
吹那芦笙响彻寨

改 造 嘎 西 扭
qai^{3} tsau^{7} ka^{2} ɕi^{1} niu^{4}
Ghaid zaok gax xib niul
又 踩 堂 拉 鼓
人们拉鼓又踩堂

阳	望	准	分	列
ɣaŋ^{4}	vaŋ^{6}	tɕiŋ^{2}	fəŋ^{1}	lie^{4}
Vangl	wangs	jingx	fengb	liel
阳	望	成	地方	好

阳望①地方好安宁

着	乌	着	分	木
tɕio^{6}	vu^{5}	tɕio^{2}	fəŋ^{1}	mu^{4}
Jios	wut	jiox	fengb	mul
最	好	个	地方	去

阳望真是好地方

汉意译：

最好就是整海寨，
平坦就像养鱼田，
又有肥沃好菜地。
不知是哪一个人，
进驻平坦整海寨，
竖立五根大柱子，
八根柱子立下游，
又养卡公和桑公，
又养坡公和读公。
又养麦妹和英哥，
英麦兄妹繁衍人，
来养育五万人家，
八万人在整海寨。
不知是哪一个人，
他来治理整海寨。
瓜两田多家产大，
他当整海寨头人。
他召集全村寨人，
那时芒萁杂芒芯，
那时鸡和鹅混放，
那时苗汉住一起，
汉族和苗族通婚，
苗族汉族也通婚，
苗汉一起做埋岩，

①阳望：苗语“vangl wangs”的音译，地名，今址不详。

岩规治理整海寨。
汉族住一半村寨，
苗族住一半村寨，
苗族丧事汉族帮，
汉族丧事苗族帮。
汉族丧事吹唢呐，
沿着大路吹唢呐。
苗族丧事杀水牛，
沿着大路吹芦笙，
村头放鸟枪送葬。
整海寨人人穿好，
整海寨真是太平。
一条河流绕寨脚，
村寨方圆又平坦，
四周圆圆像锅头，
村寨布局像鹅窝，
大坪平坦好放鹅，
又靠近那跑马坪。
吹奏那民族乐器，
声音震动整海寨，
餐餐吃猪肉送饭，
每次吃大碟河鱼，
深夜还有夜宵吃。
寨中并排吊脚楼，
楼阁雕刻那蛟龙，
楼廓雕刻那凤凰，
木楼楼板很平坦，
人们在大坪踩堂，
七个粮仓装谷子，
爸爸看见养鱼田，
爸爸订寨底良田，
妈妈看见好菜地，
妈妈订菜园种菜，
最好就属整海寨。
为何整海寨衰落？
整海寨从此萧条，
人们迁徙到各地，
分成五处来定居，
形成如今百家姓。
粜公投毒整海衰，
坐公索公来治理，
他们爬上两边山，
邀日神月神来走，
请日神月神不来。
他们砍一根木棍，
打对粜公太阳穴，
打得脑浆喷上来，
变成鬼魂下凡间，
勾村寨小孩魂魄，
一天死了九个人，
七千人死上阴间，
这样整海寨衰落。
又因为那群孩子，
他们爆米煮油茶，
爆米油漫过火塘，
又因一火星弹出，
弹到屋角那燃烧，
大火烧毁整海寨，

这是第二次衰落。
有一个叫之立公，
又和一个也后龙，
争抢铜来修铜鼓，
争抢钢来修补锅，
他们两个闹不合，
衣袖暗藏那柴刀，
胸前也藏一把刀。
有一个人真聪明，
他制成一把鸟枪，
枪托像一只牛腿，
子弹像一粒米椎，
子弹打死杠立志，
凡间人都很悲伤，
这是第三次衰落，
整海寨从此衰落。
榕江有一蔸荆棘，
刺头刺尾都锋利，
刺棘保护整海寨，
不给冤鬼进村寨，
大人小孩都健康，
整海寨和谐安定。
天公是一个坏人，
手执一把利刃剑，
砍掉那一蔸刺棘，
让冤鬼进村寨来，
破坏整海寨安宁，
大人小孩都病死，
一天死了六个人，
每天抬死人埋葬，
这是第四次衰落，
整海寨从此衰落。
立进是整海寨人，
都囊公是天庭人，
他们争抢箍木鼓，
他们相争寨底田，
他们争夺那山场，
官司连年打不断，
这样酿成那冤案，
这是第五次衰落。
为何整海寨衰落？
汉人住在一边寨，
苗人住在一边寨。
汉人吃肉吃火腿，
夜夜喝酒到深夜；
苗人无饭菜充饥，
苗人摘杨梅充饥，
天天吃柿子充饥。
苗人汉人争良田，
官司缠身成冤家。
现在卡两家产大，
把人分成五族群，
凡间分成五族群：
一个族群是汉族，
汉族居住在平地；
一个族群是苗族，
苗族住在山岭上；
壮族住在山梁间；

瑶族住在半山坡，
如今安居山顶上；
侗族住在山谷里，
谷边安营又扎寨。
一人一家分散住，
这是第六次衰落，
整海寨从此衰落。
那个时候整海寨，
苗族汉族杂居住，
汉人到苗寨走寨，
苗人到汉寨走寨，
汉人骚扰苗媳妇，
苗人骚扰汉媳妇，
鸡鹅放养相混杂，
争抢良田放养鸭，
苗汉相争成冤家，
这是第七次衰落，
整海寨村落衰落。
全因整海寨衰落，
富人留在整海寨，
穷人迁徙到四方，
撑木船沿河迁徙，
苗族从广东迁来，
沿河来到柳州城，
又沿融江到分行，
木船沿河上险滩，
爸爸用竹篙撑船，
爸爸丢失那竹篙，
此地取名落篙滩，
他们又沿河迁徙，
来到古良那地方，
他们量上又量下，
此地取名叫古良。
他们又沿河迁徙，
来到仰妻安营寨，
扫地扫上又扫下，
取名叫作仰妻寨。
他们又沿河迁徙，
来到古荣安营寨，
妈妈讲妈妈不用，
爸爸讲爸爸不用，
取名叫作古荣寨。
他们又沿河迁徙，
来到古科安营寨，
勘察上游和下游，
取名叫作古科寨。
他们又沿河迁徙，
来到雇雍安营寨，
日落天黑了下来，
天黑步行不见路，
妈拿稻草火把走，
取名叫作雇雍寨。
他们又沿河迁徙，
来到能鲁安营寨，
妈妈稀里又糊涂，
爸爸稀里又糊涂，
取名叫作能鲁寨。
他们又沿河迁徙，

来到整埋安营寨，
以前英王拍一手，
路平好进整埋寨，
汉人迁徙数千人，
去荣东安营扎寨。
他们又沿河迁徙，
来到整高安营寨，
以前英王踩一脚，
党租宽敞又平坦，
整些宽敞又平坦，
汉人又进驻数千，
迁到榕垌去定居。
听人这样把话说，
都讲九有好地方，
九朝地方天气冷，
装套经常套寒鸡，
得到鸟肉当佳肴，
拔那翎羽来踩堂，
装那铁夹夹野兽，
夹到野兽来加菜。
九朝地方天气冷，
孩子七岁不会走，
天天呆坐火塘边，
母鸡孵蛋不出崽，
耕牛在冬季冻死。
如何种植那五谷，
生产粮食养活人？
如何种植那棉花，
产棉织布给人穿？
妈妈嫌弃地方冷，
爸爸嫌弃地方冷，
爸妈沿原路迁徙。
迁徙路过整些寨，
迁徙来到整埋寨，
又沿山岭丛林来，
迁到瓜罗来居住，
建新房子很稳固，
繁衍人类代代传。
人们制作那芦笙，
吹那芦笙响彻寨，
人们拉鼓又踩堂。
阳望地方好安宁，
阳望真是好地方。

流传地区：广西融水苗族自治县、三江侗族自治县。
演唱者：杨庆林，融水苗族自治县拱洞乡人。
采录者：韦秀明、韦明岱、杜鸿。
翻译者：贺明辉。

（依直）

埋岩歌

题解："依直"（苗语，即埋岩之意），是苗族社会管理地方的古理古规，是规范人的行为的一种古老、不成文的规约。古歌《依直》以歌的形式，从头到尾唱出依直的产生、规约的制定和违规处罚等内容，教育人们自觉遵守社会公德和家庭伦理道德，对研究苗族社会的不成文规定、村规民约有学术参考价值。《依直》流传在广西融水、三江等自治县和贵州从江县的苗族聚居区。

号 接 着 依 直
hau^{5} tɕie^{8} tɕio^{2} ɣi^{1} tɕi^{4}
Haot jief jiox vib jil
要 唱 首 依 直
我们要唱埋岩①歌

登 接 着 依 直
təŋ^{6} tɕie^{8} tɕio^{2} ɣi^{1} tɕi^{4}
Dengs jief jiox vib jil
就 唱 首 依 直
我们就唱埋岩歌

许 阿 依 党 羊
ɕi^{2} a^{1} ɣi^{1} taŋ^{2} ɣaŋ^{4}
Xix ab vib dangx vangl
时 那 岩 党 羊
从前有党羊②埋岩

①埋岩：苗语"vib jil"的意译，音译为"依直"，是苗族社会治理地方的一种古老的不成文的规约。

②党羊：苗语"dangx vangl"的音译，地名，今址不详。

松	些	依	抵	着
ɬoŋ^{6}	ɕie^{1}	ɤi^{1}	ti^{2}	tɕio^{4}
Dlongs	xieb	vib	dix	jiol
松	些	岩	稳	定

松些①埋岩很稳定

顶	稳	让	着	败
tiŋ^{6}	vəŋ^{4}	ȵiaŋ^{1}	tɕio^{2}	pai^{4}
Dings	wengl	nziangb	jiox	bail
稳	固	在	天	庭

天庭社会很稳定

布	答	许	嗒	答
pu^{1}	ta^{4}	ɕi^{2}	ta^{1}	ta^{4}
Bub	dal	xix	dab	dal
知	个	哪	小	孩

不知是哪个小孩

木	之	党	爹	扭
mu^{4}	tɕi^{5}	taŋ^{2}	tie^{1}	niu^{4}
Mul	jit	dangx	dieb	niul
去	上	坪	敲	鼓

他到坡坪上敲鼓

①松些：苗语“dlongs xieb”的音译，地名，今址不详。

迎	相	哪	分	败
ȵiŋ^{6}	ɕiaŋ^{5}	na^{2}	feŋ^{1}	pai^{4}
Nzings	xiangt	nax	fengb	bail
迎	相	人	天	庭

迎相①是天庭寨老

迎	相	哪	让	眉
ȵiŋ^{6}	ɕiaŋ^{5}	na^{2}	ȵiaŋ^{1}	mie^{4}
Nzings	xiangt	nax	nziangb	miel
迎	相	人	有	马

迎相家里养有马

让	六	五	拉	扭
ȵiaŋ^{1}	liu^{5}	vu^{2}	la^{1}	niu^{4}
Nziangb	liut	wux	lab	niul
有	皮	箍	个	鼓

有那牛皮来造鼓

你	之	党	爹	泵
ni^{2}	tɕi^{5}	taŋ^{2}	tie^{1}	poŋ^{4}
Nix	jit	dangx	dieb	bongl
他	上	坪	敲	“乓”响

他上大坪来敲鼓

①迎相：苗语“nzings xiangt”的音译，人名，苗族头人之一。

罗	拉	准	依	直
lo^{6}	la^{7}	tɕiŋ^{2}	ɣi^{1}	tɕi^{4}
Los	lak	jingx	vib	jil
才	召集	成	依	直

召集大家做埋岩

迎	相	哪	让	告
ȵiŋ^{6}	ɕiaŋ^{5}	na^{2}	ȵiaŋ^{1}	qau^{4}
Nzings	xiangt	nax	nziangb	ghaol
迎	相	人	有	粮食

迎相家里很富裕

让	孖	呀	依	直
ȵiaŋ^{1}	ȵia^{8}	ʑa^{6}	ɣi^{1}	tɕi^{4}
Nziangb	nziaf	yas	vib	jil
有	粮食	养	依	直

有实力举办埋岩

改	代	金	果	雷
qai^{3}	tai^{7}	kiŋ^{1}	ko^{2}	ləi^{4}
Ghaid	daik	gingb	gox	leil
又	和	金	果	雷

有个名叫金果雷①

①金果雷：苗语“gingb gox leil”的音译，人名，苗族头人之一。

羊	常	哪	分	败
ʑaŋ^{4}	tshaŋ^{4}	na^{2}	fəŋ^{1}	pai^{4}
Yangl	cangl	nax	fengb	bail
羊	常	人	天	庭

羊常①是天庭寨老

改	代	金	果	由
qai^{3}	tai^{7}	kiŋ^{1}	ko^{2}	ʑəu^{4}
Ghaid	daik	gingb	gox	youl
又	和	金	果	由

有个名叫金果由②

工	育	让	着	败
koŋ^{1}	ʑu^{4}	ȵiaŋ^{1}	tɕio^{2}	pai^{4}
Gongb	yul	nziangb	jiox	bail
工	育	在	天	庭

工育③也是天庭人

沙	刚	让	着	败
ɬa^{6}	qaŋ^{6}	ȵiaŋ^{1}	tɕio^{2}	pai^{4}
Dlas	ghangs	nziangb	jiox	bail
沙	刚	在	天	庭

沙刚④也是天庭人

①羊常：苗语“yangl cangl”的音译，人名，苗族头人之一。
②金果由：苗语“gingb gox youl”的音译，人名，苗族头人之一。
③工育：苗语“gongb yul”的音译，人名，苗族头人之一。
④沙刚：苗语“dlas ghangs”的音译，人名，苗族头人之一。

沙	共	让	着	败
ɬa^{6}	qoŋ^{6}	n̥iaŋ^{1}	tɕio^{2}	pai^{4}
Dlas	ghongs	nziangb	jiox	bail
沙	共	在	天	庭

沙共①也是天庭人

公	爹	哪	分	败
koŋ^{5}	tie^{5}	na^{2}	fəŋ^{1}	pai^{4}
Gongt	diet	nax	fengb	bail
公	爹	人	天	庭

公爹②也是天庭人

瓜	沛	省	追	答
qa^{6}	phɛ^{5}	ɬəŋ^{2}	tsəi^{1}	ta^{4}
Ghas	paet	dlengx	zeib	dal
那	天	下	五	个

凡间也有五个人

往	兴	阿	底	答
vaŋ^{2}	ɕiŋ^{1}	a^{5}	ti^{2}	ta^{4}
Wangx	xingb	at	dix	dal
往	兴	做	一	个

往兴③算是第一个

---

①沙共：苗语“dlas ghongs”的音译，人名，苗族头人之一。
②公爹：苗语“gongt diet”的音译，人名，苗族头人之一。
③往兴：苗语“wangx xingb”的音译，人名，苗族头人之一。

节	越	阿	底	答
tɕie4	vie6	a5	ti2	ta4
Jiel	wies	at	dix	dal
节	越	做	一	个

节越①也要算一个

往	中	阿	底	答
vaŋ2	tioŋ1	a5	ti2	ta4
Wangx	diongb	at	dix	dal
往	中	做	一	个

往中②也要算一个

往	飞	阿	底	答
vaŋ2	fəi1	a5	ti2	ta4
Wangx	feib	at	dix	dal
往	飞	做	一	个

往飞③也要算一个

往	炸	阿	底	答
vaŋ2	tsa5	a5	ti2	ta4
Wangx	zat	at	dix	dal
往	炸	做	一	个

往炸④也要算一个

---

①节越：苗语“jiel wies”的音译，人名，苗族头人之一。
②往中：苗语“wangx diongb”的音译，人名，苗族头人之一。
③往飞：苗语“wangx feib”的音译，人名，苗族头人之一。
④往炸：苗语“wangx zat”的音译，人名，苗族头人之一。

杀	之	瓦	嗦	羊
sa^4	tɕi^5	va^2	ɬau^1	ɣaŋ^4
Sal	jit	wax	dlaob	vangl
全	上	天	庭	寨

他们全部上天庭

木	斗	当	英	能
mu^4	təu^3	tiaŋ^6	ɣiŋ^1	nəŋ^4
Mul	doud	diangs	vingb	nengl
去	打	官司	洪	水

打洪水泛滥官司

马	江	党	分	跌
ma^2	tɕiaŋ^6	taŋ^2	fəŋ^1	tie^4
Max	jiangs	dangx	fengb	diel
不	准	淹没	凡	间

不准凡间被淹没

空	江	着	呆	八
qhoŋ^1	tɕiaŋ^6	tɕio^2	tai^1	pa^4
Khongb	jiangs	jiox	daib	bal
不	准	凡	间	灾难

不准凡间受灾难

结	拉	木	松	累
kie^3	la^1	mu^4	ɬoŋ^6	ləi^5
Gied	lab	mul	dlongs	leit
扛	个	去	坳	月亮

月亮坳上做埋岩

朵 哪 羊 江 丢
tam^{3} na^{1} ɣaŋ^{4} tɕiaŋ^{6} tiu^{5}
Damd nab vangl jiangs diut
关 太阳 寨 给 不
关那太阳在寨子

马 江 哪 孖 累
ma^{2} tɕiaŋ^{6} na^{1} ȵia^{6} ləi^{5}
Max jiangs nab nzias leit
不 给 太阳 跟 月亮
不准太阳跟月亮

底 拉 木 底 沛
ti^{2} la^{1} mu^{4} ti^{2} phɛ^{5}
Dix lab mul dix paet
一 个 去 一 边
一个站在另一边

哪 罗 吓 东 跌
na^{1} lo^{6} ɬia^{4} tioŋ^{1} tɛ^{5}
Nab los dlial diongb daet
太阳 才 走 早 晨
太阳早晨才升起

累 罗 吓 东 芒
ləi^{5} lo^{6} ɬia^{4} tioŋ^{1} maŋ^{5}
Leit los dlial diongb mangt
月亮 才 走 夜 晚
月亮晚上才出来

马	到	答	劳	闹
ma^{2}	tau^{5}	ta^{4}	lau^{4}	nau^{5}
Max	daot	dal	laol	naot
没	有	个	来	多

没有多一个出来

马	闹	哪	劳	坤
ma^{2}	nau^{5}	na^{1}	lau^{4}	qhəŋ^{5}
Max	naot	nab	laol	khengt
无	多	太阳	来	烤

没有多个太阳晒

罗	马	英	能	刚
lo^{6}	ma^{2}	ɣiŋ^{1}	nəŋ^{4}	kaŋ^{5}
Los	max	vingb	nengl	gangt
才	无	天	灾	旱

凡间不出现旱灾

当	着	呆	沙	乌
taŋ^{6}	tɕio^{2}	tai^{1}	sa^{4}	vu^{5}
Dangs	jiox	daib	sal	wut
全	天	下	都	好

全天下都好太平

让	拉	依	直	瓜	凹	海
ȵiaŋ^{1}	la^{1}	ɣi^{1}	tɕi^{4}	qa^{6}	əu^{1}	hai^{5}
Nziangb	lab	vib	jil	ghas	oub	hait
有	个	依	直	在	湖	边

湖边有一个埋岩

整　海　羊　江　丢
tsəŋ^{2}　hai^{1}　ɣaŋ^{4}　tɕiaŋ^{6}　tiu^{5}
Zengx　haib　vangl　jiangs　diut
整　海　寨　给　立
整海寨来做埋岩

瓜　两　答　比　壮
qa^{1}　liaŋ^{2}　ta^{4}　pi^{6}　tsaŋ^{5}
Ghab　liangx　dal　bis　zangt
瓜　两　个　头　人
瓜两①是一个头人

五　拉　着　瓜　海
vu^{2}　la^{1}　tɕio^{4}　qa^{6}　hai^{5}
Wux　lab　jiol　ghas　hait
立　个　岩　那　整海
在整海寨做埋岩

整　海　羊　丁　闹
tsəŋ^{2}　hai^{1}　ɣaŋ^{4}　tiŋ^{6}　nau^{5}
Zengx　haib　vangl　dings　naot
整　海　寨　安定　多
整海寨里好安定

①瓜两：苗语“ghab liangx”的音译，人名，苗族头人之一。

瓜	两	溜	虽	雷
qa^{1}	liaŋ^{2}	liu^{1}	səi^{6}	ləi^{4}
Ghab	liangx	liub	seis	leil
瓜	两	大	智	慧

瓜两聪明定规约

接	哪	纠	瓜	羊
tɕie^{8}	na^{2}	tɕiu^{1}	qa^{6}	ɣaŋ^{4}
Jief	nax	jiub	ghas	vangl
告诉	人	们	在	寨

告诫寨里的人们

空	仑	迎	仑	弱
qhoŋ^{1}	ləŋ^{6}	ȵiŋ^{1}	ləŋ^{6}	ȵiu^{4}
Khongb	lengs	nzingb	lengs	nziul
不准	乱	妻	乱	婶

不准奸淫妻和婶

空	仑	木	仑	丢
qhoŋ^{1}	ləŋ^{6}	mu^{1}	ləŋ^{6}	tiu^{4}
Khongb	lengs	mub	lengs	diul
不准	乱	苗	乱	汉

不准苗汉不和谐

空	仑	改	仑	各
qhoŋ^{1}	ləŋ^{6}	qɛ^{1}	ləŋ^{6}	qau^{4}
Khongb	lengs	ghaeb	lengs	ghaol
不准	乱	鸡	乱	鹅

不准偷抢鸡和鹅

空 仑 略 仑 眉
qhoŋ^{1} ləŋ^{6} lio^{3} ləŋ^{6} mie^{4}
Khongb lengs liod lengs miel
不准 乱 牛 乱 马
不准偷抢牛和马

丢 整 海 顶 稳
tiu^{5} tsəŋ^{2} hai^{1} tiŋ^{6} vəŋ^{4}
Diut zengx haib dings wengl
给 整 海 稳 定
整海寨子很稳定

中 你 阿 底 中
tɕioŋ^{4} ni^{6} a^{5} ti^{2} tɕioŋ^{4}
Jiongl nis at dix jiongl
节 那 做 一 节
这节算是第一段

阿 底 桑 依 直
a^{5} ti^{2} saŋ^{4} ɣi^{1} tɕi^{4}
At dix sangl vib jil
做 一 节 依 直
这段主要唱埋岩

改 接 依 整 告
qai^{3} tɕie^{8} ɣi^{1} tsəŋ^{2} qau^{4}
Ghaid jief vib zengx ghaol
又 告诉 岩 整 告
又唱整告①那埋岩

①整告：苗语“zengx ghaol”的音译，地名，今贵州榕江县境内，具体地址不详。

汪	凹	依	抵	文
vaŋ^{6}	au^{7}	ɤi^{1}	ti^{2}	vəŋ^{4}
Wangs	aok	vib	dix	wengl
汪	凹	岩	稳	定

汪凹①埋岩很稳定

顶	稳	让	整	告
tiŋ^{6}	vəŋ^{4}	ȵiaŋ^{1}	tsəŋ^{2}	qau^{4}
Dings	wengl	nziangb	zengx	ghaol
稳	定	在	整	告

整告寨子很稳定

网	批	阿	底	答
vaŋ^{2}	phi^{1}	a^{5}	ti^{2}	ta^{4}
Wangx	pib	at	dix	dal
网	批	做	一	个

网批②算一个寨老

生	陈	嗒	罗	立
səŋ^{5}	tshəŋ^{8}	ta^{1}	lo^{2}	li^{4}
Sengt	cengf	dab	lox	lil
姓	陈	人	罗	立

陈罗立③也是寨老

①汪凹：苗语“wangs aok”的音译，地名，今贵州榕江县境内，具体地址不详。
②网批：苗语“wangx pib”的音译，人名，苗族头人之一。
③罗立：苗语“lox lil”的音译，人名，苗族头人之一。

生	杨	嗒	罗	出
səŋ^{5}	ʑaŋ^{8}	ta^{1}	lo^{2}	tshu^{4}
Sengt	yangf	dab	lox	cul
姓	杨	人	罗	出

杨罗出①也是寨老

嗒	你	罗	败	答
ta^{1}	ni^{2}	lo^{6}	pai^{1}	ta^{4}
Dab	nix	los	baib	dal
们	他	有	三	个

他们三个是寨老

木	能	拉	九	无
mu^{4}	nəŋ^{4}	la^{7}	tɕiu^{2}	vu^{4}
Mul	nengl	lak	jiux	wul
去	下游	邀	九	万

下游邀到数千人

一	温	之	整	告
ʑi^{8}	vəŋ^{6}	tɕi^{5}	tsəŋ^{2}	qau^{4}
Yif	wengs	jit	zengx	ghaol
八	万	上	整	告

数万人聚整告寨

①罗出：苗语“lox cul”的音译，人名，苗族头人之一。

木	周	拉	九	无
mu^{4}	tɕiu^{6}	la^{7}	tɕiu^{2}	vu^{4}
Mul	jius	lak	jiux	wul
去	上游	邀	九	万

上游邀请数万人

一	温	无	整	告
ʑi^{8}	vəŋ^{6}	vu^{7}	tsəŋ^{2}	qau^{4}
Yif	wengs	wuk	zengx	ghaol
八	万	下	整	告

数万人聚整告寨

劳	汪	凹	五	着
lau^{4}	vaŋ^{6}	au^{7}	vu^{2}	tɕio^{4}
Laol	wangs	aok	wux	jiol
来	汪	凹	做	埋岩

相聚汪凹做埋岩

罗	爹	勾	顶	各
lo^{6}	tie^{1}	qəu^{5}	tiŋ^{2}	qau^{4}
Los	dieb	ghout	dingx	ghaol
才	杀	公	顶	鹅

宰杀顶劳那公鹅

农	阿	依	整	告
noŋ^{3}	a^{5}	ɣi^{1}	tsəŋ^{2}	qau^{4}
Nongd	at	vib	zengx	ghaol
现在	叫	岩	整	告

现取名整告埋岩

木	五	木	许	乙
mu^{4}	vu^{2}	mu^{1}	ɕi^{2}	ʑi^{4}
Mul	wux	mub	xix	yil
去	制定	什	么	规约

制定什么埋岩规

生	陈	嗒	罗	立
səŋ^{5}	tshəŋ^{8}	ta^{1}	lo^{2}	li^{4}
Sengt	cengf	dab	lox	lil
姓	陈	人	罗	立

陈罗立是大寨老

阿	刀	五	依	直
a^{5}	tau^{8}	vu^{2}	ɣi^{1}	tɕi^{4}
At	daof	wux	vib	jil
做	寨老	做	依	直

当寨老举行埋岩

马	江	布	仑	弱
ma^{2}	tɕiaŋ^{6}	pu^{3}	ləŋ^{6}	ȵiu^{4}
Max	jiangs	bud	lengs	nziul
不	准	伯	乱	婶

不准伯伯奸淫婶

马	江	外	仑	乙
ma^{2}	tɕiaŋ^{6}	vai^{3}	ləŋ^{6}	ʑi^{4}
Max	jiangs	waid	lengs	yil
不	准	嫂	乱	叔

不准嫂子奸淫叔

阿 学 空 结 弱
a^{5} ɬio^{7} qhoŋ^{1} kie^{7} ȵiu^{4}
At dliok khongb giek nziul
称 秤 不准 咬 生
称物不要吃秤头

立 衣 学 努 不
li^{6} ɣi^{1} ɬio^{7} nəu^{2} pu^{4}
Lis vib dliok noux bul
换 砣 秤 吃 朋友
换秤砣来吃朋友

害 沙 意 党 正
hɛ^{7} sa^{3} ʑi^{3} taŋ^{2} tsəŋ^{4}
Haek sad yid dangx zengl
舀 米 要 均 匀
量米买卖要均匀

空 东 刀 东 业
qhoŋ^{1} tioŋ^{2} tau^{1} tioŋ^{2} nie^{4}
Khongb diongx daob diongx niel
不准 筒 深 筒 浅
不准筒量不一样

阿 刀 空 结 雷
a^{5} tau^{8} qhoŋ^{1} kie^{7} ləi^{4}
At daof khongb giek leil
做 寨老 不准 咬 话
当头不准不公平

杀 之 东 哪 弱
sa^{7} tɕi^{5} toŋ^{6} na^{2} ȵiu^{4}
Sak jit dongs nax nziul
算 计 害 人 生
当头不准算计人

空 门 吓 米 立
qhoŋ^{1} man^{8} ɬia^{1} mi^{2} li^{4}
Khongb manf dliab mix lil
不准 蛮 人 们 理
不准蛮人不讲理

阿 桑 空 号 劳
a^{5} saŋ^{6} qhoŋ^{1} hau^{6} lau^{4}
At sangs khongb haos laol
做 鬼师 不准 欺 骗
鬼师不准骗吃喝

颇 刚 兴 努 各
po^{3} kaŋ^{5} ɬiŋ^{1} nəu^{2} qau^{4}
Bod gangt dlingb noux ghaol
占 卜 鬼 吃 鹅
占卜显示鬼吃鹅

空 号 兴 努 眉
qhoŋ^{1} hau^{5} ɬiŋ^{1} nəu^{2} mie^{4}
Khongb haot dlingb noux miel
不要 说 鬼 吃 马
不要骗是鬼吃马

空 迎 改 迎 各
qhoŋ^{1} ȵiŋ^{6} qɛ^{1} ȵiŋ^{6} qau^{4}
Khongb nzings ghaeb nzings ghaol
不准 偷 鸡 偷 鹅
不准偷鸡又偷鹅

空 工 吓 分 农
qhoŋ^{1} qoŋ^{5} ɬia^{1} fəŋ^{6} ȵoŋ^{4}
Khongb ghongt dliab fengs nzongl
不准 挖 别 人 粮仓
不准偷别人粮食

杀 丢 依 整 告
sa^{4} tiu^{5} ɣi^{1} tsəŋ^{2} qau^{4}
Sal diut vib zengx ghaol
全 依 岩 整 告
遵守整告埋岩规

依 汪 凹 贾 劳
ɣi^{1} vaŋ^{6} au^{7} tɕia^{2} lau^{4}
Vib wangs aok jiax laol
岩 汪 凹 讲 来
汪凹埋岩定规约

生 温 弱 马 八
səŋ^{1} vəŋ^{6} ȵiu^{5} ma^{2} pa^{4}
Sengb wengs nziut max bal
千 万 年 不 坏
埋岩传千年万代

许	阿	波	龙	泵
ɕi^{2}	a^{1}	po^{1}	loŋ^{2}	poŋ^{4}
Xix	ab	bob	longx	bongl
时	那	波	龙	泵

从前有个波龙泵①

你	阿	哪	双	压
ni^{2}	a^{5}	na^{2}	saŋ^{1}	ʑa^{4}
Nix	at	nax	sangb	yal
他	做	人	霸	道

他做人横行霸道

你	杀	着	西	扭
ni^{2}	sa^{7}	tɕio^{2}	ɕi^{1}	niu^{4}
Nix	sak	jiox	xib	niul
他	计	划	拉	鼓

他计划举行拉鼓

抗	依	抗	飞	东
qhaŋ^{3}	ɣi^{5}	qhaŋ^{3}	fai^{1}	tioŋ^{4}
Khangd	vit	khangd	faib	diongl
地方	近	地方	远	沟

远的近的来相聚

①波龙泵：苗语“bob longx bongl”的音译，人名。

温	一	哪	爹	芒
vəŋ^{6}	ʑi^{8}	na^{2}	tɛ^{1}	maŋ^{4}
Wengs	yif	nax	daeb	mangl
万	八	人	相	聚

一万八千人相聚

达	配	英	分	能
ta^{1}	phɛ^{7}	ʑiŋ^{1}	fəŋ^{1}	nəŋ^{4}
Dab	paek	yingb	fengb	nengl
姑	娘	英	下	游

下游那姑娘英妹

配	英	党	傲	列
phɛ^{7}	ʑiŋ^{1}	taŋ^{2}	au^{1}	lie^{4}
Paek	yingb	dangx	aob	liel
妹	英	非常	漂	亮

英妹天生长漂亮

乌	挪	凄	打	扭
vu^{5}	nio^{6}	tɕhi^{1}	ta^{2}	niu^{4}
Wut	nios	qib	dax	niul
漂	亮	超过	坪	拉鼓

拉鼓坪她最漂亮

波	沙	拟	马	列
po^{1}	ɬa^{6}	ȵi^{3}	ma^{2}	lie^{4}
Bob	dlas	nzid	max	liel
波	沙	心	不	好

波沙他不怀好意

上	刚	英	阿	弱
ɕiaŋ^{5}	kaŋ^{8}	ʑiŋ^{1}	a^{5}	ȵiu^{4}
Xiangt	gangf	yingb	at	nziul
想	抢	英	做	妾

想抢英妹做小妾

达	配	英	马	玲
ta^{1}	phɛ^{7}	ʑiŋ^{1}	ma^{2}	liŋ^{4}
Dab	paek	yingb	max	lingl
姑	娘	英	不	答应

英妹坚决不答应

哪	根	之	打	扭
na^{1}	qəŋ^{1}	tɕi^{5}	ta^{2}	niu^{4}
Nab	ghengb	jit	dax	niul
日	次	上	坪	拉鼓

第二天上拉鼓坪

西	嗦	告	你	眉
ɕi^{1}	ɬau^{1}	qau^{5}	ni^{2}	mie^{4}
Xib	dlaob	ghaot	nix	miel
牵	四	公	他	马

波哥牵四匹骏马

刚	达	配	蚁	木
kaŋ^{8}	ta^{1}	phɛ^{7}	ȵiu^{2}	mu^{4}
Gangf	dab	paek	nziux	mul
抢	姑	娘	妹	去

强行抢走那英妹

布 东 到 打 扭
pu^{6} tioŋ^{1} tau^{7} ta^{2} niu^{4}
Bus diongb daok dax niul
进 中 间 坪 拉鼓
拉进拉鼓坪中央

任 蒙 沙 打 乙
ʑiŋ^{6} moŋ^{1} ɬa^{5} ta^{2} ʑi^{4}
Yings mongb dlat dax yil
用 绳 索 来 绑
他用绳索绑英妹

夸 达 配 蚁 败
qhɛ^{1} ta^{1} phɛ^{7} ȵiu^{2} pai^{4}
Khaeb dab paek nziux bail
绑 姑 娘 妹 手
捆绑英妹那双手

工 劳 告 你 眉
qoŋ^{1} lau^{1} qau^{5} ni^{2} mie^{4}
Ghongb laob ghaot nix miel
连接 脚 公 他 马
绳子一端绑马脚

娃 车 整 你 眉
va^{6} tshɛ^{1} tsəŋ^{8} ni^{2} mie^{4}
Was caeb zengf nix miel
用 鞭 打 他 马
用鞭子来抽他马

学 达 配 造 足
ɬio^{8} ta^{1} phɛ^{7} tsau^{2} tɕiu^{4}
Dliof dab paek zaox jiul
扯 姑 娘 散 完
姑娘身子被扯断

答 丢 东 打 扭
ta^{6} tiu^{5} tioŋ^{1} ta^{2} niu^{4}
Das diut diongb dax niul
死 在 中 坪 拉鼓
英妹断气拉鼓坪

娃 拉 袋 忍 斗
va^{6} la^{1} tai^{8} ȵiŋ^{2} təu^{4}
Was lab daif nzingx doul
留 个 袋子 苗 锦
遗留一个苗锦袋

娃 丁 固 喇 丢
va^{6} tiŋ^{1} kiu^{7} la^{3} tiu^{4}
Was dingb giuk lad diul
留 把 伞 短 汉
遗留一把短雨伞

准 兴 丢 打 扭
tɕiŋ^{2} ɬiŋ^{1} tiu^{5} ta^{2} niu^{4}
Jingx dlingb diut dax niul
成 鬼 在 坪 拉鼓
拉鼓坪上成野鬼

扫	哪	到	了	扭
sau^6	na^1	tau^5	lia^2	niu^4
Saos	nab	daot	liax	niul
到	天	得	拉	鼓

等到哪天来拉鼓

扫	哪	刀	灭	聂
sau^6	na^1	tau^6	mɛ^2	ȵai^4
Saos	nab	daos	maex	nzail
到	天	闹	鱼	河

等到哪天来闹鱼

门	赛	东	兴	吓
məŋ^6	sai^2	tam^7	ɬiŋ^1	ɬia^4
Mengs	saix	damk	dlingb	dlial
仍	巧遇	见	鬼	走

命衰遇见那野鬼

肉	帮	丢	打	王
ʑu^6	paŋ^1	tiu^5	ta^2	vaŋ^4
Yus	bangb	diut	dax	wangl
昏	迷	在	坪	大

有人在大坪昏迷

桑	飞	学	马	劳
saŋ^6	fai^1	ɬio^7	ma^2	lau^4
Sangs	faib	dliok	max	laol
鬼师	远	救	不	来

鬼师离远救不活

桑　让　一　准　中
saŋ^{6}　ȵiaŋ^{1}　ɤi^{5}　tɕiŋ^{2}　tɕioŋ^{4}
Sangs　nziangb　vit　jingx　jiongl
鬼师　在　近　成　功
鬼师在场抢救活

斗　苏　斗　九　劳
təu^{7}　səu^{1}　təu^{5}　tɕiu^{2}　lau^{4}
Douk　soub　dout　jiux　laol
拿　叶子　树　荷木　来
拿一把荷木叶来

劳　东　斗　沙　本
lau^{3}　toŋ^{1}　təu^{5}　ɬa^{1}　pəŋ^{4}
Laod　dongb　dout　dlab　bengl
折　芒草　树　黑　陪
还要拿一把芒草

阿　凹　厚　打　由
a^{5}　əu^{1}　həu^{8}　ta^{2}　ʑəu^{4}
At　oub　houf　dax　youl
做　水　符　来　驱赶
鬼师喷符水驱鬼

苏　东　凄　你　木
səu^{1}　toŋ^{1}　tɕhi^{5}　ni^{2}　mu^{4}
Soub　dongb　qit　nix　mul
叶子　芒草　驱　他　去
树叶芒草驱鬼去

嗒	不	分	答	罗	当	兴
ta1	pu4	fəŋ6	ta6	lo6	tiaŋ2	ɬiŋ4
Dab	bul	fengs	das	los	diangx	dlingl
朋	友	人	死	才	转	魂

昏死灵魂才转回

罗	爹	泵	哪	劳
lo6	tie1	poŋ5	na2	lau4
Los	dieb	bongt	nax	laol
才	有	气	人	来

这样人苏醒过来

聂	让	沛	整	告
nie4	ȵiaŋ1	phɛ5	tsəŋ2	qau4
Niel	nziangb	paet	zengx	ghaol
聂	住	边	整	告

聂公居住在整告

跌	娃	无	整	航
tie6	va6	vu7	tsəŋ2	haŋ4
Dies	was	wuk	zengx	hangl
休	闲	下	整	航

休闲下到长安①来

①长安：苗语“zengx hangl”的意译，地名，今广西柳州市融安县长安镇所在地。

英 朋 接 哪 劳
ʑiŋ^{1} phəŋ^{4} tɕie^{8} na^{2} lau^{4}
Yingb pengl jief nax laol
英 朋 请 人 来
英朋到丹洲①邀人

到 凹 别 哪 木
tau^{5} au^{1} pɛ^{5} na^{2} mu^{4}
Daot aob baet nax mul
得 二 百 人 去
邀请二百人前往

布 分 沛 两 泵
pu^{6} fəŋ^{1} phɛ^{5} liaŋ^{2} poŋ^{4}
Bus fengb paet liangx bongl
进 地 方 两 泵
他们上到两泵②寨

夸 波 之 整 告
qhɛ^{1} po^{1} tɕi^{5} tsəŋ^{2} qau^{4}
Khaeb bob jit zengx ghaol
绑 波 上 整 告
捆绑波公到整告

①丹洲：地名，今广西柳州市三江县丹洲镇所在地。
②两泵：苗语“liangx bongl”的音译，地名，今址不详。

英	社	撮	你	肚
ʑiŋ^{6}	sɛ^{5}	tsho^{5}	ni^{2}	təu^{4}
Yings	saet	cot	nix	doul
用	刀	戳	他	肚

用刀戳破他肚子

花	拉	项	馁	木
fa^{5}	la^{1}	haŋ^{7}	nəi^{2}	mu^{4}
Fat	lab	hangk	neix	mul
过	个	事	件	去

这个事件已过去

桑	根	改	准	谁
saŋ^{6}	qəŋ^{1}	qai^{3}	tɕiŋ^{2}	səi^{4}
Sangs	ghengb	ghaid	jingx	seil
回	来	又	发生	事件

后来又发生事件

门	夸	之	整	告
məŋ^{6}	qhɛ^{1}	tɕi^{5}	tsəŋ^{2}	qau^{4}
Mengs	khaeb	jit	zengx	ghaol
仍	绑	上	整	告

绑到整告做埋岩

木	汪	凹	学	谁
mu^{4}	vaŋ^{6}	au^{7}	ɬio^{2}	səi^{4}
Mul	wangs	aok	dliox	seil
去	汪	凹	洗	罪

汪凹埋岩来惩罚

号　接　着　依　直
hau^{5}　tɕie^{8}　tɕio^{2}　ɣi^{1}　tɕi^{4}
Haot　jief　jiox　vib　jil
要　说　首　依　直
要叙述那埋岩歌

门　接　着　依　直
məŋ^{6}　tɕie^{8}　tɕio^{2}　ɣi^{1}　tɕi^{4}
Mengs　jief　jiox　vib　jil
仍　说　首　依　直
仍然唱首埋岩歌

接　扫　依　引　纳
tɕie^{8}　sau^{6}　ɣi^{1}　ɣiŋ^{2}　na^{4}
Jief　saos　vib　vingx　nal
告诉　到　岩　引　纳
叙述到引纳①埋岩

松　奴　依　抵　着
ɬoŋ^{6}　nəu^{6}　ɣi^{1}　ti^{2}　tɕio^{4}
Dlongs　nous　vib　dix　jiol
松　奴　岩　稳　固
松奴②埋岩最稳固

---

①引纳：苗语“vingx nal”的音译，地名，今广西柳州市融水苗族自治县良寨乡大里村高翁屯。

②松奴：苗语“dlongs nous”的音译，地名，今广西柳州市融水苗族自治县良寨乡大里村高翁屯。

瓜	爹	败	桑	荣
qa^{6}	tɛ^{6}	pai^{1}	saŋ^{2}	voŋ^{4}
Ghas	daes	baib	sangx	wongl
哪	里	三	层	崖

哪里有三层悬崖

东	灯	败	桑	荣
toŋ^{6}	təŋ^{6}	pai^{1}	saŋ^{2}	voŋ^{4}
Dongs	dengs	baib	sangx	wongl
东	灯	三	层	崖

东灯①有三层悬崖

凹	桑	乡	桑	及
au^{1}	saŋ^{2}	χaŋ^{1}	saŋ^{2}	ki^{4}
Aob	sangx	hvangb	sangx	gil
两	层	高	层	矮

两层高来一层矮

瓜	爹	败	桑	羊
qa^{6}	tɛ^{6}	pai^{1}	saŋ^{2}	ɣaŋ^{4}
Ghas	daes	baib	sangx	vangl
哪	里	三	层	寨

哪里有三层寨子

①东灯：苗语“dongs dengs”的音译，地名，今址不详。

当 浪 败 桑 羊
taŋ4 laŋ6 pai1 saŋ2 ɣaŋ4
Dangl langs baib sangx vangl
当 浪 三 层 寨
当浪①有三层寨子

凹 桑 木 桑 丢
au1 saŋ2 mu1 saŋ2 tiu4
Aob sangx mub sangx diul
两 层 苗 层 汉
两层苗来一层汉

依 直 瓜 爹 败 桑 着
ɣi1 tɕi4 qa6 tɛ6 pai1 saŋ2 tɕio4
Vib jil ghas daes baib sangx jiol
依 直 哪 里 三 层 岩
哪里有三层埋岩

依 直 松 奴 败 桑 着
ɣi1 tɕi4 ɬoŋ6 nəu6 pai1 saŋ2 tɕio4
Vib jil dlongs nous baib sangx jiol
依 直 松 奴 三 层 岩
松奴埋岩三层岩

①当浪：苗语“dangl langs”的音译，地名，今址不详。

让	生	依	五	劳
ȵiaŋ^{1}	ɬəŋ^{6}	ɣi^{1}	vu^{2}	lau^{4}
Nziangb	dlengs	vib	wux	laol
有	次	岩	结	婚

首次是婚姻埋岩

依	五	六	娘	羊
ɣi^{1}	vu^{2}	ləu^{6}	niaŋ^{2}	ɣaŋ^{4}
Vib	wux	lous	niangx	vangl
岩	结	婚	内	寨

规定本寨可通婚

让	生	依	五	谁
ȵiaŋ^{1}	ɬəŋ^{6}	ɣi^{1}	vu^{2}	səi^{4}
Nziangb	dlengs	vib	wux	seil
有	回	岩	治理	罪状

有次埋岩罚罪状

花	五	当	着	跌
fa^{1}	vu^{2}	tiaŋ^{6}	tɕio^{2}	tie^{4}
Fab	wux	diangs	jiox	diel
官	判	案	地	方

官府断案治理寨

让	桑	依	五	丢
ȵiaŋ^{1}	saŋ^{2}	ɣi^{1}	vu^{2}	tiu^{4}
Nziangb	sangx	vib	wux	diul
有	回	岩	防	侵扰

有次埋岩防侵扰

木	五	沙	整	航
mu⁴	vu²	ɬa⁶	tsəŋ²	haŋ⁴
Mul	wux	dlas	zengx	hangl
去	防	富	整	航

预防长安人侵扰

木	五	当	整	埋
mu⁴	vu²	tiaŋ⁶	tsəŋ²	mai⁴
Mul	wux	diangs	zengx	mail
去	防	官司	整	埋

防范整埋①人侵袭

依	直	松	奴	到	扺	文
ɣi¹	tɕi⁴	ɬoŋ⁶	nəu⁶	tau⁵	ti²	vəŋ⁴
Vib	jil	dlongs	nous	daot	dix	wengl
依	直	松	奴	得	稳	固

松奴埋岩好稳固

许	阿	依	引	纳
ɕi²	a¹	ɣi¹	ɣiŋ²	na⁴
Xix	ab	vib	vingx	nal
从	前	岩	引	纳

从前引纳那埋岩

①整埋：苗语“zengx mail”的音译，意译“炳妹”，今贵州省从江县炳妹镇。

松	奴	依	抵	文
ɬoŋ^{6}	nəu^{6}	ɣi^{1}	ti^{2}	vəŋ^{4}
Dlongs	nous	vib	dix	wengl
松	奴	岩	稳	固

松奴埋岩很稳固

依	阿	飞	着	工
ɣi^{1}	a^{6}	fai^{1}	tɕio^{2}	koŋ^{4}
Vib	as	faib	jiox	gongl
从	前	远	条	路

从前道路很遥远

答	抗	飞	马	劳
ta^{4}	qhaŋ^{3}	fai^{1}	ma^{2}	lau^{4}
Dal	khangd	faib	max	laol
人	遥	远	不	来

遥远地方人不来

答	许	嗒	所	肚
ta^{4}	ɕi^{2}	ta^{1}	sau^{2}	təu^{4}
Dal	xix	dab	saox	doul
个	哪	小孩	聪	明

哪个小孩最聪明

沙	丢	嗒	古	败
ɬa^{6}	tiu^{4}	ta^{1}	ku^{2}	pai^{4}
Dlas	diul	dab	gux	bail
沙	丢	人	古	败

沙丢①生在古败②寨

①沙丢：苗语“dlas diul”的音译，人名，苗族头人之一。

②古败：苗语“gux bail”的音译，地名，今址不详。

沙　丢　嗒　所　肚
ɬa^{6} tiu^{4} ta^{1} sau^{2} təu^{4}
Dlas diul dab saox doul
沙　丢　人　聪　明
这个沙丢很聪明

劳　到　巴　九　伦
lau^{6} tau^{5} pa^{1} tɕiu^{2} ɬəŋ^{4}
Laos daot bab jiux dlengl
才　得　给　九　处
埋岩分到九地方

足　龙　阿　准　着
tɕiu^{8} lioŋ^{6} a^{5} tɕiŋ^{2} tɕio^{4}
Jiuf liongs at jingx jiol
十　处　做　成　岩
十个地方做埋岩

到　拉　之　整　告
tau^{5} la^{1} tɕi^{5} tsəŋ^{2} qau^{4}
Daot lab jit zengx ghaol
有　个　上　整　告
整告做一个埋岩

周　些　当　往　麻
tɕiu^{6} ɕie^{1} taŋ^{5} vaŋ^{2} ma^{4}
Jius xieb dangt wangx mal
榕　江　产生　往　麻
往麻①当榕江寨老

①往麻：苗语“wangx mal”的音译，人名。

聂 让 沛 整 告

nie4 ȵiaŋ1 phɛ5 tsəŋ2 qau4

Niel nziangb paet zengx ghaol

聂 在 旁 整 告

聂①公生活在整告

咪 凹 勾 你 立

mi1 au1 qəu5 ni2 li4

Mib aob ghout nix lil

要 两 公 他们 管

要求他们来管理

到 拉 丢 金 雄

tau5 la1 tiu5 tɕin1 ɕioŋ4

Daot lab diut jinb xiongl

分 个 给 金 雄

金雄②做一次埋岩

周 东 丢 你 立

tɕiu6 toŋ6 tiu5 ni2 li4

Jius dongs diut nix lil

周 东 给 他 管

管理周东③那地方

---

①聂：苗语“niel”的音译，人名，尊称“聂公”。

②金雄：苗语“jinb xiongl”的音译，人名，苗族头人之一。

③周东：苗语“jius dongs”的音译，地名，今址不详。

到　拉　之　整　一
tau^{5} la^{1} tɕi^{5} tsəŋ^{2} ʑi^{4}
Daot lab jit zengx yil
分　个　上　整　一
整一①做一次埋岩

沙　兴　劳　打　立
ɬa^{6} ɕiŋ^{1} lau^{4} ta^{2} li^{4}
Dlas xingb laol dax lil
沙　兴　来　打　管理
沙兴②寨老来管理

到　拉　之　古　败
tau^{5} la^{1} tɕi^{5} ku^{2} pai^{4}
Daot lab jit gux bail
分　个　上　古　败
古败做一次埋岩

丢　沙　丢　你　立
tiu^{5} ɬa^{6} tiu^{4} ni^{2} li^{4}
Diut dlas diul nix lil
给　沙　丢　他　理
要求沙丢来管理

①整一：苗语“zengx yil”的音译，地名，今址不详。
②沙兴：苗语“dlas xingb”的音译，人名，苗族头人之一。

拉	布	分	岭	羊
la^{1}	pu^{6}	fəŋ^{1}	liŋ^{2}	ɣaŋ^{4}
Lab	bus	fengb	lingx	vangl
个	进	分	岭	寨

分岭①做一次埋岩

拉	内	丢	五	立
la^{1}	nəi^{6}	tiu^{5}	vu^{2}	li^{4}
Lab	neis	diut	wux	lil
个	这	给	五	立

五立②寨老来管理

拉	布	古	聂	羊
la^{1}	pu^{6}	ku^{2}	nie^{4}	ɣaŋ^{4}
Lab	bus	gux	niel	vangl
个	进	古	聂	寨

古聂③做一次埋岩

周	羊	丢	往	熟
tɕiu^{6}	ɣaŋ^{6}	tiu^{5}	vaŋ^{2}	su^{4}
Jius	vangs	diut	wangx	sul
周	羊	给	往	熟

往熟④管周羊⑤埋岩

---

①分岭：苗语“fengb lingx”的音译，地名，今广西融水苗族自治县安太乡。

②五立：苗语“wux lil”的音译，人名，苗族头人之一，是分岭辖区寨怀人。

③古聂：苗语“gux niel”的音译，地名，今址不详。

④往熟：苗语“wangx sul”的音译，人名，苗族头人之一。

⑤周羊：苗语“jius vangs”的音译，地名，今址不详。

拉	布	整	洞	羊
la^{1}	pu^{6}	tsəŋ^{2}	toŋ^{7}	ɣaŋ^{4}
Lab	bus	zengx	dongk	vangl
个	进	整	洞	寨

整洞①做一次埋岩

沙	弯	挪	打	立
ɬa^{6}	van^{1}	no^{6}	ta^{2}	li^{4}
Dlas	wanb	nos	dax	lil
沙	弯	自	来	管理

沙弯②管整洞埋岩

到	拉	无	井	略
tau^{5}	la^{1}	vu^{7}	tɕiŋ^{2}	lio^{4}
Daot	lab	wuk	jingx	liol
分	个	下	井	略

井略③做一次埋岩

吓	武	丢	两	嘎
ɬia^{1}	vu^{6}	tiu^{5}	liaŋ^{2}	ka^{4}
Dliab	wus	diut	liangx	gal
吓	武	给	两	嘎

两嘎④管吓武⑤埋岩

①整洞：苗语“zengx dongk”的音译，地名，今址不详。

②沙弯：苗语“dlas wanb”的音译，人名，苗族头人之一。

③井略：苗语“jingx liol”的音译，地名，今广西融水苗族自治县拱洞乡内。

④两嘎：苗语“liangx gal”的音译，人名，苗族头人之一。

⑤吓武：苗语“dliab wus”的音译，地名，今广西融水苗族自治县拱洞乡高武村。

到	拉	无	引	工
tau^{5}	la^{1}	vu^{7}	ɣiŋ^{2}	koŋ^{4}
Daot	lab	wuk	vingx	gongl
分	个	下	引	工

引工①做一次埋岩

王	乌	丢	冬	立
vaŋ^{8}	vu^{6}	tiu^{5}	toŋ^{2}	li^{4}
Wangf	wus	diut	dongx	lil
王	乌	给	冬	立

冬立②管王乌③埋岩

到	拉	无	勇	术
tau^{5}	la^{1}	vu^{7}	ʑoŋ^{2}	ɕiu^{4}
Daot	lab	wuk	yongx	xiul
分	个	下	勇	术

勇术④做一次埋岩

松	东	丢	往	立
ɬoŋ^{6}	toŋ^{6}	tiu^{5}	vaŋ^{2}	li^{4}
Dlongs	dongs	diut	wangx	lil
松	东	给	往	立

往立⑤管松东⑥埋岩

---

①引工：苗语“vingx gongl”的音译，地名，今址不详。
②冬立：苗语“dongx lil”的音译，人名，苗族头人之一。
③王乌：苗语“wangf wus”的音译，地名，今址不详。
④勇术：苗语“yongx xiul”的音译，地名，今广西融水苗族自治县安陲乡所在地。
⑤往立：苗语“wangx lil”的音译，人名，苗族头人之一。
⑥松东：苗语“dlongs dongs”的音译，地名，今址不详。

告 阿 之 纳 芒
qau^{5} a^{1} tɕi^{1} na^{4} maŋ^{6}
Ghaot ab jib nal mangs
古 老 那 时 候
古老那时候

共 阿 之 纳 芒
qoŋ^{7} a^{1} tɕi^{1} na^{4} maŋ^{6}
Ghongk ab jib nal mangs
远 老 那 时 候
远古那时候

接 着 工 劳 六
tɕie^{8} tɕio^{2} koŋ^{1} lau^{4} ləu^{6}
Jief jiox gongb laol lous
叙说 条 路 结 婚
叙说一首婚姻歌

杀 孖 依 败 耐
sa^{4} ȵia^{6} ɣi^{1} pai^{4} nai^{6}
Sal nzias vib bail nais
全 遵守 岩 败 耐
遵守那败耐①埋岩

---

①败耐：苗语“bail nais”的音译，地名，今址不详。

古	引	秧	木	周
kiu^{8}	ɣiŋ^{2}	ʑaŋ^{1}	mu^{4}	tɕiu^{6}
Giuf	vingx	yangb	mul	jius
上面	引	秧	去	上游

败耐在引秧①上游

羊	裸	聋	败	阿
ɣaŋ^{4}	lo^{2}	loŋ^{1}	pai^{4}	a^{6}
Vangl	lox	longb	bail	as
寨	裸	聋	对	面

位于裸聋②寨对面

勾	许	溜	雷	立
qəu^{5}	ɕi^{2}	liu^{1}	ləi^{4}	li^{6}
Ghout	xix	liub	leil	lis
个	哪	大	理	多

哪个人算最聪明

劳	嘎	让	羊	汪
lau^{4}	ka^{2}	ȵiaŋ^{1}	ɣaŋ^{4}	vaŋ^{6}
Laol	gax	nziangb	vangl	wangs
劳	嘎	在	羊	汪

劳嘎③生活羊汪④寨

①引秧：苗语“vingx yangb”的音译，地名，今址不详。
②裸聋：苗语“lox longb”的音译，地名，今址不详。
③劳嘎：苗语“laol gax”的音译，人名。
④羊汪：苗语“vangl wangs”的音译，地名，今址不详。

羊 果 溜 学 王
ɣaŋ^{4} ko^{2} liu^{1} ɕio^{4} vaŋ^{6}
Vangl gox liub xiol wangs
羊 果 大 学 王
学王①生在羊果②村

勾 响 依 培 纠
qəu^{5} ɕiaŋ^{2} ɣi^{1} pai^{4} tɕiu^{6}
Ghout xiangx vib bail jius
公 响 依 培 纠
响③公生活培纠④寨

代 汪 哼 能 东
tai^{7} vaŋ^{2} həŋ^{1} nəŋ^{4} toŋ^{6}
Daik wangx hengb nengl dongs
与 汪 哼 能 东
跟随能东⑤汪哼⑥公

勾 往 波 当 浪
qəu^{5} vaŋ^{2} po^{1} taŋ^{4} laŋ^{6}
Ghout wangx bob dangl langs
公 往 波 当 浪
往波生活在当浪

①学王：苗语“xiol wangs”的音译，人名。
②羊果：苗语“vangl gox”的音译，地名，今址不详。
③响：苗语“xiangx”的音译，人名，尊称“响公”。
④培纠：苗语“bail jius”的音译，地名，今广西融水苗族自治县安太乡培秀村。
⑤能东：苗语“nengl dongs”的音译，地名，今址不详。
⑥汪哼：苗语“wangx hengb”的音译，人名，尊称“汪哼公”。

嗒	你	追	答	约
ta1	ni2	tsəi1	ta4	ʑo6
Dab	nix	zeib	dal	yos
他	们	五	个	人

当时他们五个人

劳	嘎	布	雷	立
lau4	ka2	pu1	ləi4	li6
Laol	gax	bub	leil	lis
劳	嘎	知	理	多

劳嘎通晓道理多

索	准	依	劳	六
sau5	tɕiŋ2	ɣi1	lau4	ləu6
Saot	jingx	vib	laol	lous
制	定	依	结	婚

制定婚姻埋岩规

阿	五	凹	两	拉
a5	vu2	au1	liaŋ4	lia6
At	wux	aob	liangl	lias
结	婚	二	两	银子

结婚要二两银子

阿	拉	凹	劳	六
a5	lia6	au1	lau4	ləu6
At	lias	aob	laol	lous
做	银子	二	结	婚

二两银子可结婚

挪　毕　嗦　两　拉
nio^{2}　pi^{5}　ɬau^{1}　liaŋ^{4}　lia^{6}
Niox　bit　dlaob　liangl　lias
离婚　就　四　两　银子
离婚要交四两银

嗦　拉　嗦　大　收
ɬau^{1}　lia^{6}　ɬau^{1}　ta^{5}　χu^{6}
Dlaob　lias　dlaob　dat　hvus
四　银子　四　绝　交
四两四解除婚姻

当　着　呆　杀　刀
taŋ^{8}　tɕio^{2}　tai^{1}　sa^{4}　tau^{6}
Dangf　jiox　daib　sal　daos
全　当　地　都　认可
当地人们都认可

告　引　分　跌　兴
qau^{5}　ʑiŋ^{2}　fəŋ^{1}　tie^{4}　ɕiŋ^{6}
Ghaot　yingx　fengb　diel　xings
遵　守　地　方　全
结婚遵守婚姻岩

勾　许　打　木　双
qəu^{5}　ɕi^{2}　ta^{2}　mu^{4}　ɬaŋ^{6}
Ghout　xix　dax　mul　dlangs
个　哪　来　去　敲
哪个破坏婚姻岩

双	造	依	劳	六
ɬaŋ^{6}	tsau^{2}	ɣi^{1}	lau^{4}	ləu^{6}
Dlangs	zaox	vib	laol	lous
敲	碎	依	结	婚

敲碎那婚姻埋岩

配	乃	让	羊	翁
phɛ^{7}	nai^{2}	n̥iaŋ^{1}	ɣaŋ^{4}	oŋ^{6}
Paek	naix	nziangb	vangl	ongs
配	乃	在	羊	翁

配乃①生在羊翁②寨

配	本	让	败	耐
phɛ^{7}	pəŋ^{2}	n̥iaŋ^{1}	pai^{4}	nai^{6}
Paek	bengx	nziangb	bail	nais
配	本	在	败	耐

配本③生在败耐④寨

哼	九	溜	败	些
həŋ^{5}	tɕiu^{2}	liu^{1}	pai^{4}	ɕie^{6}
Hengt	jiux	liub	bail	xies
哼	九	大	败	些

哼九⑤在败些⑥长大

①配乃：苗语“paek naix”的音译，人名。
②羊翁：苗语“vangl ongs”的音译，地名，今址不详。
③配本：苗语“paek bengx”的音译，人名。
④败耐：苗语“bail nais”的音译，地名，今址不详。
⑤哼九：苗语“hengt jiux”的音译，人名。
⑥败些：苗语“bail xies”的音译，地名，今址不详。

嗒	你	败	答	沙
ta^{1}	ni^{2}	pai^{1}	ta^{4}	ɬa^{6}
Dab	nix	baib	dal	dlas
们	他	三	个	富有

他们三个家富裕

累	迎	斗	劳	扫
ləi^{5}	ȵiŋ^{2}	təu^{1}	lau^{4}	sau^{6}
Leit	nzingx	doub	laol	saos
月	腊	节	来	到

腊月小年将到来

列	嘎	根	羊	汪
lɛ^{5}	ka^{2}	qəŋ^{1}	ɣaŋ^{4}	vaŋ^{6}
Laet	gax	ghengb	vangl	wangs
赶	芦笙	底	羊	汪

来羊汪寨看芦笙

送	布	泵	杀	足
soŋ^{3}	pu^{6}	poŋ^{1}	sa^{4}	tɕiu^{6}
Songd	bus	bongb	sal	jius
手	镯	肘	全	完

手臂佩戴银手镯

足	九	拉	佛	工
tɕiu^{8}	tɕiu^{2}	la^{1}	χu^{4}	qoŋ^{6}
Jiuf	jiux	lab	hvul	ghongs
十	九	个	项	圈

佩戴十九个项圈

根	聂	追	弱	兴
qəŋ^{1}	ȵai^{2}	tsəi^{1}	ȵo^{4}	ɕiŋ^{6}
Ghengb	nzaix	zeib	nzol	xings
耳	垂	五	对	耳环

耳垂吊五对耳环

造	嘎	嗒	不	跟
tsau^{7}	ka^{2}	ta^{1}	pu^{4}	qan^{6}
Zaok	gax	dab	bul	ghans
跳	芦笙	朋	友	赞

踩堂给朋友称赞

勾	许	咪	瓦	六
qəu^{5}	ɕi^{2}	mi^{1}	va^{4}	ləu^{6}
Ghout	xix	mib	wal	lous
个	哪	要	我	结婚

如果哪个来娶我

凄	打	追	答	号
tɕhi^{5}	ta^{2}	tsəi^{1}	ta^{4}	həu^{6}
Qit	dax	zeib	dal	hous
牵	来	五	头	牛

他要牵来五头牛

兄	蚁	西	吓	几
ɕioŋ^{6}	ȵi^{2}	ɕi^{1}	ɬia^{4}	ki^{6}
Xiongs	nzix	xib	dlial	gis
七	牛	牵	走	路

结婚要牵七头牛

别	响	嗦	八	比
pɛ^{5}	ɕiaŋ^{2}	ɬau^{1}	pa^{4}	pi^{6}
Baet	xiangx	dlaob	bal	bis
百	银	白	开	酒

百两银子办婚宴

生	响	嗦	木	载
səŋ^{1}	ɕiaŋ^{2}	ɬau^{1}	mu^{4}	tsai^{6}
Sengb	xiangx	dlaob	mul	zais
千	银	白	去	寨

千两白银送娘家

答	沙	学	答	收
ta^{4}	ɬa^{6}	ɕio^{1}	ta^{4}	xu^{6}
Dal	dlas	xiob	dal	hvus
个	富	娶	个	对象

富人筹牛娶新娘

答	学	让	答	雍
ta^{4}	ɕio^{6}	ȵiaŋ^{1}	ta^{4}	ʑoŋ^{6}
Dal	xios	nziangb	dal	yongs
个	穷	在	单	身

穷人无牛过单身

泵	文	令	文	令
poŋ^{5}	vəŋ^{2}	liŋ^{1}	vəŋ^{2}	liŋ^{1}
Bongt	wengx	lingb	wengx	lingb
气	忐	忑	忐	忑

心情是忐忑不安

累	勾	打	木	雍
ləi^{5}	qəu^{1}	ta^{2}	mu^{4}	ʑoŋ^{6}
Leit	ghoub	dax	mul	yongs
月	农活	来	去	田

农忙季节去干活

木	马	布	劳	载
mu^{4}	ma^{2}	pu^{1}	lau^{4}	tsai^{6}
Mul	max	bub	laol	zais
去	不	会	回	家

出工不知道回家

劳	马	布	木	乌
lau^{4}	ma^{2}	pu^{1}	mu^{4}	vu^{6}
Laol	max	bub	mul	wus
来	不	知	去	农活

在家不知道出工

吓	几	之	东	周
ɬia^{4}	ki^{3}	tɕi^{5}	tioŋ^{4}	tɕiu^{6}
Dlial	gid	jit	diongl	jius
走	路	上	沟	谷

沿着沟谷到处走

石	最	皮	劳	荣
ɬi^{4}	tsəi^{3}	phi^{1}	lau^{4}	ȵoŋ^{6}
Dlil	zeid	pib	laol	nzongs
摘	野	果	来	吃

上山摘野果来吃

囊 了 伶 各 轰
naŋ^{3} lia^{2} liŋ^{1} ko^{4} hoŋ^{6}
Nangd liax lingb gol hongs
听 知 了 叫 声
聆听知了叫了连

各 准 收 末 拉
ko^{4} tɕiŋ^{2} χu^{1} mo^{4} lia^{6}
Gol jingx hvub mol lias
叫 成 话 情 话
知了叫成情侣话

夜 马 学 答 咪
ɣie^{5} ma^{2} ɕio^{1} ta^{4} mi^{6}
Viet max xiob dal mis
春蝉 没 有 个 妈
春蝉没有妈来伴

夜 几 根 直 迎
ɣie^{5} ki^{2} qəŋ^{1} tɕi^{4} ȵiŋ^{6}
Viet gix ghengb jil nzings
春蝉 叫 后 树 杈
春蝉在树杈呼叫

吓 马 学 末 拉
ɬia^{4} ma^{2} ɕio^{1} mo^{4} lia^{6}
Dlial max xiob mol lias
走 没 有 姑娘 熟悉
没有姑娘来陪伴

生	许	哎	瓦	收
səŋ^{1}	ɕi^{2}	ɛ^{1}	va^{4}	χu^{6}
Sengb	xix	aeb	wal	hvus
经	常	叫	我	伴侣

经常呼叫找伴侣

单	许	哎	瓦	收
təŋ^{8}	ɕi^{2}	ɛ^{1}	va^{4}	χu^{6}
Dengf	xix	aeb	wal	hvus
常	常	叫	我	伴侣

常常呼叫找伴侣

布	败	些	兄	让	羊	爹
pu^{1}	pai^{1}	sɛ^{5}	ɕioŋ^{2}	ȵiaŋ^{1}	ɣaŋ^{4}	tɛ^{6}
Bub	baib	saet	xiongx	nziangb	vangl	daes
知	我	伴	侣	在	寨	哪

不知伴侣在哪里

勾	许	溜	行	乌
qəu^{5}	ɕi^{2}	liu^{1}	ɬiŋ^{4}	vu^{6}
Ghout	xix	liub	dlingl	wus
个	哪	大	力	气

不知哪个力气大

勾	许	坡	弱	立
qəu^{5}	ɕi^{2}	pho^{1}	ȵiu^{4}	li^{6}
Ghout	xix	pob	nziul	lis
个	哪	发	火	了

哪个寨老发火了

尖	朵	让	能	收
tɕiŋ^{5}	to^{2}	ȵiaŋ^{1}	nəŋ^{4}	səu^{6}
Jingt	dox	nziangb	nengl	sous
尖	朵	有	能	收

能收①生活在尖朵②

代	送	海	丢	西
tai^{7}	soŋ^{7}	hai^{2}	tiu^{4}	ɕi^{6}
Daik	songk	haix	diul	xis
与	送	海	丢	西

跟随丢西③寨送海④

勾	往	弯	能	东
qəu^{5}	vaŋ^{2}	van^{1}	nəŋ^{4}	toŋ^{6}
Ghout	wangx	wanb	nengl	dongs
公	往	弯	能	东

还有能东⑤寨往弯⑥

代	琴	拉	培	及
tai^{7}	khin^{4}	la^{1}	pai^{4}	tɕi^{6}
Daik	kinl	lab	bail	jis
与	琴	拉	培	及

还有培及⑦寨琴拉⑧

---

①能收：苗语“nengl sous”的音译，人名。

②尖朵：苗语“jingt dox”的音译，地名，今址不详。

③丢西：苗语“diul xis”的音译，地名，今址不详。

④送海：苗语“songk haix”的音译，人名。

⑤能东：苗语“nengl dongs”的音译，地名，今址不详。

⑥往弯：苗语“wangx wanb”的音译，人名。

⑦培及：苗语“bail jis”的音译，地名，今址不详。

⑧琴拉：苗语“kinl lab”的音译，人名。

嗒	你	嘹	答	约
ta^{1}	ni^{2}	ɬau^{1}	ta^{4}	ʑo^{6}
Dab	nix	dlaob	dal	yos
他	们	四	个	人

他们一起四个人

之	引	乡	败	耐
tɕi^{5}	ɣiŋ^{2}	χaŋ^{1}	pai^{4}	nai^{6}
Jit	vingx	hvangb	bail	nais
上	岭	高	败	耐

爬那高坡到败耐

勾	董	拉	压	泵
qəu^{5}	toŋ^{2}	la^{1}	ʑa^{4}	poŋ^{6}
Ghout	dongx	lab	yal	bongs
公	董	拉	凶	恶

董拉①寨老很凶恶

么	拉	依	劳	六
mo^{8}	la^{1}	ɣi^{1}	lau^{4}	ləu^{6}
Mof	lab	vib	laol	lous
砸	个	岩	结	婚

砸烂那结婚埋岩

改	睡	拉	劳	江
qai^{3}	səi^{3}	la^{1}	lau^{4}	tɕiaŋ^{6}
Ghaid	seid	lab	laol	jiangs
又	立	个	来	给

又立新婚姻埋岩

---

①董拉：苗语“dongx lab”的音译，人名。

索	准	收	劳	六
sau^{5}	tɕiŋ^{2}	χu^{1}	lau^{4}	ləu^{6}
Saot	jingx	hvub	laol	lous
制	定	规约	结	婚

制定新婚姻规约

阿	五	凹	两	拉
a^{5}	vu^{2}	au^{1}	liaŋ^{4}	lia^{6}
At	wux	aob	liangl	lias
结	婚	二	两	银子

结婚要二两银子

号	挪	嗦	两	拉
hau^{5}	nio^{2}	ɬau^{1}	liaŋ^{4}	lia^{6}
Haot	niox	dlaob	liangl	lias
若	离婚	四	两	银子

离婚用四两银子

门	孖	依	败	耐
məŋ^{6}	ȵia^{6}	ɣi^{1}	pai^{4}	nai^{6}
Mengs	nzias	vib	bail	nais
仍	遵守	岩	败	耐

遵守败耐婚姻岩

谷	引	秧	木	周
kiu^{8}	ɣiŋ^{2}	ʑaŋ^{1}	mu^{4}	tɕiu^{6}
Giuf	vingx	yangb	mul	jius
上	引	秧	去	上游

引秧坡上做埋岩

中	着	分	杀	干
tɕioŋ^{8}	tɕio^{2}	fəŋ^{1}	sa^{4}	qan^{6}
Jiongf	jiox	fengb	sal	ghans
全	条	地方	都	称赞

方圆地方都称赞

告	眼	分	跌	兴
qau^{5}	ʑun^{2}	fəŋ^{1}	tie^{4}	ɕiŋ^{6}
Ghaot	yunx	fengb	diel	xings
管	理	地	方	稳定

管理地方好稳定

汉意译：

我们要唱埋岩歌，
我们就唱埋岩歌。
从前有党羊埋岩，
松些埋岩很稳定，
天庭社会很稳定。
不知是哪个小孩，
他到坡坪上敲鼓，
迎相是天庭寨老，
迎相家里养有马，
有那牛皮来造鼓。
他上大坪来敲鼓，
召集大家做埋岩，
迎相家里很富裕，
有实力举办埋岩。
有个名叫金果雷，
羊常是天庭寨老，
有个名叫金果由，
工育也是天庭人，
沙刚也是天庭人，
沙共也是天庭人，
公爹也是天庭人。
凡间也有五个人，
往兴算是第一个，
节越也要算一个，
往中也要算一个，
往飞也要算一个，
往炸也要算一个。
他们全部上天庭，

打洪水泛滥官司，
不准凡间被淹没，
不准凡间受灾难。
月亮坳上做埋岩，
关那太阳在寨子，
不准太阳跟月亮，
一个站在另一边。
太阳早晨才升起，
月亮晚上才出来，
没有多一个出来，
没有多个太阳晒，
凡间不出现旱灾，
全天下都好太平。
湖边有一个埋岩，
整海寨来做埋岩，
瓜两是一个头人，
在整海寨做埋岩，
整海寨里好安定。
瓜两聪明定规约，
告诫寨里的人们，
不准奸淫妻和婶，
不准苗汉不和谐，
不准偷抢鸡和鹅，
不准偷抢牛和马，
整海寨子很稳定，
这节算是第一段。
这段主要唱埋岩，
又唱整告那埋岩，
汪凹埋岩很稳定，
整告寨子很稳定。
网批算一个寨老，
陈罗立也是寨老，
杨罗出也是寨老，
他们三个是寨老。
下游邀到数千人，
数万人聚整告寨；
上游邀请数万人，
数万人聚整告寨。
相聚汪凹做埋岩，
宰杀顶劳那公鹅，
现取名整告埋岩。
制定什么埋岩规？
陈罗立是大寨老，
当寨老举行埋岩。
不准伯伯奸淫婶，
不准嫂子奸淫叔，
称物不要吃秤头，
换秤砣来吃朋友，
量米买卖要均匀，
不要筒量不一样。
当头不准不公平，
当头不准算计人，
不准蛮人不讲理，
鬼师不准骗吃喝，
占卜显示鬼吃鹅，
不要骗是鬼吃马，
不准偷鸡又偷鹅，
不准偷别人粮食。

遵守整告埋岩规，
汪凹埋岩定规约，
埋岩传千年万代。
从前有个波龙泵，
他做人横行霸道，
他计划举行拉鼓，
远的近的来相聚，
一万八千人相聚。
下游那姑娘英妹，
英妹天生长漂亮，
拉鼓坪她最漂亮。
波沙他不怀好意，
想抢英妹做小妾，
英妹坚决不答应。
第二天上拉鼓坪，
波哥牵四匹骏马，
强行抢走那英妹，
拉进拉鼓坪中央。
他用绳索绑英妹，
捆绑英妹那双手，
绳子一端绑马脚，
用鞭子来抽他马。
英妹身子被扯断，
英妹断气拉鼓坪，
遗留一个苗锦袋，
遗留一把短雨伞，
拉鼓坪上成野鬼，
等到哪天来拉鼓，
等到哪天来闹鱼，
命衰遇见那野鬼。
有人在大坪昏迷，
鬼师离远救不活，
鬼师在场抢救活，
拿一把荷木叶来，
还要拿一把芒草，
鬼师喷符水驱鬼，
树叶芒草驱鬼去。
昏死灵魂才转回，
这样人苏醒过来。
聂公居住在整告，
休闲下到长安来。
英朋到丹洲邀人，
邀请二百人前往。
他们上到两泵寨，
捆绑波公到整告，
用刀戳破他肚子，
这个事件已过去。
后来又发生事件，
绑到整告做埋岩，
汪凹埋岩来惩罚。
要叙述那埋岩歌，
仍然唱首埋岩歌，
叙述到引纳埋岩，
松奴埋岩最稳固。
哪里有三层悬崖？
东灯有三层悬崖，
两层高来一层矮。
哪里有三层寨子？

当浪有三层寨子，
两层苗来一层汉。
哪里有三层埋岩？
松奴埋岩三层岩。
首次是婚姻埋岩，
规定本寨可通婚。
有次埋岩罚罪状，
官府断案治理寨。
有次埋岩防侵扰，
预防长安人侵扰，
防范整埋人侵袭。
松奴埋岩好稳固，
从前引纳那埋岩，
松奴埋岩很稳固，
从前道路很遥远，
遥远地方人不来。
哪个小孩最聪明？
沙丢生在古败寨，
这个沙丢很聪明，
埋岩分到九地方，
十个地方做埋岩。
整告做一个埋岩，
往麻当榕江寨老。
聂公生活在整告，
要求他们来管理，
金雄做一次埋岩，
管理周东那地方。
整一做一次埋岩，
沙兴寨老来管理。
古败做一次埋岩，
要求沙丢来管理。
分岭做一次埋岩，
五立寨老来管理。
古聂做一次埋岩，
往熟管周羊埋岩。
整洞做一次埋岩，
沙弯管整洞埋岩。
井略做一次埋岩，
两嘎管吓武埋岩。
引工做一次埋岩，
冬立管王乌埋岩。
勇术做一次埋岩，
往立管松东埋岩。
古老那时候，
远古那时候，
叙说一首婚姻歌，
遵守那败耐埋岩。
败耐在引秧上游，
位于裸聋寨对面。
哪个人算最聪明？
劳嘎生活羊汪寨，
学王生在羊果村，
响公生活培纠寨，
跟随能东汪哼公，
往波生活在当浪。
当时他们五个人，
劳嘎通晓道理多，
制定婚姻埋岩规。

结婚要二两银子，
二两银子可结婚，
离婚要交四两银，
四两四解除婚姻。
当地人们都认可，
结婚遵守婚姻岩。
哪个破坏婚姻岩，
敲碎那婚姻埋岩？
配乃生在羊翁寨，
配本生在败耐寨，
哼九在败些长大，
他们三个家富裕。
腊月小年将到来，
来羊汪寨看芦笙。
手臂佩戴银手镯，
佩戴十九个项圈，
耳垂吊五对耳环，
踩堂给朋友称赞。
如果哪个来娶我，
他要牵来五头牛，
结婚要牵七头牛，
百两银子办婚宴，
千两白银送娘家。
富人筹牛娶新娘，
穷人无牛过单身，
心情是忐忑不安。
农忙季节去干活，
出工不知道回家，
在家不知道出工。
沿着沟谷到处走，
上山摘野果来吃，
聆听知了叫了连，
知了叫成情侣话。
春蝉没有妈来伴，
春蝉在树杈呼叫，
没有姑娘来陪伴，
经常呼叫找伴侣，
常常呼叫找伴侣，
不知伴侣在哪里。
不知哪个力气大，
哪个寨老发火了。
能收生活在尖朵，
跟随丢西寨送海，
还有能东寨往弯，
还有培及寨琴拉。
他们一起四个人，
爬那高坡到败耐。
董拉寨老很凶恶，
砸烂那结婚埋岩，
又立新婚姻埋岩，
制定新婚姻规约。
结婚要二两银子，
离婚用四两银子，
遵守败耐婚姻岩。
引秧坡上做埋岩，
方圆地方都称赞，
管理地方好稳定。

流传地区：广西融水苗族自治县、三江侗族自治县及贵州从江县的苗族聚居区。

演唱者：杨庆林，融水苗族自治县拱洞乡人。

采录者：韦秀明、韦明岱、杜鸿。

翻译者：贺明辉。

（五劳五六）

婚姻埋岩歌

题解：“五劳五六”（苗语）是对婚姻的各种不成文规定，通过埋岩形式来实施。古歌《五劳五六》叙述苗族婚姻埋岩的产生、制定岩规和执行效果等方面的内容。这首古歌主要反映苗族古时候男婚女嫁之事，那时没有文字记载，只能靠埋岩（苗语即“依直”）来定理行事，规定凡同村同姓男女青年不能通婚，只能与外村联姻，谁违反了就被重罚。因而举行婚事得走九天路，途中行走不安全，去了不知何时回，来了不知哪时返，彩礼饭留久坚硬像石块，包里的酸肉硬似蛇干，祭祀时祖先不领情，父母吃了不高兴，小孩更是不爱吃。后来柳能村的头人配卖和果败村的头人配幕一同去参加埋岩仪式，提出废除旧婚岩，制定新婚岩的建议。从此，同姓同村可通婚，一直沿袭至今。古歌《五劳五六》流传于广西融水、三江等自治县和贵州从江县等苗族聚居区，为研究苗族不成文法规和苗族婚姻习俗提供了丰富的资料。

弱	告	许	阿	劳
ȵiu^{6}	qau^{5}	ɕi^{2}	a^{1}	lau^{4}
Nzius	ghaot	xix	ab	laol
很	古	那	时	候

古老那时候

许	阿	依	党	扭
ɕi^{2}	a^{1}	ɣi^{1}	taŋ^{2}	niu^{4}
Xix	ab	vib	dangx	niul
时	那	岩	党	扭

远古党扭①那埋岩

①党扭：苗语“dangx niul”的音译，地名，今址不详。

着	松	开	抵	文
tɕio^{4}	ɬoŋ^{6}	qai^{1}	ti^{2}	vəŋ^{4}
Jiol	dlongs	ghaib	dix	wengl
岩	松	开	稳	定

松开①埋岩岩规好

兄	生	马	巴	劳
ɕioŋ^{7}	səŋ^{5}	ma^{2}	pa^{1}	lau^{4}
Xiongk	sengt	max	bab	laol
同	姓	不	准	结婚

同姓不准来成婚

马	江	五	东	羊
ma^{2}	tɕiaŋ^{6}	vu^{2}	tioŋ^{1}	ɣaŋ^{4}
Max	jiangs	wux	diongb	vangl
不	能	嫁	本	寨

同村同寨不成婚

阿	夸	柳	飞	到
a^{5}	qhɛ^{5}	liu^{2}	fai^{1}	tau^{4}
At	khaet	liux	faib	daol
婚	配	遥	远	地方

婚嫁要选择远方②

①松开：苗语“dlongs ghaib”的音译，地名，今址不详。
②远方：指路程距离本寨比较远的寨子。

布	阿	爹	五	劳
pu^{1}	a^{5}	tɛ^{6}	vu^{2}	lau^{4}
Bub	at	daes	wux	laol
知	怎	样	嫁	娶

不知如何才婚嫁

东	宁	罗	打	吓
toŋ^{4}	ȵiŋ^{3}	lo^{6}	ta^{2}	ɬia^{4}
Dongl	nzingd	los	dax	dlial
相	思	才	来	走

双方相恋才来往

吓	久	罗	五	劳
ɬia^{4}	tɕiu^{5}	lo^{6}	vu^{2}	lau^{4}
Dlial	jiut	los	wux	laol
走	相识	才	结	婚

走寨相识才结婚

许	阿	达	亨	让	载	当
ɕi^{2}	a^{1}	ta^{1}	həŋ^{5}	ȵiaŋ^{1}	tsai^{2}	taŋ^{4}
Xix	ab	dab	hengt	nziangb	zaix	dangl
时	那	后	生	在	家	等

以前男人在家等

达	配	瓜	打	吓
ta^{1}	phɛ^{7}	qa^{6}	ta^{2}	ɬia^{4}
Dab	paek	ghas	dax	dlial
姑	娘	才	来	走

姑娘到男方走寨

阿	蜜	阿	道	根	古	当
a^{5}	mi^{5}	a^{5}	tau^{7}	qəŋ^{1}	ku^{2}	taŋ^{4}
At	mit	at	daok	ghengb	gux	dangl
绣	花	织	布	堂	屋	等

男人在家织布等

约	示	约	英	芒
ʑo^{6}	ɕi^{3}	ʑo^{6}	ɣiŋ^{2}	maŋ^{4}
Yos	xid	yos	vingx	mangl
人	看	人	脸	庞

一个看一个脸庞

书	些	吗	党	正
ɬiu^{1}	ɬie^{7}	ma^{6}	taŋ^{2}	tsəŋ^{4}
Dliub	dliek	mas	dangx	zengl
毛	眉	眼	粗	直

眉毛弯弯又粗直

根	不	别	脑	谁
qəŋ^{1}	pu^{5}	pɛ^{6}	ȵau^{2}	səi^{4}
Ghengb	but	baes	nzaox	seil
下	脸	庞	绿	色

脸庞肤色白又嫩

拉	泵	娘	肉	正
la^{1}	poŋ^{5}	niaŋ^{6}	ʑu^{2}	tsəŋ^{4}
Lab	bongt	niangs	yux	zengl
个	内	心	中	意

心里情投又意合

上	西	刀	准	劳
ɕiaŋ^{5}	ɕi^{5}	tau^{6}	tɕiŋ^{2}	lau^{4}
Xiangt	xit	daos	jingx	laol
想	合	适	成	婚

情投意合结连理

夸	告	列	柳	到
qhɛ^{1}	qau^{5}	lɛ^{6}	liu^{2}	tau^{4}
Khaeb	ghaot	laes	liux	daol
结	婚	在	远	方

结婚对象在远方

阿	夸	九	哪	当
a^{5}	qhɛ^{5}	tɕiu^{2}	na^{1}	taŋ^{4}
At	khaet	jiux	nab	dangl
做	亲家	九	天	半

回娘家走九天路

木	古	来	丕	木
mu^{4}	qo^{5}	lai^{2}	phəi^{5}	mu^{4}
Mul	ghot	laix	peit	mul
去	也	久	不愿	去

走路太久不愿去

木	送	马	布	劳
mu^{4}	soŋ^{5}	ma^{2}	pu^{1}	lau^{4}
Mul	songt	max	bub	laol
去	送	不	知	返

送去久久不知返

劳	送	马	布	木
lau^{4}	soŋ^{5}	ma^{2}	pu^{1}	mu^{4}
Laol	songt	max	bub	mul
来	送	不	知	去

送来久久不愿回

孖	固	准	依	足
ȵia^{8}	ku^{7}	tɕiŋ^{2}	ɣi^{1}	tɕiu^{4}
Nziaf	guk	jingx	vib	jiul
饭	硬	成	石	完

糯米饭硬像石块

意	刚	准	能	乡
i^{7}	kaŋ^{5}	tɕiŋ^{2}	nəŋ^{1}	ɕiaŋ^{4}
Ik	gangt	jingx	nengb	xiangl
肉	干	成	蛇	腊

肉干硬像那腊蛇

布	农	马	拉	连
pu^{6}	nioŋ^{6}	ma^{2}	lia^{1}	liŋ^{4}
Bus	niongs	max	liab	lingl
祖	神	不	认	领

祖宗也不愿领情

咪	罢	马	夸	弱
mi^{6}	pa^{7}	ma^{2}	kha^{1}	ȵiu^{4}
Mis	bak	max	kab	nziul
母	父	不	高	兴

父母心里不高兴

嗒 育 马 拉 昂

ta^{1} ȥu^{5} ma^{2} lia^{1} ŋaŋ^{4}

Dab yut max liab ngangl

小 孩 不 想 吃

小孩心里不想吃

答 许 嗒 粉 肚

tɑ^{4} ɕi^{2} tɑ^{1} fəŋ^{2} təu^{4}

Dal xix dab fengx doul

个 哪 人 聪 明

当时哪个人聪明

配 卖 让 柳 能

phɛ^{7} mai^{6} ȵiaŋ^{1} liu^{2} nəŋ^{4}

Paek mais nziangb liux nengl

配 卖 在 柳 能

配卖①生在柳能②村

配 幕 让 果 败

phɛ^{7} mu^{7} ȵiaŋ^{1} ko^{2} pai^{4}

Paek muk nziangb gox bail

配 幕 在 果 败

配幕③生在果败④村

---

①配卖：苗语“paek mais”的音译，人名，寨子头人。

②柳能：苗语“liux nengl”的音译，地名，指融水苗族自治县白云乡六百河流域的一个寨名，今址不详。

③配幕：苗语“paek muk”的音译，人名，寨子头人。

④果败：苗语“gox bail”的音译，地名，指融水苗族自治县白云乡六百河流域的一个寨名，今址不详。

木	扫	依	党	扭
mu^4	sau^6	ɣi^1	taŋ^2	niu^4
Mul	saos	vib	dangx	niul
去	到	岩	坡	鼓

他们同去竖岩坡①

木	立	依	五	劳
mu^4	li^6	ɣi^1	vu^2	lau^4
Mul	lis	vib	wux	laol
去	换	岩	婚	姻

废除旧婚姻埋岩②

农	立	依	立	着
noŋ^3	li^6	ɣi^1	li^6	tɕio^4
Nongd	lis	vib	lis	jiol
现	换	石	换	岩

制定新婚姻埋岩

配	幕	西	蚁	劳
phɛ^7	mu^7	ɕi^1	ȵi^2	lau^4
Paek	muk	xib	nzix	laol
配	幕	拉	水牛	来

配幕拉一头牯牛

①竖岩坡：平坦辽阔的坡面，主要是用来举行埋岩活动的场所。

②婚姻埋岩：寨老们针对过去许多不合理的婚姻现象进行改革，通过召集寨老来举行埋岩活动，宣布新的婚姻规则，让各地各村寨遵照执行的埋岩古规。

罗	爹	告	蚁	答
lo^{6}	tie^{1}	qau^{5}	ȵi^{2}	ta^{4}
Los	dieb	ghaot	nzix	dal
又	杀	公	牛	牯

杀了牯牛做埋岩

神	毕	神	斗	立
səŋ^{8}	pi^{5}	səŋ^{8}	təu^{5}	li^{4}
Sengf	bit	sengf	dout	lil
砧	就	砧	树	杨梅

杨梅树来做砧板

劳	略	劳	斗	佛
lau^{3}	ɬiu^{4}	lau^{3}	təu^{5}	χo^{4}
Laod	dlul	laod	dout	hvol
折	芒	折	树	叶

折断芒草和树叶

雷	罗	雷	斗	聂
ləi^{4}	lo^{6}	ləi^{4}	təu^{5}	ȵɛ^{4}
Leil	los	leil	dout	nzael
竹签	是	竹签	竹	毛

削那毛竹做竹签

农	枪	阿	九	雷
noŋ^{3}	tɕhiaŋ^{1}	a^{5}	tɕiu^{2}	ləi^{4}
Nongd	qiangb	at	jiux	leil
现	串	做	九	串

竹签串了九串肉

足 尖 意 哪 泥
tɕiu^{8} tɕiŋ^{1} i^{7} nia^{2} ni^{4}
Jiuf jingb ik niax nil
十 串 肉 整 齐
十根竹签串满肉

灭 尖 之 古 败
mɛ^{6} tɕiŋ^{1} tɕi^{5} ku^{2} pai^{4}
Maes jingb jit gux bail
有 份 上 古 败
有一串肉送古败

沙 丢 罗 贾 雷
ɬa^{6} tiu^{4} lo^{6} tɕia^{2} ləi^{4}
Dlas diul los jiax leil
沙 丢 来 说 理
沙丢①来宣布岩规

咪 尖 分 岭 羊
mi^{1} tɕiŋ^{1} fəŋ^{1} liŋ^{2} ɣaŋ^{4}
Mib jingb fengb lingx vangl
有 份 分 岭 寨
有一串肉给分岭②

①沙丢：苗语“dlas diul”的音译，是古败寨的寨老。
②分岭：苗语“fengb lingx”的音译，地名，今融水苗族自治县安太乡境内。

木	丢	勾	五	着
mu⁴	tiu⁵	qəu⁵	vu²	tɕio⁴
Mul	diut	ghout	wux	jiol
去	给	公	五	立

送给头人做埋岩

灭	尖	无	古	勇
mɛ⁶	tɕiŋ¹	vu⁷	ku²	ʑoŋ⁴
Maes	jingb	wuk	gux	yongl
有	份	下	古	勇

有一串肉送古勇①

沙	兄	改	贾	雷
ɬa⁶	ɕioŋ⁶	qai³	tɕia²	ləi⁴
Dlas	xiongs	ghaid	jiax	leil
沙	兄	又	说	理

送给沙兄②做埋岩

灭	尖	之	整	乙
mɛ⁶	tɕiŋ¹	tɕi⁵	tsəŋ²	ʑi⁴
Maes	jingb	jit	zengx	yil
有	份	上	整	乙

有一串肉送整乙③

---

①古勇：苗语“gux yongl”的音译，地名，今址不详。

②沙兄：苗语“dlas xiongs”的音译，人名，古勇寨的寨老。

③整乙：苗语“zengx yil”的音译，地名，今融水苗族自治县杆洞乡杆洞村。

沙	兴	罗	贾	雷
ɬa^{6}	ɕiŋ^{1}	lo^{6}	tɕia^{2}	ləi^{4}
Dlas	xingb	los	jiax	leil
沙	兴	来	说	理

送给沙兴做埋岩

灭	尖	之	整	高
mɛ^{6}	tɕiŋ^{1}	tɕi^{5}	tsəŋ^{2}	qau^{4}
Maes	jingb	jit	zengx	ghaol
有	份	上	整	高

有一串肉送整高①

到	沙	聂	贾	雷
tau^{5}	ɬa^{6}	nie^{4}	tɕia^{2}	ləi^{4}
Daot	dlas	niel	jiax	leil
有	沙	聂	说	理

送给沙聂②做埋岩

灭	尖	无	引	结
mɛ^{6}	tɕiŋ^{1}	vu^{7}	ɣiŋ^{2}	qai^{4}
Maes	jingb	wuk	vingx	ghail
有	份	下	引	结

有一串肉送引结③

①整高：苗语“zengx ghaol”的音译，地名，遗址在今贵州榕江县城附近的村寨。
②沙聂：苗语“dlas niel”的音译，人名，整高寨的寨老。
③引结：苗语“vingx ghail”的音译，地名，今融水苗族自治县大年乡及格村。

沙	香	罗	贾	雷
ɬa^{6}	ɕiaŋ^{6}	lo^{6}	tɕia^{2}	ləi^{4}
Dlas	xiangs	los	jiax	leil
沙	香	来	说	理

送给沙香①做埋岩

灭	尖	布	仅	略
mɛ^{6}	tɕiŋ^{1}	pu^{6}	tɕiŋ^{2}	lio^{4}
Maes	jingb	bus	jingx	liol
有	份	进	仅	略

有一串肉送仅略②

吓	武	丢	两	嘎
ɬia^{1}	vu^{6}	tiu^{5}	liaŋ^{2}	ka^{4}
Dliab	wus	diut	liangx	gal
吓	武	给	两	嘎

吓武寨子那两嘎

两	嘎	罗	贾	雷
liaŋ^{2}	ka^{4}	lo^{6}	tɕia^{2}	ləi^{4}
Liangx	gal	los	jiax	leil
两	嘎	有	说	理

送给两嘎做埋岩

---

①沙香：苗语“dlas xiangs”的音译，人名，引结寨的寨老。

②仅略：苗语“jingx liol”的音译，地名，今融水苗族自治县拱洞乡所在地。

灭	尖	布	勇	术
mɛ^{6}	tɕiŋ^{1}	pu^{6}	ʑoŋ^{2}	ɕiu^{4}
Maes	jingb	bus	yongx	xiul
有	份	进	勇	术

有一串肉送勇术

松	东	丢	往	立
ɬoŋ^{6}	toŋ^{6}	tiu^{5}	vaŋ^{2}	li^{4}
Dlongs	dongs	diut	wangx	lil
松	东	给	往	立

松东寨子那往立

往	立	罗	贾	雷
vaŋ^{2}	li^{4}	lo^{6}	tɕia^{2}	ləi^{4}
Wangx	lil	los	jiax	leil
往	立	又	说	理

送给往立做埋岩

灭	尖	布	两	昂
mɛ^{6}	tɕiŋ^{1}	pu^{6}	liaŋ^{2}	ŋaŋ^{4}
Maes	jingb	bus	liangx	ngangl
有	份	进	两	昂

有一串肉送两昂

沙	温	罗	贾	雷
ɬa^{6}	vəŋ^{6}	lo^{6}	tɕia^{2}	ləi^{4}
Dlas	wengs	los	jiax	leil
沙	温	来	说	理

送给沙温①做埋岩

①沙温：苗语“dlas wengs”的音译，人名，两昂寨的寨老。

灭	尖	无	柳	能
mɛ^{6}	tɕiŋ^{1}	vu^{7}	liu^{2}	nəŋ^{4}
Maes	jingb	wuk	liux	nengl
有	份	下	柳	能

一串肉送到柳能①

当	冬	罗	贾	雷
taŋ^{4}	toŋ^{6}	lo^{6}	tɕia^{2}	ləi^{4}
Dangl	dongs	los	jiax	leil
当	冬	来	说	理

送给当冬②做埋岩

公	农	杀	枉	劳
qoŋ^{4}	noŋ^{6}	sa^{4}	vaŋ^{2}	lau^{4}
Ghongl	nongs	sal	wangx	laol
他	们	都	寨	老

这些头人是寨老

公	农	无	准	着
qoŋ^{4}	noŋ^{6}	vu^{2}	tɕiŋ^{2}	tɕio^{4}
Ghongl	nongs	wux	jingx	jiol
他	们	定	成	岩规

这些头人做埋岩

①柳能：苗语“liux nengl”的音译，今融水苗族自治县白云乡六百河流域的统称。

②当冬：苗语“dangl dongs”的音译，人名，六百河流域的寨老。

农	达	配	毕	让	载	当
noŋ^{3}	ta^{1}	phɛ^{7}	pi^{5}	ȵiaŋ^{1}	tsai^{3}	taŋ^{4}
Nongd	dab	paek	bit	nziangb	zaid	dangl
现	姑	娘	就	在	家	等

现在姑娘在家等

达	亨	罗	打	吓
ta^{1}	həŋ^{5}	lo^{6}	ta^{2}	ɬia^{4}
Dab	hengt	los	dax	dlial
后	生	才	来	走

男人晚上去走寨

空	六	吓	柳	到
qhoŋ^{1}	ləu^{6}	ɕia^{1}	liu^{2}	tau^{4}
Khongb	lous	xiab	liux	daol
不	出	嫁	远	地方

姑娘不要嫁远方

飞	松	冻	秀	蒙
fai^{1}	ɬoŋ^{6}	tam^{7}	ɕiu^{3}	moŋ^{4}
Faib	dlongs	damk	xiud	mongl
远	坳	碰	虎	老

远方怕遇见老虎

勾	秀	结	哪	弱
qau^{5}	ɕiu^{3}	kie^{7}	na^{2}	ȵiu^{4}
Ghaot	xiud	giek	nax	nziul
老	虎	咬	人	生

老虎生咬过路人

农 罗 六 娘 羊

$no\eta^{3}$ lo^{6} $l\partial u^{6}$ $nia\eta^{2}$ $\gamma a\eta^{4}$

Nongd los lous niangx vangl

现 才 嫁 本 寨

现在本寨可通婚

东 拉 衣 哪 劳

$tio\eta^{1}$ la^{6} γi^{5} na^{2} lau^{4}

Diongb las vit nax laol

本 地 近 人 老

本寨通婚近父母

衣 咪 罢 努 直

γi^{5} mi^{6} pa^{7} $n\partial u^{2}$ $t\varsigma i^{4}$

Vit mis bak noux jil

近 母 父 吃 茶

靠近父母有吃喝

许 阿 依 党 扭

ςi^{2} a^{1} γi^{1} $ta\eta^{2}$ niu^{4}

Xix ab vib dangx niul

时 那 岩 党 扭

那时那党扭埋岩

着 松 开 五 劳

$t\varsigma io^{4}$ $ɬo\eta^{6}$ $q\varepsilon^{1}$ vu^{2} lau^{4}

Jiol dlongs ghaeb wux laol

岩 松 开 婚 姻

松开做婚姻埋岩

勾	聂	哪	分	能
qəu^{5}	nie^{4}	na^{2}	fəŋ^{1}	nəŋ^{4}
Ghout	niel	nax	fengb	nengl
公	聂	人	下	游

聂①公是下游头人

雄	丁	哪	分	败
ɕioŋ^{4}	tiŋ^{6}	na^{2}	fəŋ^{1}	pai^{4}
Xiongl	dings	nax	fengb	bail
雄	丁	人	北	边

雄丁②是北边头人

西	丁	着	夸	秀
ɕi^{5}	tiŋ^{6}	tɕio^{2}	qhɛ^{1}	lau^{4}
Xit	dings	jiox	khaeb	laol
相	约	定	结	婚

他们约定结亲家

猛	送	猛	嗒	劳
moŋ^{2}	soŋ^{5}	moŋ^{2}	ta^{1}	lau^{4}
Mongx	songt	mongx	dab	laol
你	送	你	孩子	来

你亲自送女儿来

①聂：苗语“niel”的音译，人名，苗族村寨寨老。
②雄丁：苗语“xiongl dings”的音译，人名，苗族村寨寨老。

瓦	送	瓦	嗒	劳
va^{4}	soŋ^{5}	va^{4}	ta^{1}	lau^{4}
Wal	songt	wal	dab	laol
我	送	我	孩子	来

我亲自送儿子去

丁	丢	松	吓	败
tiŋ^{6}	tiu^{5}	ɬoŋ^{6}	ɬia^{1}	pai^{4}
Dings	diut	dlongs	dliab	bail
定	在	坳	吓	败

约定吓败①坳相会

瓜	芒	那	阿	当
qa^{6}	maŋ^{8}	ȵia^{6}	a^{1}	taŋ^{4}
Ghas	mangf	nzias	ab	dangl
在	芒	那	处	等

在那芒那②处等候

雄	丁	哪	分	败
ɕioŋ^{4}	tiŋ^{6}	na^{2}	fəŋ^{1}	pai^{4}
Xiongl	dings	nax	fengb	bail
雄	丁	人	北	方

雄丁是北边头人

---

①吓败：苗语“dliab bail”的音译，地名，今址不详。
②芒那：苗语“mangf nzias”的音译，地名，今址不详。

你　送　你　嗒　劳
ni^{2}　$so\eta^{5}$　ni^{2}　ta^{1}　lau^{4}
Nix　songt　nix　dab　laol
他　送　他　孩子　来
他亲自送儿子来

算　学　底　哪　木
sun^{5}　$\mathrm{\acute{c}io}^{6}$　ti^{2}　na^{1}　mu^{4}
Sunt　xios　dix　nab　mul
算　少　一　天　去
因为他少算一天

达　配　马　爹　芒
ta^{1}　$ph\varepsilon^{7}$　ma^{2}　$t\varepsilon^{1}$　$ma\eta^{4}$
Dab　paek　max　daeb　mangl
姑　娘　不　见　面
未见姑娘来相会

达　亨　党　根　木
ta^{1}　$h\partial\eta^{5}$　$tia\eta^{2}$　$q\partial\eta^{1}$　mu^{4}
Dab　hengt　diangx　ghengb　mul
后　生　转　返　回
青年男子返回家

公　聂　哪　分　能
$q\partial u^{5}$　nie^{4}　na^{2}　$f\partial\eta^{1}$　$n\partial\eta^{4}$
Ghout　niel　nax　fengb　nengl
公　聂　人　下　游
聂公是下游头人

你 送 你 嗒 劳
ni^{2} soŋ^{5} ni^{2} ta^{1} lau^{4}
Nix songt nix dab laol
他 送 他 孩子 来
他亲自送女儿来

算 相 底 哪 木
sun^{5} ɕiaŋ^{6} ti^{2} na^{1} mu^{4}
Sunt xiangs dix nab mul
算 多 一 天 去
因为他多算一天

送 扫 松 吓 败
soŋ^{5} sau^{6} ɬoŋ^{6} ɬia^{1} pai^{4}
Songt saos dlongs dliab bail
送 到 坳 吓 败
他们来到吓败坳

囊 记 秀 溜 各
naŋ^{3} ki^{3} ɕiu^{3} liu^{1} ko^{4}
Nangd gid xiud liub gol
听 到 虎 大 吼
听到那老虎吼叫

磨 根 努 根 熟
mo^{7} qəŋ^{1} nəu^{2} qəŋ^{1} ɬiu^{4}
Mok ghengb noux ghengb dliul
虎 底 叶 底 芒
老虎卧藏芒丛里

号	结	哪	夸	劳
hau^{5}	kie^{7}	na^{2}	qhɛ^{1}	lau^{4}
Haot	giek	nax	khaeb	laol
想	咬	人	结	婚

想生咬那结婚人

勾	聂	斗	丁	灯
qəu^{5}	nie^{4}	təu^{7}	tiŋ^{1}	təŋ^{4}
Ghout	niel	douk	dingb	dengl
公	聂	拔	把	剑

聂公拔出那把剑

速	勾	秀	溜	杀
su^{4}	qau^{5}	ɕiu^{3}	liu^{1}	sa^{4}
Sul	ghaot	xiud	liub	sal
砍	老	虎	大	去

冲向老虎身子砍

各	勾	秀	追	直
ko^{6}	qau^{5}	ɕiu^{3}	tsəi^{1}	tɕi^{4}
Gos	ghaot	xiud	zeib	jil
得	老	虎	五	边

砍死那只大老虎

马	不	瓦	嗒	木
ma^{2}	pu^{8}	va^{4}	ta^{1}	mu^{4}
Max	buf	wal	dab	mul
未	见	我	孩子	去

未见亲家孩子去

达	亨	马	爹	劳
ta^{1}	həŋ^{5}	ma^{2}	tɛ^{1}	lau^{4}
Dab	hengt	max	daeb	laol
后	生	未	到	来

青年男子也不来

你	太	党	根	劳
ni^{2}	thəi^{7}	tiaŋ^{2}	qəŋ^{1}	lau^{4}
Nix	teik	diangx	ghengb	laol
她	转	回	头	来

姑娘也转身回家

许	阿	依	能	鲁
ɕi^{2}	a^{1}	ɣi^{1}	nəŋ^{4}	lu^{2}
Xix	ab	vib	nengl	lux
时	那	岩	能	鲁

那时能鲁①那埋岩

松	奴	依	劳	五
ɬoŋ^{6}	nəu^{6}	ɣi^{1}	lau^{4}	vu^{2}
Dlongs	nous	vib	laol	wux
松	奴	岩	婚	姻

松奴②那婚姻埋岩

①能鲁：苗语“nengl lux”的音译，地名，今贵州省从江县境内。

②松奴：苗语“dlongs nous”的音译，地名，今贵州省从江县斗里乡和广西壮族自治区融水苗族自治县良寨乡的交界处。

夸	六	凹	两	响
qhɛ^{1}	ləu^{6}	au^{1}	liaŋ^{4}	ɕiaŋ^{2}
Khaeb	lous	aob	liangl	xiangx
结	婚	二	两	银

结婚只花二两银①

凹	拉	凹	劳	五
au^{1}	lia^{6}	au^{1}	lau^{4}	vu^{2}
Aob	lias	aob	laol	wux
二	两	二	来	成亲

二两二银做彩礼

许	阿	嗒	莫	两
ɕi^{2}	a^{1}	ta^{1}	mo^{4}	liaŋ^{2}
Xix	ab	dab	mol	liangx
时	那	老	表	两

那时表哥名叫两②

改	代	嗒	莫	仰
qai^{3}	tai^{7}	ta^{1}	mo^{4}	ȵiaŋ^{2}
Ghaid	daik	dab	mol	nziangx
又	和	老	表	仰

又和表妹名叫仰③

①此句主要是指用二两银子作为结婚彩礼送给母亲，回报母亲的养育之恩，又称“母奶钱”。

②两：苗语“liangx”的音译，人名，尊称“两哥”。

③仰：苗语“nziangx”的音译，人名，尊称“仰妹”。

凹　你　上　弱　育
au^{1}　ni^{2}　ɕiaŋ^{5}　ȵi^{3}　ʑu^{2}
Aob　nix　xiangt　nzid　yux
两　他　合　意　多
他俩情投又意合

西　丁　凹　能　鲁
ɕi^{5}　tiŋ^{6}　əu^{1}　nəŋ^{4}　lu^{2}
Xit　dings　oub　nengl　lux
相　约　河　能　鲁
约定能鲁河相会

芒　那　凹　当　门
maŋ^{8}　ȵia^{6}　əu^{1}　taŋ^{4}　məŋ^{2}
Mangf　nzias　oub　dangl　mengx
芒　那　河　等　你们
在芒那河边相会

累　着　门　育　打
ləi^{5}　tɕio^{6}　məŋ^{1}　ʑu^{4}　ta^{2}
Leit　jios　mengb　yul　dax
月　底　你们　就　来
等到月底来相会

哪　阿　哪　选　谁
na^{1}　a^{6}　na^{1}　ɕin^{2}　səi^{4}
Nab　as　nab　xinx　seil
天　那　天　巳　辰
那天是巳辰①日子

①巳辰：苗语“xinx seil”的意译。

哪 阿 哪 答 勇

na^{1} a^{6} na^{1} ta^{4} voŋ^{2}

Nab as nab dal wongx

天 那 天 个 龙

那天真是那龙日

哪 阿 哪 让 底

na^{1} a^{6} na^{1} ȵiaŋ^{8} ti^{2}

Nab as nab nziangf dix

天 那 天 真 稳

那天真是好日子

配 尖 让 杀 引

pɛ^{7} tɕiŋ^{6} ȵiaŋ^{1} sa^{4} ʑiŋ^{2}

Paek jings nziangb sal yingx

女 男 有 全 齐

男子女子都齐全

农 扫 荣 足 九

noŋ^{3} sau^{6} ȵioŋ^{6} tɕiu^{8} tɕiu^{2}

Nongd saos nziongs jiuf jiux

今 到 二 十 九

今天已是二十九

达 亨 嗒 扫 凹 能 鲁

ta^{1} həŋ^{5} ta^{1} ɬau^{7} əu^{1} nəŋ^{4} lu^{2}

Dab hengt dab dlaok oub nengl lux

后 生 小 孩 河 能 鲁

后生来到能鲁河

瓜 不 阿 当 蚁
qa^{6} pu^{5} a^{1} taŋ^{4} ȵiu^{2}
Ghas but ab dangl nziux
到 边 那 等 妹
坐在河边等姑娘

扫 号 哪 宁 引
ʒau^{6} hau^{5} na^{1} niŋ^{4} ɣiŋ^{2}
Saos haot nab ningl vingx
到 太 阳 靠 岭
等到太阳将落山

马 到 嗒 莫 打
ma^{2} tau^{5} ta^{1} mo^{4} ta^{2}
Max daot dab mol dax
不 见 表 妹 来
没有看见姑娘到

囊 布 纠 败 猛
naŋ^{3} pu^{5} tɕiu^{1} pai^{4} moŋ^{2}
Nangd but jiub bail mongx
听 响 丛 林 那
听见对面树林响

你 不 底 答 矮
ni^{2} pu^{8} ti^{2} ta^{4} ŋie^{2}
Nix buf dix dal ngiex
他 见 一 只 兽
他看见一只猛兽

你	索	丁	灯	碗
ni^{2}	ɬau^{5}	tiŋ^{1}	təŋ^{4}	vaŋ^{2}
Nix	dlaot	dingb	dengl	wangx
他	拔	把	剑	砍

他拔出宝剑来砍

觅	哥	答	答	矮
mi^{8}	ko^{6}	ta^{6}	ta^{4}	ŋie^{2}
Mif	gos	das	dal	ngiex
砍	得	死	只	兽

砍死那一只猛兽

你	西	苏	弱	补
ni^{2}	ɕi^{1}	səu^{1}	ȵio^{4}	pu^{2}
Nix	xib	soub	nziol	bux
他	砍	树	叶	盖

他砍树叶来掩盖

觉	花	东	答	瓦
tɕhio^{7}	fɛ^{3}	toŋ^{1}	tia^{4}	va^{2}
Qiok	faed	dongb	dial	wax
打	草	标	在	上

打了草标①做记号

①草标：苗语“faed dongb”的意译，意思是把草茎或草作为标记。

你	党	根	劳	载
ni^{2}	tiaŋ^{2}	qəŋ^{1}	lau^{4}	tsai^{2}
Nix	diangx	ghengb	laol	zaix
他	返	回	到	家

男子返回到家里

扫	爹	布	回	粉
sau^{6}	tɛ^{5}	pu^{1}	fəi^{4}	fəŋ^{2}
Saos	daet	bub	feil	fengx
到	早	明	天	亮

等待第二天早晨

罢	送	嗒	莫	打
pa^{7}	soŋ^{5}	ta^{1}	mo^{4}	ta^{2}
Bak	songt	dab	mol	dax
爸	送	老	表	来

爸爸送女儿前来

木	扫	凹	能	鲁
mu^{4}	sau^{6}	əu^{1}	nəŋ^{4}	lu^{2}
Mul	saos	oub	nengl	lux
去	到	河	能	鲁

他们来到能鲁河

马	不	嗒	莫	两
ma^{2}	pu^{8}	ta^{1}	mo^{4}	liaŋ^{2}
Max	buf	dab	mol	liangx
不	见	老	表	两

没有看见两表哥

门	送	嗒	莫	仰
məŋ^{6}	soŋ^{5}	ta^{1}	mo^{4}	ȵiaŋ^{2}
Mengs	songt	dab	mol	nziangx
仍	送	老	表	仰

爸爸仍送表妹仰

送	当	嗒	莫	载
soŋ^{5}	taŋ^{6}	ta^{1}	mo^{4}	tsai^{2}
Songt	dangs	dab	mol	zaix
送	到	老	表	家

送到两表哥家里

勾	聂	花	雷	贾
qəu^{5}	nie^{4}	fa^{1}	ləi^{4}	tɕia^{2}
Ghout	niel	fab	leil	jiax
公	聂	把	话	讲

聂公这样把话说

门	丁	丢	瓜	凹	能	鲁
məŋ^{1}	tiŋ^{6}	tiu^{5}	qa^{6}	əu^{1}	nəŋ^{4}	lu^{2}
Mengb	dings	diut	ghas	oub	nengl	lux
你们	定	在	那	河	能	鲁

你们约定能鲁河

着	累	门	育	打
tɕio^{6}	ləi^{5}	məŋ^{1}	ʐu^{4}	ta^{2}
Jios	leit	mengb	yul	dax
底	月	你们	就	来

月底你们来相会

马 不 门 当 蚁
ma^{2} pu^{8} məŋ^{1} taŋ^{4} ȵiu^{2}
Max buf mengb dangl nziux
不 见 你们 等 妹
没有见你等表妹

约 亨 花 雷 贾
ʑo^{6} həŋ^{5} fa^{1} ləi^{4} tɕia^{2}
Yos hengt fab leil jiax
后 生 把 话 说
后生这样把话说

猛 扫 凹 能 鲁
moŋ^{2} sau^{6} əu^{1} nəŋ^{4} lu^{2}
Mongx saos oub nengl lux
你 到 河 能 鲁
你已来到能鲁河

猛 不 木 答 许
moŋ^{2} pu^{8} mu^{1} ta^{4} ɕi^{2}
Mongx buf mub dal xix
你 见 物 什 么
你发现什么东西

凹 蔸 凹 答 哪
au^{1} təu^{6} au^{1} ta^{4} na^{2}
Aob dous aob dal nax
我们 找 两 个 人
我们委派两个人

味	弱	东	木	吓
vəi^{7}	ȵio^{6}	tioŋ^{1}	mu^{4}	χa^{2}
Weik	nzios	diongb	mul	hvax
委	派	中间人	去	看

两个人前往查看

木	扫	凹	能	鲁
mu^{4}	sau^{6}	əu^{1}	nəŋ^{4}	lu^{2}
Mul	saos	oub	nengl	lux
去	到	河	能	鲁

他们去到能鲁河

你	学	苏	劳	瓦
ni^{2}	ɬio^{1}	səu^{1}	lau^{4}	va^{2}
Nix	dliob	soub	laol	wax
他们	掀	树叶	往	上

他们掀开那树叶

罗	不	底	答	矮
lo^{6}	pu^{8}	ti^{2}	ta^{4}	ŋie^{2}
Los	buf	dix	dal	ngiex
才	见	一	只	兽

看见有一只猛兽

矮	答	让	伦	阿
ŋie^{2}	ta^{6}	ȵiaŋ^{1}	ɬəŋ^{4}	a^{2}
Ngiex	das	nziangb	dlengl	ax
兽	死	在	地方	那

猛兽死在那地方

纠	勾	波	答	新
$tɕiu^6$	$qəu^5$	po^1	ta^4	$ɕiŋ^2$
Jius	ghout	bob	dal	xingx
只	公	波	人	聪明

波①公真是聪明人

你	学	苏	劳	瓦
ni^2	$ɬio^1$	$səu^1$	lau^4	va^2
Nix	dliob	soub	laol	wax
他	掀	树叶	往	上

他掀开那堆树叶

亨	打	答	答	矮
$həŋ^5$	ta^5	ta^6	ta^4	$ȵie^2$
Hengt	dat	das	dal	ngiex
后生	杀	死	只	兽

后生杀死那野兽

亨	丢	底	答	矮
$həŋ^5$	tiu^5	ti^2	ta^4	$ȵie^2$
Hengt	diut	dix	dal	ngiex
后生	出	一	只	兽

后生献出那野兽

①波：苗语“bob”的音译，人名，能鲁寨的寨老。

配	丢	底	答	略
phɛ7	tiu5	ti2	ta4	lio2
Paek	diut	dix	dal	liox
妹	献	一	头	黄牛

姑娘献一头黄牛

打	丢	分	跌	努
ta5	tiu5	fəŋ1	tie4	nəu2
Dat	diut	fengb	diel	noux
杀	给	众	人	吃

杀牛献给众人吃

努	意	底	答	矮
nəu2	i7	ti2	ta4	ŋie2
Noux	ik	dix	dal	ngiex
吃	肉	一	只	兽

众人吃了野兽肉

改	到	嗒	答	矮
qai3	tau5	ta1	ta4	ŋie2
Ghaid	daot	dab	dal	ngiex
又	生	崽	只	兽

山里又繁衍野兽

努	意	嗒	答	略
nəu2	i7	ta1	ta4	lio2
Noux	ik	dab	dal	liox
吃	肉	崽	只	黄牛

众人吃了黄牛肉

改	到	嗒	答	略
qai^{3}	tau^{5}	ta^{1}	ta^{4}	lio^{2}
Ghaid	daot	dab	dal	liox
又	生	崽	只	黄牛

山里又繁衍黄牛

改	门	阿	夸	飞	到	引
qai^{3}	məŋ^{6}	a^{5}	qhɛ^{5}	fai^{1}	tau^{4}	ɣiŋ^{2}
Ghaid	mengs	at	khaet	faib	daol	vingx
又	仍	结	婚	远	方	岭

仍然结那远方婚

努	意	嗒	答	矮
nəu^{2}	i^{7}	ta^{1}	ta^{4}	ŋie^{2}
Noux	ik	dab	dal	ngiex
吃	肉	崽	只	兽

众人吃了野兽肉

改	到	嗒	答	哪
qai^{3}	tau^{5}	ta^{1}	ta^{4}	na^{2}
Ghaid	daot	dab	dal	nax
又	生	孩子	个	人

结婚就繁衍人类

努	意	嗒	答	略
nəu^{2}	i^{7}	ta^{1}	ta^{4}	lio^{2}
Noux	ik	dab	dal	liox
吃	肉	个	只	黄牛

众人吃了黄牛肉

改	到	嗒	答	哪
qai^{3}	tau^{5}	ta^{1}	ta^{4}	na^{2}
Ghaid	daot	dab	dal	nax
又	生	孩子	个	人

结婚就繁衍人类

农	夸	东	伦	丢
noŋ^{3}	qhɛ^{1}	tioŋ^{1}	ɬəŋ^{4}	tiu^{2}
Nongd	khaeb	diongb	dlengl	diux
现	结婚	中	大	门

现在在近地结婚

娘	不	请	劳	收
niaŋ^{6}	pu^{5}	tɕhiŋ^{1}	lau^{4}	χu^{2}
Niangs	but	qingb	laol	hvux
内	本	寨	结	婚

现在本寨可通婚

囊	孖	夸	劳	努
naŋ^{3}	ȵia^{8}	kha^{1}	lau^{4}	nəu^{2}
Nangd	nziaf	kab	laol	noux
有	饭	热	来	吃

现有热饭热菜吃

囊	意	乡	劳	努
naŋ^{3}	i^{7}	χaŋ^{1}	lau^{4}	nəu^{2}
Nangd	ik	hvangb	laol	noux
有	肉	新鲜	来	吃

现有新鲜肉来吃

约	约	夸	弱	航
ʑo^{6}	ʑo^{6}	kha^{1}	ȵiu^{4}	haŋ^{2}
Yos	yos	kab	nziul	hangx
人	人	开	心	很

人人心里都高兴

号	接	瓜	五	劳
hau^{3}	tɕie^{8}	qa^{6}	vu^{2}	lau^{4}
Haod	jief	ghas	wux	laol
要	叙	那	婚	姻

要唱那首婚姻歌

瓜	聂	闹	阿	劳
qa^{6}	nie^{4}	nau^{6}	a^{2}	lau^{4}
Ghas	niel	naos	ax	laol
从	聂	闹	那	来

从聂闹①姑娘那来

聂	闹	嗒	良	陇
nie^{4}	nau^{6}	ta^{1}	liaŋ^{2}	loŋ^{4}
Niel	naos	dab	liangx	longl
聂	闹	孩子	良	陇

聂闹是良陇②姑娘

①聂闹：苗语“niel naos”的音译，人名。
②良陇：苗语“liangx longl”的音译，地名，今融水苗族自治县红水乡良陇村。

你　咪　刚　古　败
ni^{2}　mi^{6}　kaŋ^{4}　ku^{2}　pai^{4}
Nix　mis　gangl　gux　bail
她　妈　来自　古　败
她妈妈是古败人

你　咪　嗒　暖　读
ni^{2}　mi^{6}　ta^{1}　ȵəŋ^{2}　təu^{4}
Nix　mis　dab　nzengx　doul
她　妈　人　暖　读
她妈妈名叫暖读①

夸　高　布　良　陇
qhɛ^{1}　qau^{5}　pu^{6}　liaŋ^{2}　loŋ^{4}
Khaeb　ghaot　bus　liangx　longl
结　婚　进　良　陇
结婚嫁到良陇村

劳　阿　咪　响　直
lau^{4}　a^{5}　mi^{6}　ɕiaŋ^{2}　tɕi^{4}
Laol　at　mis　xiangx　jil
来　做　妈　响　直
婚后被叫响直妈②

---

①暖读：苗语“nzengx doul”的音译，人名。

②这是苗族对已婚妇女的尊称，一般取第一个小孩名字来称呼。本句是指“响直”的妈妈。

劳	呀	到	九	答
lau^4	ʑa^6	tau^5	tɕiu^2	ta^4
Laol	yas	daot	jiux	dal
来	生	得	九	个

结婚生育九兄妹

追	尖	罗	努	文
tsəi^1	tɕiŋ^6	lo^6	nəu^2	vəŋ^4
Zeib	jings	los	noux	wengl
五	男	又	吃	田

五个男儿有田地

劳	号	罢	两	无
lau^4	hau^7	pa^7	liaŋ^2	vu^4
Laol	haok	bak	liangx	wul
来	管	爸	田	地

他们继承爸田地

嗦	约	木	努	不
ɬau^1	ʑo^6	mu^4	nəu^2	pu^4
Dlaob	yos	mul	noux	bul
四	人	去	吃	朋友

四个女儿要嫁人

木	号	分	两	无
mu^4	hau^7	fəŋ^6	liaŋ^2	vu^4
Mul	haok	fengs	liangx	wul
去	管	人家	田	地

出嫁管他人家产

苗族古歌
融水卷 上卷

号	接	瓜	友	聂
hau^{5}	tɕie^{8}	qa^{6}	ʑu^{2}	nie^{4}
Haot	jief	ghas	yux	niel
要	叙	那	友	聂

要叙述友聂①孩时

瓜	聂	闹	阿	劳
qa^{6}	nie^{4}	nau^{6}	a^{2}	lau^{4}
Ghas	niel	naos	ax	laol
从	聂	闹	那	来

就从聂闹孩时说

阿	嗒	业	五	后
a^{5}	ta^{1}	nie^{7}	vu^{2}	həu^{4}
At	dab	niek	wux	houl
做	个	小孩	看	牛

聂闹小时候看牛

无	爹	哪	引	能
vu^{3}	tɛ^{6}	na^{1}	ɣiŋ^{2}	nəŋ^{4}
Wud	daes	nab	vingx	nengl
看	整	天	岭	上

整天在坡上看牛

①友聂：苗语“yux niel”的音译，人名。

你 不 嗒 蚁 弱
ni2 pu8 ta1 ȵi2 ȵo4
Nix buf dab nzix nzol
她 见 水 牛 叫
她见水牛生牛犊

爹 哪 索 马 劳
tɛ6 na1 ɬau6 ma2 lau4
Daes nab dlaos max laol
整 天 生 不 出
半天生不出牛犊

嗒 芒 索 底 答
ta1 maŋ5 ɬau6 ti2 ta4
Dab mangt dlaos dix dal
到 夜 生 一 头
夜里才生下牛犊

答 谁 索 底 答
ta4 səi8 ɬau6 ti2 ta4
Dal seif dlaos dix dal
母 牛 生 一 头
母牛生一头牛犊

到 到 马 布 劳
tau5 tau5 ma2 pu1 lau4
Daot daot max bub laol
生 生 不 出 来
半天生不出牛犊

吐	听	吗	打	足
thiu^{7}	thiŋ^{7}	ma^{6}	ta^{2}	tɕiu^{4}
Tiuk	tingk	mas	dax	jiul
挣	扎	软	坪	完

母牛在草坪挣扎

索	阿	猛	苦	乙
ɬau^{6}	a^{5}	moŋ^{2}	khu^{2}	ʑi^{4}
Dlaos	at	mongx	kux	yil
生	那	样	辛	苦

生牛犊那么辛苦

败	相	马	五	劳
pai^{1}	ɕiaŋ^{5}	ma^{2}	vu^{2}	lau^{4}
Baib	xiangt	max	wux	laol
我	想	不	结	婚

我想打算不结婚

让	荣	布	许	灯
ȵiaŋ^{1}	ʑoŋ^{6}	pu^{1}	ɕi^{2}	təŋ^{4}
Nziangb	yongs	bub	xix	dengl
单	身	也	这	样

单身一人过日子

溜	达	配	哪	劳
liu^{1}	ta^{1}	phɛ^{7}	na^{2}	lau^{4}
Liub	dab	paek	nax	laol
大	姑	娘	人	老

姑娘变成老妇人

木	代	咪	比	文
mu^{4}	tai^{7}	mi^{6}	pi^{2}	vəŋ^{4}
Mul	daik	mis	bix	wengl
去	与	妈	耕	田

跟随妈妈去劳动

囊	记	金	了	伶
naŋ^{3}	ki^{3}	kiŋ^{1}	lia^{2}	liŋ^{4}
Nangd	gid	gingb	liax	lingl
听	到	虫	知	了

听见知了叫连连

金	耶	轰	门	直
kiŋ^{1}	ɣie^{5}	hoŋ^{1}	məŋ^{2}	tɕi^{4}
Gingb	viet	hongb	mengx	jil
虫	蝉	头	枫木	桠

春蝉在树梢上叫

你	泵	婚	嗓	及
ni^{2}	poŋ^{5}	fəŋ^{1}	saŋ^{2}	ki^{4}
Nix	bongt	fengb	sangx	gil
她	思	念	年	轻

她心里也不平衡

嗒	东	桑	浪	瓦
ta^{1}	toŋ^{8}	saŋ^{6}	laŋ^{2}	va^{4}
Dab	dongf	sangs	langx	wal
人	同	辈	自己	我

与我同岁年轻人

夸	高	巴	了	伶
qhɛ^{1}	qau^{5}	pa^{1}	lia^{2}	liŋ^{4}
Khaeb	ghaot	bab	liax	lingl
结	婚	给	知	了

人人都成家立业

让	些	纠	浪	瓦
ȵiaŋ^{1}	sɛ^{1}	tɕiu^{6}	laŋ^{2}	va^{4}
Nziangb	saeb	jius	langx	wal
单	身	只	自己	我

剩下我是单身妹

败	古	刀	五	劳
pai^{1}	qo^{5}	tau^{6}	vu^{2}	lau^{4}
Baib	ghot	daos	wux	laol
我	也	应	成	家

我也应该出嫁了

夸	高	孖	咪	木
qhɛ^{1}	qau^{5}	ȵia^{6}	mi^{2}	mu^{4}
Khaeb	ghaot	nzias	mix	mul
出	嫁	跟	人	去

嫁给别人当媳妇

布	阿	爹	五	劳
pu^{1}	a^{5}	tɛ^{6}	vu^{2}	lau^{4}
Bub	at	daes	wux	laol
知	怎	样	结	婚

不知怎样才结婚

达　亨　丢　古　败
ta^{1}　həŋ^{5}　tiu^{4}　ku^{2}　pai^{4}
Dab　hengt　diul　gux　bail
后　生　丢　古　败
后生丢①哥在古败

达　亨　聂　整　高
ta^{1}　həŋ^{5}　nie^{4}　tsəŋ^{2}　qau^{4}
Dab　hengt　niel　zengx　ghaol
后　生　聂　整　高
后生聂②哥在整高

达　亨　东　柳　能
ta^{1}　həŋ^{5}　toŋ^{1}　liu^{2}　nəŋ^{4}
Dab　hengt　dongb　liux　nengl
后　生　东　柳　能
后生东③哥在柳能

达　亨　嘎　仅　略
ta^{1}　həŋ^{5}　ka^{4}　tɕiŋ^{2}　lio^{4}
Dab　hengt　gal　jingx　liol
后　生　嘎　仅　略
后生嘎④哥在仅略

---

①丢：苗语“diul”的音译，人名，尊称“丢哥”。
②聂：苗语“niel”的音译，人名，尊称“聂哥”。
③东：苗语“dongb”的音译，人名，尊称“东哥”。
④嘎：苗语“gal”的音译，人名，尊称“嘎哥”。

哪	芒	扫	良	陇
na^{1}	maŋ^{5}	sau^{6}	liaŋ^{2}	loŋ^{4}
Nab	mangt	saos	liangx	longl
日	晚	到	良	陇

他们夜夜到良陇

木	代	奴	贾	雷
mu^{4}	tai^{7}	nəu^{6}	tɕia^{2}	ləi^{4}
Mul	daik	nous	jiax	leil
去	与	妹	谈	情

夜夜与姑娘谈情

拉	泵	娘	育	正
la^{1}	poŋ^{5}	niaŋ^{6}	ʑu^{2}	tsəŋ^{4}
Lab	bongt	niangs	yux	zengl
个	心	里	合	意

姑娘心投又意合

夸	高	孖	本	当
qhɛ^{1}	qau^{5}	ȵia^{6}	pəŋ^{2}	tiaŋ^{4}
Khaeb	ghaot	nzias	bengx	diangl
结	婚	跟	年	轻

在年轻时把婚结

达	配	奴	友	聂
ta^{1}	phɛ^{7}	nəu^{6}	ȵiu^{2}	nie^{4}
Dab	paek	nous	nziux	niel
姑	娘	妹	友	聂

此时那友聂姑娘

木	高	丢	古	败
mu^{4}	qau^{5}	tiu^{4}	ku^{2}	pai^{4}
Mul	ghaot	diul	gux	bail
去	嫁	给	古	败

友聂嫁古败丢哥

闹	高	布	整	高
nau^{6}	qau^{5}	pu^{6}	tsəŋ^{2}	qau^{4}
Naos	ghaot	bus	zengx	ghaol
闹	嫁	进	整	高

闹①姑娘嫁到整高

木	高	聂	整	高
mu^{4}	qau^{5}	nie^{4}	tsəŋ^{2}	qau^{4}
Mul	ghaot	niel	zengx	ghaol
去	嫁	聂	整	高

嫁到整高给聂哥

埋	高	布	仅	略
mai^{4}	qau^{5}	pu^{6}	tɕiŋ^{2}	lio^{4}
Mail	ghaot	bus	jingx	liol
埋	嫁	进	仅	略

埋②姑娘嫁到仅略

①闹：苗语“naos”的音译，人名。
②埋：苗语“mail”的音译，人名。

木	阿	咪	两	嘎
mu^{4}	a^{5}	mi^{6}	liaŋ^{2}	ka^{4}
Mul	at	mis	liangx	gal
去	当	妈	两	嘎

婚后被叫两嘎妈

蒙	高	布	柳	能
moŋ^{4}	qau^{5}	pu^{6}	liu^{2}	nəŋ^{4}
Mongl	ghaot	bus	liux	nengl
蒙	嫁	进	柳	能

蒙①姑娘嫁到柳能

代	当	东	准	劳
tai^{7}	taŋ^{4}	toŋ^{6}	tɕiŋ^{2}	lau^{4}
Daik	dangl	dongs	jingx	laol
跟	当	东	成	婚

她跟东哥结夫妻

阶	夸	到	古	败
qai^{1}	qhɛ^{5}	tau^{5}	ku^{2}	pai^{4}
Ghaib	khaet	daot	gux	bail
首	婚姻	有	古	败

首个婚岩②在古败

①蒙：苗语“mongl”的音译，人名。
②婚岩：婚姻埋岩。

瓜 迪 东 阿 劳
qa^{6} ti^{8} toŋ^{6} a^{2} lau^{4}
Ghas dif dongs ax laol
那 迪 东 那 来
在那迪东①做埋岩

东 夸 瓜 整 高
tioŋ^{1} qhɛ^{5} qa^{6} tsəŋ^{2} qau^{4}
Diongb khaet ghas zengx ghaol
中 婚 那 整 高
整高第二个婚岩

扫 芒 务 仅 略
sau^{6} maŋ^{8} vu^{1} tɕiŋ^{2} lio^{4}
Saos mangf wub jingx liol
到 芒 务 仅 略
仅略芒务②来主持

各 夸 布 柳 能
ko^{8} qhɛ^{5} pu^{6} liu^{2} nəŋ^{4}
Gof khaet bus liux nengl
末 婚 进 柳 能
柳能第三个婚岩

①迪东：苗语“dif dongs”的音译，地名，今址不详。
②芒务：苗语“mangf wub”的音译，人名。

瓜	丁	些	猛	杀
qa^{6}	tiŋ^{6}	ɕie^{1}	moŋ^{2}	sa^{4}
Ghas	dings	xieb	mongx	sal
那	丁	些	那	结尾

丁些①做最后婚岩

败	接	着	农	灯
pai^{1}	tɕie^{8}	tɕio^{6}	noŋ^{2}	təŋ^{4}
Baib	jief	jios	nongx	dengl
我们	叙	到	这	止

我们就唱到这里

布	号	刀	马	败
pu^{1}	hau^{5}	tau^{6}	ma^{2}	pai^{4}
Bub	haot	daos	max	bail
知	是	对	不	对

不知演唱对不对

汉意译：

古老那时候，
远古党扭那埋岩，
松开埋岩岩规好，
同姓不准来成婚，
同村同寨不成婚，
婚嫁要选择远方，
不知如何才婚嫁，
双方相恋才来往，
走寨相识才结婚。
以前男人在家等，

①丁些：苗语“dings xieb”的音译，地名，今融水苗族自治县白云乡六百河流域。

姑娘到男方走寨，
男人在家织布等，
一个看一个脸庞，
眉毛弯弯又粗直，
脸庞肤色白又嫩，
心里情投又意合，
情投意合结连理。
结婚对象在远方，
回娘家走九天路，
走路太久不愿去，
送去久久不知返，
送来久久不愿回，
糯米饭硬像石块，
肉干硬像那腊蛇，
祖宗也不愿领情，
父母心里不高兴，
小孩心里不想吃。
当时哪个人聪明，
配卖生在柳能村，
配幕生在果败村，
他们同去竖岩坡，
废除旧婚姻埋岩，
制定新婚姻埋岩。
配幕拉一头牯牛，
杀了牯牛做埋岩，
杨梅树来做砧板，
折断芒草和树叶，
削那毛竹做竹签，
竹签串了九串肉，
十根竹签串满肉。
有一串肉送古败，
沙丢来宣布岩规。
有一串肉给分岭，
送给头人做埋岩。
有一串肉送古勇，
送给沙兄做埋岩。
有一串肉送整乙，
送给沙兴做埋岩。
有一串肉送整高，
送给沙聂做埋岩。
有一串肉送引结，
送给沙香做埋岩。
有一串肉送仅略，
吓武寨子那两嘎，
送给两嘎做埋岩。
有一串肉送勇术，
松东寨子那往立，
送给往立做埋岩。
有一串肉送两昂，
送给沙温做埋岩。
一串肉送到柳能，
送给当冬做埋岩。
这些头人是寨老，
这些头人做埋岩。
现在姑娘在家等，
男人晚上去走寨，
姑娘不要嫁远方，
远方怕遇见老虎，

老虎生咬过路人。
现在本寨可通婚，
本寨通婚近父母，
靠近父母有吃喝。
那时那党扭埋岩，
松开做婚姻埋岩。
聂公是下游头人，
雄丁是北边头人，
他们约定结亲家，
你亲自送女儿来，
我亲自送儿子去，
约定吓败坳相会，
在那芒那处等候。
雄丁是北边头人，
他亲自送儿子来，
因为他少算一天，
未见姑娘来相会，
青年男子返回家。
聂公是下游头人，
他亲自送女儿来，
因为他多算一天，
他们来到吓败坳，
听到那老虎吼叫。
老虎卧藏芒丛里，
想生咬那结婚人。
聂公拔出那把剑，
冲向老虎身子砍，
砍死那只大老虎。
未见亲家孩子去，
青年男子也不来，
姑娘也转身回家。
那时能鲁那埋岩，
松奴那婚姻埋岩，
结婚只花二两银，
二两二银做彩礼。
那时表哥名叫两，
又和表妹名叫仰，
他俩情投又意合，
约定能鲁河相会，
在芒那河边相会，
等到月底来相会。
那天是巳辰日子，
那天真是那龙日，
那天真是好日子，
男子女子都齐全。
今天已是二十九，
后生来到能鲁河，
坐在河边等姑娘，
等到太阳将落山，
没有看见姑娘到，
听见对面树林响。
他看见一只猛兽，
他拔出宝剑来砍，
砍死那一只猛兽，
他砍树叶来掩盖，
打了草标做记号，
男子返回到家里。
等待第二天早晨，

爸爸送女儿前来，
他们来到能鲁河，
没有看见两表哥，
爸爸仍送表妹仰，
送到两表哥家里。
聂公这样把话说：
你们约定能鲁河，
月底你们来相会，
没有见你等表妹。
后生这样把话说：
你已来到能鲁河，
你发现什么东西？
我们委派两个人，
两个人前往查看。
他们去到能鲁河，
他们掀开那树叶，
看见有一只猛兽，
猛兽死在那地方。
波公真是聪明人，
他掀开那堆树叶，
后生杀死那野兽，
后生献出那野兽，
姑娘献一头黄牛，
杀牛献给众人吃。
众人吃了野兽肉，
山里又繁衍野兽。
众人吃了黄牛肉，
山里又繁衍黄牛，
仍然结那远方婚。
众人吃了野兽肉，
结婚就繁衍人类。
众人吃了黄牛肉，
结婚就繁衍人类。
现在在近地结婚，
现在本寨可通婚，
现有热饭热菜吃，
现有新鲜肉来吃，
人人心里都高兴。
要唱那首婚姻歌，
从聂闹姑娘那来，
聂闹是良陇姑娘。
她妈妈是古败人，
她妈妈名叫暖读，
结婚嫁到良陇村，
婚后被叫响直妈。
结婚生育九兄妹，
五个男儿有田地，
他们继承爸田地，
四个女儿要嫁人，
出嫁管他人家产。
要叙述友聂孩时，
就从聂闹孩时说。
聂闹小时候看牛，
整天在坡上看牛，
她见水牛生牛犊，
半天生不出牛犊，
夜里才生下牛犊，
母牛生一头牛犊，

半天生不出牛犊，
母牛在草坪挣扎，
生牛犊那么辛苦，
我想打算不结婚，
单身一人过日子。
姑娘变成老妇人，
跟随妈妈去劳动，
听见知了叫连连，
春蝉在树梢上叫，
她心里也不平衡，
与我同岁年轻人，
人人都成家立业，
剩下我是单身妹，
我也应该出嫁了，
嫁给别人当媳妇，
不知怎样才结婚。
后生丢哥在古败，
后生聂哥在整高，
后生东哥在柳能，
后生嘎哥在仅略，
他们夜夜到良陇，
夜夜与姑娘谈情，
姑娘心投又意合，
在年轻时把婚结。
此时那友聂姑娘，
友聂嫁古败丢哥；
闹姑娘嫁到整高，
嫁到整高给聂哥；
埋姑娘嫁到仅略，
婚后被叫两嘎妈；
蒙姑娘嫁到柳能，
她跟东哥结夫妻。
首个婚岩在古败，
在那迪东做埋岩；
整高第二个婚岩，
仅略芒务来主持；
柳能第三个婚岩，
丁些做最后婚岩。
我们就唱到这里，
不知演唱对不对。

流传地区：广西融水苗族自治县、三江侗族自治县及贵州从江县等苗族聚居区。

演唱者：杨庆林，融水苗族自治县拱洞乡人。

采录者：韦秀明、韦明岱、杜鸿。

翻译者：贺明辉。

（能文）

蛇郎歌

题解：《蛇郎歌》（即苗族古歌《能丈》）是苗族神话故事之一。能丈是心地善良的大蛇，他是大河龙宫龙王的儿子，看上了心地善良、孝敬老人的配金姑娘。为了让哑直①老人同意这门亲事，他善意设计，让老人说服小女儿嫁与他；为了试探配金姑娘，他精心设计几个考验事件，都验证了姑娘的真心。最后，两人终成眷属。大姐妒忌小妹幸福婚姻，想杀她取而代之，后因阴谋被识破，被江水卷走而身亡。这个故事告诫后人要从善，善有善报，恶有恶报。故事流传在广西融水、三江等自治县和贵州从江县的苗族聚居区。

号	接	着	能	丈
hau^{5}	tɕie^{8}	tɕio^{2}	nəŋ^{1}	tɕiaŋ^{4}
Haot	jief	jiox	nengb	jiangl
若	唱	首	能	丈

要唱一首能丈歌

登	接	着	能	丈
təŋ^{6}	tɕic^{8}	tɕio^{2}	nəŋ^{1}	tɕiaŋ^{4}
Dengs	jief	jiox	nengb	jiangl
就	唱	首	能	丈

就唱一首能丈歌

着	乌	纠	能	丈
tɕio^{6}	wu^{5}	tɕiu^{6}	nəŋ^{1}	tɕiaŋ^{4}
Jios	wut	jius	nengb	jiangl
最	好	仅	能	丈

能丈天生长英俊

①哑直：苗语“yax jil”的音译，是本故事配美、配金的父亲，尊称“哑直公”。

根	工	江	木	龙
qəŋ^{1}	koŋ^{1}	tɕiaŋ^{6}	mu^{1}	loŋ^{4}
Ghengb	gongb	jiangs	mub	longl
身	体	似	苗	锦

身体像绣那苗锦

五	挂	哩	根	不
vu^{5}	qa^{7}	li^{6}	qiŋ^{1}	pu^{4}
Wut	ghak	lis	ghingb	bul
有	趣	多	朋	友

这个故事有趣多

许	阿	让	答	勾	哑	直
ɕi^{2}	a^{1}	ȵiaŋ^{1}	ta^{4}	qəu^{5}	ʑa^{2}	tɕi^{4}
Xix	ab	nziangb	dal	ghout	yax	jil
以	前	有	个	公	哑	直

从前有个哑直公

根	吗	丁	手	到
qəŋ^{1}	ma^{6}	tiŋ^{1}	ɬiu^{2}	tau^{4}
Ghengb	mas	dingb	dliux	daol
面	前	根	把	火

面前手持一火把

根	归	别	能	丈
qəŋ^{1}	kiu^{8}	pɛ^{1}	nəŋ^{2}	tɕiaŋ^{4}
Ghengb	giuf	baeb	nengx	jiangl
面	背	背	柴	刀

身后背一把柴刀

本 跌 娃 打 木
pəŋ^{5} tie^{6} va^{6} ta^{2} mu^{4}
Bengt dies was dax mul
就 悠 闲 出 去
出门爬山去砍柴

吓 扫 根 引 能
ɬia^{4} sau^{6} qəŋ^{1} ɣiŋ^{2} nəŋ^{4}
Dlial saos ghengb vingx nengl
走 到 后 岭 南
走到南山脚砍柴

些 闹 根 引 能
sɛ^{8} ȵau^{6} qəŋ^{1} ɣiŋ^{2} nəŋ^{4}
Saef nzaos ghengb vingx nengl
砍 柴 后 岭 南
在那南山脚砍柴

些 凹 哪 几 败
sɛ^{8} au^{1} na^{1} ki^{2} pai^{4}
Saef aob nab gix bail
砍 两 天 边 北
在山北边砍两天

些 凹 哪 几 跌
sɛ^{8} au^{1} na^{1} ki^{2} tie^{4}
Saef aob nab gix diel
砍 两 天 边 南
在山南边砍两天

让	瓜	东	马	杀
ȵiaŋ^{1}	qa^{6}	tioŋ^{1}	ma^{2}	sa^{4}
Nziangb	ghas	diongb	max	sal
留	那	中间	不	砍

唯独留中间未砍

让	斗	门	乡	俄
ȵiaŋ^{1}	təu^{5}	məŋ^{2}	χaŋ^{2}	ŋo^{4}
Nziangb	dout	mengx	hvangx	ngol
有	树	枫木	高	直

山中有蔸大枫树

多	能	往	清	农
tio^{6}	nəŋ^{1}	vaŋ^{2}	tɕhiŋ^{1}	ȵoŋ^{4}
Dios	nengb	wangx	qingb	nzongl
是	蛇	王	房	子

那是能丈安的家

罗	让	勾	哑	直
lo^{6}	ȵiaŋ^{1}	qəu^{5}	ʑa^{2}	tɕi^{4}
Los	nziangb	ghout	yax	jil
时	有	公	哑	直

时有一个哑直公

丁	能	改	丁	灯
tiŋ^{1}	nəŋ^{2}	qai^{3}	tiŋ^{1}	təŋ^{4}
Dingb	nengx	ghaid	dingb	dengl
把	柴刀	又	把	刀

手持一把砍柴刀

丁 能 打 撇 杀
tiŋ^{1} nəŋ^{2} ta^{2} phɛ^{1} sa^{4}
Dingb nengx dax paeb sal
把 柴刀 就 砍 下
举起柴刀就砍树

学 能 改 工 正
ɬio^{8} nəŋ^{2} qai^{3} qoŋ^{1} tsəŋ^{4}
Dliof nengx ghaid ghongb zengl
抽 柴刀 又 复 原
柴刀抽起树复原

之 碰 能 往 劳
tɕi^{6} phoŋ^{7} nəŋ^{1} vaŋ^{2} lau^{4}
Jis pongk nengb wangx laol
突 然 蛇 王 来
枫木突变能丈来

芒 爹 访 瓜 之
maŋ^{8} tie^{3} faŋ^{2} qa^{6} tɕi^{4}
Mangf died fangx ghas jil
那 尾巴 挂 树 梢
能丈尾巴挂树梢

芒 候 无 呆 劳
maŋ^{8} həu^{3} vu^{7} tai^{1} lau^{4}
Mangf houd vuk daib laol
那 头 朝 地 下
能丈大头朝地下

芒	几	江	章	答
$maŋ^{8}$	$tɕi^{3}$	$tɕiaŋ^{6}$	$tɕiaŋ^{1}$	ta^{4}
Mangf	jid	jiangs	jiangb	dal
那	身体	像	杉	木

身体粗大像杉木

芒	候	江	拉	扭
$maŋ^{8}$	$həu^{3}$	$tɕiaŋ^{6}$	la^{1}	niu^{4}
Mangf	houd	jiangs	lab	niul
那	头	像	个	铜鼓

蛇头粗大像铜鼓

最	吗	粉	卢	劳
$tsəi^{3}$	ma^{6}	$fəŋ^{3}$	lu^{2}	lau^{4}
Zeid	mas	fengd	lux	laol
眼	睛	宽	铜	镜

眼睛圆圆似铜镜

拉	嗦	江	依	聂
la^{1}	$ɬau^{5}$	$tɕiaŋ^{6}$	$ɣi^{1}$	$ȵie^{4}$
Lab	dlaot	jiangs	vib	ngiel
个	鳞片	似	瓦	片

鳞片四方似瓦片

根	木	江	木	龙
$qəŋ^{1}$	mu^{1}	$tɕiaŋ^{6}$	mu^{1}	$loŋ^{4}$
Ghengb	mub	jiangs	mub	longl
身	体	似	苗	锦

身体花纹似苗锦

花 劳 号 哑 直
fa^{1} lau^{5} hau^{6} ʑa^{2} tɕi^{4}
Fab laot haos yax jil
转 嘴 说 哑 直
能丈把话问哑直

猛 号 打 西 到
moŋ^{2} hau^{5} ta^{2} ɕi^{1} tau^{4}
Mongx haot dax xib daol
你 说 来 砍 柴
你到山上来砍柴

猛 罗 布 凹 当
moŋ^{2} lo^{6} pu^{6} au^{1} taŋ^{4}
Mongx los bus aob dangl
你 应 进 两 边
你应该进山两边

凹 沛 引 西 木
au^{1} phɛ^{5} ɣiŋ^{2} ɕi^{1} mu^{4}
Aob paet vingx xib mul
两 边 岭 砍 去
走进山两边砍柴

空 斗 瓦 清 农
qhoŋ^{1} təu^{3} va^{4} tɕhiŋ^{1} ȵoŋ^{4}
Khongb doud wal qingb nzongl
不要 砍 我 房 子
不要破坏我那家

斗	衣	瓦	清	农
təu^{3}	ʑi^{6}	va^{4}	tɕhiŋ^{1}	ȵoŋ^{4}
Doud	yis	wal	qingb	nzongl
砍	对	我	房	子

已经毁坏我那家

猛	收	底	拉	谁
moŋ^{2}	ɕiu^{3}	ti^{2}	la^{1}	səi^{4}
Mongx	xiud	dix	lab	seil
你	犯	一	个	罪

你已犯下一宗罪

温	拉	响	嗒	丢
vəŋ^{6}	lia^{6}	ɕiaŋ^{2}	ta^{1}	tiu^{4}
Wengs	lias	xiangx	dab	diul
万	两	银子	人	汉

赔偿一万两银子

劳	赔	瓦	清	农
lau^{4}	pai^{8}	va^{4}	tɕhiŋ^{1}	ȵoŋ^{4}
Laol	baif	wal	qingb	nzongl
来	赔偿	我	房	子

来赔偿我那房子

农	让	勾	哑	直
noŋ^{3}	ȵiaŋ^{1}	qəu^{5}	ʑa^{2}	tɕi^{4}
Nongd	nziangb	ghout	yax	jil
现在	有	公	哑	直

哑直这样把话说

瓦	哪	下	西	到
va^{4}	na^{2}	ɕia^{5}	ɕi^{1}	tau^{4}
Wal	nax	xiat	xib	daol
我	人	穷	砍	柴

穷人靠打柴为生

马	到	响	嗒	丢
ma^{2}	tau^{5}	ɕiaŋ^{2}	ta^{1}	tiu^{4}
Max	daot	xiangx	dab	diul
没	有	银子	人	汉

家里没有存银子

阿	爹	赔	到	猛	清	农
a^{5}	tɛ^{6}	pai^{8}	tau^{5}	moŋ^{2}	tɕhiŋ^{1}	ȵoŋ^{4}
At	daes	baif	daot	mongx	qingb	nzongl
怎	样	赔	起	你	房	子

哪里赔得起房子

瓦	让	纠	芒	载	清	八
va^{4}	ȵiaŋ^{1}	tɕiu^{6}	maŋ^{8}	tsai^{3}	tɕhiŋ^{1}	pa^{4}
Wal	nziangb	jius	mangf	zaid	qingb	bal
我	有	仅	栋	房	子	破

我只有一间破屋

凹	达	配	兄	瓦
au^{1}	ta^{1}	phɛ^{7}	ɕioŋ^{2}	va^{4}
Aob	dab	paek	xiongx	wal
两	姑	娘	陪伴	我

两个女孩来相依

农	到	往	能	接
noŋ^{3}	tau^{5}	vaŋ^{2}	nəŋ^{1}	tɕie^{4}
Nongd	daot	wangx	nengb	jiel
现	得	王	蛇	告诉

能丈这样把话说

马	到	响	达	丢
ma^{2}	tau^{5}	ɕiaŋ^{2}	ta^{1}	tiu^{4}
Max	daot	xiangx	dab	diul
没	得	银子	人	汉

没有银子来赔偿

劳	赔	瓦	清	农
lau^{4}	pai^{8}	va^{4}	tɕhiŋ^{1}	ȵoŋ^{4}
Laol	baif	wal	qingb	nzongl
来	赔偿	我	房	子

用来赔偿我那家

猛	江	底	嗒	及
moŋ^{2}	tɕiaŋ^{6}	ti^{2}	ta^{1}	ki^{4}
Mongx	jiangs	dix	dab	gil
你	让	一	个	小孩

你就让一个女儿

劳	代	瓦	夸	劳
lau^{4}	tai^{7}	va^{4}	qhɛ^{1}	lau^{4}
Laol	daik	wal	khaeb	laol
来	和	我	结	婚

嫁给我来做妻子

农	勾	哑	花	雷
noŋ^{3}	qəu^{5}	ʑa^{2}	fa^{1}	ləi^{4}
Nongd	ghout	yax	fab	leil
现在	公	哑	说	话

此时哑直把话说

猛	东	浪	败	木
moŋ^{2}	toŋ^{8}	laŋ^{2}	pai^{1}	mu^{4}
Mongx	dongf	langx	baib	mul
你	同	我	们	去

你就跟随我回家

木	扫	瓦	清	农
mu^{4}	sau^{6}	va^{4}	tɕhiŋ^{1}	ȵoŋ^{4}
Mul	saos	wal	qingb	nzongl
去	到	我	房	子

来到我那破房子

农	勾	哑	花	雷
noŋ^{3}	qəu^{5}	ʑa^{2}	fa^{1}	ləi^{4}
Nongd	ghout	yax	fab	leil
现在	公	哑	说	话

哑直这样把话说

猛	布	几	呆	当
moŋ^{2}	pu^{7}	ki^{2}	tai^{1}	taŋ^{4}
Mongx	buk	gix	daib	dangl
你	坐	底	下	等待

你坐屋底来等待

瓦	之	娃	阿	木
va^{4}	$tɕi^{5}$	va^{2}	a^{1}	mu^{4}
Wal	jit	wax	ab	mul
我	上	上	面	去

我先进屋子看看

木	接	瓦	嗒	及
mu^{4}	$tɕie^{8}$	va^{4}	ta^{1}	ki^{4}
Mul	jief	wal	dab	gil
去	告诉	我	小	孩

告诉那两个姐妹

勾	代	你	嗒	接
$qəu^{5}$	tai^{7}	ni^{2}	ta^{1}	$tɕie^{4}$
Ghout	daik	nix	dab	jiel
公	与	他	孩	商量

哑直与姐妹商量

哪	农	败	喇	到
na^{1}	$noŋ^{6}$	pai^{1}	la^{2}	tau^{4}
Nab	nongs	baib	lax	daol
天	今	我	砍	柴

我今天上山砍柴

眉	衣	能	载	农
$məi^{8}$	$ʑi^{6}$	$nəŋ^{1}$	$tsai^{3}$	$ɳ̊oŋ^{4}$
Meif	yis	nengb	zaid	nzongl
砍	对	能丈	房	子

无意砍对能丈屋

农　收　拉　你　谁
noŋ^{3}　ɕiu^{3}　la^{1}　ni^{2}　səi^{4}
Nongd　xiud　lab　nix　seil
现在　犯　个　他　罪
现在犯了一宗罪

你　意　咪　响　丢
ni^{2}　ʑi^{3}　mi^{1}　ɕiaŋ^{2}　tiu^{4}
Nix　yid　mib　xiangx　diul
他　一定　要　银　子
他一定要那银子

木　赔　你　清　农
mu^{4}　pai^{8}　ni^{2}　tɕhiŋ^{1}　ȵoŋ^{4}
Mul　baif　nix　qingb　nzongl
去　赔偿　他　房　子
来赔偿他那房子

农　孖　马　到　响　嗒　丢
noŋ^{3}　ȵiaŋ^{8}　ma^{2}　tau^{5}　ɕiaŋ^{2}　ta^{1}　tiu^{4}
Nongd　nziangf　max　daot　xiangx　dab　diul
现在　真　没　有　银子　人　汉
现在没有那银子

木　赔　能　载　农
mu^{4}　pai^{8}　nəŋ^{1}　tsai^{3}　ȵoŋ^{4}
Mul　baif　nengb　zaid　nzongl
去　赔偿　能丈　房　子
去赔偿他那房子

你	意	咪	嗓	及
ni^{2}	ʑi^{3}	mi^{1}	saŋ^{2}	ki^{4}
Nix	yid	mib	sangx	gil
他	一定	娶	小	孩

他一定要娶你们

劳	咪	门	底	答
lau^{4}	mi^{1}	məŋ^{1}	ti^{2}	ta^{4}
Laol	mib	mengb	dix	dal
来	娶	你们	一	个

来娶你们中一个

木	孖	能	五	劳
mu^{4}	ȵia^{6}	nəŋ^{1}	vu^{2}	lau^{4}
Mul	nzias	nengb	wux	laol
去	与	能丈	成	婚

跟着能丈去成婚

罢	接	哎	美	木
pa^{7}	tɕie^{8}	ai^{3}	mai^{2}	mu^{4}
Bak	jief	aid	maix	mul
爸	叫	姐	美	去

父亲叫姐配美①去

---

①配美：苗语“peak maix”的音译。配，苗语“姑娘”的意思；美，奶名；尊称“配美”。配美在本故事中身份是姐姐。

哎 无 扫 根 足
ai^{3} vu^{7} sau^{6} qəŋ^{1} tɕiu^{4}
Aid wuk saos ghengb jiul
姐 下 到 底 石碓
配美下到那楼底

罗 不 底 能 丈
lo^{6} pu^{8} ti^{2} nəŋ^{1} tɕiaŋ^{4}
Los buf dix nengb jiangl
才 看见 一 能 丈
看见是一条大蛇

节 月 九 拉 佛
tɕie^{6} vɛ^{6} tɕiu^{2} la^{1} χu^{4}
Jies waes jiux lab hvul
盘 绕 九 个 圈
大蛇盘绕九个圈

几 溜 江 章 答
tɕi^{3} liu^{1} tɕiaŋ^{6} tɕiaŋ^{1} ta^{4}
Jid liub jiangs jiangb dal
身 大 像 杉 木
身材像一棵杉树

拉 嗦 江 依 聂
la^{1} ɬau^{5} tɕiaŋ^{6} ɣi^{1} ŋie^{4}
Lab dlaot jiangs vib ngiel
个 鳞片 似 瓦 片
鳞片四方似瓦片

芒 号 江 拉 王
maŋ^{8} həu^{3} tɕiaŋ^{6} la^{1} vaŋ^{4}
Mangf houd jiangs lab wangl
那 头 像 个 铁锅
蛇头像一个铁锅

扭 吗 犬 令 灭
niu^{1} ma^{6} tɕhiaŋ^{7} liŋ^{1} mie^{4}
Niub mas qiangk lingb miel
眼 睛 似 铜 铃
眼睛圆圆似铜铃

配 美 答 区 足
phɛ^{7} mai^{2} ta^{6} khi^{1} tɕiu^{4}
Paek maix das kib jiul
姑娘 美 吓 蒙 完
配美惊吓又害怕

罗 让 党 根 乙
lo^{6} ȵiaŋ^{7} taŋ^{2} qəŋ^{1} ʑi^{4}
Los nziangk dangx ghengb yil
冒 汗 湿 后 腋窝
惊吓全身冒冷汗

配 美 党 根 劳
phɛ^{7} mai^{2} tiaŋ^{2} qəŋ^{1} lau^{4}
Paek maix diangx ghengb laol
姑娘 美 转 回 来
配美转身就回来

代 罢 几 拉 接
tai^{7} pa^{7} ki^{2} la^{1} tɕie^{4}
Daik bak gix lab jiel
跟 爸 哭 诉 说
委屈向父亲哭诉

接 瓦 夸 高 兑 能 劳
tɕie^{8} va^{4} qhɛ^{1} qau^{5} təi^{2} nəŋ^{1} lau^{4}
Jief wal khaeb ghaot deix nengb laol
叫 我 结 婚 哥 能丈 大
叫我嫁给那能丈

败 毕 农 项 党 败 行
pai^{1} pi^{5} noŋ^{6} haŋ^{3} taŋ^{2} pai^{1} ɬiŋ^{4}
Baib bit nongs hangd dangx baib dlingl
我 就 自己 喜欢 死 我 命
我宁愿自己去死

略 乌 哪 分 跌
lio^{8} vu^{6} na^{2} fəŋ^{1} tie^{4}
Liof wus nax fengb diel
断 气 人 世 间
断气离开人世间

农 勾 哑 花 雷
noŋ^{3} qəu^{5} ʑa^{2} fa^{1} ləi^{4}
Nongd ghout yax fab leil
现在 公 哑 说 话
哑直这样把话说

接	配	金	改	木
$tɕie^{8}$	$phɛ^{7}$	$tɕin^{6}$	qai^{3}	mu^{4}
Jief	paek	jins	ghaid	mul
叫	姑娘	金	又	去

又叫配金①下楼底

木	高	兑	能	丈
mu^{4}	qau^{5}	$təi^{2}$	$nəŋ^{1}$	$tɕiaŋ^{4}$
Mul	ghaot	deix	nengb	jiangl
去	嫁	哥	能	丈

叫她嫁给那能丈

金	无	嗓	呆	木
$tɕin^{6}$	vu^{7}	$saŋ^{2}$	tai^{1}	mu^{4}
Jins	wuk	sangx	daib	mul
金	下	楼	底	去

配金下到那楼底

木	扫	瓜	根	神
mu^{4}	sau^{6}	qa^{6}	$qəŋ^{1}$	$səŋ^{4}$
Mul	saos	ghas	ghengb	sengl
去	到	那	底	楼

下到楼底那石碓

①配金：苗语“peak jins”的音译。配，苗语“姑娘”的意思；金，奶名；尊称“配金”。配金在本故事中身份是妹妹。

木	不	兑	能	丈
mu^{4}	pu^{8}	təi^{2}	nəŋ^{1}	tɕiaŋ^{4}
Mul	buf	deix	nengb	jiangl
去	看见	哥	能	丈

看见楼底能丈哥

农	到	兑	能	接
noŋ^{3}	tau^{5}	təi^{2}	nəŋ^{1}	tɕie^{4}
Nongd	daot	deix	nengb	jiel
现	有	哥	能丈	告诉

能丈这样把话讲

猛	连	哈	马	连
moŋ^{2}	liŋ^{4}	ha^{7}	ma^{2}	liŋ^{4}
Mongx	lingl	hak	max	lingl
你	答应	或	不	答应

你是否答应出嫁

猛	劳	号	马	劳
moŋ^{2}	lau^{4}	hau^{5}	ma^{2}	lau^{4}
Mongx	laol	haot	max	laol
你	来	或	不	来

你是否来嫁给我

马	劳	败	花	拿
ma^{2}	lau^{4}	pai^{1}	fa^{1}	na^{4}
Max	laol	baib	fab	nal
不	来	我	翻	身

不答应嫁我翻身

花	拿	帮	载	足
fa^{1}	na^{4}	paŋ^{1}	tsai^{3}	tɕiu^{4}
Fab	nal	bangb	zaid	jiul
翻	身	塌	房子	完

翻身房子就倒塌

改	给	猛	木	劳
qai^{3}	kie^{7}	moŋ^{2}	mu^{1}	lau^{4}
Ghaid	giek	mongx	mub	laol
又	咬	你	人	老

又来咬死老人家

改	给	猛	嗒	及
qai^{3}	kie^{7}	moŋ^{2}	ta^{1}	ki^{4}
Ghaid	giek	mongx	dab	gil
又	咬	你	小	辈

又来咬死你家人

配	金	暖	收	工
phɛ^{7}	tɕin^{6}	ȵ̥əŋ^{2}	xu^{1}	koŋ^{4}
Paek	jins	nzengx	hvub	gongl
姑娘	金	答应	话	语

配金轻轻应一声

无	呀	孖	能	木
vo^{8}	ʑa^{6}	ȵ̥ia^{6}	nəŋ^{1}	mu^{4}
Wof	yas	nzias	nengb	mul
无	奈	跟	能丈	去

无奈嫁给那能丈

阿	六	泵	凹	能
a^{5}	ləu^{6}	poŋ^{2}	əu^{1}	nəŋ^{4}
At	lous	bongx	oub	nengl
结	婚	滩	河	下游

嫁到河下游安家

金	孖	兑	能	木
tɕin^{6}	ȵiɑ^{6}	tɔi^{2}	nəŋ^{1}	mɯ^{4}
Jins	nzias	deix	nengb	mul
金	跟	哥	能丈	去

配金跟随能丈走

农	无	引	根	羊
noŋ^{3}	vu^{7}	ɣiŋ^{2}	qəŋ^{1}	ɣaŋ^{4}
Nongd	wuk	vingx	ghengb	vangl
现在	沿	岭	底	寨子

他们沿着寨底走

改	之	底	拉	败
qai^{3}	tɕi^{5}	ti^{2}	la^{1}	pai^{4}
Ghaid	jit	dix	lab	bail
又	爬	一	个	坡

又爬上一个山坡

改	班	底	拉	伦
qai^{3}	pan^{6}	ti^{2}	la^{1}	ɬəŋ^{4}
Ghaid	bans	dix	lab	dlengl
又	翻	一	个	山梁

又翻那座山梁走

改 丢 底 拉 东

qai^{3} tiu^{8} ti^{2} la^{1} tioŋ^{4}

Ghaid diuf dix lab diongl

又 渡 一 条 水沟

又横渡一条水沟

兑 能 丈 花 雷

təi^{2} nəŋ^{1} tɕiaŋ^{4} fa^{1} ləi^{4}

Deix nengb jiangl fab leil

哥 能 丈 话 说

能丈这样把话说

凹 吓 底 哪 当

au^{1} ɬia^{4} ti^{2} na^{1} taŋ^{4}

Aob dlial dix nab dangl

我们 走 一 天 半

我们步行大半天

瓦 缺 底 凹 桑

va^{4} qhəi^{7} ti^{2} əu^{1} saŋ^{4}

Wal kheik dix oub sangl

我 饿 一 水 冷

我想喝水来解渴

瓦 无 瓜 根 东

va^{4} vu^{7} qa^{6} qəŋ^{1} tioŋ^{4}

Wal wuk ghas ghengb diongl

我 沿 那 底 沟

我沿山坡下沟底

猛	布	瓜	呆	当
moŋ^{2}	pu^{7}	qa^{6}	tai^{1}	taŋ^{4}
Mongx	buk	ghas	daib	dangl
你	坐	那	地上	等候

你就坐这里等候

能	无	瓜	根	东
nəŋ^{1}	vu^{7}	qa^{6}	qəŋ^{1}	tioŋ^{4}
Nengb	wuk	ghas	ghengb	diongl
蛇	下	那	底	沟

蛇郎下到那沟底

木	厚	底	凹	桑
mu^{4}	həu^{7}	ti^{2}	əu^{1}	saŋ^{4}
Mul	houk	dix	oub	sangl
去	喝	一	水	冷

喝了泉水来解渴

能	木	扫	根	东
nəŋ^{1}	mu^{4}	sau^{6}	qəŋ^{1}	tioŋ^{4}
Nengb	mul	saos	ghengb	diongl
能丈	下	到	底	沟

蛇郎下到那沟底

罗	嗦	无	根	东
lo^{6}	ɬau^{5}	vu^{7}	qəŋ^{1}	tioŋ^{4}
Los	dlaot	wuk	ghengb	diongl
脱	鳞	放	底	沟

脱了那一身蛇皮

立 着 准 嗒 列
li^{5} tɕio^{8} tɕiŋ^{2} ta^{1} lie^{4}
Lit jiof jingx dab liel
换 装 变成 人 英俊
变成一个英俊人

弱 乌 准 哪 能
nio^{6} vu^{5} tɕiŋ^{2} na^{1} nəŋ^{4}
Nios wut jingx nab nengl
英俊 好 似 太阳 升
英俊似东升太阳

月 之 打 虽 莫
vɛ^{6} tɕi^{5} ta^{2} ɬəi^{1} mo^{4}
Waes jit dax dleib mol
转 爬 来 骗 表妹
英俊后生逗配金

猛 代 浪 败 木
moŋ^{2} tai^{7} laŋ^{2} pai^{1} mu^{4}
Mongx daik langx baib mul
你 跟 自己 我 去
你就跟随我回去

木 阿 瓦 忍 本
mu^{4} a^{5} va^{4} ȵiŋ^{1} pəŋ^{4}
Mul at wal nzingb bengl
去 做 我 媳 妇
去嫁给我做爱人

配	金	改	花	雷
phɛ^{7}	tɕin^{6}	qai^{3}	fa^{1}	ləi^{4}
Paek	jins	ghaid	fab	leil
姑娘	金	又	说	话

配金这样把话说

瓦	高	兑	能	劳
va^{4}	qau^{5}	təi^{2}	nəŋ^{1}	lau^{4}
Wal	ghaot	deix	nengb	laol
我	嫁	哥	能丈	老

我已嫁给能丈哥

瓦	马	孖	猛	木
va^{4}	ma^{2}	ȵia^{6}	moŋ^{2}	mu^{4}
Wal	max	nzias	mongx	mul
我	不	跟	你	走

我不能跟随你走

底	尺	能	往	劳
ti^{2}	tɕhi^{7}	nəŋ^{1}	vaŋ^{2}	lau^{4}
Dix	qik	nengb	wangx	laol
一	会	能丈	王	来

一会能丈哥回来

劳	结	浪	凹	瓦
lau^{4}	kie^{7}	laŋ^{2}	au^{1}	va^{4}
Laol	giek	langx	aob	wal
来	咬	自己	两	我

能丈咬死我们俩

农	到	兑	能	接
noŋ^{3}	tau^{5}	təi^{2}	nəŋ^{1}	tɕie^{4}
Nongd	daot	deix	nengb	jiel
现在	得	哥	能丈	告诉

英俊后生把话说

猛	让	马	送	浪	败	木
moŋ^{2}	ȵiaŋ^{8}	ma^{2}	soŋ^{5}	laŋ^{2}	pai^{1}	mu^{4}
Mongx	nziangf	max	songt	langx	baib	mul
你	真	不	送	们	我	去

你真不愿跟我走

败	木	呀	嗒	莫
pai^{1}	mu^{4}	ʑa^{6}	ta^{1}	mo^{4}
Baib	mul	yas	dab	mol
我	去	了	表	妹

我就独自离开了

猛	布	瓜	呆	当
moŋ^{2}	pu^{7}	qa^{6}	tai^{1}	taŋ^{4}
Mongx	buk	ghas	daib	dangl
你	坐	那	地上	等候

你坐在这里等候

猛	当	往	能	丈
moŋ^{2}	taŋ^{4}	vaŋ^{2}	nəŋ^{1}	tɕiaŋ^{4}
Mongx	dangl	wangx	nengb	jiangl
你	等候	王	能	丈

你等候那能丈哥

农	亨	往	能	丈
noŋ^{3}	həŋ^{5}	vaŋ^{2}	nəŋ^{1}	tɕiaŋ^{4}
Nongd	hengt	wangx	nengb	jiangl
现在	后生	王	能	丈

此时此刻能丈哥

月	行	布	根	东
vɛ^{6}	ɬiŋ^{4}	pu^{6}	qəŋ^{1}	tioŋ^{4}
Waes	dlingl	bus	ghengb	diongl
转	身	进	底	沟

转身回到那沟底

改	哩	六	能	能
qai^{3}	li^{6}	liu^{5}	nəŋ^{1}	nəŋ^{4}
Ghaid	lis	liut	nengb	nengl
又	换	皮	蛇	穿

又换上那蛇皮衣

改	花	准	能	劳
qai^{3}	fa^{3}	tɕiŋ^{2}	nəŋ^{1}	lau^{4}
Ghaid	fad	jingx	nengb	laol
又	变	成	蛇	来

转身变成能丈哥

花	之	引	溜	劳
fa^{3}	tɕi^{5}	ɤiŋ^{2}	liu^{1}	lau^{4}
Fad	jit	vingx	liub	laol
转	爬	岭	大	来

又沿山坡爬上来

劳 代 配 金 接
lau^{4} tai^{7} phɛ^{7} tɕin^{6} tɕie^{4}
Laol daik paek jins jiel
来 和 姑娘 金 诉说
来到那配金身旁

月 老 改 花 雷
vɛ^{6} lau^{5} qai^{3} fa^{1} ləi^{4}
Waes laot ghaid fab leil
开 口 又 说 话
好奇开口问配金

瓦 之 瓜 根 东
va^{4} tɕi^{5} qa^{6} qəŋ^{1} tioŋ^{4}
Wal jit ghas ghengb diongl
我 爬 那 底 沟
我从山沟爬上来

瓦 不 底 嗒 列
va^{4} pu^{8} ti^{2} ta^{1} lie^{4}
Wal buf dix dab liel
我 见 一 人 英俊
看见一个年轻人

达 亨 柳 飞 到
ta^{1} həŋ^{5} liu^{2} fai^{1} tau^{4}
Dab hengt liux faib daol
青 年 遥 远 方
一个远方年轻人

劳 代 猛 旁 不

lau^{4} tai^{7} moŋ^{2} phaŋ^{1} pu^{4}

Laol daik mongx pangb bul

来 与 你 聊 天

远见他和你说话

阿 爹 马 孖 你 根 木

a^{5} tɛ^{6} ma^{2} ȵia^{6} ni^{2} qəŋ^{1} mu^{4}

At daes max nzias nix ghengb mul

怎 样 不 跟 他 后 去

为何你不随他去

配 金 改 花 雷

phɛ^{7} tɕin^{6} qai^{3} fa^{1} ləi^{4}

Paek jins ghaid fab leil

姑娘 金 又 说 话

配金这样把话说

答 阿 米 兴 列

ta^{6} a^{5} mi^{2} ɬiŋ^{1} lie^{4}

Das at mix dlingb liel

死 做 你 鬼 了

死也要当你的鬼

瓦 门 晒 能 劳

va^{4} məŋ^{6} sai^{2} nəŋ^{1} lau^{4}

Wal mengs saix nengb laol

我 仍 嫁 蛇 老

我已答应嫁能丈

败 门 代 能 劳
pai^{1} məŋ^{6} tai^{7} nəŋ^{1} lau^{4}
Baib mengs daik nengb laol
我 仍 与 蛇 结婚
我要与能丈结婚

猛 阿 候 败 劳
moŋ^{2} a^{5} həu^{3} pai^{1} lau^{4}
Mongx at houd baib laol
你 在 前 我 来
你走前面我跟随

瓦 孖 猛 根 木
va^{4} ȵia^{6} moŋ^{2} qəŋ^{1} mu^{4}
Wal nzias mongx ghengb mul
我 跟随 你 后 去
我跟随你后面走

改 之 底 拉 败
qai^{3} tɕi^{5} ti^{2} la^{1} pai^{4}
Ghaid jit dix lab bail
又 爬 一 个 坡
又爬上一座山坡

改 之 底 拉 伦
qai^{3} tɕi^{5} ti^{2} la^{1} ɬəŋ^{4}
Ghaid jit dix lab dlengl
又 爬 一 个 山梁
又爬一座山梁走

罗	当	引	乡	败
lo^{6}	taŋ^{5}	ɣiŋ^{2}	χaŋ^{1}	pai^{4}
Los	dangt	vingx	hvangb	bail
才	登上	岭	高	坡

登上一座高山坡

罗	无	引	溜	木
lo^{6}	vu^{7}	ɣiŋ^{2}	liu^{1}	mu^{4}
Los	wuk	vingx	liub	mul
才	下	岭	大	去

又沿着山坡下来

木	扫	瓜	根	荣
mu^{4}	sau^{6}	qa^{6}	qəŋ^{1}	voŋ^{4}
Mul	saos	ghas	ghengb	wongl
去	到	那	底	崖

下到那山脚坡底

不	芒	架	沙	桑
pu^{8}	maŋ^{8}	tɕia^{3}	ɬa^{1}	saŋ^{4}
Buf	mangf	jiad	dlab	sangl
见	那	潭	黑	幽幽

看见一个深水潭

配	金	那	能	丈
phɛ^{7}	tɕin^{6}	na^{6}	nəŋ^{1}	tɕiaŋ^{4}
Paek	jins	nas	nengb	jiangl
姑娘	金	问	能	丈

配金好奇问蛇郎

载	让	爹	能	劳
tsai^{3}	ȵ̥iaŋ^{1}	tɛ^{6}	nəŋ^{1}	lau^{4}
Zaid	nziangb	daes	nengb	laol
房子	在	哪	蛇	老

你的房子在哪里

兑	能	改	花	雷
təi^{2}	nəŋ^{1}	qai^{3}	fa^{1}	ləi^{4}
Deix	nengb	ghaid	fab	leil
哥	蛇	又	说	话

能丈这样把话说

瓦	载	罗	沙	桑
va^{4}	tsai^{3}	lo^{6}	ɬa^{1}	saŋ^{4}
Wal	zaid	los	dlab	sangl
我	家	又	黑	幽幽

我家又黑又深幽

瓦	载	党	刀	木
va^{4}	tsai^{3}	taŋ^{2}	tau^{1}	mu^{4}
Wal	zaid	dangx	daob	mul
我	家	非常	深	去

我家住在深潭底

瓦	斗	猛	泵	丈
va^{4}	təu^{7}	moŋ^{2}	poŋ^{1}	tɕiaŋ^{4}
Wal	douk	mongx	bongb	jiangl
我	抓	你	手	肘

我拉住你那手臂

号	吗	丢	打	木
hau^{7}	ma^{6}	tiu^{5}	ta^{2}	mu^{4}
Haok	mas	diut	dax	mul
闭	眼睛	就	走	去

闭上眼睛跟着走

凹	约	东	珍	工
au^{1}	ʑo^{6}	tioŋ^{1}	tsəŋ^{1}	koŋ^{4}
Aob	yos	diongb	zengb	gongl
两	人	中	滩	路

他们沿着深潭走

罗	扫	省	呆	木
lo^{6}	sau^{6}	ɬəŋ^{2}	tai^{1}	mu^{4}
Los	saos	dlengx	daib	mul
才	到	底	潭	去

他们走到深潭底

播	吗	不	清	农
po^{7}	ma^{6}	pu^{8}	tɕhiŋ^{1}	ȵoŋ^{4}
Bok	mas	buf	qingb	nzongl
睁	眼	见	房	子

配金睁眼见房子

着	乌	瓜	清	农
tɕio^{6}	vu^{5}	qa^{6}	tɕhiŋ^{1}	ȵoŋ^{4}
Jios	wut	ghas	qingb	nzongl
最	好	那	房	子

房子真是很漂亮

着	乌	你	吓	木
tɕio^{6}	vu^{5}	ni^{2}	ɕia^{1}	mu^{4}
Jios	wut	nix	xiab	mul
最	好	她	夫君	去

她那夫君好英俊

配	金	党	夸	弱
phɛ^{7}	tɕin^{6}	taŋ^{2}	kha^{1}	ȵiu^{4}
Paek	jins	dangx	kab	nziul
姑娘	金	非常	高	兴

配金心里很高兴

你	上	许	阿	劳
ni^{2}	ɕiaŋ^{5}	ɕi^{2}	a^{1}	lau^{4}
Nix	xiangt	xix	ab	laol
她	回忆	过	去	来

她回忆一路走来

月	劳	贾	能	丈
vɛ^{6}	lau^{5}	tɕia^{2}	nəŋ^{1}	tɕiaŋ^{4}
Waes	laot	jiax	nengb	jiangl
开	口	问	能	丈

突然开口问蛇郎

瓦	孖	猛	夸	劳
va^{4}	ȵia^{6}	moŋ^{2}	qhɛ^{1}	lau^{4}
Wal	nzias	mongx	khaeb	laol
我	与	你	结	婚

我已答应嫁给你

凹 扫 引 乡 败

au^{1} sau^{6} ɣiŋ^{2} χaŋ^{1} pai^{4}

Aob saos vingx hvangb bail

我们 到 岭 高 坡

我们爬到山坡坳

猛 无 瓜 根 东

moŋ^{2} vu^{7} qa^{6} qəŋ^{1} tioŋ^{4}

Mongx wuk ghas ghengb diongl

你 下 那 底 沟

你下坡到那沟底

沙 之 努 凹 桑

sa^{7} tɕi^{5} nəu^{2} əu^{1} saŋ^{4}

Sak jit noux oub sangl

骗 打 吃 水 生

善意骗讲是喝水

哩 嗦 挪 根 东

li^{6} ɬau^{5} nio^{2} qəŋ^{1} tioŋ^{4}

Lis dlaot niox ghengb diongl

换 鳞 留 底 沟

在那沟底脱蛇皮

答 社 猛 虽 瓦

ta^{6} xi^{5} moŋ^{2} ɬəi^{1} va^{4}

Das hvit mongx dleib wal

死 快 你 骗 我

有意上坡考验我

瓦	让	纠	义	兑	能	丈
va^{4}	ȵiaŋ^{8}	tɕiu^{6}	ȵi^{3}	təi^{2}	nəŋ^{1}	tɕiaŋ^{4}
Wal	nziangf	jius	nzid	deix	nengb	jiangl
我	真	一	心	哥	能	丈

我一心想嫁给你

马	孖	米	嗒	木
ma^{2}	ȵia^{6}	mi^{2}	ta^{1}	mu^{4}
Max	nzias	mix	dab	mul
不	跟	别	人	去

我不跟随别人走

门	无	吓	败	列
məŋ^{6}	vu^{7}	ɕia^{2}	pai^{1}	lie^{4}
Mengs	wuk	xiax	baib	liel
仍	好	命	我	好

这是我那命运好

木	孖	兑	能	劳
mu^{4}	ȵia^{6}	təi^{2}	nəŋ^{1}	lau^{4}
Mul	nzias	deix	nengb	laol
去	跟	哥	能丈	结婚

命好嫁给能丈哥

罗	到	兑	吓	列
lo^{6}	tau^{5}	təi^{2}	ɕia^{1}	lie^{4}
Los	daot	deix	xiab	liel
才	得	哥	夫婿	好

嫁了一个好夫君

着 阿 农 夸 弱
tɕio⁶ a⁵ noŋ² kha¹ ȵiu⁴
Jios at nongx kab nziul
最 样 这 开 心
心里真是很高兴

劳 凹 弱 晒 答
lau⁴ au¹ ȵiu⁵ sai² ta⁴
Laol aob nziut saix dal
来 二 年 有 小孩
结婚两年有小孩

到 嗒 育 打 本
tau⁵ ta¹ ʑu⁵ ta² pəŋ⁴
Daot dab yut dax bengl
有 小 孩 来 陪伴
有一个小孩陪伴

劳 败 弱 来 木
lau⁴ pai¹ ȵiu⁵ lai² mu⁴
Laol baib nziut laix mul
来 三 年 久 去
生活又过了三年

上 咪 罢 哪 劳
ɕiaŋ⁵ mi⁶ pa⁷ na² lau⁴
Xiangt mis bak nax laol
想 妈 爸 人 老
日久思念那父母

花	些	号	吓	本
fa^{1}	ɕai^{6}	hau^{5}	ɕia^{1}	pəŋ^{4}
Fab	xais	haot	xiab	bengl
把	话	给	夫	君

她对夫君把话说

哎	嗒	育	嗓	及
ai^{7}	ta^{1}	ʑu^{5}	saŋ^{2}	ki^{4}
Aik	dab	yut	sangx	gil
背	小	孩	小	辈

我们背小孩探亲

吓	咪	罢	哪	劳
ɬia^{4}	mi^{6}	pa^{7}	na^{2}	lau^{4}
Dlial	mis	bak	nax	laol
走	妈	爸	人	老

背着小孩回娘家

扫	爹	粉	布	回
sau^{6}	tɛ^{5}	fəŋ^{2}	pu^{1}	fəi^{4}
Saos	daet	fengx	bub	feil
到	早	亮	明	天

等待第二天天亮

打	改	敖	九	答
ta^{5}	qɛ^{1}	au^{7}	tɕiu^{2}	ta^{4}
Dat	ghaeb	aok	jiux	dal
杀	鸡	鸭	九	只

杀了九只鸡和鸭

追　都　孖　底　当

tsəi^{1}　təu^{7}　ȵia^{8}　ti^{2}　taŋ^{4}

Zeib　douk　nziaf　dix　dangl

五　包　糯米饭　一　端

五包糯米饭跟随

哎　嗒　育　打　木

ai^{7}　ta^{1}　ʑu^{5}　ta^{2}　mu^{4}

Aik　dab　yut　dax　mul

背　小　孩　回　去

背着小孩回娘家

罗　扫　载　嗒　内

lo^{6}　sau^{6}　tsai^{3}　ta^{1}　nəi^{4}

Los　saos　zaid　dab　neil

才　到　家　舅　爷

他们来到舅爷家

咪　罢　当　夸　弱

mi^{6}　pa^{7}　taŋ^{2}　kha^{1}　ȵiu^{4}

Mis　bak　dangx　kab　nziul

妈　爸　很　高　兴

爸妈心里很高兴

卡　凹　沛　外　弱

qha^{5}　au^{1}　phɛ^{5}　vai^{3}　ȵiu^{4}

Khat　aob　paet　waid　nziul

叫　两　边　妯　娌

邀请邻居那姑婶

卡	凹	沛	布	乙
qha^{5}	au^{1}	phɛ^{5}	pu^{3}	ʑi^{4}
Khat	aob	paet	bud	yil
叫	两	边	叔	伯

邀请邻居叔伯们

改	嗒	育	嗓	及
qai^{3}	ta^{1}	ʑu^{5}	saŋ^{2}	ki^{4}
Ghaid	dab	yut	sangx	gil
又	小	孩	小	辈

又邀请那年轻人

扛	飞	衣	水	劳
qhaŋ^{3}	fai^{1}	ɣi^{5}	səi^{2}	lau^{4}
Khangd	faib	vit	seix	laol
地方	远	近	也	来

远亲近邻都邀来

咪	花	劳	打	接
mi^{6}	fa^{1}	lau^{5}	ta^{2}	tɕie^{4}
Mis	fab	laot	dax	jiel
妈	讲	话	来	告诉

妈妈这样把话说

许	阿	金	嗓	及
ɕi^{2}	a^{1}	tɕin^{6}	saŋ^{2}	ki^{4}
Xix	ab	jins	sangx	gil
时	那	金	小	孩

回想过去那配金

孖	能	浪	古	木
ȵia^{6}	nəŋ^{1}	laŋ^{5}	kiu^{2}	mu^{4}
Nzias	nengb	langt	giux	mul
跟	蛇	出	外	去

跟随蛇郎外出走

着	败	乌	吓	列
tɕio^{6}	pai^{1}	vu^{5}	ɕia^{2}	lie^{4}
Jios	baib	wut	xiax	liel
只	我	好	命	好

真是我们命运好

哥	吓	乌	午	劳
ko^{6}	ɕia^{1}	vu^{5}	vu^{2}	lau^{4}
Gos	xiab	wut	wux	laol
得	夫婿	好	结	婚

嫁了一个好丈夫

吗	嗦	留	本	不
ma^{6}	ɬau^{1}	liu^{7}	pəŋ^{2}	pu^{4}
Mas	dlaob	liuk	bengx	bul
脸	白	似	花	金樱

脸蛋白似金樱花

当	威	当	候	东
taŋ^{6}	vəi^{1}	taŋ^{5}	həu^{3}	tioŋ^{4}
Dangs	weib	dangt	houd	diongl
像	樱桃	到	顶	沟

像山谷樱桃花开

荣	也	留	嘎	聂
ʑoŋ6	ʑie1	liu7	ka2	ȵai4
Yongs	yieb	liuk	gax	nzail
苗	条	似	芦笙	竹

苗条像那芦笙竹

当	嗒	吊	引	能
taŋ6	ta1	tio7	ɣiŋ2	nəŋ4
Dangs	dab	diok	vingx	nengl
像	金	竹子	岭	下

像那山岭金竹子

咪	罢	跌	别	神
mi6	pa7	tie1	pɛ5	səŋ4
Mis	bak	dieb	baet	sengl
妈	爸	杀	猪	迎接

爸妈杀猪来迎接

拉	书	夸	打	昂
la7	ɕiu1	qhɛ5	ta2	ŋaŋ4
Lak	xiub	khaet	dax	ngangl
请	亲	戚	来	吃

邀请亲朋来贺喜

美	不	金	吓	列
mai2	pu8	tɕin6	ɕia1	lie4
Maix	buf	jins	xiab	liel
美	见	金	夫婿	英俊

配美见妹夫英俊

娘	刚	毕	暖	工
niaŋ^{6}	kaŋ^{1}	pi^{5}	ȵəŋ^{2}	koŋ^{4}
Niangs	gangb	bit	nzengx	gongl
内	心	就	呻	吟

心里后悔又妒忌

农	败	内	吓	压
noŋ^{8}	pai^{1}	nəi^{7}	ɕia^{2}	ʑa^{4}
Nongf	baib	neik	xiax	yal
自己	我	运	命	不好

真是我命运不好

许	阿	凹	马	木
ɕi^{2}	a^{1}	au^{1}	ma^{2}	mu^{4}
Xix	ab	aob	max	mul
时	那	我	不	去

那时我不嫁蛇郎

马	到	吓	五	劳
ma^{2}	tau^{5}	ɕia^{1}	vu^{2}	lau^{4}
Max	daot	xiab	wux	laol
没	遇	夫婿	出	嫁

没有遇见好人嫁

江	金	业	五	木
tɕiaŋ^{6}	tɕin^{6}	nie^{7}	vu^{2}	mu^{4}
Jiangs	jins	niek	wux	mul
让	金	她	嫁	去

让配金嫁给能丈

害	败	阿	农	木
hɛ^{5}	pai^{1}	a^{5}	noŋ^{2}	mu^{4}
Haet	baib	at	nongx	mul
害	我	样	这	去

害得我这样清贫

扫	东	爹	粉	劳
sau^{6}	tioŋ^{1}	tɛ^{5}	fəŋ^{2}	lau^{4}
Saos	diongb	daet	fengx	laol
到	早	晨	亮	来

等到第二日天亮

咪	打	九	夫	当
mi^{6}	ta^{5}	tɕiu^{2}	χu^{1}	taŋ^{4}
Mis	dat	jiux	hvub	dangl
妈	杀	九	牲	等待

妈妈杀九只鸡鸭

兄	晒	孖	汤	本
ɕioŋ^{6}	ɬɛ^{7}	ȵia^{8}	thaŋ^{1}	pəŋ^{4}
Xiongs	dlaek	nziaf	tangb	bengl
七	筐	糯米饭	跟	随

七包糯米饭跟随

罗	送	你	嗒	及
lo^{6}	soŋ^{5}	ni^{2}	ta^{1}	ki^{4}
Los	songt	nix	dab	gil
才	送	他	小	孩

送送亲人们回家

配	美	贾	拉	劳
phɛ^{7}	mai^{2}	tɕia^{2}	la^{1}	lau^{4}
Paek	maix	jiax	lab	laol
姑娘	美	讲	个	来

配美这样把话说

瓦	送	浪	门	木
va^{4}	soŋ^{5}	laŋ^{2}	məŋ^{1}	mu^{4}
Wal	songt	langx	mengb	mul
我	送	自己	你们	去

我送你们回家去

木	扫	浪	门	羊
mu^{4}	sau^{6}	laŋ^{2}	məŋ^{1}	ɣaŋ^{4}
Mul	saos	langx	mengb	vangl
去	到	自己	你们	寨

我要送你们到家

木	扫	引	根	荣
mu^{4}	sau^{6}	ɣiŋ^{2}	qəŋ^{1}	voŋ^{4}
Mul	saos	vingx	ghengb	wongl
去	到	岭	后	崖

他们走到大坡底

不	芒	架	沙	桑
pu^{8}	maŋ^{8}	tɕia^{3}	ɬa^{1}	saŋ^{4}
Buf	mangf	jiad	dlab	sangl
见	那	潭	黑	幽幽

看见一个深水潭

号 扫 兑 能 羊
hau^{5} sau^{6} təi^{2} nəŋ^{1} ɣaŋ^{4}
Haot saos deix nengb vangl
说 到 哥 能丈 寨
话说来到能丈家

让 扫 兑 能 羊
ȵiaŋ^{8} sau^{6} təi^{2} nəŋ^{1} ɣaŋ^{4}
Nziangf saos deix nengb vangl
真 到 哥 能丈 寨
他们真到能丈家

金 代 你 嗒 及
tɕin^{6} tai^{7} ni^{2} ta^{1} ki^{4}
Jins daik nix dab gil
金 和 她 孩 子
配金和她那孩子

改 代 你 吓 本
qai^{3} tai^{7} ni^{2} ɕia^{1} pəŋ^{4}
Ghaid daik nix xiab bengl
又 和 她 丈 夫
又和她那好丈夫

败 约 略 珍 工
pai^{1} ʑo^{6} lio^{8} tsəŋ^{1} koŋ^{4}
Baib yos liof zengb gongl
三 人 淹 滩 路
三个人走下深潭

罗	无	嗓	呆	木
lo^{6}	vu^{7}	saŋ^{2}	tai^{1}	mu^{4}
Los	wuk	sangx	daib	mul
又	下	底	潭	去

他们下到深潭底

木	扫	你	清	农
mu^{4}	sau^{6}	ni^{2}	tɕhiŋ^{1}	ȵoŋ^{4}
Mul	saos	nix	qingb	nzongl
去	到	他	房	子

走进他那栋房子

配	美	水	珍	工
phɛ^{7}	mai^{2}	səi^{2}	tsəŋ^{1}	koŋ^{4}
Paek	maix	seix	zengb	gongl
姑娘	美	也	滩	路

配美也走下深潭

准	拉	轰	溜	乙
tɕiŋ^{2}	la^{1}	hoŋ^{5}	liu^{1}	ʑi^{4}
Jingx	lab	hongt	liub	yil
成	个	旋涡	大	的

掀起一个大旋涡

配	美	改	朋	荣
phɛ^{7}	mai^{2}	qai^{3}	phoŋ^{1}	ʑoŋ^{4}
Paek	maix	ghaid	pongb	yongl
姑娘	美	又	浮	上来

配美浮出水面来

准	入	炸	月	无
tɕiŋ^{2}	vi^{1}	tsa^{6}	vɛ^{6}	vu^{4}
Jingx	wib	zas	waes	wul
成	龙	虱	旋	转

配美变成墨龙虱

月	无	蔸	吓	列
vɛ^{6}	vu^{4}	təu^{6}	ɕia^{1}	lie^{4}
Waes	wul	dous	xiab	liel
转	圈	找	婿	好

游来游去找夫君

汉意译：

要唱一首能丈歌，
就唱一首能丈歌，
能丈天生长英俊，
身体像绣那苗锦，
这个故事有趣多。
从前有个哑直公，
面前手持一火把，
身后背一把柴刀，
出门爬山去砍柴，
走到南山脚砍柴，
在那南山脚砍柴，
在山北边砍两天，
在山南边砍两天，
唯独留中间未砍。
山中有蔸大枫树，
那是能丈安的家。
时有一个哑直公，
手持一把砍柴刀，
举起柴刀就砍树，
柴刀抽起树复原，
枫木突变能丈来，
能丈尾巴挂树梢，
能丈大头朝地下，
身体粗大像杉木，
蛇头粗大像铜鼓，
眼睛圆圆似铜镜，

鳞片四方似瓦片，
身体花纹似苗锦。
能丈把话问哑直：
你到山上来砍柴，
你应该进山两边，
走进山两边砍柴，
不要破坏我那家，
已经毁坏我那家，
你已犯下一宗罪，
赔偿一万两银子，
来赔偿我那房子。
哑直这样把话说：
穷人靠打柴为生，
家里没有存银子，
哪里赔得起房子，
我只有一间破屋，
两个女孩来相依。
能丈这样把话说：
没有银子来赔偿，
用来赔偿我那家，
你就让一个女儿，
嫁给我来做妻子。
此时哑直把话说：
你就跟随我回家，
来到我那破房子。
哑直这样把话说：
你坐屋底来等待，
我先进屋子看看，
告诉那两个姐妹。
哑直与姐妹商量：
我今天上山砍柴，
无意砍对能丈屋，
现在犯了一宗罪，
他一定要那银子，
来赔偿他那房子，
现在没有那银子，
去赔偿他那房子，
他一定要娶你们，
来娶你们中一个，
跟着能丈去成婚。
父亲叫姐配美去，
配美下到那楼底，
看见是一条大蛇，
大蛇盘绕九个圈，
身材像一棵杉树，
鳞片四方似瓦片，
蛇头像一个铁锅，
眼睛圆圆似铜铃。
配美惊吓又害怕，
惊吓全身冒冷汗，
配美转身就回来，
委屈向父亲哭诉：
叫我嫁给那能丈，
我宁愿自己去死，
断气离开人世间。
哑直这样把话说，
又叫配金下楼底，
叫她嫁给那能丈。

配金下到那楼底，
下到楼底那石碓，
看见楼底能丈哥。
能丈这样把话讲：
你是否答应出嫁，
你是否来嫁给我？
不答应嫁我翻身，
翻身房子就倒塌，
又来咬死老人家，
又来咬死你家人。
配金轻轻应一声，
无奈嫁给那能丈，
嫁到河下游安家。
配金跟随能丈走，
他们沿着寨底走，
又爬上一个山坡，
又翻那座山梁走，
又横渡一条水沟。
能丈这样把话说：
我们步行大半天，
我想喝水来解渴，
我沿山坡下沟底，
你就坐这里等候。
蛇郎下到那沟底，
喝了泉水来解渴，
蛇郎下到那沟底，
脱了那一身蛇皮，
变成一个英俊人，
英俊似东升太阳。
英俊后生逗配金：
你就跟随我回去，
去嫁给我做爱人。
配金这样把话说：
我已嫁给能丈哥，
我不能跟随你走，
一会能丈哥回来，
能丈咬死我们俩。
英俊后生把话说：
你真不愿跟我走，
我就独自离开了，
你坐在这里等候，
你等候那能丈哥。
此时此刻能丈哥，
转身回到那沟底，
又换上那蛇皮衣，
转身变成能丈哥，
又沿山坡爬上来，
来到那配金身旁，
好奇开口问配金：
我从山沟爬上来，
看见一个年轻人，
一个远方年轻人，
远见他和你说话，
为何你不随他去？
配金这样把话说：
死也要当你的鬼，
我已答应嫁能丈，
我要与能丈结婚，

你走前面我跟随，
我跟随你后面走。
又爬上一座山坡，
又爬一座山梁走，
登上一座高山坡，
又沿着山坡下来，
下到那山脚坡底，
看见一个深水潭。
配金好奇问蛇郎：
你的房子在哪里？
能丈这样把话说：
我家又黑又深幽，
我家住在深潭底，
我拉住你那手臂，
闭上眼睛跟着走。
他们沿着深潭走，
他们走到深潭底，
配金睁眼见房子，
房子真是很漂亮，
她那夫君好英俊，
配金心里很高兴。
她回忆一路走来，
突然开口问蛇郎：
我已答应嫁给你，
我们爬到山坡坳，
你下坡到那沟底，
善意骗讲是喝水，
在那沟底脱蛇皮，
有意上坡考验我，
我一心想嫁给你，
我不跟随别人走，
这是我那命运好，
命好嫁给能丈哥，
嫁了一个好夫君，
心里真是很高兴。
结婚两年有小孩，
有一个小孩陪伴。
生活又过了三年，
日久思念那父母。
她对夫君把话说：
我们背小孩探亲，
背着小孩回娘家。
等待第二天天亮，
杀了九只鸡和鸭，
五包糯米饭跟随，
背着小孩回娘家。
他们来到舅爷家，
爸妈心里很高兴，
邀请邻居那姑婶，
邀请邻居叔伯们，
又邀请那年轻人，
远亲近邻都邀来。
妈妈这样把话说：
回想过去那配金，
跟随蛇郎外出走，
真是我们命运好，
嫁了一个好丈夫，
脸蛋白似金樱花，

像山谷樱桃花开，
苗条像那芦笙竹，
像那山岭金竹子。
爸妈杀猪来迎接，
邀请亲朋来贺喜。
配美见妹夫英俊，
心里后悔又妒忌：
真是我命运不好，
那时我不嫁蛇郎，
没有遇见好人嫁，
让配金嫁给能丈，
害得我这样清贫。
等到第二日天亮，
妈妈杀九只鸡鸭，
七包糯米饭跟随，
送送亲人们回家。
配美这样把话说：
我送你们回家去，
我要送你们到家。
他们走到大坡底，
看见一个深水潭，
话说来到能丈家，
他们真到能丈家，
配金和她那孩子，
又和她那好丈夫，
三个人走下深潭，
他们下到深潭底，
走进他那栋房子。
配美也走下深潭，
掀起一个大旋涡，
配美浮出水面来，
配美变成墨龙虱，
游来游去找夫君。

流传地区：广西融水苗族自治县、三江侗族自治县及贵州从江县等苗族聚居区。

演唱者：杨庆林，融水苗族自治县拱洞乡人。

采录者：韦秀明、韦明岱、杜鸿。

翻译者：贺明辉。

（顶劳顶六）

英雄歌

题解：《顶劳顶六》是苗族的神话故事之一，叙述天庭一对夫妻在凡间生下的儿子顶劳顶六创造地球万物的故事。顶劳顶六机智勇敢，天生有神力，他跺脚三下，地球形成山川、河流、花草树木、飞禽走兽；他双手一举，能把天庭顶上天空，且坚牢稳固，从此天地分明。顶劳顶六就是地球万物的创始人。古歌反映苗族人民对自然的认知与探索，对研究苗族神话故事有参考价值。故事流传于广西融水、三江等自治县和贵州从江县的苗族聚居区。

号	接	勾	顶	劳
hau^{5}	tɕie^{8}	qəu^{5}	tiŋ^{2}	lau^{4}
Haot	jief	ghout	dingx	laol
要	讲	公	顶	劳

传说古时顶劳①公

登	接	勾	顶	劳
təŋ^{6}	tɕie^{8}	qəu^{5}	tiŋ^{2}	lau^{4}
Dengs	jief	ghout	dingx	laol
就	说	公	顶	劳

就说古时顶劳公

顶	六	当	着	跌
tiŋ^{8}	lu^{6}	taŋ^{5}	tɕio^{2}	tie^{4}
Dingf	lus	dangt	jiox	diel
顶	六	生	地	球

顶六②在地球出生

①顶劳：苗语“dingx laol”的音译，人名，全名为顶劳顶六，苗族神话故事中的机智人物之一。他机智聪明，有神力，是地球万物的创始人。

②顶六：苗语“dingf lus”的音译，人名，就是顶劳。这是苗族的称谓习俗。

顶 咪 航 斗 羊
tiŋ^{8} mi^{6} haŋ^{1} təu^{2} ɣaŋ^{4}
Dingf mis hangb doux vangl
顶 妈 航 斗 寨
顶妈生在航斗①寨

顶 罢 勾 老 立
tiŋ^{8} pa^{7} qəu^{5} lau^{2} li^{4}
Dingf bak ghout laox lil
顶 爸 公 老 立
老立是顶劳爸爸

凹 你 分 瓦 劳
au^{1} ni^{2} fəŋ^{1} va^{2} lau^{4}
Aob nix fengb wax laol
两 他 天 庭 来
他俩从天庭下凡

呀 顶 丢 着 跌
ʑa^{6} tiŋ^{2} tiu^{5} tɕio^{2} tie^{4}
Yas dingx diut jiox diel
生 顶 在 凡 间
凡间生下那顶劳

①航斗：苗语“hangb doux”的音译，地名，今址不详。

劳	呀	到	顶	劳
lau^{4}	ʑa^{6}	tau^{5}	tiŋ^{2}	lau^{4}
Laol	yas	daot	dingx	laol
来	生	有	顶	劳

才能养育那顶劳

顶	六	挪	哪	送
tiŋ^{8}	lu^{6}	no^{6}	na^{2}	ɬoŋ^{4}
Dingf	lus	nos	nax	dlongl
顶	六	自	人	壮

顶六生来就强壮

顶	睡	咪	仰	由
tiŋ^{8}	ɬəi^{7}	mi^{6}	niaŋ^{2}	ʑəu^{4}
Dingf	dleik	mis	niangx	youl
顶	脱	妈	娘	胎

顶劳自从娘胎出

芒	候	江	五	八
maŋ^{8}	həu^{3}	tɕiaŋ^{6}	vo^{2}	pa^{4}
Mangf	houd	jiangs	wox	bal
大	头	像	箩	烂

那个头大像箩筐

最	吗	江	斗	扭
tsəi^{3}	ma^{6}	tɕiaŋ^{6}	təu^{2}	niu^{4}
Zeid	mas	jiangs	doux	niul
眼	珠	似	铜	鼓

眼珠大像那铜鼓

拉	吗	留	扫	八
la^{1}	ma^{6}	liu^{7}	ɬau^{2}	pa^{4}
Lab	mas	liuk	dlaox	bal
个	脸	像	锅	烂

那个脸形像锅头

拉	聂	留	整	只
la^{1}	ȵie^{6}	liu^{7}	tsəŋ^{2}	tɕi^{4}
Lab	nzies	liuk	zengx	jil
个	鼻	像	茶	罐

那个鼻子像茶罐

捞	江	拉	扭	眉
lau^{5}	tɕiaŋ^{6}	la^{1}	ȵiu^{2}	mie^{4}
Laot	jiangs	lab	nziux	miel
嘴	像	个	嘴	马

嘴巴就像那马嘴

芒	江	阶	斗	扭
maŋ^{3}	tɕiaŋ^{6}	qai^{5}	təu^{2}	niu^{4}
Mangd	jiangs	ghait	doux	niul
牙齿	像	钩	铜	鼓

牙齿像那铜鼓钩

刚	江	库	了	岩
qaŋ^{8}	tɕiaŋ^{6}	khiu^{5}	lia^{2}	ȵia^{4}
Ghangf	jiangs	kiut	liax	nzial
下巴	像	笼	鱼	笼

下巴就像那鱼笼①

①鱼笼：苗语“kiut liax nzail”的意译，是一种竹编的筒式捕鱼工具。鱼笼入口宽大，口底用绳索交叉捆绑。此处形容顶劳的下巴尖又长。

秀 英 留 仰 勾
ɕiu^{4} ȵiŋ^{6} liu^{7} ȵaŋ^{2} qəu^{4}
Xiul nzings liuk nzangx ghoul
胡 子 像 茅 草
胡须长得像茅草

乌 挪 阿 母 木
vu^{5} nio^{6} a^{5} mu^{2} mu^{4}
Wut nios at mux mul
英 俊 那 么 去
顶劳长得好英俊

罗 到 勾 顶 劳
lo^{6} tau^{5} qəu^{5} tiŋ^{2} lau^{4}
Los daot ghout dingx laol
才 是 公 顶 劳
这个就是顶劳公

顶 呀 丢 着 跌
tiŋ^{2} ʑa^{6} tiu^{5} tɕio^{2} tie^{4}
Dingx yas diut jiox diel
顶 养 在 凡 间
顶劳在凡间养育

生 兴 勾 顶 羊
səŋ^{1} ɕiŋ^{6} qəu^{5} tiŋ^{2} ʑaŋ^{4}
Sengb xings ghout dingx yangl
千 物 公 顶 造
千样事物顶劳造

别 兴 勾 顶 羊

pɛ^{5} ɕiŋ^{6} qəu^{5} tiŋ^{2} ʑaŋ^{4}

Baet xings ghout dingx yangl

百 样 公 顶 造

百样事物顶劳造

上 扫 顶 马 劳

ɕiaŋ^{5} sau^{6} tiŋ^{2} ma^{2} lau^{4}

Xiangt saos dingx max laol

想 到 顶 不 老

预想顶劳不会老

马 答 之 整 由

ma^{2} ta^{6} tɕi^{5} tsəŋ^{2} ʑəu^{4}

Max das jit zengx youl

不 死 上 整 由

不死走进那整由①

许 阿 顶 东 当

ɕi^{2} a^{1} tiŋ^{2} tioŋ^{4} tiaŋ^{5}

Xix ab dingx diongl diangt

时 那 顶 刚 成长

那时顶劳初长成

---

①整由：苗语“zengx youl”的音译，地名，今址不详。传说人死后都要到向往的地方。整由相当于今天所说的天堂。

拉	候	沙	跌	社
la^{1}	həu^{3}	ɬa^{1}	tie^{6}	ɕie^{5}
Lab	houd	dlab	dies	xiet
个	头	黑	幽	幽

他那头发黑油油

拉	芒	嗦	江	巴
la^{1}	maŋ^{3}	ɬau^{1}	tɕiaŋ^{6}	pa^{5}
Lab	mangd	dlaob	jiangs	bat
个	牙齿	白	像	雪

牙齿就像雪洁白

顶	劳	败	温	弱
tiŋ^{2}	lau^{4}	pai^{1}	vəŋ^{6}	ȵiu^{5}
Dingx	laol	baib	wengs	nziut
顶	劳	三	万	年

顶劳长寿三万年

哪	败	下	瓜	嗦
na^{1}	pai^{1}	ɕia^{7}	qa^{6}	ɬau^{5}
Nab	baib	xiak	ghas	dlaot
天	三	次	表	皮

每天脱三次表皮

囊	败	晒	松	溜
naŋ^{3}	pai^{1}	ɬɛ^{7}	soŋ^{3}	liu^{5}
Nangd	baib	dlaek	songd	liut
有	三	筐	骨	皮

装满三箩筐表皮

毕 扫 你 阿 羊
pi^{4} sau^{3} ni^{2} a^{5} ɣaŋ^{5}
Bil saod nix at vangt
早 晨 他 做 少年
早晨皮肤像少年

东 哪 你 阿 亨
tioŋ^{1} na^{1} ni^{2} a^{5} həŋ^{5}
Diongb nab nix at hengt
中 午 他 做 青年
中午皮肤像青年

东 芒 你 阿 勾
tioŋ^{1} maŋ^{5} ni^{2} a^{5} qəu^{5}
Diongb mangt nix at ghout
夜 晚 他 做 公
晚上皮肤像老人

凹 答 忍 娘 梯
au^{1} ta^{4} ȵ̥iŋ^{1} niaŋ^{6} thi^{5}
Aob dal nzingb niangs tit
两 个 妻 内 村
家里养了两房妻

凹 答 忍 马 乌
au^{1} ta^{4} ȵ̥iŋ^{1} ma^{2} vu^{5}
Aob dal nzingb max wut
两 个 媳妇 不 好
两个媳妇心眼坏

凹 你 昂 约 嗦
au^{1} ni^{2} ŋa^{4} ʑo^{8} ɬau^{5}
Aob nix ngal yof dlaot
两 他 懒 撮 皮肤
她俩懒扫那皮屑

送 沙 之 打 勾
ɬoŋ^{7} sa^{7} tɕi^{5} ta^{5} qəu^{5}
Dlongk sak jit dat ghout
正 算 计 杀 公
算计准备杀顶劳

哪 农 败 加 库
na^{1} noŋ^{4} pai^{1} tɕia^{6} khiu^{5}
Nab nongl baib jias kiut
天 昨 我们 装 鱼笼
昨天我们装鱼笼

吓 应 根 能 哩
ɕia^{4} ʑiŋ^{2} qəŋ^{1} nəŋ^{4} li^{5}
Xial yingx ghengb nengl lit
走 滩 底 下 河
走在下游那河滩

不 依 嗦 劳 儿
pu^{8} ɣi^{1} ɬau^{1} lau^{4} ki^{5}
Buf vib dlaob laol git
见 石 白 生 蛋
发现白石头生蛋

劳	拉	脑	拉	兴
lau^{4}	la^{1}	ȵau^{2}	la^{1}	ɕiŋ^{5}
Laol	lab	nzaox	lab	xingt
生	个	绿	个	红

那蛋有绿色红色

劳	拉	粉	拉	干
lau^{4}	la^{1}	fəŋ^{2}	la^{1}	qan^{5}
Laol	lab	fengx	lab	ghant
生	个	黄	个	褐

那蛋有黄色褐色

乌	瓜	肮	娃	勾
vu^{5}	qa^{7}	aŋ^{2}	va^{6}	qəu^{5}
Wut	ghak	angx	was	ghout
好	看	多	呀	公

那些趣事奇怪多

猛	木	示	列	勾
moŋ^{2}	mu^{4}	ɕi^{3}	lie^{6}	qəu^{5}
Mongx	mul	xid	lies	ghout
你	去	看	呀	公

你应该去看一看

不	丢	掐	仰	六
pu^{8}	tiu^{4}	tɕhia^{1}	ȵiaŋ^{2}	ləu^{5}
Buf	diul	qiab	nziangx	lout
见	汉人	撑	船	铁

看见客人划铁船

掐 仰 筛 之 哩
tɕhia^{1} ȵiaŋ^{2} sai^{1} tɕi^{5} li^{5}
Qiab nziangx saib jit lit
撑 船 铁 上 河
撑着铁船沿河上

筛 泵 凹 差 差
sai^{1} poŋ^{2} ɔu^{1} tsha^{5} tsha^{5}
Saib bongx oub cat cat
响 河滩 水 哗 哗
木桨划水哗哗响

布 回 败 木 示 列 勾
pu^{1} fəi^{4} pai^{1} mu^{4} ɕi^{3} lie^{5} qəu^{5}
Bub feil baib mul xid liet ghout
明 天 我们 去 看 呀 公
明天我们去看看

乌 瓜 肮 娃 勾
vu^{5} qa^{7} aŋ^{2} va^{6} qəu^{5}
Wut ghak angx was ghout
好 看 多 呀 公
那些趣事奇怪多

勾 顶 劳 月 劳
qəu^{5} tiŋ^{2} lau^{4} vɛ^{6} lau^{5}
Ghout dingx laol waes laot
公 顶 劳 答 话
顶劳这样把话说

瓦 劳 败 温 弱
va^{4} lau^{4} pai^{1} vəŋ^{6} ȵ̥iu^{5}
Wal laol baib wengs nziut
我 活 三 万 年
我已长寿三万年

马 不 依 劳 几
ma^{2} pu^{8} ɣi^{1} lau^{4} ki^{5}
Max buf vib laol git
不 见 石 生 蛋
没有见石头生蛋

仅 不 改 劳 几
kiŋ^{3} pu^{8} qɛ^{1} lau^{4} ki^{5}
Gingd buf ghaeb laol git
只 见 鸡 生 蛋
只看见母鸡生蛋

劳 丢 根 固 化
lau^{4} tiu^{5} qəŋ^{1} kiu^{4} fɛ^{5}
Laol diut ghengb giul faet
生 在 底 窝 里
在楼底鸡窝下蛋

罗 各 多 各 多
lo^{6} ko^{4} to^{6} ko^{6} to^{5}
Los gol dos gos dot
才 叫 哒 咯 哒
母鸡咯哒咯哒叫

仅	不	掐	仰	斗
kiŋ^{3}	pu^{8}	tɕhia^{1}	ȵiaŋ^{2}	təu^{5}
Gingd	buf	qiab	nziangx	dout
只	见	撑	船	木

只有看见撑木船

掐	仰	江	之	哩
tɕhia^{1}	ȵiaŋ^{2}	tɕiaŋ^{1}	tɕi^{5}	li^{5}
Qiab	nziangx	jiangb	jit	lit
撑	船	杉木	上	河

撑着木船沿河上

筛	泵	凹	差	差
sai^{1}	poŋ^{2}	əu^{1}	tsha^{5}	tsha^{5}
Saib	bongx	oub	cat	cat
响	河滩	水	哗	哗

木桨划水哗哗响

马	不	掐	仰	六
ma^{2}	pu^{8}	tɕhia^{1}	ȵiaŋ^{2}	ləu^{5}
Max	buf	qiab	nziangx	lout
不	见	撑	船	铁

没有看见撑铁船

之	你	之	马	乌
tɕi^{5}	ni^{2}	tɕi^{5}	ma^{2}	vu^{5}
Jit	nix	jit	max	wut
计	那	计	不	好

那个计谋不成功

门	杀	之	打	勾
məŋ^{1}	sa^{7}	tɕi^{5}	ta^{5}	qəu^{5}
Mengb	sak	jit	dat	ghout
你们	算	计	杀	公

你们设计杀顶劳

顶	劳	花	些	号
tiŋ^{2}	lau^{4}	fa^{1}	ɕai^{6}	hau^{5}
Dingx	laol	fab	xais	haot
顶	劳	把	话	讲

顶劳这样把话说

瓦	让	门	罗	乌
va^{4}	ȵiaŋ^{1}	məŋ^{1}	lo^{6}	vu^{5}
Wal	nziangb	mengb	los	wut
我	健在	你们	才	好

因我健在你们好

约	约	败	温	弱
ʑo^{6}	ʑo^{6}	pai^{1}	vəŋ^{6}	ȵiu^{5}
Yos	yos	baib	wengs	nziut
人	人	三	万	年

人人可活三万年

瓦	木	门	答	社
va^{4}	mu^{4}	məŋ^{1}	ta^{6}	xi^{5}
Wal	mul	mengb	das	hvit
我	去	你们	死	快

我死你们死更快

让	旁	让	沛	芒
ȵiaŋ^{1}	phaŋ^{3}	ȵiaŋ^{1}	phɛ^{5}	maŋ^{5}
Nziangb	pangd	nziangb	paet	mangt
有	些	健在	半	夜

有人只活到半夜

让	旁	让	西	累
ȵiaŋ^{1}	phaŋ^{3}	ȵiaŋ^{1}	ɕi^{5}	ləi^{5}
Nziangb	pangd	nziangb	xit	leit
有	些	健在	一	月

有人只活一个月

让	旁	让	西	弱
ȵiaŋ^{1}	phaŋ^{3}	ȵiaŋ^{1}	ɕi^{5}	ȵiu^{5}
Nziangb	pangd	nziangb	xit	nziut
有	些	健在	一	年

有人只活到一年

足	兄	一	古	花
tɕiu^{8}	ɕioŋ^{6}	ʑi^{8}	qo^{5}	fa^{5}
Jiuf	xiongs	yif	ghot	fat
十	七	八	也	死

活到十七八也死

兄	一	足	弱	让	西	勾
ɕioŋ^{6}	ʑi^{8}	tɕiu^{8}	ȵiu^{5}	ȵiaŋ^{1}	ɕi^{5}	qəu^{5}
Xiongs	yif	jiuf	nziut	nziangb	xit	ghout
七	八	十	岁	有	少	公

活到七八十很少

瓦	让	瓦	扫	松
va^{4}	ȵiaŋ^{1}	va^{4}	sau^{7}	ɬoŋ^{6}
Wal	nziangb	wal	saok	dlongs
我	健在	我	封	坳

我健在时封寨门

答	溜	答	育	乌
ta^{4}	liu^{1}	ta^{4}	ʑu^{5}	vu^{6}
Dal	liub	dal	yut	wus
个	大	个	少	好

老老少少都健康

瓦	木	瓦	簸	松
va^{4}	mu^{4}	va^{4}	po^{7}	ɬoŋ^{6}
Wal	mul	wal	bok	dlongs
我	走	我	开	坳

我出门时开寨门

答	溜	答	育	答
ta^{4}	liu^{1}	ta^{4}	ʑu^{5}	ta^{6}
Dal	liub	dal	yut	das
个	大	个	少	死

老老少少都难活

让	答	忍	年	闹
ȵiaŋ^{1}	ta^{4}	ȵiŋ^{1}	niŋ^{6}	nau^{5}
Nziangb	dal	nzingb	nings	naot
有	个	妻	善	多

有一个善良媳妇

通　答　忍　阿　乌
thoŋ¹　ta⁴　ȵiŋ¹　a⁶　vu⁵
Tongb　dal　nzingb　as　wut
这　个　妻　那　好
这个媳妇真是好

结　杀　结　样　几
kie¹　sa⁴　kie¹　ɣaŋ³　ki⁵
Gieb　sal　gieb　vangd　git
炒　都　炒　菜　蛋
炒菜都是炒鸡蛋

阿　样　几　丢　勾
a⁵　ɣaŋ³　ki⁵　tiu⁵　qəu⁵
At　vangd　git　diut　ghout
做　菜　蛋　给　公
炒那鸡蛋给顶劳

凹　答　忍　娘　梯
au¹　ta⁴　ȵiŋ¹　niaŋ⁶　thi⁵
Aob　dal　nzingb　niangs　tit
两　个　妻　内　村
家里那两房妻子

凹　答　忍　马　乌
au¹　ta⁴　ȵiŋ¹　ma²　vu⁵
Aob　dal　nzingb　max　wut
两　个　媳妇　不　好
两个媳妇心眼坏

咪	样	杀	样	项
mi[1]	ɣaŋ[3]	sa[4]	ɣaŋ[3]	haŋ[5]
Mib	vangd	sal	vangd	hangt
要	菜	都	菜	臭

买菜都买臭肉类

咪	刚	熟	丢	勾
mi[1]	kaŋ[6]	ɕiu[4]	tiu[5]	qəu[5]
Mib	gangs	xiul	diut	ghout
要	臭	醋	给	公

炒那酸菜给顶劳

勾	着	娘	答	甭
qəu[5]	tɕio[6]	niaŋ[4]	ta[6]	poŋ[5]
Ghout	jios	niangl	das	bongt
公	伤	心	死	气

顶劳伤心而断气

顶	劳	号	苏	败	温	弱
tiŋ[2]	lau[4]	hau[5]	ɕiu[6]	pai[1]	vəŋ[6]	ȵiu[5]
Dingx	laol	haot	xius	baib	wengs	nziut
顶	劳	说	活	三	万	年

顶劳说活三万年

凹	答	忍	娘	梯
au[1]	ta[4]	ȵiŋ[1]	niaŋ[6]	thi[5]
Aob	dal	nzingb	niangs	tit
两	个	妻	内	村

家里那两房妻子

凹	答	忍	马	乌
au^{1}	ta^{4}	$ȵiŋ^{1}$	ma^{2}	vu^{5}
Aob	dal	nzingb	max	wut
两	个	媳妇	不	好

两个媳妇心眼坏

着	娘	仅	劳	让	温	丢
$tɕio^{6}$	$niaŋ^{4}$	$kiŋ^{3}$	lau^{4}	$ȵiaŋ^{1}$	$vəŋ^{6}$	tiu^{5}
Jios	niangl	gingd	laol	nziangb	wengs	diut
最	伤心	仅	活	有	万	六

只活一万六千年

顶	答	马	索	行
$tiŋ^{2}$	ta^{6}	ma^{2}	$səu^{1}$	$ɕun^{4}$
Dingx	das	max	soub	xunl
顶	死	不	腐	臭

顶劳死后不腐烂

顶	答	挪	休	芒
$tiŋ^{2}$	ta^{6}	nio^{2}	$ɬiu^{1}$	$maŋ^{4}$
Dingx	das	niox	dliub	mangl
顶	死	留	毛	汗

顶劳死后留汗毛

跌	列	引	溜	木
tie^{8}	lie^{6}	$ɣiŋ^{2}$	liu^{1}	mu^{4}
Dief	lies	vingx	liub	mul
抛	向	岭	大	去

抛到那深山野林

败	松	准	瓜	勾
pai^{4}	ɬoŋ^{6}	tɕiŋ^{2}	qa^{1}	qəu^{4}
Bail	dlongs	jingx	ghab	ghoul
坡	坳	长	茅	草

漫山遍野长茅草

顶	答	挪	休	候
tiŋ^{2}	ta^{6}	nio^{2}	ɬiu^{1}	həu^{3}
Dingx	das	niox	dliub	houd
顶	死	留	发	头

顶劳死后留头发

跌	列	整	依	秀
tie^{8}	lie^{6}	tsəŋ^{2}	ɣi^{1}	ɕiu^{3}
Dief	lies	zengx	vib	xiud
丢	向	滩	沙	子

抛到那河边沙滩

罗	木	准	东	略
lo^{6}	mu^{4}	tɕiŋ^{2}	toŋ^{1}	lio^{3}
Los	mul	jingx	dongb	liod
才	去	变成	茅	芒

河滩长满大茅芒

送	罗	木	准	依
soŋ^{3}	lo^{6}	mu^{4}	tɕiŋ^{2}	ɣi^{1}
Songd	los	mul	jingx	vib
骨头	又	去	变成	石头

顶劳骨头变石头

木	厅	败	党	乡
mu⁴	thiŋ⁵	pai⁴	taŋ²	xaŋ¹
Mul	tingt	bail	dangx	hvangb
去	顶	坡	山	高

石头顶住那高山

败	拉	罗	马	帮
pai⁴	la⁶	lo⁶	ma²	paŋ¹
Bail	las	los	max	bangb
坡	地	才	不	倒塌

山地才不会塌方

意	罗	木	准	呆
i⁷	lo⁶	mu⁴	tɕiŋ²	tai¹
Ik	los	mul	jingx	daib
肉	才	去	成	泥巴

人肉变成那泥土

扭	吗	杀	分	肮
niu¹	ma⁶	sa⁴	fəŋ²	aŋ¹
Niub	mas	sal	fengx	angb
眼	睛	都	黄	色

遗留眼睛呈黄色

木	准	些	两	呀
mu⁴	tɕiŋ²	ɬie⁴	liaŋ²	ʑa¹
Mul	jingx	dliel	liangx	yab
去	成	蚌	田	秧

变成秧田那蚌壳

顶	答	挪	嗒	兑
tiŋ^{2}	ta^{6}	nio^{2}	ta^{1}	təi^{3}
Dingx	das	niox	dab	deid
顶	死	留	手	指

顶劳死后留手指

跌	列	引	纠	无
tie^{8}	lie^{6}	ɣiŋ^{2}	tɕiu^{1}	vu^{3}
Dief	lies	vingx	jiub	wud
抛	到	岭	丛	林

手指抛到野丛林

兑	罗	准	嗒	铁
təi^{3}	lo^{6}	tɕiŋ^{2}	ta^{1}	thie^{3}
Deid	los	jingx	dab	tied
手指	又	成	竹	子

手指变成那竹林

斗	刀	丢	根	无
təu^{5}	tau^{6}	tiu^{5}	qəŋ^{1}	vu^{3}
Dout	daos	diut	ghengb	wud
树	生	在	脚	山

树木常生在山脚

顶	答	挪	归	败
tiŋ^{2}	ta^{6}	nio^{2}	kiu^{3}	pai^{4}
Dingx	das	niox	giud	bail
顶	死	留	指	甲

顶劳死后留指甲

跌　列　两　翁　文
tie^{8}　lie^{6}　liaŋ^{2}　oŋ^{3}　wəŋ^{4}
Dief　lies　liangx　ongd　wengl
抛　进　田　池　塘
指甲抛到那池塘

瓜　你　准　索　聂
qa^{6}　ni^{6}　tɕiŋ^{2}　ɬau^{3}　ȵai^{4}
Ghas　nis　jingx　dlaod　nzail
那　样　变成　鳞　鱼
指甲变成那鱼鳞

拉　纠　懂　给　聂
lia^{7}　tɕiu^{6}　toŋ^{2}　qəi^{4}　ȵie^{6}
Liak　jius　dongx　gheil　nzies
剩　一　截　肠　子
剩下那一截肠子

跌　列　凹　当　周
tie^{8}　lie^{6}　əu^{1}　taŋ^{4}　tɕiu^{6}
Dief　lies　oub　dangl　jius
抛　进　河　滩　头
肠子抛到那滩头

准　聂　呆　聂　溜
tɕiŋ^{2}　ȵai^{4}　tai^{1}　ȵai^{4}　liu^{6}
Jingx　nzail　daib　nzail　lius
成　泥　鳅　黄　鳝
肠子变泥鳅黄鳝

顶 答 挪 休 哥
tiŋ^{2} ta^{6} nio^{2} ɬiu^{1} ko^{5}
Dingx das niox dliub got
顶 死 留 毛 阴
顶劳死后留阴毛

跌 列 泵 凹 哩
tie^{8} lie^{6} poŋ^{2} əu^{1} li^{5}
Dief lies bongx oub lit
抛 进 滩 河 水
阴毛抛进那大河

农 罗 准 窝 弱
noŋ^{3} lo^{6} tɕiŋ^{2} vo^{1} ȵio^{5}
Nongd los jingx wob nziot
现 才 成 水 草
阴毛变成那水草

顶 答 挪 最 哥
tiŋ^{2} ta^{6} nio^{2} tsəi^{3} ko^{5}
Dingx das niox zeid got
顶 死 留 睾 丸
顶劳死后留睾丸

芒 阿 芒 项 泵
maŋ^{8} a^{1} maŋ^{8} haŋ^{5} poŋ^{5}
Mangf ab mangf hangt bongt
那 个 那 臭 气
睾丸那膻味很臭

当	咪	你	阿	般
tiaŋ^{3}	mi^{1}	ni^{2}	a^{5}	pan^{5}
Diangd	mib	nix	at	bant
正	要	它	做	酒饼

把它留来做酒饼①

咪	乃	嗦	劳	翁
mi^{1}	nai^{2}	ɬau^{1}	lau^{4}	oŋ^{5}
Mib	naix	dlaob	laol	ongt
要	米	白	来	酿

要那大米来酿酒

农	准	拉	着	乌
noŋ^{3}	tɕiŋ^{2}	la^{1}	tɕio^{3}	vu^{5}
Nongd	jingx	lab	jiod	wut
现	成	个	酒	好

酿成那陈年美酒

阿	准	着	阿	夸
a^{5}	tɕiŋ^{2}	tɕio^{3}	a^{5}	qhɛ^{5}
At	jingx	jiod	at	khaet
做	成	酒	结	婚

酿成美酒来结婚

①酒饼：苗语“bant”的意译，指用来酿制米酒的酵母。

闹　哪　杀　夸　乌
nau^{5}　na^{2}　sa^{4}　qha^{5}　vu^{5}
Naot　nax　sal　khat　wut
多　人　都　喊　好
人人都夸这酒香

杀　夸　顶　最　哥
sa^{4}　qha^{5}　tiŋ^{8}　tsəi^{3}　ko^{5}
Sal　khat　dingf　zeid　got
都　喊　顶　睾　丸
都喊顶劳那睾丸

拉　纠　芒　候　取
lia^{7}　tɕiu^{6}　maŋ^{8}　həu^{3}　tɕhi^{2}
Liak　jius　mangf　houd　qix
剩　下　个　龟　头
现在剩下那龟头

跌　他　列　候　引
tie^{8}　tha^{5}　lie^{6}　həu^{3}　ɣiŋ^{2}
Dief　tat　lies　houd　vingx
抛　到　进　顶　岭
龟头抛到那山岭

罗　准　芒　厚　暖
lo^{6}　tɕiŋ^{2}　maŋ^{8}　həu^{7}　ȵəŋ^{2}
Los　jingx　mangf　houk　nzengx
才　成　个　桃　棉
龟头变成那棉桃

拉 纠 芒 进 哥
lia^{7} tɕiu^{6} maŋ^{8} tɕiŋ^{3} ko^{5}
Liak jius mangf jingd got
剩 下 条 阴 茎
剩下那一节阴茎

准 拉 九 沙 乌
tɕiŋ^{2} la^{1} tɕiu^{4} sa^{3} vu^{5}
Jingx lab jiul sad wut
成 个 石碓 米 好
做成舂米好碓杆

毕 扫 纠 外 木 刀 列
pi^{4} sau^{3} tɕiu^{1} vai^{3} mu^{4} tau^{3} lie^{5}
Bil saod jiub waid mul daod liet
早 晨 妇 人 去 舂米 了
早晨妇人去舂米

杀 刀 杀 囊 不
sa^{4} tau^{3} sa^{4} naŋ^{3} pu^{5}
Sal daod sal nangd but
越 舂 越 有 响
越踏碓杆声越响

杀 生 杀 农 挪
sa^{4} səŋ^{3} sa^{4} nioŋ^{3} no^{5}
Sal sengd sal niongd not
越 踩 越 翘 多
越踩屁股越上翘

顶	呀	根	忍	纳
tiŋ^{2}	ʑa^{6}	qəŋ^{1}	ȵiŋ^{2}	na^{4}
Dingx	yas	ghengb	nzingx	nal
顶	生	根	忍	纳

顶劳生在根忍纳

顶	答	东	忍	纳
tiŋ^{2}	ta^{6}	tioŋ^{1}	ȵiŋ^{2}	na^{4}
Dingx	das	diongb	nzingx	nal
顶	死	中	忍	纳

顶劳死在中忍纳

雷	些	阿	你	接
ləi^{4}	ɕai^{6}	a^{5}	ni^{2}	tɕie^{4}
Leil	xais	at	nix	jiel
话	语	这	么	说

神话故事这么说

汉意译：

传说古时顶劳公，
就说古时顶劳公，
顶六在地球出生，
顶妈生在航斗寨，
老立是顶劳爸爸，
他俩从天庭下凡，
凡间生下那顶劳，
才能养育那顶劳。
顶六生来就强壮，

顶劳自从娘胎出，
那个头大像箩筐，
眼珠大像那铜鼓，
那个脸形像锅头，
那个鼻子像茶罐，
嘴巴就像那马嘴，
牙齿像那铜鼓钩，
下巴就像那鱼笼，
胡须长得像茅草，

顶劳长得好英俊，
这个就是顶劳公。
顶劳在凡间养育，
千样事物顶劳造，
百样事物顶劳造，
预想顶劳不会老，
不死走进那整由。
那时顶劳初长成，
他那头发黑油油，
牙齿就像雪洁白。
顶劳长寿三万年，
每天脱三次表皮，
装满三箩筐表皮。
早晨皮肤像少年，
中午皮肤像青年，
晚上皮肤像老人。
家里养了两房妻，
两个媳妇心眼坏，
她俩懒扫那皮屑，
算计准备杀顶劳：
昨天我们装鱼笼，
走在下游那河滩，
发现白石头生蛋，
那蛋有绿色红色，
那蛋有黄色褐色，
那些趣事奇怪多，
你应该去看一看。
看见客人划铁船，
撑着铁船沿河上，
木桨划水哗哗响，
明天我们去看看，
那些趣事奇怪多。
顶劳这样把话说：
我已长寿三万年，
没有见石头生蛋，
只看见母鸡生蛋，
在楼底鸡窝下蛋，
母鸡咯哒咯哒叫；
只有看见撑木船，
撑着木船沿河上，
木桨划水哗哗响，
没有看见撑铁船。
那个计谋不成功。
你们设计杀顶劳，
顶劳这样把话说，
因我健在你们好，
人人可活三万年，
我死你们死更快，
有人只活到半夜，
有人只活一个月，
有人只活到一年，
活到十七八也死，
活到七八十很少。
我健在时封寨门，
老老少少都健康，
我出门时开寨门，
老老少少都难活。
有一个善良媳妇，

这个媳妇真是好，
炒菜都是炒鸡蛋，
炒那鸡蛋给顶劳。
家里那两房妻子，
两个媳妇心眼坏，
买菜都买臭肉类，
炒那酸菜给顶劳，
顶劳伤心而断气。
顶劳说活三万年，
家里那两房妻子，
两个媳妇心眼坏，
只活一万六千年。
顶劳死后不腐烂，
顶劳死后留汗毛，
抛到那深山野林，
漫山遍野长茅草。
顶劳死后留头发，
抛到那河边沙滩，
河滩长满大茅芒。
顶劳骨头变石头，
石头顶住那高山，
山地才不会塌方，
人肉变成那泥土。
遗留眼睛呈黄色，
变成秧田那蚌壳。
顶劳死后留手指，
手指抛到野丛林，
手指变成那竹林，
树木常生在山脚。
顶劳死后留指甲，
指甲抛到那池塘，
指甲变成那鱼鳞。
剩下那一截肠子，
肠子抛到那滩头，
肠子变泥鳅黄鳝。
顶劳死后留阴毛，
阴毛抛进那大河，
阴毛变成那水草。
顶劳死后留睾丸，
睾丸那膻味很臭，
把它留来做酒饼，
要那大米来酿酒，
酿成那陈年美酒，
酿成美酒来结婚，
人人都夸这酒香，
都喊顶劳那睾丸。
现在剩下那龟头，
龟头抛到那山岭，
龟头变成那棉桃。
剩下那一节阴茎，
做成舂米好碓杆，
早晨妇人去舂米，
越踏碓杆声越响，
越踩屁股越上翘。
顶劳生在根忍纳，
顶劳死在中忍纳，
神话故事这么说。

流传地区：广西融水苗族自治县、三江侗族自治县及贵州从江县的苗族聚居区。

演唱者：杨庆林，融水苗族自治县拱洞乡人。

采录者：韦秀明、韦明岱、杜鸿。

翻译者：贺明辉。

哈梅歌

题解：古歌《哈梅》记叙了名叫哈梅的苗族女青年的婚姻悲剧故事。哈梅是凡间人，聪慧伶俐，美若天仙；各是天庭人，舅爷的亲生儿子。因苗族古时有“姑表亲”习俗，哈梅必须嫁给各。哈梅不愿嫁给各而被舅爷百般刁难。哈梅因不满足舅爷的无理要求，最后被逼悬梁自尽。它反映了苗族人民为爱情自由，勇于反抗封建包办婚姻而宁死不屈的精神。这首古歌为研究苗族生活习俗、婚姻习俗提供了参考。故事流传于广西融水、三江等自治县和贵州从江县的苗族聚居区。

着	乌	蚁	哈	梅
tɕio^{6}	vu^{5}	ȵiu^{2}	ha^{1}	məi^{4}
Jios	wut	nziux	hab	meil
最	美	妹	哈	梅

世间哈梅最漂亮

乌	挪	准	哪	能
vu^{5}	nio^{6}	tɕiŋ^{2}	na^{1}	nəŋ^{4}
Wut	nios	jingx	nab	nengl
美	貌	成	太	阳

美貌与太阳媲美

乌	着	准	嗒	丢
vu^{5}	tɕio^{8}	tɕiŋ^{2}	ta^{1}	tiu^{4}
Wut	jiof	jingx	dab	diul
身	材	如	人	客

身材如仙女匀称

哈	罢	哪	分	跌
ha^{1}	pa^{7}	na^{2}	fəŋ^{1}	tie^{4}
Hab	bak	nax	fengb	diel
哈	爸	人	凡	间

哈梅爸是凡间人

哈	咪	哪	分	败
ha^{1}	mi^{6}	na^{2}	fəŋ^{1}	pai^{4}
Hab	mis	nax	fengb	bail
哈	妈	人	天	庭

哈梅妈是天庭人

哈	呀	丢	着	跌
ha^{1}	ʑa^{6}	tiu^{5}	tɕio^{2}	tie^{4}
Hab	yas	diut	jiox	diel
哈	养	在	凡	间

哈梅生养在凡间

许	阿	哈	败	当
ɕi^{2}	a^{1}	ha^{1}	pai^{4}	tiaŋ^{4}
Xix	ab	hab	bail	diangl
时	那	哈	未	长大

那时哈梅未长大

代	咪	之	木	瓦	嗦	羊
tai^{7}	mi^{6}	tɕi^{5}	mu^{4}	va^{2}	ɬau^{1}	ɣaŋ^{4}
Daik	mis	jit	mul	wax	dlaob	vangl
跟	妈	上	去	天	庭	寨

跟着妈妈上天庭

木	由	你	嗒	内
mu^{4}	ʑəu^{6}	ni^{2}	ta^{1}	nəi^{4}
Mul	yous	nix	dab	neil
去	走	她	舅	爷

拜访天庭那舅爷

嗒	内	勾	爹	党	卡	弱
ta^{1}	nəi^{4}	qəu^{5}	tie^{5}	taŋ^{2}	kha^{1}	ȵiu^{4}
Dab	neil	ghout	diet	dangx	kab	nziul
舅	爷	勾	爹	很	高	兴

勾爹①舅爷很高兴

勾	爹	贾	拉	劳
qəu^{5}	tie^{5}	tɕia^{2}	la^{1}	lau^{4}
Ghout	diet	jiax	lab	laol
勾	爹	话	个	来

勾爹这样把话说

农	瓦	扭	呀	劳
noŋ^{6}	va^{4}	niu^{1}	ʑa^{6}	lau^{4}
Nongs	wal	niub	yas	laol
自	我	种	养	来

都是我们血统来

兄	努	几	劳	羊
ɕioŋ^{7}	nəu^{6}	ki^{5}	lau^{4}	ʑaŋ^{4}
Xiongk	nous	git	laol	yangl
同	鸟	蛋	来	养

同个祖母来养育

---

①勾爹：苗语“ghout diet”的音译，人名，是哈梅在天庭的舅舅。

咪	高	瓦	嗒	各
mi^{1}	qau^{5}	va^{4}	ta^{1}	qo^{4}
Mib	ghaot	wal	dab	ghol
要	嫁	我	儿	各

长大嫁给各表哥

勾	爹	你	嗒	各
qəu^{5}	tie^{5}	ni^{2}	ta^{1}	qo^{4}
Ghout	diet	nix	dab	ghol
勾	爹	他	孩	各

勾爹孩子名叫各

败	当	哪	溜	答
pai^{4}	tiaŋ^{5}	na^{2}	liu^{1}	ta^{4}
Bail	diangt	nax	liub	dal
未	长	人	大	个

各哥未长成大人

劳	高	猛	娃	各
lau^{4}	qau^{5}	moŋ^{2}	va^{1}	qo^{4}
Laol	ghaot	mongx	wab	ghol
来	嫁	你	呀	各

长大来嫁给各哥

罗	阿	猛	忍	本
lo^{6}	a^{5}	moŋ^{2}	ȵiŋ^{1}	pəŋ^{4}
Los	at	mongx	nzingb	bengl
才	做	你	媳	妇

来做各哥那媳妇

勾	爹	你	嗒	各
qəu^5	tie^5	ni^2	ta^1	qo^4
Ghout	diet	nix	dab	ghol
勾	爹	他	孩	各

勾爹孩子那各哥

飞	劳	号	哈	梅
fɛ^1	lau^5	hau^5	ha^1	məi^4
Faeb	laot	haot	hab	meil
开	口	说	哈	梅

各哥戏弄哈梅妹

芒	嗒	哪	分	跌
maŋ^8	ta^1	na^2	fəŋ^1	tie^4
Mangf	dab	nax	fengb	diel
这	个	人	凡	间

你这个凡间人呀

败	古	马	夸	劳
pai^1	qo^5	ma^2	qhɛ^1	lau^4
Baib	ghot	max	khaeb	laol
我们	也	不	结	婚

我们也不想结婚

马	夸	哈	阿	莫
ma^2	qha^5	ha^1	a^5	mo^4
Max	khat	hab	at	mol
不	喊	哈	做	表妹

不喊哈梅做表妹

各 阿 久 兄 年
qo^{4} a^{5} tɕiu^{5} ɕioŋ^{2} niŋ^{4}
Ghol at jiut xiongx ningl
各 屙 尿 淋 腿
各哥还屙尿淋腿

约 呆 扑 阿 足
ʑo^{8} tai^{1} phu^{5} a^{5} tɕiu^{4}
Yof daib put at jiul
捧 泥 撒 做 完
捧尘土撒哈梅身

各 花 雷 阿 农
qo^{4} fa^{1} ləi^{4} a^{5} noŋ^{2}
Ghol fab leil at nongx
各 话 说 样 这
各哥这样把话说

哪 分 跌 睡 肮
na^{2} fəŋ^{1} tie^{4} səi^{1} aŋ^{2}
Nax fengb diel seib angx
人 凡 间 丑 多
凡间人长相很丑

让 江 只 晒 仰
ȵiaŋ^{1} tɕiaŋ^{6} tɕi^{4} ɬai^{7} ȵaŋ^{2}
Nziangb jiangs jil dlaik nzangx
坐 像 只 箩筐 草
坐像那装草箩筐

肚	江	龙	害	波
təu^{4}	tɕiaŋ^{6}	lioŋ^{4}	hɛ^{7}	po^{2}
Doul	jiangs	liongl	haek	box
肚子	像	簸箕	舀	浮萍

肚子像一个簸箕

空	夸	瓦	阿	许
qhoŋ^{1}	qhɛ^{1}	va^{4}	a^{5}	ɕi^{2}
Khongb	khaeb	wal	at	xix
不要	嫁	我	什	么

千万不要嫁给我

足	追	足	丢	哈	东	当
tɕiu^{8}	tsəi^{1}	tɕiu^{8}	tiu^{5}	ha^{1}	tioŋ^{4}	tiaŋ^{4}
Jiuf	zeib	jiuf	diut	hab	diongl	diangl
十	五	十	六	哈	刚	长大

哈梅长到十五六

乌	挪	准	哪	能
vu^{5}	nio^{6}	tɕiŋ^{2}	na^{1}	nəŋ^{4}
Wut	nios	jingx	nab	nengl
美	貌	成	太	阳

美貌与太阳媲美

嗒	不	分	道	底	丁	昂
ta^{1}	pu^{4}	fəŋ^{6}	tau^{7}	ti^{2}	tiŋ^{1}	ŋaŋ^{4}
Dab	bul	fengs	daok	dix	dingb	ngangl
朋	友	人	织布机	一	把	梭

朋友织布一把梭

哈	道	兄	丁	昂
ha^{1}	tau^{7}	ɕioŋ^{6}	tiŋ^{1}	ŋaŋ^{4}
Hab	daok	xiongs	dingb	ngangl
哈	织布机	七	把	梭

哈梅织布七把梭

丁	木	改	丁	乙
tiŋ^{1}	mu^{4}	qai^{3}	tiŋ^{1}	ʑi^{4}
Dingb	mul	ghaid	dingb	yil
把	去	又	把	出

梭子一进又一退

丁	刚	改	丁	辣
tiŋ^{1}	kaŋ^{6}	qai^{3}	tiŋ^{1}	la^{4}
Dingb	gangs	ghaid	dingb	lal
把	推	又	把	拉

梭子一推又一拉

阿	丁	丁	着	跌
a^{5}	tiŋ^{1}	tiŋ^{1}	tɕio^{2}	tie^{4}
At	dingb	dingb	jiox	diel
做	嘣	嘣	凡	间

织布嘣嘣响凡间

不	当	分	瓦	羊
pu^{5}	taŋ^{5}	fəŋ^{1}	va^{2}	ɣaŋ^{4}
But	dangt	fengb	wax	vangl
响	到	天	庭	寨

织布响声传天庭

勾	爹	党	坡	弱
qəu^{5}	tie^{5}	taŋ^{2}	pho^{1}	ȵiu^{4}
Ghout	diet	dangx	pob	nziul
勾	爹	很	生	气

勾爹舅爷很生气

省	之	党	根	羊
səŋ^{4}	tɕi^{5}	taŋ^{2}	qəŋ^{1}	ɣaŋ^{4}
Sengl	jit	dangx	ghengb	vangl
特意	上	坡	底	寨

勾爹特意到寨底

生	无	温	桑	哪	分	跌
səŋ^{1}	vu^{4}	vəŋ^{6}	saŋ^{6}	na^{2}	fəŋ^{1}	tie^{4}
Sengb	wul	wengs	sangs	nax	fengb	diel
千	年	万	代	人	凡	间

凡间千秋和万代

嗒	不	海	道	纠	丁	昂
ta^{1}	pu^{4}	hɛ^{1}	tau^{7}	tɕiu^{6}	tiŋ^{1}	ŋaŋ^{4}
Dab	bul	haeb	daok	jius	dingb	ngangl
朋	友	织	布	一	把	梭

朋友织布一把梭

不	马	扫	分	败
pu^{5}	ma^{2}	sau^{6}	fəŋ^{1}	pai^{4}
But	max	saos	fengb	bail
响	不	到	天	庭

响声传不到天庭

答	许	海	道	兄	丁	昂
ta^{4}	ɕi^{6}	hɛ^{1}	tau^{7}	ɕioŋ^{6}	tiŋ^{1}	ŋaŋ^{4}
Dal	xis	haeb	daok	xiongs	dingb	ngangl
个	哪	织	布	七	把	梭

哪个织布七把梭

劳	不	扫	分	败
lau^{4}	pu^{5}	sau^{6}	fəŋ^{1}	pai^{4}
Laol	but	saos	fengb	bail
来	响	到	天	庭

响声传到天庭寨

勾	爹	你	嗒	各
qəu^{5}	tie^{5}	ni^{2}	ta^{1}	qo^{4}
Ghout	diet	nix	dab	ghol
勾	爹	他	孩	各

勾爹小孩各表哥

罗	上	哪	东	劳
lo^{6}	ɕiaŋ^{5}	na^{2}	tioŋ^{8}	lau^{4}
Los	xiangt	nax	diongf	laol
才	派	人	同	来

邀请朋友一同来

改	严	响	答	立
qai^{3}	ȵiŋ^{8}	ɕiaŋ^{2}	ta^{1}	li^{4}
Ghaid	nzingf	xiangx	dab	lil
和	严	响	答	立

委派严响和答立

答	约	被	努	佛
ta^4	ʑo^6	pi^7	nəu^2	fu^4
Dal	yos	bik	noux	ful
一	人	吹	叶	树

一个人吹奏木叶

被	努	差	孖	工
pi^7	nəu^2	tshai^1	ȵia^6	koŋ^4
Bik	noux	caib	nzias	gongl
吹	叶	树	沿	路

沿着大路吹木叶

答	约	超	嘎	六
ta^4	ʑo^6	tshau^1	ka^2	liu^4
Dal	yos	caob	gax	liul
一	人	吹	笙	芦

一个人吹奏芦笙

超	嘎	六	孖	工
tshau^1	ka^2	liu^4	ȵia^6	koŋ^4
Caob	gax	liul	nzias	gongl
吹	芦	笙	沿	路

沿着大路吹芦笙

纠	节	无	瓦	劳
tɕiu^6	tɕie^6	vu^7	va^2	lau^4
Jius	jies	wuk	wax	laol
一	心	下	天庭	来

一心从天庭下来

哈 娃 道 马 杀
ha^{1} va^{6} tau^{7} ma^{2} sa^{4}
Hab was daok max sal
哈 让 织布机 不 停
哈梅织布机不停

当 龙 当 你 莫
taŋ^{4} lioŋ^{6} taŋ^{5} ni^{2} mo^{4}
Dangl liongs dangt nix mol
口 巷 等 她 老表
她在巷口迎客人

猛 无 嗓 呆 劳
moŋ^{2} vu^{7} saŋ^{2} tai^{1} lau^{4}
Mongx wuk sangx daib laol
你 下 凡 间 来
你下到那凡间来

猛 阿 许 嗒 莫
moŋ^{2} a^{5} ɕi^{2} ta^{1} mo^{4}
Mongx at xix dab mol
你 做 啥 老 表
你到凡间做什么

勾 爹 你 嗒 各
qəu^{5} tie^{5} ni^{2} ta^{1} qo^{4}
Ghout diet nix dab ghol
勾 爹 他 孩 各
勾爹小孩各表哥

你　不　蚁　哈　梅
ni^{2}　pu^{8}　ȵiu^{2}　ha^{1}　məi^{4}
Nix　buf　nziux　hab　meil
他　见　妹　哈　梅
他看见哈梅表妹

各　阿　农　虽　雷
qo^{4}　a^{5}　noŋ^{2}　ɬəi^{1}　ləi^{4}
Ghol　at　nongx　dleib　leil
各　这　样　谎　话
各哥这样说谎话

农　西　着　猛　略
noŋ^{3}　ɕi^{1}　tɕio^{2}　moŋ^{1}　lio^{4}
Nongd　xib　jiox　mongb　liol
现　找　根　粗　藤
现在找一根粗藤

木　沛　瓦　西　扭
mu^{4}　phɛ^{5}　va^{2}　ɕi^{1}　niu^{4}
Mul　paet　wax　xib　niul
去　天　庭　拉　鼓
拿到天庭去拉鼓

扫　累　九　哪　谁
sau^{6}　ləi^{5}　tɕiu^{2}　na^{1}　səi^{4}
Saos　leit　jiux　nab　seil
到　月　九　日　巳
待到九月那巳日

猛	拉	猛	根	不
moŋ^{2}	la^{7}	moŋ^{2}	qiŋ^{1}	pu^{4}
Mongx	lak	mongx	ghingb	bul
你	邀	你	朋	友

你邀请你好朋友

猛	之	瓦	嗦	劳
moŋ^{2}	tɕi^{5}	va^{2}	ɬau^{1}	lau^{4}
Mongx	jit	wax	dlaob	laol
你	上	天	庭	来

你们上到天庭来

劳	西	哪	西	扭
lau^{4}	ɕi^{3}	na^{2}	ɕi^{1}	niu^{4}
Laol	xid	nax	xib	niul
来	看	人	拉	鼓

前来观看人拉鼓

生	哪	丢	底	当
səŋ^{1}	na^{2}	tiu^{5}	ti^{2}	taŋ^{4}
Sengb	nax	diut	dix	dangl
千	人	在	一	端

千人在一头拉鼓

温	哪	丢	底	当
vəŋ^{6}	na^{2}	tiu^{5}	ti^{2}	taŋ^{4}
Wengs	nax	diut	dix	dangl
万	人	在	一	端

万人在一头拉鼓

杀 学 着 猛 略
sa^{4} ɬio^{8} tɕio^{2} moŋ^{1} lio^{4}
Sal dliof jiox mongb liol
都 拉 条 粗 藤
众人拉那根粗藤

乌 瓜 哩 嗒 莫
vu^{5} qa^{7} li^{6} ta^{1} mo^{4}
Wut ghak lis dab mol
好 看 多 老 表
拉鼓真是好热闹

扫 累 九 哪 谁
sau^{6} ləi^{5} tɕiu^{2} na^{1} səi^{4}
Saos leit jiux nab seil
到 月 九 日 巳
待到九月那巳日

瓜 沛 瓦 西 扭
qa^{6} phɛ^{5} va^{2} ɕi^{1} niu^{4}
Ghas paet wax xib niul
那 天 庭 拉 鼓
天庭举办拉鼓节

哈 拉 你 根 不
ha^{1} la^{7} ni^{2} qiŋ^{1} pu^{4}
Hab lak nix ghingb bul
哈 邀 她 朋 友
哈梅邀请她朋友

哈	之	瓦	嗦	羊
ha^{1}	tɕi^{5}	va^{2}	ɬau^{1}	ɣaŋ^{4}
Hab	jit	wax	dlaob	vangl
哈	上	天	庭	寨

哈梅上到天庭寨

木	扫	东	打	扭
mu^{4}	sau^{6}	tioŋ^{1}	ta^{2}	niu^{4}
Mul	saos	diongb	dax	niul
去	到	中	坪	鼓

她走进那拉鼓坪

生	吗	别	引	芒
səŋ^{1}	ma^{6}	pɛ^{5}	ɣiŋ^{2}	maŋ^{4}
Sengb	mas	baet	vingx	mangl
千	眼	百	脸	蛋

坪上有数千万人

乌	马	书	哈	梅
vu^{5}	ma^{2}	ɕiu^{6}	ha^{1}	məi^{4}
Wut	max	xius	hab	meil
靓	不	够	哈	梅

没有比哈梅漂亮

马	书	达	配	哪	分	跌
ma^{2}	ɕiu^{6}	ta^{1}	phɛ^{7}	na^{2}	fəŋ^{1}	tie^{4}
Max	xius	dab	paek	nax	fengb	diel
不	够	姑	娘	人	凡	间

不够凡间人漂亮

勾	爹	显	拉	雷
qəu^{5}	tie^{5}	ɬiŋ^{2}	la^{1}	ləi^{4}
Ghout	diet	dlingx	lab	leil
勾	爹	把	话	说

勾爹这样把话说

劳	接	你	之	弱
lau^{4}	tɕie^{8}	ni^{2}	tɕi^{1}	ȵiu^{4}
Laol	jief	nix	jib	nziul
来	告诉	他	婶	娘

告诉他那婶娘们

之	迷	瓜	凹	当
tɕi^{1}	mi^{6}	qa^{6}	au^{1}	taŋ^{4}
Jib	mis	ghas	aob	dangl
妇	女	那	两	头

隔壁附近妇女们

劳	拉	着	夸	劳
lau^{4}	la^{7}	tɕio^{2}	qhɛ^{1}	lau^{4}
Laol	lak	jiox	khaeb	laol
来	办理	件	结	婚

商量办理结婚事

答	约	学	希	聂
ta^{4}	ʑo^{6}	ɕio^{7}	ɬi^{1}	ȵai^{4}
Dal	yos	xiok	dlib	nzail
一	人	端	碟	鱼

一个人端碟酸鱼

答	约	学	敲	告
ta^{4}	ʑo^{6}	ɕio^{7}	qhau^{1}	qau^{4}
Dal	yos	xiok	khaob	ghaol
一	人	端	盘	糯米饭

一个人端盘糯饭

答	约	改	咪	之
ta^{4}	ʑo^{6}	qai^{3}	mi^{1}	tɕi^{4}
Dal	yos	ghaid	mib	jil
一	人	又	端	茶

一个人端一壶茶

答	约	改	的	丁
ta^{4}	ʑo^{6}	qai^{3}	ti^{1}	tiŋ^{4}
Dal	yos	ghaid	dib	dingl
一	人	又	摆	凳子

一个人来摆凳子

咪	当	江	哈	梅
mi^{1}	taŋ^{7}	tɕiaŋ^{6}	ha^{1}	məi^{4}
Mib	dangk	jiangs	hab	meil
要	凳子	给	哈	梅

要凳子给哈梅坐

答	约	改	花	谁
ta^{4}	ʑo^{6}	qai^{3}	fa^{1}	səi^{4}
Dal	yos	ghaid	fab	seil
一	人	又	念	祝词

一个师公念祝词

纠	咪	江	哈	梅
tɕiu^{5}	mi^{5}	tɕiaŋ^{6}	ha^{1}	məi^{4}
Jiut	mit	jiangs	hab	meil
祈	祷	给	哈	梅

为哈梅祈祷幸福

木	高	你	嗒	各
mu^{4}	qau^{5}	ni^{2}	ta^{1}	qo^{4}
Mul	ghaot	nix	dab	ghol
去	嫁	他	孩	各

哈梅嫁给各表哥

扫	芒	蚁	哈	劳
sau^{6}	maŋ^{5}	ȵiu^{2}	ha^{1}	lau^{4}
Saos	mangt	nziux	hab	laol
到	晚上	妹	哈	来

晚上等待哈梅来

罗	布	赌	嗒	内
lo^{6}	pu^{6}	tiu^{2}	ta^{1}	nəi^{4}
Los	bus	diux	dab	neil
才	进	门	舅	爷

哈梅走进舅爷家

罗	当	候	滕	工
lo^{6}	taŋ^{5}	həu^{3}	thəŋ^{1}	koŋ^{4}
Los	dangt	houd	tengb	gongl
才	到	头	楼	梯

哈梅登上木楼梯

勾	爹	罗	花	雷
qəu^{5}	tie^{5}	lo^{6}	fa^{1}	ləi^{4}
Ghout	diet	los	fab	leil
勾	爹	又	讲	话

舅爷这样把话说

花	劳	号	哈	梅
fa^{1}	lau^{5}	hau^{6}	ha^{1}	məi^{4}
Fab	laot	haos	hab	meil
说	话	给	哈	梅

这样与哈梅说话

哪	娃	你	严	那
na^{1}	va^{6}	ni^{6}	ȵiŋ^{2}	na^{4}
Nab	was	nis	nzingx	nal
天	今	呢	赶	坡

今天你上来赶坡

兄	扭	瓦	劳	羊
ɕioŋ^{7}	niu^{1}	va^{2}	lau^{4}	ʑaŋ^{4}
Xiongk	niub	wax	laol	yangl
同	种	天庭	来	养

同是天庭血统养

灭	高	瓦	嗒	各
mie^{6}	qau^{5}	va^{4}	ta^{1}	qo^{4}
Mies	ghaot	wal	dab	ghol
让	嫁	我	儿	各

让你嫁给我儿子

达	配	蚁	哈	梅
ta^1	phɛ^7	ȵiu^2	ha^1	məi^4
Dab	paek	nziux	hab	meil
姑	娘	妹	哈	梅

此时此刻哈梅妹

你	号	你	嗒	内
ni^2	hau^5	ni^2	ta^1	nəi^4
Nix	haot	nix	dab	neil
她	说	她	舅	爷

她对舅爷这样说

哪	农	哪	西	扭
na^1	noŋ^6	na^1	ɕi^1	niu^4
Nab	nongs	nab	xib	niul
天	今	日	拉	鼓

今天是拉鼓节日

哪	农	兴	勇	吓
na^1	noŋ^6	ɬiŋ^1	zoŋ^2	ɬia^4
Nab	nongs	dlingb	yongx	dlial
天	今	鬼	神	走

今天有鬼神周游

咪	罢	马	布	瓦
mi^6	pa^7	ma^2	pu^1	va^4
Mis	bak	max	bub	wal
妈	爸	不	知	我

爸妈不知晓这事

空 阿 你 嗒 内
qhoŋ¹ a⁵ ni² ta¹ nəi⁴
Khongb at nix dab neil
莫 这 样 舅 爷
舅爷不要这样做

哈 阿 答 马 劳
ha¹ a⁵ ta⁶ ma² lau⁴
Hab at das max laol
哈 宁 死 不 嫁
哈梅不答应出嫁

瓜 沛 瓦 西 扭
qa⁶ phɛ⁵ va² ɕi¹ niu⁴
Ghas paet wax xib niul
那 天 庭 拉 鼓
天庭举办拉鼓节

分 木 底 哪 当
fəŋ⁶ mu⁴ ti² na¹ taŋ⁴
Fengs mul dix nab dangl
别人 去 一 天 半
别人赶坡一天半

纠 芒 党 根 劳
tɕiu⁶ maŋ⁵ tiaŋ² qəŋ¹ lau⁴
Jius mangt diangx ghengb laol
一 夜晚 返 回 来
仅住一晚返回来

哈 木 九 哪 当

ha^{1} mu^{4} tɕiu^{2} na^{1} taŋ^{4}

Hab mul jiux nab dangl

哈 去 九 天 半

哈梅赶坡九天半

兄 芒 党 根 劳

ɕioŋ^{6} maŋ^{5} tiaŋ^{2} qəŋ^{1} lau^{4}

Xiongs mangt diangx ghengb laol

七 夜 返 回 来

七个晚上才返回

哈 咪 改 花 雷

ha^{1} mi^{6} qai^{3} fa^{1} ləi^{4}

Hab mis ghaid fab leil

哈 妈 又 说 话

哈梅妈妈把话说

花 劳 那 哈 梅

fa^{1} lau^{5} na^{6} ha^{1} məi^{4}

Fab laot nas hab meil

讲 话 问 哈 梅

妈妈把话问哈梅

分 木 底 哪 当

fəŋ^{6} mu^{4} ti^{2} na^{1} taŋ^{4}

Fengs mul dix nab dangl

别人 去 一 天 半

别人赶坡一天半

纠	芒	党	根	劳
tɕiu^{6}	maŋ^{5}	tiaŋ^{2}	qəŋ^{1}	lau^{4}
Jius	mangt	diangx	ghengb	laol
一	夜	返	回	来

只住一夜返回来

猛	阿	爹	木	九	哪	当
moŋ^{2}	a^{5}	tɛ^{6}	mu^{4}	tɕiu^{2}	na^{1}	taŋ^{4}
Mongx	at	daes	mul	jiux	nab	dangl
你	怎	样	去	九	天	半

你怎样去九天半

兄	芒	党	根	劳
ɕioŋ^{6}	maŋ^{5}	tiaŋ^{2}	qəŋ^{1}	lau^{4}
Xiongs	mangt	diangx	ghengb	laol
七	夜	返	回	来

七个晚上才返回

猛	阿	许	哈	梅
moŋ^{2}	a^{5}	ɕi^{2}	ha^{1}	məi^{4}
Mongx	at	xix	hab	meil
你	干	啥	哈	梅

你在天庭做什么

达	配	蚁	哈	梅
ta^{1}	phɛ^{7}	ȵiu^{2}	ha^{1}	məi^{4}
Dab	paek	nziux	hab	meil
姑	娘	妹	哈	梅

此时此刻哈梅妹

花	劳	号	之	弱
fa^{1}	lau^{5}	hau^{5}	tɕi^{1}	ȵiu^{4}
Fab	laot	haot	jib	nziul
讲	话	给	婶	娘

哈梅告诉婶娘们

败	之	瓦	西	扭
pai^{1}	tɕi^{5}	va^{2}	ɕi^{1}	niu^{4}
Baib	jit	wax	xib	niul
我们	上	天	拉	鼓

我上天庭看拉鼓

答	社	瓦	嗒	内
ta^{6}	χi^{5}	va^{4}	ta^{1}	nəi^{4}
Das	hvit	wal	dab	neil
死	快	我	舅	爷

我讨厌天庭舅爷

罗	刚	瓦	泵	江
lo^{6}	kaŋ^{8}	va^{4}	poŋ^{1}	tɕiaŋ^{4}
Los	gangf	wal	bongb	jiangl
又	捉	我	手	臂

舅爷抓住我手臂

罗	刚	蚁	夸	劳
lo^{6}	qaŋ^{3}	ȵiu^{2}	qhɛ^{1}	lau^{4}
Los	ghangd	nziux	khaeb	laol
又	逼	妹	结	婚

又逼迫我去嫁人

将	高	你	嗒	各
tɕiaŋ^{6}	qau^{5}	ni^{2}	ta^{1}	qo^{4}
Jiangs	ghaot	nix	dab	ghol
将	嫁	他	儿	各

嫁给舅爷那儿子

瓦	毕	怄	马	书	嗒	内
va^{4}	pi^{5}	əu^{7}	ma^{2}	ɕiu^{6}	ta^{1}	nəi^{4}
Wal	bit	ouk	max	xius	dab	neil
我	真	拗	不	过	舅	爷

我真拗不过舅爷

西	怄	九	哪	当
ɕi^{5}	əu^{7}	tɕiu^{2}	na^{1}	taŋ^{4}
Xit	ouk	jiux	nab	dangl
怄	气	九	天	半

我们争吵九天半

兄	芒	马	布	劳
ɕioŋ^{6}	maŋ^{5}	ma^{2}	pu^{1}	lau^{4}
Xiongs	mangt	max	bub	laol
七	夜	无	法	来

七个夜晚无法回

瓦	接	门	之	弱
va^{4}	tɕie^{8}	məŋ^{2}	tɕi^{1}	ȵiu^{4}
Wal	jief	mengx	jib	nziul
我	告诉	你们	婶	娘

我这样告诉你们

之 罢 瓜 凹 当
tɕi^{1} pa^{7} qa^{6} au^{1} taŋ^{4}
Jib bak ghas aob dangl
叔 伯 那 两 头
隔壁那大伯大叔

阿 着 准 英 谁
a^{5} tɕio^{8} tɕiŋ^{2} ʑiŋ^{1} səi^{4}
At jiof jingx yingb seil
可 能 成 冤 仇
这次可能结冤仇

扫 累 九 哪 卯
sau^{6} ləi^{5} tɕiu^{2} na^{1} məu^{4}
Saos leit jiux nab moul
到 月 九 日 卯
待到九月那卯日

瓜 沛 瓦 凄 谷
qa^{6} phɛ^{5} va^{2} tɕhi^{1} ku^{4}
Ghas paet wax qib gul
那 天 庭 收 谷子
那天庭上收谷子

改 泥 乃 东 无
qai^{3} ni^{8} nai^{2} tioŋ^{1} vu^{4}
Ghaid nif naix diongb wul
又 剪 禾 中 田
又在田里剪稻谷

勾 爹 无 呆 劳
qəu^{5} tie^{5} vu^{7} tai^{1} lau^{4}
Ghout diet wuk daib laol
勾 爹 下 凡 来
天庭舅爷下人间

劳 接 你 忍 木
lau^{4} tɕie^{8} ni^{2} ȵiŋ^{1} mu^{4}
Laol jief nix nzingb mul
来 请 他 儿媳 去
迎请儿媳上天庭

木 泥 乃 东 无
mu^{4} ni^{8} nai^{2} tioŋ^{1} vu^{4}
Mul nif naix diongb wul
去 剪 禾 中 田
回家到田野剪禾

瓜 沛 省 让 不
qa^{6} phɛ^{5} ɬəŋ^{2} ȵiaŋ^{1} pu^{4}
Ghas paet dlengx nziangb bul
那 人 间 有 朋友
哈梅人间朋友多

让 航 西 嗒 聂
ȵiaŋ^{1} haŋ^{8} ɕi^{6} ta^{1} nie^{4}
Nziangb hangf xis dab niel
有 航 西 孩 聂
一个是航西聂哥

改	苏	孔	嗒	立
qai³	su¹	khoŋ²	ta¹	li⁴
Ghaid	sub	kongx	dab	lil
又	苏	孔	孩	立

一个是苏孔立哥

改	代	网	生	永
qai³	tai⁷	vaŋ²	səŋ¹	ʑoŋ⁴
Ghaid	daik	wangx	sengb	yongl
又	和	网	生	永

还有一个网生永

劳	代	蚁	哈	梅
lau⁴	tai⁷	ȵiu²	ha¹	məi⁴
Laol	daik	nziux	hab	meil
来	与	妹	哈	梅

他们来会哈梅妹

丢	戏	爹	筛	羊
tiu⁵	ɕi⁷	tɛ⁶	sai¹	ɤaŋ⁴
Diut	xik	daes	saib	vangl
唱	歌	真	响	寨

行歌坐夜好热闹

嘎	连	嘎	哈	各
ka⁶	liŋ⁸	ka⁶	ha¹	ko⁴
Gas	lingf	gas	hab	gol
苗	笛	苗	琴	叫

苗笛苗琴彻寨响

爹	芒	马	拉	木
tɛ^{6}	maŋ^{5}	ma^{2}	lia^{1}	mu^{4}
Daes	mangt	max	liab	mul
整	夜	不	舍	去

通宵达旦不舍走

达	配	蚁	哈	梅
ta^{1}	phɛ^{7}	ȵiu^{2}	ha^{1}	məi^{4}
Dab	paek	nziux	hab	meil
姑	娘	妹	哈	梅

此时此刻哈梅妹

花	劳	号	嗒	不
fa^{1}	lau^{5}	hau^{5}	ta^{1}	pu^{4}
Fab	laot	haot	dab	bul
讲	话	给	朋	友

她与朋友这样说

答	社	瓦	嗒	内
ta^{6}	χi^{5}	va^{4}	ta^{1}	nəi^{4}
Das	hvit	wal	dab	neil
死	快	我	舅	爷

我讨厌天庭舅爷

依	接	蚁	哈	木
ʑi^{3}	tɕie^{8}	ȵiu^{2}	ha^{1}	mu^{4}
Yid	jief	nziux	hab	mul
要	请	妹	哈	去

一定迎请哈梅去

木 高 你 嗒 各
mu⁴ qau⁵ ni² ta¹ qo⁴
Mul ghaot nix dab ghol
去 嫁 他 孩 各
去嫁给那各表哥

农 航 西 嗒 聂
noŋ³ haŋ⁸ ɕi⁶ ta¹ nie⁴
Nongd hangf xis dab niel
现 航 西 嗒 聂
现在那航西聂哥

改 代 网 生 永
qai³ tai⁷ vaŋ² səŋ¹ ʑoŋ⁴
Ghaid daik wangx sengb yongl
又 和 网 生 永
又和那网生永哥

沙 之 江 哈 梅
sa⁷ tɕi⁵ tɕiaŋ⁶ ha¹ məi⁴
Sak jit jiangs hab meil
出 谋 给 哈 梅
出谋献计给哈梅

扫 爹 粉 不 回
sau⁶ tɛ⁵ fəŋ² pu¹ fəi⁴
Saos daet fengx bub feil
到 早晨 亮 明 天
等到明天天大亮

猛	东	猛	嗒	内
moŋ^{2}	toŋ^{8}	moŋ^{2}	ta^{1}	nəi^{4}
Mongx	dongf	mongx	dab	neil
你	同	你	舅	爷

你跟随天庭舅爷

猛	之	引	乡	败
moŋ^{2}	tɕi^{5}	ɣiŋ^{2}	χaŋ^{1}	pai^{4}
Mongx	jit	vingx	hvangb	bail
你	上	岭	高	坡

你们爬上那高坡

败	毕	阿	秀	陇	根	工
pai^{1}	pi^{5}	a^{5}	ɕiu^{3}	loŋ^{2}	qəŋ^{1}	koŋ^{4}
Baib	bit	at	xiud	longx	ghengb	gongl
我们	就	装	虎	走	底	路

我们扮虎走路底

阿	秀	忍	根	熟
a^{5}	ɕiu^{3}	ȵəŋ^{2}	qəŋ^{1}	ɬiu^{4}
At	xiud	nzengx	ghengb	dliul
扮	虎	叫	底	芒

装扮老虎芒丛叫

改	阿	农	瓜	由
qai^{3}	a^{5}	nioŋ^{2}	qa^{5}	ʑəu^{4}
Ghaid	at	niongx	ghat	youl
又	做	锦鸡	叫	丛林

装扮锦鸡飞丛林

括 瓜 雍 瓜 伦
qa^{8} qa^{5} ȵoŋ^{2} qa^{6} ɬəŋ^{4}
Ghaf ghat nzongx ghas dlengl
鹧鸪 叫 震 山 野
鹧鸪鸣叫震山野

改 阿 勇 号 闹
qai^{3} a^{5} ʑoŋ^{2} hau^{1} ȵau^{4}
Ghaid at yongx haob nzaol
又 做 天 空 打雷
又装天空来打雷

雍 清 瓦 嗦 泵
ȵoŋ^{2} tɕhiŋ^{5} va^{2} ɬau^{1} poŋ^{4}
Nzongx qingt wax dlaob bongl
声音 震 天 空 完
声音响彻了天空

劳 农 打 英 羊
lau^{4} noŋ^{6} ta^{2} ʑiŋ^{1} ʑaŋ^{4}
Laol nongs dax yingb yangl
来 雨 来 不 停
天空下倾盆大雨

劳 熟 你 秋 荣
lau^{4} ɕiu^{8} ni^{2} tɕhiu^{1} ȵoŋ^{4}
Laol xiuf nix qiub nzongl
来 湿 他 衣 服
下雨淋湿他衣服

改 之 底 拉 败
qai^{3} tɕi^{5} ti^{2} la^{1} pai^{4}
Ghaid jit dix lab bail
又 上 一 个 坡
又爬上一个山坡

松 沛 瓦 阿 木
ɬoŋ^{6} phɛ^{5} va^{2} a^{1} mu^{4}
Dlongs paet wax ab mul
坳 上 面 那 去
爬上山顶那坳口

败 约 你 嗒 莫
pai^{1} ʑo^{6} ni^{2} ta^{1} mo^{4}
Baib yos nix dab mol
三 人 她 老 表
她那三个好朋友

能 内 凹 扑 斗
nəŋ^{4} nəi^{7} au^{3} phu^{1} təu^{4}
Nengl neik aod pub doul
穿 件 花 衣 服
他们穿那花衣服

阿 秀 凶 根 熟
a^{5} ɕiu^{3} ɕioŋ^{2} qəŋ^{1} ɬiu^{4}
At xiud xiongx ghengb dliul
扮 虎 走 底 芒
装扮老虎窜芒丛

花 之 准 兴 各
fa^{3} tɕi^{5} tɕiŋ^{2} ɬiŋ^{1} ko^{4}
Fad jit jingx dlingb gol
吹 口哨 成 鬼 叫
吹口哨成鬼叫声

罗 刚 蚁 哈 木
lo^{6} qaŋ^{3} ȵiu^{2} ha^{1} mu^{4}
Los ghangd nziux hab mul
又 叫 妹 哈 去
又呼叫哈梅下山

哈 接 你 嗒 内
ha^{1} tɕie^{8} ni^{2} ta^{1} nəi^{4}
Hab jief nix dab neil
哈 说 她 舅 爷
哈梅对她舅爷说

猛 布 瓜 呆 当
moŋ^{2} pu^{7} qa^{6} tai^{1} taŋ^{4}
Mongx buk ghas daib dangl
你 坐 那 地 等待
你在此地坐等待

瓦 愧 底 凹 桑
va^{4} qhəi^{7} ti^{2} əu^{1} saŋ^{4}
Wal kheik dix oub sangl
我 饿 一 水 泉
我口渴要喝泉水

瓦 无 瓜 根 东
va^{4} vu^{7} qa^{6} qəŋ^{1} tioŋ^{4}
Wal wuk ghas ghengb diongl
我 下 那 底 谷
我要下到那谷底

木 厚 底 凹 桑
mu^{4} həu^{7} ti^{2} əu^{1} saŋ^{4}
Mul houk dix oub sangl
去 喝 一 水 泉
去喝那甘甜泉水

哈 无 扫 根 东
ha^{1} vu^{7} sau^{6} qəŋ^{1} tioŋ^{4}
Hab wuk saos ghengb diongl
哈 下 到 底 山谷
哈梅下坡到谷底

木 当 喇 败 答
mu^{4} tam^{7} la^{2} pai^{1} ta^{4}
Mul damk lax baib dal
去 遇见 那 三 人
遇见他们三个人

败 约 你 嗒 莫
pai^{1} ʑo^{6} ni^{2} ta^{1} mo^{4}
Baib yos nix dab mol
三 人 她 老 表
她那三个好朋友

沙 之 江 哈 木
sa^{7} tɕi^{5} tɕiaŋ^{6} ha^{1} mu^{4}
Sak jit jiangs hab mul
出 谋 给 哈 去
出谋献计给哈梅

达 配 蚁 哈 梅
ta^{1} phɛ^{7} ȵiu^{2} ha^{1} məi^{4}
Dab paek nziux hab meil
姑 娘 妹 哈 梅
此时此刻哈梅妹

党 扫 你 嗒 内
tiaŋ^{3} sau^{6} ni^{2} ta^{1} nəi^{4}
Diangd saos nix dab neil
返 到 她 舅 爷
哈梅返回舅爷边

勾 爹 你 花 雷
qəu^{5} tie^{5} ni^{2} fa^{1} ləi^{4}
Ghout diet nix fab leil
勾 爹 他 讲 话
舅爷这样把话问

劳 那 蚁 哈 梅
lau^{4} na^{6} ȵiu^{2} ha^{1} məi^{4}
Laol nas nziux hab meil
来 问 妹 哈 梅
舅爷把话问哈梅

猛 无 瓜 根 东
moŋ2 vu7 qa6 qəŋ1 tioŋ4
Mongx wuk ghas ghengb diongl
你 下 那 底 山谷
你下坡到那谷底

阿 爹 马 布 劳
a5 tɛ6 ma2 pu1 lau4
At daes max bub laol
为 何 不 知 来
为何不知返回来

达 配 蚁 哈 梅
ta1 phɛ7 ȵiu2 ha1 məi4
Dab paek nziux hab meil
姑 娘 妹 哈 梅
此时此刻哈梅妹

花 劳 号 嗒 内
fa1 lau5 hau6 ta1 nəi4
Fab laot haos dab neil
讲 话 给 舅 爷
哈梅告诉她舅爷

瓦 无 扫 根 东
va4 vu7 sau6 qəŋ1 tioŋ4
Wal wuk saos ghengb diongl
我 下 到 底 山谷
我下坡到那谷底

瓦	不	底	凹	桑
va^{4}	pu^{8}	ti^{2}	əu^{1}	saŋ^{4}
Wal	buf	dix	oub	sangl
我	见	一	水	泉

我看见那泉水眼

送	般	底	拉	不
ɬoŋ^{7}	pan^{6}	ti^{2}	la^{1}	pu^{4}
Dlongk	bans	dix	lab	bul
真	碰	一	个	刺

衣服被荆棘钩住

拉	不	斗	枪	瓦
la^{1}	pu^{4}	təu^{5}	tɕhiaŋ^{1}	va^{4}
Lab	bul	dout	qiangb	wal
那	刺	木	钩	我

有那荆棘钩住我

瓦	工	来	沛	木
va^{4}	qoŋ^{5}	lai^{2}	phɛ^{5}	mu^{4}
Wal	ghongt	laix	paet	mul
我	挑（刺）	久	时	去

我在挑刺挑很久

瓦	罗	马	布	劳
va^{4}	lo^{6}	ma^{2}	pu^{1}	lau^{4}
Wal	los	max	bub	laol
我	才	不	知	回

我才不及时回来

农	动	你	嗒	内
noŋ^{3}	toŋ^{8}	ni^{2}	ta^{1}	nəi^{4}
Nongd	dongf	nix	dab	neil
现	同	她	舅	爷

哈梅跟随舅爷走

木	当	瓦	嗦	羊
mu^{4}	taŋ^{5}	va^{2}	ɬau^{1}	ɣaŋ^{4}
Mul	dangt	wax	dlaob	vangl
去	到	天	上	寨

他们走到天庭寨

木	扫	载	嗒	内
mu^{4}	sau^{6}	tsai^{3}	ta^{1}	nəi^{4}
Mul	saos	zaid	dab	neil
去	到	家	舅	爷

他们来到舅爷家

达	配	蚁	哈	梅
ta^{1}	phɛ^{7}	ȵiu^{2}	ha^{1}	məi^{4}
Dab	paek	nziux	hab	meil
姑	娘	妹	哈	梅

此时此刻哈梅妹

之	凹	之	文	跌
tɕi^{5}	əu^{1}	tɕi^{5}	vəŋ^{4}	tie^{4}
Jit	oub	jit	wengl	diel
挑	水	挑	井	底

挑那井底的泉水

之	芒	凹	牛	受
tɕi^{5}	maŋ^{8}	əu^{1}	niu^{4}	ɬəu^{4}
Jit	mangf	oub	niul	dloul
挑	那	水	浑	浊

特意挑那浑浊水

江	丢	嗒	内	昂
tɕiaŋ^{6}	tiu^{5}	ta^{1}	nəi^{4}	ŋaŋ^{4}
Jiangs	diut	dab	neil	ngangl
给	那	舅	爷	喝

浑浊水给舅爷喝

罗	答	嗒	内	木
lo^{6}	ta^{6}	ta^{1}	nəi^{4}	mu^{4}
Los	das	dab	neil	mul
才	死	舅	爷	去

这样才气死舅爷

阿	江	嗒	内	压
a^{5}	tɕiaŋ^{6}	ta^{1}	nəi^{4}	ʑa^{4}
At	jiangs	dab	neil	yal
做	给	舅	爷	生气

故意让舅爷生气

嗒	内	古	马	压
ta^{1}	nəi^{4}	qo^{5}	ma^{2}	ʑa^{4}
Dab	neil	ghot	max	yal
舅	爷	也	不	生气

舅爷也不被激怒

瓦	嗒	哪	分	跌
va^{4}	ta^{1}	na^{2}	fəŋ^{1}	tie^{4}
Wal	dab	nax	fengb	diel
我	孩	人	凡	间

我儿媳是凡间人

劳	沛	瓦	夸	劳
lau^{4}	phɛ^{5}	va^{2}	qhɛ^{1}	lau^{4}
Laol	paet	wax	khaeb	laol
来	天	上	结	婚

刚刚嫁到天庭来

猛	罗	马	布	文
moŋ^{2}	lo^{6}	ma^{2}	pu^{1}	vəŋ^{4}
Mongx	los	max	bub	wengl
你	又	不	识	井

你又不识那井水

猛	布	瓜	呆	当
moŋ^{2}	pu^{7}	qa^{6}	tai^{1}	taŋ^{4}
Mongx	buk	ghas	daib	dangl
你	坐	那	地	等

你坐下来休息等

瓦	接	底	之	弱
va^{4}	tɕie^{8}	ti^{2}	tɕi^{1}	ȵiu^{4}
Wal	jief	dix	jib	nziul
我	告诉	一	婶	娘

我交代那婶娘们

之 咪 瓜 凹 当
tɕi^{1} mi^{6} qa^{6} au^{1} taŋ^{4}
Jib mis ghas aob dangl
妇 女 那 隔 壁
隔壁那些婶娘们

你 木 之 凹 劳
ni^{2} mu^{4} tɕi^{5} əu^{1} lau^{4}
Nix mul jit oub laol
她 去 挑 水 来
她们去挑水回来

劳 丢 瓦 凹 昂
lau^{4} tiu^{5} va^{4} au^{1} ŋaŋ^{4}
Laol diut wal aob ngangl
来 给 我 俩 喝
挑泉水给我们喝

哈 让 党 坡 弱
ha^{1} ȵiaŋ^{8} taŋ^{2} pho^{1} ȵ̥iu^{4}
Hab nziangf dangx pob nziul
哈 真 很 生 气
哈梅真是很生气

摸 刀 拉 王 丢
mo^{8} tau^{6} la^{1} vaŋ^{4} tiu^{4}
Mof daos lab wangl diul
砸 烂 个 锅 铁
砸烂了一个铁锅

阿	江	嗒	内	压
a^{5}	tɕiaŋ^{6}	ta^{1}	nəi^{4}	ʑa^{4}
At	jiangs	dab	neil	yal
做	给	舅	爷	生气

故意惹舅爷生气

嗒	内	古	马	压
ta^{1}	nəi^{4}	qo^{5}	ma^{2}	ʑa^{4}
Dab	neil	ghot	max	yal
舅	爷	也	不	生气

舅爷也不被激怒

马	刀	马	受	丢
ma^{2}	tau^{6}	ma^{2}	səu^{1}	tiu^{4}
Max	daos	max	soub	diul
不	烂	不	销	货

旧锅烂了买新锅

摸	刀	罗	受	丢
mo^{8}	tau^{6}	lo^{6}	səu^{1}	tiu^{4}
Mof	daos	los	soub	diul
砸	烂	才	销	货

砸烂旧锅买新锅

改	木	扫	根	神
qai^{3}	mu^{4}	sau^{6}	qəŋ^{1}	səŋ^{4}
Ghaid	mul	saos	ghengb	sengl
又	去	到	底	屋

哈梅走到那屋底

对	答	敖	答	各
təi^{8}	ta^{6}	au^{7}	ta^{6}	qau^{4}
Deif	das	aok	das	ghaol
踩	死	鸭	死	鹅

故意踩死鸭和鹅

阿	江	嗒	内	压
a^{5}	tɕiaŋ^{6}	ta^{1}	nəi^{4}	ʐa^{4}
At	jiangs	dab	neil	yal
做	给	舅	爷	生气

故意惹舅爷生气

嗒	内	古	马	压
ta^{1}	nəi^{4}	qo^{5}	ma^{2}	ʐa^{4}
Dab	neil	ghot	max	yal
舅	爷	也	不	生气

舅爷也不被激怒

答	你	罗	根	熟
ta^{6}	ni^{2}	lo^{6}	qəŋ^{1}	səu^{4}
Das	nix	los	ghengb	soul
死	它	才	甜	粥

鸭鹅煮粥才鲜甜

马	答	马	根	熟
ma^{2}	ta^{6}	ma^{2}	qəŋ^{1}	səu^{4}
Max	das	max	ghengb	soul
不	死	不	甜	粥

鸭鹅不死粥不甜

着	之	蚁	哈	梅
tɕio^{6}	tɕi^{5}	ȵiu^{2}	ha^{1}	məi^{4}
Jios	jit	nziux	hab	meil
无	奈	妹	哈	梅

此时哈梅好无奈

画	干	瓜	东	昂
fa^{7}	qan^{5}	qa^{6}	tioŋ^{1}	ŋaŋ^{4}
Fak	ghant	ghas	diongb	ngangl
画	花	那	中间	腿

哈梅乱画那大腿

干	告	江	能	劳
qan^{7}	qau^{6}	tɕiaŋ^{6}	nəŋ^{1}	lau^{4}
Ghank	ghaos	jiangs	nengb	laol
花	纹	像	蛇	老

花纹就像那大蛇

阿	江	嗒	内	压
a^{5}	tɕiaŋ^{6}	ta^{1}	nəi^{4}	ʑa^{4}
At	jiangs	dab	neil	yal
做	给	舅	爷	生气

故意惹舅爷生气

嗒	内	古	马	压
ta^{1}	nəi^{4}	qo^{5}	ma^{2}	ʑa^{4}
Dab	neil	ghot	max	yal
舅	爷	也	不	生气

舅爷也不被激怒

嗒 内 改 花 雷
ta^{1} nəi^{4} qai^{3} fa^{1} ləi^{4}
Dab neil ghaid fab leil
舅 爷 又 说 话
舅爷这样把话说

瓦 接 瓦 嗒 各
va^{4} tɕie^{8} va^{4} ta^{1} qo^{4}
Wal jief wal dab ghol
我 告诉 我 孩 各
我告诉那各表哥

劳 代 猛 晒 昂
lau^{4} tai^{7} moŋ^{2} sɛ^{3} ŋaŋ^{4}
Laol daik mongx saed ngangl
来 与 你 洗 腿
他来帮你洗干净

猛 无 桑 呆 木
moŋ^{2} vu^{7} saŋ^{2} tai^{1} mu^{4}
Mongx wuk sangx daib mul
你 下 凡 间 去
你可以返回娘家

木 凹 芒 党 劳
mu^{4} au^{1} maŋ^{5} tiaŋ^{2} lau^{4}
Mul aob mangt diangx laol
去 两 夜 返 回
住娘家两夜返回

木	败	芒	党	劳
mu^{4}	pai^{1}	maŋ^{5}	tiaŋ^{2}	lau^{4}
Mul	baib	mangt	diangx	laol
去	三	夜	返	回

住娘家三夜返回

勾	爹	阿	你	接
qəu^{5}	tie^{5}	a^{5}	ni^{2}	tɕie^{4}
Ghout	diet	at	nix	jiel
勾	爹	这	样	说

舅爷这样来交代

跌	敖	改	跌	各
tie^{1}	au^{7}	qai^{3}	tie^{1}	qau^{4}
Dieb	aok	ghaid	dieb	ghaol
杀	鸭	又	杀	鹅

舅爷杀鸭又杀鹅

打	到	九	兴	当
ta^{5}	tau^{5}	tɕiu^{2}	χiŋ^{1}	taŋ^{4}
Dat	daot	jiux	hvingb	dangl
杀	有	九	只	半

共杀九只鸭和鹅

拉	孖	改	追	只
la^{7}	ȵia^{8}	qai^{3}	tsəi^{1}	tɕi^{4}
Lak	nziaf	ghaid	zeib	jil
有	糯米饭	又	五	箩

备有糯米饭五箩

罗	送	蚁	哈	劳
lo6	soŋ5	ȵiu2	ha1	lau4
Los	songt	nziux	hab	laol
又	送	妹	哈	来

欢送哈梅回娘家

瓜	沛	省	让	莫
qa6	phɛ5	ɬəŋ2	ȵiaŋ1	mo4
Ghas	paet	dlengx	nziangb	mol
那	凡	间	有	朋友

哈梅凡间有朋友

让	航	西	嗒	聂
ȵiaŋ1	haŋ8	ɕi6	ta1	nie4
Nziangb	hangf	xis	dab	niel
有	航	西	孩	聂

有一个航西聂哥

改	苏	孔	嗒	立
qai3	su1	khoŋ2	ta1	li4
Ghaid	sub	kongx	dab	lil
又	苏	孔	孩	立

有一个苏孔立哥

改	代	网	生	永
qai3	tai7	vaŋ2	səŋ1	ʑoŋ4
Ghaid	daik	wangx	sengb	yongl
又	和	网	生	永

有一个网生永哥

嘎	连	嘎	哈	各
ka^{6}	liŋ^{8}	ka^{6}	ha^{1}	ko^{4}
Gas	lingf	gas	hab	gol
苗	笛	果	哈	叫

苗笛苗琴声声响

爹	芒	马	拉	木
tɛ^{6}	maŋ^{5}	ma^{2}	lia^{1}	mu^{4}
Daes	mangt	max	liab	mul
整	夜	不	舍	去

夜夜不舍上天庭

败	约	你	嗒	莫
pai^{1}	ʑo^{6}	ni^{2}	ta^{1}	mo^{4}
Baib	yos	nix	dab	mol
三	人	她	朋	友

她那三个好朋友

沙	之	江	哈	木
sa^{7}	tɕi^{5}	tɕiaŋ^{6}	ha^{1}	mu^{4}
Sak	jit	jiangs	hab	mul
出	谋	给	哈	去

出谋献计给哈梅

改	扫	忍	都	劳
qai^{3}	sau^{6}	ȵiŋ^{2}	tu^{1}	lau^{4}
Ghaid	saos	nzingx	dub	laol
又	到	年	节	来

又到每年小年节

改	到	你	嗒	内
qai^3	tau^5	ni^2	ta^1	$nəi^4$
Ghaid	daot	nix	dab	neil
又	有	她	舅	爷

又是她天庭舅爷

改	接	蚁	哈	木
qai^3	$tɕie^8$	$ȵiu^2$	ha^1	mu^4
Ghaid	jief	nziux	hab	mul
又	接	妹	哈	去

舅爷又接哈梅去

木	沛	瓦	夸	劳
mu^4	$phɛ^5$	va^2	$qhɛ^1$	lau^4
Mul	paet	wax	khaeb	laol
去	天	庭	成	婚

去那天庭把婚结

猛	空	布	拉	赌	嗒	内
$moŋ^2$	$qhoŋ^1$	pu^6	la^1	tiu^2	ta^1	$nəi^4$
Mongx	khongb	bus	lab	diux	dab	neil
你	不要	进	个	门	舅	爷

你不要进舅爷家

木	布	赌	凹	当
mu^4	pu^6	tiu^2	au^1	$taŋ^4$
Mul	bus	diux	aob	dangl
去	进	门	两	头

走进隔壁那家门

让	扫	忍	都	劳
ȵiaŋ^{8}	sau^{6}	ȵiŋ^{2}	tu^{1}	lau^{4}
Nziangf	saos	nzingx	dub	laol
真	到	年	节	来

真到每年小年节

答	社	你	嗒	内
ta^{6}	χi^{5}	ni^{2}	ta^{1}	nəi^{4}
Das	hvit	nix	dab	neil
死	快	她	舅	爷

她讨厌天庭舅爷

改	接	蚁	哈	木
qai^{3}	tɕie^{8}	ȵiu^{2}	ha^{1}	mu^{4}
Ghaid	jief	nziux	hab	mul
又	接	妹	哈	去

舅爷又接哈梅去

嗒	内	改	无	引	溜	劳
ta^{1}	nəi^{4}	qai^{3}	vu^{7}	ɣiŋ^{2}	liu^{1}	lau^{4}
Dab	neil	ghaid	wuk	vingx	liub	laol
舅	爷	又	下	岭	大	来

舅爷沿山岭下来

劳	扫	着	分	跌
lau^{4}	sau^{6}	tɕio^{2}	fəŋ^{1}	tie^{4}
Laol	saos	jiox	fengb	diel
来	到	那	凡	间

舅爷来到那凡间

罗 播 赌 溜 泵

lo^{6} po^{7} tiu^{2} liu^{1} poŋ^{4}

Los bok diux liub bongl

又 开 门 大 嘭

推开哈梅家大门

达 配 蚁 哈 梅

ta^{1} phɛ^{7} ȵiu^{2} ha^{1} məi^{4}

Dab paek nziux hab meil

姑 娘 妹 哈 梅

此时此刻哈梅妹

布 号 你 嗒 内

pu^{1} hau^{5} ni^{2} ta^{1} nəi^{4}

Bub haot nix dab neil

知 是 她 舅 爷

知道是舅爷进门

哈 布 赌 根 神

ha^{1} pu^{6} tiu^{2} qəŋ^{1} səŋ^{4}

Hab bus diux ghengb sengl

哈 进 门 底 门

哈梅溜出那后门

嗒 内 布 家 到

ta^{1} nəi^{4} pu^{6} tɕia^{1} tau^{4}

Dab neil bus jiab daol

舅 爷 进 火 塘

舅爷走到那火塘

马	不	蚁	哈	梅
ma^{2}	pu^{8}	ȵiu^{2}	ha^{1}	məi^{4}
Max	buf	nziux	hab	meil
不	见	妹	哈	梅

不见外甥女哈梅

嗒	内	显	拉	雷
ta^{1}	nəi^{4}	ɬiŋ^{2}	la^{1}	ləi^{4}
Dab	neil	dlingx	lab	leil
舅	爷	给	句	话

舅爷这样把话问

月	劳	号	之	弱
vɛ^{6}	lau^{5}	hau^{5}	tɕi^{1}	ȵiu^{4}
Waes	laot	haot	jib	nziul
把	话	给	主	人

舅爷问哈梅妈妈

瓦	号	劳	接	瓦	忍	木
va^{4}	hau^{5}	lau^{4}	tɕie^{8}	va^{4}	ȵiŋ^{1}	mu^{4}
Wal	haot	laol	jief	wal	nzingb	mul
我	想	来	接	我	儿媳	去

我想来接儿媳去

木	努	伦	嗒	及
mu^{4}	nəu^{2}	ləŋ^{6}	ta^{1}	ki^{4}
Mul	noux	lengs	dab	gil
去	过	年	苗	族

去天庭过那苗年

哈	咪	罗	花	雷
ha^{1}	mi^{6}	lo^{6}	fa^{1}	ləi^{4}
Hab	mis	los	fab	leil
哈	妈	又	说	话

哈梅妈妈这样说

花	劳	号	嗒	内
fa^{1}	lau^{5}	hau^{5}	ta^{1}	nəi^{4}
Fab	laot	haot	dab	neil
讲	话	给	舅	爷

这样告诉那舅爷

凹	败	芒	候	乙	嗒	内
au^{1}	pai^{1}	maŋ^{5}	həu^{3}	ʑi^{6}	ta^{1}	nəi^{4}
Aob	baib	mangt	houd	yis	dab	neil
二	三	夜	前	呀	舅	爷

就在两三夜以前

你	代	你	根	不
ni^{2}	tai^{7}	ni^{2}	qiŋ^{1}	pu^{4}
Nix	daik	nix	ghingb	bul
她	和	她	朋	友

她和她那好朋友

列	登	布	分	跌
lie^{5}	təŋ^{6}	pu^{6}	fəŋ^{1}	tie^{4}
Liet	dengs	bus	fengb	diel
讨	蓝靛	进	村	寨

走进村寨讨蓝靛

扫	芒	你	木	肚
sau^{6}	maŋ^{5}	ni^{2}	mu^{1}	təu^{4}
Saos	mangt	nix	mub	doul
到	夜	她	痛	肚

到那半夜她肚疼

答	丢	许	东	木
ta^{6}	tiu^{5}	ɕi^{2}	tioŋ^{1}	mu^{4}
Das	diut	xix	diongb	mul
死	在	时	半夜	去

她在半夜就断气

幕	丢	引	乡	败
mu^{6}	tiu^{5}	ɣiŋ^{2}	χaŋ^{1}	pai^{4}
Mus	diut	vingx	hvangb	bail
盖	在	岭	高	坡

埋在那高坡岭上

阿	补	两	乡	俄
a^{5}	pu^{2}	liaŋ^{2}	χaŋ^{1}	ŋo^{4}
At	bux	liangx	hvangb	ngol
做	坟	墓	高	高状

刚修一个新坟墓

嘎	伶	访	凹	弱
ka^{6}	liŋ^{8}	faŋ^{2}	au^{1}	n̥iu^{4}
Gas	lingf	fangx	aob	nziul
苗	笛	吊	两	对

坟头吊两对苗笛

叶	道	访	凹	只
ɣie^{6}	tau^{7}	faŋ^{2}	au^{1}	tɕi^{4}
Vies	daok	fangx	aob	jil
木梭	织布机	吊	两	个

坟头吊两把木梭

阿	帜	约	嗦	正
a^{5}	tɕi^{8}	ʑo^{2}	ɬau^{1}	tsəŋ^{4}
At	jif	yox	dlaob	zengl
做	旗	飘	白	白色状

白纸挂满那坟墓

猛	无	引	溜	劳
moŋ^{2}	vu^{7}	ɣiŋ^{2}	liu^{1}	lau^{4}
Mongx	wuk	vingx	liub	laol
你	下	岭	大	来

你沿山坡走下来

猛	不	马	嗒	内
moŋ^{2}	pu^{8}	ma^{2}	ta^{1}	nəi^{4}
Mongx	buf	max	dab	neil
你	见	不	舅	爷

你是否看见新坟

嗒	内	党	木	娘
ta^{1}	nəi^{4}	taŋ^{2}	mu^{1}	niaŋ^{4}
Dab	neil	dangx	mub	niangl
舅	爷	很	伤	心

舅爷心里很悲痛

你	罗	党	根	木
ni^{2}	lo^{6}	tiaŋ^{2}	qəŋ^{1}	mu^{4}
Nix	los	diangx	ghengb	mul
他	才	返	程	去

他即刻转身返程

木	扫	引	乡	败
mu^{4}	sau^{6}	ɣiŋ^{2}	χaŋ^{1}	pai^{4}
Mul	saos	vingx	hvangb	bail
去	到	岭	高	坡

爬到山岭那高坡

不	补	两	乡	俄
pu^{8}	pu^{2}	liaŋ^{2}	χaŋ^{1}	ŋo^{4}
Buf	bux	liangx	hvangb	ngol
见	坟	墓	高	高状

看见一座新坟头

嗒	内	党	拉	莫
ta^{1}	nəi^{4}	taŋ^{2}	lia^{1}	mo^{4}
Dab	neil	dangx	liab	mol
舅	爷	很	念	孩

舅爷很思念儿媳

让	答	瓦	忍	木
ȵiaŋ^{8}	ta^{6}	va^{4}	ȵiŋ^{1}	mu^{4}
Nziangf	das	wal	nzingb	mul
真	死	我	儿媳	去

真是我家儿媳死

嗒	内	毕	瓜	省	花	纳
ta^{1}	nəi^{4}	pi^{5}	qa^{6}	ɬəŋ^{2}	fa^{1}	na^{4}
Dab	neil	bit	ghas	dlengx	fab	nal
舅	爷	睡	那	地	翻	转

舅爷悲伤睡地上

毕	丢	党	呆	足
pi^{5}	tiu^{5}	taŋ^{2}	tai^{1}	tɕiu^{4}
Bit	diut	dangx	daib	jiul
睡	得	沾	泥	完

睡得衣服沾满泥

嗒	内	沙	之	党	根	劳
ta^{1}	nəi^{4}	sa^{7}	tɕi^{5}	tiaŋ^{2}	qəŋ^{1}	lau^{4}
Dab	neil	sak	jit	diangx	ghengb	laol
舅	爷	算	计	返	回	来

舅爷谋划返回来

罗	波	赌	溜	泵
lo^{6}	po^{7}	tiu^{2}	liu^{1}	poŋ^{4}
Los	bok	diux	liub	bongl
又	开	门	大	嘭

舅爷突然推开门

送	不	蚁	哈	梅
ɬoŋ^{7}	pu^{8}	ȵiu^{2}	ha^{1}	məi^{4}
Dlongk	buf	nziux	hab	meil
真	见	妹	哈	梅

真的看见哈梅妹

嗒	内	毕	斗	蚁	泵	江
ta^{1}	nəi^{4}	pi^{5}	təu^{7}	ȵiu^{2}	poŋ^{1}	tɕiaŋ^{4}
Dab	neil	bit	douk	nziux	bongb	jiangl
舅	爷	就	抓	妹	手	臂

舅爷抓哈梅手臂

猛	阿	农	虽	瓦
moŋ^{2}	a^{5}	noŋ^{2}	ɬəi^{1}	va^{4}
Mongx	at	nongx	dleib	wal
你	这	样	骗	我

你故意这样骗我

月	阿	猛	虽	瓦
vie^{6}	a^{5}	moŋ^{2}	ɬəi^{1}	va^{4}
Wies	at	mongx	dleib	wal
又	那	样	骗	我

你故意那样骗我

瓦	送	真	斗	猛	泵	江
va^{4}	ɬoŋ^{7}	tsəŋ^{5}	təu^{7}	moŋ^{2}	poŋ^{1}	tɕiaŋ^{4}
Wal	dlongk	zengt	douk	mongx	bongb	jiangl
我	真	正	抓	你	手	臂

我要把你抓回去

送	学	蚁	哈	木
ɬoŋ^{7}	ɬio^{8}	ȵiu^{2}	ha^{1}	mu^{4}
Dlongk	dliof	nziux	hab	mul
真	拉	妹	哈	去

狠心抓哈梅回去

木	扫	着	分	败
mu^{4}	sau^{6}	tɕio^{2}	fəŋ^{1}	pai^{4}
Mul	saos	jiox	fengb	bail
去	到	那	天	庭

他们回到那天庭

号	布	赌	嗒	内
hau^{5}	pu^{6}	tiu^{2}	ta^{1}	nəi^{4}
Haot	bus	diux	dab	neil
要	进	门	舅	爷

就要走进舅爷家

马	布	赌	嗒	内
ma^{2}	pu^{6}	tiu^{2}	ta^{1}	nəi^{4}
Max	bus	diux	dab	neil
不	进	门	舅	爷

哈梅不进舅爷家

木	布	赌	凹	当
mu^{4}	pu^{6}	tiu^{2}	au^{1}	taŋ^{4}
Mul	bus	diux	aob	dangl
去	进	门	两	头

哈梅进隔壁家门

对	衣	米	亢	到
təi^{8}	ʑi^{6}	mi^{2}	qhaŋ^{1}	tau^{4}
Deif	yis	mix	khangb	daol
踩	中	别人	杆	鸟枪

踩对别人那鸟枪

仁	约	昌	布	羊
ʑiŋ^{8}	ʑo^{6}	tshaŋ^{1}	pu^{6}	ɣaŋ^{4}
Yingf	yos	cangb	bus	vangl
子弹	射	飞	进	寨

子弹射飞进村寨

衣	咪	嗒	纠	答
ʑi^{6}	mi^{6}	ta^{1}	tɕiu^{6}	ta^{4}
Yis	mis	dab	jius	dal
射中	妈	孩	独	子

子弹射中妈独子

几	纠	拉	瓜	乙
ki^{5}	tɕiu^{6}	la^{1}	qa^{6}	ɣi^{4}
Git	jius	lab	ghas	vil
蛋	一	个	在	窝

就像鸡窝唯一蛋

衣	咪	嗒	答	木
ʑi^{6}	mi^{6}	ta^{1}	ta^{6}	mu^{4}
Yis	mis	dab	das	mul
射中	妈	孩	死	去

射死妈妈那独子

阿	当	爹	英	羊
a^{5}	tiaŋ^{6}	tɛ^{6}	ʑiŋ^{1}	ʑaŋ^{4}
At	diangs	daes	yingb	yangl
打	官司	那	不	断

官司久久打不完

用	候	生	候	无
ʑoŋ^{2}	həu^{3}	səŋ^{1}	həu^{3}	vu^{4}
Yongx	houd	sengb	houd	wul
用	上	千	上	万

花费上万两银子

温	响	嗦	马	良
vəŋ^{6}	ɕiaŋ^{2}	ɬau^{1}	ma^{2}	liaŋ^{4}
Wengs	xiangx	dlaob	max	liangl
万	两	白	不	结案

万两白银不结案

当	打	瓜	收	无
tiaŋ^{6}	ta^{2}	qa^{6}	səu^{1}	vu^{4}
Diangs	dax	ghas	soub	wul
官司	来	那	无	数

官司花数万两银

党	瓦	嗦	打	接
taŋ^{5}	va^{2}	ɬau^{1}	ta^{2}	tɕie^{4}
Dangt	wax	dlaob	dax	jiel
到	天	庭	来	说

天庭这样把话说

沛	瓦	号	沛	瓦	让	立
phɛ^{5}	va^{2}	hau^{5}	phɛ^{5}	va^{2}	ȵiaŋ^{1}	li^{4}
Paet	wax	haot	paet	wax	nziangb	lil
天	庭	说	天	庭	有	理

天庭说天庭有理

沛	省	号	沛	省	让	立
phɛ^{5}	ɬəŋ^{2}	hau^{5}	phɛ^{5}	ɬəŋ^{2}	ȵiaŋ^{1}	li^{4}
Paet	dlengx	haot	paet	dlengx	nziangb	lil
凡	间	说	凡	间	有	理

凡间说凡间有理

丁	丢	党	秀	无
tiŋ^{6}	tiu^{5}	taŋ^{2}	ɕiu^{3}	vu^{4}
Dings	diut	dangx	xiud	wul
定	在	坡	纺	车

约定纺车坡评理

松	花	里	几	败
ɬoŋ^{6}	fa^{1}	li^{2}	ki^{3}	pai^{4}
Dlongs	fab	lix	gid	bail
坳	纺	车	上	面

纺车山坳那上面

分	瓦	当	兄	答
fəŋ^{1}	va^{2}	taŋ^{5}	ɕioŋ^{6}	ta^{4}
Fengb	wax	dangt	xiongs	dal
天	上	派	七	个

天庭派七个代表

兄	答	刀	分	败
ɕioŋ^{6}	ta^{4}	tau^{8}	fəŋ^{1}	pai^{4}
Xiongs	dal	daof	fengb	bail
七	个	头人	天	庭

七个天庭那头人

分	呆	当	兄	答
fəŋ^{1}	tai^{1}	taŋ^{5}	ɕioŋ^{6}	ta^{4}
Fengb	daib	dangt	xiongs	dal
凡	间	派	七	个

人间派七个代表

兄	答	刀	分	跌
ɕioŋ^{6}	ta^{4}	tau^{8}	fəŋ^{1}	tie^{4}
Xiongs	dal	daof	fengb	diel
七	个	头人	人	间

七个人间那头人

分	瓦	古	贾	雷
fəŋ^{1}	va^{2}	qo^{5}	tɕia^{2}	ləi^{4}
Fengb	wax	ghot	jiax	leil
天	庭	也	说	理

天庭头人说道理

当	挪	当	分	跌
tiaŋ^{6}	no^{6}	tiaŋ^{6}	fəŋ^{1}	tie^{4}
Diangs	nos	diangs	fengb	diel
官司	是	官司	凡	间

这属于凡间官司

马	多	当	分	败
ma^{2}	tio^{6}	tiaŋ^{6}	fəŋ^{1}	pai^{4}
Max	dios	diangs	fengb	bail
不	是	官司	天	庭

不属于天庭官司

勾 爹 贾 拉 劳
qəu^{5} tie^{5} tɕia^{2} la^{1} lau^{4}
Ghout diet jiax lab laol
勾 爹 讲 个 来
勾爹这样把话说

阿 爹 准 拉 谁
a^{5} tɛ^{6} tɕiŋ^{2} la^{1} səi^{4}
At daes jingx lab seil
这 样 成 个 冤仇
这样造成这冤仇

让 航 西 嗒 聂
ȵiaŋ^{1} haŋ^{8} ɕi^{6} ta^{1} nie^{4}
Nziangb hangf xis dab niel
有 航 西 孩 聂
有一个航西聂哥

改 苏 孔 嗒 立
qai^{3} su^{1} khoŋ^{2} ta^{1} li^{4}
Ghaid sub kongx dab lil
又 苏 孔 孩 立
有一个苏孔立哥

改 代 网 生 永
qai^{3} tai^{7} vaŋ^{2} səŋ^{1} ʑoŋ^{4}
Ghaid daik wangx sengb yongl
又 和 网 生 永
有一个网生永哥

沙 之 江 哈 木
sa^{7} tɕi^{5} tɕiaŋ^{6} ha^{1} mu^{4}
Sak jit jiangs hab mul
出 谋 给 哈 去
出谋献计给哈梅

农 罗 准 英 谁
noŋ^{3} lo^{6} tɕiŋ^{2} ʑiŋ^{1} səi^{4}
Nongd los jingx yingb seil
现 才 成 冤 仇
现在才造成冤仇

瓜 各 着 东 杭
qa^{6} ko^{4} tɕio^{2} toŋ^{1} haŋ^{4}
Ghas gol jiox dongb hangl
又 抛 条 芒 草
头人这样发狠话

猛 毕 败 昂 罗 让 羊
moŋ^{2} pi^{5} pai^{8} ŋaŋ^{6} lo^{6} ȵiaŋ^{1} ɣaŋ^{4}
Mongx bit baif ngangs los nziangb vangl
你 就 赔 够 才 住 寨
你先赔偿才住寨

马 昂 空 让 羊
ma^{2} ŋaŋ^{6} qhoŋ^{1} ȵiaŋ^{1} ɣaŋ^{4}
Max ngangs khongb nziangb vangl
不 够 不 住 寨
赔偿不够不住寨

分	呆	改	贾	雷
fəŋ^{1}	tai^{1}	qai^{3}	tɕia^{2}	ləi^{4}
Fengb	daib	ghaid	jiax	leil
人	间	又	说	理

人间也在说理由

对	泵	东	打	王
təi^{8}	poŋ^{6}	tioŋ^{1}	ta^{2}	vaŋ^{4}
Deif	bongs	diongb	dax	wangl
脚	踏	中	草	坪

头人愤怒踩中坪

丁	六	罗	撇	泵
tiŋ^{1}	ləu^{5}	lo^{6}	phɛ^{1}	poŋ^{4}
Dingb	lout	los	paeb	bongl
铁	杵	又	拍	嘭

愤怒用铁杵拍地

许	阿	哈	败	当
ɕi^{2}	a^{1}	ha^{1}	pai^{4}	tiaŋ^{4}
Xix	ab	hab	bail	diangl
时	那	哈	未	成人

那时哈梅未成年

立	给	立	久	让	瓦	跌
li^{4}	qəi^{4}	li^{4}	tɕiu^{5}	ȵiaŋ^{1}	va^{4}	tie^{4}
Lil	gheil	lil	jiut	nziangb	wal	diel
把	屎	把	尿	在	人	间

把屎把尿在人间

足 追 足 丢 哈 东 当
tɕiu^{8} tsəi^{1} tɕiu^{8} tiu^{5} ha^{1} tioŋ^{4} tiaŋ^{4}
Jiuf zeib jiuf diut hab diongl diangl
十 五 十 六 哈 刚 长大
哈梅长到十五六

阿 猛 忍 当 败
a^{5} moŋ^{2} ȵiŋ^{1} taŋ^{4} pai^{4}
At mongx nzingb dangl bail
做 你 儿媳 天 庭
嫁到天庭当儿媳

猛 马 布 立 弱
moŋ^{2} ma^{2} pu^{1} li^{4} ȵiu^{4}
Mongx max bub lil nziul
你 不 知 管 媳妇
你不管好那儿媳

娃 猛 忍 吓 羊
va^{6} moŋ^{2} ȵiŋ^{1} ɬia^{4} ɣaŋ^{4}
Was mongx nzingb dlial vangl
让 你 儿媳 走 寨
让你儿媳去走寨

对 米 亢 内 到
təi^{8} mi^{2} qhaŋ^{1} nəi^{3} tau^{4}
Deif mix khangb neid daol
踩 人 杆 枪 鸟
踩对别人那鸟枪

仁	约	昌	布	羊
ʑiŋ^{8}	ʑo^{6}	tshaŋ^{1}	pu^{6}	ɣaŋ^{4}
Yingf	yos	cangb	bus	vangl
子弹	射	飞	进	寨

子弹射飞进村寨

答	咪	嗒	纠	答
ta^{6}	mi^{6}	ta^{1}	tɕiu^{6}	ta^{4}
Das	mis	dab	jius	dal
死	妈	孩	独	子

子弹射死妈独子

几	纠	拉	瓜	乙
ki^{5}	tɕiu^{6}	la^{1}	qa^{6}	ɣi^{4}
Git	jius	lab	ghas	vil
蛋	一	个	那	窝

就像鸡窝蛋一个

阿	当	爹	英	羊
a^{5}	tiaŋ^{6}	tɛ^{6}	ʑiŋ^{1}	ʑaŋ^{4}
At	diangs	daes	yingb	yangl
打	官司	那	不	断案

官司久久打不完

足	温	响	嗒	丢
tɕiu^{8}	vəŋ^{6}	ɕiaŋ^{2}	ta^{1}	tiu^{4}
Jiuf	wengs	xiangx	dab	diul
十	万	两	白	银

花费十万两白银

猛 木 败 昂 米 英 谁
moŋ^{2} mu^{4} pai^{8} ŋaŋ^{6} mi^{2} ʑiŋ^{1} səi^{4}
Mongx mul baif ngangs mix yingb seil
你 去 赔 完 人 冤 仇
你赔偿够那冤仇

败 昂 罗 让 羊
pai^{8} ŋaŋ^{6} lo^{6} ȵiaŋ^{1} ɣaŋ^{4}
Baif ngangs los nziangb vangl
偿 够 才 住 寨
赔偿清楚才住寨

马 昂 马 让 羊
ma^{2} ŋaŋ^{6} ma^{2} ȵiaŋ^{1} ɣaŋ^{4}
Max ngangs max nziangb vangl
不 够 不 住 寨
赔偿不够不住寨

改 各 着 东 杭
qai^{3} ko^{8} tɕio^{2} toŋ^{1} khaŋ^{4}
Ghaid gof jiox dongb kangl
又 掷 条 芒 草
头人也讲那狠话

当 农 当 分 败
tiaŋ^{6} noŋ^{6} tiaŋ^{6} fəŋ^{1} pai^{4}
Diangs nongs diangs fengb bail
官司 这 官司 天 庭
这属于天庭官司

马　多　当　分　跌
ma^{2} tio^{6} tiaŋ^{6} fəŋ^{1} tie^{4}
Max dios diangs fengb diel
不　是　官司　人　间
不属于人间官司

分　瓦　退　木　败
fəŋ^{1} va^{2} thəi^{7} mu^{4} pai^{4}
Fengb wax teik mul bail
天　庭　退　回　去
天庭头人回天庭

分　呆　退　劳　跌
fəŋ^{1} tai^{1} thəi^{7} lau^{4} tie^{4}
Fengb daib teik laol diel
人　间　退　回　凡间
人间头人退回来

分　瓦　当　内　到
feŋ^{1} va^{2} taŋ^{5} nəi^{3} tau^{4}
Fengb wax dangt neid daol
天　庭　造　枪　鸟
天庭制造大鸟枪

当　九　丁　内　到
taŋ^{5} tɕiu^{2} tiŋ^{1} nəi^{3} tau^{4}
Dangt jiux dingb neid daol
铸　九　把　枪　鸟
铸成九杆大鸟枪

双　加　到　九　农
ɬaŋ^{6} tɕia^{1} tau^{5} tɕiu^{2} ȵoŋ^{4}
Dlangs jiab daot jiux nzongl
制　火药　有　九　仓库
制造火药九仓库

哥　仁　到　九　敌
ko^{6} ʑiŋ^{8} tau^{5} tɕiu^{2} ti^{4}
Gos yingf daot jiux dil
制　子弹　有　九　桶
制造子弹九个桶

分　呆　高　当　九　内　到
fəŋ^{1} tai^{1} qo^{5} taŋ^{5} tɕiu^{2} nəi^{3} tau^{4}
Fengb daib ghot dangt jiux neid daol
人　间　也　铸　九　枪　鸟
人间也铸九杆枪

双　加　到　九　农
ɬaŋ^{6} tɕia^{1} tau^{5} tɕiu^{2} ȵoŋ^{4}
Dlangs jiab daot jiux nzongl
制　药　有　九　仓库
制造火药九仓库

哥　仁　到　九　敌
ko^{6} ʑiŋ^{8} tau^{5} tɕiu^{2} ti^{4}
Gos yingf daot jiux dil
制　子弹　有　九　桶
制造子弹九个桶

分	呆	上	内	到
$fəŋ^1$	tai^1	$ɕiaŋ^5$	$nəi^3$	tau^4
Fengb	daib	xiangt	neid	daol
人	间	放	枪	鸟

人间试打那鸟枪

上	九	丁	内	到
$ɕiaŋ^5$	$tɕiu^2$	$tiŋ^1$	$nəi^3$	tau^4
Xiangt	jiux	dingb	neid	daol
放	九	把	枪	鸟

试放那九杆鸟枪

清	着	呆	答	略
$tɕhiŋ^5$	$tɕio^2$	tai^1	ta^6	lio^4
Qingt	jiox	daib	das	liol
震动	人	间	整	个

枪声震动那人间

仁	约	昌	扫	败
$ʑiŋ^8$	$ʑo^6$	$tshaŋ^5$	sau^6	pai^4
Yingf	yos	cangt	saos	bail
子弹	射	飞	到	天庭

子弹射飞到天庭

分	瓦	答	兄	答
$fəŋ^1$	va^2	ta^6	$ɕioŋ^6$	ta^4
Fengb	wax	das	xiongs	dal
天	庭	死	七	个

天庭死了七个人

兄 答 刀 分 败

ɕioŋ⁶ ta⁴ tau⁸ fəŋ¹ pai⁴

Xiongs dal daof fengb bail

七 个 头人 天 庭

七个天庭寨头人

勾 爹 你 嗒 各

qəu⁵ tie⁵ ni² ta¹ qo⁴

Ghout diet nix dab ghol

勾 爹 他 孩 各

射死勾爹的孩子

佛 斗 你 嗒 佛

fu⁴ təu² ni² ta¹ fu⁴

Ful doux nix dab ful

佛 斗 他 孩 佛

射死佛斗的儿子

迎 香 答 枉 立

ȵin⁴ ɕiaŋ¹ ta⁶ vaŋ² li⁴

Nzinl xiangb das wangx lil

迎 香 死 枉 立

又死迎香的儿子

沙 共 答 枉 乙

ɬa⁶ qoŋ⁶ ta⁶ vaŋ² ʑi⁴

Dlas ghongs das wangx yil

沙 共 死 枉 乙

又死沙共的儿子

分	瓦	邦	内	到
fəŋ1	va2	paŋ3	nəi3	tau4
Fengb	wax	bangd	neid	daol
天	庭	打	枪	鸟

天庭人也在打枪

上	九	丁	内	到
ɕiaŋ5	tɕiu2	tiŋ1	nəi3	tau4
Xiangt	jiux	dingb	neid	daol
放	九	杆	枪	鸟

试放那九杆鸟枪

清	着	号	铁	略
tɕhiŋ5	tɕio2	hau1	thie6	lio4
Qingt	jiox	haob	ties	liol
震	个	天庭	砰	砰

枪声震动那天庭

仁	约	昌	扫	跌
ʑiŋ8	ʑo6	tshaŋ5	sau6	tie4
Yingf	yos	cangt	saos	diel
子弹	乱	飞	到	凡间

子弹乱飞下凡间

分	呆	答	兄	答
fəŋ1	tai1	ta6	ɕioŋ6	ta4
Fengb	daib	das	xiongs	dal
凡	间	死	七	人

射死凡间七个人

答 航 西 嗒 聂
ta^{6} haŋ^{8} ɕi^{6} ta^{1} nie^{4}
Das hangf xis dab niel
死 航 西 孩 聂
射死航西的儿子

答 苏 孔 嗒 立
ta^{6} su^{1} khoŋ^{2} ta^{1} li^{4}
Das sub kongx dab lil
死 苏 孔 孩 立
射死苏孔的儿子

改 答 网 生 永
qai^{3} ta^{6} vaŋ^{2} səŋ^{1} ʑoŋ^{4}
Ghaid das wangx sengb yongl
又 死 网 生 永
又死网生永儿子

答 古 记 凹 撮
ta^{6} kiu^{2} ki^{8} au^{1} tsho^{4}
Das giux gif aob col
死 螳 螂 一 群
又死一群那螳螂

答 古 芒 号 列
ta^{6} kiu^{2} maŋ^{1} hau^{6} lie^{4}
Das giux mangb haos liel
死 禾 虾 成 群
死了一群群禾虾

答 古 唱 号 灭
ta^{6} kiu^{2} tɕhiaŋ^{7} hau^{6} mie^{4}
Das giux qiangk haos miel
死 蟋 蟀 成 群
又死一群群蟋蟀

改 答 答 吐 脑
qai^{3} ta^{6} ta^{4} thəu^{7} ȵau^{2}
Ghaid das dal touk nzaox
又 死 只 白 鹭
又射中那只白鹭

拉 当 败 无 准
la^{1} tiaŋ^{6} pai^{4} vu^{7} tɕiŋ^{2}
Lab diangs bail wuk jingx
个 官司 未 胜 负
打官司未分胜负

哈 咪 麻 拉 麻 着 引
ha^{1} mi^{6} ma^{4} la^{6} ma^{4} tɕio^{2} ɣiŋ^{2}
Hab mis mal las mal jiox vingx
哈 妈 卖 地 卖 条 岭
哈妈卖地卖山场

哈 罢 麻 雍 麻 底 整
ha^{1} pa^{7} ma^{4} ʑoŋ^{6} ma^{4} ti^{2} tsəŋ^{2}
Hab bak mal yongs mal dix zengx
哈 爸 卖 田 卖 一 片
哈爸卖那整片田

到 爹 工 嗓 号

tau^{5} tɛ^{6} qoŋ^{4} saŋ^{2} hau^{6}

Daot daes ghongl sangx haos

得 许 多 钱 铜

得到许多那铜钱

吓 分 杀 马 拥

ɬia^{1} fəŋ^{6} sa^{4} ma^{2} ʑoŋ^{6}

Dliab fengs sal max yongs

别 人 都 不 要

天庭不愿意收钱

嗒 内 花 雷 些

ta^{1} nəi^{4} fa^{1} ləi^{4} ɕai^{6}

Dab neil fab leil xais

舅 爷 把 话 讲

舅爷这样把话说

猛 尼 劳 底 丁 瓦 兄

moŋ^{2} ni^{6} lau^{3} ti^{2} tiŋ^{1} va^{4} ɕioŋ^{6}

Mongx nis laod dix dingb wal xiongs

你 拄 磨损 一 根 我 铁棍

你要拄损那铁棍

示 足 偷 当 细

χi^{3} tɕiu^{4} thəu^{1} taŋ^{4} ɕi^{6}

Hvid jiul toub dangl xis

数 完 庞桶 半 米

数完半庞桶白米

他	足	旁	别	闹
tha^{3}	tɕiu^{4}	phaŋ^{1}	pɛ^{4}	nau^{6}
Tad	jiul	pangb	bael	naos
解	完	床	网	麻

解完一床麻制网

猛	衣	木	吓	改	木	分
moŋ^{2}	ʑi^{5}	mu^{4}	ɕia^{1}	qai^{3}	mu^{4}	fəŋ^{6}
Mongx	yit	mul	xiab	ghaid	mul	fengs
你	再	去	嫁	又	走	寨

你再出嫁又走寨

猛	马	示	足	偷	当	细
moŋ^{2}	ma^{2}	χi^{3}	tɕiu^{4}	thəu^{1}	taŋ^{4}	ɕi^{6}
Mongx	max	hvid	jiul	toub	dangl	xis
你	不	数	完	庞桶	半	米

不数完半庞桶米

马	尼	劳	丁	兄
ma^{2}	ni^{6}	lau^{3}	tiŋ^{1}	ɕioŋ^{6}
Max	nis	laod	dingb	xiongs
不	拄	磨损	根	铁棍

不拄损那根铁棍

猛	马	他	劳	旁	别	闹
moŋ^{2}	ma^{2}	tha^{3}	lau^{4}	phaŋ^{1}	pɛ^{4}	nau^{6}
Mongx	max	tad	laol	pangb	bael	naos
你	不	解	完	床	网	麻

你不解完一床网

示	改	劳	底	弱
χi^{3}	qai^{3}	lau^{4}	ti^{2}	ȵiu^{5}
Hvid	ghaid	laol	dix	nziut
数	又	来	一	年

哈梅数了一年米

送	马	木	底	嗦
ɬoŋ^{7}	ma^{2}	mu^{4}	ti^{2}	ɬau^{5}
Dlongk	max	mul	dix	dlaot
真	不	去	一	拃

数米不去一拃深

尼	兄	足	底	弱
ni^{6}	ɕioŋ^{6}	tɕiu^{4}	ti^{2}	ȵiu^{5}
Nis	xiongs	jiul	dix	nziut
拄	铁棍	用	一	年

拄了铁棍有一年

送	马	木	底	嗦
ɬoŋ^{7}	ma^{2}	mu^{4}	ti^{2}	ɬau^{5}
Dlongk	max	mul	dix	dlaot
真	不	去	一	拃

铁棍不损一拃长

他	别	准	底	弱
tha^{3}	pɛ^{4}	tɕiŋ^{2}	ti^{2}	ȵiu^{5}
Tad	bael	jingx	dix	nziut
解	网	成	一	年

解了网结已一年

送	马	木	底	嗦
ɬoŋ^{7}	ma^{2}	mu^{4}	ti^{2}	ɬau^{5}
Dlongk	max	mul	dix	dlaot
真	不	去	一	拃

解不开一拃网眼

意	劳	哈	答	铁
ʑi^{3}	lau^{4}	ha^{1}	ta^{6}	thie^{5}
Yid	laol	hab	das	tiet
要	老	哈	很	多

哈梅日日见苍老

蚁	哈	东	着	之
ȵiu^{2}	ha^{1}	tioŋ^{4}	tɕio^{6}	tɕi^{5}
Nziux	hab	diongl	jios	jit
妹	哈	无	计	谋

哈梅已经无办法

蚁	哈	木	义	沙
ȵiu^{2}	ha^{1}	mu^{4}	ȵi^{6}	ɬa^{5}
Nziux	hab	mul	nzis	dlat
妹	哈	去	搓	绳

哈梅伤心搓绳子

访	工	几	瓜	斗
faŋ^{2}	qoŋ^{3}	ki^{4}	qa^{6}	təu^{5}
Fangx	ghongd	gil	ghas	dout
吊	脖	子	在	树

伤心吊颈在树丫

金	古	能	努	内
$kiŋ^{1}$	kiu^{2}	$nəŋ^{4}$	$nəu^{6}$	$nəi^{5}$
Gingb	giux	nengl	nous	neit
虫	蚂蚱	鼠	鸟	兽

山中那昆虫走兽

金	古	各	答	号
$kiŋ^{1}$	kiu^{2}	ko^{4}	ta^{6}	hau^{5}
Gingb	giux	gol	das	haot
虫	蚂蚱	叫	不	停

昆虫走兽叫连连

访	工	瓜	几	月
$faŋ^{2}$	$qoŋ^{3}$	qa^{6}	$tɕi^{4}$	vie^{7}
Fangx	ghongd	ghas	jil	wiek
吊	颈	在	树	杈

哈梅吊颈在树丫

金	古	杀	扫	灭
$kiŋ^{1}$	kiu^{2}	sa^{4}	sau^{6}	mie^{7}
Gingb	giux	sal	saos	miek
虫	蚂蚱	全	到	啃

昆虫走兽都来啃

金	古	各	答	贵
$kiŋ^{1}$	kiu^{2}	ko^{4}	ta^{6}	kie^{7}
Gingb	giux	gol	das	giek
虫	蚂蚱	叫	不	停

昆虫走兽叫不停

接 古 芒 木 学
tɕie^{8} kiu^{2} maŋ^{1} mu^{4} ɬio^{7}
Jief giux mangb mul dliok
喊 禾 虾 去 救
敬请禾虾去营救

古 芒 打 木 学
kiu^{2} maŋ^{1} ta^{2} mu^{4} ɬio^{7}
Giux mangb dax mul dliok
禾 虾 来 去 救
禾虾飞快去营救

贵 良 底 沛 沙
kie^{7} liaŋ^{4} ti^{2} phɛ^{5} ɬa^{5}
Giek liangl dix paet dlat
咬 断 一 半 绳
禾虾咬断半边绳

蚁 哈 良 泵 敲
ȵ̥iu^{2} ha^{1} liaŋ^{4} poŋ^{5} qhau^{5}
Nziux hab liangl bongt khaot
妹 哈 断 气 了
哈梅刚刚才断气

哈 咪 东 花 些
ha^{1} mi^{6} tioŋ^{4} fa^{1} ɕai^{6}
Hab mis diongl fab xais
哈 妈 刚 讲 话
哈梅妈妈把话说

列 嗒 内 阿 枉
lie^{5} ta^{1} nəi^{4} a^{5} vaŋ^{2}
Liet dab neil at wangx
为 舅 爷 当 王
舅爷冤枉当头人

农 哈 罗 刚 吓
noŋ^{3} ha^{1} lo^{6} kaŋ^{5} ɕia^{2}
Nongd hab los gangt xiax
现 哈 才 丢 命
现在害死哈梅妹

之 分 败 沛 瓦
tɕi^{5} fəŋ^{1} pai^{4} phɛ^{5} va^{2}
Jit fengb bail paet wax
上 天 庭 上 面
哈梅妈妈上天庭

接 嗒 内 无 打
tɕie^{8} ta^{1} nəi^{4} vu^{7} ta^{2}
Jief dab neil wuk dax
喊 舅 爷 下 来
邀请舅爷下凡间

登 凹 只 晒 磨
təŋ^{5} au^{1} tɕi^{4} ɬɛ^{7} mo^{2}
Dengt aob jil dlaek mox
挑 两 个 箩 筐
哈妈挑两个箩筐

登	哈	木	沛	瓦
$təŋ^5$	ha^1	mu^4	$ph\varepsilon^5$	va^2
Dengt	hab	mul	paet	wax
挑	哈	去	天	上

挑哈梅上到天庭

丢	嗒	内	号	努
tiu^5	ta^1	$nəi^4$	hau^5	$nəu^2$
Diut	dab	neil	haot	noux
给	舅	爷	煮	吃

让给舅爷煮来吃

农	嗒	内	号	农
$noŋ^3$	ta^1	$nəi^4$	hau^5	$noŋ^2$
Nongd	dab	neil	haot	nongx
现	舅	爷	讲	这样

舅爷这样把话说

让	乌	挪	瓦	哪
$ȵiaŋ^1$	vu^6	no^6	va^4	na^2
Nziangb	wus	nos	wal	nax
有	气	是	我	人

生是我们天庭人

到	答	挪	瓦	学
tau^5	ta^6	no^6	va^4	$ɬio^2$
Daot	das	nos	wal	dliox
已	死	是	我	魂

死是我们天庭鬼

跌 木 沛 败 补
tε^{3} mu^{4} phε^{5} pai^{4} pu^{2}
Daed mul paet bail bux
带 去 边 坡 埋
舅爷带去山坡葬

哈 答 准 许 乙
ha^{1} ta^{6} tɕiŋ^{2} ɕi^{2} ʑi^{4}
Hab das jingx xix yil
哈 死 变 什 么
哈梅死后变什么

哈 答 准 英 丢
ha^{1} ta^{6} tɕiŋ^{2} ʑiŋ^{7} tiu^{4}
Hab das jingx yingk diul
哈 死 变 烟 叶
哈梅死后变烟叶

立 答 准 许 乙
li^{4} ta^{6} tɕiŋ^{2} ɕi^{2} ʑi^{4}
Lil das jingx xix yil
立 死 变 什 么
立哥死后变什么

立 答 准 乌 到
li^{4} ta^{6} tɕiŋ^{2} vo^{1} tau^{4}
Lil das jingx wob daol
立 死 变 艾 叶
立哥死后变艾叶

嗒	不	分	改	咪	你	昂
ta^{1}	pu^{4}	fəŋ^{6}	qai^{3}	mi^{1}	ni^{2}	ŋaŋ^{4}
Dab	bul	fengs	ghaid	mib	nix	ngangl
众	朋	友	又	要	他	吞

艾叶接火来抽烟

不	分	改	拉	瓦
pu^{4}	fəŋ^{6}	qai^{3}	lia^{1}	va^{4}
Bul	fengs	ghaid	liab	wal
朋	友	又	念	我

朋友日夜想念我

汉意译：

世间哈梅最漂亮，
美貌与太阳媲美，
身材如仙女匀称。
哈梅爸是凡间人，
哈梅妈是天庭人，
哈梅生养在凡间。
那时哈梅未长大，
跟着妈妈上天庭，
拜访天庭那舅爷，
勾爹舅爷很高兴。
勾爹这样把话说：
都是我们血统来，
同个祖母来养育，
长大嫁给各表哥。
勾爹孩子名叫各，
各哥未长成大人，
长大来嫁给各哥，
来做各哥那媳妇。
勾爹孩子那各哥，
各哥戏弄哈梅妹：
你这个凡间人呀，
我们也不想结婚，
不喊哈梅做表妹。
各哥还屙尿淋腿，
捧尘土撒哈梅身。
各哥这样把话说：
凡间人长相很丑，
坐像那装草箩筐，
肚子像一个簸箕，
千万不要嫁给我。

哈梅长到十五六，
美貌与太阳媲美，
朋友织布一把梭，
哈梅织布七把梭，
梭子一进又一退，
梭子一推又一拉，
织布嘣嘣响凡间，
织布响声传天庭。
勾爹舅爷很生气，
勾爹特意到寨底，
凡间千秋和万代，
朋友织布一把梭，
响声传不到天庭，
哪个织布七把梭，
响声传到天庭寨？
勾爹小孩各表哥，
邀请朋友一同来，
委派严响和答立，
一个人吹奏木叶，
沿着大路吹木叶，
一个人吹奏芦笙，
沿着大路吹芦笙，
一心从天庭下来。
哈梅织布机不停，
她在巷口迎客人。
你下到那凡间来，
你到凡间做什么？
勾爹小孩各表哥，
他看见哈梅表妹，
各哥这样说谎话：
现在找一根粗藤，
拿到天庭去拉鼓，
待到九月那巳日，
你邀请你好朋友，
你们上到天庭来，
前来观看人拉鼓。
千人在一头拉鼓，
万人在一头拉鼓，
众人拉那根粗藤，
拉鼓真是好热闹。
待到九月那巳日，
天庭举办拉鼓节，
哈梅邀请她朋友，
哈梅上到天庭寨。
她走进那拉鼓坪，
坪上有数千万人，
没有比哈梅漂亮，
不够凡间人漂亮。
勾爹这样把话说，
告诉他那婶娘们，
隔壁附近妇女们，
商量办理结婚事。
一个人端碟酸鱼，
一个人端盘糯饭，
一个人端一壶茶，
一个人来摆凳子，
要凳子给哈梅坐，
一个师公念祝词，

为哈梅祈祷幸福，
哈梅嫁给各表哥。
晚上等待哈梅来，
哈梅走进舅爷家，
哈梅登上木楼梯。
舅爷这样把话说，
这样与哈梅说话：
今天你上来赶坡，
同是天庭血统养，
让你嫁给我儿子。
此时此刻哈梅妹，
她对舅爷这样说：
今天是拉鼓节日，
今天有鬼神周游，
爸妈不知晓这事，
舅爷不要这样做，
哈梅不答应出嫁。
天庭举办拉鼓节，
别人赶坡一天半，
仅住一晚返回来，
哈梅赶坡九天半，
七个晚上才返回。
哈梅妈妈把话说，
妈妈把话问哈梅：
别人赶坡一天半，
只住一夜返回来，
你怎样去九天半，
七个晚上才返回？
你在天庭做什么？
此时此刻哈梅妹，
哈梅告诉婶娘们：
我上天庭看拉鼓，
我讨厌天庭舅爷，
舅爷抓住我手臂，
又逼迫我去嫁人，
嫁给舅爷那儿子，
我真拗不过舅爷，
我们争吵九天半，
七个夜晚无法回。
我这样告诉你们，
隔壁那大伯大叔，
这次可能结冤仇。
待到九月那卯日，
那天庭上收谷子，
又在田里剪稻谷。
天庭舅爷下人间，
迎请儿媳上天庭，
回家到田野剪禾。
哈梅人间朋友多，
一个是航西聂哥，
一个是苏孔立哥，
还有一个网生永，
他们来会哈梅妹，
行歌坐夜好热闹，
苗笛苗琴彻寨响，
通宵达旦不舍走。
此时此刻哈梅妹，
她与朋友这样说：

我讨厌天庭舅爷，
一定迎请哈梅去，
去嫁给那各表哥。
现在那航西聂哥，
又和那网生永哥，
出谋献计给哈梅：
等到明天天大亮，
你跟随天庭舅爷，
你们爬上那高坡，
我们扮虎走路底，
装扮老虎芒丛叫，
装扮锦鸡飞丛林，
鹧鸪鸣叫震山野，
又装天空来打雷，
声音响彻了天空，
天空下倾盆大雨，
下雨淋湿他衣服。
又爬上一个山坡，
爬上山顶那坳口。
她那三个好朋友，
他们穿那花衣服，
装扮老虎窜芒丛，
吹口哨成鬼叫声，
又呼叫哈梅下山。
哈梅对她舅爷说：
你在此地坐等待，
我口渴要喝泉水，
我要下到那谷底，
去喝那甘甜泉水。
哈梅下坡到谷底，
遇见他们三个人，
她那三个好朋友，
出谋献计给哈梅。
此时此刻哈梅妹，
哈梅返回舅爷边。
舅爷这样把话问，
舅爷把话问哈梅：
你下坡到那谷底，
为何不知返回来？
此时此刻哈梅妹，
哈梅告诉她舅爷，
我下坡到那谷底，
我看见那泉水眼，
衣服被荆棘钩住，
有那荆棘钩住我，
我在挑刺挑很久，
我才不及时回来。
哈梅跟随舅爷走，
他们走到天庭寨，
他们来到舅爷家。
此时此刻哈梅妹，
挑那井底的泉水，
特意挑那浑浊水，
浑浊水给舅爷喝，
这样才气死舅爷，
故意让舅爷生气。
舅爷也不被激怒：
我儿媳是凡间人，

刚刚嫁到天庭来，
你又不识那井水，
你坐下来休息等，
我交代那婶娘们，
隔壁那些婶娘们，
她们去挑水回来，
挑泉水给我们喝。
哈梅真是很生气，
砸烂了一个铁锅，
故意惹舅爷生气。
舅爷也不被激怒：
旧锅烂了买新锅，
砸烂旧锅买新锅。
哈梅走到那屋底，
故意踩死鸭和鹅，
故意惹舅爷生气。
舅爷也不被激怒：
鸭鹅煮粥才鲜甜，
鸭鹅不死粥不甜。
此时哈梅好无奈，
哈梅乱画那大腿，
花纹就像那大蛇，
故意惹舅爷生气。
舅爷也不被激怒，
舅爷这样把话说：
我告诉那各表哥，
他来帮你洗干净，
你可以返回娘家，
住娘家两夜返回，
住娘家三夜返回，
舅爷这样来交代。
舅爷杀鸭又杀鹅，
共杀九只鸭和鹅，
备有糯米饭五箩，
欢送哈梅回娘家。
哈梅凡间有朋友，
有一个航西聂哥，
有一个苏孔立哥，
有一个网生永哥，
苗笛苗琴声声响，
夜夜不舍上天庭。
她那三个好朋友，
出谋献计给哈梅，
又到每年小年节，
又是她天庭舅爷，
舅爷又接哈梅去，
去那天庭把婚结。
你不要进舅爷家，
走进隔壁那家门。
真到每年小年节，
她讨厌天庭舅爷，
舅爷又接哈梅去，
舅爷沿山岭下来，
舅爷来到那凡间，
推开哈梅家大门。
此时此刻哈梅妹，
知道是舅爷进门，
哈梅溜出那后门。

舅爷走到那火塘，
不见外甥女哈梅，
舅爷这样把话问，
舅爷问哈梅妈妈：
我想来接儿媳去，
去天庭过那苗年。
哈梅妈妈这样说，
这样告诉那舅爷：
就在两三夜以前，
她和她那好朋友，
走进村寨讨蓝靛，
到那半夜她肚疼，
她在半夜就断气，
埋在那高坡岭上，
刚修一个新坟墓，
坟头吊两对苗笛，
坟头吊两把木梭，
白纸挂满那坟墓。
你沿山坡走下来，
你是否看见新坟？
舅爷心里很悲痛，
他即刻转身返程，
爬到山岭那高坡，
看见一座新坟头，
舅爷很思念儿媳，
真是我家儿媳死。
舅爷悲伤睡地上，
睡得衣服沾满泥。
舅爷谋划返回来，
舅爷突然推开门，
真的看见哈梅妹。
舅爷抓哈梅手臂：
你故意这样骗我，
你故意那样骗我，
我要把你抓回去。
狠心抓哈梅回去，
他们回到那天庭，
就要走进舅爷家。
哈梅不进舅爷家，
哈梅进隔壁家门，
踩对别人那鸟枪，
子弹射飞进村寨，
子弹射中妈独子，
就像鸡窝唯一蛋，
射死妈妈那独子。
官司久久打不完，
花费上万两银子，
万两白银不结案，
官司花数万两银。
天庭这样把话说，
天庭说天庭有理，
凡间说凡间有理，
约定纺车坡评理。
纺车山坳那上面，
天庭派七个代表，
七个天庭那头人。
人间派七个代表，
七个人间那头人。

天庭头人说道理，
这属于凡间官司，
不属于天庭官司。
勾爹这样把话说：
这样造成这冤仇，
有一个航西聂哥，
有一个苏孔立哥，
有一个网生永哥，
出谋献计给哈梅，
现在才造成冤仇。
头人这样发狠话：
你先赔偿才住寨，
赔偿不够不住寨。
人间也在说理由，
头人愤怒踩中坪，
愤怒用铁杵拍地。
那时哈梅未成年，
把屎把尿在人间，
哈梅长到十五六，
嫁到天庭当儿媳，
你不管好那儿媳，
让你儿媳去走寨，
踩对别人那鸟枪，
子弹射飞进村寨，
子弹射死妈独子，
就像鸡窝蛋一个，
官司久久打不完，
花费十万两白银，
你赔偿够那冤仇，
赔偿清楚才住寨，
赔偿不够不住寨。
头人也讲那狠话，
这属于天庭官司，
不属于人间官司。
天庭头人回天庭，
人间头人退回来。
天庭制造大鸟枪，
铸成九杆大鸟枪，
制造火药九仓库，
制造子弹九个桶。
人间也铸九杆枪，
制造火药九仓库，
制造子弹九个桶。
人间试打那鸟枪，
试放那九杆鸟枪，
枪声震动那人间，
子弹射飞到天庭，
天庭死了七个人，
七个天庭寨头人，
射死勾爹的孩子，
射死佛斗的儿子，
又死迎香的儿子，
又死沙共的儿子。
天庭人也在打枪，
试放那九杆鸟枪，
枪声震动那天庭，
子弹乱飞下凡间，
射死凡间七个人，

射死航西的儿子，
射死苏孔的儿子，
又死网生永儿子。
又死一群那螳螂，
死了一群群禾虾，
又死一群群蟋蟀，
又射中那只白鹭，
打官司未分胜负。
哈妈卖地卖山场，
哈爸卖那整片田。
得到许多那铜钱，
天庭不愿意收钱。
舅爷这样把话说：
你要拄损那铁棍，
数完半庞桶白米，
解完一床麻制网，
你再出嫁又走寨，
不数完半庞桶米，
不拄损那根铁棍，
你不解完一床网。
哈梅数了一年米，
数米不去一拃深。
拄了铁棍有一年，
铁棍不损一拃长。
解了网结已一年，
解不开一拃网眼。
哈梅日日见苍老，
哈梅已经无办法，
哈梅伤心搓绳子，
伤心吊颈在树丫。
山中那昆虫走兽，
昆虫走兽叫连连，
哈梅吊颈在树丫。
昆虫走兽都来喧，
昆虫走兽叫不停，
敬请禾虾去营救，
禾虾飞快去营救，
禾虾咬断半边绳，
哈梅刚刚才断气。
哈梅妈妈把话说：
舅爷冤枉当头人，
现在害死哈梅妹。
哈梅妈妈上天庭，
邀请舅爷下凡间。
哈妈挑两个箩筐，
挑哈梅上到天庭，
让给舅爷煮来吃。
舅爷这样把话说：
生是我们天庭人，
死是我们天庭鬼，
舅爷带去山坡葬。
哈梅死后变什么？
哈梅死后变烟叶。
立哥死后变什么？
立哥死后变艾叶。
艾叶接火来抽烟，
朋友日夜想念我。

流传地区：广西融水苗族自治县、三江侗族自治县及贵州从江县的苗族聚居区。

演唱者：杨庆林，融水苗族自治县拱洞乡人。

采录者：韦秀明、韦明岱、杜鸿。

翻译者：贺明辉。

苗族古歌

国家出版基金项目
NATIONAL PUBLICATION FOUNDATION

国家出版基金项目

广西少数民族古籍·苗族古籍系列

DAMUB XIK LAOLGHAOT

苗族古歌

融水卷

主编　广西少数民族古籍保护研究中心
项目主编/韦秀明　贺明辉
项目副主编/韦明岱　杨庆林　杜　鸿

下卷

广西民族出版社

图书在版编目(CIP)数据

苗族古歌．融水卷：全2册：苗汉对照/广西少数民族古籍保护研究中心主编；韦秀明，贺明辉项目主编．—南宁：广西民族出版社，2016.12

（广西少数民族古籍·苗族古籍系列）

ISBN 978－7－5363－7070－8

Ⅰ．①苗… Ⅱ．①广… ②韦… ③贺… Ⅲ．①苗族-民歌-作品集-融水苗族自治县-古代-苗、汉 Ⅳ．①I276.291.6

中国版本图书馆CIP数据核字（2016）第240551号

国家出版基金项目

广西少数民族古籍·苗族古籍系列

MIAOZU GUGE RONGSHUI JUAN

苗族古歌·融水卷

（下卷）

主编　广西少数民族古籍保护研究中心

项目主编/韦秀明　贺明辉

项目副主编/韦明岱　杨庆林　杜　鸿

出版发行　广西民族出版社

（地址：广西南宁市青秀区桂春路3号　邮编：530028）

电话：0771－5523216　传真：0771－5523225

出版人　朱俊杰

策　划　张丹竹　韦秀美

责任编辑　韦秀美　卢芳芳　吴柏强

装帧设计　TWSD　陈　卓

摄　影　余亚万

责任校对　黄一清　郑季銮

责任印制　蓝　锋

制版印刷　深圳市国际彩印有限公司

规　格　890毫米×1240毫米　1/32

印　张　48.125

字　数　1000千

版　次　2016年12月第1版

印　次　2016年12月第1次印刷

印　数　1～3000册

书　号　ISBN 978－7－5363－7070－8

定　价　198.00元（上、下卷）

《苗族古歌·融水卷》编委会

目　录

上　卷

下　卷

友荣配衣歌

题解：《友荣配衣歌》叙述整些抗良（今贵州省榕江县县城所在地的附近村寨）三个苗族青年工哥、告哥与友荣配衣的三角恋爱故事，情节曲折，生动感人。

女主人公名叫友荣配衣，出生于整些抗良村培奶屯。她不仅长得如花似玉、美貌超凡，还勤劳聪慧、心灵手巧，家务活、农活样样在行。她心地善良，从不嫌贫攀富。对她的美貌和为人，人们赞不绝口。

男主人公甲名叫工，尊称“工哥”，出生于整些松结村瓜蚁屯。工哥英俊帅气，勤劳朴实，吹笛唱歌声音优美，悦耳动听。他走到哪里，姑娘就追逐到哪里。可他家境贫寒，一无所有，全靠打工放排挣得钱米赡养年迈的母亲。

男主人公乙名叫告，尊称“告哥”，出生于整些松浪村党高屯。告哥家庭富裕，山林有数百公顷，农田有千万亩，餐餐山珍海味，整日灯红酒绿。可告哥身躬背驼，相貌丑陋，游手好闲，是个好吃懒做、风流成性的富家公子哥。

两个后生同时追求友荣配衣，在贫与富、美与丑、勤与懒的天平上，友荣配衣选择了前者，与贫穷的工哥结为终身伴侣。婚后，两人相亲相爱，勤俭持家，用勤劳的双手开田造地，垦荒种棉，过上了幸福美满的生活。故事流传于广西融水、三江等自治县和贵州榕江县、从江县苗族地区。

弱	告	许	啊	劳
ȵiu^{6}	qau^{5}	ɕi^{2}	a^{1}	lau^{4}
Nzius	ghaot	xix	ab	laol
古	老	那	时	候

在那古老的时候

着	乌	之	友	荣
tɕio^{6}	vu^{5}	tɕi^{3}	ʑu^{2}	ʑoŋ^{4}
Jios	wut	jid	yux	yongl
最	好	妹	友	荣

最美就是友荣妹

之	荣	衣	底	亡
tɕi^{3}	ʑoŋ^{4}	ʑi^{6}	ti^{2}	maŋ^{4}
Jid	yongl	yis	dix	mangl
妹	荣	衣	漂	亮

友荣配衣最漂亮

嗦	略	暖	拉	败
ɬau^{1}	liu^{7}	ɳəŋ^{2}	la^{6}	pai^{4}
Dlaob	liuk	nzengx	las	bail
白	像	棉花	地	坡

皮肤白嫩像棉花

兴	略	嗒	响	丢
ɕiŋ^{5}	liu^{7}	ta^{1}	ɕiaŋ^{2}	tiu^{4}
Xingt	liuk	dab	xiangx	diul
亮	像	白	银	子

皮肤透亮像白银

友	荣	当	瓜	爹
ʑu^{2}	ʑoŋ^{4}	taŋ^{5}	qa^{6}	tie^{6}
Yux	yongl	dangt	ghas	ties
友	荣	生	哪	里

友荣出生在哪里

友	荣	当	抗	良
ʑu^{2}	ʑoŋ^{4}	taŋ^{5}	qhaŋ^{7}	liaŋ^{6}
Yux	yongl	dangt	khangk	liangs
友	荣	生	抗	良

友荣在抗良出生

整 些 羊 几 娘
tsəŋ^{2} ɕie^{1} ɣaŋ^{4} ki^{1} niaŋ^{6}
Zengx xieb vangl gib niangs
整 些 寨 边 里
在那整些寨里面

当 都 根 败 奶
taŋ^{5} tiu^{5} qəŋ^{1} pai^{4} nai^{6}
Dangt diut ghengb bail nais
长大 在 根 败 奶
在那根败奶长大

根 引 瓜 木 娘
qəŋ^{1} ɣiŋ^{2} qa^{1} mu^{4} niaŋ^{6}
Ghengb vingx ghab mul niangs
根 引 瓜 去 里
在那根引瓜里面

友 荣 让 咪 呀
ʑu^{2} ʑoŋ^{4} ȵiaŋ^{1} mi^{6} ʑa^{6}
Yux yongl nziangb mis yas
友 荣 有 妈 养
友荣是妈妈养育

让 哪 羊 今 今
ȵiaŋ^{1} na^{2} ɣaŋ^{4} kiŋ^{6} kiŋ^{6}
nziangb nax vangl gings gings
有 人 寨 齐 齐
都有人名与寨名

窝	阿	两	劳	呀
vo^{7}	əu^{1}	liaŋ^{2}	lau^{4}	ʑa^{6}
Wok	oub	liangx	laol	yas
婆	阿	两	来	养

她是阿两妈养育

荣	多	拉	累	兄
ʑoŋ^{4}	tau^{5}	la^{1}	ləi^{5}	ɕioŋ^{6}
Yongl	daot	lab	leit	xiongs
荣	生	个	月	七

友荣在七月出生

忍	夸	羊	配	衣
ȵiŋ^{2}	kha^{1}	ʑaŋ^{4}	phɛ^{7}	ʑi^{6}
Nzingx	kab	yangl	paek	yis
天	热	养	配	衣

七月热天生配衣

荣	都	凹	闷	作
ʑoŋ^{4}	tiu^{5}	əu^{1}	məŋ^{5}	tsau^{6}
Yongl	diut	oub	mengt	zaos
荣	用	水	泉	洗

友荣用泉水洗澡

凹	颇	劳	作	衣
əu^{1}	po^{2}	lau^{4}	tsau^{6}	ʑi^{6}
Oub	box	laol	zaos	yis
水	泉	来	洗	衣

配衣用泉水洗衣

友 荣 溜 乌 弱
ʑu^{2} ʑoŋ^{4} liu^{1} vu^{5} nio^{6}
Yux yongl liub wut nios
友 荣 大 漂 亮
友荣长大很漂亮

铁 社 乙 兴 令
thie^{1} ɕie^{2} ʑi^{4} ɕiŋ^{5} liŋ^{6}
Tieb xies yil xingt lings
透 脸 蛋 亮 明
脸蛋白里又透红

友 荣 让 乌 弱
ʑu^{2} ʑoŋ^{4} ȵiaŋ^{8} vu^{5} nio^{6}
Yux yongl nziangf wut nios
友 荣 真 漂 亮
友荣真是很漂亮

忍 夸 荣 阿 许
ȵiŋ^{2} kha^{1} ʑoŋ^{4} a^{5} ɕi^{2}
Nzingx kab yongl at xix
天 热 荣 做 什么
夏天友荣做什么

忍 夸 荣 害 巴
ȵiŋ^{2} kha^{1} ʑoŋ^{4} hɛ^{7} pa^{6}
Nzingx kab yongl haek bas
天 热 荣 打 鱼
夏天友荣在打鱼

吓 应 根 拔 刀
ɬia^{4} ȵiŋ^{2} qəŋ^{1} pa^{4} tau^{6}
Dlial nzingx ghengb bal daos
滩 头 地 捞 鱼
友荣在滩头捞鱼

哥 聂 双 聂 呢
ko^{6} ȵai^{4} ɕiaŋ^{1} ȵai^{4} nɛ^{6}
Gos nzail xiangb nzail naes
得 鱼 鲮 鱼 油
捞得鲮鱼和油鱼

木 蒙 哥 双 晒
mu^{1} moŋ^{4} ko^{6} saŋ^{4} sai^{6}
Mub mongl gos sangl sais
小 鱼 得 很 多
捞到小鱼有很多

巴 哪 罗 五 灵
pa^{1} na^{2} lau^{4} vu^{5} liŋ^{6}
Bab nax laol wut lings
给 人 老 心 欢
孝敬老人好欢心

忍 双 荣 阿 许
ȵiŋ^{2} saŋ^{4} ʑoŋ^{4} a^{5} ɕi^{2}
Nzingx sangl yongl at xix
天 冷 荣 做 什么
冬天友荣做什么

忍	双	荣	吾	孬
ȵiŋ^{2}	saŋ^{4}	ʑoŋ^{4}	vu^{7}	ȵau^{6}
Nzingx	sangl	yongl	wok	nzaos
天	冷	荣	纺	纱

冬天友荣纺棉纱

养	旁	凹	荣	单
ɣaŋ^{2}	phaŋ^{1}	au^{3}	ʑoŋ^{4}	tun^{6}
Vangx	pangb	aod	yongl	duns
裁	件	衣	布	亮

裁制苗族亮布衣

几	拥	几	叶	多
kiŋ^{1}	ʑoŋ^{2}	kiŋ^{1}	ʑu^{4}	tau^{6}
Gingb	yongx	gingb	yul	daos
蝴	蝶	蜻	蜓	绣

花边绣蝴蝶蜻蜓

瓜	蚁	江	布	娘
ka^{1}	ȵi^{2}	tɕiaŋ^{4}	pu^{6}	niaŋ^{6}
Gab	nzix	jiangl	bus	niangs
角	牛	弯	进	内

绣有弯弯那牛角

根	娘	杀	叶	兴
qəŋ^{1}	niaŋ^{2}	sa^{4}	ʑu^{4}	ɕiŋ^{6}
Ghengb	niangx	sal	yul	xings
下	摆	都	绣	线

衣服下摆镶银丝

旁 农 让 乌 节
phaŋ^{1} noŋ^{2} ȵiaŋ^{8} vu^{5} tɕi^{6}
Pangb nongx nziangf wut jis
件 这 真 好 最
这件衣服最漂亮

木 哥 兑 工 阿 拉 哥
mu^{4} ko^{6} təi^{2} qoŋ^{4} a^{5} la^{1} ko^{6}
Mul gos deix ghongl at lab gos
去 得 哥 工 可 能 得
可能让工哥欢心

号 扫 累 忍 双
hau^{5} sau^{6} ləi^{5} ȵiŋ^{2} saŋ^{4}
Haot saos leit nzingx sangl
又 到 月 天 冷
又到一年那冬季

让 扫 累 忍 双
ȵiaŋ^{8} sau^{6} ləi^{5} ȵiŋ^{2} saŋ^{4}
Nziangf saos leit nzingx sangl
真 到 月 天 冷
真到一年那冬季

配 衣 挪 五 各
phɛ^{7} ʑi^{6} no^{6} vu^{2} qau^{4}
Paek yis nos wux ghaol
配 衣 自 看 鹅
友荣配衣在看鹅

五	敖	相	两	丈
vu^{3}	au^{7}	ɕiaŋ^{1}	liaŋ^{2}	tɕiaŋ^{4}
Wud	aok	xiangb	liangx	jiangl
守	鸭	田	埂	弯

在那田埂看鸭子

囊	记	嘎	追	闹
naŋ^{3}	ki^{3}	ka^{2}	tsəi^{1}	ȵau^{4}
Nangd	gid	gax	zeib	nzaol
听	到	芦	笙	叫

听到芦笙在吹奏

亡	兄	弱	分	跌
maŋ^{8}	ɕoŋ^{6}	ȵoŋ^{2}	fəŋ^{1}	tie^{4}
Mangf	xongs	nzongx	fengb	diel
芦	笙	响	凡	间

芦笙吹奏响地方

荣	韦	你	嗒	各
ʑoŋ^{4}	vai^{4}	ni^{2}	ta^{1}	qau^{4}
Yongl	wail	nix	dab	ghaol
荣	捉	她	小	鹅

友荣急忙捉小鹅

劳	扫	咪	根	神
lau^{4}	sau^{6}	mi^{6}	qəŋ^{1}	səŋ^{4}
Laol	saos	mis	ghengb	sengl
来	到	妈	底	屋

友荣挑鹅回到家

荣	咪	略	花	雷
ʑoŋ^{4}	mi^{6}	lo^{6}	fa^{1}	ləi^{4}
Yongl	mis	los	fab	leil
荣	妈	把	话	问

友荣妈妈把话问

哪	虽	猛	马	劳
na^{1}	sɛ^{1}	moŋ^{2}	ma^{2}	lau^{4}
Nab	saeb	mongx	max	laol
天	往	你	不	来

往日你不早回来

哪	农	猛	略	劳
na^{1}	noŋ^{2}	moŋ^{2}	lo^{6}	lau^{4}
Nab	nongx	mongx	los	laol
天	这	你	早	来

今天你早早回来

劳	阿	许	娃	荣
lau^{4}	a^{5}	ɕi^{2}	va^{6}	ʑoŋ^{4}
Laol	at	xix	was	yongl
来	做	什么	呀	荣

友荣回来做什么

友	荣	改	多	些
ʑu^{2}	ʑoŋ^{4}	qai^{3}	tai^{1}	ɕai^{6}
Yux	yongl	ghaid	daib	xais
友	荣	又	回	答

友荣这样来回答

囊 记 吓 都 兜
naŋ^{3} ki^{3} ɬia^{1} tiu^{5} təu^{6}
Nangd gid dliab diut dous
听 到 人 吹 芦笙
听到别人吹芦笙

嘎 追 弱 浪 松
ka^{2} tsəi^{1} ȵoŋ^{2} laŋ^{5} ɬoŋ^{6}
Gax zeib nzongx langt dlongs
芦 笙 响 过 坳
芦笙响声飘过坳

哪 租 木 双 筛
na^{2} tɕiu^{1} mu^{4} saŋ^{5} sai^{6}
Nax jiub mul sangt sais
人 们 去 很 多
很多人赶芦笙坡

木 了 扭 抗 良
mu^{4} lia^{2} niu^{4} qhaŋ^{7} liaŋ^{6}
Mul liax niul khangk liangs
去 拉 鼓 抗 良
人们在抗良拉鼓

咪 凹 劳 江 奴
mi^{1} au^{3} lau^{4} tɕiaŋ^{6} nəu^{6}
Mib aod laol jiangs nous
拿 衣 来 给 妹
妈妈拿衣服给我

咪	响	丢	江	奴
mi^{1}	ɕiaŋ^{2}	tiu^{4}	tɕiaŋ^{6}	nəu^{6}
Mib	xiangx	diul	jiangs	nous
拿	银	子	给	妹

妈妈拿银饰给我

足	凹	扭	几	周
tɕiu^{8}	au^{1}	niu^{4}	ki^{1}	tɕiu^{6}
Jiuf	aob	niul	gib	jius
十	二	坡	上	游

上游十二个坡会

拉	些	杀	芦	之
la^{1}	ɕi^{6}	sa^{4}	lu^{6}	tɕi^{6}
Lab	xis	sal	lus	jis
个	他	都	到	过

其他坡会都到过

让	拉	扭	抗	良
ȵiaŋ^{1}	la^{1}	niu^{4}	qhaŋ^{7}	liaŋ^{6}
Nziangb	lab	niul	khangk	liangs
有	个	坡	抗	良

有一个叫抗良坡

拉	农	败	仑	芦
la^{1}	noŋ^{2}	pai^{4}	ləŋ^{6}	lu^{6}
Lab	nongx	bail	lengs	lus
个	这	没	有	到

这个坡会未赶过

败 水 木 啰 咪
pai^{1} səi^{2} mu^{4} lo^{6} mi^{6}
Baib seix mul los mis
我们 也 去 咯 妈
我们一同去赶坡

瓜 亡 阿 冬 木
qa^{6} maŋ^{5} a^{2} tioŋ^{1} mu^{4}
Ghas mangt ax diongb mul
那 晚 那 半 夜
那天晚上下半夜

意 列 底 拉 扭
ʑi^{3} lɛ^{5} ti^{2} la^{1} niu^{4}
Yid laet dix lab niul
为 看 一 个 鼓
为了赶一个坡会

扫 亡 许 瓜 各
sau^{6} maŋ^{5} ɕi^{2} qɛ^{1} ko^{4}
Saos mangt xix ghaeb gol
到 晚 时 鸡 叫
待到半夜那鸡叫

阿 弱 许 冬 木
a^{5} ȵia^{8} ɕi^{2} tioŋ^{1} mu^{4}
At nziaf xix diongb mul
蒸 饭 时 半 夜
半夜起来蒸糯饭

木 被 送 嗒 丢
mu^{4} pi^{5} soŋ^{2} ta^{1} tiu^{4}
Mul bit songx dab diul
去 睡 床 铺 客
如果睡那好床铺

些 送 马 布 丁
ɕie^{1} ɬoŋ^{7} ma^{2} pu^{1} tiŋ^{4}
Xieb dlongk max bub dingl
害 怕 不 懂 醒
害怕贪睡不会醒

你 结 暖 兄 劳
ni^{2} kie^{3} ȵəŋ^{2} ɕoŋ^{1} lau^{4}
Nix gied nzengx xongb laol
她 扛 棉被 席子 来
她扛被子席子来

被 瓜 布 加 夺
pi^{5} qa^{6} pu^{5} tɕia^{1} tau^{4}
Bit ghas but jiab daol
睡 那 边 火 塘
铺垫睡在火塘旁

古 被 古 些 昂
ku^{2} pi^{5} ku^{2} ɕie^{1} ŋa^{4}
Gux bit gux xieb ngal
边 睡 边 怕 困
边睡边怕睡过头

马 兴 咪 列 吓
ma^{2} ɕiŋ^{3} mi^{1} lie^{6} ɕia^{5}
Max xingd mib lies xiat
不 熟 要 进 甑
未熟放进甑子蒸

七 哪 罗 挪 阿
tɕhi^{7} na^{2} lau^{4} no^{6} a^{5}
Qik nax laol nos at
待 人 老 再 蒸
等待老人再来蒸

坐 打 木 爹 些
tsau^{7} ta^{2} mu^{4} tie^{6} ɕie^{5}
Zaok dax mul dies xiet
跑 出 去 急 忙
匆匆忙忙跑出门

木 兴 咪 开 丢
mu^{1} ɕiŋ^{3} mi^{1} qhɛ^{3} tiu^{5}
Mub xingd mib khaed diut
已 熟 要 来 包
蒸熟糯饭包起来

多 本 答 你 收
tau^{3} pəŋ^{2} ta^{4} ni^{6} χɯ^{5}
Daod bengx dal nis hvut
姑 本 人 她 明白
花姑是个聪明人

花	些	劳	号	咪
fa^{1}	ɕai^{6}	lau^{4}	hau^{6}	mi^{5}
Fab	xais	laol	haos	mit
说	话	来	给	妹

花姑讲给友荣听

空	仁	杭	啰	咪
qhoŋ^{1}	ʑiŋ^{4}	han^{4}	lo^{6}	mi^{5}
Khongb	yingl	hanl	los	mit
不	要	忙	了	妹

友荣不要太匆忙

仲	猛	列	罗	乌
tsoŋ^{7}	moŋ^{2}	lie^{4}	lo^{6}	vu^{5}
Zongk	mongx	liel	los	wut
打扮	你	漂亮	才	好

精心给你打扮好

多	本	答	你	书
tau^{3}	pəŋ^{2}	ta^{4}	ni^{6}	χi^{5}
Daod	bengx	dal	nis	hvit
姑	本	人	她	手巧

花姑手脚很敏捷

颇	底	拉	苏	兴
po^{7}	ti^{2}	la^{1}	ɬəu^{6}	ɕiŋ^{5}
Bok	dix	lab	dlous	xingt
开	一	个	箱	红

打开一个红木箱

多	底	旁	凹	拖
tau5	ti2	phaŋ1	au3	thau5
Daot	dix	pangb	aod	taot
得	一	件	衣	亮

找到一件亮苗衣

几	拥	几	叶	介
kiŋ1	ʑoŋ2	kiŋ1	ʑu4	qai5
Gingb	yongx	gingb	yul	ghait
蝴	蝶	蜻	蜓	绣

绣有蝴蝶和蜻蜓

瓜	蚁	江	不	收
ka1	ȵi2	tɕiaŋ4	pu6	səu5
Gab	nzix	jiangl	bus	sout
角	牛	弯	进	边

花边绣有弯牛角

根	娘	杀	叶	兴
qəŋ1	niaŋ2	sa4	ʑu4	ɕiŋ5
Ghengb	niangx	sal	yul	xingt
下	摆	都	镶	线

衣服下摆镶丝线

旁	农	让	着	乌
phaŋ1	noŋ2	ȵiaŋ8	tɕio6	vu5
Pangb	nongx	nziangf	jios	wut
件	这	真	最	好

这件衣服很漂亮

木	哥	工	啰	多
mu^{4}	ko^{6}	qoŋ^{4}	lo^{6}	tau^{5}
Mul	gos	ghongl	los	daot
去	得	工	欣	赏

获得工哥来青睐

扫	爹	粉	不	回
sau^{6}	tɛ^{5}	fəŋ^{2}	pu^{1}	fəi^{4}
Saos	daet	fengx	bub	feil
到	天	亮	次	日

等待第二天早晨

农	达	配	友	荣
noŋ^{3}	ta^{1}	phɛ^{7}	ʑu^{2}	ʑoŋ^{4}
Nongd	dab	paek	yux	yongl
现	姑	娘	友	荣

此时此刻友荣妹

叮	铃	陇	阿	当
tiŋ^{1}	liŋ^{1}	loŋ^{2}	au^{1}	taŋ^{4}
Dingb	lingb	longx	aob	dangl
急	忙	跑	隔	壁

匆匆忙忙进村里

木	列	你	跟	不
mu^{4}	lɛ^{5}	ni^{2}	kiŋ^{1}	pu^{4}
Mul	laet	nix	gingb	bul
去	看	她	朋	友

进寨邀请好朋友

嗒 吓 分 马 木
ta^{4} ɬia^{1} fəŋ^{6} ma^{2} mu^{4}
Dal dliab fengs max mul
好 朋 友 不 去
朋友都不愿意去

双 业 改 花 雷
saŋ^{6} nie^{7} qai^{3} fa^{1} ləi^{4}
Sangs niek ghaid fab leil
晚 辈 又 说 话
晚辈这样把话说

班 号 败 朵 荣
pan^{6} hau^{5} pai^{1} tau^{3} ʑoŋ^{4}
Bans haot baib daod yongl
有 说 我们 姑 荣
有说我们友荣姑

败 代 败 朵 木
pai^{1} tai^{7} pai^{1} tau^{3} mu^{4}
Baib daik baib daod mul
我们 与 我们 姑 去
我们跟随荣姑去

班 号 败 唉 荣
pan^{6} hau^{5} pai^{1} ai^{3} ʑoŋ^{4}
Bans haot baib aid yongl
有 说 我们 姐 荣
有说我们友荣姐

败	代	败	唉	木
pai^{1}	tai^{7}	pai^{1}	ai^{3}	mu^{4}
Baib	daik	baib	aid	mul
我们	与	我们	姐	去

我们跟随荣姐去

木	六	号	整	告
mu^{4}	lu^{6}	hau^{1}	tsəŋ^{2}	qau^{4}
Mul	lus	haob	zengx	ghaol
去	赶	坡	整	告

我们去赶整告坡

扭	汪	坳	底	一
niu^{4}	vaŋ^{6}	au^{7}	ti^{2}	ʑi^{4}
Niul	wangs	aok	dix	yil
坡	汪	坳	热	闹

汪坳坡会好热闹

农	达	配	友	荣
noŋ^{3}	ta^{1}	phɛ^{7}	ʑu^{2}	ʑoŋ^{4}
Nongd	dab	paek	yux	yongl
现	姑	娘	友	荣

此时此刻友荣妹

珍	嗒	大	陇	工
tsəŋ^{3}	ta^{1}	tiaŋ^{7}	loŋ^{2}	koŋ^{4}
Zengd	dab	diangk	longx	gongl
像	个	兔子	走	路

就像那兔子奔跑

尖	瓜	被	努	佛
tɕiŋ^{1}	qa^{6}	pi^{7}	nəu^{2}	χo^{4}
Jingb	ghas	bik	noux	hvol
边	那	吹	叶	子

边走边吹奏木叶

之	咪	户	哪	罗
tɕi^{1}	mi^{6}	vo^{7}	na^{2}	lau^{4}
Jib	mis	wok	nax	laol
妈	妈	婆	人	老

家里长辈老人家

花	写	号	农	节
fa^{1}	ɕai^{6}	hau^{5}	noŋ^{2}	tɕie^{4}
Fab	xais	haot	nongx	jiel
说	话	样	这	说

他们这样把话说

农	达	配	友	荣
noŋ^{3}	ta^{1}	phɛ^{7}	ʑu^{2}	ʑoŋ^{4}
Nongd	dab	paek	yux	yongl
现	姑	娘	友	荣

此时此刻友荣妹

爹	瓜	项	馁	木
tɛ^{1}	qa^{6}	haŋ^{7}	ni^{2}	mu^{4}
Daeb	ghas	hangk	nix	mul
到	那	处	里	去

友荣已到芦笙坡

兑	告	达	亨	沙
təi^{2}	qau^{4}	ta^{1}	həŋ^{5}	ɬa^{6}
Deix	ghaol	dab	hengt	dlas
哥	告	后	生	富

告哥家里很富裕

兑	告	当	瓜	爹
təi^{2}	qau^{4}	taŋ^{5}	qa^{6}	tɛ^{6}
Deix	ghaol	dangt	ghas	daes
哥	告	生	哪	里

告哥出生在哪里

兑	告	当	松	浪
təi^{2}	qau^{4}	taŋ^{5}	ɬoŋ^{6}	laŋ^{6}
Deix	ghaol	dangt	dlongs	langs
哥	告	生	松	浪

告哥出生在松浪

党	高	羊	几	娘
taŋ^{2}	qau^{1}	ɣaŋ^{4}	ki^{6}	niaŋ^{6}
Dangx	ghaob	vangl	gis	niangs
党	高	寨	里	面

在那党高寨里面

阿	崽	罢	仁	年
a^{5}	tsai^{3}	pa^{3}	ʑiŋ^{4}	niŋ^{6}
At	zaid	bad	yingl	nings
建	房	满	一	排

建房一栋又一栋

足 九 冲 木 娘
tɕiu^{8} tɕiu^{2} tɕhioŋ^{3} mu^{4} niaŋ^{6}
Jiuf jiux qiongd mul niangs
十 九 间 往 里
十九间房相连接

配 农 古 告 载
phɛ^{5} noŋ^{2} qo^{5} qau^{4} tsai^{6}
Paet nongx ghot ghaol zais
边 这 也是 告 家
寨子这边是告家

配 猛 古 告 载
phɛ^{5} moŋ^{2} qo^{5} qau^{4} tsai^{6}
Paet mongx ghot ghaol zais
边 那 也是 告 家
寨子那边是告家

布 堵 贵 木 娘
po^{7} tiu^{2} qhai^{3} mu^{4} niaŋ^{6}
Bok diux khaid mul niangs
开 门 口 往 里
开门走进大房子

吨 努 比 各 刚
təŋ^{7} nəu^{2} pi^{2} qau^{4} kaŋ^{6}
Dengk noux bix ghaol gangs
餐 吃 只 鹅 缸
每餐都有酸鹅吃

哪	亡	学	答	托	劳	雍
na^1	maŋ^5	ɕo^1	ta^4	thau^3	lau^4	ʑoŋ^6
Nab	mangt	xob	dal	taod	laol	yongs
日	晚	有	条	鱼	来	吃

每天都有鱼来吃

让	两	号	无	温
ȵiaŋ^1	liaŋ^2	hau^3	vu^4	vəŋ^6
Nziangb	liangx	haod	wul	wengs
有	田地	数	千	万

家有田地数千万

让	蚁	罢	仁	年
ȵiaŋ^1	ȵi^2	pa^3	ʑiŋ^4	niŋ^6
Nziangb	nzix	bad	yingl	nings
有	牛	满	牛	圈

家有水牛满牛圈

斗	江	斗	九	罢	败	松
təu^5	tɕiaŋ^1	təu^5	tɕiu^2	pa^3	pai^4	ɬoŋ^6
Dout	jiangb	dout	jiux	bad	bail	dlongs
木	杉	木	荷	满	山	坳

松木荷木种满山

兑	告	达	亨	沙
təi^2	qau^4	ta^1	həŋ^5	ɬa^6
Deix	ghaol	dab	hengt	dlas
哥	告	后	生	富

告哥家里很富裕

兑	告	马	乌	弱
təi^{2}	qau^{4}	ma^{2}	vu^{5}	nio^{6}
Deix	ghaol	max	wut	nios
哥	告	不	英	俊

告哥天生不英俊

兑	告	刀	不	别
təi^{2}	qau^{4}	tau^{1}	pu^{5}	pɛ^{6}
Deix	ghaol	daob	but	baes
哥	告	凹	脸	庞

告哥脸庞有凹坑

刀	蚁	忍	木	娘
tau^{1}	ȵiu^{2}	ȵiŋ^{1}	mu^{4}	niaŋ^{6}
Daob	nziux	nzingb	mul	niangs
凹	额	头	往	里

额头往里面凹陷

江	拉	龙	加	西
tɕiaŋ^{6}	la^{1}	ləu^{2}	tɕia^{6}	ɕi^{6}
Jiangs	lab	loux	jias	xis
像	个	箕	装	米

像小簸箕来装米

江	拉	五	加	奴
tɕiaŋ^{6}	la^{1}	vo^{2}	tɕia^{6}	nəu^{6}
Jiangs	lab	wox	jias	nous
像	个	笼	装	鸟

像一个鸟笼装鸟

拉	厚	昂	马	左
la^{1}	həu^{3}	ŋa^{4}	ma^{2}	tsau^{6}
Lab	houd	ngal	max	zaos
个	头	懒	不	洗

头也很懒去梳洗

项	志	败	爹	西
haŋ^{5}	tɕiu^{3}	pai^{4}	ta^{6}	ɕi^{6}
Hangt	jiud	bail	das	xis
臭	膻	气	味	道

全身有一股膻气

嗒	不	浪	记	昂	吗	那
ta^{1}	pu^{4}	laŋ^{5}	ki^{3}	ŋa^{4}	ma^{6}	na^{6}
Dab	bul	langt	gid	ngal	mas	nas
朋	友	路	过	懒	招	呼

朋友路过不招呼

杀	节	告	嗒	木
sa^{4}	tɕie^{3}	qau^{4}	ta^{6}	mu^{6}
Sal	jied	ghaol	das	mus
全	躲	告	傻	貌

不愿与告哥相处

忍	夸	告	阿	许
ȵiŋ^{2}	kha^{1}	qau^{4}	a^{5}	ɕi^{2}
Nzingx	kab	ghaol	at	xix
天	热	告	做	什么

热天告哥做什么

忍 夸 告 打 弱
ȵiŋ^{2} kha^{1} qau^{4} ta^{2} ȵau^{6}
Nzingx kab ghaol dax nzaos
天 热 告 打 鱼
热天告哥去打鱼

吓 任 跟 拨 刀
ɬia^{4} ȵiŋ^{2} qəŋ^{1} pa^{4} tau^{6}
Dlial nzingx ghengb bal daos
走 滩 底 捞 鱼
沿着河滩去打鱼

哥 聂 乡 聂 拉
ko^{6} ȵai^{4} ɕiaŋ^{1} ȵai^{4} la^{6}
Gos nzail xiangb nzail las
得 鲮 小 鲮 大
河滩捞大小鲮鱼

嗒 许 代 兑 告
ta^{4} ɕi^{2} tai^{7} təi^{2} qau^{4}
Dal xix daik deix ghaol
个 什么 与 哥 告
哪个跟随那告哥

沙 刚 代 兑 告
ɬa^{6} kaŋ^{6} tai^{7} təi^{2} qau^{4}
Dlas gangs daik deix ghaol
沙 刚 与 哥 告
沙刚跟随那告哥

罗	结	九	旁	别
lo^{6}	kie^{3}	tɕiu^{2}	phaŋ^{1}	pɛ^{4}
Los	gied	jiux	pangb	bael
才	扛	九	床	网

他们拿了九床网

大	弱	泵	凹	能
ta^{5}	ȵau^{6}	poŋ^{2}	əu^{1}	nəŋ^{4}
Dat	nzaos	bongx	oub	nengl
网	鱼	河	滩	底

他们河滩底网鱼

哥	弱	党	溜	答
ko^{6}	ȵau^{6}	taŋ^{2}	liu^{1}	ta^{4}
Gos	nzaos	dangx	liub	dal
得	鱼	很	大	条

获得很多条大鱼

爹	亡	江	泵	昂
tɛ^{6}	maŋ^{8}	tɕiaŋ^{6}	poŋ^{1}	ŋaŋ^{4}
Daes	mangf	jiangs	bongb	ngangl
有	些	像	手	肘

有些有手肘般大

底	弱	九	拉	拨
ti^{2}	ȵiu^{5}	tɕiu^{2}	la^{1}	po^{4}
Dix	nziut	jiux	lab	bol
一	年	九	个	缸

一年腌制九缸鱼

兄 偷 意 根 神
ɕioŋ^{6} thəu^{1} i^{7} qəŋ^{1} səŋ^{4}
Xiongs toub ik ghengb sengl
七 桶 肉 房 间
房有七桶腌制肉

忍 双 告 阿 许
ȵiŋ^{2} saŋ^{4} qau^{4} a^{5} ɕi^{2}
Nzingx sangl ghaol at xix
天 冷 告 做 什么
冬天告哥做什么

忍 双 告 加 奴
ȵiŋ^{2} saŋ^{4} qau^{4} tɕia^{6} nəu^{6}
Nzingx sangl ghaol jias nous
天 冷 告 装 鸟
冬天告哥去装鸟

棒 尖 根 杀 着
paŋ^{3} tɕiŋ^{3} qəŋ^{1} sa^{5} tɕio^{6}
Bangd jingd ghengb sat jios
打 鸟 底 角 落
在那丛林里打鸟

爹 奴 打 木 加
tɛ^{3} nəu^{8} ta^{2} mu^{4} tɕia^{6}
Daed nouf dax mul jias
拿 鸟媒 来 去 装
丛林用鸟媒粘鸟

嗒	饿	瓜	根	熟
ta^{6}	ŋu^{6}	qa^{6}	qəŋ^{1}	ɬiu^{4}
Das	ngus	ghas	ghengb	dliul
蹲	卧	那	底	芒芯

蹲守在芒芯丛里

江	磨	猛	答	能
tɕiaŋ^{6}	mo^{7}	moŋ^{2}	ta^{1}	nəŋ^{4}
Jiangs	mok	mongx	dab	nengl
像	猫	盯	个	老鼠

就像那猫盯老鼠

江	上	猛	答	各
tɕiaŋ^{6}	ɬiaŋ^{7}	moŋ^{2}	ta^{1}	qau^{4}
Jiangs	dliangk	mongx	dab	ghaol
像	野猫	盯	只	鹅

就像野猫盯小鹅

囊	记	嘎	追	弱
naŋ^{3}	ki^{3}	ka^{2}	tsəi^{1}	ȵau^{4}
Nangd	gid	gax	zeib	nzaol
听	到	芦	笙	响

听到芦笙在吹奏

亡	兄	泵	区	冬
maŋ^{8}	ɕioŋ^{6}	poŋ^{2}	tɕhiŋ^{5}	tioŋ^{4}
Mangf	xiongs	bongx	qingt	diongl
芦	笙	响	响	谷

芦笙响声震山谷

囊	记	吓	都	兜
naŋ^{3}	ki^{3}	ɬia^{1}	tiu^{5}	təu^{6}
Nangd	gid	dliab	diut	dous
听	到	人	吹	芦笙

听到朋友吹芦笙

嘎	追	弱	浪	松
ka^{2}	tsɔi^{1}	ȵioŋ^{2}	laŋ^{5}	ɬoŋ^{6}
Gax	zeib	nziongx	langt	dlongs
芦	笙	响	过	坳

芦笙响声飘过坳

叮	铃	劳	那	咪
tiŋ^{1}	liŋ^{1}	lau^{4}	na^{6}	mi^{6}
Dingb	lingb	laol	nas	mis
急	忙	来	问	妈

匆匆忙忙来问妈

哪	农	扭	瓜	爹
na^{1}	noŋ^{2}	niu^{4}	qa^{6}	tɛ^{6}
Nab	nongx	niul	ghas	daes
天	这	坡	哪	里

今天是哪里坡会

嘎	追	弱	轰	轰
ka^{2}	tsəi^{1}	ȵioŋ^{2}	hoŋ^{6}	hoŋ^{6}
Gax	zeib	nziongx	hongs	hongs
芦	笙	响	轰	轰

芦笙吹奏轰轰响

窝	花	雷	号	尖
vo^{7}	fa^{1}	lǝi^{4}	hau^{5}	tɕiŋ^{6}
Wok	fab	leil	haot	jings
婆	讲	话	给	男儿

妈妈给他这样说

哪	农	不	噜	仑
na^{1}	noŋ^{2}	pu^{4}	lu^{6}	lǝŋ^{6}
Nab	nongx	bul	lus	lengs
天	这	别人	过	节

今天别人在过节

吓	了	扭	抗	良
ɬia^{1}	lia^{2}	niu^{4}	qhaŋ^{7}	liaŋ^{6}
Dliab	liax	niul	khangk	liangs
人	拉	鼓	抗	良

人们在抗良拉鼓

分	整	告	坐	月
fǝŋ^{1}	tsǝŋ^{2}	qau^{4}	tsau^{7}	vɛ^{6}
Fengb	zengx	ghaol	zaok	waes
地方	整	告	踩	堂

整告吹芦笙踩堂

农	兑	告	多	些
noŋ^{3}	tǝi^{2}	qau^{4}	tau^{5}	ɕie^{6}
Nongd	deix	ghaol	daot	xies
现	哥	告	说	话

现在告哥把话说

花	些	木	号	咪
fa^{1}	ɕai^{6}	mu^{4}	hau^{5}	mi^{6}
Fab	xais	mul	haot	mis
说	话	去	给	妈

这样对妈妈说话

败	水	木	罗	咪
pai^{1}	səi^{2}	mu^{4}	lo^{6}	mi^{6}
Baib	seix	mul	los	mis
我们	也	去	呀	妈

妈妈一起跟随去

示	友	荣	坐	月
ɕi^{3}	ʑu^{2}	ʑoŋ^{4}	tsau^{7}	vɛ^{6}
Xid	yux	yongl	zaok	waes
看	友	荣	踩	堂

欣赏友荣跳芦笙

农	兑	告	你	咪
noŋ^{3}	təi^{2}	qau^{4}	ni^{6}	mi^{6}
Nongd	deix	ghaol	nis	mis
现	哥	告	他	妈

此时告哥那妈妈

花	些	木	号	尖
fa^{1}	ɕai^{6}	mu^{4}	hau^{5}	tɕiŋ^{6}
Fab	xais	mul	haot	jings
讲	话	去	给	男儿

妈妈说给告哥听

瓦	桠	达	亨	沙
va^{4}	ŋa^{7}	ta^{1}	həŋ^{5}	ɬa^{6}
Wal	ngak	dab	hengt	dlas
我	儿	后	生	富

我儿家里很富裕

瓦	桠	马	乌	弱
va^{4}	ŋa^{7}	ma^{2}	vu^{5}	nio^{6}
Wal	ngak	max	wut	nios
我	儿	不	英	俊

我儿天生不英俊

猛	木	荣	马	那
moŋ^{2}	mu^{4}	ʑoŋ^{4}	ma^{2}	na^{6}
Mongx	mul	yongl	max	nas
你	去	荣	不	问

你去友荣不理睬

猛	木	西	迷	弱
moŋ^{2}	mu^{4}	ɕi^{1}	mie^{4}	ȵia^{6}
Mongx	mul	xib	miel	nzias
你	去	牵	马	随

你去要牵马跟随

西	迷	嗦	代	尖
ɕi^{1}	mie^{4}	ɬau^{1}	tai^{7}	tɕiŋ^{6}
Xib	miel	dlaob	daik	jings
牵	马	白	跟	男儿

骑着白马去赶坡

猛	木	对	亡	兄
moŋ^{2}	mu^{4}	tɛ^{3}	maŋ^{8}	ɕioŋ^{6}
Mongx	mul	daed	mangf	xiongs
你	去	带	芦	笙

你带芦笙去赶坡

超	嘎	六	代	弱
tshau^{1}	ka^{2}	liu^{4}	tai^{7}	ȵia^{6}
Caob	gax	liul	daik	nzias
吹	芦	笙	跟	随

吹那金芦笙跟随

猛	木	追	足	扫
moŋ^{2}	mu^{4}	tsəi^{1}	tɕiu^{8}	sau^{6}
Mongx	mul	zeib	jiuf	saos
你	去	五	十	人

你带五十个随从

猛	木	意	清	周
moŋ^{2}	mu^{4}	ʑi^{3}	tɕhiŋ^{5}	tɕiu^{6}
Mongx	mul	yid	qingt	jius
你	去	要	响	上游

你去要惊动坡会

意	筛	能	当	周
ʑi^{3}	sai^{1}	nəŋ^{4}	taŋ^{5}	tɕiu^{6}
Yid	saib	nengl	dangt	jius
要	响	下游	到	上游

影响下游到上游

些	友	荣	罗	那
ɕie^{1}	ʑu^{2}	ʑoŋ^{4}	lo^{6}	na^{6}
Xieb	yux	yongl	los	nas
这样	友	荣	才	问

这样友荣才关注

咪	木	披	撇	娘
mi^{6}	mu^{4}	phi^{1}	phɛ^{5}	niaŋ^{6}
Mis	mul	pib	paet	niangs
妈	去	进	房	间

妈妈走进那房间

学	劳	追	别	拉
ɕio^{7}	lau^{4}	tsəi^{1}	phɛ^{5}	lia^{6}
Xiok	laol	zeib	paet	lias
拿	来	五	百	两

拿来银子五百两

兑	告	花	节	周
təi^{2}	qau^{4}	fa^{1}	tɕi^{5}	tɕiu^{6}
Deix	ghaol	fab	jit	jius
哥	告	走	上	上游

告哥要沿江而上

古	耶	木	列	桑
ku^{2}	ʑe^{1}	mu^{4}	lɛ^{5}	saŋ^{6}
Gux	yeb	mul	laet	sangs
古	耶	去	看	师傅

到古耶去看师傅

晒 败 答 古 桑
sai^{2} pai^{1} ta^{4} qəu^{5} saŋ^{6}
Saix baib dal ghout sangs
遇见 三 个 老 师傅
遇见三个老师傅

桑 罗 嗉 业 列
ʂaŋ^{6} lau^{4} ʂau^{6} nic^{8} li^{6}
Sangs laol saos nief lis
师 老 凿 铜 片
大师傅在凿铜片

让 答 凶 斗 弱
ȵiaŋ^{1} ta^{4} ɕioŋ^{1} təu^{5} ȵa^{6}
Nziangb dal xiongb dout nzas
有 个 拉直 竹 子
有个用火拉直竹

让 答 改 户 兜
ȵiaŋ^{1} ta^{4} qai^{3} vo^{7} təu^{6}
Nziangb dal ghaid wok dous
有 个 又 造 筀斗
有一个在造筀斗

显 收 木 那 桑
ɬiŋ^{2} xu^{1} mu^{4} na^{6} saŋ^{6}
Dlingx hvub mul nas sangs
问 话 去 给 师傅
告哥询问那师傅

让	嘎	麻	吗	桑
ȵiaŋ^{1}	ka^{2}	ma^{4}	ma^{6}	saŋ^{6}
Nziangb	gax	mal	mas	sangs
有	芦笙	卖	吗	师傅

师傅有芦笙卖吗

嘎	溜	让	双	晒
ka^{2}	liu^{1}	ȵiaŋ^{1}	saŋ^{4}	sai^{6}
Gax	liub	nziangb	sangl	sais
芦笙	大	有	很	多

大号芦笙有很多

咪	牛	劳	都	兜
mi^{1}	ȵiu^{2}	lau^{4}	tiu^{5}	təu^{6}
Mib	nziux	laol	diut	dous
要	嘴	来	吹	笙斗

用嘴来试吹芦笙

丁	嘎	弱	工	工
tiŋ^{1}	ka^{2}	ȵoŋ^{2}	qoŋ^{6}	qoŋ^{6}
Dingb	gax	nzongx	ghongs	ghongs
把	芦笙	响	轰	轰

吹奏芦笙响轰轰

丁	农	让	乌	之
tiŋ^{1}	noŋ^{2}	ȵiaŋ^{8}	vu^{5}	tɕi^{6}
Dingb	nongx	nziangf	wut	jis
把	这	真	好	很

这把芦笙真很好

刚	友	荣	配	衣
qaŋ^3	ʑu^2	ʑoŋ^4	phɛ^7	ʑi^6
Ghangd	yux	yongl	paek	yis
叫	友	荣	配	衣

芦笙会叫友荣名

花	些	木	哪	桑
fa^1	ɕic^6	mu^4	na^6	saŋ^6
Fab	xies	mul	nas	sangs
说	话	去	问	师傅

告哥把话问师傅

丁	农	一	爹	拉
tiŋ^1	noŋ^2	ʑi^4	tɛ^6	lia^6
Dingb	nongx	yil	daes	lias
把	这	多	少	银子

这把芦笙多少钱

古	桑	冬	多	些
qəu^5	saŋ^6	tioŋ^4	tau^5	ɕai^6
Ghout	sangs	diongl	daot	xais
老	师傅	刚	说	话

师傅这样把话说

布	你	一	爹	拉
pu^1	ni^2	ʑi^4	tɛ^6	lia^6
Bub	nix	yil	daes	lias
知	它	多	少	钱

这把芦笙多少钱

瓦	椏	达	亨	沙
va^{4}	ŋa^{7}	ta^{1}	həŋ^{5}	ɬa^{6}
Wal	ngak	dab	hengt	dlas
我	儿	后	生	富

告哥后生很富裕

答	蚁	麻	罗	哥
ta^{4}	ȵi^{2}	ma^{4}	lo^{6}	ko^{6}
Dal	nzix	mal	los	gos
头	水牛	买	才	够

用一头水牛来买

农	兑	告	松	浪
noŋ^{3}	təi^{2}	qau^{4}	ɬoŋ^{6}	laŋ^{6}
Nongd	deix	ghaol	dlongs	langs
现	哥	告	松	浪

松浪苗寨那告哥

劳	寨	西	蚁	木	哩	兜
lau^{4}	tsai^{3}	ɕi^{1}	ȵi^{2}	mu^{4}	li^{6}	təu^{6}
Laol	zaid	xib	nzix	mul	lis	dous
来	家	牵	水牛	去	换	芦笙

回家牵牛换芦笙

学	嘎	劳	江	尖
ɕo^{1}	ka^{2}	lau^{4}	tɕiaŋ^{6}	tɕiŋ^{6}
Xob	gax	laol	jiangs	jings
有	芦笙	来	给	男儿

换把芦笙给告哥

超	陇	工	温	兄
tshau^{1}	loŋ^{2}	koŋ^{4}	vəŋ^{6}	ɕioŋ^{6}
Caob	longx	gongl	wengs	xiongs
吹	沿	路	万	七

沿大路吹奏芦笙

亡	馁	告	松	浪
maŋ^{8}	ni^{2}	qau^{4}	ɬoŋ^{6}	laŋ^{6}
Mangf	nix	ghaol	dlongs	langs
这	是	告	松	浪

这是松浪那告哥

嗒	不	丢	雍	败	爹	那
ta^{1}	pu^{4}	tiu^{7}	ȵioŋ^{2}	pai^{4}	tɛ^{6}	nie^{6}
Dab	bul	diuk	nziongx	bail	daes	nies
朋	友	笑	震	动	经	常

朋友看见就耻笑

咪	花	雷	号	尖
mi^{6}	fa^{1}	ləi^{4}	hau^{5}	tɕiŋ^{6}
Mis	fab	leil	haot	jings
妈	说	话	给	男儿

妈对儿子这样说

猛	冬	差	底	兴
moŋ^{2}	tioŋ^{4}	tsha^{3}	ti^{2}	ɕiŋ^{6}
Mongx	diongl	cad	dix	xings
你	还	差	一	样

你还缺一样东西

意	西	迷	代	弱
ʑi^{3}	ɕi^{1}	mie^{4}	tai^{7}	ȵia^{6}
Yid	xib	miel	daik	nzias
要	牵	马	跟	随

骑着骏马进坡会

改	代	追	别	拉
qai^{3}	tɛ^{3}	tsəi^{1}	pɛ^{5}	lia^{6}
Ghaid	daed	zeib	baet	lias
又	带	五	百	两

随从挑五百两银

改	龙	木	之	周
qai^{3}	loŋ^{2}	mu^{4}	tɕi^{5}	tɕiu^{6}
Ghaid	longx	mul	jit	jius
又	走	去	上	上游

又沿河流去上游

古	所	劳	那	沙
ku^{3}	sau^{3}	lau^{4}	na^{6}	ɬa^{6}
Gud	saod	laol	nas	dlas
古	所	来	问	富

来到古所问商人

猛	让	迷	麻	沙
moŋ^{2}	ȵiaŋ^{1}	mie^{4}	ma^{2}	ɬa^{6}
Mongx	nziangb	miel	max	dlas
你	有	马	卖	富

你家有骏马卖吗

沙	花	雷	都	尖
ɬa^{6}	fa^{1}	ləi^{4}	tiu^{5}	tɕiŋ^{6}
Dlas	fab	leil	diut	jings
商家	说	话	给	男儿

商家这样把话说

猛	咪	答	阿	爹
moŋ^{2}	mi^{1}	ta^{4}	a^{5}	tɛ^{6}
Mongx	mib	dal	at	daes
你	要	匹	哪	样

你要选什么马匹

号	咪	木	都	当
hau^{5}	mi^{1}	mu^{4}	tiu^{5}	tiaŋ^{6}
Haot	mib	mul	diut	diangs
若	要	去	打	仗

若选骏马去打仗

兵	咪	答	个	苏
pi^{5}	mi^{1}	ta^{4}	qau^{5}	ɬəu^{6}
Bit	mib	dal	ghaot	dlous
就	要	匹	公	深黑

选一匹黑色公马

个	沙	木	都	当
qau^{5}	ɬa^{1}	mu^{4}	tiu^{5}	tiaŋ^{6}
Ghaot	dlab	mul	diut	diangs
公	黑色	去	打	仗

黑色公马去打仗

木	爹	丢	罗	书
mu4	tie1	tiu4	lo6	ɕiu6
Mul	dieb	diul	los	xius
去	打	仗	才	赢

这样打仗才胜利

号	咪	木	去	雍
hau5	mi1	mu4	khi7	ʑoŋ6
Haot	mib	mul	kik	yongs
若	要	去	犁	田

若选马匹去犁田

个	扑	木	去	雍
qau5	phu1	mu4	khi7	ʑoŋ6
Ghaot	pub	mul	kik	yongs
公	灰色	去	犁	田

灰色公马去犁田

兑	凹	亡	罗	弱
təi8	əu1	maŋ4	lo6	ȵo6
Deif	oub	mangl	los	nzos
踩	水	田	才	浑

犁那水田才均匀

号	咪	木	塌	鸟
hau5	mi1	mu4	tha5	nio6
Haot	mib	mul	tat	nios
若	要	去	赶	坡会

若选马匹赶坡会

兵	咪	答	嗦	聂
pi^{5}	mi^{1}	ta^{4}	ɬau^{1}	ȵai^{6}
Bit	mib	dal	dlaob	nzais
就	要	匹	白色	鼻子

选一匹白色骏马

个	嗦	木	塌	鸟
qau^{5}	ɬau^{1}	mu^{4}	tha^{5}	nio^{6}
Ghaot	dlaob	mul	tat	nios
公	白色	去	赶	坡会

骑着白马赶坡会

木	咪	不	罗	书
mu^{4}	mi^{1}	pu^{4}	lo^{6}	ɕiu^{6}
Mul	mib	bul	los	xius
去	会	友	才	赢

才赢得朋友青睐

麻	迷	败	别	拉
ma^{4}	mie^{4}	pai^{1}	pɛ^{5}	lia^{6}
Mal	miel	baib	baet	lias
买	马	三	百	两

购买马匹三百两

喇	奄	足	兄	拉
la^{1}	an^{7}	tɕiu^{8}	ɕioŋ^{6}	lia^{6}
Lab	ank	jiuf	xiongs	lias
个	鞍	十	七	两

购买马鞍十七两

着	切	足	兄	拉
tɕio^{2}	tshai^{1}	tɕiu^{8}	ɕioŋ^{6}	lia^{6}
Jiox	caib	jiuf	xiongs	lias
条	鞭	十	七	两

购买马鞭十七两

省	追	麻	苏	哥
səŋ^{2}	tsəi^{1}	ma^{4}	su^{1}	ko^{6}
Sengx	zeib	mal	sub	gos
两	五	买	可	得

五两银子可买得

当	根	劳	扫	载
tiaŋ^{2}	qəŋ^{1}	lau^{4}	sau^{6}	tsai^{6}
Diangx	ghengb	laol	saos	zais
打	转	回	到	家

告哥返程回到家

显	收	木	号	咪
ɬiŋ^{2}	χu^{1}	mu^{4}	hau^{5}	mi^{6}
Dlingx	hvub	mul	haot	mis
讲	话	去	向	妈

告哥把话对妈说

下	农	今	兴	之
ɕia^{7}	noŋ^{2}	kiŋ^{4}	ɕiŋ^{1}	tɕi^{6}
Xiak	nongx	gingl	xingb	jis
次	这	齐	全	了

现在东西齐全了

拉	打	木	呀	咪
la^7	ta^2	mu^4	ʑa^6	mi^6
Lak	dax	mul	yas	mis
该	出	去	了	妈

妈妈准备出发吧

告	咪	花	劳	号
qau^4	mi^6	fa^1	lau^5	hau^6
Ghaol	mis	fab	laot	haos
告	妈	讲	嘴	说

告妈这样把话说

猛	当	达	亨	沙
moŋ^2	tiaŋ^3	ta^1	həŋ^5	ɬa^6
Mongx	diangd	dab	hengt	dlas
你	真	后	生	富

你家里真很富裕

猛	让	马	乌	弱
moŋ^2	ȵiaŋ^8	ma^2	vu^5	nio^6
Mongx	nziangf	max	wut	nios
你	真	不	英	俊

你天生长不英俊

告	比	叮	玲	木	撇	娘
qau^4	pi^5	tiŋ^1	liŋ^1	mu^4	phie^5	niaŋ^6
Ghaol	bit	dingb	lingb	mul	piet	niangs
告	就	匆	忙	去	房	里

告哥匆忙进房间

咪	吓	劳	示	弱
mi^{1}	ɬia^{1}	lau^{4}	ɕi^{3}	nio^{6}
Mib	dliab	laol	xid	nios
要	镜子	来	看	相貌

拿镜子来照一照

罗	布	拉	告	吗
lo^{6}	pu^{8}	la^{1}	qau^{4}	ma^{6}
Los	buf	lab	ghaol	mas
才	见	个	告	脸

照到自己那脸庞

兑	告	坡	泵	答
təi^{2}	qau^{4}	pho^{1}	poŋ^{5}	ta^{6}
Deix	ghaol	pob	bongt	das
哥	告	发	火	死

告哥活活被气死

浪	败	挪	乌	弱
laŋ^{2}	pai^{1}	no^{8}	vu^{5}	nio^{6}
Langx	baib	nof	wut	nios
自己	我	也	英	俊

我天生长得英俊

衣	吓	阿	丈	答
ɣi^{1}	ɬia^{1}	a^{5}	tsaŋ^{4}	ta^{6}
Vib	dliab	at	zangl	das
镜	子	做	恶	死

都是那镜子可恶

摸	衣	吓	阿	多
mo^{8}	ɣi^{1}	ɬia^{1}	a^{5}	tau^{6}
Mof	vib	dliab	at	daos
砸	镜	子	做	破

亲自砸烂那镜子

下	农	扭	扫	呀
ɕia^{7}	noŋ^{2}	niu^{4}	sau^{6}	ʑa^{6}
Xiak	nongx	niul	saok	yas
次	这	拉鼓	到	了

这次坡会来到了

下	农	今	兴	节
ɕia^{7}	noŋ^{2}	kiŋ^{4}	ɕiŋ^{1}	tɕi^{6}
Xiak	nongx	gingb	xingb	jis
次	这	齐	全	了

这次准备都齐全

拉	打	木	呀	咪
la^{7}	ta^{2}	mu^{4}	ʑa^{6}	mi^{6}
Lak	dax	mul	yas	mis
准	备	去	了	妈

妈妈准备出发了

拉	木	追	足	扫
la^{7}	mu^{4}	tsəi^{1}	tɕiu^{8}	sau^{6}
Lak	mul	zeib	jiuf	saos
邀	去	五	十	人

跟随有五十家丁

让	凹	答	介	尖
ȵiaŋ^{1}	au^{1}	ta^{4}	qai^{5}	tɕiŋ^{6}
Nziangb	aob	dal	ghait	jings
有	两	个	架	男儿

有两个人来扶告

介	告	泵	之	周
qai^{5}	qau^{4}	poŋ^{1}	tɕi^{5}	tɕiu^{6}
Ghait	ghaol	bongb	jit	jius
架	告	臂	上	上游

架告哥臂去赶坡

马	巴	告	哥	良
ma^{2}	pa^{1}	qau^{4}	ko^{6}	liaŋ^{6}
Max	bab	ghaol	gos	liangs
不	给	告	踉	跄

不让告哥走踉跄

让	凹	答	担	奴
ȵiaŋ^{1}	au^{1}	ta^{4}	təŋ^{5}	nəu^{6}
Nziangb	aob	dal	dengt	nous
有	两	个	挑	鸟

两个人负责挑鸟

根	记	谷	年	衣
qəŋ^{1}	ki^{3}	kiu^{8}	niŋ^{5}	ʑi^{6}
Ghengb	gid	giuf	ningt	yis
底	路	上	墙	撷

路边采撷那野果

略	最	略	呀	奴
lio^{7}	tsəi^{3}	lio^{4}	ʑa^{6}	nəu^{6}
Liok	zeid	liol	yas	nous
摘	草	莓	喂	鸟

采摘野草莓喂鸟

马	巴	告	奴	答
ma^{2}	pa^{1}	qau^{4}	nəu^{6}	ta^{6}
Max	bab	ghaol	nous	das
不	让	告	鸟	死

不让告哥鸟死亡

让	凹	答	刚	后
ȵiaŋ^{1}	au^{1}	ta^{4}	kaŋ^{8}	həu^{6}
Nziangb	aob	dal	gangf	hous
有	两	个	牵	马

有两个人来牵马

西	迷	嗦	之	周
ɕi^{1}	mie^{4}	ɬau^{1}	tɕi^{5}	tɕiu^{6}
Xib	miel	dlaob	jit	jius
牵	马	白	上	上游

牵那白马去赶坡

让	凹	答	担	比
ȵiaŋ^{1}	au^{1}	ta^{4}	təŋ^{5}	pi^{6}
Nziangb	aob	dal	dengt	bis
有	两	个	挑	酒

有两个人挑水酒

最	凹	只	都	尖
tsɛ^{5}	əu^{1}	tɕi^{4}	tiu^{5}	tɕiŋ^{6}
Zaet	oub	jil	diut	jings
斟	水	茶	给	男儿

斟茶水给告哥喝

马	巴	告	刚	娘
ma^{2}	pa^{1}	qau^{4}	kaŋ^{5}	niaŋ^{6}
Max	bab	ghaol	gangt	niangs
不	让	告	口	渴

不让那告哥口渴

让	凹	答	担	西
ȵiaŋ^{1}	au^{1}	ta^{4}	təŋ^{5}	ɕi^{6}
Nziangb	aob	dal	dengt	xis
有	两	个	挑	米

有两个人来挑米

担	凹	肃	都	尖
təŋ^{5}	əu^{1}	səu^{4}	tiu^{5}	tɕiŋ^{6}
Dengt	oub	soul	diut	jings
挑	稀	饭	给	男儿

挑饭送给告哥吃

马	巴	告	去	书
ma^{2}	pa^{1}	qau^{4}	qhəi^{7}	ɕiu^{6}
Max	bab	ghaol	kheik	xius
不	给	告	饥	饿

不让告哥受饥饿

让	凹	答	迷	松
ȵiaŋ^{1}	au^{1}	ta^{4}	mi^{5}	ɬoŋ^{6}
Nziangb	aob	dal	mit	dlongs
有	两	个	探	坳

有两个人去探路

迷	瓜	谷	阿	后
mi^{8}	qa^{1}	koŋ^{4}	a^{5}	həu^{6}
Mif	ghab	gongl	at	hous
斩	杂	草	在	前

披荆斩棘走在前

马	巴	驳	阶	尖
ma^{2}	pa^{1}	pu^{4}	qai^{5}	tɕiŋ^{6}
Max	bab	bul	ghait	jings
不	给	刺	钩	男儿

不让荆棘钩告哥

农	达	亨	兑	告
noŋ^{3}	ta^{1}	həŋ^{5}	təi^{2}	qau^{4}
Nongd	dab	hengt	deix	ghaol
现	后	生	哥	告

此时此刻那告哥

木	芦	厚	整	各
mu^{4}	lu^{6}	həu^{3}	tsəŋ^{2}	qau^{4}
Mul	lus	houd	zengx	ghaol
去	赶	坡	整	告

告哥去赶整告坡

根	汪	坳	了	扭
qəŋ^{1}	vaŋ^{6}	au^{7}	lia^{2}	niu^{4}
Ghengb	wangs	aok	liax	niul
底	汪	坳	拉	鼓

在那汪坳坡拉鼓

改	木	凹	答	罗
qai^{3}	mu^{4}	au^{1}	ta^{4}	lau^{4}
Ghaid	mul	aob	dal	laol
又	去	两	个	老

随从有两个鬼师

吹	合	加	扑	扑
tshau^{1}	həu^{8}	tɕia^{1}	phu^{4}	phu^{4}
Caob	houf	jiab	pul	pul
吹	符	水	噗	噗

鬼师画符又喷水

马	巴	兴	牢	叶
ma^{2}	pa^{1}	ɬiŋ^{1}	lau^{4}	ʑie^{4}
Max	bab	dlingb	laol	yiel
不	给	鬼	靠	近

不让野鬼来靠近

马	模	嗒	末	告
ma^{2}	mo^{8}	ta^{1}	mo^{4}	qau^{4}
Max	mof	dab	mol	ghaol
不	拍	老	表	告

不给野鬼来上身

改	让	追	答	压
qai^{3}	ȵiaŋ^{1}	tsəi^{1}	ta^{4}	ʑa^{4}
Ghaid	nziangb	zeib	dal	yal
又	有	五	个	打手

身边带五个打手

爹	败	啰	合	合
tie^{1}	pai^{4}	lau^{1}	ho^{4}	ho^{4}
Dieb	bail	laob	hol	hol
打	手	脚	啪	啪

拍手踢腿啪啪响

马	巴	吓	劳	本
ma^{2}	pa^{1}	ɕia^{1}	lau^{4}	pəŋ^{4}
Max	bab	xiab	laol	bengl
不	给	孤魂	来	靠

不给孤魂来并排

劳	衣	嗒	末	告
lau^{4}	ɣi^{5}	ta^{1}	mo^{4}	qau^{4}
Laol	vit	dab	mol	ghaol
来	靠	老	表	告

跑来靠近那告哥

让	足	嗦	答	丢
ȵiaŋ^{1}	tɕiu^{8}	ɬau^{1}	ta^{4}	tiu^{4}
Nziangb	jiuf	dlaob	dal	diul
有	十	四	个	人

随从十四个仆人

吹	足	嗦	各	罗
tshau^{1}	tɕiu^{8}	ɬau^{1}	qo^{4}	lo^{4}
Caob	jiuf	dlaob	ghol	lol
吹	十	四	唢	呐

吹奏十四把唢呐

吹	哈	哈	瞎	工
tshau^{1}	ha^{1}	ha^{1}	ɬia^{4}	koŋ^{4}
Caob	hab	hab	dlial	gongl
吹	哈	哈	走	路

吹那唢呐走大路

区	瓜	呆	咚	咚
tɕhiŋ^{5}	qa^{6}	tai^{1}	toŋ^{4}	toŋ^{4}
Qingt	ghas	daib	dongl	dongl
震	地	面	咚	咚

震动地面咚咚响

分	罗	花	雷	合
fəŋ^{1}	lo^{6}	fa^{1}	ləi^{4}	ho^{4}
Fengb	los	fab	leil	hol
地方	又	讲	话	说

人们在议论纷纷

阿	足	帮	败	仑
a^{5}	tɕiu^{6}	paŋ^{1}	pai^{4}	ɬəŋ^{4}
At	jius	bangb	bail	dlengl
像	似	崩	山	坡

就像塌方轰隆响

帮 抗 松 木 跌
paŋ^{1} qhaŋ^{3} soŋ^{1} mu^{4} tie^{4}
Bangb khangd songb mul diel
塌 陡 坡 下 谷
就像陡坡塌下谷

改 足 追 答 丢
qai^{3} tɕiu^{8} tsəi^{1} ta^{4} tiu^{4}
Ghaid jiuf zeib dal diul
又 十 五 个 人
又有十五个家丁

结 业 沙 王 常
kie^{3} nəi^{3} ɬa^{1} vaŋ^{4} saŋ^{4}
Gied neid dlab wangl sangl
扛 枪 黑 整 片
肩扛那黑色枪杆

上 业 溜 泵 泵
ɕiaŋ^{5} nəi^{3} liu^{1} poŋ^{4} poŋ^{4}
Xiangt neid liub bongl bongl
放 枪 大 砰 砰
他们打枪砰砰响

分 改 花 雷 合
fəŋ^{1} qai^{3} fa^{1} ləi^{4} ho^{4}
Fengb ghaid fab leil hol
地方 又 讲 话 说
人们又议论纷纷

略	江	号	弱	败
lo^{6}	tɕiaŋ^{6}	hau^{1}	ȵoŋ^{2}	pai^{4}
Los	jiangs	haob	nzongx	bail
就	像	雷	震	坡

就像打雷震山谷

农	多	嗒	末	告
noŋ^{3}	tau^{5}	ta^{1}	mo^{4}	qau^{4}
Nongd	daot	dab	mol	ghaol
现	有	老	表	告

此时此刻那告哥

杭	帮	志	迷	瞎
haŋ^{3}	paŋ^{6}	tɕi^{5}	mie^{4}	ɬia^{4}
Hangd	bangs	jit	miel	dlial
地	平	骑	马	走

告哥平地骑马走

杭	松	根	罗	瞎
haŋ^{3}	soŋ^{1}	qəŋ^{1}	lau^{4}	ɬia^{4}
Hangd	songb	ghengb	laol	dlial
地	陡	抬	来	走

告哥陡坡抬着走

凹	约	根	防	防
au^{1}	ʑo^{6}	qəŋ^{1}	faŋ^{4}	faŋ^{4}
Aob	yos	ghengb	fangl	fangl
两	人	抬	摇	摇

两人抬轿摇摇走

告	中	罗	敌	敌
qau^{4}	tɕio^{8}	lau^{1}	ti^{4}	ti^{4}
Ghaol	jiof	laob	dil	dil
告	荡	脚	滴	滴

告哥优雅荡荡脚

班	改	花	雷	合
pan^{6}	qai^{3}	fa^{1}	ləi^{4}	ho^{4}
Bans	ghaid	fab	leil	hol
人	又	讲	话	说

有人这样把话说

阿	足	根	亡	告
a^{5}	tɕio^{8}	qəŋ^{1}	maŋ^{4}	qau^{4}
At	jiof	ghengb	mangl	ghaol
好	似	抬	芒	藁

好像人们抬“芒藁”①

根	收	溜	瞎	公
qəŋ^{1}	ɕiu^{3}	liu^{1}	ɬia^{4}	koŋ^{4}
Ghengb	xiud	liub	dlial	gongl
抬	虎	大	走	路

人们抬老虎走路

①相传当地苗族祖先用古树刻成龇牙咧嘴、表情怪诞的面具，披着芒藁藤制成的蓑衣，脸上涂抹黑灰扮演“芒藁（野人）”，成功抵御盗贼山匪的侵扰掠夺。从此，“芒藁”就成为当地苗家崇拜的神灵，每年农历正月十七都要恭请“芒藁”来参与芦笙踩堂舞，祈求无灾无厄，有好运气。此处形容告哥的相貌像用古树刻成的龇牙咧嘴、表情怪诞的“芒藁”面具，非常丑陋。

哥	吓	娃	喇	足
ko^{6}	ɕia^{1}	va^{3}	la^{4}	tɕiu^{4}
Gos	xiab	wad	lal	jiul
中	邪	迷	糊	完

好像人中邪迷糊

哥	吓	节	木	着
ko^{6}	ɕia^{1}	tɕi^{4}	mu^{4}	tɕiu^{4}
Gos	xiab	jil	mul	jiul
中	邪	魂	去	完

好像人中邪落魄

呀	打	木	呀	扫
ʑa^{6}	ta^{2}	mu^{4}	ʑa^{6}	sau^{6}
Yas	dax	mul	yas	saos
越	走	去	越	到

告哥来到芦笙坡

达	配	本	不	让	谷	松
ta^{1}	phɛ^{7}	pəŋ^{2}	pu^{4}	ȵ̥iaŋ^{1}	kiu^{8}	ɬoŋ^{6}
Dab	paek	bengx	bul	nziangb	giuf	dlongs
姑	娘	本	不	在	上	坳

本不姑娘站上坳

本	不	花	雷	那
pəŋ^{2}	pu^{4}	fa^{1}	ləi^{4}	na^{6}
Bengx	bul	fab	leil	nas
本	不	讲	话	问

本不姑娘把话问

猛	打	节	告	呀
moŋ^{2}	ta^{2}	tɕi^{6}	qau^{4}	ʑa^{6}
Mongx	dax	jis	ghaol	yas
你	来	了	告	呀

告哥已经来到呀

告	示	马	刀	麻
qau^{4}	ɕi^{3}	ma^{2}	tau^{6}	ma^{6}
Ghaol	xid	max	daos	mas
告	看	不	对	眼

告哥看她不顺眼

告	马	呆	末	些
qau^{4}	ma^{2}	tai^{1}	mo^{1}	ɕi^{6}
Ghaol	max	daib	mob	xis
告	不	应	什	么

告哥不答应什么

告	给	弱	之	周
qau^{4}	kie^{2}	ȵiu^{2}	tɕi^{5}	tɕiu^{6}
Ghaol	giex	nziux	jit	jius
告	转	脸	往	上

告哥转脸往上看

本	不	花	劳	号
pəŋ^{2}	pu^{4}	fa^{1}	lau^{5}	hau^{6}
Bengx	bul	fab	laot	haos
本	不	讲	嘴	说

本不姑娘把话说

党 号 败 列 暖 列 单
taŋ^{4} həu^{3} pai^{1} lie^{5} ȵəŋ^{2} lie^{5} tun^{6}
Dangl houd baib liet nzengx liet duns
从 前 我 乞 棉 讨 蓝靛
从前讨棉花蓝靛

被 猛 寨 花 之
pi^{5} moŋ^{2} tsai^{3} fa^{5} tɕi^{6}
Bit mongx zaid fat jis
睡 你 家 过 了
曾经投宿过你家

铁 阿 哪 意 那
thie^{3} a^{5} na^{2} ʑi^{3} na^{6}
Tied at nax yid nas
特 意 来 要 问
我是特意来问候

那 猛 花 瓦 吗
na^{6} moŋ^{2} fa^{5} va^{4} ma^{6}
Nas mongx fat wal mas
问 你 过 我 脸
问你是我有礼节

马 呆 瓦 古 刀
ma^{2} tai^{1} va^{4} qo^{5} tau^{6}
Max daib wal ghot daos
不 应 我 也 对
你不呼应我也对

列 瓦 阿 嗒 奴
lic^{5} va^{4} a^{5} ta^{1} nəu^{6}
Liet wal at dal nous
因 我 是 姑 娘
只因为我是姑娘

苏 瓦 阿 答 珍
su^{1} va^{4} a^{5} ta^{4} tsəŋ^{6}
Sub wal at dal zengs
若 我 做 个 鬼
如果我是一个鬼

灭 他 拉 告 吗
mɛ^{2} tha^{5} la^{1} qau^{4} ma^{6}
Maex tat lab ghaol mas
拍 打 个 告 脸
故意拍你一巴掌

灭 告 布 告 咪
mɛ^{2} qau^{4} pu^{8} qau^{4} mi^{6}
Maex ghaol buf ghaol mis
拍 告 见 告 妈
拍你让你去见妈

呀 打 木 呀 扫
ʑa^{6} ta^{2} mu^{4} ʑa^{6} sau^{6}
Yas dax mul yas saos
越 来 去 越 到
越来越靠近坡会

东 友 荣 瓜 吗
tam^{7} ʑu^{2} ʑoŋ^{4} qa^{6} ma^{6}
Damk yux yongl ghas mas
遇 友 荣 跟 脸
迎面就遇见友荣

兑 告 花 劳 那
təi^{2} qau^{4} fa^{1} lau^{5} na^{6}
Deix ghaol fab laot nas
哥 告 开 嘴 问
告哥激动开口问

猛 打 节 荣 衣
moŋ^{2} ta^{2} tɕi^{6} ʑoŋ^{4} ʑi^{6}
Mongx dax jis yongl yis
你 来 呀 荣 衣
你也来了呀友荣

猛 劳 古 让 刀
moŋ^{2} lau^{4} qo^{5} ȵiaŋ^{8} tau^{6}
Mongx laol ghot nziangf daos
你 来 就 真 对
你来就是很合适

猛 劳 凹 坐 月
moŋ^{2} lau^{4} au^{1} tsau^{7} vie^{6}
Mongx laol aob zaok wies
你 来 咱 踩 堂
我们踩堂给人看

了	扭	都	吓	根
lia^{2}	niu^{4}	tiu^{5}	ɬia^{1}	qan^{6}
Liax	niul	diut	dliab	ghans
跳	鼓	给	人	赞

踩堂给众人称赞

农	达	配	友	荣
noŋ^{3}	ta^{1}	phɛ^{7}	ʑu^{2}	ʑoŋ^{4}
Nongd	dab	paek	yux	yongl
现	姑	娘	友	荣

此时此刻友荣妹

古	贾	古	闷	木
kiu^{2}	tɕia^{2}	kiu^{2}	məŋ^{6}	mu^{4}
Giux	jiax	giux	mengs	mul
边	说	边	离	去

友荣边应边离去

农	达	亨	兑	告
noŋ^{3}	ta^{1}	həŋ^{5}	təi^{2}	qau^{4}
Nongd	dab	hengt	deix	ghaol
现	后	生	哥	告

此时此刻那告哥

古	贾	古	节	荣
kiu^{2}	tɕia^{2}	kiu^{2}	tɕie^{8}	ʑoŋ^{4}
Giux	jiax	giux	jief	yongl
边	说	边	告诉	荣

告哥边走边倾诉

多 本 让 几 败
tau^{3} pəŋ^{2} ȵiaŋ^{1} ki^{6} pai^{4}
Daod bengx nziangb gis bail
姑 本 在 上 坡
本姑站立在上坡

多 本 呆 吓 牙
tau^{3} pəŋ^{2} tai^{1} ɕia^{6} ʑa^{4}
Daod bengx daib xias yal
姑 本 把 话 说
本姑这样把话说

空 阿 你 罗 荣
qhoŋ^{1} a^{5} ni^{2} lo^{6} ʑoŋ^{4}
Khongb at nix los yongl
不要 这 样 呀 荣
友荣不要这样做

马 都 七 苏 罗
ma^{2} tio^{6} tɕhi^{7} su^{6} lau^{4}
Max dios qik sus laol
不 是 出 嫁 人
你不是要嫁他人

七 苏 多 兑 告
tɕhi^{7} su^{6} tau^{5} təi^{2} qau^{4}
Qik sus daot deix ghaol
出 嫁 得 哥 告
你不是嫁给告哥

凹	马	书	哪	罗
əu^{7}	ma^{2}	ɕiu^{6}	na^{2}	lau^{4}
Ouk	max	xius	nax	laol
拗	不	过	人	老

心里拗不过老人

无	牙	代	你	冬
vo^{8}	ʑa^{6}	tai^{7}	ni^{2}	toŋ^{4}
Wof	yas	daik	nix	dongl
无	奈	与	他	走

友荣无奈跟随他

农	达	配	友	荣
noŋ^{3}	ta^{1}	phɛ^{7}	ʑu^{2}	ʑoŋ^{4}
Nongd	dab	paek	yux	yongl
现	姑	娘	友	荣

此时此刻友荣妹

代	达	亨	兑	告
tai^{7}	ta^{1}	həŋ^{5}	təi^{2}	qau^{4}
Daik	dab	hengt	deix	ghaol
跟	后	生	哥	告

友荣跟随那告哥

告	当	花	些	何
qau^{4}	tiaŋ^{3}	fa^{1}	ɕie^{6}	ho^{4}
Ghaol	diangd	fab	xies	hol
告	反而	讲	话	说

告哥反而把话问

猛	用	内	许	荣
moŋ^{2}	ʑoŋ^{4}	ni^{7}	ɕi^{2}	ʑoŋ^{4}
Mongx	yongl	nik	xix	yongl
你	要	些	什么	荣

友荣需要买什么

号	拉	糖	苏	昂
hau^{5}	la^{1}	taŋ^{8}	su^{1}	ŋaŋ^{4}
Haot	lab	dangf	sub	ngangl
若	个	糖	来	吃

如果需要买糖吃

瓦	咪	糖	江	猛
va^{4}	mi^{1}	taŋ^{8}	tɕiaŋ^{6}	moŋ^{2}
Wal	mib	dangf	jiangs	mongx
我	买	糖	给	你

我买那糖送给你

号	拉	内	好	丢
hau^{5}	la^{1}	ni^{7}	hau^{3}	tiu^{4}
Haot	lab	nik	haod	diul
若	个	些	丝	线

如果需要买丝线

江	乡	都	猛	麻
tɕiaŋ^{6}	ɕiaŋ^{2}	tiu^{5}	moŋ^{2}	ma^{4}
Jiangs	xiangx	diut	mongx	mal
给	银	给	你	买

给钱给你拿去买

友	荣	花	些	何
ʑu^{2}	ʑoŋ^{4}	fa^{1}	ɕai^{6}	ho^{4}
Yux	yongl	fab	xais	hol
友	荣	讲	话	答

友荣这样把话说

拉	些	固	马	用
la^{1}	ɕi^{6}	qo^{5}	ma^{7}	ʑoŋ^{4}
Lab	xis	ghot	max	yongl
什	么	都	不	要

什么礼物都不要

农	达	配	友	荣
noŋ^{3}	ta^{1}	phε^{7}	ʑu^{2}	ʑoŋ^{4}
Nongd	dab	paek	yux	yongl
现	姑	娘	友	荣

此时此刻友荣妹

无	牙	代	你	冬
vo^{8}	ʑa^{6}	tai^{7}	ni^{2}	toŋ^{4}
Wof	yas	daik	nix	dongl
无	奈	与	他	走

友荣无奈跟随他

木	代	告	了	扭
mu^{4}	tai^{7}	qau^{4}	lia^{2}	niu^{4}
Mul	daik	ghaol	liax	niul
去	和	告	拉	鼓

跟随告哥去踩堂

坐	月	根	整	告
tsau^{7}	vie^{6}	qəŋ^{1}	tsəŋ^{2}	qau^{4}
Zaok	wies	ghengb	zengx	ghaol
踩	堂	底	整	告

他们在整告踩堂

告	着	乡	令	合
qau^{4}	tɕio^{6}	ɕiaŋ^{5}	liŋ^{6}	ho^{4}
Ghaol	jios	xiangt	lings	hol
告	真	心	快	乐

告哥心里很高兴

告	丢	飞	力	木
qau^{4}	tiu^{8}	fəi^{1}	li^{6}	mu^{4}
Ghaol	diuf	feib	lis	mul
告	跨	轻	步	去

告哥轻盈跨步去

荣	着	乡	令	月
ʑoŋ^{4}	tɕio^{6}	ɕiaŋ^{5}	liŋ^{6}	vie^{4}
Yongl	jios	xiangt	lings	wiel
荣	真	心	低	落

友荣心情很低落

阿	底	罗	江	刚
a^{5}	ti^{2}	lau^{1}	tɕiaŋ^{4}	kaŋ^{4}
At	dix	laob	jiangl	gangl
故意	一	脚	踉	跄

故意踉跄走错步

对	告	罗	冬	刀
təi^{8}	qau^{4}	lau^{1}	tioŋ^{2}	tau^{4}
Deif	ghaol	laob	diongx	daol
踩	告	脚	筒	裤

故意踩告哥裤脚

威	你	拉	刀	足
vi^{5}	ni^{2}	la^{1}	tau^{4}	tɕiu^{4}
Wit	nix	lab	daol	jiul
脏	他	个	裤	完

踩脏他那新裤子

能	凹	初	撮	约
naŋ^{6}	au^{3}	tɕhiu^{1}	tsho^{4}	ʐo^{4}
Nangs	aod	qiub	col	yol
弄	衣	脏	完	了

弄脏他那新衣服

荣	改	花	雷	合
ʐoŋ^{4}	qai^{3}	fa^{1}	ləi^{4}	ho^{4}
Yongl	ghaid	fab	leil	hol
荣	又	讲	话	说

友荣这样把话说

瓦	咪	答	丢	能
va^{4}	mi^{6}	ta^{1}	tiu^{4}	nəŋ^{4}
Wal	mis	dab	diul	nengl
我	妈	客	人	下游

我妈是下游汉人

瓦	罢	答	丢	败
va^{4}	pa^{7}	ta^{1}	tiu^{4}	pai^{4}
Wal	bak	dab	diul	bail
我	爸	客	人	山

我爸是山上汉人

瓦	马	布	冬	扭
va^{4}	ma^{2}	pu^{1}	toŋ^{6}	niu^{4}
Wal	max	bub	dongs	niul
我	不	会	踩	鼓

我真正不会踩堂

威	猛	挖	刀	足
vi^{5}	moŋ^{2}	la^{1}	tau^{4}	tɕiu^{4}
Wit	mongx	lab	daol	jiul
脏	你	个	裤	完

踩脏你那新裤子

阿	沙	嗒	末	告
a^{5}	ɬa^{1}	ta^{1}	mo^{4}	qau^{4}
At	dlab	dab	mol	ghaol
踩	黑	老	表	告

弄黑告哥新裤子

兑	告	让	败	周
təi^{2}	qau^{4}	ȵiaŋ^{1}	pai^{4}	tɕiu^{6}
Deix	ghaol	nziangb	bail	jius
哥	告	在	坡	上

告哥站在山坡上

沙	木	底	仁	年
ɬa^{1}	mu^{4}	ti^{2}	ʑiŋ^{4}	niŋ^{6}
Dlab	mul	dix	yingl	nings
黑	去	一	大	片

山坡众人黑一片

沙	木	追	都	约
ɬa^{1}	mu^{4}	tsəi^{1}	tiu^{5}	ʑo^{6}
Dlab	mul	zeib	diut	yos
黑	去	五	六	人

并排五六人变黑

追	都	拉	虽	弱
tsəi^{1}	tiu^{5}	la^{1}	səi^{4}	ȵia^{6}
Zeib	diut	lab	seil	nzias
五	六	个	跟	随

五六个人都黯然

兑	告	爹	败	松
təi^{2}	qau^{4}	tɛ^{1}	pai^{4}	ɬoŋ^{6}
Deix	ghaol	daeb	bail	dlongs
哥	告	到	坡	坳

告哥站在那山坳

沙	木	底	败	松
ɬa^{1}	mu^{4}	təi^{2}	pai^{4}	ɬoŋ^{6}
Dlab	mul	deix	bail	dlongs
黑	去	一	坡	坳

山坳上也黑一片

当	拉	瓦	劳	农
taŋ^{8}	la^{1}	va^{2}	lau^{4}	noŋ^{6}
Dangf	lab	wax	laol	nongs
似	个	天	来	雨

就像天黑要下雨

做	号	马	败	呢
tsəu^{7}	hau^{1}	ma^{2}	pai^{4}	nia^{6}
Zouk	haob	max	bail	nias
黑	天	没	有	散

就像乌云没有散

沙	足	阶	斗	答
ɬa^{1}	tɕiu^{4}	qai^{1}	təu^{5}	ta^{6}
Dlab	jiul	ghaib	dout	das
黑	完	棵	树	死

树被熏黑要蔫死

兑	工	当	瓜	爹
təi^{2}	qoŋ^{4}	taŋ^{5}	qa^{6}	tie^{6}
Deix	ghongl	dangt	ghas	dies
哥	工	生	哪	里

工哥出生在哪里

兑	工	当	松	结
təi^{2}	qoŋ^{4}	taŋ^{5}	ɬoŋ^{6}	tɕiu^{6}
Deix	ghongl	dangt	dlongs	jius
哥	工	生	松	结

工哥出生在松结

瓜	蚁	羊	几	娘
qa^{6}	ȵi^{2}	ɣaŋ^{4}	ki^{1}	niaŋ^{6}
Ghas	nzix	vangl	gib	niangs
瓜	蚁	寨	边	里

生在瓜里寨里面

兑	工	达	亨	学
təi^{2}	qoŋ^{4}	ta^{1}	həŋ^{5}	ɕio^{6}
Deix	ghongl	dab	hengt	xios
哥	工	后	生	穷

工哥家庭很贫穷

兑	工	当	乌	弱
təi^{2}	qoŋ^{4}	tiaŋ^{3}	vu^{5}	nio^{6}
Deix	ghongl	diangd	wut	nios
哥	工	很	英	俊

工哥天生长英俊

让	滔	亡	兴	令
ȵiaŋ^{8}	thau^{1}	maŋ^{4}	ɕiŋ^{5}	liŋ^{6}
Nziangf	taob	mangl	xingt	lings
真	亮	脸	透	明

脸蛋白嫩又透红

你	宰	杀	添	东
ni^{2}	tsai^{3}	sa^{4}	thiŋ^{5}	toŋ^{6}
Nix	zaid	sal	tingt	dongs
他	家	都	顶	柱

房子倾斜用柱顶

咪 哥 劳 替 邦

mi^1 ko^1 lau^4 thi^5 $paŋ^6$

Mib gob laol tit bangs

要 木皮 来 替 木板

木皮来代替木板

咪 瓜 弱 超 农

mi^1 qa^1 $ȵo^4$ $tshau^5$ $noŋ^6$

Mib ghab nzol caot nongs

要 茅 草 盖 雨

茅草盖房来遮雨

排 古 不 扫 娘

$phɛ^5$ kiu^2 pu^8 sau^6 $niaŋ^6$

Paet giux buf saos niangs

外 面 见 到 里面

房外看见房里面

马 学 答 敖 呀

ma^2 $ɕio^1$ ta^4 au^7 $ʑa^6$

Max xiob dal aok yas

没 有 个 鸭 养

家里没有鸭子养

答 瓜 劳 着 西

ta^4 $qɛ^1$ lau^4 $tɕio^7$ $ɕi^6$

Dal ghaeb laol jiok xis

个 鸡 来 啄 米

没有小鸡来啄米

忍	夸	工	阿	些
ȵiŋ^{2}	kha^{1}	qoŋ^{4}	a^{5}	ɕie^{6}
Nzingx	kab	ghongl	at	xies
天	热	工	做	啥

工哥夏天做什么

忍	夸	工	代	沙
ȵiŋ^{2}	kha^{1}	qoŋ^{4}	tai^{7}	ɬa^{6}
Nzingx	kab	ghongl	daik	dlas
天	热	工	和	富人

工哥夏天与富人

香	江	木	户	英
ɕiaŋ^{5}	tɕiaŋ^{1}	mu^{4}	vu^{7}	ʑiŋ^{6}
Xiangt	jiangb	mul	wuk	yings
放	木排	去	下	（融）州

沿河放排去融州

多	耍	劳	呀	咪
tau^{5}	sa^{3}	lau^{4}	ʑa^{6}	mi^{6}
Daot	sad	laol	yas	mis
换	米	来	养	妈

换来大米来养妈

马	巴	罗	缺	答
ma^{2}	pa^{1}	lau^{4}	qhəi^{7}	ta^{6}
Max	bab	laol	kheik	das
不	给	老人	饿	死

不让老人挨饿死

忍	桑	工	阿	些
ȵiŋ^{2}	saŋ^{4}	qoŋ^{4}	a^{5}	ɕie^{6}
Nzingx	sangl	ghongl	at	xies
天	冷	工	做	啥

工哥冬天做什么

你	木	根	洗	着
ni^{2}	mu^{4}	qəŋ^{1}	ɕi^{1}	tsau^{6}
Nix	mul	ghengb	xib	zaos
他	去	底	找	柴火

他到路边找干柴

撇	搞	夺	都	咪
phɛ^{1}	qau^{2}	tau^{4}	tiu^{5}	mi^{6}
Paeb	ghaox	daol	diut	mis
劈	木	蔸	给	妈

劈那柴蔸给妈妈

巴	哪	罗	坑	朱
pa^{1}	na^{2}	lau^{4}	qhəŋ^{5}	tɕiu^{6}
Bab	nax	laol	khengt	jius
给	人	老	暖	膝盖

冬天给老人取暖

兴	送	昂	兴	令
ɕiŋ^{5}	soŋ^{3}	ŋaŋ^{4}	ɕiŋ^{5}	liŋ^{6}
Xingt	songd	ngangl	xingt	lings
红	骨	头	红	深

小腿烤火红彤彤

难　记　吓　丢　兜
naŋ^{3}　ki^{3}　ɬia^{1}　tiu^{5}　təu^{6}
Nangd　gid　dliab　diut　dous
听　到　朋友　吹　芦笙
听到别人吹芦笙

嘎　追　弱　浪　松
ka^{2}　tsəi^{1}　ȵioŋ^{2}　laŋ^{6}　ɬoŋ^{6}
Gax　zeib　nziongx　langs　dlongs
芦　笙　响　浪　松
芦笙在浪松吹奏

哪　租　木　双　晒
na^{2}　tɕiu^{1}　mu^{4}　saŋ^{4}　sai^{6}
Nax　jiub　mul　sangl　sais
人　们　去　很　多
有很多人去赶坡

败　水　木　罗　咪
pai^{1}　səi^{2}　mu^{4}　lo^{6}　mi^{6}
Baib　seix　mul　los　mis
我们　也　去　呀　妈
我们一同去赶坡

示　友　荣　坐　月
ɕi^{3}　ʑu^{2}　ʑoŋ^{4}　tsau^{7}　vie^{6}
Xid　yux　yongl　zaok　wies
看　友　荣　踩　堂
去欣赏友荣踩堂

凹	让	瓜	爹	咪
au3	ȵiaŋ1	qa6	tie6	mi6
Aod	nziangb	ghas	dies	mis
衣	在	哪	里	妈

新衣服放在哪里

咪	凹	劳	江	尖
mi1	au3	lau4	tɕiaŋ6	tɕiŋ6
Mib	aod	laol	jiangs	jings
要	衣	来	给	男儿

要那新衣服给我

败	水	木	罗	咪
pai1	səi2	mu4	lo6	mi6
Baib	seix	mul	los	mis
我们	也	去	呀	妈

我们一同去赶坡

咪	花	雷	号	尖
mi6	fa1	ləi4	hau5	tɕiŋ6
Mis	fab	leil	haot	jings
妈	讲	话	给	男儿

妈妈对他这样说

道	让	答	耶	兄
tau1	ȵiaŋ1	ta4	ɣie6	ɕioŋ6
Daob	nziangb	dal	vies	xiongs
布	在	织	布	机

布还在织布机上

弱	阿	瓦	娃	嗒
ȵiu^{5}	a^{5}	va^{4}	va^{6}	ta^{6}
Nziut	at	wal	was	das
年	织	我	不	停

整年织布织不完

够	觉	足	者	尖
kʊ^{6}	tɕhiʊ^{1}	tɕiu^{4}	tɕi^{6}	tɕiŋ^{6}
Gos	qiob	jiul	jis	jings
粘	烟子	完	了	男儿

布都粘满了烟子

农	达	亨	兑	工
noŋ^{3}	ta^{1}	həŋ^{5}	təi^{2}	qoŋ^{4}
Nongd	dab	hengt	deix	ghongl
现	后	生	哥	工

此时此刻那工哥

呀	阿	呀	周	偶
ʑa^{6}	a^{5}	ʑa^{6}	tɕiu^{1}	ŋəu^{4}
Yas	at	yas	jiub	ngoul
越	做	越	迷	傻

工哥越来越无奈

让	答	偶	加	夺
ȵiaŋ^{1}	tai^{1}	ŋəu^{4}	tɕia^{1}	tau^{4}
Nziangb	daib	ngoul	jiab	daol
坐	下	傻	火	塘

傻傻坐在火塘边

想	扫	你	嗒	内
ɕiaŋ^{5}	sau^{6}	ni^{2}	ta^{1}	nəi^{4}
Xiangt	saos	nix	dab	neil
想	到	他	舅	爷

工哥想到他舅爷

号	沙	你	嗒	内
hau^{5}	ɬa^{6}	ni^{2}	ta^{1}	nəi^{4}
Haot	dlas	nix	dab	neil
若	富裕	他	舅	爷

他那舅爷算富裕

花	劳	那	嗒	内
fa^{1}	lau^{5}	na^{6}	ta^{1}	nəi^{4}
Fab	laot	nas	dab	neil
讲	嘴	问	舅	爷

工哥开口问舅爷

让	凹	马	嗒	内
ȵiaŋ^{1}	au^{3}	ma^{2}	ta^{1}	nəi^{4}
Nziangb	aod	max	dab	neil
有	衣	吗	舅	爷

舅爷是否有衣服

让	凹	选	旁	劳
ȵiaŋ^{1}	au^{3}	ɬiŋ^{2}	phaŋ^{1}	lau^{4}
Nziangb	aod	dlingx	pangb	laol
有	衣	给	件	来

若有衣服借件来

叮	玲	布	冬	羊
tiŋ^{1}	liŋ^{1}	pu^{6}	tioŋ^{1}	ɣaŋ^{4}
Dingb	lingb	bus	diongb	vangl
匆	忙	进	中	寨

匆忙跑进寨中央

号	列	底	旁	弱
hau^{5}	lie^{5}	tı^{2}	phaŋ^{1}	ȵoŋ^{4}
Haot	liet	dix	pangb	nzongl
想	乞求	一	件	衣服

原想乞求件衣服

当	多	九	旁	劳
tiaŋ^{3}	tau^{5}	tɕiu^{2}	phaŋ^{1}	lau^{4}
Diangd	daot	jiux	pangb	laol
反而	得	九	件	来

舅爷给九件衣服

号	列	底	拉	刀
hau^{5}	lie^{5}	ti^{2}	la^{1}	tau^{4}
Haot	liet	dix	lab	daol
想	乞求	一	条	裤

原想乞求条裤子

当	多	九	拉	刀
tiaŋ^{3}	tau^{5}	tɕiu^{2}	la^{1}	tau^{4}
Diangd	daot	jiux	lab	daol
反而	得	九	条	裤

舅爷给九条裤子

多	木	哪	桑	压
ta^{1}	mu^{6}	na^{2}	saŋ^{1}	ʑa^{4}
Dab	mus	nax	sangb	yal
舅	娘	人	心	坏

舅娘心里真很坏

略	太	你	答	及
lo^{6}	thai^{5}	ni^{2}	ta^{1}	ki^{4}
Los	tait	nix	dab	gil
又	骂	他	外	甥

这样辱骂那外甥

答	吓	马	布	能
ta^{1}	ɕia^{5}	ma^{2}	pu^{1}	nəŋ^{4}
Dab	xiat	max	bub	nengl
人	穷	不	会	穿

穷人不会穿衣服

拉	列	改	拉	八
la^{1}	lie^{5}	qai^{3}	la^{1}	pa^{4}
Lab	liet	ghaid	lab	bal
个	乞	又	个	坏

借出去的容易坏

些	告	瓦	妻	弱
ɕie^{1}	qau^{5}	va^{4}	tɕhiu^{1}	ȵoŋ^{4}
Xieb	ghaot	wal	qiub	nzongl
怕	旧	我	件	衣服

穿旧我那新衣服

嗒	内	改	多	些
ta^{1}	nəi^{4}	qai^{3}	tau^{5}	ɕie^{6}
Dab	neil	ghaid	daot	xies
舅	爷	又	说	话

舅爷这样把话说

花	些	劳	号	尖
fa^{1}	ɕie^{6}	lau^{4}	hau^{5}	tɕiŋ^{6}
Fab	xies	laol	haot	jings
说	话	来	给	男儿

舅爷说给那外甥

猛	嗒	答	乌	弱
moŋ^{2}	ta^{4}	ta^{1}	vu^{5}	nio^{6}
Mongx	dal	dab	wut	nios
你	个	人	英	俊

你是天生长英俊

猛	木	友	荣	阿	拉	那
moŋ^{2}	mu^{4}	ʑu^{2}	ʑoŋ^{4}	a^{5}	la^{1}	na^{6}
Mongx	mul	yux	yongl	at	lab	nas
你	去	友	荣	可	能	问

你去友荣可能问

猛	冬	差	底	兴
moŋ^{2}	tioŋ^{4}	tsha^{3}	ti^{2}	ɕiŋ^{6}
Mongx	diongl	cad	dix	xings
你	还	缺	一	样

你还缺一样东西

丁	嘎	六	工	工
tiŋ^{1}	ka^{2}	liu^{4}	qoŋ^{6}	qoŋ^{6}
Dingb	gax	liul	ghongs	ghongs
把	芦	笙	轰	轰

一把芦笙吹轰轰

嗒	内	巴	劳	凹	败	拉
ta^{1}	nəi^{4}	pa^{1}	lau^{4}	au^{1}	pɛ^{5}	lia^{6}
Dab	neil	bab	laol	aob	baet	lias
舅	爷	送	来	两	百	两

舅爷送二百两银

龙	凹	劳	之	周
loŋ^{2}	əu^{1}	lau^{4}	tɕi^{5}	tɕiu^{6}
Longx	oub	laol	jit	jius
沿	河	来	上	上游

工哥往河上游走

木	古	耶	列	兜
mu^{4}	ku^{2}	ʑe^{1}	lɛ^{5}	təu^{6}
Mul	gux	yeb	laet	dous
去	古	耶	看	芦笙

工哥去古耶看笙

晒	凹	嗒	古	桑
sai^{2}	au^{1}	ta^{4}	qəu^{5}	saŋ^{6}
Saix	aob	dal	ghout	sangs
遇	两	个	老	师傅

遇见两个老师傅

花	些	木	那	桑
fa^{1}	ɕie^{6}	mu^{4}	na^{6}	saŋ^{6}
Fab	xies	mul	nas	sangs
讲	话	去	问	师傅

工哥询问那师傅

猛	让	嘎	麻	桑
moŋ^{2}	ȵiaŋ^{1}	ka^{2}	ma^{4}	saŋ^{6}
Mongx	nziangb	gax	mal	sangs
你	有	芦笙	卖	师傅

师傅有芦笙卖吗

古	桑	挪	多	些
qəu^{5}	saŋ^{6}	noŋ^{3}	tau^{5}	ɕie^{6}
Ghout	sangs	nongd	daot	xies
老	师傅	现	说	话

师傅现在把话说

嘎	罗	让	双	晒
ka^{2}	lo^{6}	ȵiaŋ^{1}	saŋ^{5}	sai^{6}
Gax	los	nziangb	sangt	sais
芦笙	呀	有	很	多

现在有芦笙很多

号	咪	木	坐	仑
hau^{5}	mi^{1}	mu^{4}	tsau^{7}	ləŋ^{6}
Haot	mib	mul	zaok	lengs
若	要	去	过	年

若买芦笙去过年

咪 丁 嘎 都 肚
mi^{1} tiŋ^{1} ka^{2} tiu^{5} təu^{6}
Mib dingb gax diut dous
要 把 芦笙 六 类
要买一堂芦笙六

木 来 不 罗 书
mu^{4} lɛ^{5} pu^{4} lo^{6} ɕiu^{6}
Mul laet bul los xius
去 比赛 响 才 赢
芦笙比赛才会赢

兑 工 花 些 好
təi^{2} qoŋ^{4} fa^{1} ɕie^{6} hau^{6}
Deix ghongl fab xies haos
哥 工 讲 话 说
工哥这样把话说

丁 农 一 爹 拉
tiŋ^{1} noŋ^{2} ʑi^{4} tie^{6} lia^{6}
Dingb nongx yil dies lias
把 这 多 少 银两
这把芦笙多少钱

桑 要 花 劳 好
saŋ^{6} sau^{2} fa^{1} lau^{5} hau^{6}
Sangs saox fab laot haos
师 傅 讲 嘴 说
师傅这样把话说

瓦 椏 达 亨 学
va^{4} ŋa^{7} ta^{1} həŋ^{5} ɕio^{6}
Wal ngak dab hengt xios
我 儿 后 生 穷
工哥是个穷人家

省 凹 麻 苏 哥
sɔŋ^{2} au^{1} ma^{4} su^{1} ko^{6}
Sengx aob mal sub gos
钱 二 买 也 够
二两银子也够买

嘎 麻 改 多 节
ka^{2} ma^{4} qai^{3} tau^{5} tɕi^{6}
Gax mal ghaid daot jis
芦笙 买 又 得 了
现在芦笙买到了

叮 玲 劳 扫 载
tiŋ^{2} liŋ^{1} lau^{4} sau^{6} tsai^{6}
Dingx lingb laol saos zais
匆 忙 回 到 家
工哥匆忙回到家

选 收 木 号 咪
ɬiŋ^{2} χu^{1} mu^{4} hau^{5} mi^{6}
Dlingx hvub mul haot mis
讲 话 去 给 妈
工哥对妈这样说

下	农	今	兴	节
ɕia^{7}	noŋ^{2}	kiŋ^{4}	ɕiŋ^{1}	tɕi^{6}
Xiak	nongx	gingl	xingb	jis
次	这	齐	全	了

这次东西齐全了

拉	打	木	罗	咪
la^{7}	ta^{2}	mu^{4}	lo^{6}	mi^{6}
Lak	dax	mul	los	mis
邀	来	去	呀	妈

妈妈准备出发吧

工	吹	嘎	几	之
qoŋ^{4}	tshau^{1}	ka^{2}	ki^{6}	tɕi^{5}
Ghongl	caob	gax	gis	jit
工	吹	芦笙	路	上

工哥沿路吹芦笙

嗦	收	哪	爹	暖
sau^{4}	χu^{1}	na^{2}	tie^{6}	nəŋ^{5}
Saol	hvub	nax	dies	nengt
杂	话	人	里	面

芦笙吹出爱恋声

荣	江	乃	爹	英
ʑoŋ^{4}	tɕiaŋ^{6}	ȵai^{2}	tie^{6}	ʑiŋ^{5}
Yongl	jiangs	nzaix	dies	yingt
荣	聆	听	里	心

友荣聆听那芦笙

乙 收 打 号 亨
ʑi^{4} χu^{1} ta^{2} hau^{6} həŋ^{5}
Yil hvub dax haos heugt
说 话 来 给 后生
友荣说话给告哥

瓦 吓 打 节 勾
va^{4} ɕia^{1} ta^{2} tɕi^{6} qo^{5}
Wal xiab dax jis ghot
我 情哥 来 到 了
我那情郎来到了

冬 吹 嘎 几 之
tioŋ^{4} tshau^{1} ka^{2} ki^{6} tɕi^{5}
Diongl caob gax gis jit
刚 吹 芦笙 路 上
刚刚吹芦笙走来

工 吹 嘎 松 能
qoŋ^{4} tshau^{1} ka^{2} ɬoŋ^{6} nəŋ^{4}
Ghongl caob gax dlongs nengl
工 吹 芦笙 松 能
工哥在松能吹笙

嗦 收 哪 爹 约
sau^{4} χu^{1} na^{2} tie^{6} ʑo^{5}
Saol hvub nax dies yot
杂 话 人 里 面
芦笙吹出爱恋声

荣	江	乃	爹	入
ʑoŋ^{4}	tɕiaŋ^{6}	ȵai^{2}	tie^{6}	ʑu^{4}
Yongl	jiangs	nzaix	dies	yul
荣	聆	听	入	迷

友荣痴痴在聆听

乙	收	打	号	业
ʑi^{4}	χu^{1}	ta^{2}	hau^{6}	ȵiu^{4}
Yil	hvub	dax	haos	nziul
说	话	来	给	婶

友荣说给大婶听

瓦	吓	打	之	业
va^{4}	ɕia^{1}	ta^{2}	tɕi^{6}	ȵiu^{4}
Wal	xiab	dax	jis	nziul
我	情侣	来	了	婶

我那情郎来到了

冬	吹	嘎	松	能
tioŋ^{4}	tshau^{1}	ka^{2}	ɬoŋ^{6}	nəŋ^{4}
Diongl	caob	gax	dlongs	nengl
刚	吹	芦笙	松	能

刚在松能吹芦笙

工	呀	木	呀	扫
qoŋ^{4}	ʑa^{6}	mu^{4}	ʑa^{6}	sau^{6}
Ghongl	yas	mul	yas	saos
工	越	去	越	到

工哥越走越靠近

配	本	让	固	研
phɛ^{7}	pəŋ^{2}	ȵiaŋ^{1}	kiu^{8}	ȵiaŋ^{6}
Paek	bengx	nziangb	giuf	nziangs
妹	本	在	上	坡

本妹站立在坡上

本	不	花	雷	号
pəŋ^{2}	pu^{4}	fa^{1}	ləi^{4}	hau^{6}
Bengx	bul	fab	leil	haos
本	妹	讲	话	说

本妹这样把话说

那	内	达	亨	沙
na^{1}	nəi^{4}	ta^{1}	həŋ^{5}	ɬa^{6}
Nab	neil	dab	hengt	dlas
刚	才	后	生	富

刚才遇见那告哥

答	阿	马	乌	弱
ta^{4}	a^{1}	ma^{2}	vu^{5}	nio^{6}
Dal	ab	max	wut	nios
人	那	不	英	俊

那个青年不英俊

浪	瓦	花	劳	那
laŋ^{2}	va^{4}	fa^{1}	lau^{5}	na^{6}
Langx	wal	fab	laot	nas
自己	我	讲	嘴	问

我善意与他搭话

马	呆	瓦	瓜	爹
ma^{2}	tai^{1}	va^{4}	qa^{6}	tie^{6}
Max	daib	wal	ghas	dies
不	应	我	哪	里

他不搭理我问候

答	农	达	亨	学
ta^{4}	noŋ^{2}	ta^{1}	həŋ^{5}	ɕio^{6}
Dal	nongx	dab	hengt	xios
人	这	青	年	穷

这个青年家里穷

答	农	当	乌	弱
ta^{4}	noŋ^{2}	tiaŋ^{3}	vu^{5}	nio^{6}
Dal	nongx	diangd	wut	nios
人	这	很	英	俊

这个青年很英俊

瓦	号	花	劳	那
va^{4}	hau^{5}	fa^{1}	lau^{5}	na^{6}
Wal	haot	fab	laot	nas
我	想	讲	嘴	问

我想搭话来招呼

社	送	马	呆	奴
ɕie^{1}	ɬoŋ^{7}	ma^{2}	tai^{1}	nəu^{6}
Xieb	dlongk	max	daib	nous
怕	真	不	应	姑娘

害怕他不搭理妹

工	打	木	呀	扫
$qoŋ^4$	ta^2	mu^4	$ʑa^6$	sau^6
Ghongl	dax	mul	yas	saos
工	来	去	刚	到

工哥刚来到坡场

兑	工	花	劳	那
$təi^2$	$qoŋ^4$	fa^1	lau^5	na^6
Deix	ghongl	fab	laot	nas
哥	工	讲	嘴	问

工哥热情打招呼

猛	打	之	埋	奴
$moŋ^2$	ta^2	$tɕi^6$	mai^4	$nəu^6$
Mongx	dax	jis	mail	nous
你	来	了	配	姑娘

你也来赶芦笙坡

猛	劳	兵	让	刀
$moŋ^2$	lau^4	pi^5	$ȵiaŋ^8$	tau^6
Mongx	laol	bit	nziangf	daos
你	来	真	是	好

你来赶坡会真好

猛	劳	败	坐	月
$moŋ^2$	lau^4	pai^1	$tsau^7$	vie^6
Mongx	laol	baib	zaok	wies
你	来	我们	踩	堂

你来我们去踩堂

了	扭	都	吓	根
lia^{2}	niu^{4}	tiu^{5}	ɬia^{1}	qan^{6}
Liax	niul	diut	dliab	ghans
拉	鼓	给	人	赞

踩堂让人来称赞

达	配	花	收	劳	那	兑
ta^{1}	phɛ^{7}	fa^{1}	χu^{1}	lau^{4}	na^{6}	təi^{2}
Dab	paek	fab	hvub	laol	nas	deix
姑	娘	讲	话	来	问	哥

姑娘这样问工哥

猛	让	让	拉	羊	爹	打
moŋ^{2}	ȵiaŋ^{8}	ȵiaŋ^{1}	la^{1}	ɣaŋ^{4}	tɛ^{6}	ta^{2}
Mongx	nziangf	nziangb	lab	vangl	daes	dax
你	真	在	个	寨	哪里	来

你从哪个寨子来

打	瓜	一	农	兑
ta^{2}	qa^{1}	ʑi^{4}	noŋ^{6}	təi^{2}
Dax	ghab	yil	nongs	deix
来	迟	这	样	哥

你来赶坡这么晚

许	在	飞	工	哩
ɕi^{6}	tsai^{3}	fai^{1}	koŋ^{4}	li^{6}
Xis	zaid	faib	gongl	lis
谁	家	远	路	多

谁家路程遥远多

兑	在	飞	工	哩
təi^{2}	tsai^{3}	fai^{1}	koŋ^{4}	li^{6}
Deix	zaid	faib	gongl	lis
哥	家	远	路	多

阿哥那家路程远

打	凹	哪	冬	扫
ta^{2}	au^{1}	nɑ^{1}	tioŋ^{4}	sau^{6}
Dax	aob	nab	diongl	saos
来	两	天	才	到

走两天路程才到

罗	打	瓜	一	农
lo^{6}	ta^{2}	qa^{1}	ʑi^{4}	noŋ^{6}
Los	dax	ghab	yil	nongs
才	来	迟	这	样

这样奔波才来迟

农	达	配	本	不
noŋ^{3}	ta^{1}	phɛ^{7}	pəŋ^{2}	pu^{4}
Nongd	dab	paek	bengx	bul
现	姑	娘	花	金樱

现在金樱花姑娘

多	些	都	兑	工
tau^{5}	ɕie^{6}	tiu^{5}	təi^{2}	qoŋ^{4}
Daot	xies	diut	deix	ghongl
讲	话	给	哥	工

花妹讲话给工哥

拉	猛	败	许	羊
la^{1}	moŋ^{2}	pai^{5}	ɕi^{2}	ɣaŋ^{4}
Lab	mongx	bait	xix	vangl
个	你	名	什么	寨

你那寨名叫什么

阿	拉	败	许	一
a^{5}	la^{1}	pai^{5}	ɕi^{2}	ʑi^{4}
At	lab	bait	xix	yil
叫	个	名	什么	这

那寨叫什么名字

工	花	劳	打	节
qoŋ^{4}	fa^{1}	lau^{5}	ta^{2}	tɕie^{4}
Ghongl	fab	laot	dax	jiel
工	讲	嘴	来	说

工哥这样把话说

哎	达	配	本	不
ai^{1}	ta^{1}	phɛ^{7}	pəŋ^{2}	pu^{4}
Aib	dab	paek	bengx	bul
哎	姑	娘	花	金樱

金樱花呀金樱花

空	木	那	达	亨	兑	羊
qhoŋ^{1}	mu^{4}	na^{6}	ta^{1}	həŋ^{5}	təi^{2}	ɣaŋ^{4}
Khongb	mul	nas	dab	hengt	deix	vangl
莫	去	问	后	生	哥	寨

不要问后生寨名

改	哪	败	西	扭
qai^{3}	na^{1}	pai^{1}	ɕi^{1}	niu^{4}
Ghaid	nab	baib	xib	niul
又	日	我们	拉	鼓

我们将来去拉鼓

达	配	改	打	吓
ta^{1}	phɛ^{7}	qai^{3}	ta^{2}	ɬia^{4}
Dab	paek	ghaid	dax	dlial
姑	娘	又	来	走

邀请姑娘来观赏

西	虽	西	贾	王
ɕi^{5}	ɬəi^{1}	ɕi^{5}	tɕia^{2}	vaŋ^{4}
Xit	dleib	xit	jiax	wangl
相	逗	相	吹	牛

我们相互来抒情

奴	挪	就	浪	瓦
nəu^{6}	no^{8}	tɕiu^{5}	laŋ^{2}	va^{4}
Nous	nof	jiut	langx	wal
姑娘	自	认	自己	我

花妹自然认识我

配	本	不	生	些
phɛ^{7}	pəŋ^{2}	pu^{4}	səŋ^{5}	ɕie^{6}
Paek	bengx	bul	sengt	xies
妹	花	金樱	接	话

花妹接话这样说

猛	挪	中	挪	松
moŋ^{1}	nau^{5}	tɕioŋ^{2}	nau^{5}	ɬoŋ^{6}
Mongb	naot	jiongx	naot	dlongs
藤	多	根	多	椏

你像藤多根多枝

嗒	挪	累	呆	瞎	挪	扫
ta^{4}	no^{6}	lai^{2}	tai^{3}	ɬia^{4}	no^{5}	sau^{6}
Dal	nos	laix	daid	dlial	not	saos
个	这	长	久	走	多	到

这个长久会相遇

七	猛	木	东	衣
tɕhi^{7}	moŋ^{2}	mu^{4}	tam^{7}	ʑi^{6}
Qik	mongx	mul	damk	yis
如	你	去	遇见	配衣

如果你去见配衣

东	友	荣	坐	月
tam^{7}	ʑu^{2}	ʑoŋ^{4}	tsau^{7}	vie^{6}
Damk	yux	yongl	zaok	wies
遇见	友	荣	踩	堂

遇见友荣在踩堂

农	浪	瓦	兴	令
noŋ^{1}	laŋ^{2}	va^{4}	ɕiŋ^{5}	liŋ^{6}
Nongb	langx	wal	xingt	lings
忘记	自己	我	干	净

你忘我一干二净

兑	工	让	败	松
təi^{2}	qoŋ^{4}	ȵiaŋ^{1}	pai^{4}	ɬoŋ^{6}
Deix	ghongl	nziangb	bail	dlongs
哥	工	在	坡	坳

工哥站立在坳上

滔	木	底	败	松
thau^{1}	mu^{4}	təi^{2}	pai^{4}	ɬoŋ^{6}
Taob	mul	deix	pail	dlongs
亮	去	一	坡	坳

英俊照亮半边坳

乌	木	追	都	约
vu^{5}	mu^{4}	tsəi^{1}	tiu^{5}	ʑo^{6}
Wut	mul	zeib	diut	yos
好	去	五	六	个

身边五六人靓丽

兄	一	喇	乌	弱
ɕioŋ^{6}	ʑi^{8}	la^{2}	vu^{5}	nio^{6}
Xiongs	yif	lax	wut	nios
七	八	人	英	俊

身边七八人英俊

乌	足	阶	斗	乌
vu^{5}	tɕiu^{4}	qai^{1}	təu^{5}	vu^{6}
Wut	jiul	ghaib	dout	wus
好	完	棵	树	活

树木树叶显旺盛

阶	仰	杀	乌	弱
qai^{1}	ȵaŋ^{2}	sa^{4}	vu^{5}	ȵia^{6}
Ghaib	nzangx	sal	wut	nzias
棵	草	都	好	跟

野草杂草也茂盛

农	达	配	友	荣
noŋ^{3}	ta^{1}	phɛ^{7}	ʑu^{2}	ʑoŋ^{4}
Nongd	dab	paek	yux	yongl
现	姑	娘	友	荣

此时此刻友荣妹

多	些	都	兑	工
tau^{5}	ɕie^{6}	tiu^{5}	təi^{2}	qoŋ^{4}
Daot	xies	diut	deix	ghongl
讲	话	给	哥	工

友荣讲话给工哥

凹	木	瓜	拉	布	了	扭
au^{1}	mu^{4}	qa^{6}	la^{1}	pu^{7}	lia^{2}	niu^{4}
Aob	mul	ghas	lab	buk	liax	niul
我们	去	那	个	坡	拉	鼓

我们去坡场踩堂

农	达	亨	兑	工
noŋ^{3}	ta^{1}	həŋ^{5}	təi^{2}	qoŋ^{4}
Nongd	dab	hengt	deix	ghongl
现	后	生	哥	工

此时那后生工哥

娃　收　阿　农　接
va^{6}　χu^{1}　a^{5}　noŋ^{2}　tɕie^{4}
Was　hvub　at　nongx　jiel
讲　话　样　这　说
工哥这样把话说

猛　月　亨　兑　工
moŋ^{2}　vie^{6}　həŋ^{5}　təi^{2}　qoŋ^{4}
Mongx　wies　hengt　deix　ghongl
你　绕　后生　哥　工
你嫌弃我家贫穷

猛　弱　亨　兑　告
moŋ^{2}　ȵia^{6}　həŋ^{5}　təi^{2}　qau^{4}
Mongx　nzias　hengt　deix　ghaol
你　跟　后生　哥　告
你跟告哥去踩堂

你　巴　糖　江　昂
ni^{2}　pa^{1}　taŋ^{8}　tɕiaŋ^{6}　ŋaŋ^{4}
Nix　bab　dangf　jiangs　ngangl
他　给　糖　给　吃
他买糖果送你吃

巴　毫　江　猛　用
pa^{1}　hau^{8}　tɕiaŋ^{6}　moŋ^{2}　ʑoŋ^{4}
Bab　haof　jiangs　mongx　yongl
给　钱　给　你　用
有意送钱给你花

达	亨	达	沙	代	猛	冬
ta^{1}	həŋ^{5}	ta^{1}	ɬa^{6}	tai^{7}	moŋ^{2}	toŋ^{4}
Dab	hengt	dab	dlas	daik	mongx	dongl
后	生	人	富	与	你	走

富家子弟陪伴你

多	本	让	几	败
tau^{3}	pəŋ^{2}	ȵiaŋ^{1}	ki^{6}	pai^{4}
Daod	bengx	nziangb	gis	bail
姑	花	在	上	坡

金樱花站在坡上

多	本	花	些	合
tau^{3}	pəŋ^{2}	fa^{1}	ɕie^{6}	ho^{4}
Daod	bengx	fab	xies	hol
姑	花	讲	话	说

金樱花来把话说

空	阿	农	罗	工
qhoŋ^{1}	a^{5}	noŋ^{2}	lo^{6}	qoŋ^{4}
Khongb	at	nongx	los	ghongl
莫	样	这	呀	工

工哥请不要这样

马	都	是	苏	罗
ma^{2}	tio^{6}	si^{6}	su^{6}	lau^{4}
Max	dios	sis	sus	laol
不	是	要	成	亲

不是马上就成亲

七	苏	多	友	荣
tɕhi^{7}	su^{6}	tau^{5}	ʑu^{2}	ʑoŋ^{4}
Qik	sus	daot	yux	yongl
如果	娶	得	友	荣

如果有缘娶友荣

工	羊	凹	马	书	哪	罗
qoŋ^{4}	ȵiaŋ^{8}	əu^{7}	ma^{2}	ɕiu^{6}	na^{2}	lau^{4}
Ghongl	nziangf	ouk	max	xius	nax	laol
工	真	拗	不	过	人	老

工哥说不过老人

无	牙	弱	友	荣
vo^{8}	ʑa^{6}	ȵia^{6}	ʑu^{2}	ʑoŋ^{4}
Wof	yas	nzias	yux	yongl
无	奈	跟	友	荣

工哥无奈跟友荣

代	荣	衣	了	扭
tai^{7}	ʑoŋ^{4}	ʑi^{6}	lia^{2}	niu^{4}
Daik	yongl	yis	liax	niul
与	荣	衣	踩	鼓

跟随友荣去踩堂

生	约	别	引	亡
səŋ^{1}	ʑo^{6}	pɛ^{5}	ɣiŋ^{2}	maŋ^{4}
Sengb	yos	baet	vingx	mangl
千	人	百	张	脸

坡场有上千个人

万	约	生	引	亡
$vəŋ^6$	$ʑo^6$	$səŋ^1$	$ɣiŋ^2$	$maŋ^4$
Wengs	yos	sengb	vingx	mangl
万	人	千	张	脸

坡场有上万个人

乌	马	书	友	荣
vu^5	ma^2	$ɕiu^6$	$ʑu^2$	$ʑoŋ^4$
Wut	max	xius	yux	yongl
美	不	过	友	荣

美貌不胜过友荣

马	当	衣	底	亡
ma^2	$taŋ^7$	$ʑi^6$	ti^2	$maŋ^4$
Max	dangk	yis	dix	mangl
不	过	衣	一	脸

都没有友荣漂亮

雷	哪	乌	劳	本
$ləi^8$	na^2	vu^5	lau^4	$pəŋ^4$
Leif	nax	wut	laol	bengl
选	人	美	来	比

选择美女来媲美

咪	务	若	引	结
mi^6	vo^7	$ȵo^1$	$ɣiŋ^2$	$qəi^4$
Mis	wok	nzob	vingx	gheil
妈	务	若	及	格

及格寨子务若妈

咪	务	依	整	一
mi^{6}	vo^{7}	ʑi^{7}	tsəŋ^{2}	ʑi^{4}
Mis	wok	yik	zengx	yil
妈	务	依	整	一

整一寨子务依妈

咪	务	照	古	培
mi^{6}	vu^{7}	tsau^{7}	ku^{2}	pai^{4}
Mis	wok	zaok	gux	bail
妈	务	照	古	培

古培寨子务照妈

咪	达	麦	柳	能
mi^{6}	ta^{1}	mai^{5}	liu^{2}	nəŋ^{4}
Mis	dab	mait	liux	nengl
妈	达	麦	柳	能

柳能寨子达麦妈

咪	惰	道	良	陇
mi^{6}	tau^{3}	tau^{7}	liaŋ^{2}	loŋ^{4}
Mis	daod	daok	liangx	longl
妈	姑	道	良	陇

良陇寨子姑道妈

阿	咪	古	许	单
a^{5}	mi^{6}	qo^{5}	ɕi^{2}	təŋ^{4}
At	mis	ghot	xix	dengl
当	妈	也	这	样

虽然她已当妈妈

阿 咪 古 门 列
a^5 mi^6 qo^5 $məŋ^6$ lie^4
At mis ghot mengs liel
当 妈 也 是 漂亮
虽然当妈还漂亮

追 约 罗 打 木
$tsəi^1$ $ʑo^6$ lo^6 ta^2 mu^4
Zeib yos los dax mul
五 人 又 来 去
她们五人去赶坡

乌 马 书 友 荣
vu^5 ma^2 $ɕiu^6$ $ʑu^2$ $ʑoŋ^4$
Wut max xius yux yongl
好 不 赢 友 荣
她们不如友荣美

马 当 衣 底 人
ma^2 $taŋ^7$ $ʑi^6$ ti^2 $ʑiŋ^4$
Max dangk yis dix yingl
不 如 衣 一 半
一半都不如友荣

生 万 花 些 合
$səŋ^1$ $vəŋ^6$ fa^1 $ɕie^6$ ho^4
Sengb wengs fab xies hol
千 万 讲 话 说
千人万人这样说

农 达 配 友 荣
noŋ^{3} ta^{1} phɛ^{7} ʑu^{2} ʑoŋ^{4}
Nongd dab paek yux yongl
现 姑 娘 友 荣
此时此刻友荣妹

乌 啊 猛 木 弱
vu^{5} a^{5} moŋ^{2} mu^{1} ȵiu^{4}
Wut at mongx mub nziul
好 样 那 去 了
友荣是如此漂亮

答 孟 古 陇 败
ta^{4} moŋ^{6} qo^{5} lioŋ^{2} pai^{4}
Dal mongs ghot liongx bail
个 那 也 竖 手
那个也竖大拇指

答 农 古 陇 败
ta^{4} noŋ^{6} qo^{5} lioŋ^{2} pai^{4}
Dal nongs ghot liongx bail
个 这 也 竖 手
这个也竖大拇指

西 义 呆 瓦 羊
ɕi^{1} ȵi^{6} ta^{1} va^{2} ʑaŋ^{4}
Xib nzis dab wax yangl
可 能 天 庭 养
可能是天庭养育

哪	累	呀	你	劳
na^{1}	ləi^{5}	ʑa^{6}	ni^{2}	lau^{4}
Nab	leit	yas	nix	laol
日	月	养	她	来

太阳月亮养育她

示	哪	嗒	雍	羊
ɕi^{7}	na^{2}	ta^{1}	voŋ^{2}	ʑaŋ^{4}
Xik	nax	dab	wongx	yangl
可能	人	个	龙	养

可能是龙王养育

嗒	恩	呀	你	劳
ta^{1}	əŋ^{7}	ʑa^{6}	ni^{2}	lau^{4}
Dab	engk	yas	nix	laol
人	龙	养	她	来

龙王龙宫养育她

示	哪	凹	响	羊
ɕi^{1}	na^{2}	əu^{1}	ɕiaŋ^{2}	ʑaŋ^{4}
Xib	nax	oub	xiangx	yangl
可能	人	水	银	养

可能银水来养育

凹	生	呀	你	劳
əu^{1}	səŋ^{5}	ʑa^{6}	ni^{2}	lau^{4}
Oub	sengt	yas	nix	laol
水	锡	养	她	来

可能锡水来养育

马　多　嗒　雍　羊
ma^{2} tau^{5} ta^{1} voŋ^{2} ʑaŋ^{4}
Max daot dab wongx yangl
没　得　个　龙　养
友荣不是龙王养

马　多　呆　瓦　羊
ma^{2} tau^{5} təŋ^{1} va^{2} ʑaŋ^{4}
Max daot dengb wax yangl
没　得　天　庭　养
友荣不是天庭养

马　多　凹　响　羊
ma^{2} tau^{5} əu^{1} ɕiaŋ^{2} ʑaŋ^{4}
Max daot oub xiangx yangl
没　有　水　银　养
友荣不是银水养

荣　多　凹　想　羊
ʑoŋ^{4} tau^{5} əu^{1} ɕiaŋ^{2} ɣaŋ^{4}
Yongl daot oub xiangx vangl
荣　生　务　想　寨
友荣出生务想寨

略　号　凹　想　羊
lo^{6} hau^{5} əu^{1} ɕiaŋ^{2} ɣaŋ^{4}
Los haot oub xiangx vangl
才　叫　务　想　寨
这样才叫务想寨

荣 哪 让 哪 羊
ʑoŋ^4 na^2 ȵiaŋ^1 na^2 ʑaŋ^4
Yongl nax nziangb nax yangl
荣 人 在 人 养
友荣是人间养育

窝 凹 两 呀 荣
vo^7 əu^1 liaŋ^2 ʑa^6 ʑoŋ^4
Wok oub liangx yas yongl
婆 务 两 养 荣
务两婆婆生友荣

木 东 兄 脑 告
mu^4 tioŋ^1 ɕioŋ^8 nəu^2 qau^4
Mul diongb xiongf noux ghaol
去 中 桌 吃 饭
友荣在桌子吃饭

昂 污 无 冬 读
ŋaŋ^4 vo^1 vu^7 tioŋ^2 təu^4
Ngangl wob wuk diongx doul
吞 菜 下 肚 子
吞着青菜下肚子

列 跟 刚 脑 谁
lie^5 qoŋ^3 kaŋ^1 ȵau^2 səi^4
Liet ghongd gangb nzaox seil
过 喉 咙 绿 色
绿色青菜过喉咙

温	都	让	整	告
vəŋ^{6}	tiu^{5}	ȵiaŋ^{1}	tsəŋ^{2}	qau^{4}
Wengs	diut	nziangb	zengx	ghaol
万	六	在	整	告

六万人相聚整告

让	汪	阿	了	扭
ȵiaŋ^{1}	vaŋ^{6}	au^{7}	lia^{2}	niu^{4}
Nziangb	wangs	aok	liax	niul
在	汪	阿	踩	鼓

相聚汪阿坪踩堂

农	达	亨	兑	工
noŋ^{3}	ta^{1}	həŋ^{5}	təi^{2}	qoŋ^{4}
Nongd	dab	hengt	deix	ghongl
现	后	生	哥	工

此时那后生工哥

代	达	配	友	荣
tai^{7}	ta^{1}	phɛ^{7}	ʐu^{2}	ʐoŋ^{4}
Daik	dab	paek	yux	yongl
与	姑	娘	友	荣

工哥陪伴友荣妹

凹	你	坐	打	跌
au^{1}	ni^{6}	tsau^{7}	ta^{2}	tie^{4}
Aob	nis	zaok	dax	diel
两	他	走	来	坪下

他们两个走下坪

吓	哥	共	打	跌
ɬia^{1}	qo^{5}	qoŋ^{7}	ta^{2}	tie^{4}
Dliab	ghot	ghongk	dax	diel
别人	也	涌	来	坪下

众人都涌下大坪

凹	你	坐	打	败
au^{1}	ni^{6}	tsau^{7}	ta^{2}	pai^{4}
Aob	nis	zaok	dax	bail
两	他	走	来	坪上

他们两个走上坪

吓	哥	共	打	败
ɬia^{1}	qo^{5}	qoŋ^{7}	ta^{2}	pai^{4}
Dliab	ghot	ghongk	dax	bail
别人	也	涌	来	坪上

众人都涌上大坪

旁	哇	嗒	冬	扭
phaŋ^{3}	va^{6}	ta^{1}	tioŋ^{2}	niu^{4}
Pangd	was	dab	diongx	niul
有些	忘	个	筒	地

有人遗忘大地筒

哇	冬	乌	马	让
va^{6}	tioŋ^{2}	vu^{1}	ma^{2}	ȵiaŋ^{4}
Was	diongx	wub	max	nziangl
忘	筒	小	不	吹

忘记吹奏小地筒

旁	哇	嗒	嘎	答
phaŋ^{3}	va^{6}	ta^{1}	ka^{2}	ta^{4}
Pangd	was	dab	gax	dal
有些	忘	个	芦笙	小

有人忘吹小芦笙

哇	嘎	冬	马	让
va^{6}	ka^{2}	tioŋ^{1}	ma^{2}	ȵiaŋ^{4}
Was	gax	diongb	max	nziangl
忘	芦笙	中	不	吹

忘记吹奏中芦笙

示	忍	乌	友	荣
ɕi^{3}	ȵiŋ^{1}	vu^{5}	ʑu^{2}	ʑoŋ^{4}
Xid	nzingb	wut	yux	yongl
看	新娘	好	友	荣

欣赏友荣那容貌

示	吓	乌	兑	工
ɕi^{3}	ɕia^{1}	vu^{5}	təi^{2}	qoŋ^{4}
Xid	xiab	wut	deix	ghongl
看	新郎	好	哥	工

欣赏工哥那身材

哇	达	亨	兑	告
va^{6}	ta^{1}	həŋ^{5}	təi^{2}	qau^{4}
Was	dab	hengt	deix	ghaol
忘	后	生	哥	告

遗忘那后生告哥

达	亨	沙	马	列
ta^{1}	həŋ^{5}	ɬa^{6}	ma^{2}	lie^{4}
Dab	hengt	dlas	max	liel
后	生	富	不	英俊

告哥富但不英俊

让	爹	收	弱	迷
ȵiaŋ^{1}	tie^{6}	χiu^{7}	ȵiu^{2}	mie^{4}
Nziangb	dies	hviuk	nziux	miel
站	立	抽	嘴	马

站立不停在努嘴

哪	打	派	兑	告
na^{1}	ta^{2}	phaŋ^{1}	təi^{2}	qau^{4}
Nab	dax	pangb	deix	ghaol
太阳	来	晒	哥	告

太阳照射那告哥

社	阿	户	引	西	号	足
ɕie^{1}	a^{5}	vu^{7}	ʑiŋ^{2}	ɬiu^{1}	həu^{3}	tɕiu^{4}
Xieb	at	wuk	yingx	dliub	houd	jiul
害	怕	晒	熔	头	发	完

害怕烤焦那头发

坐	底	哪	仑	扭
tsau^{7}	ti^{2}	na^{1}	ləŋ^{6}	niu^{4}
Zaok	dix	nab	lengs	niul
跳	一	天	踩	堂

众人跳一天踩堂

做 瓦 兴 爹 无
tsəu^{7} va^{2} ɕiŋ^{1} tie^{6} vu^{4}
Zouk wax xingb dies wul
天 黑 暗 下 来
天空将要黑下来

之 凹 太 之 眉
tɕiu^{6} əu^{1} thai^{7} tɕiu^{6} məi^{4}
Jius oub taik jius meil
一 水 退 一 河
众人沿河流返回

之 分 太 之 羊
tɕiu^{6} fəŋ^{1} thai^{7} tɕiu^{6} ɣaŋ^{4}
Jius fengb taik jius vangl
一 方 退 一 寨
众人返回各村寨

略 达 亨 兑 工
lia^{7} ta^{1} həŋ^{5} təi^{2} qoŋ^{4}
Liak dab hengt deix ghongl
剩下 后 生 哥 工
剩下工哥一个人

代 达 亨 兑 告
tai^{7} ta^{1} həŋ^{5} təi^{2} qau^{4}
Daik dab hengt deix ghaol
与 后 生 哥 告
还有告哥一个人

代　达　配　友　荣
tai^{7} ta^{1} phɛ^{7} ʑu^{2} ʑoŋ^{4}
Daik dab paek yux yongl
和　姑　娘　友　荣
还有友荣一个人

败　约　上　马　木
pai^{1} ʑo^{6} ɕiaŋ^{5} ma^{2} mu^{4}
Baib yos xiangt max mul
三　人　想　不　去
他们三人不舍回

让　上　上　打　扭
ȵiaŋ^{1} saŋ^{1} saŋ^{6} ta^{2} niu^{4}
Nziangb sangb sangs dax niul
站立　恋　恋　坪　鼓
恋恋不舍那大坪

农　达　配　友　荣
noŋ^{3} ta^{1} phɛ^{7} ʑu^{2} ʑoŋ^{4}
Nongd dab paek yux yongl
现　姑　娘　友　荣
此时此刻友荣妹

花　些　都　兑　告
fa^{1} ɕie^{6} tiu^{5} təi^{2} qau^{4}
Fab xies diut deix ghaol
讲　话　给　哥　告
友荣把话问告哥

亡	农	被	许	羊
maŋ^{5}	noŋ^{2}	pi^{5}	ɕi^{2}	ɣaŋ^{4}
Mangt	nongx	bit	xix	vangl
夜	这	住	哪	寨

你今夜投宿哪寨

农	达	亨	兑	告
noŋ^{3}	ta^{1}	hoŋ^{5}	təi^{2}	qau^{4}
Nongd	dab	hengt	deix	ghaol
现	后	生	哥	告

此时此刻那告哥

花	些	号	农	节
fa^{1}	ɕie^{6}	hau^{5}	noŋ^{2}	tɕie^{4}
Fab	xies	haot	nongx	jiel
讲	话	样	这	说

告哥这样把话说

败	芦	阶	生	扭
pai^{1}	vu^{7}	qai^{1}	səŋ^{1}	niu^{4}
Baib	wuk	ghaib	sengb	niul
我	去	头	家	鼓

我去寨老家投宿

败	布	阶	生	羊
pai^{1}	pu^{6}	qai^{1}	səŋ^{1}	ɣaŋ^{4}
Baib	buk	ghaib	sengb	vangl
我	进	家	头	寨

我将进那寨老家

沙	聂	阶	生	扭
ɬa^{6}	nie^{4}	qai^{1}	səŋ^{1}	niu^{4}
Dlas	niel	ghaib	sengb	niul
富	聂	头	家	鼓

聂公是一个寨老

农	达	亨	兑	告
noŋ^{3}	ta^{1}	həŋ^{5}	təi^{2}	qau^{4}
Nongd	dab	hengt	deix	ghaol
现	后	生	哥	告

此时此刻那告哥

你	正	你	嗒	迷
ni^{2}	tsəŋ^{8}	ni^{2}	ta^{1}	mie^{4}
Nix	zengf	nix	dab	miel
他	打	他	骏	马

扬鞭抽他那骏马

勇	壮	兄	根	年
ʑoŋ^{2}	tsaŋ^{2}	ɕioŋ^{2}	qəŋ^{1}	niŋ^{4}
Yongx	zangx	xiongx	ghengb	ningl
家	丁	紧	跟	随

家丁跟随告哥走

木	布	阶	生	当
mu^{4}	pu^{6}	qai^{1}	səŋ^{1}	taŋ^{4}
Mul	bus	ghaib	sengb	dangl
去	进	家	头	等

他进寨老家等候

当	达	配	友	荣
taŋ^{4}	ta^{1}	phɛ^{7}	ʑu^{2}	ʑoŋ^{4}
Dangl	dab	paek	yux	yongl
等候	姑	娘	友	荣

等候难舍友荣妹

农	达	配	友	荣
noŋ^{3}	ta^{1}	phɛ^{7}	ʑu^{2}	ʑoŋ^{4}
Nongd	dab	paek	yux	yongl
现	姑	娘	友	荣

此时此刻友荣妹

多	收	都	兑	工
tau^{5}	χu^{1}	tiu^{5}	təi^{2}	qoŋ^{4}
Daot	hvub	diut	deix	ghongl
讲	话	给	哥	工

友荣把话问工哥

哎	达	亨	兑	工
ai^{1}	ta^{1}	həŋ^{5}	təi^{2}	qoŋ^{4}
Aib	dab	hengt	deix	ghongl
哎	后	生	哥	工

我那难舍工哥哎

亡	农	猛	批	勾	许	羊
maŋ^{5}	noŋ^{2}	moŋ^{2}	phi^{1}	qəu^{5}	ɕi^{2}	ɣaŋ^{4}
Mangt	nongx	mongx	pib	ghout	xix	vangl
夜	今	你	进	个	哪	寨

今晚你进哪个寨

农 达 亨 兑 工
noŋ^{3} ta^{1} həŋ^{5} təi^{2} qoŋ^{4}
Nongd dab hengt deix ghongl
现 后 生 哥 工
此时此刻那工哥

花 些 号 友 荣
fa^{1} ɕie^{6} hau^{5} ʑu^{2} ʑoŋ^{4}
Fab xies haot yux yongl
讲 话 给 友 荣
工哥告诉友荣妹

瓦 亡 哪 嗒 及
va^{4} maŋ^{8} na^{2} ta^{1} ki^{4}
Wal mangf nax dab gil
我 这 人 苗 族
我是苗族小伙子

嗒 吓 马 学 不
ta^{1} ɕio^{6} ma^{2} ɕio^{1} pu^{4}
Dab xios max xiob bul
个 穷 没 有 朋友
人穷很少有朋友

败 斗 嘎 哈 木
pai^{1} tiu^{5} ka^{2} ha^{1} mu^{4}
Baib diut gax hab mul
我 吹 嘎 哈 去
我吹奏嘎哈串寨

林　多　兄　阶　败

liŋ⁸　təu⁵　ɕioŋ²　qai¹　pai⁴

Lingf　dout　xiongx　ghaib　bail

苗笛　拿　在　手　里

手里吹奏那苗笛

列　弱　许　冬　木

lie⁵　ȵia⁸　ɕi²　tioŋ¹　mu⁴

Liet　nziaf　xix　diongb　mul

讨　饭　时　半　夜

穿寨讨饭到半夜

列　呀　浪　败　行

lie⁵　ʑa⁶　laŋ²　pai¹　ɬiŋ⁴

Liet　yas　langx　baib　dlingl

讨　养　自己　我们　命

走寨讨饭养活命

当　扫　许　冬　木

taŋ⁴　sau⁶　ɕi²　tioŋ¹　mu⁴

Dangl　saos　xix　diongb　mul

等　到　时　半　夜

等待到那大半夜

列　弱　别　拉　羊

lie⁵　ȵia⁸　pɛ⁶　la¹　ɣaŋ⁴

Liet　nziaf　baes　lab　vangl

讨　饭　完　个　寨

全寨走一遍讨饭

分	巴	意	蚁	嗒
fəŋ^{1}	pa^{1}	i^{7}	ȵi^{2}	ta^{4}
Fengb	bab	ik	nzix	dal
地方	给	肉	水牛	个

地方好人给肉吃

撇	呆	撇	瓦	让
phɛ^{5}	tai^{1}	phɛ^{5}	va^{2}	ȵiaŋ^{4}
Paet	daib	paet	wax	nziangl
寨	下	寨	上	讨

寨上寨下去乞讨

都	兴	溜	牛	着
tiu^{5}	ɕiŋ^{1}	liu^{5}	ȵiu^{2}	tɕiu^{4}
Diut	xingb	liut	nziux	jiul
给	亮	嘴	唇	完

让那嘴唇油滑亮

友	荣	改	多	些
ʑu^{2}	ʑoŋ^{4}	qai^{3}	tau^{5}	ɕie^{6}
Yux	yongl	ghaid	daot	xies
友	荣	又	讲	话

此时友荣把话说

凹	之	木	阿	劳
au^{1}	tɕi^{5}	mu^{4}	au^{1}	lau^{6}
Aob	jit	mul	aob	laos
两	上	去	阿	劳

我们走到阿劳寨

谷	羊	引	羊	周
kiu^{8}	ɣaŋ^{4}	ɣiŋ^{2}	ɣaŋ^{4}	tɕiu^{6}
Giuf	vangl	vingx	vangl	jius
头	寨	边	寨	尽

走进寨子那尽头

布	瓦	道	亲	载
pu^{6}	va^{4}	tau^{3}	tɕhiŋ^{1}	tsai^{6}
Bus	wal	daod	qingb	zais
进	我	姑	房	屋

投宿我那姑妈家

凹	你	冬	木	道	亲	载
au^{1}	ni^{2}	toŋ^{8}	mu^{4}	tau^{3}	tɕhiŋ^{1}	tsai^{6}
Aob	nix	dongf	mul	daod	qingb	zais
两	他	同	去	姑	房	屋

他们一同走姑妈

节	木	瓦	让	几
tɕi^{5}	mu^{4}	va^{2}	ȵiaŋ^{1}	ki^{6}
Jit	mul	wax	nziangb	gis
爬	去	上面	坐	下

走进堂屋坐休息

当	扫	许	冬	木
taŋ^{4}	sau^{6}	ɕi^{2}	tioŋ^{1}	mu^{4}
Dangl	saos	xix	diongb	mul
等	到	时	半	夜

等待到那大半夜

农	达	亨	兑	告
noŋ^{3}	ta^{1}	həŋ^{5}	təi^{2}	qau^{4}
Nongd	dab	hengt	deix	ghaol
现	后	生	哥	告

此时此刻那告哥

花	些	都	嗓	及
fa^{1}	ɕie^{6}	tiu^{5}	saŋ^{2}	ki^{4}
Fab	xies	diut	sangx	gil
讲	话	给	小	孩

告哥把话问小孩

门	布	配	友	荣
məŋ^{1}	pu^{8}	phɛ^{7}	ʑu^{2}	ʑoŋ^{4}
Mengb	buf	paek	yux	yongl
你们	见	妹	友	荣

你们是否见友荣

代	达	亨	兑	工
tai^{7}	ta^{1}	həŋ^{5}	təi^{2}	qoŋ^{4}
Daik	dab	hengt	deix	ghongl
与	后	生	哥	工

跟随那后生工哥

布	劳	示	马	劳
pu^{1}	lau^{4}	ɕi^{6}	ma^{2}	lau^{4}
Bub	laol	xis	max	laol
知	来	或	不	来

他们来还是不来

农	嗒	育	贾	雷
noŋ3	ta1	ʑiu5	tɕia2	ləi4
Nongd	dab	yiut	jiax	leil
现	小	孩	讲	话

现在小孩把话说

月	收	阿	农	接
vie6	χu1	a5	noŋ2	tɕie4
Wies	hvub	at	nongx	jiel
讲	话	样	这	说

小孩这样把话说

布	达	配	友	荣
pu8	ta1	phɛ7	ʑu2	ʑoŋ4
Buf	dab	paek	yux	yongl
见	姑	娘	友	荣

看见漂亮友荣姐

代	达	亨	兑	工
tai7	ta1	həŋ5	təi2	qoŋ4
Daik	dab	hengt	deix	ghongl
与	后	生	哥	工

跟随那后生工哥

之	木	着	阿	劳
tɕi5	mu4	tɕiu6	au1	lau4
Jit	mul	jius	aob	laol
上	去	到	阿	劳

他们走进阿劳寨

谷	羊	引	羊	周
kiu^{8}	ɣaŋ^{4}	ɣiŋ^{2}	ɣaŋ^{4}	tɕiu^{4}
Giuf	vangl	vingx	vangl	jiul
头	寨	边	寨	尽

走进寨子那尽头

布	荣	道	载	木
pu^{6}	ʑoŋ^{4}	tau^{3}	tsai^{3}	mu^{4}
Bus	yongl	daod	zaid	mul
进	荣	姑	家	去

走进友荣姑妈家

农	达	亨	兑	告
noŋ^{3}	ta^{1}	həŋ^{5}	təi^{2}	qau^{4}
Nongd	dab	hengt	deix	ghaol
现	后	生	哥	告

此时此刻那告哥

你	志	你	嗒	迷
ni^{2}	tɕi^{5}	ni^{2}	ta^{1}	mie^{4}
Nix	jit	nix	dab	miel
他	骑	他	骏	马

告哥跨上那骏马

嗒	壮	兄	根	年
ta^{4}	tsaŋ^{3}	ɕioŋ^{2}	qəŋ^{1}	niŋ^{4}
Dal	zangd	xiongx	ghengb	ningl
家	丁	跟	后	腿

家丁紧跟随告哥

之	木	着	阿	劳
tɕi⁵	mu⁴	tɕio²	au¹	lau⁴
Jit	mul	jiox	aob	laol
上	去	到	阿	劳

他们走进阿劳寨

谷	羊	引	羊	周
kiu⁸	ɣaŋ⁴	ɣiŋ²	ɣaŋ⁴	tɕiu⁴
Giuf	vangl	vingx	vangl	jiul
头	寨	边	寨	尽

走进寨子那尽头

都	荣	道	载	木
təu⁶	ʑoŋ⁴	tau³	tsai³	mu⁴
Dous	yongl	daod	zaid	mul
寻找	荣	姑	家	去

寻找友荣姑妈家

打	木	扫	根	龙
ta²	mu⁴	sau⁶	qən¹	lioŋ⁶
Dax	mul	saos	ghengb	liongs
走	去	到	寨	巷

告哥沿巷子走去

晒	工	咪	喝	芦
sai²	qoŋ⁴	mi⁶	həu¹	lu⁶
Saix	ghongl	mis	houb	lus
遇见	众	妈	赶	鸭

巧遇大妈在赶鸭

之	窝	雨	各	瓜	根	龙
tɕi^{1}	vo^{7}	vi^{2}	qau^{4}	qa^{6}	qən^{1}	lioŋ^{6}
Jib	wok	wix	ghaol	ghas	ghengb	liongs
众	婆婆	围	鹅	那	后	巷子

她们在巷子捉鹅

兑	告	选	收	那
təi^{2}	qau^{4}	ɬiŋ^{2}	χu^{1}	na^{6}
Deix	ghaol	dlingx	hvub	nas
哥	告	讲	话	问

告哥这样把话问

荣	道	载	娘	嗒
ʑoŋ^{4}	tau^{3}	tsai^{3}	ȵiaŋ^{1}	ta^{6}
Yongl	daod	zaid	nziangb	das
荣	姑	家	在	哪

友荣姑妈家在哪

让	败	爹	之	咪
ȵiaŋ^{1}	pai^{4}	tie^{6}	tɕi^{1}	mi^{6}
Nziangb	bail	dies	jib	mis
在	哪	里	众	妈

姑妈房子在哪边

之	窝	选	雷	号
tɕi^{1}	vo^{7}	ɬiŋ^{2}	ləi^{4}	hau^{6}
Jib	wok	dlingx	leil	haos
众	婆婆	讲	话	说

大妈这样把话说

号	荣	道	载	嗒
hau^{5}	ʑoŋ^{4}	tau^{3}	tsai^{3}	ta^{6}
Haot	yongl	daod	zaid	das
问	荣	姑	家	哪

若问友荣姑妈家

让	败	猛	哇	尖
ȵiaŋ^{1}	pai^{1}	moŋ^{6}	va^{1}	tɕiŋ^{6}
Nziangb	bail	mongs	wab	jings
在	坡	那边	呀	男儿

姑妈家在那对面

告	农	志	迷	陇	根	龙
qau^{4}	noŋ^{3}	tɕi^{8}	mie^{4}	loŋ^{2}	qəŋ^{1}	lioŋ^{6}
Ghaol	nongd	jif	miel	longx	ghengb	liongs
告	现	骑	马	沿	后	巷

告哥骑马沿巷走

冬	荣	瓜	根	义
tam^{7}	ʑoŋ^{4}	qa^{6}	qəŋ^{1}	ʑi^{6}
Damk	yongl	ghas	ghengb	yis
遇见	荣	那	后	楼

遇见友荣在楼底

友	荣	多	收	些
ʑu^{2}	ʑoŋ^{4}	tau^{5}	xu^{1}	ɕie^{6}
Yux	yongl	daot	hvub	xies
友	荣	把	话	说

友荣这样把话说

拉 羊 农 松 哩

la^{1} ɣaŋ^{4} noŋ^{6} soŋ^{1} li^{6}

Lab vangl nongs songb lis

个 寨 很 陡 峭

寨子地势很陡峭

猛 真 志 迷 陇 根 龙

moŋ^{2} ȵiaŋ^{8} tɕi^{8} mie^{4} loŋ^{2} qəŋ^{1} lioŋ^{6}

Mongx nziangf jif miel longx ghengb liongs

你 真 骑 马 沿 后 巷

你要骑马走巷子

七 些 上 败 捞 生 答

tɕhi^{7} ɕie^{1} ɬiaŋ^{3} pai^{4} lau^{3} ɬəŋ^{1} ta^{6}

Qik xieb dliangd bail laod dlengb das

恐 怕 跌 跤 断 脖子 死

恐怕跌跤断脖子

兑 告 苏 呆 夜

təi^{2} qau^{4} su^{2} tai^{1} ʑie^{6}

Deix ghaol sux daib yies

哥 告 答 应 说

告哥这样搭话说

空 贾 瓦 肮 衣

qhoŋ^{1} tɕia^{2} va^{4} aŋ^{3} ʑi^{6}

Khongb jiax wal angd yis

莫 说 我 多 衣

不要数落我太多

友	荣	改	多	些
ʑu^{2}	ʑoŋ^{4}	qai^{3}	tau^{5}	ɕie^{6}
Yux	yongl	ghaid	daot	xies
友	荣	又	说	话

友荣又这样说话

收	你	阿	收	列
χu^{1}	ni^{2}	a^{5}	χu^{1}	lie^{4}
Hvub	nix	at	hvub	liel
话	它	做	话	好

这话算是说好话

列	猛	敲	哇	告
lie^{5}	moŋ^{2}	qhau^{5}	va^{1}	qau^{4}
liet	mongx	khaot	wab	ghaol
告诉	你	而已	呀	告

我善意告诉告哥

兑	告	号	刀	之
təi^{2}	qau^{4}	hau^{5}	tau^{6}	tɕi^{6}
Deix	ghaol	haot	daos	jis
哥	告	认为	对	了

告哥心里已领情

兑	告	丢	爹	业
təi^{2}	qau^{4}	tiu^{7}	tie^{6}	nie^{6}
Deix	ghaol	diuk	dies	nies
哥	告	笑	嘻	嘻

告哥开心笑嘻嘻

农	达	配	友	荣
noŋ^{3}	ta^{1}	phɛ^{7}	ʑu^{2}	ʑoŋ^{4}
Nongd	dab	paek	yux	yongl
现	姑	娘	友	荣

此时此刻友荣妹

代	达	亨	兑	告
tai^{7}	ta^{1}	həŋ^{5}	təi^{2}	qau^{4}
Daik	dab	hengt	deix	ghaol
与	后	生	哥	告

友荣与后生告哥

木	布	道	载	木
mu^{4}	pu^{6}	tau^{3}	tsai^{3}	mu^{4}
Mul	bus	daod	zaid	mul
去	进	姑	家	去

他们走进姑妈家

号	工	猛	让	仅
həu^{3}	kioŋ^{8}	moŋ^{2}	ȵiaŋ^{1}	kiŋ^{4}
Houd	giongf	mongx	nziangb	gingl
头	楼	那	坐	等

告哥在阁楼坐等

农	达	亨	兑	告
noŋ^{3}	ta^{1}	həŋ^{5}	təi^{2}	qau^{4}
Nongd	dab	hengt	deix	ghaol
现	后	生	哥	告

此时此刻那告哥

嗒	受	让	瓜	撇	瓦	当
ta^{6}	səu^{1}	ȵiaŋ^{1}	qa^{6}	phɛ^{5}	va^{2}	taŋ^{4}
Das	soub	nziangb	ghas	paet	wax	dangl
个	傻	在	那	面	上	等

傻傻在阁楼等待

月	收	都	友	荣
vie^{6}	χu^{1}	tiu^{5}	ʑu^{2}	ʑoŋ^{4}
Wies	hvub	diut	yux	yongl
讲	话	给	友	荣

这样说话给友荣

猛	虽	败	许	荣
moŋ^{2}	ɬəi^{1}	pai^{1}	ɕi^{2}	ʑoŋ^{4}
Mongx	dleib	baib	xix	yongl
你	骗	我们	什么	荣

友荣骗我做什么

节	些	代	兑	工
tɕie^{8}	ɕie^{6}	tai^{7}	təi^{2}	qoŋ^{4}
Jief	xies	daik	deix	ghongl
讲	话	与	哥	工

刚才你与工哥聊

冬	仑	代	兑	工
toŋ^{8}	ləŋ^{6}	tai^{7}	təi^{2}	qoŋ^{4}
Dongf	lengs	daik	deix	ghongl
同	过年	与	哥	工

与工哥一起踩堂

江 袜 嘎 哈 八
tɕiaŋ^{6} va^{6} ka^{2} ha^{1} pa^{4}
Jiangs was gax hab bal
怀 抱 嘎 哈 坏
工哥怀抱旧嘎哈

令 多 兄 阶 败
liŋ^{8} təu^{7} ɕioŋ^{2} qai^{1} pai^{4}
Lingf douk xiongx ghaib bail
苗笛 拿 在 里 手
手里拿一支苗笛

列 弱 布 冬 羊
lie^{5} ȵia^{8} pu^{6} tioŋ^{1} ɣaŋ^{4}
Liet nziaf bus diongb vangl
讨 饭 进 中 寨
走进寨子去讨饭

着 亡 阿 通 桑
tɕiu^{6} maŋ^{5} a^{2} thoŋ^{1} saŋ^{4}
Jius mangt ax tongb sangl
只 夜 那 最 冷
只有今夜最寒冷

呆 邦 打 刚 羊
tai^{5} paŋ^{6} ta^{2} kaŋ^{1} ɣaŋ^{4}
Dait bangs dax gangb vangl
霜 冻 下 盖 寨
村寨有霜冻覆盖

拉	之	着	凹	聂
lia^{7}	tɕiu^{6}	tɕio^{2}	əu^{1}	nie^{4}
Liak	jius	jiox	oub	niel
剩下	一	条	水	溪

只剩一条溪水流

扫	瓜	许	改	各
sau^{6}	qa^{6}	ɕi^{2}	qɛ^{1}	ko^{4}
Saos	ghas	xix	ghaeb	gol
到	那	时	鸡	叫

等到那半夜鸡叫

噜	瓜	拥	拉	羊
lo^{6}	qa^{5}	ȵioŋ^{2}	la^{1}	ɣaŋ^{4}
Los	ghat	nziongx	lab	vangl
已	叫	响	整	寨

公鸡叫响整个寨

瓦	扫	猛	清	劳
va^{4}	sau^{6}	moŋ^{2}	tɕhiŋ^{1}	lau^{4}
Wal	saos	mongx	qingb	laol
我	到	你	家	来

工哥走寨到你家

劳	代	猛	喝	王
lau^{4}	tai^{7}	moŋ^{2}	hau^{1}	vaŋ^{4}
Laol	daik	mongx	haob	wangl
来	与	你	聊	天

他将与你诉衷情

让 扫 许 冬 木
ȵiaŋ^{1} sau^{6} ɕi^{2} tioŋ^{1} mu^{4}
Nziangb saos xix diongb mul
坐 到 时 半 夜
此时坐到那半夜

嘎 林 嘎 哈 弱
ka^{2} liŋ^{8} ka^{6} ha^{1} ȵau^{4}
Gax lingf gas hab nzaol
苗 笛 嘎 哈 响
苗笛嘎哈吹奏响

刚 达 配 友 荣
qaŋ^{3} ta^{1} phɛ^{7} ʑu^{2} ʑoŋ^{4}
Ghangd dab paek yux yongl
邀 姑 娘 友 荣
苗笛吹奏邀友荣

哎 达 配 友 荣
ai^{1} ta^{1} phɛ^{7} ʑu^{2} ʑoŋ^{4}
Aib dab paek yux yongl
哎 姑 娘 友 荣
友荣配衣姑娘呀

着 亡 阿 通 双
tɕiu^{6} maŋ^{5} a^{2} thoŋ^{1} saŋ^{4}
Jius mangt ax tongb sangl
只 夜 那 最 冷
只有今夜最寒冷

猛	布	堵	江	瓦
moŋ^{2}	po^{7}	tiu^{2}	tɕiaŋ^{6}	va^{4}
Mongx	bok	diux	jiangs	wal
你	开	门	给	我

你出来开门给我

劳	代	猛	旁	夺
lau^{4}	tai^{7}	moŋ^{2}	phaŋ^{1}	tau^{4}
Laol	daik	mongx	pangb	daol
来	与	你	烤	火

与你烤火来取暖

农	达	亨	兑	告
noŋ^{3}	ta^{1}	həŋ^{5}	təi^{2}	qau^{4}
Nongd	dab	hengt	deix	ghaol
现	后	生	哥	告

此时此刻那告哥

达	亨	达	沙	让	瓦	当
ta^{1}	həŋ^{5}	ta^{1}	ɬa^{6}	ȵiaŋ^{1}	va^{2}	taŋ^{4}
Dab	hengt	dab	dlas	nziangb	wax	dangl
后	生	人	富	在	家	等

告哥坐在火塘边

多	些	都	友	荣
tau^{5}	ɕie^{6}	tiu^{5}	ʑu^{2}	ʑoŋ^{4}
Daot	xies	diut	yux	yongl
讲	话	给	友	荣

告哥讲话给友荣

空　布　堵　江　工
qhoŋ^{1}　po^{7}　tiu^{2}　tɕiaŋ^{6}　qoŋ^{4}
Khongb　bok　diux　jiangs　ghongl
莫　开　门　给　工
不要开门给工哥

阿　内　马　刀　不
au^{1}　nəi^{7}　ma^{2}　tau^{6}　pu^{4}
Aob　neik　max　daos　bul
我　们　不　合　朋友
我们两个不友好

农　达　配　友　荣
noŋ^{3}　ta^{1}　phɛ^{7}　ʑu^{2}　ʑoŋ^{4}
Nongd　dab　paek　yux　yongl
现　姑　娘　友　荣
此时此刻友荣妹

多　些　阿　农　接
tau^{5}　ɕie^{6}　a^{5}　noŋ^{2}　tɕie^{4}
Daot　xies　at　nongx　jiel
讲　话　样　这　说
友荣这样把话说

哪　农　哪　嘎　扭
na^{1}　noŋ^{6}　na^{1}　ka^{2}　niu^{4}
Nab　nongs　nab　gax　niul
天　这　天　坡　会
今天芦笙坡会节

哪	农	挪	哪	吓
na^{1}	noŋ^{6}	nau^{5}	na^{2}	ɬia^{4}
Nab	nongs	naot	nax	dlial
天	这	多	人	走

今夜寨子多人走

马	布	马	刀	立
ma^{2}	po^{7}	ma^{2}	tau^{6}	li^{4}
Max	bok	max	daos	lil
不	开	不	合	理

不打开门不合理

猛	让	烟	猛	昂
moŋ^{2}	ȵiaŋ^{1}	ʑiŋ^{7}	moŋ^{2}	ŋaŋ^{4}
Mongx	nziangb	yingk	mongx	ngangl
你	有	烟	你	抽

你有香烟你就抽

你	让	烟	你	昂
ni^{2}	ȵiaŋ^{1}	ʑiŋ^{7}	ni^{2}	ŋaŋ^{4}
Nix	nziangb	yingk	nix	ngangl
他	有	烟	他	抽

他有香烟他就抽

猛	让	示	猛	接
moŋ^{2}	ȵiaŋ^{1}	ɕi^{7}	moŋ^{2}	tɕie^{4}
Mongx	nziangb	xik	mongx	jiel
你	有	苗歌	你	唱

你有苗歌你就唱

你	让	示	你	接
ni^{2}	ȵiaŋ^{1}	ɕi^{7}	ni^{2}	tɕie^{4}
Nix	nziangb	xik	nix	jiel
他	有	苗歌	他	唱

他有苗歌他就唱

凹	约	虽	示	打	别	荣
au^{1}	ʑo^{6}	ɬəi^{1}	ɕi^{7}	ta^{2}	pa^{1}	ʑoŋ^{4}
Aob	yos	dleib	xik	dax	bab	yongl
两	人	唱	苗歌	来	给	荣

两人唱歌给友荣

荣	布	堵	江	工
ʑoŋ^{4}	po^{7}	tiu^{2}	tɕiaŋ^{6}	qoŋ^{4}
Yongl	bok	diux	jiangs	ghongl
荣	开	门	给	工

友荣开门给工哥

兑	工	达	亨	学
təi^{2}	qoŋ^{4}	ta^{1}	həŋ^{5}	ɕio^{6}
Deix	ghongl	dab	hengt	xios
哥	工	后	生	穷

工哥是一个穷人

工	水	溜	泵	哩
qoŋ^{4}	səi^{2}	liu^{1}	poŋ^{5}	li^{6}
Ghongl	seix	liub	bongt	lis
工	也	大	脾	气

工哥也有大脾气

呀	劳	呀	意	衣
ʑa^{6}	lau^{4}	ʑa^{6}	ɣi^{5}	ʑi^{6}
Yas	laol	yas	vit	yis
越	来	越	近	衣

越来越靠近友荣

咪	对	败	西	内
mi^{1}	təi^{3}	pai^{4}	ɕi^{5}	nəi^{6}
Mib	deid	bail	xit	neis
要	手	指	相	比

他们拿手指相比

咪	送	昂	西	周
mi^{1}	soŋ^{3}	ŋaŋ^{4}	ɕi^{5}	tɕiau^{6}
Mib	songd	ngangl	xit	jiaos
要	大	腿	相	缠

两腿缠绵在一起

改	睡	荣	凹	吗
qai^{3}	səi^{7}	ʑoŋ^{4}	əu^{7}	ma^{6}
Ghaid	seik	yongl	ouk	mas
又	摸	荣	乳房	软

又摸友荣那酥胸

友	荣	马	阿	爹
ʑu^{2}	ʑoŋ^{4}	ma^{2}	a^{5}	tie^{6}
Yux	yongl	max	at	dies
友	荣	不	做	什么

友荣一点不拒绝

兑 告 飞 林 兴
təi^{2} qau^{4} fəi^{1} lin^{4} ɕiŋ^{6}
Deix ghaol feib linl xings
哥 告 很 恼 火
告哥看了眼冒火

爹 搞 夺 泵 泵
tie^{1} qau^{2} tau^{4} poŋ^{6} poŋ^{6}
Dieb ghaox daol bongs bongs
敲 柴 蔸 嘭 嘭
他敲柴蔸嘭嘭响

跌 拉 夺 衣 衣
tie^{7} la^{1} tau^{4} ʑi^{6} ʑi^{6}
Diek lab daol yis yis
飙 火 星 着 衣
火星飙到友荣衣

木 夸 荣 课 吗
mu^{4} kha^{1} ʑoŋ^{4} qhau^{7} ma^{6}
Mul kab yongl khaok mas
去 烧 荣 裙 子
火星烧友荣裙子

爹 里 良 喝 汪
tie^{6} li^{2} liaŋ^{4} həu^{3} vaŋ^{6}
Dies lix liangl houd wangs
褶 裙 断 大 片
褶裙断掉一大片

荣	娘	义	木	批	派	娘
ʑoŋ^{4}	niaŋ^{4}	ȵi^{3}	mu^{4}	phi^{1}	phɛ^{5}	niaŋ^{6}
Yongl	niangl	nzid	mul	pib	paet	niangs
荣	伤	心	去	进	房	间

友荣伤心进房间

拉	底	达	亨	沙
lia^{7}	ti^{2}	ta^{1}	həŋ^{5}	ɬa^{6}
Liak	dix	dab	hengt	dlas
剩	一	后	生	富人

剩下富人后生哥

改	底	达	亨	学
qai^{3}	ti^{2}	ta^{1}	həŋ^{5}	ɕio^{6}
Ghaid	dix	dab	hengt	xios
又	一	后	生	穷人

又一个穷人后生

约	下	约	睡	吗
ʑo^{6}	χa^{3}	ʑo^{6}	ɬəi^{3}	ma^{6}
Yos	hvad	yos	dleid	mas
人	看	人	瞪	眼

一个瞪眼看一个

冬	七	西	太	些
tioŋ^{1}	tɕhi^{3}	ɕi^{5}	thai^{5}	ɕie^{6}
Diongb	qid	xit	tait	xies
开	始	相	骂	话

他们开始相互骂

着	哪	西	都	爹
tɕio^{1}	na^{2}	ɕi^{5}	tiu^{5}	tie^{6}
Jiob	nax	xit	diut	dies
骂	人	相	互	打

骂人又相互对打

照	搞	夺	西	乙
tsau^{7}	qau^{2}	tau^{4}	ɕi^{5}	ʑi^{6}
Zaok	ghaox	daol	xit	yis
抓	柴	火	相	打

抓起柴火相互打

咪	吨	丢	西	巴
mi^{1}	təŋ^{3}	tiu^{4}	ɕi^{5}	pa^{6}
Mib	dengd	diul	xit	bas
要	宝	剑	相	砍

拔那宝剑相互砍

咪	吨	丢	西	嗦
mi^{1}	təŋ^{3}	tiu^{4}	ɕi^{5}	sau^{6}
Mib	dengd	diul	xit	saos
要	宝	剑	相	戳

拔那宝剑相残杀

工	当	告	不	别
qoŋ^{4}	taŋ^{3}	qau^{4}	pu^{5}	pɛ^{6}
Ghongl	dangd	ghaol	but	baes
工	砍	告	庞	脸

工哥砍告哥脸庞

告	当	工	号	之
qau^{4}	taŋ^{3}	qoŋ^{4}	həu^{3}	tɕiu^{6}
Ghaol	dangd	ghongl	houd	jius
告	砍	工	膝	盖

告哥砍工哥膝盖

巴	信	今	嗦	农
paŋ^{3}	ɕiŋ^{3}	kiŋ^{4}	sau^{5}	noŋ^{6}
Bangd	xingd	gingl	saot	nongs
出	血	像	漏	雨

出血像房子漏雨

当	夸	略	累	兄
taŋ^{7}	qhau^{1}	lio^{4}	ləi^{5}	ɕioŋ^{6}
Dangk	khaob	liol	leit	xiongs
像	冰	雹	月	七

就像七月下冰雹

农	兑	工	多	些
noŋ^{3}	təi^{2}	qoŋ^{4}	tau^{5}	ɕie^{6}
Nongd	deix	ghongl	daot	xies
现	哥	工	说	话

现在工哥把话说

告	爹	瓦	意	答
qau^{4}	tie^{1}	va^{4}	ʑi^{3}	ta^{6}
Ghaol	dieb	wal	yid	das
告	打	我	要	死

告哥将要打死我

猛	学	劳	呀	衣
moŋ^{2}	ɕio^{3}	lau^{4}	ʑa^{6}	ʑi^{6}
Mongx	xiod	laol	yas	yis
你	起	来	呀	衣

友荣配衣起来呀

猛	学	劳	多	当
moŋ^{2}	ɕio^{3}	lau^{4}	tau^{6}	tiaŋ^{6}
Mongx	xiod	laol	daos	diangs
你	起	来	判	官司

你起来当审判官

怕	冬	泵	罗	刀
pha^{5}	tioŋ^{1}	poŋ^{4}	lo^{6}	tau^{6}
Pat	diongb	bongl	los	daos
劈	中	间	才	对

你做公证才合理

农	达	配	友	荣
noŋ^{3}	ta^{1}	phɛ^{7}	ʑu^{2}	ʑoŋ^{4}
Nongd	dab	paek	yux	yongl
现	姑	娘	友	荣

此时此刻友荣妹

学	瓜	送	兄	丢
ɕio^{3}	qa^{6}	soŋ^{2}	ɕioŋ^{1}	tiu^{4}
Xiod	ghas	songx	xiongb	diul
起	那	床	铺	客

她从床铺爬起来

撇	娘	猛	阿	劳
phɛ^{5}	niaŋ^{6}	moŋ^{2}	a^{1}	lau^{4}
Paet	niangs	mongx	ab	laol
房	间	那	里	来

她从房间那里来

月	些	号	农	节
vie^{6}	ɕɪe^{6}	hau^{5}	noŋ^{2}	tɕie^{4}
Wies	xies	haot	nongx	jiel
讲	话	样	这	说

友荣这样把话说

西	爹	阿	许	告
ɕi^{5}	tie^{1}	a^{5}	ɕi^{2}	qau^{4}
Xit	dieb	at	xix	ghaol
相	打	做	什么	告

告哥打架做什么

西	爹	阿	许	工
ɕi^{5}	tie^{1}	a^{5}	ɕi^{2}	qoŋ^{4}
Xit	dieb	at	xix	ghongl
相	打	做	什么	工

工哥打架做什么

哪	农	让	兄	眉	达	亨	柳	能
na^{1}	noŋ^{4}	ȵiaŋ^{1}	ɕioŋ^{6}	mie^{4}	ta^{1}	həŋ^{5}	lɪu^{2}	nəŋ^{4}
Nab	nongl	nziangb	xiongs	miel	dab	hengt	liux	nengl
天	昨	有	七	波	后	生	柳	能

昨晚七波柳能青年来走寨

党	东	古	打	瞎
taŋ^{2}	toŋ^{6}	qo^{5}	ta^{2}	ɬia^{4}
Dangx	dongs	ghot	dax	dlial
党	东	也	来	走

党东青年来走寨

改	兄	眉	达	亨	引	工
qai^{3}	ɕioŋ^{6}	mie^{4}	ta^{1}	həŋ^{5}	ɣiŋ^{2}	qoŋ^{4}
Ghaid	xiongs	miel	dab	hengt	vingx	ghongl
又	七	波	后	生	引	工

引工青年来走寨

王	务	古	打	瞎
vaŋ^{4}	vu^{6}	qo^{5}	ta^{2}	ɬia^{4}
Wangl	wus	ghot	dax	dlial
王	务	也	来	走

王务青年来走寨

改	兄	眉	达	亨	根	略
qai^{3}	ɕioŋ^{6}	mie^{4}	ta^{1}	həŋ^{5}	kiŋ^{2}	lio^{4}
Ghaid	xiongs	miel	dab	hengt	gingx	liol
又	七	波	后	生	根	略

根略青年来走寨

虾	武	古	打	瞎
ɬia^{1}	vu^{6}	qo^{5}	ta^{2}	ɬia^{4}
Dliab	wus	ghot	dax	dlial
高	武	也	来	走

高武青年来走寨

改	兄	眉	达	亨	古	培
qai^{3}	ɕioŋ^{6}	mie^{4}	ta^{1}	həŋ^{5}	ku^{2}	pai^{4}
Ghaid	xiongs	miel	dab	hengt	gux	bail
又	七	波	后	生	古	培

古培青年来走寨

沙	丢	古	打	瞎
ɬa^{6}	tiu^{4}	qo^{5}	ta^{2}	ɬia^{4}
Dlas	diul	ghot	dax	dlial
沙	丢	也	来	走

沙丢青年来走寨

改	兄	眉	达	亨	整	一
qai^{3}	ɕioŋ^{6}	mie^{4}	ta^{1}	həŋ^{5}	tsəŋ^{2}	ʑi^{4}
Ghaid	xiongs	miel	dab	hengt	zengx	yil
又	七	波	后	生	整	一

整一青年来走寨

纠	务	古	打	瞎
tɕiu^{6}	vu^{6}	qo^{5}	ta^{2}	ɬia^{4}
Jius	wus	ghot	dax	dlial
纠	务	也	来	走

纠务青年来走寨

改	兄	眉	达	亨	整	告
qai^{3}	ɕioŋ^{6}	mie^{4}	ta^{1}	həŋ^{5}	tsəŋ^{2}	qau^{4}
Ghaid	xiongs	miel	dab	hengt	zengx	ghaol
又	七	波	后	生	整	告

整告青年来走寨

迪	东	古	打	瞎
ti^{8}	toŋ^{6}	qo^{5}	ta^{2}	ɬia^{4}
Dif	dongs	ghot	dax	dlial
迪	东	也	来	走

迪东青年来走寨

让	兄	亡	马	孖
ȵiaŋ^{1}	ɕioŋ^{6}	maŋ^{5}	ma^{2}	ŋa^{4}
Nziangb	xiongs	mangt	max	ngal
坐	七	夜	不	瞌睡

连续七夜不睡觉

西	节	丢	马	足
ɕi^{5}	tɕie^{8}	tiu^{7}	ma^{2}	tɕiu^{4}
Xit	jief	diuk	max	jiul
相	笑	话	不	完

欢声笑语说不完

农	达	配	友	荣
noŋ^{3}	ta^{1}	phɛ^{7}	ʑu^{2}	ʑoŋ^{4}
Nongd	dab	paek	yux	yongl
现	姑	娘	友	荣

此时此刻友荣妹

多	些	号	农	接
tau^{5}	ɕie^{6}	hau^{5}	noŋ^{2}	tɕie^{4}
Daot	xies	haot	nongx	jiel
讲	话	样	这	说

友荣这样把话说

西	爹	西	打	阿	许	工
ɕi^{5}	tie^{1}	ɕi^{5}	ta^{5}	a^{5}	ɕi^{2}	qoŋ^{4}
Xit	dieb	xit	dat	at	xix	ghongl
相	敲	相	杀	做	什么	工

工哥打架做什么

哪	农	列	猛	扭
na^{1}	noŋ^{6}	lɛ^{5}	moŋ^{2}	niu^{4}
Nab	nongs	laet	mongx	niul
天	今	看	你	坡

今天我们来赶坡

亡	农	被	猛	羊
maŋ^{5}	noŋ^{6}	pi^{5}	moŋ^{2}	ɣaŋ^{4}
Mangt	nongs	bit	mongx	vangl
夜	今	住	你	寨

今夜投宿你们寨

亡	农	阿	准	谁
maŋ^{5}	noŋ^{6}	a^{5}	tɕiŋ^{2}	səi^{4}
Mangt	nongs	at	jingx	seil
夜	今	做	成	冤仇

今夜你们酿冤仇

瓦	让	马	阿	冬	烟	丢
va^{4}	ȵiaŋ^{8}	ma^{2}	a^{5}	tioŋ^{2}	ʑiŋ^{7}	tiu^{4}
Wal	nziangf	max	at	diongx	yingk	diul
我	真	不	做	根	烟	香

我不是一根香烟

苏 瓦 单 阿 冬 烟 丢
su^{1} va^{4} təŋ^{6} a^{5} tioŋ^{2} ʑiŋ^{7} tiu^{4}
Sub wal dengs at diongx yingk diul
若 我 是 做 根 烟 香
若我是一根香烟

咪 更 江 兑 工
mi^{1} qəŋ^{7} tɕiaŋ^{6} təi^{2} qoŋ^{4}
Mib ghengk jiangs deix ghongl
要 截 给 哥 工
折断一截给工哥

咪 更 江 兑 告
mi^{1} qəŋ^{7} tɕiaŋ^{6} təi^{2} qau^{4}
Mib ghengk jiangs deix ghaol
要 截 给 哥 告
折断一截给告哥

门 厚 吗 门 弱
məŋ^{1} həu^{7} ma^{6} məŋ^{1} ȵoŋ^{4}
Mengb houk mas mengb nzongl
你们 抽 满意 你们 心
让你们心里满意

苏 瓦 单 阿 周 兴 答
su^{1} va^{4} təŋ^{6} a^{5} ɕiu^{3} xiŋ^{1} ta^{4}
Sub wal dengs at xiud hvingb dal
若 我 是 做 牲 畜 个
若我是一头牲畜

咪 社 列 门 败
mi^{1} sɛ^{5} lie^{6} məŋ^{1} pai^{4}
Mib saet lies mengb bail
要 刀 给 你们 手
递把菜刀给你们

门 怕 党 冬 正
məŋ^{1} pha^{5} taŋ^{2} tioŋ^{1} tsəŋ^{4}
Mengb pat dangx diongb zengl
你们 破 正 中 间
你们从中间破开

凹 贵 江 凹 答
au^{1} qəi^{3} tɕiaŋ^{6} au^{1} ta^{4}
Aob gheid jiangs aob dal
两 块 给 两 人
两块分给两个人

门 加 吗 门 牛
məŋ^{1} tɕia^{5} ma^{6} məŋ^{1} ȵiu^{4}
Mengb jiat mas mengb nziul
你们 嚼 满意 你们 心里
你们吃完心满意

节 马 吗 吓 告
tɕie^{8} ma^{2} ma^{6} ɕia^{1} qau^{4}
Jief max mas xiab ghaol
劝 不 动 哥 告
友荣劝不了告哥

节 马 吗 吓 工
tɕie^{8} ma^{2} ma^{6} ɕia^{1} qoŋ^{4}
Jief max mas xiab ghongl
劝 不 动 哥 工
友荣劝不了工哥

西 太 爹 英 羊
ɕi^{5} thai^{5} tie^{6} ʑiŋ^{1} ʑaŋ^{4}
Xit tait dies yingb yangl
相 骂 不 完 了
他们相骂不暂停

友 荣 改 多 些
ʑu^{2} ʑoŋ^{4} qai^{3} tau^{5} ɕie^{6}
Yux yongl ghaid daot xies
友 荣 又 说 话
友荣又这样说话

花 雷 号 约 咪
fa^{1} ləi^{4} hau^{5} ʑo^{1} mi^{6}
Fab leil haot yob mis
讲 话 给 姑 妈
友荣讲话给姑妈

猛 学 劳 罗 咪
moŋ^{2} ɕio^{3} lau^{4} lo^{6} mi^{6}
Mongx xiod laol los mis
你 起 来 呀 妈
姑妈赶快起床呀

亡 农 瓦 多 当
maŋ^{5} noŋ^{2} va^{4} tau^{5} tiaŋ^{6}
Mangt nongx wal daot diangs
夜 这 我 惹 官司
今夜因我惹官司

多 英 谁 之 咪
tau^{5} ʑiŋ^{1} səi^{4} tɕi^{6} mi^{6}
Daot yingb seil jis mis
结 冤 仇 了 妈
他们因我结冤仇

窝 凹 两 冬 学
vo^{7} əu^{1} liaŋ^{2} tioŋ^{4} ɕio^{3}
Wok oub liangx diongl xiod
婆 凹 两 刚 起
凹两姑妈刚起床

布 呆 灭 败 大
pu^{7} tai^{1} mɛ^{2} pai^{4} ta^{3}
Buk daib maex bail dad
下 床 拍 手 来
姑妈下床拍手来

门 罗 木 答 示
məŋ^{1} lau^{8} mu^{1} ta^{4} ɕi^{3}
Mengb laof mub dal xid
你们 抢 些 什 么
你们争抢什么事

西	罗	拉	最	略
ɕi^{5}	lau^{8}	la^{1}	tsəi^{4}	lio^{3}
Xit	laof	lab	zeil	liod
相	抢	个	酱	牛

你们争抢那牛酱

西	罗	响	丢	固
ɕi^{5}	lau^{8}	ɕiaŋ^{2}	tiu^{4}	kiu^{3}
Xit	laof	xiangx	diul	giud
相	争	银	子	硬

你们相争白银子

合	西	罗	扭	个
ha^{7}	ɕi^{5}	lau^{8}	niu^{4}	qau^{3}
Hak	xit	laof	niul	ghaod
或	相	争	鼓	铜

还是你们抢铜鼓

项	阿	马	败	囊
haŋ^{8}	a^{1}	ma^{2}	pai^{4}	naŋ^{3}
Hangf	ab	max	bail	nangd
那	样	未	尚	有

那些东西都没有

窝	凹	改	贾	劳
vo^{7}	əu^{1}	qai^{3}	tɕia^{2}	lau^{4}
Wok	oub	ghaid	jiax	laol
婆	凹	又	讲	来

友荣姑妈把话说

多	些	都	兑	工
tau^5	ɕie^6	tiu^5	təi^2	qoŋ^4
Daot	xies	diut	deix	ghongl
讲	话	给	哥	工

这样讲话给工哥

多	收	都	兑	告
tau^5	χu^1	tiu^5	təi^2	qau^4
Daot	hvub	diut	deix	ghaol
讲	话	给	哥	告

这样讲话给告哥

门	西	罗	许	一
məŋ^1	ɕi^5	lau^8	ɕi^2	ʑi^4
Mengb	xit	laof	xix	yil
你们	相	抢	什	么

你们争抢啥东西

西	罗	枪	载	农
ɕi^5	lau^8	tɕhiaŋ^1	tsai^2	ȵoŋ^4
Xit	laof	qiangb	zaix	nzongl
相	抢	梁	房	子

你们争抢大房子

西	罗	拉	两	无
ɕi^5	lau^8	la^1	liaŋ^2	vu^4
Xit	laof	lab	liangx	wul
相	抢	个	田	良

争抢田野那良田

西	罗	之	满	夺
ɕi^{5}	lau^{8}	tɕiu^{1}	məŋ^{2}	tau^{4}
Xit	laof	jiub	mengx	daol
相	抢	场	枫	木

争抢那枫木柴山

西	罗	答	蚁	答
ɕi^{5}	lau^{8}	ta^{1}	ȵi^{2}	ta^{4}
Xit	laof	dab	nzix	dal
相	抢	个	水牛	个

你们争一头水牛

门	挪	让	门	羊
məŋ^{1}	no^{6}	ȵiaŋ^{1}	məŋ^{1}	ɣaŋ^{4}
Mengb	nos	nziangb	mengb	vangl
你们	自	在	你们	寨

你们回到你们寨

空	罗	吓	米	羊
qhoŋ^{1}	lau^{8}	ɬia^{1}	mi^{2}	ɣaŋ^{4}
Khongb	laof	dliab	mix	vangl
莫	抢	人	别	寨

莫在别寨相争抢

号	西	罗	达	配	友	荣
hau^{5}	ɕi^{5}	lau^{8}	ta^{1}	phɛ^{7}	ʑu^{2}	ʑoŋ^{4}
Haot	xit	laof	dab	paek	yux	yongl
若	相	抢	姑	娘	友	荣

若想争抢友荣妹

罗　荣　衣　五　罗
lau^{8}　ʑoŋ^{4}　ʑi^{6}　vu^{2}　lau^{4}
Laof　yongl　yis　wux　laol
争　荣　衣　结　婚
争抢友荣来成亲

答　爹　挪　蚁　答
ta^{4}　tie^{6}　nau^{5}　ȵi^{2}　ta^{4}
Dal　dies　naot　nzix　dal
个　哪　多　水牛　个
哪个家有水牛多

答　爹　挪　两　无
ta^{4}　tie^{6}　nau^{5}　liaŋ^{2}　vu^{4}
Dal　dies　naot　liangx　wul
个　哪　多　田　良
哪个家有良田多

答　爹　挪　响　丢
ta^{4}　tie^{6}　nau^{5}　ɕiaŋ^{2}　tiu^{4}
Dal　dies　naot　xiangx　diul
个　哪　多　银　子
哪个家有银子多

你　挪　之　满　夺
ni^{2}　nau^{5}　tɕiu^{1}　məŋ^{2}　tau^{4}
Nix　naot　jiub　mengx　daol
他　多　场　枫　木
他家枫木柴山多

答	阿	多	友	荣
ta⁴	a⁶	tau⁵	ʑu²	ʑoŋ⁴
Dal	as	daot	yux	yongl
个	那	得	友	荣

那个得到友荣妹

多	荣	衣	五	罗
tau⁵	ʑoŋ⁴	ʑi⁶	vu²	lau⁴
Daot	yongl	yis	wux	laol
得	荣	衣	结	婚

可以与友荣结婚

农	达	亨	兑	告
noŋ³	ta¹	həŋ⁵	təi²	qau⁴
Nongd	dab	hengt	deix	ghaol
现	后	生	哥	告

此时此刻那告哥

多	乌	泵	冬	读
tau⁵	vu⁶	poŋ⁶	tioŋ¹	təu⁴
Daot	wus	bongs	diongb	doul
得	信	心	肚	子

告哥信心很充足

下	农	阿	拉	多	友	荣
ɕia⁷	noŋ²	a⁵	la¹	tau⁵	ʑu²	ʑoŋ⁴
Xiak	nongx	at	lab	daot	yux	yongl
次	这	一	定	得	友	荣

这次一定要友荣

多	荣	衣	五	罗		
tau^{5}	ʑoŋ^{4}	ʑi^{6}	vu^{2}	lau^{4}		
Daot	yongl	yis	wux	laol		
得	荣	衣	结	婚		

娶到友荣来成婚

农	达	亨	兑	工
noŋ^{3}	ta^{1}	lıəŋ^{5}	təi^{2}	qoŋ^{4}
Nongd	dab	hengt	deix	ghongl
现	后	生	哥	工

此时此刻那工哥

嗒	学	区	嗒	念	冬	读
ta^{1}	ɕio^{6}	khi^{1}	ta^{6}	ȵiŋ^{6}	tioŋ^{1}	təu^{4}
Dab	xios	kib	das	nzings	diongb	doul
人	穷	吓	筛	糠	肚	子

人穷心里很忐忑

下	农	西	义	吹	友	荣
ɕia^{7}	noŋ^{2}	ɕi^{5}	ȵi^{6}	tshəi^{5}	ʑu^{2}	ʑoŋ^{4}
Xiak	nongx	xit	nzis	ceit	yux	yongl
次	这	恐	怕	离	友	荣

这次怕离开友荣

达	配	荣	衣	都	米	罗
ta^{1}	phɛ^{7}	ʑoŋ^{4}	ʑi^{6}	tiu^{5}	mi^{2}	lau^{4}
Dab	paek	yongl	yis	diut	mix	laol
姑	娘	荣	衣	给	别人	婚

友荣配衣嫁别人

窝 凹 改 贾 劳
vo7 əu1 qai3 tɕia2 lau4
Wok oub ghaid jiax laol
婆 凹 又 讲 来
友荣姑妈把话讲

花 些 号 友 荣
fa1 ɕie6 hau5 ʑu2 ʑoŋ4
Fab xies haot yux yongl
讲 话 给 友 荣
这样嘱托友荣妹

当 溜 阿 农 木
tiaŋ6 liu1 a5 noŋ2 mu4
Diangs liub at nongx mul
官司 大 样 这 去
这次官司这么大

当 兄 户 几 能
tiaŋ6 ɕioŋ5 vu7 ki2 nəŋ4
Diangs xiongt wuk gix nengl
官司 告 上 官 府
官司上告到官府

扫 花 沙 阿 木
sau6 fa1 ɬa6 a2 mu4
Saos fab dlas ax mul
到 衙 门 那 去
告到那官府衙门

沙 溜 之 农 劳
ɬa^{6} liu^{1} tɕi^{5} noŋ^{2} lau^{4}
Dlas liub jit nongx laol
官 大 上 这 来
大官要上这里来

劳 生 丢 拥 丢
lau^{4} səŋ^{1} tiu^{5} ʑoŋ^{2} tiu^{4}
Laol sengb diut yongx diul
来 千 六 捕 快
前来一千六捕快

劳 沙 都 瓦 羊
lau^{4} ɬa^{6} tiu^{5} va^{4} ɣaŋ^{4}
Laol dlas diut wal vangl
来 官 给 我 寨
大官住进我们寨

各 生 丢 响 丢
ko^{4} səŋ^{1} tiu^{5} ɕiaŋ^{2} tiu^{4}
Gol sengb diut xiangx diul
缴 千 六 银 子
缴一千六两银子

温 衣 都 郎 瓦
vəŋ^{6} ʑi^{8} tiu^{5} laŋ^{2} va^{4}
Wengs yif diut langx wal
万 八 出 自己 我
我们要出一万八

败	拉	亡	阿	谁
pai^{8}	la^{1}	maŋ^{5}	a^{2}	səi^{4}
Baif	lab	mangt	ax	seil
赔	个	夜	那	官司

赔偿那晚上官司

鞋	列	拉	你	鞋
hɛ^{4}	lie^{5}	la^{1}	ni^{2}	hɛ^{4}
Hael	liet	lab	nix	hael
祸	因	个	它	害

祸害因那夜打架

八	列	拉	你	八
pa^{4}	lie^{5}	la^{1}	ni^{2}	pa^{4}
Bal	liet	lab	nix	bal
落魄	因	个	它	落魄

落魄因那夜打架

温	阶	古	左	足
vəŋ^{6}	qai^{1}	qo^{5}	tsau^{2}	tɕiu^{4}
Wengs	ghaib	ghot	zaox	jiul
万	家产	也	散	尽

家财万贯也用尽

亡	达	亨	兑	告
maŋ^{8}	ta^{1}	həŋ^{5}	təi^{2}	qau^{4}
Mangf	dab	hengt	deix	ghaol
那	后	生	哥	告

此时那后生告哥

你 让 挪 晌 丢
ni^{2} ȵiaŋ^{1} nau^{5} ɕiaŋ^{2} tiu^{4}
Nix nziangb naot xiangx diul
他 有 多 银 子
他家富裕银子多

败 昂 亡 阿 谁
pai^{8} ŋaŋ^{6} maŋ^{5} a^{2} səi^{4}
Baif ngangs mangt ax seil
赔 够 夜 那 官司
拿钱顶替那官司

窝 凹 花 些 号 荣 衣
vo^{7} əu^{1} fa^{1} ɕie^{6} hau^{5} ʑoŋ^{4} ʑi^{6}
Wok oub fab xies haot yongl yis
婆 凹 讲 话 说 友 荣
姑妈讲给友荣听

夸 五 告 达 沙
qhɛ^{1} vu^{2} qau^{4} ta^{1} ɬa^{6}
Khaeb wux ghaol dab dlas
出 嫁 告 那 富
嫁给告哥富人家

哪 亡 脑 各 英
na^{1} maŋ^{5} nəu^{2} qau^{4} ʑiŋ^{6}
Nab mangt noux ghaol yings
日 夜 吃 鹅 肉
生活每天有肉吃

阿	党	地	木	衣
a^5	taŋ^2	ti^3	mu^4	ʑi^6
At	dangx	did	mul	yis
真	正	值得	去	衣

生活每天都幸福

阿	五	多	达	学
a^5	vu^2	tau^5	ta^4	ɕio^6
At	wux	daot	dal	xios
出	嫁	得	那	穷

如果出嫁给穷人

多	哪	吓	罗	六
tau^5	na^2	ɕia^5	lau^4	ləu^6
Daot	nax	xiat	laol	lous
得	人	穷	来	嫁

如果嫁到穷人家

亡	你	载	八	之
maŋ^8	ni^2	tsai^3	pa^4	tɕi^6
Mangf	nix	zaid	bal	jis
那	他	家	破	旧

他那房子又破旧

斗	九	替	答	东
təu^5	tɕiu^2	thi^5	ta^4	toŋ^6
Dout	jiux	tit	dal	dongs
木	荷	替	柱	子

拿一根荷木当柱

瓜	仰	迭	劳	茂
qa^{1}	ȵaŋ^{2}	tɛ^{3}	lau^{4}	mu^{6}
Ghab	nzangx	daed	laol	mus
茅	草	拿	来	盖

割那茅草来盖房

布	堵	打	木	娘
pʊ^{7}	tiu^{2}	tɑ^{2}	mu^{4}	niaŋ^{6}
Bok	diux	dax	mul	niangs
进	门	来	去	里

打开木门进房子

不	底	贵	王	多
pu^{8}	ti^{2}	qəi^{3}	vaŋ^{4}	tau^{6}
Buf	dix	gheid	wangl	daos
见	一	块	锅	缺

看见缺一角铁锅

业	晒	抗	劳	茂
nəi^{8}	ɬai^{2}	qhaŋ^{3}	lau^{4}	mu^{6}
Neif	dlaix	khangd	laol	mus
甑	漏	洞	来	盖

漏洞甑子当锅盖

反	领	劳	节	冬
fəŋ^{2}	liŋ^{2}	lau^{3}	tɕi^{4}	toŋ^{6}
Fengx	lingx	laod	jil	dongs
三脚	架	断	只	脚

三脚架已断一脚

哪	亡	样	索	荣
na^{1}	maŋ^{5}	ɣaŋ^{3}	ɕiu^{4}	ʑoŋ^{6}
Nab	mangt	vangd	xiul	yongs
日	夜	酸	菜	吃

日夜吃酸菜送饭

拉	刚	改	党	兑	败	兑
la^{1}	kaŋ^{6}	qai^{3}	taŋ^{2}	təi^{3}	pai^{4}	təi^{6}
Lab	gangs	ghaid	dangx	deid	bail	deis
个	坛	又	粘	手	指	头

手指粘满那酸菜

项	拥	巴	亡	载
haŋ^{5}	ȵoŋ^{2}	pa^{3}	maŋ^{8}	tsai^{6}
Hangt	nzongx	bad	mangf	zais
臭	酸	满	房	屋

房子充满酸菜味

内	马	地	木	衣
nəi^{7}	ma^{2}	ti^{3}	mu^{4}	ʑi^{6}
Neik	max	did	mul	yis
一点	不	抵得	去	衣

真是一点不值得

荣	花	些	号	咪
ʑoŋ^{4}	fa^{1}	ɕie^{6}	hau^{5}	mi^{6}
Yongl	fab	xies	haot	mis
荣	讲	话	给	妈

友荣对姑妈述说

阿	五	多	达	沙
a^{5}	vu^{2}	tau^{5}	ta^{4}	ɬa^{6}
At	wux	daot	dal	dlas
出	嫁	得	那	富

出嫁到那富人家

多	兑	亨	告	六
tau^{5}	təi^{2}	həŋ^{5}	qau^{4}	ləu^{6}
Daot	deix	hengt	ghaol	lous
得	哥	后生	告	嫁

有缘嫁给那告哥

亡	勾	阿	罗	之
maŋ^{8}	qəu^{5}	a^{1}	lau^{4}	tɕi^{6}
Mangf	ghout	ab	laol	jis
个	公	那	老	了

那个告哥已年长

拉	董	松	嗦	志
lia^{7}	tioŋ^{2}	soŋ^{3}	sa^{4}	tɕi^{6}
Liak	diongx	songd	sal	jis
剩	骨	头	杂	筋

全身只剩下骨头

路	搞	斗	立	答
liu^{7}	qau^{2}	təu^{5}	li^{4}	ta^{6}
Liuk	ghaox	dout	lil	das
像	蔸	树	杨梅	死

就像干死杨梅蔸

刚	扭	记	败	松
kaŋ^{5}	liu^{5}	ki^{3}	pai^{4}	ɬoŋ^{6}
Gangt	liut	gid	bail	dlongs
干	皮	山	坡	坳

就像那山坳干柴

勾	许	多	告	六
qəu^{5}	ɕi^{2}	tau^{5}	qau^{4}	ləu^{6}
Ghout	xix	daot	ghaol	lous
个	什么	得	告	嫁

哪个有缘嫁告哥

内	马	地	木	咪
nəi^{7}	ma^{2}	ti^{3}	mu^{4}	mi^{6}
Neik	max	did	mul	mis
一点	不	抵值	去	妈

真是一点不值得

败	木	阿	五	多	达	学
pai^{1}	mu^{4}	a^{5}	vu^{2}	tau^{5}	ta^{4}	ɕio^{6}
Baib	mul	at	wux	daot	dal	xios
我	去	出	嫁	得	那	穷

我今出嫁给穷人

多	兑	亨	工	六
tau^{5}	təi^{2}	həŋ^{5}	qoŋ^{4}	ləu^{6}
Daot	deix	hengt	ghongl	lous
得	哥	后生	工	娶

得到工哥来迎娶

哪	亡	脑	尼	样	索	孖
na^{1}	maŋ^{5}	nəu^{2}	nəi^{7}	ɣaŋ^{3}	ɕiu^{4}	ȵoŋ^{6}
Nab	mangt	noux	neik	vangd	xiul	nzongs
日	夜	吃	点	菜	酸	送

日夜吃酸菜送饭

号	着	义	弱	刀
hau^{5}	tɕiu^{6}	ȵi^{3}	ȵoŋ^{4}	tau^{6}
Haot	jius	nzid	nzongl	daos
若	一	心	相	爱

如果俩人真心爱

当	脑	羊	丢	英
taŋ^{7}	nəu^{2}	ŋaŋ^{3}	tiu^{4}	ʑiŋ^{6}
Dangk	noux	ngangd	diul	yings
抵	吃	菜	荤	（融）州

胜似餐餐吃荤菜

水	号	囊	足	兴
səi^{2}	hau^{5}	naŋ^{3}	tɕiu^{4}	ɕun^{6}
Seix	haot	nangd	jiul	xuns
也	说	有	完	样

也像吃多样菜谱

亡	你	载	八	哩
maŋ^{8}	ni^{2}	tsai^{3}	pa^{4}	li^{6}
Mangf	nix	zaid	bal	lis
那	他	家	破	旧

他那房子虽破旧

拉	兑	志	工	扫
la^{7}	təi^{2}	tɕi^{3}	qoŋ^{4}	sau^{6}
Lak	deix	jid	ghongl	saos
邀	兄	弟	全	到

邀请宗族兄弟们

天	你	中	肉	呢
thiŋ^{5}	ni^{2}	tioŋ^{1}	ʑu^{4}	ni^{6}
Tingt	nix	diongb	yul	nis
顶	它	中	间	柱

把那房子维修好

反	领	劳	木	之
fəŋ^{2}	liŋ^{2}	lau^{3}	mu^{4}	tɕi^{6}
Fengx	lingx	laod	mul	jis
三脚	架	断	去	了

三脚架已断一脚

内	响	固	麻	哥
nəi^{7}	ɕiaŋ^{2}	qo^{5}	ma^{4}	ko^{6}
Neik	xiangx	ghot	mal	gos
些	银	也	买	到

用钱买到三脚架

工	罢	水	呀	苏	工	咪
qoŋ^{4}	pa^{7}	səi^{2}	ʑa^{6}	ɕiu^{5}	qoŋ^{4}	mi^{6}
Ghongl	bak	seix	yas	xiut	ghongl	mis
工	爸	也	养	活	工	妈

工爸也养活工妈

工	固	门	呀	苏	荣	衣
qoŋ^{4}	qo^{5}	məŋ^{6}	ʑa^{6}	ɕiu^{5}	ʑoŋ^{4}	ʑi^{6}
Ghongl	ghot	mengs	yas	xiut	yongl	yis
工	当	然	养	活	荣	衣

工哥当然养活我

瓦	古	马	脑	多	一	爹
va^{4}	qo^{5}	ma^{2}	nəu^{2}	tau^{5}	ʑi^{4}	tic^{6}
Wal	ghot	max	noux	daot	yil	dies
我	也	不	吃	得	多	少

我也不会吃多少

顿	肮	足	拉	记	各	刚
tuŋ^{7}	aŋ^{3}	tɕiu^{4}	la^{1}	ki^{5}	qau^{4}	qaŋ^{6}
Dunk	angd	jiul	lab	git	ghaol	ghangs
餐	最	完	个	蛋	鹅	母

一餐饭量鹅蛋大

阿	五	多	达	学
a^{5}	vu^{2}	tau^{5}	ta^{4}	ɕio^{6}
At	wux	daot	dal	xios
出	嫁	得	那	穷

有缘出嫁给穷人

多	哪	乌	劳	六
tau^{5}	na^{2}	vu^{5}	lau^{4}	ləu^{6}
Daot	nax	wut	laol	lous
得	人	好	来	嫁

出嫁给那好人家

工	着	义	读	那
qoŋ^{4}	tɕio^{2}	ȵi^{3}	təu^{4}	nia^{6}
Ghongl	jiox	nzid	doul	nias
工	条	心	聪	明

工哥善良又聪明

觉	府	爹	木	加
tɕhio^{7}	χu^{2}	tie^{3}	mu^{4}	tɕia^{6}
Qiok	hvux	died	mul	jias
装	套	拿	去	装

进山打猎又装套

各	农	比	劳	雍
ko^{6}	nioŋ^{2}	pi^{3}	lau^{4}	ʑoŋ^{6}
Gos	niongx	bid	laol	yongs
捕	锦鸡	公	来	吃

捕到雄锦鸡来吃

顿	水	囊	答	东
tun^{7}	səi^{2}	naŋ^{3}	ta^{4}	toŋ^{6}
Dunk	seix	nangd	dal	dongs
餐	也	有	只	小腿

一餐有鸟腿肉吃

当	脑	共	丢	英
taŋ^{7}	nəu^{2}	qoŋ^{3}	tiu^{4}	ʑiŋ^{6}
Dangk	noux	ghongd	diul	yings
当	吃	餐	肉	（融）州

就当享受大餐了

多 兑 亨 工 六
tau^{5} təi^{2} həŋ^{5} qoŋ^{4} ləu^{6}
Daot deix hengt ghongl lous
得 哥 后生 工 嫁
得到工哥来迎娶

勾 农 古 埋 衣
qəu^{5} noŋ^{2} qo^{5} mai^{4} ʑi^{6}
Ghout nongx ghot mail yis
个 这 叫 配 衣
这人也夸赞配衣

勾 猛 夸 埋 衣
qəu^{5} moŋ^{2} qo^{5} mai^{4} ʑi^{6}
Ghout mongx ghot mail yis
个 那 喊 配 衣
那人也称赞配衣

花 些 好 一 农
fa^{1} ɕie^{6} hau^{5} ʑi^{4} noŋ^{6}
Fab xies haot yil nongs
讲 话 也 样 这
大家都这样夸奖

猛 真 多 哪 乌 劳 六
moŋ^{2} tsəŋ^{5} tau^{5} na^{2} vu^{5} lau^{4} ləu^{6}
Mongx zengt daot nax wut laol lous
你 真 得 人 好 来 嫁
你真嫁对好人家

地	猛	挪	木	衣
ti^{3}	moŋ^{2}	nau^{5}	mu^{4}	ʑi^{6}
Did	mongx	naot	mul	yis
抵	你	多	去	衣

友荣真是好幸福

差	马	代	瓦	双
tsha^{3}	ma^{2}	tai^{3}	va^{4}	saŋ^{6}
Cad	max	daid	wal	sangs
差	不	长	我	辈

一辈子也不嫌长

荣	花	些	号	咪
ʑoŋ^{4}	fa^{1}	ɕie^{6}	hau^{5}	mi^{6}
yongl	fab	xies	haot	mis
荣	讲	话	给	妈

友荣这样把话说

号	猛	号	告	沙
hau^{5}	moŋ^{2}	hau^{5}	qau^{4}	ɬa^{6}
Haot	mongx	haot	ghaol	dlas
若	你	讲	告	富

你若羡慕告哥富

号	猛	号	告	呢
hau^{5}	moŋ^{2}	hau^{5}	qau^{4}	ni^{6}
Haot	mongx	haot	ghaol	nis
若	你	讲	告	好

你若认为告哥好

灭	猛	代	告	六
mie^{6}	moŋ^{2}	tai^{7}	qau^{4}	ləu^{6}
Mies	mongx	daik	ghaol	lous
让	你	与	告	嫁

让你嫁给那告哥

凹	罢	社	呀	都	瓦	载
au^{1}	pa^{7}	ɕi^{5}	ʑa^{6}	tiu^{5}	va^{4}	tsai^{6}
Aob	bak	xit	yas	diut	wal	zais
两	爷	相	养	在	我	家

我与爸爸互相依

荣	咪	花	些	都	荣	衣
ʑoŋ^{4}	mi^{6}	fa^{1}	ɕie^{2}	tiu^{5}	ʑoŋ^{4}	ʑi^{6}
Yongl	mis	fab	xies	diut	yongl	yis
荣	妈	讲	话	给	荣	衣

荣妈这样把话说

节	猛	敲	埋	衣
tɕie^{8}	moŋ^{2}	qhau^{5}	mai^{4}	ʑi^{6}
Jief	mongx	khaot	mail	yis
说	你	而已	配	衣

我只说说话而已

索	猛	项	答	爹
su^{1}	moŋ^{2}	haŋ^{3}	ta^{4}	tie^{6}
Sub	mongx	hangd	dal	dies
随	你	爱	个	哪

随便你选择哪个

号	猛	项	答	学
hau^{5}	moŋ^{2}	haŋ^{3}	ta^{4}	ɕio^{6}
Haot	mongx	hangd	dal	xios
若	你	爱	个	穷

如果你喜爱穷人

下	挪	下	埋	衣
ɕia^{5}	no^{6}	ɕia^{5}	mai^{4}	ʑi^{6}
Xiat	nos	xiat	mail	yis
穷	自	穷	配	衣

友荣过贫穷日子

缺	挪	缺	埋	衣
qhəi^{7}	no^{6}	qhəi^{7}	mai^{4}	ʑi^{6}
Kheik	nos	kheik	mail	yis
饿	自	饿	配	衣

友荣饥饿过日子

古	马	缺	扫	咪
qo^{5}	ma^{2}	qhəi^{7}	sau^{6}	mi^{6}
Ghot	max	kheik	saos	mis
也	不	饿	到	妈

饥饿轮不到妈妈

索	猛	项	答	爹
su^{1}	moŋ^{2}	haŋ^{3}	ta^{4}	tie^{6}
Sub	mongx	hangd	dal	dies
随	你	爱	个	哪

随便你选择哪个

农	达	配	友	荣		
noŋ^3	ta^1	phɛ^7	ʑu^2	ʑoŋ^4		
Nongd	dab	paek	yux	yongl		
现	姑	娘	友	荣		

此时此刻友荣妹

多	些	都	兑	工		
tau^5	ɕie^6	tiu^5	təi^2	qoŋ^4		
Daot	xies	diut	deix	ghongl		
讲	话	给	哥	工		

友荣这样把话说

猛	木	猛	清	耶	兑	工
moŋ^2	mu^4	moŋ^2	tɕhiŋ^1	ʑe^6	təi^2	qoŋ^4
Mongx	mul	mongx	qingb	yes	deix	ghongl
你	去	你	家	呀	哥	工

工哥尽快回家乡

空	乡	阿	许	一		
qhoŋ^1	ɕiaŋ^5	a^5	ɕi^2	ʑi^4		
Khongb	xiangt	at	xix	yil		
莫	想	做	什	么		

千万不要想什么

木	载	差	帮	户	几	能
mu^4	tsai^3	tɕhia^1	paŋ^6	vu^7	ki^2	nəŋ^4
Mul	zaid	qiab	bangs	wuk	gix	nengl
去	家	放	木	沿	下	下游

回家放木排去卖

差	帮	多	响	丢
$tɕhia^1$	$paŋ^6$	tau^5	$ɕiaŋ^2$	tiu^4
Qiab	bangs	daot	xiangx	diul
放	木头	有	银	子

贩卖木头有银子

多	拉	都	哪	罗
tau^5	la^1	tiu^5	na^2	lau^4
Daot	lab	diut	nax	laol
得	个	给	人	老

卖得银子给老人

败	拉	亡	农	谁
pai^8	la^1	$maŋ^5$	$noŋ^2$	$səi^4$
Baif	lab	mangt	nongx	seil
赔	个	夜	这	官司

赔偿完这夜官司

瓜	呢	多	友	荣
qa^6	ni^6	tau^5	$ʑu^2$	$ʑoŋ^4$
Ghas	nis	daot	yux	yongl
那	样	得	友	荣

那样才迎娶友荣

多	荣	衣	五	罗
tau^5	$ʑoŋ^4$	$ʑi^6$	vu^2	lau^4
Daot	yongl	yis	wux	laol
得	荣	衣	结	婚

才能与友荣结婚

败	泵	马	败	羊
pai^{1}	poŋ^{7}	ma^{2}	pai^{4}	ɣaŋ^{2}
Baib	bongk	max	bail	vangx
我	衣	没	有	缝

我的新衣未制成

爹	课	马	败	准
Tɛ^{1}	qhau^{7}	ma^{2}	pai^{4}	tɕiŋ^{2}
Daeb	khaok	max	bail	jingx
裙	子	没	有	成

百褶裙子未制成

空	西	虽	阿	拉	答	许
qhoŋ^{1}	ɕi^{5}	ɬəi^{1}	a^{5}	la^{1}	ta^{4}	ɕi^{2}
Khongb	xit	dleib	at	lab	dal	xix
莫	欺	骗	做	个	什	么

我们不要欺骗谁

阿	爹	古	门	劳	六	猛
a^{5}	tie^{6}	qo^{5}	məŋ^{6}	lau^{4}	ləu^{6}	moŋ^{2}
At	dies	ghot	mengs	laol	lous	mongx
怎	样	也	要	来	嫁	你

无论如何嫁给你

兑	工	叮	玲	劳	扫	载
təi^{2}	qoŋ^{4}	tiŋ^{1}	liŋ^{1}	lau^{4}	sau^{6}	tsai^{6}
Deix	ghongl	dingb	lingb	laol	saos	zais
哥	工	匆	忙	来	到	家

工哥兴奋回到家

先	收	木	那	咪
ɬiŋ^{2}	χu^{1}	mu^{4}	na^{6}	mi^{6}
Dlingx	hvub	mul	nas	mis
讲	话	去	问	妈

工哥这样问妈妈

嗓	让	夺	瓜	爹
saŋ^{2}	ȵiaŋ^{1}	tiu^{5}	qa^{6}	tie^{6}
Sangx	nziangb	diut	ghas	dies
钱	放	在	哪	里

银子放置在哪里

咪	嗓	劳	江	尖
mi^{1}	saŋ^{2}	lau^{4}	tɕiaŋ^{6}	tɕiŋ^{6}
Mib	sangx	laol	jiangs	jings
要	钱	来	给	男儿

要那金钱来给我

哪	农	木	芦	仑
na^{1}	noŋ^{4}	mu^{4}	lu^{6}	ləŋ^{6}
Nab	nongl	mul	lus	lengs
天	昨	去	赶	坡

昨天我去赶坡会

木	了	扭	抗	良
mu^{4}	lia^{2}	niu^{4}	qhaŋ^{7}	liaŋ^{6}
Mul	liax	niul	khangk	liangs
去	踩	鼓	抗	良

在那抗良坡踩堂

哪	农	木	刀	当
na^{1}	noŋ^{8}	mu^{4}	tau^{5}	tiaŋ^{6}
Nab	nongf	mul	daot	diangs
天	昨	去	惹	官司

昨天犯事惹官司

多	英	谁	之	咪
tau^{5}	ʑiŋ^{1}	səi^{4}	tɕi^{6}	mi^{6}
Daot	yingb	seil	jis	mis
结	冤	仇	了	妈

我与告哥结冤仇

意	嗓	木	秋	当
ʑi^{7}	saŋ^{2}	mu^{4}	tɕhiu^{5}	tiaŋ^{6}
Yik	sangx	mul	qiut	diangs
要	钱	去	赔	官司

拿钱去赔那官司

败	英	谁	阿	昂
pai^{8}	ʑiŋ^{1}	səi^{4}	a^{5}	ŋaŋ^{6}
Baif	yingb	seil	at	ngangs
赔偿	官	司	足	够

要钱来赔偿官司

瓜	你	罗	多	衣
qa^{6}	ni^{6}	lo^{6}	tau^{5}	ʑi^{6}
Ghas	nis	los	daot	yis
那	样	才	得	衣

那样才迎娶友荣

多 友 荣 阿 六
tau^{5} ʐu^{2} ʐoŋ^{4} a^{5} ləu^{6}
Daot yux yongl at lous
得 友 荣 结 婚
迎娶友荣来结婚

工 咪 花 些 劳 号 尖
qoŋ^{4} mi^{6} fa^{1} ɕie^{6} lau^{4} hau^{5} tɕiŋ^{6}
Ghongl mis fab xies laol haot jings
工 妈 讲 话 来 给 男儿
工妈这样把话说

凹 载 拉 载 学
au^{1} tsai^{3} la^{1} tsai^{3} ɕio^{6}
Aob zaid lab zaid xios
咱 家 个 家 穷
我们家里很贫穷

阿 古 马 多 拉
a^{5} qo^{5} ma^{2} tau^{5} lia^{6}
At ghot max daot lias
做 也 没 得 银两
做工没有剩银两

瓦 科 瓦 椏 哩
va^{4} khiu^{1} va^{4} ŋa^{7} li^{6}
Wal kiub wal ngak lis
我 怜惜 我 孩 儿
我真是可怜孩儿

许	阿	凹	勾	桠
ɕi^{2}	a^{1}	au^{1}	qəu^{5}	ŋa^{6}
Xix	ab	aob	ghout	ngas
过	去	咱	公	勤快

过去你爷爷勤快

许	阿	凹	罢	桠
ɕi^{2}	a^{1}	au^{1}	pa^{7}	ŋa^{6}
Xix	ab	aob	bak	ngas
过	去	咱	爸	勤快

过去你爸爸勤快

只	江	都	号	松
tɕi^{4}	tɕiaŋ^{1}	tiu^{5}	həu^{3}	ɬoŋ^{6}
Jil	jiangb	diut	houd	dlongs
种	杉木	在	山	坳

在那山坳种杉木

九	拉	冬	几	周
tɕiu^{2}	la^{1}	tioŋ^{4}	ki^{1}	tɕiu^{6}
Jiux	lab	diongl	gib	jius
九	个	谷	上	上游

上游种植九山谷

猛	肉	一	爹	拉
moŋ^{2}	ʑu^{5}	ʑi^{4}	tie^{6}	lia^{6}
Mongx	yut	yil	dies	lias
你	用	多	少	银两

你需要多少银两

猛　刀　一　阿　东
moŋ2　tau3　ʑi4　a6　toŋ6
Mongx　daod　yil　as　dongs
你　砍　多　少　根
你就砍多少根木

多　响　木　秋　当
tau5　ɕiaŋ2　mu4　tɕhiu5　tiaŋ6
Daot　xiangx　mul　qiut　diangs
得　银两　去　赔偿　官司
卖木得钱赔官司

败　英　谁　阿　昂
pai8　ʑiŋ1　səi4　a5　ŋaŋ6
Baif　yingb　seil　at　ngangs
赔　官　司　足　够
足够赔偿那官司

瓜　你　罗　多　衣
qa6　ni6　lo6　tau5　ʑi6
Ghas　nis　los　daot　yis
那　样　才　得　衣
那样才迎娶友荣

多　友　荣　阿　六
tau5　ʑu2　ʑoŋ4　a5　ləu6
Daot　yux　yongl　at　lous
得　友　荣　结　婚
迎娶友荣来结婚

工	略	反	乡	瞎
qoŋ^{4}	lo^{6}	fəŋ^{2}	χaŋ^{1}	ɬia^{4}
Ghongl	los	fengx	hvangb	dlial
工	才	亮	心	里

工哥心里很高兴

叮	玲	布	冬	羊
tiŋ^{1}	liŋ^{1}	pu^{6}	tioŋ^{1}	ɣaŋ^{4}
Dingb	lingb	bus	diongb	vangl
急	忙	进	了	寨

工哥急忙进寨子

木	拉	你	根	不
mu^{4}	la^{7}	ni^{2}	kiŋ^{1}	pu^{4}
Mul	lak	nix	gingb	bul
去	邀	他	朋	友

工哥邀请他朋友

追	都	约	汤	工
tsəi^{1}	tiu^{5}	ʑo^{6}	thaŋ^{1}	qoŋ^{4}
Zeib	diut	yos	tangb	ghongl
五	六	人	跟	工

五六个人跟随去

罗	之	引	租	夺
lo^{6}	tɕi^{5}	ɣiŋ^{2}	tɕiu^{1}	tau^{4}
Los	jit	vingx	jiub	daol
才	上	岭	山	场

他们爬上那山场

木	刀	你	江	罗
mu^{4}	tau^{3}	ni^{2}	tɕiaŋ^{1}	lau^{4}
Mul	daod	nix	jiangb	laol
去	砍	他	杉木	老

去砍他家老杉木

助	邦	打	扫	同
tɕiu^{7}	paŋ^{6}	ta^{2}	sau^{6}	toŋ^{4}
Jiuk	bangs	dax	saos	dongl
锯	木	来	到	谷

杉木堆满那山谷

上	别	无	凹	木
ɕiaŋ^{5}	pɛ^{8}	vu^{7}	əu^{1}	mu^{4}
Xiangt	baef	wuk	oub	mul
放	排	沿	河	去

放那杉木沿河滩

哪	阿	配	友	荣
na^{1}	a^{6}	phɛ^{7}	ʑu^{2}	ʑoŋ^{4}
Nab	as	paek	yux	yongl
天	那	妹	友	荣

那天那友荣姑娘

荣	衣	木	了	聂
ʑoŋ^{4}	ʑi^{6}	mu^{4}	lia^{2}	ȵai^{4}
Yongl	yis	mul	liax	nzail
荣	衣	去	打	鱼

友荣去河边打鱼

害 巴 让 泵 能
hɛ^{7} pa^{6} ȵiaŋ^{1} poŋ^{2} nəŋ^{4}
Haek bas nziangb bongx nengl
打 鱼 在 河滩 下游
友荣在河滩打鱼

花 吗 吓 几 败
fɛ^{1} ma^{6} χa^{3} ki^{3} pai^{4}
Faeb mas hvad gid bail
转 眼 看 上 上游
友荣转眼看上游

几 周 滔 爹 兴
ki^{3} tɕiu^{6} thau^{1} tie^{6} ɬiŋ^{4}
Gid jius taob dies dlingl
上 上游 照 闪 亮
上游浪花流闪亮

阿 着 嗒 拥 吓
a^{5} tɕio^{8} ta^{1} voŋ^{2} ɬia^{4}
At jiof dab wongx dlial
动 作 个 龙 走
就像龙儿在走路

嗒 恩 劳 泵 丈
ta^{1} əŋ^{7} lau^{4} poŋ^{2} tɕiaŋ^{4}
Dab engk laol bongx jiangl
个 龙 来 滩 弯
龙儿在河滩戏水

送 多 你 吓 工

ɬoŋ7 tau5 ni2 ɕia1 qoŋ4

Dlongk daot nix xiab ghongl

原 是 她 郎 工

原来是她那情郎

上 别 无 泵 劳

ɕiaŋ5 pai8 vu7 poŋ2 lau4

Xiangt baif wuk bongx laol

放 排 沿 河滩 来

沿着河滩放木排

都 熟 凹 妻 足

tiu5 ɕiu8 au3 tɕhiu1 tɕiu4

Diut xiuf aod qiub jiul

弄 湿 衣 服 完

衣服都被水淋湿

荣 花 劳 打 接

ʑoŋ4 fa1 lau5 ta2 tɕie4

Yongl fab laot dax jiel

荣 讲 话 来 告诉

友荣这样把话说

哎 达 亨 兑 工

ai1 ta1 həŋ5 təi2 qoŋ4

Aib dab hengt deix ghongl

哎 后 生 哥 工

哎呀我那情郎哥

咪	丁	斗	友	略
mi^{1}	tiŋ^{1}	təu^{5}	ʑu^{2}	lio^{4}
Mib	dingb	dout	yux	liol
要	根	竹	篙	撑

他要竹篙来撑排

略	衣	别	当	劳
lio^{6}	ɣi^{1}	pai^{4}	taŋ^{2}	lau^{4}
Lios	vib	bail	dangx	laol
撑	石	头	下	来

竹篙撑石头下来

月	丁	别	往	败
vie^{6}	tiŋ^{1}	pɛ^{8}	vaŋ^{2}	pai^{4}
Wies	dingb	baef	wangx	bail
转	根	排	靠	河

转那木排靠岸边

西	旁	内	兑	工
ɕi^{5}	phaŋ^{1}	nəi^{7}	təi^{2}	qoŋ^{4}
Xit	pangb	neik	deix	ghongl
倾	诉	点	哥	工

我们休息话相思

西	旁	都	整	能
ɕi^{5}	phaŋ^{1}	tiu^{5}	tsəŋ^{2}	nəŋ^{4}
Xit	pangb	diut	zengx	nengl
倾	诉	在	河滩	下游

在那河滩诉衷情

荣 花 劳 打 合
ʑoŋ^{4} fa^{1} lau^{5} ta^{2} ho^{4}
Yongl fab laot dax hol
荣 讲 话 来 说
友荣这样把话说

猛 差 帮 无 能
moŋ^{2} tɕhia^{1} paŋ^{6} vu^{7} nəŋ^{4}
Mongx qiab bangs wuk nengl
你 放 木 到 下游
你沿河滩放木头

木 冬 达 配 丢
mu^{4} tam^{7} ta^{1} phɛ^{7} tiu^{4}
Mul damk dab paek diul
去 遇 姑 娘 客
遇见外地漂亮妹

娃 败 哈 兑 工
va^{6} pai^{1} ha^{7} təi^{2} qoŋ^{4}
Was baib hak deix ghongl
忘 我 吧 哥 工
工哥可能把我忘

凹 劳 阿 拉 亡 许 一
au^{1} lau^{4} a^{5} la^{1} maŋ^{7} ɕi^{2} ʑi^{4}
Aob laol at lab mangk xix yil
咱 来 做 个 信物 什 么
咱用什么做信物

达 沙 阿 拉 亡 响 丢
ta^{1} ɬa^{6} a^{5} la^{1} maŋ^{7} ɕiaŋ^{2} tiu^{4}
Dab dlas at lab mangk xiangx diul
那 富 做 个 信物 银 子
富人用银做信物

阿 拉 亡 暖 读
a^{5} la^{1} maŋ^{7} ȵɔŋ^{2} tiu^{4}
At lab mangk nzengx diul
做 个 信物 绸 缎
做一个绸缎信物

凹 瓦 答 学 阿 拉 亡 嘎 聂
au^{1} va^{4} ta^{1} ɕio^{6} a^{5} la^{1} maŋ^{7} ka^{2} ȵai^{4}
Aob wal dab xios at lab mangk gax nzail
两 我 人 穷 做 个 信物 金 竹
穷人用竹做信物

猛 别 社 马 工
moŋ^{2} pɛ^{1} sɛ^{5} ma^{2} qoŋ^{4}
Mongx baeb saet max ghongl
你 背 刀 不 工
工哥是否背柴刀

号 别 社 选 劳
hau^{5} pɛ^{1} sɛ^{5} ɬiŋ^{2} lau^{4}
Haot baeb saet dlingx laol
若 背 刀 递 来
如果背刀拿出来

布	凹	撇	引	败
pu^{6}	au^{1}	phɛ^{5}	ɣiŋ^{2}	pai^{4}
Bus	aob	paet	vingx	bail
进	两	边	岭	坡

走进山坡那两边

斗	嗒	斗	嘎	聂
təu^{3}	ta^{1}	təu^{5}	ka^{2}	n̥ai^{4}
Doud	dab	dout	gax	nzail
砍	根	木	金	竹

砍一根金竹子来

斗	租	怕	党	正
təu^{5}	tsəu^{1}	pha^{5}	taŋ^{2}	tsəŋ^{4}
Dout	zoub	pat	dangx	zengl
木	竹子	破	正	中间

破开一小截金竹

灭	拉	都	浪	瓦
mie^{6}	la^{1}	tiu^{5}	laŋ^{2}	va^{4}
Mies	lab	diut	langx	wal
让	个	给	自己	我

一半留给我自己

灭	拉	都	本	泥
mie^{6}	la^{1}	tiu^{5}	pəŋ^{2}	ni^{4}
Mies	lab	diut	bengx	nil
让	个	给	自己	你

一半留给你自己

猛　上　别　无　能
moŋ^{2}　ɕiaŋ^{5}　pɛ^{8}　vu^{7}　nəŋ^{4}
Mongx　xiangt　baef　wuk　nengl
你　放　排　沿　下游
你放木头到下游

冬　达　配　古　丢
tom^{7}　ta^{1}　phɛ^{7}　kiu^{3}　tiu^{4}
Domk　dab　paek　giud　diul
遇见　姑　娘　侗　汉
遇见侗族汉族妹

立　乡　奋　浪　瓦
li^{6}　ɕiaŋ^{5}　fəŋ^{7}　laŋ^{2}　va^{4}
Lis　xiangt　fengk　langx　wal
若　想　忘　自己　我
如果你想遗忘我

猛　兵　昂　拉　亡　农　木
moŋ^{2}　pi^{5}　ŋaŋ^{4}　la^{1}　maŋ^{7}　noŋ^{2}　mu^{4}
Mongx　bit　ngangl　lab　mangk　nongx　mul
你　就　吞　个　信物　这　去
你就吞下这信物

嗒　耶　无　懂　读
ta^{6}　ʑe^{6}　vu^{7}　tioŋ^{1}　təu^{4}
Das　yes　wuk　diongb　doul
畅　通　下　肚　子
信物顺利下肚子

瓜	呢	败	努	泥
qa^{6}	ni^{6}	pai^{1}	nio^{2}	ni^{4}
Ghas	nis	baib	niox	nil
那	样	我	弃	你

那样我才愿放弃

娃	猛	都	米	罗
va^{6}	$mo\eta^{2}$	tiu^{5}	mi^{2}	lau^{4}
Was	mongx	diut	mix	laol
留	你	给	别人	了

允许你再娶别人

好	猛	昂	丁	亡	马	木
hau^{5}	$mo\eta^{2}$	$\eta a\eta^{4}$	$ti\eta^{1}$	$ma\eta^{7}$	ma^{2}	mu^{4}
Haot	mongx	ngangl	dingb	mangk	max	mul
若	你	吞	个	信物	不	去

若你吞不下信物

木	跟	刚	底	熟
mu^{4}	$q\mathrm{ə}\eta^{1}$	$ka\eta^{1}$	ti^{2}	$ɬu^{4}$
Mul	ghengb	gangb	dix	dlul
去	胸	口	卡	住

信物在胸口卡住

猛	门	告	浪	瓦
$mo\eta^{2}$	$m\mathrm{ə}\eta^{6}$	qau^{5}	$la\eta^{2}$	va^{4}
Mongx	mengs	ghaot	langx	wal
你	仍然	娶	自己	我

你仍然还要娶我

工	改	多	收	都	友	荣
qoŋ^4	qai^3	tau^5	χu^1	tiu^5	ʑu^2	ʑoŋ^4
Ghongl	ghaid	daot	hvub	diut	yux	yongl
工	又	得	话	给	友	荣

工哥告诉友荣说

号	达	配	结	弱
hau^5	ta^1	phɛ^7	kie^2	ȵiu^4
Haot	dab	paek	giex	nziul
若	姑	娘	变	心

如果姑娘先变心

立	乡	奋	浪	瓦
li^4	ɕiaŋ^5	fəŋ^7	laŋ^2	va^4
Lil	xiangt	fengk	langx	wal
若	想	忘	自己	我

如果友荣遗忘我

达	配	昂	丁	亡	农	木
ta^1	phɛ^7	ŋaŋ^4	tiŋ^1	maŋ^7	noŋ^2	mu^4
Dab	paek	ngangl	dingb	mangk	nongx	mul
姑	娘	吞	个	信物	这	去

姑娘吞下这信物

嗒	耶	无	懂	读
ta^6	ʑe^6	vu^7	tioŋ^1	təu^4
Das	yes	wuk	diongb	doul
畅	通	下	肚	子

信物顺利下肚子

瓜	呢	败	努	泥
qa^{6}	ni^{6}	pai^{1}	nio^{2}	ni^{4}
Ghas	nis	baib	niox	nil
那	样	我	弃	你

那样我才愿放弃

家	夸	靠	兑	告
tɕiaŋ^{6}	qhɛ^{1}	qau^{5}	təi^{2}	qau^{4}
Jiangs	khaeb	ghaot	deix	ghaol
给	出	嫁	哥	告

允许你嫁给告哥

多	好	昂	拉	亡	马	木
tau^{5}	hau^{5}	ŋaŋ^{4}	la^{1}	maŋ^{7}	ma^{2}	mu^{4}
Daot	haot	ngangl	lab	mangk	max	mul
如	果	吞	个	信物	不	去

如果信物吞不下

木	跟	刚	底	熟
mu^{4}	qəŋ^{1}	kaŋ^{1}	ti^{2}	ɬu^{4}
Mul	ghengb	gangb	dix	dlul
去	胸	口	卡	住

信物卡住那胸口

哪	答	罗	努	荣
na^{2}	ta^{6}	lo^{6}	nio^{2}	ʐoŋ^{4}
Nax	das	los	niox	yongl
人	死	才	弃	荣

友荣死亡才放弃

哎	达	亨	兑	工
ai^{1}	ta^{1}	həŋ^{5}	təi^{2}	qoŋ^{4}
Aib	dab	hengt	deix	ghongl
哎	后	生	哥	工

我那情郎工哥呀

冬	败	吓	底	工
toŋ^{8}	pai^{1}	ɬia^{4}	təi^{2}	koŋ^{4}
Dongf	baib	dlial	deix	gongl
同	我	走	一	路

你陪我走一段路

木	扫	瓦	清	农
mu^{4}	sau^{6}	va^{4}	tɕhiŋ^{1}	ȵoŋ^{4}
Mul	saos	wal	qingb	nzongl
去	到	我	房	子

你陪同我走到家

瓦	咪	瓦	罢	党	夸	弱
va^{4}	mi^{6}	va^{4}	pa^{7}	taŋ^{2}	kha^{1}	ȵiu^{4}
Wal	mis	wal	bak	dangx	kab	nziul
我	妈	我	爸	很	善	良

我父母都心善良

农	达	亨	兑	工
noŋ^{3}	ta^{1}	həŋ^{5}	təi^{2}	qoŋ^{4}
Nongd	dab	hengt	deix	ghongl
现	后	生	哥	工

此时此刻那工哥

多 收 阿 农 劳
tau^{5} χu^{1} a^{5} noŋ^{2} lau^{4}
Daot hvub at nongx laol
讲 话 样 这 来
工哥这样把话说

瓦 亡 哪 嗒 及
va^{4} maŋ^{8} na^{2} ta^{1} ki^{4}
Wal mangf nax dab gil
我 这 人 苗 族
我是苗族小伙子

嗒 吓 马 学 荣
ta^{1} ɕia^{5} ma^{2} ɕio^{1} ȵoŋ^{4}
Dab xiat max xiob nzongl
人 穷 没 有 衣服
穷人没有新衣服

闹 乌 嗒 败 能
nau^{6} vu^{5} ta^{2} pai^{1} nəŋ^{4}
Naos wut dax baib nengl
衣服 好 来 我 穿
没有衣服给我穿

上 别 无 凹 劳
ɕiaŋ^{5} pɛ^{8} vu^{7} əu^{1} lau^{4}
Xiangt baef wuk oub laol
放 排 下 水 来
我放木头下河来

都	熟	凹	妻	足
tiu^{5}	ɕiu^{8}	au^{3}	tɕhiu^{1}	tɕiu^{4}
Diut	xiuf	aod	qiub	jiul
弄	湿	衣	服	完

河水把衣服淋湿

些	你	咪	罢	改	着	你
ɕie^{1}	ni^{2}	mi^{6}	pa^{7}	qai^{3}	tɕio^{1}	ni^{4}
Xieb	nix	mis	bak	ghaid	jiob	nil
怕	她	妈	爸	又	骂	她

害怕父母责骂她

些	你	咪	罢	改	着	瓦
ɕie^{1}	ni^{2}	mi^{6}	pa^{7}	qai^{3}	tɕio^{1}	va^{4}
Xieb	nix	mis	bak	ghaid	jiob	wal
怕	她	妈	爸	又	骂	我

怕她父母嫌弃我

八	吗	哪	租	足
pa^{4}	ma^{6}	na^{2}	tɕiu^{1}	tɕiu^{4}
Bal	mas	nax	jiub	jiul
怕	丑	人	们	完

不好意思遇生人

布	木	许	马	木
pu^{1}	mu^{4}	ɕi^{6}	ma^{2}	mu^{4}
Bub	mul	xis	max	mul
知	去	是	不	去

不知是去或不去

荣	衣	改	花	雷
ʑoŋ^{4}	ʑi^{6}	qai^{3}	fa^{1}	ləi^{4}
Yongl	yis	ghaid	fab	leil
荣	衣	又	讲	话

友荣这样把话说

木	扫	瓦	清	农
mu^{4}	sau^{6}	va^{4}	tɕhiŋ^{1}	ȵoŋ^{4}
Mul	saos	wal	qingb	nzongl
去	到	我	房	子

你跟随我回到家

你	他	凹	旁	道
ni^{2}	tha^{3}	au^{3}	phaŋ^{1}	tau^{4}
Nix	tad	aod	pangb	daol
他	脱	衣	烤	火

他脱衣服来烘烤

罗	刚	凹	妻	足
lo^{6}	kaŋ^{5}	au^{3}	tɕhiu^{1}	tɕiu^{4}
Los	gangt	aod	qiub	jiul
才	干	衣	服	完

湿衣服才烘干完

工	马	西	披	羊
qoŋ^{4}	ma^{2}	ɕiu^{6}	phi^{1}	ɣaŋ^{4}
Ghongl	max	xius	pib	vangl
工	不	敢	进	寨

工哥不敢进村寨

劳	党	着	根	羊
lau^{4}	taŋ^{5}	tɕio^{6}	qəŋ^{1}	ɣaŋ^{4}
Laol	dangt	jios	ghengb	vangl
来	到	个	脚	寨

工哥来到寨脚底

劳	瓜	阿	让	党
lau^{4}	qa^{6}	a^{1}	ȵiaŋ^{1}	taŋ^{4}
Laol	ghas	ab	nziangb	dangl
来	那	里	等	候

他到寨脚底等候

农	达	配	友	荣
noŋ^{3}	ta^{1}	phɛ^{7}	ʑu^{2}	ʑoŋ^{4}
Nongd	dab	paek	yux	yongl
现	姑	娘	友	荣

此时此刻友荣妹

嗒	耶	之	载	丢
ta^{6}	ʑe^{6}	tɕi^{5}	tsai^{3}	tiu^{4}
Das	yes	jit	zaid	diul
匆	忙	上	家	里

友荣急忙进家里

木	布	你	根	神
mu^{4}	pu^{6}	ni^{2}	qəŋ^{1}	səŋ^{4}
Mul	bus	nix	ghengb	sengl
去	进	她	房	间

友荣急忙进房间

苏	兴	裸	妻	丢
ɬio^{1}	ɕiŋ^{6}	lau^{2}	tɕhiu^{1}	tiu^{4}
Dliob	xings	laox	qiub	diul
翻	箱	找	衣	服

翻开箱子找衣服

蔸	多	底	旁	刀
təu^{6}	tau^{5}	ti^{2}	phaŋ^{1}	tau^{4}
Dous	daot	dix	pangb	daol
找	得	一	条	裤

翻箱找到一条裤

改	代	底	旁	荣
qai^{3}	tai^{7}	ti^{2}	phaŋ^{1}	ȵ̥oŋ^{4}
Ghaid	daik	dix	pangb	nzongl
又	与	一	件	衣服

又找到一件衣服

荣	咪	凶	今	十
ʑoŋ^{4}	mi^{6}	ɕioŋ^{2}	qəŋ^{1}	ɕi^{4}
Yongl	mis	xiongx	ghengb	xil
荣	妈	紧	跟	随

友荣妈妈紧跟随

阿	夜	猛	嗒	及
a^{5}	ɣie^{7}	moŋ^{2}	ta^{1}	ki^{4}
At	viek	mongx	dab	gil
偷	窥	你	小	孩

偷窥小孩做什么

猛	斗	底	旁	荣
moŋ^{2}	təu^{7}	ti^{2}	phaŋ^{1}	ȵoŋ^{4}
Mongx	douk	dix	pangb	nzongl
你	拿	一	件	衣服

你偷拿一件衣服

改	斗	底	拉	刀
qai^{3}	təu^{7}	ti^{2}	la^{1}	tau^{4}
Ghaid	douk	dix	lab	daol
又	拿	一	条	裤子

又偷拿一条裤子

爹	木	阿	许	荣
tie^{3}	mu^{4}	a^{5}	ɕi^{2}	ʑoŋ^{4}
Died	mul	at	xix	yongl
拿	去	做	什么	荣

偷偷拿去做什么

友	荣	改	花	雷
ʑu^{2}	ʑoŋ^{4}	qai^{3}	fa^{1}	ləi^{4}
Yux	yongl	ghaid	fab	leil
友	荣	又	讲	话

友荣这样把话说

哪	农	败	下	聂
na^{1}	noŋ^{6}	pai^{1}	xa^{3}	ȵai^{4}
Nab	nongs	baib	hvad	nzail
天	这	我们	捞	鱼

我今天河边捞鱼

害	让	泵	凹	巴
hɛ^{7}	ȵ̥ia^{4}	poŋ^{2}	əu^{1}	pa^{4}
Haek	nzial	bongx	oub	bal
捞	鱼	河滩	水滩	头

在那浅河滩捞鱼

农	答	瓦	吓	工
noŋ^{3}	tam^{7}	va^{4}	ɕia^{1}	qoŋ^{4}
Nongd	damk	wal	xiab	ghongl
现	遇	我	情郎	工

遇见我情郎工哥

上	别	无	凹	劳
ɕiaŋ^{5}	pɛ^{8}	vu^{7}	əu^{1}	lau^{4}
Xiangt	baef	wuk	oub	laol
放	木排	沿	河	来

情郎放木下河来

都	熟	凹	妻	足
tiu^{5}	ɕiu^{8}	au^{3}	tɕhiu^{1}	tɕiu^{4}
Diut	xiuf	aod	qiub	jiul
弄	湿	衣	服	完

河水淋湿那衣服

瓦	节	凶	今	劳
va^{4}	tɕie^{8}	ɕioŋ^{2}	qəŋ^{1}	lau^{4}
Wal	jief	xiongx	ghengb	laol
我	告诉	紧	跟	来

我让他跟随进来

八	吗	马	披	羊
pa^{4}	ma^{6}	ma^{2}	phi^{1}	ɣaŋ^{4}
Bal	mas	max	pib	vangl
怕	丑	不	进	寨

不好意思进村寨

劳	党	着	根	羊
lau^{4}	taŋ^{5}	tɕio^{6}	qəŋ^{1}	ɣaŋ^{4}
Laol	dangt	jios	ghengb	vangl
来	到	停止	脚	寨

来到寨脚就止步

跌	木	江	都	瓦	吓	能
tie^{3}	mu^{4}	tɕiaŋ^{6}	tiu^{5}	va^{4}	ɕia^{1}	nəŋ^{4}
Died	mul	jiangs	diut	wal	xiab	nengl
拿	去	送	给	我	情郎	穿

送去给我情郎穿

荣	咪	改	花	雷
ʑoŋ^{4}	mi^{6}	qai^{3}	fa^{1}	ləi^{4}
Yongl	mis	ghaid	fab	leil
荣	妈	又	讲	话

友荣妈妈又讲话

瓦	接	猛	嗒	及
va^{4}	tɕie^{4}	moŋ^{2}	ta^{1}	ki^{4}
Wal	jiel	mongx	dab	gil
我	说	你	小	孩

我告诉你呀友荣

木 接 猛 吓 劳
mu^{4} tɕie^{4} moŋ^{2} ɕia^{1} lau^{4}
Mul jiel mongx xiab laol
去 告诉 你 情郎 来
你请女婿回家来

荣 扫 党 根 羊
ʐoŋ^{4} sau^{6} taŋ^{2} qəŋ^{1} ɣaŋ^{4}
Yongl saos dangx ghengb vangl
荣 到 坪 脚 寨
友荣下到寨脚坪

花 些 号 兑 工
fa^{1} ɕie^{6} hau^{5} təi^{2} qoŋ^{4}
Fab xies haot deix ghongl
讲 话 给 哥 工
这样告诉那工哥

农 瓦 咪 阿 农 娃 工
noŋ^{3} va^{4} mi^{6} a^{5} noŋ^{2} va^{6} qoŋ^{4}
Nongd wal mis at nongx was ghongl
现 我 妈 样 这 呀 工
我妈这样把话说

木 接 猛 吓 劳
mu^{4} tɕie^{4} moŋ^{2} ɕia^{1} lau^{4}
Mul jiel mongx xiab laol
去 告诉 你 情郎 来
你请女婿回家来

劳 布 载 清 农
lau^4 pu^6 tsai^2 tɕhiŋ^1 ȵoŋ^4
Laol bus zaix qingb nzongl
来 进 家 房 子
请进家里来休息

瓜 工 农 旁 不
qa^6 kioŋ^8 noŋ^2 phaŋ^1 pu^4
Ghas giongf nongx pangb bul
堂 屋 这 聊 家常
来到堂屋话家常

你 他 农 旁 夺
ni^2 tha^3 ȵoŋ^4 phaŋ^1 tau^4
Nix tad nzongl pangb daol
他 脱 衣服 烤 火
他脱衣服来烘烤

罗 刚 凹 妻 足
lo^6 kaŋ^5 au^3 tɕhiu^1 tɕiu^4
Los gangt aod qiub jiul
才 干 衣 服 完
这样才烘干衣服

瓦 咪 结 阿 农 娃 工
va^4 mi^6 tɕie^8 a^5 noŋ^2 va^6 qoŋ^4
Wal mis jief at nongx was ghongl
我 妈 告诉 样 这 呀 工
妈妈这样告诉我

凹　马　西　友　荣

əu^{7}　ma^{2}　ɕiu^{6}　ʑu^{2}　ʑoŋ^{4}

Ouk　max　xius　yux　yongl

拗　不　过　友　荣

工哥拗不过友荣

无　牙　弱　友　荣

vo^{8}　ʑa^{6}　ȵia^{6}　ʑu^{2}　ʑoŋ^{4}

Wof　yas　nzias　yux　yongl

无　奈　跟　友　荣

工哥无奈跟友荣

珍　上　上　陇　工

tsəŋ^{4}　ɕiaŋ^{5}　ɕiaŋ^{5}　loŋ^{2}　koŋ^{4}

Zengl　xiangt　xiangt　longx　gongl

紧　跟　随　走　路

工哥跟随友荣走

罗　之　火　吞　劳

lo^{6}　tɕi^{5}　həu^{3}　thəŋ^{1}　lau^{4}

Los　jit　houd　tengb　laol

又　上　楼　梯　来

跟随爬上那楼梯

让　阿　党　滔　亡

ȵiaŋ^{8}　a^{5}　taŋ^{2}　thau^{1}　maŋ^{4}

Nziangf　at　dangx　taob　mangl

真　是　非常　亮　脸

工哥真是很英俊

乌	弱	俭	哪	能
vu^{5}	nio^{6}	tɕiŋ^{2}	na^{1}	nəŋ^{4}
Wut	nios	jingx	nab	nengl
英	俊	成	太阳	升

英俊像太阳东升

累	刚	许	冬	木
ləi^{5}	kaŋ^{6}	ɕi^{2}	tioŋ^{1}	mu^{4}
Leit	gangs	xix	diongb	mul
月亮	出	时	半	夜

像月亮半夜皎洁

荣	咪	改	花	雷
ʑoŋ^{4}	mi^{6}	qai^{3}	fa^{1}	ləi^{4}
Yongl	mis	ghaid	fab	leil
荣	妈	又	讲	话

友荣妈妈把话说

罗	乌	瓦	嗒	及
lo^{6}	vu^{5}	va^{4}	ta^{1}	ki^{4}
Los	wut	wal	dab	gil
又	好	我	小	孩

我那女儿很幸运

门	乌	甩	吓	列
məŋ^{6}	vu^{5}	sai^{2}	ɕia^{1}	lie^{4}
Mengs	wut	saix	xiab	liel
命	好	遇	婿	好

命好遇见好郎君

友	荣	咪	罢	党	夸	弱
ʑu^{2}	ʑoŋ^{4}	mi^{6}	pa^{7}	taŋ^{2}	kha^{1}	ȵiu^{4}
Yux	yongl	mis	bak	dangx	kab	nziul
友	荣	妈	爸	很	高	兴

友荣父母很开心

英	敖	英	改	各
ʑiŋ^{6}	au^{7}	ʑiŋ^{6}	qɛ^{1}	qau^{4}
Yings	aok	yings	ghaeb	ghaol
捉	鸭	捉	鸡	鹅

杀鸡宰鸭来招待

瓜	送	学	嗒	聂
qa^{6}	soŋ^{1}	ɕio^{7}	ta^{1}	ȵai^{4}
Ghas	songb	xiok	dab	nzail
酸	坛	要	酸	鱼

还有酸坛那酸鱼

英	别	九	爹	神
ʑiŋ^{6}	pɛ^{5}	tɕiu^{2}	tie^{1}	səŋ^{4}
Yings	baet	jiux	dieb	sengl
捉	猪	九	杀	招待

杀一头大猪迎接

劳	神	你	吓	工
lau^{4}	səŋ^{4}	ni^{2}	ɕia^{1}	qoŋ^{4}
Laol	sengl	nix	xiab	ghongl
来	接	他	女婿	工

迎接远方那女婿

友	荣	咪	罢	改	花	雷
ʐu^{2}	ʐoŋ^{4}	mi^{6}	pa^{7}	qai^{3}	fa^{1}	ləi^{4}
Yux	yongl	mis	bak	ghaid	fab	leil
友	荣	妈	爸	又	讲	话

友荣父母把话说

罗	接	你	吓	工
lo^{6}	tɕie^{4}	ni^{2}	ɕia^{1}	qoŋ^{4}
Los	jiel	nix	xiab	ghongl
又	告诉	他	女婿	工

父母嘱托那女婿

木	接	猛	之	乙
mu^{4}	tɕie^{4}	moŋ^{2}	tɕi^{1}	ʑi^{4}
Mul	jiel	mongx	jib	yil
去	告诉	你	亲	戚

你回去告诉亲戚

改	接	猛	之	弱
qai^{3}	tɕie^{4}	moŋ^{2}	tɕi^{1}	ɳiu^{4}
Ghaid	jiel	mongx	jib	nziul
又	告诉	你	婶	姨

又告诉那婶娘们

瓜	载	阿	让	当
qa^{6}	tsai^{3}	a^{1}	ɳiaŋ^{1}	taŋ^{4}
Ghas	zaid	ab	nziangb	dangl
在	家	那	等	待

他们在家里等待

木 斗 哪 滔 亡
mu^{4} təu^{6} na^{2} thau^{1} maŋ^{4}
Mul dous nax taob mangl
去 找 人 亮 脸
寻找英俊小伙子

配 尖 改 让 根
phɛ^{7} tɕiŋ^{6} qai^{3} n̥iaŋ^{1} kiŋ^{4}
Paek jings ghaid nziangb gingl
女 男 又 齐 全
男孩女孩又齐全

乌 优 打 败 羊
vu^{5} ʑo^{6} ta^{2} pai^{1} ɣaŋ^{4}
Wut yos dax baib vangl
英 俊 来 我们 寨
郎才女貌到我寨

抗 良 农 咪 荣
qhaŋ^{7} liaŋ^{6} noŋ^{2} mi^{1} ʑoŋ^{4}
Khangk liangs nongx mib yongl
抗 良 这 接 荣
来到抗良接友荣

罗 东 猛 忍 木
lo^{6} toŋ^{8} moŋ^{2} n̥iŋ^{1} mu^{4}
Los dongf mongx nzingb mul
才 接 你 妻 去
你迎接妻子回家

工	罗	当	根	木
qoŋ^{4}	lo^{6}	tiaŋ^{2}	qəŋ^{1}	mu^{4}
Ghongl	los	diangx	ghengb	mul
工	才	转	回	去

工哥转身返回家

劳	扫	你	清	农
lau^{4}	sau^{6}	ni^{2}	tɕhiŋ^{1}	ȵoŋ^{4}
Laol	saos	nix	qingb	nzongl
来	到	他	家	里

工哥返回到家里

木	接	你	之	乙
mu^{4}	tɕie^{4}	ni^{2}	tɕi^{1}	ʑi^{4}
Mul	jiel	nix	jib	yil
去	告诉	他	亲	戚

回去告诉他亲戚

改	接	你	之	弱
qai^{3}	tɕie^{4}	ni^{2}	tɕi^{1}	ȵiu^{4}
Ghaid	jiel	nix	jib	nziul
又	告诉	他	婶	姨

又告诉他婶娘们

之	咪	瓜	阿	当
tɕi^{1}	mi^{6}	qa^{6}	au^{1}	taŋ^{4}
Jib	mis	ghas	aob	dangl
婶	姨	那	隔	壁

告诉隔壁那婶娘

接	弱	哪	凹	木
tɕie^{4}	ȵio^{8}	na^{2}	au^{1}	mu^{4}
Jiel	nziof	nax	aob	mul
告诉	双	人	英俊	去

郎才女貌一同去

罗	知	整	些	羊
lo^{6}	tɕi^{5}	tsəŋ^{2}	ɕie^{1}	ɣaŋ^{4}
Los	jit	zengx	xieb	vangl
又	上	整	些	寨

他们走进整些寨

木	抗	良	咪	荣
mu^{4}	qhaŋ^{7}	liaŋ^{6}	mi^{1}	ʑoŋ^{4}
Mul	khangk	liangs	mib	yongl
去	抗	良	接	荣

抗良寨子接友荣

木	东	工	忍	劳
mu^{4}	toŋ^{8}	qoŋ^{4}	ȵiŋ^{1}	lau^{4}
Mul	dongf	ghongl	nzingb	laol
去	接	工	妻	来

工哥来迎接爱妻

农	东	你	忍	劳
noŋ^{3}	toŋ^{8}	ni^{2}	ȵiŋ^{1}	lau^{4}
Nongd	dongf	nix	nzingb	laol
现	接	他	妻	来

他如今接爱妻来

劳 扫 瓜 家 夺
lau^{4} sau^{6} qa^{6} tɕia^{1} tau^{4}
Laol saos ghas jiab daol
来 到 那 火 塘
他们来到火塘边

追 约 哪 滔 亡
tsəi^{1} ʑo^{6} na^{2} thau^{1} maŋ^{4}
Zeib yos nax taob mangl
五 人 人 亮 脸
五个人相貌姣好

配 尖 哪 让 今
phɛ^{7} tɕiŋ^{6} na^{2} ȵiaŋ^{1} kiŋ^{4}
Paek jings nax nziangb gingl
女 男 人 齐 全
有男有女很齐全

杀 步 瓜 呆 当
sa^{4} pu^{7} qa^{6} tai^{1} taŋ^{4}
Sal buk ghas daib dangl
都 坐 那 火塘 等
大伙坐在火塘边

答 约 瓜 的 丁
ta^{4} ʑo^{6} qa^{6} ti^{1} tiŋ^{4}
Dal yos ghas dib dingl
个 人 那 摆 凳
一个人在摆凳子

秋	当	江	忍	荣
tɕhiu^5	taŋ^7	tɕiaŋ^6	ȵiŋ^1	ʑoŋ^4
Qiut	dangk	jiangs	nzingb	yongl
摆	凳子	给	妻	荣

摆凳子给友荣坐

兄	吗	党	哪	珍
ɕioŋ^5	ma^6	taŋ^2	na^1	tsəŋ^4
Xiongt	mas	dangx	nab	zengl
抬	脸	对	太阳	面

友荣面朝太阳坐

荣	步	呆	底	文
ʑoŋ^4	pu^7	tai^1	ti^2	vəŋ^4
Yongl	buk	daib	dix	wengl
荣	坐	凳	稳	固

友荣稳坐凳子上

哉	课	江	哉	别
tsai^1	qhau^7	tɕiaŋ^6	tsai^1	pɛ^4
Zaib	khaok	jiangs	zaib	bael
铺	裙	像	铺	网

裙子铺开像铺网

乌	弱	仅	哪	能
vu^5	nio^6	tɕiŋ^2	na^1	nəŋ^4
Wut	nios	jingx	nab	nengl
漂	亮	成	太阳	升

友荣容貌像太阳

奄	扫	你	清	农
əŋ^{5}	sau^{6}	ni^{2}	tɕhiŋ^{1}	ȵoŋ^{4}
Engt	saos	nix	qingb	nzongl
照	到	他	房	子

照到房子亮堂堂

乌	扫	宰	哥	八
vɯ^{5}	sau^{6}	tsai^{3}	ko^{1}	pa^{4}
Wut	saos	zaid	gob	bal
好	到	家	木	皮

木皮房子也增辉

答	约	布	根	神
ta^{4}	ʑo^{6}	pu^{6}	qəŋ^{1}	səŋ^{4}
Dab	yos	bus	ghengb	sengl
一	个	进	房	间

一个人走进房间

撇	娘	学	西	聂
phɛ^{5}	niaŋ^{6}	ɕio^{7}	ɬi^{1}	ȵai^{4}
Paet	niangs	xiok	dlib	nzail
房	间	捧	碟	鱼

房间捧一碟酸鱼

照	闹	耶	中	聂
tsau^{7}	nau^{6}	ɣie^{4}	tioŋ^{1}	ȵai^{4}
Zaok	naos	viel	diongb	nzail
拿	麻绳	系	中间	鱼

拿条麻绳串鱼背

的 门 蚁 金 劳
ti^1 məŋ^6 ȵiu^2 kiŋ^1 lau^4
Dib mengs nziux gingb laol
添 命 人 丁 来
家里添财人兴旺

答 约 改 咪 之
ta^4 ʑo^6 qai^3 mi^1 tɕi^4
Dal yos ghaid mib jil
一 个 又 要 酒
一个人又来斟酒

学 比 布 加 夺
ɕio^7 pi^6 pu^6 tɕia^1 tau^4
Xiok bis bus jiab daol
提 酒 进 火 塘
提着酒壶进火塘

答 约 改 咪 高
ta^4 ʑo^6 qai^3 mi^1 qau^4
Dal yos ghaid mib ghaol
一 个 又 要 糯饭
一个人端糯米饭

学 弱 瓜 呆 劳
ɕio^7 ȵia^8 qa^6 tai^1 lau^4
Xiok nziaf ghas daib laol
端 饭 那 火塘 来
提着糯饭到火塘

勾	桑	打	花	谁
qəu^{5}	saŋ^{6}	ta^{2}	fa^{1}	səi^{4}
Ghout	sangs	dax	fab	seil
公	师	来	祝	词

邀请师公来祝词

着	咪	江	友	荣
tɕiu^{5}	mi^{5}	tɕiaŋ^{6}	ʑu^{2}	ʑoŋ^{4}
Jiut	mit	jiangs	yux	yongl
祈	祷	给	友	荣

师公给友荣祈祷

多	配	衣	夸	罗
tau^{5}	phɛ^{7}	ʑi^{6}	qhɛ^{1}	lau^{4}
Daot	paek	yis	khaeb	laol
得	配	衣	结	婚

工哥迎娶友荣妹

配	尖	改	让	今
phɛ^{7}	tɕiŋ^{6}	qai^{3}	ȵiaŋ^{1}	kiŋ^{4}
Paek	jings	ghaid	nziangb	gingl
女	男	又	齐	全

有男有女很齐全

当	沙	底	阶	文
taŋ^{5}	ɬa^{6}	ti^{2}	qai^{1}	vəŋ^{4}
Dangt	dlas	dix	ghaib	wengl
变成	富裕	稳	家	当

家庭富裕家产丰

农	达	配	友	荣
noŋ^{3}	ta^{1}	phɛ^{7}	ʑu^{2}	ʑoŋ^{4}
Nongd	dab	paek	yux	yongl
现	姑	娘	友	荣

此时此刻友荣妹

夸	六	靠	兑	工
qhɛ^{1}	ləu^{6}	qau^{5}	təi^{2}	qoŋ^{4}
Khaeb	lous	ghaot	deix	ghongl
结	婚	嫁	哥	工

友荣嫁给那工哥

荣	改	花	些	合
ʑoŋ^{4}	qai^{3}	fa^{1}	ɕie^{6}	ho^{4}
Yongl	ghaid	fab	xies	hol
荣	又	讲	话	说

友荣这样把话说

花	些	号	农	接
fa^{1}	ɕie^{6}	hau^{5}	noŋ^{2}	tɕie^{4}
Fab	xies	haot	nongx	jiel
讲	话	样	这	说

友荣这样把话讲

许	阿	阿	亡	瓜	整	能
ɕi^{2}	a^{1}	a^{5}	maŋ^{7}	qa^{6}	tsəŋ^{2}	nəŋ^{4}
Xix	ab	at	mangk	ghas	zengx	nengl
过	去	做	信物	那	整	能

过去在整能定情

夸　六　告　猛　工
qhɛ1　ləu6　qau3　moŋ2　qoŋ4
Khaeb　lous　ghaod　mongx　ghongl
结　婚　嫁　你　工
如今嫁给那工哥

农　达　亨　兑　工
noŋ3　ta1　həŋ5　təi2　qoŋ4
Nongd　dab　hengt　deix　ghongl
现　后　生　哥　工
现在那后生工哥

拉　娘　罗　粉　吓
la1　niaŋ6　lo6　fəŋ2　ɬia4
Lab　niangs　los　fengx　dlial
个　心里　才　明　白
他那心里才明白

花　些　都　友　荣
fa1　ɕie6　tiu5　ʑu2　ʑoŋ4
Fab　xies　diut　yux　yongl
讲　话　给　友　荣
这样讲话给友荣

阿　弱　许　冬　木
a5　ȵia8　ɕi2　tioŋ1　mu4
At　nziaf　xix　diongb　mul
蒸　饭　时　半　夜
半夜起来蒸糯饭

夸 弱 江 虾 工
qhɛ^{3} ȵia^{8} tɕiaŋ^{6} ɕia^{1} qoŋ^{4}
Khaed nziaf jiangs xiab ghongl
包 饭 给 夫 工
友荣包饭给工哥

上 别 无 凹 木
ɕiaŋ^{5} pɛ^{8} vu^{7} əu^{1} mu^{4}
Xiangt baef wuk oub mul
放 排 沿 河 去
工哥沿河放木排

木 扫 分 几 能
mu^{4} sau^{6} fəŋ^{1} ki^{6} nəŋ^{4}
Mul saos fengb gis nengl
去 到 地方 下 下游
放那木排到下游

木 凹 弱 马 劳
mu^{4} au^{1} ȵiu^{5} ma^{2} lau^{4}
Mul aob nziut max laol
去 两 年 不 来
出门两年不返回

木 败 弱 马 劳
mu^{4} pai^{1} ȵiu^{5} ma^{2} lau^{4}
Mul baib nziut max laol
去 三 年 不 来
出门三年不返回

扫	追	弱	当	劳
sau^{6}	tsəi^{1}	ȵiu^{5}	tiaŋ^{2}	lau^{4}
Saos	zeib	nziut	diangx	laol
到	五	年	返	来

等到五年才返回

娃	达	配	友	荣
va^{6}	ta^{1}	phɔ^{7}	ʑu^{2}	ʑoŋ^{4}
Was	dab	paek	yux	yongl
留	姑	娘	友	荣

留下友荣妹在家

娃	之	窝	哪	罗
va^{6}	tɕi^{1}	vo^{7}	na^{2}	lau^{4}
Was	jib	wok	nax	laol
留	妈	妈	人	老

留下老妇人在家

娃	嗒	都	瓦	立
va^{6}	ta^{1}	tiu^{5}	va^{4}	li^{4}
Was	dab	diut	wal	lil
留	孩	给	我	护理

留下孩子给我养

列	拉	缺	农	害
lie^{5}	la^{1}	qhəi^{7}	noŋ^{2}	hai^{4}
Liet	lab	kheik	nongx	hail
因	个	饿	这	祸害

因为饥饿来害人

农 达 配 友 荣
noŋ^{3} ta^{1} phɛ^{7} ʑu^{2} ʑoŋ^{4}
Nongd dab paek yux yongl
现 姑 娘 友 荣
此时此刻友荣妹

麻 扫 泵 暖 读
ma^{4} sau^{6} poŋ^{7} ȵəŋ^{2} tiu^{4}
Mal saos bongk nzengx diul
卖 到 棉 衣 服
饥饿卖掉大棉衣

别 吗 麻 脑 足
pie^{1} ma^{6} ma^{4} nəu^{2} tɕiu^{4}
Bieb mas mal noux jiul
床 单 卖 吃 完
卖掉床单也吃完

立 西 都 哪 罗
li^{6} səi^{1} tiu^{5} na^{2} lau^{4}
Lis seib diut nax laol
换 米 给 人 老
卖布换米养老人

爹 木 几 爹 立
tie^{3} mu^{4} ki^{3} tie^{6} li^{6}
Died mul gid dies lis
拿 去 哪 里 换
东西拿到哪里换

爹	木	几	周	立
tie^{3}	mu^{4}	ki^{3}	tɕiu^{6}	li^{6}
Died	mul	gid	jius	lis
拿	去	上	上游	换

东西拿到上游换

陇	罗	木	立	西
loŋ^{2}	lo^{4}	mu^{4}	li^{6}	ɕi^{6}
Longx	lol	mul	lis	xis
陇	罗	去	换	米

走到陇罗换大米

多	沙	劳	呀	咪
tau^{5}	sa^{3}	lau^{4}	ʑa^{6}	mi^{6}
Daot	sad	laol	yas	mis
得	米	来	养	妈

换那大米来养妈

花	些	木	那	沙
fa^{1}	ɕie^{6}	mu^{4}	na^{6}	ɬa^{6}
Fab	xies	mul	nas	dlas
讲	话	去	问	富人

友荣询问那老板

让	沙	麻	吗	沙
ȵiaŋ^{1}	sa^{3}	ma^{4}	ma^{6}	ɬa^{6}
Nziangb	sad	mal	mas	dlas
有	米	卖	吗	富人

老板是否有米卖

沙	显	雷	号	奴
ɬa6	ɬiŋ2	ləi4	hau5	nəu6
Dlas	dlingx	leil	haot	nous
富人	讲	话	给	妹

老板这样把话说

沙	麻	让	桑	晒
sa3	ma4	ȵiaŋ1	saŋ4	sai6
Sad	mal	nziangb	sangl	sais
米	卖	有	很	多

大米有很多出售

数	高	马	败	昂
səu7	qau5	ma2	pai4	ŋaŋ6
Souk	ghaot	max	bail	ngangs
账	旧	没	有	还清

以前旧账未还清

数	乡	改	劳	节
səu7	xaŋ1	qai3	lau4	tɕi6
Souk	hvangb	ghaid	laol	jis
账	新	又	来	了

现在新账又来赊

马	江	多	埋	衣
ma2	tɕiaŋ6	tau3	mai4	ʑi6
Max	jiangs	daod	mail	yis
不	给	姑	配	衣

老板不赊给友荣

衣	几	劳	扫	载
ʑi^{6}	ki^{2}	lau^{4}	sau^{6}	tsai^{6}
Yis	gix	laol	saos	zais
衣	哭	来	到	家

友荣伤心回到家

花	些	木	号	咪
fa^{1}	ɕie^{6}	mu^{4}	hau^{5}	mi^{6}
Fab	xies	mul	haot	mis
诉	苦	去	给	妈

友荣向妈妈诉苦

拉	珠	只	松	布
lia^{7}	tɕiu^{6}	tɕi^{4}	soŋ^{3}	pu^{6}
Liak	jius	jil	songd	bus
剩	一	只	手	镯

现只剩一只手镯

罗	显	木	江	咪
lo^{6}	ɬiŋ^{2}	mu^{4}	tɕiaŋ^{6}	mi^{6}
Los	dlingx	mul	jiangs	mis
才	递	去	给	妈

友荣伤心递给妈

咪	打	木	立	西
mi^{6}	tɛ^{3}	mu^{4}	li^{6}	ɕi^{6}
Mis	daed	mul	lis	xis
妈	拿	去	换	米

妈妈拿去换大米

咪	打	木	松	浪
mi⁶	ta²	mu⁴	ɬoŋ⁶	laŋ⁶
Mis	dax	mul	dlongs	langs
妈	走	去	松	浪

妈妈走路去松浪

呀	打	木	扫	阿
ʑa⁶	ta²	mu⁴	sau⁶	a⁶
Yas	dax	mul	saos	as
刚	走	去	到	那

妈妈刚走到那里

东	兑	告	瓜	龙
tom⁷	təi²	qau⁴	qa⁶	lioŋ⁶
Domk	deix	ghaol	ghas	liongs
遇	哥	告	那	巷子

在那巷子遇告哥

花	些	木	那	沙
fa¹	ɕie⁶	mu⁴	na⁶	ɬa⁶
Fab	xies	mul	nas	dlas
讲	话	去	问	富人

妈妈这样问老板

让	奶	麻	吗	沙
ȵiaŋ¹	nai²	ma⁴	ma⁶	ɬa⁶
Nziangb	naix	mal	mas	dlas
有	谷	卖	吗	富人

老板是否有谷卖

兑	告	花	劳	好
təi^{2}	qau^{4}	fa^{1}	lau^{5}	hau^{6}
Deix	ghaol	fab	laot	haos
哥	告	讲	话	说

告哥这样把话说

奶	麻	让	桑	晒
nai^{2}	ma^{4}	ȵiaŋ^{1}	saŋ^{4}	sai^{6}
Naix	mal	nziangb	sangl	sais
谷	卖	有	很	多

谷子销售有很多

猛	咪	一	爹	拉
moŋ^{2}	mi^{1}	ʑi^{4}	tɛ^{6}	lia^{6}
Mongx	mib	yil	daes	lias
你	要	几	多	两

你要购买多少两

荣	咪	花	些	好
ʑoŋ^{4}	mi^{6}	fa^{1}	ɕie^{6}	hau^{6}
Yongl	mis	fab	xies	haos
荣	妈	讲	话	说

友荣妈妈把话说

马	囊	一	爹	拉
ma^{2}	naŋ^{3}	ʑi^{4}	tɛ^{6}	lia^{6}
Max	nangd	yil	daes	lias
没	有	多	少	两

没有多少两银子

让	珠	只	松	布
ȵiaŋ^{1}	tɕiu^{6}	tɕi^{4}	soŋ^{3}	pu^{6}
Nziangb	jius	jil	songd	bus
有	一	只	手	镯

只有一只银手镯

咪	显	只	松	布
mi^{6}	ɬiŋ^{2}	tɕi^{4}	soŋ^{3}	pu^{6}
Mis	dlingx	jil	songd	bus
妈	递	只	手	镯

妈妈递上银手镯

农	兑	告	周	节
noŋ^{3}	təi^{2}	qau^{4}	tɕiu^{5}	tɕi^{6}
Nongd	deix	ghaol	jiut	jis
现	哥	告	认识	了

告哥认识那手镯

只	农	荣	松	布
tɕi^{4}	noŋ^{6}	ʑoŋ^{4}	soŋ^{3}	pu^{6}
Jil	nongs	yongl	songd	bus
只	这	荣	手	镯

这只是友荣手镯

许	瓦	哪	亡	莽
ɕi^{2}	va^{4}	na^{1}	maŋ^{5}	maŋ^{6}
Xix	wal	nab	mangt	mangs
时	我	日	夜	摸

过去我日夜抚摸

只	农	足	都	拉
tɕi^{4}	noŋ^{6}	tɕiu^{8}	tiu^{5}	lia^{6}
Jil	nongs	jiuf	diut	lias
只	这	十	六	两

这只银镯十六两

告	学	奶	都	咪
qau^{4}	ɬio^{7}	nai^{2}	tiu^{5}	mi^{6}
Ghaol	dliok	naix	diut	mis
告	称	谷	给	妈

告哥称谷给工妈

仅	无	凹	累	雍
kiŋ^{3}	vo^{6}	au^{1}	ləi^{5}	ʑoŋ^{6}
Gingd	wos	aob	leit	yongs
只	够	两	月	吃

这粮只够两个月

脑	足	改	缺	节
nəu^{2}	tɕiu^{4}	qai^{3}	qhəi^{7}	tɕi^{6}
Noux	jiul	ghaid	kheik	jis
吃	完	又	饿	了

吃完粮食饿肚子

忍	足	改	意	扫
ȵ̥iŋ^{2}	tɕiu^{4}	qai^{3}	ʑi^{3}	sau^{6}
Nzingx	jiul	ghaid	yid	saos
春	节	又	将	到

一年春节又将到

布 咪 许 都 伦
pu^{1} mi^{1} ɕi^{2} tiu^{5} ləŋ^{6}
Bub mib xix diut lengs
知 要 啥 过 年
不知要什么过年

兑 告 周 松 布
təi^{2} qau^{4} tɕiu^{5} soŋ^{3} pu^{6}
Deix ghaol jiut songd bus
哥 告 认识 手 镯
告哥认识那手镯

兑 告 送 太 泵
təi^{2} qau^{4} soŋ^{5} thai^{7} poŋ^{6}
Deix ghaol songt taik bongs
哥 告 送 退 还
告哥退还那手镯

农 友 荣 配 衣
noŋ^{3} ʑu^{2} ʑoŋ^{4} phɛ^{7} ʑi^{6}
Nongd yux yongl paek yis
现 友 荣 配 衣
此时此刻友荣妹

哪 贾 工 松 结
na^{1} tɕia^{2} qoŋ^{4} ɬoŋ^{6} kie^{6}
Nab jiax ghongl dlongs gies
日 讲 工 松 结
白天思念那工哥

亡	贾	工	松	结
maŋ^{5}	tɕia^{2}	qoŋ^{4}	ɬoŋ^{6}	kie^{6}
Mangt	jiax	ghongl	dlongs	gies
夜	讲	工	松	结

晚上思念那工哥

娃	友	荣	缺	书
va^{6}	ʑu^{2}	ʑoŋ^{4}	qhəi^{7}	ɕiu^{6}
Was	yux	yongl	kheik	xius
让	友	荣	饥	饿

让那友荣饿肚子

麻	扫	荣	数	拉
ma^{4}	sau^{6}	ʑoŋ^{4}	səu^{5}	lia^{6}
Mal	saos	yongl	sout	lias
卖	到	荣	嫁	妆

贱卖到友荣嫁妆

下	农	害	底	桑
ɕia^{7}	noŋ^{2}	hɛ^{5}	ti^{1}	saŋ^{6}
Xiak	nongx	haet	dib	sangs
次	这	害	一	辈

这样害她一辈子

苏	兑	工	吗	衣
su^{1}	təi^{2}	qoŋ^{4}	mɛ^{6}	ʑi^{6}
Sub	deix	ghongl	maes	yis
若	哥	工	弃	衣

若工哥放弃友荣

下	农	你	那	令
ɕia7	noŋ2	ni4	nia6	liŋ6
Xiak	nongx	nil	nias	lings
次	这	他	醒	悟

如果这次他醒悟

哪	吓	改	哪	闷
na1	ɕia5	qai3	na1	məŋ6
Nab	xiat	ghaid	nab	mengs
日	穷	又	薄	命

这样过着穷日子

布	整	由	吗	衣
pu8	tsəŋ2	ʑu4	ma6	ʑi6
Buf	zengx	yul	mas	yis
见	阎	王	吧	衣

友荣想去寻短见

农	兑	告	松	浪
noŋ3	təi2	qau4	ɬoŋ6	laŋ6
Nongd	deix	ghaol	dlongs	langs
现	哥	告	松	浪

如今松浪那告哥

布	友	荣	缺	书
pu8	ʑu2	ʑoŋ4	qhəi7	ɕiu6
Buf	yux	yongl	kheik	xius
见	友	荣	饥	饿

看见友荣饿肚子

接	答	窝	聂	闹
tɕie4	ta4	vo7	nɛ4	nau6
Jiel	dal	wok	nael	naos
讲	个	婆	聂	闹

告诉聂闹那婆婆

你	劳	虽	荣	咪
ni2	lau1	ɬəi1	ʑoŋ4	mi6
Nix	laol	dleib	yongl	mis
她	来	骗	荣	妈

她来哄骗友荣妈

虽	友	荣	今	今
ɬəi1	ʑu2	ʑoŋ4	kiŋ6	kiŋ6
Dleib	yux	yongl	gings	gings
骗	友	荣	样	样

这样那样骗友荣

猛	吓	差	邦	无	能	鲁
moŋ2	ɕia1	tɕhia1	paŋ6	vu7	nəŋ4	lu2
Mongx	xiab	qiab	bangs	wuk	nengl	lux
你	夫	放	排	下	能	鲁

你夫放排下能鲁

刀	内	江	略	你
tau6	nəi7	tɕiaŋ1	lio6	ni2
Daos	neik	jiangb	lios	nix
挨	那	杉木	戳	他

遭遇杉木来戳他

答	无	凹	木	累
ta^{6}	vu^{7}	əu^{1}	mu^{4}	lai^{2}
Das	wuk	oub	mul	laix
死	沿	河	去	久

死后被河流冲走

补	瓜	凹	败	阿
pu^{2}	qa^{6}	əu^{1}	pai^{4}	a^{2}
Bux	ghas	oub	bail	ax
埋	在	河	岸	那

埋葬在那河岸边

猛	让	荣	啊	木	答	许
moŋ^{2}	ȵiaŋ^{1}	ʑoŋ^{6}	a^{5}	mu^{1}	ta^{4}	ɕi^{2}
Mongx	nziangb	yongs	at	mub	dal	xix
你	单	身	做	守	个	什么

你在守寡做什么

夸	六	夸	告	五
qhɛ^{1}	ləu^{6}	qha^{1}	qau^{4}	vu^{2}
Khaeb	lous	khab	ghaol	wux
结	婚	给	告	嫁

你改嫁给那告哥

让	弱	让	意	都	你	脑
ȵiaŋ^{1}	ȵia^{8}	ȵiaŋ^{1}	i^{7}	tiu^{5}	ni^{4}	nəu^{2}
Nziangb	nziaf	nziangb	ik	diut	nil	noux
有	饭	有	肉	给	她	吃

每天有肉有饭吃

抄 心 阿 答 许
tshau^{1} ɕin^{1} a^{5} ta^{4} ɕi^{2}
Caob xinb at dal xix
操 心 做 个 什么
你又操心做什么

接 友 荣 今 今
tɕɪe^{4} ʑu^{2} ʑoŋ^{4} kiŋ^{6} kiŋ^{6}
Jiel yux yongl gings gings
告诉 友 荣 样 样
这样那样说友荣

虽 友 荣 马 弱
ɬəi^{1} ʑu^{2} ʑoŋ^{4} ma^{2} ȵio^{6}
Dleib yux yongl max nzios
骗 友 荣 不 信
友荣不信这谎话

衣 马 败 罗 令
ʑi^{6} ma^{2} pai^{4} lo^{6} liŋ^{6}
Yis max bail los lings
衣 没 有 动 心
友荣一点不心动

布 底 文 瓜 载
pu^{7} ti^{2} vəŋ^{4} qa^{6} tsai^{6}
Buk dix wengl ghas zais
坐 稳 固 那 家
心安理得守在家

改	答	窝	迪	洞
qai^3	ta^4	vo^7	ti^8	toŋ^6
Ghaid	dal	wok	dif	dongs
又	个	婆	迪	洞

迪洞有一个阿婆

答	阿	劳	底	生
ta^4	a^1	lau^4	ti^2	ɬəŋ^6
Dal	ab	laol	dix	dlengs
个	那	来	一	趟

那个阿婆来一回

答	阿	虽	衣	咪
ta^4	a^1	ɬəi^1	ʑoŋ^4	mi^6
Dal	ab	dleib	yongl	mis
个	那	骗	荣	妈

那个阿婆骗荣妈

虽	友	荣	今	今
ɬəi^1	ʑu^2	ʑoŋ^4	kiŋ^6	kiŋ^6
Dleib	yux	yongl	gings	gings
骗	友	荣	样	样

这样那样骗友荣

友	荣	古	马	弱
ʑu^2	ʑoŋ^4	qo^5	ma^2	ȵio^6
Yux	yongl	ghot	max	nzios
友	荣	也	不	信

友荣也不信谎话

友	荣	咪	桑	挪
ʑu^{2}	ʑoŋ^{4}	mi^{6}	saŋ^{1}	nau^{5}
Yux	yongl	mis	sangb	naot
友	荣	妈	心毒	多

友荣妈妈好狠心

吓	荣	爹	让	忍
tɕio^{1}	ʑoŋ^{4}	tie^{6}	ȵiaŋ^{1}	ȵiŋ^{5}
Jiob	yongl	dies	nziangb	nzingt
骂	荣	那	不	休

谩骂友荣不休止

五	罗	呀	娃	米
vu^{2}	lau^{4}	ʑa^{6}	va^{1}	mi^{5}
Wux	laol	yas	wab	mit
改	嫁	呀	姑	娘

友荣赶快去改嫁

哪	答	雍	桑	挪
na^{2}	ta^{4}	ʑoŋ^{6}	saŋ^{1}	nau^{5}
Nax	dal	yongs	sangb	naot
人	守	寡	难过	多

友荣守寡日难过

马	罗	桑	娃	米
ma^{2}	lau^{4}	saŋ^{6}	.va^{1}	mi^{5}
Max	laol	sangs	wab	mit
不	过	一	姑	娘

这样枉过一辈子

友	荣	租	拉	亨
ʑu^{2}	ʑoŋ^{4}	tɕio^{6}	lia^{1}	həŋ^{5}
Yux	yongl	jios	liab	hengt
友	荣	想	念	后生

友荣想念那工哥

木	古	木	娘	阿	收	泵
mu^{4}	kiu^{2}	mu^{4}	niaŋ^{6}	a^{5}	xu^{1}	poŋ^{5}
Mul	giux	mul	niangs	at	hvub	bongt
去	外	去	内	都	叹	气

出门进门都叹气

哪	亡	几	各	爹	娘	年
na^{1}	maŋ^{5}	ki^{2}	ko^{4}	tie^{6}	ȵiaŋ^{1}	ȵiŋ^{5}
Nab	mangt	gix	gol	dies	nziangb	nzingt
日	夜	哭	叫	都	不	停

日夜伤心哭不停

花	雷	那	之	咪
fa^{1}	ləi^{4}	na^{6}	tɕi^{1}	mi^{6}
Fab	leil	nas	jib	mis
讲	话	问	婶	娘

友荣把话问婶娘

瓦	虾	马	劳	爹	之	咪
va^{4}	ɕia^{1}	ma^{2}	lau^{4}	tie^{6}	tɕi^{1}	mi^{6}
Wal	xiab	max	laol	dies	jib	mis
我	夫	不	来	哪里	婶	娘

我那夫君还不来

跌	木	扫	根	年
tie^{7}	mu^{4}	sau^{6}	qəŋ^{1}	niŋ^{6}
Diek	mul	saos	ghengb	nings
走	去	到	底	路

友荣走到那路边

布	嗒	斗	嘎	聂	根	年
pu^{8}	ta^{4}	təu^{5}	ka^{2}	ȵai^{4}	qəŋ^{1}	niŋ^{6}
Buf	dal	dout	gax	nzail	ghengb	nings
见	条	芦	笙	竹	底	路

看见路底芦笙竹

根	努	罗	秧	羊
qəŋ^{1}	nəu^{2}	lo^{6}	ʑaŋ^{1}	ʑaŋ^{6}
Ghengb	noux	los	yangb	yangs
底	叶	又	茂	盛

竹子叶子很茂盛

荣	选	雷	那	孬
ʑoŋ^{4}	ɬiŋ^{2}	ləi^{4}	na^{6}	ȵau^{6}
Yongl	dlingx	leil	nas	nzaos
荣	讲	话	问	竹子

友荣这样问竹子

苏	猛	阿	嗒	弱
su^{1}	moŋ^{2}	a^{5}	ta^{1}	ȵiu^{6}
Sub	mongx	at	dab	nzius
若	你	是	个	姑娘

如果你是个姑娘

选 告 江 猛 雍
ɬiŋ^{2} qau^{4} tɕiaŋ^{6} moŋ^{2} ȵ̥oŋ^{6}
Dlingx ghaol jiangs mongx nzongs
递 饭 给 你 吃
我将讨饭给你吃

养 荣 江 猛 亡
ɣaŋ^{2} ȵ̥oŋ^{4} tɕiaŋ^{6} moŋ^{2} maŋ^{6}
Vangx nzongl jiangs mongx mangs
缝 衣服 给 你 穿
缝新衣服给你穿

灭 猛 六 吓 告
mɛ^{6} moŋ^{2} ləu^{6} ɕia^{1} qau^{6}
Maes mongx lous xiab ghaos
让 你 嫁 郎 告
让你出嫁给告哥

挪 瓦 灭 让 雍
nio^{2} va^{4} mie^{6} ȵ̥iaŋ^{1} ʑoŋ^{6}
Niox wal mies nziangb yongs
留 我 做 单 身
让我留守过单身

农 达 配 友 荣
noŋ^{3} ta^{1} phɛ^{7} ʑu^{2} ʑoŋ^{4}
Nongd dab paek yux yongl
现 姑 娘 友 荣
此时此刻友荣妹

冬	哪	古	几	工
tioŋ^{1}	na^{1}	qo^{5}	ki^{2}	qoŋ^{4}
Diongb	nab	ghot	gix	ghongl
白	天	也	哭	工

白天思念又伤心

冬	亡	比	马	昂
tioŋ^{1}	maŋ^{5}	pi^{5}	ma^{2}	ŋa^{4}
Diongb	mangt	bit	max	ngal
晚	夜	睡	不	着

夜晚思念也难眠

花	加	撇	农	各
fa^{1}	tɕia^{1}	phɛ^{5}	noŋ^{2}	ko^{4}
Fab	jiab	paet	nongx	gol
翻	身	边	这	叫

翻身这边也思念

花	加	撇	猛	丁
fa^{1}	tɕia^{1}	phɛ^{5}	moŋ^{2}	tiŋ^{4}
Fab	jiab	paet	mongx	dingl
翻	身	边	那	醒

翻身那边也惊醒

杀	兴	布	晒	工
sa^{4}	ɬiŋ^{1}	pu^{5}	sai^{2}	qoŋ^{4}
Sal	dlingb	but	saix	ghongl
都	做	梦	遇见	工

做梦也遇见工哥

笔	扫	打	瓦	十
pi^{4}	sau^{3}	ta^{1}	va^{2}	ɕi^{4}
Bil	saod	dab	wax	xil
明	早	天	空	亮

明天早上天大亮

爹	娃	节	引	南
tie^{6}	va^{6}	tɕi^{5}	ɣiŋ^{2}	nəŋ^{4}
Dies	was	jit	vingx	nengl
匆	忙	上	岭	南

友荣匆忙上南岭

松	溜	当	兑	工
ɬoŋ^{6}	liu^{1}	taŋ^{5}	təi^{2}	qoŋ^{4}
Dlongs	liub	dangt	deix	ghongl
坳	大	迎接	哥	工

山坳迎接工哥来

马	多	亨	兑	劳
ma^{2}	tau^{5}	həŋ^{5}	təi^{2}	lau^{4}
Max	daot	hengt	deix	laol
没	有	后生	哥	来

没有等到情郎来

布	哪	当	瓦	劳
pu^{8}	na^{1}	taŋ^{5}	va^{2}	lau^{4}
Buf	nab	dangt	wax	laol
见	太阳	升	天空	来

看见太阳已升空

哎	哪	累	几	败
ai^{1}	na^{1}	ləi^{5}	ki^{2}	pai^{4}
Aib	nab	leit	gix	bail
哎	日	月	天	庭

友荣把话问日月

门	不	马	不	亨	兑	工
məŋ^{1}	pu^{8}	ma^{2}	pu^{8}	həŋ^{5}	təi^{2}	qoŋ^{4}
Mengb	buf	max	buf	hengt	deix	ghongl
你们	见	不	见	后生	哥	工

你们是否见工哥

索	江	示	马	败
səu^{1}	tɕiaŋ^{1}	ɕiu^{7}	ma^{2}	pai^{4}
Soub	jiangb	xiuk	max	bail
卖	杉木	收	没	有

杉木是否被收购

农	哪	累	几	败
noŋ^{3}	na^{1}	ləi^{5}	ki^{2}	pai^{4}
Nongd	nab	leit	gix	bail
现	日	月	天	庭

此时天庭那日月

古	马	样	达	配	蚁	雷
qo^{5}	ma^{2}	ʐaŋ^{7}	ta^{1}	phɛ^{7}	ȵiu^{2}	ləi^{4}
Ghot	max	yangk	dab	paek	nziux	leil
也	不	应	姑	娘	妹	话

日月不应友荣话

荣 花 吗 几 败
ʐoŋ^{4} fa^{1} ma^{6} ki^{2} pai^{4}
Yongl fab mas gix bail
荣 转 脸 上 坡
友荣转脸看山坡

布 凹 闷 颇 列
pu^{8} əu^{1} məŋ^{5} po^{2} lie^{4}
Buf oub mengt box liel
见 水 泉 水 好
看见井里泉水好

哎 凹 闷 颇 败
ai^{1} əu^{1} məŋ^{5} po^{2} pai^{4}
Aib oub mengt box bail
哎 水 泉 水 坡
半山坡上泉水呀

刚 呆 当 瓦 劳
kaŋ^{4} tai^{1} taŋ^{5} va^{2} lau^{4}
Gangl daib dangt wax laol
从 地 涌 上 来
你从地下涌上来

猛 布 瓦 达 亨 兑 工
moŋ^{2} pu^{8} va^{4} ta^{1} həŋ^{5} təi^{2} qoŋ^{4}
Mongx buf wal dab hengt deix ghongl
你 见 我 后 生 哥 工
你是否看见工哥

麻	江	都	几	能
ma^{4}	tɕiaŋ^{1}	tiu^{5}	ki^{6}	nəŋ^{4}
Mal	jiangb	diut	gis	nengl
卖	杉木	给	下	下游

工哥放排卖杉木

索	江	何	马	败
səu^{1}	tɕiaŋ^{1}	ha^{7}	ma^{2}	pai^{4}
Soub	jiangb	hak	max	bail
销	杉木	或	没	有

是否售完那杉木

布	劳	许	马	劳
pu^{1}	lau^{4}	ɕi^{2}	ma^{2}	lau^{4}
Bub	laol	xix	max	laol
知	来	或	不	来

不知返回了没有

农	凹	闷	颇	败
noŋ^{3}	əu^{1}	mən^{5}	po^{2}	pai^{4}
Nongd	oub	mengt	box	bail
现	水	泉	水	坡

现半山坡那泉水

古	马	样	达	配	友	荣
qo^{5}	ma^{2}	ʑaŋ^{7}	ta^{1}	phɛ^{7}	ʑu^{2}	ʑoŋ^{4}
Ghot	max	yangk	dab	paek	yux	yongl
也	不	应	姑	娘	友	荣

泉水也不应友荣

农	达	配	友	荣
noŋ^{3}	ta^{1}	phɛ^{7}	ʑu^{2}	ʑoŋ^{4}
Nongd	dab	paek	yux	yongl
现	姑	娘	友	荣

现在那友荣姑娘

上	阿	上	农	劳
ɕiaŋ^{5}	a^{1}	ɕiaŋ^{5}	noŋ^{2}	lau^{4}
Xiangt	ab	xiangt	nongx	laol
想	那	想	这	来

友荣心里很忐忑

布	败	亨	兑	工
pu^{1}	pai^{1}	həŋ^{5}	təi^{2}	qoŋ^{4}
Bub	baib	hengt	deix	ghongl
知	我	后生	哥	工

不知我夫君工哥

让	乌	何	当	败
ȵiaŋ^{1}	vu^{6}	ha^{7}	taŋ^{2}	pai^{4}
Nziangb	wus	hak	dangx	bail
活	着	或	死	亡

他还活着或死亡

凹	吗	罗	把	合
əu^{1}	ma^{6}	lo^{6}	pa^{2}	ho^{4}
Oub	mas	los	bax	hol
水	脸	又	落	下

眼泪簌簌落下来

爹　迭　意　眼　亡
tie^{1}　tie^{6}　ʑi^{7}　ɣiŋ^{2}　maŋ^{4}
Dieb　dies　yik　vingx　mangl
不　停　流　脸　庞
眼泪簌簌流满面

花　吗　之　几　败
fa^{1}　ma^{6}　tɕi^{5}　ki^{6}　pai^{4}
Fab　mas　jit　gis　bail
转　脸　上　山　坡
友荣转脸看上坡

冬　松　斗　满　龙
tioŋ^{1}　ɬoŋ^{6}　təu^{5}　məŋ^{2}　loŋ^{4}
Diongb　dlongs　dout　mengx　longl
中　坳　木　枫　长
山坳枫木很茂盛

今　周　当　脑　谁
qəŋ^{1}　tɕiu^{1}　taŋ^{5}　nəu^{2}　səi^{4}
Ghengb　jiub　dangt　noux　seil
树　枝　长　树　叶
枫木树叶绿油油

五　苏　阿　农　木
vu^{5}　səu^{1}　a^{5}　noŋ^{2}　mu^{4}
Wut　soub　at　nongx　mul
好　叶　样　这　去
枫木树叶这样好

荣	花	劳	打	毫
ʐoŋ^{4}	fa^{1}	lau^{5}	ta^{2}	hau^{4}
Yongl	fab	laot	dax	haol
荣	讲	话	来	问

友荣这样把话问

苏	猛	捞	脑	告
su^{1}	moŋ^{2}	lau^{5}	nəu^{2}	qau^{4}
Sub	mongx	laot	noux	ghaol
如	你	嘴	吃	饭

如果你有嘴吃饭

苏	猛	业	改	接
su^{1}	moŋ^{2}	nie^{4}	qai^{3}	tɕie^{4}
Sub	mongx	nief	ghaid	jiel
如	你	舌头	又	说

若你舌头会说话

瓦	养	凹	妻	都	猛	能
va^{4}	ɤaŋ^{2}	au^{3}	tɕhiu^{1}	tiu^{5}	moŋ^{2}	nəŋ^{4}
Wal	vangx	aod	qiub	diut	mongx	nengl
我	缝	衣	服	给	你	穿

我缝衣服给你穿

灭	门	告	兑	告
mie^{6}	məŋ^{1}	qau^{5}	təi^{2}	qau^{4}
Mies	mengb	ghaot	deix	ghaol
让	你	嫁	哥	告

让你出嫁给告哥

灭	败	挪	仰	由
mie^{6}	pai^{1}	no^{6}	ȵiaŋ^{1}	ʑu^{4}
Mies	baib	nos	nziangb	yul
让	我	自	单	身

让我独在家留守

当	达	亨	兑	工
taŋ^{4}	ta^{1}	həŋ^{5}	təi^{2}	qoŋ^{4}
Dangl	dab	hengt	deix	ghongl
等	后	生	哥	工

等待夫君工哥回

荣	咪	足	埋	衣
ʑoŋ^{4}	mi^{6}	tɕiu^{6}	mai^{4}	ʑi^{6}
Yongl	mis	jius	mail	yis
荣	妈	只	配	衣

荣妈只有友荣妹

猛	吓	差	邦	户	能	英
moŋ^{2}	ɕia^{1}	tɕhia^{1}	paŋ^{6}	vu^{7}	nəŋ^{4}	ʑiŋ^{6}
Mongx	xiab	qiab	bangs	wuk	nengl	yings
你	夫	放	木	下	下游	（融）州

女婿放木下融水

刀	各	江	劳	略
tau^{6}	ko^{8}	tɕiaŋ^{1}	lau^{4}	lio^{6}
Daos	gof	jiangb	laol	lios
遭	尾	杉木	来	戳

不幸被杉木来戳

答	无	凹	木	节
ta^{6}	vu^{7}	əu^{1}	mu^{4}	tɕi^{6}
Das	wuk	oub	mul	jis
死	沿	河	去	了

死后被河流冲走

补	都	凹	败	阿
pu^{2}	tiu^{5}	əu^{1}	pai^{4}	a^{6}
Bux	diut	oub	bail	as
埋	在	河	岸	那

他被埋在那河岸

贾	兄	收	一	呢
tɕia^{2}	ɕioŋ^{6}	xu^{1}	ʑi^{4}	ni^{6}
Jiax	xiongs	hvub	yil	nis
讲	七	话	这	样

传说七次这噩耗

荣	囊	败	生	收	杀	答
ʑoŋ^{4}	naŋ^{3}	pai^{1}	ɬəŋ^{6}	xu^{1}	sa^{4}	ta^{6}
Yongl	nangd	baib	dlengs	hvub	sal	das
荣	听	三	次	话	都	死

三次都是他死亡

友	荣	邦	弱	立
ʑu^{2}	ʑoŋ^{4}	paŋ^{1}	ȵi^{3}	li^{6}
Yux	yongl	bangb	nzid	lis
友	荣	崩	溃	了

友荣心里已崩溃

无　牙　夸　嗒　收
vo^{8}　ʑa^{6}　qhɛ^{1}　ta^{4}　χu^{6}
Wof　yas　khaeb　dal　hvus
无　奈　嫁　个　男人
无奈改嫁给别人

挪　蚁　昌　木　六
noŋ^{3}　ȵiu^{2}　tshaŋ^{1}　mu^{4}　ləu^{6}
Nongd　nziux　cangb　mul　lous
现　妹　伤心　去　嫁
友荣伤心去改嫁

加　六　让　告　载
tɕia^{1}　ləu^{6}　ȵiaŋ^{1}　qau^{4}　tsai^{6}
Jiab　lous　nziangb　ghaol　zais
改　嫁　在　告　家
无奈改嫁给告哥

农　达　亨　兑　工
noŋ^{3}　ta^{1}　həŋ^{5}　təi^{2}　qoŋ^{4}
Nongd　dab　hengt　deix　ghongl
现　后　生　哥　工
此时那后生工哥

木　追　弱　当　劳
mu^{4}　tsəi^{1}　ȵiu^{5}　tiaŋ^{2}　lau^{4}
Mul　zeib　nziut　diangx　laol
去　五　年　返　来
五年以后才返回

嗒 娃 之 引 能
ta^{6} va^{6} tɕi^{5} ɣiŋ^{2} nəŋ^{4}
Das was jit vingx nengl
优 哉 上 坡 南
工哥优哉上南坡

亡 拉 代 暖 读
maŋ^{6} la^{1} tai^{8} ȵəŋ^{2} tiu^{4}
Mangs lab daif nzengx diul
背 个 袋 棉 布
身背一个棉布袋

斗 拉 固 喇 丢
təu^{7} la^{1} kiu^{7} la^{3} tiu^{4}
Douk lab giuk lad diul
拿 个 短 雨 伞
手里拿一把雨伞

扫 松 溜 几 败
sau^{6} ɬoŋ^{6} liu^{1} ki^{6} pai^{4}
Saos dlongs liub gis bail
到 坳 大 山 坡
走到山坡那大坳

让 呆 秋 着 行
ȵiaŋ^{1} tai^{1} tɕhiu^{5} tɕio^{2} ɬiŋ^{4}
Nziangb daib qiut jiox dlingl
坐 下 来 休 息
工哥坐下来休息

花 吗 示 引 能
fa^{1} ma^{6} ɕi^{3} ɣiŋ^{2} nəŋ^{4}
Fab mas xid vingx nengl
转 脸 看 坡 南
工哥转脸看南坡

许 阿 代 达 配 友 荣
ɕi^{1} ɑ^{6} tai^{7} ta^{1} phɛ^{7} ʑu^{2} ʑoŋ^{4}
Xib as daik dab paek yux yongl
过 去 与 姑 娘 友 荣
回想过去陪友荣

着 拉 都 引 能
tɕio^{7} la^{6} tiu^{5} ɣiŋ^{2} nəŋ^{4}
Jiok las diut vingx nengl
锄 地 在 坡 南
他们在南坡锄地

着 拉 都 奶 丢
tɕio^{7} la^{6} tiu^{5} nai^{2} tiu^{4}
Jiok las diut naix diul
锄 地 种 旱 谷
他们锄地种旱谷

孖 告 爹 英 洋
ȵia^{8} qau^{5} tie^{6} ʑiŋ^{1} ʑaŋ^{4}
Nziaf ghaot dies yingb yangl
粮 旧 有 很 多
粮仓旧粮有很多

着	拉	丢	暖	丢
tɕio^{7}	la^{6}	tiu^{5}	n̥əŋ^{2}	tiu^{4}
Jiok	las	diut	nzengx	diul
锄	地	种	棉	花

他们锄地种棉花

厚	多	暖	嗦	败
həu^{7}	tau^{5}	n̥əŋ^{2}	ɬau^{1}	pai^{4}
Houk	daot	nzengx	dlaob	bail
棉桃	结	棉	白	坡

棉地结棉白一片

荣	阿	党	让	木
n̥oŋ^{4}	a^{5}	taŋ^{2}	n̥iaŋ^{1}	mu^{4}
Nzongl	at	dangx	nziangb	mul
衣服	做	真	有	去

家里不愁穿衣服

农	达	配	友	荣
noŋ^{3}	ta^{1}	phɛ^{7}	ʑu^{2}	ʑoŋ^{4}
Nongd	dab	paek	yux	yongl
现	姑	娘	友	荣

现在那友荣姑娘

放	拉	罗	马	立
faŋ^{7}	la^{6}	lo^{6}	ma^{2}	li^{4}
Fangk	las	los	max	lil
荒	地	又	不	理

友荣地荒不打理

多	冬	列	脑	谁
tau^{6}	toŋ^{1}	lie^{7}	ȵau^{2}	səi^{4}
Daos	dongb	liek	nzaox	seil
长	芒	草	绿	油油

长那芒草绿油油

斗	溜	江	泵	昂
təu^{5}	liu^{1}	tɕiaŋ^{6}	poŋ^{1}	ŋaŋ^{4}
Dout	liub	jiangs	bongb	ngangl
树	大	像	手	臂

树木长大像手臂

号	配	衣	哪	桠
hau^{5}	phɛ^{7}	ʑi^{6}	na^{2}	ŋa^{4}
Haot	paek	yis	nax	ngal
若	配	衣	人	懒

如果友荣很懒惰

桠	达	配	马	立
ŋa^{4}	ta^{1}	phɛ^{7}	ma^{2}	li^{4}
Ngal	dab	paek	max	lil
懒	姑	娘	不	理

人懒无心来打理

西	爹	坐	午	罗
ɕi^{1}	tie^{6}	tsau^{7}	vu^{2}	lau^{4}
Xib	dies	zaok	wux	laol
何	时	跑	改	嫁

何时友荣另改嫁

夸	六	坐	挪	瓦
qhɛ^{1}	ləu^{6}	tsau^{7}	nio^{2}	va^{4}
Khaeb	lous	zaok	niox	wal
结	婚	遗	弃	我

友荣抛弃我改嫁

阿	呢	罗	马	立
a^{5}	ni^{6}	lo^{6}	ma^{2}	li^{4}
At	nis	los	max	lil
这	样	才	不	护理

这样不打理棉地

兑	工	叮	玲	劳	扫	载
təi^{2}	qoŋ^{4}	tiŋ^{1}	liŋ^{1}	lau^{4}	sau^{6}	tsai^{6}
Deix	ghongl	dingb	lingb	laol	saos	zais
哥	工	匆	忙	来	到	家

工哥急忙回到家

马	布	荣	瓜	爹
ma^{2}	pu^{8}	ʑoŋ^{4}	qa^{6}	tie^{6}
Max	buf	yongl	ghas	dies
不	见	荣	哪	里

家里不看见友荣

显	收	木	那	咪
ɬiŋ^{2}	χu^{1}	mu^{4}	na^{6}	mi^{6}
Dlingx	hvub	mul	nas	mis
讲	话	去	问	妈

工哥这样问妈妈

农 荣 让 瓜 爹
noŋ^{3} ʑoŋ^{4} ȵiaŋ^{1} qa^{6} tie^{6}
Nongd yongl nziangb ghas dies
现 荣 在 哪 里
现在友荣在哪里

之 窝 党 木 弱 瓜 娘
tɕi^{1} vo^{7} taŋ^{2} mu^{1} ȵiu^{4} qa^{6} niaŋ^{6}
Jib wok dangx mub nziul ghas niangs
妈 妈 很 伤 心 心 里
妈妈心里很伤心

几 忍 杀 挪 吗
ki^{2} ȵiŋ^{1} sa^{4} nio^{6} ma^{6}
Gix nzingb sal nios mas
哭 媳 都 黑 脸
伤心哭泣眼圈黑

显 收 劳 号 尖
ɬiŋ^{2} χu^{1} lau^{4} hau^{5} tɕiŋ^{6}
Dlingx hvub laol haot jings
讲 话 来 告诉 孩
妈妈这样把话说

咪 虽 荣 今 今
mi^{2} ɬəi^{1} ʑoŋ^{4} kiŋ^{6} kiŋ^{6}
Mix dleib yongl gings gings
人 骗 荣 样 样
别人这样骗友荣

号	猛	木	罗	邦
hau^{5}	moŋ^{2}	mu^{4}	lo^{6}	paŋ^{6}
Haot	mongx	mul	los	bangs
说	你	去	放	排

你沿河流放木排

答	凹	木	节	奴
ta^{6}	əu^{1}	mu^{4}	tɕi^{6}	nəu^{6}
Das	oub	mul	jis	nous
死	水	去	了	妹

工哥溺水已死亡

空	让	当	瓜	载
qhoŋ^{1}	ȵiaŋ^{1}	taŋ^{4}	qa^{6}	tsai^{6}
Khongb	nziangb	dangl	ghas	zais
莫	在	等候	那	家

不要在家空等待

五	吓	告	罗	业
vu^{2}	ɕia^{1}	qau^{4}	lo^{6}	ni^{6}
Wux	xiab	ghaol	los	nis
嫁	哥	告	才	对

应该改嫁给告哥

农	忍	木	加	六
noŋ^{3}	ȵiŋ^{1}	mu^{4}	tɕia^{1}	ləu^{6}
Nongd	nzingb	mul	jiab	lous
现	媳	去	改	嫁

现在儿媳去改嫁

五	夸	告	松	浪
vu^{2}	qha^{1}	qau^{4}	ɬoŋ^{6}	laŋ^{6}
Wux	khab	ghaol	dlongs	langs
嫁	给	告	松	浪

改嫁给松浪告哥

农	达	亨	兑	工
noŋ^{3}	ta^{1}	hləŋ^{5}	təi^{2}	qoŋ^{4}
Nongd	dab	hengt	deix	ghongl
现	后	生	哥	工

现在那后生工哥

昂	凹	弱	马	木
ŋaŋ^{4}	əu^{1}	ȵia^{8}	ma^{2}	mu^{4}
Ngangl	oub	nziaf	max	mul
吞	水	饭	不	去

有饭有肉吃不下

劳	凹	让	引	亡
lau^{6}	əu^{1}	ma^{6}	ɣiŋ^{2}	maŋ^{4}
Laos	oub	mas	vingx	mangl
流	眼	泪	脸	庞

工哥眼泪流满面

叮	玲	布	根	神
tiŋ^{1}	liŋ^{1}	pu^{6}	qəŋ^{1}	səŋ^{4}
Dingb	lingb	bus	ghengb	sengl
急	忙	进	房	间

工哥急忙进房间

撇　　娘　　猛　　吹　　谁
phɛ^{5}　　niaŋ^{6}　　moŋ^{2}　　tshau^{1}　　səi^{4}
Paet　　niangs　　mongx　　caob　　seil
房　　里　　那　　翻　　找
房间翻箱找东西

多　　嗒　　亡　　嘎　　聂
tau^{5}　　ta^{1}　　maŋ^{7}　　ka^{2}　　ȵ̥ai^{4}
Daot　　dab　　mangk　　gax　　nzail
得　　那　　信物　　竹　　子
找到那竹子信物

咪　　列　　袋　　忍　　读
mi^{1}　　lɛ^{6}　　tai^{8}　　ȵ̥əŋ^{2}　　tiu^{4}
Mib　　laes　　daif　　nzengx　　diul
放　　进　　袋　　棉　　布
工哥放进棉布袋

答　　娃　　坐　　打　　木
ta^{6}　　va^{6}　　tsau^{7}　　ta^{2}　　mu^{4}
Das　　was　　zaok　　dax　　mul
匆　　忙　　跑　　出　　去
工哥急忙跑出门

松　　浪　　列　　友　　荣
ɬoŋ^{6}　　laŋ^{6}　　lie^{5}　　ʑu^{2}　　ʑoŋ^{4}
Dlongs　　langs　　liet　　yux　　yongl
松　　浪　　看　　友　　荣
跑到松浪看友荣

木	扫	根	龙	冬	友	荣
mu^4	sau^6	qəŋ^1	lioŋ^6	tam^7	ʑu^2	ʑoŋ^4
Mul	saos	ghengb	liongs	damk	yux	yongl
去	到	底	巷	遇	友	荣

来到巷子遇友荣

多	些	都	友	荣
tau^5	ɕic^6	tiu^5	ʑu^2	ʑoŋ^4
Daot	xies	diut	yux	yongl
讲	话	给	友	荣

工哥讲话给友荣

猛	让	夸	六	奋	浪	瓦
moŋ^2	ȵiaŋ^8	qhɛ^1	ləu^6	fəŋ^7	laŋ^2	va^4
Mongx	nziangf	khaeb	lous	fengk	langx	wal
你	真	改	嫁	遗弃	自己	我

你已改嫁抛弃我

农	达	亨	兑	工
noŋ^3	ta^1	həŋ^5	təi^2	qoŋ^4
Nongd	dab	hengt	deix	ghongl
现	后	生	哥	工

现在那后生工哥

瓜	根	代	裸	劳
qa^6	qəŋ^1	tai^8	lau^2	lau^4
Ghas	ghengb	daif	laox	laol
那	底	袋	找	来

他从袋底翻信物

多 丁 亡 嘎 聂
tau^{5} tiŋ^{1} maŋ^{7} ka^{2} ȵai^{4}
Daot dingb mangk gax nzail
得 个 信物 竹 子
翻到那竹子信物

罗 米 都 友 荣
lo^{6} mi^{1} tiu^{5} ʑu^{2} ʑoŋ^{4}
Los mib diut yux yongl
又 递 给 友 荣
递那信物给友荣

哎 达 配 友 荣
ai^{1} ta^{1} phɛ^{7} ʑu^{2} ʑoŋ^{4}
Aib dab paek yux yongl
哎 姑 娘 友 荣
友荣妹呀友荣妹

猛 昂 亡 农 木
moŋ^{2} ŋaŋ^{4} maŋ^{7} noŋ^{2} mu^{4}
Mongx ngangl mangk nongx mul
你 吞 信物 这 去
请你把信物吞下

嗒 耶 无 懂 读
ta^{6} rie^{4} vu^{7} tioŋ^{1} təu^{4}
Das viel wuk diongb doul
缓 慢 下 肚 子
信物悠悠下肚子

瓜	呢	败	挪	泥
qa^{6}	ni^{6}	pai^{1}	nio^{2}	ni^{4}
Ghas	nis	baib	niox	nil
那	样	我们	放弃	你

那样我让你嫁人

娃	猛	高	兑	告
va^{6}	moŋ^{2}	qɑu^{5}	tɔi^{2}	qau^{4}
Was	mongx	ghaot	deix	ghaol
让	你	嫁	哥	告

让你改嫁给告哥

昂	丁	亡	马	木
ŋaŋ^{4}	tiŋ^{1}	maŋ^{7}	ma^{2}	mu^{4}
Ngangl	dingb	mangk	max	mul
吞	个	信物	不	去

如果吞不下信物

木	瓜	刚	底	熟
mu^{4}	qa^{6}	kaŋ^{1}	ti^{2}	ɬu^{4}
Mul	ghas	gangb	dix	dlul
去	那	胸	卡	住

信物在胸口卡住

哪	答	罗	挪	荣
na^{2}	ta^{6}	lo^{6}	nio^{2}	ʑoŋ^{4}
Nax	das	los	niox	yongl
人	死	才	放弃	荣

只有人死才放弃

友	荣	花	雷	江
ʑu^{2}	ʑoŋ^{4}	fa^{1}	ləi^{4}	tɕiaŋ^{6}
Yux	yongl	fab	leil	jiangs
友	荣	讲	话	给

友荣这样把话讲

让	答	窝	迪	东
ȵiaŋ^{1}	ta^{4}	vo^{7}	ti^{8}	toŋ^{6}
Nziangb	dal	wok	dif	dongs
有	个	婆	迪	东

迪东有一个婆婆

你	劳	虽	瓦	咪
ni^{2}	lau^{4}	ɬəi^{1}	va^{4}	mi^{6}
Nix	laol	dleib	wal	mis
她	来	骗	我	妈

她来哄骗我妈妈

虽	浪	瓦	今	今
ɬəi^{1}	ɬaŋ^{2}	va^{4}	kiŋ^{6}	kiŋ^{6}
Dleib	langx	wal	gings	gings
骗	自己	我	样	样

骗我这样和那样

号	猛	木	罗	邦
hau^{5}	moŋ^{2}	mu^{4}	lau^{6}	paŋ^{6}
Haot	mongx	mul	laos	bangs
说	你	去	放	排

说你放木排下河

差 江 木 无 英
tɕhia^{1} tɕiaŋ^{1} mu^{4} vu^{7} ʑiŋ^{6}
Qiab jiangb mul wuk yings
放 杉木 去 下 （融）州
放那木排下融水

刀 江 略 答 节
tau^{6} tɕiaŋ^{1} lio^{6} ta^{6} tɕi^{6}
Daos jiangb lios das jis
遭 杉木 戳 死 了
途中遭杉木戳死

补 都 凹 败 阿
pu^{2} tiu^{5} əu^{1} pai^{4} a^{6}
Bux diut oub bail as
埋 在 河 岸 那
把你埋在河岸边

贾 兄 收 一 呢
tɕia^{2} ɕioŋ^{6} χu^{1} ʑi^{4} ni^{6}
Jiax xiongs hvub yil nis
讲 七 话 这 样
传说有七种情况

瓦 囊 败 生 收 杀 答
va^{4} naŋ^{3} pai^{1} ɬəŋ^{6} χu^{1} sa^{4} ta^{6}
Wal nangd baib dlengs hvub sal das
我 听 三 次 话 都 死
听到三次都死亡

无	牙	夸	告	六
vo^{8}	ʑa^{6}	qha^{1}	qau^{4}	ləu^{6}
Wof	yas	khab	ghaol	lous
无	奈	改	告	嫁

我真无奈嫁告哥

农	达	亨	兑	工
noŋ^{3}	ta^{1}	həŋ^{5}	təi^{2}	qoŋ^{4}
Nongd	dab	hengt	deix	ghongl
现	后	生	哥	工

现在那后生工哥

多	些	都	友	荣
tau^{5}	ɕie^{6}	tiu^{5}	ʑu^{2}	ʑoŋ^{4}
Daot	xies	diut	yux	yongl
讲	话	给	友	荣

这样讲话给友荣

凹	比	立	拉	亡	嘎	聂
au^{1}	pi^{5}	li^{6}	la^{1}	maŋ^{7}	ka^{2}	ȵai^{4}
Aob	bit	lis	lab	mangk	gax	nzail
我们	就	换	个	信物	竹	子

我们已换那信物

斗	租	扒	引	今
təu^{5}	tsəu^{1}	pha^{5}	ʑiŋ^{2}	kiŋ^{4}
Dout	zoub	pat	yingx	gingl
金	竹	破	均	匀

竹节均匀破两半

阿	拉	亡	下	列
a^{5}	la^{1}	maŋ^{7}	ɕia^{2}	lie^{4}
At	lab	mangk	xiax	liel
做	个	信物	命	好

已经定好那婚姻

瓦	阿	爹	挪	你
va^{4}	a^{5}	tie^{6}	nio^{2}	ni^{4}
Wal	at	dies	niox	nil
我	怎	样	弃	她

我怎样也不弃她

你	阿	爹	挪	瓦
ni^{2}	a^{5}	tie^{6}	nio^{2}	va^{4}
Nix	at	dies	niox	wal
她	怎	样	弃	我

她怎样先抛弃我

农	达	配	友	荣
noŋ^{3}	ta^{1}	phɛ^{7}	ʑu^{2}	ʑoŋ^{4}
Nongd	dab	paek	yux	yongl
现	姑	娘	友	荣

现在那友荣姑娘

多	些	都	兑	工
tau^{5}	ɕie^{6}	tiu^{5}	təi^{2}	qoŋ^{4}
Daot	xies	diut	deix	ghongl
讲	话	给	哥	工

这样讲话给工哥

当	溜	阿	农	木
tiaŋ^{6}	liu^{1}	a^{5}	noŋ^{2}	mu^{4}
Diangs	liub	at	nongx	mul
官司	大	样	这	去

这个官司非常大

号	当	之	整	梅
hau^{5}	tiaŋ^{6}	tɕi^{5}	tsəŋ^{2}	mai^{4}
Haot	diangs	jit	zengx	mail
若	官司	上	整	梅

官司若告到整梅

沙	溜	古	兑	告
ɬa^{6}	liu^{1}	qo^{5}	təi^{2}	qau^{4}
Dlas	liub	ghot	deix	ghaol
富裕	大	也	哥	告

最富有也属告哥

刀	溜	古	你	不
tau^{8}	liu^{1}	qo^{5}	ni^{2}	pu^{4}
Daof	liub	ghot	nix	bul
官	大	也	他	朋友

大官也是他朋友

杀	多	你	苏	夸	贾	雷
sa^{4}	tio^{6}	ni^{2}	ɕiu^{1}	qhɛ^{5}	tɕia^{2}	ləi^{4}
Sal	dios	nix	xiub	khaet	jiax	leil
都	是	他	亲	戚	讲	话

都是亲戚来讲话

当　凶　古　马　良
tiaŋ^{6}　ɬoŋ^{7}　qo^{5}　ma^{2}　liaŋ^{4}
Diangs　dlongk　ghot　max　liangl
官司　同样　也　不　断
衙门很难断这案

马　书　亨　兑　告
ma^{2}　ɕiu^{6}　həŋ^{5}　təi^{2}　qau^{4}
Max　xius　hengt　deix　ghaol
不　赢　后生　哥　告
官司很难赢告哥

娃　今　告　兑　告
va^{6}　kiŋ^{1}　qau^{5}　təi^{2}　qau^{4}
Was　gingb　ghaot　deix　ghaol
让　妹　嫁　哥　告
还是判我嫁告哥

娃　达　亨　兑　工
va^{6}　ta^{1}　həŋ^{5}　təi^{2}　qoŋ^{4}
Was　dab　hengt　deix　ghongl
让　后　生　哥　工
还让工哥过单身

猛　花　撇　几　能
moŋ^{2}　fa^{3}　phɛ^{5}　ki^{6}　nəŋ^{4}
Mongx　fad　paet　gis　nengl
你　翻　边　下　下游
你到下游去申冤

当	凶	无	几	能
tiaŋ^{6}	ɬoŋ^{7}	vu^{7}	ki^{6}	nəŋ^{4}
Diangs	dlongk	wuk	gis	nengl
官司	同样	到	下	下游

冤案同样到下游

沙	溜	派	勇	劳
ɬa^{6}	liu^{1}	phɛ^{7}	ʑoŋ^{2}	lau^{4}
Dlas	liub	paek	yongx	laol
官	大	派	捕快	来

大官派捕快上来

沙	溜	棒	猛	接
ɬa^{6}	liu^{1}	paŋ^{7}	moŋ^{2}	tɕie^{4}
Dlas	liub	bangk	mongx	jiel
官	大	帮	你	讲

大官帮你来做主

罗	书	亨	兑	告
lo^{6}	ɕiu^{6}	həŋ^{5}	təi^{2}	qau^{4}
Los	xius	hengt	deix	ghaol
才	赢	后生	哥	告

才能告赢那告哥

猛	让	豪	吗	工
moŋ^{2}	ȵiaŋ^{1}	hau^{8}	ma^{2}	qoŋ^{4}
Mongx	nziangb	haof	max	ghongl
你	有	钱	吗	工

工哥还有银子吗

猛	让	豪	打	木
moŋ^{2}	ȵiaŋ^{1}	hau^{8}	ta^{3}	mu^{4}
Mongx	nziangb	haof	dad	mul
你	有	钱	拿	去

你应该拿钱出来

都	乡	生	贾	雷
tiu^{5}	ɕiaŋ^{1}	səŋ^{5}	tɕia^{2}	ləi^{4}
Diut	xiangb	sengt	jiax	leil
给	先	生	讲	话

送给律师写告状

农	达	亨	兑	工
noŋ^{3}	ta^{1}	həŋ^{5}	təi^{2}	qoŋ^{4}
Nongd	dab	hengt	deix	ghongl
现	后	生	哥	工

现在那后生工哥

月	收	号	农	接
vie^{6}	χu^{1}	hau^{5}	noŋ^{2}	tɕie^{4}
Wies	hvub	haot	nongx	jiel
讲	话	样	这	说

工哥这样把话说

麻	江	无	几	能
ma^{4}	tɕiaŋ^{1}	vu^{7}	ki^{6}	nəŋ^{4}
Mal	jiangb	wuk	gis	nengl
卖	杉木	去	下	下游

我放木头拿去卖

败	扫	麻	江	都	哪	丢
pai^{4}	sau^{6}	ma^{4}	tɕiaŋ^{1}	tiu^{5}	na^{2}	tiu^{4}
Bail	saos	mal	jiangb	diut	nax	diul
没	到	卖	杉木	给	人	汉

杉木还没有销售

农	达	配	贾	雷
noŋ^{3}	ta^{1}	phɛ^{7}	tɕia^{2}	ləi^{4}
Nongd	dab	paek	jiax	leil
现	姑	娘	讲	话

友荣这样把话说

灭	达	亨	兑	告
mie^{6}	ta^{1}	həŋ^{5}	təi^{2}	qau^{4}
Mies	dab	hengt	deix	ghaol
让	后	生	哥	告

等待那后生告哥

钦	沙	都	送	丢
khiŋ^{1}	ɬa^{1}	tiu^{5}	soŋ^{2}	tiu^{4}
Kingb	dlab	diut	songx	diul
睡	觉	在	床	铺

他在床铺睡觉后

扫	内	许	瓜	各
sau^{6}	nəi^{7}	ɕi^{2}	qɛ^{1}	ko^{4}
Saos	neik	xix	ghaeb	gol
到	那	时	鸡	叫

等到半夜鸡叫时

猛 劳 根 工 当
moŋ^{2} lau^{4} qəŋ^{1} koŋ^{8} taŋ^{4}
Mongx laol ghengb gongf dangl
你 来 底 楼 等
你来到楼底等候

瓦 迎 亨 响 丢
va^{4} ȵiŋ^{6} həŋ^{5} ɕiaŋ^{2} tiu^{4}
Wal nzings hengt xiangx diul
我 偷 后生 银 子
我偷告哥些银子

多 生 都 响 丢
tau^{5} səŋ^{1} tiu^{5} ɕiaŋ^{2} tiu^{4}
Daot sengb diut xiangx diul
获 千 六 银 子
拿到一千六银两

江 衣 都 猛 木
tɕiaŋ^{6} ʑi^{6} tiu^{5} moŋ^{2} mu^{4}
Jiangs yis diut mongx mul
给 点 给 你 去
赠送银子给你去

当 凶 都 整 航
tiaŋ^{6} ɬoŋ^{7} tiu^{5} tsəŋ^{2} haŋ^{4}
Diangs dlongk diut zengx hangl
官司 同样 在 整 航
官司同样到整航

罗　书　亨　兑　告
lo^{6}　$ɕiu^{6}$　$həŋ^{5}$　$təi^{2}$　qau^{4}
Los　xius　hengt　deix　ghaol
才　赢　后生　哥　告
才能打赢那告哥

罗　多　配　友　荣
lo^{6}　tau^{5}　$phɛ^{7}$　$ʑu^{2}$　$ʑoŋ^{4}$
Los　daot　paek　yux　yongl
才　得　妹　友　荣
才能赢得友荣妹

荣　衣　都　猛　罗
$ʑoŋ^{4}$　$ʑi^{6}$　tiu^{5}　$moŋ^{2}$　lau^{4}
Yongl　yis　diut　mongx　laol
荣　衣　给　你　嫁
友荣再与你生活

个　当　翻　能　英
qau^{3}　$tiaŋ^{6}$　$fəŋ^{1}$　$nəŋ^{4}$　$ʑiŋ^{6}$
Ghaod　diangs　fengb　nengl　yings
打　官司　地方　下　（融）州
工哥在融水申冤

败　木　凹　答　约
$phɛ^{7}$　mu^{4}　au^{1}　ta^{4}　$ʑo^{6}$
Paek　mul　aob　dal　yos
派　去　两　个　人
委派两个捕快去

之	木	分	松	浪
tɕi^{5}	mu^{4}	fəŋ^{1}	ɬoŋ^{6}	laŋ^{6}
Jit	mul	fengb	dlongs	langs
上	去	地方	松	浪

他们走到松浪寨

接	兑	告	凶	当
tɕie^{4}	təi^{2}	qau^{4}	ɕioŋ^{5}	tiaŋ^{6}
Jiel	deix	ghaol	xiongt	diangs
传	哥	告	打	官司

传票送到那告哥

改	打	木	凹	约
qai^{3}	ta^{2}	mu^{4}	au^{1}	ʑo^{6}
Ghaid	dax	mul	aob	yos
又	来	去	两	人

大官又委派两人

夸	答	窝	迪	东
qhɛ^{1}	ta^{4}	vo^{7}	ti^{8}	toŋ^{6}
Khaeb	dal	wok	dif	dongs
绑	阿	婆	迪	东

捆绑迪东那阿婆

无	打	劳	瓜	英
vu^{7}	ta^{2}	lau^{4}	qa^{6}	ʑiŋ^{6}
Wuk	dax	laol	ghas	yings
下	来	到达	那	（融）州

他们来到那融水

木 整 航 凶 当
mu^{4} tsəŋ^{2} haŋ^{4} ɕioŋ^{5} tiaŋ^{6}
Mul zengx hangl xiongt diangs
去 整 航 打 官司
衙门在整航升堂

花 灭 败 泵 泵
fa^{1} mie^{2} pai^{4} poŋ^{6} poŋ^{6}
Fab miex bail pongs pongs
官 拍 手 嘭 嘭
判官威严拍桌子

太 兑 告 松 浪
thai^{5} təi^{2} qau^{4} ɬoŋ^{6} laŋ^{6}
Tait deix ghaol dlongs langs
骂 哥 告 松 浪
判官训斥那告哥

猛 罗 答 分 收
moŋ^{2} lau^{8} ta^{1} fəŋ^{6} χu^{6}
Mongx laof dab fengs hvus
你 抢 别 人 妻
你强占别人妻子

阿 农 你 刀 当
a^{5} noŋ^{2} ni^{4} tau^{5} tiaŋ^{6}
At nongx nil daot diangs
样 这 他 惹 官司
这样他犯下官司

猛	意	用	温	拉
$moŋ^{2}$	$ʑi^{3}$	$ʑoŋ^{4}$	$vəŋ^{6}$	lia^{6}
Mongx	yid	yongl	wengs	lias
你	要	花	万	两

你要花费万两银

秋	拉	荣	瓜	吗
$tɕhiu^{5}$	la^{1}	$ʑoŋ^{4}$	qa^{6}	ma^{6}
Qiut	lab	yongl	ghas	mas
赔	个	荣	颜	面

赔友荣精神损失

秋	拉	工	瓜	吗
$tɕhiu^{5}$	la^{1}	$qoŋ^{4}$	qa^{6}	ma^{6}
Qiut	lab	ghongl	ghas	mas
赔	个	工	颜	面

赔工哥名誉损失

秋	拉	立	罗	刀
$tɕhiu^{5}$	la^{1}	li^{4}	lo^{6}	tau^{6}
Qiut	lab	lil	los	daos
赔	个	礼	才	对

遵循岩规才合理

农	兑	告	松	浪
$noŋ^{3}$	$təi^{2}$	qau^{4}	$ɬoŋ^{6}$	$laŋ^{6}$
Nongd	deix	ghaol	dlongs	langs
现	哥	告	松	浪

现在那松浪告哥

麻 蚁 麻 扫 雍
ma^{4} ȵi^{2} ma^{4} sau^{6} ʑoŋ^{6}
Mal nzix mal saos yongs
卖 牛 卖 到 田
变卖牛羊到良田

斗 江 斗 九 麻 马 乌
təu^{5} tɕiaŋ^{1} təu^{5} tɕiu^{2} ma^{4} ma^{2} vo^{6}
Dout jiangb dout jiux mal max wos
木 杉 木 荷 卖 不 够
卖完山林还不够

农 兑 告 松 浪
noŋ^{3} təi^{2} qau^{4} ɬoŋ^{6} laŋ^{6}
Nongd deix ghaol dlongs langs
现 哥 告 松 浪
现在那松浪告哥

阿 你 八 沙 泵
a^{5} ni^{2} pa^{4} ɬa^{6} poŋ^{6}
At nix bal dlas bongs
这 样 落 魄 了
告哥从此变穷人

农 兑 工 松 结
noŋ^{3} təi^{2} qoŋ^{4} ɬoŋ^{6} kie^{6}
Nongd deix ghongl dlongs gies
现 哥 工 松 结
现在松结那工哥

多	桑	劳	温	拉
tau^{5}	saŋ^{2}	lau^{4}	vəŋ^{6}	lia^{6}
Daot	sangx	laol	wengs	lias
获	钱	来	万	两

获得赔偿万两银

农	兑	工	沙	泵
noŋ^{3}	təi^{2}	qoŋ^{4}	ɬa^{6}	poŋ^{6}
Nongd	deix	ghongl	dlas	bongs
现	哥	工	富	了

现在工哥变富人

改	多	荣	加	六
qai^{3}	tau^{5}	ʑoŋ^{4}	tɕia^{1}	ləu^{6}
Ghaid	daot	yongl	jiab	lous
又	得	荣	结	婚

又与友荣结连理

古	枉	答	业	令
qəu^{5}	vaŋ^{2}	ta^{4}	ni^{6}	liŋ^{6}
Ghout	wangx	dal	nis	lings
皇	帝	个	那	英明

当今皇帝很英明

斗	准	工	今	今
təu^{3}	tɕiŋ^{2}	koŋ^{4}	kiŋ^{6}	kiŋ^{6}
Doud	jingx	gongl	gings	gings
治	理	规约	齐	全

治理国家有规约

中	分	跌	根	沙
tɕio^{2}	fəŋ^{1}	tie^{4}	qan^{6}	ɬa^{6}
Jiox	fengb	diel	ghans	dlas
全	天	下	赞	官

人们都称赞皇帝

斗	分	跌	着	丁
təu^{7}	fəŋ^{1}	tie^{4}	tɕio^{6}	tiŋ^{6}
Douk	fengb	diel	jios	dings
治理	天	下	很	稳定

治理国家很稳定

汉意译：

在那古老的时候，
最美就是友荣妹，
友荣配衣最漂亮，
皮肤白嫩像棉花，
皮肤透亮像白银。
友荣出生在哪里？
友荣在抗良出生，
在那整些寨里面，
在那根败奶长大，
在那根引瓜里面。
友荣是妈妈养育，
都有人名与寨名，
她是阿两妈养育。
友荣在七月出生，
七月热天生配衣。
友荣用泉水洗澡，
配衣用泉水洗衣。
友荣长大很漂亮，
脸蛋白里又透红，
友荣真是很漂亮。
夏天友荣做什么？
夏天友荣在打鱼。
友荣在滩头捞鱼，
捞得鲮鱼和油鱼，
捞到小鱼有很多，
孝敬老人好欢心。
冬天友荣做什么？
冬天友荣纺棉纱。
裁制苗族亮布衣，
花边绣蝴蝶蜻蜓，

绣有弯弯那牛角，
衣服下摆镶银丝，
这件衣服最漂亮，
可能让工哥欢心。
又到一年那冬季，
真到一年那冬季，
友荣配衣在看鹅，
在那田埂看鸭子，
听到芦笙在吹奏，
芦笙吹奏响地方，
友荣急忙捉小鹅，
友荣挑鹅回到家。
友荣妈妈把话问：
往日你不早回来，
今天你早早回来，
友荣回来做什么？
友荣这样来回答：
听到别人吹芦笙，
芦笙响声飘过坳，
很多人赶芦笙坡，
人们在抗良拉鼓。
妈妈拿衣服给我，
妈妈拿银饰给我，
上游十二个坡会，
其他坡会都到过，
有一个叫抗良坡，
这个坡会未赶过，
我们一同去赶坡。
那天晚上下半夜，
为了赶一个坡会，
待到半夜那鸡叫，
半夜起来蒸糯饭，
如果睡那好床铺，
害怕贪睡不会醒。
她扛被子席子来，
铺垫睡在火塘旁，
边睡边怕睡过头，
未熟放进甑子蒸，
等待老人再来蒸，
匆匆忙忙跑出门，
蒸熟糯饭包起来。
花姑是个聪明人，
花姑讲给友荣听：
友荣不要太匆忙，
精心给你打扮好。
花姑手脚很敏捷，
打开一个红木箱，
找到一件亮苗衣，
绣有蝴蝶和蜻蜓，
花边绣有弯牛角，
衣服下摆镶丝线。
这件衣服很漂亮，
获得工哥来青睐，
等待第二天早晨。
此时此刻友荣妹，
匆匆忙忙进村里，
进寨邀请好朋友，
朋友都不愿意去。

晚辈这样把话说：
有说我们友荣姑，
我们跟随荣姑去；
有说我们友荣姐，
我们跟随荣姐去。
我们去赶整告坡，
汪坳坡会好热闹。
此时此刻友荣妹，
就像那兔子奔跑，
边走边吹奏木叶。
家里长辈老人家，
他们这样把话说。
此时此刻友荣妹，
友荣已到芦笙坡。
告哥家里很富裕，
告哥出生在哪里？
告哥出生在松浪，
在那党高寨里面，
建房一栋又一栋，
十九间房相连接。
寨子这边是告家，
寨子那边是告家，
开门走进大房子，
每餐都有酸鹅吃，
每天都有鱼来吃，
家有田地数千万，
家有水牛满牛圈，
杉木荷木种满山。
告哥家里很富裕，
告哥天生不英俊，
告哥脸庞有凹坑，
额头往里面凹陷，
像小簸箕来装米，
像一个鸟笼装鸟，
头也很懒去梳洗，
全身有一股膻气。
朋友路过不招呼，
不愿与告哥相处。
热天告哥做什么？
热天告哥去打鱼，
沿着河滩去打鱼，
河滩捞大小鲮鱼。
哪个跟随那告哥？
沙刚跟随那告哥，
他们拿了九床网，
他们河滩底网鱼，
获得很多条大鱼，
有些有手肘般大，
一年腌制九缸鱼，
房有七桶腌制肉。
冬天告哥做什么？
冬天告哥去装鸟，
在那丛林里打鸟，
丛林用鸟媒粘鸟，
蹲守在芒芯丛里，
就像那猫盯老鼠，
就像野猫盯小鹅。
听到芦笙在吹奏，

芦笙响声震山谷，
听到朋友吹芦笙，
芦笙响声飘过坳。
匆匆忙忙来问妈：
今天是哪里坡会，
芦笙吹奏轰轰响？
妈妈给他这样说：
今天别人在过节，
人们在抗良拉鼓，
整告吹芦笙踩堂。
现在告哥把话说，
这样对妈妈说话：
妈妈一起跟随去，
欣赏友荣跳芦笙。
此时告哥那妈妈，
妈妈说给告哥听：
我儿家里很富裕，
我儿天生不英俊，
你去友荣不理睬，
你去要牵马跟随，
骑着白马去赶坡。
你带芦笙去赶坡，
吹那金芦笙跟随。
你带五十个随从，
你去要惊动坡会，
影响下游到上游，
这样友荣才关注。
妈妈走进那房间，
拿来银子五百两。

告哥要沿江而上，
到古耶去看师傅。
遇见三个老师傅，
大师傅在凿铜片，
有个用火拉直竹，
有一个在造笙斗。
告哥询问那师傅：
师傅有芦笙卖吗？
大号芦笙有很多。
用嘴来试吹芦笙，
吹奏芦笙响轰轰，
这把芦笙真很好，
芦笙会叫友荣名。
告哥把话问师傅：
这把芦笙多少钱？
师傅这样把话说：
这把芦笙多少钱。
告哥后生很富裕，
用一头水牛来买。
松浪苗寨那告哥，
回家牵牛换芦笙，
换把芦笙给告哥，
沿大路吹奏芦笙。
这是松浪那告哥，
朋友看见就耻笑。
妈对儿子这样说：
你还缺一样东西，
骑着骏马进坡会，
随从挑五百两银。

又沿河流去上游，
来到古所问商人：
你家有骏马卖吗？
商家这样把话说：
你要选什么马匹？
若选骏马去打仗，
选一匹黑色公马，
黑色公马去打仗，
这样打仗才胜利；
若选马匹去犁田，
灰色公马去犁田，
犁那水田才均匀；
若选马匹赶坡会，
选一匹白色骏马，
骑着白马赶坡会，
才赢得朋友青睐。
购买马匹三百两，
购买马鞍十七两，
购买马鞭十七两，
五两银子可买得。
告哥返程回到家，
告哥把话对妈说：
现在东西齐全了，
妈妈准备出发吧。
告妈这样把话说：
你家里真很富裕，
你天生长不英俊。
告哥匆忙进房间，
拿镜子来照一照，
照到自己那脸庞，
告哥活活被气死。
我天生长得英俊，
都是那镜子可恶，
亲自砸烂那镜子。
这次坡会来到了，
这次准备都齐全，
妈妈准备出发了。
跟随有五十家丁，
有两个人来扶告，
架告哥臂去赶坡，
不让告哥走踉跄；
两个人负责挑鸟，
路边采撷那野果，
采摘野草莓喂鸟，
不让告哥鸟死亡；
有两个人来牵马，
牵那白马去赶坡；
有两个人挑水酒，
斟茶水给告哥喝，
不让那告哥口渴；
有两个人来挑米，
挑饭送给告哥吃，
不让告哥受饥饿；
有两个人去探路，
披荆斩棘走在前，
不让荆棘钩告哥。
此时此刻那告哥，
告哥去赶整告坡，

在那汪坳坡拉鼓。
随从有两个鬼师，
鬼师画符又喷水，
不让野鬼来靠近，
不给野鬼来上身；
身边带五个打手，
拍手踢腿啪啪响，
不给孤魂来并排，
跑来靠近那告哥；
随从十四个仆人，
吹奏十四把唢呐，
吹那唢呐走大路，
震动地面咚咚响，
人们在议论纷纷，
就像塌方轰隆响，
就像陡坡塌下谷；
又有十五个家丁，
肩扛那黑色枪杆。
他们打枪砰砰响，
人们又议论纷纷，
就像打雷震山谷。
此时此刻那告哥，
告哥平地骑马走，
告哥陡坡抬着走，
两人抬轿摇摇走，
告哥优雅荡荡脚。
有人这样把话说：
好像人们抬“芒藁”，
人们抬老虎走路，
好像人中邪迷糊，
好像人中邪落魄。
告哥来到芦笙坡，
本不姑娘站上坳，
本不姑娘把话问：
告哥已经来到呀？
告哥看她不顺眼，
告哥不答应什么，
告哥转脸往上看。
本不姑娘把话说：
从前讨棉花蓝靛，
曾经投宿过你家，
我是特意来问候，
问你是我有礼节，
你不呼应我也对，
只因为我是姑娘，
如果我是一个鬼，
故意拍你一巴掌，
拍你让你去见妈。
越来越靠近坡会，
迎面就遇见友荣，
告哥激动开口问：
你也来了呀友荣？
你来就是很合适，
我们踩堂给人看，
踩堂给众人称赞。
此时此刻友荣妹，
友荣边应边离去；
此时此刻那告哥，

告哥边走边倾诉。
本姑站立在上坡，
本姑这样把话说：
友荣不要这样做，
你不是要嫁他人，
你不是嫁给告哥，
心里拗不过老人，
友荣无奈跟随他。
此时此刻友荣妹，
友荣跟随那告哥，
告哥反而把话问：
友荣需要买什么？
如果需要买糖吃，
我买那糖送给你；
如果需要买丝线，
给钱给你拿去买。
友荣这样把话说：
什么礼物都不要。
此时此刻友荣妹，
友荣无奈跟随他，
跟随告哥去踩堂。
他们在整告踩堂，
告哥心里很高兴，
告哥轻盈跨步去。
友荣心情很低落，
故意踉跄走错步，
故意踩告哥裤脚，
踩脏他那新裤子，
弄脏他那新衣服。
友荣这样把话说：
我妈是下游汉人，
我爸是山上汉人，
我真正不会踩堂，
踩脏你那新裤子，
弄黑告哥新裤子。
告哥站在山坡上，
山坡众人黑一片，
并排五六人变黑，
五六个人都黯然。
告哥站在那山坳，
山坳上也黑一片，
就像天黑要下雨，
就像乌云没有散，
树被熏黑要蔫死。
工哥出生在哪里？
工哥出生在松结，
生在瓜里屯里面。
工哥家庭很贫穷，
工哥天生长英俊，
脸蛋白嫩又透红。
房子倾斜用柱顶，
木皮来代替木板，
茅草盖房来遮雨，
房外看见房里面，
家里没有鸭子养，
没有小鸡来啄米。
工哥夏天做什么？
工哥夏天与富人，

沿河放排去融州，
换来大米来养妈，
不让老人挨饿死。
工哥冬天做什么？
他到路边找干柴，
劈那柴蔸给妈妈，
冬天给老人取暖，
小腿烤火红彤彤。
听到别人吹芦笙，
芦笙在浪松吹奏，
有很多人去赶坡，
我们一同去赶坡，
去欣赏友荣踩堂。
新衣服放在哪里？
要那新衣服给我，
我们一同去赶坡。
妈妈对他这样说：
布还在织布机上，
整年织布织不完，
布都粘满了烟子。
此时此刻那工哥，
工哥越来越无奈，
傻傻坐在火塘边，
工哥想到他舅爷，
他那舅爷算富裕。
工哥开口问舅爷：
舅爷是否有衣服？
若有衣服借件来。
匆忙跑进寨中央，
原想乞求件衣服，
舅舅给九件衣服，
原想乞求条裤子，
舅舅给九条裤子。
舅娘心里真很坏，
这样辱骂那外甥：
穷人不会穿衣服，
借出去的容易坏，
穿旧我那新衣服。
舅爷这样把话说，
舅爷说给那外甥：
你是天生长英俊，
你去友荣可能问，
你还缺一样东西，
一把芦笙吹轰轰。
舅爷送二百两银，
工哥往河上游走。
工哥去古耶看笙，
遇见两个老师傅，
工哥询问那师傅：
师傅有芦笙卖吗？
师傅现在把话说：
现在有芦笙很多，
若买芦笙去过年，
要买一堂芦笙六，
芦笙比赛才会赢。
工哥这样把话说：
这把芦笙多少钱？
师傅这样把话说：

工哥是个穷人家，
二两银子也够买。
现在芦笙买到了，
工哥匆忙回到家。
工哥对妈这样说：
这次东西齐全了，
妈妈准备出发吧。
工哥沿路吹芦笙，
芦笙吹出爱恋声，
友荣聆听那芦笙，
友荣说话给告哥：
我那情郎来到了，
刚刚吹芦笙走来。
工哥在松能吹笙，
芦笙吹出爱恋声，
友荣痴痴在聆听。
友荣说给大婶听：
我那情郎来到了，
刚在松能吹芦笙。
工哥越走越靠近，
本妹站立在坡上，
本妹这样把话说：
刚才遇见那告哥，
那个青年不英俊，
我善意与他搭话，
他不搭理我问候。
这个青年家里穷，
这个青年很英俊，
我想搭话来招呼，
害怕他不搭理妹。
工哥刚来到坡场，
工哥热情打招呼：
你也来赶芦笙坡，
你来赶坡会真好，
你来我们去踩堂，
踩堂让人来称赞。
姑娘这样问工哥：
你从哪个寨子来？
你来赶坡这么晚，
谁家路程遥远多？
阿哥那家路程远，
走两天路程才到，
这样奔波才来迟。
现在金樱花姑娘，
花妹讲话给工哥：
你那寨名叫什么？
那寨叫什么名字？
工哥这样把话说：
金樱花呀金樱花，
不要问后生寨名，
我们将来去拉鼓，
邀请姑娘来观赏，
我们相互来抒情，
花妹自然认识我。
花妹接话这样说：
你像藤多根多枝，
这个长久会相遇，
如果你去见配衣，

遇见友荣在踩堂，
你忘我一干二净。
工哥站立在坳上，
英俊照亮半边坳，
身边五六人靓丽，
身边七八人英俊，
树木树叶显旺盛，
野草杂草也茂盛。
此时此刻友荣妹，
友荣讲话给工哥：
我们去坡场踩堂。
此时那后生工哥，
工哥这样把话说：
你嫌弃我家贫穷，
你跟告哥去踩堂，
他买糖果送你吃，
有意送钱给你花，
富家子弟陪伴你。
金樱花站在坡上，
金樱花来把话说：
工哥请不要这样，
不是马上就成亲，
如果有缘娶友荣，
工哥说不过老人，
工哥无奈跟友荣，
跟随友荣去踩堂。
坡场有上千个人，
坡场有上万个人，
美貌不胜过友荣，
都没有友荣漂亮。
选择美女来媲美，
及格寨子务若妈，
整一寨子务依妈，
古培寨子务照妈，
柳能寨子达麦妈，
良陇寨子姑道妈，
虽然她已当妈妈，
虽然当妈还漂亮，
她们五人去赶坡，
她们不如友荣美，
一半都不如友荣，
千人万人这样说。
此时此刻友荣妹，
友荣是如此漂亮，
那个也竖大拇指，
这个也竖大拇指，
可能是天庭养育，
太阳月亮养育她，
可能是龙王养育，
龙王龙宫养育她，
可能银水来养育，
可能锡水来养育。
友荣不是龙王养，
友荣不是天庭养，
友荣不是银水养，
友荣出生务想寨，
这样才叫务想寨，
友荣是人间养育，

务两婆婆生友荣，
友荣在桌子吃饭，
吞着青菜下肚子，
绿色青菜过喉咙。
六万人相聚整告，
相聚汪阿坪踩堂。
此时那后生工哥，
工哥陪伴友荣妹，
他们两个走下坪，
众人都涌下大坪，
他们两个走上坪，
众人都涌上大坪。
有人遗忘大地筒，
忘记吹奏小地筒；
有人忘吹小芦笙，
忘记吹奏中芦笙。
欣赏友荣那容貌，
欣赏工哥那身材，
遗忘那后生告哥。
告哥富但不英俊，
站立不停在努嘴，
太阳照射那告哥，
害怕烤焦那头发。
众人跳一天踩堂，
天空将要黑下来，
众人沿河流返回，
众人返回各村寨，
剩下工哥一个人，
还有告哥一个人，
还有友荣一个人，
他们三人不舍回，
恋恋不舍那大坪。
此时此刻友荣妹，
友荣把话问告哥：
你今夜投宿哪寨？
此时此刻那告哥，
告哥这样把话说：
我去寨老家投宿，
我将进那寨老家，
聂公是一个寨老。
此时此刻那告哥，
扬鞭抽他那骏马，
家丁跟随告哥走，
他进寨老家等候，
等候难舍友荣妹。
此时此刻友荣妹，
友荣把话问工哥：
我那难舍工哥哎，
今晚你进哪个寨？
此时此刻那工哥，
工哥告诉友荣妹：
我是苗族小伙子，
人穷很少有朋友，
我吹奏嘎哈串寨，
手里吹奏那苗笛，
穿寨讨饭到半夜，
走寨讨饭养活命，
等待到那大半夜，

全寨走一遍讨饭，
地方好人给肉吃，
寨上寨下去乞讨，
让那嘴唇油滑亮。
此时友荣把话说：
我们走到阿劳寨，
走进寨子那尽头，
投宿我那姑妈家，
他们一同走姑妈，
走进堂屋坐休息。
等待到那大半夜，
此时此刻那告哥，
告哥把话问小孩：
你们是否见友荣，
跟随那后生工哥，
他们来还是不来？
现在小孩把话说，
小孩这样把话说：
看见漂亮友荣姐，
跟随那后生工哥，
他们走进阿劳寨，
走进寨子那尽头，
走进友荣姑妈家。
此时此刻那告哥，
告哥跨上那骏马，
家丁紧跟随告哥，
他们走进阿劳寨，
走进寨子那尽头，
寻找友荣姑妈家。
告哥沿巷子走去，
巧遇大妈在赶鸭，
她们在巷子捉鹅，
告哥这样把话问：
友荣姑妈家在哪？
姑妈房子在哪边？
大妈这样把话说：
若问友荣姑妈家，
姑妈家在那对面。
告哥骑马沿巷走，
遇见友荣在楼底。
友荣这样把话说：
寨子地势很陡峭，
你要骑马走巷子，
恐怕跌跤断脖子。
告哥这样搭话说：
不要数落我太多。
友荣又这样说话：
这话算是说好话，
我善意告诉告哥。
告哥心里已领情，
告哥开心笑嘻嘻。
此时此刻友荣妹，
友荣与后生告哥，
他们走进姑妈家，
告哥在阁楼坐等。
此时此刻那告哥，
傻傻在阁楼等待，
这样说话给友荣：

友荣骗我做什么？
刚才你与工哥聊，
与工哥一起踩堂，
工哥怀抱旧嘎哈，
手里拿一支苗笛，
走进寨子去讨饭，
只有今夜最寒冷，
村寨有霜冻覆盖，
只剩一条溪水流，
等到那半夜鸡叫，
公鸡叫响整个寨，
工哥走寨到你家，
他将与你诉衷情，
此时坐到那半夜，
苗笛嘎哈吹奏响，
苗笛吹奏邀友荣。
友荣配衣姑娘呀，
只有今夜最寒冷，
你出来开门给我，
与你烤火来取暖。
此时此刻那告哥，
告哥坐在火塘边，
告哥讲话给友荣：
不要开门给工哥，
我们两个不友好。
此时此刻友荣妹，
友荣这样把话说：
今天芦笙坡会节，
今夜寨子多人走，
不打开门不合理，
你有香烟你就抽，
他有香烟他就抽，
你有苗歌你就唱，
他有苗歌他就唱。
两人唱歌给友荣，
友荣开门给工哥。
工哥是一个穷人，
工哥也有大脾气，
越来越靠近友荣，
他们拿手指相比，
两腿缠绵在一起，
又摸友荣那酥胸，
友荣一点不拒绝。
告哥看了眼冒火，
他敲柴蔸嘭嘭响，
火星飙到友荣衣，
火星烧友荣裙子，
褶裙断掉一大片。
友荣伤心进房间，
剩下富人后生哥，
又一个穷人后生，
一个瞪眼看一个，
他们开始相互骂，
骂人又相互对打，
抓起柴火相互打，
拔那宝剑相互砍，
拔那宝剑相残杀，
工哥砍告哥脸庞，

告哥砍工哥膝盖，
出血像房子漏雨，
就像七月下冰雹。
现在工哥把话说：
告哥将要打死我，
友荣配衣起来呀，
你起来当审判官，
你做公证才合理。
此时此刻友荣妹，
她从床铺爬起来，
她从房间那里来，
友荣这样把话说：
告哥打架做什么？
工哥打架做什么？
昨晚七波柳能青
　年来走寨，
党东青年来走寨，
引工青年来走寨，
王务青年来走寨，
根略青年来走寨，
高武青年来走寨，
古培青年来走寨，
沙丢青年来走寨，
整一青年来走寨，
纠务青年来走寨，
整告青年来走寨，
迪东青年来走寨，
连续七夜不睡觉，
欢声笑语说不完。
此时此刻友荣妹，
友荣这样把话说：
工哥打架做什么？
今天我们来赶坡，
今夜投宿你们寨，
今夜你们酿冤仇。
我不是一根香烟，
若我是一根香烟，
折断一截给工哥，
折断一截给告哥，
让你们心里满意。
若我是一头牲畜，
递把菜刀给你们，
你们从中间破开，
两块分给两个人，
你们吃完心满意。
友荣劝不了告哥，
友荣劝不了工哥，
他们相骂不暂停。
友荣又这样说话，
友荣讲话给姑妈：
姑妈赶快起床呀，
今夜因我惹官司，
他们因我结冤仇。
凹两姑妈刚起床，
姑妈下床拍手来：
你们争抢什么事？
你们争抢那牛酱，
你们相争白银子，

还是你们抢铜鼓？
那些东西都没有。
友荣姑妈把话说，
这样讲话给工哥，
这样讲话给告哥：
你们争抢啥东西？
你们争抢大房子，
争抢田野那良田，
争抢那枫木柴山，
你们争一头水牛，
你们回到你们寨，
莫在别寨相争抢。
若想争抢友荣妹，
争抢友荣来成亲，
哪个家有水牛多，
哪个家有良田多，
哪个家有银子多，
他家枫木柴山多，
那个得到友荣妹，
可以与友荣结婚。
此时此刻那告哥，
告哥信心很充足，
这次一定娶友荣，
娶到友荣来成婚。
此时此刻那工哥，
人穷心里很忐忑，
这次怕离开友荣，
友荣配衣嫁别人。
友荣姑妈把话讲，
这样嘱托友荣妹：
这次官司这么大，
官司上告到官府，
告到那官府衙门，
大官要上这里来，
前来一千六捕快，
大官住进我们寨，
缴一千六两银子，
我们要出一万八，
赔偿那晚上官司，
祸害因那夜打架，
落魄因那夜打架，
家财万贯也用尽。
此时那后生告哥，
他家富裕银子多，
拿钱顶替那官司。
姑妈讲给友荣听：
嫁给告哥富人家，
生活每天有肉吃，
生活每天都幸福；
如果出嫁给穷人，
如果嫁到穷人家，
他那房子又破旧，
拿一根荷木当柱，
割那茅草来盖房，
打开木门进房子，
看见缺一角铁锅，
漏洞甑子当锅盖，
三脚架已断一脚，

日夜吃酸菜送饭，
手指粘满那酸菜，
房子充满酸菜味，
真是一点不值得。
友荣对姑妈述说：
出嫁到那富人家，
有缘嫁给那告哥，
那个告哥已年长，
全身只剩下骨头，
就像干死杨梅蔸，
就像那山坳干柴，
哪个有缘嫁告哥，
真是一点不值得。
我今出嫁给穷人，
得到工哥来迎娶，
日夜吃酸菜送饭，
如果俩人真心爱，
胜似餐餐吃荤菜，
也像吃多样菜谱。
他那房子虽破旧，
邀请宗族兄弟们，
把那房子维修好。
三脚架已断一脚，
用钱买到三脚架。
工爸也养活工妈，
工哥当然养活我，
我也不会吃多少，
一餐饭量鹅蛋大，
有缘出嫁给穷人，
出嫁给那好人家。
工哥善良又聪明，
进山打猎又装套，
捕到雄锦鸡来吃，
一餐有鸟腿肉吃，
就当享受大餐了。
得到工哥来迎娶，
这人也夸赞配衣，
那人也称赞配衣，
大家都这样夸奖，
你真嫁对好人家，
友荣真是好幸福，
一辈子也不嫌长。
友荣这样把话说：
你若羡慕告哥富，
你若认为告哥好，
让你嫁给那告哥，
我与爸爸互相依。
荣妈这样把话说：
我只说说话而已，
随便你选择哪个。
如果你喜爱穷人，
友荣过贫穷日子，
友荣饥饿过日子，
饥饿轮不到妈妈，
随便你选择哪个。
此时此刻友荣妹，
友荣这样把话说：
工哥尽快回家乡，

千万不要想什么，
回家放木排去卖，
贩卖木头有银子，
卖得银子给老人，
赔偿完这夜官司，
那样才迎娶友荣，
才能与友荣结婚。
我的新衣未制成，
百褶裙子未制成，
我们不要欺骗谁，
无论如何嫁给你。
工哥兴奋回到家，
工哥这样问妈妈：
银子放置在哪里？
要那金钱来给我。
昨天我去赶坡会，
在那抗良坡踩堂，
昨天犯事惹官司，
我与告哥结冤仇，
拿钱去赔那官司，
要钱来赔偿官司，
那样才迎娶友荣，
迎娶友荣来结婚。
工妈这样把话说：
我们家里很贫穷，
做工没有剩银两，
我真是可怜孩儿。
过去你爷爷勤快，
过去你爸爸勤快，
在那山坳种杉木，
上游种植九山谷，
你需要多少银两，
你就砍多少根木，
卖木得钱赔官司，
足够赔偿那官司，
那样才迎娶友荣，
迎娶友荣来结婚。
工哥心里很高兴，
工哥急忙进寨子，
工哥邀请他朋友，
五六个人跟随去，
他们爬上那山场，
去砍他家老杉木，
杉木堆满那山谷，
放那杉木沿河滩。
那天那友荣姑娘，
友荣去河边打鱼，
友荣在河滩打鱼，
友荣转眼看上游，
上游浪花流闪亮，
就像龙儿在走路，
龙儿在河滩戏水，
原来是她那情郎，
沿着河滩放木排，
衣服都被水淋湿。
友荣这样把话说：
哎呀我那情郎哥，
他要竹篙来撑排，

竹篙撑石头下来，
转那木排靠岸边，
我们休息话相思，
在那河滩诉衷情。
友荣这样把话说：
你沿河滩放木头，
遇见外地漂亮妹，
工哥可能把我忘，
咱用什么做信物？
富人用银做信物，
做一个绸缎信物，
穷人用竹做信物。
工哥是否背柴刀？
如果背刀拿出来，
走进山坡那两边，
砍一根金竹子来，
破开一小截金竹，
一半留给我自己，
一半留给你自己。
你放木头到下游，
遇见侗族汉族妹，
如果你想遗忘我，
你就吞下这信物，
信物顺利下肚子，
那样我才愿放弃，
允许你再娶别人，
若你吞不下信物，
信物在胸口卡住，
你仍然还要娶我。
工哥告诉友荣说：
如果姑娘先变心，
如果友荣遗忘我，
姑娘吞下这信物，
信物顺利下肚子，
那样我才愿放弃，
允许你嫁给告哥，
如果信物吞不下，
信物卡住那胸口，
友荣死亡才放弃。
我那情郎工哥呀，
你陪我走一段路，
你陪同我走到家，
我父母都心善良。
此时此刻那工哥，
工哥这样把话说：
我是苗族小伙子，
穷人没有新衣服，
没有衣服给我穿，
我放木头下河来，
河水把衣服淋湿，
害怕父母谩骂她，
怕她父母嫌弃我，
不好意思遇生人，
不知是去或不去。
友荣这样把话说：
你跟随我回到家，
他脱衣服来烘烤，
湿衣服才烘干完。

工哥不敢进村寨，
工哥来到寨脚底，
他到寨脚底等候。
此时此刻友荣妹，
友荣急忙进家里，
友荣急忙进房间，
翻开箱子找衣服，
翻箱找到一条裤，
又找到一件衣服。
友荣妈妈紧跟随，
偷窥小孩做什么。
你偷拿一件衣服，
又偷拿一条裤子，
偷偷拿去做什么？
友荣这样把话说：
我今天河边捞鱼，
在那浅河滩捞鱼，
遇见我情郎工哥，
情郎放木下河来，
河水淋湿那衣服，
我让他跟随进来，
不好意思进村寨，
来到寨脚就止步，
送去给我情郎穿。
友荣妈妈又讲话：
我告诉你呀友荣，
你请女婿回家来。
友荣下到寨脚坪，
这样告诉那工哥：
我妈这样把话说，
你请女婿回家来，
请进家里来休息，
来到堂屋话家常，
他脱衣服来烘烤，
这样才烘干衣服，
妈妈这样告诉我。
工哥拗不过友荣，
工哥无奈跟友荣，
工哥跟随友荣走，
跟随爬上那楼梯。
工哥真是很英俊，
英俊像太阳东升，
像月亮半夜皎洁。
友荣妈妈把话说：
我那女儿很幸运，
命好遇见好郎君，
友荣父母很开心，
杀鸡宰鸭来招待，
还有酸坛那酸鱼，
杀一头大猪迎接，
迎接远方那女婿。
友荣父母把话说，
父母嘱托那女婿：
你回去告诉亲戚，
又告诉那婶娘们，
他们在家里等待，
寻找英俊小伙子，
男孩女孩又齐全，

郎才女貌到我寨，
来到抗良接友荣，
你迎接妻子回家。
工哥转身返回家，
工哥返回到家里，
回去告诉他亲戚，
又告诉他婶娘们，
告诉隔壁那婶娘：
郎才女貌一同去。
他们走进整些寨，
抗良寨子接友荣，
工哥来迎接爱妻，
他如今接爱妻来，
他们来到火塘边，
五个人相貌姣好，
有男有女很齐全，
大伙坐在火塘边，
一个人在摆凳子，
献凳子给友荣坐。
友荣面朝太阳坐，
友荣稳坐凳子上，
裙子铺开像铺网，
友荣容貌像太阳，
照到房子亮堂堂，
木皮房子也增辉。
一个人走进房间，
房间捧一碟酸鱼，
拿条麻绳串鱼背，
家里添财人兴旺。
一个人又来斟酒，
提着酒壶进火塘。
一个人端糯米饭，
提着糯饭到火塘，
邀请师公来祝词。
师公给友荣祈祷，
工哥迎娶友荣妹，
有男有女很齐全，
家庭富裕家产丰。
此时此刻友荣妹，
友荣嫁给那工哥，
友荣这样把话说，
友荣这样把话讲：
过去在整能定情，
如今嫁给那工哥。
现在那后生工哥，
他那心里才明白，
这样讲话给友荣，
半夜起来蒸糯饭，
友荣包饭给工哥。
工哥沿河放木排，
放那木排到下游，
出门两年不返回，
出门三年不返回，
等到五年才返回，
留下友荣妹在家，
留下老妇人在家，
留下孩子给我养，
因为饥饿来害人。

此时此刻友荣妹，
饥饿卖掉大棉衣，
卖掉床单也吃完，
卖布换米养老人，
东西拿到哪里换？
东西拿到上游换，
走到陇罗换大米，
换那大米来养妈。
友荣询问那老板：
老板是否有米卖？
老板这样把话说：
大米有很多出售，
以前旧账未还清，
现在新账又来赊，
老板不赊给友荣。
友荣伤心回到家，
友荣向妈妈诉苦，
现只剩一只手镯，
友荣伤心递给妈，
妈妈拿去换大米。
妈妈走路去松浪，
妈妈刚走到那里，
在那巷子遇告哥，
妈妈这样问老板：
老板是否有谷卖？
告哥这样把话说：
谷子销售有很多，
你要购买多少两？
友荣妈妈把话说：
没有多少两银子，
只有一只银手镯，
妈妈递上银手镯。
告哥认识那手镯，
这只是友荣手镯，
过去我日夜抚摸。
这只银镯十六两，
告哥称谷给工妈，
这粮只够两个月，
吃完粮食饿肚子，
一年春节又将到，
不知要什么过年。
告哥认识那手镯，
告哥退还那手镯。
此时此刻友荣妹，
白天思念那工哥，
晚上思念那工哥，
让那友荣饿肚子，
贱卖到友荣嫁妆，
这样害她一辈子，
若工哥放弃友荣，
如果这次他醒悟，
这样过着穷日子，
友荣想去寻短见。
如今松浪那告哥，
看见友荣饿肚子，
告诉聂闹那婆婆，
她来哄骗友荣妈，
这样那样骗友荣：

你夫放排下能鲁，
遭遇杉木来戳他，
死后被河流冲走，
埋葬在那河岸边，
你在守寡做什么？
你改嫁给那告哥，
每天有肉有饭吃，
你又操心做什么？
这样那样说友荣。
友荣不信这谎话，
友荣一点不心动，
心安理得守在家。
迪洞有一个阿婆，
那个阿婆来一回，
那个阿婆骗荣妈，
这样那样骗友荣，
友荣也不信谎话。
友荣妈妈好狠心，
谩骂友荣不休止，
友荣赶快去改嫁，
友荣守寡日难过，
这样枉过一辈子。
友荣想念那工哥，
出门进门都叹气，
日夜伤心哭不停。
友荣把话问婶娘：
我那夫君还不来？
友荣走到那路边，
看见路底芦笙竹，
竹子叶子很茂盛，
友荣这样问竹子：
如果你是个姑娘，
我将讨饭给你吃，
缝新衣服给你穿，
让你出嫁给告哥，
让我留守过单身。
此时此刻友荣妹，
白天思念又伤心，
夜晚思念也难眠，
翻身这边也思念，
翻身那边也惊醒，
做梦也遇见工哥。
明天早上天大亮，
友荣匆忙上南岭，
山坳迎接工哥来，
没有等到情郎来，
看见太阳已升空，
友荣把话问日月：
你们是否见工哥？
杉木是否被收购？
此时天庭那日月，
日月不应友荣话。
友荣转脸看山坡，
看见井里泉水好：
半山坡上泉水呀，
你从地下涌上来，
你是否看见工哥？
工哥放排卖杉木，

是否售完那杉木？
不知返回了没有？
现半山坡那泉水，
泉水也不应友荣，
现在那友荣姑娘，
友荣心里很忐忑，
不知我夫君工哥，
他还活着或死亡，
眼泪簌簌落下来，
眼泪簌簌流满面。
友荣转脸看上坡，
山坳枫木很茂盛，
枫木树叶绿油油，
枫木树叶这样好，
友荣这样把话问：
如果你有嘴吃饭，
若你舌头会说话，
我缝衣服给你穿，
让你出嫁给告哥，
让我独在家留守，
等待夫君工哥回。
荣妈只有友荣妹，
女婿放木下融州，
不幸被杉木来戳，
死后被河流冲走，
他被埋在那河岸。
传说七次这噩耗，
三次都是他死亡，
友荣心里已崩溃，
无奈改嫁给别人，
友荣伤心去改嫁，
无奈改嫁给告哥。
此时那后生工哥，
五年以后才返回，
工哥优哉上南坡，
身背一个棉布袋，
手里拿一把雨伞。
走到山坡那大坳，
工哥坐下来休息，
工哥转脸看南坡，
回想过去陪友荣，
他们在南坡锄地，
他们锄地种旱谷，
粮仓旧粮有很多，
他们锄地种棉花，
棉地结棉白一片，
家里不愁穿衣服，
现在那友荣姑娘，
友荣地荒不打理，
长那芒草绿油油，
树木长大像手臂。
如果友荣很懒惰，
人懒无心来打理，
何时友荣另改嫁，
友荣抛弃我改嫁，
这样不打理棉地。
工哥急忙回到家，
家里不看见友荣，

工哥这样问妈妈：
现在友荣在哪里？
妈妈心里很伤心，
伤心哭泣眼圈黑，
妈妈这样把话说：
别人这样骗友荣，
你沿河流放木排，
工哥溺水已死亡，
不要在家空等待，
应该改嫁给告哥。
现在儿媳去改嫁，
改嫁给松浪告哥。
现在那后生工哥，
有饭有肉吃不下，
工哥眼泪流满面，
工哥急忙进房间，
房间翻箱找东西，
找到那竹子信物，
工哥放进棉布袋，
工哥急忙跑出门，
跑到松浪看友荣。
来到巷子遇友荣，
工哥讲话给友荣：
你已改嫁抛弃我。
现在那后生工哥，
他从袋底翻信物，
翻到那竹子信物，
递那信物给友荣：
友荣妹呀友荣妹，
请你把信物吞下，
信物悠悠下肚子，
那样我让你嫁人，
让你改嫁给告哥，
如果吞不下信物，
信物在胸口卡住，
只有人死才弃荣。
友荣这样把话讲：
迪东有一个婆婆，
她来哄骗我妈妈，
骗我这样和那样，
说你放木排下河，
放那木排下融水，
途中遭杉木戳死，
把你埋在河岸边。
传说有七种情况，
听到三次都死亡，
我真无奈嫁告哥。
现在那后生工哥，
这样讲话给友荣：
我们已换那信物，
竹节均匀破两半，
已经定好那婚姻，
我怎样也不弃她，
她怎样先抛弃我？
现在那友荣姑娘，
这样讲话给工哥：
这个官司非常大，
官司若告到整梅，

最富有也属告哥，
大官也是他朋友，
都是亲戚来讲话，
衙门很难断这案，
官司很难赢告哥，
还是判我嫁告哥，
还让工哥过单身。
你到下游去申冤，
冤案同样到下游，
大官派捕快上来，
大官帮你来做主，
才能告赢那告哥。
工哥还有银子吗？
你应该拿钱出来，
送给律师写告状。
现在那后生工哥，
工哥这样把话说：
我放木头拿去卖，
杉木还没有销售。
友荣这样把话说：
等待那后生告哥，
他在床铺睡觉后，
等到半夜鸡叫时，
你来到楼底等候，
我偷告哥些银子，
拿到一千六银两，
赠送银子给你去，
官司同样到整航，
才能打赢那告哥，
才能赢得友荣妹，
友荣再与你生活。
工哥在融水申冤，
委派两个捕快去。
他们走到松浪寨，
传票送到那告哥。
大官又委派两人，
捆绑迪东那阿婆，
他们来到那融水，
衙门在整航升堂。
判官威严拍桌子，
判官训斥那告哥：
你强占别人妻子，
这样他犯下官司，
你要花费万两银，
赔友荣精神损失，
赔工哥名誉损失，
遵循岩规才合理。
现在那松浪告哥，
变卖牛羊到良田，
卖完山林还不够，
现在那松浪告哥，
告哥从此变穷人。
现在松结那工哥，
获得赔偿万两银，
现在工哥变富人，
又与友荣结连理，
当今皇帝很英明，
治理国家有规约，

人们都称赞皇帝，　　　　治理国家很稳定。

流传地区：广西融水苗族自治县、三江侗族自治县及贵州省榕江县、从江县苗族地区。

演唱者：杨庆林，融水苗族自治县拱洞乡人。

采录者：韦秀明、韦明岱、杜鸿。

翻译者：贺明辉。

配烈亨兄歌

题解：《配烈亨兄歌》反映的是一千多年前在贵州省都柳江流域一对苗族男女青年配烈和亨兄的婚恋故事。故事叙述他们从相识、相恋到有情人终成眷属的过程。为了恋爱自由，他们与封建包办婚姻制度做斗争，经过悲欢离合，生死相恋，最终结为终身伴侣，过上幸福美满的生活。这首古歌对研究苗族婚姻生活有参考价值。故事流传于广西融水、三江等自治县和贵州从江县、榕江县等苗族地区。

弱	告	纳	忍	之
ȵiu^{6}	qau^{5}	na^{4}	ȵiŋ^{2}	tɕi^{1}
Nzius	ghaot	nal	nzingx	jib
古	老	那	时	候

在那古老的时候

弱	共	纳	忍	之
ȵiu^{6}	qoŋ^{7}	na^{4}	ȵiŋ^{2}	tɕi^{1}
Nzius	ghongk	nal	nzingx	jib
古	老	那	时	候

在那远古的时候

弱	告	当	许	阿
ȵiu^{6}	qau^{5}	taŋ^{4}	ɕi^{2}	a^{1}
Nzius	ghaot	dangl	xix	ab
古	老	那	时	候

在那古老的时候

弱	共	当	许	阿
ȵiu^{6}	qoŋ^{7}	taŋ^{4}	ɕi^{2}	a^{1}
Nzius	ghongk	dangl	xix	ab
古	老	那	时	候

在那远古的时候

拉 龙 整 告 分 纠 些
la^{1} lioŋ^{6} tsəŋ^{2} qau^{4} fəŋ^{1} tɕiu^{6} ɕie^{1}
Lab liongs zengx ghaol fengb jius xieb
个 地方 整 告 地方 纠 些
从江榕江那地方

改 整 妹 本 威
qai^{3} tsəŋ^{2} məi^{7} pəŋ^{2} vəi^{1}
Ghaid zengx meik bengx weib
又 整 妹 本 威
在整妹本威那村

拉 龙 丢 龙 木
la^{1} lioŋ^{6} tiu^{4} lioŋ^{6} mu^{1}
Lab liongs diul liongs mub
个 村 汉 村 苗
居住汉族和苗族

门 当 答 哪 溜
məŋ^{6} taŋ^{5} ta^{4} na^{2} liu^{1}
Mengs dangt dal nax liub
产 生 个 人 大
本威出一个大官

党 苏 答 哪 溜
taŋ^{2} su^{1} ta^{4} na^{2} liu^{1}
Dangx sub dal nax liub
党 苏 个 人 大
党苏当村寨头人

捡	龙	丢	龙	木
kiŋ^{3}	lioŋ^{6}	tiu^{4}	lioŋ^{6}	mu^{1}
Gingd	liongs	diul	liongs	mub
管	村	汉	村	苗

管理汉村和苗寨

当	告	木	纠	些
tiaŋ^{6}	qau^{3}	mu^{4}	tɕiu^{6}	ɕie^{1}
Diangs	ghaod	mul	jius	xieb
官司	告	去	纠	些

他上榕江打官司

党	苏	木	罗	兄
taŋ^{2}	su^{1}	mu^{4}	lo^{6}	ɕioŋ^{1}
Dangx	sub	mul	los	xiongb
党	苏	去	才	断

党苏判案才结案

党	苏	败	打	爹
taŋ^{2}	su^{1}	pai^{4}	ta^{2}	tie^{1}
Dangx	sub	bail	dax	dieb
党	苏	不	来	到

如果党苏未到场

当	古	杀	马	兄
tiaŋ^{6}	qo^{5}	sa^{4}	ma^{2}	ɕioŋ^{1}
Diangs	ghot	sal	max	xiongb
官司	也	都	不	结案

打官司也不结案

当	沙	古	多	答	说	乌
taŋ^{5}	ɬa^{6}	qo^{5}	tio^{6}	ta^{4}	ɬau^{2}	əu^{1}
Dangt	dlas	ghot	dios	dal	dlaox	oub
有	富	也	是	个	说	乌

说乌寨他最富裕

别	温	无	两	芽
pɛ^{5}	vəŋ^{6}	vu^{4}	liaŋ^{2}	ʑa^{1}
Baet	wengs	wul	liangx	yab
百	万	亩	田	秧

家有百万亩良田

着	信	让	根	羊	说	乌
tɕio^{2}	ɕiŋ^{7}	ȵiaŋ^{1}	qəŋ^{1}	ɣaŋ^{4}	ɬau^{2}	əu^{1}
Jiox	xingk	nziangb	ghengb	vangl	dlaox	oub
条	水渠	在	底	寨	说	乌

水渠绕说乌寨底

着	信	挪	九	生
tɕio^{2}	ɕiŋ^{7}	no^{8}	tɕiu^{2}	səŋ^{1}
Jiox	xingk	nof	jiux	sengb
水	渠	自	九	千

水渠灌溉数千亩

斗	江	斗	闹	败	引	租
təu^{5}	tɕiaŋ^{1}	təu^{5}	ȵau^{6}	pai^{4}	ɣiŋ^{2}	tɕiu^{1}
Dout	jiangb	dout	nzaos	bail	vingx	jiub
木	杉	木	杂	坡	岭	山

山场杉木和杂木

引	答	松	浪	杀	你	木
ɣiŋ^{2}	ta^{1}	ɬoŋ^{6}	laŋ^{5}	sa^{4}	ni^{2}	mu^{1}
Vingx	dab	dlongs	langt	sal	nix	mub
岭	山脉	坳	过	都	他	的

山坡山谷都属他

着	冬	几	周	挪	九	生
tɕio^{2}	tioŋ^{4}	ki^{1}	tɕiu^{6}	no^{4}	tɕiu^{2}	səŋ^{1}
Jiox	diongl	gib	jius	nol	jiux	sengb
条	谷	上	上游	自	九	千

山谷上游数千亩

底	仁	研	蚁	溜
ti^{2}	ʑiŋ^{4}	niŋ^{6}	ȵi^{2}	liu^{1}
Dix	yingl	nings	nzix	liub
一	群	群	牛	大

家养一大群水牛

兄	足	答	蚁	坡
ɕioŋ^{6}	tɕiu^{8}	ta^{4}	ȵi^{2}	phu^{1}
Xiongs	jiuf	dal	nzix	pub
七	十	头	牛	灰色

七十头灰色水牛

弱	足	答	蚁	嗦
ȵioŋ^{6}	tɕiu^{8}	ta^{4}	ȵi^{2}	ɬau^{1}
Nziongs	jiuf	dal	nzix	dlaob
二	十	头	牛	白色

二十头白色水牛

底	足	答	蚁	沙
ti^{2}	tɕiu^{8}	ta^{4}	ȵi^{2}	ɬa^{1}
Dix	jiuf	dal	nzix	dlab
一	十	头	牛	黑色

还有十头黑水牛

别	兄	答	勇	列
pɛ^{5}	ɕioŋ^{6}	ta^{4}	ʑoŋ^{2}	lie^{1}
Baet	xiongs	dal	yongx	lieb
百	七	只	山	羊

家养七百只山羊

乡	之	东	周	秋
ɕiaŋ^{5}	tɕi^{5}	tioŋ^{4}	tɕiu^{6}	tɕhiu^{1}
Xiangt	jit	diongl	jius	qiub
放	爬	谷	上	面

放养到那山谷里

火	布	木	努	东
həu^{3}	pu^{7}	mu^{4}	nəu^{2}	toŋ^{1}
Houd	buk	mul	noux	dongb
坡	顶	去	吃	草

羊群在坡顶吃草

拉	载	杀	载	溜
la^{1}	tsai^{3}	sa^{4}	tsai^{3}	liu^{1}
Lab	zaid	sal	zaid	liub
个	房	全	房	大

房子都是大楼房

撇	猛	杀	吗	那
phɛ^{5}	moŋ^{2}	sa^{4}	ma^{6}	na^{1}
Paet	mongx	sal	mas	nab
面	那	全	玻	璃

那面全镶玻璃窗

撇	农	杀	吗	那
phɛ^{5}	noŋ^{2}	sa^{4}	ma^{6}	na^{1}
Paet	nongx	sal	mas	nab
面	这	全	玻	璃

这面全镶玻璃窗

信	堵	括	东	枪
ɕiŋ^{1}	təu^{2}	qɛ^{4}	toŋ^{6}	tɕhiaŋ^{1}
Xingb	doux	ghael	dongs	qiangb
片	铜	挂	柱	子

铜片包住那柱子

都	靠	杀	响	尖
təu^{5}	qhəu^{7}	sa^{4}	ɕiaŋ^{2}	tɕin^{1}
Dout	khouk	sal	xiangx	jinb
带	帽	都	银	金

帽檐都是镶金银

能	泵	杀	打	书
nəŋ^{4}	poŋ^{7}	sa^{4}	ta^{2}	ɕi^{1}
Nengl	bongk	sal	dax	xib
穿	棉衣	都	长	袍

身着那长袍棉衣

冬	烟	杀	冬	溜
tioŋ^{2}	ʑiŋ^{7}	sa^{4}	tioŋ^{2}	liu^{1}
Diongx	yingk	sal	diongx	liub
斗	烟	都	筒	大

烟斗都是大烟斗

撮	泵	俭	乌	号
tshaŋ^{5}	poŋ^{5}	tɕiŋ^{2}	əu^{1}	hau^{1}
Cangt	bongt	jingx	oub	haob
吐	气	成	云	雾

吐那烟圈成云雾

古	苏	木	那	忍
qəu^{5}	su^{1}	mu^{4}	na^{6}	ȵiŋ^{1}
Ghout	sub	mul	nas	nzingb
公	苏	去	问	妻

党苏想去找媳妇

你	之	木	引	衣
ni^{2}	tɕi^{5}	mu^{4}	ɣiŋ^{2}	ɣi^{1}
Nix	jit	mul	vingx	vib
他	上	去	引	衣

他亲自到引衣寨

那	答	内	裸	江
na^{6}	ta^{1}	nəi^{4}	lo^{2}	tɕiaŋ^{1}
Nas	dab	neil	lox	jiangb
问	舅	爷	裸	江

请求裸江那舅爷

配	肉	答	桑	根
phɛ^{7}	ʑu^{2}	ta^{4}	saŋ^{2}	qəŋ^{1}
Paek	yux	dal	sangx	ghengb
配	友	个	满	女

配友姑娘是满女

阿	六	木	说	乌
a^{5}	ləu^{6}	mu^{4}	ɬau^{2}	ɔu^{1}
At	lous	mul	dlaox	oub
出	嫁	去	说	乌

配友出嫁到说乌

阿	党	苏	你	忍
a^{5}	taŋ^{2}	su^{1}	ni^{6}	ȵiŋ^{1}
At	dangx	sub	nis	nzingb
当	党	苏	他	妻

嫁给党苏当媳妇

兄	弱	培	甩	答
ɕioŋ^{6}	ȵiu^{5}	pai^{4}	sai^{2}	ta^{1}
Xiongs	nziut	bail	saix	dab
七	年	未	生	崽

结婚七年未生育

兄	咪	接	底	拉
ɕioŋ^{6}	mi^{6}	tɕie^{8}	ti^{2}	la^{1}
Xiongs	mis	jief	dix	lab
兄	妈	讲	一	个

兄妈这样把话说

拉	瓦	吓	乌	罗	晒	阶
la^{1}	va^{4}	ɕia^{2}	vu^{5}	lo^{6}	sai^{2}	qai^{1}
Lab	wal	xiax	wut	los	saix	ghaib
个	我	命	好	才	遇	财产

我是命好嫁富人

吓	虽	挪	介	培	晒	答
ɕia^{2}	səi^{1}	noŋ^{3}	qai^{3}	pai^{4}	sai^{2}	ta^{1}
Xiax	seib	nongd	ghaid	bail	saix	dab
命	衰	现	还	未	遇	小孩

命衰尚未育孩儿

培	多	答	努	阶
pai^{4}	tau^{5}	ta^{4}	nəu^{2}	qai^{1}
Pail	daot	dal	noux	ghaib
未	有	个	吃	财产

没有孩子继家产

兄	咪	答	粉	乡
ɕioŋ^{6}	mi^{6}	ta^{4}	fəŋ^{2}	xaŋ^{1}
Xiongs	mis	dal	fengx	hvangb
兄	妈	个	聪	明

兄妈是个聪明人

你	害	当	冬	虽
ni^{2}	hɛ^{7}	taŋ^{4}	tioŋ^{2}	səi^{1}
Nix	haek	dangl	diongx	seib
她	舀	半	筒	米

她舀半筒那粳米

你	之	木	衣	嗦
ni^{2}	tɕi^{5}	mu^{4}	ɣi^{1}	ɬau^{1}
Nix	jit	mul	vib	dlaob
她	上	到	石	白

她去到那白石寨

古	良	答	桑	溜
ku^{2}	liaŋ^{4}	ta^{4}	saŋ^{6}	liu^{1}
Gux	liangl	dal	sangs	liub
古	良	个	师	大

拜访古良那大师

阿	兴	阿	珍	杀	你	不
a^{5}	ɬiŋ^{1}	a^{5}	tsəŋ^{6}	sa^{4}	ni^{6}	pu^{1}
At	dlingb	at	zengs	sal	nis	bub
驱	鬼	占	卜	都	他	会

大师会占卜驱鬼

兄	咪	挪	都	当	冬	虽
ɕioŋ^{6}	mi^{6}	noŋ^{3}	tiu^{5}	taŋ^{4}	tioŋ^{2}	səi^{1}
Xiongs	mis	nongd	diut	dangl	diongx	seib
兄	妈	现	给	半	筒	米

兄妈拿出半筒米

古	桑	阿	底	答	那	哈
qəu^{5}	saŋ^{6}	a^{5}	ti^{2}	ta^{4}	na^{2}	ha^{1}
Ghout	sangs	at	dix	dal	nax	hab
大	师	做	一	个	占	卜

大师在那做占卜

拉	沙	志	优	杀	准	工
la^{1}	sa^{3}	tsəi^{6}	ʑu^{4}	sa^{4}	tɕiŋ^{2}	koŋ^{1}
Lab	sad	zeis	yul	sal	jingx	gongb
粒	米	撒	下	都	成	路

撒米盆底成米路

古	桑	接	底	拉
qəu^{5}	saŋ^{6}	tɕie^{8}	ti^{2}	la^{1}
Ghout	sangs	jief	dix	lab
大	师	讲	一	个

大师这样把话说

猛	乌	吓	挪	木	晒	阶
moŋ^{2}	vu^{5}	ɕia^{2}	noŋ^{3}	mu^{4}	sai^{2}	qai^{1}
Mongx	wut	xiax	nongd	mul	saix	ghaib
你	好	命	现	去	遇	财产

你命好嫁给富人

吓	虽	挪	改	培	晒	答
ɕia^{2}	səi^{1}	noŋ^{3}	qai^{3}	pai^{4}	sai^{2}	ta^{1}
Xiax	seib	nongd	ghaid	bail	saix	dab
命	衰	现	又	不	遇	孩子

命衰尚未育孩儿

猛	羊	让	瓜	败	阿	海
moŋ^{2}	ɤaŋ^{5}	ȵiaŋ^{1}	qa^{6}	pai^{4}	a^{1}	hai^{1}
Mongx	vangt	nziangb	ghas	bail	ab	haib
你	孩子	在	那	坡	那	河

你儿住在那对河

的	丁	生	猛	答
ti^{1}	tiŋ^{6}	səŋ^{5}	moŋ^{2}	ta^{1}
Dib	dings	sengt	mongx	dab
架	桥	接	你	孩儿

架桥①接你孩过河

桑	羊	罗	劳	立	猛	阶
saŋ^{6}	ɣaŋ^{5}	lo^{6}	lau^{4}	li^{4}	moŋ^{2}	qai^{1}
Sangs	vangt	los	laol	lil	mongx	ghaib
辈	小	才	来	理	你	家产

小孩管理你家产

兄	咪	东	到	答	桑	溜
ɕioŋ^{6}	mi^{6}	toŋ^{8}	tau^{5}	ta^{4}	saŋ^{6}	liu^{1}
Xiongs	mis	dongf	daot	dal	sangs	liub
兄	妈	接	到	个	师	大

兄妈请大师回来

罗	当	羊	说	乌
lo^{6}	taŋ^{5}	ɣaŋ^{4}	ɬau^{2}	əu^{1}
Los	dangt	vangl	dlaox	oub
才	到	寨	说	乌

他们来到说乌寨

①架桥：苗族架桥接子的生育习俗。传说因河流或者溪流把两地隔开，孩子无法过河投胎。为了方便孩子投胎，许多新婚夫妇邀请师公为自己举行架桥仪式。他们在经常路过的水沟上架一根木作为“桥”，以方便孩子过“河”。家里人每到过年等节庆日都到架桥的地方烧香祭拜，这习俗一直沿袭到现在。

改	拉	工	你	答
qai^{3}	la^{7}	qoŋ^{4}	ni^{2}	ta^{1}
Ghaid	lak	ghongl	nix	dab
又	邀	群	她	孩子

兄妈邀请侄儿们

之	罢	乙	桑	根
tɕi^{1}	pa^{7}	ʑi^{4}	saŋ^{6}	qəŋ^{1}
Jib	bak	yil	sangs	ghengb
叔	伯	们	辈	后

兄妈邀请叔伯们

罗	之	败	引	租
lo^{6}	tɕi^{5}	pai^{4}	ɣiŋ^{2}	tɕiu^{1}
Los	jit	bail	vingx	jiub
又	上	坡	岭	山

他们又爬上山岭

木	斗	答	你	江
mu^{4}	təu^{3}	ta^{4}	ni^{2}	tɕiaŋ^{1}
Mul	doud	dal	nix	jiangb
去	砍	根	她	杉木

去砍她一根杉木

阿	就	丁	根	羊	说	乌
a^{5}	tɕio^{2}	tiŋ^{6}	qəŋ^{1}	ɣaŋ^{4}	ɬau^{2}	əu^{1}
At	jiox	dings	ghengb	vangl	dlaox	oub
做	根	桥	底	寨	说	乌

说乌寨底架木桥

都	九	刮	弱	衣
tiu^{5}	tɕiu^{2}	kho^{3}	ȵiŋ^{5}	ɣi^{1}
Diut	jiux	kod	nzingt	vib
给	桥	墩	垫	石

搬大石头垫桥墩

改	么	仁	暖	沙
qai^{3}	mu^{6}	ʑiŋ^{4}	ȵəŋ^{2}	ɬa^{1}
Ghaid	mus	yingl	nzengx	dlab
又	盖	块	布	黑

又盖一块黑色布

古	桑	围	比	改
qəu^{5}	saŋ^{6}	vai^{4}	pi^{2}	qɛ^{1}
Ghout	sangs	wail	bix	ghaeb
大	师	捉	公	鸡

大师手拿只公鸡

嗦	哩	罗	底	哪
sau^{5}	li^{6}	lo^{6}	ti^{2}	na^{1}
Saot	lis	los	dix	nab
念	咒	了	一	天

大师念咒一整天

杀	光	工	你	答
sa^{4}	qaŋ^{3}	qoŋ^{4}	ni^{2}	ta^{1}
Sal	ghangd	ghongl	nix	dab
都	祈	群	她	孩子

祈求小孩来投胎

桑	羊	劳	努	阶
saŋ^{6}	ɣaŋ^{5}	lau^{4}	nəu^{2}	qai^{1}
Sangs	vangt	laol	noux	ghaib
辈	小	来	吃	家产

小孩来继承家产

分	多	瞎	龙	工
fəŋ^{6}	tau^{5}	ɬia^{4}	loŋ^{2}	koŋ^{1}
Fengs	daot	dlial	longx	gongb
人	要	走	路	道

人们要步行路过

郎	丁	罗	把	孤
laŋ^{5}	tiŋ^{6}	lo^{6}	pa^{2}	ku^{1}
Langt	dings	los	bax	gub
过	桥	才	落	魄

人们过桥才落魄

罗	之	亡	你	吞
lo^{6}	tɕi^{5}	maŋ^{8}	ni^{2}	thəŋ^{1}
Los	jit	mangf	nix	tengb
才	上	那	他	楼梯

魂魄爬上他楼梯

罗	多	工	你	答
lo^{6}	tau^{5}	qoŋ^{4}	ni^{2}	ta^{1}
Los	daot	ghongl	nix	dab
才	得	群	他	孩子

这样才怀有孩子

杯	约	劳	努	阶
pai^{1}	$ʑo^{6}$	lau^{4}	$nəu^{2}$	qai^{1}
Baib	yos	laol	noux	ghaib
三	人	来	吃	家产

三个小孩继家产

丢	阿	答	兑	溜
tiu^{4}	a^{5}	ta^{4}	$təi^{2}$	liu^{1}
Diul	at	dal	deix	liub
丢	做	个	哥	大

丢是排名当大哥

务	阿	答	哎	凹
vu^{5}	a^{5}	ta^{4}	ai^{3}	au^{1}
Wut	at	dal	aid	aob
务	排	个	姐	二

务是排名做二姐

兄	阿	答	兑	败
$ɕioŋ^{6}$	a^{5}	ta^{4}	$təi^{2}$	pai^{1}
Xiongs	at	dal	deix	baib
兄	做	个	哥	三

兄①是排名当三哥

①兄：苗语“xiongs”的音译，人名。兄出生于今贵州省从江县境内说乌寨，是英俊、勤劳、善良、机智有谋的小伙子，被尊称为“亨兄”。

蚁	阿	答	桑	根
ȵi^{6}	a^{5}	ta^{4}	saŋ^{6}	qəŋ^{1}
Nzis	at	dal	sangs	ghengb
依	做	个	辈	后

依是排名在最小

兄	当	羊	说	乌
ɕioŋ^{6}	taŋ^{5}	ɣaŋ^{4}	ɬau^{2}	əu^{1}
Xiongs	dangt	vangl	dlaox	oub
兄	生	寨	说	乌

亨兄生长在说乌

乌	弱	俭	本	鱼
vu^{5}	nio^{6}	tɕiŋ^{2}	pəŋ^{2}	vəi^{1}
Wut	nios	jingx	bengx	weib
漂	亮	成	樱桃	花

漂亮就像樱桃花

社	多	培	引	溜
ɕiu^{6}	təu^{5}	pəŋ^{2}	ɣiŋ^{2}	liu^{1}
Xius	dout	bengx	vingx	liub
似	木	花	岭	大

就像山岭那杜鹃

乌	弱	俭	勇	答
vu^{5}	nio^{6}	tɕiŋ^{2}	voŋ^{2}	ta^{1}
Wut	nios	jingx	wongx	dab
漂	亮	成	龙	孩儿

英俊像龙王儿子①

①龙王儿子：苗族崇拜龙，认为龙的子女天生漂亮，因此，通常把长相漂亮的男女都形容像龙的子女。

答 奄 劳 泵 污
ta^{1} əŋ^{7} lau^{4} poŋ^{2} əu^{1}
Dab engk laol bongx oub
儿 龙 来 滩 头
龙儿在滩头戏水

兄 罢 答 哪 溜
ɕioŋ^{6} pa^{7} ta^{4} na^{2} liu^{1}
Xiongs bak dal nax liub
兄 爸 个 官 大
兄爸是地方头人

当 沙 羊 说 乌
taŋ^{5} ɬa^{6} ɣaŋ^{4} ɬau^{2} əu^{1}
Dangt dlas vangl dlaox oub
暴 富 寨 说 乌
他是说乌富人家

温 都 东 两 芽
vəŋ^{6} tiu^{5} tioŋ^{4} liaŋ^{2} ʑa^{1}
Wengs diut diongl liangx yab
万 六 谷 田 秧
河谷数万亩秧田

瓜 根 羊 说 乌
qa^{6} qəŋ^{1} ɣaŋ^{4} ɬau^{2} əu^{1}
Ghas ghengb vangl dlaox oub
那 底 寨 说 乌
就在那说乌寨底

着	兴	挪	九	生
tɕio^2	ɕiŋ^7	noŋ^6	tɕiu^2	səŋ^1
Jiox	xingk	nongs	jiux	sengb
条	渠	有	九	千

水渠灌溉数千亩

孖	意	杀	你	让
ȵia^8	i^7	sa^4	ni^2	ȵiaŋ^1
Nziaf	ik	sal	nix	nziangb
饭	肉	全部	他	有

他家有饭又有肉

斗	江	斗	闹	培	引	租
təu^5	tɕiaŋ^1	təu^5	ȵau^6	pai^4	ɣiŋ^2	tɕiu^1
Dout	jiangb	dout	nzaos	bail	vingx	jiub
木	杉	木	杂	坡	山	场

山场满杉木杂木

号	生	号	温	杀	你	木
həu^3	səŋ^1	həu^3	vəŋ^6	sa^4	ni^2	mu^1
Houd	sengb	houd	wengs	sal	nix	mub
上	千	上	万	全部	他	的

拥有数千万家产

着	东	记	周	挪	九	生
tɕiu^6	tioŋ^4	ki^3	tɕiu^6	noŋ^6	tɕiu^2	səŋ^1
Jius	diongl	gid	jius	nongs	jiux	sengb
山	谷	上	上游	有	九	千

山谷上游数千亩

让	毫	杀	你	让
ȵiaŋ^{1}	hau^{8}	sa^{4}	ni^{2}	ȵiaŋ^{1}
Nziangb	haof	sal	nix	nziangb
有	钱	全部	他	有

他家有万贯家财

告	枉	告	沙	杀	你	兄
qau^{3}	vaŋ^{2}	qau^{3}	ɬa^{6}	sa^{4}	ni^{2}	ɕioŋ^{1}
Ghaod	wangx	ghaod	dlas	sal	nix	xiongb
告	皇	告	富	全部	他	判

衙门官司由他判

告	当	木	整	些
qau^{3}	tiaŋ^{6}	mu^{4}	tsəŋ^{2}	ɕie^{1}
Ghaod	diangs	mul	zengx	xieb
告	官司	去	整	些

整些衙门打官司

兄	爸	木	贾	收
ɕioŋ^{6}	pa^{7}	mu^{4}	tɕia^{2}	χu^{1}
Xiongs	bak	mul	jiax	hvub
兄	爸	去	讲	话

兄爸当堂来辩护

当	兵	良	瓦	嗦
tiaŋ^{6}	pi^{5}	liaŋ^{4}	va^{2}	ɬau^{1}
Diangs	bit	liangl	wax	dlaob
官司	就	结案	天	空

许多官司就结案

兄	罢	木	马	待
ɕioŋ^{6}	pa^{7}	mu^{4}	ma^{2}	tie^{1}
Xiongs	bak	mul	max	dieb
兄	爸	去	不	到

若是兄爸不到场

当	兵	肉	马	兄
tiaŋ^{6}	pi^{5}	ʑu^{4}	ma^{2}	ɕioŋ^{1}
Diangs	bit	yul	max	xiongb
官司	就	会	不	结案

官司就无法判案

兄	弱	当	许	阿
ɕioŋ^{6}	ȵiu^{5}	taŋ^{4}	ɕi^{2}	a^{1}
Xiongs	nziut	dangl	xix	ab
七	岁	那	时	候

亨兄还是七岁时

孖	古	木	五	灭
ȵia^{6}	qəu^{5}	mu^{4}	vu^{3}	mie^{1}
Nzias	ghout	mul	wud	mieb
随	公	去	看	羊

他与爷爷去看羊

五	那	败	引	租
vu^{3}	nia^{7}	pai^{4}	ɣiŋ^{2}	tɕiu^{1}
Wud	niak	bail	vingx	jiub
看	牛	坡	山	场

他在那山坡看牛

被	的	东	周	觉
pi^{5}	ti^{6}	tioŋ^{4}	tɕiu^{6}	tɕhio^{1}
Bit	dis	diongl	jius	qiob
睡	棚	谷	河	沟

在那河谷住牛棚

古	额	木	拉	租
qəu^{5}	ŋa^{6}	mu^{4}	la^{2}	tɕiu^{1}
Ghout	ngas	mul	lax	jiub
公	勤	去	砍	林

爷爷勤快去开荒

着	拉	败	引	溜
tɕiu^{7}	la^{6}	pai^{4}	ɣiŋ^{2}	liu^{1}
Jiuk	las	bail	vingx	liub
挖	地	坡	岭	大

在那山坡开垦地

根	松	直	努	江
qəŋ^{1}	ɬoŋ^{6}	tɕi^{4}	nəu^{2}	tɕiaŋ^{1}
Ghengb	dlongs	jil	noux	jiangb
底	坳	种	杉	木

山坳坡底种杉木

东	松	直	努	烟
tioŋ^{1}	ɬoŋ^{6}	tɕi^{4}	nəu^{2}	ʑiŋ^{1}
Diongb	dlongs	jil	noux	yingb
中	坳	种	叶	烟

半山坡上种烟叶

谷	松	直	嘎	肮
kiu^{8}	ɬoŋ^{6}	tɕi^{4}	ka^{2}	aŋ^{1}
Giuf	dlongs	jil	gax	angb
坡	顶	种	竹	子

坡顶种植那竹子

底	弱	当	九	阶
ti^{2}	ȵ̥iu^{5}	taŋ^{5}	tɕiu^{2}	qai^{1}
Dix	nziut	dangt	jiux	ghaib
一	年	长	九	根

一年种活九株木

足	弱	当	九	生
tɕiu^{8}	ȵ̥iu^{5}	taŋ^{5}	tɕiu^{2}	səŋ^{1}
Jiuf	nziut	dangt	jiux	sengb
十	年	长	九	千

十年种活数千株

一	温	败	引	租
ʑi^{8}	vəŋ^{6}	pai^{4}	ɣiŋ^{2}	tɕiu^{1}
Yif	wengs	bail	vingx	jiub
八	万	坡	山	场

山场种活数万株

兄	当	足	九	追
ɕioŋ^{6}	taŋ^{5}	tɕiu^{8}	tɕiu^{2}	tsəi^{1}
Xiongs	dangt	jiuf	jiux	zeib
兄	长	十	九	五

亨兄长到十九岁

着 乌 答 哪 租
tɕio^6 vu^5 ta^4 na^2 tɕiu^1
Jios wut dal nax jiub
最 好 个 人 儿
身材匀称好英俊

瓦 东 不 米 嗒
va^4 toŋ^8 pu^4 mi^2 ta^1
Wal dongf bul mix dab
我 同 别 人 孩
我与别人同年龄

根 不 东 桑 杀 五 夸
qiŋ^1 pu^4 toŋ^8 saŋ^6 sa^4 vu^2 qha^1
Ghingb bul dongf sangs sal wux khab
朋 友 同 辈 全部 婚 嫁
同龄朋友都结婚

阿 六 木 鸟 败
a^5 ləu^6 mu^4 nio^2 pai^1
At lous mul niox baib
结 婚 去 留 我
结婚剩下我单身

拉 祝 瓦 让 些
lia^7 tɕiu^6 va^4 ȵiaŋ^1 sɛ^1
Liak jius wal nziangb saeb
剩 下 我 孤 独
剩下我孤单生活

挪	弱	罗	郎	败
nau^{5}	ȵiu^{5}	lau^{4}	laŋ^{2}	pai^{1}
Naot	nziut	laol	langx	baib
多	年	老	自己	我

多年以后我变老

弱	吗	不	马	虽
ȵio^{7}	ma^{6}	pu^{4}	ma^{2}	ɬəi^{1}
Nziok	mas	bul	max	dleib
皱	脸	朋友	不	喜欢

脸皱姑娘不喜欢

花	桑	不	马	夸
fa^{5}	saŋ^{6}	pu^{4}	ma^{2}	qha^{1}
Fat	sangs	bul	max	khab
过	辈	人	不	嫁

人老姑娘不愿嫁

被	的	木	累	培
pi^{5}	ti^{6}	mu^{4}	lai^{2}	phəi^{1}
Bit	dis	mul	laix	peib
睡	棚	去	久	住

居住在牛棚太久

兄	亡	罗	当	根
ɕioŋ^{6}	maŋ^{5}	lo^{6}	tiaŋ^{2}	qəŋ^{1}
Xiongs	mangt	los	diangx	ghengb
七	夜	才	返	回

居住七夜才回家

浪	瓜	当	松	溜
laŋ^{5}	qa^{6}	taŋ^{4}	ɬoŋ^{6}	liu^{1}
Langt	ghas	dangl	dlongs	liub
过	那	山	坳	大

那天走过那山坳

冻	古	丢	犬	令
tam^{7}	qəu^{5}	tiu^{4}	khiŋ^{1}	liŋ^{1}
Damk	ghout	diul	kingb	lingb
遇见	客	人	商	贩

遇见商贩在乘凉

兄	花	雷	打	巴
ɕioŋ^{6}	fa^{1}	ləi^{4}	ta^{2}	pa^{1}
Xiongs	fab	leil	dax	bab
兄	讲	话	去	问

亨兄这样把话问

哎	古	丢	犬	令
ai^{1}	qəu^{5}	tiu^{4}	khiŋ^{1}	liŋ^{1}
Aib	ghout	diul	kingb	lingb
哎	客	人	商	贩

尊敬的远方客人

阿	奋	麻	暖	嗦
a^{5}	fan^{7}	ma^{4}	ȵəŋ^{2}	ɬau^{1}
At	fank	mal	nzengx	dlaob
做	生意	卖	棉	花

你贩卖那花棉布

麻	号	麻	东	租
ma^{4}	hau^{3}	ma^{4}	tioŋ^{2}	tɕiu^{1}
Mal	haod	mal	diongx	jiub
卖	线	卖	筒	针

贩卖丝线绣花针

麻	号	兴	号	嗦
ma^{4}	hau^{3}	ɕiŋ^{5}	hau^{3}	ɬau^{1}
Mal	haod	xingt	haod	dlaob
卖	线	红	线	白

贩卖红线和白线

麻	号	结	号	沙
ma^{4}	hau^{3}	kie^{5}	hau^{3}	ɬa^{1}
Mal	haod	giet	haod	dlab
卖	线	紫	线	黑

贩卖紫线和黑线

瞎	布	羊	布	分
ɬia^{4}	pu^{6}	ɣaŋ^{4}	pu^{6}	fəŋ^{1}
Dlial	bus	vangl	bus	fengb
走	进	寨	进	村

天天走村又串寨

改	败	别	败	凹
qai^{3}	pɛ^{6}	pai^{4}	pɛ^{6}	əu^{1}
Ghaid	baes	bail	baes	oub
又	遍	坡	遍	水

翻山越岭走四方

别	龙	丢	龙	木
pɛ^{6}	lioŋ^{6}	tiu^{4}	lioŋ^{6}	mu^{1}
Baes	liongs	diul	liongs	mub
遍	巷	汉	巷	苗

走遍汉村和苗寨

羊	着	羊	改	工
ɣaŋ^{4}	tɕio^{6}	ɣaŋ^{4}	qai^{3}	qoŋ^{1}
Vangl	jios	vangl	ghaid	ghongb
寨	尽	寨	又	接

这村走完进那村

不	收	答	哪	傲
pu^{8}	ɕiu^{5}	ta^{4}	na^{2}	au^{1}
Buf	xiut	dal	nax	aob
见	哪	个	人	漂亮

看见哪个人漂亮

乌	弱	简	浪	败
vu^{5}	nio^{6}	tsəŋ^{4}	laŋ^{2}	pai^{1}
Wut	nios	zengl	langx	baib
漂	亮	平	自己	我

她和我一样漂亮

乌	熟	瓦	马	衣
vu^{5}	su^{1}	va^{4}	ma^{2}	ʑi^{1}
Wut	sub	wal	max	yib
好	配	我	不	呀

她是否与我匹配

劳	阿	答	瓦	迎
lau^{4}	a^{5}	ta^{4}	va^{4}	ȵiŋ^{1}
Laol	at	dal	wal	nzingb
来	当	个	我	媳妇

娶她来当我媳妇

些	五	劳	五	败
ɕie^{1}	vu^{2}	lau^{4}	vu^{2}	pai^{1}
Xieb	wux	laol	wux	baib
好	结	婚	嫁	我

这样嫁给我成家

农	古	丢	犬	令
noŋ^{3}	qəu^{5}	tiu^{4}	khiŋ^{1}	liŋ^{1}
Nongd	ghout	diul	kingb	lingb
现	客	人	商	贩

此时此刻那商贩

兵	牙	那	牙	兑
pi^{5}	ʑa^{6}	na^{6}	ʑa^{6}	tai^{1}
Bit	yas	nas	yas	daib
就	一	问	一	答

商贩一问就解答

配	美	羊	整	东
phɛ^{7}	mai^{5}	ɣaŋ^{4}	tsəŋ^{2}	toŋ^{1}
Paek	mait	vangl	zengx	dongb
配	美	寨	整	东

整东寨子那配美

你 阿 荣 井 嗒
ni^{2} a^{5} ȥoŋ^{4} tɕiŋ^{2} ta^{1}
Nix at yongl jingx dab
她 是 荣 井 女孩子
她是荣井家女儿

配 米 羊 整 些
phɛ^{7} mi^{2} ɣaŋ^{4} tsəŋ^{2} ɕie^{1}
Paek mix vangl zengx xieb
配 米 寨 整 些
整些寨子那配米

你 阿 瓜 勇 嗒
ni^{2} a^{5} qa^{6} ȥoŋ^{2} ta^{1}
Nix at qas yongx dab
她 是 瓜 勇 女孩子
她是瓜勇家女儿

配 梦 羊 整 桑
phɛ^{7} moŋ^{7} ɣaŋ^{4} tsəŋ^{2} saŋ^{1}
Paek mongk vangl zengx sangb
配 梦 寨 整 桑
整桑寨子那配梦

你 阿 平 火 嗒
ni^{2} a^{5} phiŋ^{4} ho^{2} ta^{1}
Nix at pingl hox dab
她 是 平 火 女孩子
她是平火家女儿

配	烈	羊	本	威
phɛ^{7}	lie^{4}	ɣaŋ^{4}	pəŋ^{2}	vəi^{1}
Paek	liel	vangl	bengx	weib
配	烈	寨	本	威

本威寨子那配烈①

你	阿	聂	雅	嗒
ni^{2}	a^{5}	nie^{4}	ʑa^{2}	ta^{1}
Nix	at	niel	yax	dab
她	是	聂	雅	女孩子

她是聂雅家女儿

让	毫	杀	你	让
ȵiaŋ^{1}	hau^{8}	sa^{4}	ni^{2}	ȵiaŋ^{1}
Nziangb	haof	sal	nix	nziangb
有	钱	全部	她	有

寨子有钱属她家

嗖	奋	杀	你	嗖
səu^{1}	fan^{7}	sa^{4}	ni^{2}	səu^{1}
Soub	fank	sal	nix	soub
买	货	全部	她	买

购买丝线都她买

①配烈：苗语“paek liel”的音译，人名。配烈出生于今贵州省榕江县本威村翻花屯。她身材苗条，漂亮超凡，能歌善舞，多才多艺，是一个心地善良、爱憎分明的姑娘。

答	不	分	记	麻	底	尖
ta^{1}	pu^{4}	fəŋ^{6}	ki^{3}	ma^{4}	ti^{2}	tɕiŋ^{1}
Dab	bul	fengs	gid	mal	dix	jingb
朋	友	地方	仅	买	一	份

别人仅买一小份

答	内	挪	咪	木	底	尖
ta^{4}	ni^{6}	no^{6}	mi^{1}	mu^{4}	ti^{2}	tɕiŋ^{1}
Dal	nis	nos	mib	mul	dix	jingb
个	那	自	买	去	一	份

她独自买去一份

傲	古	工	乃	傲
au^{1}	qo^{5}	qoŋ^{4}	ni^{2}	au^{1}
Aob	ghot	ghongl	nix	aob
漂亮	只	这	个	漂亮

这个姑娘算漂亮

乌	书	瓦	底	夸
vu^{5}	ɕiu^{6}	va^{4}	ti^{2}	qha^{1}
Wut	xius	wal	dix	khab
好	平	我	哥	娶

这个符合亨兄娶

猛	扫	吓	马	嗒
moŋ^{2}	sau^{6}	ɬia^{4}	ma^{2}	ta^{1}
Mongx	saos	dlial	max	dab
你	到	走	不	孩儿

你是否已走寨过

兄 上 杀 马 农
ɕioŋ^{6} ɕiaŋ^{5} sa^{4} ma^{2} noŋ^{1}
Xiongs xiangt sal max nongb
兄 想 都 不 忘
亨兄日夜在思念

兄 被 杀 马 沙
ɕioŋ^{6} pi^{5} sa^{4} ma^{2} ɬa^{1}
Xiongs bit sal max dlab
兄 睡 都 不 着
亨兄思念难入眠

花 劳 木 那 迎
fa^{1} lau^{5} mu^{4} na^{6} ȵiŋ^{1}
Fab laot mul nas nzingb
讲 话 去 问 妈
亨兄把话去问妈

接 咪 罗 底 收
tɕie^{8} mi^{6} lau^{4} ti^{2} χu^{1}
Jief mis laol dix hvub
告诉 妈 老 一 声
这样告诉那妈妈

阿 孖 当 瓦 兴
a^{5} ȵia^{8} taŋ^{4} va^{2} ɕiŋ^{1}
At nziaf dangl wax xingb
蒸 饭 等 天 亮
起来蒸饭等天亮

兄	都	见	斗	凹
ɕioŋ^{6}	tiu^{5}	kiŋ^{8}	təu^{2}	əu^{1}
Xiongs	diut	gingf	doux	oub
兄	打	盆	脸	水

亨兄拿脸盆打水

兄	学	木	号	吞
ɕioŋ^{6}	ɕio^{7}	mu^{4}	həu^{3}	thəŋ^{1}
Xiongs	xiok	mul	houd	tengb
兄	捧	去	楼	梯

亨兄捧盆去楼梯

西	吗	亡	改	嗦
ɕi^{5}	ma^{6}	maŋ^{4}	qai^{3}	ɬau^{1}
Xit	mas	mangl	ghaid	dlaob
洗	脸	面	又	白

洗那脸蛋白又白

照	古	败	脑	双
tsau^{6}	kiu^{5}	pai^{4}	ȵau^{2}	saŋ^{1}
Zaos	giut	bail	nzaox	sangb
洗	手	指	干	净

冲洗手指好干净

兄	斗	佛	许	沙
ɕioŋ^{6}	təu^{5}	χu^{4}	ɕi^{3}	ɬa^{1}
Xiongs	dout	hvul	xid	dlab
兄	戴	包	帕	黑

亨兄头戴黑头巾

着	乌	答	哪	租
tɕio^{6}	vu^{5}	ta^{4}	na^{2}	tɕiu^{1}
Jios	wut	dal	nax	jiub
最	好	个	人	儿

身材匀称好英俊

害	花	木	几	呆
hɛ^{7}	fɛ^{5}	mu^{4}	ki^{6}	tai^{1}
Haek	faet	mul	gis	daib
舀	糠	去	楼	底

舀那米糠下楼底

牙	高	迷	粉	都
ʑa^{6}	qo^{5}	mie^{4}	fəŋ^{2}	tiu^{1}
Yas	ghot	miel	fengx	diub
喂	公	马	黄	背

喂养那金黄骏马

咪	奄	劳	广	都
mi^{1}	əŋ^{7}	lau^{4}	kaŋ^{2}	tiu^{1}
Mib	engk	laol	gangx	diub
要	鞍	来	套	腰

要那马鞍套马身

秋	拉	跌	斗	罗
tɕhiu^{5}	la^{1}	ti^{4}	təu^{2}	lau^{1}
Qiut	lab	dil	doux	laob
整	个	脚	踏	脚

整理骑马脚踏套

改	都	佛	犬	令
qai^{3}	tiu^{5}	χu^{4}	khiŋ^{2}	liŋ^{1}
Ghaid	diut	hvul	kingx	lingb
又	戴	套	马	铃

马头套装上马铃

越	多	迷	胫	生
vie^{6}	tiu^{5}	mie^{4}	qəŋ^{2}	ɬəŋ^{1}
Wies	diut	miel	ghengx	dlengb
装	给	马	脖	子

套在那骏马脖子

兄	都	只	响	尖
ɕioŋ^{6}	tiu^{5}	tɕi^{4}	ɕiaŋ^{2}	tɕiŋ^{1}
Xiongs	diut	jil	xiangx	jingb
兄	戴	只	镯	金

亨兄佩戴金手镯

努	吗	聂	改	让
niu^{1}	ma^{6}	ȵai^{4}	qai^{3}	ȵiaŋ^{1}
Niub	mas	nzail	ghaid	nziangb
眼	珠	鱼	又	有

手镯镶有金鱼眼

松	布	江	弱	能
soŋ^{3}	pu^{6}	tɕiaŋ^{4}	ȵiu^{2}	nəŋ^{1}
Songd	bus	jiangl	nziux	nengb
手	镯	弯	嘴	蛇

手镯弯曲像蛇嘴

罗	溜	谁	两	呀
lo^{6}	liu^{6}	səi^{3}	liaŋ^{2}	ʑia^{1}
Los	lius	seid	liangx	yiab
似	鳝	窜	田	秧

好像秧田那黄鳝

兄	之	迷	古	都
ɕioŋ^{6}	tɕi^{5}	mie^{4}	kiu^{8}	tiu^{1}
Xiongs	jit	miel	giuf	diub
兄	跨	马	脊	背

亨兄跨上那马背

改	都	迷	底	车
qai^{3}	tiu^{5}	mie^{4}	ti^{2}	tshai^{1}
Ghaid	diut	miel	dix	caib
又	抽	马	一	鞭

扬起马鞭又一抽

迷	坐	迷	古	珍
mie^{4}	tsau^{7}	mie^{4}	ku^{2}	tsəŋ^{1}
Miel	zaok	miel	gux	zengb
马	跑	马	向	前

骏马奔腾向前冲

兄	丢	木	底	哪
ɕioŋ^{6}	tiu^{5}	mu^{4}	ti^{2}	na^{1}
Xiongs	diut	mul	dix	nab
兄	跑	去	一	天

亨兄骑马跑一天

罗	扫	羊	整	东
lo^{6}	sau^{6}	ɣaŋ^{4}	tsəŋ^{2}	toŋ^{1}
Los	saos	vangl	zengx	dongb
才	到	寨	整	东

终于来到整东寨

木	布	荣	井	清
mu^{4}	pu^{6}	ʑoŋ^{4}	tɕiŋ^{2}	tɕhiŋ^{1}
Mul	bus	yongl	jingx	qingb
去	进	荣	井	家

亨兄走进荣井家

兄	之	木	火	吞
ɕioŋ^{6}	tɕi^{5}	mu^{4}	həu^{3}	thəŋ^{1}
Xiongs	jit	mul	houd	tengb
兄	上	去	楼	梯

亨兄爬上那楼梯

火	工	木	派	烟
həu^{3}	koŋ^{8}	mu^{4}	phai^{3}	ʑiŋ^{1}
Houd	gongf	mul	paid	yingb
头	楼	去	抽	烟

站在那堂屋抽烟

配	美	只	底	收
phɛ^{7}	mai^{2}	tɕie^{4}	ti^{2}	χu^{1}
Paek	maix	jiel	dix	hvub
配	美	问	一	声

配美姑娘把话问

达 亨 刀 柳 飞
ta^{1} həŋ^{5} tau^{4} liu^{2} fai^{1}
Dab hengt daol liux faib
后 生 哥 远 方
远道而来后生哥

阿 待 劳 冷 分
a^{5} tie^{6} lau^{4} liŋ^{2} fəŋ^{1}
At dies laol lingx fengb
做 什么 来 本 地
为何来本地游玩

号 猛 荣 蚁 溜
hau^{5} moŋ^{2} ʑoŋ^{4} ȵi^{2} liu^{1}
Haot mongx yongl nzix liub
若 你 要 水牛 大
若你要买大水牛

兵 代 瓦 兑 咪
pi^{5} tai^{7} va^{4} təi^{2} mi^{1}
Bit daik wal deix mib
就 与 我 哥 要
你就与我哥哥买

农 租 瓦 兑 让
noŋ^{3} tɕiu^{6} va^{4} təi^{2} ȵiaŋ^{1}
Nongd jius wal deix nziangb
现 仅 我 哥 有
现在只有我哥有

号	猛	吓	那	租
hau^5	moŋ^2	ɬia^4	na^2	tɕiu^1
Haot	mongx	dlial	nax	jiub
若	你	走	亲	戚

若你来走亲访友

糯	马	足	兑	溜
noŋ^6	ma^2	tɕiu^4	təi^2	liu^1
Nongs	max	jiul	deix	liub
自	不	费心	哥	大

自有大哥来招待

罢	咪	吓	那	租
pa^7	mi^6	ɬia^4	na^2	tɕiu^1
Bak	mis	dlial	nax	jiub
爸	妈	走	亲	戚

今天父母走亲戚

号	猛	吓	本	虽
hau^5	moŋ^2	ɬia^4	pəŋ^2	ɬəi^1
Haot	mongx	dlial	bengx	dleib
若	你	找	对	象

如果你来找对象

兵	代	瓦	贾	收
pi^5	tai^7	va^4	tɕia^2	χu^1
Bit	daik	wal	jiax	hvub
就	与	我	聊	话

你就与我诉衷情

配	奴	冬	仰	些
phɛ^{7}	nəu^{6}	tioŋ^{4}	ȵ̥iaŋ^{1}	sɛ^{1}
Paek	nous	diongl	nziangb	saeb
姑	娘	未	出	嫁

目前我还未出嫁

号	刀	瓦	柳	飞
hau^{5}	tau^{5}	va^{4}	liu^{2}	fai^{1}
Haot	daot	wal	liux	faib
若	娶	我	远	方

如果你是中意我

阿	六	木	底	夸
a^{5}	ləu^{6}	mu^{4}	ti^{2}	qha^{1}
At	lous	mul	dix	khab
结	婚	去	成	亲

我愿意与你结婚

生	些	劳	底	哪
səŋ^{1}	ɕiŋ^{6}	lau^{5}	ti^{2}	na^{1}
Sengb	xings	laot	dix	nab
情	愿	话	一	天

我情愿陪你聊天

兄	示	蒙	答	迷
ɕioŋ^{6}	ɕi^{3}	moŋ^{4}	ta^{6}	mi^{1}
Xiongs	xid	mongl	das	mib
兄	看	仔	又	留心

亨兄仔细观察她

示	扫	败	扫	罗
ɕi^{3}	sau^{6}	pai^{4}	sau^{6}	lau^{1}
Xid	saos	bail	saos	laob
看	到	手	到	脚

仔细观察手到脚

示	扫	古	羊	秋
ɕi^{3}	sau^{6}	kiu^{5}	ɣaŋ^{2}	tɕhiu^{1}
Xid	saos	giut	vangx	ciub
看	到	指甲	手	指

观察到那小手指

兄	杜	只	你	泵
ɕioŋ^{6}	təu^{7}	tɕi^{4}	ni^{2}	poŋ^{1}
Xiongs	douk	jil	nix	bongb
兄	握	只	她	手臂

亨兄紧握她手臂

配	根	节	底	力
pɛ^{7}	qəŋ^{4}	tɕi^{4}	ti^{2}	li^{1}
Paek	ghengl	jil	dix	lib
妹	缺	只	小	指

配美断一截小指

根	节	古	羊	秋
qəŋ^{4}	tɕi^{4}	kiu^{5}	ɣaŋ^{2}	tɕhiu^{1}
Ghengl	jil	giut	vangx	qiub
断	只	指甲	手	指

断了一截小手指

兄	示	杀	马	傲
ɕioŋ^{6}	ɕi^{3}	sa^{4}	ma^{2}	au^{1}
Xiongs	xid	sal	max	aob
兄	看	都	不	好

亨兄发现不中意

兄	造	木	丁	玲
ɕioŋ^{6}	tsau^{7}	mu^{4}	tiŋ^{2}	liŋ^{1}
Xiongs	zaok	mul	dingx	lingb
兄	跑	去	匆	忙

亨兄匆忙走出门

兄	之	木	整	些
ɕioŋ^{6}	tɕi^{5}	mu^{4}	tsəŋ^{2}	ɕie^{1}
Xiongs	jit	mul	zengx	xieb
兄	上	去	整	些

亨兄急忙去整些

木	都	瓜	勇	嗒
mu^{4}	təu^{6}	qa^{6}	ʑoŋ^{2}	ta^{1}
Mul	dous	ghas	yongx	dab
去	找	瓜	勇	孩儿

寻找瓜勇那女儿

配	米	杀	结	生
phɛ^{7}	mi^{2}	sa^{4}	kie^{2}	ɬəŋ^{1}
Paek	mix	sal	giex	dlengb
配	米	都	歪	脖子

配米姑娘脖子歪

兄	示	杀	马	傲
ɕioŋ^{6}	ɕi^{3}	sa^{4}	ma^{2}	au^{1}
Xiongs	xid	sal	max	aob
兄	看	都	不	好

亨兄发现不中意

兄	退	劳	丁	玲
ɕioŋ^{6}	thəi^{7}	lau^{4}	tiŋ^{2}	liŋ^{1}
Xiongs	teik	laol	dingx	lingb
兄	退	来	匆	忙

亨兄匆忙退回来

木	扫	羊	整	桑
mu^{4}	sau^{6}	ɣaŋ^{4}	tsəŋ^{2}	saŋ^{1}
Mul	saos	vangl	zengx	sangb
去	到	寨	整	桑

亨兄来到整桑寨

木	都	平	火	嗒
mu^{4}	təu^{6}	phiŋ^{4}	ho^{2}	ta^{1}
Mul	dous	pingl	hox	dab
去	找	平	火	孩儿

寻找平火那女儿

配	梦	小	夫	都
phɛ^{7}	moŋ^{7}	ɕio^{6}	həu^{3}	təu^{1}
Paek	mongk	xios	houd	doub
配	梦	少	头	发

配梦头发稀又短

巴	马	别	牛	迎
pa^{6}	ma^{2}	pie^{6}	ȵiu^{2}	ȵiŋ^{1}
Bas	max	bies	nziux	nzingb
盘	不	到	额	头

发髻盘不到额头

兄	示	杀	马	傲
ɕioŋ^{6}	ɕi^{3}	sa^{4}	ma^{2}	au^{1}
Xiongs	xid	sal	max	aob
兄	看	都	不	好

亨兄发现不中意

兄	古	昂	马	虽
ɕioŋ^{6}	qo^{5}	ŋa^{4}	ma^{6}	ɬəi^{1}
Xiongs	ghot	ngal	mas	dleib
兄	也	不	愿	谈

亨兄不愿诉衷情

兄	退	劳	丁	玲
ɕioŋ^{6}	thəi^{7}	lau^{4}	tiŋ^{2}	liŋ^{1}
Xiongs	teik	laol	dingx	lingb
兄	退	来	匆	忙

亨兄匆忙退回来

兄	之	迷	古	都
ɕioŋ^{6}	tɕi^{5}	mie^{4}	kiu^{8}	tiu^{1}
Xiongs	jit	miel	giuf	diub
兄	上	马	脊	背

亨兄跨上骏马背

改	丢	迷	底	车
qai^{3}	tiu^{5}	mie^{4}	ti^{2}	tshai^{1}
Ghaid	diut	miel	dix	caib
又	抽	马	一	鞭

扬起马鞭又一抽

迷	坐	迷	改	珍
mie^{4}	tsau^{7}	mie^{4}	qai^{3}	tsəŋ^{1}
Miel	zaok	miel	ghaid	zengb
马	跑	马	又	冲

骏马奔腾向前冲

木	扫	羊	本	威
mu^{4}	sau^{6}	ɣaŋ^{4}	pəŋ^{2}	vəi^{1}
Mul	saos	vangl	bengx	weib
去	到	寨	本	威

亨兄来到本威寨

古	分	顿	瓦	阿
qo^{5}	fəŋ^{1}	təŋ^{7}	va^{2}	a^{1}
Ghot	fengb	dengk	wax	ab
角	分	顿	上	面

分顿寨子那上面

之	内	羊	粉	花
tɕi^{5}	ni^{7}	ɣaŋ^{4}	ʃəŋ^{2}	fa^{1}
Jit	nik	vangl	fengx	fab
上	小	寨	粉	花

路过粉花那小寨

布	古	聂	雅	清
pu^6	qəu^5	nie^4	ʑa^2	tɕhiŋ^1
Bus	ghout	niel	yax	qingb
进	公	聂	雅	家

亨兄走进聂雅家

兄	之	木	瓦	让
ɕioŋ^6	tɕi^5	mu^4	va^2	ȵiaŋ^1
Xiongs	jit	mul	wax	nziangb
兄	上	去	上面	坐

亨兄爬楼梯上去

火	工	木	派	烟
həu^3	koŋ^8	mu^4	phai^3	ʑiŋ^1
Houd	gongf	mul	paid	yingb
头	楼	去	抽	烟

来到那堂屋抽烟

兄	蒙	当	火	吞
ɕioŋ^6	moŋ^5	taŋ^4	həu^3	thəŋ^1
Xiongs	mongt	dangl	houd	tengb
兄	看	到	头	梯

亨兄观察楼梯口

火	工	当	猛	滔
həu^3	koŋ^8	taŋ^4	moŋ^2	thau^1
Houd	gongf	dangl	mongx	taob
头	楼	头	边	亮

干栏楼头那边亮

内	奄	木	底	兴
nəi^{6}	iŋ^{5}	mu^{4}	ti^{2}	ɕiŋ^{1}
Neis	ingt	mul	dix	xingb
照	亮	去	一	片

那里照亮一大片

书	育	答	猛	衣
su^{1}	ʑu^{6}	ta^{4}	moŋ^{2}	ʑi^{1}
Sub	yus	dal	mongx	yib
可	能	个	那	了

可能就是那个人

兄	那	着	九	收
ɕioŋ^{6}	na^{6}	tɕiu^{4}	tɕiu^{2}	χu^{1}
Xiongs	nas	jiul	jiux	hvub
兄	问	完	九	话

亨兄询问九次话

足	收	烈	马	呆
tɕiu^{8}	χu^{1}	lie^{4}	ma^{2}	tai^{1}
Jiuf	hvub	liel	max	daib
十	话	烈	不	应

十次配烈不应答

马	样	瓦	底	拉
ma^{2}	ʑiaŋ^{7}	va^{4}	ti^{2}	la^{1}
Max	yiangk	wal	dix	lab
不	应	我	一	个

她不应答我一声

着 之 松 当 根
tɕio^6 tɕi^5 ɬoŋ^7 tiaŋ^2 qəŋ^1
Jios jit dlongk diangx ghengb
无 奈 就 返 回
亨兄无奈转身走

兄 之 迷 当 根
ɕioŋ^6 tɕi^5 mie^4 tiaŋ^2 qəŋ^1
Xiongs jit miel diangx ghengb
兄 跨 马 返 回
亨兄骑骏马返回

改 都 迷 底 车
qai^3 tiu^5 mie^4 ti^2 tshai^1
Ghaid diut miel dix caib
又 抽 马 一 鞭
扬起马鞭又一鞭

迷 坐 迷 古 珍
mie^4 tsau^7 mie^4 ku^2 tsəŋ^1
Miel zaok miel gux zengb
马 跑 马 向 前
骏马奔跑向前冲

劳 扫 羊 说 乌
lau^4 sau^6 ɣaŋ^4 ɬau^2 əu^1
Laol saos vangl dlaox oub
来 到 寨 说 乌
亨兄回到说乌寨

咪	花	雷	打	巴
mi^{6}	fa^{1}	ləi^{4}	ta^{2}	pa^{1}
Mis	fab	leil	dax	bab
妈	讲	话	来	问

妈妈这样把话问

亨	兄	木	伦	分
həŋ^{5}	ɕioŋ^{6}	mu^{4}	ləŋ^{2}	fəŋ^{1}
Hengt	xiongs	mul	lengx	fengb
哥	兄	去	走	寨

亨兄这次去走寨

木	都	答	猛	迎
mu^{4}	təu^{6}	ta^{4}	moŋ^{2}	ȵ̥iŋ^{1}
Mul	dous	dal	mongx	nzingb
去	找	个	你	媳妇

你去走寨找媳妇

猛	多	劳	马	嗒
moŋ^{2}	tau^{5}	lau^{4}	ma^{2}	ta^{1}
Mongx	daot	laol	max	dab
你	得	来	不	孩儿

你是否找到媳妇

兄	花	雷	打	呆
ɕioŋ^{6}	fa^{1}	ləi^{4}	ta^{2}	tai^{1}
Xiongs	fab	leil	dax	daib
兄	讲	话	来	应

亨兄这样把话答

配	美	羊	整	东
phɛ^{7}	mai^{2}	ɣaŋ^{4}	tsəŋ^{2}	toŋ^{1}
Paek	maix	vangl	zengx	dongb
配	美	寨	整	东

整东寨子那配美

配	米	羊	整	些
phɛ^{7}	mi^{2}	ɣaŋ^{4}	tsəŋ^{2}	ɕie^{1}
Paek	mix	vangl	zengx	xieb
配	米	寨	整	些

整些寨子那配米

配	梦	羊	整	桑
phɛ^{7}	moŋ^{7}	ɣaŋ^{4}	tsəŋ^{2}	saŋ^{1}
Paek	mongk	vangl	zengx	sangb
配	梦	寨	整	桑

整桑寨子那配梦

工	呢	杀	马	傲
qoŋ^{4}	ni^{6}	sa^{4}	ma^{2}	au^{1}
Ghongl	nis	sal	max	aob
那	些	都	不	中意

她们都是不中意

马	西	瓦	哎	凹
ma^{2}	ɕiu^{6}	va^{4}	ai^{3}	au^{1}
Max	xius	wal	aid	aob
不	够	我	姐	二

她们不比二姐美

号	虽	瓦	水	虽
hau^{5}	ɬəi^{1}	va^{4}	səi^{2}	ɬəi^{1}
Haot	dleib	wal	seix	dleib
想	谈	我	也	谈

我想了解也观察

兄	改	接	底	拉
ɕioŋ^{6}	qai^{3}	tɕie^{4}	ti^{2}	la^{1}
Xiongs	ghaid	jiel	dix	lab
兄	又	说	一	个

亨兄也说一件事

配	烈	羊	本	威
phɛ^{7}	lie^{4}	ɣaŋ^{4}	pəŋ^{2}	vəi^{1}
Paek	liel	vangl	bengx	weib
配	烈	寨	本	威

本威寨子那配烈

配	烈	答	哪	傲
phɛ^{7}	lie^{4}	ta^{4}	na^{2}	au^{1}
Paek	liel	dal	nax	aob
配	烈	个	人	漂亮

配烈长得很漂亮

着	乌	答	哪	租
tɕio^{6}	vu^{5}	ta^{4}	na^{2}	tɕiu^{1}
Jios	wut	dal	nax	jiub
最	美	个	人	儿

她算人间最漂亮

乌	扫	败	扫	罗
vu^{5}	sau^{6}	pai^{4}	sau^{6}	lau^{1}
Wut	saos	bail	saos	laob
好	到	手	到	脚

从头到脚都匀称

乌	扫	败	养	秋
vu^{5}	sau^{6}	pai^{4}	ɣaŋ^{2}	tɕhiu^{1}
Wut	saos	bail	vangx	qiub
好	到	手	指	甲

拥有那修长玉手

改	乌	弱	守	兜
qai^{3}	vu^{5}	ȵio^{8}	ɬiu^{1}	təu^{1}
Ghaid	wut	nziof	dliub	doub
又	好	双	发	髻

一把发髻黑又亮

巴	吨	结	蚁	迎
pa^{6}	təŋ^{7}	kiu^{8}	ȵiu^{2}	ȵiŋ^{1}
Bas	dengk	giuf	nziux	nzingb
盘	到	上	额	头

发髻盘到额头上

歪	仲	木	几	根
vɛ^{6}	tsoŋ^{7}	mu^{4}	ki^{2}	qəŋ^{1}
Waes	zongk	mul	gix	ghengb
绕	到	去	后	面

发髻盘绕到脑后

冷	江	答	古	亡
ləŋ^{5}	tɕiaŋ^{6}	ta^{4}	kiu^{2}	maŋ^{1}
Lengt	jiangs	dal	giux	mangb
光滑	像	个	禾	虾

发髻黑亮又光滑

泵	金	乌	无	都
poŋ^{7}	tɕiŋ^{2}	vu^{5}	vu^{2}	tiu^{1}
Bongk	jingx	wut	wux	diub
衣服	成	好	合	腰

盛装漂亮又合身

能	课	东	娘	轻
nəŋ^{4}	qhau^{7}	toŋ^{8}	niaŋ^{2}	tɕhiŋ^{1}
Nengl	khaok	dongf	niangx	qingb
穿	裙	齐	下	摆

身穿过膝百褶裙

沙	罗	荣	兄	罗
ɬa^{5}	lo^{6}	ʑoŋ^{4}	ɕioŋ^{2}	lau^{1}
Dlat	los	yongl	xiongx	laob
绸带	飘	扬	顺	脚

绑腿绸带在摆动

鞋	古	梅	五	罗
hɛ^{8}	qo^{5}	məi^{6}	vu^{2}	lau^{1}
Haef	ghot	meis	wux	laob
鞋	绣	花	合	脚

脚穿一双绣花鞋

社　吗　亡　党　喷
ɬie^{7}　ma^{6}　maŋ^{4}　taŋ^{2}　phəŋ^{1}
Dliek　mas　mangl　dangx　pengb
眉　毛　脸　整　齐
弯弯眉毛很迷人

乌　弱　今　本　威
vu^{5}　nio^{6}　tɕiŋ^{2}　pəŋ^{2}　vi^{1}
Wut　nios　jingx　bengx　wib
漂　亮　像　樱桃　花
就像樱桃花漂亮

耶　多　败　引　租
ɣe^{5}　tau^{6}　pai^{4}　ɣiŋ^{2}　tɕiu^{1}
Vet　daos　bail　vingx　jiub
杜鹃　长　坡　山　场
就像山坡杜鹃花

当　马　蒙　马　虽
tiaŋ^{3}　ma^{2}　moŋ^{4}　ma^{2}　səi^{1}
Diangd　max　mongl　max　seib
真　不　细　不　粗
身材不细也不粗

当　马　及　马　乡
tiaŋ^{3}　ma^{2}　ki^{4}　ma^{2}　χaŋ^{1}
Diangd　max　gil　max　hvangb
真　不　矮　不　高
身材不高也不矮

当	哪	杀	刀	东
taŋ^5	na^2	sa^4	tau^6	tioŋ^1
Dangt	nax	sal	daos	diongb
长	人	都	标	致

天生是一个美人

号	你	吓	瓜	阿
hau^5	ni^2	ɬia^4	qa^6	a^1
Haot	nix	dlial	ghas	ab
若	她	走	边	那

若是她走那边来

略	农	游	拉	瓜
liu^7	nioŋ^2	ʑəu^4	la^6	qa^1
Liuk	niongx	youl	las	ghab
像	锦鸡	舞	地	草

就像锦鸡在起舞

略	灭	游	瓜	凹
liu^7	mie^2	ʑəu^4	qa^6	əu^1
Liuk	miex	youl	ghas	oub
像	鱼	舞	那	水

就像鱼在水中游

苏	多	你	劳	夸
su^1	tau^5	ni^2	lau^4	qha^1
Sub	daot	nix	laol	khab
若	得	她	来	嫁

如果有缘娶到她

阿	浪	瓦	迷	嗒
a^{5}	$laŋ^{2}$	va^{4}	mi^{6}	ta^{1}
At	langx	wal	mis	dab
做	自己	我	爱	人

娶她来做我爱人

桑	哪	仅	祝	哪
$saŋ^{6}$	na^{2}	$tɕiŋ^{2}$	$tɕiu^{6}$	na^{1}
Sangs	nax	jingx	jius	nab
一辈	子	成	一	天

相爱一辈像一天

古	苏	羊	说	乌
$qəu^{5}$	su^{1}	$ɣaŋ^{4}$	$ɬau^{2}$	$əu^{1}$
Ghout	sub	vangl	dlaox	oub
公	苏	寨	说	乌

说乌寨子那苏公

古	苏	接	底	拉
$qəu^{5}$	su^{1}	$tɕie^{4}$	ti^{2}	la^{1}
Ghout	sub	jiel	dix	lab
公	苏	讲	一	个

苏公这样把话说

答	你	答	哪	傲
ta^{4}	ni^{6}	ta^{4}	na^{2}	au^{1}
Dal	nis	dal	nax	aob
个	他	个	人	漂亮

这人天生长漂亮

多	烈	答	哪	傲
tau^{5}	lie^{4}	ta^{1}	na^{2}	au^{1}
Daot	liel	dal	nax	aob
得	烈	个	人	漂亮

如果娶到配烈妹

哪	跌	兵	劳	立	猛	阶
na^{1}	tie^{6}	pi^{5}	lau^{4}	li^{4}	moŋ^{2}	qai^{1}
Nab	dies	bit	laol	lil	mongx	ghaib
日	后	就	来	理	你	家

以后帮你管理家

猛	牙	答	瓦	溜
moŋ^{2}	ʑa^{6}	ta^{4}	va^{4}	liu^{1}
Mongx	yas	dal	wal	liub
你	呀	个	我	大

你是我那大外甥

瓦	接	业	底	拉
va^{4}	tɕie^{8}	ni^{4}	ti^{2}	la^{1}
Wal	jief	nil	dix	lab
我	说	你	一	个

我教你一些方法

猛	不	羊	说	乌
moŋ^{2}	pu^{6}	ɣaŋ^{4}	ɬau^{2}	əu^{1}
Mongx	bus	vangl	dlaox	oub
你	进	寨	说	乌

你走进那说乌寨

木	拉	工	米	答
mu^4	la^7	qoŋ^4	mi^2	ta^1
Mul	lak	ghongl	mix	dab
去	邀	群	后	生

邀请寨子那后生

丢	约	本	兑	夸
tiu^5	ʑo^6	pəŋ^4	təi^2	qha^1
Diut	yos	bengl	deix	khab
六	人	陪	哥	情

六个人来陪亨兄

兄	拉	工	米	答
ɕioŋ^6	la^7	qoŋ^4	mi^2	ta^1
Xiongs	lak	ghongl	mix	dab
兄	邀	群	后	生

亨兄邀到那后生

丢	约	木	冷	分
tiu^5	ʑo^6	mu^4	ləŋ^2	fəŋ^1
Diut	yos	mul	lengx	fengb
六	人	去	走	寨

六人陪同去走寨

兄	当	瞎	底	哪
ɕioŋ^6	tiaŋ^3	ɬia^4	ti^2	na^1
Xiongs	diangd	dlial	dix	nab
兄	真	走	一	天

亨兄整整走一天

当	松	羊	本	威
taŋ^{5}	ɬoŋ^{6}	ɣaŋ^{4}	pəŋ^{2}	vəi^{1}
Dangt	dlongs	vangl	bengx	weib
到	坳	寨	本	威

走到本威寨山坳

扫	拉	松	羊	本	威	敲
sau^{6}	la^{1}	ɬoŋ^{6}	ɣaŋ^{4}	pəŋ^{2}	vəi^{1}	qhau^{5}
Saos	lab	dlongs	vangl	bengx	weib	khaot
到	那	坳	寨	本	威	后

他们到本威坳后

嗒	肉	桑	及	改	花	劳
ta^{1}	ʑiu^{5}	saŋ^{6}	ki^{4}	qai^{3}	fa^{1}	lau^{5}
Dab	yiut	sangs	gil	ghaid	fab	laot
小	孩	辈	晚	又	讲	话

有个小孩把话讲

生	桑	败	劳	列
səŋ^{1}	saŋ^{6}	pai^{1}	lau^{4}	lie^{5}
Sengb	sangs	baib	laol	liet
千	代	我们	来	走寨

我们首次出远门

别	桑	败	劳	列
pɛ^{5}	saŋ^{6}	pai^{1}	lau^{4}	lie^{5}
Baet	sangs	baib	laol	liet
百	代	我们	来	走寨

我们首次去走寨

布	布	许	清	被
pu^{1}	pu^{6}	ɕi^{2}	tɕhiŋ^{1}	pi^{5}
Bub	bus	xix	qingb	bit
知	进	什么	家	睡

不知进哪家投宿

江	能	把	偷	花
tɕiaŋ^{6}	nəŋ^{4}	pa^{2}	thəu^{1}	fɛ^{5}
Jiangs	nengl	bax	toub	faet
像	鼠	掉	桶	糠

像老鼠掉进糠桶

马	布	阿	爹	阿
ma^{2}	pu^{1}	a^{5}	tie^{6}	a^{5}
Max	bub	at	dies	at
不	知	怎	样	做

我们不知怎么办

兄	接	底	拉	丢
ɕioŋ^{6}	tɕie^{8}	ti^{2}	la^{1}	tiu^{5}
Xiongs	jief	dix	lab	diut
兄	讲	一	个	给

亨兄这样把话讲

科	聂	累	嗒	肉
qhoŋ^{1}	nie^{6}	ləi^{2}	ta^{1}	ʑiu^{5}
Khongb	nies	leix	dab	yiut
莫	操	心	小	孩

小孩不要太操心

许	啊	桑	罗	水	让	夸
ɕi^{2}	a^{1}	saŋ^{6}	lau^{4}	səi^{2}	ȵiaŋ^{1}	qhɛ^{5}
Xix	ab	sangs	laol	seix	nziangb	khaet
过	去	人	老	也	有	亲戚

长辈这里有亲戚

让	多	育	劳	农	夸	告
ȵiaŋ^{1}	tau^{3}	ʑɪu^{6}	lau^{4}	noŋ^{2}	qhɛ^{1}	qau^{5}
Nziangb	daod	yius	laol	nongx	khaeb	ghaot
有	姑	人	来	这	出	嫁

有一个姑嫁本威

劳	阿	咪	杯	选	挖	羊
lau^{4}	a^{5}	mi^{6}	pəi^{1}	ɬiŋ^{2}	va^{1}	ɣaŋ^{5}
Laol	at	mis	beib	dlingx	wab	vangt
来	当	妈	杯	选	呀	小

她名字叫杯选妈

败	木	咪	杯	选	清	被
pai^{1}	mu^{4}	mi^{6}	pəi^{1}	ɬiŋ^{2}	tɕhiŋ^{1}	pi^{5}
Baib	mul	mis	beib	dlingx	qingb	bit
我们	去	妈	杯	选	家	睡

我们去杯选家住

农	意	扫	拉	羊	本	威
noŋ^{3}	ʑi^{3}	sau^{6}	la^{1}	ɣaŋ^{4}	pəŋ^{2}	vəi^{1}
Nongd	yid	saos	lab	vangl	bengx	weib
现	要	到	个	寨	本	威

现在将到本威寨

咪	凹	答	哪	根
mi^{1}	au^{1}	ta^{4}	na^{2}	qəŋ^{1}
Mib	aob	dal	nax	ghengb
要	两	个	人	抬

亨兄要两人抬轿

烈	号	答	哪	溜
lie^{4}	hau^{5}	ta^{4}	na^{2}	liu^{1}
Liel	haot	dal	nax	liub
烈	以为	个	人	大

配烈以为大官来

烈	户	劳	桑	呆
lie^{4}	vu^{7}	lau^{4}	saŋ^{2}	tai^{1}
Liel	wuk	laol	sangx	daib
烈	下	来	楼	底

配烈下到一楼来

根	共	当	哪	溜
qəŋ^{1}	koŋ^{8}	taŋ^{4}	na^{2}	liu^{1}
Ghengb	gongf	dangl	nax	liub
底	楼	等	人	大

一楼等候大官来

配	烈	接	底	收
phε^{7}	lie^{4}	tɕie^{8}	ti^{2}	χu^{1}
Paek	liel	jief	dix	hvub
配	烈	讲	一	话

配烈这样把话问

猛	多	答	哪	溜
moŋ^{2}	tio^{6}	ta^{4}	na^{2}	liu^{1}
Mongx	dios	dal	nax	liub
你	是	个	人	大

你是一个大官人

猛	之	劳	瓦	清
moŋ^{2}	tɕi^{5}	lau^{4}	va^{4}	tɕhiŋ^{1}
Mongx	jit	laol	wal	qingb
你	上	来	我	家

你就上我家休息

古	工	劳	派	烟
kiu^{8}	koŋ^{8}	lau^{4}	phai^{3}	ʑiŋ^{1}
Giuf	gongf	laol	paid	yingb
堂	屋	来	抽	烟

登上堂屋来抽烟

劳	阿	不	哪	租
lau^{4}	a^{5}	pu^{4}	na^{2}	tɕiu^{1}
Laol	at	bul	nax	jiub
来	交	心	人	群

上来交朋友谈心

兄	送	孖	马	呆
ɕioŋ^{6}	ɬoŋ^{7}	ŋa^{4}	ma^{6}	tai^{1}
Xiongs	dlongk	ngal	mas	daib
兄	故意	不	应	答

亨兄故意不应答

烈 当 木 载 让
lie^{4} tiaŋ^{3} mu^{4} tsai^{3} ȵiaŋ^{1}
Liel diangd mul zaid nziangb
烈 转 去 家 坐
配烈转身回家去

达 亨 打 木 跌 让 仍
ta^{1} həŋ^{5} ta^{2} mu^{4} tie^{6} ȵiaŋ^{1} ȵiŋ^{5}
Dab hengt dax mul dies nziangb nzingt
后 生 转 去 那 得 意
亨兄得意转身回

晒 答 咪 凄 别
sai^{2} ta^{4} mi^{6} tɕhi^{5} pɛ^{5}
Saix dal mis qit baet
遇 个 妈 赶 猪
遇见大婶在赶猪

凄 各 跌 让 仍
tɕhi^{1} qau^{4} tie^{6} ȵiaŋ^{1} ȵiŋ^{5}
Qib ghaol dies nziangb nzingt
赶 鹅 那 匆 忙
大婶赶鹅进笼子

选 累 那 迎 羊
ɬiŋ^{2} ləi^{4} na^{6} ȵiŋ^{1} ɣaŋ^{5}
dlingx leil nas nzingb vangt
把 话 问 媳妇 年轻
亨兄把话问大婶

败	木	咪	杯	选	清	被
pai^{1}	mu^{4}	mi^{6}	pəi^{1}	ɬiŋ^{2}	tɕhiŋ^{1}	pi^{5}
Baib	mul	mis	beib	dlingx	qingb	bit
我们	去	妈	杯	选	家	住

我们想去杯选家

让	败	跌	迎	羊
ȵiaŋ^{1}	pai^{4}	tic^{6}	ȵiŋ^{1}	ɣaŋ^{5}
Nziangb	bail	dies	nzingb	vangt
在	哪	里	媳妇	年轻

不知她家在哪里

咪	杯	选	花	劳
mi^{6}	pəi^{1}	ɬiŋ^{2}	fa^{1}	lau^{5}
Mis	beib	dlingx	fab	laot
妈	杯	选	讲	话

杯选妈妈把话说

桑	罗	打	之	古
saŋ^{6}	lau^{4}	ta^{2}	tɕi^{1}	qəu^{5}
Sangs	laol	dax	jib	ghout
辈	老	来	长	辈

过去来访是长辈

农	桑	嗒	及	打	达	亨
noŋ^{3}	saŋ^{6}	ta^{1}	ki^{4}	ta^{2}	ta^{1}	həŋ^{5}
Nongd	sangs	dab	gil	dax	dab	hengt
现	辈	小	孩	来	后	生

现在来访是青年

门	劳	阿	许	娃	嗒	肉
məŋ^{1}	lau^{4}	a^{5}	ɕi^{2}	va^{6}	ta^{1}	ʑiu^{5}
Mengb	laol	at	xix	was	dab	yiut
你们	来	干	什么	呀	小	孩

你们来做什么事

兄	接	底	拉	丢
ɕioŋ^{6}	tɕie^{4}	ti^{2}	la^{1}	tiu^{5}
Xiongs	jiel	dix	lab	diut
兄	说	一	个	给

亨兄这样把话说

贾	瓜	羊	农	让	嗒	别
tɕia^{2}	qa^{6}	ɣaŋ^{4}	noŋ^{6}	ȵiaŋ^{1}	ta^{1}	pɛ^{5}
Jiax	ghas	vangl	nongs	nziangb	dab	baet
讲	那	寨	现	有	崽	猪

听说寨子有猪崽

败	号	咪	木	努	凹	花
pai^{1}	hau^{5}	mi^{1}	mu^{4}	nəu^{2}	əu^{1}	fɛ^{5}
Baib	haot	mib	mul	noux	oub	faet
我们	想	要	去	吃	水	潲

我们想买回去养

伦	改	水	让	嗒
ləŋ^{6}	qai^{3}	səi^{2}	ȵiaŋ^{1}	ta^{5}
Lengs	ghaid	seix	nziangb	dat
春节	又	也	有	杀

春节养大可以杀

松	昂	马	拉	那
soŋ^{3}	ŋaŋ^{4}	ma^{2}	lia^{1}	ȵa^{5}
Songd	ngangl	max	liab	nzat
骨	吃	不	厌	恶

有肉吃来不厌恶

农	咪	杯	选	改	花	劳
noŋ^{3}	mi^{6}	pəi^{1}	ɬiŋ^{2}	qai^{3}	fa^{1}	lau^{5}
Nongd	mis	beib	dlingx	ghaid	fab	laot
现	妈	杯	选	又	讲	话

现杯选妈又讲话

马	贾	瓦	古	纠
ma^{2}	tɕia^{2}	va^{4}	qo^{5}	tɕiu^{5}
Max	jiax	wal	ghot	jiut
不	讲	我	也	知

不讲出来我也知

迎	贾	瓦	古	纠
ȵiaŋ^{8}	tɕia^{2}	va^{4}	qo^{5}	tɕiu^{5}
Nziangf	jiax	wal	ghot	jiut
真	讲	我	也	知

真讲出来我也知

之	木	载	让	丢
tɕi^{5}	mu^{4}	tsai^{3}	ȵiaŋ^{1}	tiu^{5}
Jit	mul	zaid	nziangb	diut
上	去	家	休	息

赶快进家来休息

咪 杯 选 花 劳

mi^{6} pəi^{1} ɬiŋ^{2} fa^{1} lau^{5}

Mis beib dlingx fab laot

妈 杯 选 讲 话

现在杯选妈讲话

接 答 你 嗒 羊

tɕie^{8} ta^{4} ni^{2} ta^{1} ɣaŋ^{5}

Jief dal nix dab vangt

叫 个 她 小 孩

她呼叫那小孩子

猛 务 木 瓜 几 堆 列

moŋ^{2} vu^{7} mu^{4} qa^{6} ki^{3} tai^{1} lie^{5}

Mongx wuk mul ghas gid daib liet

你 下 去 那 楼 底 看

你下到那楼底看

单 韦 比 阶 兴

təŋ^{6} vai^{4} pi^{3} qɛ^{1} ɕiŋ^{5}

Dengs wail bid ghaeb xingt

即 捉 公 鸡 红

捉一只红冠公鸡

迭 劳 瓦 爹 丢

tɛ^{3} lau^{4} va^{2} tie^{1} tiu^{5}

Daed laol wax dieb diut

带 来 上 宰 杀

拿它上楼来宰杀

别	工	猛	西	夸
pəi^{8}	qoŋ^{4}	moŋ^{2}	ɕiu^{1}	qhɛ^{5}
Beif	ghongl	mongx	xiub	khaet
陪	群	你	亲	戚

接待你远方亲戚

咪	杯	选	花	劳
mi^{6}	pəi^{1}	ɬiŋ^{2}	fa^{1}	lau^{5}
Mis	beib	dlingx	fab	laot
妈	杯	选	讲	话

现在杯选妈讲话

接	答	你	嗒	羊
tɕie^{4}	ta^{4}	ni^{2}	ta^{1}	ɣaŋ^{5}
Jiel	dal	nix	dab	vangt
叫	个	她	小	孩

她吩咐那小孩子

亡	猛	带	工	猛	达	亨
maŋ^{5}	moŋ^{2}	tɛ^{3}	qoŋ^{4}	moŋ^{2}	ta^{1}	həŋ^{5}
Mangt	mongx	daed	ghongl	mongx	dab	hengt
夜	你	带	群	你	后	生

今夜你带年轻人

打	木	布	阿	撇
ta^{2}	mu^{4}	pu^{6}	au^{1}	phɛ^{5}
Dax	mul	bus	aob	paet
走	去	进	两	边

走进那寨子两边

生 不 米 嗒 吓
səŋ^{4} pu^{6} mi^{2} ta^{1} ɕia^{5}
Sengl bus mix dab xiat
先 进 姑 娘 穷
先进穷姑娘人家

嗒 吓 嗒 学 项 收 乌
ta^{1} ɕia^{5} ta^{1} ɕio^{6} haŋ^{3} χu^{1} vu^{5}
Dab xiat dab xios hangd hvub wut
人 穷 人 穷 爱 话 好
穷人姑娘好说话

扫 当 许 改 瓜
sau^{6} taŋ^{4} ɕi^{2} qɛ^{1} qa^{5}
Saos dangl xix ghaeb ghat
到 半 夜 鸡 叫
等到半夜公鸡叫

打 劳 扫 聂 雅 清 沙
ta^{2} lau^{4} sau^{6} nie^{4} ʑa^{2} tɕhiŋ^{1} sa^{5}
Dax laol saos niel yax qingb sat
走 来 到 聂 雅 家 止
最后来到聂雅家

达 配 沙 略 底 达 亨
ta^{1} phɛ^{7} ɬa^{6} lo^{6} ti^{2} ta^{1} həŋ^{5}
Dab paek dlas los dix dab hengt
姑 娘 富 才 稳 后 生
富家姑娘后生多

你	当	扫	拉	许	改	瓜
ni^{2}	taŋ^{4}	sau^{6}	la^{1}	ɕi^{2}	qɛ^{1}	qa^{5}
Nix	dangl	saos	lab	xix	ghaeb	ghat
她	等	到	个	时	鸡	叫

她等到半夜鸡叫

农	波	带	工	你	达	亨
noŋ^{3}	po^{1}	tɛ^{3}	qoŋ^{4}	ni^{2}	ta^{1}	həŋ^{5}
Nongd	bob	daed	ghongl	nix	dab	hengt
现	波	带	群	他	后	生

此时波哥带后生

别	工	米	嗒	吓
pɛ^{6}	qoŋ^{4}	mi^{2}	ta^{1}	ɕia^{5}
Baes	ghongl	mix	dab	xiat
走遍	群	姑	娘	穷

走遍穷姑娘人家

扫	当	许	改	瓜
sau^{6}	taŋ^{4}	ɕi^{2}	qɛ^{1}	qa^{5}
Saos	dangl	xix	ghaeb	ghat
到	半	夜	鸡	叫

等到半夜那鸡叫

打	劳	扫	聂	雅	清	沙
ta^{2}	lau^{4}	sau^{6}	nie^{4}	ʑa^{2}	tɕhiŋ^{1}	sa^{5}
Dax	laol	saos	niel	yax	qingb	sat
走	来	到	聂	雅	家	止

最后来到聂雅家

嘎　连　嘎　哈　泵
ka^{2}　liŋ^{4}　ka^{2}　ha^{1}　pu^{5}
Gax　lingl　gax　hab　but
嘎　林　嘎　哈　响
家里嘎林嘎哈响

光　聂　雅　嗒　乌
qaŋ^{3}　nie^{4}　ʑa^{2}　ta^{1}　vu^{5}
Ghangd　niel　yax　dab　wut
喊　聂　雅　女　好
嘎林吹叫聂雅女

波　堵　江　达　亨
po^{7}　tiu^{2}　tɕiaŋ^{6}　ta^{1}　həŋ^{5}
Bok　diux　jiangs　dab　hengt
开　门　给　后　生
请你开门给后生

配　烈　答　不　纠
phɛ^{7}　lie^{4}　ta^{4}　pu^{1}　tɕiu^{5}
Paek　liel　dal　bub　jiut
配　烈　人　知　道
配烈姑娘很聪明

波　拉　堵　丢　炸
po^{7}　la^{1}　tiu^{2}　tiu^{4}　tsha^{5}
Bok　lab　diux　diul　cat
开　个　窗　户　看
配烈打开窗户看

拉 龙 猛 通 奄
la^{1} lioŋ^{6} moŋ^{2} thoŋ^{1} iŋ^{5}
Lab liongs mongx tongb ingt
个 巷 那 真 亮
巷子那头火通明

书 肉 瓦 达 亨
su^{1} ʑu^{2} va^{4} ta^{1} həŋ^{5}
Sub yux wal dab hengt
也 许 我 后 生
也许是我后生哥

烈 接 底 拉 丢
lie^{4} tɕie^{4} ti^{2} la^{1} tiu^{5}
Liel jiel dix lab diut
烈 讲 一 个 给
配烈这样把话说

科 仁 肮 波 耶
qhoŋ^{1} ʑiŋ^{4} aŋ^{3} po^{1} ʑe^{5}
Khongb yingl angd bob yet
莫 急 多 波 呀
波哥请不要着急

瓦 能 凹 初 耶
va^{4} nəŋ^{4} au^{3} tɕhiu^{1} ʑe^{5}
Wal nengl aod qiub yet
我 穿 衣 服 呀
我先穿上新衣服

波	堵	江	达	亨
po^{7}	tiu^{2}	tɕiaŋ^{6}	ta^{1}	həŋ^{5}
Bok	diux	jiangs	dab	hengt
开	门	给	后	生

我开门给后生进

波	泵	堵	溜	炸
po^{7}	poŋ^{8}	tiu^{2}	liu^{1}	tsha^{5}
Bok	bongf	diux	liub	cat
开	双	门	大	开

配烈敞开那大门

之	木	瓦	让	丢
tɕi^{5}	mu^{4}	va^{2}	ȵiaŋ^{1}	tiu^{5}
Jit	mul	wax	nziangb	diut
登	去	上	休	息

邀请他们进家门

兄	木	底	拉	告
ɕioŋ^{6}	mu^{4}	ti^{2}	la^{1}	qau^{5}
Xiongs	mul	dix	lab	ghaot
兄	去	一	个	角

亨兄坐在那角落

奄	祝	底	拉	告
iŋ^{5}	tɕiu^{4}	ti^{2}	la^{1}	qau^{5}
Ingt	jiul	dix	lab	ghaot
亮	完	一	个	角

照亮那一个角落

达	亨	瓜	羊	马	让	多
ta^{1}	həŋ^{5}	qa^{6}	ɣaŋ^{4}	ma^{2}	ȵiaŋ^{1}	tau^{5}
Dab	hengt	ghas	vangl	max	nziangb	daot
后	生	本	寨	不	坐	住

本寨后生坐不住

聂	木	布	凹	撇
nie^{2}	mu^{4}	pu^{6}	au^{1}	phɛ^{5}
Niex	mul	bus	aob	paet
他们	去	进	两	旁

他们退出走别家

兄	木	拉	撇	猛
ɕioŋ^{6}	mu^{4}	la^{1}	phɛ^{5}	moŋ^{2}
Xiongs	mul	lab	paet	mongx
兄	去	个	边	那

亨兄走到那边坐

奄	祝	拉	告	猛
iŋ^{5}	tɕiu^{4}	la^{1}	qau^{5}	moŋ^{2}
Ingt	jiul	lab	ghaot	mongx
亮	完	个	角	那

那个角落就照亮

达	亨	瓜	羊	坡	泵	肮
ta^{1}	həŋ^{5}	qa^{6}	ɣaŋ^{4}	pho^{1}	poŋ^{5}	aŋ^{2}
Dab	hengt	ghas	vangl	pob	bongt	angx
后	生	本	寨	恼	火	多

本寨后生很恼火

达	亨	瓜	羊	珍	浪	古
ta^{1}	həŋ^{5}	qa^{6}	ɣaŋ^{4}	tsəŋ^{5}	laŋ^{5}	kiu^{2}
Dab	hengt	ghas	vangl	zengt	langt	giux
后	生	本	寨	跑	出	外

本寨后生跑出门

当	扫	许	改	瓜
taŋ^{4}	sau^{6}	ɕi^{2}	qɛ^{1}	qa^{5}
Dangl	saos	xix	ghaeb	ghat
等	到	时	鸡	叫

等待到那鸡叫时

烈	接	底	拉	丢
lie^{4}	tɕie^{4}	ti^{2}	la^{1}	tiu^{5}
Liel	jiel	dix	lab	diut
烈	说	一	个	给

配烈这样把话说

农	工	猛	达	亨
noŋ^{3}	qoŋ^{4}	moŋ^{2}	ta^{1}	həŋ^{5}
Nongd	ghongl	mongx	dab	hengt
现	群	你	后	生

现在你这群后生

让	羊	跌	波	昂
ȵiaŋ^{1}	ɣaŋ^{4}	tie^{6}	po^{1}	ŋaŋ^{5}
Nziangb	vangl	dies	bob	ngangt
在	寨	哪	波	昂

他们是哪个寨子

波	昂	选	雷	号	金	米
po^{1}	ŋaŋ^{5}	ɬiŋ^{2}	ləi^{4}	hau^{5}	kiŋ^{1}	mi^{5}
Bob	ngangt	dlingx	leil	haot	gingb	mit
波	昂	讲	话	给	姑	娘

波昂这样把话讲

科	劳	那	败	挪
qhoŋ^{1}	lau^{4}	na^{6}	pai^{1}	nau^{5}
Khongb	laol	nas	baib	naot
莫	来	问	我们	多

不要问我们太多

猛	挪	那	工	猛	达	亨
moŋ^{2}	noŋ^{8}	na^{6}	qoŋ^{4}	moŋ^{2}	ta^{1}	həŋ^{5}
Mongx	nongf	nas	ghongl	mongx	dab	hengt
你	自	问	群	你	后	生

你自问这群后生

西	贾	西	刀	阿	拉	周
ɕi^{5}	tɕia^{2}	ɕi^{5}	tau^{6}	a^{5}	la^{1}	tɕiu^{5}
Xit	jiax	xit	daos	at	lab	jiut
相	谈	相	喜欢	可	能	认识

相互了解就认识

烈	花	劳	改	贾
lie^{4}	fa^{1}	lau^{5}	qai^{3}	tɕia^{2}
Liel	fab	laot	ghaid	jiax
烈	讲	话	又	问

配烈这样把话问

工 达 亨 年 引
qoŋ^{4} ta^{1} həŋ^{5} niŋ^{6} ɣiŋ^{2}
Ghongl dab hengt nings vingx
群 后 生 远 方
你们那远方后生

吓 分 阿 兴 许
ɬia^{4} fəŋ^{1} a^{5} ɕiŋ^{6} ɕi^{2}
Dlial fengb at xings xix
走 寨 做 事 什么
你们走寨做什么

荣 收 乌 罗 打
ʑoŋ^{4} χu^{6} vu^{2} lo^{6} ta^{2}
yongl hvus wux los dax
找 对象 好 才 来
来找对象才走寨

接 拉 阿 爹 打
tɕie^{4} la^{1} a^{5} tie^{6} ta^{2}
Jiel lab at dies dax
讲 个 怎 么 来
告诉走寨那原因

劳 巴 配 年 引
lau^{4} pa^{1} pɛ^{7} niŋ^{6} ɣiŋ^{2}
Laol bab paek nings vingx
来 给 妹 姑 娘
真实想法告诉我

兄	接	底	拉	丢
ɕioŋ^{6}	tɕie^{4}	ti^{2}	la^{1}	tiu^{5}
Xiongs	jiel	dix	lab	diut
兄	讲	一	个	给

亨兄这样把话讲

只	哑	根	年	梯
tɕi^{4}	ʑa^{2}	qəŋ^{1}	niŋ^{6}	thi^{5}
Jil	yax	ghengb	nings	tit
竹	子	底	路	寨门

寨门路底那竹子

只	哑	拉	聂	当
tɕi^{4}	ʑa^{2}	la^{1}	ȵie^{6}	taŋ^{5}
Jil	yax	lab	nzies	dangt
竹	子	个	芽	生长

竹子嫩芽刚长大

败	当	拉	多	斗
pai^{4}	taŋ^{2}	la^{6}	tau^{6}	təu^{5}
Bail	dangx	las	daos	dout
山	坡	地	生长	树

山上坡地长新树

杀	打	瓜	罗	乌
sa^{4}	ta^{2}	qa^{1}	lo^{6}	vu^{5}
Sal	dax	ghab	los	wut
都	生长	草	才	好

山坡长草才算好

答	哪	拉	些	生
ta^{4}	na^{2}	lia^{1}	ɕi^{7}	səŋ^{5}
Dal	nax	liab	xik	sengt
个	人	恋	苗	歌

人们喜欢相恋歌

杀	贾	傲	罗	乌
sa^{4}	tɕia^{2}	au^{1}	lo^{6}	vu^{5}
Sal	jiax	aob	los	wut
都	说	好	才	好

大家说好话才好

败	打	布	些	生
pai^{4}	ta^{2}	pu^{1}	ɕi^{7}	səŋ^{5}
Bail	dax	bub	xik	sengt
未	来	知	苗	歌

未到家门会苗歌

劳	甩	农	些	生
lau^{4}	sai^{2}	noŋ^{1}	ɕi^{7}	səŋ^{5}
Laol	saix	nongb	xik	sengt
来	遇	忘	苗	歌

遇见姑娘忘苗歌

布	咪	达	许	巴	约	米
pu^{1}	mi^{1}	ta^{4}	ɕi^{2}	pa^{1}	ʑo^{6}	mi^{5}
Bub	mib	dal	xix	bab	yos	mit
知	要	什	么	给	姑	娘

如何献歌给姑娘

配	烈	接	底	拉
phɛ^{7}	lie^{4}	tɕie^{4}	ti^{2}	la^{1}
Paek	liel	jiel	dix	lab
配	烈	讲	一	个

配烈这样把话说

亨	兄	刀	柳	飞
həŋ^{5}	ɕioŋ^{6}	tau^{4}	liu^{2}	fai^{1}
Hengt	xiongs	daol	liux	faib
哥	兄	客	远	方

亨兄是个远方客

乌	弱	日	你	通
vu^{5}	nio^{6}	ʑi^{4}	ni^{2}	thoŋ^{1}
Wut	nios	yil	nix	tongb
英	俊	这	样	多

亨兄真是好英俊

想	扫	瞎	牛	金
ɕiaŋ^{5}	sau^{6}	ɬia^{4}	ȵiu^{2}	kiŋ^{1}
Xiangt	saos	dlial	nziux	gingb
想	到	走	姑	娘

心里想到看望我

收	弱	答	哪	溜
xu^{6}	no^{6}	ta^{4}	na^{2}	liu^{1}
Hvus	nos	dal	nax	liub
郎	自	个	人	大

你是一个大官人

阿 录 木 鸟 败
a^{5} ləu^{6} mu^{4} nio^{2} pai^{1}
At lous mul niox baib
结 婚 去 忘 我
你去结婚把我忘

搞 益 答 哪 傲
qau^{5} ʑi^{6} ta^{4} na^{2} au^{1}
Ghaot yis dal nax aob
娶 到 个 人 好
娶到一个漂亮人

些 业 劳 兄 门
ɕi^{5} nie^{6} lau^{4} ɕioŋ^{2} məŋ^{1}
Xit nies laol xiongx mengb
美 人 来 嫁 你
美人有缘嫁给你

愤 约 瓦 仰 社
fəŋ^{7} ʑo^{6} va^{4} ȵiaŋ^{1} sɛ^{1}
Fengk yos wal nziangb saeb
弃 人 我 单 身
抛弃让我过单身

阿 录 瓦 马 学
a^{5} ləu^{6} va^{4} ma^{2} ɕio^{1}
At lous wal max xiob
结 婚 我 不 获得
我没有缘分结婚

多　　尖　　劳　　五　　夸
tau^{5}　　tɕiŋ^{6}　　lau^{4}　　vu^{2}　　qha^{1}
Daot　　jings　　laol　　wux　　khab
得　　男　　来　　结　　婚
拥有男儿来结婚

生　　些　　劳　　底　　哪
səŋ^{5}　　ɕai^{6}　　lao^{4}　　ti^{2}　　na^{1}
Sengt　　xais　　laol　　dix　　nab
谈　　情　　来　　一　　天
有缘谈情一整天

阿　　忍　　纳　　桑　　根
a^{5}　　ȵiŋ^{2}　　na^{4}　　saŋ^{6}　　qəŋ^{1}
At　　nzingx　　nal　　sangs　　ghengb
做　　故　　事　　代　　后
当作故事留后代

亨　　兄　　接　　底　　拉
həŋ^{5}　　ɕioŋ^{6}　　tɕie^{4}　　ti^{2}　　la^{1}
Hengt　　xiongs　　jiel　　dix　　lab
哥　　兄　　说　　一　　个
亨兄这样把话说

同　　分　　不　　底　　哪
toŋ^{8}　　fəŋ^{6}　　pu^{1}　　ti^{2}　　na^{1}
Dongf　　fengs　　bul　　dix　　nab
同　　朋　　友　　一　　天
与朋友同一天生

根	不	同	桑	杀	五	夸
qiŋ^{1}	pu^{4}	toŋ^{8}	saŋ^{6}	sa^{4}	vu^{2}	qha^{1}
Ghingb	bul	dongf	sangs	sal	wux	khab
朋	友	同	辈	都	结	婚

同辈朋友都结婚

拉	祝	瓦	仰	社
lia^{7}	tɕiu^{6}	va^{4}	ȵiaŋ^{2}	sɛ^{1}
Liak	jius	wal	nziangx	saeb
剩	只	我	单	身

剩下我一个单身

号	奴	合	浪	败
hau^{5}	nəu^{6}	ho^{4}	laŋ^{2}	pai^{1}
Haot	nous	hol	langx	baib
若	妹	中意	自己	我

如果姑娘中意我

立	亡	木	准	夸
li^{6}	maŋ^{7}	mu^{4}	tɕiŋ^{2}	qha^{1}
Lis	mangk	mul	jingx	khab
换	信物	去	成	婚

交换信物来订婚

配	烈	接	底	拉
phɛ^{7}	lie^{4}	tɕie^{4}	ti^{2}	la^{1}
Paek	liel	jiel	dix	lab
配	烈	说	一	个

配烈这样把话说

号	立	亡	准	夸
hau^{5}	li^{6}	maŋ^{7}	tɕiŋ^{2}	qha^{1}
Haot	lis	mangk	jingx	khab
若	换	信物	成	婚

如果换信物订婚

阿	录	木	猛	清
a^{5}	ləu^{6}	mu^{4}	moŋ^{2}	tɕhiŋ^{1}
At	lous	mul	mongx	qingb
结	婚	去	你	家

这样结婚去你家

当	扫	牛	整	东
taŋ^{4}	sau^{6}	niu^{4}	tsəŋ^{2}	toŋ^{1}
Dangl	saos	niul	zengx	dongb
等	到	鼓	整	东

我们等整东坡会

拉	牛	整	念	牛	桑	根
la^{1}	niu^{4}	tsəŋ^{2}	niŋ^{6}	niu^{4}	saŋ^{6}	qəŋ^{1}
Lab	niul	zengx	nings	niul	sangs	ghengb
个	鼓	整	念	鼓	面	后

过完整念那坡会

凹	意	木	坐	扭	底	哪
au^{1}	ʑi^{3}	mu^{4}	tsau^{7}	niu^{4}	ti^{2}	na^{1}
Aob	yid	mul	zaok	niul	dix	nab
我们	要	去	踩	鼓	一	天

我们去踩堂一天

分	得	杀	哪	布
fəŋ^{1}	tie^{4}	sa^{4}	na^{2}	pu^{1}
Fengb	diel	sal	nax	bub
人	间	都	人	知

想让人们都知道

布	号	瓦	肉	门
pu^{1}	hau^{5}	va^{4}	ʑu^{2}	məŋ^{1}
Bub	haot	wal	yux	mengb
知	道	我	爱	你

人们知道我爱你

布	号	业	肉	败
pu^{1}	hau^{5}	ni^{4}	ʑu^{2}	pai^{1}
Bub	haot	nil	yux	baib
知	道	你	爱	我

人们知道你爱我

当	扫	牛	整	东
taŋ^{4}	sao^{6}	niu^{4}	tsəŋ^{2}	toŋ^{1}
Dangl	saos	niul	zengx	dongb
等	到	鼓	整	东

我们等整东坡会

凹	意	立	亡	木	准	夸
au^{1}	ʑi^{5}	li^{6}	maŋ^{7}	mu^{4}	tɕiŋ^{2}	qha^{1}
Aob	yit	lis	mangk	mul	jingx	khab
我们	要	换	信物	去	订	婚

我们换信物订婚

阿	录	木	猛	清
a^{5}	ləu^{6}	mu^{4}	moŋ^{2}	tɕhiŋ^{1}
At	lous	mul	mongx	qingb
结	婚	去	你	家

这样结婚去你家

瓦	接	瓦	兑	夸
va^{4}	tɕie^{4}	va^{4}	təi^{2}	qha^{1}
Wal	jief	wal	deix	khab
我	说	我	情	郎

我这样告诉情郎

猛	当	木	猛	清
moŋ^{2}	tiaŋ^{3}	mu^{4}	moŋ^{2}	tɕhiŋ^{1}
Mongx	diangd	mul	mongx	qingb
你	转	去	你	家

明天你先返回家

木	阿	眉	嘎	追
mu^{4}	a^{5}	mie^{4}	ka^{2}	tsəi^{1}
Mul	at	miel	gax	zeib
去	造	堂	芦	笙

制造一堂好芦笙

嘎	都	劳	冷	分
ka^{2}	tiu^{5}	lau^{4}	ləŋ^{2}	fəŋ^{1}
Gax	diut	laol	lengx	fengb
芦	笙	来	赶	坡

你带芦笙来赶坡

劳　列　牛　整　东
lau^{4}　lie^{5}　niu^{4}　tsəŋ^{2}　toŋ^{1}
Laol　liet　niul　zengx　dongb
来　看　鼓　整　东
你来赶整东坡会

兄　当　劳　你　清
ɕioŋ^{6}　tiaŋ^{3}　lau^{4}　ni^{2}　tɕhiŋ^{1}
Xiongs　diangd　laol　nix　qingb
兄　返　回　他　家
亨兄返回到家乡

兄　学　牛　打　爹
ɕioŋ^{6}　ɕio^{7}　niu^{4}　ta^{2}　tie^{1}
Xiongs　xiok　niul　dax　dieb
兄　翻　鼓　来　敲
亨兄找铜鼓来敲

罗　光　工　桑　根
lo^{6}　qaŋ^{3}　qoŋ^{4}　saŋ^{6}　qəŋ^{1}
Los　ghangd　ghongl　sangs　ghengb
又　喊　群　辈　晚
又召集那年轻人

之　罢　乙　桑　根
tɕi^{1}　pa^{7}　ʑi^{4}　saŋ^{6}　qəŋ^{1}
Jib　bak　yil　sangs　ghengb
叔　伯　们　辈　晚
召集那叔伯兄弟

杀 之 劳 打 溜
sa^{4} tɕi^{5} lau^{4} ta^{2} liu^{1}
Sal jit laol dax liub
都 上 来 坪 大
大家来大坪集中

兄 兵 接 底 拉
ɕioŋ^{6} pi^{5} tɕie^{4} ti^{2} la^{1}
Xiongs bit jiel dix lab
兄 就 说 一 个
亨兄这样把话说

败 阿 眉 嘎 追
pai^{1} a^{5} mie^{4} ka^{2} tsəi^{1}
Baib at miel gax zeib
我们 做 堂 芦 笙
我们造一堂芦笙

嘎 都 木 整 东
ka^{2} tiu^{5} mu^{4} tsəŋ^{2} toŋ^{1}
Gax diut mul zengx dongb
芦 笙 去 整 东
带着芦笙去整东

嗒 肉 及 桑 根
ta^{1} ʑu^{5} ki^{4} saŋ^{6} qəŋ^{1}
Dab yut gil sangs ghengb
小 孩 子 辈 晚
寨中年轻小伙子

不 回 背 社 江 兄 根
pu^{1} fəi^{4} pɛ^{1} sɛ^{5} tɕiaŋ^{4} ɕioŋ^{2} qəŋ^{1}
Bub feil baeb saet jiangl xiongx ghengb
明 天 背 柴 刀 紧 跟
明天大伙背柴刀

木 之 败 引 溜
mu^{4} tɕi^{5} pai^{4} ɣiŋ^{2} liu^{1}
Mul jit bail vingx liub
去 上 坡 岭 大
我们爬坡上深山

木 眉 都 嘎 肮
mu^{4} məi^{8} təu^{5} ka^{2} aŋ^{1}
Mul meif dout gax angb
去 砍 芦 笙 竹子
进山砍那芦笙竹

罗 取 夺 打 旁
lo^{6} tɕhi^{3} tau^{4} ta^{2} phaŋ^{1}
Los qid daol dax pangb
又 起 火 来 烤
起火堆来烤竹子

松 撇 败 猛 兄
ɬoŋ^{6} phɛ^{5} pai^{4} moŋ^{2} ɕioŋ^{1}
Dlongs paet bail mongx xiongb
坳 边 坡 那 拉直
坳上烤竹来拉直

多 婆 木 底 尖
tau^{6} pho^{5} mu^{4} ti^{2} tɕiŋ^{1}
Daos pot mul dix jingb
裂 开 去 一 半
竹子破裂一大半

谷 加 夺 猛 旁
kiu^{8} tɕia^{1} tau^{4} moŋ^{2} phaŋ^{1}
Giuf jiab daol mongx pangb
放 塘 火 那 烤
拿竹子在火塘烤

业 之 一 粉 尖
ni^{2} tɕi^{5} ʑi^{4} fəŋ^{2} tɕiŋ^{1}
Nix jit yil fengx jingb
它 熏 烤 黄 色
熏烤竹子变黄色

桑 瓜 爹 打 哼
saŋ^{6} qa^{6} tie^{6} ta^{2} həŋ^{1}
Sangs ghas dies dax hengb
师傅 哪 里 来 造
哪里师傅来制造

桑 古 爷 打 哼
saŋ^{6} ku^{2} ʑie^{4} ta^{2} həŋ^{1}
Sangs gux yiel dax hengb
师傅 古 爷 来 造
古爷师傅来制造

答	约	扒	高	江
ta^{4}	ʑo^{6}	pha^{5}	qau^{2}	tɕiaŋ^{1}
Dal	yos	pat	ghaox	jiangb
个	人	破	蔸	木

一个师傅破木蔸

答	约	无	嘎	肮
ta^{4}	ʑo^{6}	vo^{7}	ka^{2}	aŋ^{1}
Dal	yos	wok	gax	angb
个	人	削	竹	子

一个师傅削竹子

桑	罗	索	堵	嗦
saŋ^{6}	lau^{4}	sau^{6}	təu^{2}	ɬau^{1}
Sangs	laol	saos	doux	dlaob
师傅	老	凿	铜	片

老师傅来凿铜片

桑	阿	井	九	哪
saŋ^{6}	a^{5}	tɕiŋ^{2}	tɕiu^{2}	na^{1}
Sangs	at	jingx	jiux	nab
师傅	做	成	九	天

师傅造芦笙九天

仅	布	足	九	丁
kiŋ^{3}	pu^{5}	tɕiu^{8}	tɕiu^{2}	tiŋ^{1}
Gingd	but	jiuf	jiux	dingb
造	响	十	九	把

吹响十九把芦笙

兄 拉 工 桑 根
ɕioŋ^{6} la^{7} qoŋ^{4} saŋ^{6} qəŋ^{1}
Xiongs lak ghongl sangs ghengb
兄 邀 群 辈 后
亨兄邀请小伙子

当 之 劳 打 超
taŋ^{5} tɕi^{5} lau^{4} ta^{2} tshau^{1}
Dangt jit laol dax caob
登 上 来 坪 吹
登上草坪来吹奏

败 都 败 蜂 花
pai^{4} tiu^{5} pai^{4} χoŋ^{5} fa^{1}
Bail diut bail hvongt fab
不 吹 不 漏 气
开始不吹不漏气

杀 都 杀 蜂 花
sa^{4} tiu^{5} sa^{4} χoŋ^{5} fa^{1}
Sal diut sal hvongt fab
越 吹 越 漏 气
芦笙越吹越漏气

之 咪 羊 说 乌
tɕi^{1} mi^{6} ɣaŋ^{4} ɬau^{2} əu^{1}
Jib mis vangl dlaox oub
姨 婶 寨 说 乌
说乌寨子那姨婶

太	古	丢	党	嗒
thai^{5}	qəu^{5}	tiu^{4}	taŋ^{2}	ta^{1}
Tait	ghout	diul	dangx	dab
骂	那	丢	党	小孩

她们骂丢党小孩

马	布	瓦	马	超
ma^{2}	pu^{5}	va^{4}	ma^{2}	tshau^{1}
Max	but	wal	max	caob
不	响	我	不	吹

芦笙不响我不吹

灭	都	罢	嗒	丢	党	超
mie^{6}	tiu^{5}	pa^{7}	ta^{1}	tiu^{4}	taŋ^{2}	tshau^{1}
Mies	diut	bak	dab	diul	dangx	caob
让	给	父	子	丢	党	吹

让给丢党父子吹

农	桑	阿	弱	足	九	哪
noŋ^{3}	saŋ^{6}	a^{5}	ȵioŋ^{6}	tɕiu^{8}	tɕiu^{2}	na^{1}
Nongd	sangs	at	nziongs	jiuf	jiux	nab
现	师傅	做	二	十	九	天

师傅造二十九天

布	兄	足	九	丁
pu^{5}	ɕioŋ^{6}	tɕiu^{8}	tɕiu^{2}	tiŋ^{1}
But	xiongs	jiuf	jiux	dingb
响	七	十	九	把

七十九把芦笙响

兄	学	扭	打	爹
ɕioŋ^{6}	ɕio^{7}	niu^{4}	ta^{2}	tie^{1}
Xiongs	xiok	niul	dax	dieb
兄	拿	鼓	来	敲

亨兄拿铜鼓来敲

当	阿	当	农	爹
taŋ^{4}	a^{1}	taŋ^{4}	noŋ^{2}	tie^{1}
Dangl	ab	dangl	nongx	dieb
头	那	头	这	敲

草坪这头那头敲

杀	拉	羊	打	超
sa^{4}	la^{7}	ɣaŋ^{4}	ta^{2}	tshau^{1}
Sal	lak	vangl	dax	caob
都	邀	寨	来	吹

邀请寨子人来吹

兄	空	木	瓦	嗦
ɕioŋ^{6}	khoŋ^{1}	mu^{4}	va^{2}	ɬau^{1}
Xiongs	kongb	mul	wax	dlaob
兄	举	去	天	空

亨兄举芦笙上扬

嘎	空	泵	打	溜
ka^{2}	khoŋ^{1}	poŋ^{6}	ta^{2}	liu^{1}
Gax	kongb	bongs	dax	liub
芦笙	声	响	坪	大

芦笙响声震大坪

罗	清	祝	着	分
lo^{6}	tɕhiŋ^{5}	tɕiu^{4}	tɕio^{2}	fəŋ^{1}
Los	qingt	jiul	jiox	fengb
又	震动	完	整个	地方

芦笙响声震地方

罗	布	杀	勇	号
lo^{6}	pu^{5}	sa^{4}	ȵioŋ^{2}	hau^{1}
Los	but	sal	nziongx	haob
又	响	都	震动	天空

芦笙响彻震天庭

之	咪	羊	说	乌
tɕi^{1}	mi^{6}	ɣaŋ^{4}	ɬau^{2}	əu^{1}
Jib	mis	vangl	dlaox	oub
姨	婶	寨	说	乌

说乌寨子姨婶们

改	花	雷	贾	收
qai^{3}	fa^{1}	ləi^{4}	tɕia^{2}	χu^{1}
Ghaid	fab	leil	jiax	hvub
又	说	话	讲	话

她们这样把话说

约	约	令	桑	嗦
ʑo^{6}	ʑo^{6}	liŋ^{4}	saŋ^{2}	ɬau^{1}
Yos	yos	lingl	sangx	dlaob
人	人	出	钱	白

人人愿意捐献钱

兄 改 接 底 拉
ɕioŋ^{6} qai^{3} tɕie^{4} ti^{2} la^{1}
Xiongs ghaid jiel dix lab
兄 又 说 一 个
亨兄这样把话说

意 十 答 勇 肮
ʑi^{3} ɕi^{4} ta^{4} ʑoŋ^{2} aŋ^{1}
Yid xil dal yongx angb
要 用 只 山 羊
要献出一只山羊

罗 打 神 嘎 追
lo^{6} ta^{2} səŋ^{4} ka^{2} tsəi^{1}
Los dax sengl gax zeib
才 来 祭 芦 笙
用来祭祀新芦笙

示 拉 羊 说 乌
χi^{3} la^{1} ɣaŋ^{4} ɬau^{2} əu^{1}
Hvid lab vangl dlaox oub
数 个 寨 说 乌
细数那说乌寨子

示 让 一 爹 阶
χi^{3} ȵiaŋ^{1} ʑi^{4} tie^{6} qai^{1}
Hvid nziangb yil dies ghaib
数 有 多 少 户
细数有多少门户

兵	阿	一	爹	精
pi^{5}	a^{5}	ʑi^{4}	tie^{6}	tɕiŋ^{1}
Bit	at	yil	dies	jingb
就	做	多	少	份

就分成多少份肉

哪	爹	连	桑	嗦
na^{1}	tie^{6}	liŋ^{4}	saŋ^{2}	ɬau^{1}
Nab	dies	lingl	sangx	dlaob
天	哪	捐	钱	白

等到哪天来捐钱

孖	号	雷	打	米
ȵia^{6}	həu^{3}	ɬəi^{4}	ta^{2}	mi^{1}
Nzias	houd	leil	dax	mib
照	份	串	来	要

按照串肉份来捐

农	准	公	嘎	追
noŋ^{3}	tɕiŋ^{2}	qoŋ^{4}	ka^{2}	tsəi^{1}
Nongd	jingx	ghongl	gax	zeib
现	成	那	芦	笙

现制造一堂芦笙

兄	接	追	都	答	桑	根
ɕioŋ^{6}	tɕie^{4}	tsəi^{1}	tiu^{5}	ta^{4}	saŋ^{6}	qəŋ^{1}
Xiongs	jiel	zeib	diut	dal	sangs	ghengb
兄	说	五	六	个	辈	后

亨兄吩咐五六人

担	苏	木	旁	旁
təŋ^{5}	ɕiu^{1}	mu^{4}	phaŋ^{2}	phaŋ^{1}
Dengt	xiub	mul	pangx	pangb
挑	工具	去	匆	匆

挑着工具走匆匆

送	桑	木	古	爷
soŋ^{5}	saŋ^{6}	mu^{4}	ku^{2}	ʑe^{1}
Songt	sangs	mul	gux	yeb
送	师傅	去	古	爷

欢送师傅回古爷

兄	木	古	爷	被
ɕioŋ^{6}	mu^{4}	ku^{2}	ʑe^{1}	pi^{5}
Xiongs	mul	gux	yeb	bit
兄	去	古	爷	住

亨兄投宿古爷寨

兄	丁	许	冬	亡
ɕioŋ^{6}	tiŋ^{4}	ɕi^{2}	tioŋ^{1}	maŋ^{5}
Xiongs	dingl	xix	diongb	mangt
兄	醒	时	半	夜

亨兄在半夜惊醒

哎	工	桑	嗒	肉
ai^{1}	qoŋ^{4}	saŋ^{6}	ta^{1}	ʑiu^{5}
Aib	ghongl	sangs	dab	yiut
哎	那	辈	小	孩

亨兄对年轻人说

亡 农 瓦 马 肉 沙 乌
maŋ^{5} noŋ^{2} va^{4} ma^{2} ʑiu^{3} ɬa^{1} vu^{5}
Mangt nongx wal max yiud dlab wut
夜 今 我 不 够 睡 好
今夜我睡眠不好

败 羊 阿 党 让 高 俭
pai^{1} ɣaŋ^{4} a^{5} taŋ^{2} ȵiaŋ^{1} qau^{1} tɕiŋ^{5}
Baib vangl at dangx nziangb ghaob jingt
我们 寨 一 定 有 事 情
我们寨一定有事

让 丢 列 爹 堤
ȵiaŋ^{1} tiu^{4} lie^{2} tie^{1} thi^{5}
Nziangb diul liex dieb tit
有 强 盗 入 寨门
有强盗来偷东西

到 夺 五 那 丢
tau^{7} tau^{4} vu^{2} na^{1} tiu^{5}
Daok daol wux nab diut
点 马 灯 起 来
大家把马灯点起

败 木 许 冬 亡
pai^{1} mu^{4} ɕi^{2} tioŋ^{1} maŋ^{5}
Baib mul xix diongb mangt
我们 去 时 半 夜
我们半夜赶回家

扫	当	许	改	瓜
sau^{6}	taŋ^{4}	ɕi^{2}	qɛ^{1}	qa^{5}
Saos	dangl	xix	ghaeb	ghat
到	半	时	鸡	叫

等到半夜那鸡叫

扫	羊	说	乌	靠
sau^{6}	ɣaŋ^{4}	ɬau^{2}	əu^{1}	qhau^{5}
Saos	vangl	dlaox	oub	khaot
到	寨	说	乌	刚

我们刚到说乌寨

之	堵	党	清	乌
tɕi^{5}	tiu^{2}	taŋ^{2}	tɕhiŋ^{1}	vu^{5}
Jit	diux	dangx	qingb	wut
进	门	正	家	好

亨兄正要进家门

兄	咪	劳	瓜	号	吞	当
ɕioŋ^{6}	mi^{6}	lau^{4}	qa^{6}	həu^{3}	thəŋ^{1}	taŋ^{5}
Xiongs	mis	laol	ghas	houd	tengb	dangt
兄	妈	来	那	楼	梯	等

兄妈在楼梯等候

猛	劳	之	娃	羊
moŋ^{2}	lau^{4}	tɕi^{6}	va^{6}	ɣaŋ^{5}
Mongx	laol	jis	was	vangt
你	来	了	呀	孩儿

儿子回到家了呀

达	亨	分	牛	打	冬	亡
ta^{1}	həŋ^{5}	fəŋ^{1}	ȵiu^{4}	ta^{2}	tioŋ^{1}	maŋ^{5}
Dab	hengt	fengb	nziul	dax	diongb	mangt
后	生	分	牛	来	半	夜

分牛后生半夜来

你	工	嘎	追	岔
ni^{2}	qoŋ^{4}	ka^{2}	tsəi^{1}	tsha^{5}
Nix	ghongl	gax	zeib	cat
他	那	芦	笙	响

他们芦笙齐奏响

清	足	说	乌	吓
tɕhiŋ^{5}	tɕiu^{4}	ɬau^{2}	əu^{1}	ɬia^{5}
Qingt	jiul	dlaox	oub	dliat
响	完	说	乌	完

芦笙响彻说乌寨

兄	咪	贾	拉	丢
ɕioŋ^{6}	mi^{6}	tɕia^{2}	la^{1}	tiu^{5}
Xiongs	mis	jiax	lab	diut
兄	妈	讲	话	给

兄妈这样把话讲

猛	劳	之	娃	羊
moŋ^{2}	lau^{4}	tɕi^{6}	va^{6}	ɣaŋ^{5}
Mongx	laol	jis	was	vangt
你	来	了	呀	孩儿

儿子回到家了呀

猛	劳	让	分	敲
moŋ^{2}	lau^{4}	ȵiaŋ^{6}	fəŋ^{1}	qhau^{5}
Mongx	laol	nziangs	fengb	khaot
你	来	领	寨	了

你领寨子吹芦笙

兑	丢	马	中	用
təi^{2}	tiu^{4}	ma^{2}	tsoŋ^{1}	ʑoŋ^{5}
Deix	diul	max	zongb	yongt
哥	丢	不	中	用

丢哥领吹不中用

改	罗	哪	之	丢
qai^{3}	lau^{4}	na^{2}	tɕiu^{1}	tiu^{5}
Ghaid	laol	nax	jiub	diut
又	老	人	类	了

丢哥人老动作慢

猛	劳	之	娃	业
moŋ^{2}	lau^{4}	tɕi^{6}	va^{1}	nie^{7}
Mongx	laol	jis	wab	niek
你	来	了	呀	孩儿

儿子回到家了呀

猛	劳	让	分	哈
moŋ^{2}	lau^{4}	ȵiaŋ^{6}	fəŋ^{1}	ha^{7}
Mongx	laol	nziangs	fengb	hak
你	来	领	寨子	了

你来带领寨子吹

兑	丢	马	中	用
təi^{2}	tiu^{4}	ma^{2}	tsoŋ^{1}	ʑoŋ^{7}
Deix	diul	max	zongb	yongk
哥	丢	不	中	用

丢哥领吹不中用

改	罗	哪	之	代
qai^{3}	lau^{4}	na^{2}	tɕiu^{1}	tai^{7}
Ghaid	laol	nax	jiub	daik
又	老	人	类	了

丢哥人老动作慢

兄	学	牛	打	爹
ɕioŋ^{6}	ɕio^{7}	niu^{4}	ta^{2}	tie^{1}
Xiongs	xiok	niul	dax	dieb
兄	拿	鼓	来	敲

亨兄拿铜鼓来敲

改	夸	工	桑	溜
qai^{3}	qha^{5}	qoŋ^{4}	saŋ^{6}	liu^{1}
Ghaid	khat	ghongl	sangs	liub
又	喊	群	辈	大

呼叫寨子成年人

改	夸	工	桑	东
qai^{3}	qha^{5}	qoŋ^{4}	saŋ^{6}	tioŋ^{1}
Ghaid	khat	ghongl	sangs	diongb
又	喊	青	辈	中

呼叫寨子中年人

改	夸	工	桑	根
qai^{3}	qha^{5}	qoŋ^{4}	saŋ^{6}	qəŋ^{1}
Ghaid	khat	ghongl	sangs	ghengb
又	喊	群	辈	后

呼叫寨子年轻人

杀	之	劳	打	溜
sa^{4}	tɕi^{5}	lau^{4}	ta^{2}	liu^{1}
Sal	jit	laol	dax	liub
都	上	来	坪	大

大家到大坪集中

丢	让	眉	嘎	追
tiu^{5}	ȵiaŋ^{6}	mie^{4}	ka^{2}	tsəi^{1}
Diut	nziangs	miel	gax	zeib
吹	齐	堂	芦	笙

齐吹奏一堂芦笙

改	让	眉	嘎	溜
qai^{3}	ȵiaŋ^{6}	mie^{4}	ka^{2}	liu^{1}
Ghaid	nziangs	miel	gax	liub
又	吹	堂	芦笙	大

吹齐那大号芦笙

改	让	眉	嘎	东
qai^{3}	ȵiaŋ^{6}	mie^{4}	ka^{2}	tioŋ^{1}
Ghaid	nziangs	miel	gax	diongb
又	吹	堂	芦笙	中

吹齐那中号芦笙

改 让 眉 嘎 嗒
qai^{3} ȵiaŋ^{6} mie^{4} ka^{2} ta^{1}
Ghaid nziangs miel gax dab
又 吹 堂 芦笙 小
吹齐那小号芦笙

代 达 亨 分 牛 猛 旁
tai^{7} ta^{1} həŋ^{5} fəŋ^{6} ȵiu^{4} moŋ^{2} phaŋ^{1}
Daik dab hengt fengs nziul mongx pangb
与 后 生 分 牛 那 赛
与分牛芦笙比赛

兄 接 底 拉 丢
ɕioŋ^{6} tɕie^{4} ti^{2} la^{1} tiu^{5}
Xiongs jiel dix lab diut
兄 讲 一 个 给
亨兄这样把话讲

达 亨 桑 及 丢 凹 撇
ta^{1} həŋ^{5} saŋ^{6} ki^{4} tiu^{5} au^{1} phɛ^{5}
Dab hengt sangs gil diut aob paet
后 生 辈 小 在 两 边
青年围在队两边

桑 罗 被 达 亨
saŋ^{6} lau^{4} pi^{7} ta^{1} həŋ^{5}
Sangs laol bik dab hengt
辈 老 靠 后 生
成年人靠青年人

达	亨	分	牛	项	爹	挪
ta^{1}	həŋ^{5}	fəŋ^{6}	ȵiu^{4}	haŋ^{3}	tie^{1}	nau^{5}
Dab	hengt	fengs	nziul	hangd	dieb	naot
后	生	分	牛	爱	打	多

分牛后生爱打架

桑	罗	西	爹	多
saŋ^{6}	lau^{4}	ɕi^{5}	tie^{1}	tau^{5}
Sangs	laol	xit	dieb	daot
辈	老	相	打架	得

成年人才打赢架

兄	接	收	号	农
ɕioŋ^{6}	tɕie^{8}	χu^{1}	hau^{5}	noŋ^{2}
Xiongs	jiel	hvub	haot	nongx
兄	说	话	样	这

亨兄这样来吩咐

分	牛	分	波	嘎
fəŋ^{6}	ȵiu^{4}	feŋ^{1}	pu^{5}	ka^{2}
Fengs	nziul	fengb	but	gax
分	牛	寨	响	芦笙

分牛寨子芦笙响

冬	木	冬	亡	打
tioŋ^{1}	mu^{4}	tioŋ^{1}	maŋ^{5}	ta^{2}
Diongb	mul	diongb	mangt	dax
半	去	半	夜	来

他们半夜来比赛

木	瓜	松	败	阿	西	喇
mu^{4}	qa^{6}	ɬoŋ^{6}	pai^{4}	a^{1}	ɕi^{5}	la^{2}
Mul	ghas	dlongs	bail	ab	xit	lax
去	那	坳	坡	那	比	赛

到对面山坳比赛

灭	嗒	分	牛	超	阿	火
mie^{6}	ta^{1}	fəŋ^{1}	ȵiu^{4}	tshau^{1}	a^{5}	həu^{2}
Mies	dab	fengb	nziul	caob	at	houx
让	人	分	牛	吹	在	先

让分牛芦笙先吹

灭	瓦	超	代	兄
mie^{6}	va^{4}	tshau^{1}	tai^{7}	ɕioŋ^{2}
Mies	wal	caob	daik	xiongx
让	我	吹	跟	随

让我紧跟他们吹

双	泵	拉	扑	党
ɬaŋ^{6}	poŋ^{6}	la^{1}	pu^{5}	taŋ^{2}
Dlangs	bongs	lab	but	dangx
响	彻	个	山	坪

芦笙响彻那山坪

西	韦	收	之	瓦
ɕi^{5}	vie^{6}	χu^{1}	tɕi^{5}	va^{2}
Xit	wies	hvub	jit	wax
相	缴	声	上	天

声音对碰冲云霄

农	工	之	爸	兑
noŋ3	qoŋ4	tɕi1	pa7	təi2
Nongd	ghongl	jib	bak	deix
现	群	叔	伯	哥

现在村里叔伯们

木	瓜	松	败	阿	猛	嘎
mu4	qa6	ɬoŋ6	pai1	a1	moŋ5	ka2
Mul	ghas	dlongs	bail	ab	mongt	gax
去	那	坳	坡	那	看	芦笙

去到对坡听芦笙

七	夺	凹	撇	党
tɕhi3	tau4	au1	phɛ5	taŋ2
Qid	daol	aob	paet	tangx
烧	火	两	边	坪

大坪烧两堆篝火

当	爹	书	兵	乡	之	瓦
taŋ4	tie6	ɕiu6	pi5	xaŋ1	tɕi5	va2
Dangl	dies	xius	bit	hvangb	jit	wax
边	哪	赢	就	高	上	天

吹响哪边火焰高

乡	木	追	都	选
ɕiaŋ6	mu4	tsəi1	tiu5	ɬiŋ2
Xiangs	mul	zeib	diut	dlingx
超	去	五	六	庹

火焰升高五六庹

兄 接 收 号 农
ɕioŋ^{6} tɕie^{4} χu^{1} hau^{5} noŋ^{2}
Xiongs jiel hvub haot nongx
兄 说 话 样 这
亨兄这样把话讲

哎 工 之 窝 唉
ai^{1} qoŋ^{4} tɕi^{1} vo^{7} ai^{2}
Aib ghongl jib wok aix
哎 群 阿 婆 嫂
本村那妇女们呀

亡 农 木 瓜 清 害 要
maŋ^{5} noŋ^{2} mu^{4} qa^{6} tɕhiŋ^{1} hɛ^{7} sa^{2}
Mangt nongx mul ghas qingb haek sax
晚 今 去 那 家 舀 米
今晚到我家舀米

班 爷 凹 西 要
pan^{6} ʑi^{6} əu^{1} ɕiu^{5} sa^{2}
Bans yis oub xiut sax
部分 舀 水 泡 米
部分人舀水泡米

孖 瓦 包 丢 努
ȵia^{8} va^{4} pau^{1} tiu^{5} nəu^{2}
Nziaf wal baob diut noux
饭 我 包 给 吃
我包糯米饭来吃

马	连	分	阿	许
ma^{2}	liŋ^{4}	fəŋ^{1}	a^{5}	ɕi^{2}
Max	lingl	fengb	at	xix
不	捐	别人	做	什么

不用人们捐糯米

哎	工	之	爸	兑
ai^{1}	qoŋ^{4}	tɕi^{1}	pa^{7}	təi^{2}
Aib	ghongl	jib	bak	deix
哎	那	叔	伯	哥

全村那叔伯们呀

木	瓜	瓦	清	阿	当	酒
mu^{4}	qa^{6}	va^{4}	tɕhiŋ^{1}	a^{1}	taŋ^{5}	tɕio^{2}
Mul	ghas	wal	qingb	ab	dangt	jiox
去	到	我	家	那	取	酒

你们到我家舀酒

让	肮	罗	足	追	别	冬
ȵiaŋ^{8}	aŋ^{3}	lo^{6}	tɕiu^{4}	tsəi^{1}	pɛ^{5}	tioŋ^{2}
Nziangf	angd	los	jiul	zeib	baet	diongx
最	多	才	完	五	百	筒

最多需要五百筒

古	无	达	亨	嘎
qo^{5}	vo^{6}	ta^{1}	həŋ^{5}	ka^{2}
Ghot	wos	dab	hengt	gax
包	够	后	生	芦笙

包够后生哥吃喝

改	木	根	秃	裸
qai^{3}	mu^{4}	qəŋ^{1}	thiu^{5}	lau^{2}
Ghaid	mul	ghengb	tiut	laox
又	去	底	圈	翻

你们又下到猪圈

改	韦	答	别	九
qai^{3}	vai^{4}	ta^{4}	pɛ^{5}	tɕiu^{2}
Ghaid	wail	dal	baet	jiux
又	捉	头	猪	九

捉一百九斤肥猪

爹	别	达	亨	嘎
tie^{1}	pəi^{8}	ta^{1}	həŋ^{5}	ka^{2}
Dieb	beif	dab	hengt	gax
杀	迎	后	生	芦笙

杀猪宴请芦笙队

马	荣	嗦	阿	许
ma^{2}	ʑoŋ^{4}	ɬau^{1}	a^{5}	ɕi^{2}
Max	yongl	dlaob	at	xix
不	用	钱	做	什么

不用寨子捐钱买

兄	连	巴	戈	蚁
ɕioŋ^{6}	liŋ^{4}	pa^{1}	ka^{1}	ȵi^{2}
Xiongs	lingl	bab	gab	nzix
兄	答应	献	角	牛

亨兄献出一头牛

江	工	达	亨	嘎
tɕiaŋ^{6}	qoŋ^{4}	ta^{1}	həŋ^{5}	ka^{2}
Jiangs	ghongl	dab	hengt	gax
给	群	后	生	芦笙

献给那些年轻人

接	工	达	亨	猛
tɕie^{8}	qoŋ^{4}	ta^{1}	həŋ^{5}	moŋ^{2}
Jief	ghongl	dab	hengt	mongx
吩咐	群	后	生	那

吩咐那些年轻人

木	瓜	的	败	书	凄	蚁
mu^{4}	qa^{6}	ti^{6}	pai^{4}	ɕi^{1}	tɕhi^{5}	ȵi^{2}
Mul	ghas	dis	bail	xib	qit	nzix
去	那	棚	坡	牵	赶	水牛

你们去牛棚牵牛

答	爹	拉	角	瓜	西	党
ta^{4}	tie^{6}	la^{1}	ko^{8}	ka^{1}	ɕi^{5}	taŋ^{2}
Dal	dies	lab	gof	gab	xit	dangx
个	哪	个	顶	角	相	对

哪头牛角很对齐

兵	肉	西	戈	阿
pi^{5}	ʑiu^{2}	ɕi^{1}	qau^{5}	a^{2}
Bit	yiux	xib	ghaot	ax
就	要	牵	牯牛	那

就要牵那头牯牛

爹 木 分 牛 阿 答 努
tie^{3} mu^{4} fəŋ^{1} ȵiu^{4} a^{1} ta^{5} nəu^{2}
Died mul fengb nziul ab dat noux
拿 去 分 牛 那 杀 吃
牵到分牛寨杀吃

当 劳 瓜 羊 超 都 松
tiaŋ^{3} lau^{4} qa^{6} ɣaŋ^{4} tshau^{1} tiu^{5} χoŋ^{2}
Diangd laol ghas vangl caob diut hvongx
返 回 村 寨 吹 六 曲
返回寨子吹六曲

达 亨 瓜 羊 让 撇 农
ta^{1} həŋ^{5} qa^{6} ɣaŋ^{4} ȵiaŋ^{1} phɛ^{5} noŋ^{2}
Dab hengt ghas vangl nziangb paet nongx
后 生 村 寨 在 边 这
本寨后生站这边

达 亨 分 牛 让 撇 猛
ta^{1} həŋ^{5} fəŋ^{1} ȵiu^{4} ȵiaŋ^{1} phɛ^{5} moŋ^{2}
Dab hengt fengb nziul nziangb paet mongx
后 生 分 牛 在 边 那
分牛后生站那边

达 亨 分 牛 花 劳 贾
ta^{1} həŋ^{5} fəŋ^{1} ȵiu^{4} fa^{1} lau^{5} tɕia^{2}
Dab hengt fengb nziul fab laot jiax
后 生 分 牛 把 话 讲
分牛后生把话讲

达	亨	兄	罗	超	阿	火
ta^{1}	həŋ^{5}	ɕioŋ^{6}	lo^{6}	tshau^{1}	a^{5}	həu^{2}
Dab	hengt	xiongs	los	caob	at	houx
后	生	兄	又	吹	在	先

亨兄先吹那芦笙

丢	木	追	都	厂
tiu^{6}	mu^{4}	tsəi^{1}	tiu^{5}	tshaŋ^{7}
Diut	mul	zeib	diut	cangx
吹	去	五	六	趟

先吹芦笙五六曲

灭	瓦	超	代	兄
ma^{6}	va^{4}	tshau^{1}	tai^{7}	ɕioŋ^{2}
Mas	wal	caob	daik	xiongx
让	我	吹	跟	随

让我紧跟随他吹

兄	改	接	拉	收	号	农
ɕioŋ^{6}	qai^{3}	tɕie^{4}	la^{1}	χu^{1}	hau^{5}	noŋ^{2}
Xiongs	ghaid	jiel	lab	hvub	haot	nongx
兄	又	说	个	话	样	这

亨兄又这样说话

灭	瓦	超	阿	火
mie^{6}	va^{4}	tshau^{1}	a^{5}	həu^{2}
Mies	wal	caob	at	houx
让	我	吹	在	先

让我先吹那芦笙

丢	木	追	都	厂
tiu^5	mu^4	$tsəi^1$	tiu^5	$tshaŋ^2$
Diut	mul	zeib	diut	cangx
吹	去	五	六	趟

先吹芦笙五六曲

着	当	败	泵	哪
$tɕiu^4$	$taŋ^6$	pai^1	$poŋ^5$	na^2
Jiul	dangs	baib	bongt	nax
尽	完	我	力气	人

久吹我没有力气

马	荣	滂	阿	许
ma^2	$ʑoŋ^4$	$phaŋ^1$	a^5	$ɕi^2$
Max	yongl	pangb	at	xix
不	用	赛	做	什么

我们不比赛吹了

猛	挪	让	撇	你
$moŋ^2$	$noŋ^6$	$ȵiaŋ^1$	$phɛ^5$	ni^2
Mongx	nongs	nziangb	paet	nix
你	自己	在	边	那

你们站在那边吹

瓦	挪	让	撇	农
va^4	$noŋ^6$	$ȵiaŋ^1$	$phɛ^5$	$noŋ^2$
Wal	nongs	nziangb	paet	nongx
我	自己	在	边	这

我们站在这边吹

分	牛	爹	阿	火
fəŋ^{1}	ȵiu^{4}	tie^{1}	a^{5}	həu^{2}
Fengb	nziul	dieb	at	houx
分	牛	到	在	先

分牛芦笙先到场

双	泵	拉	扑	打
ɬaŋ^{6}	poŋ^{6}	la^{1}	phɛ^{5}	ta^{2}
Dlangs	bongs	lab	paet	dax
震	动	个	边	坪

芦笙响彻一边坪

江	弱	号	撇	瓦
tɕiaŋ^{6}	ȵoŋ^{2}	hau^{1}	phɛ^{5}	va^{2}
Jiangs	nzongx	haob	paet	wax
像	打	雷	天	空

像天空打雷声响

瓜	羊	超	代	兄
qa^{6}	ɣaŋ^{4}	tshau^{1}	tai^{7}	ɕioŋ^{2}
Ghas	vangl	caob	daik	xiongx
本	寨	吹	跟	随

本村芦笙跟随吹

双	泵	拉	扑	打
ɬaŋ^{6}	poŋ^{6}	la^{1}	phɛ^{5}	ta^{2}
Dlangs	bongs	lab	paet	dax
震	动	个	边	坪

芦笙响彻一边坪

江 劳 拉 之 收
tɕiaŋ^{6} lau^{4} la^{1} tɕi^{5} ɕiu^{2}
Jiangs laol lab jit xiux
像 来 个 寒 风
像冬天寒风吹响

双 泵 号 撇 瓦
ɬaŋ^{6} poŋ^{4} hau^{1} phɛ^{5} va^{2}
Dlangs bongl haob paet wax
响 彻 雷 天 空
像天空打雷声响

载 戈 农 兵 超 浪 引
tsai^{3} ko^{1} noŋ^{3} pi^{5} tshau^{1} laŋ^{5} ɤiŋ^{2}
Zaid gob nongd bit caob langt vingx
房 草 现 就 吹 过 岭
木皮盖房吹过岭

拉 载 农 衣 学 栋 瓦
la^{1} tsai^{3} noŋ^{3} ɤi^{1} ɕio^{1} tau^{7} va^{2}
Lab zaid nongd vib xiob daok wax
个 房 现 瓦片 掀 柱子 上面
房顶瓦片被掀翻

嗒 肉 瓜 羊 西 浪 古
ta^{1} ʑiu^{5} qa^{6} ɤaŋ^{4} ɕie^{1} laŋ^{5} kiu^{2}
Dab yiut ghas vangl xieb langt giux
小 孩 本 寨 怕 出 外
小孩害怕跑出门

嗒 略 瓜 羊 珍 浪 堵
ta^{1} liu^{8} qa^{6} ɣaŋ^{4} tsəŋ^{3} laŋ^{5} tiu^{2}
Dab liuf ghas vangl zengd langt diux
小 孩 本 寨 跑 出 门
小孩惊吓跑出门

达 别 瓜 乙 珍 之 瓦
ta^{1} pɛ^{5} qa^{6} ɣɪ^{4} tsəŋ^{3} tɕɪ^{5} va^{2}
Dab baet ghas vil zengd jit wax
崽 猪 那 窝 爬 上 来
猪圈猪崽惊慌窜

达 亨 分 牛 党 婆 泵
ta^{1} həŋ^{5} fəŋ^{1} ȵiu^{4} taŋ^{2} pho^{1} poŋ^{5}
Dab hengt fengb nziul dangx pob bongt
后 生 分 牛 很 气 愤
分牛后生很生气

改 答 哪 高 见
qai^{3} ta^{4} na^{2} qhau^{1} kiŋ^{5}
Ghaid dal nax khaob gingt
又 个 人 奸 诈
分牛有人很奸诈

你 木 古 梅 对 花 生
ni^{2} mu^{4} ku^{2} məi^{4} tai^{7} fa^{1} səŋ^{5}
Nix mul gux meil daik fab sengt
他 去 炳 妹 告 官 府
他去炳妹告官府

公 花 古 梅 当 马 多
qəu^{5} fa^{1} ku^{2} məi^{4} thaŋ^{4} ma^{1} tau^{5}
Ghout fab gux meil tangl mab daot
大 官 炳 妹 顶 不 住
炳妹官府顶不住

公 花 古 梅 造 空 丢
qəu^{5} fa^{1} ku^{2} məi^{4} tsau^{7} qhaŋ^{1} tiu^{5}
Ghout fab gux meil zaok khangb diut
大 官 炳 妹 偷 溜 了
炳妹官府偷溜了

娃 羊 丢 瓜 被
va^{6} ɣaŋ^{4} tiu^{5} qa^{6} pi^{5}
Was vangl diut ghas bit
让 寨 给 瓜 住
放弃寨子给瓜住

瓜 改 扫 羊 本 威 被
qa^{6} qai^{3} sau^{6} ɣaŋ^{4} pəŋ^{2} vəi^{1} pi^{5}
Ghas ghaid saos vangl bengx weib bit
瓜 又 到 寨 本 威 住
瓜哥又到本威寨

瓜 扫 拉 羊 粉 花 例
qa^{6} sau^{6} la^{1} ɣaŋ^{4} fəŋ^{2} fa^{1} lie^{5}
Ghas saos lab vangl fengx fab liet
瓜 到 个 寨 粉 花 看
瓜哥又到粉花寨

都	聂	雅	嗒	乌
təu^{6}	nie^{4}	ʑa^{2}	ta^{1}	vu^{5}
Dous	niel	yax	dab	wut
找	聂	雅	人	美

寻找聂雅家美女

想	劳	说	乌	些
ɕiaŋ^{5}	lau^{8}	ɬau^{7}	əu^{1}	sɛ^{5}
Xiangt	laof	dlaox	oub	saet
想	抢	说	乌	妻子

想抢亨兄那妻子

灭	八	你	拉	败
mie^{6}	pa^{4}	ni^{2}	la^{1}	pai^{5}
Mies	bal	nix	lab	bait
让	坏	他	个	名声

想败坏亨兄名声

败	拉	谁	瓜	许	阿	耶
pai^{8}	la^{1}	səi^{4}	qa^{6}	ɕi^{2}	a^{1}	ʑie^{5}
Baif	lab	seil	ghas	xix	ab	yiet
赔	个	冤仇	那	过	去	了

想报过去那冤仇

打	木	扫	根	梯
ta^{2}	mu^{4}	sau^{6}	qəŋ^{1}	thi^{5}
Dax	mul	saos	ghengb	tit
走	去	到	寨	门

瓜哥走到那寨门

冻 咪 杯 选 凄 达 别
tom^{7} mi^{6} pəi^{4} ɬiŋ^{2} tɕhi^{5} ta^{1} pɛ^{5}
Domk mis beil dlingx qit dab paet
遇见 妈 杯 选 赶 崽 猪
遇见杯选妈赶猪

咪 杯 选 花 劳
mi^{6} pəi^{4} ɬiŋ^{2} fa^{1} lau^{5}
Mis beil dlingx fab laot
妈 杯 选 讲 话
杯选妈妈这样问

猛 罗 阿 许 昂
moŋ^{2} lau^{4} a^{5} ɕi^{2} ɣaŋ^{5}
Mongx laol at xix vgangt
你 来 干 什么 年轻人
你来这里做什么

瓜 分 牛 花 劳
qa^{6} fəŋ^{1} ȵiu^{4} fa^{1} lau^{5}
Ghas fengb nziul fab laot
瓜 分 牛 讲 话
分牛瓜哥这样说

都 聂 雅 嗒 乌
təu^{6} nie^{4} ʑa^{2} ta^{1} vu^{5}
Dous niel yax dab wut
找 聂 雅 人 美
寻找聂雅家美女

阿	嗒	瓦	迎	例
a^{5}	ta^{4}	va^{4}	ȵiŋ^{1}	lie^{5}
At	dal	wal	nzingb	liet
做	个	我	妻子	看

想娶她当我妻子

咪	杯	选	花	劳
mi^{6}	pəi^{4}	ɬiŋ^{2}	fa^{1}	lau^{5}
Mis	beil	dlingx	fab	laot
妈	杯	选	说	话

杯选妈妈这样说

意	劳	说	乌	些
ʑi^{3}	lau^{8}	ɬau^{2}	əu^{1}	sɛ^{5}
Yid	laof	dlaox	oub	saet
要	抢	说	乌	妻子

你要抢亨兄妻子

兄	阿	底	答	哪	溜	挪
ɕioŋ^{6}	a^{5}	ti^{2}	ta^{4}	na^{2}	liu^{1}	no^{5}
Xiongs	at	dix	dal	nax	liub	not
兄	当	一	个	官	大	多

亨兄是一个大官

溜	刀	溜	沙	古	答	说	乌
liu^{1}	tau^{8}	liu^{1}	ɬa^{6}	qo^{5}	ta^{4}	ɬau^{2}	au^{1}
Liub	daof	liub	dlas	ghot	dal	dlaox	oub
大	头	大	富	也	个	说	乌

他是说乌寨富人

亡	改	瓜	乙	差	几	挪
maŋ^{8}	qɛ^{1}	qa^{6}	ɣi^{4}	tɕhia^{1}	ki^{5}	nio^{2}
Mangf	ghaeb	ghas	vil	qiab	jit	niox
母	鸡	那	窝	扒	鸡	蛋

母鸡抱窝扒掉蛋

达	亨	瓜	羊	通	布	肮
ta^{1}	həŋ^{5}	qa^{6}	ɣaŋ^{4}	thoŋ^{1}	pu^{5}	aŋ^{2}
Dab	hengt	ghas	vangl	tongb	but	angx
后	生	本	寨	非常	响	多

本寨芦笙非常响

江	答	江	乌	搞
tɕiaŋ^{6}	ta^{4}	tɕiaŋ^{1}	vu^{5}	qo^{2}
Jiangs	dal	jiangb	wut	ghox
像	根	杉木	好	蔸

就像一根好杉木

荣	爷	之	当	瓦
ʑoŋ^{6}	ʑie^{1}	tɕi^{5}	taŋ^{5}	va^{2}
Yongs	yieb	jit	dangt	wax
直	立	上	到	天

杉木直立上云霄

乡	木	追	都	选
ɕiaŋ^{6}	mu^{4}	tsəi^{1}	tiu^{5}	ɬiŋ^{2}
Xiangs	mul	zeib	diut	dlingx
超	去	五	六	庹

对比还超五六庹

达	亨	分	牛	木	丢	省
ta^{1}	həŋ^{5}	fəŋ^{1}	ȵiu^{4}	mu^{6}	tiu^{5}	ɬəŋ^{2}
Dab	hengt	fengb	nziul	mus	diut	dlengx
后	生	分	牛	盖	在	下

分牛芦笙声被盖

灭	分	牛	嘎	木	替	冬
mie^{6}	fəŋ^{1}	ȵiu^{4}	ka^{2}	mu^{4}	thi^{5}	tioŋ^{2}
Mies	fengb	nziul	gax	mul	tit	diongx
让	分	牛	芦笙	去	替	地筒

分牛芦笙成地筒

达	亨	分	牛	爹	泵	奶
ta^{1}	həŋ^{5}	fəŋ^{1}	ȵiu^{4}	tie^{1}	poŋ^{5}	ȵai^{2}
Dab	hengt	fengb	nziul	dieb	bongt	nzaix
后	生	分	牛	出	气	耳朵

分牛后生耳出气

多	接	凹	撇	牛
tau^{6}	qəi^{4}	au^{1}	phɛ^{5}	ȵiu^{2}
Daos	gheil	aob	paet	nziux
气	响	两	边	嘴

嘴角漏气噗噗响

灭	读	溜	替	仰
mie^{6}	təu^{4}	liu^{1}	thi^{5}	ȵiaŋ^{2}
Mies	doul	liub	tit	nziangx
让	肚	大	替	船

让那大肚来替船

灭	败	罗	替	友
mie^{6}	pai^{4}	lau^{1}	thi^{5}	ʑiu^{2}
Mies	bail	laob	tit	yiux
让	手	脚	替	篙

让手脚代替竹篙

达	亨	分	牛	花	劳	贾
ta^{1}	həŋ^{5}	fəŋ^{1}	ȵiu^{4}	fa^{1}	lau^{5}	tɕia^{2}
Dab	hengt	fengb	nziul	fab	laot	jiax
后	生	分	牛	把	话	讲

分牛后生把话讲

着	娘	瓜	阿	农
tɕio^{6}	niaŋ^{4}	qa^{6}	a^{5}	noŋ^{2}
Jios	niangl	ghas	at	nongx
最	恨	瓜	样	这

怨恨瓜哥这样做

兄	木	超	阿	火
ɕioŋ^{6}	mu^{4}	tshau^{1}	a^{5}	həu^{2}
Xiongs	mul	caob	at	houx
兄	去	吹	做	先

亨兄先领大家吹

灭	瓦	超	代	兄
mie^{6}	va^{4}	tshau^{1}	tai^{7}	ɕioŋ^{2}
Mies	wal	caob	daik	xiogx
让	我	吹	跟	随

让我紧跟亨兄吹

古	书	不	书	厂
qo^{5}	ɕiu^{6}	pu^{4}	ɕiu^{5}	tshaŋ^{2}
Ghot	xius	bul	xiut	cangx
该	赢	朋友	一	场

可能赢说乌一场

兑	瓜	分	牛	党	坡	泵
tɘi^{2}	qa^{6}	fəŋ^{1}	ȵiu^{4}	taŋ^{2}	pho^{1}	poŋ^{5}
Deix	ghas	fengb	nziul	dangx	pob	bongt
哥	瓜	分	牛	很	气	愤

分牛瓜哥很生气

兑	瓜	分	牛	改	花	劳
tɘi^{2}	qa^{6}	fəŋ^{1}	ȵiu^{4}	qai^{3}	fa^{1}	lau^{5}
Deix	ghas	fengb	nziul	ghaid	fab	laot
哥	瓜	分	牛	又	讲	话

分牛瓜哥又问话

答	猛	答	许	亨
ta^{4}	moŋ^{6}	ta^{4}	ɕi^{2}	həŋ^{5}
Dal	mongs	dal	xix	hengt
个	那	个	哪	后生

那后生是什么人

答	猛	古	许	羊
ta^{4}	moŋ^{6}	qəu^{5}	ɕi^{2}	ɣaŋ^{5}
Dal	mongs	ghout	xix	vangt
个	那	公	哪	儿子

那个是哪家儿子

灭　瓦　样　你　例
mie^{6}　va^{4}　ʑaŋ^{7}　ni^{2}　lie^{5}
Mies　wal　yangk　nix　liet
让　我　试　他　看
让我与他试一试

底　杯　奋　你　它
ti^{2}　pai^{4}　fəŋ^{7}　ni^{2}　tha^{5}
Dix　bail　fengk　nix　tat
一　手　翻　他　掉
一只手就摔翻他

兄　杀　马　区　泵
ɕioŋ^{6}　sa^{4}　ma^{2}　khi^{1}　poŋ^{5}
Xiongs　sal　max　kib　bongt
兄　也　不　惊　慌
亨兄一点不惊慌

兄　接　底　拉　丢
ɕioŋ^{6}　tɕie^{4}　ti^{2}　la^{1}　tiu^{5}
Xiongs　jiel　dix　lab　diut
兄　说　一　个　给
亨兄这样把话讲

猛　劳　例　达　亨
moŋ^{2}　lau^{4}　lie^{5}　ta^{1}　həŋ^{5}
Mongx　laol　liet　dab　hengt
你　来　看　后　生
你就出来试一试

溜	刀	溜	沙	古	瓦	说	乌
liu^{1}	tau^{8}	liu^{1}	ɬa^{6}	qo^{5}	va^{4}	ɬau^{2}	au^{1}
Liub	daof	liub	dlas	ghot	wal	dlaox	oub
大	头	大	富	也	我	说	乌

人富也是说乌寨

书	亡	化	猛	它
ɬiu^{1}	maŋ^{2}	fa^{5}	moŋ^{2}	tha^{5}
Dliub	mangx	fat	mongx	tat
汗	毛	翻	你	掉

一根汗毛掀翻你

兑	瓜	分	牛	选	收	号
təi^{2}	qa^{6}	fəŋ^{1}	ȵiu^{4}	ɬiŋ^{2}	χu^{1}	hau^{5}
Deix	ghas	fengb	nziul	dlingx	hvub	haot
哥	瓜	分	牛	把	话	说

分牛瓜哥把话说

兄	嘎	让	晒	苏
ɕioŋ^{6}	ka^{2}	ȵiaŋ^{8}	sai^{1}	səu^{5}
Xiongs	gax	nziangf	saib	sout
兄	芦笙	真	响	亮

亨兄芦笙很响亮

兄	丢	响	尖	阿
ɕioŋ^{6}	tiu^{5}	ɕiaŋ^{2}	tɕiŋ^{1}	a^{5}
Xiongs	diut	xiangx	jingb	at
兄	用	片	金	制

亨兄用金制笙簧

兄	接	底	拉	丢
ɕioŋ^{6}	tɕie^{4}	ti^{2}	la^{1}	tiu^{5}
Xiongs	jiel	dix	lab	diut
兄	说	一	个	给

请亨兄告诉秘密

古	马	败	刀	响	尖	阿
qo^{5}	ma^{2}	pai^{4}	tau^{5}	ɕiaŋ^{2}	tɕiŋ^{1}	a^{5}
Ghot	max	bail	daot	xiangx	jingb	at
也	不	是	拿	片	金	制

也不是拿金制簧

杀	丢	堵	嗦	敲
sa^{4}	tio^{6}	təu^{2}	ɬau^{1}	qhau^{5}
Sal	dios	doux	dlaob	khaot
全	是	铜	白	而已

全是白铜制笙簧

接	工	猛	达	亨
tɕie^{8}	qoŋ^{4}	moŋ^{2}	ta^{1}	həŋ^{5}
Jief	ghongl	mongx	dab	hengt
告	诉	你	后	生

告诉你们年轻人

猛	当	木	载	耶	达	亨
moŋ^{2}	tiaŋ^{3}	mu^{4}	tsai^{3}	ʑe^{5}	ta^{1}	həŋ^{5}
Mongx	diangd	mul	zaid	yet	dab	hengt
你	返	去	家	呀	后	生

你们返回到家乡

接 猛 古 桑 育 尖 都
tɕie^{8} moŋ^{2} qəu^{5} saŋ^{6} ʑiu^{2} tɕiŋ^{1} tiu^{5}
Jief mongx ghout sangs yiux jingb diut
说 你 师 傅 熔 蜡 给
吩咐师傅用蜡涂

阿 拉 东 木 刀 答 都
a^{5} la^{1} tioŋ^{2} mu^{4} tau^{6} ta^{1} təu^{5}
At lab diongx mul daos dab dout
做 个 筒 去 套 笙 杆
做个竹筒套笙杆

阿 拉 牛 木 刀 拉 劳
a^{5} la^{1} ȵiu^{2} mu^{4} tau^{6} la^{1} lau^{5}
At lab nziux mul daos lab laot
做 个 吹筒 去 合 个 嘴
做个吹筒合嘴巴

改 咪 最 乌 仰 斗 都
qai^{3} mi^{1} tsəi^{3} vo^{6} ȵaŋ^{2} təu^{1} tiu^{5}
Ghaid mib zeid wos nzangx doub diut
又 拿 芋 头 涂 笙斗 给
拿芋头浆涂笙斗

猛 改 打 劳 生 达 亨
moŋ^{2} qai^{3} ta^{2} lau^{4} ɬəŋ^{6} ta^{1} həŋ^{5}
Mongx ghaid dax laol dlengs dab hengt
你 又 回 来 次 后 生
你们再来赛一次

兑	瓜	分	牛	党	婆	泵
təi^{2}	qa^{6}	fəŋ^{1}	ȵiu^{4}	taŋ^{2}	pho^{1}	poŋ^{5}
Deix	ghas	fengb	nziul	dangx	pob	bongt
哥	瓜	分	牛	很	气	愤

分牛瓜哥很生气

空	代	达	亨	说	乌	啊
qhoŋ^{1}	tai^{7}	ta^{1}	həŋ^{5}	ɬau^{2}	əu^{1}	a^{5}
Khongb	daik	dab	hengt	dlaox	oub	at
莫	与	后	生	说	乌	比赛

莫与说乌寨比赛

败	打	木	载	耶	达	亨
pai^{1}	ta^{2}	mu^{4}	tsai^{3}	ʑa^{6}	ta^{1}	həŋ^{5}
Baib	dax	mul	zaid	yas	dab	hengt
我们	回	去	家	呀	后	生

我们赶快返回家

足	答	哪	相	生
tɕiu^{8}	ta^{4}	na^{2}	ɕiaŋ^{1}	səŋ^{5}
Jiuf	dal	nax	xiangb	sengt
十	个	人	先	生

家养十个老先生

布	丢	布	木	佛
pu^{6}	tiu^{4}	pu^{6}	mu^{1}	xo^{5}
Bus	diul	bus	mub	hvot
进	汉	进	苗	写

走村串寨写状子

足	兄	答	勇	靠
tɕiu^{8}	ɕioŋ^{6}	ta^{4}	ʑoŋ^{2}	qhau^{5}
Jiuf	xiongs	dal	yongx	khaot
十	七	个	家丁	而已

家养十七个家丁

杀	八	你	阶	靠
sa^{4}	pa^{8}	ni^{2}	qai^{1}	qhau^{5}
Sal	baf	nix	ghaib	khaot
都	护	他	家	而已

都是保护他家产

内	丢	摆	凹	撇
nəi^{3}	tiu^{4}	pɛ^{2}	au^{1}	phɛ^{5}
Neid	diul	baex	aob	paet
长	枪	架	两	边

长枪短枪架两边

棒	木	好	生	斗
paŋ^{3}	mu^{4}	həu^{3}	səŋ^{1}	təu^{5}
Bangd	mul	houd	sengb	dout
射	去	几	千	米

射程达到几千米

刀	劳	瓜	凹	撇
tau^{8}	lau^{4}	qa^{6}	au^{1}	phɛ^{5}
Daof	laol	ghas	aob	paet
头人	来	那	两	边

附近寨子那头人

古　杀　你　书　夸
qo^{5} sa^{4} ni^{2} ɕiu^{1} qha^{5}
Ghot sal nix xiub khat
全　都　他　亲　戚
都是他家那亲戚

猛　罗　你　嗒　列
moŋ^{2} lau^{8} ni^{2} ta^{1} lie^{5}
Mongx laof nix dab liet
你　抢　他　儿　看
你试来抢他儿子

刀　劳　打　追　别
tau^{8} lau^{4} ta^{2} tsəi^{1} pɛ^{5}
Daof laol dax zeib paet
头人　来　上　五　百
头人上来五百人

双　泵　猛　阶　他
ɬaŋ^{6} poŋ^{6} moŋ^{2} qai^{1} tha^{5}
Dlangs bongs mongx ghaib tat
砸　烂　你　家产　完
他们砸烂你房子

顿　答　蚁　瓜　它
təŋ^{7} ta^{4} ȵi^{2} ka^{1} thia^{5}
Dengk dal nzix gab tiat
顿　个　牛　角　叉
一顿吃一头牯牛

仅	无	许	冬	亡
kiŋ^{3}	vo^{6}	ɕi^{2}	tioŋ^{1}	maŋ^{5}
Gingd	wos	xix	diongb	mangt
仅	够	时	餐	晚

仅够那晚餐荤菜

改	败	贾	冬	爹
qai^{3}	pai^{4}	tɕia^{2}	tioŋ^{1}	tiɛ^{5}
Ghaid	bail	jiax	diongb	diet
又	未	讲	餐	早

尚未计算那早饭

足	败	左	阶	差
tɕiu^{6}	pai^{4}	tsau^{2}	qai^{1}	tsha^{5}
Jius	bail	zaox	ghaib	cat
只	手	散	家产	完

一拳砸碎家产完

空	号	吓	当	猛	阶	靠
qhoŋ^{1}	hau^{5}	ɕia^{5}	taŋ^{6}	moŋ^{2}	qai^{1}	qhau^{5}
Khongb	haot	xiat	dangs	mongx	ghaib	khaot
不	说	穷	到	你	家产	而已

莫说穷你家而已

送	改	吓	足	猛	书	夸
ɬoŋ^{7}	qai^{3}	ɕia^{5}	tɕiu^{4}	moŋ^{2}	ɕiu^{1}	qhɛ^{5}
Dlongk	ghaid	xiat	jiul	mongx	xiub	khaet
可	能	穷	完	你	亲	戚

可能穷到你亲戚

拉 你 眉 哪 阿 拉 吓
la^{1} ni^{2} mәi^{4} na^{2} a^{5} la^{1} ɕia^{5}
Lab nix meil nax at lab xiat
个 他 族 人 可 能 穷
他那家族跟着穷

七 猛 娃 工 猛 嗒 羊
tɕhi^{7} moŋ^{2} va^{6} qoŋ^{4} moŋ^{2} ta^{1} ɣaŋ^{5}
Qik mongx was ghongl mongx dab vangt
怕 你 弃 群 你 小 孩
怕你丢弃那小孩

孖 杀 马 学 加
ȵia^{8} sa^{4} ma^{2} ɕio^{1} tɕia^{5}
Nziaf sal max xiob jiat
饭 都 不 有 嚼
你连吃饭都没有

之 答 之 拉 之
tɕiu^{6} ta^{4} tɕiu^{6} la^{1} tɕi^{5}
Jius dal jius lab jit
一 人 一 个 饭盒
每人提一个饭盒

布 羊 布 分 列
pu^{6} ɣaŋ^{4} pu^{6} fәŋ^{1} lie^{5}
Bus vangl bus fengb liet
进 寨 进 村 讨
走村串寨乞讨饭

水	八	兑	夸	败
səi^{2}	pa^{4}	təi^{2}	qha^{1}	pai^{5}
Seix	bal	deix	khab	bait
也	坏	哥	名	声

败坏你那好名声

爹	肚	娘	阿	上
tie^{1}	təu^{4}	niaŋ^{6}	a^{1}	ɕiaŋ^{5}
Dieb	doul	niangs	ab	xiangt
到	肚	里	那	想

你要扪心来自问

兑	瓜	分	牛	党	区	泵
təi^{2}	qa^{6}	fəŋ^{1}	ȵiu^{4}	taŋ^{2}	khi^{1}	poŋ^{5}
Deix	ghas	fengb	nziul	dangx	kib	bongt
哥	瓜	分	牛	很	惊	慌

瓜哥分牛很惊慌

空	代	达	亨	说	乌	阿
qhoŋ^{1}	tai^{7}	ta^{1}	həŋ^{5}	ɬau^{2}	əu^{1}	a^{5}
Khongb	daik	dab	hengt	dlaox	oub	at
莫	与	后	生	说	乌	斗

莫与说乌亨兄斗

雷	九	当	瓦	兴
ləi^{5}	tɕiu^{2}	taŋ^{5}	va^{2}	ɕiŋ^{1}
Leit	jiux	dangt	wax	xingb
月	九	出	天	晴

农历九月晴朗天

分	约	足	乃	能
fəŋ^{1}	ʑiu^{7}	tɕiu^{4}	nai^{2}	nəŋ^{1}
Fengb	yiuk	jiul	naix	nengb
地方	收	完	谷	子

地方秋收已完成

最	哪	最	户	杀	往	清
tsəi^{3}	na^{2}	tsəi^{3}	vo^{6}	sa^{4}	vaŋ^{2}	tɕhiŋ^{1}
Zeid	nax	zeid	wos	sal	wangx	qingb
红	薯	芋	头	都	收	家

红薯芋头收到家

收	无	当	忍	斗
ɕiu^{5}	vu^{6}	taŋ^{4}	ȵiŋ^{2}	təu^{1}
Xiut	wus	dangl	nzingx	doub
休	息	等	过	年

在家休息等过年

农	扫	牛	整	东
noŋ^{3}	sau^{6}	niu^{4}	tsəŋ^{2}	toŋ^{1}
Nongd	saos	niul	zengx	dongb
现	到	鼓	整	东

现在到整东坡会

整	念	牛	双	根
tsəŋ^{2}	niŋ^{6}	niu^{4}	saŋ^{2}	qəŋ^{1}
Zengx	nings	niul	sangx	ghengb
整	念	鼓	后	面

紧跟整念坡会后

嗒 不 分 拉 木 了 罗
ta^{1} pu^{4} fəŋ^{6} la^{7} mu^{4} lia^{2} lau^{5}
Dab bul fengs lak mul liax laob
朋 友 们 邀 去 踩 堂
朋友邀请去踩堂

兄 学 牛 打 爹
ɕioŋ^{6} ɕio^{7} niu^{4} ta^{2} tie^{1}
Xiongs xiok niul dax dieb
兄 拿 鼓 来 敲
亨兄拿铜鼓来敲

瓜 劳 当 猛 爹
qa^{6} lau^{8} taŋ^{4} moŋ^{2} tie^{1}
Ghas laof dangl mongx dieb
那 楼 头 那 敲
来到楼阁那头敲

夸 拉 羊 说 乌
qha^{5} la^{1} ɣaŋ^{4} ɬau^{2} əu^{1}
Khat lab vangl dlaox oub
喊 个 寨 说 乌
呼喊整个说乌寨

溜 业 杀 哪 爹
liu^{1} nie^{7} sa^{4} na^{2} tie^{1}
Liub niek sal nax dieb
大 小 都 人 到
男女老少都到齐

意　之　劳　打　溜
ʑi^{3}　tɕi^{5}　lau^{4}　ta^{2}　liu^{1}
Yid　jit　laol　dax　liub
要　上　来　坪　大
要上大坪来集中

都　让　工　嘎　溜
tiu^{5}　ɳian^{6}　qoŋ^{4}　ka^{2}　liu^{1}
Diut　nziangs　ghongl　gax　liub
吹　齐　那　芦笙　大
吹齐那些大芦笙

改　让　工　嘎　冬
qai^{3}　ɳiaŋ^{6}　qoŋ^{4}　ka^{2}　tioŋ^{1}
Ghaid　nziangs　ghongl　gax　diongb
又　齐　那　芦笙　中
又吹齐那中芦笙

改　让　眉　嘎　嗒
qai^{3}　ɳiaŋ^{6}　mie^{4}　ka^{2}　ta^{1}
Ghaid　nziangs　miel　gax　dab
又　齐　堂　芦笙　小
又吹齐那小芦笙

约　约　能　阿　乡
ʑo^{6}　ʑo^{6}　nəŋ^{4}　au^{2}　xiaŋ^{1}
Yos　yos　nengl　aox　hviangb
人　人　穿　衣　新
人人都穿新衣服

仲	让	木	整	东
tsoŋ^{7}	ȵiaŋ^{6}	mu^{4}	tsəŋ^{2}	toŋ^{1}
Zongk	nziangs	mul	zengx	dongb
准	备	去	整	东

大家准备去整东

让	亡	嘎	罗	溜
ȵiaŋ^{1}	maŋ^{8}	ka^{2}	lau^{4}	liu^{1}
Nziangb	mangf	gax	laol	liub
有	杆	芦	笙	大

还剩一杆大芦笙

答	许	昂	马	超
ta^{4}	ɕi^{2}	ŋa^{4}	ma^{6}	tshau^{1}
Dal	xix	ngal	mas	caob
个	哪	懒	不	吹

人人都不愿意吹

兄	罢	乙	贾	拉
ɕioŋ^{6}	pa^{7}	ʑi^{4}	tɕia^{2}	la^{1}
Xiongs	bak	yil	jiax	lab
兄	爸	大	讲	话

亨兄大伯把话说

娃	嘎	罗	马	超
va^{6}	ka^{2}	lau^{4}	ma^{2}	tshau^{1}
Was	gax	laol	max	caob
留	芦	笙	不	吹

放弃大芦笙不吹

马	苏	哪	分	牛	底	尖
ma^{2}	ɕiu^{6}	na^{2}	fəŋ^{1}	ȵiu^{4}	ti^{2}	tɕiŋ^{1}
Max	xius	nax	fengb	nziul	dix	jingb
不	赢	人	分	牛	一	份

响声不赢分牛寨

瓦	接	瓦	兑	冬
va^{4}	tɕie^{8}	va^{4}	təi^{2}	tioŋ^{1}
Wal	jief	wal	deix	diongb
我	说	我	哥	中间

我去吩咐那二哥

猛	无	羊	说	乌
moŋ^{2}	vu^{7}	ɣaŋ^{4}	ɬau^{2}	əu^{1}
Mongx	wuk	vangl	dlaox	oub
你	下	寨	说	乌

你下到那说乌寨

木	斗	答	哪	超
mu^{4}	təu^{6}	ta^{4}	na^{2}	tshau^{1}
Mul	dous	dal	nax	caob
去	找	个	人	吹

寻找一个人来吹

兄	无	羊	说	乌
ɕioŋ^{6}	vu^{7}	ɣaŋ^{4}	ɬau^{2}	əu^{1}
Xiongs	wuk	vangl	dlaox	oub
兄	下	寨	说	乌

亨兄下到说乌寨

冬 勾 丢 犬 令
tam^{7} qəu^{5} tiu^{4} khiŋ^{1} liŋ^{1}
Damk ghout diul kingb lingb
遇 客 人 商 贩
遇见一个小商贩

兄 化 雷 打 巴
ɕioŋ^{6} fɑ^{1} ləi^{4} ta^{2} pa^{1}
Xiongs fab leil dax bab
兄 讲 话 来 给
亨兄这样把话说

哎 勾 丢 犬 令
ai^{1} qəu^{5} tiu^{4} khiŋ^{1} liŋ^{1}
Aib ghout diul kingb lingb
哎 客 人 商 贩
我那尊敬小商贩

猛 代 瓦 冷 分
moŋ^{2} tai^{7} va^{4} laŋ^{2} fəŋ^{1}
Mongx daik wal lengx fengb
你 与 我 走 寨
你与我一起走寨

猛 结 瓦 嘎 溜
moŋ^{2} kie^{3} va^{4} ka^{2} liu^{1}
Mongx gied wal gax liub
你 扛 我 芦笙 大
你帮我扛大芦笙

猛	荣	毫	号	荣	乃	嗦
moŋ^{2}	ʑoŋ^{2}	hau^{8}	hau^{5}	ʑoŋ^{4}	nai^{2}	ɬau^{1}
Mongx	yongx	haof	haot	yongl	naix	dlaob
你	要	钱	或	要	米	白

你要钱或要白米

勾	污	瓦	水	巴
qəu^{1}	vu^{6}	va^{4}	səi^{2}	pa^{1}
Ghoub	wus	wal	seix	bab
工	钱	我	也	给

每天工钱我也给

农	勾	丢	犬	令
noŋ^{3}	qəu^{5}	tiu^{4}	khiŋ^{1}	liŋ^{1}
Nongd	ghout	diul	kingb	lingb
现	客	人	商	贩

现在那个小商贩

连	给	答	嘎	溜
liŋ^{4}	kie^{3}	ta^{4}	ka^{2}	liu^{1}
Lingl	gied	dal	gax	liub
答应	扛	个	芦笙	大

答应扛那大芦笙

农	勾	丢	犬	令
noŋ^{3}	qəu^{5}	tiu^{4}	khiŋ^{1}	liŋ^{1}
Nongd	ghout	diul	kingb	lingb
现	客	人	商	贩

现在那个小商贩

月	老	劳	改	虽
vie^{6}	lau^{5}	lau^{4}	qai^{3}	ɬəi^{1}
Wies	laot	laol	ghaid	dleib
讲	话	来	又	骗

商贩这样把话问

马	多	荣	阿	乡
ma^{7}	tau^{5}	ȵoŋ^{4}	ɑu^{3}	xiaŋ^{1}
Max	daot	nzongl	aod	hviangb
没	有	衣	服	新

我还没有新衣服

囊	弱	今	努	学
naŋ^{6}	ȵo^{7}	tɕiŋ^{2}	nəu^{2}	ɕio^{1}
Nangs	nzok	jingx	noux	xiob
破	烂	像	蕉	叶

衣服破烂像蕉叶

挪	吗	今	刚	列
nio^{6}	ma^{6}	tɕiŋ^{2}	kaŋ^{2}	lɛ^{1}
Nios	mas	jingx	gangx	laeb
花	脸	像	猴	子

我那脸黑像猴子

内	工	败	引	租
nəi^{5}	qoŋ^{6}	pai^{4}	ɣiŋ^{2}	tɕiu^{1}
Neit	ghongs	bail	vingx	jiub
狐	狸	坡	山	场

就像山场那狐狸

阿	爹	木	仑	分
a^5	tie^6	mu^4	$lə\eta^6$	$fə\eta^1$
At	dies	mul	lengs	fengb
怎	样	去	走	寨

怎样有脸去走寨

些	八	门	败	羊	说	乌
$ɕie^1$	pa^4	$mə\eta^1$	pai^5	$ɣa\eta^4$	$ɬau^2$	$əu^1$
Xieb	bal	mengb	bait	vangl	dlaox	oub
怕	坏	你们	名	寨	说	乌

怕败坏说乌名声

兄	改	节	底	拉
$ɕio\eta^6$	qai^3	$tɕie^4$	ti^2	la^1
Xiongs	ghaid	jiel	dix	lab
兄	又	说	一	个

亨兄这样把话说

囊	弱	杀	马	些
$na\eta^6$	$ȵio^7$	sa^4	ma^2	$ɕie^1$
Nangs	nziok	sal	max	xieb
破	烂	都	不	怕

衣服破烂都不怕

挪	吗	杀	马	些
nio^6	ma^6	sa^4	ma^2	$ɕie^1$
Nios	mas	sal	max	xieb
花	脸	都	不	怕

脸蛋黑点都不怕

瓦	江	瓦	凹	秋
va^{4}	tɕiaŋ^{6}	va^{4}	au^{2}	tɕhiu^{1}
Wal	jiangs	wal	aox	qiub
我	给	我	衣	服

我赠送那新衣服

兄	咪	劳	九	旁
ɕioŋ^{6}	mi^{1}	lau^{4}	tɕiu^{2}	phaŋ^{1}
Xiongs	mib	laol	jiux	pangb
兄	拿	来	九	件

亨兄拿九件衣服

兄	拉	刀	暖	金
ɕioŋ^{6}	la^{1}	tau^{4}	ɳəŋ^{2}	kiŋ^{1}
Xiongs	lab	daol	nzengx	gingb
七	条	裤	棉	布

七条棉布新裤子

兄	都	今	斗	凹
ɕioŋ^{6}	tiu^{5}	kiŋ^{8}	təu^{2}	əu^{1}
Xiongs	diut	gingf	doux	oub
兄	打	盆	铜	水

亨兄打来一盆水

江	勾	丢	犬	令
tɕiaŋ^{6}	qəu^{5}	tiu^{4}	khiŋ^{1}	liŋ^{1}
Jiangs	ghout	diul	kingb	lingb
给	客	人	商	贩

给小商贩来洗脸

你 学 木 号 吞
ni^{2} ɕio^{7} mu^{4} həu^{3} thəŋ^{1}
Nix xiok mul houd tengb
他 端 去 头 楼梯
他端去楼梯口洗

西 吗 今 暖 嗦
ɕi^{5} ma^{6} kiŋ^{4} ȵəŋ^{2} ɬau^{1}
Xit mas gingl nzengx dlaob
洗 脸 成 棉 白
洗脸洁白像棉花

坐 古 败 脑 双
tsau^{6} kiu^{5} pai^{4} ȵau^{2} saŋ^{1}
Zaos giut bail nzaox sangb
洗 手 指 绿 油油
手指干净白嫩嫩

仲 勾 丢 犬 令
tsoŋ^{7} qəu^{5} tiu^{4} khiŋ^{1} liŋ^{1}
Zongk ghout diul kingb lingb
打扮 客 人 商 贩
精心打扮小商贩

乌 挪 劳 九 尖
vu^{5} nio^{6} lau^{4} tɕiu^{2} tɕiŋ^{1}
Wut nios laol jiux jingb
好 貌 来 九 倍
打扮人俊来九倍

之 后 羊 说 乌
tɕi^{5} həu^{3} ɣaŋ^{4} ɬau^{2} əu^{1}
Jit houd vangl dlaox oub
爬 头 寨 说 乌
他们爬到说乌寨

松 撇 败 猛 让
ɬoŋ^{6} phɛ^{5} pai^{4} moŋ^{2} ȵiaŋ^{1}
Dlongs paet bail mongx nziangb
坳 边 坡 那 坐
他们在山坳休息

兄 化 雷 贾 拉
ɕioŋ^{6} fa^{1} ləi^{4} tɕia^{2} la^{1}
Xiongs fab leil jiax lab
兄 讲 话 说 个
亨兄这样把话讲

答 给 亡 嘎 溜
ta^{4} kiə^{3} maŋ^{8} ka^{2} liu^{1}
Dal gied mangf gax liub
个 扛 杆 芦笙 大
扛大芦笙那个人

空 号 丢 犬 令
qhoŋ^{1} hau^{5} tiu^{4} khiŋ^{1} liŋ^{1}
Khongb haot diul kingb lingb
莫 说 客 商 贩
不要说他是商贩

意	号	瓦	兑	溜
ʑi^{3}	hau^{5}	va^{4}	təi^{2}	liu^{1}
Yid	haot	wal	deix	liub
要	说	我	哥	大

一定说是我大哥

兄	罢	乙	桑	根
ɕioŋ^{6}	pa^{7}	ʑi^{4}	saŋ^{6}	qəŋ^{1}
Xiongs	bak	yil	sangs	ghengb
兄	小	叔	辈	后

亨兄最小那叔叔

不	分	马	吊	瓦	说	乌
pu^{4}	fəŋ^{6}	ma^{2}	tiu^{7}	va^{4}	ɬau^{2}	əu^{1}
Bul	fengs	max	diuk	wal	dlaox	oub
朋	友	不	笑	我	说	乌

朋友不笑说乌寨

打	木	爹	让	忍
ta^{2}	mu^{4}	tie^{6}	ȵiaŋ^{1}	ȵiŋ^{5}
Dax	mul	dies	nziangb	nzingt
出	去	走	缓	慢

他们出发慢慢走

兄	接	底	拉	都
ɕioŋ^{6}	tɕie^{4}	ti^{2}	la^{1}	tiu^{5}
Xiongs	jiel	dix	lab	diut
兄	说	一	个	给

亨兄这样把话讲

空	人	肮	嗒	育
qhoŋ^{1}	ʑiŋ^{4}	aŋ^{3}	ta^{1}	ʑiu^{5}
Khongb	yingl	angd	dab	yiut
莫	急	多	小	孩

青年莫要着急多

拉	年	败	猛	党	松	挪
la^{1}	niŋ^{6}	pai^{4}	moŋ^{2}	taŋ^{2}	soŋ^{1}	nau^{5}
Lab	nings	bail	mongx	dangx	songb	naot
个	路	坡	那	很	陡	多

对坡山路很陡峭

马	上	败	嗒	育
ma^{2}	ɕiaŋ^{5}	pai^{4}	ta^{1}	ʑiu^{5}
Max	xiangt	bail	dab	yiut
不	放	手	小	孩

牵小孩手不要放

多	上	败	嗒	育
tau^{5}	ɕiaŋ^{5}	pai^{4}	ta^{1}	ʑiu^{5}
Daot	xiangt	bail	dab	yiut
若	放	手	小	孩

若放下牵小孩手

准	瓦	马	中	用
tɕiŋ^{2}	va^{4}	ma^{2}	tsoŋ^{1}	ʑoŋ^{5}
Jingx	wal	max	zongb	yongt
成	我	不	中	用

变成我很不中用

马	立	着	分	乌
ma^{2}	li^{4}	tɕio^{2}	fəŋ^{1}	vu^{5}
Max	lil	jiox	fengb	wut
不	理	地	方	好

没有管理地方好

打	木	扫	凹	力
ta^{2}	mu^{4}	sau^{6}	əu^{1}	li^{5}
Dax	mul	saos	oub	lit
走	去	到	河	大

他们走到那河边

晒	丢	英	差	斗
sai^{2}	tiu^{4}	ʑiŋ^{6}	tɕhia^{1}	təu^{5}
Saix	diul	yings	qiab	dout
遇	客	人	放	木排

遇见客人放木排

差	能	瓜	差	之
tɕhia^{1}	nəŋ^{4}	qa^{6}	tɕhia^{1}	tɕi^{5}
Qiab	nengl	ghas	qiab	jit
撑	下游	往	撑	上游

从下游往上游撑

门	意	往	瓦	乌	嗒	育
məŋ^{1}	ʑi^{3}	vaŋ^{6}	va^{4}	vu^{5}	ta^{1}	ʑiu^{5}
Mengb	yid	wangs	wal	wut	dab	yiut
你们	要	抓	我	好	小	孩

你们一定抓住我

马	上	败	列	瓜	凹	力
ma^{2}	ɕiaŋ^{5}	pai^{4}	lie^{6}	qa^{6}	əu^{1}	li^{5}
Max	xiangt	bail	lies	ghas	oub	lit
不	放	手	进	那	河	大

不要伸手进大河

多	把	答	列	瓜	凹	力
tau^{5}	pa^{2}	ta^{4}	lie^{6}	qa^{6}	əu^{1}	li^{5}
Daot	bax	dal	lies	ghas	oub	lit
若	掉	个	进	那	河	大

如果有人掉下河

准	瓦	马	中	用
tɕiŋ^{2}	va^{4}	ma^{2}	tsoŋ^{1}	ʑoŋ^{5}
Jingx	wal	max	zongb	yongt
成	我	不	中	用

变成我很不中用

马	立	着	分	乌
ma^{2}	li^{4}	tɕio^{2}	fəŋ^{1}	vu^{5}
Max	lil	jiox	fengb	wut
不	理	地	方	好

没有管理地方好

罗	之	败	引	乡
lo^{6}	tɕi^{5}	pai^{4}	ɣiŋ^{2}	xaŋ^{1}
Los	jit	bail	vingx	hvangb
又	上	坡	岭	高

他们要爬上高坡

挪	丢	木	马	飞
no^{6}	tiu^{2}	mu^{4}	ma^{2}	fai^{1}
Nos	diux	mul	max	faib
挪	步	去	不	远

他们挪步很艰难

送	扫	牛	整	东
ɬoŋ^{7}	sau^{6}	niu^{4}	tsəŋ^{2}	toŋ^{1}
Dlongk	saos	niul	zengx	dongb
真	到	鼓	整	东

真走到整东坡会

生	万	物	哪	纠
səŋ^{1}	vəŋ^{6}	vu^{4}	na^{2}	tɕiu^{1}
Sengb	wengs	wul	nax	jiub
千	万	亿	观	众

大坪观众数千万

万	丢	不	了	罗
vəŋ^{6}	tiu^{5}	pu^{4}	lia^{2}	lau^{1}
Wengs	diut	bul	liax	laob
万	六	人	踩	堂

数万人在坪踩堂

嘎	丢	索	嘎	追
ka^{2}	tiu^{5}	sau^{4}	ka^{2}	tsəi^{1}
Gax	diut	saol	gax	zeib
芦笙	六	杂	芦笙	五

六芦笙杂五芦笙

嘎	一	索	嘎	冬
ka^{2}	ʑi^{8}	sau^{4}	ka^{2}	tioŋ^{1}
Gax	yif	saol	gax	diongb
芦笙	八	杂	芦笙	中

八芦笙杂中芦笙

略	坐	牛	底	哪
lo^{6}	tsau^{7}	niu^{4}	ti^{2}	na^{1}
Los	zaok	niul	dix	nab
又	踩	鼓	一	天

大坪踩堂一整天

兄	只	收	号	农
ɕioŋ^{6}	tɕie^{4}	χu^{1}	hau^{5}	noŋ^{2}
Xiongs	jiel	hvub	haot	nongx
兄	说	话	样	这

亨兄这样把话讲

败	羊	仅	劳	败	别	哪
pai^{1}	ɣaŋ^{4}	kiŋ^{3}	lau^{4}	pai^{1}	pɛ^{5}	na^{2}
Baib	vangl	gingd	laol	baib	baet	nax
我们	寨	仅	来	三	百	人

我们仅来三百人

仅	劳	底	别	嘎
kiŋ^{3}	lau^{4}	ti^{2}	pɛ^{5}	ka^{2}
Gingd	laol	dix	baet	gax
才	来	一	百	芦笙

才来一百把芦笙

分 牛 分 挪 赌
fəŋ^{1} ȵiu^{4} fəŋ^{1} no^{5} tiu^{2}
Fengb nziul fengb not diux
分 牛 地方 多 户
分牛寨子户数多

你 劳 追 别 哪
ni^{2} lau^{4} tsəi^{1} pɛ^{5} na^{2}
Nix laol zeib baet nax
他 来 五 百 人
分牛寨来五百人

改 劳 凹 别 嘎
qai^{3} lau^{4} au^{1} pɛ^{5} ka^{2}
Ghaid laol aob baet gax
又 来 两 百 芦笙
又来两百把芦笙

分 牛 学 只 粉
fəŋ^{1} ȵiu^{4} tɕhio^{1} tɕi^{4} fəŋ^{2}
Fengb nziul qiob jil fengx
分 牛 扛 旗 黄
分牛寨子扛黄旗

双 牛 溜 无 引
ɬaŋ^{6} niu^{4} liu^{1} vu^{7} ɣiŋ^{2}
Dlangs niul liub wuk vingx
敲 鼓 大 下 岭
他们敲大鼓下山

只	迷	嗦	代	打
tɕi^{8}	mie^{4}	ɬau^{1}	tai^{7}	ta^{2}
Jif	miel	dlaob	daik	dax
骑	马	白	跟	来

有的骑白马跟来

兄	只	收	号	农
ɕioŋ^{6}	tɕie^{4}	χu^{1}	hau^{5}	noŋ^{2}
Xiongs	jiel	hvub	haot	nongx
兄	说	话	样	这

亨兄这样把话讲

下	农	布	西	分	牛	马
ɕia^{7}	noŋ^{2}	pu^{1}	ɕiu^{6}	fəŋ^{1}	ȵiu^{4}	ma^{2}
Xiak	nongx	bub	xius	fengb	nziul	max
次	这	知	赢	分	牛	不

不知赢不赢分牛

娘	肚	夸	阿	党
niaŋ^{6}	təu^{4}	kha^{1}	a^{5}	taŋ^{2}
Niangs	doul	kab	at	dangx
里	肚	热	做	沸腾

心里都热气腾腾

江	尖	咪	左	冷
tɕiaŋ^{6}	tɕiŋ^{6}	mi^{1}	tsau^{5}	ləŋ^{2}
Jiangs	jings	mib	zaot	lengx
像	男孩	要	火把	烤

热像用火把来烤

分	牛	让	撇	猛
fəŋ^{1}	ȵiu^{4}	ȵiaŋ^{1}	phɛ^{5}	moŋ^{2}
Fengb	nziul	nziangb	paet	mongx
分	牛	在	边	那

分牛芦笙站对面

败	挪	让	撇	农
pai^{1}	noŋ^{6}	ȵiaŋ^{1}	phɛ^{5}	noŋ^{2}
Baib	nongs	nziangb	paet	nongx
我们	自	在	边	这

我们独自站这边

分	牛	爹	阿	好
fəŋ^{1}	ȵiu^{4}	tie^{1}	a^{5}	həu^{2}
Fengb	nziul	dieb	at	houx
分	牛	到	在	先

分牛芦笙先到坪

双	泵	拉	撇	猛
ɬaŋ^{6}	poŋ^{6}	la^{1}	phɛ^{5}	moŋ^{2}
Dlangs	bongs	lab	paet	mongx
震	动	个	边	那

芦笙震动那边坪

兄	冬	超	代	凶
ɕioŋ^{6}	tioŋ^{4}	tshau^{1}	tai^{7}	ɕioŋ^{2}
Xiongs	diongl	caob	daik	xiongx
兄	刚	吹	跟	随

亨兄跟随吹芦笙

双	泵	拉	撇	农
ɬaŋ^{6}	poŋ^{6}	la^{1}	phɛ^{5}	noŋ^{2}
Dlangs	bongs	lab	paet	nongx
震	动	坪	边	这

芦笙震动这边坪

江	答	好	布	瓦
tɕiaŋ^{6}	ta^{4}	hau^{1}	pu^{5}	va^{2}
Jiangs	dal	haot	but	wax
像	个	雷	打	天空

就像天空打雷响

贸	达	亨	分	牛	都	省
mu^{6}	ta^{1}	həŋ^{5}	fəŋ^{1}	ȵiu^{4}	tiu^{5}	ɬəŋ^{2}
Mus	dab	hengt	fengb	nziul	diut	dlengx
盖	后	生	分	牛	在	底

响声盖住分牛队

灭	达	亨	分	牛	提	冬
mie^{6}	ta^{1}	həŋ^{5}	feŋ^{1}	ȵiu^{4}	thi^{5}	tioŋ^{2}
Mies	dab	hengt	fengb	nziul	tit	diongx
让	后	生	分	牛	替	筒

分牛芦笙当地筒

兄	只	底	拉	都
təi^{2}	tɕie^{4}	ti^{2}	la^{1}	tiu^{5}
Deix	jiel	dix	lab	diut
哥	讲	一	个	给

亨兄这样把话讲

接	工	你	达	亨
tɕie^4	qoŋ^4	ni^2	ta^1	həŋ^5
Jiel	ghongl	nix	dab	hengt
说	那	他	后	生

吩咐他们年轻人

木	坐	拉	牛	整	东	念
mu^4	tsau^7	la^1	niu^4	tsəŋ^2	toŋ^1	ni^5
Mul	zaok	lab	niul	zengx	dongb	nit
去	赶	个	鼓	整	东	呢

我们去赶整东坡

瓦	阿	好	门	弱	根	夫
va^4	a^5	həu^3	məŋ^1	ȵia^1	qəŋ^1	χu^5
Wal	at	houd	mengb	nziab	ghengb	hvut
我	走	先	你们	跟	随	走

你们跟随我进坪

花	纳	准	根	库
fa^1	na^4	tɕiŋ^2	qəŋ^1	khiu^5
Fab	nal	jingx	ghengb	kiut
围	绕	成	圆	圈

大家围绕成圆圈

勇	败	勇	凹	分
voŋ^2	pai^4	voŋ^2	əu^1	fəŋ^5
Wongx	bail	wongx	oub	fengt
龙	坡	龙	河	显

就像蛟龙在飞舞

达	亨	分	牛	马	布	阿
ta^{1}	həŋ^{5}	fəŋ^{1}	ȵiu^{4}	ma^{2}	pu^{1}	a^{5}
Dab	hengt	fengb	nziul	max	bub	at
后	生	分	牛	不	会	做

分牛芦笙不会跳

江	迷	马	布	拉
tɕiaŋ^{6}	mic^{4}	ma^{2}	pu^{1}	la^{5}
Jiangs	miel	max	bub	lat
像	马	不	会	踢

就像骏马不会踢

江	各	脑	凹	花
tɕiaŋ^{6}	qau^{4}	nəu^{2}	əu^{1}	fɛ^{5}
Jiangs	ghaol	noux	oub	faet
像	鹅	吃	水	糠

像鹅吃糠头乱舞

之	答	之	拉	个
tɕiu^{6}	ta^{4}	tɕiu^{6}	la^{1}	qau^{5}
Jius	dal	jius	lab	ghaot
一	只	一	个	角

一只鹅在一个角

兄	列	牛	整	东
ɕioŋ^{6}	lie^{5}	niu^{4}	tsəŋ^{2}	toŋ^{1}
Xiongs	liet	niul	zengx	dongb
兄	赶	鼓	整	东

亨兄去赶整东坡

兄 坐 牛 底 哪
ɕioŋ^{6} tsau^{7} niu^{4} ti^{2} na^{1}
Xiongs zaok niul dix nab
兄 踩 鼓 一 天
亨兄踩堂一整天

改 化 败 农 阿
qai^{3} fɛ^{7} pai^{4} noŋ^{2} a^{1}
Ghaid faek bail nongx ab
又 扬 手 这 那
亨兄手摇来摆去

足 兄 只 响 嗦
tɕiu^{8} ɕioŋ^{6} tɕi^{4} ɕiaŋ^{2} ɬau^{1}
Jiuf xiongs jil xiangx dlaob
十 七 只 镯 白
手戴十七只银镯

改 都 只 响 尖
qai^{3} tiu^{5} tɕi^{4} ɕiaŋ^{2} tɕiŋ^{1}
Ghaid diut jil xiangx jingb
又 戴 只 镯 金
又戴一只金手镯

配 买 羊 整 东
phɛ^{7} mai^{5} ɣaŋ^{4} tsəŋ^{2} toŋ^{1}
Paek mait vangl zengx dongb
配 买 寨 整 东
整东寨子配买妹

配	米	羊	整	些
phɛ^{7}	mi^{2}	ɣaŋ^{4}	tsəŋ^{2}	ɕie^{1}
Paek	mix	vangl	zengx	xieb
配	米	寨	整	些

整些寨子配米妹

配	梦	羊	整	双
phɛ^{7}	moŋ^{7}	ɣaŋ^{4}	tsəŋ^{2}	saŋ^{1}
Paek	mongk	vangl	zengx	sangb
配	梦	寨	整	双

整双寨子配梦妹

杀	化	雷	打	巴
sa^{4}	fa^{1}	ləi^{4}	ta^{2}	pa^{1}
Sal	fab	leil	dax	bab
都	讲	话	来	给

她们都与亨兄说

达	亨	兄	说	乌
ta^{1}	həŋ^{5}	ɕioŋ^{6}	ɬau^{2}	əu^{1}
Dab	hengt	xiongs	dlaox	oub
后	生	兄	说	乌

说乌寨子那亨兄

号	刀	瓦	本	虽
hau^{5}	tio^{6}	va^{4}	pəŋ^{2}	ɬəi^{1}
Haot	dios	wal	bengx	dleib
若	是	我	情	郎

如果你是我情郎

劳 代 瓦 了 罗
lau4 tai7 va4 lia2 lau1
Laol daik wal liax laob
来 与 我 踩 堂
请你来与我踩堂

兄 示 江 着 生
ɕioŋ6 ɕi3 tɕiaŋ4 tɕio2 ɬəŋ1
Xiongs xid jiangl jiox dlengb
兄 看 歪 个 脖子
亨兄看她脖子歪

兄 示 杀 马 傲
ɕioŋ6 ɕi3 sa4 ma2 au1
Xiongs xid sal max aob
兄 看 都 不 中意
亨兄心里不中意

兄 送 昂 马 呆
ɕioŋ6 ɬoŋ7 ŋa4 ma6 tai1
Xiongs dlongk ngal mas daib
兄 故意 不 愿 应
亨兄故意不应答

中 珍 木 了 罗
tsoŋ7 tsəŋ5 mu4 lia2 lau1
Zongk zengt mul liax laob
仍 然 去 踩 堂
亨兄去大坪踩堂

兄	猛	答	你	迎
ɕioŋ^{6}	moŋ^{5}	ta^{4}	ni^{2}	ȵiŋ^{1}
Xiongs	mongt	dal	nix	nzingb
兄	望	个	他	意中人

亨兄寻找意中人

配	烈	杀	马	爹
phɛ^{7}	lie^{4}	sa^{4}	ma^{2}	tie^{1}
Paek	liel	sal	max	dieb
配	烈	都	不	到

配烈姑娘未到坡

哪	哥	当	瓦	阿
na^{1}	ko^{6}	taŋ^{5}	va^{2}	a^{1}
Nab	gos	dangt	wax	ab
太阳	偏	到	天	空

太阳升到那天空

分	退	木	底	尖
fəŋ^{6}	thai^{7}	mu^{4}	ti^{2}	tɕiŋ^{1}
Fengs	taik	mul	dix	jingb
观众	退	去	一	半

观众退了一半人

配	烈	冬	打	爹
phɛ^{7}	lie^{4}	tioŋ^{4}	ta^{2}	tie^{1}
Paek	liel	diongl	dax	dieb
配	烈	刚	来	到

配烈姑娘刚到坪

班 只 木 答 娃
pan⁶ tɕi⁵ mu⁴ ta² va¹
Bans jit mul dax wab
有些 上 去 坪 大
有些观众上大坪

涛 嗒 行 几 根
thau¹ ta² ɕiŋ⁴ ki² qəŋ¹
Taob dax xingl gix ghengb
亮 坪 片 后 面
大坪闪亮一大片

配 烈 接 底 收
phɛ⁷ lie⁴ tɕie⁴ ti² χu¹
Paek liel jiel dix hvub
配 烈 说 一 话
配烈这样把话说

达 亨 刀 柳 飞
ta¹ həŋ⁵ tau⁴ liu² fai¹
Dab hengt daol liux faib
后 生 哥 远 方
来自远方后生哥

号 丢 瓦 本 虽
hau⁵ tio⁶ va⁴ pəŋ² ɬəi¹
Haot dios wal bengx dleib
若 是 我 情 郎
如果你是我情郎

劳　孖　瓦　了　罗
lau^{4}　ȵia^{6}　va^{4}　lia^{2}　lau^{1}
Laol　nzias　wal　liax　laob
来　跟　我　踩　堂
请你来跟我踩堂

亨　兄　当　底　哪
həŋ^{5}　ɕioŋ^{6}　taŋ^{4}　ti^{2}　na^{1}
Hengt　xiongs　dangl　dix　nab
哥　兄　等　一　天
亨兄等待一整天

兄　阿　娘　马　呆
ɕioŋ^{6}　a^{5}　niaŋ^{4}　ma^{2}　tai^{1}
Xiongs　at　niangl　max　daib
兄　生　气　不　应
亨兄生气不答应

烈　改　接　底　拉
lie^{4}　qai^{3}　tɕie^{4}　ti^{2}　la^{1}
Liel　ghaid　jiel　dix　lab
烈　又　说　一　个
配烈这样把话说

亨　兄　羊　说　乌
həŋ^{5}　ɕioŋ^{6}　ɣaŋ^{4}　ɬau^{2}　əu^{1}
Hengt　xiongs　vangl　dlaox　oub
哥　兄　寨　说　乌
说乌寨子亨兄哥

示	挪	答	勇	嗒
ɕi^{3}	noŋ^{6}	ta^{4}	voŋ^{2}	ta^{1}
Xid	nongs	dal	wongx	dab
看	是	个	龙	人

看你像龙王公子

奄	劳	羊	兑	夸
əŋ^{7}	lau^{4}	ɣaŋ^{4}	təi^{2}	qha^{1}
Engk	laol	vangl	deix	khab
龙	来	寨	哥	后生

你像海龙王生来

烈	那	杀	马	呆
lie^{4}	na^{6}	sa^{4}	ma^{2}	tai^{1}
Liel	nas	sal	max	daib
烈	问	都	不	应

配烈问了不应答

亨	兄	答	哪	布
həŋ^{5}	ɕioŋ^{6}	ta^{4}	na^{2}	pu^{1}
Hengt	xiongs	dal	nax	bub
哥	兄	个	人	知

亨兄是个聪明人

娃	吗	劳	几	根
vie^{6}	ma^{6}	lau^{4}	ki^{2}	qəŋ^{1}
Wies	mas	laol	gix	ghengb
转	脸	来	后	面

亨兄转脸过后面

罗	布	答	你	迎
lo^{6}	pu^{8}	ta^{4}	ni^{2}	ȵiŋ^{1}
Los	buf	dal	nix	nzingb
才	见	个	他	意中人

看见是他意中人

亨	兄	接	底	拉
həŋ^{5}	ɕioŋ^{6}	tɕie^{4}	ti^{2}	la^{1}
Hengt	xiongs	jiel	dix	lab
哥	兄	说	一	个

亨兄这样把话说

猛	那	瓦	那	虾
moŋ^{2}	na^{6}	va^{4}	na^{6}	ɬia^{1}
Mongx	nas	wal	nas	dliab
你	问	我	问	影子

你是问我问别人

那	丢	哈	那	木
na^{6}	tiu^{4}	ha^{7}	na^{6}	mu^{1}
Nas	diul	hak	nas	mub
问	客	或	问	苗

是问汉人或苗人

那	不	瓦	马	呆
na^{6}	pu^{4}	va^{4}	ma^{2}	tai^{1}
Nas	bul	wal	max	daib
问	朋友	我	不	应

若问朋友我不应

烈	改	接	底	拉
lie^{4}	qai^{3}	tɕie^{4}	ti^{2}	la^{1}
Liel	ghaid	jiel	dix	lab
烈	又	说	一	个

配烈这样把话说

瓦	那	瓦	本	虽
va^{4}	na^{6}	va^{4}	pəŋ^{2}	ɬəi^{1}
Wal	nas	wal	bengx	dleib
我	问	我	情	郎

我诚心问我情郎

凹	控	杀	猛	的
au^{1}	χoŋ^{7}	sa^{4}	moŋ^{2}	ti^{1}
Aob	hvongk	sal	mongx	dib
两	轮	都	你	吹

两轮都是你领吹

败	控	杀	猛	的
pai^{1}	χoŋ^{7}	sa^{4}	moŋ^{2}	ti^{1}
Paib	hvongk	sal	mongx	dib
三	轮	都	你	吹

三轮都是你领吹

罗	让	正	打	唠
lo^{6}	ȵiaŋ^{7}	tsəŋ^{4}	ta^{2}	lau^{1}
Los	nziangk	zengl	dax	laob
落	汗	到	板	脚

汗水流到那脚板

下	吓	瓦	本	虽
ɬia5	ɬia6	va4	pəŋ2	ɬəi1
Dliat	dlias	wal	bengx	dleib
辛	苦	我	情	郎

真是辛苦我情郎

号	丢	瓦	哪	阶
hau5	tio6	va4	na2	qai1
Haot	dios	wal	nax	ghaib
若	是	我	人	家

如果你是我情郎

育	孖	瓦	友	啰
ʑu5	ȵia6	va4	ʑu2	lau1
Yut	nzias	wal	yux	laob
就	跟	我	挪	步

你一定跟随我走

木	撇	败	猛	让
mu4	phɛ5	pai4	moŋ2	ȵiaŋ1
Mul	paet	bail	mongx	nziangb
去	边	坡	那	坐

你到对面坡休息

阿	嗒	示	打	虽
a5	ta1	ɕi7	ta2	ɬəi1
At	dab	xik	dax	dleib
唱	情	歌	来	听

你唱情歌来聆听

阿	烟	丢	打	夸
a^{5}	ʑiŋ^{7}	tiu^{4}	ta^{2}	kha^{1}
At	yingk	diul	dax	kab
拿	烟	香	来	烧

你就拿香烟来抽

烈	接	底	拉	都
lie^{4}	tɕie^{4}	ti^{2}	la^{1}	tiu^{5}
Liel	jiel	dix	lab	diut
烈	说	一	个	给

配烈这样把话讲

烟	嗒	瓦	让	挪
ʑiŋ^{7}	ta^{1}	va^{4}	ȵiaŋ^{1}	nau^{5}
Yingk	dab	wal	nziangb	naot
烟	叶	我	有	多

烟叶我家里有多

拉	刀	聂	阿	力
lia^{7}	tau^{6}	ȵai^{4}	əu^{1}	li^{5}
Liak	daos	nzail	oub	lit
剩	闹	鱼	河	大

剩余烟叶闹河鱼

烟	聂	让	根	挪
ʑiŋ^{7}	nie^{7}	ȵiaŋ^{8}	qəŋ^{1}	nau^{5}
Yingk	niek	nziangf	ghengb	naot
烟	尾	真	好	多

再生烟叶很好抽

西	刀	略	巴	都
ɕi^{5}	tau^{6}	lo^{6}	pa^{1}	tiu^{5}
Xit	daos	los	bab	diut
相	爱	才	给	予

两情相悦多给些

生	约	瓦	达	亨
səŋ^{5}	ʑo^{6}	va^{4}	ta^{1}	həŋ^{5}
Sengt	yos	wal	dab	hengt
接	吧	我	后	生

情郎请接受烟吧

兄	接	底	拉	都
ɕioŋ^{6}	tɕie^{4}	ti^{2}	la^{1}	tiu^{5}
Xiongs	jiel	dix	lab	diut
兄	说	一	个	给

亨兄这样把话讲

信	马	多	乌	弱
ɕiŋ^{7}	ma^{2}	tau^{5}	vo^{1}	ȵio^{5}
Xingk	max	daot	wob	nziot
渠	没	有	水	草

水渠没有长水草

敖	马	步	改	几
au^{7}	ma^{2}	pu^{6}	qɛ^{1}	ki^{5}
Aob	max	bus	ghaeb	git
鸭	不	孵	鸡	蛋

鸭子不会孵鸡蛋

烟	马	刀	拉	列
ʑiŋ^{7}	ma^{2}	tau^{6}	la^{1}	lie^{5}
Yingk	max	daos	lab	liet
烟	不	该	个	讨

烟叶不该讨来抽

凹	猛	呀	娃	咪
əu^{7}	moŋ^{2}	ʑa^{6}	va^{1}	mi^{5}
Ouk	mongx	yas	wab	mit
拒绝	你	呀	姑	娘

拒绝领你送烟叶

烈	接	收	号	农
lie^{4}	tɕie^{4}	χu^{1}	hau^{5}	noŋ^{2}
Liel	jiel	hvub	haot	nongx
烈	讲	话	样	这

配烈这样把话说

只	烟	瓜	扑	党
tɕi^{4}	ʑiŋ^{7}	qa^{6}	pu^{5}	taŋ^{2}
Jil	yingk	ghas	but	dangx
种	烟	那	坡	地

种烟在那坡地上

瓦	烟	挪	都	末
va^{4}	ʑiŋ^{7}	noŋ^{6}	tiu^{5}	mo^{2}
Wal	yingk	nongs	diut	mox
我	烟	自	放	农家

我种烟叶放绿肥

杀	都	呆	用	搞
sa^{4}	tiu^{5}	tai^{1}	ʑoŋ^{1}	qau^{2}
Sal	diut	daib	yongb	ghaox
都	用	土	埋	蔸

都用泥土来埋蔸

瓦	烟	马	都	仰
va^{4}	ʑiŋ^{7}	ma^{2}	tiu^{5}	ɳaŋ^{2}
Wal	yingk	max	diut	nzangx
我	烟	不	放	草

我烟不放那草皮

马	都	加	用	搞
ma^{2}	tiu^{5}	tɕia^{1}	ʑoŋ^{1}	qau^{2}
Max	diut	jiab	yongb	ghaox
不	用	药	埋	蔸

不放农药来杀虫

瓦	咪	列	各	友
va^{4}	mi^{1}	lie^{6}	ko^{8}	ʑiu^{2}
Wal	mib	lies	gof	yiux
我	要	在	竹	篙

我把烟叶挂竹篙

瓦	夸	罗	多	手
va^{4}	qhɛ^{1}	lo^{6}	tau^{5}	ɬiu^{2}
Wal	khaeb	los	daot	dliux
我	绑	才	成	捆

我把烟叶绑成捆

仑	根	你	乌	肮
ɬəŋ^{6}	qəŋ^{1}	ni^{2}	vu^{5}	aŋ^{2}
Dlengs	ghengb	nix	wut	angx
轮	尾	它	好	多

尾烟真是好烟叶

答	败	刀	罗	选
ta^{4}	pai^{1}	tau^{6}	lo^{6}	ɬiŋ^{2}
Dal	baib	daos	los	dlingx
个	我	喜欢	才	给

送给我那心上人

劳	咪	约	亨	兑
lau^{4}	mi^{1}	ʑo^{6}	həŋ^{5}	təi^{2}
Laol	mib	yos	hengt	deix
来	要	呀	情	郎

情郎快来接烟叶

败	党	败	松	古	水	让
pai^{4}	taŋ^{2}	pai^{4}	ɬoŋ^{6}	qo^{5}	səi^{2}	ȵiaŋ^{1}
Bail	dangx	bail	dlongs	ghot	seix	nziangb
地	山	地	坡	也	都	有

自家坡地种有烟

达	亨	孖	吗	着	中	瓜
ta^{1}	həŋ^{5}	ŋa^{4}	ma^{6}	tɕio^{7}	tɕioŋ^{2}	qa^{1}
Dab	hengt	ngal	mas	jiok	jiongx	ghab
后	生	懒	得	挖	根	草

后生懒得锄杂草

劳	农	列	门	烟
lau^4	$noŋ^6$	lie^5	$məŋ^2$	$ʑiŋ^1$
Laol	nongs	liet	mengx	yingb
来	这	讨	你们	烟

来这讨你烟叶抽

败	西	申	门	烟
pai^4	$ɕiu^6$	$səŋ^5$	$məŋ^2$	$ʑiŋ^1$
Bail	xius	sengt	mengx	yingb
不	敢	接	你们	烟

不敢接你那烟叶

八	吗	挪	本	虽
pa^4	ma^6	$noŋ^5$	$pəŋ^2$	$ɬəi^1$
Bal	mas	nongt	bengx	dleib
怕	丑	多	情	郎

我真是不好意思

烈	接	底	拉	都
lie^4	$tɕie^4$	ti^2	la^1	tiu^5
Liel	jiel	dix	lab	diut
烈	说	一	个	给

配烈这样把话说

烟	瓜	爹	根	挪
$ʑiŋ^7$	qa^6	tie^6	$qəŋ^1$	nau^5
Yingk	ghas	dies	ghengb	naot
烟	哪	里	甜	多

哪里烟叶最好抽

烟	几	松	哪	当
ʑiŋ^{7}	ki^{3}	ɬoŋ^{6}	na^{1}	taŋ^{5}
Yingk	gid	dlongs	nab	dangt
烟	边	坳	太阳	升

阳面坡地烟最好

烟	阿	足	根	挪
ʑiŋ^{7}	a^{2}	tɕio^{6}	qəŋ^{1}	nau^{5}
Yingk	ax	jios	ghengb	naot
烟	那	最	甜	多

那种烟叶最好抽

喝	节	改	超	岔
həu^{7}	tɕi^{6}	qai^{3}	tshau^{1}	tshaŋ^{5}
Houk	jis	ghaid	caob	cangt
抽	完	又	吐	气

抽烟吞云又吐气

信	达	社	根	赛
xiŋ^{7}	ta^{6}	sɛ^{4}	qəŋ^{1}	sai^{5}
Hvingk	das	sael	ghengb	sait
凉	清	爽	后	脑

整个脑后凉丝丝

哥	吗	阿	号	义
qau^{5}	ma^{6}	a^{5}	hau^{1}	ȵiu^{5}
Ghaot	mas	at	haob	nziut
眼	角	现	烟	雾

眼角呈现烟袅袅

兄	化	雷	收	贾
ɕioŋ^{6}	fa^{1}	ləi^{4}	xu^{1}	tɕia^{2}
Xiongs	fab	leil	hvub	jiax
兄	讲	话	话	说

亨兄这样把话讲

马	胜	你	烟	脑
ma^{2}	səŋ^{5}	ni^{4}	ʑiŋ^{7}	nəu^{2}
Max	sengt	nil	yingk	noux
不	接	她	烟	叶

不接她送那烟叶

达	配	刚	内	败	嗦	脑
ta^{1}	phɛ^{7}	kaŋ^{6}	nəi^{7}	pai^{4}	ɬau^{1}	ȵau^{2}
Dab	paek	gangs	neik	bail	dlaob	nzaox
姑	娘	漏	些	手	白	嫩

看见姑娘手白嫩

江	内	败	嗒	枉
tɕiaŋ^{6}	nəi^{7}	pai^{4}	ta^{1}	vaŋ^{2}
Jiangs	neik	bail	dab	wangx
像	些	手	皇	帝

像皇帝手指白嫩

号	胜	你	烟	脑
hau^{5}	səŋ^{5}	ni^{4}	ʑiŋ^{1}	nəu^{2}
Haot	sengt	nil	yingb	noux
想	接	她	烟	叶

本想接她送烟叶

些	区	瓦	乡	斗
ɕie¹	khi¹	va⁴	χaŋ¹	təu²
Xieb	kib	wal	hvangb	doux
怕	损	我	意中	人

害怕损她好形象

区	古	杀	空	贾
khi¹	qo⁵	sa⁴	qhoŋ¹	tɕia²
Kib	ghot	sal	khongb	jiax
损	也	都	莫	讲

有损形象莫计较

烈	坐	牛	整	东
lie⁴	tsau⁷	niu⁴	tsəŋ²	toŋ¹
Liel	zaok	niul	zengx	dongb
烈	踩	堂	整	东

配烈在整东踩堂

烈	坐	牛	底	哪
lie⁴	tsau⁷	niu⁴	ti²	na¹
Liel	zaok	niul	dix	nab
烈	踩	堂	一	天

配烈踩堂一整天

花	吗	木	吓	哪
fa¹	ma⁶	mu⁴	χa³	na¹
Fad	mas	mul	hxad	nab
转	脸	去	看	太阳

配烈转脸看太阳

哪	哥	足	引	溜
na^{1}	ko^{6}	tɕiu^{4}	ɣiŋ^{2}	liu^{1}
Nab	gos	jiul	vingx	liub
太阳	斜	完	岭	大

太阳快要落高山

配	烈	接	底	收
phɛ^{7}	lie^{4}	tɕie^{4}	ti^{2}	χu^{1}
Paek	liel	jiel	dix	hvub
配	烈	说	一	话

配烈这样把话讲

哎	兄	羊	说	乌
ai^{1}	ɕioŋ^{6}	ɣaŋ^{4}	ɬau^{2}	əu^{1}
Aib	xiongs	vangl	dlaox	oub
哎	兄	寨	说	乌

说乌寨子亨兄哥

猛	节	工	桑	根
moŋ^{2}	tɕie^{4}	qoŋ^{4}	saŋ^{6}	qəŋ^{1}
Mongx	jiel	ghongl	sangs	ghengb
你	告诉	群	辈	后

你吩咐那青年人

之	罢	乙	当	根
tɕi^{1}	pa^{7}	ʑi^{4}	tiaŋ^{2}	qəŋ^{1}
Jib	bak	yil	diangx	ghengb
叔	伯	们	返	程

敬请叔伯们返程

罗	退	木	说	乌
lo^{6}	thai^{7}	mu^{4}	ɬau^{2}	əu^{1}
Los	taik	mul	dlaox	oub
又	退	去	说	乌

他们返回说乌寨

兄	阿	瓦	本	虽
ɕioŋ^{6}	a^{5}	va^{4}	pəŋ^{2}	ɬəi^{1}
Xiongs	at	wal	bengx	dleib
兄	做	我	情	郎

亨兄是我那情郎

猛	代	瓦	友	啰
moŋ^{2}	tai^{7}	va^{4}	ʑiu^{2}	lau^{1}
Mongx	daik	wal	yiux	laob
你	与	我	踩	堂

你与我上坪踩堂

之	拉	羊	引	衣
tɕi^{5}	la^{1}	ɣaŋ^{4}	ɣiŋ^{2}	ɣi^{1}
Jit	lab	vangl	vingx	vib
走	个	寨	引	衣

我们要上整衣寨

木	布	瓦	哪	租
mu^{4}	pu^{8}	va^{4}	na^{2}	tɕiu^{1}
Mul	buf	wal	nax	jiub
去	见	我	人	家

拜访我家父母亲

布	嗒	内	波	纳
pu^{6}	ta^{1}	nəi^{4}	po^{2}	na^{1}
Bus	dab	neil	pox	nab
进	舅	爷	波	纳

走进舅爷波纳家

罗	到	瓦	哪	阶
lo^{6}	tau^{5}	va^{4}	na^{2}	qai^{1}
Los	daot	wal	nax	ghaib
才	见	我	人	家

才能遇见我亲人

猛	担	瓦	凹	秋
moŋ^{2}	təŋ^{5}	va^{4}	au^{2}	tɕhiu^{1}
Mongx	dengt	wal	aox	qiub
你	挑	我	衣	服

你负责挑我衣服

分	多	冬	贾	凹
fəŋ^{6}	tau^{5}	tioŋ^{4}	tɕia^{2}	au^{1}
Fengs	daot	diongl	jiax	aob
别人	得	刚	讲	我们

别人在议论我们

瓦	虽	号	瓦	达	兑	溜
va^{4}	ɬəi^{1}	hau^{5}	va^{4}	ta^{4}	təi^{2}	liu^{1}
Wal	dleib	haot	wal	dal	deix	liub
我	骗	是	我	个	哥	大

我说你是我大哥

败	罢	乙	桑	根
pai^{1}	pa^{7}	ʑi^{4}	saŋ^{6}	qəŋ^{1}
Baib	bak	yil	sangs	ghengb
我	叔	叔	辈	晚

我家里那小叔辈

分	古	败	贾	凹
fəŋ^{6}	qo^{5}	pai^{4}	tɕia^{2}	au^{1}
Fengs	ghot	pail	jiax	aob
别人	也	不	说	我们

别人不议论我们

号	扫	羊	引	衣
hau^{5}	sau^{6}	ɣaŋ^{4}	ɣiŋ^{2}	ɣi^{1}
Haot	saos	vangl	vingx	vib
说	到	寨	整	衣

说要走到整衣寨

让	扫	瓜	嗒	内	波	清
ȵiaŋ^{8}	sau^{6}	qa^{6}	ta^{1}	nəi^{4}	po^{2}	tɕhiŋ^{1}
Nziangf	saos	ghas	dab	neil	box	qingb
真	到	那	舅	爷	波	家

真到舅爷波纳家

烈	阿	答	哪	阶
lie^{4}	a^{5}	ta^{4}	na^{2}	qai^{1}
Liel	at	dal	nax	ghaib
烈	做	个	人	亲

配烈是舅爷亲人

烈 之 木 瓦 让
lie^{4} tɕi^{5} mu^{4} va^{2} ȵiaŋ^{1}
Liel jit mul wax nziangb
烈 上 去 上 坐
配烈走上木楼坐

号 工 木 仰 呆
həu^{3} koŋ^{4} mu^{4} ȵiaŋ^{2} tai^{1}
Houd gongl mul nziangx daib
堂 屋 去 休 息
走进堂屋里休息

兄 阿 答 哪 飞
ɕioŋ^{6} a^{5} ta^{4} na^{2} fai^{1}
Xiongs at dal nax faib
兄 是 个 人 客
亨兄是远方客人

着 瓜 党 打 溜
tɕio^{6} qa^{6} taŋ^{4} ta^{2} liu^{1}
Jios ghas dangl dax liub
停留 那 半 草坪 大
亨兄停留在大坪

咪 嗒 内 波 纳
mi^{6} ta^{1} nəi^{4} po^{2} na^{1}
Mis dab neil box nab
妈 舅 爷 波 纳
舅爷家里那舅娘

学	要	木	呀	改
ɕio^{7}	sa^{2}	mu^{4}	ʑa^{6}	qɛ^{1}
Xiok	sax	mul	yas	ghaeb
提	米	去	喂	鸡

舅娘拿米去喂鸡

呀	别	当	根	吞
ʑa^{6}	pɛ^{5}	taŋ^{4}	qəŋ^{1}	thəŋ^{1}
Yas	baet	dangl	ghengb	tengb
喂	猪	底	楼	梯

她在楼梯底喂猪

布	瓜	党	打	溜
pu^{8}	qa^{6}	taŋ^{4}	ta^{2}	liu^{1}
Buf	ghas	dangl	dax	liub
见	那	半	坪	大

看见楼下那大坪

当	布	答	哪	傲
taŋ^{6}	pu^{8}	ta^{4}	na^{2}	au^{1}
Dangs	buf	dal	nax	aob
看	见	个	人	英俊

她看见英俊后生

略	涛	木	底	先
lo^{6}	thau^{1}	mu^{4}	ti^{2}	ɕiŋ^{1}
Los	taob	mul	dix	xingb
又	亮	去	一	片

大坪照亮一大片

窝	嗒	内	选	收
vo^{7}	ta^{1}	nəi^{4}	ɬiŋ^{2}	χu^{1}
Wok	dab	neil	dlingx	hvub
婆	舅	爷	讲	话

舅娘这样把话问

号	都	答	哪	阶
hau^{5}	tio^{6}	ta^{4}	na^{2}	qai^{1}
Haot	dios	dal	nax	ghaib
若	是	个	人	主家

如果是自家亲戚

兵	之	劳	载	溜
pi^{5}	tɕi^{5}	lau^{4}	tsai^{2}	liu^{1}
Bit	jit	laol	zaix	liub
就	上	来	家	大

请上木楼来休息

古	工	劳	仰	呆
kiu^{8}	koŋ^{8}	lau^{4}	ȵiaŋ^{2}	tai^{1}
Giuf	gongf	laol	nziangx	daib
堂	屋	来	休	息

上到堂屋来休息

劳	阿	不	哪	租
lau^{4}	a^{5}	pu^{4}	na^{2}	tɕiu^{1}
Laol	at	bul	nax	jiub
来	交	谈	日	常

来到火塘话家常

号	多	答	哪	飞
hau^{5}	tau^{5}	ta^{4}	na^{2}	fai^{1}
Haot	daot	dal	nax	faib
若	得	个	人	远方

如果是远方客人

木	撇	迭	猛	让
mu^{4}	phɛ^{5}	tie^{4}	moŋ^{2}	ȵiaŋ^{1}
Mul	paet	diel	mongx	nziangb
去	边	旁	那	坐

请在大坪旁边坐

分	衣	挪	打	咪
Fəŋ^{6}	ɣi^{5}	noŋ^{4}	ta^{2}	mi^{1}
Fengs	vit	nongl	dax	mib
亲	戚	自	来	要

亲戚自会来迎请

扫	亡	当	许	阿
sau^{6}	maŋ^{5}	taŋ^{4}	ɕi^{2}	a^{1}
Saos	mangt	dangl	xix	ab
到	傍	晚	时	候

等待到那傍晚时

瓜	兄	木	脑	凹
qa^{6}	ɕioŋ^{4}	mu^{4}	nəu^{2}	əu^{1}
Ghas	xiongl	mul	noux	oub
桌	子	去	吃	饭

来到那桌子吃饭

烈	嗒	内	选	收
lie^{4}	ta^{1}	nəi^{4}	ɬiŋ^{2}	χu^{1}
Liel	dab	neil	dlingx	hvub
烈	舅	爷	问	话

配烈舅爷把话问

答	猛	答	许	嗒
ta^{4}	moŋ^{2}	ta^{4}	ɕi^{2}	ta^{1}
Dal	mongx	dal	xix	dab
个	那	个	哪	孩子

那个是哪个小孩

烈	改	接	些	巴
lie^{4}	qai^{3}	tɕie^{4}	ɕie^{6}	pa^{1}
Liel	ghaid	jiel	xies	bab
烈	又	说	话	给

配烈又把话来说

答	猛	瓦	兑	溜
ta^{4}	moŋ^{2}	va^{4}	təi^{2}	liu^{1}
Dal	mongx	wal	deix	liub
个	那	我	哥	大

那个就是我大哥

挪	朵	败	罢	乙	桑	根
no^{8}	tio^{6}	va^{4}	pa^{7}	ʑi^{4}	saŋ^{6}	qəŋ^{1}
Nof	dios	wal	bak	yil	sangs	ghengb
自	是	我	叔	叔	辈	晚

他是我叔小男孩

你 担 瓦 凹 秋
ni^{2} təŋ^{5} va^{4} au^{3} tɕhiu^{1}
Nix dengt wal aod qiub
他 挑 我 衣 服
他负责挑我衣服

劳 列 扭 整 东
lau^{4} lie^{5} niu^{4} tsəŋ^{2} toŋ^{1}
Laol liet niul zengx dongb
来 赶 鼓 整 东
我们来赶整东坡

烈 嗒 内 贾 拉
lie^{4} ta^{1} nəi^{4} tɕia^{2} la^{1}
Liel dab neil jiax lab
烈 舅 爷 讲 话
配烈舅爷把话讲

马 接 瓦 水 布
ma^{2} tɕie^{4} va^{4} səi^{2} pu^{1}
Max jiel wal seix bub
不 说 我 也 知
你不说我也知道

答 猛 尼 本 虽
ta^{4} moŋ^{2} ni^{4} pəŋ^{2} ɬəi^{1}
Dal mongx nil bengx dleib
个 那 你 情 郎
那个是你那情郎

亨 兄 羊 说 乌
həŋ5 ɕioŋ6 ɤaŋ4 ɬau2 əu1
Hengt xiongs vangl dlaox oub
亨 兄 寨 说 乌
说乌寨子那亨兄

哪 农 门 列 扭 整 东
na1 noŋ2 məŋ1 lie5 niu4 tsəŋ2 toŋ1
Nab nongx mengb liet niul zengx dongb
天 这 你们 赶 鼓 整 东
你们今赶整东坡

门 坐 扭 底 哪
məŋ1 tsau7 niu4 ti2 na1
Mengb zaok niul dix nab
你们 踩 堂 一 天
你们踩堂一整天

当 分 迭 水 布
taŋ2 fəŋ1 tie4 səi2 pu1
Dangx fengb diel seix bub
坡 人 们 都 知
坡会人人都知晓

杀 号 答 猛 吓
sa4 hau5 ta4 moŋ2 ɕia1
Sal haot dal mongx xiab
都 说 个 你 情郎
都说他是你情郎

猛	阿	答	哪	阶
moŋ^{2}	a^{5}	ta^{4}	na^{2}	qai^{1}
Mongx	at	dal	nax	ghaib
你	是	个	人	家

你是我们家亲戚

猛	当	虽	嗒	内	底	拉
moŋ^{2}	taŋ^{2}	ɬəi^{1}	ta^{1}	nəi^{4}	ti^{2}	la^{1}
Mongx	dangx	dleib	dab	neil	dix	lab
你	真	欺骗	舅	爷	一	个

你真欺骗舅爷了

苏	猛	阿	答	哪	柳	飞
su^{1}	moŋ^{2}	a^{5}	ta^{4}	na^{2}	liu^{2}	fai^{1}
Sub	mongx	at	dal	nax	liux	faib
若	你	是	个	人	远	方

若你是远方客人

七	瓦	阿	当	害	浪	门
tɕhi^{7}	va^{4}	a^{5}	tiaŋ^{6}	hɛ^{5}	laŋ^{2}	məŋ^{1}
Qik	wal	at	diangs	haet	langx	mengb
恐	我	打	官司	害	自己	你们

也许我就害你们

扫	不	回	哪	根
sau^{6}	pu^{1}	fəi^{4}	na^{1}	qəŋ^{1}
Saos	bub	feil	nab	ghengb
到	明	天	日	后

等待到明天早上

兄 冬 聂 雅 嗒
ɕioŋ^{6} toŋ^{8} nie^{4} ʑa^{2} ta^{1}
Xiongs dongf niel yax dab
兄 同 聂 雅 孩
亨兄陪同聂雅女

当 冬 劳 本 威
taŋ^{4} toŋ^{8} lau^{4} pəŋ^{2} vəi^{1}
Dangl dongf laol bengx weib
一 同 来 本 威
一同来到本威寨

劳 扫 羊 粉 花
lau^{4} sau^{6} ɣaŋ^{4} fəŋ^{2} fa^{1}
Laol saos vangl fengx fab
来 到 寨 粉 花
他们来到粉花寨

农 被 聂 雅 清
noŋ^{3} pi^{5} nie^{4} ʑa^{2} tɕhiŋ^{1}
Nongd bit niel yax qingb
现 住 聂 雅 家
现在居住聂雅家

孖 烈 木 比 勾
ȵia^{6} lie^{4} mu^{4} pi^{2} qəu^{1}
Nzias liel mul bix ghoub
跟 烈 去 干 活
跟随配烈做农活

阿	拉	败	引	溜
a^{5}	la^{6}	pai^{4}	ɣiŋ^{2}	liu^{1}
At	las	bail	vingx	liub
挖	地	坡	岭	大

他们在山坡挖地

之	稳	败	周	凹
tɕi^{5}	vəŋ^{2}	pai^{4}	tɕiu^{6}	əu^{1}
Jit	wengx	bail	jius	oub
上	菜园	坡	沟	水

他们到沟边菜园

代	烈	木	挪	污
tai^{7}	lie^{4}	mu^{4}	nio^{6}	vo^{1}
Daik	liel	mul	nios	wob
与	烈	去	摘	菜

他与配烈去摘菜

西	贾	蒙	爹	咪
ɕi^{5}	tɕia^{2}	moŋ^{4}	tie^{6}	mi^{1}
Xit	jiax	mongl	dies	mib
讲	话	细	较	细

他们轻轻话细语

扫	不	回	哪	根
sau^{6}	pu^{1}	fəi^{4}	na^{1}	qəŋ^{1}
Saos	bub	feil	nab	ghengb
到	明	天	日	后

等待到明天早上

兄	太	劳	说	乌
ɕioŋ^{6}	thai^{7}	lau^{4}	ɬau^{2}	əu^{1}
Xiongs	taik	laol	dlaox	oub
兄	退	来	说	乌

亨兄将返说乌寨

兄	改	接	底	拉
ɕioŋ^{6}	qai^{3}	tɕie^{4}	ti^{2}	la^{1}
Xiongs	ghaid	jiel	dix	lab
兄	又	说	一	个

亨兄这样把话说

达	配	刀	柳	飞
ta^{1}	phɛ^{7}	tau^{4}	liu^{2}	fai^{1}
Dab	paek	daol	liux	faib
姑	娘	客	远	方

我那远方的姑娘

号	丢	瓦	哪	阶
hau^{5}	tio^{6}	va^{4}	na^{2}	qai^{1}
Haot	dios	wal	nax	ghaib
若	是	我	人	心上

若你是我心上人

送	尖	木	凹	啰
soŋ^{5}	tɕiŋ^{6}	mu^{4}	au^{2}	lau^{1}
Songt	jings	mul	aox	laob
送	男儿	去	两	步

请你送我走一程

配	烈	接	底	拉
phɛ^{7}	lie^{4}	tɕie^{4}	ti^{2}	la^{1}
Paek	liel	jiel	dix	lab
配	烈	说	一	个

配烈这样把话说

送	分	不	哪	些
soŋ^{5}	fəŋ^{6}	pu^{4}	na^{2}	sɛ^{1}
Songt	fengs	bul	nax	saeb
送	朋	友	人	别

如果我去送朋友

送	着	瓦	好	吞
soŋ^{5}	tɕio^{6}	va^{4}	həu^{3}	thəŋ^{1}
Songt	jios	wal	houd	tengb
送	止	我	口	楼梯

我只送到楼梯口

败	罢	根	龙	瓦	当	根
pai^{1}	pa^{7}	qəŋ^{1}	lioŋ^{6}	va^{4}	tiaŋ^{2}	qəŋ^{1}
Baib	bak	ghengb	liongs	wal	diangx	ghengb
我	爸	底	巷子	我	返	回

送到巷子我返回

送	兄	答	哪	阶
soŋ^{5}	ɕioŋ^{6}	ta^{4}	na^{2}	qai^{1}
Songt	xiongs	dal	nax	ghaib
送	兄	个	人	家

今天送我心上人

送	扫	败	引	乡
soŋ^{5}	sau^{6}	pai^{4}	ɣiŋ^{2}	χaŋ^{1}
Songt	saos	bail	vingx	hvangb
送	到	坡	岭	高

我要送到那高坡

布	阿	木	贾	收
pu^{7}	a^{1}	mu^{4}	tɕia^{2}	χu^{1}
Buk	ab	mul	jiax	hvub
坡	那	去	讲	话

山坳那边谈恋爱

西	接	着	好	拉
ɕi^{5}	tɕie^{4}	tɕiu^{4}	həu^{3}	la^{1}
Xit	jiel	jiul	houd	lab
相	说	完	若干	个

相思话语细细说

兄	改	接	底	拉
ɕioŋ^{6}	qai^{3}	tɕie^{4}	ti^{2}	la^{1}
Xiongs	ghaid	jiel	dix	lab
兄	又	说	一	个

亨兄这样把话说

阿	列	扭	整	东
au^{1}	lie^{5}	niu^{4}	tsəŋ^{2}	toŋ^{1}
Aob	liet	niul	zengx	dongb
我们	赶	鼓	整	东

我们赶整东坡会

西	孖	木	九	哪
ɕi^{5}	ȵia^{6}	mu^{4}	tɕiu^{2}	na^{1}
Xit	nzias	mul	jiux	nab
相	跟随	去	九	天

我们相伴有九天

西	刀	一	农	通
ɕi^{5}	tau^{6}	ʑi^{4}	noŋ^{2}	thoŋ^{1}
Xit	daos	yil	nongx	tongb
相	喜欢	么	这	融洽

我们相处很融洽

阿	五	阿	六	猛	孖	瓦
a^{5}	vu^{2}	a^{5}	ləu^{6}	moŋ^{2}	ȵia^{6}	va^{4}
At	wux	at	lous	mongx	nzias	wal
结	婚	结	伴	你	跟	我

结婚结伴你跟我

配	烈	农	改	接	底	拉
phɛ^{7}	lie^{4}	noŋ^{3}	qai^{3}	tɕie^{4}	ti^{2}	la^{1}
Paek	liel	nongd	ghaid	jiel	dix	lab
配	烈	现	又	说	一	个

配烈现又把话说

改	多	雷	打	巴
qai^{3}	tau^{5}	ləi^{4}	ta^{2}	pa^{1}
Ghaid	daot	leil	dax	bab
又	得	话	来	给

配烈又这样说话

号	亨	尖	多	荣	浪	败
hau^{5}	həŋ^{5}	tɕiŋ^{6}	tau^{5}	ʑoŋ^{4}	laŋ^{2}	pai^{1}
Haot	hengt	jings	daot	yongl	langx	baib
若	后生	男儿	喜	爱	自己	我

如果情郎喜爱我

瓦	孖	瓦	本	虽
va^{4}	ȵia^{6}	va^{4}	pəŋ^{2}	ɬəi^{1}
Wal	nzias	wal	bengx	dleib
我	跟	我	情	郎

我就跟随我情郎

立	亡	木	柳	飞
li^{6}	maŋ^{7}	mu^{4}	liu^{2}	fai^{1}
Lis	mangk	mul	liux	faib
换	信物	去	远	方

我与情郎换信物

阿	六	木	猛	清
a^{5}	ləu^{6}	mu^{4}	moŋ^{2}	tɕhiŋ^{1}
At	lous	mul	mongx	qingb
结	婚	去	你	家

结婚跟随你回家

凹	意	十	底	答	哪	冬
au^{1}	ʑi^{3}	ɬi^{4}	ti^{2}	ta^{4}	na^{2}	tioŋ^{1}
Aob	yid	dlil	dix	dal	nax	diongb
我们	要	找	一	个	人	中间

我们找来证明人

灭	埋	劳	贾	收
mie^{6}	məi^{8}	lau^{4}	tɕia^{2}	χu^{1}
Mies	meif	laol	jiax	hvub
让	媒人	来	讲	话

让那媒人来做媒

令	力	罗	准	夸
liŋ^{2}	li^{4}	lo^{6}	tɕiŋ^{2}	qha^{1}
Lingx	lil	los	jingx	khab
明	媒	才	成	娶

这样才明媒正娶

当	根	马	荣	劳	贾	收
taŋ^{4}	qəŋ^{1}	ma^{2}	ʑoŋ^{4}	lau^{4}	tɕia^{2}	χu^{1}
Dangl	ghengb	max	yongl	laol	jiax	hvub
以	后	不	用	来	讲	话

结婚以后无异议

兄	改	接	底	拉
ɕioŋ^{6}	qai^{3}	tɕie^{4}	ti^{2}	la^{1}
Xiongs	ghaid	jiel	dix	lab
兄	又	讲	一	个

亨兄这样把话说

立	亡	劳	柳	飞
li^{6}	maŋ^{7}	lau^{4}	liu^{2}	fai^{1}
Lis	mangk	laol	liux	faib
换	信物	来	远	方

我们互换定情物

马	荣	答	哪	冬
ma^{2}	ʑoŋ^{4}	ta^{4}	na^{2}	tioŋ^{1}
Max	yongl	dal	nax	diongb
不	用	个	人	中间

不用人来做证明

答	埋	读	马	刀
ta^{4}	məi^{8}	təu^{4}	ma^{2}	tau^{1}
Dal	meif	doul	max	daob
个	媒	肚	不	深

媒人容易泄婚事

节	布	羊	九	生
tɕie^{4}	pu^{1}	ɣaŋ^{4}	tɕiu^{2}	səŋ^{1}
Jiel	bub	vangl	jiux	sengb
说	知	寨	九	千

一传就家喻户晓

拉	羊	一	温	杀	贾	凹
la^{1}	ɣaŋ^{4}	ʑi^{8}	vəŋ^{6}	sa^{4}	tɕia^{2}	au^{1}
Lab	vangl	yif	wengs	sal	jiax	aob
个	寨	儿	万	都	说	我们

众人都非议我们

凹	当	败	五	夸
au^{1}	tiaŋ^{3}	pai^{4}	vu^{2}	qha^{1}
Aob	diangd	bail	wux	khab
我们	尚	未	结	婚

我们尚未把婚结

分	当	杀	哪	布
fəŋ^{6}	tiaŋ^{3}	sa^{4}	na^{2}	pu^{1}
Fengs	diangd	sal	nax	bub
人	反	都	人	知

方圆众人都知晓

兄	改	接	底	拉
ɕioŋ^{6}	qai^{3}	tɕie^{4}	ti^{2}	la^{1}
Xiongs	ghaid	jiel	dix	lab
兄	又	说	一	个

亨兄这样把话说

猛	接	答	猛	忍
moŋ^{2}	tɕie^{4}	ta^{4}	moŋ^{2}	ȵiŋ^{1}
Mongx	jiel	dal	mongx	nzingb
你	说	个	你	妈

你要告诉你妈妈

猛	咪	劳	贾	拉
moŋ^{2}	mi^{6}	lau^{4}	tɕia^{2}	la^{1}
Mongx	mis	laol	jiax	lab
你	妈	来	讲	话

妈妈出来把话说

猛	咪	答	哪	阶
moŋ^{2}	mi^{6}	ta^{4}	na^{2}	qai^{1}
Mongx	mis	dal	nax	ghaib
你	妈	是	人	主

妈妈是一家主人

古	当	答	哪	冬
qəu^{5}	taŋ^{5}	ta^{4}	na^{2}	tioŋ^{1}
Ghout	dangt	dal	nax	diongb
可	当	个	人	中间

妈妈来做证明人

烈	坐	劳	载	清
lie^{4}	tsau^{7}	lau^{4}	tsai^{2}	tɕhiŋ^{1}
Liel	zaok	laol	zaix	qingb
烈	返	来	家	里

配烈返回到家里

节	咪	劳	贾	拉
tɕie^{4}	mi^{6}	lau^{4}	tɕia^{2}	la^{1}
Jiel	mis	laol	jiax	lab
说	妈	来	讲	个

请求妈妈来讲话

烈	咪	农	接	底	拉	都
lie^{4}	mi^{6}	noŋ^{3}	tɕie^{4}	ti^{2}	la^{1}	tiu^{5}
Liel	mis	nongd	jiel	dix	lab	diut
烈	妈	现	说	一	个	给

配烈妈妈把话说

那	内	门	接	底	收	昂
na^{1}	nəi^{4}	məŋ^{1}	tɕie^{4}	ti^{2}	xu^{1}	ŋaŋ^{5}
Nab	neil	mengb	jiel	dix	hvub	ngangt
刚	才	你们	说	一	话	傻

刚才你们说傻话

示	挪	贾	收	真
ɕi^{7}	noŋ^{6}	tɕia^{2}	χu^{1}	tsəŋ^{5}
Xik	nongs	jiax	hvub	zengt
还	是	讲	话	真

还是你们讲真话

兄	接	底	拉	都
ɕioŋ^{6}	tɕie^{4}	ti^{2}	la^{1}	tiu^{5}
Xiongs	jiel	dix	lab	diut
兄	说	一	个	给

亨兄这样把话说

那	内	贾	收	昂
na^{1}	nəi^{4}	tɕia^{2}	χu^{1}	ŋaŋ^{5}
Nab	neil	jiax	hvub	ngangt
刚	才	讲	话	傻

刚才我们讲傻话

马	败	囊	拉	真
ma^{2}	pai^{4}	naŋ^{3}	la^{1}	tsəŋ^{5}
Max	bail	nangd	lab	zengt
尚	未	有	个	真

尚未说出真心话

奴	古	人	夸	告
nəu^{6}	qo^{5}	ʑiŋ^{4}	qhɛ^{1}	qau^{5}
Nous	ghot	yingl	khaeb	ghaot
妹	也	急	结	婚

姑娘着急要结婚

尖 古 人 夸 告
tɕiŋ^{6} qo^{5} ʑiŋ^{4} qhɛ^{1} qau^{5}
Jings ghot yingl khaeb ghaot
男 也 急 结 婚
后生也着急结婚

立 亡 木 瓜 柳 飞 挪
li^{6} maŋ^{7} mu^{4} qa^{6} liu^{2} fai^{1} nau^{5}
Lis mangk mul ghas liux faib naot
换 信物 去 那 远 方 多
双方互换定情物

咪 劳 贾 冬 都
mi^{6} lau^{4} tɕia^{2} tioŋ^{1} tiu^{5}
Mis laol jiax diongb diut
妈 来 讲 公正 给
邀请妈讲公正话

嗦 谁 准 衣 炸
sau^{5} ləi^{4} tɕiŋ^{2} ɣi^{1} tsa^{5}
Saot leil jingx vib zat
许 诺 成 岩 石
许诺就成那磐石

当 根 马 荣 贾 收 挪
taŋ^{4} qəŋ^{1} ma^{2} ʑoŋ^{4} tɕia^{2} xu^{1} nau^{5}
Dangl ghengb max yongl jiax hvub naot
以 后 不 用 讲 话 多
婚后生活无非议

烈	咪	农	劳	贾	拉	都
lie^{4}	mi^{6}	noŋ^{3}	lau^{4}	tɕia^{2}	la^{1}	tiu^{5}
Liel	mis	nongd	laol	jiax	lab	diut
烈	妈	现	来	讲	个	给

配烈妈妈把话说

那	嗒	说	乌	列
na^{6}	ta^{1}	ɬau^{2}	əu^{1}	lie^{5}
Nas	dab	dlaox	oub	liet
问	个	说	乌	看

问那说乌寨亨兄

多	聂	雅	嗒	乌
tau^{5}	nie^{4}	ʑa^{2}	ta^{1}	vu^{5}
Daot	niel	yax	dab	wut
得	聂	雅	人	好

娶到聂雅好姑娘

猛	江	许	达	亨
moŋ^{2}	tɕiaŋ^{6}	ɕi^{2}	ta^{1}	həŋ^{5}
Mongx	jiangs	xix	dab	hengt
你	给	什么	后	生

你赠送什么信物

兄	接	底	拉	都
ɕioŋ^{6}	tɕie^{4}	ti^{2}	la^{1}	tiu^{5}
Xiongs	jiel	dix	lab	diut
哥	说	一	个	给

亨兄这样把话说

立	拉	亡	木	柳	飞	挪
li^{6}	la^{1}	maŋ^{7}	mu^{4}	liu^{2}	fai^{1}	nau^{5}
Lis	lab	mangk	mul	liux	faib	naot
换	个	信物	去	远	方	多

交换订婚那信物

江	瓦	响	尖	都
tɕiaŋ^{6}	va^{4}	ɕiaŋ^{2}	tɕiŋ^{1}	tiu^{5}
Jiangs	wal	xiangx	jingb	diut
给	我	镯	金	给

赠送我那金手镯

江	聂	雅	嗒	乌
tɕiaŋ^{6}	nie^{4}	ʑa^{2}	ta^{1}	vu^{5}
Jiangs	niel	yax	dab	wut
送	聂	雅	人	好

赠送给聂雅美女

猛	连	马	金	咪
moŋ^{2}	liŋ^{4}	ma^{2}	kiŋ^{1}	mi^{5}
Mongx	lingl	max	gingb	mit
你	接	不	姑	娘

你是否愿意接受

烈	咪	选	收	都
lie^{4}	mi^{6}	ɬiŋ^{2}	xu^{1}	tiu^{5}
Liel	mis	dlingx	hvub	diut
烈	妈	讲	话	给

配烈妈妈把话讲

那 聂 雅 嗒 乌
na^{6} nie^{4} ʑa^{2} ta^{1} vu^{5}
Nas niel yax dab wut
问 聂 雅 人 好
你问那聂雅美女

立 拉 亡 木 几 飞 挪
li^{6} la^{1} maŋ^{7} mu^{4} ki^{3} fai^{1} nau^{5}
Lis lab mangk mul gid faib naot
换 个 信物 去 远 方 多
交换订婚那信物

猛 江 许 金 咪
moŋ^{2} tɕiaŋ^{6} ɕi^{2} kiŋ^{1} mi^{5}
Mongx jiangs xix gingb mit
你 给 什么 姑 娘
你赠送什么信物

烈 合 底 拉 都
lie^{4} ho^{4} ti^{2} la^{1} tiu^{5}
Liel hol dix lab diut
烈 应 一 个 给
配烈这样答应说

足 兄 暖 金 乌
tɕiu^{8} ɕioŋ^{6} n̥əŋ^{2} kiŋ^{1} vu^{5}
Jiuf xiongs nzengx gingb wut
十 七 棉 布 好
赠送十七匹棉布

瓦	江	暖	金	都
va^{4}	tɕiaŋ^{6}	ȵəŋ^{2}	kiŋ^{1}	tiu^{5}
Wal	jiangs	nzengx	gingb	diut
我	送	棉	布	给

我将赠送那棉布

猛	连	马	达	亨
moŋ^{2}	liŋ^{4}	ma^{2}	ta^{1}	həŋ^{5}
Mongx	lingl	max	dab	hengt
你	接	不	后	生

后生是否答应接

立	亡	败	引	溜
li^{6}	maŋ^{7}	pai^{4}	ɣiŋ^{2}	liu^{1}
Lis	mangk	bail	vingx	liub
换	信物	坡	岭	大

双方山坳换信物

兄	示	节	响	嗦
ɕioŋ^{6}	ɕi^{5}	tɕi^{4}	ɕiaŋ^{2}	ɬau^{1}
Xiongs	xit	jil	xiangx	dlaob
兄	脱	只	镯	白

亨兄脱下那银镯

江	都	埋	蚁	金
tɕiaŋ^{6}	tiu^{5}	mai^{4}	ȵiu^{2}	kiŋ^{1}
Jiangs	diut	mail	nziux	gingb
送	给	妹	姑	娘

赠送给心爱配烈

烈	马	连	响	嗦
lie^{4}	ma^{2}	liŋ^{4}	ɕiaŋ^{2}	ɬau^{1}
Liel	max	lingl	xiangx	dlaob
烈	不	接	镯	白

配烈不接那银镯

亡	猛	瓦	党	让
maŋ^{8}	moŋ^{2}	va^{4}	taŋ^{2}	ȵiaŋ^{1}
Mangf	mongx	wal	dangx	nziangb
些	那	我	很多	有

那些银镯我有多

瓦	友	节	响	尖
va^{4}	ʑiu^{5}	tɕi^{4}	ɕiaŋ^{2}	tɕiŋ^{1}
Wal	yiut	jil	xiangx	jingb
我	喜欢	只	镯	金

我喜欢那只金镯

节	猛	节	响	阶
tɕi^{4}	moŋ^{6}	tɕi^{4}	ɕiaŋ^{2}	qai^{1}
Jil	mongs	jil	xiangx	ghaib
只	那	只	镯	家产

那只是我传家宝

兄	西	节	响	尖
ɕioŋ^{6}	ɕi^{5}	tɕi^{4}	ɕiaŋ^{2}	tɕiŋ^{1}
Xiongs	xit	jil	xiangx	jingb
兄	脱	只	镯	金

亨兄脱下金手镯

江	都	聂	雅	嗒
tɕiaŋ^6	tiu^5	nie^4	ʑa^2	ta^1
Jiangs	diut	niel	yax	dab
送	给	聂	雅	小孩

赠送给配烈姑娘

烈	咪	农	接	底	拉	都
lie^4	mi^6	noŋ^3	tɕie^4	ti^2	la^1	tiu^5
Liel	mis	nongd	jiel	dix	lab	diut
烈	妈	现	说	一	个	给

配烈妈妈把话说

号	聂	雅	嗒	乌
hau^5	nie^4	ʑa^2	ta^1	vu^5
Haot	niel	yax	dab	wut
若	聂	雅	人	好

若说配烈好姑娘

猛	多	娃	答	猛	达	亨
moŋ^2	tau^5	va^6	ta^4	moŋ^2	ta^1	həŋ^5
Mongx	daot	was	dal	mongx	dab	hengt
你	若	弃	个	你	后	生

你如果背弃情郎

猛	江	答	许	耶	金	咪
moŋ^2	tɕiaŋ^6	ta^4	ɕi^2	ʑa^6	kiŋ^1	mi^5
Mongx	jiangs	dal	xix	yas	gingb	mit
你	送	个	什么	呀	姑	娘

你送什么礼赔偿

烈	接	底	拉	提
lie^{4}	tɕie^{4}	ti^{2}	la^{1}	thi^{5}
Liel	jiel	dix	lab	tit
烈	说	一	个	赔

配烈这样话赔偿

瓦	多	娃	答	瓦	达	亨
va^{4}	tau^{5}	va^{6}	ta^{4}	va^{4}	ta^{1}	həŋ^{5}
Wal	daot	was	dal	wal	dab	hengt
我	若	弃	个	我	后	生

我如果背弃情郎

达	配	努	爷	暖	金	都
ta^{1}	phɛ^{7}	nəu^{6}	ʑie^{4}	ɳ̊əŋ^{2}	kiŋ^{1}	tiu^{5}
Dab	paek	nous	yiel	nzengx	gingb	diut
姑	娘	妹	找	棉	布	给

我找棉布来赔偿

足	兄	苏	杀	暖	金	乌
tɕiu^{8}	ɕioŋ^{6}	ɬəu^{6}	sa^{4}	ɳ̊əŋ^{2}	kiŋ^{1}	vu^{5}
Jiuf	xiongs	dlous	sal	nzengx	gingb	wut
十	七	箱	都	棉	布	好

赔偿十七箱棉布

大	劳	挪	达	亨
ta^{3}	lau^{4}	nio^{2}	ta^{1}	həŋ^{5}
Dad	laol	niox	dab	hengt
拿	来	休	后	生

拿来赔偿后生哥

烈	咪	改	接	底	拉	都
lie^{4}	mi^{6}	qai^{3}	tɕie^{4}	ti^{2}	la^{1}	tiu^{5}
Liel	mis	ghaid	jiel	dix	lab	diut
烈	妈	又	说	一	个	给

烈妈这样把话说

兄	多	娃	聂	雅	嗒	乌
ɕioŋ^{6}	tau^{5}	va^{6}	nic^{4}	ʑa^{2}	ta^{1}	vu^{5}
Xiongs	daot	was	niel	yax	dab	wut
兄	若	弃	聂	雅	人	好

亨兄若背弃配烈

猛	江	答	许	耶	达	亨
moŋ^{2}	tɕiaŋ^{6}	ta^{4}	ɕi^{2}	ʑe^{6}	ta^{1}	həŋ^{5}
Mongx	jiangs	dal	xix	yes	dab	hengt
你	给	个	什么	呀	后	生

你将拿什么赔偿

兄	接	底	拉	都
ɕioŋ^{6}	tɕie^{4}	ti^{2}	la^{1}	tiu^{5}
Xiongs	jiel	dix	lab	diut
兄	说	一	个	给

亨兄这样把话说

瓦	多	娃	聂	雅	嗒	乌
va^{4}	tau^{5}	va^{6}	nie^{4}	ʑa^{2}	ta^{1}	vu^{5}
Wal	daot	was	niel	yax	dab	wut
我	若	弃	聂	雅	人	好

如果我背弃配烈

江	瓦	响	尖	都
tɕiaŋ6	va4	ɕiaŋ2	tɕiŋ1	tiu5
Jiangs	wal	xiangx	jingb	diut
送	我	镯	金	给

我将赔偿金手镯

改	麻	两	东	正
qai3	ma4	liaŋ2	tioŋ1	tsəŋ5
Ghaid	mal	liangx	diongb	zengt
又	卖	田	中	央

又卖野外那良田

根	羊	说	乌	敲
qəŋ1	ɣaŋ4	ɬau2	əu1	qhau5
Ghengb	vangl	dlaox	oub	khaot
底	寨	说	乌	那

说乌寨底那良田

着	信	九	生	都
tɕio2	ɕiŋ7	tɕiu2	səŋ1	tiu5
Jiox	xingk	jiux	sengb	diut
条	渠	九	千	六

水渠灌溉数千亩

改	麻	搞	江	乌
qai3	mai4	qau2	tɕiaŋ1	vu5
Ghaid	mail	ghaox	jiangb	wut
又	卖	杉	木	好

又卖山场好杉木

引	跌	松	杀	瓦	江	乌
ɣiŋ^{2}	tioŋ^{4}	ɬoŋ^{6}	sa^{4}	va^{4}	tɕiaŋ^{1}	vu^{5}
Vingx	diongl	dlongs	sal	wal	jiangb	wut
岭	谷	坳	都	我	杉木	好

山岭山谷杉木好

着	冬	几	周	九	生	都
tɕio^{2}	tioŋ^{4}	ki^{1}	tɕiu^{6}	tɕiu^{3}	səŋ^{1}	tiu^{5}
Jiox	diongl	gib	jius	jiux	sengb	diut
条	谷	上	上面	九	千	六

山谷杉木数千根

改	麻	蚁	瓜	它
qai^{3}	ma^{4}	ȵi^{2}	ka^{1}	tha^{5}
Ghaid	mal	nzix	gab	tat
又	卖	牛	角	叉

又卖那头大牯牛

瓜	江	布	娘	罗	学	结
ka^{1}	tɕiaŋ^{4}	pu^{6}	niaŋ^{6}	lo^{6}	ɕio^{1}	qəi^{5}
Gab	jiangl	bus	niangs	los	xiob	gheit
角	弯	往	里	才	有	价

牯牛弯角价钱高

多	爹	响	嗦	挪
tau^{5}	tie^{6}	ɕiaŋ^{2}	ɬau^{1}	nau^{5}
Daot	dies	xiangx	dlaob	naot
获	得	银	白	多

卖得很多白银子

爹 劳 扭 金 咪
tie^{3} lau^{4} nio^{2} kiŋ^{1} mi^{5}
Died laol niox gingb mit
拿 来 赔偿 姑 娘
来赔偿配烈损失

污 你 脑 生 牛
vo^{6} ni^{4} nəu^{2} səŋ^{1} ȵiu^{5}
Wos nil noux sengb nziut
够 她 吃 千 年
足够她吃一辈子

西 送 败 引 乡
ɕi^{5} soŋ^{5} pai^{4} ɣiŋ^{2} χaŋ^{1}
Xit songt bail vingx hvangb
相 送 山 坡 高
他们相送到山坡

西 送 罗 底 哪
ɕi^{5} soŋ^{5} lo^{6} ti^{2} na^{1}
Xit songt los dix nab
相 送 又 一 日
相送来回一整天

飞 吗 木 吓 哪
fɛ^{1} ma^{6} mu^{4} χa^{3} na^{1}
Faeb mas mul hvad nab
转 脸 去 看 太阳
回头遥望那太阳

哪	哥	败	引	乡
na^1	ko^6	pai^4	ɣiŋ^2	xaŋ^1
Nab	gos	bail	vingx	hvangb
太阳	斜	坡	岭	高

太阳就要落高坡

累	刚	劳	瓦	嗦
ləi^5	kaŋ^6	lau^4	va^2	ɬau^1
Leit	gangs	laol	wax	dlaob
月	升	来	天	空

月亮已升到天空

配	烈	接	底	拉
phɛ^7	lie^4	tɕie^4	ti^2	la^1
Paek	liel	jiel	dix	lab
配	烈	说	一	个

配烈这样把话说

达	亨	号	木	羊	说	乌
ta^1	həŋ^5	hau^5	mu^4	ɣaŋ^4	ɬau^2	əu^1
Dab	hengt	haot	mul	vangl	dlaox	oub
后	生	若	去	寨	说	乌

情郎若去说乌寨

达	亨	羊	改	飞
ta^1	həŋ^5	ɣaŋ^4	qai^3	fai^1
Dab	hengt	vangl	ghaid	faib
后	生	寨	又	远

情郎家乡路程远

凹	当	木	瓦	清
au^{1}	$tiaŋ^{3}$	mu^{4}	va^{4}	$tɕhiŋ^{1}$
Aob	diangd	mul	wal	qingb
我们	返	去	我	家

我们返回到我家

当	扫	烈	载	溜
$taŋ^{4}$	sau^{6}	lie^{4}	$tsai^{2}$	liu^{1}
Dangl	saos	liel	zaix	liub
回	到	烈	房	大

他们来到配烈家

古	工	木	仰	呆
kiu^{2}	$koŋ^{4}$	mu^{4}	$ȵiaŋ^{1}$	tai^{1}
Giux	gongl	mul	nziangb	daib
堂	屋	去	休	息

亨兄在堂屋休息

亨	兄	接	底	拉
$həŋ^{5}$	$ɕioŋ^{6}$	$tɕie^{4}$	ti^{2}	la^{1}
Hengt	xiongs	jiel	dix	lab
亨	兄	说	一	个

亨兄这样把话说

罗	列	答	猛	嗒
lo^{6}	lie^{5}	ta^{4}	$moŋ^{2}$	ta^{1}
Los	liet	dal	mongx	dab
才	看	个	你	人

我观察配烈个人

西	贾	罗	底	哪
ɕi^{5}	tɕia^{2}	lo^{6}	ti^{2}	na^{1}
Xit	jiax	los	dix	nab
相	谈	又	一	天

我们倾诉一整天

杀	贾	杀	布	刀
sa^{4}	tɕia^{2}	sa^{4}	pu^{6}	tau^{1}
Sal	jiax	sal	bus	daob
越	谈	越	进	深

我们越谈越投缘

都	鲁	文	瓜	呆
tiu^{5}	lu^{2}	vəŋ^{4}	qa^{6}	tai^{1}
Diut	lux	wengl	ghas	daib
弄	迷	糊	那	里

我们忘情又迷糊

做	瓦	杀	马	布
tsəu^{7}	va^{2}	sa^{4}	ma^{2}	pu^{1}
Zouk	wax	sal	max	bub
黑	天	都	不	知

天空已黑都不知

农	当	劳	门	清
noŋ^{3}	tiaŋ^{3}	lau^{4}	məŋ^{2}	tɕhiŋ^{1}
Nongd	diangd	laol	mengx	qingb
现	返	来	你们	家

现在回到你们家

配 烈 咪 罢 杀 哪 夸
phɛ^{7} lie^{4} mi^{6} pa^{7} sa^{4} na^{2} qha^{1}
Paek liel mis bak sal nax khab
配 烈 妈 爸 都 高 兴
配烈爸妈都高兴

节 之 乙 桑 根
tɕie^{4} tɕi^{1} ʑi^{4} saŋ^{6} qəŋ^{1}
Jiel jib yil sangs ghengb
说 叔 伯 辈 后
邀请那叔伯兄弟

罗 无 木 几 呆
lo^{6} vu^{7} mu^{4} ki^{2} tai^{1}
Los wuk mul gix daib
又 下 去 楼 底
他们下到那楼底

罗 打 答 聂 呆
lo^{6} ta^{5} ta^{4} ɳie^{2} tai^{1}
Los dat dal ngiex daib
又 杀 头 野 猪
他们杀一头肥猪

爹 别 神 你 吓
tie^{1} pɛ^{5} səŋ^{4} ni^{2} ɕia^{1}
Dieb baet sengl nix xiab
杀 猪 迎 他 婿
杀头肥猪迎女婿

扫	不	回	哪	根
sau^{6}	pu^{1}	fəi^{4}	na^{1}	qəŋ^{1}
Saos	bub	feil	nab	ghengb
到	明	天	日	后

等待到明天早晨

兄	太	劳	说	乌
ɕioŋ^{6}	thai^{7}	lau^{4}	ɬau^{2}	əu^{1}
Xiongs	taik	laol	dlaox	oub
兄	返	来	说	乌

亨兄将返回说乌

兄	改	接	底	拉
ɕioŋ^{6}	qai^{3}	tɕie^{4}	ti^{2}	la^{1}
Xiongs	ghaid	jiel	dix	lab
兄	又	说	一	个

亨兄这样把话说

猛	改	送	瓦	木	底	罗
moŋ^{2}	qai^{3}	soŋ^{5}	va^{4}	mu^{4}	ti^{2}	lau^{1}
Mongx	ghaid	songt	wal	mul	dix	laob
你	又	送	我	去	一	步

你又送我走一程

送	浪	业	堵	溜
soŋ^{5}	laŋ^{5}	ni^{4}	tiu^{2}	liu^{1}
Songt	langt	nil	diux	liub
送	过	你	门	大

你送我过那大门

门 罢 根 龙 业 当 根
məŋ^{1} pa^{7} qəŋ^{1} lioŋ^{6} ni^{4} tiaŋ^{2} qəŋ^{1}
Mengb bak ghengb liongs nil diangx ghengb
你 爸 巷 子 你 返 回
送过巷子你返回

烈 门 送 兄 木 底 哪
lie^{4} məŋ^{6} soŋ^{5} ɕioŋ^{6} mu^{4} ti^{2} na^{1}
Liel mengs songt xiongs mul dix nab
烈 仍 送 兄 去 一 天
配烈又送一整天

布 呀 木 贾 收
pu^{7} ʑa^{1} mu^{4} tɕia^{2} xu^{1}
Buk yab mul jiax hvub
坡 那 去 讲 话
走到山坳谈恋爱

生 些 罗 底 哪
səŋ^{1} ɕai^{6} lo^{4} ti^{2} na^{1}
Sengb xais lol dix nab
倾 诉 又 一 天
他们倾诉一整天

做 节 古 门 败 往 清
tsəu^{7} tɕi^{6} qo^{5} məŋ^{6} pai^{4} vaŋ^{2} tɕhiŋ^{1}
Zouk jis ghot mengs bail wangx qingb
黑 了 也 仍 未 回 家
天黑也未回到家

烈	咪	乙	些	巴
lie^{4}	mi^{6}	ʑi^{4}	ɕie^{6}	pa^{1}
Liel	mis	yil	xies	bab
烈	妈	讲	话	给

配烈妈妈抱怨说

略	太	答	你	嗒
lo^{6}	thai^{5}	ta^{4}	ni^{2}	ta^{1}
Los	tait	dal	nix	dab
又	骂	个	她	孩子

这样把话骂她女

分	送	答	米	吓
fəŋ^{6}	soŋ^{5}	ta^{4}	mi^{2}	ɕia^{1}
Fengs	songt	dal	mix	xiab
朋友	送	个	那	情郎

朋友欢送那情郎

之	下	不	当	根
tɕiu^{6}	ɕia^{7}	pu^{4}	tiaŋ^{2}	qəŋ^{1}
Jius	xiak	bul	diangx	ghengb
一	会	朋友	返	回

相送一程就返回

猛	送	答	猛	吓
moŋ^{2}	soŋ^{5}	ta^{4}	moŋ^{2}	ɕia^{1}
Mongx	songt	dal	mongx	xiab
你	送	个	你	情郎

你今天送心上人

猛	送	罗	底	哪
moŋ^{2}	soŋ^{5}	lo^{6}	ti^{2}	na^{1}
Mongx	songt	los	dix	nab
你	送	又	一	天

你今送别要一天

猛	送	罗	败	哪
moŋ^{2}	soŋ^{5}	lo^{6}	pai^{1}	na^{1}
Mongx	songt	los	baib	nab
你	送	又	三	天

你们相送要三天

扫	做	败	当	根
sau^{6}	tsəu^{7}	pai^{4}	tiaŋ^{2}	qəŋ^{1}
Saos	zouk	bail	diangx	ghengb
到	黑	未	返	回

待到天黑未回家

猛	娃	各	娃	改
moŋ^{2}	va^{6}	qau^{4}	va^{6}	qε^{1}
Mongx	was	ghaol	was	ghaeb
你	忘	鹅	忘	鸡

你忘记喂鹅喂鸡

改	敖	败	脑	虽
qε^{1}	au^{7}	pai^{4}	nəu^{2}	səi^{1}
Ghaeb	aok	bail	noux	seib
鸡	鸭	未	吃	米

忘记喂鸡鸭吃米

嗒	别	败	脑	凹
ta^{1}	$pɛ^{5}$	pai^{4}	$nəu^{2}$	$əu^{1}$
Dab	baet	bail	noux	oub
崽	猪	未	吃	潲

猪崽尚未吃猪潲

烈	咪	答	哪	桑
lie^{4}	mi^{6}	ta^{4}	na^{2}	$saŋ^{1}$
Liel	mis	dal	nax	sangb
烈	妈	个	人	心毒

配烈妈妈最心毒

咪	花	谁	打	着
mi^{6}	fa^{1}	$səi^{4}$	ta^{2}	$tɕio^{1}$
Mis	fab	seil	dax	jiob
妈	讲	咒	来	骂

妈妈诅咒来谩骂

多	打	答	比	改
tau^{5}	ta^{5}	ta^{4}	pi^{2}	$qɛ^{1}$
Daot	dat	dal	bix	ghaeb
若	杀	只	公	鸡

如果杀一只公鸡

猛	脑	节	东	改
$moŋ^{2}$	$nəu^{2}$	$tɕi^{4}$	$toŋ^{6}$	$qɛ^{1}$
Mongx	noux	jil	dongs	ghaeb
你	吃	只	棒腿	鸡

你吃那只鸡棒腿

东	敖	答	猛	生
toŋ^{6}	au^{7}	tia^{4}	moŋ^{2}	ɬəŋ^{1}
Dongs	aok	dial	mongx	dlengb
棒腿	鸭	卡	你	喉咙

骨头卡住你喉咙

猛	答	木	育	呀
moŋ^{2}	ta^{6}	mu^{4}	ʑu^{2}	ʑa^{1}
Mongx	das	mul	yux	yab
你	死	去	阴	间

你死以后去阴间

七	罗	木	布	答	猛	吓
tɕhi^{7}	lo^{6}	mu^{4}	pu^{8}	ta^{4}	moŋ^{2}	ɕia^{1}
Qik	los	mul	buf	dal	mongx	xiab
这	样	去	见	个	你	情郎

阴间与情郎相会

兄	太	劳	说	乌
ɕioŋ^{6}	thai^{7}	lau^{4}	ɬau^{2}	əu^{1}
Xiongs	taik	laol	dlaox	oub
兄	返	来	说	乌

亨兄返回到说乌

咪	花	雷	打	着
mi^{6}	fa^{1}	ləi^{4}	ta^{2}	tɕio^{1}
Mis	fab	leil	dax	jiob
妈	讲	话	来	骂

妈妈抱怨把话说

罗 太 答 你 达
lo^{6} thai^{5} ta^{4} ni^{2} ta^{1}
Los tait dal nix dab
又 骂 个 她 孩子
这样把话骂儿子

分 列 扭 底 哪
fəŋ^{6} lic^{5} niu^{4} ti^{2} na^{1}
Fengs liet niul dix nab
朋友 赶 鼓 一 天
朋友赶坡就一天

之 亡 不 当 根
tɕiu^{6} maŋ^{5} pu^{4} tiaŋ^{2} qəŋ^{1}
Jius mangt bul diangx ghengb
一 夜 朋友 返 回
他们一夜就返回

猛 列 扭 九 哪
moŋ^{2} lie^{5} niu^{4} tɕiu^{2} na^{1}
Mongx liet niul jiux nab
你 赶 鼓 九 天
你去赶坡要九天

兄 亡 冬 往 清
ɕioŋ^{6} maŋ^{5} tioŋ^{4} vaŋ^{2} tɕhiŋ^{1}
Xiongs mangt diongl wangx qingb
七 夜 刚 回 家
过了七夜才回家

娃	罢	文	两	呀
va^{6}	pa^{7}	vəŋ^{4}	liaŋ^{2}	ʑa^{1}
Was	bak	wengl	liangx	yab
荒	爸	水	田	秧

荒废爸爸那秧田

两	正	刮	扫	根
liaŋ^{2}	tsəŋ^{5}	ka^{4}	sau^{6}	qəŋ^{1}
Liangx	zengt	gal	saos	ghengb
田	野	干	到	底

水田已经变干田

罗	打	着	灭	嘮
lo^{6}	ta^{6}	tɕiu^{4}	mie^{2}	ɬau^{1}
Los	das	jiul	miex	dlaob
又	死	完	鱼	苗

水田鱼苗已死绝

兄	咪	答	哪	桑
ɕioŋ^{6}	mi^{6}	ta^{4}	na^{2}	saŋ^{1}
Xiongs	mis	dal	nax	sangb
兄	妈	个	人	心毒

亨兄妈妈最心毒

英	斗	聂	打	爹
ʑiŋ^{4}	təu^{5}	ȵɛ^{4}	ta^{2}	tie^{1}
Yingl	dout	nzael	dax	dieb
拿	竹	子	来	打

她拿竹子来鞭打

无　兄　节　拱　罗
vu^{7}　ɕioŋ^{6}　tɕi^{4}　qoŋ^{2}　lau^{1}
Wuk　xiongs　jil　ghongx　laob
鞭打　兄　只　大　腿
鞭打亨兄那大腿

兄　阿　娘　马　呆
ɕioŋ^{6}　a^{5}　niaŋ^{4}　ma^{2}　tai^{1}
Xiongs　at　niangl　max　daib
兄　生　气　不　应
亨兄生气不应答

兄　坐　当　猛　让
ɕioŋ^{6}　tsau^{7}　taŋ^{4}　moŋ^{2}　ȵiaŋ^{1}
Xiongs　zaok　dangl　mongx　nziangb
兄　跑　头　那　坐
亨兄跑到那头坐

撇　娘　木　党　沙
phɛ^{5}　niaŋ^{6}　mu^{4}　taŋ^{2}　ɬa^{1}
Paet　niangs　mul　dangx　dlab
房　间　去　睡　觉
亨兄进房间睡觉

兄　罢　乙　些　巴
ɕioŋ^{6}　pa^{7}　ʑi^{4}　ɕie^{6}　pa^{1}
Xiongs　bak　yil　xies　bab
兄　爸　讲　话　给
亨兄爸爸把话说

猛 学 劳 呀 嗒
moŋ^{2} ɕio^{3} lau^{4} ʑa^{6} ta^{1}
Mongx xiod laol yas dab
你 起 来 呀 孩子
儿子快快爬起来

瓜 兄 劳 脑 凹
qa^{6} ɕioŋ^{4} lau^{4} nəu^{2} əu^{1}
Ghas xiongl laol noux oub
桌 面 来 吃 饭
起床来桌子吃饭

不 回 让 污 木 比 勾
pu^{1} fəi^{4} ȵiaŋ^{1} vu^{6} mu^{4} pi^{2} qəu^{1}
Bub feil nziangb wus mul bix ghoub
明 天 有 力 去 干 活
明天有力来做工

兄 学 劳 脑 凹
ɕioŋ^{6} ɕio^{3} lau^{4} nəu^{2} əu^{1}
Xiongs xiod laol noux oub
兄 起 来 吃 饭
亨兄起床来吃饭

荣 孖 足 底 敲
ʑoŋ^{6} ȵia^{4} tɕiu^{4} ti^{2} qhau^{1}
Yongs nzial jiul dix khaob
吃 糯饭 完 一 碗
亨兄吃一碗糯饭

荣	意	足	底	西
ʑoŋ^{6}	i^{7}	tɕiu^{4}	ti^{2}	ɬi^{1}
Yongs	ik	jiul	dix	dlib
吃	肉	完	一	碟

亨兄吃完一碟肉

西	之	木	党	沙
ɕiu^{5}	tɕi^{6}	mu^{4}	taŋ^{2}	ɬa^{1}
Xiut	jis	mul	dangx	dlab
饱	上	去	睡	觉

吃饱又进房睡觉

扫	不	回	几	根
sau^{6}	pu^{1}	fəi^{4}	ki^{2}	qəŋ^{1}
Saos	bub	feil	gix	ghengb
到	明	天	早	上

等到第二天早晨

瓜	信	冬	周	收
qai^{5}	ɕiŋ^{7}	tioŋ^{4}	tɕiu^{6}	səu^{1}
Ghait	xingk	diongl	jius	soub
修	渠	沟	上	面

亨兄去山沟修渠

撇	根	夺	底	哪
phɛ^{1}	qəŋ^{6}	tau^{4}	ti^{2}	na^{1}
Paeb	ghengs	daol	dix	nab
劈	木	柴	一	天

亨兄劈柴火一天

被 的 木 九 哪
pi^{5} ti^{6} mu^{4} tɕiu^{2} na^{1}
Bit dis mul jiux nab
睡 棚 去 九 天
亨兄睡牛棚九天

兄 古 败 往 清
ɕioŋ^{6} qo^{5} pai^{4} vaŋ^{2} tɕhiŋ^{1}
Xiongs ghot bail wangx qingb
兄 也 不 回 家
亨兄也不返回家

当 号 木 了 喽
tiaŋ^{3} hau^{5} mu^{4} lia^{2} lau^{1}
Diangd haot mul liax laob
原 想 去 赶 坡
原来打算去赶坡

木 坐 扭 整 东
mu^{4} tsau^{7} niu^{4} tsəŋ^{2} toŋ^{1}
Mul zaok niul zengx dongb
去 踩 鼓 整 东
去整东坡会踩堂

哩 爹 工 凹 乡
li^{5} tie^{6} qoŋ^{4} au^{2} xiaŋ^{1}
Lit dies ghongl aox hviangb
换 许 多 衣 新
更换很多新衣服

败	扫	败	裸	妻
pai^{4}	sau^{6}	pai^{4}	lau^{2}	pai^{1}
Bail	saos	bail	laox	baib
未	到	不	翻	晒

衣服尚未翻来晒

些	幕	工	阿	乡
ɕie^{1}	mu^{7}	qoŋ^{4}	au^{2}	xaŋ^{1}
Xieb	muk	ghongl	aox	hvangb
怕	沤烂	那	衣	新

害怕新衣服发霉

兄	咪	木	裸	妻
ɕioŋ^{6}	mi^{6}	mu^{4}	lau^{2}	tɕhiu^{1}
Xiongs	mis	mul	laox	qiub
兄	妈	去	翻	衣服

亨兄妈妈翻衣服

工	苏	木	几	堆
qoŋ^{5}	ɬəu^{6}	mu^{4}	ki^{2}	tai^{1}
Ghongt	dlous	mul	gix	daib
翻	箱	去	底	层

翻开箱子到底层

布	足	节	响	嘹
pu^{8}	tɕiu^{6}	tɕi^{4}	ɕiaŋ^{2}	ɬau^{1}
Buf	jius	jil	xiangx	dlaob
见	一	只	镯	白

看见一只银镯子

马 布 节 响 尖
ma^{2} pu^{8} tɕi^{4} ɕiaŋ^{2} tɕiŋ^{1}
Max buf jil xiangx jingb
不 见 只 镯 金
没有看见金手镯

兄 当 劳 扫 清
ɕioŋ^{6} tiaŋ^{3} lau^{4} sau^{6} tɕhiŋ^{1}
Xiongs diangd laol saos qingb
兄 返 来 到 家
亨兄返回到家里

兄 咪 接 些 巴
ɕioŋ^{6} mi^{6} tɕie^{4} ɕie^{6} pa^{1}
Xiongs mis jiel xies bab
兄 妈 说 话 给
兄妈这样把话问

哪 阿 列 拉 扭 整 东
na^{1} a^{6} lie^{5} la^{1} niu^{4} tsəŋ^{2} toŋ^{1}
Nab as liet lab niul zengx dongb
天 那 看 个 鼓 整 东
那天赶整东坡会

猛 爹 只 响 尖
moŋ^{2} tie^{3} tɕi^{4} ɕiaŋ^{2} tɕiŋ^{1}
Mongx died jil xiangx jingb
你 戴 只 镯 金
你戴那只金手镯

猛	爹	劳	马	嗒
moŋ^{2}	tie^{3}	lau^{4}	ma^{2}	ta^{1}
Mongx	died	laol	max	dab
你	带	来	不	孩儿

儿子是否带回来

兄	化	雷	打	垒
ɕioŋ^{6}	fa^{1}	ləi^{4}	ta^{2}	ɬəi^{1}
Xiongs	fab	leil	dax	dleib
兄	讲	话	来	骗

亨兄这样把话骗

瓜	信	冬	周	收
qai^{5}	ɕiŋ^{7}	tioŋ^{4}	tɕiu^{6}	səu^{1}
Ghait	xingk	diongl	jius	soub
修	渠	沟	上	面

我在上面修水渠

改	之	败	引	租
qai^{3}	tɕi^{5}	pai^{4}	ɣiŋ^{2}	tɕiu^{1}
Ghaid	jit	bail	vingx	jiub
又	上	坡	岭	场

我又爬上那高坡

撇	根	夺	底	哪
phɛ^{1}	qəŋ^{6}	tau^{4}	ti^{2}	na^{1}
Paet	ghengs	daol	dix	nab
劈	木	柴	一	天

劈那柴火一整天

布	娃	冬	周	收
pu^{1}	va^{6}	tioŋ^{4}	tɕiu^{6}	səu^{1}
Bub	was	diongl	jius	soub
知	掉	沟	上	面

不知掉在沟上面

合	布	娃	丢	败	引	租
ha^{7}	pu^{1}	va^{6}	tiu^{5}	pai^{4}	ɣiŋ^{2}	tɕiu^{1}
Hak	bub	was	diut	bail	vingx	jiub
或	知	掉	在	坡	岭	场

或者掉在山场上

咪	之	冬	周	收
mi^{6}	tɕi^{5}	tioŋ^{4}	tɕiu^{6}	səu^{1}
Mis	jit	diongl	jius	soub
妈	上	沟	上	面

妈妈上水渠那找

瓜	信	足	底	哪
ka^{6}	ɕiŋ^{7}	tɕiu^{4}	ti^{2}	na^{1}
Gas	xingk	jiul	dix	nab
摸	渠	用	一	天

水渠里面摸一天

瓜	信	杀	马	学
ka^{6}	ɕiŋ^{7}	sa^{4}	ma^{2}	ɕio^{1}
Gas	xingk	sal	max	xiob
摸	渠	都	不	见

寻找水渠都不见

改	之	败	引	租
qai^{3}	tɕi^{5}	pai^{4}	ɣiŋ^{2}	tɕiu^{1}
Ghaid	jit	bail	vingx	jiub
又	上	坡	岭	场

妈妈又爬那山场

工	苏	夺	底	哪
qoŋ^{6}	səu^{1}	tau^{4}	ti^{2}	na^{1}
Ghongs	soub	daol	dix	nab
扒	树	叶	一	天

扒那树叶一整天

工	古	杀	马	学
qoŋ^{6}	qo^{5}	sa^{4}	ma^{2}	ɕio^{1}
Ghongs	ghot	sal	max	xiob
扒	也	都	不	见

扒那树叶没发现

咪	当	劳	扫	清
mi^{6}	tiaŋ^{3}	lau^{4}	sau^{6}	tɕhiŋ^{1}
Mis	diangd	laol	saos	qingb
妈	返	来	到	家

妈妈返回到家里

兄	化	雷	打	虽
ɕioŋ^{6}	fa^{1}	ləi^{4}	ta^{2}	ɬəi^{1}
Xiongs	fab	leil	dax	dleib
兄	讲	话	来	骗

亨兄这样把话骗

哪	阿	列	拉	扭	整	东
na^{1}	a^{6}	lie^{5}	la^{1}	niu^{4}	tsəŋ^{2}	toŋ^{1}
Nab	as	liet	lab	niul	zengx	dongb
天	那	看	个	鼓	整	东

那天赶整东坡会

瓦	坐	扭	底	哪
va^{4}	tsau^{7}	niu^{4}	ti^{2}	na^{1}
Wal	zaok	niul	dix	nab
我	踩	鼓	一	天

我参与踩堂一天

瓦	化	败	农	阿
va^{4}	fɛ^{7}	pai^{4}	noŋ^{2}	a^{1}
Wal	faek	bail	nongx	ab
我	扬	手	这	那

我这样那样扬手

罗	睡	节	响	尖
lo^{6}	ɕun^{4}	tɕi^{4}	ɕiaŋ^{2}	tɕiŋ^{1}
Los	xunl	jil	xiangx	jingb
才	丢	只	镯	金

才丢失那金手镯

些	爹	木	党	飞
ɕie^{5}	tie^{7}	mu^{4}	taŋ^{2}	fai^{1}
Xiet	diek	mul	dangx	faib
甩	掉	去	很	远

可能甩掉到很远

瓦	逗	当	农	阿
va^{4}	təu^{6}	taŋ^{4}	noŋ^{2}	a^{1}
Wal	dous	dangl	nongx	ab
我	找	头	这	那

我找这头到那头

逗	古	杀	马	学
təu^{6}	qo^{5}	sa^{4}	ma^{2}	ɕio^{1}
Dous	ghot	sal	max	xiob
找	也	都	不	见

寻找坡场没发现

布	勾	答	许	嗒
pu^{1}	qəu^{5}	ta^{4}	ɕi^{2}	ta^{1}
Bub	ghout	dal	xix	dab
知	公	个	哪	孩儿

不知哪家那小孩

秋	多	瓦	响	尖
tɕhiu^{1}	tau^{5}	va^{4}	ɕiaŋ^{2}	tɕiŋ^{1}
Qiub	daot	wal	xiangx	jingb
拾	到	我	镯	金

拾到我那金手镯

亨	兄	咪	罢	杀	哪	坡
həŋ^{5}	ɕioŋ^{6}	mi^{6}	ba^{7}	sa^{4}	na^{2}	po^{1}
Hengt	xiongs	mis	bak	sal	nax	pob
亨	兄	母	父	都	人	气愤

亨兄父母很气愤

太	兄	足	好	拉
thai^{5}	ɕioŋ^{6}	tɕiu^{4}	həu^{3}	lau^{1}
Tait	xiongs	jiul	houd	laob
骂	兄	完	头	脚

从头到脚骂亨兄

送	兄	扫	堵	兴
soŋ^{5}	ɕioŋ^{6}	sau^{6}	tiu^{2}	ɬiŋ^{1}
Songt	xiongs	saos	diux	dlingb
送	兄	到	门	鬼

诅咒亨兄到鬼门

答	农	答	马	先
ta^{4}	noŋ^{6}	ta^{4}	ma^{2}	ɕiŋ^{1}
Dal	nongs	dal	max	xingb
个	这	个	不	聪明

这个人真不聪明

都	娃	瓦	响	尖
tiu^{5}	va^{6}	va^{4}	ɕiaŋ^{2}	tɕiŋ^{1}
Diut	was	wal	xiangx	jingb
弄	丢	我	镯	金

弄丢我那金手镯

节	农	波	哪	租
tɕi^{4}	noŋ^{2}	pa^{8}	na^{2}	tɕiu^{1}
Jil	nongx	baf	nax	jiub
只	这	保	人	性命

这只金镯保性命

节	农	波	载	阶
tɕi^{4}	noŋ^{2}	pa^{8}	tsai^{3}	qai^{1}
Jil	nongx	baf	zaid	ghaib
只	这	保	家	产

这只金镯保家产

节	农	波	两	呀
tɕi^{4}	noŋ^{2}	pa^{8}	liaŋ^{2}	ʑa^{1}
Jil	nongx	baf	liangx	yab
只	这	保	田	秧

这只金镯保秧田

节	农	波	蚁	溜
tɕi^{4}	noŋ^{2}	pa^{8}	ȵi^{2}	liu^{1}
Jil	nongx	baf	nzix	liub
只	这	保	牛	大

这只金镯保牲畜

节	农	波	搞	江
tɕi^{4}	noŋ^{2}	pa^{8}	qau^{2}	tɕiaŋ^{1}
Jil	nongx	baf	ghaox	jiangb
只	这	保	杉	木

这只金镯保杉木

罢	咪	杀	哪	坡
pa^{7}	mi^{6}	sa^{4}	na^{2}	pho^{1}
Bak	mis	sal	nax	pob
爸	妈	都	人	气愤

父母都是很生气

兄	咪	接	底	拉
ɕioŋ^{6}	mi^{6}	tɕie^{4}	ti^{2}	la^{1}
Xiongs	mis	jiel	dix	lab
兄	妈	说	一	个

亨兄妈妈这样说

号	打	答	蚁	溜
hau^{5}	ta^{5}	ta^{4}	ȵi^{2}	liu^{1}
Haot	dat	dal	nzix	liub
若	杀	只	牛	大

计划要杀一头牛

拉	拉	羊	说	乌
la^{7}	la^{1}	ɣaŋ^{4}	ɬau^{2}	əu^{1}
Lak	lab	vangl	dlaox	oub
召集	个	寨	说	乌

召集整个说乌寨

溜	业	杀	哪	爹
liu^{1}	nie^{7}	sa^{4}	na^{2}	tie^{1}
Liub	niek	sal	nax	dieb
大	小	都	人	到

男女老少都到场

阿	衣	直	底	哪
a^{5}	ɣi^{1}	tɕi^{4}	ti^{2}	na^{1}
At	vib	jil	dix	nab
做	埋	岩	一	天

要举行埋岩活动

兄	咪	劳	贾	收
ɕioŋ^{6}	mi^{6}	lau^{4}	tɕia^{2}	χu^{1}
Xiongs	mis	laol	jiax	hvub
兄	妈	来	说	话

亨兄妈妈来讲话

哪	阿	坐	扭	瓜	整	东
na^{1}	a^{6}	tsau^{7}	niu^{4}	qa^{6}	tsəŋ^{2}	toŋ^{1}
Nab	as	zaok	niul	ghas	zengx	dongb
天	那	踩	鼓	在	整	东

那天在整东踩堂

兄	都	节	响	尖
ɕioŋ^{6}	tiu^{5}	tɕi^{4}	ɕiaŋ^{2}	tɕiŋ^{1}
Xiongs	diut	jil	xiangx	jingb
兄	戴	只	镯	金

亨兄佩戴那金镯

兄	化	败	农	阿
ɕioŋ^{6}	fɛ^{7}	pai^{4}	noŋ^{2}	a^{1}
Xiongs	faek	bail	nongx	ab
兄	扬	手	这	那

亨兄扬手这那样

娃	都	扭	整	东
va^{6}	tiu^{5}	niu^{4}	tsəŋ^{2}	toŋ^{1}
Was	diut	niul	zengx	dongb
丢	在	鼓	整	东

丢弃金镯在整东

马 布 答 许 秋
ma^{2} pu^{1} ta^{4} ɕi^{2} tɕhiu^{1}
Max bub dal xix qiub
不 知 个 哪 拾
不知哪个人拾起

答 爹 多 坐 答 阿 秋
ta^{4} tie^{6} tau^{5} tsau^{7} ta^{4} a^{2} tɕhiu^{1}
Dal dies daot zaok dal ax qiub
个 哪 逃 跑 个 哪 拾
哪个逃跑哪个拾

答 爹 丢 比 答 阿 咪
ta^{4} tie^{6} tiu^{7} pi^{5} ta^{4} a^{2} mi^{1}
Dal dies diuk bit dal ax mib
个 哪 笑 就 个 哪 要
哪个笑就哪个要

答 不 分 改 接 底 拉
ta^{1} pu^{4} fəŋ^{6} qai^{3} tɕie^{4} ti^{2} la^{1}
Dab bul fengs ghaid jiel dix lab
朋 友 们 又 说 一 个
众人这样把话说

败 古 杀 马 秋
pai^{1} qo^{5} sa^{4} ma^{2} tɕhiu^{1}
Baib ghot sal max qiub
我们 也 都 不 拾
我们也没有拾起

败	古	杀	马	咪
pai^{1}	qo^{5}	sa^{4}	ma^{2}	mi^{1}
Baib	ghot	sal	max	mib
我们	也	都	不	要

我们都没有偷拿

空	阿	害	浪	败
qhoŋ^{1}	a^{5}	hɛ^{5}	laŋ^{2}	pai^{1}
Khongb	at	haet	langx	baib
莫	要	害	自己	我们

不要加害到我们

猛	那	答	猛	嗒
moŋ^{2}	na^{6}	ta^{4}	moŋ^{2}	ta^{1}
Mongx	nas	dal	mongx	dab
你	问	个	你	孩子

你问家里那小孩

兄	凹	答	桑	根
ɕioŋ^{6}	au^{5}	ta^{4}	saŋ^{2}	qəŋ^{1}
Xiongs	aot	dal	sangx	ghengb
兄	两	个	辈	后

兄哥家里两兄弟

傲	蚁	接	底	拉
au^{7}	ȵi^{2}	tɕie^{4}	ti^{2}	la^{1}
Aok	nzix	jiel	dix	lab
小	弟	说	一	个

小弟这样把话说

空	打	答	蚁	溜
qhoŋ^{1}	ta^{5}	ta^{4}	ȵi^{2}	liu^{1}
Khongb	dat	dal	nzix	liub
莫	杀	个	牛	大

不要杀那头牯牛

罗	打	答	蚁	些
lo^{6}	ta^{5}	ta^{4}	ȵi^{2}	sɛ^{1}
Los	dat	dal	nzix	saeb
又	杀	个	牛	空

白白杀死那牯牛

空	阿	害	哪	租
qhoŋ^{1}	a^{5}	hɛ^{5}	na^{2}	tɕiu^{1}
Khongb	at	haet	nax	jiub
莫	要	害	人	们

不要冤枉害他人

八	拉	羊	农	些
pa^{4}	la^{1}	ɣaŋ^{4}	noŋ^{2}	sɛ^{1}
Bal	lab	vangl	nongx	saeb
坏	个	寨	这	空

毁坏说乌寨名声

猛	挪	太	答	猛	兑	冬
moŋ^{2}	lo^{6}	thai^{5}	ta^{4}	moŋ^{2}	təi^{2}	tioŋ^{1}
Mongx	los	tait	dal	mongx	deix	diongb
你	自	骂	个	你	哥	中间

你自骂自家儿子

哪	阿	扭	整	东
na^{1}	a^{6}	niu^{4}	tsəŋ^{2}	toŋ^{1}
Nab	as	niul	zengx	dongb
日	那	鼓	整	东

那天在整东坡会

兄	代	聂	雅	嗒
ɕioŋ^{6}	tai^{7}	nie^{4}	ʑa^{2}	ta^{1}
Xiongs	daik	niel	yax	dab
兄	与	聂	雅	孩儿

亨兄与聂雅女儿

配	烈	答	哪	傲
phɛ^{7}	lie^{4}	ta^{4}	na^{2}	au^{1}
Paek	liel	dal	nax	aob
配	烈	个	人	好

配烈是一个美女

嗒	不	分	坐	木	底	雍
ta^{1}	pu^{4}	fəŋ^{6}	tsau^{7}	mu^{4}	ti^{2}	voŋ^{1}
Dab	bul	fengs	zaok	mul	dix	wongb
朋	友	们	踩堂	去	一	行

朋友踩堂在一行

兄	代	聂	雅	嗒
ɕioŋ^{6}	tai^{7}	nie^{4}	ʑa^{2}	ta^{1}
Xiongs	daik	niel	yax	dab
兄	与	聂	雅	孩儿

亨兄与配烈踩堂

挪　坐　木　底　雍
no^{6} tsau^{7} mu^{4} ti^{2} voŋ^{1}
Nos zaok mul dix wongb
自　跑　去　一　行
他们独自在一行

西　孖　木　九　哪
ɕi^{5} ȵia^{6} mu^{4} tɕiu^{2} na^{1}
Xit nzias mul jiux nab
相　伴　去　九　天
他们相伴那九天

兄　亡　冬　当　根
ɕioŋ^{6} maŋ^{5} tioŋ^{4} tiaŋ^{2} qəŋ^{1}
Xiongs mangt diongl diangx ghengb
七　夜　才　返　回
七个夜晚才返回

兄　代　烈　贾　收
ɕioŋ^{6} tai^{7} lie^{4} tɕia^{2} χu^{1}
Xiongs daik liel jiax hvub
兄　与　烈　讲　话
亨兄与配烈恋爱

号　咪　答　阿　咪
hau^{5} mi^{1} ta^{4} a^{2} mi^{1}
Haot mib dal ax mib
要　拿　个　那　拿
如果偷拿就是她

秋	古	答	阿	秋
tɕhiu^{1}	qo^{5}	ta^{4}	a^{2}	tɕhiu^{1}
Qiub	ghot	dal	ax	qiub
拾	也	个	那	拾
如果拾起也是她				

兄	咪	接	底	拉
ɕioŋ^{6}	mi^{6}	tɕic^{4}	ti^{2}	la^{1}
Xiongs	mis	jiel	dix	lab
兄	妈	说	一	个
亨兄妈妈说一个				

阿	爹	聂	雅	嗒
a^{5}	tie^{6}	nie^{4}	ʑa^{2}	ta^{1}
At	dies	niel	yax	dab
如	何	聂	雅	孩儿
聂雅女儿长如何				

乌	弱	日	你	通
vu^{5}	nio^{6}	ʑi^{4}	ni^{2}	thoŋ^{1}
Wut	nios	yil	nix	tongb
漂	亮	这	她	样
像配烈这么漂亮				

阿	爹	不	马	咪
a^{5}	tie^{6}	pu^{4}	ma^{2}	mi^{1}
At	dies	bul	max	mib
怎	样	朋友	不	娶
朋友怎么不娶她				

答	尼	答	努	租
ta^{4}	ni^{6}	ta^{4}	ȵəu^{2}	tsəu^{1}
Dal	nis	dal	nzoux	zoub
个	那	个	变	婆

那个该是鸭变①女

娘	哎	不	马	咪
niaŋ^{4}	ai^{3}	pu^{4}	ma^{2}	mi^{1}
Niangl	aid	bul	max	mib
姑	娘	人	不	娶

这样姑娘人不娶

罗	疗	劳	五	门
lo^{6}	lia^{7}	lau^{4}	vu^{2}	məŋ^{1}
Los	liak	laol	wux	mengb
才	剩	来	嫁	你们

这样才剩嫁给你

猛	代	答	你	夸
moŋ^{2}	tai^{7}	ta^{4}	ni^{2}	qha^{1}
Mongx	daik	dal	nix	khab
你	与	个	她	结婚

你与那个人结婚

①鸭变：苗语“nzoux zoub”的意译，口语称“zoub nzoux”。“鸭变”，民间传说，女人死后又复活，钻出坟墓，晚间回到家里，并在村上抓鸡抓鸭，几个月后变成老虎进入深山野林。

答	尼	答	努	租
ta^{4}	ni^{6}	ta^{4}	ȵəu^{2}	tsəu^{1}
Dal	nis	dal	nzoux	zoub
个	那	个	变	婆

那个该是鸭变女

空	迭	劳	瓦	清
qhoŋ^{1}	tε^{3}	lau^{4}	va^{4}	tɕhiŋ^{1}
Khongb	daed	laol	wal	qingb
莫	带	来	我	家

不要带进我家门

瓦	咪	罢	夸	八	底	雍
va^{4}	mi^{6}	pa^{7}	qhε^{5}	pa^{4}	ti^{2}	voŋ^{1}
Wal	mis	bak	khaet	bal	dix	wongb
我	母	父	亲戚	坏	一	拨

败坏亲戚那名声

之	昂	桑	根	不	马	咪
tɕi^{3}	ŋa^{7}	saŋ^{6}	qəŋ^{1}	pu^{4}	ma^{2}	mi^{1}
Jid	ngak	sangs	ghengb	bul	max	mib
孩	子	代	后	人	不	娶

子孙后代难嫁娶

兄	改	接	底	拉
ɕioŋ^{6}	qai^{3}	tɕie^{4}	ti^{2}	la^{1}
Xiongs	ghaid	jiel	dix	lab
兄	又	说	一	个

亨兄这样把话说

拉 荣 乌 拉 冬 颇 凹
la^{1} voŋ^{4} vu^{5} la^{1} tioŋ^{4} po^{2} əu^{1}
Lab wongl wut lab diongl box oub
个 山梁 好 个 沟 泉 水
山梁涌出好泉水

文 乌 当 颇 嗦
vəŋ^{4} vu^{5} taŋ^{5} po^{2} ɬau^{1}
Wengl wut dangt box dlaob
田 好 长 浮 萍
好田易长好浮萍

拉 乌 乌 根 败 引 羊
la^{6} vu^{5} vu^{5} qəŋ^{1} pai^{4} ɣiŋ^{2} ʑaŋ^{1}
Las wut wut ghengb bail vingx yangb
地 好 好 底 坡 山 坡
好地在那山坡底

挪 乌 罗 乌 聂 雅 达
no^{3} vu^{5} lo^{6} vu^{5} nie^{4} ʑa^{2} ta^{1}
Nod wut los wut niel yax dab
现 好 又 好 聂 雅 女
现有聂雅女漂亮

配 烈 答 哪 傲
phɛ^{7} lie^{4} ta^{4} na^{2} au^{1}
Paek liel dal nax aob
配 烈 个 人 美
配烈天生是美女

咪 昂 杀 马 布
mi^{6} ŋaŋ^{5} sa^{4} ma^{2} pu^{1}
Mis ngangt sal max bub
妈 傻 都 不 知
妈妈愚钝不知道

当 化 害 浪 败
tiaŋ^{3} fa^{3} hɛ^{5} laŋ^{2} pai^{1}
Diangd fad haet langx baib
反 来 冤枉 自己 我们
妈妈反来冤枉我

分 改 接 底 拉
fəŋ^{6} qai^{3} tɕie^{4} ti^{2} la^{1}
Fengs ghaid jiel dix lab
别人 又 说 一 个
别人这样把话说

空 代 咪 婉 收
qhoŋ^{1} tai^{7} mi^{6} van^{2} xu^{1}
Khongb daik mis wanx hvub
莫 与 妈 争 话
不要与妈妈争吵

劳 咪 罗 准 加
lau^{5} mi^{6} lo^{6} tɕiŋ^{2} tɕia^{1}
Laot mis los jingx jiab
嘴 妈 才 成 药
妈妈说话才灵验

列	嗒	良	吓	些
lie^{5}	ta^{6}	liaŋ^{4}	ɕia^{2}	sɛ^{1}
Liet	das	liangl	xiax	saeb
因	死	断	命	空

因死白白去送命

农	咪	劳	贾	拉
noŋ^{3}	mi^{6}	lau^{4}	tɕia^{2}	la^{1}
Nongd	mis	laol	jiax	lab
现	妈	来	讲	话

现在妈妈来讲话

接	兄	木	本	威
tɕie^{4}	ɕioŋ^{6}	mu^{4}	pəŋ^{2}	vəi^{1}
Jiel	xiongs	mul	bengx	weib
说	兄	去	本	威

要求亨兄去本威

木	蔸	聂	雅	嗒
mu^{4}	təu^{6}	nie^{4}	ʑa^{2}	ta^{1}
Mul	dous	niel	yax	dab
去	找	聂	雅	孩儿

去找聂雅家美女

木	退	瓦	响	尖
mu^{4}	thai^{7}	va^{4}	ɕiaŋ^{2}	tɕiŋ^{1}
Mul	taik	wal	xiangx	jingb
去	退	我	镯	金

去退我那金手镯

兄	接	底	拉	都
$ɕioŋ^{6}$	$tɕie^{4}$	ti^{2}	la^{1}	tiu^{5}
Xiongs	jiel	dix	lab	diut
兄	说	一	个	给

亨兄这样把话说

哎	咪	罢	空	太
ai^{1}	mi^{6}	pa^{7}	$qhoŋ^{1}$	$thai^{5}$
Aib	mis	bak	khongb	tait
哎	母	父	莫	骂

父母亲请不要骂

空	爹	太	败	挪
$qhoŋ^{1}$	tie^{6}	$thai^{5}$	pai^{1}	nau^{5}
Khongb	dies	tait	baib	naot
不	要	骂	我	多

不要谩骂我太多

桑	桑	告	冬	梯
$saŋ^{6}$	$saŋ^{6}$	qau^{5}	$tioŋ^{1}$	thi^{5}
Sangs	sangs	ghaot	diongb	tit
代	代	都	中	寨

代代在本寨嫁娶

东	神	夸	让	挪
$tioŋ^{1}$	$ɬəŋ^{4}$	$qhɛ^{5}$	$ȵiaŋ^{1}$	nau^{5}
Diongb	dlengl	khaet	nziangb	naot
中	地方	亲戚	有	多

本寨亲戚有很多

灭	兄	告	飞	挪		
mie^{6}	ɕioŋ^{6}	qau^{5}	fai^{1}	nau^{5}		
Mies	xiongs	ghaot	faib	naot		
让	兄	娶	远	多		

让亨兄娶那远方

飞	刀	年	松	最	拉	夸
fai^{1}	tau^{4}	ɣiŋ^{2}	ɬoŋ^{6}	tsəŋ^{7}	la^{1}	qhɛ^{5}
Faib	daol	vingx	dlongs	zengk	lab	khaet
远	方	岭	坳	做	个	亲戚

结婚成远方亲戚

咪	罢	杀	哪	着
mi^{6}	pa^{7}	sa^{4}	na^{2}	tɕio^{1}
Mis	bak	sal	nax	jiob
母	父	全	人	骂

父母亲都来劝骂

十	兄	木	堵	兴
ɕi^{4}	ɕioŋ^{6}	mu^{4}	tiu^{2}	ɬiŋ^{1}
Xil	xiongs	mul	diux	dlingb
骂	兄	去	门	鬼

诅咒亨兄快些死

接	嗒	内	裸	江
tɕie^{4}	ta^{1}	nəi^{4}	lo^{2}	tɕiaŋ^{1}
Jiel	dab	neil	lox	jiangb
说	舅	爷	裸	江

邀请裸江舅爷来

接 你 劳 扫 清

tɕie^{4} ni^{2} lau^{4} sau^{6} tɕhiŋ^{1}

Jiel nix laol saos qingb

请 他 来 到 家

邀请他来到家里

东 兄 木 挪 忍

toŋ^{8} ɕioŋ^{6} mu^{4} nio^{2} ȵiŋ^{1}

Dongf xiongs mul niox nzingb

同 兄 去 退 婚

陪同亨兄去退婚

不 回 许 冬 爹

pu^{1} fəi^{4} ɕi^{2} tioŋ^{1} tɛ^{5}

Bub feil xix diongb daet

明 天 时 早 晨

等到明天那早晨

之 败 党 生 都

tɕi^{5} pai^{4} taŋ^{2} ɬəŋ^{1} tiu^{5}

Jit bail dangx dlengb diut

爬 坡 低 头 给

亨兄低头爬山坡

沙 迷 马 拉 照

ɬa^{5} mie^{4} ma^{2} ɣa^{1} tɕioŋ^{5}

Dlat miel max vab jiongt

绳子 马 不 拉 紧

牵马绳子不拉紧

嘎 六 马 拉 都
ka^{2} liu^{4} ma^{2} lia^{1} tiu^{5}
Gax liul max liab diut
芦 笙 不 愿 吹
亨兄无心吹芦笙

吗 年 肮 娃 勾
ma^{6} niŋ^{4} aŋ^{3} va^{1} qəu^{5}
Mas ningl angd wab ghout
软 腿 多 呀 公
亨兄感觉腿软绵

吗 败 吗 罗 挪
ma^{6} pai^{4} ma^{6} lau^{1} nau^{5}
Mas bail mas laob naot
软 手 软 脚 多
感觉手软又脚软

之 败 马 拉 之
tɕi^{5} pai^{4} ma^{2} lia^{1} tɕi^{5}
Jit bail max liab jit
爬 坡 不 愿 爬
亨兄无心爬山坡

当 西 搞 江 都
taŋ^{6} ɕi^{1} qau^{2} tɕiaŋ^{1} tiu^{5}
Dangs xib ghaox jiangb diut
像 拉 木 杉 样
就像拉一根杉木

学	答	努	租	先
ɕio⁷	ta⁴	nəu⁶	tɕiu¹	ɕiŋ⁵
Xiok	dal	nous	jiub	xingt
提	只	画	眉	红

手提一只红画眉

几	各	爹	让	迎
ki²	ko⁴	tie⁶	ȵiaŋ¹	ʑiŋ⁵
Gix	gol	dies	nziangb	yingt
叫	声	在	悠	然

画眉悠然叫不停

农	答	努	租	生
noŋ³	ta⁴	nəu⁶	tɕiu¹	səŋ⁵
Nongd	dal	nous	jiub	sengt
现	只	画	眉	叫

现在画眉这样叫

空	木	耶	达	亨
qhoŋ¹	mu⁴	ʑa⁶	ta¹	həŋ⁵
Khongb	mul	yas	dab	hengt
莫	去	呀	后	生

后生不要再走了

空	木	娃	门	些
qhoŋ¹	mu⁴	va⁶	məŋ¹	sɛ⁵
Khongb	mul	was	mengb	saet
莫	去	退	你们	心上人

不要背弃心上人

答	猛	答	忍	乌
ta^{4}	moŋ^{2}	ta^{4}	ȵiŋ^{1}	vu^{5}
Dal	mongx	dal	nzingb	wut
个	那	个	媳妇	好

那个媳妇良心好

那	爹	劳	立	猛	阶	敲
na^{1}	tie^{6}	lau^{4}	li^{4}	moŋ^{2}	qai^{1}	qhau^{5}
Nab	dies	laol	lil	mongx	ghaib	khaot
以	后	来	管	你	家产	而已

以后管理你家产

兄	接	底	拉	都
ɕioŋ^{6}	tɕie^{4}	ti^{2}	la^{1}	tiu^{5}
Xiongs	jiel	dix	lab	diut
兄	说	一	个	给

亨兄这样把话说

号	木	挪	金	咪
hau^{5}	mu^{4}	nio^{2}	kiŋ^{1}	mi^{5}
Haot	mul	niox	gingb	mit
若	去	退	姑	娘

想去退掉那婚约

太	瓦	响	尖	耶
thai^{7}	va^{4}	ɕiaŋ^{2}	tɕiŋ^{1}	ʑe^{5}
Taik	wal	xiangx	jingb	yet
退	我	镯	金	呀

退掉我那金手镯

罗	龙	改	罗	休
lau^{1}	loŋ^{4}	qai^{3}	lau^{1}	ɕiu^{5}
Laob	longl	ghaid	laob	xiut
脚	踏	又	脚	止

刚踏两步又休息

吗	年	肮	娃	勾
ma^{6}	niŋ^{4}	aŋ^{3}	va^{1}	qəu^{5}
Mas	ningl	angd	wab	ghout
软	腿	多	呀	公

亨兄伤心又腿软

凹	乌	马	木	耶	娃	勾
au^{1}	vu^{5}	ma^{2}	mu^{4}	ʑa^{6}	va^{1}	qəu^{5}
Aob	wut	max	mul	yas	wab	ghout
我们	好	不	去	了	呀	公

我们最好不再走

嗒	内	选	收	都
ta^{1}	nəi^{4}	ɬiŋ^{2}	χu^{1}	tiu^{5}
Dab	neil	dlingx	hvub	diut
舅	爷	讲	话	给

舅爷这样把话讲

马	木	咪	罢	改	着	太
ma^{2}	mu^{4}	mi^{6}	pa^{7}	qai^{3}	tɕio^{1}	thai^{5}
Max	mul	mis	bak	ghaid	jiob	tait
不	去	母	父	又	谩	骂

不去又被父母骂

太	足	底	雍	夸
thai^{5}	tɕiu^{4}	ti^{2}	voŋ^{1}	qhɛ^{5}
Tait	jiul	dix	wongb	khaet
骂	完	一	拨	亲戚

骂完你那拨亲戚

凹	约	瞎	底	哪
au^{1}	ʑo^{6}	ɬia^{4}	ti^{2}	na^{1}
Aob	yos	dlial	dix	nab
两	人	走	一	天

他们步行一整天

罗	之	败	引	乡
lo^{6}	tɕi^{5}	pai^{4}	ɣiŋ^{2}	χaŋ^{1}
Los	jit	bail	vingx	hvangb
才	爬	坡	岭	高

才爬上那高山坡

扫	松	羊	本	威
sau^{6}	ɬoŋ^{6}	ɣaŋ^{4}	pəŋ^{2}	vəi^{1}
Saos	dlongs	vangl	bengx	weib
到	山坳	寨	本	威

来到本威寨山坳

收	污	行	哪	租
ɕiu^{5}	vu^{6}	ɬiŋ^{4}	na^{2}	tɕiu^{1}
Xiut	wus	dlingl	nax	jiub
休	息	力气	人	类

休息来恢复体力

阿	烟	丢	打	夸
a^{5}	ʑiŋ^{7}	tiu^{4}	ta^{2}	kha^{1}
At	yingk	diul	dax	kab
拿	烟	香	来	烧

抽支香烟来休息

兄	罗	仑	努	超
ɕioŋ^{6}	lio^{7}	ləŋ^{4}	nəu^{2}	tshau^{1}
Xiongs	liok	lengl	noux	caob
兄	摘	片	叶子	吹

亨兄悠闲吹木叶

罗	刚	聂	雅	嗒
lo^{6}	qaŋ^{3}	nie^{4}	ʑa^{2}	ta^{1}
Los	ghangd	niel	yax	dab
又	吹喊	聂	雅	孩儿

吹那木叶喊配烈

达	配	让	载	示	比	勾
ta^{1}	phɛ^{7}	ȵiaŋ^{1}	tsai^{3}	ɕi^{6}	pi^{2}	qəu^{1}
Dab	paek	nziangb	zaid	xis	bix	ghoub
姑	娘	在	家	或	干	活

姑娘在家或出工

烈	信	答	哪	布
lie^{4}	ɕiŋ^{7}	ta^{4}	na^{2}	pu^{1}
Liel	xingk	dal	nax	bub
烈	真	个	人	聪明

配烈真是很聪明

行	道	当	好	吞
haŋ^{1}	tau^{7}	taŋ^{4}	həu^{3}	thəŋ^{1}
Hangb	daok	dangl	houd	tengb
织	布	在	头	楼梯

她在楼梯头织布

烈	布	拉	堵	嗒
lie^{4}	po^{7}	la^{1}	tiu^{2}	ta^{1}
Liel	bok	lab	diux	dab
烈	开	个	窗	小

配烈打开小窗户

猛	松	羊	粉	花
moŋ^{5}	ɬoŋ^{6}	ɣaŋ^{4}	fəŋ^{2}	fa^{1}
Mongt	dlongs	vangl	fengx	fab
望	坳	寨	粉	花

遥望粉花那山坳

罗	布	答	你	虾
lo^{6}	pu^{4}	ta^{4}	ni^{2}	ɕia^{1}
Los	bul	dal	nix	xiab
看	见	个	她	情郎

看见她那心上人

改	爹	答	哪	冬
qai^{3}	tie^{3}	ta^{4}	na^{2}	tioŋ^{1}
Ghaid	died	dal	nax	diongb
又	带	个	人	中间

跟随一个中间人

西　义　劳　挪　败
ɕi^{1} ȵi^{6} lau^{4} nio^{2} pai^{1}
Xib nzis laol niox baib
也　许　来　退　我们
也许来退那婚事

烈　瓜　答　哪　布
lie^{4} qo^{5} ta^{4} na^{2} pu^{1}
Liel ghot dal nax bub
烈　也　个　人　聪明
配烈是个聪明人

你　无　木　婉　乌
ni^{2} vu^{7} mu^{4} vəŋ^{2} vo^{1}
Nix wuk mul wengx wob
她　下　去　园　菜
她借故到那菜园

略　多　仑　努　车
lio^{7} tau^{5} ləŋ^{4} nəu^{2} tshai^{1}
Liok daot lengl noux caib
摘　得　片　叶　木
摘到一片嫩木叶

瓜　工　当　猛　超
qa^{6} koŋ^{4} taŋ^{4} moŋ^{2} tshau^{1}
Ghas gongl dangl mongx caob
那　堂屋　头　边　吹
在堂屋外吹木叶

许	凹	立	亡	败	引	溜
ɕi^{2}	au^{1}	li^{6}	maŋ^{7}	pai^{4}	ɣiŋ^{2}	liu^{1}
Xix	aob	lis	mangk	bail	vingx	liub
那时	咱	换	信物	坡	高	大

咱俩山坳换信物

瓦	号	接	底	答	哪	冬
va^{4}	hau^{5}	tɕie^{4}	ti^{2}	ta^{4}	na^{2}	tioŋ^{1}
Wal	haot	jiel	dix	dal	nax	diongb
我	想	找	一	个	人	中间

我想找个证明人

灭	媒	劳	贾	拉
mie^{6}	məi^{4}	lau^{4}	tɕia^{2}	la^{1}
Mies	meil	laol	jiax	lab
让	媒人	来	讲	个

让那媒人来做媒

你	索	谁	准	衣
ni^{2}	sau^{5}	səi^{6}	tɕiŋ^{2}	ɣi^{1}
Nix	saot	seis	jingx	vib
她	许	诺	成	石

她许诺话成磐石

当	根	马	贾	收
taŋ^{4}	qəŋ^{1}	ma^{2}	tɕia^{2}	χu^{1}
Dangl	ghengb	max	jiax	hvub
以	后	不	讲	话

以后结婚无非议

农	猛	爹	底	答	哪	冬
noŋ^3	moŋ^2	tie^3	ti^2	ta^4	na^2	tioŋ^1
Nongd	mongx	died	dix	dal	nax	diongb
现	你	带	一	个	人	中间

现在你带中间人

猛	上	劳	挪	败
moŋ^2	ɕiaŋ^5	lau^4	nio^2	pai^1
Mongx	xiangt	laol	niox	baib
你	想	来	退	我

你想回来把婚退

猛	号	麻	两	呀
moŋ^2	hau^5	ma^4	liaŋ^2	ʑa^1
Mongx	haot	mal	liangx	yab
你	说	卖	田	秧

你说要卖那秧田

着	信	挪	九	生
tɕio^2	ɕin^7	noŋ^6	tɕiu^2	səŋ^1
Jiox	xingk	nongs	jiux	sengb
水	渠	自	九	千

水渠灌溉数千亩

猛	号	麻	搞	江
moŋ^2	hau^5	ma^4	qau^2	tɕiaŋ^1
Mongx	haot	mal	ghaox	jiangb
你	说	卖	木	杉

你说要卖那杉木

引 答 松 浪 杀 猛 木
ɣiŋ^{2} tɛ^{4} ɬoŋ^{6} laŋ^{5} sa^{4} moŋ^{2} mu^{1}
Vingx dael dlongs langt sal mongx mub
岭 山 坳 山 都 你 的
山场山坳都你家

猛 号 麻 蚁 溜
moŋ^{2} hau^{5} ma^{4} ȵi^{2} liu^{1}
Mongx haot mal nzix liub
你 说 卖 牛 大
你说要卖大牯牛

爹 越 无 搞 瓜
tie^{6} vie^{6} vu^{4} qau^{5} ka^{1}
Dies wies wul ghaot gab
那 转 弯 牯牛 角
牯牛对角往里弯

多 爹 败 响 嗦
tau^{5} tie^{6} pai^{4} ɕiaŋ^{2} ɬau^{1}
Daot dies bail xiangx dlaob
得 那 多 银 白
获得许多白银子

猛 爹 劳 挪 败
moŋ^{2} tie^{3} lau^{4} nio^{2} pai^{1}
Mongx died laol niox baib
你 带 来 退 我
你带银子来退婚

收 呢 挪 猛 收
χu^{1} ni^{6} noŋ^{8} moŋ^{2} χu^{1}
Hvub nis nongf mongx hvub
话 这 自 你 话
这是你原来话语

些 呢 挪 猛 虽
ɕie^{6} ni^{6} noŋ^{8} moŋ^{2} ɬəi^{1}
Xies nis nongf mongx dleib
话 这 自 你 骗
假话也是你自说

打 木 爹 杭 号
ta^{2} mu^{4} tie^{6} haŋ^{1} hau^{5}
Dax mul dies hangb haot
下 去 那 优 哉
亨兄行走很优哉

拢 木 扫 冬 梯
loŋ^{2} mu^{4} sau^{6} tioŋ^{1} thi^{5}
Longx mul saos diongb tit
走 去 到 中间 门
他们走到那寨门

晒 扫 公 达 羊
sai^{2} sau^{6} qoŋ^{4} ta^{1} ɣaŋ^{5}
Saix saos ghongl dab vangt
遇见 到 群 青 年
遇见一群小姑娘

达 配 阿 木 龙 爹 杭
ta^{1} phɛ^{7} a^{5} mu^{1} loŋ^{4} tie^{1} hau^{5}
Dab paek at mub longl dieb haot
姑 娘 做 绣 花 休 闲
姑娘悠闲在绣花

嗒 内 选 收 都
ta^{1} nəi^{4} ɬiŋ^{2} χu^{1} tiu^{5}
Dab neil dlingx hvub diut
舅 爷 讲 话 给
舅爷这样把话问

答 爹 猛 忍 乌
ta^{4} tie^{6} moŋ^{2} ȵ̥iŋ^{1} vu^{5}
Dal dies mongx nzingb wut
个 哪 你 对象 好
哪个是你那对象

兄 接 底 拉 都
ɕioŋ^{6} tɕie^{4} ti^{2} la^{1} tiu^{5}
Xiongs jiel dix lab diut
兄 说 一 个 给
亨兄这样把话说

马 败 多 娃 勾
ma^{2} pai^{4} tau^{5} va^{1} qəu^{5}
Max bail daot wab ghout
没 有 得 呀 公
没有看见心上人

打 木 爹 杭 号
ta^{2} mu^{4} tie^{6} haŋ^{1} hau^{5}
Dax mul dies hangb haot
来 去 那 优 哉
亨兄行走很优哉

扫 聂 雅 清 乌
sau^{6} ɲie^{4} ʑa^{2} tɕhiŋ^{1} vu^{5}
Saos niel yax qingb wut
到 聂 雅 家 好
走到聂雅大房子

布 泵 堵 溜 吓
po^{7} poŋ^{6} tiu^{2} liu^{1} ɬia^{5}
Bok bongs diux liub dliat
推 开 门 大 口
他们推开那大门

之 木 嗓 阿 列
tɕi^{5} mu^{4} saŋ^{2} au^{1} lie^{5}
Jit mul sangx aob liet
上 去 楼 二 看
他们爬上楼上看

晒 答 约 杭 数
sai^{2} ta^{4} ʑo^{6} haŋ^{1} səu^{5}
Saix dal yos hangb sout
遇见 个 人 织 布
遇见姑娘在织布

羊	荣	爹	杭	号
ɣaŋ^{2}	ʑoŋ^{4}	tie^{6}	haŋ^{1}	hau^{5}
Vangx	yongl	dies	hangb	haot
制	衣	那	精	心

姑娘精心在制衣

嗒	内	选	收	都
ta^{1}	nəi^{4}	ɬiŋ^{2}	χu^{1}	tiu^{5}
Dab	neil	dlingx	hvub	diut
舅	爷	讲	话	给

舅爷这样把话问

多	答	农	吗	羊
tio^{6}	ta^{4}	noŋ^{2}	ma^{1}	ɣaŋ^{5}
Dios	dal	nongx	mab	vangt
是	个	这	吗	年轻人

是不是这个姑娘

兄	接	底	拉	都
ɕioŋ^{6}	tɕie^{4}	ti^{2}	la^{1}	tiu^{5}
Xiongs	jiel	dix	lab	diut
兄	说	一	个	给

亨兄这样把话说

马	败	多	娃	勾
ma^{2}	pai^{4}	tau^{5}	va^{1}	qəu^{5}
Max	bail	daot	wab	ghout
没	有	得	呀	公

没有看见心上人

之 木 嗓 败 列
tɕi^{5} mu^{4} saŋ^{2} pai^{1} lie^{5}
Jit mul sangx baib liet
上 去 楼 三 看
舅爷上到三楼看

古 木 古 阿 猛
kiu^{2} mu^{4} kiu^{2} a^{1} moŋ^{5}
Giux mul giux ab mongt
边 去 边 那 看
一边行走一边看

布 答 约 通 乌
pu^{8} ta^{4} ʑo^{6} thoŋ^{1} vu^{5}
Buf dal yos tongb wut
见 个 人 很 漂亮
看见一个很漂亮

养 龙 爹 杭 号
ɣaŋ^{2} loŋ^{4} tie^{6} haŋ^{1} hau^{5}
Vangx longl dies hangb haot
绣 花 那 专 心
姑娘专心在绣花

奄 足 号 吞 吓
iŋ^{5} tɕiu^{4} həu^{3} thəŋ^{1} ɬia^{5}
Ingt jiul houd tengb dliat
亮 完 头 楼 梯
照亮那个楼梯口

嗒	内	示	瓜	马	拉	那
ta^{1}	nəi^{4}	ɕi^{3}	qo^{5}	ma^{2}	lia^{1}	ȵa^{5}
Dab	neil	xid	ghot	max	liab	nzat
舅	爷	看	也	不	厌	烦

舅爷看了也着迷

嗒	内	选	收	都
ta^{1}	nəi^{4}	ɬiŋ^{2}	χu^{1}	tiu^{5}
Dab	neil	dlingx	hvub	diut
舅	爷	讲	话	给

舅爷这样把话问

多	答	农	吗	羊
tio^{6}	ta^{4}	noŋ^{2}	ma^{1}	ɣaŋ^{5}
Dios	dal	nongx	mab	vangt
是	个	这	吗	年轻人

是不是这个姑娘

多	答	农	兵	阿	拉	阿
tio^{6}	ta^{4}	noŋ^{2}	pi^{5}	a^{5}	la^{1}	a^{5}
Dios	dal	nongx	bit	at	lab	at
是	个	这	就	要	个	要

若是这个就要娶

猛	迭	毫	劳	马	达	亨
moŋ^{2}	tɛ^{3}	hau^{8}	lau^{4}	ma^{2}	ta^{1}	həŋ^{5}
Mongx	daed	haof	laol	max	dab	hengt
你	带	钱	来	不	后	生

后生是否带钱来

阿	比	改	龙	生	追	都
a^{5}	pi^{5}	qai^{3}	loŋ^{4}	səŋ^{1}	tsəi^{1}	tiu^{5}
At	bit	ghaid	longl	sengb	zeib	diut
做	就	又	加	千	五	给

娶就加一千五两

达	配	改	龙	底	旁	阿
ta^{1}	phɛ^{7}	qai^{3}	loŋ^{4}	ti^{2}	phaŋ^{1}	au^{5}
Dab	paek	ghaid	longl	dix	pangb	aot
姑	娘	又	加	一	件	衣

姑娘赠一件衣服

当	木	载	清	耶
tiaŋ^{3}	mu^{4}	tsai^{3}	tɕhiŋ^{1}	ʑe^{5}
Diangd	mul	zaid	qingb	yet
返	回	家	乡	了

他们返回到家里

号	咪	罢	杀	哪	着	太
hau^{5}	mi^{6}	pa^{7}	sa^{4}	na^{2}	tɕio^{1}	thai^{5}
Haot	mis	bak	sal	nax	jiob	tait
若	母	父	都	人	谩	骂

如果父母都还骂

让	瓦	嗒	内	裸	江	担
ȵiaŋ^{1}	va^{4}	ta^{1}	nəi^{4}	lo^{2}	tɕiaŋ^{1}	təŋ^{5}
Nziangb	wal	dab	neil	lox	jiangb	dengt
有	我	舅	爷	裸	江	担保

裸江舅爷来担保

马	荣	猛	夸	收
ma^{2}	ʑoŋ^{4}	moŋ^{2}	qha^{1}	χu^{5}
Max	yongl	mongx	khab	hvut
不	用	你	操	心

这个不用你操心

亨	兄	号	木	挪	达	配
həŋ^{5}	ɕioŋ^{6}	hau^{5}	mu^{4}	nio^{2}	ta^{1}	phɛ^{7}
Hengt	xiongs	haot	mul	niox	dab	paek
哥	兄	想	去	退	姑	娘

亨兄本想把婚退

农	你	改	木	改	汤	亡
noŋ^{3}	ni^{6}	qai^{3}	mu^{4}	qai^{3}	thaŋ^{1}	maŋ^{7}
Nongd	nis	ghaid	mul	ghaid	tangb	mangk
现	他	又	去	又	添	信物

现在他又添信物

改	龙	生	追	代
qai^{3}	loŋ^{4}	səŋ^{1}	tsəi^{1}	tai^{7}
Ghaid	longl	sengb	zeib	daik
又	添加	千	五	一起

又加一千五两银

烈	改	江	旁	课
lie^{4}	qai^{3}	tɕiaŋ^{6}	phaŋ^{1}	qhau^{7}
Liel	ghaid	jiangs	pangb	khaok
烈	又	送	条	裙

配烈赠送一条裙

当	木	当	刀	内
taŋ^{7}	mu^{4}	taŋ^{7}	tau^{1}	nəi^{7}
Dangk	mul	dangk	daob	neik
越	去	越	深	些

价钱越来越加重

木	载	呀	娃	昂
mu^{4}	tsai^{3}	ʑa^{6}	va^{6}	ŋa^{7}
Mul	zaid	yas	was	ngak
去	家	呀	哇	孩儿

我们赶快回家了

哪	罗	改	着	哈
na^{2}	lau^{4}	qai^{3}	tɕio^{1}	ha^{7}
Nax	laol	ghaid	jiob	hak
人	老	又	骂	了

晚了父母又来骂

让	瓦	嗒	内	裸	江	担
ȵiaŋ^{1}	va^{4}	ta^{1}	nəi^{4}	lo^{2}	tɕiaŋ^{1}	təŋ^{5}
Nziangb	wal	dab	neil	lox	jiangb	dengt
有	我	舅	爷	裸	江	担保

裸江舅爷来担保

马	荣	猛	夸	收
ma^{2}	ʑoŋ^{4}	moŋ^{2}	qha^{1}	χu^{5}
Max	yongl	mongx	khab	hvut
不	用	你	操	心

这个不用你操心

兄	改	接	底	拉
ɕioŋ^{6}	qai^{3}	tɕie^{4}	ti^{2}	la^{1}
Xiongs	ghaid	jiel	dix	lab
兄	又	说	一	个

亨兄这样把话说

号	多	瓦	本	虽
hau^{5}	tau^{5}	va^{4}	pəŋ^{2}	ɬəi^{1}
Haot	daot	wal	bengx	dleib
若	是	我	情	妹

若你是我心上人

达	配	送	尖	木	瓦	清
ta^{1}	phɛ^{7}	soŋ^{5}	tɕiŋ^{6}	mu^{4}	va^{4}	tɕhiŋ^{1}
Dab	paek	songt	jings	mul	wal	qingb
姑	娘	送	男儿	去	我	家

姑娘就送我回家

送	扫	败	引	租
soŋ^{5}	sau^{6}	pai^{4}	ɣiŋ^{2}	tɕiu^{1}
Songt	saos	bail	vingx	jiub
送	到	坡	岭	场

你送我到那山坡

布	呀	木	贾	收
pu^{7}	ʑa^{6}	mu^{4}	tɕia^{2}	xu^{1}
Buk	yas	mul	jiax	hvub
坡	那	去	讲	话

去那山坡谈恋爱

配	烈	接	底	拉
phɛ^{7}	lie^{4}	tɕie^{4}	ti^{2}	la^{1}
Paek	liel	jiel	dix	lab
配	烈	说	一	个

配烈这样把话说

送	兄	答	哪	阶
soŋ^{5}	ɕioŋ^{6}	ta^{4}	na^{2}	qai^{1}
Songt	xiongs	dal	nax	ghaib
送	兄	个	人	情郎

相送亨兄是情郎

毕	送	木	党	飞
pi^{5}	soŋ^{5}	mu^{4}	taŋ^{2}	fai^{1}
Bit	songt	mul	dangx	faib
就	送	去	很	远

我就送你去很远

布	松	木	贾	收
pu^{5}	ɬoŋ^{6}	mu^{4}	tɕia^{2}	χu^{1}
But	dlongs	mul	jiax	hvub
坡	坳	去	讲	话

我们山坳谈恋爱

烈	虽	收	号	农
lie^{4}	ɬəi^{1}	χu^{1}	hau^{5}	noŋ^{2}
Liel	dleib	hvub	haot	nongx
烈	骗	话	样	这

配烈这样把话说

孖	败	忍	阿	两
ȵia^{6}	pai^{1}	ȵiŋ^{1}	a^{5}	liaŋ^{2}
Nzias	baib	nzingb	at	liangx
跟	我	妈	种	田

你跟我妈去种田

比	勾	让	不	整
pi^{2}	qəu^{1}	ȵiaŋ^{1}	pu^{5}	tsəŋ^{2}
Bix	ghoub	nziangb	but	zengx
干	活	在	边	田野

在田野边做农活

马	布	高	示	农
ma^{2}	pu^{1}	qau^{1}	ɕi^{7}	nioŋ^{2}
Max	bub	ghaob	xik	niongx
不	知	斑鸠	或	锦鸡

不知斑鸠或锦鸡

英	浪	根	生	乃
ʑiŋ^{5}	laŋ^{5}	qəŋ^{1}	ɬəŋ^{1}	ȵai^{2}
Yingt	langt	ghengb	dlengb	nzaix
飞	过	后	耳	根

它已飞过那耳边

囊	记	分	虽	收	号	农
naŋ^{3}	ki^{3}	fəŋ^{6}	ɬəi^{1}	χu^{1}	hau^{5}	noŋ^{2}
Nangd	gid	fengs	dleib	hvub	haot	nongx
听	说	人们	传	说	样	这

听到别人这样说

猛	罢	科	斗	哑
moŋ^{2}	pa^{7}	qhau^{1}	təu^{5}	ʑa^{2}
Mongx	bak	khaob	dout	yax
你	爸	竿	竹	篙

你爸拿竹篙当竿

木	冬	凹	内	灭
mu^{4}	tioŋ^{1}	əu^{1}	nəi^{5}	mic^{2}
Mul	diongb	oub	neit	miex
去	中	河	钓	鱼

他在河中央钓鱼

哥	嗒	乡	西	凶
ko^{6}	ta^{1}	ɕiaŋ^{1}	ɕi^{5}	ɕioŋ^{2}
Gos	dab	xiangb	xit	xiongx
获	个	鲮鱼	相	串

钓到鲮鱼一串串

猛	咪	咪	忍	劳	都	猛
moŋ^{2}	mi^{6}	mi^{1}	ȵ̥iŋ^{1}	lau^{4}	tiu^{5}	moŋ^{2}
Mongx	mis	mib	nzingb	laol	diut	mongx
你	妈	娶	妻	来	给	你

你妈帮你娶媳妇

木	冬	羊	阿	五
mu^{4}	tioŋ^{1}	ɤaŋ^{4}	a^{5}	vu^{2}
Mul	diongb	vangl	at	wux
去	中	寨	结	婚

迎娶本寨那姑娘

虽	瓦	奴	哪	哪	上	猛
ɬəi^1	va^4	nəu^6	na^1	na^1	ɕiaŋ^5	moŋ^2
Dleib	wal	nous	nab	nab	xiangt	mongx
骗	我	姑娘	天	天	想	你

骗我天天思念你

败	让	答	败	乡	都	兑
pai^1	ȵiaŋ^4	ta^6	pai^1	χiaŋ^1	tiu^5	təi^2
Baib	nziangl	das	baib	hvangb	diut	deix
我们	真	死	我们	心	给	哥

害我患了相思病

嗒	佛	瓜	引	租
ta^1	χo^4	qa^6	ɣiŋ^2	tɕiu^1
Dab	hvol	ghas	vingx	jiub
杂	木	在	岭	山

杂木生长在山场

嗒	佛	林	脑	双
ta^1	χo^4	liŋ^6	ȵau^2	saŋ^1
Dab	hvol	lings	nzaox	sangb
杂	木	长	绿	油油

杂木生长绿油油

拉	羊	瓜	九	生
la^1	ɣaŋ^4	qa^6	tɕiu^2	səŋ^1
Lab	vangl	ghas	jiux	sengb
个	寨	有	九	千

一个寨子数千户

让	无	万	哪	租
ȵiaŋ^{1}	vu^{4}	vəŋ^{6}	na^{2}	tɕiu^{1}
Nziangb	wul	wengs	nax	jiub
有	上	万	人	们

寨子有数万人家

让	答	爹	马	虽
ȵiaŋ^{1}	ta^{4}	tie^{6}	ma^{2}	ɬəi^{1}
Nziangb	dal	dies	max	dleib
有	个	哪	不	骗

人多嘴杂乱传话

达	配	空	木	弱	米	收
ta^{1}	phɛ^{7}	qhoŋ^{1}	mu^{4}	ȵio^{6}	mi^{2}	χu^{1}
Dab	paek	khongb	mul	nzios	mix	hvub
姑	娘	莫	去	信	他	话

姑娘莫信他人话

嗒	不	分	贾	虽
ta^{1}	pu^{4}	fəŋ^{6}	tɕia^{2}	ɬəi^{1}
Dab	bul	fengs	jiax	dleib
朋	友	人	说	骗

他人都在说假话

虽	八	阿	忍	些
ɬəi^{1}	pa^{4}	au^{1}	ȵiŋ^{2}	sɛ^{1}
Dleib	bal	aob	nzingx	saeb
骗	垮	我们	情	谊

假话毁我们感情

只	罗	刀	都	号	马	木
tɕi^{4}	lau^{1}	tio^{6}	tiu^{5}	hau^{5}	ma^{2}	mu^{1}
Jil	laob	dios	diut	haot	max	mub
只	脚	受	伤	说	不	痛

那脚初伤不疼痛

当	根	翁	不	被	马	沙
taŋ^{4}	qəŋ^{1}	voŋ^{6}	pu^{6}	pi^{5}	ma^{2}	ɬa^{1}
Dangl	ghengb	wongs	bus	bit	max	dlab
回	来	化	脓	睡	不	着

化脓疼痛睡不着

阿	五	阿	六	阿	党	傲
a^{5}	vu^{2}	a^{5}	ləu^{6}	a^{5}	taŋ^{2}	au^{1}
At	wux	at	lous	at	dangx	aob
成	双	成	对	成	很	好

结婚成对真美好

西	挪	西	娃	害	哪	租
ɕi^{5}	nio^{2}	ɕi^{5}	va^{6}	hɛ^{5}	na^{2}	tɕiu^{1}
Xit	niox	xit	was	haet	nax	jiub
分	开	分	离	害	人	们

感情破裂害死人

兄	接	底	拉	都
ɕioŋ^{6}	tɕie^{4}	ti^{2}	la^{1}	tiu^{5}
Xiongs	jiel	dix	lab	diut
兄	说	一	个	给

亨兄这样把话说

许	阿	立	亡	引	租	斗
ɕi^{2}	au^{1}	li^{6}	maŋ^{7}	ɣiŋ^{2}	tɕiu^{1}	təu^{5}
Xix	aob	lis	mangk	vingx	jiub	dout
那	时	换	信物	岭	山	场

山坡交换定情物

猛	江	暖	金	乌
moŋ^{2}	tɕiaŋ^{6}	ȵ̥əŋ^{3}	kiŋ^{1}	vu^{5}
Mongx	jiangs	nzengx	gingb	wut
你	给	棉	布	好

你给那匹好棉布

瓦	江	响	尖	都
va^{4}	tɕiaŋ^{6}	ɕiaŋ^{2}	tɕiŋ^{1}	tiu^{5}
Wal	jiangs	xiangx	jingb	diut
我	送	镯	金	给

我赠送那金手镯

木	载	咪	罢	杀	着	太
mu^{4}	tsai^{3}	mi^{6}	pa^{7}	sa^{4}	tɕio^{1}	thai^{5}
Mul	zaid	mis	bak	sal	jiob	tait
去	家	母	父	都	谩	骂

回家我被父母骂

农	瓦	迭	答	哪	冬	都
noŋ^{3}	va^{4}	tɛ^{3}	ta^{4}	na^{2}	tioŋ^{1}	tiu^{5}
Nongd	wal	daed	dal	nax	diongb	diut
现	我	带	个	人	中间	给

现我带那见证人

劳	退	响	尖	敲
lau^{4}	thai^{7}	ɕiaŋ^{2}	tɕiŋ^{1}	qhau^{5}
Laol	taik	xiangx	jingb	khaot
来	退	镯	金	而已

前来退那金手镯

当	劳	当	汤	都
tiaŋ^{3}	lau^{4}	tiaŋ^{3}	thaŋ^{1}	tiu^{5}
Diangd	laol	diangd	tangb	diut
越	来	越	加	给

越来越加信物价

改	龙	生	追	兑
qai^{3}	loŋ^{4}	səŋ^{1}	tsəi^{1}	qəi^{5}
Ghaid	longl	sengb	zeib	gheit
又	加	千	五	价

又加一千五百两

达	配	改	龙	底	旁	都
ta^{1}	phɛ^{7}	qai^{3}	loŋ^{4}	ti^{2}	phaŋ^{1}	tiu^{5}
Dab	paek	ghaid	longl	dix	pangb	diut
姑	娘	又	加	一	件	给

姑娘又赠新衣服

拉	亡	当	龙	当	刀	挪
la^{1}	maŋ^{7}	taŋ^{7}	loŋ^{4}	taŋ^{7}	tau^{5}	nau^{5}
Lab	mangk	dangk	longl	dangk	daot	naot
个	信物	越	加	越	增	多

信物价值越增多

木	载	哪	罗	门	着	太
mu^4	$tsai^3$	na^2	lau^4	$mə\eta^6$	$t\varphi io^1$	$thai^5$
Mul	zaid	nax	laol	mengs	jiob	tait
去	家	人	老	仍	谩	骂

回家仍被老人骂

木	载	耶	达	亨
mu^4	$tsai^3$	$ʑa^6$	ta^1	$hə\eta^5$
Mul	zaid	yas	dab	hengt
去	家	呀	后	生

后生快点回家了

孖	咪	阿	勾	正
$ȵia^6$	mi^6	a^5	$qəu^1$	$tsə\eta^5$
Nzias	mis	at	ghoub	zengt
跟	妈	做	农活	田野

跟随妈妈种庄稼

灭	污	阿	勾	都
mie^6	vu^6	a^5	$qəu^1$	tiu^5
Mies	wus	at	ghoub	diut
让	力气	做	农活	给

专心在家种庄稼

号	尖	多	拉	挪
hau^5	$t\varphi i\eta^6$	tau^5	lia^1	nau^5
Haot	jings	daot	liab	naot
若	男儿	得	思念	多

如果情郎思念多

撇	娘	工	偷	列
phɛ^{5}	niaŋ^{6}	qoŋ^{5}	thəu^{1}	lie^{5}
Paet	niangs	ghongt	toub	liet
房	间	翻	箱	看

走进房间翻箱看

冬	奴	凹	秋	乌
tam^{7}	nəu^{6}	au^{3}	tɕhiu^{1}	vu^{5}
Damk	nous	aod	qiub	wut
见	妹	衣	服	好

看见情妹那衣服

改	乌	内	达	亨
qai^{3}	vu^{5}	nəi^{7}	ta^{1}	həŋ^{5}
Ghaid	wut	neik	dab	hengt
又	好	些	后	生

后生心情会好些

木	载	耶	达	亨
mu^{4}	tsai^{3}	ʑe^{6}	ta^{1}	həŋ^{5}
Mul	zaid	yes	dab	hengt
去	家	呀	后	生

后生快些回家了

越	吗	吓	阶	斗
vie^{6}	ma^{6}	χa^{2}	qai^{1}	təu^{5}
Wies	mas	hvad	ghaib	dout
转	脸	看	棵	树

遥望山坡那棵树

阶	斗	败	松	乌	苏	挪
qai^{1}	təu^{5}	pai^{4}	ɬoŋ^{6}	vu^{5}	səu^{1}	nau^{5}
Ghaib	dout	bail	dlongs	wut	soub	naot
棵	树	坡	坳	好	叶	多

那棵树叶绿油油

金	叶	几	各	爹	杭	号
kiŋ^{1}	ɣie^{5}	ki^{2}	ko^{4}	tie^{6}	haŋ^{1}	hau^{5}
Gingb	viet	gix	gol	dies	hangb	haot
蝉	儿	鸣	叫	好	热	闹

蝉儿鸣叫好热闹

了	令	刀	阶	斗
lia^{2}	liŋ^{1}	tau^{6}	qai^{1}	təu^{5}
Liax	lingb	daos	ghaib	dout
知	了	恋	棵	树

知了依恋那棵树

桑	及	刀	凹	阿
saŋ^{6}	ki^{4}	tau^{6}	əu^{1}	əu^{5}
Sangs	gil	daos	oub	out
婴	儿	爱	乳	汁

婴儿喜爱母乳汁

哪	罗	刀	收	乌
na^{2}	lau^{4}	tau^{6}	χu^{1}	vu^{5}
Nax	laol	daos	hvub	wut
人	老	爱	话	好

老人喜爱暖心话

瞎	古	瞎	娘	瓜	哎	勾
ɬia^{4}	kiu^{2}	ɬia^{4}	niaŋ^{6}	qo^{5}	ai^{1}	qəu^{5}
Dlial	giux	dlial	niangs	ghot	aib	ghout
走	外	走	内	也	喊	公

走进走出公公好

扫	扭	仑	爹	别
sau^{6}	niu^{4}	ləŋ^{6}	tie^{1}	pɛ^{5}
Saos	niul	lengs	dieb	baet
到	春	节	杀	猪

等到春节杀年猪

秋	结	聂	兄	大
tɕhiu^{1}	qəi^{4}	ȵe^{6}	ɕioŋ^{1}	ta^{5}
Qiub	gheil	nzes	xiongb	dat
拾	内	脏	碗	早

早上拿内脏泡酒

选	木	江	之	勾
ɬiŋ^{2}	mu^{4}	tɕiaŋ^{6}	tɕi^{1}	qəu^{5}
Dlingx	mul	jiangs	jib	ghout
递	去	给	老	人

双手捧给老人吃

你	昂	爹	杭	号
ni^{2}	ŋaŋ^{4}	tie^{6}	haŋ^{1}	hau^{5}
Nix	ngangl	dies	hangb	haot
他	吃	好	开	心

他吃得非常开心

你	古	马	压	之	达	亨
ni^{2}	qo^{5}	ma^{2}	ʑa^{4}	tɕi^{6}	ta^{1}	həŋ^{5}
Nix	ghot	max	yal	jis	dab	hengt
他	也	不	恶	了	后	生

他也不再骂你了

号	多	瓦	哪	阶
hau^{5}	tau^{5}	va^{4}	na^{2}	qai^{1}
Haot	daot	wal	nax	ghaib
若	得	我	人	恋

如果你是我恋人

瓦	兵	阿	六	木	猛	清
va^{4}	pi^{5}	a^{5}	ləu^{6}	mu^{4}	moŋ^{2}	tɕhiŋ^{1}
Wal	bit	at	lous	mul	mongx	qingb
我	就	出	嫁	去	你	家

我就出嫁到你家

老	改	昂	猛	虽
lau^{5}	qai^{3}	ŋaŋ^{4}	moŋ^{2}	səi^{1}
Laot	ghaid	ngangl	mongx	seib
嘴	又	吃	你	饭

我那嘴吃你家饭

古	古	能	猛	妻
kiu^{2}	qo^{5}	nəŋ^{4}	moŋ^{2}	tɕhiu^{1}
Giux	ghot	nengl	mongx	qiub
外面	也	穿	你	衣

身外穿你买衣服

改　呀　答　猛　嗒
qai^{3}　ʑa^{6}　ta^{4}　moŋ^{2}　ta^{1}
Ghaid　yas　dal　mongx　dab
又　养　个　你　孩子
与你养育小孩子

改　门　立　猛　阶
qai^{3}　məŋ^{6}　li^{4}　moŋ^{2}　qai^{1}
Ghaid　mengs　lil　mongx　ghaib
又　仍　管　你　家产
又帮管理你家当

古　门　正　兑　溜
qo^{5}　məŋ^{6}　tsəŋ^{4}　təi^{2}　liu^{1}
Ghot　mengs　zengl　deix　liub
也　仍　齐　哥　大
我也等同你大哥

浪　分　不　哪　些
laŋ^{5}　fəŋ^{6}　pu^{4}　na^{2}　ɕie^{1}
Langt　fengs　bul　nax　xieb
过　朋　友　人　别
超过你那些朋友

当　猛　咪　立　阶
taŋ^{7}　moŋ^{2}　mi^{6}　li^{4}　qai^{1}
Dangk　mongx　mis　lil　ghaib
与　你　妈　管　家产
与妈共同管理家

各	光	水	号	让
qau^{4}	qaŋ^{6}	səi^{2}	hau^{5}	ȵiaŋ^{1}
Ghaol	ghangs	seix	haot	nziangb
鹅	项	也	说	有

我家养那些母鹅

各	光	挪	阿	扭
qau^{4}	qaŋ^{6}	nio^{2}	a^{5}	niu^{1}
Ghaol	ghangs	niox	at	niub
鹅	项	留	做	种

母鹅留来做种鹅

瓦	古	马	上	爹
va^{4}	qo^{5}	ma^{2}	ɕiaŋ^{5}	tie^{1}
Wal	ghot	max	xiangt	dieb
我	也	不	想	杀

我也不想捉来杀

派	拉	水	号	让
phɛ^{7}	lia^{6}	səi^{2}	hau^{5}	ȵiaŋ^{1}
Paek	lias	seix	haot	nziangb
美	女	也	说	有

相识美女有很多

瓦	古	马	上	夸
va^{4}	qo^{5}	ma^{2}	ɕiaŋ^{5}	qhɛ^{1}
Wal	ghot	max	xiangt	khaeb
我	也	不	想	娶

我也不想娶别人

劳	六	猛	撇	飞
lau⁴	ləu⁶	moŋ²	phɛ¹	fai¹
Laol	lous	mongx	paet	faib
来	娶	你	边	远

想娶远方心上人

到	松	准	夸	乡
tau⁴	ɬoŋ⁶	tɕiŋ²	qhɛ⁵	χaŋ¹
Daol	dlongs	jingx	khaet	hvangb
远方	坳	成	亲戚	新

与你结婚做亲戚

罗	六	都	飞	引
lo⁶	ləu⁶	tiu⁵	fai¹	ɣiŋ²
Los	lous	diut	faib	vingx
结	婚	给	远	方

迎娶远方那佳人

刀	年	农	夸	五
tau⁵	ȵiŋ¹	noŋ⁶	qhɛ¹	vu²
Daot	nzingb	nongs	khaeb	wux
有	缘	才	结	婚

我们有缘才结婚

当	扫	累	凹	打
taŋ⁴	sau⁶	ləi⁵	au¹	ta²
Dangl	saos	leit	aob	dax
等	到	月	二	来

等到阳春二月来

东	虾	由	凹	哪
tam^{7}	ɕia^{6}	ʑu^{4}	au^{1}	na^{2}
Damk	xias	yul	aob	nax
春	社	走	我们	人

等到春社走外婆

劳	扫	类	都	嘎
lau^{4}	sau^{6}	ləi^{5}	tu^{1}	ka^{2}
Laol	saos	leit	dub	gax
来	到	月	小	节

等待到那小节气

东	伦	由	凹	哪
tam^{7}	ləŋ^{6}	ʑu^{4}	au^{1}	na^{2}
Damk	lengs	yul	aob	nax
春	节	走	我们	人

等到春节走外家

嗒	内	约	阿	真	夸	累
ta^{1}	nəi^{4}	ʑo^{6}	a^{1}	tsəŋ^{5}	kha^{1}	ləi^{2}
Dab	neil	yos	ab	zengt	kab	leix
舅	爷	舅	娘	真	高	兴

舅爷舅娘真高兴

劳	瓜	当	龙	当	凹	猛
lau^{4}	qa^{6}	taŋ^{4}	lioŋ^{6}	taŋ^{5}	au^{1}	moŋ^{2}
Laol	ghas	dangl	liongs	dangt	aob	mongx
来	那	半	巷	接	我	你

来到巷口接我们

答	猛	夸	败	兑
ta^{4}	moŋ^{6}	qha^{5}	pai^{1}	təi^{2}
Dal	mongs	khat	baib	deix
个	那	喊	我们	哥

那个这样喊阿哥

答	农	夸	败	挨
ta^{4}	noŋ^{6}	qha^{5}	pai^{1}	ai^{2}
Dal	nongs	khat	baib	aix
个	这	喊	我们	姐

这个这样喊阿姐

乙	配	尖	帮	哪
ʑi^{4}	phɛ^{7}	tɕiŋ^{6}	paŋ^{1}	na^{2}
Yil	paek	jings	bangb	nax
拉	妹	哥	众	人

众人请他们进家

杜	阿	量	根	娘
təu^{7}	a^{5}	liaŋ^{4}	qəŋ^{1}	niaŋ^{2}
Douk	at	liangl	ghengb	niangx
拉	要	断	下	摆

拉扯断衣服下摆

仲	内	阿	拉	底
tsoŋ^{7}	ni^{6}	a^{5}	la^{1}	ti^{2}
Zongk	nis	at	lab	dix
这	样	做	个	值

好客邀请好值得

空 令 阿 木 许
qhoŋ^{1} liŋ^{4} a^{5} mo^{1} ɕi^{2}
Khongb lingl at mob xix
莫 操心 做 什 么
不要操心什么事

丁 都 拉 雷 兄
tiŋ^{6} tiu^{5} la^{1} ləi^{5} ɕioŋ^{6}
Dings diut lab leit xiongs
订 给 个 月 七
预定在那七月份

雷 迎 追 花 江
ləi^{5} ȵiŋ^{2} tsəi^{1} fa^{5} tɕiaŋ^{6}
Leit nzingx zeib fat jiangs
月 份 五 过 插秧
五月过插秧季节

拉 打 追 丢 约
la^{7} ta^{2} tsəi^{1} tiu^{5} ʑo^{6}
Lak dax zeib diut yos
邀 来 五 六 人
邀请五六个人来

当 打 娃 亨 兄
taŋ^{4} ta^{2} va^{1} həŋ^{5} ɕioŋ^{6}
Dangl dax wab hengt xiongs
等 来 呀 哥 兄
等待那亨兄到来

败	木	之	租	凹	古	迷
pai^{1}	mu^{4}	tɕi^{5}	tɕio^{2}	əu^{1}	ku^{2}	mi^{6}
Baib	mul	jit	jiox	oub	gux	mis
我们	去	上	条	河	古	迷

我们沿古迷河上

撇	鲁	溜	挪	扫
phɛ^{5}	lu^{2}	liu^{1}	nau^{5}	sau^{6}
Paet	lux	liub	naot	saos
边	鲁	溜	多	到

鲁溜那边人最多

败	木	示	蚁	溜	西	双
pai^{1}	mu^{4}	ɕi^{3}	ȵi^{2}	liu^{1}	ɕi^{5}	ɬaŋ^{6}
Baib	mul	xid	nzix	liub	xit	dlangs
我们	去	看	牛	大	打	架

我们看水牛打架

撇	农	分	都	之
phɛ^{5}	noŋ^{2}	fəŋ^{1}	tiu^{5}	tɕi^{6}
Paet	nongx	fengb	diut	jis
边	这	寨	打	了

这边水牛已打架

越	木	撇	鲁	溜	都	生
vie^{6}	mu^{4}	phɛ^{5}	lu^{2}	liu^{1}	tiu^{5}	ɬəŋ^{6}
Wies	mul	paet	lux	liub	diut	dlengs
转	去	边	鲁	溜	打	轮

转到鲁溜寨斗牛

根 羊 纠 洞 都 底 哪
qəŋ^{1} ɣaŋ^{4} tɕiu^{6} toŋ^{6} tiu^{5} ti^{2} na^{1}
Ghengb vangl jius dongs diut dix nab
底 寨 纠 洞 打 一 天
纠洞寨底打一天

金 雄 纠 洞 上 蚁 溜
tɕiŋ^{6} ɕioŋ^{4} tɕiu^{6} toŋ^{6} ɕiaŋ^{5} ȵi^{2} liu^{1}
Jings xiongl jius dongs xiangt nzix liub
哥 雄 纠 洞 放 牛 大
纠洞雄哥大水牛

爹 答 虽 些 西 喇 瓜
tie^{6} ta^{4} səi^{1} ɕie^{6} ɕi^{5} la^{2} ka^{1}
Dies dal seib xies xit lax gab
一 个 大 粗 那 对 角
一副大大那牛角

分 弱 分 纠 挪 哪 租
fəŋ^{1} ȵo^{4} fəŋ^{1} tɕiu^{6} nau^{5} na^{2} tɕiu^{1}
Fengb nzol fengb jius naot nax jiub
分 弱 分 纠 多 人 们
分纠地方很多人

吓 败 瓜 拉 挪 晌 嗦
ɬia^{1} pai^{4} qa^{6} la^{6} nau^{5} ɕiaŋ^{2} ɬau^{1}
Dliab bail ghas las naot xiangx dlaob
高 培 瓜 拉 多 银 白
高培那里银饰多

整	一	纠	优	乌	凹	姨
tsəŋ^{2}	ʑi^{4}	tɕiu^{1}	ʑu^{2}	vu^{5}	au^{2}	ʑi^{1}
Zengx	yil	jiub	yux	wut	aox	yib
整	一	纠	优	好	衣	服

整一纠优衣服好

达	木	拉	吗	乌	养	通
ta^{1}	mu^{1}	la^{1}	ma^{6}	vu^{5}	ʑaŋ^{2}	thoŋ^{1}
Dab	mub	lab	mas	wut	yangx	tongb
苗	族	个	脸	好	白	嫩

苗族姑娘脸白嫩

败	吓	拉	之	上	马	农
pai^{1}	ɬia^{4}	lia^{1}	tɕi^{6}	ɕiaŋ^{5}	ma^{2}	noŋ^{1}
Baib	dlial	liab	jis	xiangt	max	nongb
我们	走	思	念	想	不	忘

难忘姑娘那份情

丁	都	哪	答	喜
tiŋ^{6}	tiu^{5}	na^{1}	ta^{4}	ɕi^{2}
Dings	diut	nab	dal	xix
订	在	日	个	哪

预定在哪个日子

号	丁	拉	扭	忍
hau^{5}	tiŋ^{6}	la^{1}	niu^{4}	ȵiŋ^{2}
Haot	dings	lab	niul	nzingx
若	订	个	鼓	节

如果订在小年节

伦	累	都	冬	累
ləŋ^{6}	ləi^{5}	tu^{1}	tioŋ^{4}	lai^{2}
Lengs	leit	dub	diongl	laix
春节	月	腊	还	久

春节还要等很久

丁	都	哪	扭	嘎
tiŋ^{6}	tiu^{5}	na^{1}	niu^{4}	ka^{2}
Dings	diut	nab	niul	gax
订	给	日	鼓	芦笙

预定在那芦笙节

伦	累	溜	冬	累
ləŋ^{6}	ləi^{5}	liu^{1}	tioŋ^{4}	lai^{2}
Lengs	leit	liub	diongl	laix
春节	月	大	还	久

春节还要等很久

丁	都	不	飞	瓦
tiŋ^{6}	tiu^{5}	pu^{1}	fəi^{4}	va^{2}
Dings	diut	bub	feil	wax
订	给	明	天	后

预定给明天后天

木	载	兄	一	哪	兵	打
mu^{4}	tsai^{3}	ɕioŋ^{6}	ʑi^{8}	na^{1}	pi^{5}	ta^{2}
Mul	zaid	xiongs	yif	nab	bit	dax
去	家	七	八	天	就	来

回家七八日再来

那	内	贾	夫	高
na^{1}	nəi^{4}	tɕia^{2}	χu^{1}	qau^{5}
Nab	neil	jiax	hvub	ghaot
刚	才	讲	话	旧

刚才讲述过时话

马	贝	杀	哪	亡
ma^{2}	pai^{4}	sa^{7}	na^{1}	maŋ^{5}
Max	bail	sak	nab	mangt
没	有	算	日	辰

没有选择好时辰

许	爹	打	咪	咪
ɕi^{2}	tie^{6}	ta^{2}	mi^{1}	mi^{5}
Xix	dies	dax	mib	mit
哪	时	来	娶	妹

什么时候来迎娶

兄	接	底	拉	都
ɕioŋ^{6}	tɕie^{4}	ti^{2}	la^{1}	tiu^{5}
Xiongs	jiel	dix	lab	diut
兄	说	一	个	给

亨兄这样把话说

空	人	抗	夸	告
qhoŋ^{1}	ʑiŋ^{4}	qaŋ^{3}	qhɛ^{1}	qau^{5}
Khongb	yingl	ghangd	khaeb	ghaot
莫	急	讲	结	婚

莫急谈论那婚嫁

猛	木	载	让	都
moŋ^{2}	mu^{4}	tsai^{3}	ȵiaŋ^{1}	tiu^{5}
Mongx	mul	zaid	nziangb	diut
你	去	家	等	待

你回家耐心等待

灭	纠	拉	扭	忍	都	耶
mie^{6}	tɕio^{6}	la^{1}	niu^{4}	ȵiŋ^{2}	tu^{1}	ʑe^{5}
Mies	jios	lab	niul	nzingx	dub	yet
让	完	个	小	年	节	先

让过完那小年节

拉	仑	丢	瓜	足	追	丢
la^{1}	ləŋ^{6}	tiu^{4}	qa^{6}	tɕiu^{8}	tsəi^{1}	tiu^{5}
Lab	lengs	diul	ghas	jiuf	zeib	diut
个	春	节	那	十	五	六

过完春节十五六

瓜	足	兄	一	打	咪	咪
qa^{6}	tɕiu^{8}	ɕioŋ^{6}	ʑi^{8}	ta^{2}	mi^{1}	mi^{5}
Ghas	jiuf	xiongs	yif	dax	mib	mit
那	十	七	八	来	娶	妹

到十七八来迎娶

阿	答	瓦	忍	乌
a^{5}	ta^{4}	va^{4}	ȵiŋ^{1}	vu^{5}
At	dal	wal	nzingb	wut
做	个	我	媳妇	好

来当我那好新娘

配 烈 接 底 拉
phɛ^{7} lie^{4} tɕie^{4} ti^{2} la^{1}
Paek liel jiel dix lab
配 烈 说 一 个
配烈这样把话说

党 暖 兴 瓜 拉
taŋ^{4} ɳəŋ^{2} ɕiŋ^{1} qa^{6} la^{6}
Dangl nzengx xingb ghas las
等 棉花 成熟 坡 地
等待坡地收棉花

东 养 凹 江 努
tioŋ^{4} ɣaŋ^{2} au^{3} tɕiaŋ^{6} nəu^{6}
Diongl vangx aod jiangs nous
再 裁 衣服 给 妹
再裁新衣服给妹

党 来 肮 娃 尖
taŋ^{4} lai^{2} aŋ^{3} va^{6} tɕiŋ^{6}
Dangl laix angd was jings
等 久 多 呀 男儿
妹将等待很长久

党 响 兴 瓜 英
taŋ^{4} ɕiaŋ^{2} ɕiŋ^{3} qa^{6} ʑiŋ^{6}
Dangl xiangx xingd ghas yings
等 银 子 那 （融）州
等你筹备够银子

略	准	抗	加	六
lo^{6}	tɕiŋ^{2}	qhaŋ^{3}	tɕia^{1}	ləu^{6}
Los	jingx	khangd	jiab	lous
才	筹	办	婚	礼

我们才筹办婚礼

党	来	肮	娃	兄
taŋ^{4}	lai^{2}	aŋ^{3}	va^{1}	ɕioŋ^{6}
Dangl	laix	angd	wab	xiongs
等	久	多	呀	兄

我们等待太长久

马	珍	下	农	多	拉	刀
ma^{2}	tsəŋ^{4}	ɕia^{7}	noŋ^{2}	tau^{5}	la^{1}	tau^{6}
Max	zengl	xiak	nongx	daot	lab	daos
不	如	次	这	得	个	合适

不如这次就结婚

闹	爹	之	罗	乌
nau^{5}	təi^{2}	tɕi^{3}	lo^{6}	vu^{5}
Naot	deix	jid	los	wut
多	兄	弟	才	好

家庭兄弟多才好

阿	两	撇	松	之
a^{5}	liaŋ^{2}	phɛ^{5}	ɬoŋ^{6}	tɕi^{5}
At	liangx	paet	dlongs	jit
种	田	边	坡	上

在那田野上种田

登	母	述	巴	正
təŋ^{5}	mo^{2}	su^{1}	pa^{3}	tsəŋ^{5}
Dengt	mox	sub	bad	zengt
挑	绿肥	才	满	田

众人挑绿肥满田

吹	猛	阿	爹	吹
tshəi^{5}	moŋ^{2}	a^{5}	tie^{6}	tshəi^{5}
Ceit	mongx	at	dies	ceit
分	你	怎	么	分

我不想与你分开

阿	底	纪	罗	乌
a^{5}	ti^{2}	ki^{3}	lo^{6}	vu^{5}
At	dix	gid	los	wut
做	一	路	才	好

寸步不离才是好

吹	蚁	马	吹	瓜	生	气
tshəi^{5}	ȵi^{2}	ma^{2}	tshəi^{5}	qa^{6}	ɬəŋ^{1}	khi^{7}
Ceit	nzix	max	ceit	ghas	dlengb	kik
分	牛	不	分	那	牛	轭

牛轭离不开牛背

吹	两	马	吹	着	凹	信
tshəi^{5}	liaŋ^{2}	ma^{2}	tshəi^{5}	tɕio^{2}	əu^{1}	ɕiŋ^{7}
Ceit	liangx	max	ceit	jiox	oub	xingk
分	田	不	分	条	水	渠

水渠离不开水田

吹 载 马 吹 瓜 中 气

tshəi^{5} tsai^{3} ma^{2} tshəi^{5} qa^{6} tioŋ^{1} χi^{7}

Ceit zaid max ceit ghas diongb hvik

分 家 不 分 那 中间 隔

分房不分隔板墙

吹 猛 阿 达 吹 达 配

tshəi^{5} moŋ^{2} a^{5} tie^{6} tshəi^{5} ta^{1} phɛ^{7}

Ceit mongx at dies ceit dab paek

分 你 如 何 分 姑 娘

与你分离真难舍

上 社 布 松 斗

ɕiaŋ^{5} sɛ^{5} pu^{6} ɬoŋ^{1} təu^{2}

Xiangt saet bus dlongb doux

放 刀 进 刀 笼

放那柴刀进刀笼

社 下 乙 松 斗

sɛ^{5} ɕia^{2} ʑi^{4} ɬoŋ^{1} təu^{2}

Saet xiax yil dlongb doux

刀 顺 进 刀 笼

柴刀顺溜进刀笼

敲 敲 昂 夫 贾

qhau^{5} qhau^{5} ŋaŋ^{6} χu^{1} tɕia^{2}

Khaot khaot ngangs hvub jiax

刚 刚 在 讲 话

刚才有说又有笑

西	吹	瓜	堆	农
ɕi^{5}	tshəi^{5}	qa^{6}	tai^{1}	noŋ^{2}
Xit	ceit	ghas	daib	nongx
离	分	那	场	这

现在又要话离别

害	哪	约	呆	瓦
hai^{5}	na^{2}	ʑo^{6}	ta^{1}	va^{2}
Hait	nax	yos	dab	wax
害	人	呀	苍	天

苍天真是害人呀

号	尖	改	拉	忍
hau^{5}	tɕiŋ^{6}	qai^{3}	lia^{1}	ȵiŋ^{1}
Haot	jings	ghaid	liab	nzingb
若	男儿	又	想念	媳妇

如果亨兄想念我

达	亨	之	瓜	败	引	乡
ta^{1}	həŋ^{5}	tɕi^{5}	qa^{6}	pai^{4}	ɣiŋ^{2}	χaŋ^{1}
Dab	hengt	jit	ghas	bail	vingx	hvangb
后	生	上	那	坡	岭	高

亨兄爬到那高坡

步	吗	木	吓	金
po^{7}	ma^{6}	mu^{4}	χa^{3}	kiŋ^{1}
Bok	mas	mul	hvad	gingb
开	脸	去	看	妹

遥望远方那恋人

化	吗	羊	本	威
fa^{1}	ma^{6}	ɣaŋ^{4}	pəŋ^{2}	vəi^{1}
Fab	mas	vangl	bengx	weib
转	脸	寨	本	威

遥望那本威寨子

达	配	拉	让	败	党	阿
ta^{1}	phɛ^{7}	lia^{6}	ȵiaŋ^{1}	pai^{4}	taŋ^{2}	a^{1}
Dab	paek	lias	nziangb	bail	dangx	ab
心	上	人	在	寨坡	坪	那

心上人在那地方

西	送	败	引	溜
ɕi^{5}	soŋ^{5}	pai^{4}	ɣiŋ^{2}	liu^{1}
Xit	songt	bail	vingx	liub
相	送	坡	岭	大

他们在山坡相送

越	吗	木	吓	哪
vie^{6}	ma^{6}	mu^{4}	χa^{3}	na^{1}
Wies	mas	mul	hvad	nab
转	脸	去	看	太阳

抬头遥望那太阳

哪	个	败	引	乡
na^{1}	ko^{6}	pai^{4}	ɣiŋ^{2}	χaŋ^{1}
Nab	gos	bail	vingx	hvangb
太阳	斜	坡	岭	高

太阳将要落高坡

烈	退	木	本	威
lie^{4}	thai^{7}	mu^{4}	pəŋ^{2}	vəi^{1}
Liel	taik	mul	bengx	weib
烈	返	去	本	威

配烈返回本威寨

兄	退	劳	说	乌
ɕioŋ^{6}	thai^{7}	lau^{4}	ɬau^{2}	əu^{1}
Xiongs	taik	laol	dlaox	oub
兄	退	来	说	乌

亨兄返回说乌寨

嗒	内	当	底	哪
ta^{1}	nəi^{4}	taŋ^{4}	ti^{2}	na^{1}
Dab	neil	dangl	dix	nab
舅	爷	等	一	天

舅爷在家等一天

扫	做	兄	劳	扫	说	乌
sau^{6}	tsəu^{7}	ɕioŋ^{6}	lau^{4}	sau^{6}	ɬau^{2}	əu^{1}
Saos	zouk	xiongs	laol	saos	dlaox	oub
到	黑	兄	来	到	说	乌

亨兄天黑回到家

劳	之	丢	党	清
lau^{4}	tɕi^{5}	tiu^{2}	taŋ^{2}	tɕhiŋ^{1}
Laol	jit	diux	dangx	qingb
来	上	丢	党	家

亨兄走进丢党家

角	工	劳	仰	呆
qa^{6}	koŋ^{8}	lau^{4}	ȵiaŋ^{2}	tai^{1}
Ghas	gongf	laol	nziangx	daib
堂	屋	来	休	息

走进堂屋坐休息

兄	咪	乙	些	巴
ɕioŋ^{6}	mi^{6}	ʑi^{4}	ɕie^{2}	pa^{1}
Xiongs	mis	yil	xiex	bab
兄	妈	讲	话	给

妈妈这样把话问

那	嗒	内	裸	江
na^{6}	ta^{1}	nəi^{4}	lo^{2}	tɕiaŋ^{1}
Nas	dab	neil	lox	jiangb
问	舅	爷	裸	江

询问裸江那舅爷

猛	代	亨	兄	木	挪	忍
moŋ^{2}	tai^{7}	həŋ^{5}	ɕioŋ^{6}	mu^{4}	nio^{2}	ȵiŋ^{1}
Mongx	daik	hengt	xiongs	mul	niox	nzingb
你	与	亨	兄	去	退	婚

你与亨兄去退婚

木	退	瓦	响	尖
mu^{4}	thai^{7}	va^{4}	ɕiaŋ^{2}	tɕiŋ^{1}
Mul	taik	wal	xiangx	jingb
去	退	我	镯	金

退回我那金手镯

猛 多 劳 马 嗒
moŋ^{2} tau^{5} lau^{4} ma^{2} ta^{1}
Mongx daot laol max dab
你 得 来 不 孩儿
你是否已拿回来

农 嗒 内 裸 江
noŋ^{3} ta^{1} nəi^{4} lo^{2} tɕiaŋ^{1}
Nongd dab neil lox jiangb
现 舅 爷 裸 江
现在那裸江舅爷

娃 劳 劳 改 呆
vie^{6} lau^{5} lau^{4} qai^{3} tai^{1}
Wies laot laol ghaid daib
开 口 来 又 答
舅爷张口就回答

空 太 答 猛 嗒
qhoŋ^{1} thai^{5} ta^{4} moŋ^{2} ta^{1}
Khongb tait dal mongx dab
莫 骂 个 你 孩儿
不要再骂你孩子

瓦 代 亨 兄 木 挪 忍
va^{4} tai^{7} həŋ^{5} ɕioŋ^{6} mu^{4} nio^{2} ȵiŋ^{1}
Wal daik hengt xiongs mul niox nzingb
我 与 亨 兄 去 退 婚
我与亨兄去退婚

瓦 布 聂 雅 嗒
va^{4} pu^{8} nie^{4} ʑa^{2} ta^{1}
Wal buf niel yax dab
我 见 聂 雅 孩儿
我见聂雅那女儿

当 拉 羊 纠 些
taŋ^{5} la^{1} ɣaŋ^{4} tɕiu^{6} ɕic^{1}
Dangt lab vangl jius xieb
整 个 寨 纠 些
整个榕江那寨子

索 么 龙 丢 哈 龙 木
so^{4} mo^{1} lioŋ^{6} tiu^{4} ha^{7} lioŋ^{6} mu^{1}
Sol mob liongs diul hak liongs mub
不 管 寨 汉 或 寨 苗
不论汉村或苗寨

兵 乌 之 答 聂 雅 嗒
pi^{5} vu^{5} tɕiu^{6} ta^{4} nie^{4} ʑa^{2} ta^{1}
Bit wut jius dal niel yax dab
最 好 只 个 聂 雅 孩儿
聂雅女儿最漂亮

配 烈 答 哪 傲
phɛ^{7} lie^{4} ta^{4} na^{2} au^{1}
Paek liel dal nax aob
配 烈 个 人 好
配烈姑娘长漂亮

哪	爹	阿	猛	忍
na^{1}	tie^{6}	a^{5}	moŋ^{2}	ȵiŋ^{1}
Nab	dies	at	mongx	nzingb
日	后	当	你	媳妇

以后来当你媳妇

忍	乌	立	猛	阶
ȵiŋ^{1}	vu^{5}	li^{4}	moŋ^{2}	qai^{1}
Nzingb	wut	lil	mongx	ghaib
媳妇	好	管	你	家产

贤妻良母管理家

猛	让	空	太	答	猛	嗒
moŋ^{2}	ȵiaŋ^{8}	qhoŋ^{1}	thai^{5}	ta^{4}	moŋ^{2}	ta^{1}
Mongx	nziangf	khongb	tait	dal	mongx	dab
你	真	莫	骂	个	你	孩儿

你真莫要骂小孩

猛	勾	当	许	阿
moŋ^{2}	qəu^{5}	taŋ^{4}	ɕi^{2}	a^{1}
Mongx	ghout	dangl	xix	ab
你	公	那	时	候

在你太公那时候

都	兑	败	引	溜
tiu^{5}	təi^{6}	pai^{4}	ɣiŋ^{2}	liu^{1}
Diut	deis	bail	vingx	liub
埋	葬	坡	岭	大

祖坟埋在大山坡

都	一	乙	聂	堆
tiu^{5}	ʑi^{6}	ɣi^{4}	ŋie^{2}	tai^{1}
Diut	yis	vil	ngiex	daib
葬	对	窝	野	猪

埋葬对那野猪窝

改	一	乙	农	索
qai^{3}	ʑi^{6}	ɣi^{4}	nioŋ^{2}	ɬau^{1}
Ghaid	yis	vil	niongx	dlaob
又	对	窝	锦	鸡

埋葬又对锦鸡窝

一	拥	败	拥	凹
ʑi^{6}	voŋ^{2}	pai^{4}	voŋ^{2}	əu^{1}
Yis	wongx	bail	wongx	oub
对	龙	坡	龙	水

埋葬对那山龙脉

罗	当	答	猛	嗒
lo^{6}	taŋ^{5}	ta^{4}	moŋ^{2}	ta^{1}
Los	dangt	dal	mongx	dab
才	生	个	你	孩儿

才能生养你小孩

社	妈	杀	五	入
ɬie^{7}	ma^{6}	sa^{4}	vu^{2}	vi^{1}
Dliek	mas	sal	wux	wib
眉	毛	都	直	挺

他那眉毛都直挺

乌	弱	仅	打	哪
vu^{5}	nio^{6}	tsəŋ^{4}	ta^{2}	na^{1}
Wut	nios	zengl	dax	nab
英	俊	像	来	太阳

相貌英俊像太阳

哪	爹	门	阿	答	哪	溜
na^{1}	tie^{6}	məŋ^{6}	a^{5}	ta^{4}	na^{2}	liu^{1}
Nab	dies	mengs	at	dal	nax	liub
日	后	能	做	个	人	大

将来可能做大官

个	当	木	整	些
ko^{6}	tiaŋ^{6}	mu^{4}	tsəŋ^{2}	ɕie^{1}
Gos	diangs	mul	zengx	xieb
打	官司	去	整	些

整些若要打官司

古	门	杀	你	兄
qo^{5}	məŋ^{6}	sa^{4}	ni^{2}	ɕioŋ^{1}
Ghot	mengs	sal	nix	xiongb
仍	然	是	他	判

官司由他来审判

猛	空	太	猛	嗒
moŋ^{2}	qhoŋ^{1}	thai^{5}	moŋ^{2}	ta^{1}
Mongx	khongb	tait	mongx	dab
你	莫	骂	你	孩儿

你真不要骂小孩

兄	咪	阿	娘	昂	马	呆
ɕioŋ^{6}	mi^{6}	a^{5}	niaŋ^{4}	ŋa^{4}	ma^{6}	tai^{1}
Xiongs	mis	at	niangl	ngal	mas	daib
兄	妈	生	气	不	应	答

兄妈生气不应答

让	阿	娘	爹	泵
ȵiaŋ^{8}	a^{5}	niaŋ^{4}	tie^{6}	poŋ^{1}
Nziangf	at	niangl	dies	bongb
真	生	气	呼	呼

妈妈真的气呼呼

亨	兄	木	比	勾
həŋ^{5}	ɕioŋ^{6}	mu^{4}	pi^{2}	qəu^{1}
Hengt	xiongs	mul	bix	ghoub
亨	兄	去	干	活

亨兄到田野干活

被	的	东	鸠	收
pi^{5}	ti^{6}	tioŋ^{4}	tɕiu^{6}	səu^{1}
Bit	dis	diongl	jius	soub
住	棚	沟	鸠	收

鸠收山沟住牛棚

被	的	木	九	哪
pi^{5}	ti^{6}	mu^{4}	tɕiu^{2}	na^{1}
Bit	dis	mul	jiux	nab
住	棚	去	九	天

住进牛棚已九天

上	扫	答	你	忍
ɕiaŋ^{5}	sau^{6}	ta^{4}	ni^{2}	ȵiŋ^{1}
Xiangt	saos	dal	nix	nzingb
想	到	个	他	媳妇

日夜思念心上人

被	帮	杀	马	沙
pi^{5}	paŋ^{6}	sa^{4}	ma^{2}	ɬa^{1}
Bit	bangs	sal	max	dlab
睡	床	都	不	寐

躺在床上睡不着

兄	之	败	引	乡
ɕioŋ^{6}	tɕi^{5}	pai^{4}	ɣiŋ^{2}	xaŋ^{1}
Xiongs	jit	bail	vingx	hvangb
兄	爬	坡	岭	高

亨兄爬上那高坡

步	吗	木	吓	金
po^{7}	ma^{6}	mu^{4}	xa^{3}	kiŋ^{1}
Bok	mas	mul	hvad	gingb
开	眼	去	看	妹

遥望远方心上人

囊	记	当	周	阿
naŋ^{3}	ki^{3}	taŋ^{4}	tɕiu^{6}	a^{1}
Nangd	gid	dangl	jius	ab
听	见	到	上游	那

听见上游有响声

上	内	夺	底	哪
ɕiaŋ⁵	nəi³	tau⁴	ti²	na¹
Xiangt	neid	daol	dix	nab
打	枪	鸟	一	天

打枪鸣炮一整天

都	嘎	罗	孖	工
tiu⁵	ka²	lau⁴	ȵia⁶	koŋ¹
Diut	gax	laol	nzias	gongb
吹	芦	笙	沿	路

沿着大路吹芦笙

布	答	丢	答	木
pu¹	ta⁶	tiu⁴	ta⁶	mu¹
Bub	das	diul	das	mub
知	死	客人	死	苗人

不知哪个村死人

布	答	答	许	嗒
pu¹	ta⁶	ta⁴	ɕi⁶	ta¹
Bub	das	dal	xis	dab
知	死	哪	个	孩儿

不知是哪家死人

兄	亡	东	党	根
ɕioŋ⁶	maŋ⁵	tioŋ⁴	tiaŋ³	qəŋ¹
Xiongs	mangt	diongl	diangd	ghengb
七	夜	才	返	回

亨兄过七夜返回

浪	瓜	当	松	溜
laŋ^{5}	qa^{6}	taŋ^{4}	ɬoŋ^{6}	liu^{1}
Langt	ghas	dangl	dlongs	liub
过	那	半	坳	大

路过那个山坳上

东	古	丢	犬	令
tam^{7}	qəu^{5}	tiu^{4}	khiŋ^{1}	liŋ^{1}
Damk	ghout	diul	kingb	lingb
遇见	客	人	商	贩

遇见商贩在休息

兄	化	雷	打	巴
ɕioŋ^{6}	fa^{1}	ləi^{4}	ta^{2}	pa^{1}
Xiongs	fab	leil	dax	bab
兄	讲	话	来	问

亨兄这样把话问

那	古	丢	犬	令
na^{6}	qəu^{5}	tiu^{4}	khiŋ^{1}	liŋ^{1}
Nas	ghout	diul	kingb	lingb
问	客	人	商	贩

询问那汉人商贩

罗	哪	农	哪	阿
lo^{6}	na^{1}	noŋ^{4}	na^{1}	a^{1}
Los	nab	nongl	nab	ab
又	天	昨	天	前

询问昨天前天事

当　拉　人　周　阿
taŋ^{4}　la^{1}　ʑiŋ^{4}　tɕiu^{6}　a^{1}
Dangl　lab　yingl　jius　ab
整　个　上　上游　那
近段整个那上游

上　内　丢　底　哪
ɕiaŋ^{5}　nəi^{3}　tiu^{4}　ti^{2}　na^{1}
Xiangt　neid　diul　dix　nab
打　枪　鸟　一　天
打枪鸣炮一整天

都　嘎　罗　孖　工
tiu^{5}　ka^{2}　lau^{4}　ȵia^{6}　koŋ^{1}
Diut　gax　laol　nzias　gongb
吹　芦　笙　沿　路
沿着大路吹芦笙

布　答　丢　答　木
pu^{1}　ta^{6}　tiu^{4}　ta^{6}　mu^{1}
Bub　das　diul　das　mub
知　死　客人　死　苗人
不知哪个村死人

布　答　答　许　嗒
pu^{1}　ta^{6}　ta^{4}　ɕi^{6}　ta^{1}
Bub　das　dal　xis　dab
知　死　个　哪　孩儿
不知是哪家死人

农	勾	丢	犬	令
noŋ^{3}	qəu^{5}	tiu^{4}	khiŋ^{1}	liŋ^{1}
Nongd	ghout	diul	kingb	lingb
现	客	人	商	贩

现在那汉人商贩

改	化	雷	打	呆
qai^{3}	fa^{1}	ləi^{4}	ta^{2}	tai^{1}
Ghaid	fab	leil	dax	daib
又	讲	话	来	答

商贩讲话来回答

农	哪	农	哪	阿
noŋ^{3}	na^{1}	noŋ^{4}	na^{1}	a^{1}
Nongd	nab	nongl	nab	ab
现	天	昨	天	前

就在那个前几天

瓦	被	聂	雅	清
va^{4}	pi^{5}	nie^{4}	ʑa^{2}	tɕhiŋ^{1}
Wal	bit	niel	yax	qingb
我	住	聂	雅	家

我就投宿聂雅家

让	答	聂	雅	嗒
ȵiaŋ^{4}	ta^{6}	nie^{4}	ʑa^{2}	ta^{1}
Nziangf	das	niel	yax	dab
真	死	聂	雅	孩儿

真是聂雅家死人

配	烈	答	哪	傲
phɛ7	lie4	ta4	na2	au1
Paek	liel	dal	nax	aob
配	烈	个	人	漂亮

配烈天生长漂亮

你	打	答	蚁	溜
ni2	ta5	ta4	ȵi2	liu1
Nix	dat	dal	nzix	liub
她	杀	头	牛	大

她家杀一头水牛

罗	爹	劳	补	金
lo6	tie1	lau4	pu2	kiŋ1
Los	dieb	laol	bux	gingb
就	杀	来	葬	妹

杀牛给配烈送葬

拉	孖	瓦	努	尖
la1	ȵia8	va4	nəu2	tɕiŋ1
Lab	nziaf	wal	noux	jingb
个	饭	我	吃	份

我也吃了一餐饭

拉	意	瓦	努	拉
la1	i7	va4	nəu2	la1
Lab	ik	wal	noux	lab
个	肉	我	吃	个

我也吃了一份肉

让 答 答 哪 傲
ȵiaŋ^{8} ta^{6} ta^{4} na^{2} au^{1}
Nziangf das dal nax aob
真 死 个 人 美
可惜死了个美人

当 分 羊 水 拉
taŋ^{2} fəŋ^{1} ɣaŋ^{4} səi^{2} lia^{1}
Dangx fengb vangl seix liab
全 村 寨 都 想
村寨人人都惋惜

拉 瓦 凹 吗 无 柳 溜
la^{1} va^{4} əu^{1} ma^{6} vu^{7} liu^{2} liu^{1}
Lab wal oub mas wuk liux liub
个 我 泪 眼 流 下 大
我那眼泪簌簌流

爹 达 洋 蚁 迎
tie^{1} ta^{6} ʑaŋ^{4} ȵiu^{2} ȵiŋ^{1}
Dieb das yangl nziux nzingb
流 簌 簌 脸 庞
我伤心泪流满面

嗦 约 木 古 牙
ɬau^{1} ʑo^{6} mu^{4} ku^{2} ʑa^{1}
Dlaob yos mul gux yab
四 人 去 古 牙
委派四人去古牙

古	松	麻	送	咪
ku^{2}	soŋ^{6}	ma^{4}	soŋ^{2}	mi^{1}
Gux	songs	mal	songx	mib
古	松	买	棺	材

古松那里买棺材

麻	帮	劳	补	金
ma^{4}	paŋ^{6}	lau^{4}	pu^{2}	kiŋ^{1}
Mal	bangs	laol	bux	gingb
买	板	来	埋	妹

买那棺材埋配烈

木	都	败	引	溜
mu^{6}	tiu^{5}	pai^{4}	ɣiŋ^{2}	liu^{1}
Mus	diut	bail	vingx	liub
埋	在	坡	岭	大

埋那配烈在山上

松	斗	油	瓦	阿
ɬoŋ^{6}	təu^{5}	ʑu^{4}	va^{2}	a^{1}
Dlongs	dout	yul	wax	ab
坳	茶油	树	上	面

在那茶油树坳上

兄	囊	记	勾	丢	贾	收
ɕioŋ^{6}	naŋ^{3}	ki^{3}	qəu^{5}	tiu^{4}	tɕia^{2}	χu^{1}
Xiongs	nangd	gid	ghout	diul	jiax	hvub
兄	听	到	客	人	讲	话

亨兄听到那噩耗

答	内	真	答	答	瓦	忍
ta^{4}	ni^{6}	tsəŋ^{5}	ta^{6}	ta^{4}	va^{4}	ȵiŋ^{1}
Dal	nis	zengt	das	dal	wal	nzingb
个	那	真	死	个	我	媳妇

真是我恋人已死

败	达	配	答	木	鸟	败
pai^{1}	ta^{1}	phɛ^{7}	ta^{6}	mu^{4}	nio^{2}	pai^{1}
Baib	dab	paek	das	mul	niox	baib
我们	姑	娘	死	去	离开	我们

心上人已离我去

兄	吗	培	吗	罗
ɕioŋ^{6}	ma^{6}	pai^{4}	ma^{6}	lau^{1}
Xiongs	mas	bail	mas	laob
兄	软	手	软	脚

亨兄手软又脚麻

示	乌	木	九	尖
ɕi^{6}	vu^{6}	mu^{4}	tɕiu^{2}	tɕiŋ^{1}
Xis	wus	mul	jiux	jingb
减	力气	去	九	成

亨兄伤心又难过

让	落	珍	打	罗
ȵiaŋ^{7}	lau^{6}	tsəŋ^{4}	ta^{2}	lau^{1}
Nziangk	laos	zengl	dax	laob
汗	落	到	板	脚

全身冒汗流到脚

扫 布 回 哪 根
sau^{6} pu^{1} fəi^{4} na^{1} qəŋ^{1}
Saos bub feil nab ghengb
到 明 天 日 次
等到第二天早晨

巴 暖 丈 拉 松
pɛ^{1} nəŋ^{2} tɕiaŋ^{4} la^{6} ɬoŋ^{1}
Baeb nengx jiangl las dlongb
放 柴 刀 进 刀笼
亨兄放柴刀进笼

古 雍 也 反 生
kiu^{7} ȵioŋ^{1} ʑe^{4} faŋ^{2} ɬəŋ^{1}
Giuk nziongb yel fangx dlengb
草 帽 拿 挂 脖子
背后挂顶旧草帽

坐 无 瓜 根 羊 说 乌
tsau^{7} vu^{7} qa^{6} qəŋ^{1} ɣaŋ^{4} ɬau^{2} əu^{1}
Zaok wuk ghas ghengb vangl dlaox oub
急 跑 那 底 寨 说 乌
匆忙离开说乌寨

真 之 败 引 乡
tsəŋ^{5} tɕi^{5} pai^{4} ɣiŋ^{2} xaŋ^{1}
Zengt jit bail vingx hvangb
真 上 坡 岭 高
匆忙爬上那高坡

扫	松	羊	本	威
sau^{6}	ɬoŋ^{6}	ɣaŋ^{4}	pəŋ^{2}	vəi^{1}
Saos	dlongs	vangl	bengx	weib
到	坳	寨	本	威

走到本威寨山坳

兄	略	伦	努	超
ɕioŋ^{6}	lio^{7}	ləŋ^{4}	nəu^{2}	tshau^{1}
Xiongs	liok	lengl	noux	caob
兄	摘	片	叶子	吹

亨兄摘片叶子吹

马	多	答	哪	呆
ma^{2}	tau^{5}	ta^{4}	na^{2}	tai^{1}
Max	daot	dal	nax	daib
没	得	个	人	应答

没人吹叶子应答

达	配	让	答	木	鸟	败
ta^{1}	phɛ^{7}	ȵiaŋ^{8}	ta^{6}	mu^{4}	nio^{2}	pai^{1}
Dab	paek	nziangf	das	mul	niox	baib
姑	娘	真	死	去	离开	我们

心上人真离我去

兄	扫	羊	粉	花
ɕioŋ^{6}	sau^{6}	ɣaŋ^{4}	fəŋ^{2}	fa^{1}
Xiongs	saos	vangl	fengx	fab
兄	到	寨	粉	花

亨兄走到粉花寨

东 咪 木 呀 改
tam^{7} mi^{6} mu^{4} ʑa^{6} qɛ^{1}
Damk mis mul yas ghaeb
遇见 妈 去 喂 鸡
遇见烈妈去喂鸡

兄 化 雷 打 巴
ɕioŋ^{6} ʃa^{1} ləi^{4} ta^{2} pa^{1}
Xiongs fab leil dax bab
兄 讲 话 来 给
亨兄伤心把话问

巴 载 示 马 巴
pa^{1} tsai^{3} ɕi^{6} ma^{2} pa^{1}
Bab zaid xis max bab
给 家 是 不 给
妈妈是否给进家

烈 咪 接 底 拉
lie^{4} mi^{6} tɕie^{4} ti^{2} la^{1}
Liel mis jiel dix lab
烈 妈 说 一 个
配烈妈妈这样说

败 党 败 松 都 农 改
pai^{4} taŋ^{2} pai^{4} ɬoŋ^{6} tiu^{5} nioŋ^{2} qɛ^{1}
Bail dangx bail dlongs diut niongx ghaeb
坡 山 坳 山 给 锦 鸡
山坡给锦鸡做窝

无	帮	都	蚁	溜
vu^{4}	paŋ^{6}	tiu^{5}	ȵi^{2}	liu^{1}
Wul	bangs	diut	nzix	liub
地	平	给	牛	大

平地平坝给水牛

阿	五	都	努	之
a^{5}	vo^{2}	tiu^{5}	nəu^{6}	tɕiu^{1}
At	wox	diut	nous	jiub
造	笼	给	画	眉

编造鸟笼给画眉

阿	载	都	分	让
a^{5}	tsai^{3}	tiu^{5}	fəŋ^{6}	ȵiaŋ^{1}
At	zaid	diut	fengs	nziangb
造	房	给	人	住

建造房子给人住

阿	爹	罗	马	巴
a^{5}	tie^{6}	lo^{6}	ma^{2}	pa^{1}
At	dies	los	max	bab
怎	样	又	不	给

怎样不给客人进

猛	之	木	瓦	让
moŋ^{2}	tɕi^{5}	mu^{4}	va^{2}	ȵiaŋ^{1}
Mongx	jit	mul	wax	nziangb
你	上	去	上面	坐

你上堂屋去休息

号	工	木	仰	呆
həu^{3}	koŋ^{4}	mu^{4}	ȵiaŋ^{1}	tai^{1}
Houd	gongl	mul	nziangb	daib
堂	屋	去	休	息

上到堂屋坐休息

劳	阿	不	那	租
lau^{4}	a^{5}	pu^{4}	na^{2}	tɕiu^{1}
Laol	at	bul	nax	jiub
来	闲	谈	家	常

坐下闲谈那家常

兄	之	木	瓦	让
ɕioŋ^{6}	tɕi^{5}	mu^{4}	va^{2}	ȵiaŋ^{1}
Xiongs	jit	mul	wax	nziangb
兄	上	去	上面	坐

亨兄上去坐休息

那	咪	聂	雅	拉
na^{6}	mi^{6}	nie^{4}	ʑa^{2}	la^{1}
Nas	mis	niel	yax	lab
问	妈	聂	雅	个

询问妈妈一些事

配	烈	答	猛	嗒
phɛ^{7}	lie^{4}	ta^{4}	moŋ^{2}	ta^{1}
Paek	liel	dal	mongx	dab
配	烈	个	你	孩儿

配烈是你家女孩

瓜	爹	木	罗	忍
qa^{6}	tie^{6}	mu^{4}	lo^{6}	ȵiŋ^{1}
Ghas	dies	mul	los	nzingb
哪	里	去	了	妈

配烈外出哪里去

烈	咪	乙	些	巴
lie^{4}	mi^{6}	ʑi^{4}	ɕie^{6}	pa^{1}
Liel	mis	yil	xies	bab
烈	妈	讲	话	给

妈妈这样把话说

挪	哪	农	哪	阿
no^{6}	na^{1}	noŋ^{4}	na^{1}	a^{1}
Nos	nab	nongl	nab	ab
就	天	昨	天	前

刚刚在那前几天

代	跟	不	布	分
tai^{7}	qiŋ^{1}	pu^{4}	pu^{6}	fəŋ^{1}
Daik	ghingb	bul	bus	fengb
与	朋	友	进	寨

与她朋友走亲戚

列	登	木	九	哪
lie^{5}	təŋ^{6}	mu^{4}	tɕiu^{2}	na^{1}
Liet	dengs	mul	jiux	nab
讨	蓝靛	去	九	天

邀讨蓝靛走九天

兄	亡	败	往	清
ɕioŋ^{6}	maŋ^{5}	pai^{4}	vaŋ^{2}	tɕhiŋ^{1}
Xiongs	mangt	bail	wangx	qingb
七	夜	未	回	家

走了七夜未回家

兄	改	当	底	哪
ɕioŋ^{6}	qai^{3}	taŋ^{4}	ti^{2}	na^{1}
Xiongs	ghaid	dangl	dix	nab
兄	又	等	一	天

亨兄又等待一天

配	烈	杀	马	喋
phɛ^{7}	lie^{4}	sa^{4}	ma^{2}	tie^{1}
Paek	liel	sal	max	dieb
配	烈	都	未	到

配烈还是不到家

兄	改	接	底	拉
ɕioŋ^{6}	qai^{3}	tɕie^{4}	ti^{2}	la^{1}
Xiongs	ghaid	jiel	dix	lab
兄	又	说	一	个

亨兄又询问一事

配	烈	木	累	派
phɛ^{7}	lie^{4}	mu^{4}	lai^{2}	phai^{1}
Paek	liel	mul	laix	paib
配	烈	去	很	久

配烈离家已很久

阿	爹	败	往	清
a^{5}	tie^{6}	pai^{4}	vaŋ^{2}	tɕhiŋ^{1}
At	dies	bail	wangx	qingb
怎	样	未	回	家

她怎么还未到家

烈	咪	乙	些	巴
lie^{4}	mi^{6}	ʑi^{4}	ɕie^{6}	pa^{1}
Liel	mis	yil	xies	bab
烈	妈	讲	话	给

妈妈这样把话说

猛	那	瓦	达	配
moŋ^{2}	na^{6}	va^{4}	ta^{1}	phɛ^{7}
Mongx	nas	wal	dab	paek
你	问	我	姑	娘

你这样问我女儿

你	木	根	羊	无	答	敖
ni^{2}	mu^{4}	qəŋ^{1}	ɣaŋ^{4}	vu^{3}	ta^{1}	au^{7}
Nix	mul	ghengb	vangl	wud	dab	aok
她	去	底	寨	看	个	鸭

她在寨底看小鸭

无	各	瓜	根	信
vu^{3}	qau^{4}	qa^{6}	qəŋ^{1}	ɕiŋ^{7}
Wud	ghaol	ghas	ghengb	xingk
看	鹅	那	底	渠

她在水渠底看鹅

兄	打	木	根	信
ɕioŋ^{6}	ta^{2}	mu^{4}	qəŋ^{1}	ɕiŋ^{7}
Xiongs	dax	mul	ghengb	xingk
兄	走	去	底	渠

亨兄走到那水渠

都	聂	雅	达	配
təu^{6}	nie^{4}	ʑa^{2}	ta^{1}	phɛ^{7}
Dous	niel	yax	dab	paek
找	聂	雅	姑	娘

寻找聂雅家配烈

马	牛	底	凹	信
ma^{2}	niu^{4}	ti^{2}	əu^{1}	ɕiŋ^{7}
Max	niul	dix	oub	xingk
不	浑	一	水	渠

水渠那水不浑浊

马	八	着	无	坐
ma^{2}	pa^{4}	tɕio^{2}	vo^{1}	tsau^{7}
Max	bal	jiox	wob	zaok
不	坏	根	水	草

不吃掉一根水草

马	不	底	苏	布
ma^{2}	pu^{4}	ti^{2}	səu^{1}	pu^{7}
Max	bul	dix	soub	buk
不	见	一	叶	垫

没发现有树叶垫

猛 虽 瓦 之 窝
moŋ^{2} ɬəi^{1} va^{4} tɕi^{6} vo^{7}
Mongx dleib wal jis wok
你 骗 我 了 婆
你今天把我欺骗

烈 咪 接 底 拉
lie^{4} mi^{6} tɕie^{4} ti^{2} la^{1}
Liel mis jiel dix lab
烈 妈 说 一 个
配烈妈妈这样说

马 接 尼 马 布
ma^{2} tɕie^{4} ni^{4} ma^{2} pu^{1}
Max jiel nil max bub
不 说 你 不 知
不讲你真不知道

刀 接 尼 罗 布
tau^{6} tɕie^{4} ni^{4} lo^{6} pu^{1}
Daos jiel nil los bub
要 说 你 才 知
要告诉你才知道

败 阿 各 引 乡
pai^{1} a^{5} qəu^{4} ɣiŋ^{2} xaŋ^{1}
Baib at ghoul vingx hvangb
我 割 茅草 岭 高
我在山坡割茅草

瓜	大	答	比	改
qa^{6}	ta^{5}	ta^{4}	pi^{2}	qɛ^{1}
Ghas	dat	dal	bix	ghaeb
就	杀	只	公	鸡

那天杀一只公鸡

英	敖	劳	改	爹
ʑiŋ^{4}	au^{7}	lau^{4}	qai^{3}	tie^{1}
Yingl	aok	laol	ghaid	dieb
捉	鸭	来	又	杀

又捉一只鸭来杀

烈	脑	节	东	改
lie^{4}	nəu^{2}	tɕi^{4}	toŋ^{6}	qɛ^{1}
Liel	noux	jil	dongs	ghaeb
烈	吃	只	棒腿	鸡

配烈吃那鸡棒腿

松	敖	木	花	生
soŋ^{3}	au^{7}	mu^{4}	fɛ^{6}	ɬəŋ^{1}
Songd	aok	mul	faes	dlengb
骨	鸭	去	卡	喉咙

骨头卡配烈喉咙

烈	答	木	九	哪
lie^{4}	ta^{6}	mu^{4}	tɕiu^{2}	na^{1}
Liel	das	mul	jiux	nab
烈	死	去	九	天

配烈已死亡九天

兄	亡	东	党	呆
ɕioŋ^{6}	maŋ^{5}	tioŋ^{4}	taŋ^{2}	tai^{1}
Xiongs	mangt	diongl	dangx	daib
七	夜	才	埋	土

七夜以后才埋葬

幕	都	败	引	溜
mu^{6}	tiu^{5}	pai^{4}	ɣiŋ^{2}	liu^{1}
Mus	diut	bail	vingx	liub
埋	在	坡	岭	大

埋葬在那山坡上

松	斗	由	瓦	阿
ɬoŋ^{6}	təu^{5}	ʑu^{4}	va^{2}	a^{1}
Dlongs	dout	yul	wax	ab
坳	树	茶油	上	面

埋在茶油坳上面

猛	上	答	瓦	嗒
moŋ^{2}	ɕiaŋ^{5}	ta^{4}	va^{4}	ta^{1}
Mongx	xiangt	dal	wal	dab
你	想	个	我	孩儿

你若思念我女儿

猛	之	木	引	溜
moŋ^{2}	tɕi^{5}	mu^{4}	ɣiŋ^{2}	liu^{1}
Mongx	jit	mul	vingx	liub
你	上	去	岭	大

你就爬上那高坡

松	派	败	猛	劳
ɬoŋ^{6}	phɛ^{5}	pai^{4}	moŋ^{2}	lau^{1}
Dlongs	paet	bail	mongx	laob
坳	上	坡	那	挖

茶油坳上那挖坟

猛	工	木	几	呆
moŋ^{2}	qoŋ^{5}	mu^{4}	ki^{2}	tai^{1}
Mongx	ghongt	mul	gix	daib
你	挖	去	下	面

你再往地下挖掘

罗	布	答	瓦	嗒
lo^{6}	pu^{4}	ta^{4}	va^{4}	ta^{1}
Los	bul	dal	wal	dab
才	见	个	我	孩儿

才能看见我女儿

烈	都	答	瓦	嗒
lie^{4}	tio^{6}	ta^{4}	va^{4}	ta^{1}
Liel	dios	dal	wal	dab
烈	是	个	我	孩儿

配烈是我家女儿

阿	爹	瓦	马	拉
a^{5}	tie^{6}	va^{4}	ma^{2}	lia^{1}
At	dies	wal	max	liab
怎	样	我	不	念

我怎会不想念她

亨	兄	接	底	拉
həŋ^{5}	ɕioŋ^{6}	tɕie^{4}	ti^{2}	la^{1}
Hengt	xiongs	jiel	dix	lab
亨	兄	说	一	个

亨兄这样把话说

西	阿	答	猛	嗒
ɕi^{1}	a^{6}	ta^{4}	moŋ^{2}	ta^{1}
Xib	as	dal	mongx	dab
过	去	个	你	孩儿

过去你家那配烈

凹	立	亡	丢	败	引	溜
au^{1}	li^{6}	maŋ^{7}	tiu^{5}	pai^{4}	ɣiŋ^{2}	liu^{1}
Aob	lis	mangk	diut	bail	vingx	liub
我们	换	信物	在	坡	岭	大

在那山坳换信物

烈	都	人	暖	金
lie^{4}	tiu^{5}	ʑiŋ^{4}	ȵəŋ^{2}	kiŋ^{1}
Liel	diut	yingl	nzengx	gingb
烈	赠	匹	棉	布

配烈赠一匹棉布

瓦	都	只	响	尖
va^{4}	tiu^{5}	tɕi^{4}	ɕiaŋ^{2}	tɕiŋ^{1}
Wal	diut	jil	xiangx	jingb
我	赠	只	镯	金

我赠一只金手镯

猛	西	劳	马	忍
moŋ^{2}	ɕi^{5}	lau^{4}	ma^{2}	ȵiŋ^{1}
Mongx	xit	laol	max	nzingb
你	脱	来	不	妈

你是否脱金手镯

烈	咪	接	底	拉
lie^{4}	mi^{6}	tɕie^{4}	ti^{2}	la^{1}
Liel	mis	jiel	dix	lab
烈	妈	说	一	个

配烈妈妈这样说

烈	答	木	补	呆
lie^{4}	ta^{6}	mu^{4}	pu^{2}	tai^{1}
Liel	das	mul	bux	daib
烈	死	去	埋	土

配烈死后抬去埋

抽	达	拱	响	索
tɕhiu^{3}	tɛ^{6}	qoŋ^{4}	ɕiaŋ^{2}	ɬau^{1}
Qiud	daes	ghongl	xiangx	dlaob
戴	许	多	镯	银

手戴很多银手镯

瓦	本	瓦	马	咪
va^{4}	pəŋ^{8}	va^{4}	ma^{2}	mi^{1}
Wal	bengf	wal	max	mib
我	的	我	不	要

我那手镯不收拾

归	布	节	响	尖
kiŋ^{3}	pu^{8}	tɕi^{4}	ɕiaŋ^{2}	tɕiŋ^{1}
Gingd	buf	jil	xiangx	jingb
仅	见	只	镯	金

仅见一只金手镯

马	布	答	许	木
ma^{2}	pu^{1}	ta^{4}	ɕi^{2}	mu^{1}
Max	bub	dal	xix	mub
不	知	个	哪	的

金镯不知是哪个

瓦	之	木	打	列
va^{4}	tɕi^{5}	mu^{4}	ta^{2}	lie^{1}
Wal	jit	mul	dax	lieb
我	上	去	呼	喊

我上山坡大呼喊

瓦	夸	节	响	尖
va^{4}	qha^{5}	tɕi^{4}	ɕiaŋ^{2}	tɕiŋ^{1}
Wal	khat	jil	xiangx	jingb
我	喊	只	镯	金

我喊那只金手镯

节	农	答	许	木
tɕi^{4}	noŋ^{6}	ta^{4}	ɕi^{2}	mu^{1}
Jil	nongs	dal	xix	mub
只	这	个	哪	的

这只金镯哪个的

马 多 答 许 呆

ma^{2} tau^{5} ta^{4} ɕi^{2} tai^{1}

Max daot dal xix daib

没 有 个 哪 应

没有哪个人应答

农 爹 木 党 呆

noŋ^{3} tie^{3} mu^{4} taŋ^{2} tai^{1}

Nongd died mul dangx daib

现 拿 去 埋 土

现在金镯拿陪葬

烈 答 烈 努 收

lie^{4} ta^{6} lie^{4} nio^{2} χu^{1}

Liel das liel niox hvub

烈 死 烈 留 言

配烈死前留遗言

哎 咪 劳 兑 忍

ai^{1} mi^{6} lau^{4} təi^{2} ȵiŋ^{1}

Aib mis laol deix nzingb

哎 妈 老 哥 嫂

妈妈哥哥和嫂子

瓦 答 瓦 马 布

va^{4} ta^{6} va^{4} ma^{2} pu^{1}

Wal das wal max bub

我 死 我 不 知

也许在我死以后

门	木	瓜	苏	丢	猛	咪
məŋ^{1}	mu^{4}	qa^{6}	ɬəu^{6}	tiu^{4}	moŋ^{2}	mi^{1}
Mengb	mul	ghas	dlous	diul	mongx	mib
你们	去	那	箱	子	那	要

你们打开箱子要

足	兄	仁	暖	金
tɕiu^{8}	ɕioŋ^{6}	ʑiŋ^{4}	ȵəŋ^{2}	kiŋ^{1}
Jiuf	xiongs	yingl	nzengx	gingb
十	七	匹	棉	布

拿那十七匹棉布

灭	都	答	艾	溜
mie^{6}	tiu^{5}	ta^{4}	ai^{3}	liu^{1}
Mies	diut	dal	aid	liub
留	给	个	姐	大

棉布送给那大姐

足	兄	仁	暖	爹
tɕiu^{8}	ɕioŋ^{6}	ʑiŋ^{4}	ȵəŋ^{2}	tɛ^{1}
Jiuf	xiongs	yingl	nzengx	daeb
十	七	匹	裙	布

那十七匹百褶裙

灭	都	答	桑	根
mie^{6}	tiu^{5}	ta^{4}	saŋ^{6}	qəŋ^{1}
Mies	diut	dal	sangs	ghengb
留	给	个	辈	小

百褶裙送给小妹

足	兄	节	响	嗦
tɕiu^{8}	ɕioŋ^{6}	tɕi^{4}	ɕiaŋ^{2}	ɬau^{1}
Jiuf	xiongs	jil	xiangx	dlaob
十	七	只	镯	银

那十七只银手镯

灭	都	瓦	兑	忍
mie^{6}	tiu^{5}	va^{4}	təi^{2}	ȵiŋ^{1}
Mies	diut	wal	deix	nzingb
留	给	我	哥	嫂

银镯留给那大嫂

拉	底	节	响	尖
lia^{7}	ti^{2}	tɕi^{4}	ɕiaŋ^{2}	tɕiŋ^{1}
Liak	dix	jil	xiangx	jingb
剩	一	只	镯	金

剩下一只金手镯

秋	列	瓦	拱	泵
tɕhiu^{5}	lɛ^{6}	va^{4}	qoŋ^{2}	poŋ^{1}
Qiut	laes	wal	ghongx	bongb
戴	进	我	手	臂

金镯戴在我手臂

瓦	答	木	准	兴
va^{4}	ta^{6}	mu^{4}	tɕiŋ^{2}	ɬiŋ^{1}
Wal	das	mul	jingx	dlingb
我	死	去	成	鬼

我死以后变成鬼

哪	爹	瓦	当	劳	甩	虾
na^{1}	tie^{6}	va^{4}	tiaŋ^{3}	lau^{4}	sai^{2}	ɕia^{1}
Nab	dies	wal	diangd	laol	saix	xiab
日	哪	我	返	来	遇见	情郎

何日我遇见情郎

兄	改	接	底	拉
ɕioŋ^{6}	qai^{3}	tɕie^{4}	ti^{2}	la^{1}
Xiongs	ghaid	jiel	dix	lab
兄	又	说	一	个

亨兄这样把话说

烈	答	木	九	哪
lie^{4}	ta^{6}	mu^{4}	tɕiu^{2}	na^{1}
Liel	das	mul	jiux	nab
烈	死	去	九	天

配烈已死了九天

烈	肮	瓦	马	些
lie^{4}	haŋ^{5}	va^{4}	ma^{2}	ɕie^{1}
Liel	hangt	wal	max	xieb
烈	臭	我	不	怕

我不怕尸体腐臭

瓦	门	意	不	答	瓦	忍
va^{4}	məŋ^{6}	ʑi^{3}	pu^{8}	ta^{4}	va^{4}	ɳiŋ^{1}
Wal	mengs	yid	buf	tal	wal	nzingb
我	一	定	见	个	我	媳妇

我一定见心上人

咪 苏 劳 江 败

mi^{1} ɬiu^{5} lau^{4} tɕiaŋ^{6} pai^{1}

Mib dliut laol jiangs baib

要 锄头 来 给 我们

要那锄头来给我

咪 角 劳 江 败

mi^{1} ka^{6} lau^{4} tɕiaŋ^{6} pai^{1}

Mib gas laol jiangs baib

要 钉耙 来 给 我们

要那钉耙来给我

不 答 哪 收 拥

pu^{4} ta^{4} na^{2} ɬiu^{2} ȵioŋ^{1}

Bul dal nax dliux nziongb

别人 个 人 稻 草

别人扎稻草火把

瓦 答 哪 手 哥

va^{4} ta^{4} na^{2} liu^{5} ko^{1}

Wal dal nax liut gob

我 个 人 木 皮

我扎那木皮火把

珠 猛 木 瓜 些

tɕiu^{6} moŋ^{2} mu^{4} qo^{5} ɕie^{1}

Jius mongx mul ghot xieb

只 你 去 也 怕

你一个人去害怕

东	猛	木	罗	嗒
toŋ^{8}	moŋ^{2}	mu^{4}	lo^{6}	ta^{1}
Dongf	mongx	mul	los	dab
陪	你	去	了	孩儿

我陪同你一起走

兄	改	接	底	拉
ɕioŋ^{6}	qai^{3}	tɕie^{4}	ti^{2}	la^{1}
Xiongs	ghaid	jiel	dix	lab
兄	又	说	一	个

亨兄这样把话说

猛	空	木	罗	忍
moŋ^{2}	qhoŋ^{1}	mu^{4}	lo^{6}	ȵiŋ^{1}
Mongx	khongb	mul	los	nzingb
你	莫	去	了	妈

妈妈不用陪同去

败	答	败	准	兴
pai^{4}	ta^{6}	pai^{4}	tɕiŋ^{2}	ɬiŋ^{1}
Bail	das	bail	jingx	dlingb
不	死	不	成	鬼

人未死还不成鬼

刀	答	罗	准	兴
tau^{5}	ta^{6}	lo^{6}	tɕiŋ^{2}	ɬiŋ^{1}
Daot	das	los	jingx	dlingb
已	死	才	成	鬼

人已死亡变成鬼

马	阶	答	哪	非
ma^{2}	qai^{5}	ta^{4}	na^{2}	fai^{1}
Max	ghait	dal	nax	faib
不	附	个	人	远方

鬼不附身远方人

些	阶	答	哪	阶
ɕic^{1}	qai^{5}	ta^{4}	na^{2}	qai^{1}
Xieb	ghait	dal	nax	ghaib
怕	附	个	人	主人

怕鬼附身自家人

阶	猛	瓦	马	波
qai^{5}	moŋ^{2}	va^{4}	ma^{2}	po^{1}
Ghait	mongx	wal	max	bob
附	你	我	不	保

我不保鬼不附你

兄	之	败	引	溜
ɕioŋ^{6}	tɕi^{5}	pai^{4}	ɣiŋ^{2}	liu^{1}
Xiongs	jit	bail	vingx	liub
兄	上	坡	岭	大

亨兄爬上那山坡

几	各	爹	让	迎
ki^{2}	ko^{4}	tie^{6}	ȵiaŋ^{1}	ȵiŋ^{5}
Gix	gol	dies	nziangb	nzingt
哭	泣	都	不	停

亨兄悲恸哭不停

几	聂	雅	嗒	乌
ki^{2}	nie^{4}	ʑa^{2}	ta^{1}	vu^{5}
Gix	niel	yax	dab	wut
哭	聂	雅	孩儿	好

痛惜聂雅好女儿

猛	布	瓜	败	引	乡	败
moŋ^{2}	pu^{6}	qa^{6}	pai^{4}	ɣiŋ^{2}	xaŋ^{1}	pai^{5}
Mongx	bus	ghas	bail	vingx	hvangb	bait
你	进	那	坡	岭	高	睡

你躺在那高坡睡

败	珍	九	哪	丢
pai^{5}	tsəŋ^{5}	tɕiu^{2}	na^{1}	tiu^{5}
Bait	zengt	jiux	nab	diut
睡	真	九	天	了

你真躺着睡九天

拉	瓦	马	金	米
lia^{1}	va^{4}	ma^{2}	kiŋ^{1}	mi^{5}
Liab	wal	max	gingb	mit
想	我	不	姑	娘

心上人是否想我

金	古	能	努	号	嗒	乌
kiŋ^{1}	kiu^{2}	nəŋ^{4}	nəu^{6}	hau^{5}	ta^{1}	vu^{5}
Gingb	giux	nengl	nous	haot	dab	wut
虫	蝗	鼠	鸟	说	孩儿	好

飞禽走兽称赞你

金	古	能	努	几	虽	夫
kiŋ^{1}	kiu^{2}	nəŋ^{4}	nəu^{6}	ki^{2}	sai^{1}	χu^{5}
Gingb	giux	nengl	nous	gix	saib	hvut
虫	蝗	鼠	鸟	哭	哀	鸣

飞禽走兽来吊唁

兄	花	吗	木	瓦	嗦	列
ɕioŋ^{6}	fɛ^{1}	ma^{6}	mu^{4}	va^{2}	ɬau^{1}	lie^{5}
Xiongs	faeb	mas	mul	wax	dlaob	liet
兄	转	脸	去	天	空	看

亨兄仰望那天空

瓜	各	斗	油	把	金	耶
qa^{6}	ko^{8}	təu^{5}	ʑu^{8}	pa^{2}	kiŋ^{1}	ɣə^{5}
Ghas	gof	dout	yuf	bax	gingb	vet
那	顶	树	茶油	落	春	蝉

茶油树梢落春蝉

金	耶	劳	瓜	几	堆	夸
kiŋ^{1}	ɣe^{5}	lau^{4}	qa^{6}	ki^{2}	tai^{1}	qha^{5}
Gingb	vet	laol	ghas	gix	daib	khat
虫	蝉	来	那	下	面	叫

春蝉掉到地面叫

衣	亨	兄	节	打	罗	都
ʑi^{6}	həŋ^{5}	ɕioŋ^{6}	tɕi^{4}	ta^{2}	lau^{1}	tiu^{5}
Yis	hengt	xiongs	jil	dax	laob	diut
到	亨	兄	只	背	脚	了

飞落亨兄脚面叫

安	节	打	罗	下
əŋ^{5}	tɕi^{4}	ta^{2}	lau^{1}	ɬia^{5}
Engt	jil	dax	laob	dliat
亮	只	背	脚	闪闪

亨兄脚面都闪亮

答	农	西	瓦	学	金	咪
ta^{4}	noŋ^{2}	ɕi^{1}	va^{4}	ɬio^{2}	kiŋ^{1}	mi^{5}
Dal	nongx	xib	wal	dliox	gingb	mit
个	这	是	我	魂	姑	娘

这是心上人魂魄

达	配	拉	劳	仰	败	敲
ta^{1}	phɛ^{7}	lia^{1}	lau^{4}	ȵiaŋ^{2}	pai^{1}	qhau^{5}
Dab	paek	liab	laol	nziangx	baib	khaot
姑	娘	恋	来	跟	我	而已

魂魄依恋跟随我

瓦	之	木	引	溜
va^{4}	tɕi^{5}	mu^{4}	ɣiŋ^{2}	liu^{1}
Wal	jit	mul	vingx	liub
我	上	去	岭	大

我爬到那山坡上

开	及	列	农	号
qhəi^{1}	ki^{8}	lie^{6}	noŋ^{6}	hau^{1}
Kheib	gif	lies	nongs	haob
开	沟	让	雨	天

开挖水沟让水流

凹　马　木　布　来
əu^{1}　ma^{2}　mu^{4}　pu^{6}　lai^{1}
Oub　max　mul　bus　laib
水　不　去　进　棺材
雨水流不进棺材

马　熟　答　猛　嗒
ma^{2}　ɕiu^{8}　ta^{4}　moŋ^{2}　ta^{1}
Max　xiuf　dal　mongx　dab
不　湿　个　你　孩儿
不淋湿那配烈身

猛　之　木　引　溜
moŋ^{2}　tɕi^{5}　mu^{4}　ɣiŋ^{2}　liu^{1}
Mongx　jit　mul　vingx　liub
你　上　去　岭　大
你爬到那山坡上

松　斗　油　猛　罗
ɬoŋ^{6}　təu^{5}　ʑu^{4}　moŋ^{2}　lo^{1}
Dlongs　dout　yul　mongx　lob
坳　树　茶油　你　挖
你到茶油坳挖掘

兄　之　木　爹　娃
ɕioŋ^{6}　tɕi^{5}　mu^{4}　tie^{6}　va^{1}
Xiongs　jit　mul　dies　wab
兄　上　去　匆　忙
亨兄匆匆爬上去

兄	内	杀	马	些
ɕioŋ^{6}	nəi^{7}	sa^{4}	ma^{2}	ɕie^{1}
Xiongs	neik	sal	max	xieb
兄	一点	都	不	怕

亨兄一点都不怕

兄	牙	木	牙	罗
ɕioŋ^{6}	ʑa^{6}	mu^{4}	ʑa^{6}	lo^{1}
Xiongs	yas	mul	yas	lob
兄	就	去	就	挖

亨兄到那就开挖

角	呀	木	加	呆
ka^{6}	ʑa^{6}	mu^{4}	tɕia^{6}	tai^{1}
Gas	yas	mul	jias	daib
撮	箕	去	装	泥

亨兄拿撮箕装泥

兄	工	木	几	堆
ɕioŋ^{6}	qoŋ^{5}	mu^{4}	ki^{2}	tai^{1}
Xiongs	ghongt	mul	gix	daib
兄	挖	去	下	面

亨兄挖掘到下面

光	烈	伦	送	来
kaŋ^{6}	lie^{4}	ləŋ^{4}	soŋ^{2}	lai^{1}
Gangs	liel	lengl	songx	laib
见	烈	块	板	棺材

露出配烈棺材板

兄	学	伦	送	来
ɕioŋ^{6}	ɬio^{1}	ləŋ^{4}	soŋ^{2}	lai^{1}
Xiongs	dliob	lengl	songx	laib
兄	掀	块	板	棺材

亨兄掀开棺材板

配	烈	被	答	农	几	呆
phɛ^{7}	lie^{4}	pi^{5}	ta^{6}	noŋ^{4}	ki^{2}	tai^{1}
Paek	liel	bit	das	nongl	gix	daib
配	烈	睡	直	挺	下	面

配烈直躺棺材里

多	江	答	哪	轻
tau^{5}	tɕiaŋ^{6}	ta^{4}	na^{2}	khiŋ^{1}
Daot	jiangs	dal	nax	kingb
好	像	个	人	睡

配烈好像在睡觉

乌	努	珍	许	阿
vu^{5}	nio^{6}	tsəŋ^{4}	ɕi^{2}	a^{1}
Wut	nios	zengl	xix	ab
漂	亮	齐	过	去

还是像昔日漂亮

兄	猛	弱	你	泵
ɕioŋ^{6}	moŋ^{5}	ȵo^{4}	ni^{2}	poŋ^{1}
Xiongs	mongt	nzol	nix	bongb
兄	看	双	她	手臂

亨兄查看她双臂

足	兄	节	响	嗦
tɕiu^{8}	ɕioŋ^{6}	tɕi^{4}	ɕiaŋ^{2}	ɬau^{1}
Jiuf	xiongs	jil	xiangx	dlaob
十	七	只	镯	银

手戴十七只银镯

改	布	节	响	尖
qai^{3}	pu^{8}	tɕi^{4}	ɕiaŋ^{2}	tɕiŋ^{1}
Ghaid	buf	jil	xiangx	jingb
又	见	只	镯	金

又看见一只金镯

号	咪	工	响	嗦
hau^{5}	mi^{1}	qoŋ^{4}	ɕiaŋ^{2}	ɬau^{1}
Haot	mib	ghongl	xiangx	dlaob
想	要	那	镯	银

想要那些银手镯

改	灭	节	响	尖
qai^{3}	mɛ^{7}	tɕi^{4}	ɕiaŋ^{2}	tɕiŋ^{1}
Ghaid	maek	jil	xiangx	jingb
又	可惜	只	镯	金

又可惜那只金镯

兄	丢	答	朵	来
ɕioŋ^{6}	tiu^{8}	ta^{4}	tau^{2}	lai^{1}
Xiongs	diuf	dal	daox	laib
兄	跨	个	板	棺材

亨兄脚跨棺材板

罗	睡	兑	节	罗
lo^{6}	ɬəi^{7}	təi^{2}	tɕi^{4}	lau^{1}
Los	dleik	deix	jil	laob
又	踏空	一	只	脚

亨兄踏空一只脚

对	衣	烈	根	刚
təi^{8}	ʑi^{6}	lie^{4}	qəŋ^{1}	kaŋ^{1}
Deif	yis	liel	ghengb	gangb
踩	对	烈	胸	脯

踩对配烈那胸口

烈	傲	节	送	改
lie^{4}	au^{3}	tɕi^{4}	soŋ^{3}	qɛ^{1}
Liel	aod	jil	songd	ghaeb
烈	吐	只	骨	鸡

配烈吐出鸡骨头

送	敖	劳	孔	咙
soŋ^{3}	au^{7}	lau^{4}	qhoŋ^{1}	loŋ^{1}
Songd	aok	laol	khongb	longb
骨	鸭	来	喉	咙

骨头从喉咙吐出

烈	学	刚	送	来
lie^{4}	ɕio^{3}	kaŋ^{4}	soŋ^{2}	lai^{1}
Liel	xiod	gangl	songx	laib
烈	起	从	板	棺材

配烈从棺材坐起

珍	吗	杀	柳	乌
tsəŋ^{5}	ma^{6}	sa^{4}	liu^{2}	vu^{1}
Zengt	mas	sal	liux	wub
睁	眼	都	大	圆

配烈睁开那双眼

多	江	答	努	租
tau^{5}	tɕiaŋ^{6}	ta^{4}	ȵəu^{2}	tsəu^{1}
Daot	jiangs	dal	nzoux	zoub
好	像	个	鸭	变

好像一个鸭变婆

配	烈	劳	贾	收
phɛ^{7}	lie^{4}	lau^{4}	tɕia^{2}	χu^{1}
Paek	liel	laol	jiax	hvub
配	烈	来	讲	话

配烈这样把话说

不	答	古	许	劳	裸	败
pu^{1}	ta^{4}	qəu^{5}	ɕi^{6}	lau^{4}	lau^{2}	pai^{1}
Bub	dal	ghout	xis	laol	laox	baib
知	个	个	哪	来	挖	我们

不知哪个来挖我

工	努	劳	瓦	让
qoŋ^{5}	nəu^{6}	lau^{4}	va^{2}	ȵiaŋ^{1}
Ghongt	nous	laol	wax	nziangb
挖	妹	来	上	面

好心把妹挖出来

西 蚁 瓦 本 虽
ɕi^{1} ȵi^{6} va^{4} pəŋ^{2} ɬəi^{1}
Xib nzis wal bengx dleib
可 能 我 情 郎
可能是我那情郎

亨 兄 劳 裸 败
həŋ^{5} ɕioŋ^{6} lau^{4} lau^{2} pai^{1}
Hengt xiongs laol laox baib
亨 兄 来 挖 我们
亨兄有心来救我

工 努 劳 瓦 让
qoŋ^{5} nəu^{6} lau^{4} va^{2} ȵiaŋ^{1}
Ghongt nous laol wax nziangb
挖 妹 来 上 面
好心把妹救出来

兄 号 答 努 租
ɕioŋ^{6} hau^{5} ta^{4} ȵəu^{2} tsəu^{1}
Xiongs haot dal nzoux zoub
兄 说 个 鸭 变
亨兄以为鸭变婆

兄 造 木 选 飞
ɕioŋ^{6} tsau^{7} mu^{4} ɬiŋ^{2} fai^{1}
Xiongs zaok mul dlingx faib
兄 跑 去 庹 远
亨兄跑出一庹远

阶 斗 油 猛 让
qai^{1} təu^{5} ʑu^{4} moŋ^{2} ȵiaŋ^{1}
Ghaib dout yul mongx nziangb
棵 树 茶油 那 坐
亨兄躲在茶油树

越 吗 劳 吓 金
vie^{6} ma^{6} lau^{4} χa^{3} kiŋ^{1}
Wies mas laol hvad gingb
转 脸 来 看 妹
亨兄转脸看配烈

配 烈 接 底 拉
phɛ^{7} lie^{4} tɕie^{4} ti^{2} la^{1}
Paek liel jiel dix lab
配 烈 说 一 个
配烈这样把话说

瓦 答 木 九 哪
va^{4} ta^{6} mu^{4} tɕiu^{2} na^{1}
Wal das mul jiux nab
我 死 去 九 天
我已假死九天了

弱 瓜 瓦 农 让
ȵia^{8} qa^{6} va^{4} noŋ^{2} ȵiaŋ^{1}
Nziaf ghas wal nongx nziangb
饭 那 我 这 有
我这还有糯米饭

意	瓜	瓦	农	让
i^{7}	qa^{6}	va^{4}	noŋ^{2}	ȵiaŋ^{1}
Ik	ghas	wal	nongx	nziangb
肉	那	我	这	有

我这里还有猪肉

猛	布	瓦	松	来
moŋ^{2}	pu^{7}	va^{4}	soŋ^{2}	lai^{1}
Mongx	buk	wal	songx	laib
你	坐	我	板	棺材

你陪我坐棺材边

咪	弱	江	瓦	通
mi^{1}	ȵia^{8}	tɕiaŋ^{6}	va^{4}	thioŋ^{1}
Mib	nziaf	jiangs	wal	tiongb
要	饭	给	我	吃

取那米饭给我吃

咪	意	江	瓦	通
mi^{1}	i^{7}	tɕiaŋ^{6}	va^{4}	thioŋ^{1}
Mib	ik	jiangs	wal	tiongb
要	肉	给	我	吃

取那猪肉给我吃

兄	木	扫	松	来
ɕioŋ^{6}	mu^{4}	sau^{6}	soŋ^{2}	lai^{1}
Xiongs	mul	saos	songs	laib
兄	去	到	板	棺材

亨兄走到棺材边

拉 弱 索 要 西
la^{1} ȵia^{8} sau^{4} sa^{3} səi^{1}
Lab nziaf saol sad xeib
个 饭 杂 谷 粒
糯米饭杂有谷粒

拉 意 索 稿 须
la^{1} i^{7} sau^{4} qau^{2} ɬiu^{1}
Lab ik saol ghaox dliub
个 肉 杂 蔸 毛
肉块还有那毛蔸

配 烈 杀 马 通
phɛ^{7} lie^{4} sa^{4} ma^{2} thioŋ^{1}
Paek liel sal max tiongb
配 烈 都 不 吃
配烈这些都不吃

配 烈 接 底 拉
phɛ^{7} lie^{4} tɕie^{4} ti^{2} la^{1}
Paek liel jiel dix lab
配 烈 说 一 个
配烈这样把话说

猛 略 伦 努 学
moŋ^{2} lio^{7} ləŋ^{4} nəu^{2} ɕio^{1}
Mongx liok lengl noux xiob
你 摘 片 叶 芭蕉
你摘一片芭蕉叶

污	泵	木	了	凹
vo^{6}	poŋ^{6}	mu^{4}	lia^{2}	əu^{1}
Wos	bongs	mul	liax	oub
芋	叶	去	舀	水

芋头叶子去舀水

兄	娃	吗	几	根
ɕioŋ^{6}	vie^{6}	ma^{6}	ki^{2}	qəŋ^{1}
Xiongs	wies	mas	gix	ghengb
兄	转	脸	后	面

亨兄转身过后面

各	凹	注	打	巴
ko^{8}	əu^{1}	tɕiu^{5}	ta^{2}	pa^{1}
Gof	oub	jiut	dax	bab
屙	水	尿	来	给

接那尿水给配烈

配	烈	杀	马	通
phɛ^{7}	lie^{4}	sa^{4}	ma^{2}	thioŋ^{1}
Paek	liel	sal	max	tiongb
配	烈	都	不	喝

配烈这些都不喝

凹	农	凹	哪	租
əu^{1}	noŋ^{6}	əu^{1}	na^{2}	tɕiu^{1}
Oub	nongs	oub	nax	jiub
水	这	水	人	类

这是大人屙尿水

凹	农	败	马	通
əu^{1}	noŋ^{6}	pai^{1}	ma^{2}	thioŋ^{1}
Oub	nongs	baib	max	tiongb
水	这	我们	不	喝

这个水我不能喝

猛	打	木	之	凹	颇	索
moŋ^{2}	ta^{2}	mu^{4}	tɕi^{5}	əu^{1}	po^{2}	ɬau^{1}
Mongx	dax	mul	jit	oub	box	dlaob
你	走	去	舀	水	泉	清

你去舀那清泉水

凹	闷	洛	弱	衣
əu^{1}	mən^{5}	loŋ^{6}	ȵia^{6}	ɣi^{1}
Oub	mengt	longs	nzias	vib
水	泉	流	石	缝

石缝流出那泉水

劳	江	梅	蚁	通
lau^{4}	tɕiaŋ^{6}	məi^{6}	ȵiu^{2}	thioŋ^{1}
Laol	jiangs	meis	nziux	tiongb
来	给	姑	娘	喝

拿那泉水给我喝

罗	多	乌	贾	收
lo^{6}	tau^{5}	vu^{6}	tɕia^{2}	xu^{1}
Los	daot	wus	jiax	hvub
才	有	力气	讲	话

才有力气来讲话

答　农　答　哪　租
ta^{4}　noŋ^{2}　ta^{4}　na^{2}　tɕiu^{1}
Dal　nongx　dal　nax　jiub
个　这　个　人　类
这个是人间凡人

马　多　答　努　租
ma^{2}　tio^{6}　ta^{4}　ȵəu^{2}　tsəu^{1}
Max　dios　dal　nzoux　zoub
没　有　个　鸭　变
人间没有鸭变婆

兄　改　接　底　拉
ɕioŋ^{6}　qai^{3}　tɕie^{4}　ti^{2}　la^{1}
Xiongs　ghaid　jiel　dix　lab
兄　又　说　一　个
亨兄又这样说话

猛　西　瓦　响　尖
moŋ^{2}　ɕi^{5}　va^{4}　ɕiaŋ^{2}　tɕiŋ^{1}
Mongx　xit　wal　xiangx　jingb
你　脱　我　镯　金
你脱我那只金镯

江　都　瓦　兑　夸
tɕiaŋ^{6}　tiu^{5}　va^{4}　təi^{2}　qha^{1}
Jiangs　diut　wal　deix　khab
给　予　我　情　郎
递那金手镯给我

木 载 咪 罢 罗 马 着
mu^{4} tsai^{3} mi^{6} pa^{7} lo^{6} ma^{2} tɕio^{1}
Mul zaid mis bak los max jiob
去 家 母 父 才 不 骂
回家父母才不骂

猛 农 木 猛 清
moŋ^{2} noŋ^{6} mu^{4} moŋ^{2} tɕhiŋ^{1}
Mongx nongs mul mongx qingb
你 自 去 你 家
你独自回到你家

不 弱 伦 罗 劳 打 咪
pu^{1} ȵiu^{5} ləŋ^{6} lo^{6} lau^{4} ta^{2} mi^{1}
Bub nziut lengs los laol dax mib
明 年 春节 才 来 迎 娶
明年春节来迎娶

烈 改 接 底 拉
lie^{4} qai^{3} tɕie^{4} ti^{2} la^{1}
Liel ghaid jiel dix lab
烈 又 说 一 个
配烈又这样说话

瓦 江 尼 响 尖
va^{4} tɕiaŋ^{6} ni^{4} ɕiaŋ^{2} tɕiŋ^{1}
Wal jiangs nil xiangx jingb
我 给 你 镯 金
我把金手镯给你

猛 咪 罢 当 杀 马 着
moŋ^{2} mi^{6} pa^{7} tiaŋ^{3} sa^{4} ma^{2} tɕio^{1}
Mongx mis bak diangd sal max jiob
你 母 父 真 都 不 骂
你父母真不再骂

瓦 答 木 九 哪
va^{4} ta^{6} mu^{4} tɕiu^{2} na^{1}
Wal das mul jiux nab
我 死 去 九 天
我已经死亡九天

瓦 当 木 瓦 清
va^{4} tiaŋ^{3} mu^{4} va^{4} tɕhiŋ^{1}
Wal diangd mul wal qingb
我 返 去 我 家
我若返回到我家

瓦 咪 罢 号 答 努 租
va^{4} mi^{6} pa^{7} hau^{5} ta^{4} ȵəu^{2} tsəu^{1}
Wal mis bak haot dal nzoux zoub
我 母 父 说 个 鸭 变
父母说我是鸭变

罗 拉 羊 打 喝
lo^{6} la^{7} ɣaŋ^{4} ta^{2} həu^{1}
Los lak vangl dax houb
又 请 寨人 来 驱赶
邀请全村人驱赶

咪 罢 叶 友 爹
mi^{6} pa^{7} ʑi^{4} ʑu^{2} tie^{1}
Mis bak yil yux dieb
母 父 拿 棍 打
父母拿棍来敲打

答 努 木 扭 些
ta^{6} nəu^{6} mu^{4} nio^{2} sɛ^{1}
Das nous mul niox saeb
死 妹 去 而 已
配烈白白去送死

打 答 杀 马 布
ta^{5} ta^{6} sa^{4} ma^{2} pu^{1}
Dat das sal max bub
打 死 都 不 知
白白打死都不知

号 猛 改 荣 节 响 尖
hau^{5} moŋ^{2} qai^{3} ʑoŋ^{4} tɕi^{4} ɕiaŋ^{2} tɕiŋ^{1}
Haot mongx ghaid yongl jil xiangx jingb
若 你 又 要 只 镯 金
若你还要金手镯

荣 马 荣 朗 败
ʑoŋ^{4} ma^{2} ʑoŋ^{4} laŋ^{2} pai^{1}
Yongl max yongl langx baib
要 不 要 自己 我们
你是否还要娶我

瓦	西	节	响	尖
va^{4}	ɕi^{5}	tɕi^{4}	ɕiaŋ^{2}	tɕiŋ^{1}
Wal	xit	jil	xiangx	jingb
我	脱	只	镯	金

我脱下那金手镯

江	都	瓦	兑	夸
tɕiaŋ^{6}	tiu^{5}	va^{4}	təi^{2}	qha^{1}
Jiangs	diut	wal	deix	khab
给	予	我	情	郎

退还金镯给情郎

闷	幕	瓦	列	来
məŋ^{6}	mu^{6}	va^{4}	lie^{6}	lai^{1}
Mengs	mus	wal	lies	laib
仍	盖	我	进	棺材

你放我进那棺材

瓜	呆	劳	介	囊
kia^{6}	tai^{1}	lau^{4}	qa^{6}	ȵiaŋ^{1}
Gias	daib	laol	ghas	nziangb
刮	土	来	填	埋

你刮泥土来填埋

奔	斗	油	打	爹
pəŋ^{1}	təu^{5}	ʑu^{4}	ta^{2}	tie^{1}
Bengb	dout	yul	dax	dieb
棍	树	油	来	打

拿那木棍来敲打

单	勾	六	勾	六
təŋ^{6}	qəu^{1}	ləu^{4}	qəu^{6}	ləu^{1}
Dengs	ghoub	loul	ghous	loub
砌	圆	圈	圆	圈

砌那坟墓圆又圆

当	哪	农	哪	阿
taŋ^{7}	na^{1}	noŋ^{4}	na^{6}	a^{1}
Dangk	nab	nongl	nas	ab
像	天	昨	天	前

恢复像昨天那样

猛	衣	木	猛	清
moŋ^{2}	ʑi^{5}	mu^{4}	moŋ^{2}	tɕhiŋ^{1}
Mongx	yit	mul	mongx	qingb
你	再	去	你	家

你再返回你那家

兄	上	当	许	阿
ɕioŋ^{6}	ɕiaŋ^{5}	taŋ^{4}	ɕi^{2}	a^{1}
Xiongs	xiangt	dangl	xix	ab
兄	回	忆	过	去

亨兄回想那过去

东	烈	木	了	扭	九	哪
toŋ^{8}	lie^{4}	mu^{4}	lia^{2}	niu^{4}	tɕiu^{2}	na^{1}
Dongf	liel	mul	liax	niul	jiux	nab
同	烈	去	赶	坡	九	天

他们赶九天坡会

西　送　败　引　租
ɕi^5　soŋ^5　pai^4　ɣiŋ^2　tɕiu^1
Xit　songt　bail　vingx　jiub
相　送　坡　岭　林
他们在山坡相送

西　斗　败　准　凹
ɕi^5　təu^7　pai^4　tɕiŋ^2　əu^1
Xit　douk　bail　jingx　oub
相　握　手　成　水
两手紧握都出汗

兄　想　蒙　爹　咪
ɕioŋ^6　ɕiaŋ^5　moŋ^4　tie^6　mi^1
Xiongs　xiangt　mongl　dies　mib
兄　想　细　微　小
亨兄细想那恋情

兄　斗　节　你　泵
ɕioŋ^6　təu^7　tɕi^4　ni^2　poŋ^1
Xiongs　douk　jil　nix　bongb
兄　握　只　她　手
亨兄紧握配烈手

你　乌　蒙　爹　咪
ni^2　vu^6　moŋ^4　tie^6　mi^1
Nix　wus　mongl　dies　mib
她　气　细　微　弱
她那呼吸很微弱

农	败	吓	门	冻
noŋ^{4}	pai^{1}	ɕia^{2}	məŋ^{6}	toŋ^{7}
Nongl	baib	xiax	mengs	dongk
自	我	命	仍	差

我那身体很虚弱

吓	马	多	刀	挨
ɬia^{4}	ma^{2}	tau^{5}	tau^{6}	ai^{7}
Dlial	max	daot	daos	aik
走	不	动	挨	背

身体虚弱需要背

兄	挨	答	你	忍
ɕioŋ^{6}	ai^{7}	ta^{4}	ni^{2}	ȵiŋ^{1}
Xiongs	aik	dal	nix	nzingb
兄	背	个	他	媳妇

亨兄背那心上人

古	挨	古	杀	些
ku^{2}	ai^{7}	ku^{2}	sa^{4}	ɕie^{1}
Gux	aik	gux	sal	xieb
边	背	边	都	害怕

背着走路心害怕

抗	那	吓	几	租
qhaŋ^{3}	nia^{6}	ɬia^{4}	ki^{6}	tɕiu^{1}
Khangd	nias	dlial	gis	jiub
明	亮	走	丛	林

明亮地段走丛林

抗	略	吓	陇	工
qhaŋ^{3}	lio^{8}	ɬia^{4}	loŋ^{2}	koŋ^{1}
Khangd	liof	dlial	longx	gongb
宽	路	走	沿	窄路

阴暗地段走小路

嗒	不	分	马	丢	朗	败
ta^{1}	pu^{4}	fəŋ^{6}	mɑ^{2}	tiu^{7}	ɬaŋ^{2}	pai^{1}
Dab	bul	fengs	max	diuk	langx	baib
朋	友	们	不	笑	自己	我们

朋友不取笑我们

劳	扫	羊	说	乌
lau^{4}	sau^{6}	ɣaŋ^{4}	ɬau^{2}	əu^{1}
Laol	saos	vangl	dlaox	oub
来	到	寨	说	乌

他们回到说乌寨

号	之	丢	党	清
hau^{5}	tɕi^{5}	tiu^{4}	taŋ^{2}	tɕhiŋ^{1}
Haot	jit	diul	dangx	qingb
想	上	丢	党	家

他们想进自己家

兄	咪	罢	劳	上	火	吞
ɕioŋ^{6}	mi^{6}	pa^{7}	lau^{4}	saŋ^{3}	həu^{3}	thəŋ^{1}
Xiongs	mis	bak	laol	sangd	houd	tengb
兄	母	父	来	拦	楼	梯

亨兄父母拦楼梯

太	灭	败	灭	罗
Thai^{5}	mie^{2}	pai^{4}	mie^{2}	lau^{1}
Tait	miex	bail	miex	laob
骂	拍	手	跺	脚

骂人拍手又跺脚

猛	唉	答	努	租
moŋ^{2}	ai^{7}	ta^{4}	ȵəu^{2}	tsəu^{1}
Mongx	aik	dal	nzoux	zoub
你	背	个	鸭	变

你背一个鸭变婆

空	唉	劳	瓦	清
qhoŋ^{1}	ai^{7}	lau^{4}	va^{4}	tɕhiŋ^{1}
Khongb	aik	laol	wal	qingb
莫	背	来	我	家

不要背进我家门

八	咪	罢	夸	木	底	翁
pa^{4}	mi^{6}	pa^{7}	qhɛ^{5}	mu^{4}	ti^{2}	voŋ^{1}
Bal	mis	bak	khaet	mul	dix	wongb
坏	母	父	亲戚	去	一	片

败坏亲戚那名声

当	根	桑	羊	不	马	咪
taŋ^{4}	qəŋ^{1}	saŋ^{6}	ɣaŋ^{5}	pu^{4}	ma^{2}	mi^{1}
Dangl	ghengb	sangs	vangt	bul	max	mib
以	后	辈	小	朋友	不	要

以后后代难嫁娶

配 烈 接 底 拉
phɛ^{7} lie^{4} tɕie^{4} ti^{2} la^{1}
Paek liel jiel dix lab
配 烈 说 一 个
配烈这样把话说

尼 咪 罢 党 租
ni^{4} mi^{6} pa^{7} taŋ^{2} tɕio^{1}
Nil mis bak dangx jiob
你 母 父 非常 骂
父母都在骂我们

害 奴 号 努 租
hɛ^{5} nəu^{6} hau^{5} ȵəu^{2} tsəu^{1}
Haet nous haot nzoux zoub
骂 妹 是 鸭 变
骂我是个鸭变婆

空 木 布 咪 罢 载 溜
qhoŋ^{1} mu^{4} pu^{6} mi^{6} pa^{7} tsai^{3} liu^{1}
Khongb mul bus mis bak zaid liub
莫 去 进 母 父 房 大
不要进父母房子

阿 农 党 陇 被 载 哥
au^{1} noŋ^{6} taŋ^{4} lioŋ^{6} pi^{5} tsai^{3} ko^{1}
Aob nongs dangl liongs bit zaid gob
我们 自 村 巷 住 家 木皮
我们住村边木棚

亨	兄	花	收	贾
həŋ^{5}	ɕioŋ^{6}	fa^{1}	χu^{1}	tɕia^{2}
Hengt	xiongs	fab	hvub	jiax
亨	兄	讲	话	说

亨兄这样把话讲

瓦	咪	罢	着	猛
va^{4}	mi^{6}	pa^{7}	tɕio^{1}	moŋ^{2}
Wal	mis	bak	jiob	mongx
我	母	父	骂	你

父母这样来骂你

着	媒	奴	租	努
tɕio^{1}	məi^{4}	nəu^{6}	tsəu^{1}	ȵəu^{2}
Jiob	meil	nous	zoub	nzoux
骂	姑	娘	鸭	变

谩骂配烈是鸭变

罗	六	农	代	败	阿	五
lo^{6}	ləu^{6}	noŋ^{4}	tai^{7}	pai^{1}	a^{5}	vu^{2}
Los	lous	nongl	daik	baib	at	wux
是	嫁	自	与	我	结	婚

是配烈与我结婚

立	奴	号	生	忍
li^{4}	nəu^{6}	həu^{3}	səŋ^{1}	ȵiŋ^{2}
Lil	nous	haod	sengb	nzingx
理	妹	好	千	年

我与你相爱千年

温	桑	农	科	猛
wəŋ^{6}	saŋ^{6}	noŋ^{6}	khiu^{1}	moŋ^{2}
Wengs	sangs	nongs	kiub	mongx
万	代	自	爱	你

我与你相爱万年

空	操	心	木	许
qhoŋ^{1}	tshau^{1}	ɕin^{1}	mo^{1}	ɕi^{2}
Khongb	caob	xinb	mob	xix
莫	操	心	什	么

你不要操心什么

阿	奈	告	约	兄
a^{5}	ni^{2}	qau^{5}	ʑo^{6}	ɕioŋ^{6}
At	nix	ghaot	yos	xiongs
这	样	嫁	哥	兄

这样配烈嫁亨兄

木	凹	弱	苏	呀
mu^{4}	au^{1}	ȵiu^{5}	su^{1}	ʑa^{6}
Mul	aob	nziut	sub	yas
去	两	年	就	养

结婚两年生小孩

多	嗒	乌	弱	立
tau^{5}	ta^{1}	vu^{5}	nio^{6}	li^{6}
Daot	dab	wut	nios	lis
生	孩儿	漂	亮	多

小孩长得很漂亮

阿	拉	败	精	雄
a^{5}	la^{1}	pai^{5}	tɕiŋ^{1}	ɕioŋ^{6}
At	lab	bait	jingb	xiongs
取	个	名	精	雄

取一个名叫精雄

嗒	肉	唉	精	多	瓜	龙
ta^{1}	ʑiu^{5}	ai^{7}	tɕiŋ^{1}	tiu^{5}	qa^{6}	lioŋ^{6}
Dab	yiut	aik	jingb	diut	ghas	liongs
小	孩	背	精	在	那	巷子

小孩背精雄过巷

答	农	夸	精	雄
ta^{4}	noŋ^{6}	qha^{5}	tɕiŋ^{1}	ɕioŋ^{6}
Dal	nongs	khat	jingb	xiongs
个	这	喊	精	雄

这个也喊精雄弟

答	猛	夸	精	雄
ta^{4}	moŋ^{2}	qha^{5}	tɕiŋ^{1}	ɕioŋ^{6}
Dal	mongx	khat	jingb	xiongs
个	那	喊	精	雄

那个也喊精雄弟

兄	咪	花	收	号	约	兄
ɕioŋ^{6}	mi^{6}	fa^{1}	χu^{1}	hau^{5}	ʑo^{1}	ɕioŋ^{6}
Xiongs	mis	fab	hvub	haot	yob	xiongs
兄	妈	讲	话	给	哥	兄

亨兄妈妈这样说

爹	忍	乌	劳	载
tie^{3}	ȵiŋ^{1}	vu^{5}	lau^{4}	tsai^{6}
Died	nzingb	wut	laol	zais
带	媳妇	好	来	家

你带那媳妇回家

爹	嗒	羊	劳	载
tie^{3}	ta^{1}	ɣaŋ^{5}	lau^{4}	tsai^{6}
Died	dab	vangt	laol	zais
带	小	孩	来	家

你带那小孩回家

爹	劳	科	内	兄
tie^{3}	lau^{4}	khiu^{1}	nəi^{7}	ɕioŋ^{6}
Died	laol	kiub	neik	xiongs
带	来	爱	些	兄

让我也怜惜小孩

瓦	秋	拉	撇	娘
va^{4}	tɕhiu^{5}	la^{1}	phɛ^{5}	niaŋ^{6}
Wal	qiut	lab	paet	niangs
我	整	个	房	间

我整理一个房间

都	门	被	沙	兄
tiu^{5}	məŋ^{1}	pi^{5}	ɬa^{1}	ɕioŋ^{6}
Diut	mengb	bit	dlab	xiongs
给	你们	睡	觉	兄

留给你们来睡觉

兄	花	收	号	咪
ɕioŋ^{6}	fa^{1}	χu^{1}	hau^{5}	mi^{6}
Xiongs	fab	hvub	haot	mis
兄	讲	话	给	妈

亨兄这样对妈说

许	阿	瓦	唉	忍	扫	载
ɕi^{2}	a^{1}	va^{4}	ai^{7}	ȵiŋ^{1}	sau^{6}	tsai^{6}
Xix	ab	wal	aik	nzingb	saos	zais
过	去	我	背	媳妇	到	家

过去背媳妇到家

门	劳	火	吞	太	泵	泵
məŋ^{1}	lau^{4}	həu^{3}	thəŋ^{1}	thai^{5}	poŋ^{6}	poŋ^{6}
Mengb	laol	houd	tengb	tait	bongs	bongs
你们	来	楼	梯	骂	咧	咧

你们楼梯骂咧咧

杀	号	多	兴	唉	孖	尖
sa^{4}	hau^{5}	tau^{5}	ɬiŋ^{1}	ai^{7}	ȵia^{6}	tɕiŋ^{6}
Sal	haot	daot	dlingb	aik	nzias	jings
都	说	被	鬼	背	跟	男儿

都说我背鬼回家

害	拥	夸	温	桑
hɛ^{5}	voŋ^{1}	qhɛ^{5}	wəŋ^{6}	saŋ^{6}
Haet	wongb	khaet	wengs	sangs
害	亲	戚	万	代

害亲戚名声万代

马 劳 载 溜 被 业 咪
ma^{2} lau^{4} tsai^{3} liu^{1} pi^{5} ni^{6} mi^{6}
Max laol zaid liub bit nis mis
不 来 房 大 住 了 妈
我们不来房子住

当 忍 追 被 正
taŋ^{4} ȵiŋ^{2} tsəi^{1} pi^{2} tsəŋ^{5}
Dangl nzingx zeib bix zengt
等 月 五 种 田
等到端午节种田

阿 两 勾 及 之
a^{5} liaŋ^{2} qəu^{1} ki^{4} tɕi^{5}
At liangx ghoub gil jit
做 农 活 沟 上
在那山沟做农活

布 嗒 眉 奴 炸
pu^{8} ta^{4} mie^{8} nəu^{6} tsa^{5}
Buf dal mief nous zat
见 只 母 画 眉
看见一只画眉鸟

答 农 改 布 几
ta^{4} nioŋ^{2} qɛ^{1} pu^{6} ki^{5}
Dal ningx ghaeb bus git
只 锦 鸡 孵 蛋
发现锦鸡在孵蛋

英　木　马　飞　一　爹　挪
ʑiŋ^{5}　mu^{4}　ma^{2}　fai^{1}　ʑi^{4}　tie^{6}　nau^{5}
Yingt　mul　max　faib　yil　dies　naot
飞　去　不　远　多　少　多
锦鸡飞不出多远

杀　把　须　答　忍
sa^{4}　pa^{2}　ɬiu^{1}　ta^{6}　ȵiŋ^{5}
Sal　bax　dliub　das　nzingt
都　掉　毛　很　多
身上掉了很多毛

丁　列　拉　娘　乡
tiŋ^{6}　lie^{6}　la^{1}　niaŋ^{6}　ɕiaŋ^{5}
Dings　lies　lab　niangs　xiangt
放　进　心　里　想
配烈扪心在思考

瓦　水　让　咪　多
va^{4}　səi^{2}　ȵiaŋ^{1}　mi^{6}　tau^{5}
Wal　seix　nziangb　mis　daot
我　也　有　妈　生
我也是妈妈生养

瓦　水　拉　咪　挪
va^{4}　səi^{2}　lia^{1}　mi^{6}　nau^{5}
Wal　seix　liab　mis　naot
我　也　想　妈　多
我也很思念妈妈

瓦	水	拉	罢	挪
va^{4}	səi^{2}	lia^{1}	pa^{7}	nau^{5}
Wal	seix	liab	pak	naot
我	也	想	爸	多

我也很思念爸爸

凹	刀	木	本	威	生	夸
au^{1}	tau^{6}	mu^{4}	pəŋ^{2}	vəi^{1}	ɬəŋ^{6}	qha^{5}
Aob	daos	mul	bengx	weib	dlengs	khat
我们	得	去	本	威	趟	了

我们去本威探亲

木	瞎	之	兑	之	咪	咧
mu^{4}	ɬia^{4}	tɕi^{1}	təi^{2}	tɕi^{1}	mi^{6}	lie^{5}
Mul	dlial	jib	deix	jib	mis	liet
去	走	亲	哥	亲	妈	先

回娘家探望妈妈

答	敖	把	乙	布	拥	耍
ta^{1}	au^{7}	pa^{2}	ɣi^{4}	pu^{1}	ȵoŋ^{6}	sa^{2}
Dab	aok	bax	vil	bub	nzongs	sax
小	鸭	脱	壳	会	吃	米

小鸭出壳会吃米

布	劳	斗	孖	努
pu^{1}	lau^{4}	təu^{6}	ȵia^{8}	nəu^{2}
Bub	laol	dous	nziaf	noux
知	来	找	饭	吃

知道出来找饭吃

答	那	把	赌	布	结	仰
ta^{4}	nia^{7}	pa^{2}	təu^{4}	pu^{1}	kie^{7}	ȵaŋ^{2}
Dal	niak	bax	doul	bub	giek	nzangx
牛	犊	脱	胎	会	吃	草

牛犊脱胎会吃草

咪	劳	斗	阿	努
mi^{1}	lau^{5}	təu^{6}	əu^{7}	nəu^{2}
Mib	laot	dous	ouk	noux
要	嘴	找	奶	吃

它要嘴巴找奶吮

配	马	囊	咪	空	上	准
phɛ^{7}	ma^{2}	naŋ^{3}	mi^{6}	qhoŋ^{1}	ɕiaŋ^{5}	tɕiŋ^{2}
Paek	max	nangd	mis	khongb	xiangt	jingx
姑娘	没	有	妈	莫	想	成长

配烈没妈难成长

空	上	呀	瓦	溜	阿	哪
qhoŋ^{1}	ɕiaŋ^{5}	ʑa^{6}	va^{4}	liu^{1}	a^{5}	na^{2}
Khongb	xiangt	yas	wal	liub	at	nax
莫	想	养	我	大	做	人

莫想养我成大人

扫	布	回	哪	根
sau^{6}	pu^{1}	fəi^{4}	na^{1}	qəŋ^{1}
Saos	bub	feil	nab	ghengb
到	明	天	日	次

等到那明天早晨

兄	打	谷	九	夫
ɕioŋ6	ta5	kiu4	tɕiu2	χu1
Xiongs	dat	giul	jiux	hvub
兄	杀	鸡	九	只

亨兄宰杀九只鸡

兄	敖	木	伦	分
ɕioŋ6	au7	mu4	ləŋ2	fəŋ1
Xiongs	aok	mul	lengx	fengb
七	鸭	去	探	亲

七只鸭子回娘家

由	嗒	内	本	威
ʑu4	ta1	nəi4	pəŋ2	vəi1
Yul	dab	neil	bengx	weib
走	舅	爷	本	威

他们走本威舅爷

罗	之	聂	雅	清
lo6	tɕi5	nie4	ʑa2	tɕhiŋ1
Los	jit	niel	yax	qingb
又	上	聂	雅	家

他们走进聂雅家

古	工	木	仰	呆
kiu2	koŋ8	mu4	ȵiaŋ1	tai1
Giux	gongf	mul	nziangb	daib
堂	屋	去	休	息

走进堂屋坐休息

烈 咪 阿 之 劳 打 巴
lie^{4} mi^{6} a^{5} tɕi^{4} lau^{4} ta^{2} pa^{1}
Liel mis at jil laol dax bab
烈 妈 斟 茶 来 下 给
烈妈斟茶给他们

着 志 力 哪 租
tɕio^{6} tɕi^{7} li^{4} na^{2} tɕiu^{1}
Jios jik lil nax jiub
最 热 情 人 心
她最热情来接待

烈 咪 乙 些 巴
lie^{4} mi^{6} ʑi^{4} ɕie^{6} pa^{1}
Liel mis yil xies bab
烈 妈 给 话 给
烈妈这样把话问

猛 爹 答 猛 忍
moŋ^{2} tie^{3} ta^{4} moŋ^{2} ȵiŋ^{1}
Mongx died dal mongx nzingb
你 带 个 你 媳妇
你带你媳妇回来

改 唉 答 猛 嗒
qai^{3} ai^{7} ta^{4} moŋ^{2} ta^{1}
Ghaid aik dal mongx dab
又 背 个 你 孩子
又背一个你孩子

瓜 爹 吓 哪 租
qa^{6} tie^{6} ɬia^{4} na^{2} tɕiu^{1}
Ghas dies dlial nax jiub
哪 里 走 亲 戚
你们去哪里探亲

兄 花 雷 打 巴
ɕioŋ^{6} fɑ^{1} ləi^{4} ta^{2} pɑ^{1}
Xiongs fab leil dax bab
兄 讲 话 来 给
亨兄这样把话说

瓦 送 答 米 忍
va^{4} soŋ^{5} ta^{4} mi^{2} ȵiŋ^{1}
Wal songt dal mix nzingb
我 送 个 别人 媳妇
我送他人那媳妇

改 送 答 米 嗒
qai^{3} soŋ^{5} ta^{4} mi^{2} ta^{1}
Ghaid songt dal mix dab
又 送 个 他人 孩子
又送他人那孩子

瓦 送 木 整 些
va^{4} soŋ^{5} mu^{4} tsəŋ^{2} ɕie^{1}
Wal songt mul zengx xieb
我 送 去 整 些
我送他们去整些

抗	良	吓	哪	租
qhaŋ^{7}	liaŋ^{6}	ɬia^{4}	na^{2}	tɕiu^{1}
Khangk	liangs	dlial	nax	jiub
抗	良	走	亲	戚

去那抗良走亲戚

扫	亡	当	许	阿
sau^{6}	maŋ^{5}	taŋ^{4}	ɕi^{2}	a^{1}
Saos	mangt	dangl	xix	ab
到	晚	上	那	时

等到天黑那晚上

瓜	雄	木	努	凹
qa^{6}	ɕioŋ^{4}	mu^{4}	nəu^{2}	əu^{1}
Ghas	xiongl	mul	noux	oub
那	桌子	去	吃	饭

大家上桌来吃饭

兄	学	劳	九	改
ɕioŋ^{6}	ɕio^{7}	lau^{4}	tɕiu^{2}	qɛ^{1}
Xiongs	xiok	laol	jiux	ghaeb
兄	提	来	九	鸡

亨兄提鸡肉上桌

兄	敖	劳	吗	呆
ɕioŋ^{6}	au^{7}	lau^{4}	ma^{2}	tai^{1}
Xiongs	aok	laol	max	daib
七	鸭	来	祭	祀

摆那鸭子来祭祀

烈　咪　接　底　拉
lie^{4} mi^{6} tɕie^{4} ti^{2} la^{1}
Liel mis jiel dix lab
烈　妈　说　一　个
烈妈这样把话说

空　阿　八　猛　木
qhoŋ^{1} ɑ^{5} pa^{4} moŋ^{2} mu^{1}
Khongb at bal mongx mub
莫　弄　坏　你　的
莫要弄坏你鸡鸭

灭　木　由　嗒　内　柳　飞
mie^{6} mu^{4} ʑu^{2} ta^{1} nəi^{4} liu^{2} fai^{1}
Mies mul yux dab neil liux faib
让　去　走　舅　爷　远　方
留它走远方舅爷

改　敖　瓦　水　让
qɛ^{1} au^{7} va^{4} səi^{2} ȵiaŋ^{1}
Ghaeb aok wal seix nziangb
鸡　鸭　我　也　有
我家里也有鸡鸭

兄　改　接　底　拉
ɕioŋ^{6} qai^{3} tɕie^{4} ti^{2} la^{1}
Xiongs ghaid jiel dix lab
兄　又　说　一　个
亨兄这样把话说

孖	意	刀	柳	飞
ȵia^{8}	i^{7}	tau^{4}	liu^{2}	fai^{1}
Nziaf	ik	daol	liux	faib
饭	肉	那	远	方

远方亲戚饭和肉

杀	改	劳	努	拉
sa^{4}	qai^{3}	lau^{4}	nəu^{2}	la^{1}
Sal	ghaid	laol	noux	lab
都	又	来	吃	个

大家都要来品尝

拉	乌	弱	哪	租
la^{1}	vu^{5}	ȵoŋ^{2}	na^{2}	tɕiu^{1}
Lab	wut	nzongx	nax	jiub
个	好	开心	人	类

人多来吃才开心

索	布	回	哪	根
sau^{6}	pu^{1}	fəi^{4}	na^{1}	qəŋ^{1}
Saos	bub	feil	nab	ghengb
到	明	天	日	次

等到第二天早晨

兄	接	答	你	忍
ɕioŋ^{6}	tɕie^{4}	ta^{4}	ni^{2}	ȵiŋ^{1}
Xiongs	jiel	dal	nix	nzingb
兄	叫	个	他	媳妇

亨兄吩咐他媳妇

代 咪 木 吓 虽
tai^{7} mi^{6} mu^{4} ɬia^{3} səi^{1}
Daik mis mul dliad seib
与 妈 去 舂 米
跟随妈妈去舂米

烈 对 着 败 罗
lic^{4} tɔi^{8} tɕiu^{4} pai^{1} lau^{1}
Liel deif jiul baib laob
烈 踩 碓 三 脚
配烈踩碓两三脚

筛 拉 羊 抗 良
sai^{1} la^{1} ɣaŋ^{4} qhaŋ^{1} liaŋ^{1}
Saib lab vangx khangb liangb
响 个 寨 抗 良
碓声响彻这个寨

之 咪 弱 选 收
tɕi^{1} mi^{6} ȵiu^{4} ɬiŋ^{2} xu^{1}
Jib mis nziul dlingx hvub
大 婶 小婶 讲 话
大婶小婶这样说

着 略 聂 雅 嗒
tɕio^{6} liu^{7} nie^{4} ʑa^{2} ta^{1}
Jios liuk niel yax dab
最 像 聂 雅 孩儿
最像聂雅家女儿

配 烈 当 许 阿
phɛ^{7} lie^{4} taŋ^{4} ɕi^{2} a^{1}
Paek liel dangl xix ab
配 烈 那 过 去
配烈过去健在时

代 咪 木 学 金
tai^{7} mi^{6} mu^{4} ɬio^{2} kiŋ^{1}
Daik mis mul dliox gingb
与 妈 去 捉 虫
帮妈妈捉那头虱

金 示 夺 根 生
kiŋ^{1} ɕiu^{3} tau^{8} qəŋ^{1} ɬəŋ^{1}
Gingb xiud daof ghengb dlengb
虫 虱 在 脖 子
头虱爬在那脖子

烈 上 扫 当 许 阿
lie^{4} ɕiaŋ^{5} sau^{6} taŋ^{4} ɕi^{2} a^{1}
Liel xiangt saos dangl xix ab
烈 想 到 那 过 去
配烈回想那过去

代 咪 木 学 金
tai^{7} mi^{6} mu^{4} ɬio^{2} kiŋ^{1}
Daik mis mul dliox gingb
与 妈 去 捉 虫
帮妈妈捉那头虱

巴 下 木 几 根
pa^{6} ɬiu^{1} mu^{4} ki^{2} qəŋ^{1}
Bas dliub mul gix ghengb
扒 头发 去 后 面
她扒头发往后面

改 巴 下 木 瓜 蚁 迎
qai^{3} pa^{6} ɬiu^{1} mu^{4} qɑ^{6} ȵiu^{2} ȵiŋ^{1}
Ghaid bas dliub mul ghas nziux nzingb
又 扒 发 去 那 额 头
她扒头发往额头

烈 咪 接 底 拉
lie^{4} mi^{6} tɕie^{4} ti^{2} la^{1}
Liel mis jiel dix lab
烈 妈 说 一 个
烈妈这样把话说

猛 古 着 路 答 瓦 嗒
moŋ^{2} qo^{5} tɕio^{6} liu^{7} ta^{4} va^{4} ta^{1}
Mongx ghot jios liuk dal wal dab
你 真 最 像 个 我 孩儿
你真很像我女儿

配 烈 当 许 阿
phɛ^{7} lie^{4} taŋ^{4} ɕi^{2} a^{1}
Paek liel dangl xix ab
配 烈 那 时 候
配烈回想那过去

阿	吗	劳	孔	咙
əu1	ma6	lau4	khoŋ2	loŋ1
Oub	mas	laol	kongx	longb
泪	眼	流	下	来

眼泪簌簌流不停

衣	咪	当	根	生
ʑi6	mi6	taŋ4	qəŋ2	ɬəŋ1
Yis	mis	dangl	ghengx	dlengb
对	妈	那	脖	子

眼泪滴到妈脖子

咪	送	接	底	拉
mi6	ɬoŋ7	tɕie4	ti2	la1
Mis	dlongk	jiel	dix	lab
妈	又	说	一	个

妈妈又这样说话

哪	农	乌	瓦	的
na1	noŋ6	vu5	va2	ti1
Nab	nongs	wut	wax	dib
天	这	好	天空	呀

今天是一个晴天

阿	爹	索	底	凹
a5	tie6	sau5	ti2	əu1
At	dies	saot	dix	oub
怎	样	漏	一	水

怎样又漏那雨水

索 农 都 瓦 生
sau^{5} noŋ^{6} tiu^{5} va^{4} ɬəŋ^{1}
Saot nongs diut wal dlengb
漏 雨 给 我 脖子
漏那雨水到脖子

配 烈 接 底 拉
phɛ^{7} lie^{4} tɕie^{4} ti^{2} la^{1}
Paek liel jiel dix lab
配 烈 说 一 个
配烈这样把话说

瓦 真 多 猛 嗒
va^{4} tsəŋ^{5} tio^{6} moŋ^{2} ta^{1}
Wal zengt dios mongx dab
我 真 是 你 孩儿
我真是你那女儿

马 接 尼 马 布
ma^{2} tɕie^{4} ni^{4} ma^{2} pu^{1}
Max jiel nil max bub
不 讲 你 不 知
我不解释你未知

许 阿 瓦 养 秋
ɕi^{2} a^{1} va^{4} ɣaŋ^{2} tɕhiu^{1}
Xix ab wal vangx qiub
过 去 我 缝 衣服
过去我缝制衣服

东	冬	当	猛	让
toŋ^{6}	toŋ^{5}	taŋ^{4}	moŋ^{2}	ȵiaŋ^{1}
Dongs	dongt	dangl	mongx	nziangb
楼	阁	边	那	坐

我们在楼阁那坐

瓦	夜	瓦	冬	租
va^{4}	ɣie^{7}	va^{4}	tioŋ^{2}	tɕiu^{1}
Wal	viek	wal	diongx	jiub
我	藏	我	筒	针线

我藏我那针线筒

烈	苏	木	苏	咪
lie^{4}	su^{6}	mu^{4}	su^{6}	mi^{1}
Liel	sus	mul	sus	mib
烈	一	去	一	拿

配烈去拿针线筒

苏	刀	劳	冬	租
su^{6}	tau^{5}	lau^{4}	tioŋ^{2}	tɕiu^{1}
Sus	daot	laol	diongx	jiub
拿	到	来	筒	针线

快速拿到针线筒

烈	改	接	底	拉
lie^{4}	qai^{3}	tɕie^{4}	ti^{2}	la^{1}
Liel	ghaid	jiel	dix	lab
烈	又	说	一	个

配烈又这样说话

许	阿	各	引	乡
ɕi^{2}	a^{5}	qəu^{4}	ɣiŋ^{2}	χaŋ^{1}
Xix	at	ghoul	vingx	hvangb
过去	割	草	岭	高

过去在高坡割草

罗	打	答	比	改
lo^{6}	ta^{5}	ta^{4}	pi^{2}	qɛ^{1}
Los	dat	dal	bix	ghaeb
又	杀	只	公	鸡

家里杀一只公鸡

咪	太	瓦	底	哪
mi^{6}	thai^{5}	va^{4}	ti^{2}	na^{1}
Mis	tait	wal	dix	nab
妈	骂	我	一	天

妈妈谩骂我一天

想	马	昂	咪	着
ɕiaŋ^{5}	ma^{2}	ŋaŋ^{4}	mi^{6}	tɕio^{1}
Xiangt	max	ngangl	mis	jiob
想	不	吞	妈	骂

不想吃肉害怕骂

无	牙	昂	底	拉
vo^{8}	ʑa^{6}	ŋaŋ^{4}	ti^{2}	la^{1}
Wof	yas	ngangl	dix	lab
勉	强	吞	一	个

勉强吃一块鸡肉

松	敖	木	花	刚
soŋ^{3}	au^{7}	mu^{4}	fɛ^{6}	kaŋ^{1}
Songd	aok	mul	faes	gangb
骨	鸭	去	卡	喉

棒腿骨头卡喉咙

罗	答	木	九	哪
lo^{6}	ta^{6}	mu^{4}	tɕiu^{2}	na^{1}
Los	das	mul	jiux	nab
才	死	去	九	天

我这样假死九天

兄	亡	木	党	呆
ɕioŋ^{6}	maŋ^{5}	mu^{4}	taŋ^{2}	tai^{1}
Xiongs	mangt	mul	dangx	daib
七	夜	去	埋	土

停尸七夜才埋葬

布	浪	瓦	朵	溜
pu^{6}	laŋ^{5}	va^{4}	tiu^{2}	liu^{1}
Bus	langt	wal	diux	liub
抬	过	我	门	大

抬我走过大门口

瓦	花	败	打	牙
va^{4}	fa^{3}	pai^{4}	ta^{2}	ɣa^{1}
Wal	fad	bail	dax	vab
我	伸	手	来	抓

我伸手去抓门框

号	刚	当	堵	冬
hau^{5}	kaŋ^{8}	taŋ^{4}	tiu^{2}	tioŋ^{1}
Haot	gangf	dangl	diux	diongb
想	抓	那	门	中

想抓中间那门框

咪	都	瓦	底	良
mi^{6}	tiu^{5}	va^{4}	ti^{2}	liaŋ^{1}
Mis	diut	wal	dix	liangb
妈	给	我	一	掐

妈妈掐我那只手

改	扫	当	打	溜
qai^{3}	sau^{6}	taŋ^{4}	ta^{2}	liu^{1}
Ghaid	saos	dangl	dax	liub
又	到	那	坪	大

又抬我到那大坪

瓦	内	节	打	罗
va^{4}	nai^{7}	tɕi^{4}	ta^{2}	lau^{1}
Wal	naik	jil	dax	laob
我	动	只	跟	脚

我动一下那脚跟

咪	都	瓦	底	车
mi^{6}	tiu^{5}	va^{4}	ti^{2}	tshai^{1}
Mis	diut	wal	dix	caib
妈	给	我	一	鞭

妈妈打我一鞭子

业 污 瓦 马 呆
nie^{7} vu^{6} wa^{4} ma^{2} tai^{1}
Niek wus wal max daib
弱 气 我 不 应
体弱无力来应答

收 乌 杀 马 巴
χu^{1} vu^{5} sa^{4} ma^{2} pa^{1}
Hvub wut sal max bab
话 好 都 不 给
对我都不讲好话

着 收 压 打 巴
tɕia^{2} χu^{1} ʑa^{4} ta^{2} pa^{1}
Jiax hvub yal dax bab
讲 话 坏 来 给
对我都是讲坏话

答 毕 木 补 呆
ta^{6} pi^{5} mu^{4} pu^{2} tai^{1}
Das bit mul bux daib
死 就 去 埋 土
死亡就拉去埋葬

空 学 劳 瓦 让
qhoŋ^{1} ɕio^{3} lau^{4} va^{2} ȵiaŋ^{1}
Khongb xiod laol wax nziangb
莫 爬 来 上面 生活
不要让我再生还

烈	妈	接	许	阿
lie^{4}	mi^{6}	tɕie^{4}	ɕi^{2}	a^{1}
Liel	mis	jiel	xix	ab
烈	妈	说	过	去

烈妈述说那过去

真	多	答	瓦	嗒
tsəŋ^{5}	tiʊ^{6}	ta^{4}	va^{4}	tʌ^{1}
Zengt	dios	dal	wal	dab
真	是	个	我	孩儿

你真是我那女儿

接	之	弱	之	忍
tɕie^{4}	tɕi^{1}	ȵiu^{4}	tɕi^{1}	ȵiŋ^{1}
Jiel	jib	nziul	jib	nzingb
说	阿	姨	媳	妇

邀请婶姨和姐妹

改	之	乙	桑	根
qai^{3}	tɕi^{1}	ʑi^{4}	saŋ^{6}	qəŋ^{1}
Ghaid	jib	yil	sangs	ghengb
又	叔	伯	辈	晚

又请叔伯和小孩

改	接	答	嗒	内	颇	那
qai^{3}	tɕie^{4}	ta^{4}	ta^{1}	nəi^{4}	po^{2}	na^{1}
Ghaid	jiel	dal	dab	neil	box	nab
又	请	个	舅	爷	波	纳

又请波纳那舅爷

工	尼	杀	哪	爹
qoŋ^{4}	ni^{6}	sa^{4}	na^{2}	tie^{1}
Ghongl	nis	sal	nax	dieb
这	些	都	人	到齐

亲戚朋友都到齐

杀	扫	羊	粉	花
sa^{4}	sau^{6}	ɣaŋ^{4}	fəŋ^{2}	fa^{1}
Sal	saos	vangl	fengx	fab
都	到	寨	粉	花

大家来到粉花寨

让	嗒	内	颇	那
ȵiaŋ^{1}	ta^{1}	nəi^{4}	po^{2}	na^{1}
Nziangb	dab	neil	box	nab
有	舅	爷	波	纳

唯有波纳那舅爷

你	劳	挪	响	当
ni^{2}	lau^{4}	no^{6}	saŋ^{2}	tiaŋ^{1}
Nix	laol	nos	sangx	diangb
他	来	问	响	当

舅爷索要那响当①

①响当：苗语“sangx diangb”的音译。过去融水苗族有一个婚俗，姑姑家的女孩只能嫁给舅爷家的男孩，即“姑表婚”。如果违背这一婚俗，就要给舅爷家赔偿损失，称赔“舅父钱”。随着社会的发展和进步，这一习俗逐渐消失。

别	拉	良	响	嗦
pɛ^{5}	lia^{6}	liaŋ^{4}	ɕiaŋ^{2}	ɬau^{1}
Baet	lias	liangl	xiangx	dlaob
百	两	整	银	子

索要一百两银子

阿	拉	告	迎	纳	响	当
a^{5}	la^{1}	qau^{5}	ȵiŋ^{2}	nɑ^{4}	saŋ^{2}	tiaŋ^{1}
At	lab	ghaot	nzingx	nal	sangx	diangb
做	个	古	规	约	响	当

作为古规约响当

农	拉	力	响	让
noŋ^{6}	la^{1}	li^{4}	ɕiaŋ^{2}	ȵiaŋ^{1}
Nongs	lab	lil	xiangx	nziangb
自	个	古	规	定

按照古老那规定

兄	花	雷	打	呆
ɕioŋ^{6}	fa^{1}	ləi^{4}	ta^{2}	tai^{1}
Xiongs	fab	leil	dax	daib
兄	讲	话	来	答

亨兄这样把话说

足	兄	答	蚁	溜
tɕiu^{8}	ɕioŋ^{6}	ta^{4}	ȵi^{2}	liu^{1}
Jiuf	xiongs	dal	nzix	liub
十	七	头	牛	大

索要十七头牯牛

别	拉	良	响	嗦
pɛ^{5}	lia^{6}	liaŋ^{4}	ɕiaŋ^{2}	ɬau^{1}
Baet	lias	liangl	xiangx	dlaob
百	两	整	银	子

索要一百两银子

行	尼	瓦	杀	让
haŋ^{8}	ni^{2}	va^{4}	sa^{4}	ȵiaŋ^{1}
Hangf	nix	wal	sal	nziangb
这	些	我	都	有

这些财礼我都有

马	刀	立	想	巴
ma^{2}	tau^{6}	li^{4}	ɕiaŋ^{2}	pa^{1}
Max	daos	lil	xiangx	bab
不	符合	理	由	给

不符合理由给你

瓦	多	烈	准	夸
va^{4}	tau^{5}	lie^{4}	tɕiŋ^{2}	qha^{1}
Wal	daot	liel	jingx	khab
我	娶	烈	成	亲

我迎娶配烈成亲

瓦	布	败	党	罗
va^{4}	pu^{6}	pai^{4}	taŋ^{2}	lau^{1}
Wal	bus	bail	dangx	laob
我	进	坡	山	挖

我上山坡来挖掘

马	多	劳	载	希
ma^{2}	tio^{6}	lau^{4}	tsai^{3}	ɕi^{1}
Max	dios	laol	zaid	xib
不	是	来	家	拉

不是到家里迎娶

猛	多	荣	响	尖
moŋ^{2}	tau^{5}	ʑoŋ^{4}	ɕiaŋ^{2}	tɕiŋ^{1}
Mongx	daot	yongl	xiangx	jingb
你	若	要	银	金

你需要金银财宝

猛	农	败	党	咪
moŋ^{2}	noŋ^{6}	pai^{4}	taŋ^{2}	mi^{1}
Mongx	nongs	bail	dangx	mib
你	自	坡	山	要

你独自上山挖掘

烈	改	接	底	拉
lie^{4}	qai^{3}	tɕie^{4}	ti^{2}	la^{1}
Liel	ghaid	jiel	dix	lab
烈	又	说	一	个

配烈又这样说话

嗒	内	那	响	当
ta^{1}	nəi^{4}	na^{6}	saŋ^{2}	tiaŋ^{1}
Dab	neil	nas	sangx	diangb
舅	爷	问	响	当

舅爷索要那响当

奴	被	败	引	租
nəu^{6}	pi^{5}	pai^{4}	ɣiŋ^{2}	tɕiu^{1}
Nous	bit	bail	vingx	jiub
妹	睡	坡	岭	山

我被埋在那山坡

农	乌	败	党	波
noŋ^{6}	vu^{5}	pai^{4}	taŋ^{2}	po^{1}
Nongs	wut	bail	dangx	bob
自	好	坡	山	保佑

好在有山坡保佑

改	乌	节	响	尖
qai^{3}	vu^{5}	tɕi^{4}	ɕiaŋ^{2}	tɕiŋ^{1}
Ghaid	wut	jil	xiangx	jingb
又	好	只	镯	金

还好有那只金镯

改	乌	瓦	本	虽
qai^{3}	vu^{5}	va^{4}	pəŋ^{2}	ɬəi^{1}
Ghaid	wut	wal	bengx	dleib
又	好	我	情	郎

好在还有我情郎

达	亨	兄	呀	劳	呀	罗
ta^{1}	həŋ^{5}	ɕioŋ^{6}	ʑa^{6}	lau^{4}	ʑa^{6}	lau^{1}
Dab	hengt	xiongs	yas	laol	yas	laob
后	生	兄	就	来	就	挖

亨兄来到就挖掘

达	配	多	乌	劳	瓦	让
ta^{1}	phɛ^{7}	tau^{5}	vu^{6}	lau^{4}	va^{2}	ȵiaŋ^{1}
Dab	paek	daot	wus	laol	wax	nziangb
姑	娘	得	力气	来	上面	生活

配烈生还到人间

告	衣	丢	党	嗒
qau^{5}	ʑi^{6}	tiu^{4}	taŋ^{2}	ta^{1}
Ghaot	yis	diul	dangx	dab
嫁	给	丢	党	孩子

嫁给丢党家男孩

号	猛	荣	晌	当
hau^{5}	moŋ^{2}	ʑoŋ^{4}	saŋ^{2}	tiaŋ^{1}
Haot	mongx	yongl	sangx	diangb
若	你	要	晌	当

如果你索要晌当

猛	农	败	党	咪
moŋ^{2}	noŋ^{6}	pai^{4}	taŋ^{2}	mi^{1}
Mongx	nongs	bail	dangx	mib
你	自	坡	山	要

你独自上山挖掘

农	嗒	内	党	坡
noŋ^{3}	ta^{1}	nəi^{4}	taŋ^{2}	pho^{1}
Nongd	dab	neil	dangx	pob
现	舅	爷	很	生气

此刻舅爷很生气

告	兄	木	整	些
qau^{3}	ɕioŋ^{6}	mu^{4}	tsəŋ^{2}	ɕie^{1}
Ghaod	xiongs	mul	zengx	xieb
告	兄	去	整	些

他告亨兄到整些

初	拉	木	江	花
tɕhiu^{3}	lia^{6}	mu^{4}	tɕiaŋ^{6}	fa^{1}
Qiud	lias	mul	jiangs	fab
塞	银子	去	给	判官

花钱贿赂那判官

派	凹	答	勇	溜
phai^{7}	au^{1}	ta^{4}	ʑoŋ^{2}	liu^{1}
Paik	aob	dal	yongx	liub
派	两	个	捕快	大

委派两个捕快来

之	当	羊	说	乌
tɕi^{5}	taŋ^{5}	ɣaŋ^{4}	ɬau^{2}	əu^{1}
Jit	dangt	vangl	dlaox	oub
走	到	寨	说	乌

他们来到说乌寨

东	兄	木	整	些
toŋ^{8}	ɕioŋ^{6}	mu^{4}	tsəŋ^{2}	ɕie^{1}
Dongf	xiongs	mul	zengx	xieb
押	兄	去	整	些

押亨兄去整些府

抗	良	木	贾	当
qhaŋ^{7}	liaŋ^{6}	mu^{4}	tɕia^{2}	tiaŋ^{1}
Khangk	liangs	mul	jiax	diangb
抗	良	去	审	判

抗良寨子去审判

农	勾	丢	瓜	花
noŋ^{3}	qɔu^{5}	tiu^{4}	qa^{6}	ʃa^{1}
Nongd	ghout	diul	ghas	fab
现	官	府	那	判官

现在官府那判官

花	沙	劳	那	夸
fa^{1}	ɬa^{6}	lau^{4}	na^{6}	qha^{1}
Fab	dlas	laol	nas	khab
判	官	来	问	人

判官发话问亨兄

猛	嗒	内	颇	那
moŋ^{2}	ta^{1}	nəi^{4}	po^{2}	na^{1}
Mongx	dab	neil	box	nab
你	舅	爷	波	纳

你那波纳舅爷佬

那	尼	咪	响	当
na^{6}	ni^{4}	mi^{1}	saŋ^{2}	tiaŋ^{1}
Nas	nil	mib	sangx	diangb
问	你	要	响	当

他问你要那响当

阿	爹	尼	马	巴
a^{5}	tie^{6}	ni^{4}	ma^{2}	pa^{1}
At	dies	nil	max	bab
怎	样	你	不	给

你怎样不给予他

亨	兄	接	底	拉
həŋ^{5}	ɕioŋ^{6}	tɕie^{4}	ti^{2}	la^{1}
Hengt	xiongs	jiel	dix	lab
亨	兄	说	一	个

亨兄这样把话说

配	烈	劳	五	败
phɛ^{7}	lie^{4}	lau^{4}	vu^{2}	pai^{1}
Paek	liel	laol	wux	baib
配	烈	来	嫁	我们

配烈姑娘嫁给我

马	多	木	载	希
ma^{2}	tio^{6}	mu^{4}	tsai^{2}	ɕi^{1}
Max	dios	mul	zaid	xib
不	是	去	家	拉

不是明媒到家娶

农	不	败	党	罗
noŋ^{6}	pu^{6}	pai^{4}	taŋ^{2}	lau^{1}
Nongs	bus	bail	dangx	laob
自	进	坡	山	挖

我独自进山挖掘

马　多　瓦　马　让
ma^{2}　tio^{6}　va^{4}　ma^{2}　ȵiaŋ^{1}
Max　dios　wal　max　nziangb
不　是　我　没　有
不是我家里没有

马　刀　立　想　巴
ma^{2}　tau^{6}　li^{4}　ɕiaŋ^{2}　pa^{1}
Max　daos　lil　xiangx　bab
不　符合　古　规　给
不想违背古规给

号　猛　荣　响　当
hau^{5}　moŋ^{2}　ʑoŋ^{4}　saŋ^{2}　tiaŋ^{1}
Haot　mongx　yongl　sangx　diangb
若　你　要　响　当
如果你索要响当

猛　农　败　党　咪
moŋ^{2}　noŋ^{6}　pai^{4}　taŋ^{2}　mi^{1}
Mongx　nongs　bail　dangx　mib
你　自　坡　山　要
你独自上山挖掘

农　嗒　内　颇　那
noŋ^{3}　ta^{1}　nəi^{4}　po^{2}　na^{1}
Nongd　dab　neil　box　nab
现　舅　爷　波　纳
现在波纳那舅爷

改	觉	拉	打	木	江	花
qai^{3}	tɕhiu^{3}	lia^{6}	ta^{2}	mu^{4}	tɕiaŋ^{6}	fa^{1}
Ghaid	qiud	lias	dax	mul	jiangs	fab
又	塞	银子	来	去	给	判官

舅爷又贿赂判官

花	刚	答	你	忍
fa^{1}	kaŋ^{8}	ta^{4}	ni^{2}	ȵiŋ^{1}
Fab	gangf	dal	nix	nzingb
官	扣押	个	他	妻

判官扣押兄爱妻

马	江	配	烈	劳	说	乌
ma^{2}	tɕiaŋ^{6}	phɛ^{7}	lie^{4}	lau^{4}	ɬau^{2}	əu^{1}
Max	jiangs	paek	liel	laol	dlaox	oub
不	给	配	烈	来	说	乌

不给配烈返说乌

兄	阿	杀	党	坡
ɕioŋ^{4}	a^{5}	sa^{4}	taŋ^{2}	pho^{1}
Xiongs	at	sal	dangx	pob
兄	心	都	很	生气

亨兄心里很生气

兄	坐	劳	说	乌
ɕioŋ^{6}	tsau^{7}	lau^{4}	ɬau^{2}	əu^{1}
Xiongs	zaok	laol	dlaox	oub
兄	跑	来	说	乌

亨兄气愤返说乌

古	苏	接	底	拉
qəu^{5}	su^{1}	tɕie^{4}	ti^{2}	la^{1}
Ghout	sub	jiel	dix	lab
公	苏	问	一	个

苏公不解把话问

猛	迭	答	猛	忍
moŋ^{2}	tɛ^{3}	ta^{4}	moŋ^{2}	ɹʑiŋ^{1}
Mongx	daed	dal	mongx	nzingb
你	带	个	你	妻

你带你那个爱妻

告	当	木	整	些
qau^{3}	tiaŋ^{6}	mu^{4}	tsəŋ^{2}	ɕie^{1}
Ghaod	diangs	mul	zengx	xieb
告	官司	去	整	些

去整些寨打官司

阿	爹	马	布	劳	扫	清
a^{5}	tie^{6}	ma^{2}	pu^{8}	lau^{4}	sau^{6}	tɕhiŋ^{1}
At	dies	max	buf	laol	saos	qingb
怎	样	不	见	来	到	家

怎么不见她回家

兄	改	劳	贾	拉
ɕioŋ^{6}	qai^{3}	lau^{4}	tɕia^{2}	la^{1}
Xiongs	ghaid	laol	jiax	lab
兄	又	来	讲	个

亨兄又来把话说

烈	嗒	内	颇	那
lie^{4}	ta^{1}	nəi^{4}	po^{2}	na^{1}
Liel	dab	neil	box	nab
烈	舅	爷	波	纳

配烈那波纳舅爷

党	拉	木	江	花
tɕhiu^{3}	lia^{6}	mu^{4}	tɕiaŋ^{6}	fa^{1}
Qiud	lias	mul	jiangs	fab
塞	银子	去	给	判官

舅爷贿赂那判官

农	刚	答	瓦	忍
noŋ^{3}	kaŋ^{8}	ta^{4}	va^{4}	ȵiŋ^{1}
Nongd	gangf	dal	wal	nzingb
现	扣押	个	我	妻子

判官扣押我爱妻

顿	都	羊	整	些
tam^{3}	tiu^{5}	ɣaŋ^{4}	tsəŋ^{2}	ɕie^{1}
Damd	diut	vangl	zengx	xieb
关	在	寨	整	些

关押在那整些寨

古	苏	让	党	坡
qəu^{5}	su^{1}	ȵiaŋ^{4}	taŋ^{2}	pho^{1}
Ghout	sub	nziangl	dangx	pob
公	苏	真	很	生气

苏公心里很气愤

接	兄	打	底	答	蚁	溜
tɕie^{4}	təi^{2}	ta^{5}	ti^{2}	ta^{4}	ȵi^{2}	liu^{1}
Jiel	deix	dat	dix	dal	nzix	liub
请	哥	杀	一	头	牛	大

亨兄杀一头牯牛

夸	说	败	说	乌
qha^{5}	ɬau^{2}	pai^{4}	ɬau^{2}	əu^{1}
Khat	dlaox	bail	dlaox	oub
喊	说	坡	说	乌

召集说乌上下寨

拉	龙	丢	龙	木
la^{7}	lioŋ^{6}	tiu^{4}	lioŋ^{6}	mu^{1}
Lak	liongs	diul	liongs	mub
邀	寨	客	寨	苗

邀请汉村和苗寨

告	多	整	九	生
qau^{7}	tau^{5}	tsəŋ^{4}	tɕiu^{2}	səŋ^{1}
Ghaok	daot	zengl	jiux	sengb
召	集	整	九	千

召集数千人到来

兄	别	答	勇	汤
ɕioŋ^{6}	pɛ^{5}	ta^{4}	ʑoŋ^{2}	thaŋ^{1}
Xiongs	baet	dal	yongx	tangb
七	百	个	勇士	一起

召集数百人聚集

迭 之 羊 整 些
tɛ^{3} tɕi^{5} ɣaŋ^{4} tsəŋ^{2} ɕie^{1}
Daed jit vangl zengx xieb
带 上 寨 整 些
带队攻打整些寨

丢 当 井 九 哪
tiu^{5} tiaŋ^{6} tɕiŋ^{2} tɕiu^{2} na^{1}
Diut diangs jingx jiux nab
打 仗 成 九 天
攻打整些寨数天

兄 亡 丢 造 叉
ɕioŋ^{6} maŋ^{5} tiu^{4} tsau^{2} tsha^{1}
Xiongs mangt diul zaox cab
七 夜 客 溃 败
数夜敌军就溃败

丢 造 木 努 分
tiu^{4} tsau^{7} mu^{4} nio^{2} fəŋ^{1}
Diul zaok mul niox fengb
客 跑 去 留 寨
敌人逃跑弃村寨

兄 冬 答 你 忍
ɕioŋ^{6} tam^{7} ta^{4} ni^{2} ȵiŋ^{1}
Xiongs damk dal nix nzingb
兄 见 个 他 妻
亨兄找见那爱妻

烈	花	收	号	兄
lie^{4}	fa^{1}	χu^{1}	hau^{5}	ɕioŋ^{6}
Liel	fab	hvub	haot	xiongs
烈	讲	话	给	兄

配烈这样问亨兄

奋	追	累	之	兄
fəŋ^{7}	tsɔi^{1}	ləi^{5}	tɕi^{6}	ɕioŋ^{6}
Fengk	zeib	leit	jis	xiongs
离	五	月	了	兄

我们离别五个月

奋	嗒	都	弱	亡
fəŋ^{7}	ta^{1}	tiu^{5}	ȵo^{1}	maŋ^{6}
Fengk	dab	diut	nzob	mangs
离	孩子	给	丈	夫

丢下孩子给你养

凹	嗒	溜	阿	爹	约	兄
au^{1}	ta^{1}	liu^{1}	a^{5}	tie^{6}	ʑo^{1}	ɕioŋ^{6}
Aob	dab	liub	at	dies	yob	xiongs
咱	孩儿	大	如	何	哥	兄

我们孩子有多大

真	拉	挪	之	兄
tsəŋ^{5}	lia^{1}	nau^{5}	tɕi^{6}	ɕioŋ^{6}
Zengt	liab	naot	jis	xiongs
真	想	多	了	兄

我多么想念孩子

兄 花 收 丢 奴
ɕioŋ^{6} fa^{1} χu^{1} tiu^{5} nəu^{6}
Xiongs fab hvub diut nous
兄 讲 话 给 妹
亨兄这样把话说

阿 尼 略 约 精
a^{5} ȵi^{3} liu^{7} ʑo^{1} tɕiŋ^{6}
At nzid liuk yob jings
性 格 像 孩 男
精雄性格像男孩

阿 着 略 达 配 肉 亡
a^{5} tɕio^{4} liu^{7} ta^{1} phɛ^{7} ʑu^{1} maŋ^{6}
At jiol liuk dab paek yub mangs
身 材 像 姑 娘 模 样
身材就像你模样

兄 多 答 你 忍
ɕioŋ^{6} tau^{5} ta^{4} ni^{2} ȵiŋ^{1}
Xiongs daot dal nix nzingb
兄 得 个 他 妻
亨兄救回那爱妻

加 告 劳 说 乌
tɕia^{1} qau^{5} lau^{4} ɬau^{2} əu^{1}
Jiab ghaot laol dlaox oub
出 嫁 来 说 乌
配烈出嫁到说乌

桑	化	蒙	爹	咪
saŋ^{3}	fa^{7}	moŋ^{4}	tie^{6}	mi^{1}
Sangd	fak	mongl	dies	mib
绣	花	细	又	细

配烈手巧刺绣好

呀	别	丢	改	溜
ʑa^{6}	pɛ^{5}	tiu^{4}	qai^{3}	liu^{1}
Yas	baet	diul	ghaid	liub
养	猪	年	又	大

养那年猪大又肥

呀	别	今	也	堆
ʑa^{6}	pɛ^{5}	tɕiŋ^{2}	ȵie^{2}	tai^{1}
Yas	baet	jingx	ngiex	daib
养	猪	成	野	猪

养猪放养成野猪

呀	改	今	农	索
ʑa^{6}	qɛ^{1}	tɕiŋ^{2}	nioŋ^{2}	ɬau^{1}
Yas	ghaeb	jingx	niongx	dlaob
养	鸡	成	锦	鸡

养鸡放养成锦鸡

兄	当	沙	都	羊	说	乌
ɕioŋ^{6}	taŋ^{5}	ɬa^{6}	tiu^{5}	ɣaŋ^{4}	ɬau^{2}	əu^{1}
Xiongs	dangt	dlas	diut	vangl	dlaox	oub
兄	当	富有	在	寨	说	乌

亨兄成说乌富翁

兄	阿	答	哪	溜
ɕioŋ^6	a^5	ta^4	na^2	liu^1
Xiongs	at	dal	nax	liub
兄	做	个	人	大

亨兄当一个大官

检	整	梅	整	些
kiŋ^3	tsəŋ^2	məi^4	tsəŋ^2	ɕie^1
Gingd	zengx	meil	zengx	xieb
管	整	梅	整	些

管理整梅和整些

检	龙	丢	龙	木
kiŋ^3	lioŋ^6	tiu^4	lioŋ^6	mu^1
Gingd	liongs	diul	liongs	mub
管	村	客	寨	苗

管理汉村和苗寨

榕	江	河	你	溜
ʑoŋ^8	tɕiaŋ^1	ho^4	ni^2	liu^1
Yongf	jiangb	hol	nix	liub
榕	江	河	他	大

榕江流域他最大

贩	嗒	杰	瓦	嗦
fəŋ^5	ta^1	kie^6	va^2	ɬau^1
Fengt	dab	gies	wax	dlaob
扬	名	在	天	下

亨兄在天下扬名

汉意译：

在那古老的时候，
在那远古的时候，
在那古老的时候，
在那远古的时候，
从江榕江那地方，
在整妹本威那村，
居住汉族和苗族，
本威出一个大官。
党苏当村寨头人，
管理汉村和苗寨，
他上榕江打官司，
党苏判案才结案，
如果党苏未到场，
打官司也不结案。
说乌寨他最富裕，
家有百万亩良田，
水渠绕说乌寨底，
水渠灌溉数千亩，
山场杉木和杂木，
山坡山谷都属他，
山谷上游数千亩。
家养一大群水牛，
七十头灰色水牛，
二十头白色水牛，
还有十头黑水牛。
家养七百只山羊，
放养到那山谷里，
羊群在坡顶吃草。
房子都是大楼房，
那面全镶玻璃窗，
这面全镶玻璃窗，
银片包住那柱子，
帽檐都是镶金银。
身着那长袍棉衣，
烟斗都是大烟斗，
吐那烟圈成云雾。
党苏想去找媳妇，
他亲自到引衣寨，
请求裸江那舅爷。
配友姑娘是满女，
配友出嫁到说乌，
嫁给党苏当媳妇，
结婚七年未生育。
兄妈这样把话说，
我是命好嫁富人，
命衰尚未育孩儿，
没有孩子继家产。
兄妈是个聪明人，
她舀半筒那粳米，
她去到那白石寨，
拜访古良那大师，
大师会占卜驱鬼。
兄妈拿出半筒米，
大师在那做占卜，

撒米盆底成米路。
大师这样把话说：
你命好嫁给富人，
命衰尚未育孩儿，
你儿住在那对河，
架桥接你孩过河，
小孩管理你家产。
兄妈请大师回来，
他们来到说乌寨，
兄妈邀请侄儿们，
兄妈邀请叔伯们，
他们又爬上山岭，
去砍她一根杉木，
说乌寨底架木桥，
搬大石头垫桥墩，
又盖一块黑色布。
大师手拿只公鸡，
大师念咒一整天，
祈求小孩来投胎，
小孩来继承家产，
人们要步行路过，
人们过桥才落魄，
魂魄爬上他楼梯，
这样才怀有孩子。
三个小孩继家产，
丢是排名当大哥，
务是排名做二姐，
兄是排名当三哥，
依是排名在最小。
亨兄生长在说乌，
漂亮就像樱桃花，
就像山岭那杜鹃，
英俊像龙王儿子，
龙儿在滩头戏水。
兄爸是地方头人，
他是说乌富人家，
河谷数万亩秧田，
就在那说乌寨底，
水渠灌溉数千亩。
他家有饭又有肉，
山场满杉木杂木，
拥有数千万家产，
山谷上游数千亩，
他家有万贯家财。
衙门官司由他判，
整些衙门打官司，
兄爸当堂来辩护，
许多官司就结案，
若是兄爸不到场，
官司就无法判案。
亨兄还是七岁时，
他与爷爷去看羊，
他在那山坡看牛，
在那河谷住牛棚，
爷爷勤快去开荒，
在那山坡开垦地，
山坳坡底种杉木，
半山坡上种烟叶，
坡顶种植那竹子，
一年种活九株木，

十年种活数千株，
山场种活数万株。
亨兄长到十九岁，
身材匀称好英俊，
我与别人同年龄，
同龄朋友都结婚，
结婚剩下我单身，
剩下我孤单生活，
多年以后我变老，
脸皱姑娘不喜欢，
人老姑娘不愿嫁，
居住在牛棚太久，
居住七夜才回家。
那天走过那山坳，
遇见商贩在乘凉，
亨兄这样把话问：
尊敬的远方客人，
你贩卖那花棉布，
贩卖丝线绣花针，
贩卖红线和白线，
贩卖紫线和黑线，
天天走村又串寨，
翻山越岭走四方，
走遍汉村和苗寨，
这村走完进那村，
看见哪个人漂亮，
她和我一样漂亮？
她是否与我匹配？
娶她来当我媳妇，
这样嫁给我成家。
此时此刻那商贩，
商贩一问就解答：
整东寨子那配美，
她是荣井家女儿，
整些寨子那配米，
她是瓜勇家女儿，
整桑寨子那配梦，
她是平火家女儿，
本威寨子那配烈，
她是聂雅家女儿，
寨子有钱属她家，
购买丝线都她买，
别人仅买一小份，
她独自买去一份。
这个姑娘算漂亮，
这个符合亨兄娶，
你是否已走寨过？
亨兄日夜在思念，
亨兄思念难入眠，
亨兄把话去问妈，
这样告诉那妈妈，
起来蒸饭等天亮。
亨兄拿脸盆打水，
亨兄捧盆去楼梯，
洗那脸蛋白又白，
冲洗手指好干净。
亨兄头戴黑头巾，
身材匀称好英俊，
舀那米糠下楼底，
喂养那金黄骏马，

要那马鞍套马身，
整理骑马脚踏套，
马头套装上马铃，
套在那骏马脖子。
亨兄佩戴金手镯，
手镯镶有金鱼眼，
手镯弯曲像蛇嘴，
好像秧田那黄鳝。
亨兄跨上那马背，
扬起马鞭又一抽，
骏马奔腾向前冲。
亨兄骑马跑一天，
终于来到整东寨，
亨兄走进荣井家，
亨兄爬上那楼梯，
站在那堂屋抽烟。
配美姑娘把话问：
远道而来后生哥，
为何来本地游玩？
若你要买大水牛，
你就与我哥哥买，
现在只有我哥有。
若你来走亲访友，
自有大哥来招待。
今天父母走亲戚，
如果你来找对象，
你就与我诉衷情，
目前我还未出嫁，
如果你是中意我，
我愿意与你结婚，
我情愿陪你聊天。
亨兄仔细观察她，
仔细观察手到脚，
观察到那小手指，
亨兄紧握她手臂，
配美断一截小指，
断了一截小手指，
亨兄发现不中意，
亨兄匆忙走出门。
亨兄急忙去整些，
寻找瓜勇那女儿，
配米姑娘脖子歪，
亨兄发现不中意，
亨兄匆忙退回来。
亨兄来到整桑寨，
寻找平火那女儿，
配梦头发稀又短，
发髻盘不到额头，
亨兄发现不中意，
亨兄不愿诉衷情，
亨兄匆忙退回来。
亨兄跨上骏马背，
扬起马鞭又一抽，
骏马奔腾向前冲。
亨兄来到本威寨，
分顿寨子那上面，
路过粉花那小寨，
亨兄走进聂雅家。
亨兄爬楼梯上去，
来到那堂屋抽烟，

亨兄观察楼梯口，
干栏楼头那边亮，
那里照亮一大片，
可能就是那个人。
亨兄询问九次话，
十次配烈不应答，
她不应答我一声，
亨兄无奈转身走，
亨兄骑骏马返回，
扬起马鞭又一鞭，
骏马奔跑向前冲。
亨兄回到说乌寨，
妈妈这样把话问：
亨兄这次去走寨，
你去走寨找媳妇，
你是否找到媳妇？
亨兄这样把话答：
整东寨子那配美，
整些寨子那配米，
整桑寨子那配梦，
她们都是不中意，
她们不比二姐美，
我想了解也观察。
亨兄也说一件事，
本威寨子那配烈，
配烈长得很漂亮，
她算人间最漂亮，
从头到脚都匀称，
拥有那修长玉手，
一把发髻黑又亮，
发髻盘到额头上，
发髻盘绕到脑后，
发髻黑亮又光滑，
盛装漂亮又合身，
身穿过膝百褶裙，
绑腿绸带在摆动，
脚穿一双绣花鞋，
弯弯眉毛很迷人，
就像樱桃花漂亮，
就像山坡杜鹃花，
身材不细也不粗，
身材不高也不矮，
天生是一个美人，
若是她走那边来，
就像锦鸡在起舞，
就像鱼在水中游，
如果有缘娶到她，
娶她来做我爱人，
相爱一辈像一天。
说乌寨子那苏公，
苏公这样把话说：
这人天生长漂亮，
如果娶到配烈妹，
以后帮你管理家，
你是我那大外甥，
我教你一些方法，
你走进那说乌寨，
邀请寨子那后生，
六个人来陪亨兄。
亨兄邀到那后生，

六人陪同去走寨，
亨兄整整走一天，
走到本威寨山坳。
他们到本威坳后，
有个小孩把话讲：
我们首次出远门，
我们首次去走寨，
不知进哪家投宿，
像老鼠掉进糠桶，
我们不知怎么办。
亨兄这样把话讲：
小孩不要太操心，
长辈这里有亲戚，
有一个姑嫁本威，
她名字叫杯选妈，
我们去杯选家住。
现在将到本威寨，
亨兄要两人抬轿，
配烈以为大官来，
配烈下到一楼来，
一楼等候大官来。
配烈这样把话问：
你是一个大官人，
你就上我家休息，
登上堂屋来抽烟，
上来交朋友谈心。
亨兄故意不应答，
配烈转身回家去，
亨兄得意转身回，
遇见大婶在赶猪，
大婶赶鹅进笼子。
亨兄把话问大婶：
我们想去杯选家，
不知她家在哪里。
杯选妈妈把话说：
过去来访是长辈，
现在来访是青年，
你们来做什么事？
亨兄这样把话说：
听说寨子有猪崽，
我们想买回去养，
春节养大可以杀，
有肉吃来不厌恶。
现杯选妈又讲话：
不讲出来我也知，
真讲出来我也知，
赶快进家来休息。
现在杯选妈讲话，
她呼叫那小孩子：
你下到那楼底看，
捉一只红冠公鸡，
拿它上楼来宰杀，
接待你远方亲戚。
现在杯选妈讲话，
她吩咐那小孩子：
今夜你带年轻人，
走进那寨子两边，
先进穷姑娘人家，
穷人姑娘好说话，
等到半夜公鸡叫，

最后来到聂雅家，
富家姑娘后生多，
她等到半夜鸡叫。
此时波哥带后生，
走遍穷姑娘人家，
等到半夜那鸡叫，
最后来到聂雅家。
家里嘎林嘎哈响，
嘎林吹叫聂雅女：
请你开门给后生。
配烈姑娘很聪明，
配烈打开窗户看，
巷子那头火通明，
也许是我后生哥。
配烈这样把话说：
波哥请不要着急，
我先穿上新衣服，
我开门给后生进。
配烈敞开那大门，
邀请他们进家门，
亨兄坐在那角落，
照亮那一个角落，
本寨后生坐不住，
他们退出走别家。
亨兄走到那边坐，
那个角落就照亮，
本寨后生很恼火，
本寨后生跑出门。
等待到那鸡叫时，
配烈这样把话说：
现在你这群后生，
他们是哪个寨子？
波昂这样把话讲：
不要问我们太多，
你自问这群后生，
相互了解就认识。
配烈这样把话问：
你们那远方后生，
你们走寨做什么？
找来对象才走寨，
告诉走寨那原因，
真实想法告诉我。
亨兄这样把话讲：
寨门路底那竹子，
竹子嫩芽刚长大，
山上坡地长新树，
山坡长草才算好，
人们喜欢相恋歌，
大家说好话才好，
未到家门会苗歌，
遇见姑娘忘苗歌，
如何献歌给姑娘？
配烈这样把话说：
亨兄是个远方客，
亨兄真是好英俊，
心里想到看望我。
你是一个大官人，
你去结婚把我忘，
娶到一个漂亮人，
美人有缘嫁给你，

抛弃让我过单身，
我没有缘分结婚，
拥有男儿来结婚，
有缘谈情一整天，
当作故事留后代。
亨兄这样把话说：
与朋友同一天生，
同辈朋友都结婚，
剩下我一个单身，
如果姑娘中意我，
交换信物来订婚。
配烈这样把话说：
如果换信物订婚，
这样结婚去你家，
我们等整东坡会，
过完整念那坡会，
我们去踩堂一天，
想让人们都知道，
人们知道我爱你，
人们知道你爱我。
我们等整东坡会，
我们换信物订婚，
这样结婚去你家。
我这样告诉情郎，
明天你先返回家，
制造一堂好芦笙，
你带芦笙来赶坡，
你来赶整东坡会。
亨兄返回到家乡，
亨兄找铜鼓来敲，
又召集那年轻人，
召集那叔伯兄弟，
大家来大坪集中。
亨兄这样把话说：
我们造一堂芦笙，
带着芦笙去整东，
寨中年轻小伙子，
明天大伙背柴刀，
我们爬坡上深山，
进山砍那芦笙竹，
起火堆来烤竹子，
坳上烤竹来拉直，
竹子破裂一大半，
拿竹子在火塘烤，
熏烤竹子变黄色。
哪里师傅来制造？
古爷师傅来制造，
一个师傅破木蔸，
一个师傅削竹子，
老师傅来凿铜片，
师傅造芦笙九天，
吹响十九把芦笙。
亨兄邀请小伙子，
登上草坪来吹奏，
开始不吹不漏气，
芦笙越吹越漏气。
说乌寨子那姨婶，
她们骂丢党小孩，
芦笙不响我不吹，
让给丢党父子吹。

师傅造二十九天，
七十九把芦笙响，
亨兄拿铜鼓来敲，
草坪这头那头敲，
邀请寨子人来吹。
亨兄举芦笙上扬，
芦笙响声震大坪，
芦笙响声震地方，
芦笙响彻震天庭。
说乌寨子姨婶们，
她们这样把话说：
人人愿意捐献钱。
亨兄这样把话说：
要献出一只山羊，
用来祭祀新芦笙，
细数那说乌寨子，
细数有多少门户，
就分成多少份肉，
等到哪天来捐钱，
按照串肉份来收，
现制造一堂芦笙，
亨兄吩咐五六人，
挑着工具走匆匆，
欢送师傅回古爷。
亨兄投宿古爷寨，
亨兄在半夜惊醒，
亨兄对年轻人说：
今夜我睡眠不好，
我们寨一定有事，
有强盗来偷东西，
大家把马灯点起，
我们半夜赶回家。
等到半夜那鸡叫，
我们刚到说乌寨，
亨兄正要进家门，
兄妈在楼梯等候，
儿子回到家了呀，
分牛后生半夜来，
他们芦笙齐奏响，
芦笙响彻说乌寨。
兄妈这样把话讲：
儿子回到家了呀，
你领寨子吹芦笙，
丢哥领吹不中用，
丢哥人老动作慢。
儿子回到家了呀，
你来带领寨子吹，
丢哥领吹不中用，
丢哥人老动作慢。
亨兄拿铜鼓来敲，
呼叫寨子成年人，
呼叫寨子中年人，
呼叫寨子年轻人，
大家到大坪集中，
齐吹奏一堂芦笙，
吹齐那大号芦笙，
吹齐那中号芦笙，
吹齐那小号芦笙，
与分牛芦笙比赛。
亨兄这样把话讲：

青年围在队两边，
成年人靠青年人，
分牛后生爱打架，
成年人才打赢架。
亨兄这样来吩咐：
分牛寨子芦笙响，
他们半夜来比赛，
到对面山坳比赛，
让分牛芦笙先吹，
让我紧跟他们吹。
芦笙响彻那山坪，
声音对碰冲云霄，
现在村里叔伯们，
去到对坡听芦笙，
大坪烧两堆篝火，
吹响哪边火焰高，
火焰升高五六庹。
亨兄这样把话讲：
本村那妇女们呀，
今晚到我家舀米，
部分人舀水泡米，
我包糯米饭来吃，
不用人们捐糯米。
全村那叔伯们呀，
你们到我家舀酒，
最多需要五百筒，
包够后生哥吃喝。
你们又下到猪圈，
捉一百九斤肥猪，
杀猪宴请芦笙队，
不用寨子捐钱买。
亨兄献出一头牛，
献给那些年轻人，
吩咐那些年轻人：
你们去牛棚牵牛，
哪头牛角很对齐，
就要牵那头牯牛，
牵到分牛寨杀吃，
返回寨子吹六曲，
本寨后生站这边，
分牛后生站那边。
分牛后生把话讲：
亨兄先吹那芦笙，
先吹芦笙五六曲，
让我紧跟随他吹。
亨兄又这样说话：
让我先吹那芦笙，
先吹芦笙五六曲，
久吹我没有力气，
我们不比赛吹了，
你们站在那边吹，
我们站在这边吹。
分牛芦笙先到场，
芦笙响彻一边坪，
像天空打雷声响。
本村芦笙跟随吹，
芦笙响彻一边坪，
像冬天寒风吹响，
像天空打雷声响，
木皮盖房吹过岭，

房顶瓦片被掀翻。
小孩害怕跑出门，
小孩惊吓跑出门，
猪圈猪崽惊慌窜。
分牛后生很生气，
分牛有人很奸诈，
他去炳妹告官府，
炳妹官府顶不住，
炳妹官府偷溜了，
放弃寨子给瓜住。
瓜哥又到本威寨，
瓜哥又到粉花寨，
寻找聂雅家美女，
想抢亨兄那妻子，
想败坏亨兄名声，
想报过去那冤仇。
瓜哥走到那寨门，
遇见杯选妈赶猪，
杯选妈妈这样问：
你来这里做什么？
分牛瓜哥这样说：
寻找聂雅家美女，
想娶她当我妻子。
杯选妈妈这样说：
你要抢亨兄妻子，
亨兄是一个大官，
他是说乌寨富人，
母鸡抱窝扒掉蛋，
本寨芦笙非常响，
就像一根好杉木，
杉木直立上云霄，
对比还超五六庹，
分牛芦笙声被盖，
分牛芦笙成地筒，
分牛后生耳出气，
嘴角漏气噗噗响，
让那大肚来替船，
让手脚代替竹篙。
分牛后生把话讲：
怨恨瓜哥这样做，
亨兄先领大家吹，
让我紧跟亨兄吹，
可能赢说乌一场。
分牛瓜哥很生气，
分牛瓜哥又问话：
那后生是什么人？
那个是哪家儿子？
让我与他试一试，
一只手就摔翻他。
亨兄一点不惊慌，
亨兄这样把话讲：
你就出来试一试，
人富也是说乌寨，
一根汗毛掀翻你。
分牛瓜哥把话说：
亨兄芦笙很响亮，
亨兄用金制笙簧，
请亨兄告诉秘密。
也不是拿金制簧，
全是白铜制笙簧。

告诉你们年轻人，
你们返回到家乡，
吩咐师傅用蜡涂，
做个竹筒套笙杆，
做个吹筒合嘴巴，
拿芋头浆涂笙斗，
你们再来赛一次。
分牛瓜哥很生气，
莫与说乌寨比赛，
我们赶快返回家，
家养十个老先生，
走村串寨写状子。
家养十七个家丁，
都是保护他家产，
长枪短枪架两边，
射程达到几千米。
附近寨子那头人，
都是他家那亲戚，
你试来抢他儿子，
头人上来五百人，
他们砸烂你房子，
一顿吃一头牯牛，
仅够那晚餐荤菜，
尚未计算那早饭，
一拳砸碎家产完。
莫说穷你家而已，
可能穷到你亲戚，
他那家族跟着穷，
怕你丢弃那小孩，
你连吃饭都没有，
每人提一个饭盒，
走村串寨乞讨饭，
败坏你那好名声，
你要扪心来自问。
瓜哥分牛很惊慌，
莫与说乌亨兄斗，
农历九月晴朗天，
地方秋收已完成，
红薯芋头收到家，
在家休息等过年。
现在到整东坡会，
紧跟整念坡会后，
朋友邀请去踩堂。
亨兄拿铜鼓来敲，
来到楼阁那头敲，
呼喊整个说乌寨，
男女老少都到齐，
要上大坪来集中，
吹齐那些大芦笙，
又吹齐那中芦笙，
又吹齐那小芦笙。
人人都穿新衣服，
大家准备去整东，
还剩一杆大芦笙，
人人都不愿意吹。
亨兄大伯把话说：
放弃大芦笙不吹，
响声不赢分牛寨，
我去吩咐那二哥，
你下到那说乌寨，

寻找一个人来吹。
亨兄下到说乌寨，
遇见一个小商贩，
亨兄这样把话说：
我那尊敬小商贩，
你与我一起走寨，
你帮我扛大芦笙，
你要钱或要白米，
每天工钱我也给。
现在那个小商贩，
答应扛那大芦笙，
现在那个小商贩，
商贩这样把话问：
我还没有新衣服，
衣服破烂像蕉叶，
我那脸黑像猴子，
就像山场那狐狸，
怎样有脸去走寨？
怕败坏说乌名声。
亨兄这样把话说：
衣服破烂都不怕，
脸蛋黑点都不怕，
我赠送那新衣服。
亨兄拿九件衣服，
七条棉布新裤子，
亨兄打来一盆水，
给小商贩来洗脸。
他端去楼梯口洗，
洗脸洁白像棉花，
手指干净白嫩嫩，
精心打扮小商贩，
打扮人俊来九倍。
他们爬到说乌寨，
他们在山坳休息，
亨兄这样把话讲：
扛大芦笙那个人，
不要说他是商贩，
一定说是我大哥，
亨兄最小那叔叔，
朋友不笑说乌寨。
他们出发慢慢走，
亨兄这样把话讲：
青年莫要着急多，
对坡山路很陡峭，
牵小孩手不要放，
若放下牵小孩手，
变成我很不中用，
没有管理地方好：
他们走到那河边，
遇见客人放木排，
从下游往上游撑，
你们一定抓住我，
不要伸手进大河，
如果有人掉下河，
变成我很不中用，
没有管理地方好。
他们要爬上高坡，
他们挪步很艰难，
真走到整东坡会，
大坪观众数千万，

数万人在坪踩堂，
六芦笙杂五芦笙，
八芦笙杂芦笙中，
大坪踩堂一整天。
亨兄这样把话讲：
我们仅来三百人，
才来一百把芦笙，
分牛寨子户数多，
分牛寨来五百人，
又来两百把芦笙，
分牛寨子扛黄旗，
他们敲大鼓下山，
有的骑白马跟来。
亨兄这样把话讲：
不知赢不赢分牛，
心里都热气腾腾，
热像用火把来烤，
分牛芦笙站对面，
我们独自站这边，
分牛芦笙先到坪，
芦笙震动那边坪。
亨兄跟随吹芦笙，
芦笙震动这边坪，
就像天空打雷响，
响声盖住分牛队，
分牛芦笙当地筒。
亨兄这样把话讲：
吩咐他们年轻人，
我们去赶整东坡，
你们跟随我进坪，
大家围绕成圆圈，
就像蛟龙在飞舞。
分牛芦笙不会跳，
就像骏马不会踢，
像鹅吃糠头乱舞，
一只鹅在一个角。
亨兄去赶整东坡，
亨兄踩堂一整天，
亨兄手摇来摆去，
手戴十七只银镯，
又戴一只金手镯。
整东寨子配买妹，
整些寨子配米妹，
整双寨子配梦妹，
她们都与亨兄说：
说乌寨子那亨兄，
如果你是我情郎，
请你来与我踩堂。
亨兄看她脖子歪，
亨兄心里不中意，
亨兄故意不应答，
亨兄去大坪踩堂。
亨兄寻找意中人，
配烈姑娘未到坡，
太阳升到那天空，
观众退了一半人，
配烈姑娘刚到坪。
有些观众上大坪，
大坪闪亮一大片，
配烈这样把话说：

来自远方后生哥，
如果你是我情郎，
请你来跟我踩堂。
亨兄等待一整天，
亨兄生气不答应。
配烈这样把话说：
说乌寨子亨兄哥，
看你像龙王公子，
你像海龙王生来。
配烈问了不应答，
亨兄是个聪明人，
亨兄转脸过后面，
看见是他意中人，
亨兄这样把话说：
你是问我问别人？
是问汉人或苗人？
若问朋友我不应。
配烈这样把话说：
我诚心问我情郎，
两轮都是你领吹，
三轮都是你领吹，
汗水流到那脚板，
真是辛苦我情郎。
如果你是我情郎，
你一定跟随我走，
你到对面坡休息，
你唱情歌来聆听，
你就拿香烟来抽。
配烈这样把话讲：
烟叶我家里有多，
剩余烟叶闹河鱼，
再生烟叶很好抽，
两情相悦多给些，
情郎请接受烟吧。
亨兄这样把话讲：
水渠没有长水草，
鸭子不会孵鸡蛋，
烟叶不该讨来抽，
拒绝领你送烟叶。
配烈这样把话说：
种烟在那坡地上，
我种烟叶放绿肥，
都用泥土来埋蔸。
我烟不放那草皮，
不放农药来杀虫，
我把烟叶挂竹篙，
我把烟叶绑成捆，
尾烟真是好烟叶，
送给我那心上人。
情郎快来接烟叶，
自家坡地种有烟，
后生懒得锄杂草。
来这讨你烟叶抽，
不敢接你那烟叶，
我真是不好意思。
配烈这样把话说：
哪里烟叶最好抽？
阳面坡地烟最好，
那种烟叶最好抽，
抽烟吞云又吐气，

整个脑后凉丝丝，
眼角呈现烟袅袅。
亨兄这样把话讲，
不接她送那烟叶，
看见姑娘手白嫩，
像皇帝手指白嫩，
本想接她送烟叶，
害怕损她好形象，
有损形象莫计较。
配烈在整东踩堂，
配烈踩堂一整天，
配烈转脸看太阳，
太阳快要落高山，
配烈这样把话讲：
说乌寨子亨兄哥，
你吩咐那青年人，
敬请叔伯们返程，
他们返回说乌寨。
亨兄是我那情郎，
你与我上坪踩堂，
我们要上整衣寨，
拜访我家父母亲，
走进舅爷波纳家，
才能遇见我亲人。
你负责挑我衣服，
别人在议论我们，
我说你是我大哥，
我家里那小叔辈，
别人不议论我们。
说要走到整衣寨，
真到舅爷波纳家，
配烈是舅爷亲人，
配烈走上木楼坐，
走进堂屋里休息。
亨兄是远方客人，
亨兄停留在大坪，
舅爷家里那舅娘，
舅娘拿米去喂鸡，
她在楼梯底喂猪，
看见楼下那大坪，
她看见英俊后生，
大坪照亮一大片。
舅娘这样把话问：
如果是自家亲戚，
请上木楼来休息，
上到堂屋来休息，
来到火塘话家常。
如果是远方客人，
请在大坪旁边坐，
亲戚自会来迎请。
等待到那傍晚时，
来到那桌子吃饭。
配烈舅爷把话问：
那个是哪个小孩？
配烈又把话来说：
那个就是我大哥，
他是我叔小男孩，
他负责挑我衣服，
我们来赶整东坡。
配烈舅爷把话讲：

你不说我也知道，
那个是你那情郎，
说乌寨子那亨兄，
你们今赶整东坡，
你们踩堂一整天，
坡会人人都知晓，
都说他是你情郎。
你是我们家亲戚，
你真欺骗舅爷了，
若你是远方客人，
也许我就害你们。
等待到明天早上，
亨兄陪同聂雅女，
一同来到本威寨，
他们来到粉花寨，
现在居住聂雅家，
跟随配烈做农活。
他们在山坡挖地，
他们到沟边菜园，
他与配烈去摘菜，
他们轻轻话细语。
等待到明天早上，
亨兄将返说乌寨，
亨兄这样把话说：
我那远方的姑娘，
若你是我心上人，
请你送我走一程。
配烈这样把话说：
如果我去送朋友，
我只送到楼梯口，
送到巷子我返回。
今天送我心上人，
我要送到那高坡，
山坳那边谈恋爱，
相思话语细细说。
亨兄这样把话说：
我们赶整东坡会，
我们相伴有九天，
我们相处很融洽，
结婚结伴你跟我。
配烈现又把话说，
配烈又这样说话：
如果情郎喜爱我，
我就跟随我情郎，
我与情郎换信物，
结婚跟随你回家。
我们找来证明人，
让那媒人来做媒，
这样才明媒正娶，
结婚以后无异议。
亨兄这样把话说：
我们互换定情物，
不用人来做证明，
媒人容易泄婚事，
一传就家喻户晓，
众人都非议我们，
我们尚未把婚结，
方圆众人都知晓。
亨兄这样把话说：
你要告诉你妈妈，

妈妈出来把话说，
妈妈是一家主人，
妈妈来做证明人。
配烈返回到家里，
请求妈妈来讲话，
配烈妈妈把话说：
刚才你们说傻话，
还是你们讲真话？
亨兄这样把话说：
刚才我们讲傻话，
尚未说出真心话，
姑娘着急要结婚，
后生也着急结婚，
双方互换定情物，
邀请妈讲公正话，
许诺就成那磐石，
婚后生活无非议。
配烈妈妈把话说，
问那说乌寨亨兄：
娶到聂雅好姑娘，
你赠送什么信物？
亨兄这样把话说：
交换订婚那信物，
赠送我那金手镯，
赠送给聂雅美女，
你是否愿意接受？
配烈妈妈把话讲：
你问那聂雅美女，
交换订婚那信物，
你赠送什么信物？
配烈这样答应说：
赠送十七匹棉布，
我将赠送那棉布，
后生是否答应接？
双方山坳换信物，
亨兄脱下那银镯，
赠送给心爱配烈，
配烈不接那银镯。
那些银镯我有多，
我喜欢那只金镯，
那只是我传家宝。
亨兄脱下金手镯，
赠送给配烈姑娘。
配烈妈妈把话说：
若说配烈好姑娘，
你如果背弃情郎，
你送什么礼赔偿？
配烈这样话赔偿：
我如果背弃情郎，
我找棉布来赔偿，
赔偿十七箱棉布，
拿来赔偿后生哥。
烈妈这样把话说：
亨兄若背弃配烈，
你将拿什么赔偿？
亨兄这样把话说：
如果我背弃配烈，
我将赔偿金手镯，
又卖野外那良田。
说乌寨底那良田，

水渠灌溉数千亩。
又卖山场好杉木，
山岭山谷杉木好，
山谷杉木数千根。
又卖那头大牯牛，
牯牛弯角价钱高，
卖得很多白银子，
来赔偿配烈损失，
足够她吃一辈子。
他们相送到山坡，
相送来回一整天，
回头遥望那太阳，
太阳就要落高坡，
月亮已升到天空。
配烈这样把话说：
情郎若去说乌寨，
情郎家乡路程远，
我们返回到我家，
他们来到配烈家。
亨兄在堂屋休息，
亨兄这样把话说：
我观察配烈个人，
我们倾诉一整天，
我们越谈越投缘，
我们忘情又迷糊，
天空已黑都不知，
现在回到你们家，
配烈爸妈都高兴，
邀请那叔伯兄弟，
他们下到那楼底，
他们杀一头肥猪，
杀头肥猪迎女婿。
等待到明天早晨，
亨兄将返回说乌，
亨兄这样把话说：
你又送我走一程，
你送我过那大门，
送过巷子你返回。
配烈又送一整天，
走到山坳谈恋爱，
他们倾诉一整天，
天黑也未回到家。
配烈妈妈抱怨说，
这样把话骂女儿：
朋友欢送那情郎，
相送一程就返回，
你今天送心上人，
你今送别要一天，
你们相送要三天，
待到天黑未回家，
你忘记喂鹅喂鸡，
忘记喂鸡鸭吃米，
猪崽尚未吃猪潲。
配烈妈妈最心毒，
妈妈诅咒来谩骂：
如果杀一只公鸡，
你吃那只鸡棒腿，
骨头卡住你喉咙，
你死以后去阴间，
阴间与情郎相会。

亨兄返回到说乌，
妈妈抱怨把话说，
这样把话骂儿子：
朋友赶坡就一天，
他们一夜就返回，
你去赶坡要九天，
过了七夜才回家，
荒废爸爸那秧田，
水田已经变干田，
水田鱼苗已死绝。
亨兄妈妈最心毒，
她拿竹子来鞭打，
鞭打亨兄那大腿。
亨兄生气不应答，
亨兄跑到那头坐，
亨兄进房间睡觉，
亨兄爸爸把话说：
儿子快快爬起来，
起床来桌子吃饭，
明天有力来做工。
亨兄起床来吃饭，
亨兄吃一碗糯饭，
亨兄吃完一碟肉，
吃饱又进房睡觉。
等到第二天早晨，
亨兄去山沟修渠，
亨兄劈柴火一天，
亨兄睡牛棚九天，
亨兄也不返回家，
原来打算去赶坡，
去整东坡会踩堂，
更换很多新衣服，
衣服尚未翻来晒，
害怕新衣服发霉。
亨兄妈妈翻衣服，
翻开箱子到底层，
看见一只银镯子，
没有看见金手镯。
亨兄返回到家里，
兄妈这样把话问：
那天赶整东坡会，
你戴那只金手镯，
儿子是否带回来？
亨兄这样把话骗：
我在上面修水渠，
我又爬上那高坡，
劈那柴火一整天，
不知掉在沟上面，
或者掉在山场上。
妈妈上水渠那找，
水渠里面摸一天，
寻找水渠都不见。
妈妈又爬那山场，
扒那树叶一整天，
扒那树叶没发现。
妈妈返回到家里，
亨兄这样把话骗：
那天赶整东坡会，
我参与踩堂一天，
我这样那样扬手，

才丢失那金手镯，
可能甩掉到很远，
我找这头到那头，
寻找坡场没发现，
不知哪家那小孩，
拾到我那金手镯。
亨兄父母很气愤，
从头到脚骂亨兄，
诅咒亨兄到鬼门：
这个人真不聪明，
弄丢我那金手镯，
这只金镯保性命，
这只金镯保家产，
这只金镯保秧田，
这只金镯保牲畜，
这只金镯保杉木。
父母都是很生气，
亨兄妈妈这样说：
计划要杀一头牛，
召集整个说乌寨，
男女老少都到场，
要举行埋岩活动。
亨兄妈妈来讲话：
那天在整东踩堂，
亨兄佩戴那金镯，
亨兄扬手这那样，
丢弃金镯在整东，
不知哪个人拾起，
哪个逃跑哪个拾，
哪个笑就哪个要。

众人这样把话说，
我们也没有拾起，
我们都没有偷拿，
不要加害到我们，
你问家里那小孩。
兄哥家里两兄弟，
小弟这样把话说：
不要杀那头牯牛，
白白杀死那牯牛，
不要冤枉害他人，
毁坏说乌寨名声。
你自骂自家儿子，
那天在整东坡会，
亨兄与聂雅女儿，
配烈是一个美女，
朋友踩堂在一行，
亨兄与配烈踩堂，
他们独自在一行，
他们相伴那九天，
七个夜晚才返回，
亨兄与配烈恋爱，
如果偷拿就是她，
如果拾起也是她。
亨兄妈妈说一个：
聂雅女儿长如何，
像配烈这么漂亮，
朋友怎么不娶她？
那个该是鸭变女，
这样姑娘人不娶，
这样才剩嫁给你。

你与那个人结婚，
那个该是鸭变女，
不要带进我家门，
败坏亲戚那名声，
子孙后代难嫁娶。
亨兄这样把话说：
山梁涌出好泉水，
好田易长好浮萍，
好地在那山坡底，
现有聂雅女漂亮，
配烈天生是美女，
妈妈愚钝不知道，
妈妈反来冤枉我。
别人这样把话说，
不要与妈妈争吵，
妈妈说话才灵验，
因死白白去送命。
现在妈妈来讲话，
要求亨兄去本威，
去找聂雅家美女，
去退我那金手镯。
亨兄这样把话说：
父母亲请不要骂，
不要谩骂我太多，
代代在本寨嫁娶，
本寨亲戚有很多，
让亨兄娶那远方，
结婚成远方亲戚，
父母亲都来劝骂，
诅咒亨兄快些死。
邀请裸江舅爷来，
邀请他来到家里，
陪同亨兄去退婚。
等到明天那早晨，
亨兄低头爬山坡，
牵马绳子不拉紧，
亨兄无心吹芦笙，
亨兄感觉腿软绵，
感觉手软又脚软。
亨兄无心爬山坡，
就像拉一根杉木，
手提一只红画眉。
画眉悠然叫不停，
现在画眉这样叫，
后生不要再走了，
不要背弃心上人，
那个媳妇良心好，
以后管理你家产。
亨兄这样把话说：
想去退掉那婚约，
退掉我那金手镯，
刚踏两步又休息，
亨兄伤心又腿软，
我们最好不再走。
舅爷这样把话讲：
不去又被父母骂，
骂完你那拨亲戚。
他们步行一整天，
才爬上那高山坡，
来到本威寨山坳，

休息来恢复体力，
抽支香烟来休息。
亨兄休闲吹木叶，
吹那木叶喊配烈，
姑娘在家或出工。
配烈真是很聪明，
她在楼梯头织布，
配烈打开小窗户，
遥望粉花那山坳，
看见她那心上人，
跟随一个中间人，
也许来退那婚事。
配烈是个聪明人，
她借故到那菜园，
摘到一片嫩木叶，
在堂屋外吹木叶，
咱俩山坳换信物，
我想找个证明人，
让那媒人来做媒，
她许诺话成磐石，
以后结婚无非议。
现在你带中间人，
你想回来把婚退，
你说要卖那秧田，
水渠灌溉数千亩，
你说要卖那杉木，
山场山坳都你家，
你说要卖大牯牛，
牯牛对角往里弯，
获得许多白银子，
你带银子来退婚，
这是你原来话语，
假话也是你自说。
亨兄行走很优哉，
他们走到那寨门，
遇见一群小姑娘，
姑娘悠闲在绣花，
舅爷这样把话问：
哪个是你那对象？
亨兄这样把话说，
没有看见心上人。
亨兄行走很优哉，
走到聂雅大房子，
他们推开那大门，
他们爬上楼上看，
遇见姑娘在织布，
姑娘精心在制衣。
舅爷这样把话问：
是不是这个姑娘？
亨兄这样把话说：
没有看见心上人。
舅爷上到三楼看，
一边行走一边看，
看见一个很漂亮，
姑娘专心在绣花，
照亮那个楼梯口，
舅爷看了也着迷。
舅爷这样把话问：
是不是这个姑娘？
若是这个就要娶，

后生是否带钱来？
娶就加一千五两，
姑娘赠一件衣服，
他们返回到家里，
如果父母都还骂，
裸江舅爷来担保，
这个不用你操心。
亨兄本想把婚退，
现在他又添信物，
又加一千五两银，
配烈赠送一条裙，
价钱越来越加重，
我们赶快回家了，
晚了父母又来骂。
裸江舅爷来担保，
这个不用你操心。
亨兄这样把话说：
若你是我心上人，
姑娘就送我回家，
你送我到那山坡，
去那山坡谈恋爱。
配烈这样把话说：
相送亨兄是情郎，
我就送你去很远，
我们山坳谈恋爱。
配烈这样把话说：
你跟我妈去种田，
在田野边做农活，
不知斑鸠或锦鸡，
它已飞过那耳边，
听到别人这样说，
你爸拿竹篙当竿，
他在河中央钓鱼，
钓到鲮鱼一串串，
你妈帮你娶媳妇，
迎娶本寨那姑娘，
骗我天天思念你，
害我患了相思病。
杂木生长在山场，
杂木生长绿油油，
一个寨子数千户，
寨子有数万人家，
人多嘴杂乱传话，
姑娘莫信他人话，
他人都在说假话，
假话毁我们感情，
那脚初伤不疼痛，
化脓疼痛睡不着，
结婚成对真美好，
感情破裂害死人。
亨兄这样把话说：
山坡交换定情物，
你给那匹好棉布，
我赠送那金手镯，
回家我被父母骂，
现我带那见证人，
前来退那金手镯，
越来越加信物价，
又加一千五百两，
姑娘又赠新衣服，

信物价值越增多，
回家仍被老人骂。
后生快点回家了，
跟随妈妈种庄稼，
专心在家种庄稼，
如果情郎思念多，
走进房间翻箱看，
看见情妹那衣服，
后生心情会好些。
后生快些回家了，
遥望山坡那棵树，
那棵树叶绿油油，
蝉儿鸣叫好热闹，
知了依恋那棵树，
婴儿喜爱母乳汁，
老人喜爱暖心话，
走进走出公公好，
等到春节杀年猪，
早上拿内脏泡酒，
双手捧给老人吃，
他吃得非常开心，
他也不再骂你了。
如果你是我恋人，
我就出嫁到你家，
我那嘴吃你家饭，
身外穿你买衣服，
与你养育小孩子，
又帮管理你家当，
我也等同你大哥，
超过你那些朋友，
与妈共同管理家。
我家养那些母鹅，
母鹅留来做种鹅，
我也不想捉来杀，
相识美女有很多，
我也不想娶别人，
想娶远方心上人，
与你结婚做亲戚，
迎娶远方那佳人，
我们有缘才结婚。
等到阳春二月来，
等到春社走外婆，
等待到那小节气，
等到春节走外家。
舅爷舅娘真高兴，
来到巷口接我们，
那个这样喊阿哥，
这个这样喊阿姐，
众人请他们进家，
拉扯断衣服下摆，
好客邀请好值得，
不要操心什么事。
预定在那七月份，
五月过插秧季节，
邀请五六个人来，
等待那亨兄到来。
我们沿古迷河上，
鲁溜那边人最多，
我们看水牛打架，
这边水牛已打架，

转到鲁溜寨斗牛，
纠洞寨底打一天，
纠洞雄哥大水牛，
一副大大那牛角。
分纠地方很多人，
高培那里银饰多，
整一纠优衣服好，
苗族姑娘脸白嫩，
难忘姑娘那份情，
预定在哪个日子，
如果订在小年节，
春节还要等很久，
预定在那芦笙节，
春节还要等很久，
预定给明天后天，
回家七八日再来，
刚才讲述过时话，
没有选择好时辰，
什么时候来迎娶？
亨兄这样把话说：
莫急谈论那婚嫁，
你回家耐心等待，
让过完那小年节，
过完春节十五六，
到十七八来迎娶，
来当我那好新娘。
配烈这样把话说：
等待坡地收棉花，
再裁新衣服给妹，
妹将等待很长久，
等你筹备够银子，
我们才筹办婚礼。
我们等待太长久，
不如这次就结婚，
家庭兄弟多才好，
在那田野上种田，
众人挑绿肥满田，
我不想与你分开，
寸步不离才是好。
牛轭离不开牛背，
水渠离不开水田，
分房不分隔板墙，
与你分离真难舍。
放那柴刀进刀笼，
柴刀顺溜进刀笼，
刚才有说又有笑，
现在又要话离别，
苍天真是害人呀。
如果亨兄想念我，
亨兄爬到那高坡，
遥望远方那恋人，
遥望那本威寨子，
心上人在那地方，
他们在山坡相送。
抬头遥望那太阳，
太阳将要落高坡，
配烈返回本威寨，
亨兄返回说乌寨，
舅爷在家等一天。
亨兄天黑回到家，

亨兄走进丢党家，
走进堂屋坐休息。
妈妈这样把话问，
询问裸江那舅爷：
你与亨兄去退婚，
退回我那金手镯，
你是否已拿回来？
现在那裸江舅爷，
舅爷张口就回答：
不要再骂你孩子，
我与亨兄去退婚，
我见聂雅那女儿，
整个榕江那寨子，
不论汉村或苗寨，
聂雅女儿最漂亮。
配烈姑娘长漂亮，
以后来当你媳妇，
贤妻良母管理家。
你真莫要骂小孩，
在你太公那时候，
祖坟埋在大山坡，
埋葬对那野猪窝，
埋葬又对锦鸡窝，
埋葬对那山龙脉，
才能生养你小孩。
他那眉毛都直挺，
相貌英俊像太阳，
将来可能做大官，
整些若要打官司，
官司由他来审判，
你真不要骂小孩。
兄妈生气不应答，
妈妈真的气呼呼。
亨兄到田野干活，
鸠收山沟住牛棚，
住进牛棚已九天，
日夜思念心上人，
躺在床上睡不着。
亨兄爬上那高坡，
遥望远方心上人，
听见上游有响声，
打枪鸣炮一整天，
沿着大路吹芦笙，
不知哪个村死人，
不知是哪家死人。
亨兄过七夜返回，
路过那个山坳上，
遇见商贩在休息，
亨兄这样把话问，
询问那汉人商贩，
询问昨天前天事：
近段整个那上游，
打枪鸣炮一整天，
沿着大路吹芦笙，
不知哪个村死人，
不知是哪家死人？
现在那汉人商贩，
商贩讲话来回答：
就在那个前几天，
我就投宿聂雅家，

真是聂雅家死人。
配烈天生长漂亮，
她家杀一头水牛，
杀牛给配烈送葬，
我也吃了一餐饭，
我也吃了一份肉。
可惜死了个美人，
村寨人人都惋惜，
我那眼泪簌簌流，
我伤心泪流满面，
委派四人去古牙，
古松那里买棺材，
买那棺材埋配烈，
埋那配烈在山上，
在那茶油树坳上。
亨兄听到那噩耗，
真是我恋人已死，
心上人已离我去，
亨兄手软又脚麻，
亨兄伤心又难过，
全身冒汗流到脚。
等到第二天早晨，
亨兄放柴刀进笼，
背后挂顶旧草帽，
匆忙离开说乌寨，
匆忙爬上那高坡，
走到本威寨山坳。
亨兄摘片叶子吹，
没人吹叶子应答，
心上人真离我去。
亨兄走到粉花寨，
遇见烈妈去喂鸡，
亨兄伤心把话问：
妈妈是否给进家？
配烈妈妈这样说：
山坡给锦鸡做窝，
平地平坝给水牛，
编造鸟笼给画眉，
建造房子给人住，
怎样不给客人进？
你上堂屋去休息，
上到堂屋坐休息，
坐下闲谈那家常。
亨兄上去坐休息，
询问妈妈一些事：
配烈是你家女孩，
配烈外出哪里去？
妈妈这样把话说：
刚刚在那前几天，
与她朋友走亲戚，
邀讨蓝靛走九天，
走了七夜未回家。
亨兄又等待一天，
配烈还是不到家，
亨兄又询问一事：
配烈离家已很久，
她怎么还未到家？
妈妈这样把话说：
你这样问我女儿，
她在寨底看小鸭，

她在水渠底看鹅。
亨兄走到那水渠，
寻找聂雅家配烈，
水渠那水不浑浊，
不吃掉一根水草，
没发现有树叶垫，
你今天把我欺骗。
配烈妈妈这样说：
不讲你真不知道，
要告诉你才知道，
我在山坡割茅草，
那天杀一只公鸡，
又捉一只鸭来杀，
配烈吃那鸡棒腿，
骨头卡配烈喉咙，
配烈已死亡九天，
七夜以后才埋葬，
埋葬在那山坡上，
埋在茶油坳上面。
你若思念我女儿，
你就爬上那高坡，
茶油坳上那挖坟，
你再往地下挖掘，
才能看见我女儿，
配烈是我家女儿，
我怎会不想念她？
亨兄这样把话说：
过去你家那配烈，
在那山坳换信物，
配烈赠一匹棉布，
我赠一只金手镯，
你是否脱金手镯？
配烈妈妈这样说：
配烈死后抬去埋，
手戴很多银手镯，
我那手镯不收拾，
仅见一只金手镯，
金镯不知是哪个，
我上山坡大呼喊，
我喊那只金手镯，
这只金镯哪个的，
没有哪个人应答，
现在金镯拿陪葬。
配烈死前留遗言，
妈妈哥哥和嫂子，
也许在我死以后，
你们打开箱子要，
拿那十七匹棉布，
棉布送给那大姐，
那十七匹百褶裙，
百褶裙送给小妹，
那十七只银手镯，
银镯留给那大嫂，
剩下一只金手镯，
金镯戴在我手臂，
我死以后变成鬼，
何日我遇见情郎？
亨兄这样把话说：
配烈已死了九天，
我不怕尸体腐臭，

我一定见心上人。
要那锄头来给我，
要那钉耙来给我，
别人扎稻草火把，
我扎那木皮火把。
你一个人去害怕，
我陪同你一起走。
亨兄这样把话说：
妈妈不用陪同去，
人未死还不成鬼，
人已死亡变成鬼，
鬼不附身远方人，
怕鬼附身自家人，
我不保鬼不附你。
亨兄爬上那山坡，
亨兄悲恸哭不停，
痛惜聂雅好女儿：
你躺在那高坡睡，
你真躺着睡九天，
心上人是否想我？
飞禽走兽称赞你，
飞禽走兽来吊唁。
亨兄仰望那天空，
茶油树梢落春蝉，
春蝉掉到地面叫，
飞落亨兄脚面叫，
亨兄脚面都闪亮，
这是心上人魂魄，
魂魄依恋跟随我。
我爬到那山坡上，
开挖水沟让水流，
雨水流不进棺材，
不淋湿那配烈身。
你爬到那山坡上，
你到茶油坳挖掘。
亨兄匆匆爬上去，
亨兄一点都不怕，
亨兄到那就开挖，
亨兄拿撮箕装泥。
亨兄挖掘到下面，
露出配烈棺材板，
亨兄掀开棺材板，
配烈直躺棺材里，
配烈好像在睡觉，
还是像昔日漂亮。
亨兄查看她双臂，
手戴十七只银镯，
又看见一只金镯，
想要那些银手镯，
又可惜那只金镯，
亨兄脚跨棺材板，
亨兄踏空一只脚，
踩对配烈那胸口，
配烈吐出鸡骨头，
骨头从喉咙吐出。
配烈从棺材坐起，
配烈睁开那双眼，
好像一个鸭变婆。
配烈这样把话说：
不知哪个来挖我，

好心把妹挖出来。
可能是我那情郎，
亨兄有心来救我，
好心把妹救出来。
亨兄以为鸭变婆，
亨兄跑出一庹远，
亨兄躲在茶油树，
亨兄转脸看配烈。
配烈这样把话说：
我已假死九天了，
我这还有糯米饭，
我这里还有猪肉，
你陪我坐棺材边，
取那米饭给我吃，
取那猪肉给我吃。
亨兄走到棺材边，
糯米饭杂有谷粒，
肉块还有那毛蔸，
配烈这些都不吃。
配烈这样把话说：
你摘一片芭蕉叶，
芋头叶子去舀水。
亨兄转身过后面，
接那尿水给配烈，
配烈这些都不喝：
这是大人屙尿水，
这个水我不能喝，
你去舀那清泉水，
石缝流出那泉水，
拿那泉水给我喝，
才有力气来讲话，
这个是人间凡人，
人间没有鸭变婆。
亨兄又这样说话：
你脱我那只金镯，
递那金手镯给我，
回家父母才不骂，
你独自回到你家，
明年春节来迎娶。
配烈又这样说话：
我把金手镯给你，
你父母真不再骂，
我已经死亡九天，
我若返回到我家，
父母说我是鸭变，
邀请全村人驱赶，
父母拿棍来敲打，
配烈白白去送死，
白白打死都不知。
若你还要金手镯，
你是否还要娶我？
我脱下那金手镯，
退还金镯给情郎，
你放我进那棺材，
你刮泥土来填埋，
拿那木棍来敲打，
砌那坟墓圆又圆，
恢复像昨天那样，
你再返回你那家。
亨兄回想那过去，

他们赶九天坡会，
他们在山坡相送，
两手紧握都出汗，
亨兄细想那恋情，
亨兄紧握配烈手，
她那呼吸很微弱。
我那身体很虚弱，
身体虚弱需要背。
亨兄背那心上人，
背着走路心害怕，
明亮地段走丛林，
阴暗地段走小路，
朋友不取笑我们。
他们回到说乌寨，
他们想进自己家，
亨兄父母拦楼梯，
骂人拍手又跺脚，
你背一个鸭变婆，
不要背进我家门，
败坏亲戚那名声，
以后后代难嫁娶。
配烈这样把话说：
父母都在骂我们，
骂我是个鸭变婆，
不要进父母房子，
我们住村边木棚。
亨兄这样把话讲：
父母这样来骂你，
谩骂配烈是鸭变，
是配烈与我结婚，
我与你相爱千年，
我与你相爱万年，
你不要操心什么。
这样配烈嫁亨兄，
结婚两年生小孩，
小孩长得很漂亮，
取一个名叫精雄。
小孩背精雄过巷，
这个也喊精雄弟，
那个也喊精雄弟。
亨兄妈妈这样说：
你带那媳妇回家，
你带那小孩回家，
让我也怜惜小孩，
我整理一个房间，
留给你们来睡觉。
亨兄这样对妈说：
过去背媳妇到家，
你们楼梯骂咧咧，
都说我背鬼回家，
害亲戚名声万代，
我们不来房子住。
等到端午节种田，
在那山沟做农活，
看见一只画眉鸟，
发现锦鸡在孵蛋，
锦鸡飞不出多远，
身上掉了很多毛。
配烈扪心在思考：
我也是妈妈生养，

我也很思念妈妈，
我也很思念爸爸，
我们去本威探亲，
回娘家探望妈妈。
小鸭出壳会吃米，
知道出来找饭吃，
牛犊脱胎会吃草，
它要嘴巴找奶吮。
配烈没妈难成长，
莫想养我成大人。
等到那明天早晨，
亨兄宰杀九只鸡，
七只鸭子回娘家，
他们走本威舅爷，
他们走进聂雅家，
走进堂屋坐休息。
烈妈斟茶给他们，
她最热情来接待，
烈妈这样把话问：
你带你媳妇回来，
又背一个你孩子，
你们去哪里探亲？
亨兄这样把话说，
我送他人那媳妇，
又送他人那孩子，
我送他们去整些，
去那抗良走亲戚。
等到天黑那晚上，
大家上桌来吃饭，
亨兄提鸡肉上桌，
摆那鸭子来祭祀。
烈妈这样把话说：
莫要弄坏你鸡鸭，
留它走远方舅爷，
我家里也有鸡鸭。
亨兄这样把话说：
远方亲戚饭和肉，
大家都要来品尝，
人多来吃才开心。
等到第二天早晨，
亨兄吩咐他媳妇，
跟随妈妈去舂米，
配烈踩碓两三脚，
碓声响彻这个寨，
大婶小婶这样说，
最像聂雅家女儿。
配烈过去健在时，
帮妈妈捉那头虱，
头虱爬在那脖子。
配烈回想那过去，
帮妈妈捉那头虱，
她扒头发往后面，
她扒头发往额头。
烈妈这样把话说：
你真很像我女儿。
配烈回想那过去，
眼泪簌簌流不停，
眼泪滴到妈脖子。
妈妈又这样说话：
今天是一个晴天，

怎样又漏那雨水，
漏那雨水到脖子？
配烈这样把话说：
我真是你那女儿，
我不解释你未知。
过去我缝制衣服，
我们在楼阁那坐，
我藏我那针线筒。
配烈去拿针线筒，
快速拿到针线筒。
配烈又这样说话：
过去在高坡割草，
家里杀一只公鸡，
妈妈谩骂我一天，
不想吃肉害怕骂，
勉强吃一块鸡肉，
棒腿骨头卡喉咙，
我这样假死九天，
停尸七夜才埋葬。
抬我走过大门口，
我伸手去抓门框，
想抓中间那门框，
妈妈掐我那只手。
又抬我到那大坪，
我动一下那脚跟，
妈妈打我一鞭子。
体弱无力来应答，
对我都不讲好话，
对我都是讲坏话，
死亡就拉去埋葬，
不要让我再生还。
烈妈述说那过去：
你真是我那女儿。
邀请婶姨和姐妹，
又请叔伯和小孩，
又请波纳那舅爷，
亲戚朋友都到齐，
大家来到粉花寨，
唯有波纳那舅爷，
舅爷索要那响当，
索要一百两银子，
作为古规约响当，
按照古老那规定。
亨兄这样把话说：
索要十七头牯牛，
索要一百两银子，
这些财礼我都有，
不符合理由给你。
我迎娶配烈成亲，
我上山坡来挖掘，
不是到家里迎娶，
你需要金银财宝，
你独自上山挖掘。
配烈又这样说话：
舅爷索要那响当，
我被埋在那山坡，
好在有山坡保佑，
还好有那只金镯，
好在还有我情郎，
亨兄来到就挖掘，

配烈生还到人间，
嫁给丢党家男孩。
如果你索要响当，
你独自上山挖掘。
此刻舅爷很生气，
他告亨兄到整些，
花钱贿赂那判官，
委派两个捕快来，
他们来到说乌寨，
押亨兄去整些府，
抗良寨子去审判。
现在官府那判官，
判官发话问亨兄：
你那波纳舅爷佬，
他问你要那响当，
你怎样不给予他？
亨兄这样把话说：
配烈姑娘嫁给我，
不是明媒到家娶，
我独自进山挖掘，
不是我家里没有，
不想违背古规给，
如果你索要响当，
你独自上山挖掘。
现在波纳那舅爷，
舅爷又贿赂判官，
判官扣押兄爱妻，
不给配烈返说乌。
亨兄心里很生气，
亨兄气愤返说乌，
苏公不解把话问：
你带你那个爱妻，
去整些寨打官司，
怎么不见她回家？
亨兄又来把话说：
配烈那波纳舅爷，
舅爷贿赂那判官，
判官扣押我爱妻，
关押在那整些寨。
苏公心里很气愤，
亨兄杀一头牯牛，
召集说乌上下寨，
邀请汉村和苗寨，
召集数千人到来，
召集数百人聚集，
带队攻打整些寨，
攻打整些寨数天，
数夜敌军就溃败，
敌人逃跑弃村寨。
亨兄找见那爱妻，
配烈这样问亨兄：
我们离别五个月，
丢下孩子给你养，
我们孩子有多大？
我多么想念孩子。
亨兄这样把话说：
精雄性格像男孩，
身材就像你模样。
亨兄救回那爱妻，
配烈出嫁到说乌，

配烈手巧刺绣好，
养那年猪大又肥，
养猪放养成野猪，
养鸡放养成锦鸡。
亨兄成说乌富翁，
亨兄当一个大官，
管理整梅和整些，
管理汉村和苗寨，
榕江流域他最大，
亨兄在天下扬名。

流传地区：广西融水苗族自治县、三江侗族自治县及贵州省从江县、榕江县等苗族地区。

演唱者：杨庆林，融水苗族自治县拱洞乡人。

采录者：韦秀明、韦明岱、杜鸿。

翻译者：贺明辉。

波麻歌

题解：《波麻歌》叙述融江上游分俩寨里名叫波麻的家庭由盛而衰的故事。主人公波麻的家庭非常富裕，有良田数万亩、山林数千亩。他娶十二房妻子，家里有家丁十二个、猎狗十二只、母牛十二头、公牛十二头、禾仓十二间、银子十二缸。只因他贪得无厌，挖寨脚造田，不巧挖到寨子的龙脉，惹怒了寨神，被鬼附身，连很出名的鬼师都无法帮他驱鬼脱身，导致他最后病死。这首古歌为研究苗族生活习俗、宗教信仰、丧葬习俗等提供了翔实的资料。该故事流传于广西融水、三江等自治县和贵州从江县的苗族地区。

告 之 纳 育 忍
qau^{5} tɕi^{1} na^{4} ʑu^{6} ȵiŋ^{2}
Ghaot jib nal yus nzingx
上 古 老 那 时
在那很古老时候

共 之 纳 育 忍
qoŋ^{7} tɕi^{1} na^{4} ʑu^{6} ȵiŋ^{2}
Ghongk jib nal yus nzingx
远 古 老 那 时
在那很远古时候

当 凹 答 沙 枉
taŋ^{5} au^{1} ta^{4} ɬa^{6} vaŋ^{2}
Dangt aob dal dlas wangx
出 两 个 富 翁
当地出两个富翁

古　波　麻　分　俩
$qəu^{5}$　po^{1}　ma^{4}　$fəŋ^{6}$　lia^{2}
Ghout　bob　mal　fengs　liax
公　波　麻　分　俩
分俩①出了波麻②公

代　波　朝　姑　矮
tai^{7}　po^{1}　$tsho^{4}$　ku^{6}　$ŋie^{2}$
Daik　bob　col　gus　ngiex
和　波　朝　古　野
古野③出了波朝④公

阿　跟　不　纠　兑
a^{5}　$kiŋ^{1}$　pu^{4}　$tɕiu^{6}$　$təi^{2}$
At　gingb　bul　jius　deix
结　朋　友　弟　兄
结拜为同年兄弟

孖　污　劳　立　努
$ȵia^{8}$　$əu^{1}$　lau^{4}　li^{6}　$nəu^{2}$
Nziaf　oub　laol　lis　noux
粮　食　来　互　吃
两人吃喝不分家

---

①分俩：苗语“fengs liax”的音译，地名，位于融江上游，详细地址待考。

②波麻：苗语“bob mal”的音译，人名，此人曾是分俩寨最富裕的人，因身体原因，英年早逝。他的家族由盛而衰。

③古野：苗语“gus ngiex”的音译，地名，位于融江上游，详细地址待考。

④波朝：苗语“bob col”的音译，人名，此人也曾是古野寨最富裕的人。

沙	达	丢	沙	响
ɬa^{6}	ta^{1}	tiu^{4}	ɬa^{6}	ɕiaŋ^{2}
Dlas	dab	diul	dlas	xiangx
富	人	客	富	银子

汉人富裕银子多

沙	达	及	沙	两
ɬa^{6}	ta^{1}	ki^{4}	ɬa^{6}	liaŋ^{2}
Dlas	dab	gil	dlas	liangx
富	人	苗	富	田地

苗人富裕田地多

古	波	麻	分	俩
qəu^{5}	po^{1}	ma^{4}	fəŋ^{6}	lia^{2}
Ghout	bob	mal	fengs	liax
公	波	麻	分	俩

分俩出了波麻公

古	波	麻	沙	肮
qəu^{5}	po^{1}	ma^{4}	ɬa^{6}	aŋ^{2}
Ghout	bob	mal	dlas	angx
公	波	麻	富	多

波麻家庭很富裕

让	生	无	温	两
ȵiaŋ^{1}	səŋ^{1}	vu^{4}	vəŋ^{6}	liaŋ^{2}
Nziangb	sengb	wul	wengs	liangx
有	千	亿	万	田

家有田地数万亩

足	凹	农	加	乃
tɕiu^{8}	au^{1}	ȵoŋ^{4}	tɕia^{6}	nai^{2}
Jiuf	aob	nzongl	jias	naix
十	二	仓	装	谷子

十二个粮仓装粮

足	凹	拨	加	响
tɕiu^{8}	au^{1}	po^{4}	tɕia^{6}	ɕiaŋ^{2}
Jiuf	aob	bol	jias	xiangx
十	二	缸	装	银子

十二个缸装银子

足	追	答	哥	蚁
tɕiu^{8}	tsəi^{1}	ta^{4}	qau^{6}	ȵi^{2}
Jiuf	zeib	dal	ghaos	nzix
十	五	头	牯	牛

家有十五头牯牛

亡	嗒	杀	马	贾
maŋ^{8}	ta^{1}	sa^{4}	ma^{2}	tɕia^{2}
Mangf	dab	sal	max	jiax
母	崽	全	不	说

大牛小牛不计数

斗	江	足	兄	引
təu^{5}	tɕiaŋ^{1}	tɕiu^{8}	ɕioŋ^{6}	ɣiŋ^{2}
Dout	jiangb	jiuf	xiongs	vingx
木	杉	十	七	岭

拥有杉木十七岭

呀	改	今	呀	农
ʑa^{6}	qɛ^{1}	tɕiŋ^{2}	ʑa^{6}	nioŋ^{2}
Yas	ghaeb	jingx	yas	niongx
养	鸡	又	养	锦鸡

家养山鸡变锦鸡

敖	嗦	珍	瓜	两
au^{7}	ɬau^{1}	tsəŋ^{5}	qa^{6}	liaŋ^{2}
Aok	dlaob	zengt	ghas	liangx
鸭	白	遍	那	田野

鸭子成群遍田野

顿	爹	答	农	努
təŋ^{7}	tie^{1}	ta^{4}	noŋ^{6}	nəu^{2}
Dengk	dieb	dal	nongs	noux
餐	杀	个	这	吃

这餐杀这只鸭吃

顿	爹	答	猛	努
təŋ^{7}	tie^{1}	ta^{4}	moŋ^{6}	nəu^{2}
Dengk	dieb	dal	mongs	noux
餐	杀	个	那	吃

那餐杀那只鸭吃

呀	凹	答	秀	反
ʑa^{6}	au^{1}	ta^{4}	ɕiu^{3}	fəŋ^{2}
Yas	aob	dal	xiud	fengx
养	两	个	虎	黄色

家养两只黄老虎

八	凹	当	龙	打
pa^{8}	au^{1}	taŋ^{4}	lioŋ^{6}	ta^{2}
Baf	aob	dangl	liongs	dax
护	两	头	巷	坪

保护村巷和大坪

中	区	羊	分	俩
tɕioŋ^{1}	tɕhiŋ^{5}	ɣaŋ^{4}	fəŋ^{6}	lia^{2}
Jiongb	qingt	vangl	fengs	liax
吼	震	寨	分	俩

吼叫震动分俩寨

八	拉	羊	温	九
pa^{8}	la^{1}	ɣaŋ^{4}	vəŋ^{6}	tɕiu^{2}
Baf	lab	vangl	wengs	jiux
护	村	寨	万	九

保护分俩数万户

呀	凹	答	挪	弱
ʑa^{6}	au^{1}	ta^{4}	nio^{6}	ɲ̥io^{2}
Yas	aob	dal	nios	nziox
养	两	个	花色	猴子

又养两只山猴子

弱	列	邦	东	堵
ɲ̥io^{6}	lɛ^{1}	paŋ^{8}	tioŋ^{1}	tiu^{2}
Nzios	laeb	bangf	diongb	diux
花色	猴子	站	中	门

猴子把守两边门

八　波　麻　你　载
pa^{8}　po^{1}　ma^{4}　ni^{6}　tsai^{2}
Baf　bob　mal　nis　zaix
护　波　麻　他　家
专门保卫波麻家

八　兴　败　江　打
pa^{8}　ɬiŋ^{1}　pai^{4}　tiaŋ^{6}　ta^{2}
Baf　dlingb　bail　jiangs　dax
防　鬼　野　给　来
防止野鬼进家门

改　呀　足　凹　答　晒　聂
qai^{3}　ʑa^{6}　tɕiu^{8}　au^{1}　ta^{4}　ɬai^{6}　ȵie^{2}
Ghaid　yas　jiuf　aob　dal　dlais　ngiex
又　养　十　二　只　狗　猎
又养十二只猎狗

哪　亡　中　航　木　号　聂
na^{1}　maŋ^{5}　tɕioŋ^{1}　haŋ^{4}　mu^{4}　həu^{6}　ȵie^{2}
Nab　mangt　jiongb　hangl　mul　hous　ngiex
日　夜　狂　叫　去　追　野兽
日夜狂叫追野兽

意　英　羊　瓜　载
i^{7}　ʑiŋ^{1}　ʑaŋ^{4}　qa^{6}　tsai^{2}
Ik　yingb　yangl　ghas　zaix
肉　摆　满　在　家
打得野兽摆满家

足	凹	答	你	勇
tɕiu^{8}	au^{1}	ta^{4}	ni^{6}	ʑoŋ^{2}
Jiuf	aob	dal	nis	yongx
十	二	个	他	家丁

家有十二个家丁

当	阿	当	农	龙
taŋ^{4}	a^{1}	taŋ^{4}	noŋ^{6}	loŋ^{2}
Dangl	ab	dangl	nongs	longx
头	那	头	这	走

家丁日夜在巡防

八	波	麻	分	俩
pa^{8}	po^{1}	ma^{4}	fəŋ^{6}	lia^{2}
Baf	bob	mal	fengs	liax
护	波	麻	分	俩

保卫分俩波麻家

足	凹	达	你	外
tɕiu^{8}	au^{1}	ta^{4}	ni^{6}	vai^{2}
Jiuf	aob	dal	nis	waix
十	二	个	他	老婆

家有十二房妻妾

被	嗦	正	瓜	送
pi^{5}	ɬau^{1}	tsəŋ^{4}	qa^{6}	soŋ^{2}
Bit	dlaob	zengl	ghas	songx
睡	白	状	在	床

小妾睡在大床上

扣	败	今	孖	哑
ɬau^{1}	pai^{4}	kiŋ^{4}	ȵa^{6}	ʑa^{2}
Dlaob	bail	gingl	nzas	yax
白	手	有	笋	子

玉手白嫩像笋子

凹	溜	今	污	两
əu^{7}	liu^{1}	kiŋ^{4}	vo^{6}	liaŋ^{2}
Ouk	liub	gingl	wos	liangx
奶	大	有	芋头	田

双乳大像槟榔芋

古	波	麻	昂	肮
qəu^{5}	po^{1}	ma^{4}	ŋa^{6}	aŋ^{2}
Ghout	bob	mal	ngas	angx
公	波	麻	勤	快

波麻是个勤劳人

喇	拉	羊	分	俩
la^{7}	la^{1}	ɣaŋ^{4}	fəŋ^{6}	lia^{2}
Lak	lab	vangl	fengs	liax
召集	个	寨	分	俩

他召集分俩村民

工	根	羊	分	俩
qoŋ^{5}	qəŋ^{1}	ɣaŋ^{4}	fəŋ^{6}	lia^{2}
Ghongt	ghengb	vangl	fengs	liax
挖	底	寨	分	俩

挖掘分俩那寨底

布	吓	羊	阿	挪
pu^{7}	ɕia^{1}	ɣaŋ^{4}	a^{6}	nio^{2}
Buk	xiab	vangl	as	niox
挖开	神	寨	那	了

挖开分俩寨门神①

号	开	文	阿	两
hau^{5}	qhəi^{1}	vəŋ^{4}	a^{6}	liaŋ^{2}
Haot	kheib	wengl	as	liangx
想	挖	地	造	田

想挖寨底造良田

工	刀	木	衣	雍
qoŋ^{5}	tau^{1}	mu^{4}	ʑi^{6}	voŋ^{2}
Ghongt	daob	mul	yis	wongx
挖	深	去	伤	龙脉

挖深挖对那龙脉

会	凹	答	珍	打
fəi^{8}	au^{1}	ta^{4}	tsəŋ^{6}	ta^{2}
Feif	aob	dal	zengs	dax
跑	两	个	神	来

两个瘟神跑出来

---

①苗族村寨为了保佑该寨老少健康和村寨太平，一般请鬼师在村头或寨尾（底）砌一个坟墓，俗称“寨门神”。每年春节、清明节，人们都拿供品去那里烧香祈福。

信	孖	败	爹	养
ɕiŋ^{5}	ȵia^{1}	pai^{4}	tie^{6}	ʑaŋ^{2}
Xingt	nziab	bail	dies	yangx
显	冠	手	相	貌

瘟神相貌很恶煞

之	根	羊	分	俩
tɕi^{5}	qəŋ^{1}	ɣaŋ^{4}	fəŋ^{6}	lia^{2}
Jit	ghengb	vangl	fengs	liax
上	底	寨	分	俩

瘟神跑进分俩寨

八	冬	羊	答	瓦
pa^{4}	tioŋ^{1}	ɣaŋ^{4}	ta^{6}	va^{2}
Bal	diongb	vangl	das	wax
毁	中	寨	遭	殃

瘟神进寨来骚扰

马	披	答	什	载
ma^{2}	phi^{1}	ta^{4}	ɕi^{6}	tsai^{2}
Max	pib	dal	xis	zaix
不	进	个	哪	家

瘟神不进别家门

批	波	麻	你	载
phi^{1}	po^{1}	ma^{4}	ni^{6}	tsai^{2}
Pib	bob	mal	nis	zaix
进	波	麻	他	家

瘟神冲进波麻家

科	波	麻	列	送
qau^{1}	po^{1}	ma^{4}	lie^{6}	soŋ^{2}
Ghaob	bob	mal	lies	songx
捉	波	麻	入	床

在床上捉住波麻

古	波	麻	育	暖
qəu^{5}	po^{1}	ma^{4}	ʑa^{6}	n̥əŋ^{2}
Ghout	bob	mal	yas	nzengx
公	波	麻	呻	吟

波麻疼痛在呻吟

被	列	各	瓜	送
pi^{5}	lie^{1}	ko^{4}	qa^{6}	soŋ^{2}
Bit	lieb	gol	ghas	songx
睡	哭	叫	在	床

疼痛在床上呻吟

花	收	木	号	守
fa^{1}	χu^{1}	mu^{4}	hau^{6}	səu^{2}
Fab	hvub	mul	haos	soux
讲	话	去	喊	妻

波麻急呼叫老婆

害	虽	木	都	扫
hɛ^{7}	səi^{1}	mu^{4}	təu^{6}	sau^{2}
Haek	seib	mul	dous	saox
舀	米	去	找	鬼师

舀米找鬼师占卜

猛	木	披	瓜	羊	蔸	哪
moŋ2	mu4	phi1	qa6	ɣaŋ4	təu6	na2
Mongx	mul	pib	ghas	vangl	dous	nax
你	去	进	在	寨	找	人

你进寨子请人来

社	凹	答	桑	扫
ɕi3	au1	ta4	saŋ6	sau2
Xid	aob	dal	sangs	saox
看	两	个	师傅	鬼师

邀请两个老鬼师

桑	兴	劳	扫	载
saŋ6	ɬiŋ1	lau4	sau6	tsai2
Sangs	dlingb	laol	saos	zaix
师傅	鬼	来	到	家

邀请鬼师到家门

仅	凹	劳	瓜	省
kiŋ8	əu1	lau4	qa6	ɬəŋ2
Gingf	oub	laol	ghas	dlengx
盆	水	来	在	底

盆里放一瓢清水

害	兄	当	西	沙
hɛ7	ɕioŋ1	taŋ4	ɕi6	sa2
Haek	xiongb	dangl	xis	sax
舀	筒	半	白	米

舀来一半筒白米

桑	溜	让	着	所
saŋ^{6}	liu^{1}	ȵiaŋ^{8}	tɕio^{6}	sau^{2}
Sangs	liub	nziangf	jios	saox
师傅	大	真	聪	明

那大鬼师真聪明

跌	虽	木	几	省
tɛ^{8}	səi^{1}	mu^{4}	ki^{6}	ɬəŋ^{2}
Daef	seib	mul	gis	dlengx
撒	米	去	那	底

鬼师把米撒进盆

窝	波	麻	那	扫
vo^{7}	po^{1}	ma^{4}	na^{6}	sau^{2}
Wok	bob	mal	nas	saox
婆	波	麻	问	鬼师

波麻老婆问大师

刚	兴	答	什	马
kaŋ^{6}	ɬiŋ^{1}	ta^{4}	ɕi^{2}	ma^{2}
Gangs	dlingb	dal	xix	max
显	神	个	哪	不

现在显示哪个神

农	凹	答	桑	贾
noŋ^{3}	au^{1}	ta^{4}	saŋ^{6}	tɕia^{2}
Nongd	aob	dal	sangs	jiax
现	两	个	师傅	说

两个鬼师这样说

示	拉	工	猛	沙
ɕi^{3}	la^{1}	koŋ^{4}	moŋ^{6}	sa^{2}
Xid	lab	gongl	mongs	sax
看	个	路	那	米

看盆底那米路线

西	枪	败	爹	友
ɕi^{5}	tɕhiaŋ^{1}	pai^{4}	tie^{6}	ʑu^{2}
Xit	qiangb	bail	dies	yux
相	交叉	手	纵	横

米路线纵横交叉

列	波	麻	昂	肮
lie^{5}	po^{1}	ma^{4}	ŋa^{6}	aŋ^{2}
Liet	bob	mal	ngas	angx
因	波	麻	勤	劳

因波麻是勤劳人

工	根	羊	分	俩
qoŋ^{5}	qəŋ^{1}	ɣaŋ^{4}	fəŋ^{6}	lia^{2}
Ghongt	ghengb	vangl	fengs	liax
挖	底	寨	分	俩

挖掘分俩那寨底

会	凹	答	珍	打
fəi^{8}	au^{1}	ta^{4}	tsəŋ^{6}	ta^{2}
Feif	aob	dal	zengs	dax
跑	两	个	神	来

两个瘟神跑出来

科　波　麻　列　送
qau^{1}　po^{1}　ma^{4}　lie^{6}　soŋ^{2}
Ghaob　bob　mal　lies　songx
捉　波　麻　在　床
在床上捉住波麻

意　爹　答　你　蚁
ʑi^{3}　tie^{1}　ta^{4}　ni^{6}　ȵi^{2}
Yid　dieb　dal　nis　nzix
要　杀　头　他　牛
要他杀一头水牛

秋　根　羊　分　俩
tɕhiu^{5}　qəŋ^{1}　ɣaŋ^{4}　fəŋ^{6}　lia^{2}
Qiut　ghengb　vangl　fengs　liax
祭　底　寨　分　俩
祭祀寨底那龙脉

窝　兴　连　号　脑
vo^{7}　ɬiŋ^{1}　liŋ^{4}　həu^{6}　nəu^{2}
Wok　dlingb　lingl　hous　noux
婆　神　答　应　吃
护寨神答应吃喝

上　波　麻　乌　打
ɕiaŋ^{5}　po^{1}　ma^{2}　vu^{6}　ta^{2}
Xiangt　bob　mal　wus　dax
放　波　麻　活　来
让波麻公活过来

农	让	爹	答	蚁
noŋ^{3}	ȵiaŋ^{8}	tie^{1}	ta^{4}	ȵi^{2}
Nongd	nziangf	dieb	dal	nzix
现	真	杀	头	牛

现在真杀一头牛

秋	根	羊	分	俩
tɕhiu^{5}	qəŋ^{1}	ɣaŋ^{4}	fəŋ^{6}	lia^{2}
Qiut	ghengb	vangl	fengs	liax
祭	底	寨	分	俩

祭祀寨底那龙脉

西	嗦	败	嗦	党
ɕi^{5}	ɬau^{1}	pai^{4}	ɬau^{1}	taŋ^{2}
Xit	dlaob	bail	dlaob	dangx
冥纸	白	坡	白	坪

冥纸撒满寨底坪

列	嗒	及	马	所
lie^{5}	ta^{1}	ki^{4}	ma^{2}	sau^{2}
Liet	dab	gil	max	saox
因	小	孩	不	聪明

因年轻人不知晓

意	枪	杀	马	引
i^{7}	tɕhiaŋ^{1}	sa^{4}	ma^{2}	ʑun^{2}
Ik	qiangb	sal	max	yunx
肉	串	都	不	均

分那肉串不均匀

虽	污	熟	马	引
tshəi^{5}	əu^{1}	səu^{4}	ma^{2}	ʑun^{2}
Ceit	oub	soul	max	yunx
分	稀	饭	不	均

分那稀饭不均匀

窝	兴	当	破	泵	打
vo^{7}	ɬiŋ^{1}	taŋ^{2}	pho^{1}	poŋ^{5}	ta^{2}
Wok	dlingb	dangx	pob	bongt	dax
婆	神	非常	恼	怒	来

瘟神发现很恼怒

改	门	列	波	麻	列	送
qai^{3}	məŋ^{6}	lie^{2}	po^{1}	ma^{4}	lie^{6}	soŋ^{2}
Ghaid	mengs	liex	bob	mal	lies	songx
又	仍	推	波	麻	入	床

又把波麻摁在床

古	波	麻	育	暖
qəu^{5}	po^{1}	ma^{4}	ʑa^{6}	ȵəŋ^{2}
Ghout	bob	mal	yas	nzengx
公	波	麻	呻	吟

波麻疼痛在呻吟

改	列	各	瓜	送
qai^{3}	lie^{1}	ko^{4}	qa^{6}	soŋ^{2}
Ghaid	lieb	gol	ghas	songx
又	哭	叫	在	床

又在床叫喊打滚

拉	让	铺	败	改	嗒	补
lau^{6}	ȵiaŋ^{7}	pu^{5}	pai^{6}	qai^{3}	ta^{1}	pu^{2}
Laos	nziangk	but	bais	ghaid	dab	bux
落	汗	庞	脸	又	湿	漉

波麻流汗身湿漉

花	收	木	号	守
fa^{1}	χu^{1}	mu^{4}	hau^{5}	səu^{2}
Fab	hvub	mul	haos	soux
讲	话	去	喊	妻

波麻急呼叫老婆

接	败	答	桑	扫
tɕie^{4}	pai^{1}	ta^{4}	saŋ^{6}	sau^{2}
Jiel	baib	dal	sangs	saox
请	三	个	师傅	鬼师

邀请三个大鬼师

学	波	麻	你	吓
ɬio^{7}	po^{1}	ma^{4}	ni^{6}	ɕia^{2}
Dliok	bob	mal	nis	xiax
救	波	麻	他	命

挽救那波麻公命

足	追	答	高	蚁
tɕiu^{8}	tsəi^{1}	ta^{4}	qau^{6}	ȵi^{2}
Jiuf	zeib	dal	ghaos	nzix
十	五	头	牯	牛

家有十五头牯牛

略	咪	答	江	你
lo^{6}	mi^{1}	ta^{4}	tɕiaŋ^{6}	ni^{2}
Los	mib	dal	jiangs	nix
就	要	头	给	他

赠送一头给师傅

足	凹	农	加	乃
tɕiu^{8}	au^{1}	ȵoŋ^{4}	tɕia^{6}	nai^{2}
Jiuf	aob	nzongl	jias	naix
十	二	仓	装	谷子

十二粮仓装粮食

略	咪	农	江	你
lo^{6}	mi^{1}	ȵoŋ^{4}	tɕiaŋ^{6}	ni^{2}
Los	mib	nzongl	jiangs	nix
就	要	仓	给	他

要一粮仓送给他

足	凹	拨	加	响
tɕiu^{8}	au^{1}	po^{4}	tɕia^{6}	ɕiaŋ^{2}
Jiuf	aob	bol	jias	xiangx
十	二	缸	装	银子

十二个缸装银子

略	咪	拨	江	你
lo^{6}	mi^{1}	po^{4}	tɕiaŋ^{6}	ni^{2}
Los	mib	bol	jiangs	nix
就	要	缸	给	他

送一缸银子给他

迭	劳	学	波	麻	生	农
tε^{3}	lau^{4}	ɬio^{7}	po^{1}	ma^{4}	ɬəŋ^{6}	noŋ^{2}
Daed	laol	dliok	bob	mal	dlengs	nongx
拿	来	救	波	麻	次	这

拿来救波麻性命

古	桑	劳	扫	载
qəu^{5}	saŋ^{6}	lau^{4}	sau^{6}	tsai^{2}
Ghout	sangs	laol	saos	zaix
公	师傅	来	到	家

邀请鬼师来到家

害	凹	木	江	扫
hε^{7}	əu^{1}	mu^{4}	tɕiaŋ^{6}	sau^{2}
Haek	oub	mul	jiangs	saox
舀	水	去	给	鬼师

舀一盆水给鬼师

害	虽	劳	江	你
hε^{7}	səi^{1}	lau^{4}	tɕiaŋ^{6}	ni^{2}
Haek	seib	laol	jiangs	nix
舀	米	来	给	他

舀点白米给鬼师

奋	败	培	你	沙
fəŋ^{7}	pai^{1}	pai^{4}	ni^{6}	sa^{2}
Fengk	baib	bail	nis	sax
撒	三	抓	他	米

师傅撒三抓白米

爹	拉	木	列	古
tie^{8}	la^{1}	mu^{4}	lie^{6}	kiu^{2}
Dief	lab	mul	lies	giux
掷	粒	去	往	外

往门外掷几粒米

朋	拉	劳	几	瓦
$po\eta^{8}$	la^{1}	lau^{4}	ki^{6}	va^{2}
Bongf	lab	laol	gis	wax
浮	粒	来	上	面

几粒白米浮水面

西	空	败	爹	养
$\c{c}i^{5}$	$qo\eta^{1}$	pai^{4}	tie^{6}	$ʑa\eta^{2}$
Xit	ghongb	bail	dies	yangx
相	连	手	接	状

白米一粒连一粒

布	拉	良	马	挪
pu^{8}	la^{1}	$lia\eta^{4}$	ma^{2}	nio^{2}
Buf	lab	liangl	max	niox
见	个	断	不	留

发现一粒米不连

拉	连	夸	瓜	猛
la^{1}	lin^{6}	qha^{1}	qa^{6}	$mo\eta^{2}$
Lab	lins	khab	ghas	mongx
个	命	捆	在	那

性命被绑在那里

农	败	答	桑	贾
noŋ^{3}	pai^{1}	ta^{4}	saŋ^{6}	tɕia^{2}
Nongd	baib	dal	sangs	jiax
现	三	个	师傅	说

三个鬼师要说话

花	收	劳	号	农
ʃa^{1}	χu^{1}	lau^{4}	hau^{6}	noŋ^{2}
Fab	hvub	laol	haos	nongx
说	话	来	样	这

鬼师这样把话说

猛	社	信	刀	木	节	蚁
moŋ^{2}	ɕie^{1}	ɕiŋ^{7}	tau^{6}	mu^{4}	tɕie^{6}	ȵi^{2}
Mongx	xieb	xingk	daos	mul	jies	nzix
你	怕	真	被	去	性	命

你魂魄被鬼带走

学	马	劳	节	满
ɬio^{7}	ma^{2}	lau^{4}	tɕi^{6}	məŋ^{2}
Dliok	max	laol	jis	mengx
救	不	来	了	你

挽救不了你性命

斗	溜	败	号	引
təu^{5}	liu^{1}	pai^{4}	həu^{6}	ɣiŋ^{2}
Dout	liub	bail	hous	vingx
树	大	坡	山	岭

山坡山头那大树

斗	邦	木	几	省
təu^{5}	paŋ^{1}	mu^{4}	ki^{6}	ɬəŋ^{2}
Dout	bangb	mul	gis	dlengx
树	倒	去	上	地

大树倒在那地上

兄	满	劳	几	瓦
ɕioŋ^{5}	məŋ^{2}	lau^{4}	ki^{6}	va^{2}
Xiongt	mengx	laol	gis	wax
竖立	枫木	来	上	面

把那枫木立起来

罗	让	今	罗	引
lo^{6}	ȵiaŋ^{1}	kiŋ^{4}	lo^{6}	ʑun^{2}
Los	nziangb	gingl	los	yunx
才	健	在	才	均匀

人们身体才健康

农	木	各	瓜	送
noŋ^{3}	mu^{1}	ko^{6}	qa^{6}	soŋ^{2}
Nongd	mub	gos	ghas	songx
现	疼	叫	在	床铺

如今病重卧床铺

斗	邦	木	几	省
təu^{5}	paŋ^{1}	mu^{4}	ki^{6}	ɬəŋ^{2}
Dout	bangb	mul	gis	dlengx
树	倒	去	上	地

大树倒在那地上

学	马	劳	节	蚁
ɬio^{7}	ma^{2}	lau^{4}	tɕi^{6}	ȵi^{2}
Dliok	max	laol	jis	nzix
救	不	来	性	命

挽救不了他性命

农	窝	波	麻	贾
noŋ^{3}	vo^{7}	po^{1}	ma^{4}	tɕia^{2}
Nongd	wok	bob	mal	jiax
现	婆	波	麻	说

波麻老婆这样说

化	收	木	江	守
fa^{1}	χu^{1}	mu^{4}	tɕiaŋ^{6}	səu^{2}
Fab	hvub	mul	jiangs	soux
讲	话	去	给	丈夫

她对丈夫这样说

阿	夸	劳	孖	猛
a^{5}	qhɛ^{1}	lau^{4}	ȵia^{6}	moŋ^{2}
At	khaeb	laol	nzias	mongx
结	婚	来	跟	你

自从结婚嫁给你

乌	拉	仁	许	阿
vu^{5}	la^{1}	ʑiŋ^{4}	ɕi^{2}	a^{2}
Wut	lab	yingl	xix	ax
好	那	段	时	那

那段时光好幸福

凹	列	扭	分	党
au^{1}	lie^{5}	niu^{4}	fəŋ^{6}	taŋ^{2}
Aob	liet	niul	fengs	dangx
咱	赶	坡	分	党

我俩赶了分党①坡

猛	西	迷	弱	皱
moŋ^{2}	ɕi^{1}	mie^{4}	ȵio^{6}	ȵiu^{2}
Mongx	xib	miel	nzios	nziux
你	牵	马	花	色

你牵一匹花色马

学	答	迷	阿	好
ɬio^{4}	ta^{1}	mie^{4}	a^{6}	həu^{2}
Dliol	dab	miel	as	houx
牵	匹	马	在	前

牵着马匹在前走

瓦	哎	嗒	孖	猛
va^{4}	ai^{7}	ta^{1}	ȵia^{6}	moŋ^{2}
Wal	aik	dab	nzias	mongx
我	背	小孩	跟	你

我背小孩跟随你

扣	嗒	杀	兴	响
qhəu^{7}	ta^{1}	sa^{4}	ɕiŋ^{6}	ɕiaŋ^{2}
Khouk	dab	sal	xings	xiangx
帽	童	都	线	银子

孩子佩戴银锁帽

①分党：苗语“fengs dangx”的音译，地名，地址不详。

阿 木 龙 歪 古
a^{5} mu^{1} loŋ^{4} vie^{6} kiu^{2}
At mub longl wies giux
做 苗 绣 围 外
刺苗绣来镶两边

最 傲 仁 许 阿
tsəi^{7} au^{1} ʑiŋ^{4} ɕi^{2} a^{2}
Zeik aob yingl xix ax
最 好 段 时 那
那段时光最幸福

马 布 业 学 吓
ma^{2} pu^{1} ni^{4} ɕio^{6} ɕia^{2}
Max bub nil xios xiax
不 知 你 短 命
不知你性命很短

苏 布 业 学 吓
su^{1} pu^{1} ni^{4} ɕio^{6} ɕia^{2}
Sub bub nil xios xiax
如 知 你 短 命
如果知道你命短

马 夸 劳 孖 猛
ma^{2} qhɛ^{1} lau^{4} ȵia^{6} moŋ^{2}
Max khaeb laol nzias mongx
不 嫁 来 跟 你
不嫁给你过日子

农	夸	答	亡	懂
noŋ^{6}	qhɛ^{1}	ta^{4}	maŋ^{6}	tioŋ^{2}
Nongs	khaeb	dal	mangs	diongx
自己	嫁	个	乞	丐

自己嫁给那乞丐

列	分	跌	龙	努
lie^{5}	fəŋ^{1}	tie^{4}	lioŋ^{6}	nəu^{2}
Liet	fengb	diel	liongs	noux
讨	地	方	巷	吃

乞讨千家饭来吃

咪	罢	让	今	罗	最	底
mi^{6}	pa^{7}	ȵiaŋ^{1}	kiŋ^{4}	lo^{6}	tsəi^{7}	ti^{2}
Mis	bak	nziangb	gingl	los	zeik	dix
妈	爸	有	在	才	最	值

父母健在才最好

约	空	太	约	哪
ʑo^{6}	qhoŋ^{1}	thai^{5}	ʑo^{6}	na^{2}
Yos	khongb	tait	yos	nax
人	莫	骂	人	人

相处和谐莫骂人

古	波	麻	育	贾
qəu^{5}	po^{1}	ma^{4}	ʑu^{6}	tɕia^{2}
Ghout	bob	mal	yus	jiax
公	波	麻	又	说

波麻这样把话说

花	收	木	号	守
fa^{1}	χu^{1}	mu^{4}	hau^{6}	səu^{2}
Fab	hvub	mul	haos	soux
说	话	去	给	妻

对妻这样把话讲

败	古	马	布	瓦	学	吓
pai^{1}	qo^{5}	ma^{2}	pu^{1}	va^{4}	ɕio^{6}	ɕia^{2}
Baib	ghot	max	bub	wal	xios	xiax
我	也	不	知	我	短	命

我也不知我命短

苏	布	瓦	学	吓
su^{1}	pu^{1}	va^{4}	ɕio^{6}	ɕia^{2}
Sub	bub	wal	xios	xiax
如	知	我	短	命

如果知道我命短

败	农	阿	瓜	各	号	党
pai^{1}	noŋ^{6}	a^{5}	qa^{1}	qəu^{4}	həu^{6}	taŋ^{2}
Baib	nongs	at	ghab	ghoul	hous	dangx
我	自	做	茅	草	头	坪

我愿做大坪茅草

多	夸	改	令	打
tau^{4}	kha^{1}	qai^{3}	liŋ^{6}	ta^{2}
Daol	kab	ghaid	lings	dax
火	烧	又	长	来

火烧死了又长出

都	嗒	不	呀	蚁
tiu^{5}	ta^{1}	pu^{4}	ʑa^{6}	ȵi^{2}
Diut	dab	bul	yas	nzix
给	朋	友	喂	牛

嫩草给朋友喂牛

嗒	那	通	木	杀	吗	累
ta^{4}	nia^{7}	thioŋ^{1}	mu^{4}	sa^{4}	ma^{6}	ləi^{2}
Dal	niak	tiongb	mul	sal	mas	leix
黄	牛	吞	下	也	软	烂

黄牛吞下易消化

苏	布	瓦	学	吓
su^{1}	pu^{1}	va^{4}	ɕio^{6}	ɕia^{2}
Sub	bub	wal	xios	xiax
如	知	我	短	命

如果知道我命短

阿	阶	立	号	党
a^{5}	qai^{1}	li^{4}	həu^{6}	taŋ^{2}
At	ghaib	lil	hous	dangx
做	蔸	杨梅	头	坪

愿做山场杨梅树

累	追	嗒	不	木	江	两
ləi^{5}	tsəi^{1}	ta^{1}	pu^{4}	mu^{4}	tɕiaŋ^{6}	liaŋ^{2}
Leit	zeib	dab	bul	mul	jiangs	liangx
五	月	朋	友	去	插	田

五月朋友去插秧

都	嗒	不	分	努
tiu^{5}	ta^{1}	pu^{4}	$fəŋ^{6}$	$nəu^{2}$
Diut	dab	bul	fengs	noux
给	朋	友	们	吃

让给朋友摘来吃

吗	嗒	不	分	累
ma^{6}	ta^{1}	pu^{4}	$fəŋ^{6}$	$ləi^{2}$
Mas	dab	bul	fengs	leix
让	朋	友	们	尝

让众朋友来品尝

苏	布	瓦	学	吓
su^{1}	pu^{1}	va^{4}	$ɕio^{6}$	$ɕia^{2}$
Sub	bub	wal	xios	xiax
如	知	我	短	命

如果知道我命短

阿	聂	凹	孖	泵
a^{5}	$ȵai^{4}$	$əu^{1}$	$ȵia^{6}$	$poŋ^{2}$
At	nzail	oub	nzias	bongx
做	鱼	河	沿	河滩

愿做河鱼下河滩

都	嗒	聂	弱	努
tiu^{5}	ta^{1}	$ȵai^{4}$	$ȵau^{6}$	$nəu^{2}$
Diut	dab	nzail	nzaos	noux
给	个	鱼	鲮	吃

给那鲮鱼做美餐

厚	凹	亡	呀	吓
həu^7	əu^1	maŋ^1	ʑa^6	ɕia^2
Houk	oub	mangb	yas	xiax
喝	水	油	养	命

喝那油水养性命

古	波	麻	门	贾
qəu^5	po^1	ma^4	məŋ^6	tɕia^2
Ghout	bob	mal	mengs	jiax
公	波	麻	仍	说

波麻这样把话说

接	嗒	内	瓜	柳
tɕie^4	ta^1	nəi^4	qa^6	liu^2
Jiel	dab	neil	ghas	liux
告诉	舅	爷	瓜	柳

告诉瓜柳①那舅爷

瓦	多	邦	木	省
va^4	tau^5	paŋ^1	mu^4	ɬəŋ^2
Wal	daot	bangb	mul	dlengx
我	若	倒	去	地

如果我真去世了

被	呆	败	松	引
pi^5	tai^1	pai^4	ɬoŋ^6	ɣiŋ^2
Bit	daib	bail	dlongs	vingx
睡	地	坡	坳	岭

把我埋在山坳上

①瓜柳：苗语“ghas liux”的音译，地名，地址待考。

奋	嗒	及	江	猛
fəŋ^{7}	ta^{1}	ki^{4}	tɕiaŋ^{6}	moŋ^{2}
Fengk	dab	gil	jiangs	mongx
丢	小	孩	给	你

留下小孩给你养

阿	羊	布	呆	败	衣	底
a^{5}	ɣaŋ^{5}	pu^{7}	tai^{1}	pai^{4}	ʑi^{3}	ti^{2}
At	vangt	buk	daib	bail	yid	dix
撒	娇	坐	地	尚	未	稳

撒娇坐地还未稳

号	让	答	什	拥
hau^{5}	ȵiaŋ^{1}	ta^{4}	ɕi^{6}	ʑoŋ^{2}
Haot	nziangb	dal	xis	yongx
如	有	个	哪	要

如果遇见好人娶

猛	夸	木	孖	你
moŋ^{2}	qha^{1}	mu^{4}	ȵia^{6}	ni^{2}
Mongx	khab	mul	nzias	nix
你	嫁	去	跟	他

你就改嫁跟随他

西	科	罗	双	哪
ɕi^{5}	khiu^{1}	lau^{4}	saŋ^{6}	na^{2}
Xit	kiub	laol	sangs	nax
互	爱	老	代	人

你们相爱一辈子

窝 兴 仁 乌 肮
vo⁷ ɬiŋ¹ ʑiŋ⁴ vu⁶ aŋ²
Wok dlingb yingl wus angx
婆 鬼 心 急 很
瘟神婆也很心急

古 兴 仁 乌 肮
qəu⁵ ɬiŋ¹ ʑiŋ⁴ vu⁶ aŋ²
Ghout dlingb yingl wus angx
公 鬼 心 急 很
瘟神公也很心急

囊 波 麻 瓜 拱
naŋ⁸ po¹ ma⁴ qa⁶ qoŋ²
Nangf bob mal ghas ghongx
掐 波 麻 颈 脖
双手掐波麻颈脖

古 波 良 乌 哪
qəu⁵ po¹ liaŋ⁴ vu⁶ na²
Ghout bob liangl wus nax
公 波麻 断 气 人
波麻这样才断气

被 兄 正 邦 送
pi⁵ ɕioŋ¹ tsəŋ⁴ paŋ⁶ soŋ²
Bit xiongb zengl bangs songx
睡 直 躺 板 床
直挺躺在床板上

窝	波	麻	花	些
vo^{7}	po^{1}	ma^{4}	fa^{1}	ɕie^{6}
Wok	bob	mal	fab	xies
婆	波	麻	讲	话

波麻老婆这样说

花	收	木	号	米
fa^{1}	χu^{1}	mu^{4}	hau^{6}	mi^{2}
Fab	hvub	mul	haos	mix
讲	话	去	给	人

老婆发话去喊人

接	拉	羊	分	俩
tɕie^{4}	la^{1}	ɣaŋ^{4}	fəŋ^{6}	lia^{2}
Jiel	lab	vangl	fengs	liax
告诉	个	村	分	俩

你们给分俩报丧

接	嗒	内	约	打
tɕie^{4}	ta^{1}	nəi^{4}	ʑo^{6}	ta^{2}
Jiel	dab	neil	yos	dax
告诉	舅	爷	姑爷	来

请舅爷姑爷奔丧

农	爹	答	你	蚁
noŋ^{3}	tie^{1}	ta^{4}	ni^{6}	ȵi^{2}
Nongd	dieb	dal	nis	nzix
现	杀	头	他	牛

当天杀一头水牛

别	爹	劳	瓜	补
pε^{5}	tie^{1}	lau^{4}	qa^{6}	pu^{2}
Baet	dieb	laol	ghas	bux
猪	杀	来	那	葬

又杀一头猪送葬

都	分	羊	农	努
tiu^{5}	fəŋ^{1}	ɣaŋ^{4}	noŋ^{2}	nəu^{2}
Diut	fengb	vangl	nongx	noux
给	全	村	这	吃

邀请全村人来吃

代	嗒	及	桑	贾
tai^{7}	ta^{1}	ki^{4}	saŋ^{6}	tɕia^{2}
Daik	dab	gil	sangs	jiax
与	青	年	辈	讲

告诉全村青年人

结	内	溜	布	打
kie^{3}	nəi^{3}	liu^{1}	pu^{6}	ta^{2}
Gied	neid	liub	bus	dax
扛	炮	大	进	坪

你们扛大炮进坪

最	加	木	列	堵
tsəi^{6}	tɕia^{1}	mu^{4}	lie^{6}	tioŋ^{2}
Zeis	jiab	mul	lies	diongx
灌	药	去	给	枪筒

把火药灌进炮筒

多	蒙	劳	瓜	派
tau^{4}	moŋ^{2}	lau^{4}	qa^{6}	phai^{2}
Daol	mongx	laol	ghas	paix
火	点	来	那	烧

用火点那引火线

各	飞	木	松	雍
qau^{4}	fɛ^{1}	mu^{4}	ɬoŋ^{6}	voŋ^{2}
Ghaol	faeb	mul	dlongs	wongx
扳机	朝	去	坳	龙

枪口朝那龙坳放

布	区	败	区	党
pu^{5}	tɕhiŋ^{5}	pai^{4}	tɕhiŋ^{5}	taŋ^{2}
But	qingt	bail	qingt	dangx
响	震	坡	震	坪

炮声震动那山坡

都	分	跌	江	乃
tiu^{5}	fəŋ^{1}	tie^{4}	tɕiaŋ^{6}	ȵai^{2}
Diut	fengb	diel	jiangs	nzaix
给	凡	间	聆	听

让四周村寨听见

布	号	古	波	麻	答	哪
pu^{1}	hau^{5}	qəu^{5}	po^{1}	ma^{4}	ta^{6}	na^{2}
Bub	haot	ghout	bob	mal	das	nax
知	道	公	波	麻	死	人

告知波麻已去世

内　哪　冬　哥　瓦
nəi^{7}　na^{1}　tioŋ^{4}　ko^{6}　va^{2}
Neik　nab　diongl　gos　wax
那　太阳　刚　偏　西
等到太阳刚偏西

败　拉　败　松　雍
pai^{8}　la^{1}　pai^{4}　ɬoŋ^{6}　voŋ^{2}
Baif　lab　bail　dlongs　wongx
靠　那　坡　坳　龙
太阳倚靠龙坳坡

足　凹　答　内　龙
tɕiu^{8}　au^{1}　ta^{4}　ni^{6}　loŋ^{2}
Jiuf　aob　dal　nis　longx
十　二　根　杠　子
现有十二根木杠

连　夸　当　龙　猛
liŋ^{6}　qhɛ^{1}　taŋ^{4}　lioŋ^{6}　moŋ^{2}
Lings　khaeb　dangl　liongs　mongx
捆　绑　头　巷内　那
在巷里搭架绑好

咪　哥　劳　生　省
mi^{1}　ko^{1}　lau^{4}　səŋ^{6}　ɬəŋ^{2}
Mib　gob　laol　sengs　dlengx
要　木皮　来　垫　底
要那木皮来垫底

上 波 麻 列 瓦
ɕiaŋ^{5} po^{1} ma^{4} lɛ^{6} va^{2}
Xiangt bob mal laes wax
放 波 麻 在 上面
抬那波麻放上面

别 信 劳 么 瓦
pie^{1} ɕiŋ^{5} lau^{4} mu^{6} va^{2}
Bieb xingt laol mus wax
布 红 来 盖 上面
一块红布盖上面

根 之 败 松 引
qəŋ^{1} tɕi^{5} pai^{4} ɬoŋ^{6} ɣiŋ^{2}
Ghengb jit bail dlongs vingx
抬 上 坡 坳 岭
众人抬上那山坳

邦 工 九 瓜 阿
paŋ^{1} qoŋ^{5} tɕiu^{4} qa^{6} a^{2}
Bangb ghongt jiul ghas ax
帮 挖 坑 那 里
有人在那挖好坑

农 改 上 嗦 仑 帮 朵
noŋ^{3} qai^{3} ɕiaŋ^{5} ɬau^{1} ləŋ^{4} paŋ^{6} təu^{2}
Nongd ghaid xiangt dlaob lengl bangs doux
现 又 装 四 块 板 棺材
现装四块棺材板

农	改	夸	凹	当	刀	朵
$noŋ^{3}$	qai^{3}	$qhɛ^{1}$	au^{1}	$taŋ^{4}$	tau^{6}	$təu^{2}$
Nongd	ghaid	khaeb	aob	dangl	daos	doux
现	又	绑	两	头	板	棺材

装好两头棺材板

仑	堆	仑	么	瓦
$ləŋ^{4}$	tai^{1}	$ləŋ^{4}$	mu^{6}	va^{2}
Lengl	daib	lengl	mus	wax
块	地	块	盖	上面

坑底棺材准备好

乡	波	麻	列	省
$ɕiaŋ^{5}$	po^{1}	ma^{4}	lie^{6}	$ɬəŋ^{2}$
Xiangt	bob	mal	lies	dlengx
放	波	麻	进	底

轻放波麻进棺材

邦	溜	劳	么	瓦
$paŋ^{6}$	liu^{1}	lau^{4}	mu^{6}	va^{2}
Bangs	liub	laol	mus	wax
板	大	来	盖	上面

棺材板来盖上面

工	堆	劳	育	补
$qoŋ^{6}$	tai^{1}	lau^{4}	$ʐu^{6}$	pu^{2}
Ghongs	daib	laol	yus	bux
扒	土	来	填	埋

扒那泥土来填埋

十	衣	劳	阿	堵
ɬi^{8}	ɣi^{1}	lau^{4}	a^{6}	tiu^{2}
Dlif	vib	laol	as	diux
找	石	来	做	门

寻找石板砌门口

波	化	木	周	育
po^{1}	ʃa^{5}	mu^{4}	tɕiu^{6}	ʑu^{7}
Bob	fat	mul	jius	yux
波	死	去	阴	间

波麻死后去阴间

略	分	跌	爹	养
lia^{7}	fəŋ^{1}	tie^{4}	tie^{6}	ʑaŋ^{2}
Liak	fengb	diel	dies	yangx
剩下	凡	间	空	空

人们觉得空荡荡

奋	根	不	温	忍
fəŋ^{7}	kiŋ^{1}	pu^{4}	vəŋ^{6}	ȵiŋ^{2}
Fengk	gingb	bul	wengs	nzingx
弃	朋	友	万	年

遗弃朋友千万年

古	波	麻	答	哪
qəu^{5}	po^{1}	ma^{4}	ta^{6}	na^{2}
Ghout	bob	mal	das	nax
公	波	麻	死	人

自从波麻死以后

拉 九 答 你 掠
lia^{7} tɕiu^{6} ta^{4} ni^{6} ɬio^{2}
Liak jius dal nis dliox
剩 九 个 他 魂
留下灵魂在凡间

波 化 木 周 育
po^{1} fa^{5} mu^{4} tɕiu^{6} ʑu^{2}
Bob fat mul jius yux
波 死 去 阴 间
波麻死后去阴间

阿 金 蒙 雍 本
a^{5} kiŋ^{1} moŋ^{4} ʑoŋ^{6} pəŋ^{2}
At gingb mongl yongs bengx
做 蜜 蜂 采 花蜜
变成蜜蜂采花蜜

败 阿 败 农 努
pai^{4} a^{1} pai^{4} noŋ^{2} nəu^{2}
Bail ab bail nongx noux
边 那 边 这 吃
飞这边那边采蜜

乡 工 一 内 打
ɕiaŋ^{5} qoŋ^{1} ʑi^{4} ni^{6} ta^{2}
Xiangt ghongb yil nis dax
回 忆 那 些 事
回忆以前那些事

配	亨	马	让	一	爹	累
phɛ^{7}	həŋ^{5}	ma^{2}	ȵiaŋ^{1}	ʑi^{4}	tɛ^{6}	lai^{2}
Paek	hengt	max	nziangb	yil	daes	laix
妹	哥	不	在	多	长	久

人们能活多长久

马	让	无	温	忍
ma^{2}	ȵiaŋ^{1}	vu^{4}	vəŋ^{6}	ȵiŋ^{2}
Max	nziangb	wul	wengs	nzingx
不	在	亿	万	年

不会长寿万万年

户	哪	木	瓜	许
vu^{6}	na^{2}	mu^{4}	qa^{6}	ɕi^{2}
Wus	nax	mul	ghas	xix
活	人	去	那	哪

人在世间活多久

杀	让	今	罗	引
sa^{4}	ȵiaŋ^{1}	kiŋ^{4}	lo^{6}	ʑun^{2}
Sal	nziangb	gingl	los	yunx
全	有	在	才	齐

老幼健在才齐全

约	空	太	约	哪
ʑo^{6}	qhoŋ^{1}	thai^{5}	ʑo^{6}	na^{2}
Yos	khongb	tait	yos	nax
人	莫	骂	人	人

和谐相处莫骂人

西	科	罗	桑	哪
ɕi⁵	khiu¹	lau⁴	saŋ⁶	na²
Xit	kiub	laol	sangs	nax
相	爱	老	代	人

相亲相爱一辈子

汉意译：

在那很古老时候，
在那很远古时候，
当地出两个富翁，
分俩出了波麻公，
古野出了波朝公，
结拜为同年兄弟，
两人吃喝不分家，
汉人富裕银子多，
苗人富裕田地多。
分俩出了波麻公，
波麻家庭很富裕，
家有田地数万亩，
十二个粮仓装粮，
十二个缸装银子。
家有十五头牯牛，
大牛小牛不计数，
拥有杉木十七岭。
家养山鸡变锦鸡，
鸭子成群遍田野，
这餐杀这只鸭吃，
那餐杀那只鸭吃。
家养两只黄老虎，
保护村巷和大坪，
吼叫震动分俩寨，
保护分俩数万户。
又养两只山猴子，
猴子把守两边门，
专门保卫波麻家，
防止野鬼进家门。
又养十二只猎狗，
日夜狂叫追野兽，
打得野兽摆满家。
家有十二个家丁，
家丁日夜在巡防，
保卫分俩波麻家。
家有十二房妻妾，
小妾睡在大床上，
玉手白嫩像笋子，
双乳大像槟榔芋。
波麻是个勤劳人，
他召集分俩村民，
挖掘分俩那寨底，
挖开分俩寨门神，
想挖寨底造良田，

挖深挖对那龙脉。
两个瘟神跑出来，
瘟神相貌很恶煞，
瘟神跑进分俩寨，
瘟神进寨来骚扰，
瘟神不进别家门，
瘟神冲进波麻家，
在床上捉住波麻。
波麻疼痛在呻吟，
疼痛在床上呻吟，
波麻急呼叫老婆，
舀米找鬼师占卜，
你进寨子请人来，
邀请两个老鬼师。
邀请鬼师到家门，
盆里放一瓢清水，
舀来一半筒白米，
那大鬼师真聪明，
鬼师把米撒进盆。
波麻老婆问大师：
现在显示哪个神？
两个鬼师这样说：
看盆底那米路线，
米路线纵横交叉，
因波麻是勤劳人，
挖掘分俩那寨底，
两个瘟神跑出来，
在床上捉住波麻，
要他杀一头水牛，
祭祀寨底那龙脉，
护寨神答应吃喝，
让波麻公活过来。
现在真杀一头牛，
祭祀寨底那龙脉，
冥纸撒满寨底坪，
因年轻人不知晓，
分那肉串不均匀，
分那稀饭不均匀，
瘟神发现很恼怒，
又把波麻摁在床。
波麻疼痛在呻吟，
又在床叫喊打滚，
波麻流汗身湿漉。
波麻急呼叫老婆，
邀请三个大鬼师，
挽救那波麻公命。
家有十五头牯牛，
赠送一头给师傅，
十二粮仓装粮食，
要一粮仓送给他，
十二个缸装银子，
送一缸银子给他，
拿来救波麻性命。
邀请鬼师来到家，
舀一盆水给鬼师，
舀点白米给鬼师。
师傅撒三抓白米，
往门外掷几粒米，
几粒白米浮水面，
白米一粒连一粒，
发现一粒米不连，
性命被绑在那里。

三个鬼师要说话，
鬼师这样把话说：
你魂魄被鬼带走，
挽救不了你性命，
山坡山头那大树，
大树倒在那地上，
把那枫木立起来，
人们身体才健康，
如今病重卧床铺，
大树倒在那地上，
挽救不了他性命。
波麻老婆这样说，
她对丈夫这样说：
自从结婚嫁给你，
那段时光好幸福，
我俩赶了分党坡，
你牵一匹花色马，
牵着马匹在前走，
我背小孩跟随你，
孩子佩戴银锁帽，
刺苗绣来镶两边，
那段时光最幸福。
不知你性命很短，
如果知道你命短，
不嫁给你过日子，
自己嫁给那乞丐，
乞讨千家饭来吃，
父母健在才最好，
相处和谐莫骂人。
波麻这样把话说，
对妻这样把话讲：
我也不知我命短，
如果知道我命短，
我愿做大坪茅草，
火烧死了又长出，
嫩草给朋友喂牛，
黄牛吞下易消化。
如果知道我命短，
愿做山场杨梅树，
五月朋友去插秧，
让给朋友摘来吃，
让众朋友来品尝。
如果知道我命短，
愿做河鱼下河滩，
给那鲮鱼做美餐，
喝那油水养性命。
波麻这样把话说，
告诉瓜柳那舅爷：
如果我真去世了，
把我埋在山坳上，
留下小孩给你养，
撒娇坐地还未稳，
如果遇见好人娶，
你就改嫁跟随他，
你们相爱一辈子。
瘟神婆也很心急，
瘟神公也很心急，
双手掐波麻颈脖，
波麻这样才断气，
直挺躺在床板上。
波麻老婆这样说，
老婆发话去喊人：

你们给分俩报丧，
请舅爷姑爷奔丧，
当天杀一头水牛，
又杀一头猪送葬，
邀请全村人来吃，
告诉全村青年人，
你们扛大炮进坪，
把火药灌进炮筒，
用火点那引火线，
枪口朝那龙坳放，
炮声震动那山坡，
让四周村寨听见，
告知波麻已去世，
等到太阳刚偏西，
太阳倚靠龙坳坡。
现有十二根木杠，
在巷里搭架绑好，
要那木皮来垫底，
抬那波麻放上面，
一块红布盖上面，
众人抬上那山坳，
有人在那挖好坑。
现装四块棺材板，
装好两头棺材板，
坑底棺材准备好，
轻放波麻进棺材，
棺材板来盖上面，
扒那泥土来填埋，
寻找石板砌门口。
波麻死后去阴间，
人们觉得空荡荡，
遗弃朋友千万年。
自从波麻死以后，
留下灵魂在凡间。
波麻死后去阴间，
变成蜜蜂采花蜜，
飞这边那边采蜜，
回忆以前那些事，
人们能活多长久，
不会长寿万万年，
人在世间活多久，
老幼健在才齐全，
和谐相处莫骂人，
相亲相爱一辈子。

流传地区：广西融水苗族自治县、三江侗族自治县及贵州从江县苗族地区。
演唱者：杨庆林，融水苗族自治县拱洞乡人。
采录者：韦秀明、韦明岱、杜鸿。
翻译者：贺明辉。

附　录

搜集整理翻译者简介

（按姓氏笔画排序）

韦秀明（1943—　），男，苗族，中国共产党党员，融水苗族自治县芦笙协会副会长，融水苗族自治县苗歌协会副会长、顾问。

韦明岱（1944—　），男，中国共产党党员，融水苗族自治县苗歌协会顾问。

杜鸿（1936—2012），男，苗族，融水苗族自治县苗歌协会理事。

杨庆林（1930—2009），男，苗族，融水苗族自治县苗歌协会顾问，苗族著名歌手，擅长演唱苗族古歌。

贺明辉（1965—　），男，苗族，中国共产党党员，在职研究生，广西壮族自治区少数民族语言文字工作委员会科研处副处长。1987 年 7 月毕业于中央民族学院（现为中央民族大学）少数民族语言文学三系黔东苗语专业，从事少数民族语言文字工作 30 年，先后参与出版《南方山居少数民族现代化探索——融水苗族发展研究》《融水苗族埋岩古规》《广西苗族》《广西通志·少数民族语言志》《广西民族语言方音词汇》等著作。

后 记

在广西壮族自治区融水苗族自治县、三江侗族自治县与贵州省从江县、榕江县苗族地区，流传着脍炙人口的苗族古歌。这里的苗语属于苗语黔东方言南部土语。人们一直期盼着有一本翻译并编印成书的苗族古歌，便于保护、传承和弘扬苗族传统文化，便于苗族子孙后代学习演唱苗族古歌。过去曾有人收集整理苗族古歌，但因种种原因，苗族人民的愿望都未能实现。

2005 年上半年，融水苗族自治县县委和自治县人民政府组建《融水苗族》编委会，其中有苗族古歌的内容。编委会把搜集苗族古歌的工作交由县委统战部原副部长韦秀明来主持，并由他挑选会讲苗语、懂唱苗歌、责任心强、有写作能力的苗族退休干部杨庆林、韦明岱、杜鸿与他共 4 人组成搜集整理编写小组。2005 年下半年开始，编写小组邀请苗族著名歌手杨庆林在融水县城将韦秀明等同志的演唱录音内容逐句用“西南官话”中的桂柳话的汉字谐音记录苗音。经过 6 年的艰辛努力，终于完成用汉字谐音记苗音再到汉文意译的工作。

2012 年 3 月 13 日编写小组把《苗族古歌·融水卷》的书稿交到融水民族事务局，但由于书稿尚未达到出版要求，无法出版。同年 12 月，融水民族事务局把《苗族古歌·融水卷》的书稿送到广西壮族自治区少数民族古籍整理出版规划领导小组办公室（2015年改名为广西少数民族古籍保护研究中心），请求帮助补充审定并出版。广西壮族自治区少数民族古籍整理出版规划领导小组办公室与融水民族事务局协商，就书稿按古籍整理的规范要求达成共识，同意把《苗族古歌·融水卷》列入古籍出版规划。

2013年7月，广西壮族自治区少数民族古籍整理出版规划领导小组办公室特邀苗语专家贺明辉同志参与该书的整理工作。按照少数民族古籍整理的规范要求，以“汉字记苗音—国际音标—拼音苗文—直译—意译”五对照来完善整理内容，在原书稿的基础上，用国际音标和新创制的拼音苗文标注苗音，这样就相对准确地把苗歌的原生态演唱形式记录下来，既保留原生态苗音，又给研究苗歌文化的专家学者提供了翔实的资料。贺明辉同志经过一年多的辛苦努力，终于完成全书的翻译整理工作。

《苗族古歌·融水卷》从立项到定稿，经过了10年的艰辛努力，是一项集体智慧的成果。工作的具体分工为：演唱者杨庆林，记录者韦秀明、韦明岱、杜鸿，前期汉意译是韦秀明、韦明岱、杜鸿、杨庆林，后期汉意译是在前期汉意译的基础上由贺明辉补充完善，贺明辉负责全书的国际音标、拼音苗文和汉直译，撰写前言，并对全书进行统稿和校对。

《苗族古歌·融水卷》是苗族民间文化的一大集成，是苗族人民珍贵的精神财富。为了保存这份珍贵的文化遗产，苗族民间歌手口传心授，代代相传。为了这个目标，许多人不遗余力地抢救搜集。广西壮族自治区少数民族古籍整理出版规划领导小组办公室对这个项目非常重视，他们十分关心该项目的工作进展，并于2013年7月17—19日到融水进行调研，与搜集整理编写小组成员、融水民族事务局领导召开座谈会，研究解决翻译整理工作中的难题。韦如柱主任亲自抓这个项目，确定该项目的翻译整理体例，提出工作要求；李燕玲、陈战等同志为本书的顺利出版做了大量工作。还有许多支持、关心这个项目的单位和个人未能一一列举，借本书出版之际谨表示衷心感谢。

由于苗族古歌含有许多古苗语，其含义深刻，富有哲理，用现代汉语很难准确地翻译出来，另外由于编者的水平有限，本书难免有错漏之处，敬请行家指正。

编　者

2015年12月于南宁